图书在版编目（CIP）数据

王愿坚文集．第七卷，文艺理论／王愿坚著．—沈阳：春风文艺出版社，2018.1
ISBN 978-7-5313-5195-5

Ⅰ．①王… Ⅱ．①王… Ⅲ．①文艺—作品综合集—中国—当代 ②文艺理论—中国—文集 Ⅳ．①I217.2

中国版本图书馆CIP数据核字（2017）第300247号

目 录

在革命前辈精神光辉的照耀下

——谈几个短篇小说的写作经过

同志们要我谈谈自己是怎样学习写短篇小说的，这实在是个难题。我刚开始学习写作，写的东西又少又不好，谈不出什么来。这里只能把自己学步的情形汇报一下，借这个机会，请领导和同志们给我鉴定鉴定，看看这路子走得对不对，今后该怎样走下去，使我得以学习，有所长进。

我学着写的几篇东西，大体上都是革命斗争故事，我学习写作也是从听故事开始的。早在童年时代，在听《聊斋》《今古奇观》的故事的同时，就听过一些自己的父辈和兄姊们参加革命斗争的故事。这养成了我爱听故事的习惯。参加革命之后，只要有空，我总是缠住首长请他给我讲故事。稍后，因为在部队做报纸的编辑、记者工作，更获得了机会，看到和听到了战争中的一些动人的故事。在听这些故事的时候，根本没有想到要写它们，只是出于年轻人的好奇和为了从中受到教育。想到把它们写下来，那是以后的事。

1953年秋天，去福建东山岛采访的时候，路过第二次国内革命战争时期的老根据地，有机会接触了几位经历过这段生活的老同志，听到了较多的革命斗争故事。他们向我谈起了1934—1937年间，他们在红军长征以后留在老根据地山林里苦苦坚持三年游击战争的情形。

这些故事个个都是含血带泪、激动人心的。他们的生活艰苦得难以想象：常常不是几天、几十天，而是好几个月地吃不上粮米做的饭食，野菜、野果是家常便饭。没有衣服穿，只好把香蕉叶子捆在身上御寒。没有房子住，撑起把雨伞挡风避雨。为了一口袋粮食或者一包用来给伤员洗涤伤口的咸盐，他们常常要付出很高的血的代价。但是他们却英勇地坚持着，把红旗牢牢地插在山头上。有这样的战士：为了弄到粮食和弹药而进行的战斗失利了，一个游击队员负了重伤，在临死的时候，对政委只说这么一句话："派人到我家去，叫我妈妈把所有的粮食都拿出来给大家吃吧!"有这样的群众：为了给山上的游击队送粮食，在碰到巡逻的敌人时，父亲让自己的孩子舍上生命去用脚步声吸引敌人的注意。有这样的党员：自己跑到城里去给有钱人家当丫头，省吃俭用把薪水交给党作为经费。有这样的家庭：父亲牺牲了，母亲领着儿子推倒了一堵危墙，掩埋了亲人的遗体，然后把一个衣服包递到儿子手里："去吧，接着干!"

在听这些故事的时候，我觉得自己不是在用耳朵听，而是用整个心去接受，它们给了我深刻的教育和强烈的感染。像"艰苦奋斗"这样一个不知见过多少遍的词语，开始在我眼前变成了饱含着血肉和感情的、活生生的东西。原来我们的革命前辈是这样"艰苦"，这样"奋斗"的；原来我们的革命前辈是这样"掩埋了同伴的尸体，擦干了身上的血迹，又继续战斗"的。更重要的是，通过这些故事，我开始认识了这些人。这些壮美的故事就是这些人以生命和鲜血创造的，是他们美丽人格的历史。这些故事显示了前辈革命者的高贵品质，显示了人的最崇高的美，使你不能不怀着崇敬的心情热爱它，不能不去思索那些蕴蓄在故事里面的光辉灿烂的东西。

听了这样一些故事以后，心情就难以平静了。一些故事的片段经常在脑子里转来转去，一些人物的影子也伴随着故事情节闪现出来。慢慢地心里就起了这样一个念头：不是还有不少人没有听到这些故事吗？如果把这些故事用文字转述出来，让更多的人像我一样受到感染和教育不是更好吗？

于是，我打算试一试。这时，1954年的“七一”快到了，《解放军文艺》需要发表宣传优秀党员的作品，我便想到了卢春兰的故事。这是那次听来的故事之一，大致情节是这样的：山上的游击队没有盐吃，在村里坚持斗争的青年妇女卢春兰，便组织各家腌了些咸菜，凑到一起交给山上的来人带去。不幸，半路上遇到巡逻的敌人，咸菜落到了敌人的手里。敌人把全村群众逮捕起来，用枪杀威胁群众，要查出这事的组织者。当然谁也不肯供出实情。就在敌人要疯狂地进行屠杀的时候，卢春兰领着自己才五六岁的孩子，从容地迎着敌人的枪口站出来，说：“是我！”

这个故事是很动人的，可是我几次把稿纸铺到面前，却不得不再把它收拾起来。我写不出。我被两道难关挡住了。

第一道难关是：我从来没有写过小说，我不知道怎样写才能把这个故事记述得像个样子。就在找些短篇小说来阅读、学习的时候，凑巧听到编辑部一个同志调查读者意见回来之后的汇报，他谈到部队一个干部对《解放军文艺》刊登小说的要求。他的要求是：第一，要有教育意义，“使我读了之后能学到东西”；第二，要有点故事性，“使我读了之后还能讲给别人听”；第三，要短，“最好使我在睡觉以前几十分钟能看完一篇，否则，第二天一忙，我也许顾不上再看了”。这给了我很大启发。我想：这意见大体上能代表广大读者对短篇小说的要求。既然读者要这样的东西，我们为什么不“投其所好”呢？检查了一下卢春兰的故事，我发现这三个条件它大体上都具备：教育意义和故事性没问题，篇幅呢，有那么七八千字就够了。为了使读者读起来像听故事那样感到真实、亲切和写起来方便些，我选择了第一人称的写法。

比起来，第一关还算好过些，可第二关就难了：卢春兰的故事发生在1935年，那年我才五六岁，对于当时的时代背景、斗争形势和当地的生活风貌不了解，对于人物的精神状态不理解。摆在我面前的就这么个孤零零的故事，可怎么能写得不失实、不歪曲，把故事所表露的动人的美表现出来？苦恼了好久，我想到这么个问题：这时期的斗争，虽然和以后的抗日战争、解放战争有区别，但斗争形式、生活情景、人的精神状态等主要方面，还是有相通之处的。如果从自己的生活经历中去找寻些相似的生活感受来作为通向当时生活的桥梁，以理解听来的故事，是不是可以呢？我的革命部队生活经历是很短的，却也有些难忘的事情。顺着卢春兰的故事所显露的特点，我想到这么一件事：1944年秋天我刚参加革命个把月，便碰到日寇的扫荡，当时因为年龄小，上级把我送到一个老乡家里去打“埋伏”，做了一个大娘的“大儿子”。记得有一次上山“跑反”回来，大娘家里仅有的一点高粱被鬼子喂了洋马了，没有东西吃。当时大娘揭开篮盖，把仅剩的两个地瓜面窝窝递给我，自己抱着才两岁的小妹妹到里屋去了。在我快吃完窝窝头的时候，忽然听到小妹妹哭得很厉害，进屋一看，只见大娘正从篓子里抓出花生壳子，嚼烂了，抹到小妹妹的嘴里去。还有一件事：1946年一次战斗中，我在战地收殓烈士的遗体时，见到过这样一位烈士：他那僵屈的手指上，密密地缠着手榴弹弦。为了记下他的名字，我翻遍了他那空荡荡的衣袋，只找到了一个笔记本，里面夹着两毛钱的北海币，钱下面写着：“要是我牺牲了，这钱就是我最后的一笔党费。”在另一个口袋里还找到了核桃大的一块窝窝头——记得后来同志们谈到这类的事时，一个同志说：“我们的战士死得是那么不屈和无畏，生前却是这样的‘享受’!”

这两件事教育过我，在学习写作时，它们又使我找到了一条与听来的故事相通的道路，使我对自己所要描写的人物有了粗浅的却比较实在的理解。

这两件事（还有其他一些类似的生活感受）和卢春兰的故事融合了之后，首先我觉得对原来的故事所包含的思想内容认识得清楚了些，理解到它所表露的不只是一般的群众支援游击队的行动，而是在革命落于低潮，处于困危时一个党员与党的关系问题。于是作品的主题明确了。原来故事中的卢春兰我不知道她是不是共产党员，为了表达这个主题，我把她写成了党员。其次，我觉得故事情节更集中、更明晰了——我想，表现党员与党的关系，有形的东西莫过于缴党费了，于是便将送的咸菜改成缴的党费。这使得故事获得了一条主线，一切事件都围绕着缴党费（咸菜）这条线铺展开来，随着这一番改造，我觉得人物的形象、性格在脑子里活了些，像看见了掩护过我的那位大娘一样看见了自己的人物。表现人物精神状态的细节也自然涌现出来了，那位大娘嚼花生壳的情形便成了母亲从女儿手里拿下咸菜的那个细节。此外，更主要的是，我觉得融进了自己的感受和激情，对人物的爱和写出她来的愿望更强烈了。材料已经不再是听来的故事，仿佛变成自己亲历过目睹过的事情，卢春兰这个人物距我也不再那么遥远，她仿佛就是掩护过我的那位母亲，从而非把它写下来不可了。

这样，便学着写成了我的头一篇小说：《党费》。

《党费》能够写成，使我认识到：第一，短篇小说这种形式固然有它自己的许多特点，但主要的是那位读者所要求的那三条（当然如果要补充的话，还应该加上一条：塑造出活生生的人物形象来，就是不加上，这一条也还是包括在里面的）。退一步说，即使写出来不大像短篇小说，只要读者喜欢也就行了。第二，对于听来的真人真事，如果真正感动了，而且自己有着大体相同的生活体验和感受，是可以从自己的感受中找到一条相通的路，去理解它，使它变成“自己的”东西，把它表现出来的。自然，这种认识还是很肤浅的。就根据这种认识，继《党费》之后，我又动手写听来的其他故事，或者大部采用，或者截它一段，或者几个糅合改造，学着写了《粮食的故事》等一组短篇。

《党费》这一组短篇发表和出版之后，使我获得了信心和勇气，但是，回头看看这些东西却又不安起来：这些英雄人物用生命、用鲜血创造的故事是那么崇高、壮美，我却反映得这么粗糙、肤浅，觉得很对不住这些故事的创造者，也对不住给我讲故事的人。找找毛病，毛病多得很，其中最使我不安的是这么三点。

首先，就是对这些前辈革命者知道得太少了。我不知道那个时代革命斗争中的问题，不知道这些人那艰辛复杂的战斗道路，不知道他们细微的思想感情，不知道当时当地的生活风貌，不知道……就在这么几个故事上搬来搬去，不能不处处捉襟见肘，贫弱苍白，甚至闹出常识性的笑话来。记得在一篇小说里我写到甘蔗田，我不知当地怎么叫法，只是见过长成的甘蔗茂密得像个小树林，就写作“甘蔗林”，一个同志看稿时指出：“哪有叫甘蔗林的？”

对于这个先天性的弱点，没有别的办法，只有多方面地去了解、研究当地的情形。多听故事，只要是有接触老干部的机会，便要他们给讲，不分巨细都往脑子里装。再就是读间接材料：总结历史经验的文章，记述当时情形的回忆录，抓到了就读。还有，就是想办法增加点感性的知识，除了访问当地的革命史迹风土人情之类，还有看照片、看革命博物馆。博物馆里丰富的革命实物，给我的感染是直接的、强烈的。一把锈成废铁的刀矛，一件沾满血斑的衣服，一支枪，一个碗，仿佛都有了生命。它可以吸住你许久许久，使你陷入深深的思索，联想到那血与火的日子里。自然，这些都不能是冷漠的调查，只有通过自己的体验和感情才能获得一点理解，特别是对于人物的思想情感。这使我不得不多次回忆起自己在战争中难忘的人和深受感动的生活。

当然，真正理解革命前辈们的斗争生活和感情，是个长期的任务。但通过这些探索，我觉得较之开始时对他们了解得多了一点。对人物经历知道了些（访问参加过长征的红军指战员、在深山密林战斗过的游击队员和曾在城市白色恐怖下长期坚持斗争的地下工作者），对他们的生活风貌约略了解了些（大致知道他们穿什么衣服、用什么武器，山林的寮子是怎样搭成的，草地是如何的泥泞艰险），故事也装得多了（有的为了革命卖掉了亲生的儿子，有的掩埋了自己的父兄，有的抚养着战友的遗孤，有的赡养起战友的亲人）。这样在构思和写作时觉得方便些了。能从故事片段上了解人物，也能设想出人物走过的道路；能找到描写人物的细节，也能找到展现人物性格的比较恰切的场景；能勾画出人物的衣着外貌，也能接触人物内心的情感。而且由于了解得深了些，对他们的爱也更强烈了。自然，这些距离真正理解他们，还是差得很远的。

第二个毛病是只是就故事讲故事，就人物写人物，虽然也感受到了点意思，但是，对故事所蕴蓄的思想意义体察得不深、思索得不透，只能平平淡淡地复述个故事，不能给读者以新的东西。

所以如此，根本原因是由于思想水平不高，但有些时候则是由于思索不够所致。听到了一个故事、受到一点感动就匆匆忙忙写了出来，却没有认真地想一想这一件或这些人和事的后面所包含的思想，发掘出更深一层的意义来。此外，也还有这样的情形：一个故事、一个人物和一桩行为，孤立地看来似乎没有什么十分独特之处，但是当和现实生活联系起来思索的时候，就发现了它的新的意义。一些老同志在讲故事的时候，常常满含感情地说：那时候如何如何艰苦困难，现在就不会那样了。我是作为一个革命的晚辈和后代来听这些故事的，听着，也经常受到这种感染，而不由得把过去年代的斗争生活、老一代的优秀品质和今天的幸福生活、和自己思想意识上的毛病联系起来，从而想得很多，感到十分激动。我觉得革命前辈们抛头颅、洒热血，为我们赢得了胜利，安排了幸福的生活，他们这些人，和他们在长期革命斗争中表现的这种崇高的精神品质，是值得我们全心去爱，全力去学习的。我想如果把这种创业的艰辛和今天的幸福生活联系起来，把老一代人的优秀品质和我们的幼稚、缺点对照起来，可能表露出这些故事的新的意义，从而给读者，特别是年轻的读者以更强烈的感染。这种想法凑巧得到了一个检验的机会。这时我读到了中央一位负责同志对青年所作的报告，他号召青年一代学习老一辈的革命者时说道："我们的革命先烈和前辈，不但用生命和鲜血为我们今天的幸福生活铺平了道路，而且给我们留下了取之不尽用之不竭的精神财富。"这句话说得真好，一下子使我明确起来了。它使我明确了自己写这些故事的任务，是向后代介绍前一辈革命者的精神财富。它使我更进一步明确了自己的作品对象，主要是青年读者。它使我获得了一个理解和表现这些人和事的角度。这以后，我从这个角度上来认识故事的内在意义和与现实生活的联系，写了《后代》《妈妈》等几个短篇。虽然由于理解得还肤浅，写得还生硬、牵强，却多少有了点新鲜的味道。特别是明确写作对象，对我的学习写作更有了新的意义。

第三个不满足处是表现形式方面的。已经写的几篇都是第一人称的写法，开头几篇这样写倒也能表达意思，抒发感情，用起来也方便些，但是再写下去就不得劲了。于是便想在表现形式方面学点新的东西。这方面学着读了些作品，也试着写了几篇，但和前面的几篇一样，总觉得人的精神的美表现得太浅。这时，正是《粮食的故事》发表后不久，在一次会上，侯金镜同志说："这篇东西前面太长了，还可以再压缩，紧缩去两千字就精练些了。"回来仔细读了读，觉得不但该压缩，甚至可删的还要多些。这使我感到吃惊：总共不过万字的短篇中，竟然有三千字是可有可无的废话！这个毛病不只是语言上拖沓冗杂，原来在构思上就有毛病。检查了一下，发现通篇最能表现人物精神的美的，是父亲让儿子用脚步声去吸引敌人的注意力而牺牲的那个情节，而这个情节不过用了两千多字。这情况使我产生了这样一个想法：在许多革命前辈的斗争生活中，有的片段可以完整、充分地表现出人物性格的特征，可是在有的片段里，人物精神的美却只是一闪即过，这一闪虽然短，却光辉得耀眼，令人心惊目眩，蕴蓄着无限激情和发人深思的思想力量。我想，如果捕捉住这么一道光华，或把从生活中感受到的这种美集中到一个比较短暂但有表现力的环境里，用尽可能省俭的篇幅描写下来，岂不可以精练些？于是就想试着写一组描写长征中红军战士的小故事。一共写了三个，其中一个因为理解得不准确而废弃了，只有《七根火柴》和《三人行》存留了下来。

《七根火柴》的构思过程是这样的：我曾听过许多长征故事。对于长征生活，我的理解是，这样特殊的艰苦环境中，要求红军战士有更大的毅力和坚忍的力量。这种力量从何而来？我曾就这问题问过长征的参加者，他们的见解和对亲历的故事所做的回答是：建立在高度阶级觉悟基础上的革命战士对革命事业，对革命的集体的无限忠心，和由这种集体主义产生的高度的阶级的爱。为了集体，为了战友，他们可以付出一切，以至自己的生命。就是这种精神照耀着，使他们、使革命军队战胜了难以想象的艰苦，跨过危难，走向胜利。这便形成了《七根火柴》和《三人行》的主题。随着对这种精神的思索，我眼前浮现了这样一个形象：在翻越大雪山的时候，一个红军战士被暴风吹倒在雪坡上，几番挣扎，他终于被深雪埋葬了。但是在白雪上却鲜明地高扬起一只手，在这只手的手心里托着一个共产党员的党证。说不上这个形象是哪里来的了，但那只手却那么清晰，那么豪迈。当然，雪山这个环境相对是难以表现的，于是在构思时便把它搬到草地上。这时又想到老同志讲故事中多次谈到火在长征中对于部队的重大作用，便把七根火柴夹进他的党证里。这样，原来从众多故事中获得的主题便得到了表达的形象，而这个形象出现在人物精神光芒闪耀的一刹那，也用不了很多笔墨去烘托、渲染，小说就可以短些了。

以上，就是我学着记录革命故事的一些情况。

革命前辈的精神光辉照耀着我们幸福的生活，照耀着一代又一代后辈的道路。我以为，积累和接受革命前辈留下的精神财富，是我们后代应尽的责任。只是由于自己思想水平和文学修养太低，要把他们的精神的美不走样地记录下来，实在有困难。但我仍有理解他们的愿望，能理解一点、能表现出一点也好。我将继续学习。在学步的路上，希望不断得到领导和同志们的教导。

改编电影文学剧本《闪闪的红星》的一些体会

——在短篇小说创作学习班的发言

确定把中篇小说《闪闪的红星》改编为电影，是1973年3月。

应当首先说明的是：《闪闪的红星》的改编，是一次集体创作，是大家一块儿学、一道儿闯着干出来的。

下面，我就汇报一下《闪闪的红星》从小说到电影的改编过程中，我们的一些做法和粗浅的体会。

一　提炼一个什么样的主题

我们在开始着手改编时，碰到的头一个问题、突出的问题，就是通过这部影片要向观众宣传一个什么样的思想，也就是作品的立意在哪里，也就是对于小说所反映的生活再开掘、再认识，进行典型化和提炼的问题。

李心田同志写的《闪闪的红星》，是一部很有特色的中篇小说，在群众中有相当的影响。小说通过冬子独特的生活经历，反映了从第二次国内革命战争后期到解放战争胜利这一历史时期敌后生活的面貌，塑造了冬子这样一个少年革命者的艺术形象。作品的时代特点和儿童特点都比较鲜明，又有很多新颖的艺术情节。这样一个很有艺术特色的文学作品，无论思想、情节、人物形象，都为电影提供了再创作的基础，而且是很好的基础。阅读和研究了这个小说以后，我们非常喜欢，觉得只要忠实于原著，正确地把握和表现这一题材，电影化做得好，是可以改编成一部写儿童的、给儿童看的、有一定艺术特色的电影的。

但是，有了很好的改编对象，还不等于有了电影的构思；有了很好的改编基础，也不等于确定了电影的主题。从小说到电影，毕竟不能只是一个简单的艺术形式的改变，而是一次认真的再创造。

那么，这个再创造又从哪里着手呢？一个作品艺术构思首先的、重要的一条，就是立意要高。也就是说，要尽可能深地分析题材所反映的特定时期的基本矛盾，揭示矛盾的性质、特点和发展规律，力求达到历史的、思想的广度和深度的统一。《闪闪的红星》电影剧本的再创造、再构思，就是要从立意着手；必须进一步分析认识原小说，对原著和原著所反映的斗争生活进行再开掘、再认识，提炼主题，深化主题。

究竟这部电影的立意在哪里，表现一个什么主题，也就是说究竟向少年儿童观众说点什么。围绕着这个问题，我们仔细地研究原小说，加上我们对于这一段斗争生活的了解和理解，力求从小说所反映的生活再开掘下去，想从里边摸着点这段斗争生活的底，抓到一点比较独特、比较深刻的思想。

当然，这么一个提高立意的过程，开掘和提炼的过程，我们也不是一下子就完成的，而是在创作实践中经历了一个逐步提高、不断深化的过程。在开始的时候，我们抓住了这么个中心，冬子在闪闪的红星照耀之下成长。并围绕着这么一个中心，组织情节、剪裁材料，对原小说中的人物做了些调整合并，时间跨度适当缩短。在成长这条线上，开始摆脱了一些自发性的东西，加强了自觉性的一面。结构起来一看，像个电影了。但是，我们总感觉不满足：立意还是不够新，也不够深。主要人物小冬子仍然处于被保护的地位多，属于他的动作少；别人给他的多，他自己的英雄行为和高尚品质少。一句话，觉得还没有探索到这一斗争生活、这一题材的底。

于是，创作组重新分析小说所反映的生活和斗争，进一步研究这段斗争生活，进行再认识。透过冬子在战斗中成长的独特的生活经历和思想历程，通过红星照耀下生活的可贵和这一生活遭受破坏之后的痛苦，我们又抓住了另外一个东西。抓住了一个什么东西呢？用我们创作组的话来说就是“得而复失”的问题。“得而复失”，是指革命成果的得和失。就是说，在正确的革命路线的指引下，人民经过革命斗争，打倒了敌人，赢得了胜利和幸福；有人，有枪，有政权，革命成果到手了，就是“得”，得了一个红色的天下。但是一旦路线错了，那么山河马上就要变颜色。结果呢，就是阶级敌人卷土重来，胜利成果就会丧失，就是反革命复辟。当然，天不会总是黑的。错误路线被否定之后，在正确路线指引之下，人民又可以经过斗争，把失去的胜利成果再夺回来。那么，这个革命成果的“得”“失”“夺”的过程，就是小说《闪闪的红星》所反映的这一段生活的本质，就是它所包含的、具有认识意义的思想。抓住了“得而复失”“失而复得”的问题，对于我们明确和深化主题是有很大意义的。我们觉得立意高了一步，认识深了一层，达到了一个新的高度和深度。

明确了主题，抓住了得、失问题做文章，有一个好处，就是题材和矛盾斗争更加集中了。原作从小说的构思出发，写的时间跨度比较长，从1934年到1949年，写了红军时期、抗日战争和解放战争三个历史时期。在一部给孩子们看的电影里，要把十五年的漫长过程和三个历史时期都反映出来是有困难的。开始，我们就觉得有点为难。但是经过提炼，抓住“得而复失”这个中心之后，我们觉得题材典型化的问题也好办了；就不需要写十五年，只要是能够把得、失的文章做足，把复辟反复辟的矛盾斗争表现得集中、深刻，只要能够体现这个主题就够了。所以我们把时间跨度做了改变。把电影开始的时间向前提，提到了1931年。为什么呢？因为这是中央革命根据地在毛泽东革命路线指引下胜利发展的兴盛时期。以这时为影片的开端，描写冬子在闪闪的红星照耀下生活，是歌颂“得”，是体现主题的需要。往后呢，我们干脆把它结束在1937年，结束在红军下山开赴抗日前线的前夕。这样，只写红军时期，只写六年中冬子的成长过程就够了。另外，根据表现主题和塑造英雄形象的需要，事件和人物也做了些必要的调整、合并，使矛盾冲突更集中，情节更单纯。这样，看起来似乎是少了，反映生活的广度和深度却加大了。

二　塑造一个什么样的形象

第二个问题，就是塑造一个什么样的形象的问题。艺术作品的题材内容和主题思想，主要是靠塑造人物形象来实现的。努力塑造英雄人物，是我们文艺创作的根本任务，也是电影艺术创作的根本任务。

回过头来看，小冬子形象的塑造，我们正是遵循着这么一个原则来进行的。在《闪闪的红星》文学剧本创作过程中，我们从构思开始，就注意到把冬子作为一个主要形象来塑造。但是，对于冬子这个形象的认识、把握、设计，也就是说究竟塑造一个什么样的形象，却不是一下子就明确的，而是随着题材的开掘、主题的提炼，经历了一个逐步明确、逐步深化的过程。

小说原作对于小冬子这个人物的塑造是下了功夫的，形象达到了相当的高度。这个在严酷的斗争环境中成长起来的革命儿童，许多优秀品质在书中得到了表现。他热爱党和红军，热爱人民群众；他仇恨阶级敌人和不合理的旧社会。他那艰险困难的生活经历和成长过程也很动人。在改编开始，分析原作塑造的形象，我们确定要写一个英雄的童年，写冬子在红星指引下成长的形象。人物设计有了，人物的起点有所提高，反抗性也有了加强。但是，由于对主题认识还不深，特别是只强调了成长的一面，人物思想、行为的高度还不够。随着主题的深化，对形象的再认识也一步一步地加深了。特别是在修改初稿的过程中，我们和小说作者李心田同志一起研究，才逐步从想、等、盼、找（红军）中解放出来，把成长和高大统一起来，突出了“斗”，强调了“夺”，明确地把小冬子作为全剧的第一号人物来塑造。确定这次改编的根本任务，就是要通过这样一部影片，塑造一个少年英雄的形象。

在这个形象的认识和设计过程中，我们碰到了两个问题：

一个问题是：儿童能不能作为英雄形象来塑造？这个问题我们经历了一个认识过程。在改编之初，我们也觉得，从改编的任务和体现主题的需要来说，应当以小冬子为第一号人物；但是又觉得以孩子、以成长中的人物为第一号人物，没有现成的例证，拿不准，把握不大，因此一度就有些摇摇摆摆。记得我们在讨论过程中，就有各种各样的想法和意见。有的认为，顶多把他写成吴清华那样，是个英雄形象，但不一定是主要人物形象，不是一号人物。一号人物是谁呢？有的说应该是吴修竹。现在回过头来看，如果是把吴修竹作为一号人物来写，那么，这部影片就可能完全变成另外一部片子了。

在改编实践中，我们逐渐认识到：在这部具体的影片里，以冬子这一个少年英雄作为主要英雄人物，是必要的，也是可能的。我们是从这两方面来理解的。一个是必要性。我们想到，创作这么一部影片，拿给今天的少年儿童看，从创作人员的政治责任感出发，从这个具体的题材出发，我们应当在银幕上树立起一个正面的、完美的、理想的革命儿童形象，塑造一个革命的少年英雄典型，为千百万少年儿童立起一个榜样。这是体现作品主题的需要，也是对少年儿童进行思想和政治教育的需要。既然是必要的，就应该努力去想，去做，去实现它，这点我们是比较明确的。再一个是可能性。从冬子的特定的历史时代、特定的生活道路出发，我们觉得把冬子作为作品中的主要人物塑造也应该是可行的。少年英雄为什么不可以成为主要人物呢？从实际生活出发，在革命历史上和现实生活中，涌现过许许多多少年英雄，他们的形象和英雄的父辈一样光辉灿烂。像刘胡兰，她为革命献身的时候，不过十六岁。

根据这样一个总的认识和理解，我们具体地分析研究了冬子这个形象和在创作中遇到的问题。比方说，在创作中有时有人提到：冬子不成熟，能不能作为一号人物？我们联系生活实际和创作实际，觉得对成熟应该做辩证的理解。成熟，是相对的，不是绝对的；是发展的，不是静止的。成熟，就是从较低阶段到较高阶段的一个发展的过程，是在斗争实践中成长的结果，而不是天生的。冬子从一个苦孩子到人民军队的英雄战士，可以经历一个从不够成熟到成熟的过程。我们把他这一发展过程和相对成熟统一起来，描写他在斗争中成长，最后成为相当成熟的少年英雄典型。又比方，还有的同志提出：冬子是个受教育的对象，他是向革命长辈学习成长的。那么，学人家的人，能不能作为一号人物呢？能不能作为作品的主要人物来塑造呢？我们的理解是：学，固然是向别人、向更高的人来学，但是从“学”本身来讲，学，就是了不起的形象，学，就是了不起的崇高的品质。一个革命的少年儿童，他在成长的过程中，向革命长辈学，学习敢于斗争和善于斗争，学习一不怕苦二不怕死；那么，这样的一个形象，这样的一种学习精神，本身就是光辉的思想品质，本身就值得很好地学习效法，本身就是革命英雄人物的重要的组成部分。因此，写他的学，不是贬低了英雄人物，而是塑造人物的必需。这也是我们的一个理解。就是根据以上这样的认识和理解，我们认为：把冬子作为《闪闪的红星》这部电影的一号人物来塑造，不但是必要的，也是可能的。

在人物形象的认识和设计上，我们碰到的第二个问题是：怎么样突出人物形象的艺术特色。我们的理解是：要影片有艺术特色，首先就是要主要人物的形象有艺术特色。在从小说到电影的改编过程中，在考虑和设计塑造一个什么样的形象的时候，我们就注意了把握形象的艺术特色和突出形象的艺术特色的问题，并在创作过程中逐步明确起来。

小冬子这个形象的基调和艺术特色大体上可以概括为这么几个方面：

第一个方面是从生活出发，注意人物的特定性。也就是说，冬子这个形象的塑造，不能一般化。原小说对小冬子的形象的描绘，提供了很好的特色。特殊的、多变的生活环境，特殊的遭遇和成长的道路，也就有了特殊的人物性格。因此，这个形象不是一般的，是特殊的，很少有。这么一个小孩，在苦水里出生，7岁得到翻身解放。后来父亲远征了，母亲为了掩护群众壮烈牺牲了，他就在革命部队里生活，在激烈的阶级斗争当中长大。这样一个道路，这样一个遭遇，这是冬子所特有的。这个特定性，是人物形象特色的根基。我们改编，就一定要很好地珍视和抓住这些特殊性的东西，只能突出它，不要磨平它。这里涉及一个通过特殊来反映一般的问题。也就是说，只有从生活和形象的特定性出发，塑造一个特定的、无可替代的独特的艺术形象，才能够深刻地反映一般、反映普遍、反映共性。在改编中，我们注意了这个问题。例如父亲治伤、母亲入党等场，几次改稿，都始终保持了原作的情节。父亲远征前的一场，略有改变，也是为了表现特有的东西。必要地添加某些情节，如山上生活和筹盐等情节，也都注意从人物所处的时代生活出发，从形象的特定性出发。这样，从生活出发，来重视“特”字，人物形象才不是一般的，才能具有艺术特色。

第二个方面是以写冬子的内心世界的丰富和思想的深度见长，不追求紧张情节和惊险动作。这是我们在突出形象艺术特色方面给自己规定的又一个追求的目标。既要注意冬子形象的无可替代的特定性，又要深入地挖掘他的内心世界，这也是我们突出冬子形象艺术特色的一个重要的方面。我们不去搞那些紧张的情节和惊险的动作，而是靠写冬子心灵的丰富和思想的深沉来见长。只要把他的思想写深了，把他的内心世界揭示深了，那么这个形象必然是有别于其他的艺术形象的，才是冬子形象的独特的艺术特色。所以我们注意到，不要搞浅了。

第三是写正面，不写反面的东西。冬子，是个正面的、完整的儿童团员的形象，是在银幕上给少年儿童观众提供的一个榜样，因此，我们确定，不让他的形象里边出现反面的、容易对青少年观众有副作用的东西。用我们的话来说是：不要搞歪了。说说容易，但是在创作实践中，也曾经一度出现过这样的想法：是不是让冬子在成长的过程当中，捅一点娄子，犯一点错误，给斗争造成一点损失，然后让吴修竹或者别的什么人教育他，使他提高了，把他搞成一个转变型的人物。这种想法，我们很快把它否定了。我们认为，没有歪门邪道，这正是冬子这个艺术形象的特色。

第四是要正确地把握和处理儿童特点。或者说，要有儿童特点，但不要追求低级的儿童趣味。冬子是一个“党的孩子”，又确实还是个孩子。这里就要注意掌握这两个方面的关系，反对两种倾向：一种是只注意他的儿童特点，不注意他的高大；另一种是只注意了他的高大，忘了他是个儿童。这两种倾向我们都反对。既反对借口写儿童特征而追求那些低级的儿童趣味，把一些顽皮、打闹、恶作剧等不高的趣味塞到冬子身上，降低了形象的高度；又反对忽视冬子形象的儿童特点，不注意符合人物年龄特征的语言、动作，而把他写成了“小大人”。在创作实践中，我们努力把成长与高大、儿童与英雄统一起来，用我们的话来说，就是：写英雄的时候不忘他是个儿童；写儿童的时候牢记他是个英雄。并且提醒自己：不要写油了。

除了以上这几个方面以外，如果要加的话，还可以加一个方面，就是追求新意，力避雷同。要使人物形象有特色，特色，就是不同。在创作中，我们尽量提醒自己，要从影片和冬子形象的特殊性出发，一般的东西、已有的艺术作品中用过的情节、细节，我们能不用就不用，尽量用一些比较新颖的东西，来突出特点，避免雷同。比方说，在原小说里面，妈妈就义是在胡汉三家门前的一棵大樟树下被烧死，这就和以前有的戏中英雄就义的艺术处理相似。为了把妈妈在烈火中永生的形象突出，又把她英勇就义的场所搬家，我们也想了若干的场所、形象，最后选定在一个土楼上。在苍松翠柏掩映之间，土楼就像大理石的雕座一样，然后，在烈火当中，在一个高耸的雕座上，屹立起一个英雄的雕像。我们觉得这样至少在艺术处理上稍微有一点变化，不仅是消极地避免了雷同，而且有了一点特点，有了一个比较新鲜的意境。所以我们又要求自己，不要搞重了。

我们就从这么几个方面着眼、着手，作为塑造冬子形象追求的具体目标，努力争取做到使形象独特。深沉、完整、生动而又新颖，既不要磨平了，又不要写浅了，也不要搞歪了，更不要写油了，还不要搞重了。这样，把冬子形象的艺术特色尽可能突出，把冬子塑造成一个可信、可爱、可学的少年英雄。自然，要实现这样一个艺术上的追求，是很不容易的。特别是深刻揭示人物内心世界，使人物思想达到相当的高度和深度。不仅表现他干了什么，还要表现他想了什么；不仅表现他怎样斗争，还要表现他为什么而斗争。这，在电影表现上是有一定难度的。但是，难的东西，又常常是有意思的。

三　怎样塑造冬子的形象

第三个问题，就是怎么样塑造形象。也就是说，怎么运用革命现实主义和革命浪漫主义相结合的艺术方法，塑造冬子这样一个儿童团员形象。

我们塑造冬子的形象，追求的一个总的目标，就是要满腔热情、千方百计地在银幕上树立起一个可信、可爱、可学的少年英雄典型。用简单的话来说，就是既要正确，又要动人。既要有相当的思想深度，又要有较强的艺术感染力量。首先是要正确，不能搞错了。只动人而不正确，是我们坚决反对的。但是，只是没搞错而不动人，也是我们所不取的。所以要努力使这个形象有血有肉、生动感人，具有思想深度和艺术感染力量。围绕这么一个目标，在形象的具体塑造上，我们是从这么几个方面来做的。

一个做法是，叙好人物思想行为的“根子”，安排好环境，找好根据。

“叙根子”，就是要叙清楚人物的阶级的和社会的根子，为人物的思想性格找好阶级的和社会的依据，使形象深深地植根在特定的生活斗争的土壤里。在这方面，我们首先碰到的问题是怎样把人物的阶级根子叙得正确、鲜明而又有特点。小说从冬子的父亲接触革命起，对过去被压迫、被剥削生活，有个回叙，有个交代。这在小说里比较方便。但是在电影里，怎么能使冬子的阶级深根，在情节发展过程中，让观众清清楚楚地看到？我们决定不专门搞一段过去苦难生活的回忆，而是把冬子“在阶级压迫的苦水里泡大”的生活面貌、苦孩子的形象，连同他与反面人物的阶级关系，都随着电影的情节展开，形象地展现出来。当然，“叙根子”要叙得和情节、形象统一，这个统一我们也不是一下子就找到的。这里，就联系到人物的起点和出场问题。冬子的出场，我们既要形象地展现他遭受阶级压迫的生活面貌，又不想在“苦”字上做文章，于是便选取了将要摆脱阶级压迫、迎来解放的时刻作为影片的开端。但是，人物的出场，一开始并没有设计好。在起初的设想里，冬子的出场是这样描写的：冬子担着一担柴，走过胡汉三家的大门口，碰上了胡汉三的儿子。当这个地主崽子拿米糕侮辱冬子的时候，冬子把柴担一扔，上去打了他（这个情节是从小说的后半部伪保长的儿子的情节挪过来的）。一打之后，胡汉三跑出来，就接上了冬子被吊打的那个场面。当时，我们觉得这个出场倒也可以显示冬子遭受阶级压迫的童年生活。但是后来发现这样出场有一个明显的不足，就是冬子一开始与之斗争、冲突的对象是个地主崽子，不是反动阶级代表人物胡汉三。这样，矛盾既不尖锐，意义也不大，冬子起点也低了。所以我们把它改了，改成了冬子担柴进村以后，直接和胡汉三碰面；在胡汉三要打冬子的时候，他奋力反抗，用柴捆猛撞胡汉三。这就是现在影片的开头。这样一个出场，就比原来有了提高，人物的根子叙得比较实在了，人物的性格比较突出了，人物的起点也高了，而且也有助于矛盾冲突的发展。我们的小英雄一开始就和反动统治阶级的代表人物胡汉三进行了面对面的交锋。表面看来是敌强我弱，但是冬子显示了他是一个新生的、不可战胜的力量。在以后的一次次交锋中，冬子在上升，在前进，在占上风，最后终于刀劈了胡汉三。从这里，我们体会到：根子叙得充分，人物植根于鲜明的阶级关系之内、激烈的阶级斗争之中，置身于能显示其性格的典型环境之中，形象才能扎实、壮实。

找好英雄人物阶级的、社会的、历史的根据，还联系到人物和环境的关系问题。我们觉得，在艺术构思的过程中，要使人物进入一个最能鲜明地显示他典型性格的典型环境里边去。这个典型环境，要从人物性格出发，根据人物性格安排；要激烈，要尖锐，要突出矛盾冲突，也就是说把人物推到风口浪尖上去，人物才能更好地显现他的品质和性格。冬子性格和环境的关系，用我们的话来讲，就是正确地处理好“疾风”和“劲草”的关系，处理好“钢”和“炉火”、“刀”和“磨石”的关系。“疾风知劲草”。冬子所经历的生活和斗争环境非常艰苦、非常严峻，是一个“疾风”的环境。要塑造好冬子这样一株茁壮成长的“劲草”，就必须要写好“疾风”，把环境和人物很好地统一起来。在改编过程中，我们对原作中展示冬子性格的环境做了一些集中、调整，尽可能把冬子往阶级斗争的风口上推一推。比方说，对冬子和胡汉三之间这一条矛盾的主线，就进行过多次研究和剖析。本来从冬子在窗口看到胡汉三回来的镜头以后，一直到米店一场的后半部分，很长的一段时间，冬子和胡汉三没有照面。于是，我们又安排让小冬子和胡汉三围绕着“靖卫团”的破木牌子，有一个不见面的“冲突”；并且把小冬子山上坚持和下山筹盐都和胡汉三的恶毒封山联系起来；在筹盐过卡的时候，又安排让小冬子与胡汉三再一次见面。这样，使冬子处于严峻的斗争环境之中，加强了敌我双方矛盾冲突的主线，突出了小冬子“斗”的形象。

第二个做法是，理清人物思想发展、成长的“线路”，安排好阶梯。如果说“叙根子”是从历史的深处扎好人物的根，那么在塑造形象上，还要解决一个发展的“纵线”问题，也就是说，理好英雄人物思想性格发展、成长的线路、脉络。我们觉得这个问题很重要。小说《闪闪的红星》，这个问题是解决得好的。它用红星这样一个道具，作为一个象征，作为贯穿线索，像根钱串子一样，把一些看来比较松散的事件穿起来、组织起来。这样一个艺术构思给了我们很大启示。冬子是个英雄形象，又是个成长中的形象。这个形象从开始展示到完成，有一个纵的发展过程。要塑造好这个形象，就需要把人物活动、成长的线索和情节的主线理清，体现出发展的连贯性。学习小说的艺术构思，在冬子形象的塑造上，我们首先注意了这个“线路”。冬子在“得、失、夺”的斗争环境当中，前后度过了六年；这六年中，他从一个苦孩子，一步一步成长为一个革命战士。这样一条线索，要把它理清楚，紧扣着在红星照耀下成长。我们依托着红星这样一个贯穿道具，把它作为象征，作为一条完整的艺术贯穿线，把冬子的生活经历组织起来。在红星的这条线索底下，就是他从低到高、从不够成熟到成熟的一条成长线。理清楚这么一条线，整个作品情节的主线和思路就单纯、清晰了。

理清楚人物思想性格发展成长的线索的同时，还要注意思想发展的阶段性。用我们创作时的话来说，就是根据冬子发展成长的主线，安排几个台阶，使他一步一步地跨上几个高度，最后达到高点。我们把冬子思想发展的情况分析了一下，大体上分成了四个段落：一个段落是从影片开始到抓逃跑的胡汉三，打一个句点，以咬胡汉三一口那样一个动作作为标志，让冬子的思想达到一个高度。当然，这个高度显示了他性格的基本特征，但还较多地带着自发性和朴素性的东西，因为他这时还只是个七八岁的孩子嘛。第二个段落，从父亲开刀、治伤，到父亲远别、冬子盼花开、母亲入党，一直到母亲的就义。就在母亲就义的时候，他拦住要去救援的群众说："妈妈是党的人，不能让群众吃亏。这是我妈妈说的！"以这个动作、这么一句话作为标志，作为他思想飞跃的一个高点，算作第二高度。第三个段落，就是从柳溪战斗、山上生活到筹盐过卡子了。我们以熬盐的火光映着冬子脸孔的形象作为又一个句点。他经过了山上斗争生活的锻炼和教育，又自觉地为坚持武装斗争的游击部队解决吃盐问题，做了这么一个大的行动。在这里，就是吴修竹给他的那个"鉴定"：你在这里已经考过了，已经毕业了。也就是说，冬子的思想达到了一个新的高度。最后一个段落，就是米店斗争和刀劈胡汉三。在这里，冬子更自觉，更主动，思想也达到了更高的高度。刀劈胡汉三以后，闪闪的红星就戴在了军帽上，叙完了苦孩子到革命战士的思想历程，完成了具有阶级自觉的"小红军"的形象。

理出这样几个台阶、几个高度的同时，我们还注意到一点，就是对于每一个段落，我们又把它看作是一个过程，也让它有一个从低到高、层层揭示、步步加深、逐渐提高的展现。比方说父亲开刀的一场戏，这是大的段落里面的一个小段落。我们觉得，就是这么一个小段落，也不是静止的，也应该作为一个发展的过程来对待，有层次地展开。开始，通过冬子的眼，看到父亲拒绝了用麻药，忍痛开刀，在他心目中就立起了一个具有坚强革命意志的革命战士的形象。他懂得了：做一个革命战士就是要坚强、不怕苦，就是要舍己为人。按说这一笔完成了，在这里打一个小句点或是分号也可以。但是，既然描绘的是成长的形象，还不能在这个地方打住。只要情节还有潜力可挖，还需要在人物得到革命品质的教育的同时，使情节再深化，把他的思想觉悟再发展、提高一步。所以接着就采用和依托原作里面的子弹头的情节再做点文章，把冬子的思想再提高，从报个人的仇上升到解放全人类的思想境界。这么一抻，这个过程就有了起伏，有了发展的层次。筹盐的情节也是这样，从冬子捧起那碗加了盐的野菜汤，点出山上缺盐，到看见宋爷爷带上山的那个盐罐，自觉自愿地下山，直到把盐水倒在棉袄棉花上，带过卡子，然后再去熬盐。这么一段戏，我们也是沿着冬子思想成长这个总线路，把它作为一个过程，一层一层地铺垫上去，又一层一层地揭示出来。现在回过头来看，理好纵线，区分阶段，又处理好每一个发展的过程，对塑造主要人物形象是大有好处的。

这里，联系到情节的问题。情节的安排，在艺术构思里是很重要的。情节是人物性格的历史嘛。但是情节是为表现主要人物服务的。一定要紧紧地围绕着突出主要人物，才能够选择和安排好情节。要重视情节，又不能唯情节论。我们在改编过程中，围绕着冬子的形象，对原著的情节做了挑选和安排，凡是有助于表现冬子思想性格的，都把它挑选出来；挑选出来以后，觉得不足的，我们就去强化，去提高；觉得还有点欠缺，就再从冬子的形象出发，从生活里面去发掘，去添加。比方说，在我们写初稿的时候，从冬子参加了柳溪战斗上山以后，就直接进入了米店。后来几次研究，总觉得在冬子的思想性格发展成长的历程中，这个跳跃太大，这中间缺少点东西。我们就和原作者、导演一道，根据表现人物思想发展的需要，调动了我们的生活经验，添加了搞盐的情节。缺盐，这是那个特定的历史条件下特殊的困难，便于展现生活面貌，也便于表现冬子思想性格的发展；搞盐又是冬子一个力所能及的事情。我们选择了这个情节，也就是说，给作品里加了这么点“盐”，就觉得有味道了。抓住这个情节，把它铺垫、安排好了，就成了整个电影情节的有机的组成部分。现在看来，它是合缝的，符合人物性格的，对于塑造冬子的形象也还是有表现力的。

第三个做法是，抓住人物性格的主要特征，多侧面地刻画。把纵线理清楚了，还有一个横的展开的问题，就是抓住人物性格的主要特征来精细地刻画。塑造光彩夺目的形象，靠的不是机械的拼凑，不是面面俱到的罗列；靠的是对人物主要性格特征的准确把握和深刻表现。在电影中更是如此。只有首先把主要的性格特征抓住了，突现了，形象才能够鲜明突出。冬子的形象是丰富的，是多侧面的；但是，在诸多侧面中，总有一个侧面是主导的，是主要的。要把他的形象很好地在电影中突出，首先就应该找到和抓住他性格中的这个主要的特征、主要侧面。我们通过红星这个象征，紧紧围绕着“党的孩子”这样一个总的形象设计，来分析形象的诸侧面。我们理解到：冬子之所以是“党的孩子”，他的主要的思想特征是什么呢？就是他对党和红军深厚的阶级情感。这就是“党的孩子”内在的思想根基。那么，他性格的外在的表现是什么呢？就是斗，敢于斗争，而且善于斗争。这样，我们就觉得抓住了冬子思想的主导侧面，就抓住了他性格的主要特征。

抓住了人物性格的主要特征，就不能丢手，不能游离；就要努力去突出它。围绕着冬子基于鲜明阶级爱憎而形成的革命自觉性、斗争自觉性这一特征，我们为他安排了一些动作和情节：从人物出场到主动与潜逃的土豪搏斗；从紧握父亲开刀拿出的子弹头，到自觉地含着悲愤阻拦群众下山；从渴望参战到主动砍断小桥的竹索，阻击逃敌；从把多盐的菜汤倒进大锅到自愿下山筹盐；从主动组织群众抢走敌人军粮，到火烧刀劈胡汉三。这一系列的情节、动作，都为了突出主要人物的主要性格。这样，突出了主要的、主导的侧面，达到了思想和形象的统一，性格就突出了，形象就高了。

抓住了和突出了主要性格特征，就好办了。首先，突出了主要特征，也就突出了人物的个性；因为这是“这一个”形象的主要特点，是他的个性的主要标志嘛。性格的主要特征不突出，就没有了个性，也就没有了性格和形象。其次，突出了人物主要特征，也才能够单纯、凝练。在英雄性格的主导方面把文章做充分，把思想性格写深，这看来似乎是少了，实际上却多了，厚实了。突出了人物主要的特点，也就是主导的侧面，获得了思想和形象的深度，那么他的其他的侧面，就在这样一个主要特征的带动之下，有机地统一和结合起来。比方说冬子机智的这个侧面，由于突出了他的强烈的阶级爱憎和革命自觉这个主要侧面，他的机智是产生在这个思想基础上的，所以，在筹盐过卡子的时候，他把盐水倒进棉衣，巧妙地通过了敌人哨兵的搜查；在米店面对着阴险狡猾的胡汉三，他沉着、机警地对答敌人的盘问。这个侧面，和他的主要特征是统一的，但是又丰富了。又比方，对同志的热爱，一件棉大衣连起来的阶级深情，一碗盐菜汤反映出来的同志之爱，这个侧面，也是在主要特征的基调定稳了、定准了之后，很自然地带出来的。

在这里，还联系到一个问题，就是把主要力量放在重场戏上。文学、戏剧、电影作品中，常常都有人物性格展现得最鲜明、内心世界披露得最明显、阶级情感最激荡、矛盾斗争最尖锐，这么一两个最活跃的部分，这个部分，在戏剧里、电影里，常常是重场戏。调动一切艺术手段，把重点戏、重场戏抓好，做深做足，不零打碎敲、支离烦琐，才能突出主要英雄人物。比方，从冬子跟随母亲离开柳溪、听母亲唱“夜半三更盼天明”开始，直到母亲英勇牺牲，这段戏是冬子思想性格成长的关键，也是整部电影的一段重场戏。我们就紧紧抓住了这个段落，集中笔墨，作为塑造“党的孩子”的形象的核心部分，来细刻深掘，把戏做足。写冬子听歌、盼花，就把他热爱红军的内心写得情深意长；写母亲入党，就着力刻画冬子思想的飞跃和誓做“党的孩子”的意志；写遵义会议的喜讯传来，就着力烘托冬子在毛泽东革命路线光辉照耀下的幸福感情；写母亲壮烈牺牲，在突出母亲的英雄形象的同时，更用力描写了腾空的烈焰照亮了冬子的心，强化了他的感情高潮，突出了他按党的要求做出的英雄行为。整整一段戏，就是一曲“党的孩子”的革命赞歌。对于这一场戏，无论文学剧本的改编，还是导演的处理，都把它当作一个重点，尽可能做得饱满充沛、酣畅淋漓；把它做足了，做充分了，重场戏搞上去了，主要人物才能突出。

第四个做法是选取有表现力的细节，展现人物的内心世界。电影是可视的艺术，主要是给人看的。怎么能让观众从银幕上看到画面、看到人物外在形象的同时，又能看到人物内在的思想面貌、情感变化；让观众眼睛长上翅膀，飞到人物的心里边去，把英雄的内心世界看得清清楚楚。在改编实践中，我们体会到：对内在和外在的关系，也要有一个辩证的理解。人物外在的行动，没有不是他思想支配的结果；人物内在的思想状态，没有不可以借助外在的形式来表现的。只要正确地运用电影所拥有的广阔的艺术手段，就可以通过外在去表现内在。而在通过外在表现内在的诸多手段中，有力的手段之一，就是有表现力的细节的选择和运用。比方讲，要表现出：一个7岁的孩子懂得自己和中国共产党的关系，懂得自己和共产主义事业的关系，那应该是颇不容易的。但是在影片《闪闪的红星》中，由于导演和摄影在艺术处理上下了功夫，在母亲宣誓入党的场面里，我们看到冬子懂得了这个重要道理。在这场戏里，写的是母亲的入党宣誓，但重点却是通过若干细节的描写，表现冬子的内心世界。当冬子随着入党宣誓的进行，从草铺上庄严地坐起来，向着党旗凝望的时候；当母亲宣誓为共产主义奋斗到底，冬子也举起了小拳头的时候，观众看到了他的内心，看到了他对党、对共产主义的理解。观众看到：共产主义这个看来似乎抽象的概念，成了形象的东西，和冬子融为一体了。而当冬子附在妈妈的耳边，低声地说出“妈妈，你是党的人，我就是党的孩子啦”，这个时候，冬子和党的关系，冬子把自己交给党的决心，也就形象地揭示出来，人物的内心世界清晰可见了。这些，主要靠的是细节的运用，靠的是细节的精确描写。

当然，准确、鲜明、生动，又有艺术表现力的细节，也不是一下子就容易找到的。必须从生活出发，从形象的思想性格出发，做精细的选择，认真的推敲。在艺术创作的劳动中，懒汉是找不到塑造人物的好细节的。试举一个细节的选择为例子。冬子跟随部队去参加柳溪战斗，到了村边，吴大叔告诉他：留下来。这时，冬子一心想去参加战斗，消灭敌人，为母亲报仇。怀着这样渴望参战的急切心情，却突然硬被留下来了。冬子的心情是什么样？当然是很不高兴啰。怎么能把这时的心理情绪表现出来呢？让他大哭大闹，当然不行；让他嘟嘟囔囔，也不好。这不符合冬子的性格。那么，怎么表现得又恰切、又准确、又深刻？我们想来想去，找到了这么一个细节。冬子问宋大爹：“打枪，能听见吗？”宋大爹说：“能。”“起火，能看得见吗？”宋大爹说：“能。”冬子噌地爬上了树。负责看孩子的宋大爹就坐在树底下抽着烟等着。但是冬子看着看着憋不住了，就抓着一根悬空的野藤子，一悠，悠到了另外一棵树上，爬下来就往战场上跑。下边再接桥上砍竹索的戏。当时我们觉得这个细节能反映冬子的心情，也还有点情趣。但是后来到了导演手里，导演再创造的时候，把这个情节换了，换上了大家在影片上看到的磨刀的那个细节。看到影片之后，我们创作组同志觉得换得好，从导演那里学习了细节的选择和运用。磨刀，这个细节是无言的，是正面的积极的形象，又是一个有表现力的细节。冬子此时此刻的复杂心情——对敌人的强烈仇恨，急欲参战的斗争热情，甚至对于被留下来有点不满情绪的心理状况，都在磨刀的细节中鲜明恰切地透露出来，透露得准确，透露得深刻。就这么一磨，把人物的内心世界磨出来了，也把艺术的感染力磨出来了。

细节的选择和运用，联系着道具的选择和运用问题。小说《闪闪的红星》，在道具的运用上，是很有匠心的。小说所提供的道具很多，最初我们都把它拣出来。比方，一颗红星，一把柴刀，“列宁小学”课本，父亲身上取出来的那颗子弹头，母亲留下来的一件小夹袄，还有多次出现的胡汉三家门前的那棵大樟树，总共有六七样东西。后来，觉得在电影里道具太多了不行。少了才能多啊，才能表现得丰富深刻。最后围绕着冬子在红星照耀下战斗成长这么一条纵线，突出了那颗红星，贯穿全篇；又紧扣着“斗”的形象，强调了那把柴刀。柴刀，从影片的文学剧本开始，就让它和冬子的形象一起出现，“迎着晨光，凌空举起，又迅猛劈下”；然后，这把刀砍竹索、挑野菜、劈木柴，最后又“迎着火光，凌空举起，又迅猛劈下”，劈到胡汉三的那个秃脑袋上去了。此外，同样服从于性格描写的需要，把母亲留下的小夹袄改成了棉衣，又添加了一个装盐的竹筒。这些道具的运用，实际上也是细节的运用，都是为了突出人物的思想性格和揭示人物的内心世界。当然在这方面我们做得还是很不够的。像红星，虽然贯穿了，强调和突出得还不够。

和动作、细节选择运用问题联系着的，还有一个对话的问题。在这次电影改编创作中，我们，特别是我这个电影剧本创作的新学徒，这次在创作组的电影艺术内行的带领下，学艺的过程中，开始体会到：电影这个形式，一般地说对话是不能多。首先，对话多了，语言本身就不突出了。更重要的是，对话多了，把别的艺术手段挤掉了，不利于运用电影的多方面的艺术手段塑造英雄人物，不利于形象地揭示英雄人物的内心世界。所谓对话少，就是行动多、动作多、可视的形象多嘛。在电影《闪闪的红星》里，冬子在山上的一段，从战士为他盖寒衣直到熬野菜汤，整个一长段生活的描述，完全没有对话。冬子从下山到进姚湾镇筹盐、到过卡子之前，整个的一段，也只有一句对话。这些地方没有语言，没有对话，反而加强了影片的动作性，更好地创造了艺术意境和人物形象。所以有的同志指出来，说："此处无声胜有声。"当然这样说，我们影片作曲的傅庚辰同志该不同意了：怎么没有声啊，还有音乐哪。换个说法吧，"尽在不言中"，导演又该反对了：这也不行，这里有大量的电影语言啊。正是这样，在电影中对话也少了，电影语言就多了，电影的其他艺术手段就有了"用武之地"，才能有效地在银幕上唱出英雄的赞歌，树立起英雄的形象。

第五个做法是正确处理主要人物和其他人物的关系。冬子是个孩子，是个被教育者，却是主要人物；父亲、母亲、吴修竹、宋大爹这些人是教育者，却是次要人物。那么，教育者能不能铺垫和陪衬被教育者呢？教育者写低了，对冬子的影响力小，起不到陪衬的作用；教育者本来思想就比较高，再写高了，会不会压了冬子？从改编的实践中，我们逐步认识到：这一点是不是个问题，关键在哪里呢？关键在于：你这个"点"落在哪里，落在谁身上。从这个作品的艺术效果来看，只要把"点"落在冬子身上，那么，就会出现一个颇为有趣的艺术现象：看来，是父亲、母亲、吴修竹、宋大爹这些英雄的长辈在那里教育冬子、提高冬子、帮助冬子成长；但实际上却又是这样一些人物处处在陪衬冬子的形象，为冬子垫戏。是不是可以这么说，这些革命的长辈，他们身上焕发出的革命精神的光辉，一束束，一道道，都照到了冬子的身上，把他的形象映照得更加光辉灿烂了。或者换一个说法，正是这些革命的长辈，通过自己的言行，把毛泽东思想的雨露，一滴一滴地洒到了冬子的心坎上。这样，这么多的哺育他的阳光雨露，都洒到了他身上，在他心中长出茁壮的芽，开出英雄的花。观众看到了这个浇洒的过程，更集中地看到了一个崇高、壮美、丰富的英雄的心坎。我们理解，应该是这样一个关系。所以，看起来是教育，实际上是陪衬。由此证明，对于其他正面人物和英雄人物，不是去压低，而是必须写好；写好次要的正是为了突出主要的。关键是以冬子为中心，以冬子为落“点”，把这个“点”落好。如果是落“点”落准了，那么就是“垫”，就是其他人物铺垫了冬子；如果落得不准，有点摇摆，那么就可能出现“夺”，其他人物夺了冬子的戏；如果完全不落，不往冬子身上落，孤立地塑造其他英雄人物的话，那么，结果可能就是“压”，就是其他人物压了冬子。我们既反对压，又不让它夺，就要紧紧掌握住把“点”完全落到冬子身上。比方，母亲英勇就义这一场，对于母亲这样一个优秀的女共产党员的形象，我们尽力地往高里塑造。实际上，塑造得高大了，她的形象的光辉照到了冬子的心里，并没有压冬子，反而有力地陪衬了冬子。对于这场戏，编剧的过程中注意了“落点”，拍摄过程中，导演和摄影也注意了“落点”。我们在描写就义之前，把母亲和冬子的戏铺垫好，当英雄就义的火光腾起之后，在中景和远景中，烈火在燃烧，高亢激越的歌声里连续出现的是冬子的一个比一个近、一个比一个大的近景和特写，饱含悲愤的面孔，燃着仇恨怒火的眼睛。然后，那么一个强烈的动作，拦住了要去救援的群众，体现了母亲、也是党对他的要求。这样，水涨了，船也高了。母亲，这个“党的人”的形象出来了，冬子，这个“党的孩子”的形象也突出了。

最后，还有一个问题，也就是第六个做法是千方百计地突出革命激情，为革命抒情，抒革命之情。革命的文艺作品，就应该充满着革命激情。联系改编《闪闪的红星》文学剧本的实践，我们体会到：要作品有激情，那么首先作品的创作人员（当然包括编剧、导演、摄影、音乐、化妆、美工等各个方面）本身就应该有激情，对革命斗争生活和革命英雄的形象有感情；创作者有情，作品才能有情。也就是说，只有创作人员对英雄人物有深厚的热爱，爱得深了，才能满腔热情，千方百计地去塑造英雄形象，突出革命激情。

在解决对人物感情态度的基础上，还要敢于抒情。因为突出革命激情，抒阶级之情、革命之情，在创作实践上，还有一个敢不敢的问题。冬子生活和斗争的环境，是“阶级斗争的烈火”熊熊燃烧的环境，是革命战争极其艰苦、极其严峻的一个时代。冬子的生活道路上，又经历了一些特殊的遭遇，父亲长征远别，母亲英勇牺牲，既有艰苦的敌后山林生活，又有艰险的地下斗争。这些，用我们创作组内的说法，叫作有“生离”，也有“死别”。能不能正确地认识和正确地表现革命严酷年代的艰苦奋斗、英勇牺牲，关系着能否正确地突出革命激情，也关乎形象的高低成败。这里，我们碰到了态度的问题：究竟敢不敢去接触？是消极地回避还是积极地表现？对于这个问题，我们不是马上就解决了的。在开始的时候，我们比较犹豫，用我们的话说，这是个“危险地带”，一走不好，就搞错了。有一个例子，很说明我们当时的心情。在原小说里，冬子母亲的牺牲，是游击队员陈叔叔上山来给冬子讲的。我们觉得，在艺术处理上，母亲壮烈牺牲这样一个对冬子影响很大的事件，是听别人讲出来的，对表现冬子的形象和思想感情不利，应当把冬子拉到母亲牺牲的土楼前面去，让母亲英勇就义的英雄火光，映照着冬子，映照着冬子的脸，映照着冬子的心。但是，把冬子推到了土楼前面以后，又担心：让冬子看着自己的母亲被烧死，这样处理行不行啊？冬子的感情怎么掌握？会不会太低沉了？甚至想让冬子喊两声“妈妈”，喊什么样的声调啊，高一点，还是低一点？都琢磨了好久。后来还是想：把他拽回到山上，让宋大爹给他讲讲算了吧，别去了，去了不好办哪！弄不好就错了。这就反映出我们创作思想上还不敢闯，还缺乏创新的勇气。后来我们认识到：我们不能因为怕犯这样的错误而回避描写革命的挫折失败和斗争的艰苦牺牲。这些地方，既然是表现冬子特殊的生活道路和形象所需要的，那么就应该大胆地去接触；要碰，而且要碰好，碰出高亢激越的斗争生活的调子，碰出革命激情的火花。在这里，“准”字非常重要。搞准了就不怕。实践证明，就是要“闯”，不能做懦夫。只要是正确地描写革命战争的艰苦、严峻，把表现革命战争的艰苦牺牲与突出革命英雄主义和革命乐观主义正确地统一起来，就可以准确、深刻地描绘时代面貌，塑造英雄人物的形象，抒发革命乐观主义情怀，突出革命激情。

在具体处理上，我们掌握了这么几点：第一，写艰苦牺牲，要着力写革命精神的崇高壮美。比方说，父亲不用麻药开刀难不难？难。冬子山上的生活苦不苦？苦。在写这些的时候，让人物进到这个环境里边去，但是，我们写苦，却不在苦字上做文章。写父亲开刀之疼，着力写的是革命战士坚强的革命意志；写山上缺衣的冷，着力写的却是一件大衣连起的阶级深情；写敌后坚持的难，却通过一碗野菜汤，着重写了革命军队里人和人的关系，写了革命精神的美和英雄人物品质的高。第二，写艰苦牺牲，要着力写革命乐观主义的情怀。比方说，父亲就要远征了，不回避失败；但写亲人的话别，却谈入党、谈斗争，纵谈革命的未来，纵谈对革命后代的期望。写阶级敌人复辟了，不美化困境；但写白色恐怖的来临，却大写“寒冬腊月盼春风”的歌声，和“岭上开遍映山红”的向往。这样，调子就高了，英雄人物的内心世界里，充满了革命乐观主义的豪迈激情和广阔胸怀。第三，写艰苦牺牲，要着力写革命事业的胜利发展。母亲的牺牲，是英雄的牺牲。在腾空的烈焰映照下，冬子思想提高了，形象站起来了，英雄的前辈用鲜血教育出了后来人。在母亲的英勇就义以后，接着就是火化红旗，接着就是胜利的柳溪战斗。我们不怕把冬子再拉到土楼前面，因为在那里有一曲对烈士的赞歌和热烈的参军场面。“一个战士倒下去，千百个战士站起来”，革命战斗胜利了嘛，革命事业发展了嘛。这样，写的是牺牲，着重点却在写英雄人物为之奋斗的事业的光辉胜利，就把界线划清了，就健康而昂扬地抒发了革命之情。

敢于抒情的问题解决了，就要解决善于抒情的问题了。总的说来，就是调动电影的各种艺术手段，来为革命抒情、抒革命之情。具体的做法，主要有这么几个方面：一个是，珍视可以抒发革命情怀的场景，抓住不放，尽力发挥。小说《闪闪的红星》中，有不少精彩的抒情环境的设置，像冬子到山上盼花开、母亲入党等，改编的时候，从最初设想到最后定稿，都从未松手过，并逐渐加工、深化。例如，冬子盼花，是揭示他心灵深处对红军热爱之情的很有表现力的情节。陆柱国同志在最初构思时，根据小说提供的基础，设计了冬子望着枯枝盼花开的幻觉场面。以后，又曾多次斟酌，有时写幻觉，有时写梦境，有时幻梦并用，几次易稿才定下来。盼花就成了展现冬子内心世界、抒发革命之情的很好的场景。为了强化和充分发挥这一场景的抒情作用，突出革命激情，我们又从这次幻觉生发出来，运用艺术的复现，在全片中安排三次出现映山红：前面加了一次实出，写刚获得解放的冬子，背着书包，穿过映山红花丛去上学。二次是在阶级敌人复辟之后的白色恐怖下，通过冬子的幻觉出现映山红。第三次又是实出，却又完全是幻出的重复，但已是胜利之后，幻想变成现实了。这样，三次映山红花，和“得”“失”“夺”相呼应，写的是物，表现的是主题思想，传的是革命之情。

再一个是，要有革命的诗情画意。电影艺术的特点，就是要让观众看到环境、看到人物；同时，还要看出革命的诗情和革命的画意。为了表现冬子投身于米店里这一场新的更大的斗争，陆柱国同志在写二稿时设计了江上竹排的那个场景。其实，在文学剧本稿里，不过短短的十八个字：“两岸青山，夹着一弯绿水，一只竹排，顺流而下。”接下去，写宋大爹撑篙，冬子坐在小包袱上看着手中的红星，两个人有关于进米店的简短的两句对话。对于这样一个看来平常的场景，引起了创作组同志们的兴趣。一个看似平凡的过场戏，便成了饱含诗意的艺术场景。于是，根据大家研究的设想和歌词大意，在修改时，我又在上边添了初升红日，加了一只鹰。这个设想，到了导演、摄影手里，又进行了很好的再创造。导演和作曲一道把对话拿掉了，放上了一支抒发冬子革命情怀的歌。摄影蔡继渭同志又匠心独运，镜头从嫩绿的新竹间透过去，描绘了这个竹排，描绘了这个象征斗争生活激流的湍急的江流；冬子手捧红星，仰望长空，进入了这么一个激流里边去。这样，这个过场戏便完全处理成了一段充满着革命诗情画意的艺术意境，烘托和表现了冬子的精神面貌和革命豪情。

最后一个是，要根据塑造形象和情节发展的需要，创造出展现人物内心世界、抒发革命感情的意境。在改最后一遍稿的时候，米店里的这场戏，紧张是紧张，悬念也有，但是还缺少点什么。缺少点什么呢？就是冬子走向成熟之后，还缺一笔更高精神境界的剖视，这个地方观众还不能集中清晰地看见冬子的内心。另外，节奏的张和弛、动与静也需要调整一下。后来我们从情节发展和冬子形象出发又进一步琢磨，就安排了望北斗、话延安这么一场戏。在紧锣密鼓、铁马金戈的紧张情节中间，插上这么一个比较恬静的场景：让两个革命的小伙伴，在笼罩着白色恐怖的地下环境中，在漆黑的黑夜里，手捧红星，看着北斗，望陕北，想延安，纵谈革命胜利的美好远景。这样一加，不但情节张弛、疾徐得到了改善，也使观众看到了经过一系列斗争之后，冬子此刻的思想面貌和广阔胸襟，直抒胸臆地吐露了冬子的革命情怀，突出了革命激情。从这里，我们也体会到，艺术上的动和静，虚和实，张和弛，也是对立的统一。要张弛有致、虚实相间、动静结合，才能把一个作品的艺术构思完整地体现出来，也才能更好地为革命抒情，抒革命之情。

以上，就是我们在改编电影《闪闪的红星》文学剧本过程中，塑造冬子这个少年英雄形象的一些认识和做法。我们体会到：从这样几个主要方面着手，为英雄人物叙好了阶级的和社会的历史深根，安排了纵的发展和横的展现，有了深的发掘和揭示，做了多方面的铺垫和陪衬，又在形象具体描绘的基础上尽力地抒发了无产阶级革命激情，才能一定程度地达到思想内容和艺术形象的统一，形象的广度和深度的统一，塑造出冬子这样一个可信、可爱、可学的少年英雄形象。

1974年11月5日于北京

（根据作者生前的意愿，本讲稿曾请陆柱国同志做过删改。王伟、高玉兰又做了适当删节。）

主题的提炼

——改编《闪闪的红星》的一点体会

一部影片，究竟要向观众宣传一个什么样的思想？或者说作品的立意在哪里？也就是对于作品所反映的斗争生活怎样深入地认识和开掘，如何进行提炼和典型化？这是作品艺术构思的重要环节。这也正是我们在开始着手改编《闪闪的红星》时，碰到的一个突出的问题。

中篇小说《闪闪的红星》很有特色，在群众中有相当广泛的影响。小说通过潘冬子独特的生活经历，反映了从第二次国内革命战争后期到解放战争胜利这一历史时期敌后生活的面貌，塑造了潘冬子这样一个少年革命者的艺术形象。作品的时代特点和儿童特点都比较鲜明，又有新颖的艺术情节，为改编电影提供了再创造的良好的基础。

那么，这个再创造从哪里着手呢？

“革命样板戏”的创作经验告诉我们：一个作品艺术构思首先的、重要的一条，就是立意要高。立意高，不是脱离实际的拔高，而是在深刻地认识和反映一定历史条件下的矛盾和斗争的基础上，达到的较高的思想境界。这就要从路线斗争的高度，对题材进行深入的开掘，对主题进行反复的提炼，尽可能深刻地分析题材所反映的特定时期的基本矛盾，揭示矛盾的性质、特点和发展规律，力求达到历史的、思想的广度和深度的统一。学习这一宝贵的艺术经验，我们认识到：再创造，就是要在这个认识和提炼上下功夫；就要按照电影形式的要求，从今天青少年的教育需要和接受能力出发，结合我们所掌握的生活素材，进一步分析与认识原作所反映的斗争生活，在这个基础上提炼主题，深化主题，努力使影片既能正确地反映当时的阶级斗争和路线斗争，又要有现实的教育意义。

《闪闪的红星》改编的艺术构思，就是从这一环节入手的。

当然，提高立意、开掘生活和提炼主题，并不是一下子就能完成的，而是在创作实践中经历了一个认识逐步提高、思想不断深化的过程。开始，我们抓住了这么个中心：冬子在闪闪的红星照耀之下成长。围绕着这个中心去组织情节、剪裁材料，对原小说中的人物做了些调整合并，时间跨度适当缩短。在冬子成长这条线上，摆脱了一些自发性的东西，加强了自觉性的一面。结构起来一看，像个电影了。但是，总感觉不满足，立意还是不够高。主要人物潘冬子仍然处于被保护的地位多，属于他的动作少；别人给他的多，表现他自己的英雄行为和高尚品质的少。

于是，我们根据“革命样板戏”关于“立意要高”的经验，重新分析和研究小说所反映的斗争生活，进行再认识。我们从“红星照耀下成长”这个意念上再深入下去，并且和现实的阶级斗争、路线斗争联系起来，进一步思索了这一段斗争生活的内在意义。透过潘冬子在战斗中成长的独特生活经历和思想历程，通过红星照耀下生活的可贵和这一生活遭受破坏之后的痛苦，我们又抓住了另外一个东西，用我们创作组的话来说就是“得而复失”——革命成果的

“得而复失”。在毛主席正确路线的指引下，革命人民经过斗争，打倒了阶级敌人，赢得了胜利：有人，有枪，有政权，革命成果到手了，得了一个红色的天下。但是王明“左”倾机会主义路线一来，则导致了革命斗争的失败，结果山河就变色，阶级敌人就卷土重来，胜利的成果丧失了，反革命阶级复辟了。当然，错误路线被否定之后，在正确路线指引之下，革命的人民又可以经过斗争，把失去的胜利成果再夺回来，赢得新的胜利。这个革命成果的“得”“失”“夺”的过程，深刻地表明了“思想上政治上的路线正确与否是决定一切的”这一伟大革命真理。路线对了，就有了一切；路线错了，就丧失一切。这个胜利、失败和反复辟斗争的过程，也就是小说《闪闪的红星》所反映的这一段生活和斗争的本质，就是它所内含的、具有深刻意义的思想。抓住了这个“得而复失”“失而复得”的问题，从路线的高度揭示这一场复辟与反复辟的斗争，时代的特殊矛盾冲突找到了，立意高了一步，认识深了一层，达到了一个新的思想高度。

认识的深化和主题的提炼，又是在整个创作过程中不断深入进行的。在我们修改文学剧本的过程中，欣逢党的十大胜利召开。党的十大精神，关于要在群众斗争中培养和造就千百万无产阶级革命事业接班人的精神，“不要瞧不起儿童团”的精神，给了我们以新的启示，使我们看到了作品描绘的这场反复辟斗争和塑造的这个儿童团员形象所含有的新的意义。我们觉得，把潘冬子放在复辟与反复辟斗争大起大落的背景中去，还只是写了他生活和斗争的典型环境；还要在大背景中努力突出小英雄的典型性格，表现出革命的新生力量儿童团的光彩照人的形象。用我们构思时的语言来说，就是要表现出“儿童团斗垮还乡团”。这样，就把“得而复失”“失而复得”的认识又深化了一步。

观察到了生活的内涵，得到了较深一层的认识，并且提到了路线斗争的高度，立意高了，就使整个改编的艺术构思获得了一个“纲”。这对于我们把小说所反映的这一斗争生活进一步典型化，进行集中、概括和再创造，有很大好处。

首先，在这个得、失问题上做文章，路线斗争突出了。就在这个得、失、夺的后面，通过作品反映的这个侧面、这个角度，把第二次国内革命战争后期的一次大的路线斗争问题鲜明地突出出来。通过得，热情讴歌了在毛主席革命路线指引下取得的伟大胜利；通过失，强烈谴责了王明“左”倾机会主义路线的罪恶；通过夺的过程，歌颂了遵义会议的伟大历史意义，表现了毛主席革命路线的新胜利。

作品立意提高以后，题材也有了新意。把这样一个革命斗争的历史题材改编成电影，仅仅重现过去的斗争生活面貌，是不够的；必须着眼于今天现实斗争的需要，赋予题材和形象新的现实意义。今天的革命斗争，是过去革命斗争的继续。无产阶级专政下继续革命的一个重要问题，就是反修防修，防止资本主义复辟，保证红色江山不变颜色、革命成果不致丧失的问题。抓住了得、失问题，揭示了一条重要的历史经验，表现反复辟的斗争，讴歌了“儿童团斗垮还乡团”的胜利，就加强了题材的现实意义。

明确了主题，抓住了得、失问题，还有一个好处，就是矛盾斗争更集中了。原作从小说的构思出发，写的时间跨度是从1934年到1949年。在一部给孩子们看的电影里，要把十五年的漫长过程和三个革命历史时期都反映出来是有困难的。但是，经过提炼，我们觉得题材典型化的问题也有了依据。只要是能够把得、失的文章做足，把复辟反复辟的矛盾斗争表现得集中、深刻，就能够体现作品的主题。所以我们把电影开始的时间向前提，开始在1931年，因为这是中央革命根据地在毛主席革命路线指引下胜利发展的兴盛时期；把故事结束在1937年，红军开赴抗日前线的前夕。这样，集中在红军时期，只写六年中潘冬子的成长过程就够了。另外，根据表现主题和塑造英雄形象的需要，事件和人物也进一步调整、合并，使矛盾冲突更集中，情节更单纯。这样，看起来似乎是少了，反映生活的广度和深度却加大了。

提高了立意，明确了主题，潘冬子这一少年英雄的形象也提高了。潘冬子的童年，是英雄的童年；潘冬子是在反复辟的斗争中，在毛主席革命路线哺育下迅速成长的少年英雄。要深刻地体现主题，就必须大大加强他为夺回胜利成果而斗争的自觉性，突出他的斗争性格。这就使得潘冬子的形象更多地摆脱了一些自发性的东西，上升为一个"顺着革命的路子走，按着革命的需要长"的少年英雄了。

回顾这一再创造的过程，我们深深体会到：学习"革命样板戏"的"立意要高"这一重要艺术经验，开掘生活，提炼主题，把生活中的矛盾斗争典型化，在追求思想高度和深度上下功夫，对于电影剧本的改编和再创造是很有意义的。《闪闪的红星》文学剧本的改编，如果不是经过这番提炼，就不能自觉地突出路线斗争，就不能发掘出题材的新意，就不能提高人物形象，就有可能写成一个一般的、缺乏思想深度的革命儿童斗争故事。

我们也深深体会到：提炼主题、深化主题的过程，正是用马克思列宁主义、毛泽东思想观察生活、认识生活的过程；是从路线斗争的高度分析矛盾、认识矛盾的过程；也是熟悉生活、研究生活的结果。只是由于我们学习马克思列宁主义和学习社会不够，对生活看得还比较浅，因此在创作中，有些方面做得还很不够。

在提炼主题的过程中，我们还碰到了一个如何在作品中表现路线斗争和突出路线斗争的问题。“革命样板戏”的经验告诉我们：突出了路线斗争，才能在错综复杂的生活中揭示出主要矛盾，才能反映历史的本质，才能表现时代、概括时代；突出了路线斗争，作品才能有深度。通过这次改编《闪闪的红星》的实践，我们体会到：就是要坚持以阶级斗争为纲，紧紧地抓住路线斗争问题，努力从路线斗争高度揭示特定历史时期的根本矛盾，歌颂毛主席革命路线的胜利。对于在这部电影里突出路线斗争的必要性，我们思想上是明确的：表现过去的革命斗争，是为了向今天的少年儿童进行阶级斗争和路线斗争教育。但是，说到突出路线斗争的可能性，就遇到了问题。我们曾反复地研究过：这部电影是写儿童的，又是给儿童看的，到底如何把路线斗争问题既写得通俗，又写得深刻，让今天的孩子们看懂。实践证明：只要从特定的斗争生活实际出发，千方百计地去想办法，这个可能性就可以变成现实性。我们是从这样几个方面来做的。

一个做法是：选好路线斗争的转折点，作为整个作品的背景，把潘冬子放在最能反映路线斗争的特定环境中去刻画。换句话说，就是写好大背景前面的小英雄。在影片的大背景上，有一个革命形势上升、下降、再上升的“马鞍形”，反映着党内两条路线斗争的过程。影片开头，充分展现革命蓬勃发展的景象，歌颂毛主席革命路线的胜利。对于王明“左”倾错误路线造成的失败，我们不但不回避，而且通过写失败的后果来强烈谴责和批判错误路线的罪恶。更重要的是遵义会议以后，影片突出描写了在毛主席革命路线指引之下，革命从胜利走向胜利，潘冬子也在斗争中成长到了一个新的高度。除了在背景上突出这几次路线斗争的大的转折外，我们在米店的那一场戏里，还加了“望北斗”“讲延安”的情节，让冬子和椿伢子一起，在沉沉的黑夜里，望着北斗，想着延安，向往毛主席。这也是对毛主席革命路线的赞颂。

另外一个做法，就是要把路线斗争和主要英雄人物的命运、道路紧密结合起来，通过人物的感受来反映路线斗争。在作品中，不能让孩子直接阐述路线斗争，但是通过孩子的遭遇和感受，来反映路线造成的得失，形象地体现路线决定一切的真理，则是可以的。冬子的幼年，当吴修竹挥刀砍断地主加在他身上的绳索，闪闪的红星开始照耀着他的生活的时候，他从一个小奴隶变成了革命的小主人。这里，我们就着力描写他在这个幸福天地里的生活：他参加打土豪分田地；他和父辈一道挂上红色政权的牌子；他背着书包、穿过烂漫的山花去上“列宁小学”……越把“得”写得充分，就越与“失”形成鲜明的对照。到了第五次反“围剿”开始，通过冬子的生活道路，一步一步地揭示出错误路线的罪恶。从父亲受伤，到红军远征，胡汉三回来，阶级敌人复辟，在冬子眼里闪耀过的那些光辉灿烂的红星（工农民主政府木牌上的红星，窗户上挂着的红星，“列宁小学”课本上的红星）全都不见了，只剩下了爸爸留给他的那一颗红星揣在怀里。在“失”的境况下，不仅要写出冬子的遭遇和体验，更要写好冬子对毛主席、对红军的向往：他希望红星照耀下的生活再回来。这个希望的感情色彩越强烈，对于“左”倾错误路线的批判就越深刻、越痛切。遵义会议的光辉传来，革命复兴了，母亲入党了。在毛主席革命路线指引下，冬子自觉地走进重新夺取胜利的斗争行列里。这样，把路线斗争、革命形势的大起大落，和主要英雄人物冬子的生活道路与特殊的遭遇联系在一起，让观众和人物一道感受革命的得失和成败，路线问题就体现得具体深刻，也比较容易为观众所理解了。

为了更好地突出路线斗争，我们在改编中，还采用了第一人称的角度，以现在的潘冬子的回忆作为旁白，既有助于说明路线问题，又有较浓的感情色彩。举一个简单的例子：胡汉三回来了，阶级敌人复辟了，冬子和妈妈、宋爷爷一块走出柳溪。影片中出现的是：在泥泞的山路上，三双脚在那里走着。这个镜头配上了旁白，指出革命所取得的胜利成果就这样被错误路线断送了。如果没有旁白，单看这个画面就是逃难了。所以旁白和画面结合，只要和影片体现路线斗争的总的构思统一，也是一种辅助的手段。

从这次创作实践中，我们认识到，在文学艺术作品里，写路线斗争，不但是必要的，而且是可能的。只有坚持以阶级斗争为纲，从进行路线教育的革命责任感出发，敢闯、敢干，知难而进；而在创作上，又能从具体题材出发，从特定的历史环境、生活实际出发，从英雄人物的特殊道路出发，是可以找到办法，把路线斗争问题深刻体现出来的。

（本文是根据作者在一次会上发言的部分内容整理的。）

千方百计地为英雄的儿童团员塑像

无产阶级文艺革命的实践经验告诉我们：努力塑造无产阶级的英雄典型，是社会主义文艺的根本任务。自然，这也是电影艺术创作的根本任务。

电影《闪闪的红星》中潘冬子形象的塑造，正是遵循着这个原则来进行的。在改编开始，我们注意到把潘冬子放在作品的中心，把他作为一个英雄形象来塑造，写一个英雄的童年。但是，对于潘冬子这个形象的认识，也就是说，究竟塑造成一个什么样的形象，却不是一下子就明确的。我们的思想上曾经存在过一个怕把人物写高了的问题——把一个七岁到十二岁的孩子写成个英雄，行吗？

我们带着这个问题，学习了“革命样板戏”突出塑造主要英雄人物的创作经验。随着对主题认识的深化，对形象的再认识也逐步深化，逐步提高，明确了要把潘冬子作为影片的主要英雄人物来塑造。确定改编的根本任务就是要通过影片，塑造一个少年英雄典型，塑造一个正面的、完美的、高大的儿童团员形象，为儿童团高唱一曲革命赞歌。

思想上明确了两个问题

在对潘冬子这个形象的认识和设计过程中，我们碰到了两个问题。

第一个问题是，儿童能不能作为主要英雄人物形象来塑造？我们认为，在这部影片里，把潘冬子这样一个少年英雄作为主要英雄人物来塑造，是必要的。应当在银幕上塑造一个正面的、完美的、理想的少年英雄典型，来歌颂儿童团，为千百万少年儿童树立起一个榜样。这是体现作品主题的需要，是现实斗争的需要，也是对少年儿童进行思想和政治路线教育的需要。同时从潘冬子所处的特定的历史时代、他所走的生活道路出发，把他作为影片中的主要英雄人物来塑造也是可能的。在革命历史和现实生活中，曾涌现过许许多多少年英雄，他们的形象和英雄的父辈一样光辉灿烂。像刘胡兰，她为革命献身的时候，不过十六岁。这样的少年英雄，在实际生活里是有的。他们在生活中的地位，决定了他们在舞台、银幕，在一切文学艺术中的地位。他们可以成为艺术作品中的主要英雄人物。毛主席教导我们："革命的文艺，应当根据实际生活创造出各种各样的人物来，帮助群众推动历史的前进。"这"各种各样的人物"里边，当然应该包括少年革命英雄。因此，我们就应当也可能根据实际生活，创造出高大的少年英雄典型。

第二个问题是，怎样才能突出人物形象的艺术特色？根据"革命样板戏"的经验，我们的理解是，要影片有艺术特色，首先就是要主要英雄人物有艺术特色。围绕着塑造一个可爱、可信、可学的"党的孩子"的光辉形象，围绕着为儿童团员造型、立传、唱赞歌的总的意念，我们对冬子形象的基调和艺术特色，做了这样一个概括和设计：这部影片是写儿童的，但不是一般的儿童片，不要追求紧张情节和惊险动作，也不要追求一般的儿童趣味，而要追求冬子的精神世界的丰富和思想的深度。要抒情，抒无产阶级之情，革命之情，表现小冬子心灵里的波澜。这个设计，大体上包括和确定了冬子这个艺术形象创造上的主要特色，可以分别看作是以下几个方面。

一是从生活出发，注意人物的特定性。原小说对潘冬子的形象的描绘很有特色：特殊的、多变的生活环境，特殊的遭遇和成长的道路，这些特定的条件对于形成特殊的人物性格，有重要的作用，也是人物形象特色的根基。改编，就要珍视和抓住这些特殊性的东西，塑造一个特定的、无可替代的艺术形象，而不要把它磨平了。例如父亲治伤、母亲入党等，几次易稿，都保持了原作的情节。父亲远征前的一场，略有改变，也是为了表现特有的东西。必要时加添的情节，如潘冬子在山上的生活和下山筹盐等，也都注意从人物所处的特定环境出发，从形象的特定性出发。

二是以写潘冬子内心世界的丰富和思想的深度为主要着眼点，不追求紧张情节和惊险动作。只有把他的思想写深，才能使形象有独特的艺术特色，有别于其他少年英雄形象，而不要写浅了。

三是只写正面的东西，不写缺点，不写反面的东西。潘冬子是个正面的英雄形象，是在银幕上给少年儿童观众提供的一个理想的榜样。因此，不应该在他的形象里边出现反面的、容易对青少年观众产生副作用的东西。也就是说，不要搞歪了。在创作实践中，我们曾经设想：是不是让冬子捅一点娄子，犯一点错误，然后让吴修竹或者别的什么人教育、提高他？这种想法，在学习“革命样板戏”经验的过程中，我们很快就把它否定了。

四是要正确地把握和表现儿童特点。在创作实践中，我们努力把儿童与英雄统一起来，就是：写英雄的时候不忘他是个儿童；写儿童的时候牢记他是个英雄。既反对借口写儿童特点而把一些顽皮、打闹、恶作剧等不高的趣味加到冬子身上，降低英雄形象的高度，把人物写“油”了；又反对忽视冬子形象的儿童特点，不注意选择符合人物年龄特征的语言、动作，把他写成“小大人”。

五是追求新意，力避雷同。我们尽量提醒自己，要从影片和冬子形象的特殊性出发，尽量用一些比较新颖的东西来突出特点，不要搞重了。比方说。在原小说里面，妈妈是在胡汉三家门前的一棵大樟树下就义的，这就和有的“革命样板戏”中英雄就义的艺术处理相似。为了把妈妈在烈火中永生的形象突出，同时力避雷同，我们也曾想了若干别的处理方法，最后选定在一个土楼上。在苍松翠柏掩映之间，在熊熊烈火燃烧之中，土楼就像一座大理石的雕座，衬托着英雄的雕像，显得格外高大。这样，同时也就有了一个比较新鲜的意境。

艺术创造上的几个做法

思想上解决了应该塑造什么样的形象的问题之后，随之而来的就是怎样具体塑造出潘冬子这样一个正面、高大、完美的儿童团员形象的问题。我们认为，解决的办法只有一个，就是按“革命样板戏”的创作经验去做。我们塑造潘冬子的形象，追求的一个总的目标，就是要满腔热情、千方百计地在银幕上为革命的儿童团唱一曲赞歌，树立起一个可信、可爱、可学的少年英雄典型。这就是既要正确，又要动人；既要有相当的思想深度，又要有较强的艺术感染力。围绕这么一个目标，我们是从以下六个方面来做的：

第一个做法是，叙好英雄人物思想行为的“根子”。“叙根子”，这是“革命样板戏”塑造英雄形象的一条经验。就是要为英雄人物的思想性格找到阶级的和社会的依据，使形象深深地植根在特定的生活斗争的土壤里。关于潘冬子的阶级根子，小说通过父亲的活动，对过去被压迫、被剥削的生活，有个回叙和交代。但是在电影里，怎么能使潘冬子形象的阶级深根，在情节发展过程中，让观众清清楚楚地看到？我们决定不专门搞一段过去苦难生活的回忆，而是把潘冬子“在阶级压迫的苦水里泡大”的生活面貌和苦孩子形象，连同他与反面人物的阶级关系，都随着电影的情节的发展，形象地展现出来。于是便选取了他将要摆脱阶级压迫、迎来解放的时刻作为影片的开端。当然，要把“根子”叙得和情节、形象统一，我们也不是一下子就解决的。例如最初设计潘冬子的出场是：他砍柴回家，走过胡汉三家的大门口，碰上了胡汉三的儿子。当这个地主崽子拿米糕侮辱冬子的时候，冬子上去打了他（这是从小说后半部打伪保长儿子的情节挪过来的）。然后，胡汉三跑来，就接上了冬子被吊打的场面。后来进一步学习“革命样板戏”处理矛盾冲突的经验，发现这样出场有一个明显的不足，就是潘冬子斗争、冲突的对象不是反动阶级的代表人物胡汉三，这样，矛盾既不尖锐，冬子的起点也低了。所以我们把它改成冬子担柴进村以后，直接和胡汉三碰面，使小英雄一开始就和胡汉三进行了面对面的交锋。这样一改，人物植根于鲜明的阶级关系之内、激烈的阶级斗争之中，人物的阶级根子叙得比较实在了，矛盾冲突尖锐了，人物的性格比较突出了，人物的起点也高了。

找好英雄人物阶级的、社会的、历史的根据，又是为了使英雄人物置身于能够充分显示其英雄性格的典型环境之中。“革命样板戏”的经验证明，只有把英雄人物放到阶级斗争、路线斗争的风口浪尖上去，人物才能更好地显现他的光辉品质和英雄性格。“疾风知劲草”。潘冬子所经历的生活和斗争环境非常艰苦、非常严峻，是一个“疾风”的环境。要塑造好潘冬子这样一株抗严寒、傲霜雪、茁壮成长的“劲草”，就必须要写好“疾风”，把环境和人物很好地统一起来。在改编过程中，我们对原作所安排的环境做了一些调整，尽可能把潘冬子往阶级斗争的风口上推一推。比方，潘冬子和胡汉三之间的阶级矛盾是全片矛盾的主线，我们就进行过多次研究和剖析。本来从潘冬子在窗口看到胡汉三复辟返回柳溪直到米店斗争一场，很长的一段时间，潘冬子和胡汉三没有照面，矛盾线有些减弱和中断，为了进一步加强这条矛盾线，先是安排潘冬子和胡汉三围绕着“靖卫团”的破木牌子有一个不见面的“冲突”，随后又把潘冬子山上坚持和下山筹盐都和胡汉三的封山联系起来。在筹盐过卡的时候，又安排让潘冬子与胡汉三再一次见面。这样，加强了严峻的斗争环境的描写，就突出了冬子“斗”的形象。

第二个做法是，理清人物思想发展的“线路”，安排好“阶梯”。“叙根子”扎好人物阶级的和社会的深根，接着还要展现英雄人物思想性格的形成发展。形象从开始到完成，有一个发展过程。要塑造好这个形象，就需要把人物活动和思想发展的线索理清楚。我们依托着红星这个道具，作为一条完整的艺术贯穿线，把冬子的生活经历组织起来，写出他如何从一个苦孩子，在革命长辈带领下，在毛泽东思想的阳光雨露哺育下，一步一步成长为一个革命战士、革命英雄。

理清楚这么一条线，整个作品情节的主线就比较鲜明、清晰了。

理清楚了人物思想性格发展的线索，还必须注意思想发展的阶段性，安排几个“台阶”，使人物一步一步地跨越几个高度，最后达到最高点。我们把冬子的思想发展大体上分成四个段落：一个段落是从影片开始到抓逃跑的胡汉三，以和胡汉三搏斗做标志，让冬子的思想达到一个高度。这时的冬子还有较多自发的和朴素的东西。

第二个段落是从父亲开刀治伤到母亲就义，以他拦住要去援救母亲的群众这个动作，作为他思想飞跃的又一个标志。第三个段落，是从柳溪战斗到筹盐过卡子，以熬盐的火光映红冬子面孔的形象，显示冬子的思想达到了又一个新的高度。最后一个段落，就是米店斗争和刀劈胡汉三，冬子更自觉、更主动地进行了革命斗争，终于把闪闪的红星缀在军帽上，走过了从苦孩子到革命战士的战斗历程，完成了有高度阶级觉悟的“小红军”形象。

此外，对于每一个段落，我们又把它看作是一个过程，也让它从低到高、层层揭示、逐步加深地展现。比方，父亲开刀的一场戏，开始是通过冬子的眼睛，看到父亲拒绝用麻药，忍痛开刀，在他心目中树起了一个不怕痛苦、舍己为人、有坚强意志的革命战士形象。但是，我们还不舍得就在这个地方打住。只要情节还有潜力可挖，就要使它更深化，使人物的思想性格再发展、提高一步。所以，就依托原作中子弹头的情节，把冬子的思想，从报个人的仇上升到解放全人类的思想境界。这么一抻，这个过程就有了波澜，有了层次。筹盐的情节也是这样，从冬子捧起那碗加了盐的野菜汤，到看见宋爷爷带上山的那个盐罐，直到把盐水倒在棉袄里带过卡子，我们也是沿着冬子思想性格形成和发展的线路，把它作为一个过程，一层一层地铺垫上去，又一层一层地揭示出来的。

这里，联系到组织情节的问题。情节是人物性格的历史，是为表现人物服务的。在这部影片中，我们紧紧地围绕着主要英雄人物冬子，选择和安排情节，凡是原作中能够表现冬子的思想性格的情节，都把它挑选出来运用；觉得不足的，就改造和加强它；觉得需要补充的，就从冬子的形象出发，从生活里面去撷取，进行创造。在初稿中，冬子参加了柳溪战斗后，就直接进入米店。后来几次研究，总觉得在冬子的思想性格发展的历程中，这个跳跃太大，中间缺少点东西。我们就和原作者、电影导演一道，根据表现冬子思想发展的需要，添加了搞盐的情节，并且把它铺垫好，使它成为整个电影情节的有机组成部分。

第三个做法是，抓住人物性格的主要特征，多侧面地加以刻画。把纵线理清楚了，还有一个横的展开的问题。学习“革命样板戏”的经验，我们认识到：塑造光彩夺目的英雄形象，靠的是对英雄人物性格特征的准确把握和深刻表现。冬子的形象是丰富的，但是，在诸多侧面中，总有一个侧面是主导的，是主要的。要把他的形象很好地突出，首先就应该找到和抓住他性格中的这个主要的特征、主要侧面。围绕着“党的孩子”这样一个总的形象设计，来分析形象的诸侧面。我们理解到，冬子的主要思想特征，就是他对伟大领袖毛主席、对党和红军无限热爱的深厚的阶级感情。这种感情的外在的表现，就是建立在高度的阶级自觉基础上的斗争精神。把握住了冬子对党的无限热爱和斗争的自觉性与主动性，也就抓住了冬子思想的主导侧面，抓住了他性格的主要特征。围绕着这一主要特征，我们为他安排了一些情节和动作：从人物出场到主动与潜逃的土豪搏斗；从紧握父亲开刀取出的子弹头，到自觉地含着悲愤阻拦群众下山；从渴望参战到主动砍断小桥的竹索，阻击逃敌；从把加了盐的菜汤倒进大锅到自愿地下山筹盐；从主动组织群众抢走敌人军粮，到火烧刀劈胡汉三。这一系列情节、动作的安排，都是为了突出主要英雄人物的主要性格特征。这样，突出了主要的性格特征，也就能够更好地实现多侧面的刻画。多侧面，是指英雄人物形象的丰富性和广度。只要突出了英雄人物性格的主导的侧面，获得了思想和形象的深度和高度，其他的侧面，就能在这样一个主要特征的带动之下，有机地统一和结合起来。由于突出了他的强烈的阶级爱憎和革命自觉性，有了这个思想基础，所以，在冬子筹盐过卡子的时候，他机智地把盐水倒进棉衣，巧妙地通过了敌人哨兵的搜查；在米店面对阴险狡猾的胡汉三，他沉着、机警地对答敌人的盘问，就显得真实可信。机智和沉着的侧面，和他的主要特征是统一的。又如对同志热爱的侧面，一件棉大衣连起来的阶级深情，一碗盐菜汤反映出来的同志之爱，也是在主要特征的基调定稳、定准之后，很自然地带出来的。我们体会到：突出主要的特征和多侧面地表现，是对立的统一，是深与广的统一。多侧面既不是平均地、面面俱到地罗列，也不是孤立地、机械地拼凑，而是有主有从，主从结合，从主要性格特征与多侧面的有机统一上，在深度、广度的结合上，把英雄人物多侧面地塑造出来。

"革命样板戏"的经验使我们认识到：在文艺创作中，抓主要的，突出主要的，不搞平均主义，是很重要的。所以，注意了突出主要性格特征，还必须把主要力量放在重场戏上。在"革命样板戏"中，塑造主要英雄人物，都有一个非常激昂、高亢和富有表现力的核心唱段，一下子就把人物的内心世界揭示出来，把人物形象推向新的高度。电影这一艺术形式，能不能找到相应的东西呢？我们觉得，应该是有的，这就是重场戏。因此，就要调动一切艺术手段，把重点戏、重场戏抓好。比方，从冬子跟随母亲离开柳溪开始，到母亲英勇牺牲，这段戏是冬子思想性格形成的关键，是一段重场戏。我们就紧紧抓住了这个段落，集中笔墨，精雕细磨，把戏做足，尽可能做到饱满充沛、酣畅淋漓。重场戏搞上去了，主要英雄人物才能突出。

第四个做法是，选取和运用有表现力的细节，以展现人物的内心世界。富有表现力的细节的选择和运用，是展现人物思想感情的有力手段之一。比方，要表现出一个7岁的孩子懂得自己和伟大的中国共产党的关系、和共产主义事业的关系，是颇不容易的；但在影片《闪闪的红星》中，由于导演和摄影做了精心的艺术处理，在母亲宣誓入党的场面里，通过若干细节的描写，就表现了冬子崇高的内心世界。当冬子随着入党宣誓的进行，从草铺上庄严地坐起来，向着党旗凝望的时候；当冬子举起了小拳头默默宣誓的时候；当冬子附在妈妈的耳边，低声地说出“妈妈你是党的人，我就是党的孩子啦”的时候，冬子和党的关系，冬子把自己交给党的决心，就形象地揭示出来了，英雄人物的内心世界也就清晰可见了。当然，准确的、有表现力的细节也不是一下子就容易找到的。必须从生活出发，从英雄形象的思想性格出发，做精细的选择。例如，冬子一心想去参加柳溪战斗，消灭阶级敌人，为母亲报仇，却突然被留下来了。怎样把他这时的心理情绪表现出来？让他大哭大闹，当然不行；让他嘟嘟囔囔，也不符合冬子的性格。想来想去，我们做了这么一个安排：让冬子爬上大树去听枪声、看火光；看着看着憋不住了，就抓着一根悬空的野藤，悠到了另外一棵树上，爬下来就往战场上跑；下边再接砍竹索的戏。但是，后来导演进行再创造的时候，把这个细节换成了磨刀。这个细节换得好。磨刀，是正面的积极的形象，也是一个很有表现力的细节。冬子此时此刻的复杂心情——对阶级敌人的强烈仇恨，急欲参战的斗争热情，以及对于被留下来有点不满的情绪，都在默默磨刀的动作中鲜明、准确、深刻地表露出来。就这么一磨，把英雄人物的内心世界磨出来了，也把艺术的感染力磨出来了。

细节的选择和运用，关系着道具的选择和运用。小说中安排的道具，如红星，是很有匠心的。我们围绕着冬子在红星照耀下战斗成长这么一条纵线，几次描写了那颗红星，使它贯穿全篇；又紧扣着“斗”的形象，强调了那把柴刀。此外，同样出于性格描写的需要，把母亲留下的小夹袄改成了棉衣，又添加了一个装盐的竹筒。

道具的运用，实际上也是细节的运用，目的都是突出英雄人物的思想性格和揭示英雄人物的内心世界。只是这方面我们做得还很不够。像红星，虽然贯穿了，但强调和突出得还不够。

第五个做法是，正确处理主要英雄人物和其他人物的关系。在塑造冬子这一主要英雄形象的过程中，遇到的一个突出的问题是，冬子这个主要英雄人物怎样才能突显？其他正面人物和英雄人物怎样才能够衬上去？冬子是个孩子，是个被教育者，却是主要英雄人物；父亲、母亲、吴修竹、宋大爹这些人是教育者，却是次要英雄人物。那么，教育者怎样去铺垫和陪衬被教育者呢？把教育者写低了，对冬子的影响力小，起不到陪衬的作用；把教育者写高了，会不会压了冬子？在改编的实践中，我们认识到，关键在于坚持以主要英雄人物冬子为中心，把“点”落在冬子身上。这点掌握好了，就会出现这样一个艺术现象：看来，是父亲、母亲、吴修竹、宋大爹这些英雄的长辈在那里教育冬子、提高冬子、帮助冬子成长，但实际上又是这样一些英雄人物处处在陪衬冬子的形象，为冬子垫戏。这些革命长辈身上焕发出来的革命精神的光辉，一束束、一道道，都照到了冬子的身上，把他的形象照得更加光辉灿烂。或者说，正是这些革命长辈，通过自己的言行，把毛泽东思想的雨露，一滴一滴地洒到了冬子的心坎里，在他心中长出茁壮的芽，开出灿烂的花。因此，对于主要英雄人物周围的其他正面人物、英雄人物，不是要压低，而是必须写好；写好次要的正是为了突出主要的。比方，对于母亲这样一个优秀的女共产党员的形象，我们尽量地往高里塑造。实际上，她的形象高了，光辉照到了冬子的心里，并没有压冬子，反而有力地陪衬了冬子。在拍摄过程中，导演和摄影坚持以冬子形象为中心，注意了“落点”：当母亲英勇就义的火光腾起之后，在中景和远景中，烈火在燃烧；接着，在高亢激越的歌声里连续出现的是冬子一个比一个近、一个比一个大的近景和特写镜头；然后，又拍摄冬子一个强烈的动作，拦住了要去援救的群众。这体现了母亲，也就是党对冬子的要求。这样，水涨了，船也高了。只是由于我们对于“革命样板戏”经验学习得还不够好，艺术思想还有不对头之处，因此，母亲的就义还写得不够英勇壮烈，形象还不很高大，对突出冬子的形象有了一定的影响。

第六个做法是，千方百计地突出革命激情，敢于为革命抒情，抒革命之情。革命激情是“革命样板戏”的灵魂。无产阶级在斗争中表现出了最伟大的壮志豪情，革命的文艺作品，就应该坚持和运用革命的现实主义和革命的浪漫主义相结合的创作方法，努力展现革命英雄人物的伟大理想，突出他的革命情怀、革命激情。

怎样在塑造英雄形象中突出革命激情？我们认识到，要作品有激情，首先作品的创作人员本身就应该对革命斗争生活和革命英雄的形象有激情。只有创作人员对英雄人物有深深的热爱，才能千方百计地去塑造英雄形象，突出革命激情。在这个基础上，还要敢于抒情。冬子生活和斗争的环境，是在革命战争极其艰苦、极其严峻的时代。冬子的生活道路上，有“生离”，也有“死别”。能不能正确地认识和正确地表现革命严酷年代人们的艰苦奋斗和英勇牺牲精神，关系着能否正确地突出革命激情，也关乎英雄形象的高低成败。敢不敢去接触？是消极地回避还是积极地表现？改编开始时，我们比较犹豫。有一个例子，很说明我们当时的心情。在原小说中，冬子母亲的牺牲是游击队员陈叔叔上山来给冬子讲的。我们觉得，这样一个对冬子影响很大的事件，是听别人讲的，这对于表现冬子的形象和思想感情很不利；应当把冬子拉到母亲牺牲的土楼前面去，让母亲就义的英雄火光，映照着冬子。但是，把冬子推到土楼前面以后，又担心，让冬子看着自己的母亲被烧死，这样处理行不行？冬子的感情怎么掌握？会不会太低沉了？于是又把他拽回到山上，让宋大爹给他讲。学习了“革命样板戏”的经验，我们逐渐提高了认识，鼓起了勇气。我们认识到，我们当然不能用文艺黑线那一套修正主义的观点去渲染所谓“生离”和“死别”，但也不能因为怕犯错误而消极回避，不去描写革命的挫折、失败和斗争的艰苦困难。这些地方，既然是表现冬子特殊的生活道路和英雄性格所需要的，那就应该大胆去接触；要碰，而且要碰好，碰出高亢激越的革命乐观主义的音调，碰出革命激情的火花。在这里，“准”字非常重要。搞准了就不怕。只要是正确地划清了描写革命战争的艰苦同渲染战争的苦难这两者的界限，把表现革命战争的艰苦牺牲与突出革命英雄主义和革命乐观主义正确地统一起来，就可以准确、深刻地描绘时代的面貌，塑造英雄人物的形象，抒发革命情怀，突出革命激情。

在具体处理上，我们掌握了这么几点：第一，写艰苦牺牲时，要着力写革命精神的崇高壮美。比方，父亲不用麻药开刀之痛，冬子山林生活之苦，我们都要写，却不在“痛”字和“苦”字上做文章；而是通过开刀，着力写革命战士坚强的意志，通过一件大衣、一碗野菜汤，着力写革命精神的壮美和英雄人物品质的崇高。第二，写艰苦牺牲时，要着力写革命乐观主义的情怀。比方，写父亲就要远征了，并不回避革命的失败；但写亲人的话别，却谈入党，谈斗争，谈革命的未来，谈对革命后代的期望。写阶级敌人复辟，写白色恐怖的来临时，却高唱“寒冬腊月盼春风”的歌声，表现对“岭上开遍映山红”的向往。这样，调子就高了。第三，写艰苦牺牲时，同时要大写革命事业的发展。母亲牺牲了，在腾空的烈焰照耀下，冬子的思想提高了，形象高大起来了；英雄的前辈用鲜血教育出了革命的接班人。母亲英勇就义后，接着就是火化为红旗，就是胜利的柳溪战斗。我们不怕把冬子推到土楼前面，因为那里有一曲对烈士的赞歌和热烈的参军场面。这样，写的是英勇牺牲的事件，着重点却在写英雄人物为之奋斗的革命事业的光辉胜利，这就健康而昂扬地抒发了革命之情。

敢于抒情的问题解决了，还要善于调动电影的多种艺术手段，来抒革命之情。具体的做法：一是要珍视可以抒发革命情怀的场景，抓住不放，尽力发挥。小说中，有不少精彩的抒情环境的描写，例如冬子盼花开，是表现他对红军的热爱之情的很有表现力的情节。在改编中，自始至终我们都抓住不放，并逐步加工，使之深化。为了充分发挥这一场景的抒情作用，我们运用艺术的复现手段，在全片中安排三次出现映山红：第一次是写刚获得解放的冬子，背着书包，穿过映山红去上学；第二次是在阶级敌人复辟之后的白色恐怖下，冬子望着枯枝盼花开，出现映山红的幻觉；第三次则完全是这一幻觉的重复，但时间已在胜利之后，幻想变成现实了。这样，反复描写的是物，表现的是主题思想，传的是革命之情。二是要有革命的诗情画意。为了更好地表现冬子投身于米店里这一场新的更大的斗争，陆柱国同志设计了江上竹排的那个场景。这样一个看来平常的场景，到了导演和摄影同志手里，又进行了很好的再创造。导演和作曲同志在这里安上了一支抒发冬子革命情怀的歌曲，摄影同志又匠心独运。镜头从嫩绿的新竹间透过去，描绘了这个象征斗争生活激流的湍急的江流和勇往直前的小小竹排；这样，便创造出了一种充满革命诗情画意的艺术意境，烘托和表现了冬子勇于斗争的精神面貌和革命豪情。三是要根据塑造英雄形象和情节发展的需要，创造出展现人物内心世界、抒发革命感情的场景。在改最后一遍稿的时候，我们觉得米店这场戏里，在冬子走向成熟之后，还缺一笔更高的精神境界的剖视。另外，在节奏的张和弛、动和静方面也需要调整一下。我们就安排了望北斗、话延安的这么一场戏。在紧锣密鼓的紧张情节中间，插上这么一个比较恬静的场景，让两个革命的小伙伴望陕北，想延安，向往伟大领袖毛主席，纵谈革命胜利的美好远景。这样一加，就使观众看到了经过一系列斗争之后，冬子此刻的思想面貌和广阔胸襟。艺术上张弛有致、虚实相间、动静结合，也就能更好地为革命抒情，抒革命之情。

（本文是根据作者在一次创作座谈会上的发言整理的。）

前辈和后代之间

——《普通劳动者》后记

这本短篇小说集，在中华人民共和国成立十周年的时候，曾经出版过。这次人民文学出版社要重新出版，我又编选了一下，抽去了两篇，加进了后来写的几篇，对各篇文字做了些必要的修订，大体上按写作的先后顺序排列，编成了这样一个集子。

收集在这里面的，大部分是十几年前业余学着写的短篇小说。这些小说，多取材于第二次国内革命战争时期的斗争生活。它们所描写的对象，是一些老一辈的革命者：在长征途中的红军指战员，在深山密林里战斗的游击队员和在白色恐怖下坚持斗争的地下工作者们。小说的内容，大都是他们在那严酷的年代进行革命斗争的故事；少数几篇是他们在社会主义革命和建设时期继续革命的生活片段。

编在后面的一部分，是最近写的。在纪念中国人民解放军建军五十周年的时候，我怀着激动的心情，写了一组以长征生活为题材的短篇小说。这些很小的、小得几乎几句话就可以讲完的故事，是关于几位伟大的人的——小说依托红军战士们幸福的经历，描绘了伟大领袖毛主席和敬爱的周总理、朱委员长等老一辈无产阶级革命家长征生活的一点侧影。这次，从其中选出几篇，编在这里，借以表达我深切的怀念之情。

1959年，在原来的《普通劳动者》一书里，我曾经记下了这么一句话："我们的革命先烈和前辈，不但用生命和鲜血为我们今天的幸福生活铺平了道路，而且给我们留下了取之不尽用之不竭的精神财富。"歌颂英雄的前辈，努力开掘、搜求和理解革命的精神财产，这就是我学习写作的过程中，给自己定的艺术探求的目标，也是这些作品的共同主题。快二十年了，现在重念这句话，心情仍然激动不已。它并没有过时，它也不会过时！革命的前辈们，他们在创造红色江山的斗争中所建立的丰功伟绩，如巍峨的高山；他们身上所体现着的崇高思想品质和光荣的革命传统，像浩瀚的海洋。我认为：继承这一笔巨大的精神财富，是革命后代的合法权利；发扬党的光荣革命传统，是革命后辈的神圣义务；积累这些精神财产，描绘革命前辈的英雄形象，宣传他们崇高壮美的革命精神和高尚品质，是党的文艺宣传员的光荣责任。我常想：如果通过文艺作品，让一代又一代革命后来人，更加热爱这些革命前辈，了解他们所经历的血与火的战斗生活，看到他们那动人的精神面貌，从他们身上汲取思想的力量，继往开来，把革命老战士们在革命战争中表现出来的那股劲、那种革命热情和拼命精神，贯彻到新的战斗中去，那该是多么好啊！

面对着一派阳春烟景，握着笔编选这个习作集子的时候，我也深深感到不安：由于自己思想水平和写作水平不高，写得太少了，质量也差。我将牢记党和革命群众对我的教育，记取自己正反两方面的经验教训，继续努力学习，努力改造思想，努力争取多写一点，写得好一点。

我的创作道路和体会

一

我想借这个机会，向同志们汇报一下我自己创作的路子是怎么走过来的。供同志们研究参考。

首先，我是怎么开步的呢？怎么写起短篇小说来的呢？刚才主持会的同志称我是作家，这个名字是很光荣的，带着个“家”字，除了“野心家”“阴谋家”之外，带着个“家”字的都很好。可我不是作家，我是一个宣传员，我从十四五岁参加革命就当宣传员，现在快五十岁了，还是一个宣传员，我在1944年从敌占区跑到根据地参加了八路军，先在干校学习了一下，就到部队当宣传员、文工队员等，一直干了三年。1947年底，调到报社当记者、编辑，直到解放战争胜利。然后在部队做文艺干事之类的文艺行政工作。这个生活经历与我以后的创作有很大关系，我参加过战争，整个华东战场上的几个大的战役，我都参加了。宣传员的经历、宣传员的职责，使我进行了生活的积累和文化的学习。

我写小说，主要是生活的感受逼着我写，在战争中，我受到了很多教育，其中尤其是部队首长给我的教育。战争后，进城，看到了一些歌颂革命英雄的作品，就有了一个念头：既然这些可以写，那么我所见到的并不比这些逊色。为什么不能写？有的同志没有能够和我一块渡江，牺牲了，我怀念他们，想把他们写出来。1950年至1951年，我除了读一些名著，就写了一些生活的追记，多半是对战友的事迹的记录，这就是我创作的准备。在这个过程中，战争使我深深感动了的、教育了我的那些东西，是难忘的，对我来讲，特别重要。例如，参加革命，每个人都有自己的道路。海默、刘真、茹志鹃都有各自不同的道路。我呢？也有特殊的经历，我和弟弟在一位地下党同志带领下，一夜行走七十八里，到了根据地。到根据地以后，要送我们到抗大学习。但是怎么去呢？我十四岁，弟弟十二岁，三百多里路，中间还要过敌人的封锁线，怎么走呢？县委书记说："贴一张邮票，把你们寄到山东军区。"我们感到很奇怪，人怎么寄呢？终于等到了，第二天，武装交通班班长来了，他就是邮政局，当时他们的任务就是武装传送信件，于是我们就成了武装交通班的"邮件"，被"邮"到了山东军区，这位武装交通班的班长令我难忘。我们走了七天，穿过两道封锁线。这样的生活经历，讲平常很平常，但很亲切。在根据地学习，就是在革命战争的课堂学习。半年之后，到了部队。这些生活感受，胜利之后，想起来很振奋人，不表现出来，不写下来，就感到很对不住老战友、老首长，所以，我是被生活的感受逼着写小说的。

而真正拿起笔来写，却是在两年以后，1952年我从浙江军区调到《解放军文艺》工作，接触小说多了。但是当我还没有找到那个"喷火口"的时候，许多想写的东西就是写不出来。1952年，我多次铺开稿纸想写，但写不出来，像一堆干柴，有一点火苗，在冒烟，没有风吹一下，就是着不起来，到1953年这个愿望才得以实现。1953年，《解放军文艺》派我去采访东山岛战役，完成写作后，有机会到闽南、闽西老根据地去转了一下。我采访东山岛战役所访问的老团长（这一战役的指挥员）就是老根据地的老游击队员。我根据他的建议，沿海边到了闽南，直到海陆丰，又北到上杭、龙岸一带，广为采访，听了不少故事，了解了红军初创根据地时期和反“围剿”斗争中许多生动感人的故事。我本来就很喜欢听故事，这一走访，听到的故事比我原先听到的更曲折更丰实。比如，我们常说，失败了以后，掩埋了同志的尸体，擦干了身上的血迹，又继续战斗了……我在闽南的一家，是连掩埋亲人尸体的时间都来不及了。丈夫牺牲了，妻子要带着两个孩子上山，敌人马上就要到，来不及挖坑掩埋丈夫的尸体，只好推倒一堵破墙，把他压在下面，然后上山。上山后一个孩子又牺牲了，老百姓支援部队，那是冒着全家牺牲的危险把东西送上山。有一个人，受了伤，临死前想着家里还有二十斤粮食，叫人去取了来送给部队。在闽西，卢春兰的故事流传很广，我在《党费》里写到了她（如咸菜的情节），而事实比我在《党费》里写的要壮烈得多，她最后是在土楼里唱着山歌被敌人烧死的。我舍不得这个情节，后来在《闪闪的红星》中还是把它用上了。通过这次老根据地的访问，我找到了我久久期待的“喷火口”，能够借以把我想说的东西说出来了。1954年，写了《党费》，这是我的开端，我觉得这个第一步没有走歪，我依托了卢春兰的故事，改造了这个故事，但是不把自己的生活感受揉进去，那是写不好的，可以这么说，我的小说，凡是比较满意的，都是有这么个过程，先有自己的感受，随后找到一个依托的故事，再把自己的故事揉进去。对于一个战士和整个军队的关系，一个党员和整个党的关系，我有很多感受，无时无刻不在深深受着感动，1944年，我被送到山东莒南县一个地方，为了掩护我们，我给老乡当儿子，老乡对我很好，照顾周到，一次遇险，就是她救我的。当时敌人把我们弄起来，站了队，要找八路，离我五十多米，查出一个女同志，当场用刺刀刺死。大娘拉住我，低声嘱咐："孩子，听大娘的，看我怎么样，你就学着点。"日本翻译官用鞭杆子打我的头，问大娘："这是不是小八路？"大娘说："这是我老大！"我吓得直打哆嗦，很不自然，这时大娘偷偷把手伸进我裤裆里，在大腿上狠狠拧了一把，我于是大哭起来。她又打起来，一面打一面骂："你这个东西，不知好歹，你怕什么？老总问一问怕什么？"这才算混过了险关。事后看看大腿上青黑一大块，大娘说："孩子，这是没法啊。"当时生活很困难。一天，大娘拿来两个高粱面和地瓜秧做的窝窝头给我，我顺口中就吃完了。吃完之后，我听到里屋，她的一岁多的小女儿在哭。我进去一看，完全怔住了：大娘正在嚼花生壳向小女儿嘴里喂。这是我永生难忘的。现在我和这位大娘还有联系，我还要去看看她。而另外一位大娘，是在第二年救了我的，却一直没联系上。当时我去扩军，来回三百多里，回部队时经过汉奸占领区。那是1945年，我穿一身八路军军装，只带两个手榴弹，我想尽快地通过这个地区。头一天，我在一个村里借宿，那个村长不太好，叫我睡在村头一座庙里，我就在一个棺材上睡了一夜。第二天有人告诉我："你怎么睡在人家刚死的人的棺材上？"我心情不好，饭也没吃，就走了。我在匆促的行路中病了。眼前一黑，就倒下了。醒来时，已经睡在老乡家里。这次得的是伤寒，折腾了我四十多天，这家的大嫂为了给我治疗，把家中能变卖的东西几乎都卖了。这四十几天简直就是一本书，我永远难忘，可是到现在我还没有和这位老大嫂联系上。后来，当我在闽西听到卢春兰的故事，一旦找到了卢春兰这个形象，以前那些大娘大嫂的形象就又都出现了，又活起来了。于是就找到了“喷火口”，找到了表现过去生活感受的依托，写出了《党费》这样的作品。

以上这些就是说明我的创作的第一步是怎么迈出的。今天你们研究一下，像我这样的人走出自己创作第一步的情况，是很有意思的，我的不少同代人，我们这一茬人，大体经历是共同的，开步走的情况也大体是相同的。我是宣传员、文工队员、记者，杜鹏程当过记者、文书等，王汶石很长时间是文工团员，茹志鹃也是文工团员，都不外是宣传员、记者等。这种经历势必使他们和战争生活结合起来，亲身参与这生活，在这生活中找到自己的位置，做工作，就必然接触那英雄时代的英雄人物。我问过马烽：“当时你也想写吗?”他说：“没想到写。”他文化比我还低，才读了一年多书，是生活感受逼他写的。这一部分同志，五十岁上下，大概都经历了这个道路。不像沙汀、艾芜那样早在白区就以文为生，在创作上有了充分的准备，周立波、杨沫，也是所经历的生活感动了他们，才写出作品来的。但是，尽管大家生活经历和道路是共同的，但各人接受的教育、性格、气质、写作风格是各不相同的。去年开会，我和茹志鹃谈起来，在解放战争中我们都是文工团员，在不同的部队，经历完全相同，许多生活感受既相同又很不同，她看到和感受到的，我没有看到和感受到，我看到和感受到的，她没有看到和感受到，这是值得研究的。希望你们研究当代文学，解剖解剖我们这些“乌鸦麻雀”。

从这个开步走，也证明了一个问题，就是生活问题。许多人问我：“你的短篇小说是怎么写的?”我说：“从生活出发，从生活里发现短篇小说。”这个道理，如果和一个人的创作道路联系起来考察，就值得研究了。并不很简单。《讲话》里讲生活是创作的源泉，我在创作中是逐步了解的。短篇小说在生活里，从生活中来。生活不仅是创作的土壤、源泉，也是作家创作风格、艺术特色的土地、源泉。这些年来，我们在解释生活是创作源泉方面说得不少了；但是从一个作家创作实践来探讨少，特别是从生活和创作风格、艺术特色的关系方面，讲得就更少了。1962年，我写了几篇东西，老同志找我去谈。刘白羽同志叫我去，谈到创作、艺术特色和生活的关系。他问我："峻青的作品你喜欢不?"我说："我几乎是模仿他写作的。"他又说："你注意到了没有？他写的潍河风光多么美多么逼真！既不是黄河长江，也不是其他什么河，这是地方特色。"我最近问到他这个问题，他说："我不写潍河写什么？我做梦也是潍河啊!"作家最早接触的生活环境，他感受最深，他从中看到、感受到别人注意不到的东西，杜鹏程的作品中，如《在和平的日子里》，他的人物的道路和他自己的道路有着密切联系，他常常从长篇里走出来，走到短篇。他短篇小说中的人物常常就是他长篇中的某一个人。我曾写过一篇学习他的作品的札记，发表在《文艺报》上。他在人物塑造上找到了自己独具一格的东西，在短篇小说座谈会上，我请教马烽、李准："你们作品中人物的那种新农民的幽默感是怎么来的?"他们说："我们本身就很幽默啊!"他们对生活中轻松、幽默的东西很熟悉，有自己特有的感受。总之，我是说明这一点，生活不但是创作的源泉，也是艺术风格的源泉。作家的生活道路对他的创作很重要。我的第一步没走歪，证明了生活问题的重要。我感到这么几点：

（一）直接的生活经验，这是最重要的。凡是自己有直接生活经验的，写起来就顺利，读来就有味，《粮食的故事》，写起来就吃力，因为不是直接经验，而其中父亲让儿子牺牲一节是感人的，因为这一段我有直接经验。《小游击队员》是信手写来，有直接经验，几乎就是写我自己，所以读起来就有味。《老妈妈》《三张路条》就失败了，没有直接经验。我有一个经验，如果没有自己的直接生活经验流进作品中去，就不要写。最近写的几篇歌颂领袖的小说，即使是写这些我没有直接经历的事，我也是把自己化成其中的人，把自己的生活感受写进去。我拟了四十几个题目，只写了十篇。侯金耕同志总结我的创作时说，凡是我有直接生活经验，对生活有点研究时，作品就写得有才华。

（二）要缩小生活研究面，找到自己生活根据地。当然，一个作家，要争取去熟悉那些自己所不熟悉的东西，但要写，必须写自己熟悉的东西。我从1953年一直坚持自己的生活道路，坚持自己对生活特点的认识。最近首长叫我写一个老科学家，我就不能接受，如果写一个老干部如何去领导科学事业，那还可以。我认为生活面不要太大，要深一些，这样好，有一个“生活根据地”很有必要。当然各人情况不同，李准的路子就宽一些，孙犁也在向宽的方面发展，而马烽却在深上下功夫。刘白羽同志问我：“你熟悉一个连队吗？熟悉一个村庄吗？熟悉一个支部吗？”我都不熟。他说：“王愿坚，你一辈子要吃这个亏，没有生活基地。”我确实缺少对一个社会细胞的扎扎实实的研究。作家必须有一个扎扎实实的根据地，把生活面缩小，加深。

以上是我汇报的第一个问题，怎么开步的。

我汇报的第二个问题，是我怎么提高的。1956年开始，遇到一个提高问题。当时关心我的前辈，指出我路子是对的，但是自己对那些东西马上就不满了，主要是那些东西还没有摆脱记录式、写好人好事的路子，还说不上是短篇小说。提高往哪里走，这是关键的一步。许多同志比我走得正，有长足的进步；有的同志像我，有好有坏；也有的走上了邪路。我碰到的问题，首先是生活不足，我的作品，凡是有生活的就好一些，凡是没有生活的就差。1954年开始，我确定以第二次国内革命战争为描写对象，发现了我生活的不足，如何在记录故事上再前进一步呢？1956年出版第一个小说集后，我调去编《星火燎原》，我分到了有关红一方面军历史的稿子，这个工作要求我去了解红一方面军，这对我很有好处。我去找老帅，找部队负责同志，我替他们写回忆录，这正是一个很好的调查研究的机会。他们的感受、经验，使我从“史”里看到了“诗”，我访问了红军时期老干部几百人，其中有的人，我了解了他们从小到现在的一生的全部情况。一百多个老干部的传记在我脑子里，了解得越多，越使我积累了生活。这使我悟到一个道理：作为一个宣传员，应该收集我们党、我们军队、我们革命历史上那些最美好的东西。我去访问一位部队首长杨得志，他说：“你们搞创作的，就应该把咱们一切好的东西都记下来，写出来，写得比实际的还好。”我立志一生要做这件事，就是把我党、我军、我们阶级最美好的东西收集起来，记录下来，更美地表现出来。当然不是消极地记录，而是积极地认识和理解历史，理解历史的宝贵经验。1958年我给聂帅整理南昌起义的文章，他带我去找刘帅，刘帅讲了一件事，叫我一定记下来，怕别人不注意。他说：“1927年3月底，毛主席找到我，问：‘你们军委有没有准备？没有准备要吃亏的！’但由于陈独秀机会主义路线，当时没有准备，结果吃了亏。”这些事实说明，我们的先烈、革命前辈，不但用鲜血为我们铺平了生活的道路，而且为我们留下了无数富贵的精神财富。这里边充满了经验和“诗情”，教育意义很大，我为研究生活、喜欢生活找到了一个总的主题：表现革命前辈如何为我们铺平道路，尽力宣扬这些精神财富。

在这第二步中，也就是在提高中，我在写作上追求三个东西：

（一）追求凝练，写得短一点，写得动人一点。《党费》的故事是一般的，就是把咸菜从小孩手里夺下来的那个地方，叫人心里热乎乎的，这个细节是从山东莒南县莲子块那位老大娘嚼花生壳喂小女儿而将窝窝头给我吃的那个真事化出来的。我写到这里，趴在桌子上哭了。后来写了《妈妈》《亲人》，达到了当时追求的目的。光动人不行，还要在结构上像短篇小说，像《老妈妈》《三张路条》，特别是《粮食的故事》，很不精练，侯金耕同志说可删去两千字，自己一琢磨，可以改改路子，删掉很多。许多故事，其中最动人的，最放光彩的，最体现精神美的，就那么一点。我就是抓这一点，写了《七根火柴》《三人行》，是一个星期天写的，一天写了三篇。另外一篇写一个战士开刀，不用麻药，含着鸦片，听着山歌开刀，我没有发表。光打动人还不够。还要有思想的力量，引起人的思索，于是我就——

（二）追求深刻，反映生活更深一些。在一次青年作者会议上，康濯同志对每一个青年同志的作品都发表了意见，谈到我的《党费》，说我很注意党和党的整体关系，但结尾不好。他说，写到政委打开本子写不下去，到政委把孩子的泪水擦掉，就可以结束了，后边那些“怎么计算”一大套发挥，完全不必要，越说越没有味道了。有些意思完全应该叫读者自己去想。要把生活吃透，要表现出自己对生活内涵的思索和开掘，要深刻地开掘，深刻地思索。凡是在此基础上做了提炼的，就有成绩。“大跃进”的时候，给了我一个思索点——把历史的斗争和现实的斗争联系起来。我们的同志常常把过去年代的故事和当前现实联系起来，例如我访问过的第三兵团司令（已病故），他当年在广西打仗，负了伤，曾靠在一棵大树上。1949年，他参加过新政协，接着去追部队，追到广西，一看到他当年负伤靠在上面的那棵大树，就把历史的回忆勾起来了。我把历史和现实联系起来，写了《普通劳动者》。最近有的同志写文章评论这篇小说，我向他提供一个“秘密”：当时这篇小说发表后，邵荃麟同志很有意见，将军劳动应当是件平常的事，可我写得太不平常了，这样反而看不出普通劳动者的普通之处，如我写那个小同志那么惊讶。周围人的特殊感是不应该突出的，应该写得更自然一些。这是小说的致命伤。但这一篇是我在小说的构思和结构上下了功夫的，是在第二个追求中完成的，当时，我去十三陵水库劳动，我是大尉，大家都没有戴牌牌（指肩章）。在同宿舍有位老齐，在洗衣服时我偶然发现他的牌牌是中校，从这里我找到一个“喷火口”，表现了我一直想表现的思想：从历史和现实的联系上表现生活。一个偶然的机会触动了我，一下子把长期想说的话说出来了。这篇小说是我自己创作道路上的标志：说明我开始比较自觉地注意到开掘和提炼生活以及典型化问题。

（三）追求个性特色。1958年写《普通劳动者》《休息》，1959年写《早晨》。20世纪60年代以后，我发现了我的弱点：人物没有个性化，我想发展一步。当时很多好作品出现了，如《新结识的伙伴》《大木匠》《李双双小传》等，人物很活。而我的人物共性多，个性少，所以我想探索、提高。1962年、1963年写得不多，一篇《征途上》，一篇《理财》，我想把过去那种战胜困难的精神写出来，用到现在，鼓励人们在当时困难时期与困难做斗争。

回顾这一段道路，就是这样走过来的，不知对不对。短篇小说两个要素，一要正确，二要动人。我就是在逐步追求着做到动人，也要正确。这个路子大体上是对的，从原来写好人好事，记录事件，到深刻发掘生活，勾画出生动的人物性格，这是一个发展过程，开始写好人好事，然后感到不满，就追求进一步，如果追求的方向不对，就要垮下去。在20世纪50年代，从1950年到1957年，我们这一茬子年轻作者都在追求“师傅领进门，修行在个人”，修行好不好，就看个人了，如王蒙、刘绍棠，都是在这第二步的追求中出问题的，这个“修行”很重要，这是中华人民共和国成立初期拿起笔来的青年作者的共同经验。其他作者，如李准、王汶石、茹志鹃等大体都有这样的过程。王汶石以《新结识的伙伴》为标志，得到了大进步，李准的《李双双小传》也是一个大进步。他最初写的《不能走那条路》还是记事性的。浩然前期的小说，都是记好人好事，典型性不够。这一提高的过程，有共同点，都是从不自觉地观察、深刻地开掘生活，在认识生活、开掘生活上下了功夫，追求典型人物的描写。大体都是这样，开始写了几篇，然后停笔两三年，然后就有了新的认识，在创作上大进一步。光动人不正确是不行的，可能是修正主义的，光正确不动人也不行，是公式化，概念化。你对生活观定得不正确，世界观不对头，你的开掘和表现，效果不可能是好的，是错误的，因此要不断深入生活，改造思想，在这方面我是有教训的。《亲人》的写作，在追求动人上付出了很大劳动，它发表二十年，我为它苦恼了二十年，思索了二十年，到现在也没有完全想清楚。这篇作品是从生活中来的，它包含了我对战争生活的很多经验和对同志友谊的深切感受，我是这样过来的。那种战友和同志的关系，一个高粱饼掰开几个人吃，一件衣服几个人穿，两人合盖一床被……我是永远忘不了的，很想找一个机会歌颂这种战友同志的关系。许多前辈也给我讲到过这个问题。我访问过一位老将军李木生同志，他是强渡大渡河二十四勇士之一，在他家里，从一边的房里出来一位老太太，他介绍是他妈妈，一会儿从另一边的房里出来一位老头，他介绍是他爸爸。两位老人口音不一样，不住在一起，我感到奇怪。问警卫员，才知道不是真父亲，是“捡来的”。我一听，非要弄清楚不行。第二天，我来访问，原来是在战争中，李木生同志的战友（一位团长）牺牲之前托他代为照顾自己的父亲，于是李木生同志把战友的父亲接了来，认他为爸爸。

这种事情是不少的，我们总参的张爱萍，就有两个人来认他为儿子。聂总抚养着叶挺的儿子，像亲儿子一样，我在他家亲眼看到的。我就想描写一下这种感情。这种同志之爱，正巧当时反右开始了，右派骂我们共产党六亲不认，我说不对啊，我们七亲也认，八亲也认啊！我就构思写了《亲人》，把自己的感情融进去了。我的小说，真正流着眼泪写的，除了《党费》，就是这篇《亲人》，我写了一夜，哭了一夜，这是我心血的结晶，然而却又是失败的。但是我认为问题不在于写了感情。文艺不动情，不写极深的感情，那不是作品，不能认为写了人情、人性就是人性论，写了无产阶级的感情、无产阶级的人性还是应该的，可以的。“无情未必真豪杰”。我这一篇小说的错误在于对于革命战争的理解和看法，有对革命战争的悲伤情调，我作为一个小资产阶级知识分子，经历了四五年的战争，对战争的理解是很不够的。记得在一次战役中，我们军队在拿下一个突破口的战斗中失败了，死的人很多，尸体都拖不下来，团政委很难过，我觉得团政委很好。但是丁政委赶来，一看这情形，严厉地批评了团政委：“你脆弱！你不是共产党员！牺牲了这么些人，你就成了这个样子！”后来我们借用群众的门板修工事，怕群众不方便，不想多借，影响了战斗工事的修筑，又是丁政委指出：“只有打退敌人，才能保住群众的根本利益，你们这是狭隘的群众观点。”我看到战争中的伤亡，看到群众受苦受难，就在思想上有伤感主义的东西。创作，越写真情实感，越能写出你思想上真正内在的不健康的东西。这些东西流进作品，就对生活做歪曲的描写，把矛头指向了战争。这次重出小说集，我把这篇抽掉了，这是我在第二步中，在提高中走的错路，是有教训的。一定要加强世界观的改造。你头脑这个加工厂不好，没法加工好作品，作者不是革命者，就写不出革命的、教育人的作品。

我汇报的第三个问题，是我怎样坚持的。1964、1965年，我吸取了《亲人》的经验教训，想再做探索，把第二步再走下去。但是从那以后，“文化大革命”开始了，“四人帮”摧残文艺事业，整个文艺出现了马鞍形，我自己的创作道路上也出现了马鞍形。“四人帮”那一套，那是毁灭文化，我一直认为自己是党的宣传员，但“文革”初期，“文艺黑线专政”论一打下来，真是莫名其妙。

我长期被下放到连队当兵，1972年总政把我调来搞电影《闪闪的红星》。“文革”这十年，对我来说，有锻炼，有弯路，也有收获。我们这一茬子人没有中年，中年被“四人帮”夺去了。如果我们过去学习改造得更好一些，少犯点错误，那么“四人帮”可利用的就少一点，这是很重要的。1972年以后，在“四人帮”文化专制主义统治下又拿起笔来，这当中也有教训。《闪闪的红星》怎么看？我当时介绍过创作情况，也对“三突出”说了一些涂脂抹粉的话，是错误的，有些是违心之言，有些当时也觉得是对的。如“烘托”“突出主要英雄人物”，当时还是对自己口味的。还有受迷惑的一面，如“激情就是美”这个提法，很迷惑人。在创作过程中，也有“四人帮”不同意的东西。我们也排一号二号人物，但有一点必须肯定，就是孩子要在前辈的带动教育下成长，这是他们不同意的。再有，“多侧面”“立体化”，必须要有一个主要方面，这也遭了忌。但总的看来，我们斗争自觉性是不够的，十年文化专制主义对我的影响，第一，主要是切断了、中断了我与生活的联系，我对生活的研究被中断了，没有很好地到生活中去。虽然被迫下放到农村，但那心情不同，也很难研究生活，反而有不好的方面，有消极的东西，就是对光明面的热情没有了。第二，就是失去了艺术实践和思索生活的机会。十几年没有运用短篇小说这种艺术形式，原有的基础丢了，新的没有学，反而来了“激情就是美”之类似是而非的东西。

第三，是影响了信心。最近写了几篇关于领袖的小说，老是在想：这样行吗？以前不是这样，总是很有信心，想到那一定是会使读者感动的。这几年那种信心没有了。比起郭小川同志在极其不利的情况下还保持坚强的信心与“四人帮”斗争，有很大的差距。

我要汇报的第四个问题是怎样恢复。打倒“四人帮”以后，部队文艺正在整顿。文艺复兴是可以预期的。对每一个作者来说，要迎接这个文艺复兴，自己有一个复苏的问题的。1977年我写了一组歌颂领袖的短篇小说（去年11月还写了一组关于总理的小说，没有发表）。《启示》写总理，发表在《北京文艺》，还有点意思，写总理，我是动情的。当我把批判“四人帮”的内容揉进去时，就有意思。如总理搀着伤员，这故事过去听过多少次，但想到“四人帮”对总理的诬蔑，写起来就有感情。但不少人写信给我，说远远没有达到《七根火柴》的水平。杜鹏程说没有从更高的角度上写领袖。我写了一篇《草》，就有一些“四人帮”的不正派的手法进来了。长期没有到生活中去，没有研究短篇小说了，有一个重新深入生活、重新学习的问题，我们这一茬人都有这个问题，要投入到新的长征的行列，为完成新时期的任务而奋斗，要赶上迅速前进的队伍，要继续学习。

二

现在我说一点关于短篇小说创作的小小的体会，“文革”前十七年，我经历了小说创作道路上的一个过程，探索、思考了一些问题。在这探索的过程中，对中国当代短篇小说的创作，我感受较深的，是以下几个问题：

首先一个问题，还是生活问题，要做到熟和透，要熟悉人，了解人。短篇小说质量的提高，根本环节究竟在哪里？说来说去，还是生活。短篇小说不是作者头脑里固有的，也不是书本里来的，是生活中来的。“四人帮”摧残文艺，把创作和生活割断了。“三突出”就是主观唯心主义和历史唯心论以及公式化、概念化的大杂烩，不从生活出发，割断了创作和生活的联系。去年在短篇小说创作座谈会上，有人说于会泳有一句“名言”：“江青的生活够用一辈子了。”多么愚蠢荒唐！短篇小说要繁荣，必须解释清楚它和生活的关系，提倡长期地无条件地到生活中去。就是在“四人帮”统治之时，这一点我也是明确的。要了解英雄人物，什么“贪心”都不要，就是要有了解英雄人物一切方面的“贪心”，更了解他们的生活、性格、精神的美……我注意观察了我们这一茬子人的经验，差不多都可以证明这一点。我概括为三句话：做群众的知心人，做革命事业的有心人，做革命文艺事业的用心人。1953年召开短篇小说创作座谈会，小组活动时，我们问张天翼：在深入生活时是不是也要过一点“文学生活”？我也是这样想，除了做好本身工作外，从文学创作需要着想，还要不要做一点事。但张天翼更多的是强调首先要把生活的担子担起来，站在旁边看生活和把生活担子担起来是不同的。他举赵树理为例，他从不旁观生活，县委书记苦恼他苦恼，县委书记快乐他快乐，共同担起生活的担子。在延安时他见到朱老总，朱老总说：做一个自自然然的共产主义者，不要做那种做作的共产主义者。这是生活的态度，要和群众同甘共苦，真正知心。过去我到连队，很容易和战士搞在一起，后来就不那么容易了。1970年到1971年，我又戴上领章以后，被林彪赶到南京去当兵，当了两年战士。在这两年中，在连队里在班里，才交上了一个半朋友。当兵七八个月后，战士才真正和我说上内心的知心话，一旦交上朋友，就对你很亲切，感到很舒畅。一个战士被发展入党，支部大会通过，营党委批准，他被喊去谈话，回来后他翻来覆去睡不着，我也没有睡。他说："你怎么也没睡?"我说："我等着你呢。"他于是钻进我的帐子里，说有件事要问问我，只问了一句话："中国南边是什么国家?"我回答以后，他又问："还没有解放吗?"我又回答了。他再问："再往南呢?"我回答后，他说了声："啊，我明白了。"他去睡了，可是我却睡不着了。这是我在和平时期第一次接触到入党战士的心灵。没有知心之交，他的心灵就不会透露给你。当然在这个前提下，还要关心大的斗争。这些年来，我在深入生活上是缺了课的，一定要注意积累生活感受。既然是文艺工作者，就应该是一个战士、宣传员，应该注意培养自己对生活的感受。我每天都不停地做生活札记，记下自己的新鲜感受，记下从生活中得到的那些美好的东西，这样做很有好处。当然，各人关心、注意的不一样，很敏锐地从生活中感受到一些新的东西，这很有好处。在我下连当兵时，到师部开会，从合肥经蚌埠到阜阳，在旅途总希望看一看。有一次，在同车发现一位十八九岁的姑娘在看一本很厚的东西，看得很专注。中午到涡阳，她还在看，我发生了兴趣，凑过去看看，原来她在看账本。我问道："这有什么好看的?"她很认真地说："你看，这多有意思，这个张大爷去年补了××元钱，今年不补了……"这是一位上海知青，在阜阳当会计，她这样看账本，我很感动，真想当场就写一篇散文。最近我参加财贸双学大会，接触了这么多红色买卖人，商业财贸战线也是一个英雄辈出的地方，许多事使我很受教育。他们做着平凡的工作，内心世界那么不平凡，我们应当保持对生活的敏锐感，做生活的侦察员。

任何一个过程，如果你真正深入进去了，就有特色，有它自身的逻辑。秦牧同志听到一个故事，猛一听很不合理：一对夫妇去登记结婚，登记后去饭馆吃饭，接着就去打离婚。但一了解其具体过程，是合乎逻辑的。原来登记以后，小伙子以为“保险”了，便摆出大丈夫的架子，在饭馆坐下后，支派女的去买饭，买了两碗面，一碗肉丝面，一碗清汤阳春面，自己吃肉丝面。女的发现男的原来如此，认为不可忍受，于是要打离婚。多少年来我一直在琢磨什么是短篇小说，我有一个偏狭的见解，认为短篇小说就是对生活的开掘、发现和提炼。我们不是消极地反映生活，要看到生活中的“诗意”，这是成败的关键。沙汀同志强调短篇小说就是小中见大，以小见大。我以这个观点重看自己的东西，有一篇《早晨》，是从我自己的生活经验出发写的，但由于开掘不深，和我的本意相违了。1948年，我们打北堂女中，那是一个教堂，一切都布置好了，马上就要开始出击了。就在这时，敌人占领的一座楼的二楼窗子全打开了。每一个窗口有两个小孩挡着，我们没法开枪，营长非常激动、着急。敌人却从小孩子的腿下伸出枪打我们，打死打伤我们的同志。营长一跺脚：“上刺刀!”这一场战斗，我们伤亡很大，终于突进去了。打完以后，我进去了，满地爬着小孩，救下了三百多个小孩。如果用炸药轰，三百多个小孩就全完了。1959年我写了《早晨》，表现烈士鲜血所救的孩子成了青年。1975年，我在一个中学讲革命故事，一位老师告诉我一个锅炉工教唆小孩当小偷，我又想起了以上这个故事。如果今天我来处理这个题材，就会有不同的结果。而当时我对这个题材的开掘是不深的。认识的提高，对小说的成功几乎是决定性的环节。只有在提炼上下了功夫，才会前进。这是一个深度的问题。

其次一个问题，是短篇小说的技巧问题。我认为中心是构思，而构思的中心又是找到最能表现人物性格美的那个角度（或曰环境）的问题。“文化大革命”中，真正称得上是短篇小说的不多，共同弱点是不讲究构思。有一年，知侠同志对我说：“我们不如你们，我们是三分生活七分构思，你们是十分生活，但写得不巧，不讲究构思。”去年的短篇小说座谈会上，我提出“新一点，深一点”的主张，这和构思有很大关系。唐弢同志说他很赞成我的意见。过去，像《新结识的伙伴》《大木匠》《百合花》等，构思都很巧妙，既“深”又“新”。我的创作的一个很大弱点，是构思不巧，不能把人物性格和典型环境很好地统一起来加以表现。

再一个问题，是通过外在表现内在的问题。这是怎么写得好的问题。我们往往细节的运用不怎么讲究。老作家都有一个大本领，写的是外在的东西，表现的却是内在的重大问题。我在实践中，有的做对了，有的就做得不好。凡是好的，就是说能使读者从外在的东西看到内在的东西。好的小说都是在这里下功夫。李准说有个“窍门”，拿出一部作品，先数一数有几个动人的细节。我1972年开始“触电”（搞电影剧本创作），电影的表现手法，对写短篇小说很有启发。

总之，短篇小说在哪里，短篇小说怎么写，短篇小说怎么写得好，这就是我在追求和探索的问题。生活开掘的深度，情节细节的运用等，都有技巧性问题，我就说不清楚了，只提出大家讨论，今天就汇报到这里。

写出感受的和相信的

我学习写作，实际上就是学着干这么一件事：一方面，向革命前辈听故事，并加进自己的生活体验和感受去理解故事；一方面，向前辈和同时代文艺家学习写作技巧，记故事、写故事。在写过一些故事之后，我逐渐明白了：我记下的那些斗争着的人，那些人在那种环境里表现的思想、性格、感情和行为，那些人用生命和鲜血创造的故事，也叫作短篇小说。

一

既然要写短篇小说，一开头就得碰到这么个问题：短篇小说在哪里？

猛一看，短篇小说是产生在作者的笔下，发表在报刊上，汇集在短篇小说选集里。我们打开一本短篇小说集，在那里看到引人入胜的故事，光彩照人的形象，看到新的人物、新的世界，很自然地就佩服作者：这人有本事，“吃苇子拉席——肚子里编得好”。可是，仔细一想，就算肚子里会编，也得有苇子吃，而苇子，是泥土里长的。

原来，短篇小说和其他形式的文学艺术作品一样，它在生活里，它是从生活里来的，它是社会生活在作者头脑里的反映。

生活，是文学艺术，也是短篇小说创作的唯一源泉。这本来已经是常识了。可是由于“四人帮”制造的混乱，常识又成问题。“四人帮”鼓吹什么“从路线出发”“主题先行”那一套，就是要切断文艺与生活的联系，毁灭革命文艺，制造阴谋文艺。路线，是抽象的概念，从概念里怎么能长出千姿百态的生活和活生生的形象？怎么能长出短篇小说来？

只有土壤里才能长出庄稼。只有长期地深入到工农兵斗争生活之中，观察、体验、研究斗争着的人和事，用那些自己接触到的和深切感受到的生活形象把作者心灵的挎包装得满满的，真正做好了了解人、熟悉人的这个“第一位的工作”，才能找得到、写得出短篇小说。

只要仔细研究一下当代一些短篇小说作家和作品，就可以发现，虽然他们写作的题材很不相同，艺术风格上也各有特色，但有一点是共同的，那就是：他们都是被生活积累和感受“逼”着进行创作的。他们有的经历了革命战争，有的参加了其他变革现实的斗争实践，熟悉了某一方面的斗争生活，体验了和感受了一些动人的人和事、思想与感情。这种体验和感受积累得多了，生活的行囊充实了，那些难忘的人和事就站在了作者的面前，就来敲作者心灵上的门了。于是他就睡不着觉了，于是就拿起笔来，把这些看到的、感受过的和自己相信的思想、感情和形象，经过精心的艺术构思，写到稿纸上，成了短篇小说。

在这里，作者亲身的感受占有极其重要的地位。那种用自己的心去感触过的事物，那种激起并且倾注了自己感情的生活形象，是创作中的宝贝。有的同志对生活有着特别敏锐的感受力。像写过有关孩子与革命的优秀作品的刘真同志，就有这样的本事。同样的一段在革命部队里成长的斗争生活，别人跳着蹦着地走过去了，她却留下了深切的感受，而且感受得细致、强烈而又独特。她能够保持最初接触生活时的那种感受。这大概是从生活中得到短篇小说的一种特殊的长处、特殊的禀赋。

在这里，和自己的描写对象始终保持着联系，又是非常重要的。常常有这样的情况：一个作者，他的第一篇作品也就是他的最好的一篇作品，起点成了顶点。因为，第一篇作品是他生活体验和感受积累的强烈喷吐，以后就难以为继了。最近，一位老作家说：永远不要中断和你描写对象的联系，要永远生活在你所描写的对象之中。这一告诫是语重心长的。

我曾经学着写过一些短篇小说。它们的成败得失，差不多都和生活体验问题联系着。规律是：凡是我有着直接的生活感受的，写出来就多少有点意思；哪怕是个听来的故事，只要不是吃“现成饭”、就故事说故事，而是把它当作一个“喷火口”，依托它把自己的生活经验流进去，就可以写得深刻些、动人些。反之，没有生活感受，就是再完整、再动人的故事，我也写不好。记得1959年评论家侯金镜同志在为我的短篇小说集《普通劳动者》所写的序里，就为我指出直接生活感受的重要，批评我的有些作品“因为本钱——真情实感不够，所以显得才华——艺术创造力和想象力也减退了”。这个意见非常中肯，使我永志不忘。我们的文学前辈就是这样帮助一个青年作者成长前进的。

由于“文革”，我写作短篇小说中断了十年，至今还处在“恢复期”。1976年底至1977年上半年写的十篇小说，就是“恢复期”的习作。这些作品，是用短篇小说这种艺术形式来塑造老一代无产阶级革命家形象的一个尝试。这是一项严肃的，也是困难的创作实践。我坚持一条：必须是曾有的实事——写的是实有的革命家，就有“史”的成分；小说可以生发开去，可以渲染、描写，但所取材的主要事件，必须是革命家生活经历的史实中曾经发生过的，而且应当核对确实、理解正确。同时，又坚持另一条：应当是会有的实情——写的是小说，是在文学作品中塑造革命家的形象，也就有“诗”的成分。所取的史实是创作的题材，可以也应该从“史”里找出“诗”来。革命家是创作描写的对象，是作品里的一个人物，不仅次要人物可以虚构和想象，就是革命家的形象也可以和应该在不违背基本性格特征的情况下，进行塑造和描写。

在以老一辈革命家形象为描写对象的短篇小说创作的过程中，作者的生活体验和感受依然像其他作品的写作一样，起着重要作用。

《足迹》写的是周恩来副主席翻越雪山的一个生活片段。周副主席带病过雪山，并且顶风冒雪关心翻越山巅的组织工作，这是闪耀着历史光辉的实事。但是，选择这一史实作为题材，在我来说，还有许多具体因素。首先是这个故事深深感动了我，我仿佛看到了这一特定的艰难环境中周副主席的光辉形象。其次，对当年红军过雪山，我曾进行过许多采访，1972年也曾到雪山实地看过。还有，我对所描写的生活、形象，虽不是全部，但在某一点上却有过直接的又是深切的感受。1960年，我陪同一个外国代表团受到周总理接见。在整个接见过程中，周总理的风采都是动人的。尤其使我难忘的是这样一个情景：接见完毕，总理和客人道别，离开我们的桌子，走了几步，却又转回来，附到那位年轻的翻译同志耳边，小声地对她说了一句法语，然后说道：“这句话，不是那个意思。”他亲切地为她讲解了几句，才慢慢走开。我们日理万机的周总理，就这样无微不至地关怀着青年的成长。现在，当我描绘当年周副主席在千年积雪的雪山上关怀红军战士的形象时，上述这个使我激动、使我深思的直接感受，便以更大的幅度浮现出来。我几乎是照直把它搬到了雪山这个历史的关口上。我写周副主席向指导员曾昭良布置过任务之后，搀起小司号员向前走去。“走了几步，他又回过头来，关切地嘱咐道：‘同志，记住，千万不能停下啊！’”因为是我看到的、感受的，也是我所相信的；我相信这个美好的细节的描写，能够再现这位伟大的人的形象。至于“要是不困难，要我们这些共产党员干什么呢”这句话，则是三年经济困难时期，我在一次报告会上直接听到周总理讲过的，把它搬到作品里就可以了。

二

我们强调生活是创作的唯一源泉，强调生活感受对于短篇小说写作的重要意义，并不是说生活经验就是创作了。没有花就不会有蜜，但是花并不是蜜。

因为学习写短篇小说，就常常琢磨这么个问题：短篇小说到底是什么？是故事？是个性鲜明的人物？是“生活的横断面”？……

有人说过：创作，就是思想照亮了生活的行囊。我觉得这个说法很有意思。它接触到了对生活的深入开掘和反复提炼的问题。创作，特别是短篇小说创作，常常会遇到这种情况：你看到了许许多多生活形象，有了不少独特的体验和感受，它们有时静静地堆在你生活的仓库里，有时像开了锅的稀粥一样在心中翻滚，逼你思索，使你激动。然而，你还没有想去写它，或者感觉到要写而又苦于没法写。这时，由于一个偶然的机缘——比方说，突然对其中的某一人和事想透了，获得了新的认识和理解，或者在思索里、在闲谈中、在听报告时，得到了一点思想的启示，或者生活中遇到了某一事物的触发，使你变得心明了、眼亮了，一下子看到了生活中蕴蓄着的内涵，看出了生活背后那深一层的道理，体认出了生活的哲理和生活中的诗。这时候，这种思想发现，就像一束亮光，照亮了你生活的积累；就像一阵清风，吹进了你那郁郁待燃的柴火垛，使它噗的一声蹿起了火苗。这种时刻出现时，如果作者一把抓住了它，调动起自己的生活和思想积累，深入地思考、酝酿，就会发现，与这相关联的思想、人物、生活情景，以至生活细节都会奔向前来，像是果肉围绕着果核，有机地聚集起来，思想更单纯集中，人物更加鲜明，情感也愈炽烈。于是，作者获得了自己追求的东西，得到了自己所相信的、含血带肉的思想，得到了真的、深的又是新的发现。

让先进思想照亮富有的生活行囊，或者说，对观察、体验的生活进行分析、研究所获得的认识，都是思索生活的结果，它有时是作者对一件事深入开掘、思考、体验出来，从平常中看出了不平常；有时是从大量生活现象概括出来，从矿砂中冶炼出来的纯金。但都是对生活在熟的基础上的懂，大量占有基础上的提炼。它是作者从生活中得来，是和形象联结在一起，富有血肉和生命的。当然，这种对生活的认识，并不是在深入生活之后才去进行，而是在体验和感受的同时，就思索、研究了。“长期积累，偶尔得之”。能够得到它，是艰苦思考的结果。这种对生活的认识的深度，是要靠作者的思想高度去实现的。“妙句拈来着眼高”。只有作者努力学习马列主义、毛泽东思想，借助于这个观察社会生活的望远镜和显微镜，培养自己的观察力，才能有一双“着眼高”的眼睛，去发现生活中蕴藏着的珍宝。

努力开掘和提炼生活，对于短篇小说的创作是非常重要的。我们进行文学创作，不是消极地反映生活，而是对生活的解释；不是生活的模拟，而是创造；不是单纯地记录，而是发现。作品应当比实际生活更高、更强烈、更集中。只有在观察、理解生活上获得了新的深度，作品才有可能真实、新颖、深刻。

去年，我写短篇小说《标准》，又一次体会到对题材进行提炼的重要。本来，关于《标准》这篇小说所揭示的生活内涵，我是曾经思索过的。早在1958年，我写作《七根火柴》等描写草地生活的短篇时，就想过这个问题。当年红军战士爬雪山、过草地，胸中一颗心、肩上一杆枪、口里一支歌，战胜了人间罕见的艰苦。他们对物质生活的态度，对理想的执着追求，对同志、对党的崭新的关系，一切都为我们这个时代、我们这个阶级确立了一种标准：做人的标准，工作的标准，对待困难的标准。那时，在革命前辈身边生活，也常常听到他们说："大不了再来一次长征！""要拿出爬雪山过草地的那种精神来工作，什么困难不能克服？"雪山和草地，已经成了人们衡量思想、工作和生活的一个尺度了。1972年，我到了草地，站在草海泥潭，遥想红军当年，这种内涵的诗情，这种对生活的认识曾使我激动不已。

但是，在我写《标准》的时候，却没有马上把这种对生活的认识和我要描绘的形象结合起来。我听到过好些个关于朱德总司令为草地断粮的部队吃饭问题操心的故事。这些故事个个都是美好的，动人的。我为故事本身所吸引，从中挑选了一个，就匆匆忙忙写起来。小说写出来了，叫作《草地上》。倒也不是完全没点意思，只是平，浅，不深刻。我自己不满意，《人民文学》编辑部的同志看了也不满意，说："改改吧！"改改，说说容易，没有新意怎么改得好？苦恼了一天，没有结果。吃晚饭的时候和家人闲谈，女儿说起"文化大革命"初期有的地方把窝窝头改名叫"大众糕"。这使我的情绪激动了：难道只有人民大众才配吃这种糕？话题扯到了伙食标准，谈到了艰苦的年月。突然间，“草地的标准”几个字跳了出来。

这几个字，唤起了我过去对草地生活的理解和认识，也照亮了我桌上那一份草稿。原来那还不是一篇短篇小说，也根本不应该是什么《草地上》，而应该是《标准》。于是我重新进行了改写。故事情节没有怎么改动，只是把朱总司令写成了创造和体现“草地标准”的形象。在他旁边，又用几笔勾画了一个“把困难砸碎了”，捡一块扛起来的战士，他和自己的统帅心灵相通，一道创造和坚持了革命特有的“标准”。

创作，即使写的是一位统帅，当作者把他作为描写对象的时候，也得通过自己思想情感去开掘，认识。只有理解了这个生活片断的内在意义，获得了深一层的认识，才能使作品多少有一点生命。

三

说到题材的开掘和提炼，实际上已经接触到艺术构思的一个重要环节：艺术概括和典型化的问题了。

怎样写短篇小说？我看，问题不在铺开稿纸写作的本身，难度最大、花功夫最多的，还是提炼生活和进行艺术构思。

我们的文艺作品，应当追求革命的思想内容和尽可能完美的艺术形式的统一，力求既有高度的思想性又有强烈的艺术感染力，既正确深刻又生动感人。艺术构思就是寻求和争取实现这种结合，把作者在生活中感受的、相信的、深邃的思想和真实、独特的形象统一起来。

艺术构思的任务是多方面的。要安排情节、表现人物、选择场面等。但是，在经过开掘提炼、把握住题材的思想内涵之后，最中心的还是处理好性格和环境的关系，也就是说，要为人物找到和安排好最能表现其思想性格的环境，写出典型环境中的典型性格。

我们常有这样的体验：一个人，可以从不同的角度上为他画像、拍照，但常常只有那么一个角度，能够最鲜明地把人的内在精神和性格特征突现出来。短篇小说的构思，就是要找到那个最理想的角度。我们也常犯这样的毛病：只着眼于事件发生发展的过程，而忽视了在这个过程中人物思想感情的经历。结果，在艺术构思上就必然忽略了思想性格的特定性，不新颖；只从正面去描绘，不精巧；贪多求全，不单纯；小说也就冗长、一般化了。记得有一次，一位老作家和我们谈话，他说：我们过去受社会条件的限制，不能直接投身于工农兵斗争生活。生活积累少，就逼着我们讲究艺术构思，把仅有的一点生活经验写得精美些。而你们，生活多了，尽着用，构思上就不讲究了。话虽说得委婉，批评却是中肯的。我们在深入生活上常常表现出不够老老实实，而在写作上又往往太老实了，总离不开生活的自然形态，总习惯用那些放在哪里都合适的东西，不敢加工创造，不敢虚构和想象，不敢追求特殊、新奇和精巧。须知，在文艺创作上，那些一般化的、放在哪里都合适的东西，是放在哪里也不合适的。

塑造无产阶级领袖和革命家的形象，要描写他们的崇高思想品质，要描写他们的光辉思想和优良作风，更要写出他们怎样代表着人民群众的利益、愿望和要求，从群众中汲取思想和智慧，在历史的关头，高瞻远瞩地确定方针路线，决定着历史发展的方向和人民的命运。

我进行短篇小说《路标》的艺术构思时，曾想描写毛泽东同志在一个决定历史命运的重要时刻的伟大形象，写出这个“高”来，哪怕勾画一点侧影也好。翻开革命历史，在多少次关于党和军队生死存亡的关头，都是毛泽东同志为革命指明了方向，竖起了光辉的路标啊！1935年8月，在草地北沿，毛泽东同志对张国焘分裂党、分裂红军的罪行所进行的斗争，就是惊心动魄的一次。我想写这个时刻，写这一时刻毛主席的形象，写这一个金光闪闪的路标。但是，我又是在写短篇小说，任务是通过塑造艺术形象来概括。

《路标》的艺术构思，是这一组十篇小说中最困难、最费力的一篇。我没有去写毛泽东同志在会议上进行斗争的这一场景，却安排了一个掉队的小红军在草地途中和毛泽东同志偶然相遇；我也没有把毛泽东同志置于小说情节的中心，而是以小红军战士为贯穿全篇的人物，借以作为观察、描绘毛泽东同志形象的角度和引线。写了小战士向毛泽东同志问“路线”，毛泽东同志为他写路线，毛泽东同志和他讨论路线，乃至他和毛泽东同志一起参与制定路线。这样，在描写一个小红军这段生活、思想历程的同时，他的形象，他的眼睛，也像摄影机的镜头一样，引着读者看见了特定环境中的毛泽东同志，看见了毛泽东同志和战士的关系，看见了毛泽东同志在这历史时刻的一点思想风貌。人物出来了，“路标”也就插在那里了。

当然，这只是一次粗浅的尝试。

四

我们常说，看短篇小说，或者看戏、看电影。这个看字很有味道。读者和观众在那里看作者指给他看的东西，看故事，看行为，看动作，看景物……然而仔细一想，不对。原来读者和观众睁大了眼睛在看的，并不只是那些看得见的，而是看那些看不见的。他们要看人的真实的、动人的思想、情感、精神品质，甚至是极其隐秘的内心世界。我们写短篇小说的呢，除了必要的心理描写之外，就是让读者通过那些看得见的东西，去看到那些看不见的东西。

要实现这一点，就短篇小说而言，细节的准确运用和描写，起着重要的作用。

许多有经验的作家都十分重视细节。有人说：故事好找，零件难求。零件就是细节。李准同志就是从生活发现细节、在写作中运用细节的能手。有一次和他交谈，他说：写一篇短篇小说，手里有那么几个硬邦邦的细节，心里就踏实了。就连阅读和欣赏，他也喜欢把作品“拆开”来，挑出细节来分析研究。这是极好的艺术经验。

我们写作短篇小说，常犯的毛病是“密度”不当，“密度”太小。而刻画人物性格、形象的笔墨，往往是对细节进行了充分的、具体的描写，“密度”最大的地方。

细节不是创作的细枝末节。凡是好的作品都有好的细节描写。没有细节的短篇小说几乎是没有的。只有从生活中发现了特定的、有表现力的细节，并且根据塑造形象的需要，有准备地、在节骨眼上恰当地运用细节描写，才能为人物形象刻上准确、生动的线条，既表现了外在特征，也揭示了内在精神。

我学着写短篇小说，有时因了一个细节而决定了作品的生命，有时依托一个细节就结构和写成了一篇小说。在短篇小说的创作劳动中，再没有比获得了一个需要的、有特色和有表现力的细节，更令人喜悦的了，也再没有比搜索枯肠却找不到那个必要的细节更令人苦恼的了。

写作短篇小说《草》的时候，我的心情非常激动。原始素材是极其动人的：草地探路的先头团派人送来了报告，说到有的单位误食了有毒的野菜中毒了。当时重病在身的周恩来副主席亲自听了报告，并指示发下勿食有毒野菜的通报。依托这样感人至深的故事，结构起来是比较顺利的。但是结构起来以后，却发现缺少点什么。缺什么呢？在周副主席的形象描写上，缺少一个动作性强的、有强烈感染力的细节，不能把形象的内在力量和读者的感情推向高点。

动笔写作了，写的过程中，我的眼前老是浮动着毒害人民的“四人帮”。在写到有毒野菜的外形时，憋不住把它写成这么个样子：“一层暗红色的薄皮包着白色的根根，上面挑着四片互生的叶子”“长在背阴背水的地方”。这，当然是笨拙的、无力的。但是它的出现也有个好处：把四十多年前自然界的艰险对革命的折磨和“四人帮”对周总理的折磨和摧残联系起来了，顿时，一个鲜明的情景涌现出来。我含着泪写道：“周副主席又举起那棵野菜看了看，慢慢地把它放进嘴里。”周副主席亲自尝毒草！这篇小说必要的细节找到了。

五

短篇小说是一种艺术形式，是一个文艺战士进行战斗的武器。既然是种武器，就要尽可能熟练它、磨砺它。上面所说的，只是有关这个武器的一点点认识，很粗浅，很不全面。不过，如果有了拥有生活经验的广度和厚度，有了观察和开掘生活的深度，再加上找到了表现人物性格的恰当的角度，妥善地掌握了描写的密度，努力做到生活富、认识深、构思巧、细节准、感情真，写出来，大体上就像个短篇小说了。

当然，这绝不是短篇小说写作问题上的全部。比方说，还有一个更为重要的方面，就是态度问题。

文学作品，是社会生活在作者头脑中反映的产物，是头脑这个“加工厂”加工制作出来的。这个“加工厂”干净与否，是不是好用，决定着作品的高低成败。我们搞短篇小说创作，搞儿童文学创作，做的是研究人的工作。在成百成千个研究对象之中，有一个便是自己。十年动乱中，林彪、“四人帮”强加到我们文学事业和文艺工作者头上的种种诬蔑不实之词，我们一律推倒，概不接受。但是，我们却必须清醒地解剖自己、认识自己，并不懈地改造自己的世界观，努力使精神产品的“加工厂”正确些、干净些；努力在学习马列主义、毛泽东思想和学习社会的过程中，缩短自己和研究对象、描写对象之间的差距。

就说感情吧。短篇小说当然不是无情的东西，相反地，它要求自己的作者以热烈的情感去热爱新生的和美好的，憎恨那些阻碍人民前进的丑恶的东西，又以真挚的情感去描写他所感受的和相信的，使作品有尽可能大的艺术感染力量。然而，作者又必须注视着自己，看看这是什么样的感情，并力求和革命人民的喜怒哀乐相一致。

老作家柳青同志说过一句话，大意是：正因为机器不能写小说，正因为文学作品的创作劳动还不能不是创作者的个体劳动，因此，作者要特别警惕个人主义，注意世界观和文艺观的改造。这是句好话，是艺术前辈的经验之谈。柳青同志离开了我们，而这话却将留下来，久久地留下来。

为革命而创作，是神圣的使命；为革命创作而不断改善自己、加强自己，也是一项神圣的使命。

见得真，知得深

近几年，我有两篇短篇小说又被选入中学语文课本，也就又收到了许多老师和同学的信。这些信，有的我回复了，有的没回信。因为关于作品、关于写作，一封书信里说不清楚。现在《北京师院学报》一定要我说点什么，于是，我选定了《七根火柴》，重新回想这篇旧作的写作过程，想到了与它相关的一些事情，想到了多年来所追求的真实、深刻、动情，想到了美。

可是，当我写下了题目，心头却不禁一阵酸楚，忆起了一件往事。那是四年以前，在一个谈论短篇小说创作的座谈会上，敬爱的老作家周立波同志在发言。他用几根瘦长的手指捏着一张纸头，轻声读道："大家之作，其言情也必沁人心脾，其写景也必豁人耳目……以其所见者真，所知者深也。"接着，便联系着他自己的创作实践，谈起了熟悉生活和认识生活的问题。这是我听到立波同志最后一次讲话。不久以后，这位对革命、对生活爱得极亲、见得极真，也知得极深的文学大家就住进了医院，然后永远地离开了我们。

王国维在《人间词话》里说过的这番话，我读过，但没有读懂。经立波同志这么一引用，又赋予它以新的内涵和外延；一讲解，仿佛他把灯盏里那根灯捻儿轻轻一拨，我眼前亮了，好多还没想清楚的问题变得清晰了，心头似乎明白了许多。

我所以往事重提，是因为立波同志的音容宛在，他所解释的“见得真、知得深”的创作论还活着，并将久久地活着。

“所见者真”。见，就是观察，就是感受。按照立波同志的解释，对于革命作家来说，一般的见还不够，还必须到斗争生活中去，熟悉沸腾的社会生活，和战斗者肩并肩、心贴心，熟悉战斗着的人。这样的所见，见得真实、真切、真诚，才能写出真正的作品来。作家永远不能把自己没有见过的东西告诉别人。生活里的美，要写出来，首先要看出来和感觉出来。这，实在是一个真理。

我曾经学习和研究过不少当代作家作品，慢慢地发现，尽管作者经历有别、选材不同、风格各异，然而，有一点是共同的，那就是，他们大多都是被生活体验“逼”苦了，才动手写作的——他们在斗争中见到和接触到一些感人的人和事，有了丰富的体验和感受，这些思想、感情和形象不断地敲着作者心灵的门窗，打扰着他的清梦。它们比安眠药的力量大得多。于是，他睡不着了，只好坐到桌前，扭亮了台灯，铺开了稿纸，把墨水和泪水一块儿流到稿纸上。

创作，就是积累之后的喷吐，是积薪之后的燃烧。

《七根火柴》的写作，可以算作一个小的例证。这篇小说的构思，说来有点奇特，它是从突然闯到面前一个形象发端的。深夜，灯前，我照例对着稿纸“神游”于长征路上。忽然，眼前浮起了这样一幅景象：一队红军战士在白茫茫的雪山上迎着风暴走着，一个红军战士身子一侧歪，摔下了雪坡。几番挣扎，他被深雪埋住了。随着战友们的视线望去，只见白雪上留着一只手，在手心里托着一个共产党员的党证。

这，就是《七根火柴》最初的胚芽。

说不上这个形象是哪里来的了，但是，可以肯定，它是从我的见闻和感受里来的。在战争中，我多少次看见过这样一种战士的手啊，握着枪的，攥着担架杆的，拉着战友的，抚摸在同志额角上的……

远的不说，就说1949年。这一年，是我们整个祖国春暖花开的年份，可是这年最初的几天，却是非常的寒冷。整个淮海战役战场上盖了一层白雪。这天早晨，天刚放亮，我被冻醒了，忽然听到了一阵杂乱的脚步声。我钻出地堡，愣愣地随着几个同志爬上交通沟，向敌我之间的一块雪土上跑过去。在离阵地四五十米远处，我看到了：一个战士伏在雪地上，已经牺牲了。在他面前的白雪上，有用指头画下的简单的地图（侦察参谋正在匆忙地辨认和复制），而他那只曾经用最后的一点力气画下了敌情图的手，却高高地举着，指着前方。这个同志我认识，是团里的一个侦察员，只是没有记住他的名字。头天夜里，他潜入敌阵地侦察，回来时受了重伤。他终于没有能够爬回自己战友的身边，只有用那只手最后完成了英雄的功勋，表示了自己对党对人民的忠诚。

如今，我已经不能确切地说出，在我握着笔写《七根火柴》的时候，到底是想起了记忆中的哪一件事、哪一只手，但是，在这短短的两千字里，确实凝结了我在战争中直接获得的生活体验：关于人，关于人的手和心灵，关于战争中人和人的关系，以及战士的忠诚。

其实，从生活中得到的，又何止是人和事、生活的形态和具体的形象呢，就连一个细节、一点感受、一星思绪，也得从真切的体验里得到啊。而它的代价，比以往纸上写可高多了。我不知有多少次在各式各样的雨雪里行军，多少次穿着湿透的军衣，站在冷风里发抖。那时候，能爬上一盘热炕或者坐在篝火旁边，几乎成了“最高的理想”了。有一次，冒雨行军九十多里，浑身上下没有一根干纱。我和一个战友背靠背地坐在一个抬筐里，就算宿营了。一觉醒来，同志的体温居然把军衣烤干了。没有这种体验，卢进勇的淋雨就没有了实感。又比如，在抗日战争的一次反“扫荡”里，我曾经用拳头大的豆饼支撑了四天。尝过了饥饿的滋味，我才能在纸上表现出“鸡蛋那么大的一团”青稞面的真正价值。

当这一切真实的所见，一齐奔来眼前、涌上心头，像开了锅的稀粥在胸膛里翻滚、奔腾，寻找着气孔和从锅边往外冲的时候，当它们被思想感情蒸馏出来、融进墨水里顺着笔尖往外流的时候，创作者才真正成了幸福的人。“所见者真”。斗争生活的体验与感受，曾经从心尖子上奔跑过的生活形象，是多么有力地帮助了作家的成长和成功啊！人民需要艺术，艺术更需要人民，人民的社会生活是文学艺术的真正的母亲，它是那么无私，又那么多情。

我们如此深情地热爱着生活，强调熟悉生活、拥有对生活的真实所见和感受对于文学创作的重要意义，那么，是不是说生活经验就是创作、就是作品了？不是。没有金子的矿石就不会有黄金，但矿石并不是黄金，取得它还需要冶炼。

在这里，对于生活的认识是重要的，非常重要。“所知者深”。知，就是认识，就是弄懂弄通。只有把熟悉的生活吃准吃透了，有了正确而又深刻的认识，才能去着手处理生活素材，进行构思，进入创作。

人们常常爱谈论作品的生命力。这确实是一个极有意思的题目。哪一个作家艺术家不希望自己的作品能够深刻地反映和概括生活，从而达到真善美的境界，具有较强的生命力？可是，同样是一番心血、经年劳动创作出来的作品，却常常有着不同的结果：有的如青铜雕像，领千百年之风骚；有的却像柳絮杨花，成了文艺史上的过眼云烟。这其中我觉得有一个重要的因素，就是对生活的“知”的深度。知得深，是艺术修养的重要功力。知得深，才能使作品有思想和艺术的启示力、震撼力和感染力。

我非常赞赏鲁迅谈做小说的一句话：“看出点意思来。”这句话看似平常，却是极深的妙理。我以为，它指的就是对生活的知和懂，就是深深的开掘和认识。知的深浅，决定着作品的高低成败、生命力的长短，决定着作品的质量和力量。

短篇之短，短在篇幅上，却绝不能短在见识上。我学着写过一些短篇小说，成败得失都和认识生活联系着。凡是经过比较深沉的思索，有点真知，有点见地的，虽短而有点生命，还可以看看。凡是就故事讲故事，那就成了短见篇、短命篇，给自己的写作经历里留下羞愧和不安。有些谈论《七根火柴》的文章，说它还有点境界。我自己心里明白：它不是一篇以艺术的精美见长的东西，如果说有点可取的话，倒是因为有点真知，反映了一点革命精神的火光，并且一定程度地实现了思想与形象、哲理与诗情的统一。

革命精神的火光，这件东西是看得见的吗？不错，思想、意志、道德、情操、感情……都是无形的，是难以直接看到的。因为，谁也拿不出一公升道德或者半斤爱情，加以鉴别，并且凝聚起来，在作品所创造的艺术世界里，通过可视的外在形态的描写，鲜明地表现出来，使读者看得见和感受到。

在创作实践中，我深深地感觉到，这种对生活的认识，是一个很长的认识运动过程。它不是在铺开稿纸要写什么的时候才进行，而是在体验和感受的同时就开始了。有时候它和感人的事物同时闯进了心坎，有时候是事后才弄明白，有时候又是新的添加和深化。总之，生活积累和认识提高都在积聚和加深着。为了说清楚，还是讲些往事吧。1945年的辛旺战斗，主攻团的政治处曹主任（名字也不记得了）负了重伤，他是死在我怀里的。我给他喂了几勺西瓜水，他推开了我的手，说："不用了！"接着，他歇了歇，轻轻说道："哭什么呢？不是还有你们在吗？不哭，要叫敌人哭！"他的话和嘴边的血块一起凝住了。战斗后开追悼会，宣教股长叫我起草一副挽联，我怎么也写不好，一位首长走过来，拿起笔帮我改了两句："您死了，人民才得不死；俺活着，敌人休想再活！"那一天，我觉得自己似乎一下告别了童年，长大了。生活形象和思想情感就是这样共同哺育了战士的成长，并且一齐涌到《七根火柴》的书页后面的。

当然，对生活的认识又是艰苦开掘的结果。凡是令人难忘、使人感动的事物，它的里面必然蕴蓄着内在的思想意义。只要作者不做思想懒汉，肯于把许多问号投上去，去开掘、思索、探寻，久久地注视它，就必定能认识到生活里的内涵，看出一点深刻的意思，体认出生活的哲理和诗意。这种自己从生活中发现的有血有肉的思想，是极其宝贵的，它反转来去照耀和处理素材，进行艺术构思，使作品比实际生活更高、更强烈、更集中，从而更有深度和思想力量。在《七根火柴》具体构思的过程中，顺着雪山上托着党证的那只手，我调动起生活和思想的积累去思索，慢慢地，透过现象进入了革命战争的纵深，看到了支配着那只手的战士的心。那颗心是多么美啊！它把个人和革命事业联结得那么紧密，它对集体的关怀是那么自觉，它表现了革命者对革命的无比忠诚。

就写这颗心！就写一个无名无姓的普通战士心灵光辉的闪耀！

从平凡里看到了不平凡。作品的思想单纯集中了，人物形象清晰了，清晰得如同就在眼前，作者的感情也炽烈燃烧起来。不写不行了。不这么写不行了。于是，在那个初夏的上午，我一气写完了这篇小说。当我写卢进勇的时候，仿佛自己已经化成了那个红军战士，做了生活的见证。当我描写那只手的时候，泪水滴到了稿纸上。而当打上了最后那笔引号以后，我觉得似乎完成了许多无名战友的嘱托，心头感到了一阵轻松。

思想，就是这样照亮了生活；作品，就是这样有了思想深度。充分重视文学作品的思想力量、教育作用和认识价值吧！这是社会主义文学的重要特征。那种鄙薄思想对于文学创作意义的想法和说法，那种把思想看作是公式化概念化的病根，当作井里的蛤蟆、酱里的蛆虫或者米饭里的沙子一样对待，是不正确、不公平的。

“所见者真，所知者深”。丰富的生活库藏和对人生的真知灼见，对于创作者来说，就是这样地重要，又这样地迷人。然而，这两句话并没有把文学创作的问题全部说完。因为，真见和深知都要通过一个工厂——创作者的头脑，才能被加工成精神产品。作家的思想面貌决定和影响着作品的思想面貌。因此，通过学习马列主义和学习社会，不懈地改善和加强自己，像鲁迅所要求的努力做一个革命人，让自己的“加工厂”正确起来、干净起来，对于创作的意义自然是极其重要的。

《七根火柴》是过去写的，又是写过去的。如今重又谈论它，并且又连带着讲了些过去的事情。谈论自己的作品，很不好意思，更不想比附大家。所以还是把这些情况和想法写了出来，就因为：过去，并不只是属于过去，也属于现在和将来。这些当年长征中迸出的革命精神的火光，能给新长征中的战士们带来一点温暖，这就是我的愿望。如果这点火柴又能点燃某些同学喜爱文学的篝火，那我就喜出望外了。

1982年元旦

（原载《北京师范学院学报》1982年第1期）

脚下要有块土地

——创作与生活琐谈

一

凡是学习写作的，在写过几篇作品之后，大概都会沉下心来想想：这些写在稿纸上、发表在报刊上或者印成书的东西，是从哪里来的？一个写出了作品的作家，大概也无不焦心地想过：下一步怎么办？从哪里再去取得创作的材料，以便实现新的突破，搞出新的产品。

其实，答案早就有了。文艺作品就在生活里，它从生活里来，它是社会生活在作家头脑里的反映。生活是创作的源泉。

对于历史上出现的文艺现象，靠近了看一看是很有意思的。远的不说，就说中华人民共和国成立以后吧。革命在全国胜利以后，人们解开背包，躺到了比草铺强些的床上，该好好睡一觉了。然而，许多人却睡不着了。战争中所经历的斗争生活，所见所闻的那些难忘的人和事，曾经用心尖子感受和体验过的思想感情，都涌到眼前来了，甚至一些不起眼的细枝末节，也发出了光辉。它们都来敲他心灵的门了。于是，他开始经历了一种未曾经历过的痛苦：他回想，他怀念，他的想象在奔跑，他寻求着表现的形式，最后，被逼得实在没办法了，他披上了衣裳，扭亮了电灯，铺开了稿纸。他哭着写，笑着写；写了撕，撕了写。终于把感受、认识和感情留到了纸上，变成了作品。于是，创造历史的奴隶们大摇大摆地走进了书里，走上了舞台和银幕。这些作品既不瞒谁，也不骗谁，真实地、结实地站在那里，充实了社会主义文艺。

经历了十年浩劫，人们从“史无前例”里得到了前所未有的经历和感受。当又能拿起笔来的时候，许多人又睡不着觉了。生活逼着作者们去回忆、思索、写作。于是，就像谁一下子拉开了闸门，很多优秀的新作品和有才华的新作家涌出来了。

生活，就这样逼着作家创作了作品，生活也造就了作家。

复述这些说过多少遍的事实，难道有什么意义吗？有的，那就是用事实证明真理确实是真理。实践有很高的品格。它检验了文艺作品，也检验了文艺理论。

问题在于坚持。我理解：双百方针，重要的一条，就是要保证这一真理得到广泛的传播和正确的贯彻。

二

坚持应该坚持的，并不是一件容易的事。

大约是二十年前，一位文学前辈曾经对着我们这些还是青年的人说过这么句话：“你们在深入生活的时候往往不够老实，而构思、写作的时候，又往往太老实。”这话说得好极了！关于太老实，指的是想象的翅膀飞腾得不高和构思的不巧妙。这且不去说它。不够老实，却是语重心长。它指出了一种常见病、多发病。总结了一条根本性的艺术经验。对生活，必须老老实实。

我爱读同代作家的作品，特别爱读那些长时间注视和描绘农村生活的作家的作品。乍一看，他们写的都是些三家村、五里店、高粱谷子山药蛋，可仔细一琢磨，又实在不简单。有的写得厚实，有着雄厚的“纵深配备”；有的写得深沉，严峻里透着思想的震撼力；有的写得新颖、亲切，泛着微笑，含着幽默……然而，在真实、结实的背后，在成功的背后，又有着一个共同点，就是生活得老实。他们的脚底下都有一块属于他们自己的、实实在在的土地。这一点，对于创作来说，实在是太重要了。

我学着写过一点小说。在一段时间里，我很感到惶惑，甚至于怀疑自己：我走着的这个路子对吗？所以如此，是因为我和同时期的作家稍有不同，我参加的是后一时期的战争，写的却是红军时代的生活。这不是在写自己不熟悉的生活吗？因此，每当有人问起我，我就常常脸红。直至过了很久，我才想通了这个问题。不，我没有背离真理。我依然写的是我所熟悉的生活。首先，我在部队里度过了童年和青年时代，多少有些直接的生活感受、体验和积累，它使我有一条通向红军时代战争生活的路，可以凭借红军时代斗争环境去喷吐、燃烧。其次，还可以不断地积累、充实和了解那个时代。一句话，在我的脚下，也有一块自己开垦、耕耘了多年的土地，它是我的“根据地”。

社会生活的广阔、丰富，和作家个人了解生活的局限，是一个大的矛盾。熟悉一切生活的作家是没有的。和社会生活相比较，一个人了解的只能是那么一点。然而，却必须是真知的一点，深知的一点。正是因为有了自己脚下的土地、基地、根据地，才有了依托。正是因为在一个领域里扎下根去，长期地、全身心地投身和注视这一点，才发现了别人未曾发现的东西，从而创造了新的人物、新的世界，往整个社会主义文学库房里放进了一点有特色、有价值的东西。

从自己的实际出发，缩小研究面，建立起一块根据地，正是对生活的老老实实。那种脚下没有自己开出的土壤，今天写这个，明天写那个，搞个“尖端”，爆个“冷门”，离开了源泉，就失去了溪流的清澈，也没有了江河的奔腾。

当然需要开拓，当然需要熟悉自己还不熟悉的东西。但是，正是为了开拓，才更要根据地，只有从坚实的根据地出发，波浪式地逐步发展，才能获得新的疆域，把陌生变成稔熟。

这不太笨了吗？没办法，文学，就是面向生活、面向人民的事业，对待生活这个严峻而又多情的源泉，偏偏要的就是老实。

三

坚持应该坚持的，所以艰难，还因为常常受到干扰，使真理蒙上了灰尘。

在革命斗争生活这个巨大矿床上搜求、寻觅，该看到何等多样的生活形态和性格风貌啊！二十多年前，一位红军时代的团长曾经向我描述过他的炮兵连长。这个从旧军队里过来的老迫击炮手，刚到红军里的时候，平时表演，他一挥手，炮弹就像小燕子一样飞到二百米外的电线杆子顶上爆炸，可打起仗来呢，他的炮弹却净往没有人的空地上落。真可气！团长急了，用手指着他：“你再打不准，我要你的脑壳！”老炮手看了看首长，心一横，一手抱住炮身，一手举起炮弹，小声念道：“这不怨我，这是上级的命令！”于是，发发命中。

这算不上什么了不起的事情，然而却是生活里实实在在的一个活的军人的思想和行为。可是，如果当时你试着这样写写看，会是什么结果？首先，有的评论家就通不过：“难道我们红军的连长是这个样子的吗?”说不定哪一位将军还会自动跑来“对号入座”哩。当生活与创作的关系被无知和无理遮断的时候，结局就会是如此之不妙。

自然，对于生活的嘲弄，这不能说是最惨的。而从这根枝杈上恶性生长的毒菌却厉害得多了。1970年，我走出“牛棚”、戴上领章之后，下连队当兵。到连里第三天，就听战士“讲用”。一个战士“讲用”了前几天冲进烈火救人的事情，我深受感动，赶忙认真地记了笔记。几个月后我和他知心了，拔着秧我问他：“你冲进火里以前记起的是哪一句话来着?”他说：“我忘了。”大概看我吃惊，他小声地说：“咱是个革命军人，哪能见火不救？那句话嘛，当时哪里顾得上？倒是想过：要不要脱掉那件新上衣——那里头有东西。”

林彪、“四人帮”哪里只是在文艺上制造虚假？就是在现实生活里，这种“讲用”也够叫人心寒的了。而这种理论、观点一旦钻进了作家的脑袋里，就势必把青枝绿叶的生活捺进了政治概念的箩筐，还有什么创作可言？这才真正埋葬了生活是创作的源泉这个真理。

四

我们说“深入生活”，如果只看作是到那里去搜集材料，寻找点人物和故事，大约是对生活的误解，至少是不完全的。

作品是写人的，又是人写的。除了写的是回忆录，大凡文学作品，描写对象和作者就都是同在生活之中又在不同生活之中，既有联系又有区别。

生活，不仅养育着作品，也造就着作家。

每一个搞写作的人，大约都遇到一个写自己的问题，或者说自我表现。哪一个作家在写自己的人物的时候，不像演员一样把自己化成了描写对象？不这样，他就没法子写。不这样，也就无法理解，为什么作者写东西，写着写着会放声大笑或者痛哭失声。

但是，作者又是在写客观，写被他弄熟弄懂了的社会生活，写他熟得如同家人的各式各样的人物。

作者写社会生活、写客观存在的人物，又要把自己对生活的认识、见解和自己的思想情感流进去，无保留地、深深地流进去，从而塑造形象，评论和解释生活。这两者之间并不经常一致，或者说常常是有矛盾的。这个矛盾的解决，还是靠生活本身。作家在对生活熟和懂的同时，接受着生活的滋养；作家在了解、体验、研究、分析别人的同时，研究着自己；作家在改造客观世界的同时改造自己的主观世界；作家在创造人物的时候，也创造自己，走向成长、成熟和成功。

近几年，现实主义传统在恢复，在深化。人们摈弃了虚假，走向真实。这无疑是一个很大的胜利。假了，就什么也不是、什么也没有了。但是，写了创作者自己所认为的真实，是不是作品就一定是真实的了，就能够真实地反映生活、正确地评价和解释生活了？那可不一定。对于真实的衡量评判，从来不靠主观感觉，而靠生活的检验。

于是，我又想到了战争生活的实际。

在争夺中原的那场战争期间，一次阻击战前，我参加了战勤工作，为构筑工事向群众动员木料和门板。我参加的那个组，看到战乱生活景况，就决定：群众家里有大姑娘小媳妇的人家，内房的门板一般不借用。这一来，自然数量比别的组就少了。然而，我的心里挺坦然，用现在的话说，自我感觉是良好的，因为我们为群众着想了。汇报的时候，纵队首长把桌子一拍："胡闹！难道战士不是群众的骨肉？守不住阵地，你内房门板就能保住姑娘媳妇了?!"挨了骂，又经过打仗的检验，我开了点窍：这叫"狭隘的群众观点"。我得说，我当时的想法做法都是真实的，不，简直是真诚的。我也得承认，纵队领导也是真实的，而且更接近真理。

两种真实摆在你面前，哪一种是"真格"的？两者的矛盾一块放在稿纸上，要哪一种？更重要的是：作者站在哪个高度上，才能够能动地反映这一客观的社会生活？

我讲不清楚，然而，我觉得出这里面有一个关于生活和反映生活的道理，关于世界观和文艺观的道理，一个很大的道理。

生活，哺育着作家，纠正和提高着作家，使他的笔更锋利，使他的笔管的胶囊里不仅流出墨水，也变成真正的血管，流出通红的鲜血。

五

"人民需要文艺，文艺更需要人民。"还是应当强调"深入生活"，还是深入生活好。

不错，生活到处都有，但是生活却不相同。同样是水，有奔腾的江河，也有小溪，还有沤得冒泡的泥塘。同是江河，有的是激流险滩，有的地方却平缓无波。还是应当中流击水，到人民生活最沸腾的地方去。当然一定要坚持从实际出发。

作家个人的身边生活，自然不能说不是生活，但是，以一颗心为圆心，以一个人做半径，能画多大个圈圈呢。老是面向自我，面向内心，在平庸、琐碎里挖，是挖不出多少珍宝的。

永远保持和写作对象的联系，在深入中寻求新的高度和深度，才能突破别人，也突破自己。因为我们生活在这样的时代，而我们干的又是社会主义的文艺事业。

（原载《文艺研究》1982年第2期）

美的战争历史和美的军事文学

现在，召开这个“军事题材文学创作座谈会”，把“军队写”和“写军队”两支部队集结起来，像军歌里唱的，“指向着一个战斗的方向”：研究军事文学的美，创造美的军事文学。

近几年来，我写了点短篇小说，和几位同志一起学着写写电影，实际上干的是一件事：描写长征中的老一辈无产阶级革命家。作品写得很艰难，也不成功。但是，我确确实实感觉到：我们人民军队、人民战争的历史是一个奇大无比而又含量丰富的文学矿床；在这个矿床上行走、开掘、冶炼，是极其幸福的。我想联系自己的感受和思索，就描写革命战争历史和塑造老一辈无产阶级革命家形象的问题，说一点个人意见。

生活的多和少

我到电影制片厂工作几年了，搞电影文学是一件难事，但是向电影艺术家学艺却是一桩乐事。银幕是多情的，又是无情的。当你扭亮台灯、铺开稿纸，那一个个方格格就像眼睛盯住了你：“你有什么可以告诉读者和观众的吗?”于是，严峻的考试开始了。作家永远不能把自己没有的东西写进稿纸、送上银幕。如果你有丰富的生活感受、真知灼见和炽热的感情，就写吧。写下你的红日照耀下的东方和林海雪原上的新儿女英雄，描写泛着清波或者血泪的荷花淀、活人塘和黎明的河边，开放你的苦菜花和百合花……一句话，用你的笔，表现昨天的战争、燃烧的战场、真正的战士和战火中的青春。可是，如果没有呢，又不愿学那个交白卷的“英雄”，于是，多情就要被无情所恼了——你苦恼，文学恼怒。

近几年来，从《曙光》上演到《山穷水复》《南昌起义》上映，舞台、银幕和文学上出现了许多再现革命历史面貌和描写领袖、统帅形象的作品，这是一个重要的文艺现象，也是许多作家、艺术家可贵的劳动。学习和揣摩他们，就发现作品的利弊得失虽有各种各样的原因，但是其中重要的方面都和生活的多少联系着。最近看了《巍巍昆仑》的小说、戏和电影剧作，非常叹服作品内容的充实，并钦羡作家生活的富有。原来，创作者当时就跟在毛主席身边转战陕北，而且，他还不满足于生活的亲历和感受，多年来又广泛深入地调查研究，对于领袖、对于革命军队的统帅，从战争全局的决策到哪顿吃的是羊杂碎，都装进了作家生活的行囊。这是何等的幸福!

近年来我参加了这方面的创作，越来越深切地感到：创作上的无能、无力，说到底主要的还是由于无知。写军队，写战争，写到团、师以下的指挥员还凑合，因为解放战争中我还在团师指挥所待过，而写到高级指挥员，就心慌、心虚了。

写领袖和统帅更是如此，凡是能有机会接触过，有直接的观察和感受，就觉得亲切、活脱，能够当作一个具体的人来描写，或者做了比较认真的调查研究，又能理解并激起历史感受的，写起来心里比较踏实，敢于落笔。我多次深情地回忆起1958年的夏天，为了一篇文章的事，我到北戴河，在聂荣臻元帅身边待了半个月。这是我一生中的幸福时刻。我见到了平时的老帅，看到了平常的却又是难忘的生活情景。8月的一天，为了回忆南昌起义的史实，聂帅带我去见刘伯承元帅，刚跨上走廊的台阶，刘帅就迎上来，没有寒暄，开口就对聂帅说："糟糕，昨天晚上去偷点吃的，叫人家抓住了。"什么？我们的刘帅会偷东西？我大吃一惊。但很快就听明白了：原来医生正对刘帅进行饥饿疗法，限制食量，夜里老帅饿极了，便鞋也没穿到厨房去找吃的。因为没开灯，视力又不好，馒头摸到了，却把盘子打了一个，人们闻声过来了。当时，聂帅风趣地问："还是没吃上？"刘帅苦着脸回答："人家还是给掰了半个。"这是一件事。几天后，我到贺龙元帅住处找秘书，说定了正事，便和他在院里石桌上下象棋。贺帅过来了，开始，老帅用肩膀把秘书同志往边上一扛，坐下和我下起来。我心情有点紧张，可是棋却占着优势，形势很是有利。突然，老帅伸手抓起了我的一个车，看了看，说道："这是个车呀！"我说："是车。"老总又端详着棋子，提高了声音："这是个车嘛！"我说："是个车。"这时，老总把那个车往棋盘外边一放："不要了！"咦，我的一个车怎么就这么离开了战场？这时秘书扯了下我的衣襟，我会意了，于是继续下下去。平白无故地丢了车，输了的当然是我了。下完，老总高兴了，用烟斗戳戳我："你的棋还是不行嘛！"这又是一件事。今天，我讲这些见闻逸事，同志们大约不会说我故意丑化我们敬爱的老帅吧？就像马克思下棋输了也会面红耳赤，列宁每天吃半磅黑面包也觉得饿一样，这里面本身就含有美。更重要的是，我看到了：带领我们去赢得胜利的统帅们，他们也是人，是活生生的人。

自然，并不是说只了解这些生活逸事就够了。领袖和统帅，是真实的人、平常的人；又高于常人，异于常人。把普通和伟大统一起来，又看清他们各自的特殊性格，这也要靠深入的了解。陈毅元帅在讲到毛泽东同志军事创造的时候，曾经谈过这么一件史实：1929年年初，红四军向赣南、闽西进军，是一段艰险的征途。在战斗失利之后、敌情紧迫之时，一个雨雪交加的日子，部队行进在山路上。毛泽东同志指着绵延的群山，对陈毅同志说道："好好看一看这里的地形，将来这里就是战场！"果然两年以后，多次反"围剿"的战争就在这里进行了。这是多么精彩的战略预见！有人讲过：抗战初期，彭德怀同志在西安见到胡宗南回来说："两个钟头打了十四次电话，连士兵钉扣子的事都要问。什么将才！"就这样留心地观察过去和未来的敌人，这是又一种统帅的预见。几年前，我们几个人去请何长工同志谈长征开始前的准备情况，他讲了他当时到军委报告工作，见到参谋长叶剑英同志，他问：红军是不是要行动？叶帅不答，却拿起了笔，在两块纸头上面各写了一个"山"字，放到了两个桌角上。于是他明白了，把两个山字叠在一起，就是出动的"出"字嘛。像这样富有时代和人物的特色的细节，如果不是深入地了解，又怎能得到？

生活是海，作品是浪。我常想，文学的艰难，不在文学的本身，而在于能不能从文学以外去求得生活上的解决。我们有些作品写得差，倒不完全是由于技巧不高，而在于"成本"太低了。这里，我指的不是书籍印刷和电影拍摄的生产成本，而是生活、思想的储备和情节的提炼、典型化。成本太低，来得廉价，怎么能指望精神产品有高昂的价值。

和生活联系着，我想到了真实的问题。真实，是重要的。不真，还叫什么文学？不做历史的、具体的真实描写，算什么作品？我们打掉了"四人帮"搞了多年的虚假和无情，恢复了真实和情感在文学中应有的地位，确是一个实实在在的胜利。然而，什么都有它的范畴和限度。写真实并不能包举文学创作的一切，它代替不了环境、性格和谐一致的典型性，也代替不了用革命精神教育人民。从虚假到真实，从无情到有情，无疑是一个进步，而把作品境界提高、思想深化，则是更高的要求。席勒和雨果，是两个创作风格大不相同的作家，奇怪的是，他俩有一番话却惊人地相似。席勒说："真正美的东西，必须一方面跟自然一致，另一方面跟理想一致。"雨果说："舞台上有两种东西能激起观众的热情，那就是向着伟大、向着真实。"把真实和理想、真实和伟大结合起来，才能实现我们军事文学的美的追求。我以为，革命现实主义的旗不是写真实，我们的旗应该是典型性。

题材的大和小

我以为，电影是大的，又是小的。电影的表现手段是无限的，又是有限的。

最近，参加了一点去年电影评奖的工作，回顾一年产生的好影片，觉得它们都和一条艺术经验相联系着，这就是，把小的东西写透，把大的东西写活。这里，我说的是创作题材的选择和表现。当然，这也不是电影所独有的。我这样说的时候，也想到了军事文学。

"把小的东西写透"，说的是，创作者有了丰富的生活感受，然后从中选取了一个看来不大的东西，努力开掘、提炼，写出了这个东西的内涵，写出了这个"小的"和"大的"（即整个社会生活）的联系。这就是常说的"以小见大"。

"以小见大"，这不是由什么人任意决定的。因为作家面对着两个大矛盾：一个是生活自身的无限广阔性和作者自身生活局限性的矛盾——对于生活，作家永远没有够用的时候；一个是，哪一种艺术形式都有自己的局限，而作品又要概括生活，创造一个艺术世界——对于生活总体，题材永远是不全的。怎么办？这两个矛盾在创作上统一起来，办法就是“以小见大”，找到那个能够“见大”的小，用部分去显示全体；用一雕栏，能看到整个宏伟的大厦。军事文学，正是从这里找到了出路，走上了坦途。

“以小见大”，就是要从生活里找到那种艺术上重大的东西。我觉得多少年来，我们创作人员在军事题材文学创作上，常常干些糊涂事情，把在生活里重大的当作在艺术里也一定是重大的，吃了许多苦头，付出了许多无效劳动。这很不合算。《白毛女》里的喜儿和《红色娘子军》里的吴琼花，农村贫苦人家的女儿；董存瑞、刘毛妹，人民军队里的普通士兵。他们在生活里并不决定着革命和战争的成败进退，然而，在艺术里却是重大的；抓住了，写透了，就概括了一个时代，显示了艺术作品的分量和力量。

我想，文学是最讲单位面积产量的，就看你能不能在最小的面积上，惊人地容纳下和表现出尽可能多的美的思想感情。回顾一下我们军事文学的历史，是很开窍的。记得我初学写作，就读过《平原烈火》《活人塘》和《铺草》，它们写的东西并不那么大。稍后读到的《百合花》《万妞》《黎明的河边》和《尹青春》，看来也不是惊天动地的大事。一个新媳妇和她的一床被子，一个小孩子，一次带路行军，一个战士入党，能有多大？然而，这些作品却都寻得了艺术里的大，写出了生活里的大，迸发出震撼人心的思想力量和艺术力量。

千万别轻视这个“小”，问题在于它能不能“见大”，作者能不能从中获得发现和把它写透。我们山东根据地里那些老大娘，踮着小脚，抱着根磨棍在磨道里走呀走呀，磨军粮、摊煎饼。她们不也是徒步行军两万五千里，算得上一位长征的英雄？所以，罗荣桓元帅说："写战争，别忘了描写战争中的山东人民。"支前的民工，自己嚼着地瓜叶，扛一根扁担，推一辆小车，把山一样的粮食和弹药送到淮海战场，去打赢这场战略决战。所以，刘伯承元帅说："淮海战役，五十五万五千敌军，是华北几省人民用小车推垮的。"

有文学价值的东西，永远不会小。在生活里，一只蚂蚁该是小了吧。一次，我们几个人在谈论作品的细节，老战地记者、长篇小说作家黎明同志说道：某次战役前，纵队首长定下决心的一刻，指挥所里静极了，静得能听见一只蚂蚁在地图上爬。蚂蚁，引起了我们心灵的震颤。一只蜘蛛也够小了。三年前，薛明同志对我说到她和贺龙元帅在"牛棚"里的生活，谈到这么一件事：一天，贺龙同志忽然惊叫起来："看，你耳朵里都长了蜘蛛网了。"一个细节抵得上万语千言，深刻而独特地表现了林彪、"四人帮"的残忍和老革命家及其亲人蒙受的苦难。

当然，把小的东西写透，说的是"微而足道"；而且，归根到底要的还是大。是深刻开掘所获得的那个大，是具有较大思想力量和艺术感染力的那个大，把生活写开，把生活写美，使人变大。决不意味着否认题材的制约，提倡写些微不足道。近年有个别作品，不重视开掘题材的内在潜能，不注意小和大，和时代、和社会的关联，就小写小，越写越小，事小人也小，创造了些"小人儿"的形象；甚至写卑微，写卑劣，以至于欣赏卑劣的东西，制造了些鲁迅所反对的"使人变小"的艺术。这是很不好的。

"把大的东西写活"，既承认题材的差别性，也是一种艺术要求。就是把生活、把战争写开，写高，写深，从更高的角度，以更广阔的视野、更大的气势和更深邃的意境，去展现宏伟的战争生活画卷。一句话，努力从生活中重大的东西里面发现和表现那些艺术中也是重大的东西，"以大求高"。

这方面，我们军事文学的库房里，已经放进了一大笔精神财产，像《保卫延安》《红日》《林海雪原》《东方》《野火春风斗古城》《三战陇海》《冀鲁春秋》等许多好作品。《南昌起义》的上映和《钟山风雨》的拍摄，也具有宏伟的规模。这些气势雄浑、意境深邃的好作品，在描绘史诗的同时，也创造了史里寻诗的艺术经验。当然，这些艺术经验，还希望进一步总结。

创造出和我们的人民军队、革命战争相称的史诗型作品，是历史和时代向军事文学提出的要求。该是从宏观看战争，并且从宏观和微观的结合上更好地表现战争的时候了。几年前，我写过点描绘领袖的短篇小说，杜鹏程同志又是写信，又是叫人捎话给我，有热情的鼓励，也有严肃的批评。他要求我努力从更高的角度和更广阔的时空上，去把战争和胜利的组织者写得深远、深邃、深刻和深情些。这诚挚的提示，是令人感激的。不久前，林斤澜同志嘱我：要学巴尔扎克，把战争的许多侧面组织到一个统一的“人间喜剧”里。有位评论家要求我：努力学习，使写战争的创作“莎士比亚”化。前天小组讨论时，哈华同志也教我们，写战争“要打中一个时代，给读者一些震动”。真是开窍！仅仅从同志情谊这点看，也使人难忘。穿军衣和不穿军衣的文学战士，这种心往一起想、劲往一处使的战斗友谊，正是军事文学的提高、突破、繁荣的力量所在。

塑造军人形象以及塑造者自身的面貌问题

我写电影文学的又一个感受是，电影文学是写人的，又是人写的。

既然“文学是人学”，军事文学就应该是军人学，要努力创造出中国革命军人的形象。在这里，通过革命战争历史的描写，塑造人民军队的缔造者和领导者的形象，正是整个军人形象画廊里的一部分，而且是重要的一部分。

另外一层意思是：作品是人写的。作家的面貌什么时候也决定着和影响着作品的面貌，这是军事文学创作上一个颇为不小的问题。它涉及的面很广，我想到的是：作家的胆识、修养和风格。

我非常同意刘白羽同志在发言中说的，我们的军事文学是一种崭新的文学，要努力创新。然而大胆创新，却不是在“写什么”问题上的比大胆。文学作品的容量、质量、分量和力量，是不能上秤称、用斗量的，甚至也不完全决定于写什么，而在于你感受了什么，认识了什么，表现得怎么样。

在这里，认识、见识是重要的。识是胆的根基。有了真正的历史感，站到了时代的高处，在深切的生活和历史感受中获得了属于你自己的深刻认识，也就有了驾驭题材的魄力和胆量。我感到，真正感到苦恼的，倒不是笔记本里没有记下几个独特生动的故事，而是见得太少，而且靠得不近，见得不那么真。比方写元帅形象，全面获得老帅们的高度是不可能的；可是，他既然是你的描写对象，你总得在某一点上达到相当的高度，才能理解他的思想和行为。而这，比描写本身难多了。记得20世纪50年代后期，有机会听罗帅谈红军的初创时期历史。他却从革命的群众运动说起，说道：“群众运动里出党、出军队呀！”叶帅谈一篇回忆广州起义的文章，却说：“无产阶级下乡很重要，秋收起义、井冈山斗争，就是无产阶级下了乡！”还有一位老革命家，谈到早期武装斗争时说道：“中国武装革命有许多创造，了不起。比方，一个是山（井冈山、大别山），一个是‘边’（湘赣边、鄂豫皖边）。”这些，不只是闪光的语言，更是深邃的思想。理解它，该下多少功夫！弄懂了它们，才谈得上去理解老帅的思想、功勋和心灵，才能谈得到描写统帅和表现战略，才能把革命战争历史的巨大广阔、革命思想的深度和伟人们命运中的戏剧因素和谐地结合起来。

军事文学作品的生命力，是一个极其吸引人的命题。谁不想把形象塑造得如青铜浇铸的雕像，领千百年之风骚？谁愿意自己的作品像柳絮杨花，成了文学史上的过眼云烟？作品的生命力，大约和作家的胆识大有关系；短命，常常是由于短见。因此，在学习马列主义、毛泽东思想和学习社会的过程中，提高识见，站得高些，看得远些，努力开掘些永久性的主题，描绘些本身就不易速朽的形象，是很重要的。

艺术中的虚和实

电影写的是看得见的，实际上是通过看得见的去表现看不见的。

在当了电影艺术“艺徒”之后才开始觉察和认识到，我们看小说，看电影，看戏，当然要看图像，看故事发展，看人物行为动作。可是，看到了这些并不就满足了。原来，作为观众，并不只是要看这些看得见的东西，而是更想看到那些看不见的东西：思想、性格、哲理、意志、感情、道德、情操，这些都是无形的。谁也拿不出一公升道德和半斤爱情给人看。然而，电影艺术家就有这种本领，他通过这个看得见的，使你看到了那个看不见的，从而得到真正的艺术欣赏的满足。

这个看法还只是从接受和欣赏的角度说的，还不完全。要是从创作的角度来看这个认识运动的过程，那就更有味道得多。原来，艺术家为了让观众看得见，自己先看见了——从自己那大量的看得见、摸得着的生活感受里开掘，发现了生活哲理和激越的诗情，获得了独到见地，激发了创作的热情；然后又以这种看不见的发现，去观察处理题材，进行艺术构思；最后创作了看得见的电影、戏剧、小说和诗。于是艺术的实和虚，外在和内在，在创作和欣赏上得到了。

我常常苦恼于写出的革命家、老战士的形象只是个模模糊糊的轮廓，而不能深刻展现内在精神的美。这，一方面由于缺少根基，自己就没有看到那个看不见的东西；另一方面也由于起手就没有把表现看不见的作为明确的艺术追求，也就不能把对生活、人物精确的外在形态描写和丰富的内心世界的展现结合起来。当我们只写事件经过而不写思想历程，只求形似而不求神似的时候，作品自然平庸、肤浅，像刘知侠同志刚才说的，“把生动的战争写得平平淡淡，没有味道”了。

这方面，常见的毛病是两条：第一，不尊重历史，强拉着历史去迁就和屈从于自己的构思，丧失了历史的真实感，更没有了历史的纵深感和历史的总体感；第二，不尊重艺术，轻易地放弃了文艺所应有的虚构和想象的权利。因此，除了回忆录，我同意茹志鹃同志说的《霓虹灯下的哨兵》的艺术经验：“离开真人真事远一点。”

文学是创造，是诚实的“撒谎”。我们往往在深入生活上不够老实，而在创作上又太老实了，写得太实，不够空灵，缺少气韵。应当是既不媚俗，又不欺世，努力追求艺术魅力。这方面从《荷花淀》《柳堡的故事》到《西线轶事》，已经有了好多以特异色调为战争传神的佳作了。

文学上的“加减乘除”

电影文学，是个人劳动，又是集体事业。过去，写点短篇小说，逐渐懂得了加法、减法和乘法的重要——必须不懈地用加法去积累生活；用减法去提炼题材，得到单纯和凝练；用乘法去对待感情，使爱憎成倍地强烈，表现热烈的革命激情。这些年，参加一点电影创作实践，更加分明地看到，文学艺术是集体的事业——一部电影创作是许多同志共同的劳动；更重要的是，文学的来源就是亿万人民英勇的社会主义劳动，军事文学之源里就有几代烈士的鲜血和生命的创造。这，决定着社会主义文学的性质，也决定着文学创作者的性质。因此，当创作出一部对人民有利、于人民有用的作品，获得读者称道的时候，这个荣誉的“被除数”是要用一个很大的“除数”去除的。

陈云同志在关于评弹的谈话中指出，要“出人，出书，走正路”是非常深刻的。三中全会以来，我们的文学，包括军事文学，有了很大的发展，既出人，又出书，正路的形势是令人欣喜的。然而，由于资产阶级自由化的影响，也有个别不健康的作品出来了，庸俗化、商业化的倾向有所滋长。反映到我们文学队伍中，追逐名利的毛病也时有发现。因此，坚持“出人，出书，走正路”，加强文学队伍的思想建设，仍然是重要的。我们的旗上写着“党的文学”，军事文学事业是党的事业的一部分，它不应当，也不允许受到商业化的污染和资产阶级自由化的侵蚀。说句严肃的玩笑话：我们的汉字里，“败”字本身就是一个真理——文学艺术和金钱追逐、靠近，就叫作败。失败了，就败落、败坏了。

让我们在“党的文学”的旗帜下面集结起来、团结起来，从生活出发，在实践中突破，更深地认识军事文学的美，更好地创造美的军事文学。

（本文系作者在军事题材文学创作座谈会上的发言。有所删节。）

向生活深处开掘

——谈《普通劳动者》的写作

短篇小说《普通劳动者》写的是十三陵水库工地的一点生活侧影，作品初稿的构思和写作也是在工地上进行的。就创作过程来说，仿佛是在繁花似锦的花园里走着，随手采撷了一朵花。然而，事后细细想来，这篇小说的孕育和准备，或者说创作的生活感受，却比这要早，而且早得很多。

说到这里，得把话头稍微扯远一点。

在我的童年里，最美好的时光，是生活在革命长辈的怀抱里。确实是怀抱，无论从广义上讲还是狭义上讲，都是怀抱。记得是1944年8月初的一个晚上，在山东抗日根据地中心，一个大庄子前面的河滩里，我沐着盛夏的晚风，瞪大了眼睛盯着面前那个用黄土堆成的舞台。那里，正在演苏联著名话剧《前线》。那些高鼻子的人，洋衣裳，还有那看不懂却又新奇的外国战争生活，可把我这个从敌占区刚跑到根据地才几天的孩子给迷住了。刚看了个头，一位身体魁梧、胖壮的军人走到我们中间来了。大约他也觉得自己身躯太大，他推开别人递给他的小板凳，把我往旁边一挤，盘腿坐下，却随手把一只胳膊搭在了我肩上，把我揽在了怀里。我的脑袋偎在他胸膛上，手搁在他那大肚子上，好软啊！这位“胖同志”仿佛看透了我的心思，一边看，一边不时附在我耳边，给我讲哪个是戈尔洛夫，哪个是“客里空”。他那浓重的南方口音，和他说的复杂的意思，我都听不大懂。可我觉得他的话和他那胸膛一样，软和和的，热乎乎的。他和我一样看得挺开心，当看到“客里空”说“老将军的眼里没有眼泪，没有……”的时候，他竟然伏在我头上放声大笑了。第二天，在同一个土台子上，他对上万军民作了报告，我这才知道，他就是当时山东军区司令员兼政委。而当我在20世纪50年代中期再一次到他身旁时，他已是我们共和国的著名元帅了。从偎依着这温暖的胸膛开始，我的肩、背接触过多少这样暖人的怀抱啊！1945年春天，开荒生产，我和一位长征中著名的营长，我们军分区司令员一起挖树根。他给我一把铁锹铲土，自己却抡着大镢头。我和机关另一位陕北老红军一道拉车运盐。在过“九岭十八坡”的时候，这位在苦难和战争中驼了背的老战士，把自己的绳子缩短，另一只手还拽着我背上的绳子——为了让我轻一些。而一上平路，他又干脆不拉了，让我经受锻炼。还有后来在战火纷飞的战地，老同志对我的关怀、照顾和教育……这样的事，是说不尽的。

可是，那温暖的怀抱，连同那种对于人和人关系的美好感受、情绪记忆，全都留在我心底里了。

我的青年时代，又几乎全部是在革命前辈的身边度过的。尤其是1953年秋天，我访问过红军时代的老苏区，并且写出我的头一篇短篇小说《党费》以后，我把整个心都扑到革命斗争历史，特别是红军时期的历史上了。我持着介绍信，揣着笔记本，成天地住在老红军干休所里，和伤残病休的老战士谈天；我走进高级党校的学员宿舍，或者军事学院的战役系，去“磨”那些两鬓添霜的省委书记和将军们；我走访党政机关、野战部队，甚至闯进中南海……在那些日子里，我访问过多少老一辈革命家和革命者啊！有在艰险的长征征途跋涉、战斗的红军指战员，有在白区冒着生命危险长期进行地下斗争的共产党人，有在白山黑水拼死战斗十四年的抗联军人……这些人，他们的生活和历史，甚至只是一篇一页、一章一节，也是一首动情的诗，一部美丽的书。而且斗争接着斗争，故事连着故事，线索引出线索，当把这些动人的诗篇用历史的经纬编织起来，简直就是一部部光耀千古的史诗了。

这是些人世间最美的人。和这样的人在一起，听他们讲过去的事情，是非常幸福的。然而，这还不是幸福的全部。当我走进他们工作的办公室、生活的宿舍、学习的课堂，或者跟随他们走在各地的时候，不但了解了他们过去在打天下的日子里为人民建立的功勋，认识了他们身上焕发出的革命精神和崇高品德，而且贴近地看到了在夺得革命在全国的胜利之后，在社会主义建设的斗争中，他们的生活风貌。这是又一种动人的情景。比方，我曾经在一位元帅身边住过十几天。这位当时已年逾花甲的老帅，本来是去疗养地休养的，每天打针、吃药，可是看看他休养的方式吧：在窗前一棵大松树下，安了张行军床，床边小桌上放着从房里引出来的一部电话机。枕头边，文件堆得老高，床边几把藤椅很少空着，总是不断有请示工作的人。有天深夜三点多钟，我被发动汽车的声音惊醒了，趴在窗上一看，几位中央领导同志正要离去。原来，他们刚开完会，讨论的是：在群众干劲起来之后，怎样劳逸结合，休息得多一点、好一点。又比方，一个星期天，我到财经部门一位负责同志家里去。走进那平房院落，见他正在把碎煤渣和成煤泥，用手捏成一个个煤饼。走进屋里，见他床上铺的还是解放战争中缴获的半截军毯。留我吃饭，待客的就是炉子上煮的那锅豆腐炖白菜。这位在红军三年游击战争中担任过支队司令员的老战士，就用他和煤泥的那只手，为我画下了当时吃的野菜的模样；也就用这只手，批了给部门上亿元的拨款，以致在批件上留下了黑黑的指印儿。

于是，我从这些平平常常的生活情景里看到了不平常，从这些美的人身上发现了人的美；同时也深深地感觉到，我又进入了那种抚育了我的、温暖甜蜜的怀抱，由衷地感受到一种特殊的幸福。特别是，当把这些洁白朴素的生活、优美的思想作风和他们所回忆的斗争生活连接起来、融合起来，我被深深地打动了：这些革命的前辈，当年，为了打烂吃人的旧世界，打出一个红色江山，创建一个崭新的制度，赤手空拳，艰苦奋斗，为后代夺来了胜利和幸福。而在进行建设的日子里，他们又继续保持和发扬了革命战争中那种精神，那股子革命劲头，日夜辛勤地组织和领导着人们向新的天地迈进。这是一些多么美好的形象！他们是支撑我们整个社会生活的梁柱和骨骼，是我们时代的象征，不，简直是一支支动人的共产党人的歌。

这样的生活情景见得多了，生活感受和形象感受积累得多了，似乎我心头血的温度也在增高，在逐渐走向沸腾。一个念头越来越强烈：在记述这些人的历史功绩的同时，描写他们在和平日子里的生活，表现他们身上那优良的作风和品质，描绘他们那质朴的生活风貌和美好的心灵。

但是，我几次在面前摊开稿纸，却不得不悄悄地把它收起来。要写，要把这种感受通过文学形象表现出来，似乎还缺点什么。缺什么呢？打个比方，好像一堆郁郁闷燃的柴火，因为缺那么一阵清风，就是烧不起来。直到1958年夏天去十三陵参加劳动，一件偶然的小事启发了我，于是，风来了，我的心头蹿起了一簇火苗。

本来，到十三陵去参加劳动，只是想投身于这一工程，去尽点力，去接受劳动锻炼，并没有想到要写东西。到了工地，一个班里都是本机关的干部，有熟识的，有不认识的，大家都一样和乐。挨着我的床铺睡的是一位老齐同志，他年岁比我大些。我俩用一个抬筐抬土，同传一块石头，同抬一根铁轨，彼此说笑打闹，很快就搞熟了。他话不多，但待人诚挚、平易，关心同志，像个老大哥一样。这天，放了半天假，我俩一道洗衣服，我忽然发现他的军衔是中校，是我的上级。按说，这算不上什么新鲜事。当时在工地上劳动的负责同志很多，部队的高级将领、政府机关的部长们比他军衔、职务高的有的是。但是，说来奇怪，就从我知道老齐的军衔那一刹那起，我的心头突然升起了一道亮光，它引着我进入了深深的思索。

我的思路就像手里的一把铁锹，顺着这偶然的机缘露出的缝隙，慢慢地挖下去了。我想，像老齐这样的同志，工作分工也许和我们不同，军衔、待遇也有些差别，然而，当他们来到了工地，走进我们中间，一道为祖国建设事业挖砂抬土搬石头的时候，却是那么平易、普通，完全是个普普通通的劳动者。这，本身就令人可敬可爱，就是一种美。我又想，这种素质，这种作风，是不是老齐所独有的呢？显然不是。这时，毛主席和中央许多领导同志都在工地劳动过了，还有许多部门的负责同志还在这里。我们从斗车里卸下的砂土、石块就是他们装上去的，其中，有不少人我曾经访问过，我了解他们在血与火的战斗年月所经历的千难万险。现在，在上下工路上和他们一道走，看到了他们霜鬓的汗水。于是，我明白了：战争年代的忠勇战士而今又是建设事业的普通劳动者，这，是一代革命前辈共有的美德。沿着他们走过的战斗道路，我再进一步想，这些人，从井冈山到瑞金，从长征路到延安，直到进了北京城。党成了执政党，这些党的骨干成了党政军各方面的领导人。环境变了，条件变了，地位变了，然而，他们为人民服务的精神没有变。他们始终遵从着党的教导，把和平的日子当作另一段征途，另一种战斗，不脱离人民群众，坚持与群众同甘共苦，继续以普通劳动者的姿态生活在我们中间。这种精神品质，在长年的斗争中凝聚成了他们的自然品性。这，该是一件多么了不起、多么美好的事情啊！这样一步步想来，我觉得自己对于这些在生活中常见的、平凡的人和事，渐渐有了深一层的认识，引起了很深的激动和表现这种美的强烈愿望。

开掘，从生活出发，沿着题材给予的启示和苗头，调动起有关的生活感受和思想认识能力，向生活的深处开掘，是一桩迷人的劳动。透过平凡的生活现象，题材里蕴蓄着那不平凡的内涵显露出来了。原来，这里边还含括着这么一层重要的意思，这么深邃的生活哲理！而这一发现，又是从活生生的人和他们的生活、历史里体认出来的，它和形象紧密地连在一起，含血带肉。当我获得了这一认识的时候，我是何等欣喜啊！

开掘深了，作品的艺术构思也就产生了。有意思的是：生活的内涵从题材里深深开掘出来，它反转来又照亮了题材，指导了题材的取舍和典型化。在开掘提炼之初，我曾想就以我和老齐同志在劳动中的关系作为情节的基础。但是，随着开掘的深入，我发现，原有的人物和关系不够用了。比方，老齐固然也是一个经历抗日战争的老同志，可是按他的面貌写来，总感觉还不够强烈，如果改为一位斗争经历更长、职务更高的负责同志，就能更自然地写出他的形象和生活道路，也能更深刻地表现我对生活的理解，更好地概括生活。于是，我决定把他“提级”，改成一位将军、部队领导机关的部长。至于原情节中的我自己，基调本来就是仰慕和学习革命前辈的后代，如实写来倒也可以表达自己的感情和对生活的看法，但总觉得不鲜明，不够味，于是索性来个“降级”，改成一位刚入伍不久的青年战士。这样改，是从生活实际出发的。而且，这么一“升”一“降”，描写的角度更准确了，“误会”的效果更强了。对于情节的起伏和主题的表达也更集中、更概括了。

对生活的深入开掘，还使作者对于人物的性格特征和人物的思想感情、内在精神理解、把握得更准、更深了。林部长是这篇小说所描写的主要人物。我着重强调写了他的普通和平常，毫不特殊。关于这，可以直接取之于老齐同志身上，并且依据历年接触到的一些领导同志形象，设想他在这劳动场合里可能有的心理和行为，做了些补充和发展。在开掘过程中，对人物的理解也在加深。我发现，普通平易地生活在群众之中，对于林部长这个人来说，还只是一个方面。许多革命前辈，他们生活上平易朴素，一如常人，可是接触之间，又常常显露出他们很高的思想水平和对事物的深刻的洞察能力。那么，在生活和劳动中普普通通、无异于常人和思想水平、斗争经验上高于常人，这应该是和谐地统一在形象上。于是，从工地生活出发，安排了他在暴雨里带队前进的场面。当然，形象的塑造还不能只写他干了些什么，更重要的是揭示他那丰富、瑰丽的内心世界。关于这，我是有所了解、有所感受的。比方听说有位高级指挥员，到了1929年他战斗过的一个小城里，特地到城边一棵大树下看看，因为他就是在这棵树下负了重伤。看完，他又在树旁新建的国营百货商店前伫立了好久。从这里，我多少体察到老战士的内心感情。其实，在我自己的生活里也有类似的体验和感受，比方看到睢杞、淮海战役的战场上长着大片茁壮的庄稼的时候，就禁不住涌起一种甜蜜的感情。在林部长的形象里，我根据人物的生活历程大胆地做了些设想和细致的描写，例如当他看到工地就是当年的战地，想到今天建设和当年战争的联系，看到新一代的健康成长，所涌起的温暖和甜蜜的感情，就使人物丰满了些，结实了些。至于新战士小李这个人物，既然原型是作者自己，就更方便了些。通过两个人的关系描写，把自己的幼稚，把我对革命前辈的敬仰之情和学习愿望，把我对前辈和后代革命精神继承关系的看法，如实写下来就可以了。

向生活深处开掘，就这样帮助了我，帮我找到了生活的哲理和诗意，也激起了写作的热情。就在那酷热的盛夏，我忘却了疲困，利用午睡时间，跑到一棵苦楝树下，打开了笔记本，把这篇小说从心里移写到了纸上。

现在，这篇小说问世已经二十四年，关于它和它的写作，早已成了过去的事情。当我回忆它的孕育和产生过程的时候，使我欣慰的是，过去了的，并不只属于过去，它还属于现在和将来。小说里前辈和后代那亲密无间的关系，依然使人依恋，使人心暖。不错，十年动乱，使我们的传统作风遭到了破坏，然而，我相信，一切美好的东西终归要回到党的怀抱。让我们从过去里汲取美好的，并且用美好使我们强大起来，去巩固我们已经得到的，夺回我们失去的，创造我们还没有的。

1982年9月

（原载河南《教学通讯》文科版）

再现革命的过去

——《四渡赤水》编剧的心愿

一部电影，花费了那么多人力物力，最后拍摄完成的时候，作为文学设计的创作人员，心情是极其复杂的。一行行用笔写下的字，经过导演、演员精心的再创造，变成了画面，拍摄出来，固定在一张张胶片上，一副相当沉重的担子是放下了。但是，一种更为沉重的担心却挂在了心头：我们所爱看的，观众是不是都爱？我们热情写下的，能不能激起欣赏者的热情？创作者写作时的意图、愿望，在内心里秘密期望着完美体现的东西，到底表现出来了没有？实现了多少？……我清楚地记得，好几年前的一个冬天的早晨，在海运仓一号那间客房里，我从主要执笔者黎明、王昊两位同志手里接过那厚厚一沓《四渡赤水》电影文学剧本初稿的时候，我们互相望着，这种心情就沉甸甸地挂在了心上，并且一直到现在。

在长达二十三年的革命战争历史里，我们选中红军四次渡过赤水河的这段历史行程，作为艺术描写的对象，不是偶然的。当我们把视线投向历史的深处，就被四渡赤水的战役行动深深地吸引住了。不错，按时间，这一行动历时三个多月，不算很久；按里程，行军六千六百多华里，也不是很长。然而，它却是中国革命历史上一个安危存亡的关头，是长征途中一段艰险的征程，是我军战争史上一个典型的范例。为了了解这一段过去了四十多年的战史，我们四个编剧来到了湍急的乌江岸边，登上了巍峨险峻的娄山关，踏着革命前辈的足迹，去寻访这场战争的史迹。走一段访一段，几乎全部走完了这段路程。这时，在我们眼睛里，四渡赤水已经不只是一段历史的记述，甚至也不只是个别同志的深情回忆，而成了一幅壮丽又生动的战争图景了。我们仿佛看见了在扎西那破旧会馆里，在鸭溪山村里，红军统帅们那运筹帷幄的身影，仿佛听见娄山关鏖战的枪炮声。于是，一个创作的愿望鲜明地涌现出来：一定要努力讲清楚这一丰富曲折的史实，真实地把艰险的战争面貌再现出来。

这实在是一场历尽艰险的战争。不足三万人的红军，被敌中央军和地方军阀部队四十多万人包围在狭小的黔北山区。既要避免遭敌歼灭的命运，又要摆脱敌军重兵的围追堵截，实现渡过长江北上的战略目标。这不危险、艰难吗？然而，红军正是在正确的军事指挥之下，以自己艰苦卓绝的奋斗和流血牺牲，战胜了艰难险阻，到达了胜利的彼岸。于是，我们如实地写了扎西被围之险，强攻娄山关之难，三渡佯攻之巧，威逼贵阳之奇……

再现这段历史的力和美，已经够吃力的了。然而，当我们走过了赤水河到金沙江这一段路程，坐在长江的客轮船舱里进行影片构思的时候，大家又不以历史的再现满足了；心头涌起了一个更为强烈的愿望：让毛泽东作为全剧的中心人物，像当年一样活动在影片里！于是，在银幕上塑造一位红军时代的军事统帅毛泽东，便成了我们创作的新的追求。

红军四次渡赤水河，是遵义会议后的头一个战役行动。遵义会议确立了毛泽东同志在全党全军的领导地位，然而红军的处境依然十分险恶。毛泽东同志正是受命于危难之际，以无产阶级的革命胆略和卓越的指挥艺术，统率全军，以赤水河为枢纽，投入了这一艰险的军事行动。一渡赤水，果断脱敌；回师二渡，胜利歼敌于黔北；全军三渡，把敌主力引过乌江；迅速四渡，挥戈南进，威逼贵阳，佯攻昆明，直抵金沙江边。短短三个多月，在西南大地上，走了一个大大的“之”字。靠着统帅用兵的神奇，保存了红军主力，消灭了敌军，甩开了周围的重兵，跳出了敌人的战略包围。这实在是战争史上的杰作。正如周恩来同志说的：毛主席他打了几十年仗，四渡赤水是他的“得意之笔”。战场上的毛泽东同志就是在这样一个特定的环境里突显出来。为了这样一个艺术追求，我们努力摆脱过去把领袖人物当作“神”的影响，用心地写出毛泽东同志质朴平易、一如常人的生活风貌，又注意到不只在普通平常的生活细节上用力，而着力描写他的革命情怀、战略预见和指挥艺术。于是，我们写下了关心战士的冷暖，察看战士的鞋子的细节，听到方志敏被捕、胞弟毛泽覃牺牲等动情场面；也写出了风雪中纵谈革命形势，在重兵重围中预见到胜利，以及果断地指挥斩关夺隘和巧妙地诱敌破敌的重场戏。

现在，经过导演的精心处理和演员的表演，一个战场上的毛泽东同志的形象，已经印在胶片上了。即使是一次尝试，对于我们也是十分幸福的。我们的耳边不禁又响起了邓小平同志说过的一句话：“没有毛主席，至少我们中国人民还要在黑暗中摸索更长的时间。”在毛泽东同志诞辰九十周年的时候，在迎接遵义会议四十九周年的前夕，观众能在银幕上看到毛泽东同志和他的战友们的光辉形象，缅怀他们的丰功伟绩，产生深深的崇敬怀念之情，该是何等可喜的事情。如果影片还能够再现毛泽东同志——这位伟大的马克思主义者，伟大的无产阶级革命家、战略家、理论家和军事统帅的某些精神风貌，为观众全面正确地认识和评价毛泽东同志，认识和了解我们党的奋斗历史，提供一点形象的参考，那更是大喜过望了。

当我们用笔描绘着战争图景和人物形象的时候，还怀着一个秘密的愿望：就是希望观众在看到这些看得见的生活形象的同时，还能看到一种看不见的东西，那就是这段惊心动魄的战争史实中所蕴蓄着的革命真理和历史经验。四渡赤水，是革命战争的杰作，也是毛泽东思想，特别是毛泽东军事思想的光辉体现。像打得赢就打，打不赢就走的运动战思想；像战略上以少胜多、战役战斗上以多胜少，集中优势兵力歼灭敌人的歼灭战思想等，都活生生地体现在这次军事行动之中。我们期望着，在学习马列主义、毛泽东思想的活动中，这部影片能够提供一个生动的例证。

当然，更为吸引我们的是：把历史经验引入现实之中。王明“左”倾错误路线，使党和红军蒙受了很大的损失。遵义会议之后，以毛泽东同志为代表的党中央进行了巨大的拨乱反正，四渡赤水使红军转危为安，完成了从阵地战到运动战的转变。历史常有惊人的相似。经过了十年动乱，十一届三中全会以来的党中央，又像四十多年前的遵义会议后一样，进行了拨乱反正，领导全党完成了历史的伟大转变。两段历史，珠联璧合，交映生辉。我们期望观众能从历史联系里引起思索，从而更加坚定共产主义理想的信仰，更加坚定对党中央的信赖，也更加坚定振兴中华、建设四化的信念和信心，那该是多么好啊！

革命的过去，并不只属于过去，也属于现在和将来。如果能把四十八年前这幅战争图景忠实地再现在银幕上，送到今天观众的面前，引进到现实生活之中，将会使老一代重温过去，更可以让广大青少年看到革命的过去，看到今天幸福生活的来之不易，从而激起对新生活的珍视、热爱和奋发进取的精神。我们想象着，也许有那么一些热爱生活的青年观众，看过这部电影之后，第二天走向工厂、田野、学校或者机关的时候，会发现脚下那条道路：一端通向四个现代化的未来，另一端与赤水河两岸的群山、与这一艰险的途程紧紧相连。于是，便以红军精神投入了为四化而拼搏的斗争。那就简直是对我们创作人员最高的奖赏了。

草地，我心中的歌

——影片《草地》编剧

大约每一个作家心底里都有一块属于他自己的、令他神往而又动情的土地，一经触动，就会浮想联翩、心潮澎湃。如果说我心里也有这么一块地方的话，那就是草地——当年红军长征艰苦跋涉过的那块草地。

当我还是个小战士、偎依在老红军怀里听长征故事的时候，这个地方，就已经进入了我的生活；稍后，比较系统地探寻了长征的历史，这个地方就整个地移进了我的心中，我爱上了这个地方，爱上了这段在革命征途上最不可爱、最险恶的路程，爱上了关于它的一切。终于按捺不住，到20世纪50年代中期，我写下了几篇关于草地的短篇小说；而当1972年10月那个难忘的中午，我来到草地中间的墨洼，真正踏上草海泥潭的时候，表现草地的愿望就更强烈了。我想，总有一天我能用史的经纱和诗的纬线，织成一小块文学的草地，织出一支歌来。

把草地的生活放到更宽广的历史背景里去考察之后，我决定以第三次过草地的历史作为依托，以走在长征最后的一些掉队红军指战员作为主要描写对象，试图从这里面透视出一点历史的沉重感，并且从史里找诗，发现一点人和人的生命力量的诗意。就在我写下第一页稿纸，远眺了草地景色之后，我写道："镜头，对着草地久久地凝望和沉思。"

凝望什么？是历史，是生活。我觉得，草地之所以迷人和令人爱恋，就因为它是历史真实。作为文学，不要给历史再增添什么了，只要把这段生活如实地再现，让它含着泪、带着血，披着草海的风霜袒露在观众面前，就有征服的力量。过草地的艰难困苦和令人痛心的牺牲，衣衫褴褛、骨瘦如柴不算美，然而，由于真实，与艰险的搏斗倒更有了一种魅力。为了追求真实，我从历史深处领来了常炽这样一个人物，这个因为反对分裂而被张国焘打成反革命的老战士，奇特的命运带出了特定的时代，然而我又着力写了他普通平常的风貌。

至于沉思，那就是开掘，从昨天里找到依然属于今天、属于未来的东西，让它流溢在作品之中。草地，整个儿是一个光辉的哲理；它的内涵是多义的。然而，我最感兴趣的还是在这特定生活中红军中人和人的关系。我以为，无论处在什么环境，人们之间的美好感情是永远需要维系和发展的。这是一种精神的维生素，是生活前进的内驱力。我试着对人生和心灵进行双重的开掘，通过对这含有"三个方面军、九个军和军团"的小部队和他们团结战斗的描写，尽可能深情地抒写那种你为我死、我为你死的内在感情。这，也许就是《草地》这支歌的主旋律。

愿这支歌在导演、演员再创造中，变成一块艺术的草地。

愿这支歌流进新长征的人们的心中。

人民的乳汁

我写的五六个短篇小说，先后被选进中学语文课本后，常收到中学生的来信，同学们问：你是怎样写成《党费》《七根火柴》《妈妈》《粮食的故事》这些小说的？你怎么把人民战争写得那么真实，那么生动，又那么动情？你是如何学习写作的？又怎样成了一个部队作家？面对来信和纷纭复杂的问题，我仿佛看到一些十四五岁的孩子，也看到了他们那一双双充满稚气和求知欲望的眼睛，于是我铺开稿纸，一封封地给他们写回信。每当我拿起笔的时候，我就想到自己的当年，想到了和他们一样度过的年龄。但更多的，是我在他们那个年龄所生活的环境——山东抗日根据地的莒南。我想告诉他们，是莒南的山山水水，莒南可爱的人民，以及在那里战斗的人民子弟兵，是他们用小米、高粱把我喂大；是他们用全身心的爱，抚育着我成长；是他们用智慧和真诚教导我，使我成了一名战士，成了一名人民的宣传员，成了一名能拿起笔来写一点文学作品的文学工作者。

一

人民军队是我的家，莒南人民把我养大成人。

战火纷飞的莒南，是人民子弟兵奋勇抗战的战场，也是山东的文学家、艺术家纵情驰骋的文学疆场。但对我来说，那里却是我含着奶头、吸吮着乳汁慢慢长大的一个摇篮。莒南的青山绿水、人民的恩情和军队大家庭的爱，把我这个孩子养大。

记得那是1944年7月中旬的一个晚上，一个月明星稀的黑夜。我和我的弟弟告别了沦陷六年的家乡，跟着山东军区敌工部的老孙，踏上了走向抗日根据地的征途。

7月的夜晚是美好的。我们穿过刚刚秀出穗的谷地，穿过含苞待放的豆棵子，在庄稼地里疾步穿行，一直向西。整整七十里路，走了一个通宵，等到启明星亮起来，东方现出了鱼肚白，领着我们走的老孙同志突然喊了一声："你们看吧！"我抬头望去，在一个高高的岭头上，一棵大榆树的上头，飘扬着一面鲜红的红旗。我明白了，我离开了屈辱的沦陷区，走进了一块光明自由的天地——抗日根据地，我参加抗日战争了，我终于成了一个抗日的革命者！

我和弟弟被安置在县委招待所里，住了三四天，没有人来。我们弟兄两个等得不耐烦了，决定去找领导同志，问我们的工作问题。

记得那是一个下午，我和弟弟走进了县委宣传部部长王伯泉同志的办公室。我站在他的桌旁，弟弟王玉坚躲在我的身后，在肩膀上瞪着一双大眼睛。看见我们，王伯泉同志抬起头来问我："干什么？有事吗？"我壮着胆子回答："伯泉同志，我们是来参加抗日的，什么时候给我们分配工作呀！"王伯泉同志摸着他那短短的头发，挠了半天，突然问道："你们能干什么？"我说："抗战打鬼子，我们什么都能干。”王伯泉同志摇了摇头：“不！抗战，打鬼子，有这个心是好的。可是要打仗，要革命，那得学本领呀！”我愣了，弟弟也愣了，我们瞪大了眼睛，望着伯泉同志那个光亮亮的脑门，纳闷：抗战打鬼子还要学习？

王部长大概看出了我们的疑惑，严肃地说：“是，革命是要学的。你们年龄还小，将来有很多事情要你们做。你们现在还不能顶一个人用，先去学习吧，学到本领，将来工作有你们做的。”弟弟大胆地问：“我们到哪里学？学什么？”伯泉同志说：“这个已经有安排，你们到山东军区，或者进抗大，或者进滨海中学，先学习，然后领导分配你们适当的工作。”我又问：“山东军区在哪？”王伯泉同志略略想了一下，说：“现在军区在莒南县，距离这里有二百多里路。”“我们怎么去呢？”我有点发愁了。伯泉同志哈哈大笑起来，说：“这好办，你们两个小孩子嘛，贴张邮票，就寄去了。”他大概看出我们有疑惑，就开玩笑地说：“反正你们的姐夫是我们战地邮政总局的局长，邮票由他出。”

当天晚上，我们躺在招待所的地铺上，怎么也睡不着。弟弟趴到我的耳边小声问道：“五哥，把咱们寄去，那邮票贴在什么地方？贴在脑门上吗？”这个问题，我也难以回答，我说：“管他呢，总归是有办法。”果然，第二天下午，有一个五大三粗的同志，推开房门进来，大声地叫道：“哪一个是要到山东军区参加革命的小王啊？”我们两个异口同声：“我就是。”那个同志告诉我们：“我是战邮总局的武装交通班的班长，我姓周，你们叫我老周好了。从现在起，你们就是我们的邮件，收拾一下，明天动身。”我们弟兄俩相视一笑：我们两个大活人，居然变成了“邮件”。

第二天一早，老周同志带着三个交通员来了。他们每个人带一支步枪，肩上还背着一个沉甸甸的邮包，老周随手把两个小点的邮包交给我们，并斜着绑到我们肩膀上，一边绑，一边交代：“这是平信，由你们两个背着。要件、密件我们背着，跟着我，我们走，你就走，我们停，你就停。”我们点点头，老周认真数了几个同志肩膀上的邮包，把我们两个肩膀上的邮包也算上，“一、二、三、四、五、六……”然后指着我们的脑袋说，“七、八。”从这时起，我们便成了他的第七个和第八个“邮包”。

我们两个长着腿的“邮包”，跟着邮政总局的同志，上了南下的路。

走了一天又一天，走过了洪林子，穿过了石沟崖附近的封锁线，经过夏庄，一直走到了莒南县，最后在一个大庄子上停住了脚。大约是第五天的下午，我们走进了山东军区的驻地，莒南县的坪上，在一个空空荡荡的大房子里，见到了敌工部的赵干事。

赵干事名字叫赵东杰，大个子。他热情地拉着我们两个的手，问这问那，问我们会不会唱抗日歌曲。我们当即唱起《我们在太行山上》，还没有唱完，就被进来的周班长报告声打断。周班长多少有点不耐烦地指了指我们两个，向赵干事说道：“你收到邮件，还没给我打收条呢。”赵干事笑了笑，撕下了一张纸，拿起笔写起来。我凑过去一看，他写的是：“兹收到，参加革命的小鬼两名。”签上年月日，盖上图章。赵干事一边把收条交给周班长，一边笑着对我们说道：“看见了没有？我已经把你们收下了，你们从此就进了革命的怀抱了。”

革命的怀抱，多么新鲜的字眼，多么富有感情的词句！确实是怀抱，无论从广义上讲，还是从狭义上讲，都是一个温暖的怀抱。

三天之后的一个晚上，赵干事领着我们，来到了坪上村前的大河滩。河滩上用土堆起了一个高高的舞台，挂上了幕布和汽灯。我们坐在舞台前面，沐着盛夏的晚风，瞪大眼睛，盯着面前的舞台。

台上正在演着苏联剧作家考涅楚克写的著名话剧《前线》。那些化装成高鼻子的人，穿着洋衣裳，还有那些看不懂却又很新奇的苏联的战争生活，可把我们这两个从敌占区刚刚跑到根据地的孩子给迷住了。

刚刚看了个头，有一位身材魁梧的军人走到我们中间。他推开别人递给他的一个小板凳，一屁股坐在地上，把我和弟弟揽在自己的怀里，小声地问我："你是这村的吗?"我说不是，我说我是山东诸城的，刚刚来参加革命。魁梧军人说："好，这么小就知道参加革命。好啊!"他显然很喜爱我们，揽着我们的肩膀，把我们抱得更紧了。我的脑袋偎在他那宽阔的胸膛上，手搁在他的肚子上——好软啊！这位魁梧的军人同志仿佛看透了我们的心思，一边看一边不时地附在我们的耳边，给我们讲哪个是戈尔罗夫，哪个是欧格涅夫，哪个是"客里空"。他那浓重的南方口音，和他讲出来的那复杂的情节，我听不太懂，可我觉得他的话和他的胸膛一样，软和和的、热乎乎的。他和我一样看得挺开心，当看到"客里空"写了一篇假报道："老将军的眼里没有眼泪，没有。"这时候，他竟然趴在我的头上放声大笑了。

第二天，在同一个土台子上，这位魁梧的军人同志被警卫员搀扶着，走上了讲台，对着我们上万军人作报告。可以看出来，当时他身体不大好。我问赵干事他是谁，赵干事告诉我，他就是我们山东军区的司令员兼政委、尊敬的罗荣桓同志。

后来，我20世纪50年代初来到北京工作，罗荣桓同志已经是总政治部主任了。1961年，为了《星火燎原》纪录片的解说词，我带着影片去送给他审查。罗荣桓元帅热情地问起我是哪个部队的。我就给他讲了当年的这段往事。我说我十五岁的时候，你在莒南抱着我看考涅楚克的《前线》呢！罗帅开朗地笑了。那一刻，我再一次感到，我走进革命的摇篮和人民的怀抱。

二

本来，上级是要我们上抗大文化队学习的，因为年龄太小，人家不要，于是我们被送到了当时的滨海干部学校学习，对外的名字叫滨海中学。

一入学，首先学会了一支歌，歌词至今还记得："海边上，敌后方，抗战的歌声到处在高唱。铁血钢枪，奏成了胜利的交响。同学们，同学们，困难的环境要我们去克服，胜利的担子要我们去担当。"据说这首歌就是我们滨海中学的卢老师谱曲的。这悠扬的歌声，伴随我度过了在滨海中学学习的日子，也伴随我度过了差不多一生。

在敌后的艰苦条件下，学习并不是很容易的事情。我弟弟王玉坚只有十三岁，被分到了普通队，也就是第一队。我被分到了师范的第四队，任务很明确，学习完了去教书。

能有这样的学习机会，已经很难得。我们就住在老乡们家里，每天早晨出操，吃过早饭，借来一个小板凳，背上自己的背包，就走进了树林。在浓密的树林里，竖起一块木板，架在膝盖上的背包，就是课桌。

在这个课堂里，我们学习社会发展简史，学习社会科学概论，学习中国革命问题。但我印象最深的第一课，却是生活课。当时，我们四队七个人住在老乡的一个磨坊里。白天我们出操上课，老乡就套上毛驴在这里推磨。晚上我们回来，把磨道里的驴粪打扫一下，抱一把麦草，铺在磨道里，就是我们的床铺。

第一次睡床铺的时候，有趣极了。分队长孙振华同志，这个从鲁西肥城来的青年人真有办法，他把几个年龄大的同学分配到磨道里：脑袋顶着脚，围着磨道转一圈，6个人就可以睡下了。还剩下一个我，怎么办？我问分队长。分队长笑了笑说："这好办，你小，照顾你，你上楼去吧。""楼，楼在哪里？"老孙一指磨顶，说："那就是你的床铺。"

我年龄小，个子也小，但再小，盘磨做我的床还是太狭窄了。身子底下冰凉不说，翻个身，一不小心，就滚下来，砸到别的同学身上。我觉得这环境太艰苦，有点受不了！特别是第二天，又经历了一次惊险。半夜里，我被一个冰凉的东西压醒了。伸手一摸，好像是一个同志的胳臂搭在我的胸膛上。我推一推，说："拿开！"但随即我就发现，它虽然有胳臂粗细，但冰凉，还带着鳞片——不是人的手臂。是什么？慢慢摸去，啊，原来是一条胳臂粗细的蛇，正在我的胸膛上"行军"。我既不敢动它，又不敢吵醒别的同志，只好憋着气，等它从我的身上慢慢滑过去，才松了一口气。

这件事情不知怎么被房东知道了。第二天早晨，我发现，房东老大爷在编草苫子。晚上回来，大爷把一个草苫子递给我，说道："小伙子，给你个东西。"我说："这是什么？""你铺上，睡觉！"他给我把草苫子叠成两叠，搁到了磨顶上。这天晚上，我睡在软软的草苫子上，草苫子是暖和的，心里也是暖和的。

这时，白天讲的为人民服务，人民军队人民爱，这抽象的道理，在这一刻是如此的具体和真实。

三

房东老大爷给予我的温暖，是我人生的第一课。然而，这一课远远没有上完。我入滨海中学学习一个多月之后，1944年的9月，日寇对滨海地区的万人大扫荡开始了。侵略者的铁骑从不同的方向向西进攻，朝莒南的中心区包围，整个根据地的军民投入了残酷的反扫荡的斗争。我们滨海中学的老师和同学们，也投入了这场战斗。

令人羡慕的是那些大同学，他们身强力壮，领到步枪和手榴弹，随区中队和县大队参加战斗。我们这些年纪小的男孩子和一些女同学，被留了下来。

记得那是一个初秋的傍晚，我们在十学路的大街上集中。天下着毛毛细雨。部队集合起来，我们滨海中学的教导主任周抗，是一位从延安来的老同志，他严肃地走到了队伍的前面，完全不像前几天教我们唱“什么花开放向太阳”那么和颜悦色。他脸色阴沉，略略有些歪的嘴歪得更厉害了。他肩上扛着一支步枪，大步走到我们面前，什么招呼也没有打，就厉声说道：“你们，真到了战斗的时候，都变成了革命的盲肠!”

我学过生理卫生课，知道盲肠是人身上最没有用处的一个器官，如今我们被说成了盲肠，心里肯定有点不愉快。“是盲肠!”周抗主任提高了声音说，“现在，需要拿起枪来，你们拉不开枪栓，需要投出手榴弹去，你们连二十米都投不了，炸不着敌人，还伤了自己。怎么办？只好把你们打埋伏。”

打埋伏，这是我第一次听到的名词。经他的解释，我明白了，是把我们分别送到老乡家隐蔽起来。周主任具体交代我们：“你们男孩子去给老乡当儿子，女同志把头发改造一下，握成一个小鬏，去给老乡当儿媳妇。”队伍里传来了女同学的笑声，周主任却没笑：“有什么好笑的，就是当媳妇！不过，你们的丈夫在哪里，只有天晓得了。这样安全，这样可以躲过敌人的视线，可以保存革命的力量，现在，你们就分别去当儿子、当媳妇去吧!”

接着周抗又严肃地对我们说：“本来你们参加革命，就是给人民当儿子、当女儿的，就是人民的儿女。现在，无非是让你们去开始学着做一个人民的好儿女，去吧!”接着一批农村干部走过来，你领两三个，我领四五个，我们一个中学的男孩和女同志，就这样被瓜分了。

我被分到了张家连子坡张大娘家里，张大爷去支援前线了。

张大娘热情地收下我，把我身上用泥灰涂黑，然后让我穿上了不知哪里弄来的一套男孩的衣服。于是我就成了张大娘的“儿子”，大娘自己还有一个小女儿，不满两岁，是我的“妹妹”。张大娘给我第一个训练，就是说：“王同志，我给你起个小名，你就叫蛋蛋。”我说好，大娘笑了，说：“叫一声娘。”我就亲亲热热地叫了一声娘。这一声娘叫出声之后，我觉得和张大娘亲近了很多。但是我真正把这个娘字从心底里叫出来，那是十多天以后了。

那天，突然发现敌情，张家连子坡的老乡们，拖大带小，钻进了一条山沟逃难。张大娘抱着小女儿，手里拿个包袱，然后把一个小牛犊子的缰绳递到我手里，说：“跟我走。”于是，我们就汇入逃难老乡的人流之中。

9月末，穿一身单褂，冷风料峭，大娘就把我揽在怀里，用她的体温暖和着我。这样熬过了一天，直到太阳落山，解除警报，我们才回到了家里。

到家一看，院子里大椿树下，到处是马屎马尿，满地是喂洋马吃剩的一些散落的高粱。原来，大娘家里唯一剩下的一点粮食，都被日本鬼子喂马了。我们进了门，大娘什么也没有管，解开放干粮的那个篮子（莒南话叫浅子），把上面的包袱绳解开，里面是两个地瓜面做的窝窝头，大娘抓起来，都递给了我，然后，自己抱着小女儿，到里屋去了。

饿了一天，我也实在顾不上别的了，三口两口就把两个窝窝头吞下了肚子。当我吃完的时候，忽然发现，“妹妹”在里屋哭得那么厉害，嗓子都哭哑了。我心想，会不会是着了凉，生病了，赶快撩起门帘看一看。只见大娘坐在炕沿上，把孩子揽在怀里，顺手从身边的柳条筐子里边抓着花生壳，放在自己嘴里，慢慢地嚼烂，又吐出来，用指头抹到了小妹妹的嘴里。我知道，这些花生壳是留着当柴烧和用来喂猪的，又苦又涩又硬，难以下咽，“妹妹”当然吃着不舒服，也就不肯吃，就哭闹起来。她还不到两岁呀！

我明白了，家里就剩下了两个窝窝头，大娘给我吃了，让自己亲生女儿吃这嚼烂了的花生壳。就在这一刹那，我发现她就是我娘，我真正的亲娘，比亲娘还亲。我喊了一声“娘”，一头扑到她的怀里，哭了起来。

大娘抚摸着我的头，说别哭了，别哭了。我埋怨地说：“娘，你说一声，我给妹妹留一点嘛！”娘半天没有吭声。半晌，她摸我的头说：“小王啊，你是革命干部，你正在学习，你学好了能打日本鬼子。只要打走了日本鬼子，只要革命能够成功，不知能保住多少孩子啊！”

什么叫作人民的爱，什么叫作人民是我们的亲爹娘，什么叫作人民子弟兵，什么叫作为人民服务，在这一刻，我懂了。

留在心头的这种感受，永远不会淡忘。十年以后，在北京一座楼房里，在一盏台灯的下面，我开始写作我的第一篇短篇小说《党费》，当我写到那个女共产党员，为了给组织交党费，不交钱，而交点实用的东西，腌了一些咸菜，交给红军游击队。当她自己的小女儿好久不见盐，想抓一根咸豆角吃的时候，妈妈又从孩子手里夺过来，放进了菜篮子。这个细节，很自然地跳到了我的脑子里，来到我的面前，成为稿纸上的故事。它从哪里来，它就是张家连子坡那位大娘嚼花生壳的形象，在我的作品里变成的文学细节。甚至于对话，我都原封不动保留了：“同志，只要革命能够成功，不知能保住多少孩子啊！”

积累·思索·表现

——短篇小说创作漫谈

一

我写过一些短篇小说，近几年又学着搞点电影文学。很多关心我的同志问我："你原来写小说，现在搞电影，有什么感想?"我的头一个回答是："银幕是多情的，又是无情的。"

银幕确实很多情，你有多少深切的生活感受，什么美好多样的人物形象，多么丰富深刻的思想，以及人间最真挚最强烈的感情，都可以往里边倾泻；你有多么大的聪明才智、创造才能，都可以在这里尽情地发挥。银幕，就像它的本相那块幕布一样，朴素、纯洁、率真、坦荡。它对你非常友好，非常温柔，随时都准备敞开胸襟，接受你的拥抱和爱恋。

其实，多情的又何止电影？所有的文学艺术形式都是情深似海呵！比方说，稿纸就同样多情。我们都是从事文学写作的，当你扭亮台灯、铺开稿纸，把你所拥有的多彩多姿的社会生活、真知灼见、炽烈的感情化作文学的语言，连同你的胆识和诗意一道往稿纸上倾吐的时候，它不也是多情的吗？“三更灯火五更鸡”，多少人就是投身在这青灯和稿纸之间，为了文学创作上的艺术追求，倾心折腰，不顾衣带宽，消得人憔悴，在稿纸上送走自己的青年和中年，倾注了自己对人民、对文学事业的不渝的爱情。现在，留在人民生活和记忆里的优秀的文学作品，大约就是这种爱情的结晶。

但是，银幕和稿纸又是无情的。我干过新闻工作，写过小说，编过电影，确确实实感觉到它又是非常严峻的，严峻到了冷酷无情的程度。它像个严肃的老师，经常在考你，看你有没有东西去告诉读者和观众。它又像个严正的法官，定睛审视着，看你是不是忠实于生活，既不买空卖空，又不掺糠使水、“投机倒把”。它严峻，而且一律平等、公正无私，谁也没有特权，谁也走不得“后门”。

“多情反被无情恼”，恼在哪里呢？就恼在有没有生活，有没有可以写进稿纸、送上银幕、奉献给读者和观众的东西。如果有，你这里文思泉涌，稿纸上就波翻浪涌。如果没有呢？没有，却顶着个名是创作者、作家，又不愿学那个交白卷的“英雄”，于是多情就被无情所恼了——你苦恼，文学恼怒。

“生活是创作的唯一源泉”，这是个真理。它并不复杂。它单纯而又朴素。我们不妨问一下：电影在哪里？短篇小说在哪里？只要我们是清醒的，那么，答案也就清清楚楚，它不在作者的头脑里，不在稿纸上，不在报刊或短篇小说集里，也不在摄影棚里和银幕上。它就在社会生活里。我看，弄清这个简单的道理很重要。这些年，我搞一点文学创作，越来越深切地感觉到：创作上的无能、无力，说到底还是由于无知。所以，我的第一点体会也是由衷的建议就是一定要努力地创作一块属于你自己的生活根据地。

生活是海，作品是浪。一个作家，他所作的无非是从时代、从社会生活里撷取了一点浪花。如果不投身到像海洋一样的宽阔和深广的社会生活，去做一名生活的积极参加者和创作者，去成为这个海洋的一点一滴，就无法去兴风狂啸、推波作浪。在个人面前那个小小的酒杯里能兴起多大的波浪呢？还是到海里去好！仔细看一看40年的中国文学史，真正深刻地反映了人民生活和斗争的好的作品、好的作家，无不是坚持了这一条道路。《国际歌》里说："我们要为真理而斗争。"我们坚持毛泽东同志所提倡的，要长期地、无条件地、全心全意地深入生活，投身火热的斗争，要做好熟悉人这个第一位的工作。坚持这一条道路就因为它是几十年间被千万人的文艺实践检验了的真理。

在座的都是热爱文学创作的同行，我也就不怕献丑，联系到自己的创作实践谈一谈。回想我所走过的创作道路，所以能够写出点作品，都是身在生活的结果，或者说，是生活"逼"着我拿起笔来的。

索性说得远一点吧：我在1947年底被调到一个野战纵队的报社学着做做编辑工作，打仗了，也到师、团采访，写点新闻通讯，顶多在纵队的油印报纸上发一发。有一次，新华总社发了我写的一篇大约两千字的通讯。这是我从事新闻工作之后在新华总社发的第一篇稿子。那是淮海战役的第二阶段，当时二野、三野各路部队已经把敌军主力邱、李两个兵团包围在陈官庄为中心的地区，并且经过大量的近迫作业，以密如蛛网的交通沟、野战工事，构成了包围圈。我接受任务，到前沿的一个团里去采访。当时外边大雪纷飞，交通沟里到处泥泞，新挖的地堡又冷又潮，吃饭、睡觉，一切活动都在地堡里，觉得非常不舒服。正在这时候，突然纵队领导机关同志们来到前沿的营连。干什么？送麦穰来了。人们有挑的、有背的，把成堆的麦穰铺进地堡里，一时到处金灿灿、软绵绵、散发着清香；往上边一躺，那就别提有多舒服了。这半尺厚的麦穰，给什么也不换哪！这时，我被深深地感动了。到各连走走，战士们的高兴情绪更给了我强烈的感染。当天晚上，点上个蜡头，坐在麦草铺上，趴在子弹箱上，一气就写出了一篇通讯。第二天通讯员送到纵队，经过新华社领导同志和老记者的修改，第三天新华社就广播了，题目就叫《一捆麦穰》。

已经是三十多年以前的旧事了，如今往事重提，绝不是说我有什么本事，而是因为这件事里蕴蓄着一个值得思索的道理。我的文化水平低，又是一个新记者，经验很少，那篇通讯所以能够发现了、写出来，正是生活给我的。我就在生活之中，就在描写对象中间，感受着那潮湿地堡的阴冷，也享受着麦穰的温暖。我写的就是我深切感受的东西，也就有了真情实感。当然，当时还很不自觉，是偶然碰上的。但是，正是这个偶然里反映着必然，含括着这样一条艺术经验：只要你在沸腾的生活之中，那么，凡是你感动过的，凡是在你的心尖子上跑过去的生活感受，那里面一定有真东西、有好东西。只要你肯于发掘、善于表现，写成小说和诗，它就是好的文学作品。

二

我的第一篇短篇小说《党费》，也是积累了许多比较深刻的生活的感受之后，才能够写成的。最近，有一个文学刊物要我写一写这篇小说的创作经过，已经把题目拟出来了，叫作《积累喷吐》。我认为，文学创作大都是在长期积累的基础上的突然喷吐。生活感受、形象感受积累得多了，就像开了锅的稀粥，又像地下奔腾的岩浆，在心底里沸腾着，奔突着，忽然，找到了一个口子，一下子喷出来。

在战争期间，我接触过很多难忘的人，听到和见到过很多动人的事。特别是战争中共产党员们那种无私无畏、忠诚坚定的形象，更给了我极深的印象，使我受到深深的教育。比方，我熟识的一位战友的叔叔，在某次战斗中被日本鬼子捅了三刺刀，前胸后背留了五个窟窿，醒过来还带伤爬回了部队。又比方，有一位党员同志独自隐蔽在一座山上养伤，他带伤开垦了荒地、种了庄稼，然后把粮食交给了党……这些人和事，从心头上一过，就深深地印在我童年的记忆里了。稍后，年龄大了些，更有机会直接接触这些“特殊材料制成的人”了。还记得是淮海战役的时候，我从前沿回师部，去采访几个刚抓来的俘虏。正走到路上，来了敌人的重型轰炸机群。我和一支民工担架队一起，在一块坟地里隐蔽。休息间一个民工同志从怀里掏出一点干粮，自己咬了一口，递给了我。我接过来看了看，是地瓜秧子做的窝窝头。他们每人挑着六十斤高粱米，从黄河边一直送到淮海战役的战场，一粒不少。而他们自己一路上吃的却是这个……五年的战争生活，这样的感受是很多的。这些经过心头并且挂在心尖子上的东西，每一想起来就非常感动。但是一直到1952年，我没有想到要把它们写成小说。我还缺少创作的准备，我还找不到也没有掌握表现这些生活和形象的艺术形式，就像人们常说的：“茶壶里煮饺子——肚里有，嘴里倒不出来。”在渡江以后，进入了城市，生活比较安定了，于是我如饥似渴地阅读起文艺作品来。至今我都深情地怀念着这段读书的生活。我读着，一本本地读着，读一些中外的古典作品，更多的是阅读当代描写中国革命战争的小说，阅读苏联描写国内战争和卫国战争的小说。读着读着，我的那些生活体验、形象感受就和作品里所写的生活、形象呼应起来了。于是，我开始听到了自己心底的一个声音：“啊，原来这些人、这些事也能写成小说！”自然，当时我还意识不到这就是最初的创作的准备。经历了阅读和学习的阶段，特别是到《解放军文艺》当编辑以后，更得到了向老作家学习的机会，也更多地接触了短篇小说，了解了一些短篇小说的艺术规律和表现特点。这期间，我已经开始按照短篇小说的形式来思索战争生活的体验和感受了；但是，还是写不出作品。我还没有找到喷吐的口子。

1953年秋天，发生了东山岛战斗，我去采访。在完成了写一篇报告文学的任务之后，访问了福建南部和西部一些红军时期的老根据地。每到一地，就通过当时的“老区办公室”，查阅老苏区的文献材料，采访参加这一时期革命斗争的老同志。这一段接触和寻访革命历史的生活，对于我来说是难忘的，又是有很大意义的，甚至可以说，它是我文学生活的一个开端，一个转折点。在这块红色的土地上行走，探寻革命前辈的足迹，简直像一个精神矿藏的探矿者踏上了一个含量丰富的稀有金属的矿床，又像《天方夜谭》里描写的那样，喊了声：“芝麻芝麻快开门！”神奇的大门打开了，我走进了一座满藏着精神珍宝的洞窟。血与火的斗争生活，含血带泪的革命故事，几乎是扑面而来，使我目不暇接、美不胜收。在这以前，我对于第二次革命战争，对于人民军队初创时期的斗争，虽然也有一些粗略的了解，然而却是知之甚少、知之甚浅的。现在，来到这十年战争的战场，读到了这页活生生的、饱含着血肉和情感的战争历史，如同进入了一个熟悉却又陌生的世界。我被深深地迷住了。特别有意义的是，在这次访问过程中，我接触、结识和了解了许许多多当时斗争的参加者——革命的前辈。这是一些“特殊材料制成”的人，是我所见到的最美的人。十年战争中那壮丽的历史，就是这些人创造的。这些发着血色和火光的故事，就是他们美丽性格的历史。他们那高尚的革命品质，动人的精神风貌，和心灵中那光辉灿烂的一切，激起了我对他们崇高的敬意和深深的爱。

更有意义的是：这些壮美的人和动人的事，带着时代的风云雷电划过我的心尖子的时候，却像两股电流感应、汇流一样，和我在战争中直接获得的生活经验、形象感受以及思想感情奇妙地融合了。仿佛这些人和事就在我身边发生过，仿佛我曾置身于那个时代和斗争之中，感到非常亲切。当然，我没有能够赶上参加第二次国内革命战争，十年内战和以后的抗日战争、解放战争相比，也有许多区别，然而，它们又有联系；而在斗争形式、生活面貌和人的精神状态等主要方面，还是相通的。从我的直接经验出发，就找到了一条通路、一架桥梁，可以了解和理解那个时代、生活和人物。打个比方说吧，我自己战争生活的体验、感受，好比是一棵果树的“砧木”，听来的故事和间接获得的生活形象，好比是一枝良种的“接穗”；把它们嫁接起来，就能够成活，能够开花结果。

三

从这篇小说打上最后一个句点算起，到现在已经过去了29年，一万多个日夜。今天重提这番旧事，还有什么意义呢，就是因为它多少还能说明文学和生活的关系。这篇并不算成功的习作，从孕育到诞生，使我开始懂得了一个道理：短篇小说、诗，也就是说文学，它在“源”里，它只是生动地存在在社会生活里。只有深入到生活的深处，艰辛地搜索、寻找、发现，才能把它找到。然而，从作者进入到生活里，到生活进入到作品里，又不是一个机械的搬动过程，而是一个生动的创造。生活里有砖瓦木料，去搬运是容易的；把生活里现成的东西搬上稿纸，并不是创作。创作，如同春蚕吃过桑叶之后的吐丝作茧；如同开矿、冶炼之后的铁水奔流，是一个相当复杂的认识过程，是一项细致的创造性劳动。它应该是丰厚积累之后的强烈喷吐。

几粒米煮不成一锅沸腾的稀饭，一杯水出不了汹涌的波涛。生活的积累少了，对生活不能真知和深知，是没法进行喷吐的，至少也难以长期持续地喷吐。在这里，从创作者自己的实际出发，不懈地深入到生活中去，增加直接的体验和感受，充实生活行囊，并长期地和自己的描写对象保持着联系，是非常重要的。

在写出了自己最初的一批作品之后，体验着创作的喜悦的同时，我才真正感觉到了创作的艰难。创作之难，不在创作本身，不完全在表现的艺术技巧。它在创作之外。也就是说，难在缺少或者没有新的发现，新的升华，来实现提高和突破的愿望。或者说，正是写了几篇东西、踏进了文学的大门，只是到了这时候，才更深切地感到：自己对生活、对人、对描写对象了解和理解得太少太浅了。

怎么办？取巧是不成的，捷径是没有的。还是得老老实实去求得生活的解决。所幸的是，写了几篇关于前辈革命者的作品以后，我更爱上了这个生活方面，更神往也更喜爱第二次国内革命战争的十年。这种爱，简直到了迷恋的程度。迷恋，是一个美好的字眼，对一个生活面热爱到了眷恋、入迷的地步，就很有味道了。从20世纪50年代中期起，我就一头扎进了十年内战的历史里，走进了，不，简直是扑到了这个丰富的矿床上，继续着我已经开始了的寻寻觅觅的生活，如饥似渴地采集和吸收起来。这时，我又获得了一个极好的客观条件，从1956年到1966年的十年间，有幸参加了全军革命战争回忆录选集《星火燎原》的编辑工作，那是一件非常幸福的事情。首先，可以系统地学习，了解党和军队的历史，从纵的和横的方面研究革命战争的进程。同时，又可以经常接触我们军队的缔造者和战争的组织指挥者，以及很多革命前辈。有经历过反“围剿”战争和艰苦长征的红军战士，有在深山密林里坚持长期斗争的游击队员，有在严酷的白色恐怖下坚持地下斗争的共产党员……他们或者讲述自己的生活经历，或者回忆一个动人的片断。就从这些接触里，我了解了各种经历不同、性格各异的老战士，了解了他们的思想历程和感情世界。

接触这些老同志，不但了解了他们的过去，间接地得到战争生活知识，也直接观察了他们在建设新天地的日子里的生活，获得了新的感受。直接观察和了解那些老一辈革命家、老战士们的现实生活是很有意思的，是一种特殊的幸福的生活体验。举个例子说吧，1958年夏天，有机会在一位著名的元帅身边住了两个星期的时间。那时这位老帅身体不好，本来是到北戴河去疗养的，但是，那是一种什么样的疗养生活啊！每天，搬一个行军床放在房子前边的一棵大松树底下，电话从窗口伸出来，放在床头边，枕边的文件堆得老高。他就那么半躺半坐地看文件、接电话。一会儿有个人坐在身旁，那是从北京来汇报请示工作的；一会儿几个人围在四周，那是在开会。我好不容易瞅个空到他旁边去坐一坐，请他谈谈南昌起义的历史情况。闲谈的时候，我问："您不是来疗养的嘛，还这么忙？"老帅淡淡一笑："我们这些人嘛，还不就是这样！"一天夜里，三四点钟，我被发动汽车的声音惊醒了，推开窗子一看，只见好几位领导同志正在上车。第二天，我知道了开会的内容，原来他们自己开会到夜里三点多钟，讨论的却是怎样贯彻有劳有逸，让人民休息得好一点。

这个例子我以前也曾经讲过，像这样的生活感受，在和老同志接触过程中经常可以体验到。不仅使我看到了不常见的生活面，而且是体验到了一种人间最美好的思想情感，受到深刻的教育，也获得生活积累的收获。

直接的观察感受，间接的调查了解，使我对于过去的革命斗争，对于老一代革命者的认识和理解逐步增多、加深。我觉得自己慢慢变得丰富起来、充实起来了。而越是了解，就越是不满足；也更加激起了对他们的热爱和了解的愿望。在一个不短的时间里，这种入迷的状态，这种求知的渴望，使我全心扑到了第二次国内革命战争的历史与生活上了。凡是能够见到的老同志，就去访问，凡是能够到手的资料和文献，就热情地阅读、做笔记。只要有机会，哪怕是一处战争的战地、一处革命历史遗迹的陈列，都跑去参观。而从事这种活动的时候，又总是抑制不住地把自己战争生活的体验、感受和对革命前辈的敬仰之情融进去、流进去，努力使自己走进那历史的深处，获得那特定时期的历史血肉和神采。就这样，历史的库存在增加，认识在深化，感情也更激荡。仿佛我成了参加那一历史斗争的一个成员，而那段历史生活也似乎成了我的生命的一部分。

就在这个过程中，也逐渐明确了我的艺术追求。我在一本短篇小说集里，曾经写下了这样一段话："我们的革命先烈和前辈，不但用生命和鲜血为我们今天的幸福生活铺平了道路，并且给我们留下了取之不尽用之不竭的精神财富。"这是从几年生活和创作实践中得到的一个概括，是在搜求、探寻过程中从心底涌起的一种认识。描绘英雄的前辈，努力开掘壮丽的历史中那笔光辉的精神财产，并且把它艺术地呈现出来。这就是我在学习写作过程中给自己确定的艺术探求的目标，也是我写过的一点作品的共同的主题。

一个创作者，从事一项文艺形式的创作，是迷人的。而当他爱上了一个生活方面，入迷地钻了进去，发现了其中蕴藏的美，而又久久地为它吸引、继续探求，这种状态就简直是幸福的了。由于"先天不足"和自身存在着种种缺点，我学习文学创作的路走得很艰难。唯一值得庆幸的是，自从1953年那个美丽的秋天开始，三十年来，我深深地沉湎于这种迷恋之中，一直在享受着生活的香甜。而且，除了三年多的“牛棚”生活，我一直没有中断和我所热爱的这一生活方面、这些描写对象的联系。近十年来，无论是风雨如晦还是日丽风和的日子，我又沿着革命前辈的足迹，先后登上了向往已久的井冈山，去了反“围剿”的战地，两次走上红军长征的道路，观察过当年拼死鏖战的关山要隘，走过老一辈军人艰苦跋涉的雪山草地，实实在在地诵读了我党我军历史上那一部部英雄的史诗。我说：文学是多情的又是无情的。有情还是无情，全在创作者生活的多少有无。生活是公正无私的，只要你爱它，它对你总是情深似海的。

四

我所以喋喋不休地谈起生活这个问题，甚至不怕丑地谈到了自己的认识和体验，就是想说明，熟悉你要描写的一切，做好了解人这项第一位的工作是多么重要。需要说明的是，这点认识，我不是从自己成功的实践中引出来的，恰恰相反，我是从自己的弱点和劣势中获得的，那就是：在我的脚下没有一块属于自己的土地。记得是1962年，有一位老作家叫我去谈谈。那是我所敬仰的一位文学前辈。我以为他要谈谈我的作品的长长短短，或者是讲一点创作技巧的问题，便带上笔记本去了。谁知他第一句话就问：“你了解不了解一个连队?”我从小当宣传员，后来又在社报当编辑、记者，连队倒也常去，但我从入伍就在师以上的机关工作，没有在一个连队长时间待过。他摇了摇头，说：“那么，你了解不了解一个村庄呢？比方说你出生的那个村庄。这个庄子有多少户人家，阶级关系怎么样，村庄的历史、现状怎么样……”我说我年龄还小就离开家乡参加革命了，不了解。他又问道：“那你了解一个党支部不？比方你当过支部委员，支部书记，支部里发生过什么问题，处理了些什么问题，党员的情况怎么样?”我参加过支部工作，但多半是临时干那么一届两届，没有长时间负责和了解过一个支部。老作家叹了口气，说：“不用说你也不了解一个工厂、一个车间，也不了解一个学校喽?”他的脸色沉下来了，语重心长地说：“你哪，吃亏就吃亏在这里了。你想想，作为一个作家，你不了解党和军队的一个基层单位，不了解我们社会的一个细胞，你怎么去深刻地反映一个时代，概括社会生活呢?!”这话说得亲切而又深刻，使我受到了很大震动。在这以前，我还没有如此严肃地想到自己这个“先天不足”，也没有像这位文学前辈这样尖锐地向自己提出这么个严峻的问题。

就是在这一启示下，使我提高了生活的自觉，更重视了对红军时代历史和生活的积累开掘。我开始意识到：十年内战的苏区，是红军赖以生存发展的根据地。这一段历史生活，只要和我的战争感受与部队生活的直接经验联结起来，也可以成为我创作的一块生活“根据地”。文学作品，总是以反映生活的深度和特色见长的。生活，不仅是生长作品和作家的土壤，也是创作艺术特色的土壤。熟知一切社会生活的作家是没有的。作家对于某一生活方面真知深知，和异于他人的独特感受，才是写作的真正根基。在这里，我把自己这点粗浅却是来之不易的体会向同志们介绍一下，也许有点参考价值。既然要搞文学创作，实在需要立志真正地熟悉一个连队、村庄、支部，或者一个车间、学校、家庭……有一块扎扎实实的生活“根据地”。这些年，有些年轻的同志拿他写的短篇小说给我看，和找我交谈。我发现，这些同志中，凡是实实在在地待过一个地方，对所写的那个生活方面很熟悉，对于人的思想面貌、感情变化了解深透，作品就写得实在，生活气息也浓；反之，作品就空泛、肤浅，缺乏生活的实感。

脚下有一块自己的土地，熟悉社会的一个细胞，和面向现实、面向时代，和反映生活的广度、深度与高度有没有矛盾？我看一点也不矛盾。没有对生活的真知和深知，是不可能成为一个好的文学创作者的。只有真正熟悉了生活，哪怕只是一点，从这里出发，就能够提出新鲜的问题，就能够讲出发人深思的道理，就可以发现有特色的形象，作品也就写得扎实了。

五

说到这里，联想到了一个写自我的问题。有人提倡写自我。认为文学就是表现自我。这个问题涉及文学和生活的关系。我的理解是：对于创作者来说，一边是生活，一边是文学，在生活和文学的中间，确实有一个作者的“我”在那里。但是，这个“自我”只在两个方面有意义，一个是：社会生活是通过作者的头脑来加工制作成文学作品的，因此，必须使作者自我的这个主观和社会生活这个客观一致起来，才能正确反映客观世界。比方说，一个资产阶级作家，他看到我们的革命战争生活，知道董存瑞托着炸药包和碉堡同归于尽了，他就不容易理解，这个姓董的青年士兵，这么干，他图的什么？不给钱，又没有奖金、加班费，就义无反顾，喊了句“为了新中国，前进”，就这么炸了，他不理解，就无法正确地描写这一生活。主客观不一致是很可怕的。作家艺术家最怕的也就是这一点，因为不一致，就不能正确地反映和评价生活。第二个是：在观察生活、认识生活、表现生活的时候，作者自己的立场观点、思想面貌、性格气质、道德情操、爱好趣味，以及生活经历和各方面素养都要流进去，起作用，它们和作品有密切联系，对于产生和形成创作的风格有重要的作用。在作品里边打上作者“自我”的烙印，创造自己的艺术特色，这是个好事情。但是，写作对象却不应该是自我，而应该是人民的社会生活。排斥了文学的对象是社会生活，认为文学就是表现自我，有点近乎荒唐。一个作家，离开了人民的社会生活，只看着自己，不管有没有社会意义和美学价值，只是面向着自己的内心，到底能挖出多少东西来？比方说，一个作家对着自我写一部××自卫还击作战的作品，在他的自我里究竟能不能挖出一场轰轰烈烈的战争？当然，作者个人的生活也是一种生活；但是毕竟太狭小了，“鸡蛋壳里发面——没有多大卅头”。还是深入到生活的激流里去，和人民的命运，和整个时代，整个社会生活建立起密切的联系，那里，该是多么广阔！

至于在座的同志们，你们身在四化建设的岗位，心在社会主义事业之中，完全不必要在写作对象上趋向自我，在个人内心的狭小的天地里讨吃喝。我们从事的是社会主义文学事业。有巨大文学价值的作品，应该是在广阔的生活海洋里乘风破浪的载体。感情是帆，思想是舵，它负载的是人民的美好心灵、开阔的情怀！这一切靠挖自我是挖不出来的。

要重视对生活的感受、体验，注意了解人、熟悉人。

无论在哪个意义上说，做好熟悉人这个第一位的工作，建立一块扎扎实实的根据地，让丰富多彩的生活充满你生活的行囊，都是重要的。既然在人生的矿山上行走，就该把最富的矿藏都挖出来，谁叫咱们是思想战线上的战士呢？作为一个思想战士，什么个人主义的贪心都不该有，但有一个“贪心”是该有的，那就是尽可能多地了解社会生活，尽可能多地了解人的命运心灵、思想感情、个性性格。而且要永远不间断和你描写对象的联系，永远生活在你的描写对象之中。也许我理解得偏窄了。我觉得，一个社会主义文学的创作者，一个作家的重要职责和主要任务，就是收集无产阶级的美，并且在作品里表现的比实际生活里的更美。这样说，是不是对于阻碍生活前进的一些丑恶的现象就不去了解和描写了呢？当然应该鞭挞，促使这些东西尽快地从生活里消亡。社会主义的文学，本来就应当既是鼓舞人们向新天地奋进的进军号，又是粉碎进军路上一切障碍的炸药包。但是，我总是认为：黑暗是不能用黑暗去照亮的，要照亮黑暗，还是要用热力和光明。还是用无产阶级的美去教育和影响人民，使整个人民都美好起来。社会主义文学的创作者，首先应当是美的探求者，美的收集者，美的加工者，美的创造者。认识文学的美，创造美的文学。

六

美的文学的诞生，说明了生活之源的美好，也显示了“生活是创作的唯一源泉”这一真理的正确。关键是认识和感情态度。至于如何深入到生活中去，许多有成就的作家的实践已经做了回答。

首先，要热爱斗争生活，做革命群众的知心人。这是最重要的，是作者的生活态度问题。一个好的文学创作者，应该是生活的积极的参加者，把生活和斗争的担子放到自己肩上的战士。只有成了生活的参加者，才能和群众贴心、知心，才有感情的交流。1959年部队短篇小说座谈会上，老作家张天翼同志和我们谈话，他说：“作家在生活中，应该是一个真正的普通的做工作的人。”他举了赵树理同志在投入生活的时候，把革命的担子挑在自己肩上这一做法之后，又说：“实际上这就是作家对生活的责任感。”这个道理说得好极了。社会主义事业，正是包括了作家在内的人民自己的事业。作家永远不是生活的冷眼看客，永远不能置身于人民之上和人民之外。只有在人民之中，和人民在一起奋斗，人民才把你看成自己人，把心交给你。然而做个群众的知心人却并不容易，同志们在生活里，在变革现实的实践中，一定有这方面的体会。“交浅言不深”，没有交情，人家的心里话就是不给你讲。要想知心，就得做了知心的朋友之后。记得1970年我出了“牛棚”以后，被送到一个搞生产的连队当兵，种稻子。四十岁的人了，和青年战士一起劳动、生活，累是累点，但是我高兴，因为终于有机会和战士睡在一个铺上了。过了半年多，我才慢慢和本班的同志们搞熟了。熟得怎么样？我心里没有底。有一天，测量的机会来了。我邻铺的一个淮北农村入伍的战士，和我很要好。这天晚上他出去了，直到11点多才回来。回来以后，在我床前转了一阵，又在自己床上翻来覆去地折腾，好半天，大概憋不住了，趴在我的蚊帐边小声地问道：“老王，睡着了没有？”我说：“没有。”他钻进我的帐子问我：“老王，咱们中国南边还有国家吗？”我说：“有哇。”他又问：“再往南还有吗？”我给他讲了讲。他又问道：“那些地方的老百姓都解放了吗？”我又讲了几句。他沉默了半天，突然说道：“啊！还有那么多地方没有解放啊！”说完，他回到自己床上，躺下就睡了。他睡了，我却睡不着了呀！我的心激动起来了。我知道，这个战士刚被接收入党。我参加过讨论，今晚是批准入党之后营党委书记找他谈话的。一个二十岁的青年战士，在刚刚参加党的时刻，他想的是这个！他对我交了心，我也看到了一个战士的心灵。

其次，还要关心社会生活，作革命的有心人。一个搞创作的，在群众生活之中，应该是个有心人，注意观察，看到别人所没有看到的东西。因为没有什么生活对作家是无关的。要培养自己的敏锐的感受能力，和从平常的生活中看到不平常的东西的观察能力。有一件小事给我的印象很深。1977年，第一次开作家的会，批判“文艺黑线专政”论。会上听到许多作家在那灾难年月里的苦难遭遇。

一天，听了四川一位老作家充满悲愤的发言，散会下楼的时候，我和诗人柯岩同志走在一起，我说，刚才讲的真是惊心动魄啊！她却奇怪地说：“什么，还有这事?”我问她听到了什么？她说，你听听这句话说得多好：“我们革命的人，即使全部武装起来，也比我们的敌人少一样东西，那就是卑鄙和残忍。”真怪，这么深刻的一句话，我又没注意。看，同样都是搞文学的，关心注意的方面不一样，所获的东西也就不同。而身在生活之中，有没有这种遇事有心和处处留心的习惯，感受多少和深浅也会不同的。

还可以举一个我自己经历过的小例子。也是1970年当兵的时候，有一次到师部去开会，在长途汽车上，我注意到一个十八九岁的女孩子，膝盖上放着一本厚厚的精装书，在聚精会神地看。中途下车吃午饭的时候，我走过去翻开书一看，奇怪了：原来她看的不是一本有趣的小说，而是个账本，全是数字。一个姑娘竟会对一个账本那样入迷？我问她为什么，她说她是个回乡知识青年，在队里当会计。接着，她指着一笔笔账目讲起来：某某人，去年欠了队里六块多钱，今年还上了，还剩了四元多。某某人又怎么怎么……讲得眉飞色舞。于是，由于留心，我看到了一个独特而又美好的形象。

再次，要坚持调查研究，作文艺事业的用心人。我们肩膀上有一副担子，要用我们的笔去反映生活。因此，深入地调查研究，使自己有一双文学的眼睛，有一种寻根究底的采矿的精神，去发现你所需要的生活形象，又是必要的。最近，在一个会上听到一位作家说了这么一句话，大意是：咱们既然是搞创作的人，就要有一种本事，就是用我的眼睛去看生活，去看那些大家共见的生活，从里边看到独独属于我的东西。这话说得好极了。一个作家，应该有这样一种素养，出于职业的责任感，时时用心，从常见的生活里，发人之所未发，见人之所未见。三年前，贺龙同志的夫人薛明同志写了一篇回忆贺老总一生最后两年半生活的文章，要我帮她记录、补充。她回忆起了好多非常重要的情况，我非常感动。本来作为一篇文章，材料已经不少了，然而我还觉得不满足，发现一点线索就问。一时记不起了，就聊天。一次闲聊时，薛明同志讲起一件小事。她说："有一天，贺老总在被关押的小房子里踱步，走着走着，忽然停住了脚，瞪着眼睛看着我，叫起来：'你看你耳朵眼里都长了蜘蛛网了！'我拿过小破镜子一照，可不是，右耳朵里边确实有一个蜘蛛网。掏了掏，里头有一个小蜘蛛。"作为一个听者，我的心紧缩起来了。一个女同志，竟然耳朵里生了蜘蛛网！这么一个细节，就深刻地说明林彪、"四人帮"对待革命者的残酷和老革命家受到的折磨。而这样一个有表现力的细节，就在深挖细找的追寻中找到了。

七

"让思想照亮生活的行囊"，这句话是19世纪俄国一位作家说的。他说："文学创作，就是思想照亮了生活的行囊。"这话是很有道理的。当然，用什么样的思想去照亮生活，不同时代的作家可以有不同的解释，会赋予它不同的意义，然而说作品的创作是思想照亮了生活，大体上是不错的。这实际上涉及了对题材的开掘、提炼、典型化的问题。

作者不应当把没有思索过的东西写到稿纸上。思想照亮生活，就是要认真地思索生活，认识生活，理解生活。有人问我短篇小说是什么？这个问题有各式各样的回答，比方，说它是生活的一个横断面，说它是生活的一点侧影，等等。我喜欢把短篇小说说成是对生活的发现。因为，短篇小说是对生活的一种概括，一种认识，一种解释和评价。它是对生活的反映，但不是消极的反映，而是积极的、能动的反映。它不是生活的模拟，而是创造；不是记录，而是揭示。因此，短篇小说应该是作者在长期深入生活、积累和思索生活的过程中，对于生活内涵的哲理、诗情和人物形象的独特发现。甚至可以说，短篇小说创作的才能，就是发现的才能。

我们平时阅读和欣赏文学作品，大概都有这么一个体会：读过几篇短篇小说，或者读过几个作家的作品，放在心里掂量一下，就会觉得有的分量比较重，有的就比较轻。也许还会说一句："这篇，有分量！"其实，文学作品的分量，是没法上秤称的。然而，它的思想和艺术的容量、质量和分量，在读者心灵的天平上，却又是可称、可量的。思索一下这种文学现象很有意思：为什么同样是用笔写下来的东西，有的沉甸甸的，如铜浇铁铸，能经历时代的风雨；而有的却轻飘飘的，像晚风里的炊烟，一会儿就吹没了？我想，除了生活和技巧的因素之外，作品反映生活的深度和广度如何，思想力量的强弱，恐怕是一个重要的原因。

好的短篇小说，总是对生活的艺术概括，总是一定深刻思想的体现。思想，饱含着生活的血肉和作者感情的思想，是文学作品的灵魂，有了这个魂，作品才能活着，有长久的生命力。

关于文学，老作家张天翼同志说过一番很好的话。他说：作者心中要有底，一是写出来的东西要使群众看了有益处，受到良好的教育，二是群众爱看。有益和爱看，四个字几乎包括了对文学的全部要求。也许我理解得太简单了，我觉得，文学就要这么两条：一个要正确，一个要动人。或者说，既要正确深刻，又要感人动人。因为我们搞的是社会主义文学，要让文学作品成为团结人民、教育人民，打击敌人、消灭敌人的武器。既然是武器，就不是要耍着玩的，就要起作用。我们的短篇小说作品应当渗透着生活的真理，给人以警醒和启迪，有启示力；要以强烈的思想和情感引起人们心灵的震颤，有震撼力；要给人以感奋，使人们对前途和理想增强信念、充满希望，有鼓舞力。当然，又必须是艺术的，要有尽可能强的艺术感染力。一句话，要深刻。要深深地影响人们的心灵和情感，深深地影响人们的思想和意志。我们许许多多具有思想艺术力量的作品，就是这样创造出来的。

肤浅，平庸，不深刻，或者光求动人而不求正确，将会丧失我们社会主义文学的功能。有些短篇小说，读来觉得它轻，觉得它浅，为什么？也许从分体上说，也不是毫无可取，有完整的故事，也有点人物的轮廓，甚至也写到了血写到了泪，但是看来看去，总觉得缺了点什么。缺了什么呢？恐怕大多是缺少了深度，缺少对生活的思索和深刻独到的见解。由于思想的浅薄，就失去了艺术的厚实；由于短见，也就短命了。

光正确不动人，貌似正确，却不深刻，用臆造的故事人物去图解概念，搞些标语口号代替生活自身的内涵，也是对于社会主义文学的伤害和作践。那种没出息的文学教条主义，曾经严重地损害过我们的文学，使文学走向虚假和无情。我们吃够了它的苦头，也要从苦头里，从付出的很高的代价里，得到教训。比方说那个“三结合”（领导出思想，群众出生活，作家出技巧），就很成问题。别的不说，只说思想。不错，作家当然要有思想，要在正确的方向指导下获得深刻的思想。作家应该是思想战线上一个积极战士、哨兵、侦察员。在一定意义上说，还应该努力成为一个思想家。在拥有丰富深刻思想的过程中，无疑要得到领导的帮助。然而，思想从哪里来？应该是作家学习马列主义和学习社会中得来，不能靠别人“给”个思想。如果一个作家自己没有思想，要领导去“出”，要别人送给个灵魂，那么这个作家干脆别当了。至于说生活，作家不到群众中体验生活，去获得真切的生活感受，而靠群众“送”点生活，那更近乎荒谬了。作家不是个文字匠。他本身就应当是一个既有丰富生活又能深刻认识生活的思想战士。举这一个例子，就可以看出违背艺术规律的要求怎样把创作赶进了死胡同。其实，文学教条主义的产生，文学作品的公式化、概念化，不是因为作家在创作中重视了思想和思想力量，重视了作品的认识价值和教育功能，恰恰相反，正是作家不去开掘和认识生活，不肯艰苦思索的必然结果。甘作思想的懒汉，没有自己从生活中体验出来的含血带肉、新颖深刻的思想见解，一味地按别人的现成的思想概念去写作，去图解某一项政策概念，作品必然会变成干巴巴的空洞说教，走向“假大空”。概念化是必须反对的，但决不能排斥思想的深度。那种不重视思想深度，仿佛思想和形象、思想与文艺的思维活动水火不相容，甚至把思想看成米饭里的沙子一样，说成是公式化、概念化的根源，是不对的，不公平的，是一种误解。

让思想照亮生活，不只是个政治要求，而是一个完整的艺术要求。一定要对熟悉的生活进行思索，做深入的开掘，艰苦的提炼。鲁迅在谈到小说写作时说过：“要看出点意思来。”这句话看似平常，其实是非常之深刻的。它说的就是“选材要严，开掘要深”，就是透过生活的现象，看到生活的内涵，生活的底蕴。

对生活的开掘和提炼，也许各人的习惯、方法各有不同。有的是对生活了解得多了，从大量的积累慢慢地思索、认识、概括、提炼，逐步形成了你对生活的看法和见解；有的是抓住了某一点感受，一两件感动了你的事物，使劲地往里开掘，挖出它深刻的思想内涵，获得新颖独特的认识。不管哪一种做法，反正你得思索，反正你必须要得到那种来自生活的而又独独属于你的认识和见地。这是作品的生命。这是短篇小说高低成败的关键，或者说，是写作的一项基本功。

八

同志们一定有过这样的体验：当你有了创作的冲动，在灯下铺开稿纸的时候，稿纸上的一个个格子就像许多只眼睛在瞧着你，仿佛在问你：你要干什么？你有些什么真知灼见、新鲜的见解要写到我这上边来？这是一种严峻的询问。无声的，却是严肃的测试。你要是有，就脸不红、心不跳，理直而又气壮地挥笔写下去，写出一篇不错的作品来。如果你没有，你只是在那里复述着别人的思想，重复着别人的话，甚至编造了些假话、空话，你就要脸红了，害臊了，于是，只好悄悄地把稿纸收起来。工人印制了稿纸，不是叫我们去交白卷的，也不允许我们往上面填写些虚假和肤浅的语言垃圾，要给人民一点真正是你的同时又是有用的东西。永远不要把没有经过思索的东西写在稿纸上，交给人民。

仔细想一想文学创作这一认识运动的过程，是很有味道的。作者在深入生活的过程中，获得了大量的生活感受和形象感受，这时，你就开始思索它了，就把大量的问号扔到生活积累上了，是什么？为什么？怎么样……于是，挖开一层又一层，或者打烂了又重新组合，或者扔掉了一些又加进了一些，翻来覆去，酝酿蒸馏。生活被掘开了，被提纯了，你得到了自己的认识和理解，发现了生活的哲理，得到了生活里的诗情，“看出点意思来”了。这点“意思”，这种从作者所拥有的独特的生活里挖出来的闪亮的思想，对于创作来说，简直是千金难买的宝贝。它像神话里的那盏神灯，一下子挂起来，就照亮了生活积累，使它发生了奇妙的光彩。它像果子的那个“核”，有了它，就使果肉围着它生长。每一篇短篇小说，它都有这么一个“核”。也就是你从生活中发现的一个概括。它有时候是一种见解，有时候是一个念头，有时候是一句话，有时候是一点思绪。作者找到了、抓住了这个“核”，然后又以这个“核”，这种发现，回过头来去观察和处理题材，进行艺术构思和创造形象，使题材典型化，使思想和形象和谐地统一起来，通过对生活和形象的描写，把这个“核”活生生地、又很隐蔽地体现出来。

为了说清楚这个过程，我不怕丑地举自己创作中的一个例子：记得在参加创作《闪闪的红星》电影文学剧本的时候，陆柱国同志写了一个很好的剧本稿，创作组几经讨论，觉得基础很好，又希望再深一步，就交我再改一遍。就是这个深一步的要求把我难住了。怎么办？我反复研究了剧本稿，思索已经立起来的思想和形象，慢慢地在心头涌起了一个念头：“党的孩子”——潘冬子应该是党的孩子。一下子，我的心亮了。于是，在修改的时候，就充实和加强了这个场面：冬子妈入了党，在党旗下面宣誓以后，那种幸福感、自豪感，使她激动不已。她坐在草铺上，把冬子揽在怀里说：“孩子，从今往后，妈妈就是党的人了，党叫我做什么，我就做什么。”写到这里，我觉得还不够，又加了一笔，让冬子抱住妈妈的脖子，说了一句：“妈妈，你是党的人，那我就是党的孩子啦，党叫我做什么，我就做什么。”找到了、抓住了“党的孩子”这个“核”，我觉得感情满足了，一种对生活的认识含蓄却又清晰地吐露出来了。然后，用这个东西把全篇顺了顺，作品前进了一步。记得我把改稿交给陆桩国同志，他看过之后高兴地说：“一个‘党的孩子’，一个‘使劲地长’，有点意思了。”

当然，“党的人”，这个对生活的看法，不是写这个场面的时候才有的，而是长时期来了解和思索革命斗争历史获得的一种认识。多年来，我学着写革命历史题材的作品，就老在琢磨这么个问题：革命斗争的参加者，包括今天社会主义的建设者，是不是有一个阶级属性的问题？在阶级社会里，无论你承认不承认、是否意识到，人除了自然属性之外，总还是有一种阶级属性。把自己看作是君王的、父母的，这大约是封建意识形态的特征。把自己看作仅仅是属于自己的，这大约是资产阶级思想的一个中心。那么无产阶级呢？我理解，一个共产党人，一个革命者，在一定意义上说，都是党的人——党的战士，党的儿女。现在，有人一提做党的儿女，就觉得是概念化，似乎连“我把党来比母亲”也是不真实的了。不！这是真实的。这种感情，这种关系，是历史的具体的真实。人和党是有多种多样的联系的。革命斗争中，革命者就是自觉地意识到自己属于无产阶级，属于这个阶级的党。文学应该表现人和党之间这种精神联系。至于这个场面写得怎样，是否深刻生动地表现了这种精神联系，能否引起观众的共鸣，那是艺术水平问题。然而自觉地把自己看作是党的儿女这种认识，却是创造潘冬子这个形象所需要的。前年四月作协和总政召开的军事题材文学创作座谈会上，一位中央领导同志在讲话中又提到了这部影片，把它和《红色娘子军》《洪湖赤卫队》列在一起讲，对我们创作人员是很大鼓励。我觉得，这个作品尽管受到创作时那一特定历史环境的局限，但是它也还是反映了创作者对生活的感受和认识。

搞文学创作是件难事，是一桩艰辛的事业。它的难，不在写作本身。“功夫在诗外”，它难就难在文学之外，难在积累和开掘上。艺术创作，一人难称百人心，但深刻一点、新颖一点，总是绝大多数文学欣赏者共同的要求。创作者向着这个方向探索和追求，大约是没有错的。我写过一些短篇小说，大凡比较好一点的，有点看头的，开掘得都比较深，而不成功的，也常常是因为开掘浅了。粉碎“四人帮”以后，我写了十篇关于老一辈无产阶级革命家形象的小说。我自己喜欢其中的一篇，叫《标准》。这篇小说是依托了一个实有的故事写的。故事很完整，我抓过来就匆匆地写了出来，题目最初叫《草地上》，写的是长征过草地时，部队断粮了，战士们怎么把牛皮鞋底烧了再煮着吃。朱总司令发现了这个，就向战士学习，在部队推广。稿子给了《人民文学》。编辑崔道怡同志对我帮助很大，他说发表倒也可以，就是平一点，好像缺点什么。平，这是搞创作的人最厌恶、也最害怕的字眼。我连忙要回来一看，可不就是平、平庸、肤浅吗？原因很清楚，我没有把生活挖开，看看里边蕴蓄着什么样的内涵。也就是说，故事本身虽然不错，但是还没有被思想照亮，还没有看出意思来。于是，我不得不重新思索这篇已经写到纸上的东西。吃晚饭的时候，饭桌上不知怎么谈到了我在“牛棚”里时家里的生活，孩子的一句话提醒了我：“那时候，咱们的伙食算是个什么标准呢？”一时，就像得到了启示，我脑子里跳出了一个句子：“革命的标准、草地的标准……”我马上离开饭桌，写下了这句话。当晚，顺着这个启示想下去，想到：长征中的雪山草地，给我们后代树立了一个标准，就是工作的高标准，生活的低标准。于是，一句话奔突而出：“将来，这样的供给标准大概不会再有了。但是，也许有那么一天，人们将用这样的标准来衡量思想、工作和生活。”这时，我觉得整个构思都活了，事件、细节、情绪都奔向了这个“核”，一篇比较像点样子的小说，被改写出来了。当然，这篇也还有缺陷，思想太露了。作品的思想和倾向，要在场面、形象中流露出来，而不是用大嗓门喊叫出来，要善于隐蔽，让读者在欣赏过程中去感受、发现。然而，要隐蔽，首先就得有。有了，才能谈得到隐蔽，要是压根儿就没有，你隐蔽个什么呢？

令人遗憾的是，在创作实践中，不是每一篇作品的题材都能被思想照亮到尽可能有的亮度。1959年，我写过一个短篇小说，题目叫《早晨》。写的是我亲身经历的一段感人的事情，我眼见战士们停下机枪掩护，放下炸药包，不用爆破开路，而端着刺刀冲进敌人据守的楼房，因为那是个孤儿院，敌军就在我军冲锋之前，把这些孩子放在窗口上，抵挡我们的进攻。可惜我开掘得浅，只挖到“这是战士用鲜血调教的孩子”，作品也就浅了。如果今天来写这个题材，可能成为一个大不相同的作品，匆忙，思索得少，作品就留下了遗憾。

总之，要努力养成思索的习惯，培养洞察生活的能力。凡是你所熟悉的，真切感受到的美的生活，高尚的情操，巨大的矛盾冲突，动人的情感，它里面也一定包含着深刻的思想和生活哲理。只要我们好好地想它一下，几乎无处不闪光。希望大家重视开掘和发现，把感受到的同时变成理解的、相信的，这对于文学创作是极其重要的。其实，许多看似平常的生活，只要你把感情投放进去，去思索、追寻，就一定会催化、结晶，闪出思想的光。比方，我们坐在这里的这个课堂和绿树成荫的花园，当年，就是华北大土匪头子王凤岗修的子母堡成群的阵地。我们的老一代人，正是在炮火硝烟的阵地和炸烂的碉堡上建立起新制度、新生活的，而年轻的一代，又在这样的课堂里学习新的课程，准备着，为发展这个事业而拼搏，这不迷人吗？又比方，就是墙外那一条大路，它的一头通向共产主义，一头却和平西根据地，和红军走过的雪山草地紧紧相连。这样往历史的深处一想，平常的马路不也洋溢着诗情？我在山东老根据地随军战斗过，至今看到那里的老大娘就觉得亲。当年，四五十岁的人，踮着小脚，抱着根磨棍在磨道里转呀转呀，给部队磨粮食，摊煎饼。是她们，用亲手做的煎饼养活了军人，打赢了战争。我们把长征看作是幸福的一个源头，把长征两万五千里的红军叫作英雄。这些老大娘呢，她们在磨道里走过的，不也是长征两万五千里？当你这样想的时候，不是也发现了人民创造历史的哲理?!

典型化是重要的。从平常中看到不平常，是文学创作的一种才能。思想高度，就是再难再高，也得去登攀。在这里，学习马列主义、毛泽东思想，学习社会，具有非常重要的意义。学习这些人类思想最宝贵的精神财产，才能获得观察生活的望远镜和显微镜，使认识达到应有的高度和深度。我们写作品，写小说或者电影，就是要给别人看，使别人得到启示、受到感染。也许我这么说有点自不量力：我们的思想尽管不能全面达到一位省委书记的水平，但是写出的作品，却要让省委书记看了也要从中受到启发、教育和震撼。没有这么个雄心，写那个作品干什么？就要有这种精神，这种态度。自然，就全面的思想水平和认识能力而言，我们不一定能达到某些读者的水平，然而对你所描写的那个方面的熟和懂上，也就是说在某一点上，新颖和深刻，达到或者略略高于他们，则是可能的。只要你深入生活、善于学习又勤于思索。因为，社会主义的文学这样要求我们。

要想给别人，就得自己有。生活要积累，思想有没有一个积累丰富和提高的问题？我以为也是有的。20世纪60年代初，有一次，为了一部大型革命历史纪录片，我随着创作集体去见罗荣桓元帅。在看影片时，我把写的电影的解说词念给他听。看过之后，罗帅说："有个道理你们要懂，是革命的群众运动里边出了党，出了军队。"这个讲法非常深刻。我还没有在哪一本教科书上看到过。也许这是罗帅在多年伟大革命实践中的体会。联系革命历史实际，学习和领会这个道理，就受到很大教育。还有一次我们有几个同志去见叶剑英元帅，听他给我们谈广州起义。在谈到秋收起义的时候，叶帅说："你们注意了没有哇？那时，无产阶级下乡了。秋收起义和井冈山的斗争是无产阶级下乡的结果。"这样的概括，也不是哪本书的现成论述，使我们受到了教育。当然，这些精辟的思想见解，还要继续学习才能理解。列举这点个人感受，只是想说明，生活里不但有丰富多彩的形象也有深刻闪光的思想。我想，同志们在工作、学习、变革现实社会的实践中，也一定会遇到这样一些闪着思想光芒的东西的。那就让我们在生活积累与充实的同时，也要注意思想的积累和提高，使思想丰富起来，占领一个思想的高度，一个时代的高度，把生活开掘得深一些，看得透一些，更多更深地“看出点意思来”。

九

短篇小说的写作，我觉得最困难、最费力的是构思。

作者在生活里接触了许多人，了解了他们的思想性格，到了进入创作的时候，就要琢磨一番了。琢磨的中心之点，是怎样把人物的性格尽可能鲜明地表现出来。因此妥善地处理好人物和环境的关系，就非常重要。构思的任务，我的理解是：给你的人物找到最能表现他的思想性格的环境。好的文学作品，有一个共同之点，就是那个环境正好来表现他的思想性格，或者说是环境和性格和谐的统一。构思，就是为了实现这一艺术追求。

谈到构思，得把话题稍稍扯远点，说说以人物形象为中心，从人物出发的问题。写人，是文学注视的中心。这个常识性的问题，却常常被忽略了。写过一些小说，这几年又学着搞搞电影文学，我越来越认识到：文学是写人的。我是搞军事文学的，且举军人形象作例子。列宁曾把老一辈无产阶级革命家称之为“无产阶级之花”，这个称号确切极了，美极了。我们那些创建了党和人民军队、组织了战争，并且在敌强我弱、危难艰险之中把胜利安排停当的领袖、统帅和高级将领，哪一位不是“无产阶级之花”呢？广义地说，人民战争中的英雄的指战员，也都是“无产阶级之花”。这些军人，正像自然界的花朵一样，形状不同，色彩各异，找不到两朵完全相同的。他们各自有独特的生活道路、命运遭际、精神风貌、思想性格和内心情感。就说思想吧，我知道有一位从旧军队来的老将军，起义参加红军时，他就有一手打迫击炮的绝招。然而，刚当红军，打仗的时候，他的炮弹偏偏不往敌群里落。他怕“杀生”“伤天理”。指挥员把他逼急了，他举着炮弹念一声：“这是上司的命令！”就百发百中。写了这，又写了他摆脱了这，岂不感人至深地显示了独特的军人命运和革命思想的力量？就说思念家乡吧，我们一写，不是掬一捧河水就是装一把泥土。可是听说有位著名将领就表现得独特。当他带着他那个旅艰苦远征，南下北返、中原突围，在路上他想家了——想陕北，想延安。到达陕北根据地的那天，炊事员刚把小米饭做好，旅长进来了，抓起块锅巴就吃。炊事员没看清是谁，抡起锅铲照屁股就是一家伙。旅长呢，不气不恼，又抢了块锅巴，边笑边吃跑走了。这不又是一个活生生的性格？还听说，有一位著名将领，在上海养伤时被捕了，从租界被引渡到敌特手里，要押送南京。敌人慑于他的威名和能耐，怕他途中跑了，于是便把一个学生运动中被捕的普通女学生和他铐在一起。姑娘起初听说他是“土匪”，很是害怕。而当一路走来，老战士风趣的言谈和崇高的人格使她认识了革命、懂得了人生，并且树立起了共产主义信仰和信念，成了革命战士。仅这一段生活历程，一段特定性格的历史，就显示出这个人物性格是何等绚烂而又壮美。

生活中的人是这样的多彩多姿！可是，不知怎的，坚持从人物出发，以人的形象为注视的中心，这么一个常识竟成了我们的难题。不要说艺术的加工塑造了，就是描摹，写得像生活里那么水灵、活脱，也就够迷人的了。然而，竟那么艰难。有人说，我们有些电影作品“色彩很浓，形象太淡，思想太浅”，其实，小说也有这个问题。事件湮没了人物，共性湮没了个性。正是这，给文学造成了“非战斗减员”，使我们损失了许多真的和活的人物形象，使社会主义文学少开了许多美丽的花。

事件湮没了人物，共性湮没了个性。这是我们的常见病、多发病，“文学是人学”，这句话非常值得深思。一定要坚持把人物放在文学的中心，要从人物出发来进行短篇小说创作。

说到构思，我的体会，关键又是一个角度的问题。搞摄影的，大约有这么个经验：从不同的角度给人拍照，人的面孔、神情都是不同的。常常只有一个角度最能够表现这个人的特征，表现人的美点。短篇小说创作也是如此。生活千差万别，人的性格面貌各异，就看你能不能选择一个最合适的角度，最充分地表现出他的性格特征来。多年来琢磨这个问题，觉得很有意思：你从这个角度上写可能不错，我从另一个角度上写可能还要好，他选择了一个角度可能写砸了。

构思，就是在下笔前，选择一个最能看到性格特征的角度，一下子写进去，追求环境和性格的统一，进而实现思想和形象的统一。读一读都德的《最后一课》和《柏林之围》，可以看到，作者角度选得多么好啊。一个孩子的眼睛所见到的课堂上讲最后一课法文的情景，一个老年军人在病床上听到本国军队胜利进军的谎言。独特的形象在无可替代的环境里被刻画和表现出来，深刻、深邃、深情的思想意境和谐统一地体现出来。由于角度既新又准，爱国主义的思想情感浓郁得简直从小说的纸边上流出来了。我们有时候太不重视小说的艺术构思了。不注意角度，不能为人物寻找最能表现性格的环境。常见的毛病一个是只说了个事件，记述了事的外在过程，至于人和人的思想感情、性格特征都扔一边了。美国有一部影片叫《巴顿》，论思想倾向，我们当然不喜欢，但是，它是以性格为注视中心的，几乎可以说：哪里有性格就往哪里写，写到哪里哪里有性格。它艺术上的成功，我看就是追求了性格和环境的统一，而且把思想和形象也统一了，以一个爱战争的人的形象，概括了生活。由于角度选得不准，常见的毛病就是不新，抓不住特点，不巧，写得笨拙、不灵活，只会正面攻击，不会迂回包抄。《水浒》里李逵的性格描写就很重视选择表现性格的环境，有时候让李逵进入和他性格一致的环境，赌钱输了耍赖，抡起板斧就砍；有时却让他落入与性格相反的环境里，比方写李逵跟随戴宗去侦察就规定他既不能喝酒，也不能吃肉，还得嘴里含上个铜钱装哑巴。处在一个完全倒过来的环境里，不协调的环境里，结果他偷吃偷喝、大吵大闹，反而更好地表现出他的性格。

十

对于短篇小说，我赞美单纯，我主张事情少一点、再少一点；感情多一点，再多一点。从写小说到学习电影，有同志问我有什么体会，我回答的第三句话就是："电影是大的，又是小的。"电影艺术手段是无限的，又是有限的。不仅如此，任何一种艺术形式都有它的局限——没有那么大的一张纸能描绘整个地球的山川景物，没有一部长篇小说能把世界上人们的事情全部写下来。而文学艺术又要概括，要创造出一个完整的艺术世界。这怎么办呢？这个矛盾在文学艺术上统一起来，就是"以小见大"。

短篇小说这种艺术形式，是最讲究单位面积产量的。应该尽可能在小的篇幅里容纳下、表现出尽可能多的生活、形象和思想感情。

当然，"以小见大"，就要善于在生活中找到那个能够见大的东西。我认为：在生活里是重大的，在艺术里往往不一定是重大的；在生活里不那么重大的，在艺术里可能是重大的。我们的作家、艺术家就是要努力找到这些看似平常，实际在艺术上是重大的东西。《白毛女》中的喜儿，一个旧社会的农村姑娘，她的命运并不决定着中国革命的生死存亡。董存瑞不过是一个普通士兵，他的生死也不决定着革命战争的成败进退。但是在艺术里她和他却不小，却很大。把他们写好了，就概括了一个时代。

前年年初参加了文化部的电影评奖，看了一年中生产的故事影片。从一些好影片里，我感觉到有一条艺术经验，就是：要把小的东西写透，把大的东西写活。把小的东西写透，就是把生活感受进行选择提炼，抓住一个看来不大的东西，写开，写透，写深，写出这个小的东西的深刻内涵，写出小的东西和大的方面即整个社会生活的关联，就是好作品。也就是说，通过一雕栏、一画础，看到雄伟的殿堂，做到以小见大。自然，也要以大求高，把重大的题材，把生活里是重大的、在艺术里也是重大的东西写活，写出题材应有的规模，气势很大，意境很高，真切、活生生地再现历史的面貌。

需要说明的是，把小的东西写透，指的是那些能够是大的、“微而足道”的东西，而不是寻找那些微不足道的东西。这几年，我们有个别的短篇小说作品确实写了些微不足道的东西，一些卑微的感情、低下的形象。就小写小，越写越小，成了鲁迅最讨厌的那种“使人变小的艺术”。这是我们所不取的。

十一

“以小见大”，把小的东西写透，可以说是短篇小说写作的根本的艺术要求，是一条艺术规律。弄清楚这一点，对于刚才说的，短篇小说写作，事情要少一点，感情要多一点就好理解了。或许是我的偏爱，我觉得，短篇小说就是要少，要单纯，要深透，要渲染够。思索这个问题的过程中，我想到了小时候猜过的一个谜语。这个谜语道出了短篇小说写作技巧的某些规律和特征，包含着创作艺术的辩证法。

这个谜语是三句话："要它白，使墨抹；要它长，用刀割；要它囫囵是砸破。"

"要它囫囵是砸破"。谜底是瓦，是过去盖房子用的那种瓦。烧制这种瓦的时候，坯件先做成一个圆筒，然后在里边刻上四条线。放在窑里烧成之后，拿棍子一砸，破成四片，就成了瓦。你要得到一片完整的瓦，必须把这个筒砸破，砸破了，才能囫囵，才算完整。这一点在短篇小说取材上，对我们是有启发意义的。你不是想反映生活吗？想创造一个完整的艺术世界吗？你囫囵个儿地把生活拿过来是不行的，必须要把生活砸开，从里面找到一块。这个砸破很重要。我甚至认为，短篇小说，就是把生活"砸破"的艺术。我们过去的创作，常常不是通过砸破，去取得艺术的完整，总喜欢囫囵个儿表现生活，总喜欢贪大求全。写战役战斗就要从头到尾，写全部过程。军队编制上的各色人等要一应俱全，战争的各个侧面要面面俱到，写法上常常是正面表现……这样，本来是背景的，挪到了前景，人和人的命运、心灵、性格、感情，却被挤到了陪衬的地位。于是，求大而失大，欲全而不全。不肯砸破，临了弄了个肤浅和不全。

"要它长，用刀割"。这又是一句相反相成的话。它的谜底是铅笔。你要想让铅芯长一点，必须把木头削一些下去。它对短篇小说写作的又一个启发，就是为了得到艺术上的突出，要恰如其分地删除、抛弃那些不必要的东西，砍掉多余的材料。其实，像这样在看似文字游戏里蕴藏着艺术经验的说法，不是我国的特产。高尔基就曾经劝初学写作者：不要把鸡毛和鸡肉一块炒。契诃夫有一句话说得也很精彩：你要雕一张脸，把不是脸的部分挖掉就是了。这是句实话，也是句聪明的、令人开窍的话。小说有一项技巧，就是善于用减法，能够无情地对待那“不是脸的部分”。

用减法，说说倒是容易，在实践中却常常很难做到，原因就是舍不得。还是那个契诃夫，说过一句挺挖苦人的话：青年人初学写作的小说，应该怎么办呢？应该把它对叠起来，然后撕开，把上半截扔掉。这话说得夸张一点，却很有道理。我收到一些年轻同志寄给我的小说，前边的几页常常都不必要，不知说到哪里去了，后头那部分才看出点意思。这就是说，在动手写作之前就要剪裁，就要删除，把不必要的去掉，才能更好地看到不要的，获得真正的美。

多，人多，事多，话多，简直可以说是短篇小说的“敌人”。当然，得这种“肥胖症”的，不只是短篇小说。只不过短篇小说本身便是一种凝练的艺术，稍一臃肿就特别显眼罢了。这几年接触电影，发现电影的常犯病也是“多”。一位外国电影导演对我们电影的批评说：中国电影有一个缺点，就是在一部电影里放进了五部电影的东西，“而且，困难的是，还不知道删掉哪四部是对的”。一篇短篇小说里放进了五篇短篇小说的东西，把成吨的东西堆上去，淹没了有价值的部分，也淹没了艺术。多了，就少，结果连一篇也没有了，这是创作上的悲剧。另一方面，就是找到了那必要的一个，在写作上，也还要力求写得精练，写得简洁。我发现，有的短篇小说，艺术上的“不足”，常常还是它的反面：多余——还是多了。总之，我认为，少了，才能多；单纯了，才能丰富。掌握得多一点，用得少一点，要把最精粹的东西写成短篇小说。

这里，联系到叙述和描写的问题。本来，短篇小说的叙述和描写是没有一定之规的。但联系写作的实际看，我们常常还是叙述太多，描写太少。其实，短篇小说通常还是靠场面的描绘来创造意境和塑造形象。在阅读欣赏的时候，我喜欢把短篇小说拆卸开来看。一拆开就会发现一篇短篇作品，不过就是几个场面，若干个细节，就是叙述—场面—叙述。我写的《党费》就三个场面，场面之间加一点叙述，不敢让过多的叙述占了那可贵的篇幅。

“要它白，使墨抹”。听起来似乎很荒谬，要白的，怎么能用墨去抹呢？但是确有一样东西，却是用墨抹成的，就是碑石的拓片。拓碑，俗话叫捶碑，就是把纸铺在碑面上，用软捶轻轻敲打湿纸，使它嵌进字里，然后用浓墨在上边抹，得到了白色的字。在这里，妙就妙在：要取得白，不是从白本身去解决，而是用黑色去对比、烘托。这也是艺术的辩证法。我们常常不懂得烘托、渲染的重要，只讲正面进攻，只会从白里求白。其实，在艺术上可以反着来，通过渲染、对比、陪衬、烘托，得到你所要得到的东西。

用这个谜语谈谈和探索短篇小说的写作技巧，不过是以它的奇特构成和底蕴打个比喻。短篇小说创作的选材、剪裁、渲染；艺术的大与小、多与少、浓与淡，还要从生活出发，在实践中琢磨。我的中心意思还是希望短篇小说单纯、凝练。1962年，我去济南珍珠泉，公园里边有一个厅堂，正中挂着一副对联，是郑板桥写的，上联是：“删繁就简三秋树”，下联是：“领异标新二月花”。这两句话是对文章写作而言的，简直抵得上一部艺术论，把写作的艺术要求讲透了。要单纯，要凝练，就像深秋落尽树叶的树。要丰富，要多彩，就像春天的花。单纯和丰富是对立的统一。我们有的短篇小说之所以不丰富，不是因为你写得少了，而是因为你写得太多了，所以写得太多，不是因为你占有得多了，而是因为你积累得少了。1958年，我曾经试着使自己的小说精粹些，写过两篇试作，就是

《七根火柴》和《三人行》，前者一千九百字，后者两千一百字。写作时，删除了不必要的，突出了生活中的一道光华。读者说，还有点味道，还能看出点长征生活和精神。从这次尝试里，我爱上了单纯，认识了凝练，也开始懂得了一条：短篇小说就是要少而精。

精彩，精彩，精了才能彩；才能反映生活的光彩，显示短篇小说的文采。

十二

短篇小说总是通过外在的，表现内在的。有的同志问我写小说又写电影有什么认识，我的又一句话就是：“电影是通过看得见的，表现看不见的。”这话说得有点玄乎，却又颇为实际。我们常说，看小说，看电影，看戏，这个“看”字很有意思。看，看什么，坐在银幕前边，当然是看图像、画面，看故事发展，看人的行为动作，但是，看到了那些来如奔马，去如逝川的画面，看明白了离奇曲折的故事，并不就满足了。原来观众不仅要看那些看得见的，更想通过看得见的去看到那些看不见的。思想、感情、性格、意志、哲理、道德、品质、情操……都是无形的，谁也拿不出一公升道德和半斤爱情。然而，作家就应该有这么项义务、有这么个本领，通过有形的事物和人物的描写，使读者与观众看到、感受到这些本来看不到的东西。

看不见的东西更重要。把不可视的表现为可视的，应该是文学写作追求的艺术目标。可惜有的作者忽略了这一点，只注意生活形象的外在形态的描摹，不重视内在精神的展现；只叙述一个过程，没有精神火花的闪耀。把壳留下了，把核丢掉了。

要想通过看不见的表现看得见的，细节非常重要，作品的密度要充分注意。上边讲了生活的广度、认识的深度、构思的角度、艺术的力度，这里再说一说作品的密度。在阅读小说时，只要留心，大约可以看出来：有的地方密度很大，有肖像描写、有细节、有对话、有行为动作。也有的地方密度小，“一夜无话”，就交代了。密度，联系着全篇的张弛、动静和节奏，也关系着主题的深化和形象塑造。所以，有个作家讲过这么一句话：“不要让你的读者长时间地看同样密度的作品。”这话是颇有些道理的。

密度，我理解，主要是指细节描写的密度。对于叙事文学来说，最有生命力、最有表现力的，还是细节。我读过有些同志的短篇小说稿，一个通常的弱点就是不大重视也不大善于运用细节。写小说，一定要重视细节，运用细节，强化细节。在小说写作里，细节是最活跃的因素、最宝贵的成分。“故事好找，零件难求”。你可以听到一个很不错的故事，但不一定能得到有表现力的细节。记得有一次和一位老红军战士闲谈，谈到没鞋穿，练出了铁脚板。他说长征到了陕北，毛栗子刚熟，想吃，拿光脚板把栗蓬一踩，搓破了，就能吃到栗子。一个细节，就活画出红军的艰苦。又比方，有个同志给我讲三年游击战争，谈到当年掩护过陈毅同志的周兰嫂。她带着四五个孩子，仍然舍生忘死地支援游击队。有一次，红军大队长受了重伤，肺部被打穿了，藏在她家土楼上夹墙里养伤。这天国民党军队进山，正好在她家土楼下烧水喝。伤员因为肺部受伤，过一会儿就要咳嗽，但又不能让敌人听见，怎么办？周兰嫂急了，她拉过自己的一个孩子，照着屁股就打，孩子哇地哭了，周兰嫂便去敲敲墙：“老李咳嗽两声！”过一会儿，估计着他又要咳嗽了，她就又拉过一个孩子来打。几个孩子就这样轮着挨打，直到敌人离开。看，到哪里找这样的细节呀！多么有表现力，多么特殊！

掌握了大量的细节，你就富有了，这是值得羡慕的。但是有了，还要会用，要善于运用，安排得当。按照全篇构思，使前一个细节是后一个的准备，后一个是前一个的发展，一定不要轻易地把它放进作品里去。要努力把它用得很准确，用得是地方，处理得非常感人。千万不要把一般化的、别人用滥了的东西拿来当自己作品的细节用，须知那些放在哪里都合适的东西，放在哪里也是不合适的。

还要善于强化细节。一个好细节，要经过周密的准备、渲染够了，再用它，让这个细节一下子到读者的心尖子上。强化了，就加大了细节的表现力。

十三

最后，还有一点，就是要认识自己，加强和改善自己，努力使自己头脑这个“加工厂”干净起来，正确起来。谈到学习电影的体会，我的又一句话是：创作是个人的劳动，又是集体的事业。或者换个说法，加、减、乘、除都要用上。这是我心底里的话。如果说创作经验，只有这句话勉强算得上是个经验。

过去写小说，从实践中，我逐步懂得了：要用加法去对待生活，不断地增加生活积累；要用减法去处理题材，使它单纯而又洗练；用乘法来对待感情，使爱和憎成倍地增长，激起革命的激情、创作的热情。

向电影艺术学艺，使我进一步认识到了除法，也就是说，在写了点对人民有益有用的作品，获得了成功时，千万不要忘记了用除法，要正确地对待，创作、写作是个体劳动，但干的是集体的事业。一部电影，是许多人共同劳动。一篇小说，来源也是人民的生活创造，甚至包含着烈士的鲜血。“人民需要文艺，文艺更需要人民。”人民，是文学艺术的母亲。文学，来自人民，为了人民，属于人民，这，决定着社会主义文学的性质，也决定着文学工作者的性质。就算写出了好作品，成绩的“被除数”也要用很大的“除数”去除。创作、写作是个体劳动，又是容易与个人主义靠近的，因此，改善自己的思想状况和精神面貌，把头脑这个加工厂锻炼得尽可能干净、正确，持续地反对个人名利的追求非常必要。我这几年没有写出小说来，有很多原因。其中有一条，就是现在老觉得许多作家在小说写作上有了新成就、新突破，我想的是，怎样达到和超过同行，也就是说，想的是给同行看，不能够更多地想到要给读者一些什么。一念之差，几年写不出小说作品来。这就是不会用除法的表现。这是一个老文艺战士的教训，请同志们汲取。目前，有个别作者热衷于追求名和利，那么热衷于个人出名成家，那么有兴趣靠近金钱，甚至把自己的文学产品当成了商品，完全商品化，是不正确的。是一个根本性的失误。我说过一句严肃的玩笑话，咱们中国的汉字就那么有意思，有时候，一个字就是一个真理。不妨看一看，失败的“败”字是怎么组成的：一个文学的“文”字，靠近了钱币的那个“贝”字，当它们完全靠到一块的时候，文学艺术就失败了，就败落、就败坏了。

作家永远不能把自己没有的东西送给别人。

（原载《丑小鸭》1984年第1、2、3期）

作家书简

某某同志：

先收到了两期极别致的《振风》，又捧读了你的来信。本来，真该如你信上所说，“报复”你一下子的，无奈做不到。一来，写信上我们俩都是“懒人”，我得留有余地；二来，《振风》二期上有诗说得好：“年华易逝情难尽”啊！

先说刊物。拿到之后，只是粗略地翻阅了一遍觉得面貌不错。如果后备力量还厚实，以此为开端，办上一段之后，特色会越来越突出的——特色，大约也得在实践中生出来。所以有此感觉，是从作品中（几篇小说）看到了很好的前景。读了二期上几篇小说，感到作者很善于从生活中找到短篇，意念都好，很是开阔、深邃。像那篇接触了武斗的“炮打的”，就抓住了这个颇深的点子。炮，打中了亲人，打乱了生活，也打伤了人的心灵。它做出了、并且还可能做出多么惊心的文章啊！《我的师傅》，是个极好的短篇，取材极有匠心，形象又有特色。我熟悉的年轻朋友小魏笔下的老太太，也写得不错，虽然笔墨欠精练。我想，一份刊物，特色也罢、水平也罢，主要还是在于有好的短篇小说：不知你以为然否？自然，这些小说，有个共同的问题，就是艺术上还粗疏一点，从构思到形象描绘，都还大有可为。像《炮打》《师傅》，如果加工细些该是多么精美的短篇啊！还有那篇《画家的儿女》，如果画家不只是个职务，而真写成了一个满腹生活之美的画家；女儿的这个"新人"又不只是个孝女，而是个知音（知民族文化之音）的话，该是多么动人！毁灭文化，就是毁灭人的美好的心灵；那个儿子就是。(好了，不说了。这只是对你说一点读后感，因为你是主席。传出去，人家议论我对新生的刊物和作者指手画脚了。）你老兄行行好，组织青年作者学习一下吧！真可爱，再上一步台阶就是振风塔，就是琼楼玉宇了！

再说说我自己：我曾经把七七年当作自己的"恢复期"，(我们这样的，似乎都要一个"恢复期"，是不是?）这就是你说的那几篇小东西。我想把短篇温习一下。可是，没捞到恢复好，去年，命令下到八一厂，当编剧，随即就叫写一个以长征为题材的电影，组织了创作组。于是，一年多来，我就"创"这个；今夏又加了一个自卫还击的坦克部队的剧本。搞得焦头烂额。"要我写"的必须写，"我要写"的写不成。这就是短篇暂停的原因。不过，我不甘心如此。一是把"要我写"的努力变成"我要写"的，(真不易!）二是争取文代大会后，有点变化，把手头的交了，再重操旧业。

也许是年长了几岁，越来越感到"文"上学术空气、友情往来的可贵。当年我俩在宜城"夜"话——漫漫长夜之话，还都是些真话和好话，有滋有味，极可怀念的。如今，你已从"肉联"回到"文联"，从别人俎上之肉又成了案上之文，夜话，大可以昼话续之了，望常谈谈，碰出点火花来！

大江有鱼，燕京有雁。一笑！

敬礼

愿坚

1979年11月28日

电影，看得见的文学

×××同志：

你来信问我：过去学着写小说，现在学习写电影，两者有什么区别，又有什么联系？这个问题三言两语说不清楚，只能把我几年来当电影艺徒的一点感受、感想说给你。

向电影艺术学艺，是一桩迷人的事情。

要学艺，就得喜欢看电影。但是，正如欣赏别的文艺形式的作品一样，喜欢看，并不是看了都喜欢。我喜欢那种文学性强的影片。

正是由于这种“痼癖”的偏好，每逢看到好的影片，总爱找到电影文学剧本再看看。当看到电影剧作者那独特的艺术构思、精巧的艺术意境和准确的形象描写，通过电影艺术家的再创造，在银幕上完满实现并有所突破的时候；特别是看到有些文学意图在剧作中并不充分，然而，由于影片导演和演员的创造性劳动，使电影的文学性得到改善和加强的时候，我总是怀着敬佩感戴的心情，赞叹电影艺术家的创造。由于他们重视了电影的文学性，艺术地对待和处理了电影中的文学因素，充分运用电影手段，使剧作的设计变成了电影，变成了造型的、可视的感觉形象，也真正在电影艺术作品中实现和体现了电影的文学价值。

也正是由于这种偏好，每当看到优秀的影片，我又习惯于把银幕形象在想象里回复到文学剧本的形态。这种看来毫无意义的做法，有时却极有意思。当你把银幕画面上展现的景物、人物的肖像和行为动作，以及细节描写、内心刻画用语言记述下来的时候，便会发现：一部电影艺术作品，同时也就是一部看得见的文学作品。试看今年年初上演的一些好的影片，《归心似箭》几乎就是一篇饱满充实的短篇小说；《泪痕》则是一部简洁凝练的中篇；而《啊，摇篮》呢，简直就是一篇文学回忆录，或者是一首关于革命同志爱的叙事诗。它质朴而又真实地再现了那一段生活，却又洋溢着感人的诗情。

举出这种司空见惯的事例，难道有什么意义吗？我想是有的。这就是认识文学和电影艺术的关系，认识文学在电影艺术中的地位和作用。回顾一部电影艺术作品从文学剧本到影片的过程，也正是运用电影艺术手段去实现电影的文学构思，去完成电影文学创作的过程。或者倒过来，分析一部完成了的电影艺术作品，从总体和分体的构成上，可以看出文学，正是电影艺术的重要组成部分；文学性是电影艺术从娘胎里带来的一种属性。或者可以说，电影，就是看得见的文学。

当然，任何一种艺术形式，都有它自己无可替代的特性，都是用自己的特定形式去反映生活、塑造形象，并以自己的作品去影响社会生活的。小说就是小说，诗就是诗。它们用语言去描绘事物，表现生活、创造形象，从而引起读者的联想、想象，产生意境和人物形象。电影，是一种独特的艺术形式，是直接表现形象的艺术，又是综合艺术的形式。它几乎包括了所有的文学艺术手段。这种可视性、造型性和综合性，是它的特性。研究电影艺术形式自然应当注意研究它与姊妹艺术的区别，把握和运用这一艺术形式的特性和特殊表现手段，这无疑是必要的，在这方面，还需要下大功夫。然而，在着眼于“异”的同时，也还应该重视它与姊妹艺术的联系，注意互相间的“同”。电影与文学的关系，就是这种联系的重要方面。是不是可以这样说，在一定的意义上，电影艺术，也就是电影文学。在电影创作实践中“求同寻异”，既重视电影的特性的充分发挥，又重视电影的文学性，在作品中充分体现电影的文学价值。这对于繁荣电影创作，提高电影的艺术质量是大有好处的。

电影的文学性，是多方面的。

文学和电影都要反映生活，而且都要积极能动地反映生活。面对着稿纸和手捧着胶片，都一样面临着一个严肃的质问：你有什么新颖的生活形象要介绍给欣赏者去看？你有什么深刻的思想见解要和读者交流？这就要求创作者在了解、熟悉生活的基础上，去开掘、提炼，去思索、发现，透过生活现象挖出生活的深刻内涵，得到蕴藏在生活里的哲理，找到生活里的诗。《归心似箭》的创作意念是深刻的。《啊，摇篮》里，“爱孩子就是爱同志，爱明天”。一句平易的话揭示了生活的哲理。这些洞察生活的思想概括，有巨大的认识意义，为电影作品奠定了文学价值的基础。

有人说：“文学是人学。”其实，又岂止文学？电影又何尝不是人学？它同样是以社会为工厂，以人和人的灵魂为研究对象、描写对象的。凡是好的电影作品，无不是深刻地写了人，写出了独特的个性、鲜明的性格，写出了人的丰富多样的内心世界。文学这一重要特性，在电影艺术的领域，就使得电影成了文学，也更成了电影。

电影艺术作品，被人称为故事片，是耐人寻味的。没有故事的故事片，大约是没有的。故事情节，这个被称为“人物性格的历史”的东西正是文学的要素。电影的叙事性，也就成了它的文学性的一个重要表现。

动作性强，看起来似乎是电影艺术所特有的，其实也不见得。哪一部好的文学作品，不写人物的行为动作？人物，正是在最能表现性格的动作中，在恰切的、有表现力的细节描写中表现了自己的性格特征，泄露了自己内心的秘密。

还有语言。文学是语言的艺术，语言是文学的艺术，语言是文学的基本材料。然而，谁又能说，准确的、个性化的语言，凝练而有表现力的语言，对于电影艺术创作是不必要的或者无足轻重的呢？

总之，电影的文学性，是电影本身所固有的特性之一。研究电影与文学的关系，在电影艺术创作中，既重视电影的特殊性，又重视电影的文学性，并且在实践中运用电影手段，最大限度地体现出电影作品本身的文学价值，是有意义的。

电影，是看得见的文学。

写好人生的这一页

——写给应征入伍的小黄

小黄：

收到这封信，你也许会觉得惊奇：一次偶然的相识竟会引出这么一封信来？其实，正是这次相逢，像一块石头扔进了水里，激起了我的许多思绪；正是这个把钟头的交谈，才使我觉出，我们之间要说的话竟是那么多，而交流得却太少了。

呵，人生的这一页

那天，你走远以后，我站在门口，向着你的背影望了很久很久。当参军在一些人的眼睛中已经不再时髦的时候，你拒绝了一些人的劝告，放弃了报考大学中文系的打算，毅然应征入伍，当了一名“大兵”，这我很高兴。但是你觉得入伍以来除了出操上课，就是站岗放哨，渐渐对部队生活产生了厌倦，甚至后悔当初没有能够听从亲友的劝告去报考大学，这又使我有些忧虑。

当一名解放军战士，其实不仅仅是尽一项公民的义务，仔细想来，它又是我们的一项权利——一项受教育、得锻炼、健康成长的权利。

人生学习成长的路径有千条万条，当兵是一条；学校有千种万种，解放军是一种。由于我们这个国家特殊的历史道路，解放军成了世界上一支最好的军队，也成了造就人才的好学校。服兵役、尽义务的这一段时光，是一个青年人生命中一段美好的途程，是让青春闪光的时刻，是人生历史上美好的一页。

你知道，我做的是研究人的工作。我和你同穿一样的军衣，从事的却是研究军人的职业。三十年来，我了解、研究了许多军人，也写了一些军人形象。我了解过吃着红米南瓜、战斗在井冈山上的最早的一批红军战士，也访问过爬雪山、过草地的长征英雄，还研究过吃小米、穿草鞋、爬大山的抗日军人。我当然无法在这么封短信里说清楚我研究的成果。但是，可以告诉你我所发现的一个奥秘：这些军人，无论他们当时从事何种工作，也无论他们后来走上了什么岗位，就是担任了很高的领导职务也罢，他们有一个极其相同的共同点，就是谁都深情地怀念着自己作为一名战士度过的那段生活，感激战士生活给予自己的教育和锻炼——信仰、意志、体魄、知识、经验、作风……都是在那几年里打下了基础。

想一想这个共同之点是令人惊奇又使人开窍的。你不是对于思索人才成长的问题有兴趣吗？那么，请你思索一下这个带规律性的现象吧。问题是在于怎样对待这一段战士生活。是自觉地把自己看成是一块铁，投身到平炉里冶炼、淬火、成钢呢，还是待在炉边，在风雨、阴湿里生锈。

不一定每个士兵都当元帅

你留给我的那篇短篇小说《干涸的心灵》，我读过了。在这篇小说里，你描写了炊事班那个叫刘嘉祥的战士，从写作技巧来说，确有可取之处。你写他刚刚入伍的时候，对一切都像孩子般地感到新鲜、新奇；而在一年以后，新鲜劲儿过去了，心灵上的水分，被灶膛的煤火一点一点地烤干了，于是觉得一切都单调、平凡起来。对于这个变化，你写得很清晰，也很明确，特别是小刘对着猪栏里的十九只小猪崽说的那段独白，以及独白所透出的人物厌倦部队生活的那种荒凉之感，简直可以说写得是精彩的。

我并不把作品中的小刘看作就是你，然而，把这种描写以及作品最终也没有使这颗心水灵起来，联系到你和我谈的你的心情，我分明感觉到，不是小刘，正是你自己，开始在心灵上失去水分，对军营生活滋长了冷漠。当然，你不想屈服这种冷漠的侵袭，你在寻觅着生活本来就有的绚烂色彩，在思索继续从生活中汲取营养的路。

这用不着奇怪。就像许多学游泳的人都会遇到一段“疲劳期”一样，许多人在当战士的时代都有过对生活的新鲜感，对未来的热望和憧憬；或早或迟也都有过热情的暂时消退。我的年龄是你的两倍半，军龄呢，是你的三十八倍，不瞒你说，这种体验我也有过，甚至至今病根未除，时有反复。

人一过五十岁，就喜欢往后看了，就总爱从“过去”里找到点与今天有联系的经验，作为思索的材料。看看你，想想我，于是我想到了一件往事：1945年6月里，我随着部队参加了新旺战斗。当兵已经半年了，头一次直接参加打鬼子的战斗，那个劲头正像好梦变成了现实一样。可是，一分配任务，我心凉了——要我们几个人去包扎所照顾伤员去。那才叫平凡哪！伤员来了，递水，喂饭，扇扇子。那时，我已是十六岁的大小伙子了，耳朵里听的是炒豆般的枪声，那里正创造着惊天动地的英雄业绩；而我却在干着婆婆妈妈的杂事！中午时分，一副担架抬到我的身边。我认出是主攻团政治处的曹主任，受了重伤。我把他抱在怀里，给他喂了几勺西瓜水。他醒来了，第一句话就问我："噘着个嘴干什么？觉着干这个没意思?"望着他满身的鲜血，我禁不住流下了泪水，端起羹匙，又要给他喂西瓜水，他推开了我的手，喘着气说："用不着了，我这是致命伤!"见我落下了眼泪，他又轻轻地说道："哭什么呢？不是还有你们在吗？不哭，要叫敌人哭!"他的话和嘴边的血块子一起凝住了——这个经历过长征的老战士，死在了我的怀里。

那一天，那一刹那，我觉得自己似乎一下子告别了童年，长大了。

是的，长大了，懂了点道理了。为人民服务，总是具体的、平凡的。不能每个士兵都去当元帅，去运筹帷幄、决胜千里。给同志喂一勺子西瓜水，用最后的力气和同志谈一句话，都是那么具体而又琐碎。可是，当它和大的事业联系在一起，成为必要的一部分的时候，平凡里就包括了不平凡。当你自觉地这样去看自己从事的那项工作时，那么，它就有味道了，你就尝到了日常军营生活的香甜；吃多了，你自己就充实、美好起来，就时时在建立着功勋。

浸在美好的汁液里的心灵，是永远不会干涸的。

你到底要什么

问题不在于你干的事平凡还是伟大，而在于你追求的是什么。你所以对军人生活感到了单调和厌倦，是因为在你眼睛前面，步枪的缺口、准星和目标不在一条直线上了。

这，你瞒不了我这个老兵。你说："要是早几年还有点干头，现在没有什么奔头了。"我听懂了：部队入党和提拔干部有了新的规定，使你觉得前途似乎不那么"光明"了。

你的这种想法，我也能够理解——我也是从那个时候过来的呀！和任何一个战士一样，在入党这个问题上谁都有自己的一段思想历程。我萌发出要参加共产党的愿望和要求，并不太晚。1945年年底，我申请加入中国共产党，党支部审查了我的历史和表现，让我填了表，讨论了我的问题，但是，正巧这时候“双十协定”公布了，党暂时停止发展党员；再加上我还有许多缺点，于是，我的愿望没有实现。在这以后的两年里，我曾经何等地苦恼过啊！眼看着党员同志开会了、接受任务了，自觉地在起着模范带头作用；我却还是个“老非”。我不知掉过多少次眼泪哩。一天，党支部书记、我们那个高个子指导员把我领到一个小松林里谈话。他突然问我：“你为什么要入党？——你到底要什么?!”

我愣住了。这个问题像枪里的“抓子钩”一样，一下子拉住了我的心，沉沉地，紧紧地，还拽得有些发痛。就这么拽呀，拽呀，几个月过去了。1947年2月的一天早晨，驻地村头传来一阵杂乱的枪声——一股敌军突破了战斗部队的包围，朝我们机关冲过来了。指导员喊了一声：“有枪的跟我来！”就奔向村头。我端着驳壳枪伏在地上一发发地打着，忽然一抬头，身边的人不知什么时候都走了。怎么办？走，找部队去。于是我在这片苏北的村庄间走了三天，终于回到了部队。

几天以后，指导员问我了：“你当时怎么想的?”我回答：“得找到自己的队伍！”“找队伍干什么?”“干革命呀！”他笑了。把一张“入党志愿书”递到了我的手里。

事情过去了这么多年，至今我的党性锻炼也还很不够，还不是一个合格的共产党员。然而，“你到底要什么?”这个问题却还常常敲击着我的心。是的，同志，干什么、想什么、要什么，不同的阶级有不同的追求。一个人提出了入党申请，就是要按党的需要和章程安排自己的一生。一个共产主义者的一生，难道就是为了得到一个党员的称号，光荣一时；或者为了穿一件缝有四个衣兜的军衣?

三年前，我见到了一位从战场上归来的战士，十九岁，却一脸战火和风霜，他掏出笔记本，掏出一张入党志愿书给我看，小声地说："是战前写的。"我问："怎么不交上去?"他红了脸，摇了摇头："不行，一打仗，看到同志们那么好，想到祖国对我的要求又是那么高，我才明白，自己距离一个真正的共产党员还很远!"我问他："怎么办?"他庄严地回答："另写——用我的一生去写!"

用自己的一生去写"入党志愿书"，说得多么好呀!

我仿佛看到一炉钢水在翻滚奔腾，看铜陵一团火在燃烧!

小黄，为了一个远大的目标——建设和保卫四个现代化的社会主义祖国，不拒绝小事情，踏踏实实地出操、上课、站岗、放哨，在平凡的岗位上燃烧，用火热的激情写好人生这美好的一页，写下美好的人生吧!

王愿坚

1988年12月

图书在版编目（CIP）数据

王愿坚文集．第一卷，小说 / 王愿坚著．— 沈阳：春风文艺出版社，2018.1

ISBN 978 - 7 - 5313 - 5195 - 5

Ⅰ．①王⋯ Ⅱ．①王⋯ Ⅲ．①小说集 — 中国— 当代 Ⅳ．①I217.2

中国版本图书馆CIP数据核字（2017）第300313号

北方联合出版传媒（集团）股份有限公司
春风文艺出版社出版发行
http://www. chunfengwenyi. com
沈阳市和平区十一纬路25号　邮编：110003
鞍山市春阳美日印刷有限公司印刷

选题策划：	单瑛琪	封面题字：	朱向前
责任编辑：	姚宏越	封面设计：	琥珀视觉
责任校对：	潘晓春　陈　杰	幅面尺寸：	155mm × 230mm
字　　数：	1400千字	印　　张：	102.75
版　　次：	2018年1月第1版	印　　次：	2018年1月第1次
书　　号：	ISBN 978-7-5313-5195-5		
定　　价：	280.00元（全7册）		

编辑凡例

一、《王愿坚文集》收入王愿坚先生发表或未发表（包括与他人共同创作）的小说、散文、电影剧本、文艺理论等作品，文稿均由王愿坚家人提供，王小莹女士编辑整理，凡七卷。

二、本文集收入的王愿坚作品，编者力争保持原貌收入文集。各卷次第为：

第一卷：小说。

第二卷：小说、散文。

第三卷：电影剧本。

第四卷：电影剧本。

第五卷：文艺理论。

第六卷：文艺理论。

第七卷：文艺理论。

三、本文集第三、四卷收入的电影剧本，多为王愿坚与他人共同创作，其中《红军万岁》为王愿坚与陆柱国、冯毅夫共同创作；《闪闪的红星》为王愿坚与陆柱国共同创作；《映山红》为王愿坚与黎汝清、肖穆共同创作；《四渡赤水》为王愿坚与黎明、王昊、李传

弟共同创作；《血染的犁》为王愿坚与刘福球、黎笙共同创作。

四、本文集收入的王愿坚作品，文末多注明写作时间，每种体裁作品按照写作时间排序。

五、本文集收入的王愿坚作品，文中出现的错字、别字、漏字、均作订正，并酌情加注说明。

六、本文集收入的王愿坚作品，个别文章的文字因内容关系，做了删节。

目　录

珍贵的纪念品

像我们这样的老战士，大半都有这么个怪脾气——喜欢保存点珍贵的玩意儿：一块从自己身上开刀取出来的炮弹皮啦、老战友的来信啦，等等。因为这些东西都有一段不平凡的来历，留着可以做个纪念。像我，就保存着这么一条红领巾。

那是1953年的事。蒋军拼凑了两万兵力，二十多辆坦克，想偷偷地袭击我们的东山岛，阴谋配合美军在朝鲜对我们的进攻。我们马上给他个迎头痛击，战斗了两天两夜，敌人连死带伤加被俘，丢下了三千多人，剩下的被我们一气赶下海去了。我这个故事就发生在东山岛战斗开始的时候。战斗一打响，我们连的任务是阻击。就这么打一节，退一节，争取时间，最后坚守主阵地，让后面的主力部队来歼灭敌人。战斗正打得火热，连长到我跟前说："于成年同志，你这挺机枪做掩护，部队转移到主阵地去！"他具体交代了任务，并且嘱咐我："记住，看见部队上了四二五高地，你们就撤退！"

我和弹药手留下了。起初，任务执行得倒也顺利，别看就这一挺机枪，敌人死得一片一片的，就是上不来。看看大部队已经安全地跨过了背后那个山嘴子，开始上山了。我刚要招呼弹药手撤，谁

知道敌人鬼头鬼脑地从右边绕上来了，子弹朝我俩屁股打过来。这一来，我们撤就困难了。我伸手捅了捅弹药手说：“把子弹夹留下，我掩护，你赶快顺着小沟撤下去!”我自己手端着机枪，向绕上来的敌人扑过去。敌人被赶下去了，弹药手也平安地撤走了，可就在这时，我负了伤：一颗子弹打在大腿上，麻酥酥的，那血呀，像个小泉眼似的，呼呼直冒，不一会儿腿底下的土就湿了一大片；凭经验，我知道伤得不轻，十有八九是碰到骨头上了。我想包扎一下，谁知道一掏口袋，急救包没啦，想起来还是在前面山头阻击的时候，给三班长包伤口用啦。这时候，敌人的小炮还一个劲儿地往这儿落。不行，得走！人死活不说，这挺机枪丢不得呀！

我把枪往怀里一抱，一骨碌就滚下了山坡，费了好大的劲，才爬过一条小沟，顺着沟沿望着一块黑压压的甘蔗地爬。爬呀，爬呀，越爬越觉得没有力气，浑身发软，突然眼前一黑，就啥也不知道了。

不知道过了多久，我醒过来了。迷迷糊糊的，觉得腮上像爬着几个虫子，痒得很，伸手一摸，湿漉漉的。睁眼一看，原来我正躺在一个孩子的身旁。那孩子抱着我的肩膀，头俯在我的脸上抽抽噎噎地哭，泪珠吧嗒吧嗒掉到我脸上，又顺着流下来。咦！这是怎么回事？

那孩子见我醒了，连忙抽手把眼一抹，小声地叫了一声：“叔叔!”

我挣扎着坐起来，四周望了望：是在一块甘蔗田里，那甘蔗密密麻麻的，隔一垄就望不见人；我那挺机枪好好地架在甘蔗棵子上。我竭力回想是怎么到这个地方来的，这时才想到我那负了伤的腿，不由得朝伤口处望了一眼。冷丁一看，把我吓了一跳：怎么血流得这么多！再仔细一瞅，才发现那并不是血，是一块红布。那红

布哇，鲜红鲜红的，就和我的血一样红。奇怪的是，那块红布竟扎得那么准，那么平贴，不歪不斜，不松不紧，就像卫生员包扎过的一样，怪不得血不流了呢。不用说，这一定是这个孩子干的事。

我仔细打量了一下，这是个女孩子，看样子有十二三岁，梳着两条小辫儿，黑黝黝的圆脸上稀稀落落的有几个雀斑，下巴上有一个黑痣子，长眉毛下面长着一双水汪汪的大眼睛，一看就是个机灵的孩子。可是她怎么在这个时候跑到这个地方来了？我刚要问，她倒先开口了："叔叔，腿还痛不痛？"

我说："不痛了。"真的，因为止住了血，不怎么痛了。

她说："你别哄我啦。削铅笔把手割破了，都要痛好几天，打了那么大个窟窿还能不痛？"她想了想，又说，"要是有点药上上就好了，是不是，叔叔？"

"嗯，真的不痛。"我看着她那开心而又天真的小脸孔，又感激，又怕她为我的伤口害怕，我把话岔开去，问她："你怎么一个人到这儿来啦？"

她说："妈妈去给那边山上的解放军叔叔送开水去了。临走的时候怕蒋军进庄跑不及，叫我躲到这里来。"她又说，她在躲着的时候，听见前面打仗，吓得很；听听枪不响了，想出去看看，刚一爬出甘蔗地，就看见了我，从军装上认出我是解放军，她就把我拖到这儿来。她还告诉我，在我昏迷的时候，她偷偷爬出去看了好几趟，看见蒋军没顾得找我，直奔主阵地那座大山去了。末了，她说："你淌了那么多血，一条红领巾都包不住，你又不会动……"说着，她眼里的泪珠儿闪着光。

我看看伤口上的那条红领巾。不知怎的，眼泡一热，眼泪也差点收不住了。我拉着她的手说："小妹妹，多亏了你呀！"她却晃着小辫子说："你可别这么说，我是个少先队员嘛！"看她那副神气，

她是把这件事当作本分的事来干的。这时，我的伤口又痛起来了，我紧咬着衣服领子，生怕一张口就会痛得喊出声来；她大概看出了这点，低下头，趴在我的腿边，折下半截甘蔗攥在手里，小心地给我剥腿上的泥巴，用甘蔗水轻轻地擦我身上的血迹。

痛过一阵以后，我透过甘蔗梢子望望天，太阳已经偏西了；我把耳朵贴在地上听了听，附近的枪声早停了，只有远处还一阵阵传来枪炮声。我喊了声："小妹妹！"

"哎！"她爬过来了。

"你在这儿躲着吧，我得找部队去了。"说着，我就往起站，谁知这腿伤得的确厉害，脚刚一着地，就钻心地痛，我"哎哟"一声又歪倒了。

她连忙扶着我，说："叔叔，你还得躺着，等消灭了蒋军我去叫人来抬你。"

我说："不行，打仗的时候，一挺机枪关系重大，我得把枪送到队伍上去。"

"我给你送，我扛得动，我刚才还扛过呢！"她看看我的脸，知道我不答应，她就说："要么，我先进庄去看看，要是没有土匪，我找人来抬你，好不好？"

这倒是个办法，但万一碰上敌人呢？我不能让她为我去冒险。我不答应她去。

谁知道这回她不依我了，说："不要紧，这路我熟着呢，我还会躲，你看。"她伸手拿起地上一个用甘蔗叶子编的大草圈，往头上一戴，可不是，草叶子一耷拉，把个小娃娃遮得严密密的，隔几十步都看不出来了。她嘱咐我："叔叔，你可别乱走，别叫我回来找不着你。你待的这个地方是从西数第十七垄。"说完，像个小刺猬似的，一溜烟就不见了。

她一走，我不由得心慌起来，越想越觉得不该放她走。在这里我还有挺机枪保护着她，可是出去了，如果碰上蒋军……我越想越担心，简直想爬起来去撵她，可是腿又不听使唤。我只好熬着，熬着……

过了约莫有一个钟头，我听见甘蔗地头上一个人小声地数着：“一，二，三，四……”是她，她回来了。仔细一听，似乎还有一个，我一惊，刚要抓那挺机枪，就看见她钻了进来。身后跟着一个中年妇女，也顶着个草圈子。

孩子一蹦蹦到我跟前，高兴地说：“庄里没有土匪，可是找不到人，我把我妈领来了。”

她妈看了看我的伤处，说：“到庄里去吧，到庄里就好想办法了。”我点了点头。她把我扶起来，肩膀抵着我的左肩窝，我慢慢地用一双腿跳着走出了甘蔗地。回头看看我那挺机枪，那孩子扛着呢。十七八斤重的铁家伙，外加两个子弹梭子，把孩子压得一歪一歪的。她望着我，好像是说：“你看，叔叔，我说扛得动，你不信！”

太阳快落的时候，娘儿俩帮我走到了村子里，到了她们的家。她妈安置我躺下就出去了。这工夫，孩子从锅里摸出两块红薯，硬逼着我吃下去。过了一大会儿，她妈领着三个妇女来了，还带来了一张竹篾床。她说，男人都不在家，去给解放军抬担架了，现在只好由她们来抬了。她们四个把我和枪都放到竹床上抬起来。那孩子呢，非要跟着不行，还硬要把两个子弹梭子让她拿着。

拐弯抹角地走了五六里山路，就来到了团的前方指挥所。忽然，一阵疼痛，我就又昏过去了……当我醒来时，我已经躺在医院里。医生说，这次负伤是打碎了一块骨头，还打着了什么“静脉”，要不是包扎得及时，不死也得落个跛腿。可是经那条红领巾一包，这条腿不是好好的了吗?!

那时我想：等我伤好了，一定得去找到她，好好地谢谢她。孩子的红领巾还在我这儿呢——来到医院换药时解下来，我就把它保存起来了，只是被血弄脏了，得买条新的还她……

可是我很懊悔，那时候伤口痛得晕头转向的，怎么没有问问她的姓名和地址呢，现在连她那庄子的方向也记不清了。咳，我真是……

伤愈那天，我第一件事就是找裁缝做了条红领巾，带着那条旧的红领巾，回连了。

回连报到以后，当天没有事，我就请了假到我阻击的那个阵地（这我是记得的）附近的村上到处打听。说起来也好笑，这么大的东山岛，十几岁的女孩子有的是，到哪里去找哇？

星期天我又请了一天假，决定到附近的村庄去挨门找。嗬，可给我问到一个下落了！有人告诉我说她在西浦镇上，我高兴极了，一气跑了八里多路，到了那里。谁知找到了一看，不是！那也是个十几岁的女孩子，也是掩护了我军的一个伤员，但我找的不是她。

第二个星期天我又去了。我琢磨着像这样的孩子，她的事迹人民政府一定会知道的，便决定到县人民政府去找。到了那里，广场上正开全县的东山战斗庆功大会呢。我挤进会场，东看看，西瞧瞧，咦，她在功臣席上坐着呢！胸前戴着一朵大红花，衬得小脸黑里透红。那小辫儿，那大眼睛，那个小痣子，是她，一点也不错！

休息的时候，我跑上去找她。她一下子扑到我的身上，连连地叫着："叔叔！"还看看我的伤口，问我现在还痛不痛。这时，我才知道她家是个盐民，爸爸在1950年就被蒋军抓去了，听说死在海边。她告诉我，这次因为救我，她被评了一等功。

从这次以后，我们就做了很好的朋友，还通信联系呢。有一封信上，我说："你放心好了，我们正在练兵，就是为了祖国统一，我

一定要把本领练好，去消灭蒋介石卖国集团，把台湾人民解救出来，给你爸爸报仇!”

至于那条包过伤的红领巾，现在还留在我这儿。我还她的是那条新的。为了这事，我们当时还争执了好半天呢。你看，这就是那条红领巾。这条缺口，是她给我包伤口的时候用牙撕开的。

1954年1月23日

火

林大妈住在东山岛的一个小山上，山前是一列大山岭，山后靠海是一马平川的平地。林大妈的屋后有一片竹林。她和小儿阿根，就靠这片竹林过日子。

说起林大妈这片竹林，那真是全岛上数一数二的。地面虽然不大，竹子可长得挺旺，远看，青艳艳的一片，像一块绿油油的大绒毯；近看，一棵挨一棵，密密麻麻的，像一片大篱笆。

林大妈已是六十多岁的人了，背弯、眼花，牙也掉了半嘴。可是，她偏偏不服老，每天拄着拐杖，夹着弯刀，钻到竹林里，这里扫扫烂竹叶，那里给笋芽松松土，一磨蹭就是一天。有时不小心踩断了一棵笋芽，她就心疼得一天吃不下饭去。

林大妈这样没死没活地干，她是有打算的，这个打算在她心里已有十几年了。十几年前，她老伴临死的时候，对她说：“你跟着我苦了一辈子……咱俩受点苦也算不了啥，只要孩子……无论如何得给他成个家，抱个孙子……”从那时起，林大妈就想积蓄点钱，好给孩子成家。可是，她刚积了几个钱，要给大儿子阿桂成亲，却碰上蒋军撤退，阿桂被抓去了，几年的积蓄被抢得一干二净，林大妈

只好带着小儿子过着苦日子。

但是，不管日子多么苦，林大妈给儿子成家的念头始终没有断。蒋军抓去大的还有小的，现在小儿子也长大了，当上了民兵；听说在山下村里还找了个对象。如今日子过好了，林大妈打算多积蓄几个钱，给儿子把喜事办得像样点。要不，怎么对得起那死去的老头子呢。

于是，林大妈干得更起劲了，收竹子时，把那又壮又直的好竹子一根根地拣出来，捆好放在一边存起来，哪怕是生活再难的时候，也不去动它。

竹子越积越多，不到一年工夫，竹林前面的竹子垛有房顶那么高了。林大妈一有空就拄着拐杖来看看竹垛，越看越高兴，摸着竹竿，数数捆数，点点根数，心里盘算着："再加七捆就够五十捆了。到了那时候，拿几捆换木料搭三间房子，剩下的卖给合作社，买布、买猪肉……一定给孩子把喜事办得比他爸爸娶我的时候好上十倍。"

有一天，林大妈实在憋不住了，她就把这件事对儿子说了。儿子笑了笑，似乎要说什么，但是望了望母亲的笑脸，又改了口，说："好嘛，政府正要盖房子呢，把好竹子卖给国家吧！"

就在这个时候，东山岛的战斗打响了。林大妈家前的那座大山上，成了战场，数不清的解放军战士攻上山去打敌人。

夜里墨黑墨黑的，伸手不见五指。阿根到民兵队去集合了，林大妈靠在竹子垛上，摸着心爱的竹子。大炮"咕咚咕咚"地震得人心跳，林大妈望望战场，想起了那些抓走大儿子的蒋军又来了，我这竹子……人民解放军哪！你们千万要把这群狗东西给我杀死……

忽然，一阵脚步声从竹林后面传过来，越来越近，接着几十条黑影窜过来，为头的那个黑家伙，压低嗓子喊："什么人？过来！"

林大妈吓坏了，她哆哆嗦嗦地走过去，一下被那家伙抓住了。

那家伙用一根硬东西把她推进屋去，林大妈觉出那硬东西是枪，但她不知道这些坏人是从哪来的。

一个人问她："快说，这山上还有什么人？有没有你们的解放军？"

林大妈告诉他们，这山上没有别人，只有她一个孤老婆子。

那人推她一把说："去，烧开水。多烧！"

"没有柴火！"林大妈稍微清醒了些。

"这里有！"外面的人拉进一捆竹子，"咔嚓咔嚓"折断了，丢给她。

竹子，就是林大妈的命啊！现在，她忍住心痛，把它当柴火烧了。她慢吞吞地把锅里添上水，刚要擦洋火，一个蒋军拉住她："把门关起来，不要让火光露出去！"林大妈关上门，点起火来。竹子在火里烧得噼噼啪啪地响，每响一声，林大妈的心就抖一下，这不是烧竹子，简直是烧她的心。

就在这时候，蒋军们忙起来了。那个当军官的拿出一张纸，用手电筒照着，身边围着一群蒋军士兵，蒋军军官说："再过半个钟头就开始，我们从海上摸到这里，要从后面打他们！只要打下前面的那个大山头，"他用手朝大山一指，"我们就能占领全岛。听明白了没有？""可是要保守秘密，要叫共军知道我们在这里，那——前面是他们，后面是大海，我们一个也跑不了……"那个蒋军军官瞟了林大妈一眼。林大妈连忙转过脸去，向灶坑吹了几口气，假装没听见。不知哪一个又说了句："不要紧，那么一个孤老婆子……"

蒋军的话，林大妈虽说不能全听懂，但是意思是知道了。水烧开了，她又偷加一瓢凉水，坐在门后边假装打盹。她闭着眼，心里好像烧滚了的锅：这些土匪就是抓走大儿子阿桂的蒋军！现在又来了！我不能叫他们再来糟蹋我，他们要暗算那边山上的人民解放

军，我得赶快去报告！可是怎么去呢？要是小阿根在家去送个信就好了；我去，恐怕走不到那里，就会被土匪打死的，那不就完了吗……

这时，她不由得想起老伴临死的话。她想：我死了倒没啥关系，只要人民解放军能保住东山岛，往后阿根就有好日子过……

她想着想着，忽然眼前一亮，听见“啪”的一声。她睁眼一看，原来蒋军们正在抢水喝，一个蒋军踢着了竹火，照得满屋亮堂堂的。那个蒋军军官火了，就打了那家伙一个耳光。

这时，林大妈心里一下子亮了，她暗暗骂道：“畜生，你们怕火呀！”她有办法了，趁着蒋军不留意，拿着一盒火柴，偷偷地拄着拐杖溜出屋子，摸摸索索地朝竹子垛走去。

摸呀，摸呀，竹垛摸到了，她望了望房子，就抓起一把竹叶，绕到竹垛那边，钻到垛空里去，又哆哆嗦嗦地从腰里掏出火柴来。她的心跳得很厉害，手也在发抖。她把竹叶撒在竹竿上，抽出一根火柴，手抖得更厉害了。她想这竹子就是准备给孩子办喜事用的，只要火柴一擦，就要烧个精光，可是一想到屋里这些可恨的蒋军，立刻把心一横：“不，一定得烧，一定得让解放军知道！”她咬紧牙根，使劲一擦，火柴断了；她又抽出一根，刚要擦，手一抖，火柴掉了；她抓出三根火柴并在一起，“嚓！”一道亮光，她赶快用身子挡着风，把火苗送到竹叶上。焦干的竹叶一点就着。火苗着旺了，林大妈才放了心，爬出垛来，她像收完一批竹子一样地高兴。心想：“这么干的竹子，再加风一吹，短命的再也救不下！”

她用力站起来，绕过竹子垛，朝着前面的大山站着。火被风一吹，一会儿，火柱冲上天空，照得山坡上和白天一样。她举起拐杖在火影里摇着，喊叫道：

“解放军同志——这里来呀——”

火光把敌人吓坏了，蒋军们没命地从房里跑出来。一个蒋军像疯狗一样扑向林大妈，因为他怕解放军听见，没敢放枪。林大妈抡起拐杖，拼上全力向蒋军打去，接着一头撞到蒋军的怀里，两人扭在一起。林大妈揪住蒋军的衣襟不放，正揪着，忽然她摸到匪军身上有一串圆圆的硬东西，她想，这玩意儿正和我阿根带的炸弹一样，顺手抽出两颗，匪军刚要把她甩倒的时候，她已经把那两颗硬东西甩到火里去了！

“轰！轰！”林大妈只觉得头嗡的一声，被一股热风推出去老远。

她醒来的时候，只听到一片枪声，不知哪来的一只脚在她胸口上踩了一下，她又昏过去了。

一会儿，她觉得浑身像被什么网住似的，听到“妈呀！”“妈呀！”的声音，睁眼一看，是大白天了，原来自己躺在担架上，身边站着阿根和一个姑娘，还有一大群解放军同志！

林大妈望了望那堆竹子灰，两眼直瞪着儿子，呆了半天，才想到昨夜的事，说：“孩子，……我对不住你，你那竹子……叫我……烧了……”

阿根向那个姑娘笑笑，又转过脸对林大妈说：“妈，你不要心疼那竹子了。你知道，亏你那一把火才保住了咱们东山岛哇！”

“谢谢你，老大娘！”一个高个子的解放军同志说，“你把敌人的行动报告给我们，你是个好妈妈。现在敌人被我们消灭了，你到后方去休养休养吧！”

四个解放军战士把担架抬起来。林大妈望望她那片可爱的竹林，望望儿子阿根和那个不认识的姑娘，又望望解放军同志，她愉快地笑了。

1954年2月2日

党　费

每逢我领到了津贴费，拿出钱来缴党费的时候；每逢我看着党的小组长接过钱，在我的名字下面填上钱数的时候，我就不由得心里一热，想起了1934年的秋天。

1934年是我们闽粤赣边区斗争最艰苦的开始。我们那儿的主力红军一部分参加了“抗日先遣队”北上了，一部分和中央红军合编，准备长征，4月天就走了。我们留下来坚持敌后斗争的一支小部队，在主力红军撤走以后，就遭到白匪疯狂地“围剿”。为了保存力量，坚持斗争，我们被逼得上了山。

队伍虽然上了山，可还是当地地下斗争的领导中心，我们支队的政治委员魏杰同志就是这个中心县委的书记。当时，我们一面瞅空子打击敌人，一面通过一条条看不见的交通线，和各地地下党组织保持着联系，领导着斗争。这种活动进行了没多久，敌人看看整不了我们，竟使出了一个叫作“移民并村”的绝招儿，把山脚下、偏僻的小村子的群众统统强迫迁到靠平原的大村子去了。敌人这一招儿使得可真绝，切断了我们和群众的联系，各地的党组织也被搞乱了，要坚持斗争就得重新组织。

上山以前，我是干侦察员的。那时候整天在敌人窝里逛荡，走到哪里，吃、住都有群众照顾着，瞅准了机会，一下子给敌人个“连锅端”，歼灭个把小队的保安团，干得真痛快。可是自打上了山，特别是敌人来了这一手，日子不那么惬意了：生活艰苦倒不在话下，只是过去一切生活、斗争都和群众在一起，现在蓦地离开了群众，可真受不了；浑身有劲没处使，觉得憋得慌。

正憋得难受呢，魏杰同志把我叫去了，要我当“交通”员，下山和地方党组织取得联系。

接受了这个任务，我可是打心眼里高兴。当然，这件工作跟过去当侦察员有些不一样，任务是秘密地把“并村”以后的地下党组织联络起来，沟通各村党支部和中心县委——游击队的联系，以便进行有组织的斗争。去的落脚站八角坳，是个离山较近的大村子，有三四个村的群众新近被迫移到那里去。要接头的人名叫黄新，是个二十五六岁的媳妇，1931年入党的。1932年“扩红”的时候，她带头把自由结婚的丈夫送去参加了红军。以后，她丈夫跟着毛主席长征了，眼下家里就剩下她跟一个才五岁的小妞儿。敌人实行“并村”的时候，把她们那村子一把火烧光了，她就随着大伙来到了八角坳。听说她在“并村”以后还积极地组织党的活动，是个忠实、可靠的同志，所以这次就去找她接头，传达县委的指示，慢慢展开活动。

这些，都是魏政委交代的情况。其实我只知道八角坳的大概地势，至于接头的这位黄新同志，我并不认识。魏政委怕我找错人，在交代任务时还特别嘱咐说：“你记着，她耳朵边上有个黑痣！”

就这样，我收拾了一下，换了身便衣，就趁天黑下山了。

八角坳离山有三十多里路，再加上要拐弯抹角地走小路，下半

夜才赶到。这庄子以前我来过，那时候在根据地里像这样大的庄子，每到夜间，田里的活干完了，老百姓开会啦，上夜校啦，锣鼓喧天，山歌不断，闹得可热火了。可是，现在呢，鸦雀无声，连个火亮儿也没有，黑沉沉的，活像个乱葬岗子。只有个把白鬼有气没力地喊两声，大概他们以为根据地的老百姓都被他们的“并村”制伏了吧。可是我知道这看来阴森森的村庄里还埋着星星点点的火种，等这些火种越着越旺，连串起来，就会烧起漫天大火的。

我悄悄地摸进了庄子，按着政委告诉的记号，从东头数到第十七座窝棚，蹑手蹑脚地走到窝棚门口。也奇怪，天这么晚了，里面还点着灯，看样子是使什么遮着亮儿，不近前是看不出来的。屋里有人轻轻地哼着小调儿，听声音是个女人，声音压得很低很低的。哼的那个调儿那么熟，一听就听出是过去“扩红”时候最流行的《送郎当红军》：

…………

五送我郎当红军，
冲锋陷阵要争先，
若为革命牺牲了，
伟大事业依担承。

…………

十送我郎当红军，
临别的话儿记在心，
郎当红军我心乐，
我做工作在农村。

…………

好久没有听这样的歌子了，在这样的时候，听到这样的歌子，心里真觉得熨帖。我想得一点也不错，群众的心还红着哩，看，这么艰难的日月，群众还想念着红军，想念着扯起红旗闹革命的红火日子。兴许这哼歌的就是我要找的黄新同志？要不，怎么她把歌子哼得七零八落的呢？看样子她的心不在唱歌，她在想她那在长征路上的爱人哩。我在外面听着，真不愿打断这位红军战士的妻子对红军、对丈夫的思念，可是不行，天快亮了。我连忙贴在门边上，按规定的暗号，轻轻地敲了敲门。

歌声停了，屋里顿时静下来。我又敲了一遍，才听见脚步声走近来，一个老妈妈开了门。

我一步迈进门去，不由得一怔：小窝棚里挤挤巴巴坐着三个人，有两个女的，一个老头儿，围着一大篮青菜，头也不抬地在择菜叶子。他们的态度都那么从容，像没有什么人进来一样。这一来我可犯难了：到底哪一个是黄新？万一认错了人，我的性命事小，就会带累了整个组织。怔了一霎，也算是急中生智，我说："咦，该不是走错了门了吧？"

这一招儿很有效，几个人一齐抬起头来望我了。我眼珠一转，一眼就看见在地铺上坐着的那位大嫂耳朵上那颗黑痣了。我一步抢上去说："黄家阿嫂，不认得我了吧？卢大哥托我带信来了！"末了这句话也是约好的，原来这块儿"白"了以后，她一直说她丈夫卢进勇在外地一家香店里给人家干活。

别看人家是妇道人家，可着实机灵，她满脸堆笑，像招呼老熟人似的，一把扔给我个木凳子让我坐，一面对另外几个人说："这么的吧：这些菜先分分拿回去；盐，等以后搞到了再分！"

那几个人眉开眼笑地望望我，每人抱起一大抱青菜，悄悄地走了。

她也跟出去了，大概是去看动静去了吧。这工夫，按我们干侦察员的习惯，我仔细地打量了这个红军战士的妻子、地下党员的家：这是一间用竹篱子糊了泥搭成的窝棚，靠北墙，一堆稻草搭了个地铺，地铺上一堆烂棉套子底下躺着一个小孩子，小鼻子一扇一扇的睡得正香。这大概就是她的小妞儿。墙角里三块石头支着一个黑乎乎的砂罐子，这就是她煮饭的锅。再往上看，靠房顶用几根木棒搭了个小阁楼，上面堆着一些破烂家具和几捆甘蔗梢子……

正打量着，她回来了，关上了门，把小油灯遮严了，在我对面坐下来，说："刚才那几个也是自己人，最近才联系上的。"她大概想到了我刚进门时的那幅情景，又指着墙角上的一个破洞说："以后再来，先从那里瞅瞅，别出了什么岔子。"——看，她还很老练哪。

她看去已经不止政委说的那年纪，倒像个三十开外的中年妇人了。头发往上拢着，挽了个髻子，只是头发嫌短了点；当年"剪了头发当红军"的痕迹还多少可以看得出来。脸不怎么丰满，可是两只眼睛却忽闪忽闪有神，看去是那么和善、安详又机警。眼里潮润润的，也许是因为太激动了，不多一会儿就撩起衣角擦擦眼睛。

半天，她说话了："同志，你不知道一跟党断了联系，就跟断了线的风筝似的，真不是味儿啊！眼看着咱们老百姓遭了难处，咱们红军遭了难处，也知道该斗争，只是不知道该怎么干，现在总算好了，和县委联系上了，有我们在，有你们在，咱们想法把红旗再打起来！"

本来，下山时政委交代要我鼓励鼓励她的，我也想好了一些话要对她说，可是一看刚才这情况，听了她的话，她是那么硬实，口口声声谈的是怎么坚持斗争，根本没把困难放在心上，我还有啥好说的？干脆就直截了当地谈任务了。

我刚要开始传达县委的指示，她蓦地像想起什么似的，说："你

看，见了你我喜欢得什么都忘了，该弄点东西你吃吃。”她揭开砂罐，拿出两个红薯丝子拌和菜叶做的窝窝，又拉出一个破坛子，在里面掏了半天，摸出一块咸萝卜，递到我脸前说：“自从并了村，离山远了，白鬼看得又严，什么东西也送不上去，你们可受了苦了；好的没有，凑合着吃点吧！”

走了一夜，也实在有些饿了，再加上好久没见盐味儿了，看到了咸菜，也真想吃；我没怎么推辞就吃起来。咸菜虽说因为缺盐，腌得带点酸味，吃起来可真香。一吃到咸味，我不由得想起山上同志们那些黄瘦的脸色——山上缺盐缺得凶呢。

一面吃着，我就把魏政委对地下党活动的指示，传达了一番。县委指示的问题很多，譬如了解敌人活动情况、组织反收租夺田，等等，还有一些可能遇到的困难和办法。她一边听一边点头，还断不了问几个问题，末了，她说：“魏政委说得一点也不假，是有困难哪，可咱是什么人！十八年①上刚开头干的时候，几次反‘围剿’的时候，咱都坚持了，现在的任务也能完成！”她说得那么坚决又有信心，她把困难的任务都包下来了。

我们交换了一些情况，鸡就叫了。因为这是初次接头，我一时还落不住脚，要趁着早晨雾大赶回去。

在出门的时候，她又叫住了我。她揭起衣裳，把衣裳里子撕开，掏出了一个纸包。纸包里面是一张党证，已经磨损得很旧了，可那上面印的镰刀斧头和县委的印章都还鲜红鲜红的。打开党证，里面夹着两块银洋。她把银洋拿在手里掂了掂，递给我说：“程同志，这是妞她爹出征以前给我留下的，我自从‘并村’以后好几个

---

① 十八年，指民国十八年，即1929年。闽西根据地的革命政权，大都是1929年“夏收暴动”以后建立的，所以当地群众多用“十八年”作为翻身的分界线。

月也没缴党费了，你带给政委，积少成多，对党还有点用处。”

这怎么行呢，一来上级对这问题没有指示，二来眼看一个女人拖着个孩子，少家没业的，还要在这样的环境里坚持工作，也得准备着点用场。我就说：“关于党费的事，上级没有指示，我不能带，你先留着吧！”

她见我不带，想了想又说：“也对，目下这个情况，还是实用的东西好些！”

缴党费，不缴钱，缴实用的东西，看她想得多周到！可是谁知道事情就出在这句话上头呢！

过了半个多月，听说白匪对“并村”以后的群众斗争开始注意了，并且利用个别动摇分子破坏我们，有一两个村里党的组织受了些损失。于是我又带着新的指示来到了八角坳。

一到黄新同志家门口，我按她说的，顺着墙缝朝里瞅了瞅。灯影里，她正忙着呢。屋里地上摆着好几堆腌好的咸菜，也摆着上次拿咸菜给我吃的那个破坛子，有腌白菜、腌萝卜、腌蚕豆……有黄的，有绿的。她把这各种各样的菜理好了，放进一个箩筐里。一边整着，一边哄孩子：“乖妞子，咱不要，这是妈要拿去卖的，等妈卖了菜，赚了钱，给你买个大烧饼……什么都买！咱不要，咱不要！”

妞儿不如大人禁折磨，比她妈瘦得还厉害，细长的脖子挑着瘦脑袋，有气无力地倚在她妈的身上。大概也是轻易不大见油、盐，两个大眼骨碌碌地瞪着那一堆堆的咸菜，馋得不住地咂嘴巴。她不肯听妈妈的哄劝，还是一个劲地扭着她妈的衣服要吃。又爬到那个空空的破坛子口上，把干瘦的小手伸进坛子里去，用指头蘸点盐水，填到口里吮着；最后忍不住竟伸手抓了一根腌豆角，就往嘴里填。她妈一扭头看见了，瞅了瞅孩子，又瞅了瞅箩筐里的菜，忙伸

手把那根菜拿过来。孩子哇的一声哭了。

看了这情景，我只觉得鼻子尖一酸一酸的，再也憋不住了，就敲了门进去。一进门我就说："阿嫂，你这就不对了，要卖嘛，自己的孩子吃根菜也算不了啥，别屈了孩子！"

她看我来了，又提到孩子吃菜的事，长抽了一口气说："老程啊，你寻思我当真是要卖？这年头盐比金子还贵，哪里有咸菜卖啊！这是我们几个党员凑合着腌了这点咸菜，想交给党算作党费，兴许能给山上的同志们解决点困难。这刚刚凑齐，等着你来呢！"

我想起来了，第一次接头时碰到他们在择青菜，就是这咸菜啊！

她望望我，望望孩子，像是对我说，又像自言自语似的说："只要，有咱的党，有咱的红军，说不定能保住多少孩子哩！"

我看看孩子，孩子不哭了，可是还围着个空坛子转。我随手抓起一把豆角递到孩子手里，说："千难万难也不差这一点点，我宁愿十天不吃啥也不能让孩子受苦！……"

我的话还没有说完，忽然门外一阵慌乱的脚步声，一个人跑到门口，轻轻地敲着门，急呼呼地说："阿嫂，快，快开门！"

拉开门一看，原来就是第一次来时见到的择菜的一个妇女。她气喘吁吁地说："有人走漏了消息，说山上来了人，现在，白鬼来搜人了，快想办法吧！我再通知别人去。"说罢，悄悄地走了。

我一听有情况，忙说："我走！"

黄新一把拉住我说："人家来搜人，还不围个风雨不透？你往哪儿走？快想法隐蔽起来！"

这情况我也估计到了，可是为了怕连累了她，我还想甩开她往外走。她一霎间变得严肃起来，板着脸，说话也完全不像刚才那么柔声和气了，变得又刚强，又果断。她斩钉截铁地说："按地下工作的纪律，在这里你得听我管！为了党，你得活着！"她指了指阁楼

说：“快上去躲起来，不管出了什么事也不要动，一切有我应付！”

这时，街上乱成了一团，吆喝声、脚步声越来越近了。我上了阁楼，从楼板缝里往下看，看见她把菜筐子用草盖了盖，很快地抱起孩子亲了亲，把孩子放在地铺上，又霍地转过身来，朝着我说：“程同志，既然敌人已经发觉了，看样子是逃不脱这一关了，万一我有个什么好歹，八角坳的党组织还在，反‘夺田’已经布置好了，我们能搞起来！以后再联络你找胡敏英同志，就是刚才来的那个女同志。你记着，她住西头从北数第四个窝棚，门前有一棵小榕树……”她指了指那筐咸菜，又说：“你可要想着把这些菜带上山去，这是我们缴的党费！”

停了一会儿，她侧耳听了听外面的动静，又说话了，只是声音又变得那么和善了：“孩子，要是你能带，也托你带上山去，或者带到外地去养着，将来咱们的红军打回来，把她交给卢进勇同志。”话又停了，大概她的心绪激动得很厉害，“还有，上次托你缴的钱，和我的党证，也一起带去；有一块钱买盐用了。我把它放在砂罐里，你千万记着带走！”

话刚完，白鬼子已经赶到门口了。她连忙转过身来，搂着孩子坐下，慢条斯理地理着孩子的头发。我从板缝里看她，她还像第一次见面时那么和善，那么安详。

白匪敲门了。她慢慢地走过去，开了门。四五个白鬼闯进来，劈胸揪住了她问：“山上来的人在哪儿？”

她摇摇头：“不知道！”

白鬼们在屋里到处翻了一阵，眼看着泄气了，忽然一个家伙发现了那一箩筐咸菜，一脚把箩筐踢翻，咸菜全撒了。白鬼用刺刀拨着咸菜，似乎看出了什么，问：“这咸菜是哪儿来的！”

“自己的！”

“自己的！干吗有这么多的颜色！这不是凑了来往山上送的？”那家伙打量了一下屋子，命令其他白鬼说：“给我翻！”

就这么间房子，要翻还不翻到阁楼上来？这时，只听得她大声地说：“知道了还问什么！”她猛地一挣跑到了门口，直着嗓子喊：“程同志，往西跑啊！”

两个白匪跑出去，一阵脚步声往西去了。剩下的两个白匪扭住她就往外走。

我原来想事情可以平安过去的，现在眼看她被抓走了，我能眼看着让别人替我去牺牲？我得去！凭我这身板，赤手空拳也干个够本！我刚打算往下跳，只见她扭回头来，两眼直盯着被惊呆了的孩子，拉长了声音说：“孩子，好好地听妈妈的话啊！”

这是我听到她最后的一句话。

这句话使我想到刚才发生情况时她说的话，我用力抑制住了冲动。但是这句话也只有我明白，“听妈妈的话”，妈妈，就是党啊！

当天晚上，村里平静了以后，我把孩子哄得不哭了。我收拾了咸菜，从砂罐里菜窝窝底下找到了黄新同志的党证和那一块银洋，然后，把孩子也放到一个箩筐里，一头是菜，一头是孩子，挑着上山了。

见了魏政委。他把孩子揽到怀里，听我汇报。他详细地研究了八角坳的情况以后，按照往常做的那样，在登记党费的本子上端端正正地写上：

黄新同志1934年11月21日缴到党费……

他写不下去了。他停住了笔。在他脸上我看到了一种不常见的

严肃的神情。他久久地抚摸着孩子的头，看着面前的党证和咸菜。然后掏出手巾，蘸着草叶上的露水，轻轻地，轻轻地把孩子脸上的泪痕擦去。

在黄新的名字下面，他再也没有写出党费的数目。

是的，一筐咸菜是可以用数字来计算的，一个共产党员爱党的心怎么能够计算呢？一个党员献身的精神怎么能够计算呢？

1954年6月15日初稿

1954年11月8日三次修改

粮食的故事

吃罢了晚饭，我到县人民政府去找郝吉标。

访问郝吉标的事是今天才决定的。听寇县长说，郝吉标是这里的一个“老革命”，1933年的乡工农民主政府主席。在老区游击斗争最困难的时候，他协助游击队做过很多事。现在就在县政府的“老区办公室”工作。

县政府离我住的地方不远，从一个丁字街拐弯，北面的一条街就是。我沿着大街走着。这个小城里的大街本来就不宽，路中心又平铺着晒上了稻谷，显得更拥挤了。那粮食大概是县粮库的吧，有几个青年人在用推板把它推拢起来。

我一边走一边想：这个老革命该是个什么样的人呢？

到了县政府一打听，有人告诉我，郝吉标刚给干部讲了话，现在正在家呢。

郝吉标住的地方就在“老区办公室”的旁边，是一单间四角方方的小屋子。我敲了敲门，没见回声；推开门一看，郝吉标正躺在床上，手里捏着只竹烟管，两眼直直地盯着床顶子出神。见我是个生人，才慢慢地坐起身。

“好嘛!”我对他说明来意后，他回答道。一面慢条斯理地整着鞋子。我看出，似乎刚才他在想什么事情，现在有意这样来平静一下心情。

在灯光下看来，他已经是个老头儿了，虽然穿着一身半新的蓝布制服，仍然掩不住他的年纪。看上去六十上下，前脑门的头发全秃了，额角显得很高，上面满布着细细的皱纹。他的眼神显得有些疲倦，我猜他是因为刚才讲话累了，就说：“你刚刚做过报告，要是累了，咱就另找个时间谈吧。”

“只是随便谈了谈购粮的事，不累。”说着他站起身，神情有些激动，“咱这里头一次搞购粮工作，找全县的干部来布置任务，有个别干部，称斤掂两的，怕任务重了完不成。嘿，这些年轻人，他们就忘了这些卖主都是些什么样的人啦。咱这老根据地里，四十岁往上的人，哪个不是刀山上爬、油锅里滚过来的？打土豪分田地，三年游击战、八年抗战，敌后坚持……二十多年来为的是啥？如今革命成功了，二次分了田，要搞社会主义建设了，他们有什么舍不得？过去豁上身家性命也干，现在国家拿钱买粮食，倒怕他们舍不得了？气不过，我就把过去我们闹革命的事讲了讲。”

话一开头就扯到正题上了。我说：“那就请你把给大伙讲的事再给我讲讲好不好?”

他点了点头，默默地摸过烟管，抓了把牛毛似的烟丝按到烟锅里，猛吸了几口。透过烟气，我又在他脸上看到了刚进门时看到的那种表情——大概他又回到当时的情景里去了吧。半晌，他才抬起头来，把椅子往前挪了挪，和我对面谈起来。

“现在说话，已经差不多是二十年前的事了。1934年，刚交秋，我们这里的主力红军就参加长征去了。本来，我已经收拾好了东西准备跟着去，谁知通知来了，却是叫我留下做地下工作或者上山；

坚持敌后的游击斗争。好吧！既然组织上这样决定了，那我就先留下来再说。主力红军在的时候，虽说白军不住歇地‘围剿’吧，我们这个地方可总还保持着革命根据地的样儿，那时候日子红火得很，支援前线啦，动员扩大红军啦，组织生产啦，办夜校啦……一天到晚忙个不停。可是这会儿，红军就要和我们分手了，他们要翻山涉水地远征了，这多闪得慌啊！

“我还清楚地记得主力撤走的那天，天阴着，下着蒙蒙雨，我们忙着凑给养，弄担架，安置伤病员，组织欢送……那才真叫忙咧。一会儿这个说：‘乡主席，炒米弄好了，往哪儿送啊？’一会儿那个问：‘俺村担架来齐了，还不派人带我们走！’这些没打发完，红军来了个司务长：‘乡主席同志，俺连借老乡的铺草还来了，您来看着过过秤！’他刚走，连锅烟还没来得及吸呢，县委派通信员来了：‘组织主要红属转移，通知赤卫队骨干上山……’这样，这伙来了那伙去，从天不亮到下半夜，才把事情办完。

“直到静下来的时候，我才有空想想自己的事：是留下做地下工作呢？还是上山打游击？本来这两条路都可以走，可是红军一开拔弄得我心里火烧火燎的，说不出是什么滋味，恨不得杀几个白鬼子解解恨。想来想去，打定了主意：上山！

“主意是打定了，说走就走。可这一走说不定得几年几月，总得和家里商量商量，把家安排一下呀。我家里人不多，只有老婆孩子两口。老婆是好样的，和我一块参加党，在乡妇女会工作。我上山她一定会同意的。俺俩结婚十多年，就生了一个小子。这孩子也着实讨人喜欢，我打心眼里疼他。胖胖的脸，高鼻梁，水汪汪的两只大眼睛显得又聪明又机灵。那时候他正在‘列宁小学’里上学，也还有工作——当童子团的分队长。功课是好样的，工作也干得挺好。三次反‘围剿’时节，他才九岁，他们童子团帮助照顾伤员，

烧水，喂鸡蛋，削果子皮，端屎尿……没白没黑地干，他妈喊都喊不回来。我还记得有这么一件事，有一个受伤的干部同志把文件包丢下了，别人又不认得那伤员的模样，那孩子拎着皮包随担架队找了两三站路才找着，把文件还了那干部。那干部为了感谢他，送了他一支钢笔；为这事学校里还奖励了他一把镰刀。……你看，说着说着，我就扯远了。那时候，谁不夸这孩子有出息？乡亲们、同志们见了都好和我开玩笑，他们说：‘老标哇，你算有福气，别觉得你这个乡主席干得蛮好，这孩子大了，说不定还能当个县委书记呢！’这话我也信。他确实是个好孩子呀……”

说到这里，他把话停住，伸手摸过烟管，又吸起来。我随着他的动作看去，他那拿着烟管的、苍老的手微微有些发颤。在他脸上，刚才谈到红军长征、谈到根据地生活时的兴奋神色消失了。我问道：“你的孩子现在也参加工作了吧？”

他且不答我的话，直盯盯地望着我，半天，突然反问我：“你怕也快三十了吧？”

我回答了他。他轻轻扳着指头，低声地说：“1934，1944……现在该是三十一岁了，比你大好几岁呢。开辟的那年是七岁，取名叫红七；红军走的那年是十二……咳，你看我扯到哪里去了。咱再接着谈。

“当时，我向我老婆说：‘我打算上山了，反正我今年才三十出点头，吃得了苦，跑得了路，到山上去多为党干点事情！’少不了还安慰了她几句，我说：‘我的脾气你也知道，干革命是干定了，为了革命，就是刀山也去爬。好在红七也大了，拖累不了你，你留下来就按县委的指示坚持下去！’

“老婆自然不会反对我这么做，只是要分开了，免不了有些留恋，她张了几张嘴，似乎有什么话要对我说。这时孩子倒插嘴了，

他歪着头瞅瞅我又瞅瞅他妈，说：‘让我爹去吧，上山打白鬼子；一枪一个，跟红军叔叔一样！’看，孩子还在给他妈做工作呢。我笑了笑，问他：‘我走了你在家干什么？’他板起脸很正经地回答我：‘爹你放心走吧，我已经大了。我在家挑水，打柴，烧火，照顾我妈。还有，’他很快地弯腰钻进床底下，拿出个旧首饰盒子，找出几本‘列宁小学’的课本朝我一晃，‘我可以自己念书。老师说以后白鬼子来了，不能上学了，要自己学哩。’本来要分别了，心里不大好受，叫他这一阵话，逗得我俩都笑了。

“当晚，我把家里安排了一下，就上山了。

“上了山，组织上挑来拣去给了我一个合适的工作：当全游击支队的总务。总务这个工作，说实在些，就是伙夫头——管全队的吃饭穿衣。论说，这工作是我的老行当了，红军反‘围剿’时期，我们政府工作的头一宗大事不就是筹粮办衣、支援前线？不过那时候有根据地，我们只要发个号召，就什么都齐全了；现在呢，根据地被白鬼占了，要吃要穿得自己来；总务这活儿就难干了。

“那时候，我们游击队就住在南边离这六七十里路的大山里，找个隐蔽的山窝窝，挖个坑坑，上面罩把雨伞，或者搭上堆树枝，挡着露水，这就是房子。吃的呢，有上山以前运上来的粮食，就在晚上趁敌人看不见烟的时候把饭做好，做一顿吃一天。锅不够用，我们就把鲜竹子砍了来，把米洗净，调好水装进去，扔在火里烧，等竹子烧焦了，饭也熟了。这一阵，我这总务当得也还顺当，说声要开饭，虽然没有什么好的吃，搀了红薯丝的米饭总可以塞饱肚子；虽是少油没盐，倒也还有点咸菜什么的吃。

“就这样，我们坚持了几个月的斗争，趁敌人还没站住脚的时候，瞅机会打了几个小仗，倒也打击了敌人的气焰，镇压了反动地主，提高了人民的信心。

“不过，这只是开头几个月的情况，那时有山下支应着嘛。白鬼吃了些苦头，知道这些红军队伍虽少，可不能小看，硬打可又怕吃不消，就想出种种办法来对付我们。这一来，情况就渐渐紧张起来了。大概是腊月天吧，一天晚上，松厝的宋祥老爹偷偷上山来了，他把一担糙米和一口袋红薯丝子交给我说：‘老标同志呀，这怕是我们送来的最后一份粮食了。白鬼现在实行“并村”，把我们的人都弄得离山远了，把路也都卡住了，以后，我们再送东西就难了。’这位宋祥老爹是个出了名的倔强人，刚开辟根据地的时候，他就是最先参加贫农团的，白鬼把他抓去吊了一天一夜他也没哼一声，现在，说着说着倒流下泪来了。我知道，他是为我们山上这一二百个同志的困难难过呢。

“不用说，这也不是松厝一个村的情况，村村如此——敌人明斗斗不过，想困死我们。

“根据这种情势，领导上也尽力想办法，像瞅机会打个小仗，打打回乡的土豪啦，等等，可以多少解决点问题。但是这时敌人刚进根据地，数量上占着优势，防范得也严，这样做代价太大。而且和山下的组织一时联系不起来，这样，供给就几乎全断了。偶尔也还有个别党员同志瞅个空隙，拼着性命绕小道上山，送点东西来，但这样做非常危险，有几个同志就因为这样做而受了损失。这种行动被县委制止了。

“于是山上的日子一天难似一天。冷了没有衣服穿；伤员病员增加了，没有药治；弹药不足，情报不通……但最困难的还是吃的。我把剩下的几百斤米分了一下，留出一部分来，专给伤员病号吃；其余的按人分配。开头每人每天能吃到半斤米，以后就是四两、二两……这样，大多数同志就只好找野菜、挖草根充饥了。这山上发青的东西，我们哪一样没吃过呀，什么野菜、蘑菇、笋芽、青苔，

还有各种各样的树皮、草根，林里的走兽，河里的鱼虾……只要能吃的，就往肚子里塞。人家说神农尝百草，我倒真成了神农了。每天提着把破刺刀，遍山这里找找，那里挖挖，这个嚼嚼，那个尝尝，尝到几种不苦的野草、野菜和树皮，就拿出样子，带领大家去挖。我吃过很多怪草，也病过几场。

“其实，就这么着，也不能哄饱肚子。个个都饿得面黄肌瘦，病号也一天天多起来。你不是见过寇县长吗，他当时病得可真够厉害的，天天发高烧，眼睛发蓝，浑身瘦得就剩了把骨头了。野菜汤吃不下，想吃点稀饭又没米做。我每次看到他那蜡黄的脸色，心里就难过。还算好，我们安排的陷坑打到了一只黄羊，他才算支撑住了。记得当时进行了一次小战斗，仗打得倒挺干脆，撤出战斗的时候，担任掩护的那个班里有一个叫牛光的同志负了伤。按说像他那样的轻伤，满可以坚持跑出来，可是，因为饿久了，身子虚，跑不动，掉了队，等我们发现了，返回去找他，他却被敌人追上，牺牲了。我听了这事以后，不由得掉了眼泪。牛光，多好的同志啊！他不能说是打仗打死的，是饿死的。

“这时候我真后悔，当初为什么不留下来做地下工作！我想，反正在山上总务的事已经没得干了，我过去做过乡政府主席，现在倒不如趁着敌人‘并村’的乱劲，回到群众里去，和群众一道，设法往山上弄粮食。

“支队政委——县委书记批准了我的要求；当天，就派我跟上侦察员绕山脚下转，看准上山的小道，摸清敌人活动的规律，以后好和山上取得联系。

“第二天黑夜我就下山了。我按着宋祥老爹上次说的地址，找到了我的老婆孩子。他们在敌人实行‘并村’以后，就随着大伙搬到松厝来。刚见面，我差点儿认不出他们来了。他娘俩又黄又瘦，原

来这半年来，他们受的折磨也不比我们山上少多少。老婆见了我，也吓了一跳，我的头发胡子挺长，走路一瘸一拐，她以为我真的负伤残废了，摸着我那用破布烂麻捆扎着的腿，差点流下泪来。我把腿一伸，蹦了两蹦，笑着说：‘糊弄白鬼哩。快给我弄饭吃吧！’又把情况对她讲了讲，她才放了心。红七更抱着我亲个不住。

“我原想回家能吃到点像样的饭食呢，谁知道拿来一看：两个红薯丝子窝窝，一截子少盐没味的腌黄瓜——唉，就这也比野菜强啊。我一边吃一边想：听宋老爹说，‘并村’以后，家里还有六七百斤粮食，同志们都帮着运出来了，怎么就能没了？我问她，她说：‘见天吃嘛，还能吃不完？你吃的还是红七的饭哪，你看我吃的！’说着，又拿出两个窝窝来，可不，这是野菜做的，里面还拌和着一些树皮，撕都撕不动。她拿着窝窝往我手里递，顺手捏了我一把，又望了望红七。这一来我才明白了：一定是她把粮食藏起来了。

“晚上，趁孩子睡了，她才告诉我说，两个月以前她就做了打算，藏起了二百多斤粮食，一粒也没动，为了怕日后日子更苦了，孩子咬不住牙，连孩子也背着，就准备着往山上送。她还告诉我，几个摸得到情况的党员都组织起来了，知道山上一定困难，也都做了准备，就是白鬼看得太严，也不摸山上的情况，没法往山上送。

“山上是咬着牙挨着，山下也是扎紧了腰带过日子呢。无论如何也得把粮食送上去。可是粮食不是一根针一条线，塞在裤腰里就带上去了；要送就得拿出办法来。但目前最要紧的，还是安下身来。

“为了躲避白鬼子，我不能住在家里，商量了半天，还是老婆出了主意，她说，可以在我们房后破墙根底下挖个窖子。白天我就睡在里面，晚上再出来活动。这个主意倒不错，好！说挖就挖。我叫醒了红七，小声告诉他：‘上后院挖地窖，给爸爸住！’这个小鬼可机灵呢！爬起来就跟我们去了，搬石头、抬土，干得还特别起劲。

“三个人干到天放亮，我把窖口用草掩上，把周围的土迹打扫干净。老婆又在窖上架起一些木棒，堆上些甘蔗梢子、乱草，从外面一点也看不出痕迹，倒好像是个柴火垛一样。这就是我的屋子了。里面铺的是沙和软草，能躺能坐，就是不能晒太阳。

“第二天夜里，老婆把几个党员找到一块碰了碰头，商量送粮的办法。他们见我回来，都高兴得不得了。我的天哪，什么法子没想到哇！有的说：把米做成干粮，不显眼，也好带些，不行——带不了那许多。有的说：把粮食放到一个地方存起来，叫山上派人来拿；也不行——山上只能派个交通下来，带不了多少；要多派人来，就要和白鬼子明干，这样做划不来不说，暴露了组织可不是玩的。最后宋老爹出的主意提醒了我。他说：‘把粮食藏到木柴里，不就送上去了？’大家一听，‘扑哧’一声都笑了：俗话说，‘靠山的吃山’嘛，像咱们这靠山住的人家，烧的是山上的，现在烧柴正缺呢，哪有担着柴火上山的？可我倒听着这话有点意思。我说：‘大家别笑，这办法倒能行，不过可不是担柴火。咱们不是正缺柴吗，咱就要求上山打柴；咱的竹杠都是些空大竹，可以把竹节打空，装上米，带上山去。这么着人多点，次数多点，“燕子含泥垒大窝”，就能把粮运上去。’

“大家听了以后，都说这是个办法。当时没有柴烧是实情，连白鬼子也没有什么烧的了，现在老百姓要去打柴，他们当然同意。不过他们提出了个条件：打回柴来一半交公，还要派人跟着去。跟就跟呗，反正我们早就计划好了，跟着还不是睁眼瞎！

“从此，我们的人就从敌人眼皮底下往山上运起粮食来了。早上，宋老爹他们按计划成群结队地上山，到那山深林密、记号明显的地方，伐倒几棵竹子，截成竹杠晒着，把装了米或者装着盐巴、咸菜的竹杠就那么乱七八糟地一扔。傍晚，用新竹杠担起柴捆下山

了。留下的那些‘米袋子’让游击队的同志收拾好了。

“我把第一次送粮的事情安排好了以后，在群众掩护下，撇拉着腿溜出村子，然后偷偷摸摸地绕小道上了山。我一到营地，同志们见了就问我：‘老标，这几天你上哪儿去了？’他们还不知道我下山的任务呢。我高兴地说：‘当总务还能干啥，还不是弄粮食给你们吃？’

“‘真的？’‘搞到了没有？’……大伙轰的一声把我包围了。

“我说：‘怎么不真，你们再把腰带稍紧一小会儿，天黑跟我去担粮食！’

“大伙叫着、闹着，把我一扔老高。连支队长也高兴得握着我的手说：‘这粮食来得好，正要干它一仗呢，你给大伙加了油了。’我也打心里痛快：为了咱红军游击队能够生存，为了打击白鬼子，就是把我的肉割下来我也心甘情愿啊！

“事情一直还算顺利，我在当地群众的掩护下，行动也很方便。后来，敌人甚至没有怀疑到我这个‘又老又瘸’的人，有时候，白天我也能随便走走了。

“用竹杠送粮，本来送得好好的，要是没有什么意外，我们就那么做下去了。可是就有那么些不顺心的事：秘密叫敌人发觉了。

“有一次，这些担柴的人爬山爬到半道上，想抽管毛烟歇歇，谁知跟着我们的那个白鬼一眼看上了宋老爹烟包上那个白玉坠子。那些白鬼贪心得很哪，上手就抢。这玉坠子是宋老爹老辈里传下来的，宋老爹又是个倔脾气，哪里肯让？两人就抢起来，那家伙下不来台，抄起竹杠就要来硬的，这一来我们的事就露馅了。

“事情被发觉了，宋老爹被敌人打得死去活来，但是，他老人家真不愧是共产党员，至死也不讲是谁组织的。当时几个人都被抓了去关在牢里。这还不说，难处是：敌人更加注意了，上山打柴不准了，把通山的大路上都放上了巡逻；山下的粮食都挨家查算了；稍

微富裕点的，都被白鬼抢走了。白鬼子还规定：谁要是把粮食运出庄，就是犯了‘私通共产党’的罪。

“这些，幸亏我们早有准备，所以粮食损失得不多。

“敌人发现了我们，山周围各村也不能干了，山上又像以前那样困难起来。听说这几天倒进行了两次战斗，估计可以有些缴获。但是，我这当过总务的知道，游击作战缴来的食物不会多，支持不了几天哪！

“一连几天我都吃不安睡不宁。一想起山上的那些同志的模样，心里就难受得不行，连自己吃窝窝也没有味道；一想到为了送粮食牺牲的宋老爹，也就更觉得自己责任重大。难道就没办法了？难道能眼看着让山上同志们饿坏了，让红旗倒下来？不行，还得想办法！

“我和其余的几个党员正谋虑着下一步怎么办呢，交通带来了山上的指示。党指示我们：想办法把粮食集中起来，放到可靠的同志手里，随时准备着，等山上局面发展了以后派人来取，或者山上急用的时候设法运上山去。

“在敌人的身边，怎么能把粮食凑集起来还不留一点痕迹呢？我们党员开了几次会，商量了几个晚上，最后才想出了办法：做‘买卖’！我们找了几个可靠而又懂行的同志，弄了几口大缸，搬了一盘水磨，凑了几条粉袋子，开起粉坊来。

“我们这买卖做得可奇怪了，叫作：有买卖没生意，有门面没货物。我们做了几十斤粉条，往外面一晾，就停了工。每天，我把红七打发在门口看粉架子，我们几个人把手和腕肘用粉浆抹抹，就在屋里开起会来，研究地下斗争的问题，什么反收租啦，反夺田啦，了解情报啦……工作一件一件地研究、布置，简直像过去的根据地一样。红七是个信得过的机灵孩子，他摇着根小竹鞭儿，在粉架子旁边找个站得高望得远的地方站着，看起来像打雀子，实际上他的

眼珠四下里转呢，一发现有白鬼或者可疑的人，孩子就尖着嗓子吆喝：‘咄——咄！’小鞭子甩得一阵山响。高兴了他还指桑骂槐地骂两声：‘你们这些狗杂种，专糟蹋老百姓的东西。’我们一听到他的喊声，就各人抓住一件活计忙起来：把磨过几遍的粉渣再磨一次，把滤了几遍的粉浆再滤一遍，白鬼看看我们还真忙咧。自然啰，有时候我们也确实去卖一点货，不过都是挑到远处镇子上去，或者是挑到现在咱住的这城里来卖，而且照例是带不回钱来的——城镇里的党组织也需要经费给山上购办药品呢。

“这个办法倒也真是好。党内同志和靠近党的群众，把俭省出来的粮食、红薯大摇大摆地挑到我们这粉坊里来。白鬼子要是盘问，回他一声：‘到粉坊去入个股！’其实，除了红薯，粮食早都让我们收藏好了。白鬼有时也来探问我们，我们也有话说：‘生意好着哩，看这红薯堆得像小山，都是赚的呢！’就这么着，个把月的工夫，千多斤粮食神不知鬼不觉地存起来了。

“粮食是有了，可是怎么运上山呢？有的同志急得不耐烦，催我：‘破着命，咱拣小路送上些去吧！’是呀，为了山上能有吃的，豁上条命倒也算不了什么，可是不到万不得已的时候，不能冒那个险；人受了损失，还会暴露了组织的活动。我说：‘别忙，等山上实在急用，党自然会来指示，到那时候再说吧！’

“果不然，过了没多久，一天晚上，交通带了书面指示来找我了。指示很简单：‘即将作战，无论如何送一部分粮食上山，当夜送到。’下面是支队长、政委的署名。平常，我们往来都是不用信的，有时用信也不署名，现在支队长、政委都亲笔签了字，又是‘无论如何’，又是‘当夜送到’，看来是万般紧急了。可是怎么送法呢？已经是半夜了，临时找人不方便，就是找到了，路也不熟悉；交通马上又要到别处去，只有我自己去了。我寻思了一下，就叫醒老婆

商量。我说最好和她一道去，一来可以多带些，二来她是个妇道人家，白天回来报信方便些。她想了想说：‘还是让红七跟你去吧，红七大了，自己能回得来；村里的事我在家里好布置一下。’还是她谋虑得对，这指示要传达给那几位同志，万一我送不到，第二夜好再设法。我说：‘好吧，我们这就动身，你明天一早通知那几个同志，说我从双冲口那条路上去了，要是明晚见不到信，就是我们没送到；再派两个同志分头换两条路往上送！’

“当晚，我们收拾停当：弄了两副担子，我挑副大的，七八十斤；另一副有二三十斤，是红七的。这百十斤粮食，足够山上同志们吃一顿饱饭了。我把东西收拾好，把红七叫起来的时候，他还睡得迷迷糊糊的，问我：‘天还不亮，就去打雀子？’我说：‘今天不打雀子了，去给你红军叔叔送粮去。’他高兴得呼的一下蹦下床来，说：‘好哇，山上的叔叔有枪，阿爹你给我要一支好吧？我也可以打白鬼子！’临走，我老婆拿出两个粉渣做的饼子递给红七，怪不过意地对我说：‘就这两个啦，给他回来路上吃；你回不来，就只好在山上再喝两顿野菜汤吧！’又对红七说：‘回来的时候小心点。等你回来，妈给你弄点粉浆做顿糊糊犒劳你。’

“我们爷俩儿悄悄地走出了庄，估摸着敌人巡逻队的空隙，拣了条没人走的小山道，紧脚紧步地往山上爬。那情景现在想起来还真真的呢：月黑天，对面不见人影，白鬼们为了壮胆，像狼似的满山嗷嗷叫。我们沿着山道往上爬，不一会儿，连压加累就弄得汗直淌，气直喘了。我还得顾着孩子，走一段路就小声喊一声：‘红七！’他总是随口答应：‘噢，在呢！’听着他那奶声奶气的话，我确实有点心疼：十二三岁的孩子，没有根竹杠高呢，就得跟着我拼着性命深更半夜地爬山。要是将来红军再打回来，革命成了功，那时候，我一定对他这么说：‘孩子，打天下的日子你也过过，你该知道

革命胜利不容易呀。好好地为党、为人民干工作，把咱整个国家建设得比以前的根据地还要好！’——同志，那时候还想不到自己的新国家是什么样子，不知道会怎样建设呢——我还得告诉他：‘等日后胜利了，吃好穿好的时候，别忘了山上同志们吃草根树皮的苦日子；是他们吃了这么多苦，你这年轻的一辈才享这么大的福哇！……’

“我正没边没沿地想着呢，红七紧步跑上来了，惊乍乍地说：‘阿爹，你听……’到底是孩子耳朵灵，可不是，前面远处树棵子里唰唰啦啦直响，仿佛是有人走动，听声音人数还不少。糟糕！一定是碰上白鬼的巡逻队了。我拉了红七一把，一折身就拐到另一条小路上。可是已经晚了——我们走得急，脚步重，米筐子刮着树枝发出了响声，被敌人发觉了。他们把枪栓拉得一阵响，乱吆喝起来。这时候，我们手无寸铁，没法抵抗，我想，反正不能叫敌人抓了活的，我们撒腿就跑。跑哇，跑哇，白鬼子紧跟在屁股后面追，虽然天黑看不清，听声音是越来越近了。我挑着个担子，又得顾孩子，越跑越没劲。我一边跑一边想：看样子是难以逃脱了，扔了米跑吧，山上急等着用粮食，舍不得丢——而且就是扔了也不一定能逃得脱；不扔吧，叫敌人追上了也是人粮两空。怎么办呢？……这时，红七还紧跟着我，呼哧呼哧直喘气呢。我听着他的喘气声，蓦地想出了一个法子。可是当我这样想着的时候，我自己不由得浑身都颤颤起来：儿子，多好的儿子……这叫我怎么跟他妈交代呢。……可是，不这样又不行，孩子要紧，革命的事更要紧！也许我能替得了孩子，可是孩子替不了我呀……

“背后敌人的吆喝声越来越近，越来越高，不能再犹豫了。我停住脚，放下担子，一把抱住了儿子。我觉得他那么小，他的肩膀多么嫩哪！我咬着牙说：‘孩子，把筐子给我，你，你顺着这山坡往

西……跑，跑，跑吧！’说完了这句话，我觉得我的眼泪呼的一下子涌出来了。孩子好像还不懂我的意思，我摸了摸他的头，把脸贴在他头上，又说：‘听爹的话，孩子，跑吧，把声响弄大点！’最后这句话我仿佛不是从口里说出来的，是从心里跳出来的。这回他大概懂了我的意思了。他忽地直起身，把一把什么东西塞到我手里，拔腿就往西跑下去了。

“孩子跑了。他顺着山坡跑了。他脚步卷着碎石头、绊着草棵子跑了。他跑去的那个山坡上一阵唰唰的声响，那声响，啊，那么响，那么响，就跟从我心上跑过去一样。

“这响声惊动了敌人，白鬼子们折转身向着我儿子跑去的方向追过去了，追过去了。

“我把孩子的两个箩筐叠在我的筐上，挑起了担子。嘿，好沉哪！这时我才发觉手里拿着东西。我捏了捏，那是红七他妈给孩子的两个粉渣饼子。我又向孩子跑的方向望了一眼：夜，黑漆漆的，什么也看不见。

“我挑着担子钻进了东边一丛小树林，折上了另一条小路。

“当我踏上小路的时候，在孩子跑去的方向，传来了一阵杂乱的枪声。

“我挑着担子往前走。不管石尖扎脚藤绊腿，我登山迈岭地走。我觉得担子更重了，重得像两座山，我还是担着，担着；我觉得脚像踩着棉花，软绵绵的，我还是走着，走着……

“在天快亮的时候，我到了支队的营地。专为接我的同志们，因为走岔了路，没能遇上，这会儿，他们接过了我那两副沉重的担子。

“早晨，支队长把全体集合在一个大竹林里。把我担上去的粮食摆在队伍面前。支队长首先让我讲讲这次运粮的经过。我站在队伍前面，望着那一张张黑瘦的面孔，和那嵌在这些脸上的闪闪放光的

眼睛。他们是那么憔悴，可又那么坚强。他们叫人从心眼里相信：有了他们，革命就会胜利！我心里暗暗地说：‘孩子，你死得值得啊！’我简单地讲了讲这事的经过。同志们都难过地低下了头。我向前跨了一步，说：‘我来的时候，孩子托我向大家要支枪。这自然是孩子话，可我记得真真的。现在我替我自己，也替我孩子说一句：支队长，政委，同志们，给我一支枪，让我参加这次战斗吧！’我说完了，又从怀里掏出那两个粉渣饼子，小心地放到坐在前排的一个小同志的手里。

“接着，支队长讲话了。他指了指身边那两担粮食，说：‘同志们，这粮食，是山下的同志和革命群众咬着牙省出来的，是同志们拼着身家性命送上来的。这不是粮食，这是人民的心！我们是革命的武装，人民给我们吃的，要我们更好地坚持斗争，争取革命胜利！我们要再一次用战斗的实际行动来回答人民的支持！现在，我命令：同志们，立即擦拭武器，准备战斗！炊事员赶快淘米做饭！一分队长，把红旗升起来！’

“一面鲜艳的红旗扯起来了。在翠绿的竹林梢头，旗子迎着刚升起的太阳，那么亮，那么红！”

说到这里，郝吉标煞住了话。他抬起手，猛一挥，把眼角的泪水擦去。他脸上那沉思的表情也好像随着手的一挥消失了。他昂起头，两眼直盯着我，把椅子又往前挪一挪，说：“同志，我今天在会上讲的也就是这些。粮食，是农民的宝贝，我们过去为它流过血呀！你说，在那样的时光，我们都肯流着血把它交给革命，支持革命斗争，现在，要建设自己的社会主义国家了，我们还有什么舍不得呢！”

辞别了郝吉标出来，已经是夜里十二点钟了。月亮清清亮亮地挂在天正中，路上显得空荡荡的。我沿着大街走着。在我低下头

时，看到街心里成堆的谷子，一堆挨一堆，像一列金色的帐篷，每一粒都发着光；当我抬起头时，越过屋顶的上空，看到远处高高的山顶——那就是我们人民曾经流血、战斗的地方。看着这一切，想着刚才的故事，我不由得想起了这位革命老人的话："这些人都是些什么样的人啊！"

我站在粮食堆旁，向着那暗蓝色的、重重的山峦，望了很久很久。

1955年5月15日初稿

1956年1月24日二次修改

老 妈 妈

今年春天，我请假到福建去了一趟，去看看我的妈妈。

说来你也许感到奇怪：一个江西人，他的妈妈怎么会在福建？而且你也听我说过，我的一家人早在二十多年前就叫国民党匪军杀害了，就剩下我这个独丁，这个妈妈又是哪里来的？

不管你怎么疑惑，我得对你说：这次去看望的，实实在在是我的妈妈。

这事三言两语说不明白，你听我详详细细告诉你。

1934年10月间，我们北上长征的队伍，走到明水溪这个地方，遇到敌人的阻挡。我就在抢渡明水溪的战斗中负了伤。这次伤势并不重，只是右肩胛上嵌进了一块炮弹皮子，虽说流血多点，可是没伤着筋，没动着骨，要在平时，治个半月二十天也就好了。谁知道受伤的时候不对，这么点伤倒把我的生活一下子全变了。

战斗结束以后，卫生员把我的伤口包好，我刚要坐起来，教导员就来了。他看了看我的伤势，跟我说："老张，上级决定把你留下来。你参加红军以前，在苏区做过地下工作，现在就先到苏区医院去休养吧！养好伤以后，参加敌后的游击斗争。"你看，这不就变

了？眼看着就和同志们分别了，部队往西我往东，心里真不是滋味。可是，这次部队过了明水溪，就要一个劲儿地向西挺进，前面有千山万水，有数不清的战斗；而我呢，现在已经不能参加战斗了！好吧，在哪儿还不是干革命工作？好在参军以前苏区的好多地方我都熟，再过起当年刚开辟时的生活吧！

当天晚上，我就上了担架。当地群众抬着我绕着山间小路，一站倒一站，往医院走。因为流血太多，加上走的是山林小路，颠簸得厉害，就好像是头朝下，被人倒拖着走……也不知过了多久，我昏昏沉沉地听见一个苍老的女人说话声："哟！这不是张同志吗？"

这是谁呢？这是什么地方？我想睁开眼睛看看，可是眼皮好像被什么东西粘住了。接着，就觉得有人扶我躺在软软的铺草上，一只粗糙的手轻轻地抚摸着我的前额，又动手解开我的绷带给我换药。那人一边换药，一边叨念，那声音听来就像是从天外边飞来的……

不知是什么时候，我醒来了。一睁眼就听见身旁一个人在抖弄什么，口里低声地咕囔着："这个鬼地方……"到底是什么地方呢？我向周围打量了一下，四周漆黑，没有灯火，只有远处约略有些亮——大概是窗子吧？我的两侧都有人躺着，不时传来低低的鼾声和呻吟声。"这回可到了医院了。"我正想着，忽然，吧嗒一声，凉森森的一个水点子滴在我的脚上，我挪动一下脚，发现脚底下已有一小摊水了。我问刚才说话的那人："同志，下雨了吗？"

那人"扑哧"一声笑了："哪里，头顶上一座山，再大的雨也淋不透。那是渗水。"

我怔了一下，伸手一摸，身边是一片湿漉漉冰凉的石壁，噢，原来是在山洞里！

我正要问，只见亮处一暗，一个人摸索到我的近前，低声地

问："张同志，你要喝水吗？"我听清楚了，说话的还是那个苍老的女人。

我还没有来得及回答，旁边那位同志就说话了："渴了张开嘴，滴下来的水，准能把肚子胀破！"大概这话把她惹火了，只听她用严厉的口气说："刘同志，你的话怎么那么多？连这点苦也吃不了，你还能干革命？"说着递给我一杯水，又爬到洞口去了。

我睡不着，就和那位刘同志闲扯起来。听他说，自从红军开始长征以后，白鬼子跟着就进了苏区，为了坚持敌后斗争，地方党政机关有的转入地下，有的上山打游击了。医院也化整为零上了山，我们二十几个伤员就住在这个山洞里，搬到这里已经有十多天了。这个同志谈话之间流露出一种不好的情绪，一会儿说警卫太少了——只有一个班，太危险；一会儿又说生活太苦，吃的东西只靠下山偷偷地搞来一点，还吃不饱；一会儿埋怨没有药治伤，只靠点盐水洗洗，看护员又少……

这些我听着觉得怪刺耳的，只是又想不出怎样说服他，我截断他的话，问道："刚才那个女同志是谁？"

"你问她的名姓，怕谁也不知道，同志们都管她叫老妈妈。她的职务也说不清，她也算咱这个医院的副队长，又是政委、看护员、炊事员、采购员，还是情报员……反正这洞里的事她一手包干。人倒是个好人，听说是老革命了，就是年岁大了，腿脚不灵，嘴又啰唆……"

他一气说了半天，我总弄不清这个女同志是什么人，而且奇怪的是她还认识我。我竭力思索着过去接触过的人，怎么也记不起这个人来。想着想着，不知不觉又睡着了。

过了一会儿，我被一阵急促的脚步声惊醒了。洞口乱糟糟的，人们喊喊喳喳，议论着什么。洞里的伤员同志们都半坐起身子或者

抬起头，静静地听着。看样子是有了情况。洞外的人刚才说些什么话我没有听到，只听见那位老妈妈低声说：“好，快走吧！”人们回答了一些什么，一阵紧张的脚步声，洞口的人们走了。

老妈妈转过身来，对我们说：“刚才发现山下有白鬼子，队长已经带着警卫班去了，大家别慌。要是情况紧张，有人掩护我们，也有人帮助咱们转移。现在咱把东西准备一下。”说着，她钻进洞来，帮着一个个伤员穿衣服，穿鞋子，收拾东西。还不住地抚摸着伤员的身子嘱咐说：“别怕，别慌……”仿佛她一抚摸就会把人的惊恐抹掉似的。这使我想起刚才刘同志的话：她的一举一动，真像个妈妈啊。她招呼着全体同志把衣服穿好之后，又迅速地把自己身边的东西收拾了一下，然后走出洞去，伫立在洞口，望着发现敌情的方向。

约莫过了一个钟头，北面山脚下就响起了枪声。一阵激烈的射击之后，响枪的方向转向西面，越来越远了。

洞里紧张得没有一丝声息，大家似乎都在考虑着同样的问题：情况到底怎样？

一个钟头过去了，又是一个钟头过去了。老妈妈还在洞口站着。洞里仍然是静悄悄的，只有洞顶上的渗水，“吧嗒吧嗒”有规律地滴着。

天放亮的时候，队长派来联络的老孙回来了。他一进洞，就歪倒在铺草上，老妈妈赶紧给他包扎着脚上的伤口。大家几乎是同时问道：“情况怎么样？”老孙把眼睛一闭，喘了一口粗气：“队长叫赶快转移！”

原来他们刚到山腰，就发现敌人在布置搜山，队长马上带着队伍插到山下的胡家墩，从那里兜屁股打敌人，想转移敌人的注意。敌人果然转过身来追，他们且打且走，打算把敌人引上西边的云峰山。谁知道刚到云峰山口，就遇上了另一股敌人，由于前后受敌，

同志们大部分牺牲了。队长他们拼着全力掩护着三个同志突围出来；两个人去找特委取得联系，一个人回来送信。老孙在突围的时候，脚上又负了伤，所以回来得晚些。他说，在分手的时候，队长判断：他们警卫班受了损失，可以暂时麻痹敌人一下，但是，看样子敌人怕还是要搜山的；而且又怕去和特委联络的同志路上出岔子，所以要山上自己设法隐蔽或者转移一下。

一听这情况，洞里登时乱了起来。老刘第一个放大嗓门喊着："唉！这下子可完了，完了……"随着，洞口一个小伙子就向外爬。我也急得不知怎么是好：敌人说不定什么时候来，这不是些好胳膊好腿的人哪！

正在这时，老妈妈忽然霍地站了起来，对洞口那个小伙子说："和伢子，你先躺好！要转移也不能这样转法啊！"然后，她走到老刘跟前，厉声地说："老刘哇，一伙十多个人，就数你叫得凶！什么'完了，完了'！你想想，你说这话能对得往长征路上的那些同志不？"黑影里看不真，只望见她的肩头在抖动，大概这会儿她气愤得厉害。

老妈妈把沉不住气的老刘、和伢子数落了一顿，洞里马上安静下来。老妈妈移到洞口边，倚在洞壁上，冲着大家，放开嗓子说："同志们，咱把话说明白：这阵子是很危险，敌人包围着我们，谁要害怕、动摇，受不了苦，就站出来！我老婆子就是爬也要把他送下山去！"说到这里，她特意把话顿住，停了一会儿，见没有一个人想站起来，才又和缓地说："队伍有头家有主，如今队长不在这里，这个家就由我来当。你们管我叫妈妈，哪个妈妈不疼自己的孩子？有妈妈在，就有你们在！这里不安全，咱们想办法；没有吃的，这不是，"她从腰里摸出一件什么东西，用力抖了抖，里面铮铮作响，"这是特委留下的钱，我可以偷着下山买米给你们做饭吃；钱花光

了，我就是下山讨饭，也不能让你们饿着……”

她说完了这些话，就疲倦地歪着身子坐在洞口，连声咳嗽着。洞里鸦雀无声，我只觉得那个和伢子的胳膊在我眼前晃动，大概是在抹眼泪；就是咋呼得最凶的刘同志也不再吭声了。

山上的松涛呼啸着，风，把早晨的浓雾一团团地刮进洞里来。

休息了一会儿，老妈妈欠起身，低声地叫道：“主力上下来的张同志，你能到外面来吗？”我一边答应，一边摸索着爬到洞口，靠她的身边坐下。她把嘴俯在我耳朵上，小声地问：“我记得你是党员，是不是？”

“是的！”我回答。对这样的人用不着隐瞒。不过那时候党是秘密的，她怎么知道我是党员？

“你这个党员，不好，不好……”她把声音压低，不满地说，“刚才乱成那个样子，你怎么不管呢？党叫你这样做来着？”

“我……我……”她批评得对，我只觉得脸一阵发烧，不好意思地嗫嚅着。最后我低声问她：“你怎么知道我是在党？”

“知道，知道……你伤口疼得厉害不？我们到外面去走走。”我点点头，她搀着我受伤的那只胳膊，慢慢地走出洞来。

洞外，是一块光坪。太阳已经露脸了，在弥漫的大雾里看去，像个通红的大火球。在洞里待得时间长了，乍一出来，简直不敢睁眼，腿也软得无力。她搀着我向一棵大树走，忽然自言自语：“大妈，有开水吗？我可要开的。”

听到这句话，我不由得一怔。迎着朝阳，我眯着眼睛仔细地打量了一下她的脸。到现在我才看清她的面容：苍老的脸上，刻着一条条深深的皱纹，门牙也残缺不全，在她的左眼下，有一个黄豆大的疤痕。……噢，想起来了。那是1931年的秋天，我奉命到潮汕地

区去和一个新成立的组织接头。我按照交通的指点，到了山脚上的一棵大树跟前，看见一位大娘坐在那儿做针线活儿。我走到她身边，粗声粗气地说了句：“大妈，有开水吗？我可要开的！”这是党为我们约定好的联络的暗语。

她怔了一下，抬头望了望我，会意地笑了笑，掸着身上的土站起来说：“傻孩子，把我吓了一跳！开水，有，有！过两年再见了你大妈，大妈还给你酒喝呢。——来，跟我来！”她四处瞧了瞧，见没有人，便领着我钻进了一片茶丛。就在那里，我会见了要见的几个当地党的负责人；在那扑鼻香的茶花花丛里开了会。

会快开完了，猛听得山腰里传出一声嘹亮的山歌：“高山顶上一株梅，山歌越唱越出来……”是她在唱。这是告诉我们：有人来了。我们几个人便分散开，悄悄地离开了茶丛。

在那以后不久，我到了红军队伍里，东征西战，就再也没有见到她。以后听说因为闹革命，她丈夫牺牲了，她带着快要成人的两个儿子进了根据地。想不到又在这里见到了她。她比三年前老多了，看上去有六十岁的样子，嘴角上添了皱纹，鬓角也花白了。

她把我扶到树下一块石头上坐好，收敛了笑容，问我：“这几年你在部队上干什么工作？”我说：“当排长。”她说：“老张，刚才我说了你两句，话重一些，你别见怪。这里就咱两个在党，他们大部分是这块儿白了以后才上山的。咱俩得把这担子担起来。”

嘿，人家这才叫党员呢，碰到情况首先想到的是工作，是怎么把困难的担子担起来，可我呢，还没往这方面想呢，真惭愧！我把当前情况考虑了一下，说：“我看，头一桩事就是要设法挪一挪地方！”

“挪是要挪的，可是队长说得很在理：经他们这么一打，我想敌人一两天是不会上来的。眼下头一桩事倒是要弄吃的。这话只能对

你说，咱已经没有口粮了。再就是组织组织，把大家的心定住。至于转移，总得先找好地方，不能让这些伤员睡在露天地里呀!”接着，她谈了谈她的打算：她要我临时担任这里的队长，她赶下山去探听一下情况，顺便弄点吃的来。

她考虑得倒很周到，只是我怕她年老爬不动山，我想：我虽然受了伤，身子虚些，可是年轻，腿脚还好，不如我去一趟。我把这个意见说出来以后，她说什么也不答应。她说：“你还有重要的事要做呢!”说着随手摸出腰里的两个手榴弹和一支驳壳枪交给我：“带上这个。”等我默默地接过武器，她才接着说，“这地方，前面是条独道道，后面是一漫斜坡。要是敌人果真来了，就得立刻把路卡住，同志们滚山坡跑。这十几个人的安全，全靠你了，你要仔细啊!”接着又递给我条米袋子，摇晃着说：“这钱，你存着。我拿了两块去买米。这是以前同志们伤好了出院时送给我的，积了这么多，我一直保存着，现在它成了咱们全部的经费了。”这样说来，特委并没有留下钱，刚才她那样说是为了要安慰同志们啊。

虽然，在战斗中，我接受过千百次任务，但今天的情景，却使我格外感动，不知怎么的，我想起了我生身的妈妈，想起了妈妈在我参加革命时，把她存了半辈子的“体己”交给我的情形来。

我们把事情商量好了，又回到洞里。大概因为我是主力上来的，又是个干部，大家都同意我暂时负责。我拿过那支驳壳枪来擦着。这工夫，老妈妈早已趁着雾大、不会暴露目标的时候，点上了火，烧了开水。她把开水舀出来一些，冲了盐水；又把米下到锅里。然后，端着一茶缸盐水，挨个给伤员擦洗、包扎伤口。她这一切做得那么仔细，那么沉着，就像一个经验丰富的老护士似的。这种镇定的情绪感染着洞里的所有的人，大家都安定下来了，人们脸上又露出了笑容，甚至有的人还在洞口地上画上棋盘玩起“堵白

鬼”来。

老妈妈把事情弄完了以后，抄起一根竹杖，对我说：“我去了，等米烂了，你盛给大家吃。”又故意放大声音说，“下午我回来得晚，你舀米自己做吧！”但当她走到洞口时，却附在我耳朵上说，“别忘了，把稠的盛给伤重的同志吃呀！”

老妈妈走了以后，我用根带子把受伤的膀子吊起，四处走了一圈，察看了一下地形，又把伤员组织了一下，选出几个伤势较轻的同志轮流放哨。我们静等着老妈妈回来。

时间真难熬啊，太阳已经落了，还不见老妈妈回来。我出去望了好几次，除了遍山荒草、大树、怪石，什么也看不到。更难的是粮食没有了，同志们都在忍着饿呢！

黄昏时分，我决定顺着山路去找找看。我沿着小路往下爬了约莫半里路，实在爬不动了；我靠着一棵大树，四下瞭望了一下，远远地看见路旁草丛里好像有一个人影在蠕动，我警惕地拿出了枪，问了声：“谁？”一个微弱的声音回答：“是我。”我走上去一看，正是老妈妈。只见她脸上、手上满是血迹，两肘两膝上的衣服也破了。她趴在地上，头前放着一个包包，她用手和头顶着那个包包，正吃力地往山上爬。我连忙跑上去，激动地叫了声：“妈妈！”她见我来了，咧开干燥的嘴唇笑了一笑。我用一只手拎着东西，她扶着我，就上了山。

她一进洞口，就忘记了劳累，挤在人堆里，看看这个，瞧瞧那个，像多久不见的亲人一样。她摸着年龄最小的和伢子的手，抱歉地说：“孩子，饿坏了吧！上了几岁年纪，走道不利索，真是……来！”说着，解开了包包。这个包包简直是个杂货摊，里面有约莫十来斤的一小袋米，有打糕，有窝窝、红薯、干红薯丝子，有一块豆腐，有一个小南瓜，还有几卷各种颜色的布——大概是给我们包伤

口用的。她把可吃的东西按人们的伤情轻重分了分，说：“今天晚上先将就着吃吧，明天，妈妈给你们煮白米饭、南瓜稀饭，还给你们做个野蒜烧豆腐吃呢！”说着，点着她那花白的头，呵呵地笑了。

同志们饿了一天，现在每人都拿着一样东西吃起来。大家有说有笑，洞里的空气顿时活跃了。正吃着，忽然和伢子喊了声：“老妈妈哪里去了？”

我连忙跑出洞来找，只见她老人家正坐在一块大石头上，两手捧着一样东西在吃呢，见我去了，忙把手里的东西掖在衣服底下藏起来。我好奇地抢过来一看，原来是一块草根、菜叶、红薯丝、烂南瓜杂拌的窝窝。我猛然想起：刚才不是她拿不动这些东西，是饿得没劲了啊！我眼眶子一热，一把抱住她，“妈妈，你……”

“别嚷，别嚷，别叫同志们听见。”她赶紧向我摆摆手说，“老张，弄点吃的不容易啊！再说，山下的群众也大都吃这个。”

我硬把自己手里的一块煮红薯和她换过来。她慢慢吃着，和我谈起今天下山的经过来。真叫不容易啊：她下到村里，装作讨饭的叫花子，沿门乞讨。自然啰，这么一个五六十岁的老婆子，是不会引起白鬼的怀疑的。她去的净是些贫苦人家，看出哪家可靠，就和他们谈起红军，告诉他们“是弄粮食给受伤的战士吃的”，于是群众就挑最好的东西交给她，还给她从米店里设法买来了一点白米。可是山下地主豪绅都回来了，又是加租又是夺田，群众生活苦得很，因此讨来讨去只弄了这么些东西。说到这里，她忽然顿住，拍拍我的手说：“我顺便打探了一下情况，白鬼子民团现在正在‘围剿’云峰山，对于我们住的这个地方也很注意，今天就有人拿着望远镜往山上望呢。咱们更得提高警惕了！”停了一会儿，她好像又想起了什么，笑着说，“把钱给我一半，我已经找好了可靠的群众，托他们给买了米存着，以后用起来方便。”

这天夜里，我被老妈妈的行动感动着，久久不能入睡；再加上夜里值了两次哨，早晨醒得很晚。醒来的时候，老妈妈早已做好了饭，换完了药，又下山了。

一个白天，我都花在组织伤员互助和跟他们谈话上。我把老妈妈下山搞粮食的经过谈了谈，还把老妈妈瞒着大家吃的东西给同志们看了。这件事比什么话都有力，同志们当即谈论起来，老妈妈待同志们的好处成了大家的话题。和伢子被感动得擦眼抹泪的，一定要把自己的饭留出来给老妈妈吃。最爱嚷嚷的老刘也怔怔地沉默了一天，最后才对我说："老张，我的伤势轻，有什么事只管叫我干，要不，我对不住妈妈呀！"

这天，天黑定了，老妈妈才回到山上来。今天她回来得更晚也更疲惫，但却比昨天高兴。她一见我就兴冲冲地说："老张，可好啦，总算老天有眼，我找着好地方了，又好，又安全。"

听了她的话，我才知道她出去看新的营地去了。我问她："离这有多远？"她说："就在东面的赤金坪，大概有二十里路吧。"我思索了一下，不由得暗暗吃惊了，二十里路，来回就是四十里，在一天里爬山越岭走这么多路……唉，这位老人家为了这些伤员——为了党的工作，她什么办法没想出、什么苦没吃到啊！

第二天清早，我们开始转移。老妈妈在头前引路，腿脚还好的同志们把伤腿的搀起，把伤脚的背起，跟在后面走；我搀着一个同志走在最后，走一段，回转头去把踩倒的草扶起来。就这样，我们攀藤附葛，从乱石丛生的斜坡上走下了山，涉过一道小溪，又爬上了一座山头。从拂晓走到太阳偏西，才到了我们新的家。

真难为她老人家，怎么能找到这样一个好地方。这也是个山洞，但比原来那个山洞好多了，这地方，不走近前你怎么也看不出是个山洞来。它正在一个突出的山石嘴子下面，岩石上的藤葛垂下

来，成了洞口的帘子；洞前的小树密密麻麻，成了个天然屏障。里面也比原来的洞子宽敞得多，尤其使我们惊奇的是，洞里打扫得干干净净，连地上的坑坑洼洼也都用碎石仔细地填平了，而且在洞口不远处的一块光坪上，平平地摊晒着一大堆茅草。现在，只要把那又干又软的茅草往洞里一铺，就可以安安逸逸地住起来了。这些，不用说，都是老妈妈干的。

我怀着激动又有些好奇的心情问老妈妈："你怎么找到这个地方来的?"

她笑了笑回答我说："只靠我，跑断腿也找不到这样的好地方啊！这是群众帮我找的。"原来她下山弄饭的那天，在一个打柴的老头儿那里打听到了这个秘密的地方。

我们再也用不着提心吊胆了。这天晚上，我们在这既安全又舒适的地方舒舒服服地睡了一觉，连老妈妈也睡得十分香甜。

就在我们搬家的第三天的拂晓，我们从洞顶上望见，我们原来住的那个方向起火了。老妈妈去侦察了一次：原来白鬼子搜查到了那里，把早先警卫同志住的寮子点着了火。但是，这些狗东西却扑空了。

日子过得飞快，自从发生了情况，我们离开组织独立生活已经有十多天了。这些天来，因为住得舒坦吃得好，伤员的伤口都见好了；我的伤口也已经封了口，掂掂拿拿也不觉吃力了，而且还帮助老妈妈到山下一个石壁缝里拿了一次粮食。可是这些日子可苦了老妈妈，她一天到晚，东跑西颠，除了做饭、换药以外，要下山弄粮食，还要抽空到原来那个山洞去瞭望，看有没有特委联络员来。这样的生活，把个老婆婆折磨得更加消瘦、苍老了。她的背似乎更驼了些，头上的白头发更多了。有时候给同志们洗伤口，洗着洗着，眼睛一花，伤口洗不上，倒往好肉上擦起来；做饭忘了添柴、加

水，更是常有的事。每逢这样的时候，同志们都劝她：“好妈妈，你歇一会儿，让我们自己来吧！”她总是执拗地摇摇头，说：“快给我走开，别碍我的事。你们年轻人不知道老年人的心哪！我亲手做的饭，觉得你们吃着香；我亲手给你们换了药，就觉得你们伤口痛得差些。我就巴望着过不几天，特委来了人，你们的伤也好了，我把你们领到上级跟前，说声：‘好，你看，又是个身强力壮的小伙子！你领了去打白鬼子去吧！’那我就没心事了。”真的，每当哪个同志的伤口有些好转，她就显得高兴；哪个同志多吃了点饭，她就喜得合不拢嘴。

这天，吃罢了早饭，我到外面闲逛去，溜溜达达走到了山腰的水潭边上，正碰上老妈妈在那里给伤员洗衣服。但她却并没有洗，双手按住一件衣服停下来，怔怔地呆住了，衣服漂得满潭都是。我走过去一边帮她捞衣服，一边问她：“妈妈，你实在太累了，歇歇吧！”

她看看是我，叹了口气说：“我哪里是累的，是愁的呀！特委至今还没有来人，咱的那点钱也花光了，现在粮食顶多还能支持两天，吃光了以后怎么办哪！”

我一直不大过问粮食的事，听她一说，我也发愁了。我试探地问：“山下不能再想想办法？”

她摇摇头：“山下群众让回乡的土豪搞得苦得很，匀不出来呀。唉！”

她一提到土豪，我不由得心里一动，我说：“妈妈，你还记得不，咱们刚开辟的那阵子，组织起贫农团，把土豪一逮，土地一分，粮食家具一大堆……咱能不能再在这些家伙身上打打主意？”

她听我说完，眼睛登时亮起来，拍着我的肩膀说：“嘿，你看我老糊涂了，怎么没往这上面想呢。对！打打土豪，解决了困难；也

告诉那些白鬼：咱们游击队还在！”

“可是，咱没有人手，又没有武器……”我说。

“看你这傻孩子，咱们不是人？咱们也有枪啊！”这会儿，她的兴头比我还大，“前两天我下山，群众告诉我：胡家墩胡绍祖那杂种回来以后狂得很，杀人害命烧房子，坏事做了无其数，早该镇压一下子了。听说自从上次让他们占了点小便宜，他就更不知天高地厚了。他自认为天下太平了，就把来给他保家的保安团全撤了。我看可以搞他一下。不过，”她看了我一眼，“打仗这桩事我不在行，就得靠你了。你跟我一块去看看怎么样？”

“好！”我爽快地答应了。

我们又商量了一会儿，决定说干就干，当天就上胡家墩去逛逛。老妈妈连衣服也顾不得洗了，我俩一气奔回洞里。我把情况和大家谈了谈，选出了老刘、和伢子和回来报信的那个警卫班的老孙等三个伤口快好全的同志，让他们准备好，天黑以后在山根上等我们，如果情况合适，当天就动手。我换了身衣裳，太阳一歪，就跟着老妈妈下山了。

黄昏时分，我们趁着天黑钻进了胡家墩。老妈妈把我安置在一家可靠的人家，又出去串了几家，把情况对照了一下。胡家的情况和白天老妈妈说的差不多：驻在这里的保安团的队伍真撤走了，护家的只有六个团丁，还有两个到别处去催租去了。为了彻底查清地形，我俩就往胡家宅院走。听说这胡家宅院是全村最大的一所房子，两进大瓦房，两丈高的围墙，高高的门楼，厚厚的门扇，闹革命以后，胡绍祖吓得窜到潮州去了，这房子就成了乡政府的办公处；这块儿“白”了以后，他又跑回来收拾收拾住了进去。我跟着老妈妈围着这个院子边走边瞧，先看了看大门，就往宅后转。谁知那么凑巧，一转胡同口，迎面碰上个团丁。那家伙晃悠着个电筒，

哼哼唧唧地往前走，差一点和我撞个满怀。

“干什么的?”

我正要答话，老妈妈暗暗扯了我一把，上前应道：“孩子病了，去找人瞧病才回来，”她从腰里掏了掏，摸出不知什么时候预备好的一张纸递过去，“看，这是药单。”

那家伙把手电朝我晃了晃，大概是看见我这二寸长的头发和那张蹲山洞憋白了的脸孔实在像个病人，恶狠狠地骂了声：“穷鬼!”又摇摇摆摆地走了。

我真佩服老妈妈的沉着。黑影里我慢慢地跟着她绕胡家宅院走了一圈，看了个仔细，就钻进了一条小胡同。

老妈妈压低声音问我：“怎么样? 好下手吗?”

我说：“人倒不多，要是干得巧，我们能对付得了，就是墙太高，门又结实，我们腿脚不灵便，进院子有困难；再就是摸不清这些家伙睡觉的地方，堵不了死老鼠!”

“要是有人从里面偷偷地打开门呢?”

“那当然好，”我说，“可是这门我们的人谁能进得去?”

“这交给我来办。”老妈妈蛮有把握地说，“胡家的那个长工老头儿阿盛我认识，他也是个受苦人，我去找他帮帮忙!”我躲在暗处，看着老妈妈径直向大门走去。黑暗里只听得她轻轻地叩门，并且小声地说：“阿盛哥，你行行好吧，天快下雨了，让我到里面门洞里躲一躲吧! ……”接着又听见一个老头儿低声说了些什么，不久传来她的一阵咳嗽声。我知道事情妥了，就拔腿往山根跑去。

半夜时分，我们进了村子。四个人分成了两组，我带着和伢子和老刘，直奔胡家大门，老孙在村口担任警戒，掩护后路。武器太少，我们只能分给老孙一颗手榴弹，剩下的一颗和一支短枪，由我们带着。到了胡家大门前，我听了听动静，捂起鼻子装了声猫叫，

随即贴到门上去。不一会儿，门闩一响，大门“呀”的一声开了。我一步抢了进去，老刘、和伢子也跟进来，老妈妈、阿盛老爹随即把大门关好。我压低了嗓子问老妈妈：“人都在哪里?”

阿盛老爹连忙接上答道：“胡绍祖在北屋，西屋是团丁们，做饭的婆子和丫头们都在东厢房。”

我冲老刘把手一扬，两个人就奔了西屋，那里还点着灯，我在窗户外边，侧耳听了一下，屋子里鼾声打得山响。我把门轻轻地拨开，端着枪一步跳上了床。老刘忙着把墙上挂着的枪摘下来。我轻轻地喝了一声：“起来!”几个睡得糊里糊涂的团丁，从梦中惊醒过来，一看我和老刘的架势，吓得滚下床来，不住地求饶。我赶紧又补充了一句：“不许喊!”这几个人才乖乖地缩在墙边。老刘向门外招呼了一下，和伢子跑了进来，大家把四个团丁活活捆住，用破布堵住了嘴。

在这当儿，老妈妈已经把东厢房里的婆子、丫头们唤醒了，告诉她们说：“红军来了，马上就可以放你们回家。”这些都是受苦人，被胡绍祖拉了来干苦工的，巴不得赶快回去和家人团聚，现在听说红军来了，都乐得合不拢嘴。

我把西屋的门锁上，叫和伢子到门口巡风，随后带着老刘直奔胡绍祖的住房。老妈妈紧跟在我们的身后，也来到北屋。

北屋里大概听见了动静，灯光一下子暗了。我们踹开门进去，借着昏暗的鸦片烟灯一看，床上只有一个妖里妖气的女人，抱着床被子打战，胡绍祖不知哪里去了。看样子这家伙跑了没多久——那婆娘的对面烟盘子里烟枪上还有半截鸦片烟泡没有吸完。可是人到哪里去了？翻遍了床底、天棚，也没找着。我正在发急，老妈妈捏了我一把，伸手向墙角的一只木箱子指了指。我顺着她的手势看去，见那箱上的锁鼻儿在轻轻地晃动，我明白了，就举起枪，向那

箱子比量了一下。那婆娘见我们发现了，号叫一声就扑到箱子上，哭喊着："别开枪啊！"话音没落，箱子里"砰砰"打出了一梭子弹，胡绍祖的小老婆被打死了，老妈妈的额角也擦伤了。老刘骂了一声，朝着箱子打出了半条子弹，箱子打得粉碎，胡绍祖像一条狗一样蜷曲在那里，一动也不动了。

我们估计城里的白鬼当晚赶不到这里，便从容地打开了胡家的粮仓。当我看见满囤子粮食的时候，又大大犯愁了：凭我们这几个人，带上缴来的枪支弹药，还能带得了多少粮食？我问老妈妈，老妈妈却笑着说："有办法，有办法！"话还未了，外面一阵脚步声，闯进来了六七个人，阿盛老爹也跟在后边。大家像早有准备似的，一色地带着竹杖、挑箩。原来，老妈妈早在刚进庄串门子的时候就约好了人，现在听见枪响，都赶来了。

老妈妈一面招呼人们装米，一面对阿盛老爹说："阿盛哥，我们就走，请你招呼人来分东西吧，天亮以后敌人要来的。别忘了，我们走了以后，给我们收拾一下足迹。"阿盛老爹说："你们尽管走吧，这些事都交给我办！"

真是人多势众，大家七手八脚地装了一些米、咸盐、干菜，还搞到一块咸肉、两只火腿，几个年轻的农民担着，由老刘、和伢子带着，找着老孙绕道上山了。

老妈妈把胡绍祖家的衣物分给婆子丫头们一些，又给了些钱，让她们各自回家。

我把几个团丁放开，跟他们说："我们是工农红军，专为穷人打天下的，你们要再帮地主们作恶，可得小心脑袋！现在给你们几个钱，各自谋生去吧！"团丁们也千恩万谢地走了。

时间已经半夜，我们也该走了。临走，老妈妈拉了我一把说："你不是会写字吗？留下几个字警告白鬼一下！"

我就着胡绍祖的桌上，随手写了几个字："白匪们：你们再进行收租夺田吧，再杀害劳苦人民吧！看，这就是你们的下场！"写完，我问她："下款怎么写？"

她毫不迟疑地说："中国工农红军游击支队！"

这次打了土豪，我们的情况大大改变了：不但我们这"医院"的问题解决了，而且打击了白匪的气焰，鼓舞了人民斗争的信心。在我们这座山的附近到处流传着红军游击队又在打土豪分田地的故事。甚至还有些人把这事添枝加叶地编成了神话般的故事，说："山上的红军有观音老母护佑着呢，她老人家用手一指，土豪的铁门就开了；她的手一挥，民团就不能动了；她咳嗽一声土豪就吓死了……"其实，谁能想到，这件事是一个年老的妈妈领着几个伤员干的呢！

但是，打土豪的事没有继续干下去。十多天以后的一个中午，老妈妈领着我们的队长回来了。我们的队长在那次战斗中并没有牺牲，突围出去以后就去找特委联系去了。只是特委也在流动，一时没有找到。当他见到了特委，接到了指示往回走的时候，他简直没有想到还会再见到我们，更想不到我们会生活得这样好。

队长带来了特委指示：一切伤愈的同志都要立即分配到各个支队去，开展斗争。一旦联系得好，"医院"也要很快转移了。当天，我就要随着队长到特委去。这样，我就和这位敬爱的老妈妈分别了。

在这短短的二十多天里，我已经和这位妈妈建立了真正的同志的又是母子般的感情，猛一分手，心里总是有点说不出的滋味。

黄昏，我收拾停当，就上路了。老妈妈把我一直送到山腰。临别，她紧紧地拉着我的手，长时间抚摸着我的脸颊、肩膀！……二十多天来，在那样艰苦的环境里，我没见她流过一滴眼泪，现在眼

泪却大滴大滴地流下来。我也忍不住流泪了。她说：“孩子，这些日子，你张口闭口叫我妈妈，按年纪我也够得上做你妈妈了，听说你也是没爹没娘的孩子，就把我这老婆子当你亲妈吧！走吧！妈妈没有什么话好说了，日后有机会，别忘了给我个信：还有，你要把咱这段生活牢牢地记着!”

我说：“是，记住了!”

我迈开大步走了。走出了好远，我回转头来看时，只见老妈妈还站在岭头上向我张望，她那花白的头发，迎着山风又微微地飘动着。

1955年10月8日

三张字条

一

一九四九年渡江之后，我们这支部队接受了新的任务：继续向南进军，追歼溃逃的蒋匪军。部队像一支离弦的利箭，沿着闽赣边境的崇山密林，迎着初夏的阴雨，踏着崎岖的山林小道，向溃逃的敌人，向南方，向祖国的东南边疆，兼程前进！

这时，我在这支部队的先头团政治处工作，被分配到前卫营搞借粮。借粮是怎么回事呢？常言说，“兵马未动，粮草先行”，按说大部队远征应该准备好粮食的，但当时进入的是新区，革命政权一时还没有建立起来，没有现成的粮食；而部队进军又急。因此上级规定了一个就地借粮的办法：向当地群众借粮，打好借据，留下地址，待以后政权建立了，再由政府协助军队偿还。

江南人民热切地盼望着解放军，借粮的事当地人民很支持，真是：要粮食手到拿来，找向导拔腿就走——方便极了。

但是有一次，却碰到了意想不到的困难。

这天，接到了参谋处发出的行军路线。打开地图一看，我们营的宿营地点是在崇安县境一个叫作灵田的村子。这个村子虽然在大山丛中，但从地图上看却是一个大村庄，估计至少也有二百多户人家。这真叫人高兴：这么大的庄子，全营都可以住得下，不必露营了；粮食自然更有把握，这么大的村子还能借不出几百斤粮？说不定还可以买到口猪，弄点青菜，改善一下生活呢！

我兴冲冲地上了路。可是当我走了一夜，从拂晓的晨雾里看清了这个村子的面貌时，像一跤跌到水井里，浑身都凉了。这哪里是个村子，简直像个乱坟岗：没有一间完整的房子，黑黑的山墙歪歪地立在那里，窗子只剩了个方洞洞；遍地是碎砖烂瓦，屋里地上的茅草，有一人多深，小树也长得有碗口粗了。野鸟听见响动，“扑棱”一声从窗洞里飞出来。我从村东头一直走到村西头才看见一排排傍着残垣断壁搭起的竹寮子，看样子还有人住。

几百人待在这里，不论怎么样也得先想想办法呀。我喊过通信员小吴，一道沿着荒草小径，向那些竹篱小院走去。太阳越升越高，我那颗心却越来越往下沉：这些人家不是妇女就是小孩，一看都是一些贫苦人家，不用说借粮，就是找个向导也困难了。

我们正失望地往回走，突然小吴喊了声：“老大爷！”我抬头一看，一位老大爷的身影一晃闪进一家院子不见了。我们赶忙也跟进院去，只见那位老大爷正在低着头整理什么，听到脚步声，抬头瞟了我们一眼。

“老大爷！”我喊了一声。他抬头望望，又只管干他的活了。

我又赶着叫了声：“老大爷，跟你商量个事……”他慢吞吞地放下手里的活，望着我们，指了指耳朵，摇了摇头，恶声恶气地说：“听不真！”

这时我真有点火了，一来白跑了一早晨有点心焦，二来喊他第

一声他听见了，现在却装聋了。我压住气，放大嗓门向他解释：我们是人民解放军，想临时借用点粮食。……他只是淡漠地望着我们，终于没有吭声。没办法，我只好招呼了一声通信员：“走！”拉着小吴就跨出了门。小吴倒不知愁，边走还哼着：“革命军人个个要牢记……”

走出大门没有几步，忽然后面脚步匆匆，那位老人跟着赶出来了。我回头看看，他正向我们的背影望着。我转过身又往前走，老人忽然喊道：“喂，小伙子……”

我们又莫名其妙地站下来。只见那老人紧三步赶上来，伸手拉住小吴，把他推了个半转身，抓着小吴背的挂包，端详起来。他脸上刚才那种怒气冲冲的神色没有了，换上了一副惊喜的笑容。这一来却把我俩弄糊涂了，他在看什么呢？

他看了半天，小心地问：“你们是中央军？”

“不，我们是人民解放军，是打中央军的。”那时候咱们人民解放军还没有佩戴帽徽、符号，又没有什么特殊的标志，我只好这样回答他。

他没吭声，又把那挂包翻来掉去看起来。这时我才注意到小吴的挂包上挂着一个洋瓷碗，在装碗的布袋上，可着碗口缝着一个大红五角星；就是这个红五星引起了他的注意。我忽然想起了：按行军里程计算，现在该进入过去的老革命根据地了，是不是这老人知道我们？我连忙补充了一句：“我们就是过去的红军，现在回来了！”

这句话真有效。老人登时激动起来，忙问：“可真？”这是用不着多少解释的。他一把抓住我，一只手揽住小吴，说：“哎呀！可把我们盼死了！走，到家去！”这时，我觉得他的手在轻微地抖动。

走着，我开玩笑地问他：“这会儿你老人家的耳朵怎么好使了！”

“谁知道你们是什么人？”他不好意思地笑笑，随即又收敛了笑

容说，“说实在的，这十几年就这么过惯了。那是国民党、白鬼子的天下嘛，我就给他个装疯卖傻，一问三不知。”进了屋，安置我们坐下，他又滔滔不绝地说下去，“前几天就风言风语地听说红军要回来了，可是一群群过的净是些国民党的败兵。你们又没个记号……你们一进门，我听口气挺和气，可也不敢认准哪，等你们走的时候，我听见这小同志唱的歌调好熟，扫眼又看见这个大红五角星星——过去咱们红军谁身上都有这东西，这就是好记号。我这才敢开口了。”

彼此一谈通，话就多起来。老人像见了多年不见的子女，激动着，絮絮叨叨说个没完没了。一会儿问问战争情况，一会儿谈谈红军走了以后的苦处，谈到苦日子的伤心事，眼里就挂上了泪珠；泪水没干，说到现在的局面，又乐得理着胡子呵呵地笑个不停。

从老人的谈话里，我才知道这块儿早在第二次国内革命战争的后期，就建立过革命政权。像南方所有老根据地一样，自从红军长征北上之后，遭到了国民党反动军队、地主、恶霸疯狂地摧残。后来又因为人民暗地支持山上的红军游击队，敌人索性一把火把这个二三百户人家的美丽的山村烧了个干干净净。

老人满怀感情地说：“当年红军临离开这里的时候说过：我们会回来的，等我们再回来的时候，天下就是我们的了。我们就是靠这些话，才活到今天啊！”

本来，我们真想纵情地谈下去，和这位革命老人叙叙离别之情，但是部队吃饭要紧哪，我只好把话转到借粮的问题上。我抱歉地说：“大爷，按说你这儿受了这么多苦，是不应该再让你受累了，可是……你看看，能挪就挪一些，要不，咱再想办法……”

没等我说完，他把我的肩膀一拨，打断了我的话：“咳，小伙子，看你说到哪儿去啦！照实说，要多少，我算计算计！”那口气听

起来真像父亲对儿女的腔调，又直率又亲切，叫人觉得心里甜丝丝的。话虽这么说，可是上级政策交代得明白：贫苦家户尽可能不借或少借；这村的情况明摆着：困难着呢！我吞吞吐吐说了个保守的数字，接着又再一次向他解释政策和办法。

我讲着，偷眼望了他一下，只见他手里捏着一把干草秆，一段段地掐断了，聚精会神地在地上摆弄着，摆得一堆堆的，一会儿从这堆调一根到那堆，一会儿把那堆又打乱了，还不时地用手捶着脑袋，思索着，大概在计算着什么。

我索性停了嘴，注意地看着他。好大一会儿，他把手里的草一扔，霍地站起来，伸手从屋角抓过一把铁锹，一把镢头，把铁锹递给我，说了声："走!"就一步跨出了门。

我们都被他这突然的动作弄得糊里糊涂，接过铁锹，怔怔地跟在他后面走着。出了门，拐了个弯，来到一座破烂房框子跟前。他朝一堆碎瓦指了指，说："帮一手吧！"一镢头就刨下去。我俩随着他挖起来。

碎瓦刨光了，是一堆新土；新土出清了，是一块木板；木板揭起来，是一个大瓦缸；把缸上的稻草拿掉，原来是满满的一缸白米。

"怎么样？上等白米！百十口人吃一顿足够了!"老人指着米得意地说，"前天过的那些国民党兵，粮食味也没捞着闻，连一顿红薯秧子都没吃到熟的。"说着，他又纵声地笑了。

我却没有笑。我为这老人的行动深深地感动了。我激动地拉住老人的手，说："老大爷，谢谢你！我代表全营的同志谢谢你！大爷，找秤来吧！我们借用一部分。"

"什么，秤？我没有那玩意儿，也不用那玩意儿!"他又恢复了刚才说话时那种执拗的神气。

"不，上级有规定，这是借粮救急，称一称，有个数，以后咱们

政府好还你!”

“还？干吗要还，自己的人吃了还要还?”看样子，刚才我的解释算白说了。

我还想再给他说个明白，他摆了摆手说：“算了，来，帮我把它弄上来!”

我们把米缸抬上来，搬到屋里。刚放实，他又说了：“锅在墙角里，缸里有水，做饭的家伙一应俱全。你快叫人来做饭——走了一夜，早吃早歇息！米不够，一会儿就凑了来。”说着，从墙上摘下一只老牛角，撇着腿，一颠一拐地走出去了。刚走到门口，又拐回来说：“米，都下锅！锅不够大，到外面找；你就说程元吉——程老三说让用的!”

他走出去没多久，村头就传来一声声悠长的牛角号声。我向四处望望，西面山梁上、树丛旁、竹林边出现了人影——村里的青壮年随着号角的召唤都回来了。

我打发小吴去报告营长，并叫炊事员带杆秤来。炊事员来了以后，我把米的一半倒在米箩里，称了称，六十斤，满够营部吃的了。让炊事员淘米下锅，我赶出去再找那位程老大爷。转了一圈没找到。当我转回来时，却意外地听到了这老人的大嗓门：“……反正已经洗了，不吃怎么办?”我知道出了事，一步跨进去，可不是，原来那老人早已回来，瞅瞅炊事员不注意，舀了一盆水，把瓦缸里的米一股脑儿都洗了。

接着，程老爹告诉我，村里的人都回来了，一说就凑出了七百多斤粮食，还凑了些青菜、笋芽、鸡蛋……

这样一来，全营一天的吃饭问题就这么顺顺当当地解决了。我怀着极其兴奋、感激的心情，随着老人挨家办理了借粮手续；为了照顾人民的生活，又退回了一部分粮食——可是真费了不少的唇

舌。当时，我也把一张借据交给了程老大爷。

我原以为又要再争执一番的，谁知道这回程大爷却爽快地把那张借据接了过去。我想：也许给别人解释时他已经听懂了吧！谁知完全不是那么回事。只见他把那张借条仔细地看了又看，突然点着头，没头没脑地说：“咳，十八年啦！”

他大概看出了我的疑惑，微微笑了笑，俯身钻到床底下，在一堆破烂鞋子里挑出一只破草鞋。他撕开鞋底，拿出了一个小布卷，轻轻地拂掉了上面的灰尘，把它递给我。

我打开布卷，就看见一张第二次国内革命战争时期分田地的“耕田证”。在“耕田证”里又夹着几张字条。我一张张看去：第一张是一封信，那是以很潦草的铅笔笔迹写成的，有些字已经模糊不清了。第二张是一纸不合程式的借据，再一张又是一封短信。

除了土地证之外，我看不出什么名堂，我问他：“这是怎么回事?”

他说：“你要是没事，休息过后，咱就谈谈吧！我给你讲讲这三张字条的来历。”

二

1931年9月，整个武夷山区沉浸在一场暴风雨里。

像谁拉开了一个看不见的闸门，雨，连成一片，向着整个山区倾倒。风借雨势，雨助风威，山石上溅起浓浓的白雾，大片的竹林梢头卷摆着浪花。山泉从无数岩石的缝隙里冲出来，汇成一股激流，冲着滚滚的山石、拔着低矮的小树，涌下山来。

傍晚时分，程元吉把屋里的东西归置了一下，把薄薄的茅草屋顶上又压上了几块石头，怀里揣了几块红薯，就往外走。按说，像

这样的天气，他是不该再到山里去的，但是不去又不行。那片南瓜地是一家人的命根子。两年前，爹送萧家地主小少爷进城，爬山时因为轿子抬歪了点，被小少爷一脚蹬下山崖摔死了；想打场官司争口气，官司没打赢，几亩地花了个干干净净。程元吉只好在山坳里坡坡上一锨一镬地刨出了二亩多荒地来，种上了南瓜。总算不错，南瓜长得蔓儿粗、果儿肥，远看青艳艳的一片，近看横七竖八的一堆，是个好收成。只是地处偏僻，又是这么个大风大雨的晚上，万一有个坏人打这些南瓜的主意，只有老婆和一个不满十岁的女孩子怎么能看得了？再说，近来街面上实在不安定，中央军和民团的队伍一个劲地往西开，说是打共产党领导的红军。这些家伙到处抓人抢东西，东西被拿走还不说，人还被拉去扛子弹不能回家。程元吉也想趁便到山里去躲躲。

雨继续哗哗地下着。程元吉把棕皮蓑衣掩了掩，往山坳里走。这曲曲拐拐的山路，又是这么大的风雨，实在不好走，等他翻上了山梁，望见那块心爱的南瓜地时，天已擦黑儿了。就在这时，程元吉望见一串黑影从山腰的矮树林里蹿出来，直奔他那看瓜的小茅棚子。程元吉不由得打了个寒战：不好，这样的天气成群结队地满山跑，一定不是好人！他不敢再往前走了，连忙一闪身藏在几棵大树后面。

眼望着这一群人，程元吉一阵心跳，脑子里马上浮起一幅景象：这些人就要气汹汹地一脚踢开那扇破竹门，把屋里翻弄个乌七八糟，说不定……他不由得捏紧了拳头，向前迈了几步。但奇怪的是，那些人跑到门前却停住了，好一阵不见动静。接着这群人又离开房子，在一棵树底下围拢来，一个人指手画脚地讲了些什么，然后，人们又散开了。

程元吉刚松下的心立刻又紧缩起来：原来那些人散开之后，就跑到瓜地里去了。只有一个人在树底下蹲下来，打开电筒，垫着膝

盖，在写些什么。写好之后，又回到房子跟前去。不多会儿，散开的人群又合拢了来，每人肩上扛着一个南瓜。程元吉望着这些扛着南瓜向山里走去的人，默默地数了数，有二十多个人，这就是说有二十多个南瓜没有了。他不由得痛苦地叹了口气。

等那些人走远了，程元吉才钻出树丛，也不顾泥泞，快步赶到房子跟前。老婆带着惊惧的神情给他开了门，随即一把拉住他，断断续续地说：“可……可吓死我了！……”

原来那些人来到屋跟前以后，并没有行凶，只是轻轻地敲了敲门，喊了几声：“老乡！老乡!”

她哪里敢应声。接着，又是两下敲门声。这次敲得重了些，声音也提高了：“老乡，开开门，我们有事商量!”

这一喊，她更吃惊，看样子要砸门了。这小茅棚别说砸，就是稍用劲一拉就会连门带柱倒下来的。她慌忙坐起来。这时，外面另一个声音插话了：“刘同志，声音小点，看吓坏了老乡。”接着，又压低了嗓音向屋里说：“老乡，别害怕，我们不是坏人。你们有粮食没有，我们买点用用。”

粮食倒有一点，可是……她还是不敢吭声。半天，那人又说话了，声音还是那么和气：“老乡，实在不开门，我们只好就这么做了。”只听得一阵脚步声奔到瓜地里去，看样子是摘瓜了。一边摘一边还传来这样的话：“大雨天，别把瓜地踩烂了。”“看，你怎么把这样嫩的摘下来了，留着还能长嘛。”“小心别把瓜秧子踩断了。”忙乱了一阵，又静下来；门外又说话了：“老乡，我们实在没办法，把你的瓜摘走了，钱留在东头第十棵瓜秧根上，请你收下吧!”

程元吉听着老婆讲完了这段事的经过，坐在床上，低着头直叹气，半天不吭声。待了一会儿，还是老婆先开了口，她说：“去看看吧，瓜少了多少。说不定人家真给留下钱了呢。”

“想得倒美！这年头能有那样好心的人？”话虽这么说，但他还是走出去了。他来到瓜地东头，数到第十棵瓜，伸手往瓜根上一摸。可不，在那硬硬的瓜蔓上，用茅草紧紧地捆着一包瓜叶；解下来一掂，沉甸甸的。

程元吉心一阵跳，把瓜叶包拿到屋里，打开一看，里面包着明晃晃的两个银圆。在两个银圆的中间，夹着一张叠得四角方方的字条。那张字条上写着：

> 老乡，我们是中国工农红军，为了消灭压迫穷苦人民的国民党反动派和土豪劣绅，来到这里。因为没带粮食，又叫不开你的门，只好摘了南瓜二十个，约计市价，留下银洋两圆，请你收下。
>
> 中国工农红军××支队×连

程元吉两口子被这神奇的事情惊呆了。银圆，除了卖地打官司以外，他们什么时候见过银圆？这些叫作“红军”的人虽然并没有露面，但是这张写着潦草字迹的小字条，却把程元吉的心照亮了。他把这张字条小心地保存起来，并把这个故事悄悄地在穷苦朋友中间传播开来。

半年之后，红军真的来了。程元吉最先参加了贫农团，参加了打土豪分田地的土地革命斗争。

三

1934年的秋天，老根据地的红军参加了“抗日先遣队”北上抗日了，国民党反动派像一群黑老鸦一样，来到了根据地。这一来，

程元吉和当地的人民又过起了胆汁拌黄连的苦日子。

被国民党反动派摧残过的村子，一点也看不出原来的样子了，所有的房屋都被一把火烧得精光，人们只好在这些残壁近旁搭起一排排的竹寮子来遮蔽风雨。

这天晚上，天气更加寒冷。月牙儿斜挂在西天，冷冷地瞅着这个荒芜了的灵田村。

就在这些竹寮中间，有一扇门忽然“呀”的一声开了，灯光影里，一个人蹲到门口四处瞅瞅，然后低声招呼道：“没有人，走吧！”

接着，一个个黑影闪出来，你东我西，在黑暗里消失了。

竹门又掩起来。小竹寮里只剩下了两个人：一个二十来岁的小伙子，一个四十来岁的中年人。那个年岁大些的，就是程元吉。经过这几个月的折磨，这位身强力壮的庄稼汉，像害过一场重病，一下子苍老了许多，两颊瘦削下去了，嘴上也留起了胡髭，看去像个半老头儿了，但他那炯炯发光的眼睛和微微张开的嘴角上，却流露着掩不住的笑意。他怎么能不兴奋呢，过了将近半年的苦日子，今天见到了山上红军游击队的来人，知道了红军游击队坚持斗争的情况，他像郁郁闷烟的柴堆，一阵风儿吹来，又冒起炎炎的火苗来了。他把座位往前移了移，几乎是贴在那人的脸上，低声地说：“不能留一宿？这世道，见个亲人不容易，亲不够啊！”

“不啦，我马上就得走，还有工作要干哪。”那人回答了他，沉思了一会儿又说，“阿叔，我留下你不为别的，实告你讲，这村在党的同志都上山了，这会儿，有一桩紧急的事……我想……”

他的话还没说出口，程元吉忙一把逮住那人的肩膀晃了晃，急促地说：“咳，范同志，有什么事照直说好了。我程老三的为人，山上同志也该知道，我虽然不在党，可我知道咱们共产党是干什么的。有事交给我，我拼上身家性命也能干！”

范同志笑笑说："不是我不信服你，这事危险啊，弄不好要牺牲性命呢。"接着，他把工作讲了讲。原来游击队上山以后，碰到了一堆堆的困难：吃没粮，住没房，伤了病了没药治，冷了没衣裳，而最困难的是缺乏武器、弹药。快武器很少，主要靠以前赤卫队用的鸟铳，但就连这玩意儿也"没得吃"。费了好大的劲，通过地下党的关系，在县城里搞了一部分火药，因为白匪盘查得紧，一时弄不出来，就准备瞅机会往外搞。最近接到情报，敌人打算把一些被捕的同志和革命群众往城里送，游击队决定乘机消灭押队的白匪。这样，这批火药就急等着用了。山上考虑到程元吉常到城里卖南瓜、蔬菜，人缘好，地理熟，再者他是有户籍的人，进出白匪的"卡子"比较方便，才决定请他来执行这项任务。

程元吉静静地听范同志讲完了，想了一想，问："送到哪儿？什么时候送到？"

"明天，最迟后天晚上，一定要送到，我们在城南十八樊家东南角的山神庙里等你。"范同志说了联络地点和暗号，就趁着夜黑走了。

第二天，程元吉起了个黑早，拾掇了一担青菜，一溜小跑赶进了城。他把青菜胡乱要个低价卖了，按照范同志说的路，赶到了一家小饭馆，选了个座位坐下来，喊了声："老板，来碗馄饨，多加点胡椒！"

这句暗号刚说完，只听得里屋里叮叮当当一阵响，两个保安团的兵拥拥扯扯地押出一个人来。其中有一个兵手里还抱着两个大报纸包，顺着纸包的裂缝，一缕黑药轻轻地洒出来。那人被反捆着两手，脸上嘴上流着鲜血，嘴角紧闭着，满脸怒气。这怒容直到他走到程元吉身边的时候才稍稍消退了些。显然他已经听到了刚才程元吉的话，他走过程元吉身边时，平静地说："老乡，买卖遭了事，好

在屋里有面，你要吃啥只好自己弄了！”说罢，恶狠狠地瞪了两个白鬼子一眼，挺了挺胸，大踏步走出门去。

程元吉好容易才压住自己想扑上去的心情，目送这伙人走远了，才走进内屋。只见屋里被翻得乱七八糟，一个生病的老太婆——大概是那人的母亲吧——在悲切地啼哭。他难过地摇摇头，把早晨卖菜的钱塞在她的手里，就悄悄地走出来。

程元吉挑着箩筐在大街上茫无目的地走着，心像刀绞着似的，又痛楚又慌乱。很明显，接头的人被捕了，要搞的火药落到了敌人手里，游击队得不到这批军火的供应了。他脑子里一会儿出现了白匪的法庭，那个亲爱的同志在敌人面前，咬着牙，忍受着种种酷刑。一会儿又想到山上的游击队，他仿佛看见山上的同志们，擦好了明火枪，在那山神庙旁边眼巴巴地等着这批火药。他仿佛又看见：一队队的白鬼子，押着我们的同志往城里走，游击队的同志就在山梁上望着，他们因为等不到这些东西，就用仅有的那几支快枪，亮着梭镖，冲向押送受难同志的白鬼子的队伍，而后，战斗失利了，同志们有的牺牲了，有的受伤了；那些受难的同志和群众又被押进了敌人的牢房……而这，都是因为火药没有送到的缘故。想着，走着，哐当一声，箩筐撞到一个水果摊上了，他才惊醒过来。

程元吉连忙走到路边上，找了块石阶坐下来，点上一锅烟吸着，竭力使自己平静下来。他必须想出办法，做出决定，但是怎么也想不出。他深深感到自己一个人是多么孤单，要是有个人商量一下有多好啊！他不由得又回想到刚才见到的那个接头的同志，从他的面貌、表情一直想到他说的话……

“对了！”程元吉仔细揣想了接头同志最后的话以后，不由得两手一拍叫出声来，倒把身旁一个晒太阳打瞌睡的老头儿吓了一跳。

他又把这意思重新想了一遍，一点也不会错："屋里有面"就是说城里还能买得到黑药，剩下的就要自己想办法了，这办法就是自己设法弄钱来买！他连忙起身，在城里转了一圈，跑了几家猎具店和爆竹店大致打听了一下价钱，就动身回家了。

一进家门，老婆望着他那急慌慌的神色，担心地问："出了什么事啦？"

程元吉且不答她的话，反问她："咱的米还有多少？"

"还有二百来斤吧！"

"装米箩，我要卖了它！"程元吉说罢，又抓了把石子在地上摆弄着算起账来。

老婆懂得他这说一不二的脾气，就动手装米。一边装，一边忍不住问道："什么事用钱这么急？卖了以后大人小孩吃啥呀？"

"少啰唆！床底下有南瓜，地窖里有红薯，还能饿着！"他又计算了一阵。算完了，他双手抱着头，发起愁来：就是卖了米，钱也还差得多呀，再从哪里弄钱呢？他打量着屋里的每一个角落，想找出点值钱的东西来。但是可怜，这个遭到白匪洗劫的家，除了一张破旧的木床，一卷破得像麻袋似的铺盖，一口锅，几个瓦盆以外，哪有什么值钱的东西？他走着，看着，想着，眼睛慢慢地在屋角里那只旧箱子上停下来。他呆呆望了一阵，蓦然狠狠地跺了跺脚："就这么办！"说完，他走到老婆跟前，轻轻地抚摩着她的肩膀，放软了口气说："兰子妈，跟你商量个事……我想把咱那块地卖掉！"

"卖地？"老婆很少听到丈夫用这样柔和的口气说话，猛一听，不觉有点奇怪；但等听完了，又大吃一惊。

"是啊，要卖掉！"程元吉说，"不瞒你，我用钱给山上置办东西。咱们，卖了地再租点地种，我多打几个长工，你多做点针线，还能过得去，可山上……这是人命关天的大事，咱拍拍胸膛摸摸

心，不能不管哪！”

老婆没有说什么。她懂得丈夫的心，也知道这事果真要紧；她不声不响地拉过箱子，找出那张地契来，交给丈夫，却不禁流下泪来——她心痛自己这点唯一的家产哪。其实程元吉也不是没有想到这一层，但是，这点地，甚至这全家人，比起解救受难同志的事来，显得太微小了。他伸手接过地契，望了女儿一眼，安慰地说：“算啦，想开些吧！多想想共产党和红军给咱的好处。咱们吃点苦，将来革命成了功，多少穷苦人的福都享不尽哪！”

经过一晚上的奔走，地契又落到了萧家地主的手里。虽然价钱差得多，但程元吉也顾不上那许多了。他带上这笔钱，第二天一早又进了城。自然，在购买这些东西的时候，少不了又费了些劲：对这家店说要打猎，对那家店里说要做爆竹，好容易凑集了十来斤黑药，和一些黄药。剩下几个钱，又买了一点医药。

傍晚，他找个僻静地方，把这些东西装到粪桶里，上面隔着油纸盖上层干粪。他的身份掩护了他。他混过城门岗的盘查，出了城，一气就赶到了指定的地点。

小小的破山神庙里挤满了人，正像程元吉想象的一样，人们都眼巴巴地望着呢。队长、政委焦急地在庙门外走来走去。大家一见程元吉来了，连忙迎上去。政委接过药包，高兴地拍着程元吉的肩膀说：“老乡，真得谢谢你呀！”

“哎，算啦，自己人嘛，说这干啥？”他本想把自己做的事瞒过去的，但想起了接头站遭到破坏的事，就说：“只是那个接头的地方再也别去人了。”接着就把事情的经过谈了谈。

队长、政委和同志们都静静地听着。听完了，政委紧紧地抓住程元吉的手，激动地说：“好老乡！你这样爱护自己的军队，我们也永远忘不了你！只是……”政委搜索了一下衣袋，为难地说：“只是

我们一时没法报答你。这样办吧！”他摸出钢笔，在笔记本上撕下一张纸头，借着电筒的亮光，写下了几个字：

今借到灵田村程元吉老乡火药十六斤，药品一部。

中国工农红军游击支队支队长　柳　笙

政委　吴功强

1934年12月18日

政委写完，交给支队长看了一下，盖上了图章，递给程元吉说：“请你把这个保存着，等以后局面打开了，我们再照价偿还你！”

看着这张字条，程元吉的眼里忽地涌出一股泪水，他仿佛觉得心要跳出来。眼前的情景又使他回想到三年前另一张字条的事了——这些人，为了劳苦群众的事，奋不顾身，可是当需要群众的帮助的时候，却是这样斤斤计较、分毫不爽啊。他用颤抖的手接过了字条，说：“好，我收下。等你们，不，等我们胜利了以后再说吧！”

在这以后的日子里，红军游击队同志的确没有忘记这个生活在荒凉残破的山村里的农民，他们关心着程元吉一家的生活，也把一件件的革命工作交给了他。而程元吉也总是豁上身家性命，来为革命工作。

可惜这样的生活过了不久，这里的游击队向新的地区转移了；后来他们又和别的游击队合编成新四军，一直开往抗日的最前线。从此，程元吉和自己的队伍又断了联系。

四

竹林冒出了新笋，茶树绽开了嫩芽，1941年的春天来到了武夷

山区。

程元吉领着女儿兰子，到她的外婆家帮忙采收了第一季早茶，就赶着往家走。

在红军游击队走后的几年里，程元吉是咬着牙熬过来的。他老婆得病去世了，他拉扯着年幼的女儿，过着半饥不饱的日子。这艰苦的折磨，使这个年近半百的老人更加苍老、衰弱了，他留起了花白的胡子，他的背也微微驼了些，甚至走远山路也磕磕绊绊，跟不上脚了。他索性放慢了脚步，仔细地看起山景来。这条荒僻的小路上，几乎每一棵树、每一块山石他都熟悉。红军在的时候，他曾经不止一次地踏着这条小道去支援前线，后来他也曾走过这里去秘密地送过信。而那心爱的红军，游击队的同志们就是踏着这条小路走上抗日前线的。红军，什么时候打败日本鬼子再回到这里来呢？

兰子紧紧地跟在爹的身后。就像一棵翠绿的新竹一样，几年来她已经长大成人了。她还带点孩子气，有时候，会连蹦带跳地跑到爹爹的前面，手里拿一枝柳条，抽打着路旁的茅草芽儿，口里哼着山歌。跑跳了一阵，她等着爹爹走上来，便凑到跟前，小声地问："爹，你又想红军了？"几年来的生活里，她已经很熟悉地从爹的神情上看出他的心事。

"嗯！"程元吉点点头。

"你老讲红军，红军，可是红军是些什么样的人哪？他们什么时候能回来呀？"

"红军在打日本鬼子呢，打完了就回来……"

爷俩儿边走边谈，又走了一程，刚刚翻上一架山梁，忽然兰子拉了父亲一把："爹，有人。"他抬头一看，望见远处两个人正在交头接耳地说着什么，眼角还不停地往他们这边瞟。程元吉认出那正是本地的保长萧魁五，另一个是他的狗腿子。这家伙在红军撤走

时，就回乡了，当上了“业主团”团长、保安队长，夺田、倒算、杀害革命群众，无恶不作；抗战爆发，红军游击队出征以后，他又当上了保长。程元吉恨透了这个家伙。现在从他那醉醺醺的神态和淫邪的笑声里，又觉出这家伙一定不怀好意，不由得下意识地看了女儿一眼；兰子也意识到了什么，手攥着拳头。这时，那两个家伙已经赶上来。萧魁五拉下一副皮笑肉不笑的脸孔说：“老吉，抗战救国你该懂得，你的那笔壮丁费该缴了吧?”

程元吉瞪了他一眼，没有搭腔。

“哼，你这块红骨头，没砸烂你就是便宜！这笔账现在就要算，没养儿子拿女儿顶上！”那家伙喷出一股酒气，转身向狗腿子喊了声：“动手！”就向兰子扑去。

兰子一步跳到崖边，对着萧魁五狠狠地说：“你敢再往前走！我跳下去，也要把你这狗东西拖下去！”

程元吉觉得血一直往上涌，他毫不迟疑地弯腰搬起了一块石头，蓦地举过了头顶，要朝萧魁五砸去。“不许动！”狗腿子的一支驳壳枪顶住了他的胸膛。

正在这紧张的时刻，突然，唰的一声，一块石头飞过来，正砸在狗腿子的头上，那家伙哼了一声倒下了。接着道旁山石后面的树丛里跳下一个人，一脚踩住狗腿子的手腕，把枪夺到了手。

萧魁五早吓愣了，等他想起拔腿逃跑，一颗子弹把他的脑袋打得开了花。

那人把这些都做完了，从容地吹了吹枪口里吐出的硝烟，爱惜地把枪放在手里掂了掂，又用大拇指推上了保险机。这工夫，程元吉才仔细看了看那人。那人蛮年轻，看样子不过二十三四岁，穿着一身满绽开棉絮的灰军装，头发老长，几乎盖住了耳朵，脸颊瘦得深深地陷下去，由于失血而显得苍白。特别使程元吉注意的是那人

左臂整个吊在脖颈上，肩胛处用一块破布包着，大概是受了伤，暗黑色的血渍夹杂着灰土粘在布上。而且可以看出，由于刚才的剧烈活动，伤口疼得厉害，他正咬牙忍耐着，他那雪白的前额上渗出了一粒粒的汗珠。程元吉一时判断不出这是个什么人，他以掩饰不住的惊奇的语气问："你是……"

"是新四军！——红军！"那人笑了笑，把枪插在左胁下，伸手指了指两个坏家伙的尸体，"来，'红骨头'老乡，把这些东西收拾了，先离开这是非地以后再说。"

听说是红军，程元吉和兰子姑娘都兴奋起来了。他们爷俩儿帮着这个年轻的战士把尸体抬到路旁远处的树丛里藏好，又把路上的血迹收拾了一下，三个人就偷偷溜进了一片茶林。

在这僻静的茶林里，青年战士详细地谈了他的来历。他名叫齐胜，原来是新四军的一个排长，皖南事变时因为战斗中被手榴弹震昏了，落到了敌人的手里。随后被押运到江西，准备关进集中营。就在运送的路上，他们几个人打倒了押送兵逃跑了。在逃出的时候，被敌人的子弹打伤，他只好带伤沿着山林没人处乱走，东走西转，来到了这里。他正要下到山沟里找水喝，刚巧碰上了保长行凶。

见到了自己的亲人，听到了自己队伍的消息，使程元吉又兴奋又激动。他不停地询问着红军的一切。谈着谈着，不觉太阳落山了。直到女儿提醒，程元吉才想起他们还在荒野的山林里，他抱歉地对齐胜说："你看，只顾说话了。你打算以后怎么办？"

"到江北去，找自己的队伍去！"齐胜说。

程元吉说："你这样满山乱跑也不是个办法，再说你伤得这么厉害，走这样远的路，怕也受不住。我看倒不如先到我家躲躲，养养伤。等伤好了再想办法。"

齐胜寻思了一会儿，也实在没有别的法子，就同意留下来。等

天黑定了，程元吉和女儿搀扶着齐胜，回到了家里。

从此，程元吉家里就暗地里增添了一个客人。他在房后竹园深处的一堆稻草里给齐胜安置了一个住处。白天，齐胜就在草垛里躲着；程元吉出去给人做工、贩卖青菜，家里有兰子姑娘照顾着齐胜吃饭、喝水。夜里人静了之后，齐胜就偷偷地出来，洗洗伤口，和程元吉爷俩儿谈谈，和老人睡在一起。

开始，因为保长的死，风声还紧了一阵，不久就平静下去了。在这些日子里，程元吉不管白天做工多么劳累，晚上都要和齐胜闲谈，而且总是齐胜催过几次才肯睡下。兰子姑娘早在童年的时候，就听到爹爹说过红军的许多事情，红军，在这个姑娘的心里留下了深深的印象，现在，果然见到红军的人了。她像照顾自己的兄弟一样照料着齐胜的饮食和伤势，并且一有空闲的时候，也像爹爹一样仔仔细细地问起新四军部队的情况，特别是女战士们的生活。

程元吉家里自从红军游击队走后，六七年来从来没有像这些日子这样欢快过。但是有一件事却使程元吉着实发愁：原来齐胜的伤擦着了骨头，住在这里，没有药治，只能用点盐水洗洗，伤口总不见好；这几天伤口有些红肿，人也发起烧来；想买点药吧，自己没病没灾的，又怕引起人们怀疑。而且因为几天没找到工做，吃粮也快完了。他们爷俩儿掺粗杂省出些米来，怕也支持不下来了。

这天晚上，齐胜突然发起了高烧，程元吉急得一夜没有睡觉。第二天刚放亮，程元吉把女儿喊醒，悄声地说："我看齐同志的伤是非治不可了，我想把他送到城里去请大夫瞧瞧。"

"那……叫人看见了怎么办?"姑娘惊异地问。

"我就说他刚从南洋回来，因为不摸这里情形，叫民团放哨的打伤了。就是他的身份……"程元吉沉吟了一下，说，"这就要你帮一手了。你梳个髻吧!"

姑娘红着脸，会意地点了点头。

程元吉也笑着说：“好，快去打扮吧，咱这就走，爹先借钱去。”

“爹，这不是钱吗?!”说着，兰子把母亲留给她的一支银簪子递给了程元吉。

趁着早晨的雾气，程元吉背着齐胜，和女儿一块偷偷地溜出了村子，赶进了城。兰姑娘的装扮变得完全像个青年妇人了。这个装扮掩护了齐胜，他们顺利地骗过了保安团的哨卡，在城里找到一个药房。医生给齐胜看了伤，程元吉又买了治外伤用的药品和一些粮食、补品，姑娘也仔细打听了对伤者的护理方法。

有药医治着，有东西调养着，齐胜的伤势很快好起来。不到一个月的工夫，伤口已经长平了，身体也补养得强壮了些。这天晚上在闲谈的时候，齐胜吞吞吐吐地说出要走的意思。

其实，程元吉也不是没有想到齐胜该走的事，在这里待下去也不是办法，队伍里多一个人多一分力量嘛！只是打发他上路的事还没准备好，而且住久了，猛然分别也有些舍不得；更重要的是最近程元吉有了一个打算，正在谋虑着，还没拿定主意。现在齐胜提出来了，他就说：“急什么，再过两天，等身子壮实了再说。”

这以后的几天里，程元吉一直在忙碌着，赶着给人做了几个工，还借故出了趟远门，好像把齐胜走的事忘了。这天，程元吉搞来了一些米，交给女儿，让她全部做成打糕，还特地打来了半斤老酒。晚上，他把齐胜和女儿叫在一起，喝完了一杯酒，说：“齐同志，你要走，我也不打算留你了，要走，就趁今天夜里走吧！路，我已经探听好了：从这里往东北走，过松霞岭往正北，听说那块儿日本人要来，白军早窜了，趁这兵荒马乱的劲，走起来方便些。”

说完，程元吉又拿过准备好的干粮和一个纸包，递给齐胜说：

“这些东西你带上，路上吃；钱没有多少，带在身边，急用的时候花。”

齐胜默默地接过干粮，却把钱递回去，感激地说：“阿叔，这些日子，多亏你老救了我。这恩情也实在难以报答，只好日后再说。这干粮我带上；你老和兰妹过生活不容易，这钱还是你们留着用吧！”

“齐同志，看你说到哪去啦？你说我救了你，又是谁救了我？——咱的军队和我是一条命啊！至于说到我爷俩儿的生活，这，我还有话要说。”说到这里，程元吉猛地一仰脖子喝完了最后一杯酒，抓住女儿的手说：“孩子，那天我问你愿不愿去参加自己的队伍，你说愿意！现在爹已拿定主意，机会难得，你就跟齐同志一块走吧！”

虽然，兰子也早有这个打算，只是。她想不到，爹这样突然地就决定了。她沉默了半晌，才深情地喊了声：“爹！……”

“别担心我，你爹的骨头硬着呢，我总能苦熬苦撑着等你们回来！”程元吉把钱交给女儿，慈祥的语气里含着严厉和果断。说罢，看见齐胜脸上有为难的神色，又说，“齐同志，这事我已经打定了主意。为革命嘛，有东西出东西，有人力出人力！再说那天的事你也看到了，这样的世道，女儿大了我也不放心；跟上你去干革命，一来自己队伍里多个人手，二来我也了了一桩心事。再说，你们俩路上互相招呼、互相掩护着，也少遭点凶险。”

这些日子相处，齐胜也摸到了老人说到做到的脾气，而且把自己唯一的女儿交给革命，这也是这个革命老人的心愿。想了一下，就说：“既然你老人家决定了，我一定好好把兰妹妹带给咱们的新四军。只是，阿叔，我怎样来答谢你呢？”

“咳，”程元吉打断了他的话，“为了革命，这算得了什么？告诉

你，我程老三这颗心算红透了！”说着，他又拿出了他那珍藏很久的两张字条递给齐胜。

看着这两张字条，齐胜更加激动起来：这位革命老人在这么长的日子里，在各个革命时期，都是和共产党和红军紧紧地结合在一起啊！

深夜，程元吉把齐胜和自己的女儿送出了村，送上了向东北的小路。在朦胧的月色里，这两个青年人告别了老人，踏着细碎的星光，奔向北方，奔向长江，奔向抗日前线去了。

程元吉目送两个亲人的背影，直到看不见了，才抹去脸颊上不知什么时候流下的泪水，回到自己的竹寮里。刚刚坐下来，他看见油灯底下压着一张字条，打开来一看，原来是齐胜留下的。那上面写着：

新四军主力部队、游击部队或革命政权的同志们：我是新四军的一个排长，在1941年“皖南事变”中负伤，多亏崇安县灵田村程元吉老人收留疗养，从3月18日至4月25日，伤愈归队。因我当时无力将医疗、饮食费用偿还这位老人，故留此信。请同志们无论什么时间，什么地方，见此信后，随时照顾这位革命老人，并望按一个革命军人应得的口粮，依上述日期偿还程元吉为盼。

新四军×部排长　齐　胜

1941年4月25日

程元吉把这张字条仔细地读了两遍，小心地折起来，把它和另外两张字条放在一起，久久地，久久地抚摸着它们。由于感情过于激动，他的眼泪又扑簌扑簌地流下来了……

尾　声

傍晚时分，程元吉老大爷向我说完了这三张字条的来历。他把三张字条连同我写的那张借据一道，小心地收藏起来，送我出了竹门。走着，他抓住我的手，按到自己的胸前，像是开玩笑而又带些责备地对我说：“小伙子，看你又找斗又拿秤的，你能称出我老头子的心是几斗几斤吗？”

走出好远，我还能听见他那爽朗的满足的笑声。

这天晚上，躺在露营地——一棵大树底下，我久久不能入睡。白天的事和这三张字条的故事深深地感动着我。不，这不是几张字条，是人民与自己军队亲密关系的辉煌的诗篇；这不是程元吉一个人，是全国革命农民的崇高形象！

就带着这个三张字条的故事，我来到了祖国的海防。每当我工作遇到困难的时候，我就想到这位革命老人；每当有空的时候，我就和同志们讲起这几张字条的故事。他，它们，给了我力量，鼓舞着我前进，教导我更热爱人民！

也许同志们还要问：程元吉老大爷现在怎样了？这我也说不真。只是在1951年去南京开会的时候，我路过他的家，看望过他。他已经当了村里的农会主席，土改中又分得了土地，政府还为他重盖了房子。他还是那么健壮，而且更有精神了。他告诉我，齐胜现在已经是某部的团长，参加志愿军到过朝鲜，现在正在哪个学校学习。他的女儿兰姑娘也当了某军后勤的卫生队长了。他俩在过去艰苦生活和战斗中产生了爱情，在1949年结了婚，生了小孩，不久前一道回家看望过他。谈到那几张字条，他说，早在解放之初，政府已经按照字条的数字加一倍还给了他。但是这些东西他都没有用，

一部分献给政府救济灾民，一部分做了抗美援朝捐献，给志愿军同志买飞机大炮了。于是，这四张字条又变成了一张——抗美援朝捐献的证明。

现在，事情又过了几年，谁知他现在生活得怎样？他的身体该还好吧？头上的白发该更多了些吧？或许脊背也更驼了？但是，我仿佛还看见他那神采奕奕的样子，听到他那开朗的笑声。也许，他已经在新成立的农业合作社里担任监察委员——这差使对他挺合适——在为公共财产而操心；也许，正坐在充满阳光的敞亮的房子里，带着慈祥的微笑，看着女儿、女婿和外孙的照片，又对着绕膝的孩童们讲起这几张字条的经过了。

1955年11月5日

小游击队员

这是1935年夏天的事。

红军主力长征以后，蔡溪的回乡地主、民团闹得很凶；收租，夺田，杀害革命群众，甚至把我们的革命家属也弄到外地去贩卖，欠下了人民好大的一笔血债。特别是自从那里驻上了白匪李玉堂第三师的一个排以后，白鬼子更加猖狂，“业主团”团长孙逊轩还放出话来：“石头过刀，人要换种”——要把这块儿革命根据地的人民斩尽杀绝。为了打击敌人的气焰，鼓舞革命群众的斗志，我们游击队决定来一次长途奔袭，消灭这一股匪徒。这样，不但可以壮大红军游击队的声势，而且能解决一部分武器弹药的问题。

当时，就我们的力量来说，这就算打大仗了。敌人防备得很严，村子四周筑起了高高的围墙，隔不远就是一座炮楼，强攻硬打是不行的，所以先要摸清敌人的虚实，才好动手。

于是，这个任务就落在我这个侦察班长的身上了。

从我们游击队住的山上到蔡溪足有七十里路，我天不亮就动身，绕着荒僻无人的山林小道往蔡溪方向走。因为山路不好走，又加上在山上待的时间长了，吃不饱、睡不好，身子有些虚，走了约

莫四十多里路，就气喘汗流，迈不动步了。看看天色还没有过午，便决定先找个地方歇歇。正好，前面不远有一个破山神庙，我奔了过去，四下里溜了一眼，看看没人，推开破山门，一步闯进去。也怪我大意——经的风险多了，凡事总有点不大在乎。谁知这一下子可碰上事了：山神像前的台阶上坐着一大堆人，清一色的灰皮——都是白匪保安团的兵。当中几个家伙正在推牌九呢，迎门坐的一个，歪戴着帽子，嘴角上叼支烟卷，两手捧着黑黑的两张骨牌，眼睛瞪得有牛眼大，正喊着："粗——"

这些家伙大概猜到我的来路，一个个都慌了，有的赶快抢钱，有的往起站，有的忙着抄家伙。我一看这阵势，知道混不过去了，爽性干个痛快，便伸手拔出驳壳枪来，朝着人密的地方猛扫了一条子，然后回身窜出山门，一边换着弹夹，一边就往荒山里跑。

跑出了一里多路，后面白鬼子追上来了，子弹嗖嗖地从我身边擦过，打得树叶子哗啦啦直往下掉，打得石头一阵阵冒白烟。看看追得是越来越近了。我刚想停下来顶他们一阵，忽然觉得左臂一热，登时眼前发花，腿也软了，脚下像踩着棉花似的——坏了，负伤了。"不管怎么着，也不能让你们抓了活的！"我把枪往腰里一插，伸手捂住伤口，又紧跑了几步，望着一个崖头，一侧身子栽下去。只觉得身子底下被石块狠狠地垫了一下，接着沿着山坡直滚下去。

开始，树枝划脸、石块碰腰，还觉得痛；后来只觉得天旋地转，不知滚了多久，身子猛一震，才停住了。我定了定神，睁开眼一看，原来被一丛小树挡住了。拨开树枝往下看，离沟底不远；往上看，上面是二三百米高的一片山坡，再往上是一段笔陡的崖头，因为被这块光崖挡着，看不见什么，只听见白鬼子在上面嗷嗷乱叫。

我把枪拿在手里，在树丛里卧倒，心想：反正是跑不了啦，你敢下来，就干掉你！这时，身后树枝子忽然唰啦唰啦一阵响。我一惊，连忙掉转身，用抢指着树丛，低声喊了声："谁！"

"叔叔，是我呀！"随着，树丛被拨开了，一个小孩的脑袋钻进来。这是个男孩子，有十二三岁，又黑又瘦的小脸上，嵌着一个尖尖的翘鼻子，头发有二寸来长，乱蓬蓬的，活像个喜鹊窠。浓浓的眉毛下边摆着一对大眼睛，乌黑的眼珠，像算盘珠儿似的滴溜溜乱转。他挤过树丛，一步抢过来，伸手抓住我的胳膊，急忙忙地说："快走，叔叔，白鬼子快下来了！"

还没等我答话，他就把我受伤的左臂搭在他的肩上。当时看看也没有别的办法，我便借着他的扶助，跟他绕过树丛，踏着山石、树根，往山沟底走。碰到难走的地方，我不得不把大半个身子靠在他身上，他挺着脖颈，吃劲地搀着我。在快到沟底的时候，小孩子一脚踏上了块活石头，石头一滚，他噗的一声摔倒了，我身子一闪，也随着他滑下去，刚巧跌在他身上。我心里一阵难过，连忙伸手去扶他，他却一骨碌爬起来，吓得小脸焦黄，双手抱着我的胳膊说："叔叔，摔坏了吧？"我忙说："没有，倒把你压坏了。"我又摸着他脑门儿上碰起的一个大包说，"到沟底了，我自己走就行了！"他摇摇头不说话，只顾架着我又往前走。

他像走熟路似的，架着我跨过一道小溪，钻进了一大片蓊郁的竹林，在竹林的深处，一片荒草丛里停下来。这里看样子是他睡觉的地方，像小狗窠一样铺着一摊软草，旁边还放着一把破镰刀，一个没吃完的木瓜。他把我扶着躺在软草上，说："叔叔，你在这里藏着，白鬼子不会看见你的！"我只好躺下来。因为刚才一路紧赶，刚刚凝住的伤口又绽开了，血像小泉一样冒出来。我正想找点什么包扎一下，只听得哧的一声，他已经齐齐地撕下自己的一条裤腿，动

手帮我包起来。他一面包扎着，一面抓过那个木瓜壳来接着透过布层滴下来的血。我好奇地问他："你接这个干什么？"

他一本正经地说，"听我妈说，人血是好东西。你淌了那么多血，把这吃下去，能再长出血来，那就不要紧了。"

"傻孩子，你几时见过吃这个的？"我憋不住笑了笑。他歪着头望望我，大概知道我真的不会喝下去，看看手里那半木瓜壳的血，也不好意思地笑了。

伤口包好了。我侧耳听听外面，崖头上的敌人还在不住地呼叫。

孩子怔了一会儿，突然想起了什么，眼睛也亮了起来，他急速地眨巴一阵眼皮，歪着小脑袋想了想，猛地站起身，说："叔叔，你在这儿等我，我去去就来！"我一把没抓住，他端着手里的木瓜壳，跑开了。跑了几步，又回转来，弯腰扒下我的一只鞋子，说："叔叔，我拿去用用。你可别走，我一会儿就回来啊！"说着像只小兔子似的钻出竹林不见了。

孩子的举动太突然了，竟使我不知怎样才好。他干什么去了呢？万一被白鬼子碰上可怎么办？……我越想越不放心。我爬了起来，扶着竹竿走到竹林边上，隐在一丛小树后面，把枪机扳开，向着白鬼子在的地方望着。

太阳偏西了，孩子还不见回来，这工夫，白鬼子看看崖下没有开枪，已经把人一个个用绑腿吊下来，左张右望地走到了山坡上。我的心紧张起来：那孩子哪里去了？我举起了枪。但白鬼子们似乎什么也没有发现，他们低着头找了一阵——大概是看我压的草印和血迹吧！可是他们并没有往这边摸索，甚至连向这边望一眼都没有，却径直往相反的方向走下了沟底。因为被一片小树林挡着，看不见他们在干些什么，难道那个孩子已经躲起来了吗？我费了很大的力气，才挪到一块便于射击的地方，四处一望，真怪，白鬼子们

没有在沟底停留，却爬上了对面一个山包，停了一下，又转到山包后面了。

我迟疑地走进了竹林，想在这奇怪的野孩子“家”里待一会儿，如果见不到他，就离开这地方。我刚走到草铺附近，忽然看见两个小草堆在动。走近前一看，是他！他头上顶个草圈，身上挂着一片茅草帘子，像个大刺猬；他眼里噙着泪水，正到处找我呢。见了我，连忙扔掉草帘子跑过来，用责备的口气说：“叔叔，你到哪儿去了？叫我好找！”

我也像看到了久别的亲人一样，赶忙抓住他的一只小手。我望望他，他的模样大变了，衣服被撕破了，脸上、手上划了几道血口子。我奇怪地反问他：“你干什么去了？”

“糊弄鬼嘛！”他说，“我把你的血印子用沙土盖了盖，把你滚下来压的草扶了扶，又在别的地方照你的样这么一滚，”他得意地做了个姿势说，“把草压倒了，白鬼就不往这里找你了。”

“多悬乎，要让白鬼看见了……”

“我人小，有草挡着呢，再说，还有这，”他指指脚下的那身自制的保护衣，笑着说，“我怕他们找迷了路还要乱搜，就跑到那边小山上去，把你的血洒在显眼的石头上，一直洒到那条沟边，又把一块大石头顺着血线推下去。叔叔，我把你那只鞋也扔在沟边上了——我们在家捉迷藏都是用这办法呢。就是……你穿什么呢？……”

我哪里还管什么鞋子。我在想：这会儿工夫，孩子办了多么大的事啊。我激动得半晌说不出话来，最后，只问了一句：“你不怕吗？”

他得意地冲我挤挤眼睛说：“怕什么？我还跑到白鬼子面前装着采蘑菇呢！白鬼子问我：‘看到人过去没有？’我说：‘是个穿青布小褂的吗？往那边山梁上跑了。’我躲到棵大树上看着，白鬼子还真往

山那边找去了呢！嘻嘻！”说完，他放声笑了。我望着他那副天真的笑脸，被他这个大胆、聪明的举动激动着，一股酸酸甜甜的味道噎在嗓子眼里，一时竟找不出什么话来说了。待了好久，我才拉住他的手，感激地说：“小兄弟，多亏了你啊！”

我一说这话，他倒有些难为情了，低着头，往我跟前偎了偎，轻轻地摸着我的胳膊，搭讪着把话岔开。他问我：“叔叔，这里还痛不痛？”

我说：“不痛了！”因为止住了血，也真的不痛了。

他不相信地摇摇头：“你别哄我啦！割茅草不小心把手划道小口都要痛好几天，打了那么大个窟窿还能不痛？你是红军叔叔，能熬得住就是了！以前我们童子团员给受伤的红军叔叔喂开水，那些叔叔像你一样，伤得那么厉害，连哼都不哼一声。”

“真是不痛！”我笑了笑，憋不住逗了他一句，“你怎么知道我是红军？说不定我是坏人呢！”

“不，你是红军，我知道！”

“你怎么知道？”我不由得把自己打量了一下，为了侦察的方便，我换了便衣，浑身上下没有一点红军的记号。

“骗得了别人，可骗不了我！”他很得意地说，“我正在这林子外边的一棵树上摘木瓜吃呢，猛听得枪响，就看见那一大群白鬼子追你。我可不傻，白鬼子那样的坏家伙，追着打的人还能是坏人？”

“可也不一定是红军哪！”我故意地说，心里却很高兴这孩子的机灵。

“你有枪啊，老百姓还能有枪？我看你一回枪，白鬼子就倒下了两三个，我真高兴极了……”

他滔滔不绝地说起来，说我怎样从崖上栽下来，他怎样跑过去……听他讲着，我眼里仿佛看见这个瘦骨伶仃的孩子，为了救一

个他心目中的好人，冒着生命的危险跑到敌人鼻子底下去的情景。

他又说：“以前，在我家里住着很多红军，他们真好，领着我摸雀子，教我识字，讲故事给我听，还给我用子弹壳儿做了只小手枪呢。”说着，他又调皮地眨眨眼睛，用小指头戳着我的额角说：“你是红军叔叔，瞒不了我，看，你这儿还是白的呢。以前那些红军叔叔也是这样，他们说是戴八角帽太久了，太阳晒不到这里。你也戴八角帽是不是，叔叔？”

经他一说，我下意识地摸了摸额头，可怪我粗心，化装的时候，倒把这地方忘了。这孩子可真机灵啊！我不由得也哈哈笑起来。谁知一笑把干燥的嘴唇绽开了，血流了出来，我连忙用舌尖舔了舔。

他望了望我的动作，忽然想起什么，说：“叔叔，你渴了吧，我去弄点水给你喝！”

“不，受了伤以后喝水不好。”

他愣愣地望我一会儿，又问：“吃果子呢？”

他看我没有反对，忙轻轻地扶我躺在不知什么时候捆好的一捆茅草上，一弓腰钻进草里不见了。过了一会儿，他又从草丛里钻出来，衣兜里兜着一大堆杨梅。他把杨梅倒在草上，挑了几个自己尝了尝，然后拣出肥大的，摘净上面的草刺，很仔细地填进我的嘴里。甜甜的带点酸味的杨梅汁顺着我的嗓子眼流进肚里，真好吃啊！

等我吃了几颗杨梅以后，他又从怀里掏出一个芭蕉叶包包递给我：“叔叔，你一定饿了，吃点肉吧！”

“吃肉？”这倒把我弄糊涂了，在这深山里，一个小孩子能弄到什么肉？我惊奇地接过那个包包，打开一看，是两只烧熟了的雏鸟儿，有一只已经撕去了一半，大概是孩子自己吃掉了，那雏鸟的毛也没择干净，烧得生一块熟一块，但却发着扑鼻的香味。

孩子见我没吃，以为我嫌不好吃呢，就说：“叔叔，这是我昨天才从树上摸下来的，很新鲜。要是有点盐巴蘸着，才好吃呢。”说着，动手撕下一块大腿肉送到我的嘴边。

我口里噙着鸟肉，眼里却噙着泪，心里说不出什么滋味。这是多么好心的一个孩子呀。可是刚才一阵忙乱，我还没来得及问他的来历呢，我问：“你怎么跑到这大山里来啦？”

“找红军游击队！”他回答得很干脆。

“找游击队干什么？”

“当红军！”

“怎么只你一个人，你爹妈呢？”

他怔了一刹，一下子扑到我怀里，抽抽噎噎地说：“爹，妈，没有了……红军叔叔，替我报仇啊！”说着呜呜地哭起来。我慌忙抱住他，摸着他那乱蓬蓬的头发，安慰他说：“小兄弟，有什么事对我说好了，我一定帮助你！”

他慢慢止住了哭声，俯在我的肩膀上，断断续续地谈起了自己的经历。

这孩子姓陈，叫樟伢子，家住在离蔡溪不远的松茂。今年春天，他父亲掩护了一个从长征路上回来的红军伤员，后来被白鬼子发现了。那个伤员一脚踢倒了个白鬼，当时就牺牲了。他的父母就被蔡溪的孙逊轩抓了去。当时他在外边玩，被邻居李大妈藏起来，才没被抓去。他父亲被打断了肋骨，母亲也被折磨得半死，第二天，就被拉到村外，当着村里群众的面被杀害了。这个十二岁的孩子得到这个消息，就在半夜里，偷偷逃进深山，来找红军。

“我跑了一个多月，山山洼洼都跑遍了，也没见到一个红军叔叔！累了，就在茅草里睡觉，渴了，喝点泉水，饿了，就摘点野果子或是上树掏个雏鸟、雀蛋烧烧吃。我下了狠心，找不到红军，我

也不回去！我要给我爹妈报仇！”

山风掠过竹林梢头，簌簌作响，这响声和孩子的倾诉一道从我的心上爬过，我觉得我的心在紧缩，眼睛也不知什么时候潮湿了。一直到孩子讲完了，我仍然紧紧地抓着孩子的手。我没说什么。安慰他吗？有什么话能够给他安慰呢？最好的安慰，是回答他的要求，打下蔡溪，给孩子、给死难的烈士们报仇！

我轻轻地抹去了他脸上的泪珠，轻声地但又是果断地说：“小兄弟，我们游击队这就要打蔡溪，就能给你的爹妈报仇了！”

“真的？”孩子蓦地昂起头，眼里闪出兴奋的光彩。他把小拳头握得紧紧地说：“叔叔，带我到游击队去吧，我也要当个红军，杀白鬼子！”

我望着他那刚毅的神色，心想：现在不能带他到游击队去，但也不能把他一个人丢在这荒山野洼里，倒不如带上他，既失落不了，也是个帮手。我向他点点头，说：“好，我带上你，不过不是上游击队，是到你的家乡去，到蔡溪……”

话还没说完，他的脸色唰的一下变了，猛地挣开我的手，惊讶地又带些敌意地望着我。

我知道他是误会了，忙说：“小傻瓜，你看我为什么不穿红军衣服？你知道我是干啥的？侦察，懂不懂？你跟我一道，偷偷地到蔡溪去，看看白鬼的虚实，把情况报告给游击队，然后……”我把手一张，做了个消灭的姿势，“懂吗？”

他高兴地嚷道：“懂了懂了！”停了一会儿，又怯生生地问：“你受了伤怎么能走？”

我说：“我刚才不是走过吗？来，你扶我起来，再走走试试。”

他顺从地把脑袋钻到我的腋下，我慢慢立起身，扶着他试着走了几步，行，伤口虽然有点疼，但腿脚还是灵便的。我说：“好，小

同志，动手准备吧！弄根竹杖，弄点树皮，弄条绳子来。”

不多会儿，我用木棉树皮扭成了一条粗壮的绳子，围在腰里，又打了双草鞋穿上，拄着竹杖站起来，把枪拎在手里。

看看收拾停当，他又像只小猫一样，爬上一棵又高又大的竹子，在梢头向四下里望了望，然后迅速地滑下来，架起我的胳膊，说：“叔叔，没有人，走吧！”

这二十多里路，我们足足走了四五个钟头。每走一段，樟伢子就爬到高处或者攀上树梢，看看没有动静，才能再走一段。走平些的路时，我拄着竹杖；爬山时，樟伢子架着我；碰到崖头，他先爬到上面，把木棉皮绳子拴牢，再托着我攀上去。我的伤口虽然一阵阵钻心地疼，但有樟伢子尽心竭力地照顾着，也能挨得过去。我们歇歇走走，走走歇歇，到了蔡溪，月亮已经升起老高了。

我们在山坳里把自己身上又收拾了一下，樟伢子还特地又把我的伤口包了包。临下山坡，我告诉他应该注意的事，嘱咐他：“樟伢子，要是碰上倒霉事，我掩护你，你就赶快跑。”

“我不！”他把嘴一噘，“我要跟你在一块！”

我说：“你不是要当游击队员吗？红军游击队是有纪律的，你这也不，那也不，哪能当游击队员呢？”

他慌了，连忙拉住我的胳膊说：“我听话，叔叔。只要能当个游击队员，你叫我干啥我干啥！”

“对，这还差不多。”我笑笑说。

我俩偷偷地下了山坡，钻进一大片甘蔗田里，顺着地垄，一步步靠近了蔡溪庄。我爬到地头上观察起来。也算我们好运气，旧历六月十二三的月亮，把敌人的工事照得清清亮亮的：两人多高的围墙，墙上隔不远一个小岗楼，岗楼上还有白鬼子来回走动；围墙下面是一道壕沟，沟外边还拉了一道铁丝网。透过围墙垛口，还可以

看到村里的大树和几处楼房的房顶。我找着北极星，判断了一下方位，决定画一张地图。我从贴胸的衣袋里掏出铅笔头和几小张麻纸。糟糕，纸被血一湿，揉成黏黏的一团了。这可怎么办？我正焦急地浑身搜摸，想再找出点纸头来，樟伢子伸过头来了，嘴巴贴在我耳朵上：“怎么啦，叔叔？”

“想画张地图，纸坏了。”

“我有，你看这行不？”略停了一会儿，他说。接着把那一只裤脚撕开，拿出一张纸递给我：“这是我家遭事的时候，大妈看我人小不显眼，让我藏着的。”

我接过来，映着从甘蔗梢头射进来的稀疏的月光，模糊看出那是张打土豪分田地时候发给农民的“耕田证”。我心里不由得一热，也顾不得细看，就翻转来在上面画起来，画好了地形，标上了记号。

我俩借着甘蔗田和香蕉园子掩护着，从北面到南面，绕村子看了个遍。三星还没到中天，我们就把外部的地形看完了，甚至连从哪个方向攻，从哪里运动部队，我也都谋划好了，画到了图上。现在，只要看看壕沟里有没有水，有多深就行了，可是那铁丝网空隙怎么爬得过去？我想起樟伢子，就拉了他一把，说：“你去办一件事好不好？”他立刻应道：“好啊！”这一来，我倒又犹豫起来了：在这明光光的月亮底下，通过毫无遮蔽的空地，去钻铁丝网，万一暴露了目标可怎么办？越想越下不了决心。樟伢子急了，扳着我的肩膀追问道：“快说呀，叔叔。”我说：“你去看看那壕里水有多深，不过要当心，别叫白鬼子看见！”他一边高兴地说：“我去，我去！”一边就往前爬。我一把拉住他，劈了几个甘蔗叶子，扎了个大草圈，四周插上甘蔗梢子，给他戴上，把我的竹杖递给他。趁着一阵风来，我把他轻轻一推，孩子蹿出地头，平地一躺，一溜风地向沟沿滚过去，他那个轻快劲，真像被风吹起的个草团团，神不知鬼不觉地靠

上了铁丝网。我在地头上目不转睛地看着他：好，钻进去了；好，爬到沟沿上了；好，下沟了……

就在这时候，在他爬去的方向，“唰啦啦——”传来了一阵响声。这响声并不大，却震得我的心扑腾腾地跳起来。他大概一脚踏到虚土上，顺着沟边滑下去，带起的土块唰唰地响着，滚进了水里。岗楼上敌人的哨兵听到了声音，乱咋呼起来：“干什么的！干什么的！”我吓得满头是汗，抓起枪，刚要起身爬过去营救他，忽听得沟底里“汪，汪汪”传出了几声狗叫。我听得出这是樟伢子干的，但他叫得那么像，把白鬼子的哨兵倒骗过了——大概南面的沟沿背阴，他们也看不清吧——哨兵骂骂咧咧地走了过去。我却从心里笑了：好聪明的孩子呀！

哪知道事情并没有过去，他这一来，倒把真狗也撩醒了。村里村头的狗，一只，两只，十几只……接连不断地叫起来，有两只野狗竟然直奔樟伢子待的那地方狂咬起来。这下子使得白鬼子也警觉了，两三支手电一齐往壕沟里打过来。我望见一个家伙趴到围墙上，探出半截身子，喊了声：“有人下到沟底了！”枪栓哗啦一声，推上了子弹。

樟伢子终于被发觉了。绝不能让孩子受伤害！我顺手举起枪，对着那家伙的脑袋扣了扳机。那家伙枪还没响，就连人带枪一齐栽下墙来。接着，我看见樟伢子钻出铁丝网，往我这里跑过来。敌人的枪也向着我们待的地方射击了。

我也忘了伤口疼了，抓住他的胳膊往前推着拥着，用身子挡着他，顺着甘蔗垄就跑。跑了不远，我听见围门“哐啷”一声开开来——敌人出动了。

我拉着樟伢子一气跑到一条土沟里，只觉得伤口像烙铁烙着似的，浑身发虚，再也跑不动了。我把他拉到脸前，把画好的地图塞

到他手里，急促地说：“走，赶快把它送给游击队。”

他一把揪住我的衣服：“我不！……”

我声调十分严厉地说：“干什么！又说这话了？樟伢子，听班长的命令！”我压低了声音，告诉他，“一直往东走，跑到斜井山底下，到沙子圳去，找到一个卖油茶的姓冯的老头，把地图交给他，你说侦察班长黄光亭要他把你送上山去。见了支队长，你把你看的壕沟的情况报告他，别的，这地图上面写清楚了。记住，无论如何要送到！”

我看他还有些舍不得，我心里也升腾起一股疼爱的感情，我把他拉到跟前，脸贴脸亲了亲他，说：“好孩子，听叔叔的话，到山上好好干，好好学习！给你爹妈报仇，也替我报仇！”

他像痴了似的，没有说什么，擦着眼泪把我的伤口摸了摸，把地图往裤腰里一掖，顺着沟撒腿就跑了。

我把最后一条子弹压进弹槽，俯在沟沿上射击起来，我尽量把敌人的注意力往我这边引，敌人也毫不放松地往我这里迫近。我一连打出了八发子弹，撂倒了三个敌人，这工夫，我估计樟伢子能钻进山了。我又打倒了扑上来的一个白鬼，然后掉转枪口，对准自己的太阳穴。我的手指刚触到枪机，只觉得后脑重重地挨了一击，轰的一声，便失去知觉了。

当我被一桶冷水泼醒来的时候，我发现两臂被紧紧地捆着，躺在监牢里。

在这个黑暗的土楼里，我整整被关了三天。这三天里，我受到了一个革命战士落到敌人手里以后可能受到的一切折磨。我身上已经被打得没有一块好地方了，到处青一块紫一块，血块把衣服都粘住了，肋骨被打断了一根；原来胳膊上的伤口也发炎化脓了。在这里，我所能做的只是在神志清醒的时候，勉强爬起来，倚在唯一的

小窗口上，望望远处的山峰，吸几口新鲜空气。现在，痛苦、死亡已经不算什么了，我只是担心一件事：樟伢子是不是找到了游击队？情报是不是送到了？另外，我又想起，前天他们提我去审讯的时候，我发现孙逊轩家大门前突出两个角楼来，上面还有一挺机关枪，这是我的地图上没有的；同志们在攻击孙家院子的时候，说不定要吃它的亏。要是因为我侦察得不仔细而使同志们受伤亡，我心里怎么得安？

第四天的上午，我照例又倚到窗子上了，猛然，我吃了一惊：窗对面一家房檐上趴着一个孩子，正俯下身在掏家雀子，还不时地抬起头往这边张望；他抬起头时，我发现不是别人，正是樟伢子。我俩只隔一条小胡同，几乎伸手就够得着。我看他神情很疲惫，眼皮浮肿着。当我俩目光相遇的时候，他高兴得张了张嘴，差点喊出声，脚底一蹭，人也差点从屋顶上掉下来。他脸冲着我，把手向东一指，两手朝我比量了个方块儿，点了点头。

我正要做点表示，哨兵脚步重重地游动过来了。我向他使了个眼色要他躲开，他却没有动，又弯腰把手插进墙洞里掏雀子了，一面掏着一面尖着嗓子唱起儿歌来：

日头落山莫心慌，
夜里没日有月光，
月亮没哩有星子，
星子落哩大天亮。

他一连唱了两三遍，唱着，还不住地拿眼角瞟我。其实他的意思我早明白了：情报送到了，战斗大概在明天拂晓时进行。我的心事放下了一半，但还有孙家院子的情况呢，我用手向孙家院子指

指，又指指哨兵。他惶惑地望着我。我也很苦恼：怎么告诉他呢？我望望被手铐铐住的手腕，想找块破瓦片画给他看。可是找了一圈也没找到，再抬头来看，他却不见了。

不一会儿，我又听见他的声音了，原来他已经下到我这牢房门前，在逗弄看守我的那个哨兵。只听他尖着嗓子，对那个哨兵说：“你这么一大把钱，都是抢的吧？分给穷人点行不行？”大概那个哨兵正在数钱。我想，这孩子一定要吃苦头了。果然，就听得“啪”的一响，樟伢子挨了一个耳光，紧跟着就听见他骂着：“你这个狗东西，还敢打人……”随着喊声，我又听见一阵跑步的声音，哨兵一边追赶，一边扯着喉咙骂：“揍死你这个小崽子，把钱给我……”

我心里又是着急又是生气，不知道樟伢子为什么要惹这一场是非，万一叫人抓住，可不坏了大事？我踮起脚向窗外望去，只见孩子像只小兔子似的飞快地跑着，随手把钱零零碎碎地扔在后面。那哨兵又想抓住孩子，又舍不得丢了钱；他又得捡地上滚着跳着的铜圆，又得抓空中飞舞着的票子。转眼间樟伢子跑出了好长一截路。等哨兵从忙乱中想过来，举枪瞄准的时候，孩子早拐进一条小巷不见了。

我正看着那哨兵手忙脚乱地捡钱呢，猛听见一声低微而又急促的声音：“叔叔，有，有什么事，快，快，快告诉我！”

我一扭头，是樟伢子，他刚刚爬上对面的屋顶，累得气还没喘过来呢。这我才恍然大悟，原来他是故意调弄白鬼子呀！多聪明的孩子！我顾不得夸奖他，一口气把情况说了说。他压了压气说：“队伍已经到了扇子山了，今晚就有人混进来，明天一早干！”

我点点头，又不放心地望望那哨兵，那家伙还在上上下下地忙着捡钱呢。我催促他：“这里太危险，你快去报告去吧！”

他没理我，又问：“叔叔，他们打你打得厉害吗？”

“不要紧。”我摇摇头。

“你又哄我了！他们一定打你，一定……”刚才他被哨兵打得那个样子，一滴眼泪也没有，现在眼泪却顺着那个小翘鼻子哗哗地流下来。我心情很激动。说真的我也想多和这个可爱的孩子多待一会儿，可是那哨兵已经往这边来了。我只好说：“快去！那家伙来了。”

“好！明天早晨我来接你！”他随手摸出两块东西朝我这边窗洞里一扔，又向我留恋地望了一眼，就爬到屋脊背后去了。我低头一看，扔过来的是两个烤红薯。

从白天到天黑，从天黑到半夜，一天过去了。好难熬的一天啊！我简直说不出这一天里想了些什么，一会儿计算着几个钟头以后部队就要打进来，一会儿又怕部队在突破围墙或者攻击孙家大院时吃亏，一会儿又想到坚强、机灵、救过我的性命的樟伢子……鸡叫的时候，我的伤口又发作了，头晕眼黑，我不得不躺下来。刚躺好，“轰！轰！轰！”几颗手榴弹在南面爆炸了，接着枪声就在村子里响起来，没问题，部队顺利地突破围墙了。我挣扎着爬近窗子，向外瞭望。正南方向围墙上，闪着手榴弹炸起的火光。窗前，白匪兵、保安团杂乱的人群，提着枪，有的连衣服也没穿好，像没头苍蝇似的在牢房旁边窜来窜去。特别使我惊奇的是，孙家大院里烧起了冲天大火，火苗卷着木棒、碎草，飞扬在天空，白匪这个核心据点是失效了。我断定，这准是樟伢子把情况报告给游击队，我们的队伍把它拿下来了！

我正高兴呢，忽然铁门哐啷打开了，我们二分队长一步跨过来。走在后边的樟伢子一蹦扑到我身上：“叔叔，你活着！”

“活着呢！看不到革命胜利我能死？”我也高兴起来。

二分队长也跑过来紧紧地拉着我的手，嘴里不停地喊着：“老黄

啊，老黄，你可受苦了！”随着他弯下身来，给我打开了脚镣、手铐。他俩一前一后搀扶着我，走出了监牢。

奔袭的战斗是不能久停的，我们很快撤出了战斗。我被放到一副竹门搭成的担架上，樟伢子紧跟在我的身旁。我问二分队长：“孙家院子守卫那么坚固，你们怎么就把它烧了？”二分队长看看樟伢子笑着说：“这是樟伢子的功劳！我们找到村里一个可靠的群众，就说是给孙家送稻草，把樟伢子捆进草团里，还带了两瓶煤油……”

樟伢子不等他说完，就抢着说：“叔叔，你看我现在能做个游击队员了吧？”

我还能回答他什么呢！这几天来的情况，证明他不愧是个老根据地里生长起来的孩子，是个童子团的好团员，他会在革命摇篮里迅速成长，成为一个优秀的革命战士的！我毫不犹豫地回答：“应该说，你已经是个游击队员了！”

真的，支队长批准了我的请求，从此我们游击队里又多了一个年小的但是能干的游击队员；不，应该说是多了两个，因为我这条命也是他救的呀！

1955年12月6日

赶 队

1935年7月里，在壤口遭遇战中，我负了伤。按说，在那样的时候，一个红军战士受点伤、流点血还不是家常便饭？可是我这次受伤却实在别扭：一来，伤得不是时候——那时部队正跟着毛主席长征，才走到中途，前面还有数不清的高山大河、开阔的草地和随时都可能发生的战斗；二来，伤得不是地方——要是碰着胳膊打着手，还可以坚持着走；可是这颗子弹偏偏打在腿弯上，别说走，就是站也站不住。于是只好到军团的卫生处去休养了。

说到休养，你不要以为我住的是平平常常的医院。那时候前有堵击，后有追兵，整个部队都在做战斗行军，谁也不比谁少走一步。在这样的情况下，医院实际上就是一列带着伤病员的行军队伍，病床就是同志们肩上的担架。所以叫作到后方来休养，只不过这里没有战斗任务，并且有人给换药，照顾着罢了。

当天下午，等医院赶上来，连队里给我办好了住院和党组织的介绍信，由我们班里派了两个同志护送我“住”了“院”。当时，因为下来的伤员多，医院里忙得很。一个医生看了看我的伤势，安慰了我几句，就叫道：“小何，来给这个同志换换药！”

“哎，来了！”随着一个尖细的声音，一个女同志来到我的担架旁边。我一看，这是个十五六岁的小鬼，小小的一张圆脸，尖下巴，长长的眼睫毛下面有着一对大眼睛，短短的头发上，歪歪地扣着一顶洗白了的八角帽。如果不是帽舌下那一绺头发，我还以为她是个男孩子哩！她穿着一件长长的军装，下摆几乎触到了裹腿边，腰里的皮带把上口袋扎住了小半个。她左肩上斜挎个大挂包，右肩上背把雨伞，还有水壶、米袋子……东西很不少，但收拾得利利索索，蛮有精神。

她一蹦一跳地来到担架边，跪下来，熟练地掏出一个小瓶，捏一把棉花，拿双竹筷就动手给我换药。她的手在动作着，口里不停地说着话，一会儿问我：“同志，你是哪个师里的呀？”“哪里人哪？”一会儿又抱歉地说：“实在没办法呀同志！没有药嘛，只好用盐水；没有镊子嘛，只好用筷子；你忍着点痛，克服困难嘛……”接着给我讲一套盐水的好处、克服困难的道理。这段话刚说完，她又安慰我了：“这伤不要紧，别害怕，过几天就好了。真的，不骗你，我们少共[①]不说谎……”我听着，不禁觉得很好笑。其实，我既不觉怎么痛，也不害怕，更不会以为她在说谎。可她的嘴还是像挺小机枪似的“哇啦哇啦”地说个不停，仿佛这样就会减少我的痛苦似的。她的动作也实在快，就说这么几句话的工夫，已经把我的伤口洗净、包好了。她扶我躺下，把那条破夹被用心地给我盖好了，说：“我还有事，你躺着休息吧！”走出几步又扭转身，告诉我：“你记着，我姓何，同志们都管我叫小何。你要有事只要这么喊一声：‘小何，来呀！’我就来了。”说完，把那个大挂包往肩上一甩，转身就跑了。

---

① 当时对共产主义青年团的称呼。

我望着她的背影，想着她那副孩子似的天真样儿，觉得又好笑又担心：就这么个小姑娘，长途远征怕连自己也顾不了，还能照顾得了我们？

可是，不久我就发现：我的想法是不对的，我的顾虑也很多余。

那几天，部队还是一个劲地连续行军。每天小何的生活照例是这样的：我们伤员的担架一起动，她也开始走，那个和她的身高极不相称的大挂包，在腰间摆动着，上面有时还挂几条洗好没来得及晒干的绷带，两条长长的粮袋子搭在那细小的脖颈上，长帽舌朝天一扬，两只小胳膊一甩，就开始爬山。爬一段她就停下来，站在路旁，目不转睛地望着我们这些担架，把这个的枕头扶扶，把那个的被子掖掖，问问这个同志的伤口疼不疼，那个要不要喝水。等她护理的这个班走过了，她再疾步赶上前去。倒也真像她说的那样，要有什么需要，只要喊一声："小何！"她就像从地里钻出来似的，一下子出现在你的面前。

这样，担架走山路，她走道旁，一夜就是七八十里。而且好像故意跟那崎岖的山路赌气似的，开始她的话还少，越走话越多，差不多到了最后的十几里，天快放亮了，担架员打起瞌睡的时候，她的山歌唱起来了。也不知道她肚子里哪里来的那么多歌子，一会儿来个"兴国山歌"，一会儿来段"麻城调"，这些红军战士们本乡本土的小调，经她那清亮的嗓门一唱，谁还能再打瞌睡呢？

行军一到目的地，她更忙了：找房子、搭铺、烧水，给伤员检查伤口、换药，还要找医生汇报，和其他看护员一道开会，研究伤病员情况……这样一弄就是大半天，直到伤员们都睡了，她才抱把草堆到墙角里，稀里糊涂地闭闭眼。一起床，又是做行军前的准备。因此，在开头的几天里，我们甚至不知道她是什么时候睡下，又是什么时候起来的。

自然，说她不疲劳也是假的，慢慢地我觉察出，她在用着极大的毅力和疲劳斗争着。比如：在走过我们这些伤员跟前的时候，她把胸脯一挺，脚步加快，装出精神抖擞的样子。可是当担架走过，她掉到队尾的时候，就跛着脚走路。又比如：在黎明时分她来看望我时，也是装得精神百倍，可是手里却小心地藏着两节嫩草棍儿——她是用这玩意儿来撑眼皮的……特别明显的是第五天的早晨，她来给我洗伤口，洗着洗着，我看见她眼里慢慢地失去了光彩，那夹着棉花的筷子离开了伤口，倒擦到好肉上去了；直到一根筷子从手里掉了，她才蓦地惊醒过来。这时她的小脸羞得通红，扶着我的腿问："碰着伤口了没有？"又连连捶着自己的脑袋，"该死，该死……"

我趁这机会劝她："你太累了，去歇歇吧！"

她把头摇得像个拨浪鼓："不累，不累！"

我半开玩笑半当真地逗她一句："真不累？少共是不撒谎的嘛。"

她急了，吞吞吐吐地说："今天我不大舒服。"

我忙问："怎么，病了？"

"不是，是……"她想辩解，却没有说下去，脸上浮上一层红晕。我知道不好再问，又不能强迫她去休息，就替她想了个办法，我说："这么办吧，你在这里打个盹，我吸完这袋烟就叫你，啥事也误不了。"她望望我，大概觉得这是个办法，点头说："好，可一定得叫我呀！一袋烟，只吸一袋烟就……"一句话没说出口，脑袋往担架杆上一靠，就睡着了。我想，这回小鬼该休息一会儿了，谁知不凑巧，那边一个伤员翻身时不小心碰着了伤口，低声地哼了一声，声音虽然很低很低，她却猛然惊醒了。她一面揉着眼，一面生气地埋怨着我："说是一袋烟，骗人……"拎起挂包跑过去了。

就这样，我每天从她身上发现些使我感到惊奇的东西，我对她

渐渐地从轻视到痛惜，进而变为敬佩。我觉得，凭我当了一年班长的经验，已经能通过这几天的相处、通过她的表现，对这个小女同志有了足够的认识了。其实不然，我真正认识她还是在这以后。

那是在我“住院”以后的第七天。黄昏时分，我们刚走到一段山梁上，突然前面队伍乱了起来，接着就看见一队反动骑兵打着火把，呼哨着，射击着，向我们的行军队列冲来。我们因为在后尾走，距离战斗部队远，伤员又没有抵抗能力，一下子就被骑兵搅乱了。我看事不好，正想从担架上坐起来，这时前面一个担架员“哎哟”一声倒下了，担架一摔，我的脑袋猛地撞到一块岩石上，只觉得眼前一黑，什么也不知道了。

昏迷里，我仿佛感觉自己还在担架上，在爬一座大山，那担架一上一下颠得好厉害呀……突然，身子一震，我醒过来了。哪里有什么担架？原来我正趴在一个人背上；那人正深一脚浅一脚地跑哩。我一时还弄不清是怎么回事，忙问：“谁?”

“是我，别……别作声！”那人上气不接下气地答。听声音是小何。这时我才想起刚才发生的事。我向后望望，只见背后山头上亮着一簇簇火把，反动骑兵正嗷嗷叫着，而且有两支火把向我俩在的这个地方驰来了。我拍着小何的肩膀，说：“小何，这样不行。放下我，你自己跑吧！”

“什么话？别咋呼！”她厉声地说。说话间，我们已经来到了一道沟沿上。她背着我顺着沟沿跑了几步，看看没法过去，忙把我放下，随手把一块石头推下沟去，又侧耳听了听，转回头来对我说：“不深，咱们下沟！”我还没来得及答话，她抓住我的手往自己肩上一搭，纵身跳下去。

这条沟的确不深，不过是一道两丈来高的断崖，我俩“唰”地

就到了底。但是直到落实了，我才醒悟过来，原来这样跳的时候，她在下，我在上，我倒摔不着，而她却够呛了。我连忙爬起身，把她扶着坐起来，小声地问她：“你摔坏了吧?”她且不答我的话，却伸手摸摸我的伤口，大概没有发现什么异样，才站起来，架着我走向附近的一堆小树丛。

我们刚坐好，两个骑兵从我们头上边贴着沟沿跑过去了。

我俩在树丛里坐着，静听着外面的动静，谁也不说一句话。由于刚才的颠簸震动，我的伤口又痛起来。伤痛，使我更心焦。那些同志怎么样了？从刚才的情况看来，敌人似乎只掐断了队伍的后尾，那么其他的同志是不是脱险了？我真恨我的伤口——要是手里有支枪、有几颗手榴弹，哪能让他们这样容易来到跟前？……想着，想着，我看看小何，只见她手里拿着个帽子，擦了一阵汗，然后，把帽子捏在手里，呆呆地坐着。想来她的心情也和我一样焦急。

好容易挨着过了一个多钟头，才看见外面的火光慢慢暗下去，马嘶声也渐渐听不见了。这时小何歪过头来，低声对我说：“你在这里等着，我去看看。”

我虽然很不放心她一个人去，但也着实记挂着外面的情形，就说：“去吧！可要小心点，注意隐蔽；情况不好再回来另想办法。”

她俯下身来，摸索着给我把伤口重新包扎了一下，又从地上收拢了些软草给我铺在身子底下，把我安置着躺下。临走，她从身上解下两件东西，放在我的身旁说：“我去看看就回来。可是，要是天亮以后还回不来，……老滕，这里不好久待，你就自己想办法，去赶队伍去啊!”说完，她拨开树丛，悄悄地走了。

我伸手摸摸身旁的东西，那是一把雨伞和一袋青稞麦。摸着它们，我心里说不出是个什么滋味：你知道，在长征中这两件东西是无价之宝，有了伞就有了房子，就不怕雨淋日晒；有了粮就能活下

去。在这种极端困难的时候，她不会想不到，万一我俩失散了，她没有了粮食会怎样；但是，但是她却悄悄地给我留下了。

她走了以后，我几乎是按分秒来计算时间的。但是一个钟头过去了，两个钟头过去了，直到月亮从山后面升上来，照到了沟壁上，她才回来。她把背上的一些东西放下，把一件破棉衣盖到我的身上，坐在我的身旁。映着月光，我看见她的脸色惨白，两眼直直地发呆。她喘息了一阵，压低声音说：“老滕，我们掉队了！”

接着，她谈起了那里的情形：她赶到的时候，反动骑兵早已溜走了。在出事地点，隆起了四座草草堆起的坟包，看样子前面的同志派人回来联络过，并且还就地掩埋了一些被害的同志。她沿路追了一程，一个人影也没有见到，只是看到前面同志在路旁留下了一个牌子，告诉掉队的同志：前面不远就是草地了，要赶快沿着山路去追他们。当时她要加把劲也许能追上，但因为我还留在这里，她就收拾了一些同志们丢下的东西回来了。

我看她实在太累了。就说：“你先躺下歇歇，咱们再想办法吧！”她轻轻地在我身旁躺下。这时已经是下半夜了，天空好像比往常低了许多，半圆的月亮斜挂在天上，冷冷地盯着这空旷无人的山野；零零落落的星星，显得特别明亮；偶尔有几片浮云随着风掠过，一时把月亮遮住，山谷就更显得阴森、冷落。风，不知什么时候刮大了，茅草发出唰唰的响声，小树丛狂摆着，像有人在那儿奔跑……看着这情景，我忽然想起和这差不多的一幅景象来：那是三年以前，我给财主家里当羊倌，在一个暴风雨天里，不小心走失了两头羊，我明知回去以后，那个绰号“四眼狗”的财主是不会轻放我。我偷跑回家，连一宿也没住，就从妈妈手里接过一个小包袱，拄着根棍子去找红军。那时候也曾在荒山里流浪过，也这样望过地上的树影，天上的月亮。那以后，我找到了红军，跟上毛主席东征

西战，打土豪分田地……日子过得多么痛快！这会儿，班里的同志大概也还是那么欢快吧，他们这时一定到宿营地了。一堆火烧起来，七八个茶缸子往上一放，开水滋滋地叫着……大个子徐又该来一段“骂毛延寿”了……那个川西参军的小胖子的脚不知好了没有？……他们也许还常谈论起他们的班长哩。可是现在，我这个班长却在这荒山野岭上掉队了。掉队，这是个多么可怕又不好听的名词啊！我明白，在这时候多一个人就多一分力量，我可不能掉队！走不动，爬也要爬着赶上队伍！可是小何呢？她为了我们这些伤员，受了那么多辛苦，现在又为我掉了队……

想到这里，我心里真不是滋味。欠起身望望小何，她脑袋枕着两手，向着夜空呆望着，映着月光，我看见她的腮边垂着两颗大大的泪珠。我想：也许她刚才受了些惊吓，有些沉不住气了，就轻轻地晃晃她的肩膀问：“小何，你想什么？”

“我什么都想，什么也没想。”她仍然一动也不动。过了一会儿，她突然扭转头问我：“老滕，你有妈妈吗？”

我说：“有，只是不知道她现在怎么样了。怎么，想家了？”

“不，我妈早没有了。还是在四次反‘围剿’的时候，妈带我逃到山上，她被白鬼子抓住杀害了。妈临死的时候嘱咐我说：‘你要能逃出去，就去找红军去吧！’后来我被乡亲们救出来，就找到了咱们部队。”说到这里，她半坐起身，望着我说，“这会儿，在这深山旷野里掉了队，就跟离开妈妈的时候一个滋味啊！”

我看她谈到了这个，就趁机说出了我的想法，我说：“别怕，咱们掉得还不远。我想，你好腿好胳膊的，先走吧！我……”

我的话还没说完，她霍地坐起来，两只大眼睛瞪得滚圆，直盯着我，气呼呼地说：“这是什么话？你，你瞧不起人！亏你还是个党员！……”说到这里，大概她想到我是个伤员，不应用这样的口气

对我说话，就又放低了声音说，“我怕，我怕什么？我怕你走不动！老滕啊，我刚才背你跑了一阵……唉，只怪我力气小，背着你走长路，我怕走不动……”她的声音越说越低，眼里又贮满了泪水。

我说为什么她刚才掉泪了，原来是为了这个呀！我感动地说：“小何，别生气。这问题我想过了，我没有腿还没有手？走不动还不能爬？”

听了我的话，她高兴得蹦跳起来，抓住我的手说：“真的，你有这决心？来，我扶着你，咱们走走试试！”她又恢复了我常见的那种带点孩子气的神情，把我扶起来，脑袋钻到我的腋下，扶我试探着走起来。

试了几步，我发现左腿虽然痛得伸不开，但半倚在她身上，用一只腿跳跶着走，还勉强可以坚持。我一面走着，一面笑着学她的口气说：“看，这不是能走？你，你瞧不起人！”她难为情地笑了，说：“你不知道，刚才我可愁坏了。我想，你要实在不能走，我就把你安置在这里，等把你的伤治好了再走。就是拉下再远，我们也要赶上部队，你说对不对？”

“只要能走，谁还喜欢这个鬼地方？”我笑着点点头说，“好，走吧！”

她高兴起来了，连忙动手给我包扎了一下伤口。这时她忽然像想起什么，又问我：“你知道方向吗？哪是北方？”

我找到了北斗星，指给她看。

“好了，只要你能走，我们望着北斗星，一直走，一直走，一定能赶上部队！”她迅速地背上雨伞、粮袋，一只手夹起棉衣，一只手扶起了我。我们这两个人、三条腿，就踏上了赶部队的路。

我们眼望着北斗星，连着走了三天，终于走出了山区，跨进了

草地。

这三天的路，我是咬着牙挨下来的。但是更苦的是小何。她背着那么多东西，扶着我这样一个大人，每到休息，还要为我搭铺、换药……比我们掉队以前的日子苦多了。特别是做饭更麻烦。我们全部吃饭的锅碗瓢盆就是一个茶缸子，要吃饭，先得找水，常常是跑出很远才找到点水；煮一碗青稞麦粥不够我吃，她还得再跑一次。等我吃饱了，她把我安置好睡下，然后再拿起茶缸、米袋，跑到水源近处去洗绷带、洗器械、弄饭吃。像过去一样，我累得倒头就睡，她怎样吃饭，甚至什么时候睡觉，我是看不到的。我只是看出，几天来她的脸又瘦又黑，眼窝也陷下去了，只剩下了一对大眼睛。我劝她："你放开我，我自己爬一会儿，你休息休息吧！"她总是固执地摇摇头："不，不行！"

谁知道这几天还不算困难，踏进草地，困难就更多了。那草地从远处看，是很美的，一片绿油油的草，还夹杂着些不知名的野花；在红花绿草之间，闪出一块块油亮的清水。可是一走进去却像踏进了烂粪坑。烂水草一陷半尺深，这只脚刚拔出，那只脚又陷进去。我们两个人只有三只脚，就更不够用，走了三四里路，摔了两三个跟头，再也迈不动步了。小何更是够呛，她浑身弄成了个泥人，脸上哪是汗哪是水渍也分不清。她把衣襟撩起来含在口里，咬着牙，用肩膀扛着我，这样一步一步地往前挨。最后看看实在撑不住了，我们找了一块树丛旁的干地歇下来。

一停下，我连累加伤痛，一歪身就躺下了；她却没有休息，安置下我，径直向一堆火灰跑过去。那里，看样子是先头部队休息过的地方，她走过去，把一根根扎帐篷用的竿子和破担架杆，收拢到一起，然后剥了些树皮，横七竖八地捆绑起来。

我问她："你在干啥？"

她笑笑说："等一会儿你看好了。"

她忙了一个多钟头，用木棒扎成了一个既不像床又不像担架的木排，推到水草里去，又在上面扯上了一条粗粗的树皮绳子。弄好了，她说："老滕，把你的皮带给我！"

我莫名其妙地把皮带解下来交给她，却意外地发现她的皮带只剩下半截了。我问她："你的皮带呢？"

"断了！"她笑笑说，随手接过皮带，结成了圈，接到树皮绳上，然后招呼我说："来，老滕，上来吧！"

这下子我明白了，原来是用这玩意儿拖我走哇。我这么个大人，她怎么能拖得动？我忙说："不行，你还是扶我走吧！"她哪肯听我的，一把把我拉起来，扶到那个能拖的担架上，把衣服、药包也放上，自己跑过去拉起绳子。

拖架随着稀薄的泥浆和光滑的水草，慢慢地向前移动。果然，比两个人走快得多了，我的伤口也不致震痛了，但是，小何却更吃力了。她脚步蹒跚地在烂泥里走着，抻着脖颈，弯着腰，背上的绳子拉得绷紧。我歪在担架上望着她那背影，心里又感激又难过。这么个小姑娘，要不是参加革命，也许还正在妈妈跟前撒娇哩！可是现在，为了一个同志少受点苦，她却在这荒无人烟的大草原上，受这样的劳累……我一次又一次拉住绳子央求她，我说："算了吧，还是你扶我走吧！"她却扭转头笑笑说："不，我不累，这样走，我们很快就能赶上部队了！"她笑得那么愉快，仿佛真的就要到部队了似的。但是她每一次回头，我都看见，她的脸色一次比一次苍白。

这样走出了十几里路，太阳已经偏西了。我正在想用个什么办法使她停下来，突然绳子一松。我抬头一看，她栽倒了，一只脚深深地陷到了烂泥里，而且正在继续陷下去。我慌忙揪住绳子，拼着全力拉她，好不容易才把她拖起来，拉到担架跟前，把她扶到担架

上坐着。这时，我看她似乎有些昏迷，就抓住她的手，连连叫着“小何，小何！”半天，她才醒过来，睁眼望望四周，望望我，又要去抓绳子。

这回我再也忍不住了，我知道劝说也没用，就厉声地说：“小何，我不走了！”

她惊愕地问我：“怎么不走了？”

这时我心里像刀绞着一样。我怎么能让这样一个好同志为我受这么大的苦呢！万一她有个好歹，我的心怎么得安？我怎么向党交代？我横横心说：“小何，还是那句话，你，你不要管我了，自己走吧！”

“那怎么行呢？”她说，稍停，她似乎看出我的心情，就指着不远处的一段高地对我说：“好，天已经不早了，我们也该休息了。”

来到高地上，她再也没有提起走不走的事。我因为刚才说话太“冲”，也不好意思再说什么。她在一棵小树底下为我安排了过夜的地方，照例地给我换了药、做了饭，安排我睡了。

当我睡醒一觉的时候，太阳已经落下山，西天上一片通红的晚霞，把一望无边的草地照成了一片紫色。我翻身一看，小何不在。是做饭去了吗？但是粮袋子在这里，那么是干什么去了？是不是因为我刚才说话太不注意，委屈了她……越想越不放心，我悄悄地爬出树丛，四下一望，原来她在离我五六十步的一块光坪上坐着，身旁一簇火堆冒着青烟，火上放着那个小茶缸子。她低着头，正在朝胳膊上绑扎着什么，头发迎着晚风，一飞一飞的。我不禁觉得奇怪，做饭为什么不带粮袋？为什么不在我近旁的火上煮，而要另外生一堆？

我没有叫她，就径直爬过去。爬到她近旁的时候她才发觉。见我来了，她慌忙把衣袖放下，把茶缸从火上拿下，放在身后，神色

显得有些慌乱。尽管她的动作很快，我还是看见了，她臂上是一条擦破的伤口，她正在用纱布包扎。我想，伤口怕我看见，那么煮的饭又怕什么呢？我爬到她跟前，一面伸手去拿茶缸子，一面问她："什么东西？还怕我看见？"

她慌忙用手把茶缸捂住，说："别看，别看……女同志的东西是不能随便看的！"

我略略怔了一下，却不信她的，我笑了笑问她："少共不是不撒谎吗？"她的脸唰地红了，无可奈何地松了手。我把茶缸端过来一看，心里登时一酸，眼泪不禁哗哗地流下来了。那里面煮的哪里是饭？是几片牛耳大黄[①]叶子，还有几块用剪子剪碎了的牛皮；牛皮夹杂着野菜，煮出黄黄的汤，一股土腥味。这就是她的"饭"哪！我一下子明白了。这几天来，她做饭给我吃的时候，我要她一块吃，她总是说："反正有的是粮食，我再做嘛！"或者推托地说："我到水边上还有点事！"当时我以为是女同志的事，不好细问，谁知是瞒着我做这样的"饭"吃！我想起她向我要皮带的情形，她的皮带哪里是断了，原来是煮着吃了！我又想起今天她拉我晕倒的情形，她，不只是累的，是为我节省粮食饿坏了呀！

我双手颤抖着，狠狠地把她那一碗"饭"往地上一泼，一把拉住她说："小何同志啊！你的好意我知道。可是你，你怎么能不注意自己的身体呢！"说着我的眼泪又不知不觉地流下来了。

她说："老滕，不是我不知道爱护身体，这里粮食的困难，你是知道的，又不知道多久能赶上部队，前面有那么远的路，我好好的人倒好说，你受了伤，不吃不行啊！再说，咱前面怕也很困难，就是你吃不完，等赶上部队以后，别的同志还可以吃呀。"

---

① 一种野菜。

我说：“你就不想想，你也是个革命战士，万一你饿得不行了呢！”

她笑了笑，说：“哪能！你看我不是好好的吗？老滕同志，你总拿我当孩子，可你不懂得我的心情啊！老滕，”她显然情感也有些激动，接着说，“我常想，我要好好照顾伤员，伤员同志伤好了，身体棒棒的，对我说：‘我们走了！’你们上了前线，继续为革命事业战斗，就等于我亲手杀了敌人，也等于为我的妈妈报了仇！我心里就愉快了！”

“这，我懂！”我说，“可不管怎么说，你得吃饭！就是为了我这个伤员能走出草地，你也得吃饭！”

她沉思了一会儿，慢慢地说：“是啊，是该吃点粮食了。不过，要我吃粮食得有一个条件……”

“什么条件？”我急急地问。

“你以后不要再说不走了！我们要有决心走出去！”

我还能再说什么呢？我说：“走，一定走！——只要你吃饭，身体好好的，我们走到哪里都可以。”

我眼看着她把粮袋拿过来，把饭煮好。她实在是饿了，端着茶缸子，大口大口地吃着。我把火弄旺了，火星在草原上飞散着，火苗迎着夜风烧得通红。透过火光，我又看见了她那天真的、孩子气的脸。我笑着说：“小何呀，以后有什么事可要跟我商量，再也别瞒着我、哄骗我啦！”

她不好意思地笑了，笑得那么开朗：“你，你真会揭人的短。我参加革命以来就撒了这么一次谎啊！”

你问以后吗？第二天，我们当然还是上路啦！虽然前面还有种种困难，但是已经有了前一段的经验，又有小何这样的同志照护

着，我们又走了三天，终于在草地的中途，赶上了停下来收容的部队，回到了医院。有了医院的调治，在翻过岷山的时候，我的伤口也好了。

出院的那天，我自然要去找小何告别。临分手，我怀着感激而又惜别的心情说："再见吧！"她却又像过去那样调皮地说："我们这里分别的时候，都是不说'再见'的——要是再见到你，你不是受伤就是生病，有什么好？你常写信，告诉我你消灭了多少敌人就行了。"这自然是句玩笑话，可也真被她说中了。以后我走上了抗日前线，虽然又负过几次伤，却因为和小何不在一个地区，就再也没有见到她。但是，这段生活，她那坚毅、乐观而又天真的形象，我却从来没有忘记过。每当我受了伤，或是生活比较艰苦，或是工作得不好的时候，我就想起了小何。

1956年7月10日

后　代

在战斗后的东山岛上，在一支参战部队准备上缴的物品中，我看到了一件珍奇的武器。那是一挺轻机枪。像所有新的机枪一样，乌黑的枪管，枪身的“烤蓝”瓦蓝瓦蓝的，闪闪发光；只是枪筒微微有些扭曲，有些发黄。损坏最大的部分是枪口，像被一只有力的手捏了一下似的，枪口缩小了，而且成了扁圆形，使人无论如何也想象不出：子弹会从这样的口里吐出来。

关于这挺机枪，在这支部队里流传着这样一个故事：一个参军不到两年的新战士，使用着它，在这次战斗中，创建了惊人的功绩。当敌人登陆的时候，这挺机枪把敌人横扫在海洋里；在掩护连队转移的时候，这挺机枪把敌人杀伤在阵地前。这挺机枪究竟杀伤了多少敌人，也数不清，据弹药手说：单是用来计算打死敌人数目的子弹壳就装了半箱子；究竟打出了多少发子弹，也算不清，只知道枪管打红了，射手的手上烙起了泡，帽舌也烙焦了，他还在射击！射击！最后，战斗任务完成了，机枪冷却后就变成了这个样子。

这个故事深深地吸引着我。“这位射手是怎样的一个人？是什么力量使这么一位刚放下锄头不久的新战士创造了这样的奇迹？”怀着

这样的问题，我访问了这挺机枪的主人——这位为广大指战员热情传诵着的机关枪手黄承谋同志。

这是一个身材魁梧的小伙子，二十六七岁，高个子，宽肩膀，大大的四方脸上嵌着一双乌亮的眼睛，一眼就可以看出是个精力旺盛、意志坚强的人。他用夹杂着福建口音的普通话，向我讲述了他这次的战斗经过。通过他自己的叙述，对于他的英雄行为我了解得更详细了，但是对于他之所以如此勇敢的思想基础，却还不甚理解。我不得不提出了我所疑惑的问题。

大概这个问题提得太笼统了吧，他窘迫地望望身旁的指导员，半天，仿佛从指导员的脸上看出了答案似的，回答说："在进入阵地的时候，指导员对我们这些新同志说：'你们好好想想你参军的时候，你的亲人、邻居嘱咐了你些什么，首长告诉了你些什么，你离开家庭跑到这里来为的是什么……'在战斗之前，我仔细想了想这些，我的决心就更大了。"

这时，指导员插嘴了："你还是把你家里的事讲给这位同志听听吧！"接着，又向我说，"你大概不知道吧，他是一位老红军战士的儿子！"

"好吧，你要不嫌烦，咱就从头谈起，不过话得扯远一点。"黄承谋说。

下面就是他的话，也是对我的问题的回答。

我的家乡你知道，那是咱的一块儿老革命根据地。革命以前，我家连巴掌大块儿的地也没有，爹在农忙的时候给地主做做短工，冬闲时节上山打打猎，哥给人家当放牛娃，一家人一年到头过着苦日子。1929年，毛主席带着红军到了我们那个地方，我们那儿闹起革命来了。暴动以后，爹就参加了红军，在红九团当战士。当时，缴到了一挺机关枪。因为爹是打猎的出身，准头好，就让他干了现

今我这一行——当机枪射手，跟着毛主席东征西战，打击国民党反动派。

这些，都是我妈告诉我的。那时候我才四五岁，是个抱着大人胳膊打“滴溜”、趴在地上戳“尿窝窝”的孩子，哪会记得这些事？不过以后的事我约莫就记得了。1934年刚开春的时候，我们这块儿风声慢慢紧起来。一天，乡文书带来了一封信，是爹写来的，说他已经随着方志敏同志北上抗日去了。记得当时乡里还给我家送来了很多慰劳品。这年秋天，乡里组织了欢送红军出征的大会，妈领着我和哥哥、妹妹去参加，坐在“红属”代表席上，胸膛上还戴着一大朵鲜红鲜红的花儿，吃着菠萝、甘蔗、阳桃……

可是这个会开过了不多久，日子一下子变了——白鬼子来了。妈把我们嘱咐了又嘱咐：“见人可不敢说你爹当红军哪！”妈过去是妇女会员，最爱跟人谈红军的事，还爱唱个山歌小调的，现在也像一张封条贴住了嘴，不说不唱了；只有村东头根老爹来玩的时候，才肯眉开眼笑地说几句。根老爹也真好，不光跟妈说话，高兴了还给我们兄弟俩讲故事。有时候他扭着我的耳朵说：“伢子，想不想你爹？好好听话，别淘气，等大了好接你爹的班！”

说真的，我们兄弟俩实在想爹。有时想得厉害了，我问妈：“爹啥时候回来？”她总是半开玩笑半认真地指着村前的那棵大榕树说：“等这树上长出一匹大红布来，你爹就回来了。”说也好笑，那时候我起早贪黑地围着那棵树转，看那红布有没有长出来。

有一天早上，天一亮，我又溜到那里去了。嘿，这下子可看到了：在树顶顶尖上，挂着一大块红布，鲜红鲜红的，风一吹呼啦呼啦直响。我高兴得一蹦老高，脚不沾地地跑回了家，对妈说：“妈，妈，老榕树上长出红布来了，爹快回来了。”妈一听，也高兴地笑了。她赶紧跑到院里，向着那大树梢头望了一会儿，然后把我搂在

怀里，小声地说：“我的傻孩子，那红布是咱们留下的红军挂在那儿的旗子。你爹这会儿还不知道在哪个山沟里跟白鬼子打仗呢。”

我问：“留下的红军在哪儿？”

妈说：“在山上。”

“在哪个山上？”

妈不回答我了。她寻思了一会儿，说：“你去找着你那些小伙伴儿，把看见红布的事偷偷地告诉他们。对他们说：红军就在这近边的山上，在老榕树上挂起红旗来了。”

真怪，自从这事传开了以后，村里大人们的脸色都好看些了。只有白鬼子不高兴，当天就慌慌张张把那旗子扯下来，还在那树底下放了个岗。

又过了四五天，这天晚上已经下半夜了，我们正睡得好好的，忽然窗户“砰砰”地响了几声。妈慌忙披上衣服坐起来。我和哥哥也都惊醒了。妈把耳朵凑近窗子听。只听得外面小声地说：“承讶子妈，开门！是我。”那声音好熟啊！只见妈慌手慌脚地一面抹着眼睛一面往床下走。走到门口又犹豫了一下，才走出外屋，轻轻地开了门。

门一闪，一个人进来了。妈把门关好，点上了灯，用针线筐子把灯亮儿遮住。灯影里，我认出了，那是爹。爹的模样简直叫人不敢认了：脸很瘦，头发老长，满脸连鬓胡子都留起来了，活像个大刺猬，只有两只眼睛还那么乌黑闪亮。他拍拍哥的肩膀，摸摸我的脑袋，还把睡着的妹妹抱过来亲了亲。那乱草般的胡子缝里露出两排白牙，笑了。

妈定睛望着爹，半天，才说：“你咋回来了？”我瞧妈的脸色有点不大好看。

“怕我给你娘们儿丢人，是不是？”爹笑着望了妈一眼，把衣服

襟一掀，一支乌亮的驳壳枪露出，“快给弄点饭吃吃吧！”

妈笑了笑，没有再说什么，就走到外屋去做饭去。饭好了，爹吃着饭，妈把爹的衣裳脱下来缝补着。这工夫，爹给我们讲了他离家以后的经过。原来爹在的那个部队由方志敏同志带领着北上，在怀玉山区地方，遭到敌人包围。部队突围时，爹负了伤。因为伤势很重，他一个人爬到一家老乡家里，老乡收留了他，把他藏起来，治了一个多月，才把伤养好了。以后，他偷偷地回到了赣东北老根据地，找到了党组织，想再追上部队。当地组织告诉他，部队已经下了浙江，追不上了。党决定要他回到老家来，参加当地的敌后游击斗争。他一个人，一路拣着山岭没人的地方往家走，白天找个山洞、草棵子睡觉，找点野菜充饥，晚上就赶路。就这么着赶到了家乡。随即接上了关系，上了山，参加了游击支队。因为一时还摸不清山下村子里的情况，战斗任务又紧，没捞到回家。现在趁着打了一仗，白鬼子胆寒的机会，回到这村里来布置一下工作，顺便到家看看。

爹讲了足足有一个钟头，我们都静静地听着。妈有时听着听着连衣服都忘了缝了。爹讲完了这段事，扭头对妈说：“看样子这斗争长着呢，苦日子又得过几年了。这几年为革命东跑西颠，顾不上家；这以后，还要和这些狗东西拼，少不了又得把家扔给你了。”

妈把话接过去说：“快别提这个啦，什么苦难我也不怕，就是这几个孩子……”

爹说：“孩子倒也好说。平常多开导开导他们，让他们知道自己是什么人的后代就行了。”说着，爹把身子往前挪了挪，扶着妈的肩膀说：“说实话，像咱们也不要什么人给上坟添土、接续香烟，就怕事情干不完，得有人接班啊！”

“咳！”妈看了看我们，叹口气说，“依着我呀，就该所有受苦受

罪的事都撂在咱膀子上，咱们一肩挑过去，好让孩子们日后能享点福!”

他们这样说着拉着，又过了一大会儿，妈才把衣裳补好。她找出两件旧衣裳，包了个手巾包。爹伸手接过来说：“时候不早了，我还得到西头老根家去趟。叫大伢子先去看看路。你再把现成干粮给我带上点，给山上的病号吃。”

哥出去了。妈一边给爹收拾着干巴窝窝，一边问：“还回来不?”爹说：“工作多着哩，以后常回来。你和孩子瞅空偷偷地给我安排个住的地方。”

哥回来以后，爹掏出枪，又把我们摸了摸，亲了亲还在熟睡的妹妹，跨出门，放轻脚步走了。

爹走后的第二天，夜深人静的时候，妈把妹妹安顿着睡好了，就带着哥哥和我，来到后院破墙根底下。妈用脚步把地面量了量，一锹刨下去。

妈一锹锹地挖，我和哥就把土倒弄到筐子里。这样干到天放亮，妈再把窖口用草掩上，把周围的土迹打扫干净。第二天瞅瞅没人，就把筐子用脏土一盖，挑出去倒在水坑里。

为了使爹早一天回家来，我们干得很起劲，五六天的工夫，地窖子就挖成了。这地窖子就是个长方形的坑，上面架起木棒，在上面堆了些树枝头、红薯秧子、乱草，还留下个小洞透亮儿。看去只是个平常的柴火垛，不弄翻草是看不出什么的。妈还特意把里面收拾了一番：铺上了软草，放上了被窝。

地窖子挖成，爹回家的次数就多了，隔个十天半月准回来一趟；有时当夜就走，有时也住一两天。白天，待在地窖里，晚上就爬出来，逗着我们玩一阵。在玩的时候，爹总是讲故事给我听，讲过去主力红军打仗的故事：他怎样用一挺机关枪卡住二三百敌人，

让我们红军部队一下子消灭了他们。一个十多岁红小鬼怎样用一块石头缴了一支枪。这些故事真好听，一听了我就翻来覆去地半宿睡不好觉：我什么时候才能像爹那样去闹革命、打白鬼子呢？……

可惜，爹这样讲故事的时候不很多，常常是讲个半截就出去了，直到鸡叫的时候才回来。有时，深更半夜的，我们家里也来些客人。这些人我大部分都很面生，只认得根老爹，还有一位常来的赵叔叔。他们一来就待半夜，有时我睡醒一觉了，他们还在外屋嘁嘁喳喳说话呢。

这天，爹没有出去，我们一家子闲谈。我问爹："你白天待在地窖里闷不闷？我进去给你做伴好不？"

爹说："不，我一点也不闷。你看，我有这个。"他从腰里掏出一个小油布包，打开来，拿出几个纸本子朝我一晃，"这比你给我做伴还强呢。"

我留神一看，有两本是油印的书，另外是一本小字典。小字都密密麻麻的，连个画也没有，而且都磨蹭得不像样了。我说："这有什么好看的？"

爹把字典一举，说："你还不知道它的好处呢。我拿这个认字，认会了字，就看这个。"他又拿起一本油印书一举，"你别看它不像样，这是宝贝呢！上面写的就是毛主席——毛泽东同志的话。看着它，爹就有本事打白鬼子了。你看，他说得多好：'打倒土豪劣绅！'你想想，那几年咱把土豪打倒了，日子过得多美！这本，"他又拿起了另一本，"也很好，不过爹一时还读不大懂，以后慢慢看。写这书的人名字叫列宁！他的事以后我慢慢给你讲。"说完，他又把两本书小心地包起来，掖到衣兜里。

这天，爹和我们闲谈的兴头特别大——多会儿都是这样，一谈到毛主席，他的劲头就来了——他装上管毛烟吸着，摸弄着他那一

大把络腮胡子，笑着拉了妈一把：“来一段山歌怎么样？弦定低一点，不要紧。”

妈笑着瞪了他一眼：“这是唱山歌的时候？要听，叫承伢子给你唱——他赵叔叔不是才教了他个歌！”

“哼，为什么不是唱歌的时候？白鬼子再凶能吓住谁？承伢子，唱！”

我看爹实在高兴，就依在妈怀里，小声唱起来：

不怕强盗不怕偷，不怕白鬼来烧楼，
破屋烧掉不要紧，革命成功造洋楼。
打起红旗呼呼响，工农红军有力量，
共产万年走天下，反动总是不久长。

屋里静悄悄的，我的声音虽小却显得非常清亮。唱着，我偷眼看看爹，只见他半躺在那里，一动也不动，两眼直盯着屋顶，脸上露出兴奋的笑容，连手里的旱烟也搁灭了。妈刚才还不答应唱，这会儿也随着我的歌调哼起来。

唱完了，屋里静了一阵。爹坐起身，用烟管戳着我的鼻子说：“伢子，你整天挖野菜、啃菜窝窝，脚上连双鞋也没有，觉得怪苦是不是？可是等你长大了，革命成功了，那可就应了这歌上的话了。嘿，那时候……”

接着，爹就兴高采烈地讲起革命胜利以后的生活来——怎样巩固胜利，怎样进行建设……自然，那时候革命正在困难的时候，对革命成功以后的幸福生活想得并不完全。可是爹讲的时候劲头足极了，满脸笑容，眼睛发亮，两手不停地比画着，就像那好日子已经就在眼前了似的。他越讲越高兴，伸手把我弟兄俩揽到怀里，把我

们每人的脸都亲了亲，压低了声音说：“孩子们，好好地记着，老一辈的人，风里来，雨里去，血，一捧一捧地流，就是为的这个。现在，这一天是不远了，可是眼下刀把还在敌人手里捏着嘛，要拼上性命去抢啊！等我们把它抢过来，交给你们，这好日子就是你们的了。那时候，你们可别忘了，这是老一辈人的命换来的，就是拼上性命也得保住它，还要把它侍弄得更好……”

夜深了，屋里更静了，静得掉了根针都能听见。窗外西北风呼呼地吹，树叶唰唰地响，油灯的火焰忽闪忽闪地跳。爹把我们抱得更紧了，我觉得出他的手在不停地抖动，他的胸膛里面什么东西在咕咚咕咚地响着。

这样的日子过了半年多，算起来已是1935年8月天了，正是橘累挂满枝、稻穗打黄闪的好时候。爹已经有两个多月没回来了。这其间，根老爹前后背来过两个挂彩的同志，在爹住的那个地窖里住过，可就是爹没有回来。往常，爹也有个把月不回来的时候，但隔的时间从来没有这么长。我问妈，妈说：“爹在打白鬼子呢，天天打仗，哪能三天两头回家逗着你玩?”话虽这么说，我看她也有些心神不安的。她常跟我一道去挖野菜，到白鬼住的地方去溜达，还断不了打发哥到根老爹家去借个瓦盆、送个箩筐的，顺便打听一下。

妈说的也真是。近来南边大山里常常传来枪声。在挖野菜的时候，时常看见白鬼子保安团一队一队，怪神气地往山根下开，还带着大炮呢。过不几天，又开回来了，可是人比去的时候少多了，模样也全变了：衣服破了，鞋子绽了，个个垂头丧气的。还有好多挂彩的，有的拄着拐棍，有的胳膊吊在脖子上，还有的干脆放在竹排上抬着。一看见这些狗东西，妈总是小声对我说：“这都是叫你爹和那些红军叔叔打成了这个鬼样子。”哥从老根爹那儿回来，也讲山上打仗的事，说是白鬼子对山上逼得更紧了，一会儿“围剿”，一会儿

烧山。我们也在加劲地打击他们，说是这叫作“以红对白”。

一天晚上，天黑没多久，又响了一阵子枪，还夹杂着手榴弹“咕咚咕咚”的响声，足足闹腾了两顿饭工夫。响声不远，估摸着就在南边旋风山上。

半夜的时候，我被一阵轻轻的但很急促的敲门声惊醒了，侧耳细听，仿佛还有人在喘粗气。我想：“说不定又是有受伤的同志来了。”妈连忙去开门。门一开，只听得妈“啊”地惊叫了一声，接着一阵乱糟糟的脚步声走近来。我跟着哥跳下地，外屋人已经进来了。只见根老爹和那个赵叔叔抬着一个人，妈拦腰扶着他；赵叔叔背上还背着一挺机关枪。妈招呼哥点上灯。我跑上前一看，原来受伤的是爹。爹已经不像个人模样了，满头满脸都是伤，蓬松的胡子被血黏成了一片，胸前的衣服也全是一片紫红。他紧咬着牙、闭着眼，鼻孔里不断呼着粗气。

妈把爹安放在床上，没有说什么。她眼里噙着泪，对着根老爹望着。根老爹望着妈痛苦地点了点头，好像什么都明白了似的，小声地说：“伤得不轻。你赶快给他洗洗包包，把他藏起来，防备白鬼子来搜查。我们还得去找别的同志，不能久待，天一亮我就去请大夫去。”说罢，又伸手摸了摸爹的嘴唇，爹没动；他叹了口气，掏出几块光洋放在妈的手里，就走了。

爹是怎么负伤的呢？事情是这样的：

近来白鬼子对山上的游击队的“清剿”加紧了。游击队虽然打了几仗，也消灭了不少敌人，但敌人这次却比往常都来得凶，他们调动了大批兵力，把山团团围住，拼死地把包围圈缩小。我们游击队越来越困难：粮食断了，弹药不够，伤员增多了。为了保存革命力量，甩开敌人，开辟新的地区，支队决定突围。

但是，敌人包围得这么紧，兵力又这么大，要想平安地突出

去，非要有一支小部队把包围圈撕开一个缺口，替部队打出一条路来不可。这时候我爹站出来了。他向支队长和政委说：“我带着我们中队来执行这个任务！反正这里地理我熟悉，等大队过去以后，我们再摆脱敌人去追你们。”

支队长答应了我爹的请求，向他详细交代了集合地点、联络记号。爹准备了一下，在太阳刚要落的时候，就出发了。临走，支队政委握着爹的手说：“黄茂有同志，你是共产党员，是毛主席亲自带领过的老战士，这次无论如何要把任务完成！”爹没有说什么，只是严肃地应了声：“是！”

战斗是很激烈的。爹把红旗一卷，往背后一插，将全支队仅有的两挺机枪中的一挺抓在手里，把队伍分成两股，直奔东面那突出的两个山头扑过去。敌人被这突然的打击吓蒙了；我爹带领着全中队的同志们，边打边上，一口气攻上去，占领了山头，把敌人包围我军的这条铁链一下子扭断了。

缺口打开了。爹扔出两颗手榴弹，随手把红旗展开来，迎着风一摆，支队长就带着大队，抬着伤员，顺着两个山头当中的山谷穿出去了。

支队刚过完，白鬼子也缓过劲来，就向山头猛扑，把一个多团的兵力都压到爹和他指挥的那个中队头上。爹指挥着二十多个游击队员，摆开个半圆形，把敌人死死地顶住。一直打到天完全黑定了，估计大队也走远了，才下令转移。为了拖住敌人，不让敌人追击主力，爹转换了方向，边打边往北撤。就在这时候，一颗子弹从爹的脸上擦过，爹负了第一次伤。

按照原来的计划，爹想靠着人少目标小，不声不响地贴着山沟，从敌人当中穿过去，一直插到我们住的村后，奔上北山，然后再折转来向东去，追上部队。这个计划是大胆的，也是巧妙的。可

是正在行动中，因为一桩意外的事被敌人发觉了：原来敌人为了破坏我们的游击队，就在主力红军撤走、留下的部队和地方工作人员上山的时候，派了一个奸细，冒充掉队的红军，混进了我们的队伍。他几次想破坏都没有机会下手。这回，就在中队悄悄地穿进敌人的防区的时候，他“啪”地打响了一枪，又大叫起来。爹一抬枪就撂倒了他，但敌人听到声音，立即扑过来了。

中队一开始就处于不利地位：敌人从三面包围过来，另一面又是七八丈高的笔陡的悬崖。爹趁敌人还没有完全合拢，就斩钉截铁地下命令：“赵先敦留下压子弹，一分队长带队；等我的机枪一响，就贴着沟边往外突！”接着，他又掏出自己的驳壳枪和一包文件，交给一分队长说：“带给支队长和政委同志！”说罢，端起枪就朝南打了一梭子。敌人火力被吸引过来，同志们趁空突出去了；只有爹和赵同志陷在敌人的包围圈里。

敌人越逼越近，还不停地吆喝着：“抓活的！抓活的！”这时爹的前胸又中弹了。他撕下一块衣襟把伤口掩住，仍然咬着牙，把脸颊贴着枪托，一梭子，又一梭子……正打着，赵同志递过最后一梭子，小声说：“坏了，子弹就这些了。”爹接过来掂量了一下，“咔”的一声换上，对赵同志说：“阿敦，革命战士死也不能落在这些家伙手里。可这挺机枪……”敌人上来了，他打出了几个连发，敌人缩回去，他又说：“这么办吧，万不得已的时候，跳崖！你抱着枪，我背起你，咱们一块跳。有我在下面垫着，我完了，你在枪也在；要是都完了，枪也就摔个差不多。记住，要是人不能动了，就把枪毁了！来，给！”爹把枪端起来，朝着敌人打出了最后的几发子弹，就往赵同志怀里一递。赵同志还想推辞，说：“咱换……”换字刚出口，敌人冲到面前了。爹一咬牙，说了声：“好吧！”挣扎着站起身，机枪一抡，把扑上来的那个敌人打下了沟，随手把机枪往怀里

一靠，又猛然贴胸抱住了赵同志，倒退着走了几步，一只脚猛一蹬沟沿，坠下沟去。

赵先敦同志坠下崖就摔晕了。一连几声手榴弹响，把他震醒过来。黑暗里，他伸手一摸，身子底下是机枪，枪下面就是我爹。爹已经人事不知了，但两手还紧紧地抱着他。他摸摸爹的心口还暖，试试自己的手脚还灵便。再留心听听，崖上已经没有动静，大概因为崖头太高太陡，敌人估计他们摔得差不多，投下几个手榴弹就走了。于是他趁着黑夜，背起爹和机枪，悄悄地钻出山沟，一口气跑到地下党的联络站——根老爹的家里。

这些情况，是以后赵同志对我们讲的，当时哪里顾得讲这些？他俩走了以后，哥和我帮着妈把爹的伤口洗净，用干净布包扎好，妈俯在爹身上，低声地叫了好大一会儿，爹才慢慢醒过来。他睁开眼，四下里望了半天。妈问："痛吗？"他没回答，问妈："阿敦还在不？"妈回答了他。他又问："枪呢？"我插嘴说："赵叔叔扛着呢。"他听见我的声，侧眼望望我，胳膊动了动，看样子想摸摸我。我赶忙凑过去拉着他的手，妈也把妹妹抱到他面前坐着。这时，我看爹的脸色比刚进来时好些了，嘴角上微微挂着笑，还像平时给我们讲故事时那么慈祥，但却少气没力的。他闭上眼休息了一会儿，张了张嘴，摇了摇头，困难地说："还有多少事要干啊！……嘿，太早了……"他拉过哥和我的手，望了望妈，说，"伢子妈，要常想着这孩子是谁的呀！"说完，又问我们："孩子，以前爹给你说的话都记住了？"我们点点头。他又断断续续地说："记住，一定得记住！也记住你爹是怎么死的，是……为什么死的！你知道，爹是个共产党员，不会给你们留下什么金银财宝、肥地高楼；留给你们的是……没杀净的白鬼子，是还没完成的革命工作。大了，要学好，别辱没了你爹的名字！"这是爹说的最后的话。

爹死了。我和哥都抽抽噎噎地哭起来。我哭着，又怕妈伤心。偷眼看着妈，妈却没有哭，眼里连个泪花都没有。她轻轻地抚着爹的胳膊，两眼直直地盯着前面发怔。好一会儿，她紧咬住嘴唇，重重地“嗯”了一声，一伸手把我俩搂在一起，说：“好孩子，别哭！你们见你爹哭过吗？你再看看妈！”

她把我们的眼泪擦干了，说：“来，孩子，先把你爹埋葬了。”她慢慢地换下爹的衣服，从爹的衣兜里，拿出爹常看的那两本书。随着书本掏出半个红薯、野菜和树皮拌和的窝窝来。她把这东西递到我们的面前，说：“看，你爹是那样死的，是这样活着的！孩子，这都是为了你们啊！”说完，随手撕下一片血衣，把这东西小心地包起来。

料理好了，我们娘儿三个来到后院，把原来爹在家藏身的那个地窖上的草掀掉，把爹小心地抬起，放在里面。妈领我们跪下来。我们静静地跪在那里，一动也不动地跪着。直到一声鸡叫，妈才像醒过来似的，说：“伢子爹，你的话我记下了，我知道这后代是谁的。”

我们磕了几个头。妈吩咐哥把铁锹拿来。我们把坑里的土填平，妈又把那半截破后墙从墙根底下往里挖了挖，然后领着我们转到墙后，说了声：“推！”娘三个一用劲，墙“呼咚”一声倒下，把爹的墓坑埋住了。

把一切弄停当，回到屋里，天已放亮了。妈又愣了一阵，霍地站起身，从包袱里拿出几件旧衣裳，交给了哥，又把从爹袋里翻出来的那两本书和根老爹留下的光洋递到哥的手里，抱住哥，把脸贴在哥的头上说：“孩子，去找你根老爹去吧，去上山！你就说，是我妈叫我来的，也是我爹的意思。”略停了一下，又说，“你对根老爹说，以后有什么事，找我和承伢子！”

哥上山当了红小鬼，听说打仗很勇敢，思想好，能吃苦，同志们都说他处处像爹。有时也还偷偷地回家看看。后来，江南游击队

合编成新四军，他随在队伍里，顺着爹没有走完的那条路，走上了抗日前线。1940年的时候听说当了排长，再往后就没有了消息。

哥上山以后，我就顶了哥的那事：有事送送信，秘密开会时通知人、巡风……干起了革命工作。妈靠纺纺纱、给人做做针线活，养活着我和妹妹。背地里还装着买棉卖线，干着地下交通的工作。这日子里，保安团敲诈、勒索，骂我们“匪婆”“匪崽”，那欺凌就不用说了，可我们不管这些，照样坚持着斗争。我们就这么吃糠咽菜地熬到了1949年，迎接红军——解放军打过来。

讲到这里，顺便给你讲讲我是怎样参军的吧：

一解放，我自然积极地参加了二次分田的斗争。我家分了田，搬了房子，我还当了民兵队长。1951年抗美援朝参军的时候，我的心就动了。可就是有一点放心不下：妈年纪大了，有个腰疼病；妹妹也该出嫁了，怎么能扔下她们走呢。我左思右想拿不定主意。

这天，妈忽然想到爹坟上去看看。我和妹妹扶着她来到爹的坟前。自从我们搬了房子，村里就帮着我们把爹葬身的地方修成了坟堆。这会儿，墓堆上已长满了青草和野花，墓旁的小柏树也长得很高了。妈绕着墓地走了一圈，在小树底下坐下来，半天，忽然对我说：“承谋，我心闷，你唱个老歌给我听听。那个‘造洋楼’咋唱来？”

我把这个歌唱了。她想了一会儿，说：“我也唱个你们听吧！”我好奇怪：自从爹牺牲了，她就再也没唱过歌；中华人民共和国成立后偶然哼两句山歌，也不常唱，今天怎么忽然高兴了？只听得妈说：“这歌还是那年送慰劳鞋的时候，主力上一个同志教的呢，已经快二十年了。”说着就清了清喉咙唱起来：

人民翻身闹革命，红军志气高如天；

老子牺牲儿顶上，哥哥死了弟上前……

这歌，妈一连唱了两遍，唱着唱着，妈眼圈一红，掉下泪来——自我记事以来，除了解放军回来的时候，妈喜欢得哭了一阵以外，就没掉过一滴眼泪，这回是怎么了？唱完了，妈从腰里掏了半天，掏出一件东西，问我："还记得不？"我一看，正是爹的那块血衣包包。我说："记得。"妈含着泪说："十六年前，你爹在的时候，你才这么高，"她用手比量着，"你不是给你爹唱过'造洋楼'吗？你爹那时候说的话你还记得不？"接着她又絮絮叨叨把爹的事又给我讲了一遍。末了，说："如今你爹早已不在了，你哥这些年不见音信，说不定也牺牲了，现在刚把白鬼子打倒，洋鬼子又要来，国家正用人，我想再把你送了去。"

妈讲得我的心一阵阵发紧。其实，我不是不知道该去，可是……我把我的心事给妈说了。谁知这一来妈火了。她气得手直发抖，指着我的鼻子说："你好！你爹在世的时候怎么给你说的？你爹临死的时候又怎么给你说的？现在好日子到了手，你却不想动了？你别忘了，你是爹妈的儿子，也是革命的后代啊！"她扶着小树咳嗽了一阵，又说，"我老了，不是还有你妹妹，她能不管我了？再说，还有政府和亲友邻居！"

第二天，我就报了名。不过因为参军的人数太多，没有到朝鲜，我就要求参加了解放军，来到了海防上。

我的事就说到这里。同志，你说我怎么能不好好地战斗呢！爹说得对：老一辈用一捧捧的鲜血换来的红色江山，就在我们背后，我们要好好保卫它！妈说得好：我们青年人，不但是爹妈的儿女，也是革命的后代啊！

1956年9月10日

妈　妈

我们司的冯司长是个女同志。同志们当面叫她司长，背地里却都管她叫冯大姐。

其实，这个称呼也并不恰当。她已经五十一岁了，比我母亲还大两岁呢，而且因为长年革命工作的劳累，她看去比实际年龄还老相些：她的头发虽是短剪了，却差不多有三分之一是白的了，脸颊有些瘦削，门牙也缺了一颗，使得上唇显得略略有点瘪。特别是当她挑起眼皮、透过老花眼镜的上缘看人的时候，在她那光亮的上额上，就聚起几条很深很深的皱纹。如果是个生人走进我们的办公室，看着她这年纪和神态，谁会想到她就是领导我们这个重要机构的首长？说不定还会以为是谁的母亲呢。

但是，我们把这位首长看得像母亲，还不只是因为她的年纪，而是她的为人。比方说，我们这些年轻小伙子，总是贪玩。晚上不是跳舞就是溜冰，再不就弄副扑克，一玩就是半宿；睡得迟起得也晚，来不及吃饭，就买个烧饼带到办公室里去啃啃。这事要让她看见了，她就会走过来：“给我！”伸手拿过烧饼，垫上张纸，放在暖气管子上烘着。等烘热了，她再给倒上碗开水，一道送过来。然

后，就坐在你的对面，一边看着你吃，一边轻声慢语地讲起青年人应该怎样安排生活秩序，怎样珍惜时间。这时，我们的烧饼是热的，脸是热的，连心也是热的了。又比方，我们这里很有几个球迷，一听到下班铃响，撒腿就往球场里跑。这时，她又会一声叫住你，把你的衣服扣子扣好，把围巾给围上，说不定还把你掉出来的头发给往帽舌底下塞塞。然而，要是你工作上出了什么差错，或者思想上有了什么不对头了，常常不等你自己觉察，她就又来到你的对面坐下来，还是轻声慢语地谈着，一直帮你看清了错在哪里，找出了原因，定出了改正的办法，才走开。

她就是这么个人。一天，两天，一月，两月，她就这么体贴入微地关心着我们。好像我们不是她的下属，而是她亲生亲养的一群孩子。要是她生病了或者是开会去了，不到办公室来，大家就会觉得像缺少了什么，连那个最好说俏皮话逗乐子的老何也会一天沉着脸不吭气。

但是，尽管我们都怀着深深的敬意热爱着这位首长，有几件事却使我们感到奇怪：每当她的秘书——那个姓孙的胖胖的姑娘给她送来公函、文件，她总是照例地翻检两遍，然后问一句："没有？"秘书点点头，她就轻轻地叹口气，脸上顿时蒙上一层失望的神色，人也更显得苍老些。不过也有不问的时候，那时她手里一定有一封信，有时是机关来的，有时是私人来的。她就急急地看这信。看完了，又是照例地叹口气，把信塞进抽屉里。

这到底是怎么回事？是怪脾气吗？还是有什么心事？

我们得承认：关于冯司长的个人生活和她的历史，我们知道得是太少了。我只是在她刚来时的欢迎会上听过处长的介绍，知道她是个老党员，党龄比我的年龄还长；过去她长期在白区做地下工作，光坐牢的时间也不比我参加工作的时间短多少，具体的呢，就

啥也不知道了。有时我们也想向她打听，可是一提到这个问题，她就说：“现在的新事还讲不完呢，还翻那些老账干什么？”

这个闷在心里的疑团，终于，遇到了一个偶然的机会，解开了。

那是1954年春节后不久的一个下午。我正站在司长办公桌前，接受下厂了解情况的任务，秘书给她送来了一张会客单。我瞟了一眼，会客单很平常。姓名：刘忆平，性别：男，年龄：二十六岁，职务：鞍钢某厂的工程师；与被会人关系没填，事由是看望。司长毫不在意地看了一遍，扔在桌上，接着又拿起来看了一遍，想了想，自言自语地：“忆平……”突然，她一怔，蓦地站起来，急匆匆地跑出去。我给弄得莫名其妙，随手从衣钩上取下她的大衣，也跟着走出去。

在她推开会客室的门的时候，我赶上了她。只见会客室里一个戴皮帽子、穿灰呢大衣的青年，正在那里焦急地踱着步，见司长进去了，忙迎上来，但是，显然他们并不认识。那青年凝视了司长一会儿，说：“您是……”

“我是冯琪。”司长说着，脸上露出惊喜的神情，眼睛直盯着那人的脸，一步步向前靠近。随着司长的视线，我看见，那人的额角上有一块小小的疤痕。

那青年嘴巴张了几张，再没有说话，却从衣袋里掏出一件东西来。我一看，是一只孩子戴的红骨小手串。只见冯司长惊叫了一声：“平平！”张开两手扑上去；那人也叫了声“妈妈”，两人紧紧地抱在一起了。

当天，“冯司长的儿子来了”的消息，经过我的口飞快地传开来了。晚上，我们几个年轻人怀着兴奋和好奇的心情，来到了司长家里。看来，他们母子正在叙着离别之情，但奇怪的是：两个人都没有说什么话，只见桌子上摆着一张纸，两人各拿一支铅笔，在纸上

写着什么。冯司长大概也看出了我们的疑惑，一面把我们一一向她儿子介绍，一面笑着说：“他是在国外长大的，本国话倒说不好。”这句话更引起了我们的兴趣，就七嘴八舌地问起来，那老何咋呼得更凶：“有故事，一定有故事！给我们讲讲吧！”

看来今天司长的兴致特别好。她点点头：“好，既然你们对这事有兴趣，就讲给你们听。”她来到床边，坐到儿子身边说，“你也听听！”于是她就用我们那听惯了的缓慢的声调，讲起了关于她和孩子的故事。

“这孩子和小黄一样大，”她指着我说，“今年是二十六岁。我俩分开的那年他还不足六岁。那是1933年。

“当时，我和他爸爸都在汕头做地下工作。后来他被调到江西红区去，为了照顾孩子，也为了便于掩护工作，平平这孩子就留在我的身边。

“我当时的公开职业是给一个挑花工厂的老板做用人，烧火做饭洗衣服。这个职业对于我的工作是很方便的。利用早上买菜的时间，我可以开展活动或者与党的负责人接头，接受任务、汇报工作。但是我们娘儿俩的生活却很困难。因为当时党的活动经费很少，只要有公开职业，就不能拿党的钱用于个人生活。我的工钱呢，又少得可怜，每月刚够买米吃饭，有时还得匀出一点来，支援受难同志的家属。这样，虽然我给人家炒煮的是鲜鱼大肉，但我们自己却断不了饿肚子。有时看孩子苦得实在不行，就收拾人家一点残汤剩菜，给孩子吃。这些都还好说，最困难的还是精神的折磨——这家人家也有个男孩子，比平平大一岁。这孩子每天放学回来的时间，就是平平受罪的时候，不是挨打，就是挨骂，不知吃过多少亏，受过多少委屈。

“当然，为了工作，这些只得忍着。孩子不懂，我懂，我们的生

活水平虽低，可我们的事业，我们的人格，比他们高出不知多少呢！

“这天，我突然接受了一个任务：组织要我到城郊去接一个党从上海派来、经香港偷渡过来的同志。我好不容易借故向老板娘请了假，但是因为要走很多路，孩子不能带去。凑巧刚发了工钱，我买了几个烧饼留给孩子，就动身了。

“直到天黑，我才完成任务，赶回家来。一进房门，就看见孩子趴在床上，头破了，满头满脸都是血，正在抽抽噎噎地哭呢，见我来了，一头扑到我怀里，大哭起来，还不住声地哀求我：‘妈妈，走，咱们走吧！……’我一边给他包扎，一面问他。原来这又是东家的孩子干的。那孩子放学回家，见到平平在吃东西，伸手就抢，平平当然不让。那孩子掏出砚台就打，竟把平平打成了这个样子。你们看！”她抚摸着忆平的额角。我又看到了那疤痕。我仿佛看见了当时的情景，看见了那鲜血和屈辱的泪。

“当时，我自然又是难过又是气愤，可也没法，刀把在人家手里攥着嘛。我只好安慰他：‘孩子，别说傻话了。走，走到哪里去？来，妈带你到外面玩玩去。’其实，说带他玩也是哄他，我还有任务：上级同志带来的文件和一大笔钱在我身上，我必须很快把它交给党组织。为了安全，我把文件和钱包包好了，捆到孩子身上，领着他先到一个药房里上了点药，就沿着大街往秘密机关住处走。

“因为生活困难，我怕孩子要这要那，从来不带孩子到大街上来。现在一上街，孩子马上被这热闹的城市夜景吸引住了，特别是走到一家儿童商店门口，他更是一步也不走了。他望望橱窗里那些五颜六色的玩具和衣服，又望望我的脸，终于鼓起勇气说了句：‘妈妈，买！’

“‘孩子，不是给你说过，妈妈没有钱哪！’我说。

“他固执地扯着我的衣襟：‘不，妈妈，你有钱，买！’

“噢，是了，他说的是我放在他身上带的钱。这我又不能给他明说；本想呵斥他几句，可看看他那满缠绷带的小脸，我的心又硬不起来。我不由得把手插进衣袋里，抓住了那刚发下来的一块多钱工钱；捏了一阵，还是空着把手拿出来——那得吃饭哪！

“孩子又说了：‘妈妈，人家念书，我没有，人家……妈妈，你不是说你喜欢我吗？……’说着，他眼珠骨碌碌，两大滴眼泪流下来，滚过腮边，滚过那破开几个洞洞、油得发亮的衣襟上，连挂都挂不住。我的感情不由得冲动起来：一样是孩子，老板家的孩子吃好穿好，有书读，而我的孩子……好吧！我咬咬牙，一把把孩子抱起来，给他擦干了眼泪，走进店里，就着这些工钱，给孩子买了一件小褂，还买了两块点心。看看手里，还只剩三毛多钱了，去他的，一不做二不休，吃饭的事以后再说吧——给他们做了半年多的活，不相信连预支点工钱也不行。我又抱着孩子来到玩具柜前。可是挑来拣去，不是不中意就是买不起，最后才看中了一副骨头制的小手串，红红的，亮亮的，又好看又结实。我用了最后的这点钱，把它买了过来。

“我把衣服给孩子穿好，把手串戴在他那小手腕上，看着他大口大口地吃着点心，我的心里舒服极了，这种心情只有做母亲的才能体会得到哇，对不对？”

我们被这个革命家的清贫的生活和她那母亲的心所激动着，谁也没有插话，都目不转睛地望着她的脸，等着她继续说下去。

“可是，”略停了一会儿，她又说道，“这件当时看来很顺心的事，却叫我后悔了二十年。

“事情竟有那么凑巧。就在第二天清早，我在菜市场上和上级党的同志接头的时候，接到了党的指示，决定要我到上海去，并且把一批文件和材料带到上海转给中央。他交代了我到上海后的接头地

点和暗号，只是路费不凑手，他已派他爱人去取了，要我明天下午到他那儿去拿钱，买票上船。

“接受了任务，我赶紧跑回去，造了封假信，对老板说我母亲病重，要赶快回去。办妥了，我对平平说：‘孩子，你不是要走吗，咱明天就离开这儿了。’他高兴得一蹦搂着我的脖子：‘妈妈，你真是个好妈妈！’

“谁想到在白区工作意外的事就那么多。当我兴冲冲地背着行李、领着孩子走到上级同志那里去时，却大吃一惊。他那向街的窗子上，窗帘低低地放下来了——这是暗号，告诉自己的同志：这里出事了。再试探着往前走了几步，看见两个警察抬着一大包东西从门里走出来；门前的台阶上，一个三岁多的小女孩正在喊爹叫妈地哭。我认得出，那正是这个同志的孩子。

“等警察走远了，我打发平平偷偷地跑上去把那个小女孩领过来，抱到怀里哄着。这时，我的心里像坠上了一块铅：另找关系去吧？地下党是采取单线联系的；回老板家去借路费吧？不给人做工人家能白给钱？何况，现在又去不得。典当东西吧？我那个小行李卷做个身份掩护还可以，别说要卖，白给人家人家也不见得要。我真后悔：当时为什么那么感情用事，把钱全给孩子买了东西，弄得现在……我下意识地掏掏口袋，掏了一遍又一遍，钱没掏着，手却触到了腰间的文件包。这使人更加焦急：没有钱，怎么上得去船，任务可怎么完成啊！

“没法，我只得豁出脸皮闯一闯，想混上船去。谁知拖大带小特别惹眼，人家一查票，不让上不说，还叫臭骂了一顿。

“我躲在码头旁边，一直等到天黑，也没有瞅上个机会。船‘呜——’的一声开走了。

“我领着大的，抱着小的，沿着海边茫无目的地走着，走着。孩

子当然不知道我的心事，这个嚷：‘妈妈，饿……’那个叫：‘婶婶，吃……’也难怪他们，已是一天没吃东西了。

“看看来到城郊，也没个宿处，我沿路捡些香蕉皮、柚子壳、甘蔗梢头，来到一家大门楼底下坐下来，把半截甘蔗梢头给平平咬着，我把这些乱七八糟的东西嚼了，填到女孩的口里。慢慢地，孩子们睡着了。我怀里搂着孩子，手按着文件，听着孩子的鼾声和那震碎人心的海涛，一夜没有合眼。

“天亮了，正想找个去处，大门开了，一位围着围裙的大嫂挎个竹篮走出来，一眼就看得出是这家的用人。她看见我们，就问：‘你娘儿们怎么跑到这里来了?’

“我只得依样撒个谎：‘母亲病重了，想去上海看看，没上去船。’其实，我心里的焦急，就是妈妈真的病重也不能比呀。但话一出口，不由得心里一酸，流下泪来，这倒也真像了。

“看来这位大嫂是个善心人，她关心地问我：‘就不能找个亲友帮衬帮衬?’

“‘没有啊!’

“说话间，孩子醒了，又嚷着要吃。那大嫂叹口气，进去端出一大碗稀粥，给孩子们一人一口吃着。她又拿话安慰我。我从心里感激她，可两心隔肚皮，她哪晓得我的心事?我只需要钱，只要有那么一点钱就行啊。我说：‘大嫂，你的好心我知道，实不瞒你说，我缺的是盘缠呀!’

“‘这，这不好办。’她为难起来。但看来又不愿让我伤心。她看看我，又摸摸孩子，半天，忽然想起了什么，压低了声音问我：‘你还回来不?’

“‘回来?’我不懂她的意思，就含糊地答应：‘回来。’

“‘要是还回来，那倒有个办法，可是……不知该说不该说

呀……’

“一所说有办法，我连忙抓住她：‘帮帮我，大嫂!’

“‘这……’我一催，她更迟疑起来了。

“我又催她：‘只要让我们娘儿三个上得去船，怎么都行。’

“‘娘儿三个怕不行。大妹你别见怪，你不是两个孩子吗，我是说你把一个孩子留给我东家做小的，你带上钱去上海。’她望了我一眼，一气说下去，‘以后，以后你多忙活点，有了钱，多花些钱还怕孩子赎不回来?’

“你们知道，潮汕地区去南洋的很多，劳动力少，有一种风俗——兴买儿女。名义上是儿女，实际上是买劳动力。

“这个提议太意外了，我脑子‘嗡’的一声，啥话也说不出。那大嫂见我不吭声，叹口气，自言自语地：‘唉，我说不该说呀，这倒成了拆散你们母子了……’说完，悄悄地提上篮子，走了。

“我情不自禁地把两个孩子拉到怀里。孩子们一人一只手插进碗里，正在捞着最后的一点粥渣，这会儿都吃惊地望着我。我看看这个，又看看那个。小女儿长得真俊秀，活像她妈妈；可是现在她爹妈正在敌人的监牢里受着酷刑，她大概已经见不到她的爹妈了。作为一个同志，为了死去的烈士们，我怎么也得想法把她带大。再看看平平，他头上的伤还没好，叫绷带衬着，显得眼睛更大，鼻梁儿也更高了。他那望人的神情，那吃东西的模样，多像他爸爸呀！我想起，他爸爸临到红军中去的时候，叫着我当时的名字：‘辛平，孩子留给你，受累是你一个人，幸福暂时也是你一个，可是想念他的却是我呀！’现在，我怎舍得把他扔给陌生的、又是财主家里去受罪呢?

“我想了又想：也许我去找个地方，做个十天半月的工，省吃俭用地积些钱？不行，时间不允许；也许我去沿门乞讨？也不行，身

上的文件呢？……实在没法，我的思路又回到那大嫂刚才说的话上来。现在，就只有这条路能走了，可是……我下不定决心。我还是想着，想着。忽然，‘吱——’的一声，汽笛又响了，这是上海来的船到了。这时，仿佛这汽笛在用它那震人的大嗓门呵斥我：‘辛平啊辛平，你已经是入党五六年的共产党员了，怎么还这么糊涂？’那大嫂的话也在响：‘以后……多花些钱还怕孩子赎不回来？’

“唉！……

“我正要下决心，那大嫂回来了。她从篮子底下摸出两个炸糕，递给孩子，对我说：‘妹妹，别伤心啦，这年头，穷人命苦，女人命更苦……唉，另想想办法去吧！……’

“我再也不能犹豫了。我一把揪住她的衣襟：‘大嫂，就，就照你说的办吧！’这话仿佛不是从我嘴里说出来的。我的眼泪忽地涌了出来。

“大嫂问：‘当真？’

“‘当真！’我咬着牙，尽量把话说得肯定些。

“‘那，是哪个呀？我领孩子进去看看。’

“‘努。’我紧咬着牙，抬手向平平一指。那手哇，足有千斤重。

“那大嫂弯腰搀起平平的手：‘走，乖孩子，跟大妈去吃点东西去！”

“约莫一个多钟头以后，大嫂领着孩子出来了，手里拿着三块银圆，两张契纸。孩子，才隔了一个钟头，我觉得像隔了多少年。我没顾得接钱，又抱起了孩子。大嫂把钱数给我，还特地敲得铮铮地响。那敲的仿佛不是钱，而是我的心。

“大嫂含着泪安慰我说：‘好妹妹，把心放宽点，只要我在这里，总不能让孩子屈着。’

“我感激地点点头，在契纸上按了手印，然后从三块钱里拿出一

块，递给她：‘我们这娘儿俩，船票和吃食，有两块钱够了；这钱你存着，孩子要有个三灾八难的，费心给请个大夫治治。’说完，我再也抑制不住了，抱着孩子放声哭起来。孩子也看出了我要走的意思，一把揪住衣服，怎么也不放。那大嫂把孩子的手给掰开，哄着他：‘妈妈去买船票去，一会儿就回来。’接着又对我说，‘好吧，快去买票上船吧！看完了老人，快点回来。’

“孩子也叫着：‘妈妈，买到票就回来呀！’

“回来。回来的可能是极少的。我最后把孩子的手抓过来贴在脸上亲着，这时，我的手触到了一件硬硬的东西，原来是那副手串，我随手脱下了一只，看了孩子一眼，狠了狠心，抱起女儿就走了。

“走出十多步，我扭回头。我看见了孩子的泪汪汪的大眼。

“走出二十多步，我扭回头。我看见了孩子那高高的小鼻子，那扭歪了的小嘴巴。

“走出几十步，我扭回头。我看见了那一圈白白的绷带；不，什么也看不清，我的眼被泪水糊住了。

“我不敢再回头了。我害怕我会再跑回去。我紧抱着小女儿，抓牢腰里的文件，眼望着轮船码头，拼命地快走。

“走，走，走出好远，我听见了孩子的叫声：‘妈妈！’

“就这样，我和我的儿子分别了！”

她的话停住了。屋里静得很，只有外面的北风在呼叫，把细细的沙子撒到窗子上来。尽管我们距离那种生活的年代远得很，但我们仿佛看到了这一切。同志们似乎连呼吸都停止了。老何点上的一支烟早就忘了抽，都快烧到手指了，还有不知哪位女同志竟唏嘘地哭起来。我看看冯司长，她显然也已经回到当时的情景里，两大滴晶莹的泪珠挂在眼镜下缘那有了皱纹的脸颊上。只在忆平又往她身边贴近了一些的时候，她才从往事中醒过来。她不好意思地笑了

笑，把后来的事讲完。

“到了上海以后，接着党就派我到红区去。我把女儿交给了党组织，又把找平平的事托付给一位党组织的同志。但是，红区没有去成。那时，敌人正疯狂地向红区进行第五次‘围剿’，城市的白色恐怖也特别厉害。我被捕了，被关进了监牢。这次入狱不是几天，几月，而是几年。这几年里，除了一个共产党员在狱中所可能受到的刑罚和折磨以外，我还怀着深深的思念：孩子怎样了？

“1937年，抗战爆发以后，我出狱了，接着就到了延安。这时我才知道，在我被捕后不久，我托付找我儿子的那个同志也被捕牺牲了。

“这些年来，我想念着孩子，也想尽了办法找他。特别是我知道他爸爸1940年在战争中牺牲了以后，我更是想着孩子。在抗战期间，我托地下党的同志打听过，找不到。全国胜利以后，我自己跑去找过，这时才知道那家是个地主，在土改时逃到香港去了。但我还在找着……

“忽然，你们看见，昨天他来了。

“孩子的经历，是他刚才告诉我的。还是党救了他。当时，那个同志把我的要求托付了汕头的党组织，党帮我找到了他，把他带到了上海。因为我那时正在狱中，就把孩子托给一个女同志养着。后来，这个同志被派到国外学习，路上又需要掩护，她就把我的孩子带到了国外。自然，熟悉孩子的情况的同志都在监狱里，而我的名字又时时更换，过去无论是哪个同志还是孩子，都无法和我联系了。

“1949年中华人民共和国成立后，孩子托人找过我，没找到。这次回国参加建设，找遍了中央各部，才找到了我。”

讲到这里，她情不自禁地拉住忆平的手，长长地抽了口气：“二十年，整整二十年哪！谢谢我们的党！我把他扔掉了，党把他给我

找回来。现在，他又回到我的身边了。”她结束了自己的故事，“至于他是怎样长大成人的，让忆平自己给你们讲吧！”

随着故事的结束，屋里慢慢地活跃起来。忆平同志成长、学习的情况，自然是我们感兴趣的，可惜天已经太晚了。我们都深情地望着忆平。他也是第一次听到母亲的经历和自己的幼年的情形，他激动地又往母亲身边偎了偎，低声地叫了声：“妈妈！”

“妈妈！”我们都情不自禁地重复着这个字眼，最后不约而同地向着冯司长，大声地喊出来：“妈——妈！”

司长笑了，忆平笑了，我们也笑了。笑声，钻出窗棂，在这宁静的首都的夜空里，飞散得很远，很远……

1957年1月22日

歌　声

我们钻进这荒凉的原始森林，已经整整三天了。

10月里，东满的森林是阴郁而寒冷的，1935年的晚秋，却似乎比往年来得更早一些：茅草早已枯黄了，在积年的腐土上，又压上了厚厚的一层落叶。从兴凯湖面上吹来的风，像无数只粗大的手，摇撼着树梢，撕捋着松针、败叶和枯枝，把它们随意地撒开来，使得这傍晚的森林更显得阴森、凄冷。

我沿着树丛的间隙蹒跚地走着。眼看再有几十步就可以翻上前面那个山包，但两条腿却越来越不听使唤了。背上越来越重，仿佛背的不是一个人，而是一座山；脚下的败叶更软了，一脚踏下去半天也抬不起来。伤口像钻进了无数小虫子，钻心地疼，太阳穴一阵阵发涨，眼前的树干慢慢地模糊、晃动起来了。蓦地，脚被树根一绊，身子踉跄了一下，“砰”的一声半边脸颊撞到树干上了。

迷迷糊糊地，我觉得背上耸动了一下，一只袖管轻轻地摸到了我的额角上，把汗水和血水给擦了擦，接着，他叹了口气，低低地叫了声：“老董……”

“老赵醒了！”这个念头使我一阵高兴，惊醒过来。老赵的伤势

很重，流血太多，从今天早上就一阵阵昏迷起来，这也说不上是第几次醒来了。我伸手扶住树干，定了定神，然后蹲下来，解开那条临时当作背篼的被单，把他轻轻地放在树下的一堆枯叶上。

他斜倚着树干躺下来，用那失神的眼睛看了看我，又四下里打量了一下，问我："小孙呢?"

"在埋溜子[①]，还没上来呢。"我一面回答，一面探身向山下望望。在这浩瀚的大林子里，小孙这孩子似的身躯更显得矮小。他一手提枪，一手拿根树条子，正在一步步后退着，把我们踏倒的草扶起来。他做得那么仔细，从背影看去，好像不是在敌人的追踪下突围，倒像住屯子的时候给老乡打扫院子。

老赵挣扎着欠起身，向小孙走来的方向看了看，伸手摸摸我脸上的擦伤，长长地叹了口气："唉，我可把你们俩拖毁了!"说着，他猛地扭过头去。

"这风……"他扬起手掌揩了揩眼睛。

他的心情我是理解的。他是我们连出名的硬汉子，再苦再难，你在他嘴里听不到一句"熊话"，在他眼里看不见一滴眼泪，可是现在……他大概也看出我实在是难以支撑了。可是他就没有看看自己。这会儿，他那副憔悴的模样，真叫谁看了都觉得心酸：本来就不丰满的脸，只剩了四指宽的一条，煞白煞白的，像块风吹雨打的旧墙皮；眼窝深深地陷下去，满头缠着破布条做成的绷带，额角上、肩膀上、腿上到处往外渗着血水，要不是那双闪闪的眼睛，谁能信这是个活人?

我扶他躺好了，把他伤口上的绷带又扎了扎，伸手从怀里掏出了最后的那个苞谷，掰下几个粒子放到他那干裂的嘴里去。我像是

---

① 部队行动时派出专人消灭掉行军的足迹，叫埋溜子。

安慰他又像安慰自己，说："好好躺一会儿，别胡思乱想了。要是今晚敌人不再追上来，我们歇一阵还能再走的。"

入秋以来，我们这个连队接受了一项特殊任务：全力向东北方向活动，吸引住敌人，让大部队向西发展。一个月来，我们的活动拖住了敌人，完成了任务，但连队却被大队的鬼子紧紧地盯住了。就在三天前的下午，在袭击一个林警队住的屯子的时候，遭到了敌人突然的包围。部队拼死战斗了一个下午，总算突出了重围，而同志们却被冲得七零八散了。

我们三个就是在这种情况下凑在一起的。我在突围的时候左臂受了一点擦伤，伤势不重，还可以坚持着走；四班长赵广烈的伤势比我重多了，头上、腿上好几处伤口。唯一的一个囫囵人，就是连部的通信员小孙了。我们组织了一下：老赵由我驮起走，小孙留作后卫，担任监视敌人和消灭足迹。

就这样，我们三个人钻进了大森林，和敌人玩起了"捉迷藏"。

当时，原想躲上一两天就可以把敌人甩开的。谁知鬼子发现他们上当了之后，索性集中了全力来对付我们。他们调遣了沿路的保安队、林警，紧紧地盯住了我们的屁股，一步也不放松。几天来都是这样：我们好容易把敌人撇开，还来不及烧堆野火，找点水喝，鬼子就赶上来了。

今天，可算最平静的一天，从中午到现在没有发现敌情，也许可以让我们稍稍休息一下了。

我把老赵安排好，自己也在这软绵绵的树叶上躺下来，一粒粒地嚼着苞米。这时，小孙上来了。这孩子，几天来也吃尽了苦头，原来红扑扑的一张小圆脸，如今变得又黄又尖，显得两只眼睛更大了。他是两年以前，随着父亲越过鸭绿江，逃出自己的祖国，参加我们抗日联军的。我们全连的同志都像对自己的弟弟似的关心着

他，亲热地用朝鲜话称呼他“东木孙一”。两个月前他和我们一道刚刚掩埋了他的父亲——我们的孙营长，现在又和我们一起熬受这种艰苦危难。

小孙还是一股孩子气，他三脚两步跑到我们身边，摊开衣兜，把一大把榛子和一堆松塔抖在我们面前。他抓起松塔，在树根上轻轻一摔，就出来一堆松子，然后用手榴弹把松子一个个敲开，交给我们。他自己却扎扎腰带，像只小猫似的哧溜哧溜爬上一棵大杉树，瞭望去了。

我们几颗松子还没吃下，小孙又急匆匆地爬下来了。他一个纵身跳到我们面前，神秘地说：“喂，咱们走到天边上来了。”

“什么?”我们以为又有了情况。

“到了界上了。”他往山包背后一指，“这下面就是国界，还可以看见苏联的哨兵呢。”他把“苏联”两个字说得很重，神情又惊奇又兴奋。

我俩都被这个意外的消息激动起来了。在这以前，指导员上政治课的时候，曾经不止一次地讲到过苏联；有的连队常常在界上活动，他们也讲述过界上的情形。苏联的革命斗争，苏联人民的幸福生活，在我们这些长年生活在丛林里的抗联战士们的心里，像神话似的勾起许多想象。那时候，谁不想亲眼看一看苏联的国土啊，哪怕只看上一眼也好。现在，这个机会就在眼前，哪能轻易地放过?何况从界上或许还可以看出一点敌人的动态呢。

原来离我们休息的地方不远，就是这片森林的边缘。我们隐蔽在一丛榛子树后面，偷偷地向外瞭望。就在我们脚下是一条清清的小溪，大概它就是国界了。对面的河岸上，一个苏联边防军的哨兵在游动。在哨兵的身后，是一块长满茅草的小小的盆地。平坦的草场被傍晚的阳光一照，抹上了一层金色，像一大匹柔软的缎子，平

直地伸向远处，一直伸到一丛墨绿色森林的边缘。草场的上空瓦蓝瓦蓝的，几朵白云在轻轻浮动，两只老鹰在安详地打着旋。

草场上，一大群苏联男女正紧张地劳动着。一天的工作已将近结束了，草杈迎着阳光，一亮一亮的，一团团草捆被扔到马车上。彩色的衣裙、花头巾在迎风飘动。

这平凡的劳动景象虽然没有什么新奇，却把我们深深地吸住了。什么伤痛、饥饿、疲劳、生命的危险，谁也不再去想它。我们拨开树枝，把头尽可能抬得高些，生怕从眼底下漏掉一点东西。为了看得更清楚些，小孙索性钻出树丛，攀到一棵大树上去了。

我的眼睛里渐渐地潮湿了、模糊了。在那大雪茫茫的山林里，在战斗后休息的时刻，我们曾经多少次谈到革命胜利以后的生活呀，尽管那种生活看来是那么遥远，我们还是谈着、想着。现在，这种生活却如此平静地展现在眼前了。看着，我不禁懊恨地想：为什么仅仅这么一条窄窄的小河，却把生活分隔得这么鲜明。

我抬起头望了老赵一眼，他那双眼睛，那么亮，自从进入森林以来我就没有见它那么亮过。在眼睛下面，那突起的颧骨上，挂着一颗晶莹的泪珠。

我想跟他说句什么，突然头顶上“咔嚓”一声，原来小孙看得太出神，不小心压断了一根树枝。就在这时，一阵急促的哨子声刺耳地响起来，接着一排子弹从我们头顶上穿过去。我们被日本鬼子边界的哨兵发觉了。

我留恋地向草场上瞥了一眼，背起老赵，拔腿往林里跑去。小孙在后面掩护，他一面回枪，一面咒骂着：“哼，连看看都不让……”

敌人的哨兵倒没敢往林子里深追，可是这互射的枪声却把我们的行动报告给了追击的敌人。当我们吃力地翻过山背时，山下已经

布满了敌人的散兵和马队了。到处是敌兵，到处是枪声，我们连突了几个方向，都不得不退回到山顶上来。很明显，敌人已经发现我们在这个山包上，把这个山头团团地围住了。

我们来到一棵大松树底下，东倒西歪地坐下来。大家默默地互相望望，谁也不愿意开口说话，可大家心里明白：三个人里面有两个彩号，又经过了这连续三天的奔走和这一阵突围，现在别说走路，就连喘口气也几乎没有了力量，要想在这密密的重围中冲出去，已是不可能的了。

这时，太阳已经落到西边山后去了，天渐渐昏暗起来，骚乱稍稍平息了些，森林慢慢安静了。只有那“哗——哗——”的松涛在晚风的激荡下，更起劲更单调地响着，间或有几只归林的飞鸟吱喳地叫两声，远处偶尔传来一两声冷枪和战马长长的嘶叫，整个森林显得更加阴森更加寒冷了。

我望望他俩。老赵半睡半醒地躺在那里，一会儿睁开眼睛，呆滞地望望树林梢头那一小片蓝天，似乎在思索着什么。小孙耷拉着个脑袋，两手不停地抚摸着那支小马枪的枪托，半天，蹦出了一句话：“这……都怨我啊！”说着，抽抽搭搭地哭起来。

老赵长长地吐了口气，脑袋侧向小孙的脚边，伸手把小孙的鞋带仔细地系了系，直盯盯地望着小孙的脸问道：“你今年十几了？”

“十七。”小孙慢慢地抬起头。

“你年轻，又没有受伤。你得活着。我们俩往东那么一打……”

他的话没说完，就被小孙气愤地打断了：“你……别说这个！咱死，死在一起，埋，埋在一堆……”

其实，这回答也是在人意料中的，要一个抗联战士为了战友去牺牲自己倒可以，但要他扔下战友自己活着，那是办不到的。

话一时顶住了，谁也不再说什么。林里更静了。一阵风过处，

“吧嗒吧嗒”两颗松塔落在地上，骨碌骨碌滚到小孙的脚边，一只毛茸茸的小松鼠跟着蹿下来。它并不怎么怕人。它扒着树干，不停地摇着它那长长的尾巴，瞪着一对小眼好奇地瞧着我们。小孙捡起松塔，下意识地往里面瞅了瞅，随手丢给了松鼠。那家伙轻轻一纵，抓起松塔跑走了。

又是一阵沉默。

突然，老赵翻转身，挣扎着爬起来。只见他的嘴唇哆嗦了一下，似乎想说什么，没有说出口，却吃力地把他那只受伤的胳膊哆哆嗦嗦地向我伸过来。

还有什么好说的呢？一切全明白了。我把他那只手紧紧地握住。那只手冰冷，在我的手里不住地抖着。

接着，又一只手很快地落到了我的手上。

三只手紧紧地扣在一起，三个人的眼睛互相深深地看着。一件决定我们命运的大事就这样在一瞬间无言地决定了。

老赵抽回手，从挎包里掏出了一颗手榴弹，放在嘴里猛一下子咬开了盖子，像摆一只酒瓶子似的，矗直地放在我们中间，然后把弹弦轻轻地钩了出来。淡黄色的丝弦，卷曲着吊在弹柄上，在晚风里摇摇摆摆。

一切决定了以后，人们心里似乎安静了一些。老赵向我们询问地看了一眼，说：“想想看，还有什么事该做？时间还来得及；天快黑上来了，敌人一时怕还不敢进来。”

“没有。”我摇了摇头。还能有什么事情呢？文件早在突围出来的头一天就烧掉了；牵挂吧，那还有什么好说的呢，在抚顺矿上做劳工的老爷子要是知道他的儿子是在哪里死的、为什么死的，他不会十分难过的。我只把驳壳枪往胸前放了放，从衣服里子里拿出那张一直没舍得毁掉的临时党证，叠了叠，压在枪的表尺底下——让

它们和我的心脏一块儿炸掉吧！

对面，小孙也在窸窸窣窣地收拾什么，他把脑袋探向我这边，恳求似的低声说："老董，咱俩换个地方坐吧！"他一面往我这边爬，一面解释说："我爹临死的时候这么说过：'就是牺牲了，也要脸朝东死去——我们的祖国在那边！'"

这话说得我心里一紧一紧的。这孩子的愿望是神圣的。我刚想安慰他几句，猛地，老赵把一只手重重地按到了我的肩膀上，使劲晃着："听！快听！"

松涛在吼着。在这海潮似的涛声里，隐隐约约地有一种奇异的声音汇合着兴凯湖上的风吹送过来。这是一个人在唱歌。歌声，不怎么高亢，也并不悠扬，它低沉而又坚决地涌进森林，压过了松涛，冲进了我们的心。

歌子是用我很不熟悉的语言唱出来的。一时，我简直弄不清这是什么歌子，只觉得它是那么亲切、那么耳熟，但很快，歌声和我心里的一支歌曲共鸣了。是它，是它！就在一年以前，我刚走进党的队伍的时候，就在这么一座森林里，在鲜红的党旗下面，和同志们一道，我第一次唱起这一支歌。这以后，我们曾经唱着它欢庆过战斗的胜利，也曾经唱着它把战友的尸体葬进墓穴……

是多么震撼人心的歌声啊！我用整个心去捕捉着每一个音符，和着这歌声，歌词从心底里流出来：

起来，饥寒交迫的奴隶，
起来，全世界受苦的……

唱着，我竭力思索着这歌声的来处。小孙首先叫起来："这是苏联哨兵唱的……"

“嘘……”老赵生气地瞪了他一眼，似乎责备他把歌声打断了。

可是，歌声不但没有断，而且更加洪亮了。开始，只是一个男中音在唱，接着，越来越多的人加进去，有低沉的男声，也有嘹亮的女声。汇成了一个大合唱。

一点也不错，正是他们！顿时，我眼前出现了那个巡逻在河岸上的苏联边防军战士（大概是他第一个唱起的吧），他背后那一片平坦的草场，那些欢乐的苏联男女。我仿佛看见，他们放下了草杈，他们正挽起手，站在那个高高的土坡上，向着南方，向着我们这些被枪声和铁蹄包围着的人，在齐声唱着这支无产阶级战斗的歌曲。

这是战斗的歌声，这是友谊的歌声。我觉得我的心在发颤，眼泪不知什么时候早已顺着腮边流下来了。我满怀着感激之情在想：就让那帝国主义兽兵的皮靴暂时在河边上走着吧，你隔得开我们这些人，却隔不断歌声，隔不开我们的心！我真想站起来大声向着他们呼喊：“谢谢你们！亲爱的朋友们！听见了！我们听见了！”

歌声在继续着。歌声和着松涛，合成了一个巨大的音响，摇撼着整个森林。宿鸟惊飞了，树叶簌簌地落下来。我们都情不自禁地和着这歌声低唱起来。老赵揽着我的肩膀，紧贴着我的脸，嘴巴在哆嗦着，歌词从他那皴裂的嘴唇上吐出来：

满腔的热血已经沸腾，
做一次最后的斗争！……

小孙抱住了老赵，越唱声音越高：

旧世界打得落花流水，
奴隶们，起来，起来！……

我们紧紧地依偎在一起，唱啊，唱啊。唱了一遍又一遍。歌声和泪一道，从心里涌出来！

随着这歌声，我觉得我周身的血液真的沸腾起来了。几分钟以前那种绝望的心情，早被这歌声冲洗得干干净净，仿佛自己已经走进了那个唱歌的行列，和他们挽起了手，像他们一样健壮，一样有力，变得强大起来。那劲啊，莫说突出这包围圈，就是连走十天十夜也绝不含糊。

不知什么时候，老赵已经不唱了。他把我们往两边推开，伸手抓起了面前的那个手榴弹，用颤抖的手指把弹弦捺到弹柄里去。然后小心地把小指套进了丝弦上的铁环。他像喝醉了酒似的，摇摇晃晃地扶着树干站起身来，目不转睛地盯着我，呵斥似的说道："不对！不对啊，老董！"他用力摇着手榴弹，"我们能活着出去，我们一定得活着出去！"

他说出了我心里的话。想起刚才我们那样软弱无力和那种绝望的打算，我感到脸上一阵发烧。"好！"我也霍地站起身说，"四班长，你下命令吧！"

"没有什么好说的。继续跟着那边唱，剩一个人也要把这个歌唱到底，这就是战斗命令！"他转身向着小孙，"把枪准备好，你走头里。突出包围圈就往林子里钻。黑乎乎的，敌人是没处追的。记住，注意联络！"

事情像刚才那样突然地决定了。我们很快收拾停当。小孙紧握着小马枪走在前面，我把老赵背起来。不知怎的，他似乎轻了许多。我一手拄着木棍，一手提着驳壳枪；老赵手里握着手榴弹。我们轻步走下山包。

背后，歌声还在响着。歌声像只看不见的大手，推送着我们在

这昏黑的森林里摸索前进。

…………

黎明时分，在一块林中的空地上，一堆通红的篝火燃烧起来了。在篝火近旁，我们紧紧地拥抱在一起，嚼着新爆开的爆米花，我们放开嗓子纵情地歌唱起来。

起来，饥寒交迫的奴隶，
起来，全世界受苦的人……

1957年10月5日

村野的火星

彭绍明醒来的时候，天已经黑了多时了。他真想再睡一会儿，哪怕打一个盹儿也好。这像头发一样披散着的、长长的榕树根，把人严严地罩住，又挡风又保密；这厚厚的树叶子又软又暖和……可是不行，时间实在不早了。他伸手从脖子上摸下一只蚂蚁，没有捏死，却把它轻轻地一弹，弹出老远，想道：倒亏它咬了我这一口，要不，还不知要睡到什么时候哩。

他仰起头望望外面。林子里漆黑漆黑的，什么动静也没有。只有树梢头鸟窠里的鸟儿，大概为了挤紧些取暖，咕咕地叫两声，把几根枯枝抖落下来。风，轻轻地摇落败叶，晃着竹林，最后在林边上抓住了几片枯黄的草叶，像吹口哨似的，发出单调而又尖厉的响声。这声音使树林显得十分凄冷，使人更加心烦。

他吃力地坐起身，把盖在身上的枯草、落叶轻轻地拨了拨，把那件单军衣穿好。他顺手掏了掏口袋，从里面抓出了半截生红薯，啃了两口，又半躺在地上，习惯地把耳朵贴在地面上听了听，然后从怀里掏出驳壳枪，扳开机头，用拇指把枪栓一顶，“唰”地推上了一颗红子。他关上保险，一手持枪，一手扶地，悄悄地爬出了树林。

林子外面是一片空旷的田野。月亮，像被谁刮了一马勺，剩下个细细的牙儿贴在天上，沉静地盯着地面。天似乎更高了，星星稀稀朗朗的；三星正挂在前面不远处那棵大樟树的梢头，凭经验，他知道已经是夜里十点多钟了。他心里一急，连忙站起身，但不等他直起腰，两腿却忽然一软，“噗”地摔倒了。“今天是怎么了?”他奇怪地问自己，还想往起站，接着又是一跤。这一跤摔得更厉害，刚好一块石头硌在大腿的伤口上，痛得他“哎哟”一声。他伸手摸了摸，伤口肿得像个发面馒头，火辣辣地烫手，痛得心里直发麻。

“坏了，一定是昨天过河的时候伤口进了水，现在发炎了!”他懊丧地想，“再说，肚子里也实在太空了。”

他倚棵小树坐下，摸索着把伤口又扎了扎，把剩下的一点红薯塞进口里。他一面吃一面想：“要是和同志们在一起该多好!”可是队伍呢？他下意识地四下里望望，田野里是那么空旷、寂静，只有淡淡的月光把他干瘦的影子斜斜地投射在地面上。

彭绍明开始这夜游的生活已经整整一个星期了。他是红三军团五师一个连队的通信员。长征的部队突破敌人第三道封锁线以后，正兼程向湘水前进。就在离湘水不远处，部队接受了阻击尾追的敌人的任务。任务是艰巨的：为了整个长征部队能安全渡过湘水，阻击部队必须不惜一切代价，把敌人挡住，彭绍明所在的部队便担任了扼守前沿阵地的任务。

战斗是异常激烈的，敌人排炮密集地轰击着这个小小的山头，整连整营的白军集团冲锋。战士们拼死地坚持着，熬过了艰苦的一天。傍晚，阵地终于被敌人突破了，连队接到了立即撤出战斗的命令。可就在小彭向各排传达完命令，向连长报告的时候，两颗炮弹在他的身边炸开来，一阵昏黑，他失去了知觉。

不知过了多久，他醒来了，朦胧中闻到一股刺鼻的血腥气味；

睁眼一看，原来他早已离开了阵地，正躺在一个人的怀里。这是连的指导员，早在中午就负了重伤。当连队仓促撤退的时候，他正昏迷在一个掩体里，没有接到通知也未被敌人发现。敌人越过阵地以后，他忍着伤痛在阵地上爬了一圈，在收拾烈士遗物时，发现了彭绍明。他看到彭绍明身体还有些温乎，便拖着他来到了这里隐蔽起来，而他自己因为胸部伤势太重又加上这一阵劳累，却大口地吐起血来，这会儿，已是奄奄一息了。

看见彭绍明醒来了，指导员强打起精神，把自己的驳壳枪和两条子弹，以及一条满装银圆的米袋子递给了他。

“好，把这些东西交给你。”他把彭绍明的共青团团证和自己的党证放在彭绍明手里，用力抓住他的手，断断续续地说：“小彭，你记住：不管你走到哪里，你都是个少共团员，是革命的……”他又一连吐了两口血，话都含混不清了，“就……就是剩一滴血，也要为……人民……流！”说完，他手一松，闭上了眼睛。

彭绍明含着眼泪，掩埋了自己的首长以后，带上战友的遗物和要求，沿着山石和丛林坚持着向西走。他原希望能赶上自己的部队，但当他走到江边上时，只见江岸上一片火把通明，敌人已经修好了被红军炸毁的浮桥，大队的国民党军队正急急忙忙地拥过江去。要想赶过这密密层层的追兵，赶上自己的部队，已经不可能了。

他躲在一丛小树后面，望着那滔滔的江水和成群的敌兵，呆呆地坐着，思索着，直到天快亮了，他才拿定了主意：往回走，只要有一口气，也要回到苏区去！回到自己人中间，去进行斗争！

从此，他走上了回头路。他知道，部队长征以来走出中央苏区已经很远；就算最后的一块小苏区，离开了也已有几天了。为了安全地通过这段白区，他不得不昼伏夜行：白天，他找个僻静的山坳、树丛躲藏起来，睡上一会儿；夜里，当路断人稀的时候他拄根

竹杖，一瘸一拐地赶路。渴了，到水塘里喝口生水，饿了，到收获过的红薯田里扒点剩下的红薯啃啃。就这么着，一天天，一步步地往东赶。

这些，对于一个负了伤的、十七岁的娃娃说来，是够困难的了，但都还能够忍受。最使他难耐的，还是这可怕的孤独。他是在红色政权下面长大的。过去，在童子团里，小朋友成群结队地在一起念书、劳动。参加了红军，又是在一个和乐的大家庭里，学习和战斗。而现在，却是一个人，披星戴月，踯躅在这荒凉的郊野里。只到这时，他才深深地感到，一个人离开了同志们，离开了集体，是多么痛苦。这种对孤独的恐惧，对回到集体的热望，也成了他激励自己的力量。

“走，快点走，多走一步就早一点赶到苏区，早一点见到自己的亲人!”

可是，就像故意和他的这个愿望别扭似的，他前面的路是越来越困难了：人在一天天消瘦下去，步子越跨越小，开始每夜还可以走四五十里路，以后自己也觉得出，走的路一天天在缩短；而现在，由于伤口恶化，竟然连站也站不住，看来只得爬行了。

“好吧！爬也比停在这里好!”他下定了决心，把竹杖扔开，咬紧了牙，两手使劲按住了那凉冰冰的地面。

田埂一条条在他的肚皮下面退去，那座墨黑的小树林离开他渐渐远了。

月亮早已看不见了，三星越过了中天，斜挂在西边，北斗星那杓柄也歪到了地平线的下面，按时间计算，彭绍明爬了有四个多钟头了。深秋的深夜，像寒冬一样凉；收割后的稻根上，不知什么时候挂上了一层霜花，风，也更急、更刺人；彭绍明觉得自己仿佛不是在旱地上赶路，倒像全身浸在冰冷的水里游泳。说来也像，因为

气力渐渐不支，他几乎全身都贴在地面上，霜花沾满了袖口、裤腿和前胸，后背流着汗水，差不多全身都湿透了。每一阵冷风吹来，他都要把颈子一缩，打一个寒战。

爬行越来越困难。双手早在前半夜就擦破了，流出了一缕缕鲜血，使他不得不改用双肘支撑着往前挪动；而现在肘部的衣服也已经磨破了。伤口像无数针尖在扎，一阵阵刺心地疼。肚子早已响过多次，大概那点红薯根头早已消化完了。他紧赶了几步，来到一条高高的田埂下面，背着风躺下来。

“嘿，要是有一口热汤喝喝……”他倚着田埂，望着眼前这片收割后的稻田想道。眼前的景物唤起了他一种亲切甜蜜的感觉。以前，他是多么热爱这晚秋深夜的田野啊！四次反“围剿”的时节，部队都是在这样的夜里行军的。只要前面喊一声：“原地休息！”他就会以谁也赶不上的动作，很快把包袱解下来扔在这样开旷的稻田里，一溜烟似的向村子跑去。常常是他第一个跑进村子，轻轻地敲着一家的门：“老乡，开门，我们是红军！”于是一笼通红的火焰就在灶膛里烧起来了。然后他又是第一个提着一桶滚开的水来到路边。连长、指导员、文书……一个接一个把茶缸子伸过来。他舀上一茶缸开水，把冰冷的手在滚烫的茶缸上暖一暖，从蒲包里抓出一小撮饭粒搁进水里，然后倚着包袱舒舒坦坦地躺下，看着天上的星星，喝着热茶，说着，笑着；要是情况允许，连长再揪着耳朵“动员”一下的话，他那尖尖的嗓子还会来上一段“兴国山歌”。那是多么惬意啊！……

想着，想着，他觉得自己眼睛发涩，眼前朦朦胧胧的，仿佛已经回到那个生活中去了。

突然，远处“汪，汪汪”几声狗叫划破了寂静，把他从这甜蜜的回忆里惊醒过来。他慌忙欠起身，向四面张望了一下。北面，二

三里路的地方，黑乎乎的一片，大概是个村庄吧，狗吠声就是从那里传来的。

“糟糕，怎么我早先没看见它呢！”他生气地骂了自己一句。按照他给自己定下的纪律，为了避免发生意外，看见庄子就要绕过去的，可刚才由于伤痛和疲劳，竟糊里糊涂爬到村边来了。

很快，他瞅上了右前方的一丛小树林，就向前爬去。爬着，他看见树林旁边有一片甘蔗田。心想：要是绑上一块银圆，折下几根来，肚子的问题就可以暂时解决了。他下意识地摸了摸缠在腰间的那条米袋，银圆在轻微地“铮铮”发响。

一个钟头以后，他来到甘蔗田边上。在田垄里把身子藏好了，伸手刚要去折甘蔗，忽然听见“唰啦啦”一阵声响，那声音像谁把一锹土撒开来似的，里面还夹杂着一个人的哭声。

“是谁在这时候下地干活呢?”他惊异地想，随即悄悄地拿出枪来，打开了保险，好奇地拨开甘蔗往外窥探。

甘蔗田外面、树林边上，离彭绍明四五十步远处，有几个人影在晃动。模模糊糊地可以看得出，一个人像是个老头儿，正弯着腰吃力地把一锹锹土铲到一个土坑里去，在他旁边有个七八岁的孩子正在拿个簸箕帮着弄土。一个妇女蹲在那里，一手揽着怀里的小孩，一手捡起土块往里扔；一面扔，一面抽抽搭搭地哭着，不时扬起胳膊擦擦眼睛。看来他们都很紧张，竭力把活干得快些。

“狗东西！一下子就是三条人命。”老头儿停下锹，低低地咳嗽了一阵，撩起衣角擦着汗，气喘吁吁地说，语调里含着抑制不住的怒气，“三伢子，你记着：这都是龚冲那小子丧了良心……”

“伢子，今晚上这事可对谁也不能说呀！”妇女说。

“怕什么，大不了也是个死，反正我们不来别人也会来的。”说着，老人长叹了口气，“唉，他们这一死，全村就像抽掉了脊梁骨，

剩下些老的老小的小，啥法也没有了，还不是人家案子上的肉……”

“可不，有他们在，觉得心里透亮，什么都踏实。这以后，可就作难了。”妇女轻轻地拍了拍怀里的孩子，把声音又放低了些，“听说龚冲又上镇子上去了，晚上还没回来，又不知道要出什么事了哟！……”

“哼！”老人没再说什么，用力铲起了一锹土，像把一肚子气都发泄到土上了似的。

彭绍明趴在那里，气也不敢出。看来，他们是在掩埋什么人的尸体，但从这些人的行动和言谈里，他觉察不出他是否来到了苏区，也分辨不出这些人是好人还是坏人。他不敢走出去，又舍不得离开，就耐着性子继续看下去。

眼看着坑里的土渐渐高起来，隆成了一个不大的坟堆。老人把土拢了拢，轻轻地用锹把土堆拍了拍，说：“时候不早了，以后再添土吧！”说完走到林边，掘来了两株小树苗，小心地把它们栽在坟堆的前面。

一切弄妥了，他领着那个大孩子，缓慢地绕着坟堆走了一圈，然后扶着孩子跪下来。

“孩子们，你们都是晚辈，可你二爷不能不下这一跪啊！你们……”他说不下去了，呜呜咽咽地哭起来。

旁边，那妇人早已跪在那里，哭得泣不成声了。只见她把怀解开，抱起那个裹在襁褓里正睡得香甜的娃儿，两手高高地举在面前，断断续续地说：“好姊妹们，我们知道你们是为什么死的……你们放……放心吧……你们的孩子，我一定把他们……抚养成人！……”

这声音越说越低，低得简直像耳语，但在这深夜的郊野里，它却是那么清晰，那么深沉，又那么悲凉。

一大片浮云轻轻地在中天里飘过去。风，还在凄厉地吹着，把甘蔗梢子摇得唰唰地响。彭绍明被这两个人的善良的话语激动着，他觉得脊背上一阵阵发冷，心里一阵阵发酸。他的眼睛潮湿了。心想：“看样子，这不是坏人……”

像是为了证实他的推测似的，老人又讲话了，声音提高了许多：“好孩子，好孩子，你们去吧！我们活着跟你们一样活，死，也会跟你们一样死！”他早已站起了身，弯着腰，把整个身子俯在锹把上，两眼直盯着坟堆，说话的声音很慢很慢，像是对活人说话似的：“苏区还是苏区，人心还是红的！你们的仇报得了，报得了！总有一天，咱们的红军会回来的！”

说完，他搀起那妇女，挽起孩子，就往回走。

“苏区？红军？”一道亮光从彭绍明的心上闪过，“我已经回到苏区了！”他觉得眼眶子一热，两大滴眼泪忽地一下子涌出来，连忙低声地叫道：“老爹！”

两个人都被这意外的声音吓了一跳，他们显然有些慌乱，加快了脚步。

彭绍明连忙又叫一声：“老爹！”

他们停住了脚，却没有转身。老人问：“你是谁？”

“我，我是红军！”

这话像一声口令，几个人同时转回身。彭绍明钻出了甘蔗田，向他们爬过去。老人提着锹把迎上来，走到彭绍明面前，疑惑地打量一阵，又伸出手来，哆哆嗦嗦地放到他的头上摸着，先在帽子周围摸了一圈，然后把手停在前额那颗布制的五角星上。他的手慢慢地从帽子上滑下来，低低地叫了声：“同志……”

“是呀，老爹，我挂彩啦……”彭绍明本想把自己的情况向老人解释一下的，话没说完，老人早已一把抓住了他的手腕子，背转身

在他面前蹲下来，说道：“这不是说话的地方，走，快回家去！”

村子里黑沉沉的，一点动静也没有。

那个大孩子走在头里，打探了一下，见没有人，这一行老小便悄悄地钻进了一家院子。

妇女随手点上了灯，老人把彭绍明背进里屋，小心地放在床铺上。灯影里，彭绍明才看清人们的模样：老人有五十多岁，黑脸膛，一脸花白的络腮胡子，一看就是个老实、耿直、健壮的庄稼人。这会儿因为背着人走路，又走得急，正蹲在门边，大口喘着粗气，不时地咳嗽着。那妇女有四十出头，但看来老相些，鬓角的头发都有些斑白了。她随手把门闩好，端起灯交孩子掌着，自己俯下身仔细地查看着彭绍明的伤口，口里不停地叨念着：“唉，看打得这个样子，还是个孩子嘛，小小的年纪就受这个罪！”说着，她那本来就红肿着的眼睛，又挂上了两汪眼泪。她擦把鼻涕，连忙转到外屋的灶前烧水去了。

这工夫，老人蹲在门边一声也不响，只是一锅连一锅地吸烟。半天，忽然问：“你是从西边回来的？”

“是！”彭绍明回答，他瞥了老人一眼，只见老人脸上挂着一股怒气。

“这会儿主力在哪里？”

“说不上，”彭绍明说，“我连走带爬走了七八天，这会儿队伍又走出好远了！”

“人家都往西走，你可好，屁股朝西脸朝东，走回头路……”老人把身子往前探了探，背过脸，把声音提高了些，气冲冲地说。

“老爹，我往回走是不得已啊！”彭绍明望望老人那带着怒意的脸色，委屈地想：“他是不相信我了。”就把自己的情况简单地谈了谈。

老人吸着烟，听着，没有吭声，直到彭绍明讲完了，才慢吞吞地问：“你打算怎么办？”

“我想，”彭绍明看看老人，不知怎的觉得有些胆怯，“我想爬也爬回苏区，把伤养好，再和白鬼子拼……”

“苏区，苏区……”老人打断了彭绍明的话，长叹了口气，脸上挂上了一副悲伤、痛苦的表情，“刚才的事你没看见？”

“看见了！”

“到处是白鬼子，到处是血！”老人越说声音越高，“实情对你讲吧，咱们的苏区，除了这里，”他竖起大拇指用力地戳着自己的胸口，“哪里也没有了，没有了！”说完，老人像放倒了一条麻袋似的，一头扑倒在床沿上呜呜地哭起来。

彭绍明正想去劝解，老大娘端着一碗热腾腾的稀饭，推开门进来，说道：“看你这是怎么啦？人家同志受伤受罪，不让人好好歇歇，大嚷大叫的，也不怕人听见！”接着，她又说，“天快亮了，这小同志在家里住怕不行，你也得想个办法……”

老人擦擦眼睛，慢吞吞地站起来，伸手接过碗，放在唇边上试了试凉热，放在彭绍明的面前，虽然脸还是沉着，话可温和多了：“吃，快吃吧。我去给你找个安身的地方去！”说完，大步走出了屋。

彭绍明端起饭碗，觉得又是感动又是委屈，刚要吃饭，听见外屋老大娘在说话了：“你这脾气真是……”

“唉，你不知道，见到自己队伍上的人，想想这世道，揪心哪！”

“难过也不能对同志这样……”老大娘渐渐压低了声音，但约略还可以听见，“这几天你不是整天说，没有了他们，没人领着干吗，这同志说不定就……就是他们……”

“我看不像，一个年轻的娃娃……”

老人拉开门出去了，老大娘端着碗盐水走进来。她一面给彭绍明洗着伤口，一面说：“同志，你别见怪，老头子性子急，他刚埋了那些同志，心里闷哪……唉，看看咱根据地这眼下的情形，谁不发急、难过？……”接着，老大娘便谈起了这村里的情况。从老大娘的嘴里，彭绍明才知道，红军长征的部队刚一走，反动军队就拥进了苏区，当地的干部和青壮年都参加了红军游击队，转移到外地深山打游击去了，党的活动也转入了地下。苏区像遭到了一场暴风雪，唰的一下子全“白”了。对这个靠近山边的孤零零的村子，敌人更是注意，几天以前，一个名叫龚冲的党员在敌人的利诱下叛变了，整个党组织遭到了破坏，全村仅留下的三个共产党员被枪杀了。“白鬼子的心忒毒哇，人死了还不让收尸呢。还撇下这些娃娃，”她指着屋里的两个小孩，“我们几家分着抱回来养活着……”

听着老大娘的叙述，彭绍明觉得自己的心像被什么人揪着一样，又酸又痛。说不上是因同志的死难而伤痛，还是因自己的希望破灭而失望，或者两种都有。从他下定决心走上回苏区的路的那一刹开始，他的心就整个地回到苏区了。当他走累了，躺在那深夜的旷野上时，他曾经不止一次地怀着激动的心情，望着天上的浮云和流星，想象着回到苏区以后的生活。在他的想象里，苏区还是像他在的时候那样，到处是和平幸福的生活，到处是劳动的歌声。他想象着，当他踏进苏区以后，很快会找到地方休养，然后他找到部队，雄赳赳地喊一声：“报告，红军战士彭绍明伤愈归队！”就扛起小马枪重新过起战士的生活。可是现在……他怀着微弱的希望，问道：“这里没有红军活动？”

“听说有，可离这儿远着呢！”

“为什么不组织起来对付这些家伙呢？”

“唉，干来着。别看村里就剩下这些老老小小，可心还是红的，

有他们几个领导着，原想跟当年闹红的时候那样暗地里干的，可是他们这一牺牲，没了领头的，大伙心乱了……要不老头子能那么心烦？……”老大娘说着，又仔细看了彭绍明一眼，说，“同志，我想问你……你是……”她想说什么，可话到嘴边又咽下去了，临时改了嘴，“你在这里好好养着吧。现在他们都不在了，等你伤好了也好帮着老头子他们出出主意。”

“不，不行啊大娘，我得找队伍去。”彭绍明连忙回答。单人独马地留在这四处是敌人的山村里，他能干什么呢？再说他还有个幻想：也许这只是个边缘区，才这么紧张，要是到中心区说不定能找得上部队。想到这里，他说：“大娘，你们帮了我的大忙，真是救了我，可我得走，到老苏区去。你老人家帮我弄点干粮吧，我明天晚上就走……”

他刚要伸手掏钱，老人回来了。他向着老伴点了点头，伸手抓起床上仅有的那床棉被，对彭绍明说：“走，白天这里不保险，跟我到外面躲躲吧！”

他背起彭绍明，悄悄地走出庄子，来到北山前坡上一座坟丘的前面。拉开一堆茅草，低声地说：“小伙子，委屈一下，进去躲着吧。可千万别动，天明我叫孩子给你送点吃的来。”说完，小心地把小彭扶进丘子里，然后把草盖好，脚步稀稀地走了。

彭绍明摸索着躺下来，身下软绵绵的稻草散发出醉人的香气。不用说，这是老人刚才铺好了的。多少天来就盼着这么一堆稻草啊，他觉得浑身懒洋洋的，两眼干涩，可该美美地睡一觉了。但是一合上眼睛，却又怎么也睡不着，一个不快的思想顽强地抓住他的心：苏区没有了！在他眼前浮上了几位死难烈士的尸体，那老大娘讲述的整个山村的情景，和老人的那双愤恨、焦急，而又失望的眼睛。他仿佛看见老人还在用拇指戳着胸口叫着：“苏区，除了这里，

再也没有了!”

想着，他刚才那种委屈的情绪渐渐消失了，觉得自己和老人慢慢亲近起来；而越想下去，越发感到愧悔和不安。是的，当全村的群众浑身鼓起了劲准备斗争的时候，突然领导的人被害了，就像一堆吐出浓烟正要燃烧的火被一脚踩灭了一样，这对于他们该是多么困难啊！他们需要的不是别的，只要一点火星把它点燃……可是他，一个红军战士，少共团员，却要在人民最困难的时候，悄悄地从他们身边走过去。这时，他仿佛又听到一个人在他耳边大声地喊：“记住，不管到哪里，你都是个少共团员！……”想到这里，他不由得狠狠地捶了捶自己的脑袋，叫着自己的名字骂道：“彭绍明啊彭绍明，你，你可耻啊!”

可是，当他冷静下来，想到自己应该怎么做的时候，却不禁又有些茫然了。“怎么办?”要是在部队里，碰到难题，他只消跑到连部去，找到指导员问一声，就会得到完满的解答。而现在，他却是一个人，情况又这么新奇，这么复杂……他苦苦地思索着，后来一阵瞌睡袭来，他迷迷糊糊地睡着了。

太阳出来老高了，彭绍明才醒来。他是被一片嘈杂的嚷叫声惊醒的。一睁开眼，他就听见村子里咒骂声、女人的哭叫声，擂鼓似的砸门声和鸡叫狗咬，乱成了一团。他伸手摸着怀里的枪，把草扒了扒，从洞口向外张望。村子就在脚下，什么都看得清清楚楚。只见两三个白军士兵正押着几个扛着口袋、挑着箩筐的老乡向村头那座青砖大瓦房里走，几个妇女跟在后面哭喊着。有两个白军正在用枪托子砸一家的大门。一个白军架着一口缸走出一家门口，后面老大娘跟出来，抓住缸沿拼命地抢夺着，“啪嚓”一声缸破了，半缸白米洒在地上。白军抡起枪托重重地打在老大娘身上。老大娘扑倒在地，哭着，大把大把地抓着米粒……

彭绍明的心被仇恨烧得直发抖。他举起驳壳枪，从洞里瞄准了那个白军……但是，他还是抽回了手，掩着面孔，愤怒地歪倒在土壁上。“是的，在这样的时候，我不能这样轻易地死！我，我更不能离开他们！”他的思路又回到头天夜里所想到的问题上去了。不知是因为睡了一觉，还是为眼前情况所激动：他觉得自己思路清晰了些，很快就集中到眼前的问题上了，“粮食，这是群众的命根子，首先得想法把粮食夺下，不能让白鬼子弄走！”可是该怎么下手？他却拿不出主意。他默默地想，要是指导员碰到这情况，他该怎么做呢？他下意识地把手放进怀里，掏出了自己的团证和指导员的党证，映着从洞口射进来的阳光，仔细地瞅着。证件的封面上，火红的镰刀、斧头像一撮小小的火苗，在他的手心里闪闪跳动。看着党证，彭绍明不由得想起：一年多以前，有一次他和另一个战士，跟着指导员到一个“白点”附近的村子去筹粮，进村一看，原来土豪早已得到消息，带着几个团丁跑到炮楼上踞守起来。团丁们有五六支快枪，而他们只有三个人。怎么办呢？指导员留下他俩监视敌人，自己走开了。两三个钟头以后，指导员回来，向炮楼喊了一阵话，接着就大声下命令：“机枪班长准备好！同志们，冲啊！”话刚落音，机枪就“咯咯”地响起来，炮楼四周腾起一片喊声。土豪吓慌了，连忙缴了枪。当彭绍明冲进炮楼的时候，才发现这呐喊助威的原来是本村的老乡，而机枪不过是放在洋铁桶里点着的一串鞭炮。当时，他曾经问指导员：“这是怎么回事？”指导员说：“依靠大伙呀！你记住，有什么难事，只要找群众一商量，领着头一干，什么困难也就解决了。”

“对，就是这样！”这件事情，让彭绍明心里一亮，想起了一个主意：老大娘不是说远处有我们的游击队吗？看来，来的敌人不多，不过一个班；要是在他们押运粮食的路上，冒充游击队那么一

打，粮食就会夺下来的。然后各家把粮一藏，把事情往游击队身上一推……但是，究竟敌人来了多少？什么时候起运？从村子到镇上有多远？路上有没有合适的地形？……这些，都是需要解决的。他多么希望找个人商量一下啊。

外面的混乱和嚷叫不知什么时候停止了。丘子里静得很，彭绍明继续思索着自己的计划，却不由得想：这是多么沉重的担子呀！他为自己能考虑这么严重的问题而暗暗感到惊奇。就在这一霎间，他觉得自己的年龄也似乎大了许多。

正想着，忽然洞口的茅草窸窸窣窣地响了一阵，老人钻进来了。他一面堵洞口一面压低声音自言自语：“完了，完了，这下子全完了！”堵住洞口，他摸到彭绍明身边，歪下身，把个瓦罐放在墙角里，从怀里掏出一个小布包，递到彭绍明的手里，说道：“听说你一定要走，这是老婆子给你准备的干粮。唉，这还是放在小孩的怀里藏起来的，差点叫那些狗东西给翻了去。”接着，老人又解开扎腰带，把棉袄脱下来，披到彭绍明的身上，说：“小伙子，本想留你好好地养养伤的，如今你一定要走，我卢老二也不好强留你。唉！能活出去一个，就多个报仇的人啊！”说着，他两颊的胡须抖动了一阵，两大滴眼泪挂在胡梢上。

捏着手里的那包打糕，看着这情景，彭绍明心里又甜蜜又酸楚。他把棉袄脱下来，还给老人，激动地说：“不，老爹，我不走了！”

“为什么不走？”老人惊奇地问。

“我……我想留在这里，和您一块跟白鬼子干！”彭绍明本想把理由说充分些，不知怎的却说不出。

“怎么？”这回答很使老人感到意外。他惊异地望着彭绍明，突然看见彭绍明手里的东西，连忙伸手抓过来。他凑近阳光，两眼目

不转睛地看着那红红的镰刀斧头，用那颤抖的手小心地摸弄着。好像从这上面获得了答案，他那惊奇的神情不见了，换上了一副欣喜、激动和信任的表情。他紧紧地抓住了彭绍明的手："小伙子，不，同志，你……是党员？"

"我是少共，是团员。"

"好，好好！"老人连连点着头，又问了一句，"你真的不走了？"

"真的！"彭绍明肯定地点点头。他望着老人那欣喜的目光，不由得深深地感动了：我们苏区的人民是多么信任自己的党啊，就是像他这样一个年轻幼稚的娃娃，听说是少共团员，他们也信任他，相信他能帮大家出主意，相信他能领着他们共同从事这生死的斗争。是的，只要干起来，党和游击队就会来联系、来领导的！于是，他说："这粮食不能让白鬼子弄走啊！"

"是啊，全村都为这事发愁呢。可天下是人家的，有什么办法？"老人愁苦地叹了口气。

"老爹，你看这样行不行？……"彭绍明小心地说出自己考虑的计划。在说话的时候，他竭力想象和模仿着指导员在这种情况下的说话语气和神情，可总觉得还是没有信心。他边说边望着老人的脸，心想："等我说完，老人该说我孩子气了。"

卢老伯静静地听着，越听身子越往前凑，等彭绍明说完了，他连连点着头说："好，能行！"接着又把彭绍明提出的问题谈了谈。一切都很理想：敌人只来了八个人；从这里到镇上有四十来里路，就在当中有一段山坳，路两边都是立陡的山坡和密密的茶林；村里，除了被迫给敌人担挑子的以外，凑个三四十个"有嘴的"男人也没问题。

"就是……"末了，老人说，"时间来不及了，白鬼子说好是吃过午饭走的，大白天事情就难办了。"

“能不能稳住他们?”老人一说办法能行，彭绍明的胆子壮了些，他急切地盼望这办法能马上变成行动。

“人倒有，村公所的老程是自己人，可就是缺这个。”老人把拇指和食指扣在一起做了个圆圈，“就办不了事!”

“那好办!”彭绍明伸手掏出那条满盛银圆的米袋子，递到老人手里。

老人掂弄着钱，半天才把手按到彭绍明身上，激动地说：“那你……”不想正按到伤口上，痛得彭绍明“哎哟”一声。

“别说这个，这是党的钱，办革命的事嘛。”彭绍明忍住疼，截住了老人的话，他觉得自己仿佛真的成了这个大行动的组织者了，“老爹，你快设法弄点酒肉稳住他们，再找几个可靠的人合计合计，看还有什么问题没有? 等弄妥了，我就先走——我爬着走得慢。”

“那好说，别看我这把老骨头，驮你走个十几二十里路总还行!”老人兴奋起来，“事不宜迟，我这就去办!”说着就往外爬。

彭绍明又嘱咐了一句：“小心点啊老爹，这事可不能走漏了消息。”

“放心吧，咱这里除了叛徒龚冲那小子以外，谁的心都是红透了的!”

“那个叛徒怎么办?”彭绍明又多了块心病。

“咳，看你这傻孩子! 你的枪能打白鬼子，就不能打叛徒?”

老人走了以后，彭绍明把枪检查了一下，把伤口包了包，就倚在土壁上望着太阳等待着。他为自己能下决心挑起这副担子而感到突然，但又觉得是那么自然，好比到各排送一次命令那么自然。像无数要从事一件巨大事情的青年人一样，他有所期待又有点心慌。他觉得自己的心“咕咚咕咚”跳得那么快，那么响，自己都能听

得见。

一切都按原定的计划在进行。太阳快落山的时候，卢老伯和另一个老人轮换着把彭绍明背到了山坳里来。凭着两年部队生活得来的军事经验，彭绍明由老人驮着，围山转了转，看了下地形，就找个靠近小路的树丛隐蔽下来。几十个老乡也在小路两旁埋伏好了。他们手里拿着用被子、衣服临时做成的红旗；还有铁锹、棍棒，那是准备万一敌人抵抗时和他们拼命的。

天快黑下来了，一行挑担走进了山坳。喝得醉醺醺的白鬼子们在蹒跚地走着。彭绍明慢慢地举起了枪。由于兴奋和仇恨，他觉得自己的心跳得更急了。他扭头看看，卢老伯正轻轻地把一只手爱抚地放到他的肩上。从这只沉稳有力的手上，彭绍明觉得出老人的那种信任和期待的心情。这种感觉使他平添了许多力量。

“可别打不中啊！”彭绍明瞄准了走在头里的那个白军。那家伙正叼支香烟，由两个兵搀扶着，趔趔趄趄地走近他的眼前。

“狗东西，叫你进苏区！”彭绍明恨恨地扣了扳机。“砰！”敌人堆里一块火红的烟头在昏暗中急骤地画了一个弧形的半圆——那个白军倒下了。

“老乡们快趴下！同志们，冲啊！”彭绍明可着嗓子大叫着，把子弹一发发地向敌人射去。随着这喊声，整个山坡咆哮起来了，茶林唰唰地响着，一面面红旗竖起来。到处有人在高喊：“冲啊！同志们冲啊！”

白军们早已慌了手脚，剩下的四五个人慌忙摘下枪零乱地放着，直往镇子的方向跑。彭绍明转身伏到卢老伯背上，沿着山坡一面追一面射击。有几个农民早已冲下山沟，捡起敌人尸体边上的枪支，也跟着追击了。

这工夫，挑粮的人早已挑起担子返回了村子。助威的人们也已

集结起来，向深山走去——这是大家对彭绍明的计划的重要补充。为了更好地迷惑敌人，必须冒充游击队在山上留下足迹。

战斗结束得出人意料地快。现在只剩下一件事要做了。卢老伯背着彭绍明快步走回了村庄。

十点钟左右，他们回到了村子。老大娘和那个大孩子早已等在村头了。像昨天夜里一样，他们几个悄悄地又进了村。不过，这次不是回家，而是直奔叛徒龚冲的房子。

“开门，我们家里来了个受伤的红军!”大娘一面敲门一面喊叫。

当叛徒揉着睡眼打开大门时，彭绍明的驳壳枪早已顶上了他的胸口：“跟我走!”

这是一个奇怪的行列：叛徒举着手走在前面，彭绍明趴在卢老伯的背上，举着枪，另一位老人和大娘在两边搀扶着。他们径直来到村前。

这里是全村地下党员死难的地方，这也是一昼夜以前彭绍明和老人一家相遇的地方。就在这里，彭绍明喝令叛徒跪下来。枪声响处，叛徒像只死狗似的横倒在烈士的坟前。

彭绍明从老人身上爬下来，慢条斯理地收拾着枪支，问卢老伯：“老爹，还有什么事?”

“事，自然还有，不过有了你这几声枪响，咱们的党会听到的!往后咱们就好办了!”他嫌恶地向叛徒的尸体唾了一口，慢慢地踱到彭绍明身边，蹲下身来，久久地看着彭绍明的脸。这动作使彭绍明想到昨天夜里老人走到他床边时的情景。老人干咳了几声，压低了声音说：“唉，彭同志，我昨天晚上说话太冲，你……你可别见怪呀!”

“不，老爹!”彭绍明望着老人的脸，他从心里感到：正是老人这对党、对红色政权的不贰的忠心和深深的感情，才使得他这个年

轻的娃娃在一夜之间长大成人的。而因为说到昨夜的事，他觉得自己的脸在发烧：“我不该走……我是个少共，我应该在人民需要的时候……”他的话哽住了。

老人猛地扑到彭绍明的身上，紧紧地抱住他那柔软的、还未发育成熟的肩膀，颤声地叫着：“彭同志，你是个好同志、好孩子！……”一行热热的泪水滚过那蓬松胡子，落到彭绍明那孩子般的脸上。

1957年11月7日

七根火柴

天亮的时候，雨停了。

草地的气候就是怪，明明是月朗星稀的好天气，忽然一阵冷风吹来，浓云像从平地上冒出来的，霎时把天遮得严严的，接着，就有一场暴雨，夹杂着栗子般大的冰雹，不分点地倾泻下来。

卢进勇从树丛里探出头，四下里望了望。整个草地都沉浸在一片迷蒙的雨雾里，看不见人影，听不到人声；被暴雨冲洗过的荒草，像用梳子梳理过似的，光滑地躺倒在烂泥里，连路也看不清了。天，还是阴沉沉的，偶尔有几粒冰雹洒落下来，打在那浑浊的绿色水面上，溅起一撮撮浪花。他苦恼地叹了口气。因为小腿伤口发炎，他掉队了。两天来，他日夜赶走，原想在今天赶上大队的，却又碰上了这倒霉的暴雨，耽误了半个晚上。

他咒骂着这鬼天气，从树丛里钻出来，长长地伸了个懒腰，一阵凉风吹得他冷不丁地连打了几个寒战。他这才发现衣服已经完全湿透了。

“要是有堆火烤烤该多好啊！”他使劲绞着衣服，望着那顺着裤脚流下的水滴想道。他也知道这是妄想——不但是现在，就在他掉

队的前一天，他们连里已经因为没有引火的东西而只好吃生干粮了。可是他仍然下意识地把手插进裤兜里。突然，他的手触到了一点黏黏的东西。他心里一喜，连忙蹲下身，把口袋翻过来。果然，在口袋底部粘着一小撮青稞面粉；面粉被雨水一泡，成了稀糊了。他小心地把这些稀糊刮下来，居然有鸡蛋那么大的一团。他吝惜地捏着这块面团，一会儿捏成长形，一会儿又捏成圆的，心里不由得暗自庆幸："幸亏昨天早晨我没有发现它！"

已经是一昼夜没有吃东西了，这会儿看见了可吃的东西，更觉得饿得难以忍受。为了不至一口吞下去，他又把面团捏成了长条，正要把它送到嘴边，蓦地听见了一声低低的叫声：

"同志！——"

这声音那么微弱，低沉，就像从地底下发出来的。他略略愣了一下，便一瘸一拐地向着那声音走去。

卢进勇蹒跚地跨过两道水沟，来到一棵小树底下，才看清楚那个打招呼的人。他倚着树根半躺在那里，身子底下贮满了一汪浑浊的污水，看来他已经有很长时间没有挪动了。他的脸色更是怕人，被雨打湿了的头发像一块黑毡糊贴在前额上，水，沿着头发、脸颊滴滴答答地流着。眼眶深深地塌陷下去，眼睛无力地闭着，只有腭下的喉结在一上一下地抖动，干裂的嘴唇翕动地发出低低的声音："同志！——同志！——"

听见卢进勇的脚步声，那个同志吃力地张开眼睛，习惯地挣扎了一下：似乎想坐起来，但却没有动得了。

卢进勇看着这情景，眼睛像揉进了什么，一阵酸涩。在掉队的两天里，他这已经是第三次看见战友倒下来了。"这一定是饿坏了！"他想，连忙抢上一步，搂住那个同志的肩膀，把那点青稞面递到那同志的嘴边说："同志，快吃点吧！"

那同志抬起一双失神的眼睛，呆滞地望了卢进勇一眼，吃力地抬起手推开他的胳膊，嘴唇翕动了好几下，齿缝里挤出了几个字：“不，没……没用了。”

卢进勇手停在半空，一时不知怎么好。他望着那张被寒风冷雨冻得乌青的脸，和那脸上挂着的雨滴，痛苦地想：“要是有一堆火、有一杯热水，也许他能活下去！”他抬起头，望望那雾蒙蒙的远处，随即拉住那同志的手腕说：“走，我扶你走吧！”

那同志闭着眼睛摇了摇头，没有回答，看来是在积攒着浑身的力量。好大一会儿，他忽然睁开了眼，右手指着自己的左腋窝，急急地说：“这……这里！”

卢进勇惶惑地把手插进那湿漉漉的衣服。这一刹那，他觉得那同志的胸口和衣服一样冰冷了。在那人腋窝里，他摸出了一个硬硬的纸包，递到那个同志的手里。

那同志一只手哆哆嗦嗦地打开了纸包，那是一个党证；揭开党证，里面并排着一小堆火柴。焦干的火柴。红红的火柴头簇集在一起，正压在那朱红的印章的中心，像一簇火焰在跳。

“同志，你看着……”那同志向卢进勇招招手，等他凑近了，便伸开一个僵直的手指，小心翼翼地一根根拨弄着火柴，口里小声数着：“一，二，三，四……”

一共有七根火柴，他却数了很长时间。数完了，又询问地向卢进勇望了一眼，意思好像说：“看明白了？”

“是，看明白了！”卢进勇高兴地点点头，心想：“这下子可好办了！”他仿佛看见了一个通红的火堆，他正抱着这个同志依偎在火旁……

就在这一瞬间，他发现那个同志的脸色好像舒展开来，眼睛里那死灰般的颜色忽然不见了，爆发着一种喜悦的光。只见他合起党

证，双手捧起了它，像擎着一只贮满水的碗一样，小心地放到卢进勇的手里，紧紧地把它连手握在一起，两眼直直地盯着他的脸。

“记住，这，这是，大家的！”他蓦地抽回手去，深深地吸了一口气，用尽所有的力气举起手来，直指着正北方向：“好，好同志……你……你把它带给……”

话就在这里停住了。卢进勇觉得自己的臂弯猛然沉了下去！他的眼睛模糊了。远处的树，近处的草，那湿漉漉的衣服，那双紧闭的眼睛……一切都像整个草地一样，雾蒙蒙的；只有那只手是清晰的，它高高地擎着，像一只路标，笔直地指向长征部队前进的方向……

这以后的路，卢进勇走得特别快。天黑的时候，他追上了后卫部队。

在无边的暗夜里，一簇簇的篝火烧起来了。在风雨。在烂泥里跌滚了几天的战士们，围着这熊熊的野火谈笑着，湿透的衣服上冒着一层雾气，洋瓷碗里的野菜“滋滋”地响着……

卢进勇悄悄走到后卫连指导员的身边。映着那闪闪跳动的火光，他用颤抖的手指打开了那个党证，把其余的六根火柴一根根递到指导员的手里，同时，又以一种异样的声调在数着：

“一，二，三，四……”

1958年1月20日

三人行

“一定要走到那棵小树跟前再休息!”指导员王吉文望着前面四五百米处一株小树，又暗暗地下了一次决心。那棵小树的叶子早被前面的部队摘下来吃掉了，只剩下些光秃秃的枝丫，挑着几个干巴叶片，因此，在王吉文看来，它似乎比实际距离要远一些。

几天来，他一直用这个办法来给自己打气，但这办法却渐渐失去了效用，他确定的目标越来越近，而且也更常常怀疑起自己的眼睛：该不是眼有什么毛病吧，为什么看来很近，走起来却这么远?

这次又是这样，他没有走到既定距离的一半，就有些支持不住了，头开始有些发晕，腿也软绵绵的，脖颈因为用力往前探着，扯得脖筋暴跳着痛，真担心再一用力就会“嘎嘣”挣断的。特别是胸前的伤口更是讨厌，随着他急促的呼吸，里面那条纱布捻子像一把小锉在来回拉动。就连路也像突然变得崎岖不平了，当一星期以前，他带着他的连队踏进这茫茫的草地的时候，这草地是多么平坦啊，他甚至想到自己曾经走过大渡河两岸的重重山峦和那高耸入云的大雪山而略略有些“后怕”；可是现在，这路却变得那么坑坑洼洼，水草那么滑，简直站不稳脚；草根太多了，稍不留神就会摔

倒……

通信员小周伏在指导员的身上，觉得身体晃得厉害，凭经验，他看出指导员又撑不住了，便说道：“指导员，快休息一下吧！”

“不！”王吉文故意把话说得声音很高，他知道第一次动摇了，就会有第二次，第三次……为了不让小周那双溃烂了的脚落到泥水里，他把小周的屁股用力往上托了托，说：“不要紧，只要你再给我增加点‘营养’就行！”

小周腾出一只手，把怀里那一大把车前菜叶子翻了翻，拣了两个嫩叶，摸索着填进指导员的嘴里。他们已经断粮两天了，就靠这东西塞肚子。两人管吃这叫作“增加营养”。

好容易走到那棵树底下，王吉文拣块干地方把小周放下来。刚弯下身，忽然听见小周喊了声：“喂，同志，哪个单位的？”

这时王吉文才发现身旁还躺着一个同志。那同志见有人来，慌忙抹了抹眼睛，却没有说什么。

王吉文连忙凑近去，亲切地问道：“怎么，也掉队了？”

“不……不行啦！”那同志伸手揭开盖在身上的那块油布，指着小腿肚上一处被水浸坏了的伤口，有气无力地说。

“别泄气嘛，同志，我们来想办法走吧！”王吉文安慰他说。

“不，自己的身子自己明白。努，拿走吧！”那同志指指身旁那支步枪，“你要是碰到十三团二连的同志，请顺便说一声：黄元庆已经‘革命到底’了。”说到这里，他喘了口气，休息了一下，从挎包里掏出了一副绑腿，扔给小周，感情地说：“给你，小同志。你好好地活出去，把我的那一份工作一块干了吧！”

一阵风吹过，树上那几片孤零零的叶子啪啪响了几声。小周哽咽着接过了那副绑腿。

王吉文也觉得心里一阵酸楚。凭他做了两年指导员的经验，他

知道，有的战士在战斗中视死如归，但在极端艰苦的面前，特别是看来陷入绝境的时候，却容易莽撞地选择一种最简单的对待自己的办法。他像是自言自语：“你将来那份工作是什么？同志，你想过吗？……”他本来还想再说些什么，可没有说出口；他只顾在发愁：这两个不能行动的同志可怎么带他们走？

他正在想着，忽然看见远处出现了一簇人影，人影走近了，还有一匹马。他心里顿时高兴起来。但是当这伙人走到近前的时候，他却失望了。只见马上挤坐着两个人，牵马的那个人肩上背着两支步枪，一手牵马缰，一手搀着一个病号。王吉文认得出，这人正是本师的师长。

师长向着他们三个人看了看，默默地从枪筒上解下半截米袋子，抓了一把炒面递给王吉文，然后厉声地问道：“为什么不走？”

“这个同志伤口犯了……”王吉文指着黄元庆回答。他知道师长是个严厉的人，不由得有些心慌。

“背上他走！”

“我，我已经背了一个……”

“同——志……”师长向前跨了一步，直看着王吉文的脸，话说得又低又慢还有些沙哑。这时王吉文看见师长的眼里闪过一种焦灼、痛苦的神情。师长没有把话说下去，却突然提高了声音说：“背上他！”

说完，师长霍地扭转身，挽起马缰，扶起伤员，又蹒跚地向前走了。

一个人背两个人，王吉文思索着这个似乎不近情理的命令，不禁有些茫然了。但他很快又想起了师长那痛苦、焦灼的眼神。这，仿佛是对这个命令的补充说明。

“对，背上他！”想着师长的话，他蓦地想出了办法。他兴冲冲

地抓起小洋瓷碗，从水洼里舀了一些凉水，拌上一点炒面，给黄元庆吃下去。接着又弄了一份放在小周面前。然后抓起黄元庆的一只手，背向着他蹲下来，果断地说："黄元庆同志，我以指导员的身份命令你：走！"

他背起黄元庆，对小周说："你在这里等着，我一会儿回来接你！"说完便大步向前走去。

当他到了一个新的目标，觉得体力有些不支的时候，便把黄元庆放下来，然后走一段回头路，再背上小周继续赶上去。

一趟，两趟，三趟……

目标一个个留在身后去了。王吉文实在觉得惊奇，哪里来的力量又走了这么远？可是他也发现，自己是渐渐不能支撑了，特别是这一次，似乎黄元庆的体重忽然增加了许多，脚下的泥水也好像更软了，眼前的景物渐渐变成了两个，身子在晃荡起来。"已经走了几个来回了？十七次，还是十八次？……"他正想着，突然脚下一滑，身子一拧，他连忙挣扎了一下，总算没有摔倒，可是胸前的伤口却剧痛起来，痛得他忍不住"哎哟"一声。

"指导员，你怎么啦？"

"没有什么。"王吉文回答，一眼看见自己的手正捂着伤处，慌忙拿下来，扭头望了黄元庆一眼，心想：可别被他发觉呀！

这时，黄元庆却惊叫起来："指导员，放下我！你……"

"别说话！"王吉文大声呵斥地说。就在这时，他觉得眼前一阵昏黑，一口甜甜的带点腥味的东西涌到了嘴边。他慢慢地歪倒了。

当王吉文醒来的时候，他发现自己正仰脸躺着，身子却在缓缓移动。"这是怎么啦？……刚才的伤口？……"他往伤处摸了一把，一条绑腿已经把它包扎得好好的了。他惊奇地扭头看去，只见自己正躺在油布上，油布旁边的水草里，两条糊满泥巴的腿在往前移

动，一条小腿上正涔涔地流着血水。再往前看，黄元庆和小周并排着匍匐在草地上，每人肩上挂着半截绑腿，拉住了油布的两只角，正在吃力地拖着往前爬。油布沿着光滑的水草往前移去。他俩一边爬，一面说着话：

“……一个人该有多大的劲啊！看他负了伤，还背了我们那么远。”这是黄元庆的声音。

“人就是有那么股子劲，有时自己也摸不透。你刚才还说，自己的身子自己明白，可这会儿……”

王吉文看着，听着，他弄明白了这一切，心里顿时激动起来。他仰起脸，望着天空轻轻地嘘了口气。天无边无垠的。好像为了衬托那令人目眩的蓝色，几朵像绒毛似的白云轻轻地掠过去。在那白云下面，一长串大雁正排成“人”字形的队伍，“喽——嘎！”地叫着，轻盈地向南飞去。它们挤得那么紧，排得那么整齐。

1958年1月23日

支队政委

一

同志们都说我们的政委是捡来的，这话倒也不假。我和我们的胡政委确确实实是在一个十分偶然的情况下认识的。

那是在1935年春夏间、我们第一次长途奔袭雷公墟的战斗里。

我们这支游击队是临时凑合起来的。头年秋天，长征部队刚走，县委机关便遭到了敌人的突然袭击，县委负责同志牺牲了，根据地也像给霜打了的树，一点点、一片片地变“白”了。当时，我正带着一支赤卫队在赤白交界的地方活动，看看平地上站不住脚，便带起队伍上了山。沿路上又有一些村、乡的工作人员和革命群众零零星星地参加进来，慢慢组成了一支游击队。

队伍一上山，就引起了敌人的注意。敌人整天围着山根转，盯住屁股追，我们就像捉迷藏似的，东山有敌人就转到西山，西山打打再转到东山。这样在山林里和敌人兜了几个月的圈子，虽然也杀伤了一些敌人，可是我们的日子也越来越难过了：冷了没衣服，饿

了没粮食。今天这个问："队长，子弹快完了，能不能补几发?"没有。明天那个问："伤员的伤口化脓了，给点盐化点盐水洗洗吧!"也没有。看着这情形，我心里着实发急，可是究竟该怎么办呢？过去在县里当个军事部长，什么事都由上级安排得停停当当、交代得一清二楚，只要带着队伍打就行；现在什么事都要自己拿主意，可就难啦。实在苦得不行了，我下了决心：到山下去闯一闯！听说山下土豪们都回来了，打他一家伙，要是能搞到点东西，也能解决些困难；要是敌人多，拼一仗打死了也比这样困死强!

出乎我的意料，这次战斗进行得很顺利。原来敌人的主力都集中在山根搜山，这村里只留了十几个民团。我们打了他个措手不及，一枪没放就把他们收拾掉了。

打这次仗本来是为了解决困难的。我们搜索完敌人，没顾上干别的，便直奔一所高大的地主宅院。我原想在这家土豪身上能肥肥地捞一把，可是进门一看，屋里空荡荡的，人也都跑了，只有一个穿着破烂的、五六十岁的老婆子偎在当院墙角里打盹。我问她："你的东家跑到哪里去了?"她抬起头好奇地看了我一眼，没有搭腔，又两眼闭着，打瞌睡去了。我瞅了瞅屋里那两口破缸，心里真有点窝火：头一次打土豪，就碰上这么一家；大概这家伙回来还没顾上安家哩。敌人说不上什么时候来，要换一家怕来不及了；这里东西虽然不多，但能搞到一点也是好的。我冲二班长喊了声："林大富同志，敌人很快就来了，快搞东西!"

同志们忙起来了：有的装米，有的找盐巴，有的抓咸菜……七手八脚地乱成一团。我正想再向这老太婆打听一下这家土豪的下落，一眼看见院里墙根下有个黑乎乎的东西在动，原来是一只猪。我心里顿时一喜，心想：同志们好几个月没闻到点油味，这下子可该改善改善生活了，连忙三脚两步赶过去，伸手就抓。谁知这家伙

又偏偏不听话，“吭吭”地叫着满院子里跑。我赶了一气，好容易瞅准了，一把揪住了它的耳朵，正要动手卡它的脖子，忽然听见一个大嗓门在喊：

“住手!”

这是哪里来的喊声？我一怔，手一松，猪跌跌撞撞地又跑了。我直起腰四下里望了望，除了正在搞东西的战士和那个对着墙角发愣的老太婆以外，什么人也没有。

“真是活见鬼!”我气愤地骂了一声，连忙又去追猪。

“把东西放下!”

这一声比那一声更高。随着这声音，只见墙角里那堆稻草松动了一下，呼啦一下子飞散在两边，一个人的半截身子露出来。我扭身举枪指着他，打量了一下：这人有三十上下，脸黄瘦黄瘦的，眼窝和两颊都瘦得塌陷下去了，显得眉头和颧骨很高。胡子有寸多长，老长的头发像个“连毛僧”似的披散着，再加上那双乌黑的、充满怒气的眼睛，着实怕人。他平伸出一只手指着我，用命令的口气说：“你，你告诉他们，把老乡的东西放下!”

“你是干什么的?”我厉声地问他。

“你是干什么的?”他反问了我一句，口气也很硬。

“红军游击队，怎么样?”我真有点火。

“红军游击队？我看不像啊！……”他摇了摇那头长到耳根的头发，讥讽地笑了笑，“红军游击队我见过不少，可没见过随便拿老百姓东西的!”

这话说得真刺耳！真是，人到倒霉的时候，喝口凉水都塞牙缝子——头一遭打土豪就碰上了这么家穷鬼；偏偏半道上又出来这么个挡驾的，你看叫人恼火不恼火。

“怎么不像?”我生气地往前跨了一步，扭身指了指那栋青砖大

瓦房，“看，不是红军游击队能打土豪?”我越说越有气，要不是那个老太婆拉了我一把，我真想给他一巴掌。

那老太婆不知什么时候来到了我的身边。她把我的枪口往旁边推了推，一摇一晃地走到那人跟前，弯腰搀住了他的胳膊，给他把头上、身上的碎草叶子掸了掸。一边掸，一边责备地说：“咳，看你这火暴性子，有话不能慢慢地说?”说着，便扶着他往草堆外面爬。

这时我才看清：他穿身灰军装，在左腿上，齐短裤边的地方缠着一些布带子，带子上正渗着血水。大概不是受了硬伤就是生疮了，看样子还不轻，连站都不能站，只得两手扶地，一颠一蹦地往外爬。他一面爬，还在接着我的话往下说：“土豪，土豪，你怎么知道这家就是土豪？调查过了没有?”

看到他的打扮，听了他的话，我知道这不是坏人了；而且他说得对，为什么没有调查呢？难道这家不是土豪？……想着，我的气平了些，可口里却还想辩解几句：“住这样的好房子还不是土豪？就说这不是土豪，可我们真是红军游击队呀！……”

“知道，知道！要不知道你们是游击队我能出来?”他说，语气比刚才温和多了，“可是刚才要不是听你们称呼‘同志’，你们这阵行动差点让我不敢认了。你就忘了这是我们的根据地，土豪的房产早就分了？你们不经调查就乱打，这不对呀同志!”说完，他在院子当中的地上歪坐下来，然后揭开衣服，撕开了缝在衣里子里的一块补丁，拿出一件东西，递给我。

那是一张临时党证，上面写得明白：胡志得，红二师四团二营的教导员，正式党员。党证里夹着一张师政治部签发给他的因伤“寄留”的证明。“自己人哪!”我心里一阵激动，连忙把东西还给他，就势拉住他的手，叫了声：“同志!”

“同志——”他一下子扑到我的肩膀上，紧紧地抱住了我。我觉

得他是那么衰弱，他的肩膀、胸膛和那瘦得皮包骨头的手指都在瑟瑟地抖。

这工夫，战士们早已弄懂了是怎么一回事，赶紧悄悄地把米、菜归置好了，都围拢过来。胡志得同志松开了手，擦了擦眼睛，深情地望了望同志们，又对我说：“队长同志，请你派几个人，去把这村里那个叛徒收拾掉，把那个刚回乡的土豪崽子抓起来。”

“好。”我说，“就是敌人可能马上要来，得先商量一下怎么安置你。”

“不慌嘛！”他笑了笑说，“大队敌人在楸树冈，离这里二十多里。你们刚才没有打枪，这会儿只要把叛徒和土豪搞起来，是可以安稳一阵的，倒是天黑回山好些。”他又对那位老妈妈说：“三妈，你快去告诉阿榕哥，要他派个人领着同志们把方学武那家伙整了，把潘猴子抓起来。还有，要他们都来一趟，把我们准备的东西也带了来。”

这会儿我才发现，原来这位老妈妈的身体很硬朗，腿脚也挺利落。她伸手解下包头，把身上的尘土掸了掸，扭身问我：“哪些同志跟我走哇？”

我一面叫二班长派人，一面和她开个玩笑：“老阿姆，咋不再睡一觉？”她嘻嘻笑着朝我扬了扬巴掌：“这会儿又跟我逗乐子了？刚才把人当土豪打，差点没把我这老婆子给吓死哩！给你讲，你老阿姆还没老糊涂，什么事都得看清楚了才办哩。”一顿话说得我脸通红。

二

趁同志们去处理坏人的工夫，我把胡志得同志扶进屋里，靠桌

边坐下，和他谈起来。原来他是在部队长征突破第二道封锁线的时候负的伤。因为伤势较重，组织上决定把他“寄留”在老乡家里养伤。他原以为苏区还在，加上“寄留”的地方是新区，他怕连累了群众，便决定返回苏区来找党。往回走的这段路实在不容易：腿不能走，便在手上、膝盖上绑上四只破鞋底，一步一步地往回爬。白天，找个树棵子或者坟洞子睡睡，夜里，就沿着荒山小道往东爬；饿了，挖点笋芽、红薯啃啃，渴了，在河沟里舀捧生水喝喝。这样，餐风饮露、忍饿受冻地一连爬了一个多月，就在爬到这里的那天，伤口发作了，昏倒在树林里，被这位老大妈早上拾柴时救回家来。这村子里的党组织在他到这里以前，就因叛徒的出卖，遭到了破坏，他就躲在这里，一面养伤，一面暗暗地联络起了村里的积极分子，和叛徒、白匪、回乡土豪进行着秘密斗争。经过了这几个月，他的伤快收口了，全村的斗争也搞起来了。

“不容易啊！”他讲完了自己这一段艰难的经历以后说，“离开了组织，一个人瞎搞，实在是不容易啊！”说着，他的眼前突然一亮，悄悄地凑近我，压低了声音说：“怎么样？你们和上级党有联系吧？”

“没有。”我把游击队的情况简单地向他谈了谈。

“唉，也是很困难哪！……”他眼皮一垂，眼里顿时蒙上了一层晦暗的神情。

听了他的这一段经历，想着他在军队的职务和刚才初见面时的情景，我觉得自己打心眼里爱上了这个“连毛僧”了，不由得涌出了一个想法：政委，真想有个政委！山上多么需要这样一个人啊！我向他谈了谈自己的这个想法。我说：“上山去吧，我们没有个政治委员，你来干好不好？”

“不成，不成，这个担子我挑不起。再说，”他指了指腿上的伤说，“我这腿还没好全，要给你们添麻烦的。”

我说："那有什么？只要你不怕苦，我们可以背着你走！"这是真心话。只要他能上山，我们情愿整天背着他。

"那……"他沉吟了一阵说，"上山倒也可以帮你干点工作，不过……等过些日子伤好利索了再说吧，这会儿我们先联系起来干。"说着，他又掏出了他的党证，仔细地看了看，问我，"你是党员不是？"

"是。"

他把党证递到我手里："交给党支部的负责人，把我编进去吧。"

"党支部？"这句话说得我一阵心跳。因为和上级党没有联系，又加上在山上东转西转的，把人都给转得糊里糊涂的，倒把这样重要的问题给忽略了。我只得吞吞吐吐地告诉他："没……没来得及组织。"

我的话刚落音，他的脸唰的一下子变了，变得像我第一眼看见他时一样，又严肃，又气愤。

"就是剩一个，他也是个共产党员！"他气冲冲地说，声音有些发颤，"你……你为什么？为什么不组织起来？"

"我……"我没有什么理由好讲。

一阵紧张的沉默。

他定睛看看我的脸，又低头望着地面，过了好大一会儿，突然"哐啷"一拳砸在桌子上，斩钉截铁地说："上山！"

就在这时，那位老妈妈领着几个农民进来了。他们有的扛粮，有的拿菜，你一袋，我一篮，在门前堆了一大堆。刚才我追的那只猪也不知什么时候被他们捆倒了，扔在门旁直哼哼。还有几支枪、十几排子弹和一提篮手榴弹，也摆在桌子上。原来这些人都是老胡在这里组织起来的农民积极分子。他们正打算组织一支游击队和敌人干呢，东西大致都准备好了。这会儿把这些东西连同几个青年

人，一道交给了我们。

在这样的情况下，是不能过久地停留的。当时便由老胡主持着开了一个会。我们一道研究了山上的需要，山上山下联系和配合的办法等。随后，他又把村里今后的工作布置了一下：怎样进行关于红军游击队的宣传，怎样扩大斗争面，向别村发展，怎样进行保粮保田的斗争……他了解情况那么具体，工作想得那么周到。我望着他那乱蓬蓬的一头长发，看看那些神采奕奕的农民，我怎么也想象不出：这样一个轰轰烈烈的地下斗争，竟是这么一个瘦得皮包骨头、拖着一条伤腿的重伤员领导着干的。

傍晚时分，我们背起老胡，带着东西，返回山上去。路上，他又要我详细地谈了谈山上的情况，还要求我把他交给已经知道的党团员同志替换着背。这么着换了一个又一个，他们边谈边走上了山。

到了山上，天已经快放亮了。一天两夜走了一百多里路，又打了一仗，实在困得不行，我布置完岗哨，找了棵树底，抓了把茅草一铺就睡下了。刚刚合上眼，老胡往我腰眼里捅了两拳，凑到我耳边上说：“我已经和他们谈过了，他们都同意，我看明早咱们把支部组织起来吧？”我点了点头。他要我把游击队成立以来的工作报告一下，又说，“老黄，准备一下吧，你还要在党员大会上做检讨！”

“检讨什么？”

“你的错误哇！”他说，“第一，你不经调查就乱打土豪；第二，你没有及时组织党的活动。”

听说要我当众检讨，我又有点沉不住气了。我生气地打断了他的话：“谁让我检讨的？”

他把声音压得很低但又很果决地回答：“党！”

有什么话好讲呢。挨了他两次批评，又要向大家做检讨，这就是老胡给我的“见面礼”。可是，我高兴。我在那软软的茅草上平躺

下来，透过树叶的缝隙，望着那红艳艳的一抹朝霞，我觉得两个肩膀像轻松了许多。

三

打了这一仗，倒把敌人迷惑了一阵，但几天之后敌人又发现了我们，一连几天，都紧盯住我们，穷追不舍。

经支部决议，老胡临时代理了游击支队的政委。他由同志们替换着背着，随着大队一道和敌人跳圈子。见天，爬山过河，风吹日晒，他的伤口不但没有痊愈，连快收口的伤口又给累犯了。没有药治，也没有时间治，每天能找到条小溪水把烂肉冲冲、化点盐水洗洗就算不错了。我看他似乎比刚上山时更憔悴了些，眼眶子也塌陷得更深了。可是不知他哪里来的那股劲，行军的时候，他总是不住嘴地讲着；一到宿营，他便找棵大树一靠，把那条伤腿在石头上垫得高高的，一会儿叫个班排干部来汇报情况，一会儿召开个党的会议，同志们的情绪如何？有没有掉队的？生活怎样？保密灭迹搞得好不好？直至当天的警戒，第二天的行动，他都要和我一块来处理。只是当事情都弄妥当，同志们休息了，他在我身边躺下来的时候，我才发现他是那么痛苦、那么困难。有时，伤口疼得他狠命揪着自己那满头长发，牙齿咬得嘎嘎响，久久不能入睡；有时，半夜“哎哟”一声被伤口疼醒了，一哼就是大半天。每逢这时候，我真后悔不该把他弄上山来。我劝他：“下山去养几天吧！”

“不！”他总是固执地摇摇头，然后长叹一口气，“就是……把同志们给拖累苦了。”

记不清是第七天还是第八天上，早晨，我们伏击了敌人一下，接着便一气走出了六七十里，半夜时来到一道山坳里蹲下来。睡了

一觉以后，我起来查哨去，一摸，身边空荡荡的，起身一看，锃明的月亮底下，同志们睡得正香，只是不见了老胡。前些日子都是晚上转移、白天休息，他也有几次不在，当时总以为他大概去洗伤口去了，也不在意，这会儿深更半夜，东一沟西一壑，他拖拉着条伤腿跑出去干啥了？

实在放心不下，我便借着查哨，去看一看。我转了两个哨位，正走到一丛竹林边上，猛听得林子里传出了一个奇怪的声音：

“哼唷！哼唷！……”

那声音很像一个人在背着一袋沉重的东西走路，被压得直喘粗气。我悄悄地蹲下身，向竹林深处一看，原来正是老胡。只见他站在那里，两手紧握着两棵竹子撑住身体，先迈出一只好腿，然后两手用力，“哼唷”一声，把那只受伤的腿试探着跨向前去。一步，两步……

“他这是干啥呀？”我奇怪地想。好一会儿，我才明白他是在干什么。这时我觉得自己的心像叫谁使劲捏了一把，又紧又痛。他……这简直硬是在难为自己嘛！我真想把他叫住，抱住他哭一场；又想狠狠地骂他一顿。可我什么也做不出，还是悄悄地走开了。

我迈着沉重的步子往我睡觉的那棵樟树底下走。步子那个沉啊，就像老胡挨的那一枪是打在我腿上似的。我愣愣怔怔地来到树下，平躺下来。这时，月亮已经偏西了，晨风掠过山林，沙沙地响；清亮的月光拨弄着树影，是那么乱。我的心也像那树影一样乱，乱得连老胡爬到我的近前都没发觉。

他大概以为我已经睡着了，便蹑手蹑脚地挨我身边侧身躺下。看来伤口又疼得不轻，躺下就连哼了几声。我望着他那抽搐着的肩头，心里更是激动。我把手放在他的肩膀上，问他：“老胡，你刚才在竹林子里搞什么鬼？”本想把话说得凶些，不知怎的却说不出口。

“你看见了？”他翻转身看了看我，蓦地坐起身，抓住了我的手。他那袖管都被露水打湿了，冰凉；手却滚烫滚烫的，像块烙铁。他长长地叹了口气，深情地说：“唉，老黄啊，我能整天在同志们脊梁上过日子？要能走，走个三步五步也好让他们歇歇啊……”

“胡来！”我生气地打断了他的话。

“是啊，看来这法子怕不行。”

我说：“这回你听我的，下去休养休养吧！”

“嗯！……我想想……”他又轻轻地叹了口气，一面慢慢，侧身躺下来，一面自言自语：“唉，要是能一下子好了，那该有多好啊！”

四

天亮的时候，我做了一个梦，梦见我像是负了伤，正在爬一个崖头，崖头那么陡，又那么滑，怎么也爬不上去。忽然，老胡来了，他变得跟棵老黄松似的，又高又大，伸出像个小葵扇那么大的一只手，拉住了我……哟，手指让他捏得好痛啊……一睁眼，可不是，我的手正在他手里攥着呢，他正坐在我的身旁，两眼呆呆地望着我的脸，似乎在想着什么。

“老黄！”见我醒了，他把我的手捏紧了，突然问我，“老黄，咱俩是同志，我，我求你个事成不成？”

“怎么不成！”我奇怪地看了他一眼。他的脸被这拂晓时的月光一照，更是苍白，简直像块白石头刻出来的。

“我让你干什么你干什么？”他又追问了一句。

“一定！”

他微微一笑，扭身戳了戳正在酣睡的林大富。小伙子一骨碌爬

起来，愣眉愣眼地问："要出发？"

"不，有任务！"老胡说着抓起脑袋边上的一个挎包，对我说："别把同志们惊醒了。走，咱们到那边竹林里去。"

我疑疑惑惑地背起他，三个人又来到了那片竹林边上。这时，启明星贼亮贼亮的，东方已经现出鱼肚白了。老胡四下里看了看，选了一棵粗大的毛竹，靠在上面坐下来。又问了我一句："真的叫你干啥你干啥？"

"真的！快说吧！"我被他弄得又糊涂又心焦。

"好！"他伸手从挎包里掏出不知啥时候准备好的两根绳子，"噗"的一声扔在我面前，然后两手往竹子后头一背，厉声地说："把我绑起来！"

"该不是叫伤口疼得他神经错乱了吧？"我想。本想不干，无奈已经有言在先了。我一面绑，一面问："这是干啥？你疯啦？"他没答我的腔，只是一个劲叫着："绑紧点，绑紧点！"等我们把他两手绑好，他又把那条伤腿伸开，蹬住了另一棵竹子："把这也绑住！"我们也照办了。

看看我们都弄妥了，他咬咬牙说："好同志，来，使劲挤它！"

直到这时，我才明白他的意思，原来是要用这办法来挤掉伤口里的脓血呀！我本想劝住他，可是我知道他这脾气，说也无益；而且我的嗓子里也像塞进了一团棉花，什么也说不出。我叫过小林，轻轻地打开了他伤口上的布带子。伤口，像个发得过了火的开花馒头，又红又肿。这会儿，既没有器械，又没有麻药，硬是把脓血从伤口里挤出来，这痛苦……我双手捂着那滚烫而又霍霍跳动着的伤口边缘，心也在霍霍地跳个不停。

"快，快下手哇！"他在催我。

"我，我干不来！"我痛苦地说。真的，要我一气砍几个白鬼

子，我眼睛都不会眨一眨，可是这事……

“你答应过我嘛，黄兴和同志！”他哀求似的说，“你总不能瞪着眼看我受罪呀，是不是？俗话说：‘疮口出了脓，比不长还受用’，帮我挤挤就好了。好了，那不给队上减少了个累赘？又可以多帮你干点工作。”对我说完软的，又对小林来硬的：“林大富同志，三大纪律头一条就是服从命令是不是？二班长，我命令你：挤！”

他说得也对，我不能眼看着他遭罪呀！再说这样的环境，要是拖下去说不定……我横了横心：“干！”便让小林抱住他的腿，我两手握着伤口按下去。随着手劲，我觉得手底下他的肌肉猛地哆嗦了一下，我不由得心头一阵紧张。我问：“老胡，怎么样？”

“没关系，你，你别管我！”

我继续用力挤着伤口。这会儿我真想看看他是不是吃得消，却又不敢看。为了分散他的注意，减少些痛苦，我故意把话岔开来：“老胡，你看打了这一下以后，今天敌人还会不会再跟上来？”

“说……说不上……”他低声回答。他把上字说成了“桑”，听得出话是从牙缝里挤出来的。

“要是再追上来我们可该怎么办呢？”我又问。虽然我明明估计敌人一时追不上来。

“嗯……”他猛地抖了一下。

随着我每一次用力，他就这么抖一下；那两株竹子也跟着索索地抖一阵。露珠，像一阵小雨似的，随着这突然的战栗，沙沙地洒落下来。

“要是真来了，咱就再干它一下，好不好？”

“嗯……”又是一阵小雨。

一连两个问话没有回答，我心慌了，连忙停住手，扭头斜眼向他望了望。只见他两手紧紧抠住地面。因为过分用力，指头都深深

地插进了泥土里，手背被憋得乌紫乌紫的。他紧咬着牙，腮边颧骨突起得更高了，那被痛苦扭歪了的脸上，像被谁兜头泼了一盆水，几绺长发贴在了脸颊上，汗水顺着那浓黑的眉毛和鬓角，一串串地流着。

我赶忙回转头，一眼看见了小林。他不知什么时候早已停住了手，这会儿正低着头蹲在那里，一手按着驳壳枪套，一手撩起缚在枪套上的手巾在擦眼睛。我用脚踢了他一下，向他做了个擦脸的手势。他才慌慌张张地，解下手巾，噙着泪把手巾捂到老胡的脸上。老胡却没让他擦脸，他把两道黑眉毛一拧，一张口把手巾噙进了嘴里。

我费了好大的劲才抑制住自己滚在眼眶里的泪水，压下了想住手的打算。我火辣辣地喊了声小林："快，快去化杯盐水来！"

毛竹梢头的露水抖了一阵又一阵，露水早已摇完了，竹叶却还像打摆子似的，沙沙地抖个不停。蓦地，竹子剧烈地颤动了一下，两片硬硬的小碎骨片跳到了我的手上，然后滑过指缝掉落到脚下的草丛里。我停住了手。这才觉得自己的脊背一阵发冷，原来衣服不知什么时候已经被汗水湿透了。

我俩把他的伤口用盐水洗净，包扎好了，然后解开绳子，扶他在草地上平躺下来。他安安静静地躺在那里，紧闭着眼，像睡着了似的。我掠把野草擦着手，坐到他的身边，小心地把他嘴上的手巾拿下来。手巾的当中像被谁用刀子戳过，布满了破洞。小林正在掰着他的手指，手指里紧握着一把潮湿的泥土。

太阳已经出来了。阳光淡淡地洒在他的脸上。他无力地睁开了眼，脸上掠过了一丝笑意。他握住我的手，深深地吸了口气，说："老黄，痛——啊！"

我没有说什么。我紧握着他那沾满泥土的手，激动地望着他的

脸。那脸上挂满了豆粒般大的汗珠。汗珠映着阳光，晶亮晶亮的。我觉得自己的眼睛仿佛被这晶亮的反光刺得发痛，一滴咸咸的东西滚下来，流到了嘴角上。

五

经过这样一番“治疗”，他的伤果然好了许多，伤口慢慢平复了些，已经用不着天天爬来爬去，可以拄根竹杖走几步了。但是，敌人对我们的“围剿”却丝毫没有放松，他们除了调动两个主力团和几个挨户团轮着班盯住我们追以外，又改变了战术，开始采用了“驻剿”的办法，把我们经常来往的道路要冲修上了碉堡，派上了部队，企图连追加堵，把我们消灭在山上。我们活动的圈子越来越小，道路越来越少，和敌人遭遇的情况更多了，部队还受了一点损失；加上供给又没了，伤病员增加了，这样拖来拖去实在是困难。我心里又愁又烦，不由得埋怨起那次下山来了。心想：当初为什么那么冒失，搞那么一次奔袭战斗；这可好，烧香引出鬼来了！看看老胡，他大概也在为这处境发急呢，一空下来就躺在树底下沉思，宿营的时候还是照样翻来覆去睡不着——不过这不是因为伤口痛了，是愁的。

这天，好容易敌人“给”了一个中午的时间，我打算找老胡商量商量去。

一道小山沟里，横七竖八的到处都是人，有的在挖起土灶烧饭，有的在溪水里冲洗野菜，有的干脆枕着枪托子躺在树荫凉里打着鼾。……我打听了几个战士，才在半山坡上小树底下一个睡着了的同志身边找着了老胡。睡觉的是二班长林大富。这个愣小子大概睡下以前想都没想这树影还会移动，这会儿正被太阳暴晒着。老胡

坐在他的身边，旁边立着个用树枝搭成的架子，架子上挂件他的衣服，给小林挡着身子；他手里擎着只很大的芭蕉叶子，遮着小林脸上的太阳。旺毒的太阳正晒在他那光脊梁上，汗水像脚下那条小溪似的，顺着他那干瘦的脊梁骨流下来。他却像什么也没有发觉，只顾大睁着眼睛，注视着小林的身上。忽然他轻轻抬起手，把爬到小林耳朵边上的一只大蚂蚁捏下来，接着，又一翻手把爬近小林身边的蚂蚁捻死一个，又捻死一个……他做得那么仔细，那么专注，活像一个年轻的妈妈守望着酣睡在摇篮里的娃娃。他那长长的头发轻轻搭在额前，脸色那么舒泰、那么温和，嘴角上不时掠过一丝笑意。我惊奇地发现，他原来是个那么年轻，又是那么文静的人。

我拍了拍他的肩膀，“你这家伙，怎么不睡……”

“嘘……”他生气地瞪了我一眼，似乎怕我把小林惊醒了。其实这很多余。这孩子睡得跟一坨泥块似的，这会儿别说说句话，就是在他身边敲通锣鼓怕他也难得睁睁眼。他拉拉我的衣角要我蹲下来，然后指了指小林的脸，柔声和气地说：“看，这鼻梁高高的，厚厚的嘴唇……多好的孩子！……”

小林倒真是个好孩子，才十七岁，一股子孩子气，脾气倔得像个牛犊子，可打起仗来，哪里危险往哪里钻；这几天来少吃没喝又不住脚地跑，皮带一连紧进去了四个新眼也没叫过苦。我说：“不假。要不是白鬼子，这回他怕还光着屁股捞鱼摸虾呢，可昨天，他一支枪打掩护，把白鬼子撂倒了五六个。”

“逼的嘛！知道不？上山前不几天，他一家子被白鬼子杀了个光……”他沉默了一会儿，又问我，“你家里怎么样？”

我回答了他，又问他：“你呢？”说也是，我俩还没顾上好好聊聊呢。

“我可没有你那福气。全家就剩了我这么个独丁丁。爹、妈、老

婆，还有个一岁半的小伢子，叫土豪一个坑给……”他摇摇头叹了口气，把下半截话咽下去了。他低下了头，伸手把爬到小林手上的一只毛虫揪下来捏死了。

“算了，扯点别的吧。”好半天，他抬起头，把话岔开去说，“咱这样净叫白鬼子跟着个屁股追，这不是事啊！”

他这一说，正触起了我的心事。我说：“有什么办法呢？我这队长又不能下命令叫他们不追。”

“下命令叫他们不追……”他重复着我的话，沉思着。忽然，他一把扳住了我的肩头，“你说，要是我们派一支小部队下山，散在敌人屁股后头去活动一下，怎么样？打打民团，搞搞宣传工作，那样，一来可以发动起群众，二来，我们的吃穿群众可以帮我们解决；我们的伤员和部队也可以安安稳稳地休息几天了。说不定还可以打开个局面呢。”他的话说得又快又流畅，看来这个想法他想过好久了。

我没有马上答话。自然，这倒是个办法，可是他这个大胆的想法却又使我吃惊：过去大家在一起，被敌人追上来还要受些损失，现在一分开……我把我的想法告诉了他，我说：“怕不行吧？这样太暴露了。”

“怕暴露？你不活动敌人就不知道你啦？”他不满地摇了摇头，向我偎近了些说，“给你讲，这些日子我对你有意见哩！”

“什么？”我惊奇地问。怎么又有意见了？

“就是这一条哇！”他说，“我在山下待了好几个月，可是不知道近处就有自己的游击队。你光是怕暴露，敌人还是知道你，可就是群众不知道你，你说这算什么？再说，你不想和上级党联系了？”

“谁说我不想？”

“想，就要有办法呀。我们到处展开活动，让敌人弄不清我们在

哪里，让群众知道红军还在。你把红旗打得高高的，还愁党发现不了你?”他越说越快，越说越兴奋。

对，说得对！随着他的话，我觉得自己窝在心里的疙瘩慢慢解开了。我仿佛看见了敌人到处应付的模样，看见了我们安安稳稳休整的情形，看见了上级党的来人……我劈胸给了他一拳：“嘿，你这个脑袋!”

“我？我才没有那么个好脑袋呢。这都是他。”他指指小林，对我诡秘地笑了笑，“前天夜里这小家伙讲他偷土豪的果子的事，还记得吗?”

噢，是了。前天晚上我俩去察看同志们宿营的情况，几个战士正在树丛里围着一堆木瓜和野香蕉，在吃着、谈笑着。老胡拉拉我，悄悄走近他们旁边，正赶上了小林的一个话尾巴：“……我就下手了。我爬到树上，故意弄得树叶子稀里哗啦的。那家伙耳朵灵着呢，一听声就提根矛子追过来了。他肥得像个水牛样，能追得上我？我三转两转就把他甩得没影儿了。我找个地方歇口气等着，不大工夫六伢子就背着满满一口袋来了。他在那边，一不担惊二不受怕，从容得很，净拣大个的摘。哈哈……”人丛里爆发出一阵大笑。我们走出了好远，隐隐约约还听见有个同志在讲：“偷果子还得两人哪！可咱们……”这天晚上，老胡一个人靠块树根闷着，直到快睡的时候，才没头没脑地说了句：“同志们批评我们哩!”当时，我也没拿它当回事，倒是他把这句话捡起来了。

他爱抚地向小林望了一眼，说：“看，说得多好，‘偷果子还要两人哪!’”

我觉得怪不好意思，就把话岔开来，问他：“你看，我们俩谁下山?”

他定睛看了我一眼，笑着指了指鼻子：“我!”

六

这几天，是我们游击队成立以来最安生的日子。一个月以前，胡志得同志带着一个分队下了山。他们一下山就分散成若干小组，展开了活动，搞民团、打土豪；秘密组织群众，为山上筹粮办菜……这一来，敌人连忙抽出了兵力赶了回去，在几个主要村镇驻扎下来。我们这里果然轻松多了，不但有了喘息的机会，还抽空子打了一仗，搞掉了敌人一个排。尤其使我们高兴的是，就在他们下去半个月以后，特委派人找到了老胡他们，取得了联系。两天以前，特委陈书记还亲自上山来了一趟，了解情况，布置了工作。陈书记给我们讲话时，表扬了我们，说我们搞得对，搞得好。他帮我们整理了部队，当时就批准，正式任命胡志得同志为我们游击支队的政治委员。特委给我们的任务是：准备配合其他各地游击队，“以红对白”，向敌人展开一次反击。并要我们设法很快捕捉一个白军正规军的俘虏，搞一批敌人的服装，做袭击敌人的准备。

我当即写了封信让交通带给老胡，把上级党的指示传达给他，又把我拟订的计划和他说了说，并且请他尽可能上山来一趟，商量一下如何行动。

这天吃过晚饭，我给战士上时事课。这讲课提纲是老胡在山下搜集了些敌人的报纸，分析推断以后编成的。刚讲了半截，突然，“砰，砰砰！”山腰竹叶冲方向响起了一阵枪声。

我立即命令大家准备战斗。这时，一队老百姓急匆匆地向我们跑过来了。他们有的挑担子，有的背口袋，看来是送东西的。走在头里的是二班长林大富。他一下子扑到我的面前，下气不接上气地说：“政……政委要你派……派几个班，从水晶坳下去，抄敌人的

后路!”

我厉声地问：“政委呢?”

“他在那里阻击，……一个人，受了伤……”他抽抽搭搭地哭着说。

我一听，像谁迎头给了一棒子，眼前直冒金花，胸膛像要炸开了。我抡起驳壳枪，敲着他的头骂了句：“你，你把咱支队的脑袋给扔啦!”拔腿就跑。

跑出几步，才冷静了些，我急促地向小林问了问情况。原来政委接到了我的信，便带上小林和几担粮食往山上走，想不到在山根和敌人一个排碰上了。他看看敌人不多，孤军进山，是吃掉他们的好机会，正好合了我诱敌进山的计划，便故意用粮食担子做目标，把敌人引进竹叶冲。然后他卡住了冲口，命令小林回来报告我。我按老胡说的，派三分队长带上七八十个人，火速从水晶坳插下去，然后喊上小林，带上两个班，脚不沾地地向出事的地点跑去。

快到竹叶冲冲口的时候，远远就看见老胡跪在路口一块山石后面，右手握支驳壳枪，脸前摆着小林的步枪，他抬手打几个连发，再抓起步枪打几下。

看看和他只隔百来步远了，忽然一块乌黑的东西落在了他的身边，嗤嗤冒着烟在打转转。“趴下，快趴……”我的话刚出口，轰的一声，一团黑烟把他裹住了。

我眼前跟这团烟一样黑。我命令小林带这两个班去把敌人打下去，自己便三脚两步地奔到了老胡的身边。

他平平地躺在小山道上，把条小路挡得严严的。胸前像被谁乱抓了几把，衣服全烂了，满胸膛都在流着血，也看不出究竟伤着了哪里；血，把小山道上的土染得通红。

我坐在他身旁，扶起他的脑袋搁在我的腿上，低低地叫了几

声。他慢慢醒来了，那眼睛像蒙上了一层灰，呆滞地望着我，好半天，认出是我，眼睛顿时睁大了：“是你？你……谁叫你到这……这里来？……”他话说得很吃力，却透着怒意。这神情使我倏地想起了初见面时他的模样。

“……什么时候哇，还管这个。”我觉得眼里像揉进了一把沙子。

“去，去！”他挣扎着离开我的臂弯，用手拼命地往外推我，不知是伤痛的还是气的，话都说不成句了，“‘去，去插，插断他们哪！……俘虏！……衣服……”

“你看。”我激动地扶起他的头，向山道下面指了指。他选的这地形实在好，从这里下去正是一条山沟，两边都是笔陡的悬崖。小林他们反扑下去以后，三分队长他们也已堵住了山口，敌人全被压缩在这条沟里，像一窝堵在死胡同里的老鼠，正在一簇簇的手榴弹烟里爬来滚去。

他笑了。他把脑袋往我身上一靠，宽慰地笑了。

我弯腰把他抱住，说：“走，到山上去！”

他冲我无力地摆了摆手，闭住眼停了一会儿，问我：“支部会开过了？”

“没有。”

“开一开吧。……讨论……林大富，我……我介绍他……”他的话越说越不连贯，声音越说越小，忽然牙齿一咬，又昏过去了。

我叫了几声，他没有应声。我含着泪撕开了他的衣服，想把他的伤口包一包，突然手触到了一个硬硬的东西。在他衣服里子上缝着一个小包。打开一看，是几块光洋，还有他的党证和一张用毛纸画成的敌军分布图。党证和地图已经被血染得全红了。

我撕下自己衬衣的袖子，刚想动手给他包伤口，他又醒了。他一眼看见了我手里的东西，眼前一亮，精神又来了：“差，差点忘

了。这，这是……第一批新党员的……党费。”他把“第一批”说得特别用力，眼里爆发出一丝喜悦的火花。大概这种心情支持着他，他话音提高了些：“党员名单，地址，交，交给小林了。接头户是……是个铁匠……”

因为说得太急，他不停地喘息着，随着急促的喘息，血，从胸部伤口里汩汩地流出来。我按住他说：“别说话啦！”

“不，来，来不及了。”他继续说，“联络暗号是……问，问一句：‘这里的……柴刀，好吗？’他，他回答：‘好，好……是……是纯钢打成的！’……”

起风了。风，掠过山林，搅起松涛，“哗——哗”地响。风，拂动着他那低垂着的长发，一飞一飞地飘动。我紧紧地抱住了他那渐渐变冷的身体，脚步踉跄地往山上走。在我的身后，同志们押着一长列俘虏，一眼望不到头。我没有理他们。我觉得自己的脑袋仿佛成了个空壳壳，什么也没有了，里面只是回旋着他那最后的两句话：

“这里的柴刀好吗？”

“好！是纯钢打成的！”

1958年6月8日

普通劳动者

林部长随着刘处长走下公共汽车，解下脖子上的毛巾把脸上的汗擦了擦，便急忙地扛起行李往工地上走。他原想能在下午两点钟以前赶到营房，随大队一道上班，去参加劳动的，但是上午的会散得迟了些；更不凑巧的是，汽车没到昌平就“抛锚”了，又耽误了近半个小时，当车到营房跟前，已是三点过五分了。于是他们不得不临时补了一张车票，直接到工地上来。用林部长的话来说是：“既然掉队了，就得赶快补课；做个‘插班生’也比‘留级’强。”

6月中旬的天气已经够热了，这下午三四点钟时分，更是一天里最难耐的时候，公路上焦干、滚烫，脚踏下去，一步一串白烟；空气又热又闷，像划根火柴就能点着了似的。将军一手扶着肩上的行李卷，一手提着装有脸盆、牙具等杂物的网兜儿，大步走着。还没有拐上山口，他的脊背已经被汗湿透了。汗水，沿着他那斑白的鬓角和草帽带子涔涔地流下来。

走在后面的刘叔平上校紧走了几步赶上来，把手里的零碎东西往将军面前一递，喘呼呼地说：“部长，把背包换给我。”

“算了吧，你也不是小伙子。”林部长看了刘处长一眼，笑了笑

说，“咱们两个彼此彼此。”

上校的确也够呛。他真的不算年轻了，而且因为身体胖，更不禁热，这会儿，他整个上身像在水里蘸过了似的，汗水在他那络腮胡子根上聚成了一粒粒晶亮的露珠。

“要不，就稍微休息一会儿?”他询问地看了将军一眼。

“不必啦，倒倒手就成。”将军停住脚，索性把那件洗得发白了的灰布上衣脱下来，搭到肩膀上，只留件背心；又把行李换了个肩，然后向一个过路的同志问道：“工地快到了吧?”

“努，过去那就是。”那人指指迎面的一座牌楼。

果然，他们刚跨过牌楼，一片喧闹的人声混合着机器声、喇叭声就迎面扑来，整个坝后工地都展现在面前了。这是一个巨大的劳动场面：一条高大整齐的“山岭”把两个山头连在了一起，一条条巨蟒似的卷扬机趴在大坝上，沙土、石块像长了腿，自动地流到坝顶上。坝上坝下到处是人，汽车、推土机在匆忙地奔跑……将军一面走一面四下里看着，他被这劳动的场景深深地激动了。对于这个地方，他并不陌生。这里是作为一个军事重地留在他的记忆里的。九年多以前，他曾经为了攻取这一带山岭又要保护住这里的古陵而忧心过；他不止一次地在作战地图上审视过它，在望远镜里观察过这里每一个山头，至今，对面那几个山头的标高他还依稀地记得。但是，现在变了，作为战场的一切特点都变了，当年敌军构筑的防御工事早已被山水冲平，那依山筑成的小长城也只剩了个白痕痕，连那座小山头也被削下了半截填到大坝上了。几年来，他每次看到过去战斗、驻扎过的地方在建设，总抑制不住地涌起一种胜利和幸福的激情，而现在，他又作为一个普通的劳动者来到了这里，这种感觉就更加强烈；所有疲劳、酷热全被忘记了。

他俩按照部队的代号，找到了要去的单位的劳动地点。为了能

借劳动的机会熟悉这些他平时接触较少的人，他们特地选择了这个单位来“入伍”。人们正在紧张地劳动着。在一道一公尺多高的土崖下面，平躺着一列斗车，战士们分成三部分，一部分拿锹铲土，一部分挑土；他们从三十多米的远处，把沙土挑到崖边，再由另一部分人把它倒到车里去。将军觉得自己像个迟到的学生走进课堂一样，很不好意思，他拉了上校一把，悄悄地把行李放好，然后把草帽往前拉了拉，走上前去。工具没有了，只找到了两个空筐，他俩便每人抓起一个，用手提起土来。

用手提土真不方便，走得慢，不出活，又勒手，为了不妨碍别人还得走道外边。将军刚提了几筐，就听见一个尖细的声音在喊他：“喂，老同志，怎么还是个‘单干户’哇？”

将军被这个友好的玩笑逗笑了，抬头一看，原来说话的是个年轻的战士，他不过有二十岁，一张圆脸，厚厚的嘴唇上抹着一层淡淡的茸毛，一绺头发从软胎的帽舌底下掉出来，被汗水牢牢地贴在前额上，显出一股调皮劲。他正挑了担沙土颤悠颤悠地走过将军的身边，调皮地笑了笑，露出一对白白的小虎牙。将军笑着回答：“我是个新兵嘛！”

“那……你等等。”青年战士连忙把筐里的土倒下，然后拔腿跑到滤沙架子底下拖来了一个大抬筐。他把抬筐往将军身边一搁，说道：“来，咱俩组织个‘互助组’好不好？”

“好。”将军高兴地回答。连忙蹲下来帮着他整理抬筐的绳子。

“你这可不行，”战士一面理着筐绳子，一面真像个老战士似的批评起来，“这样毒的太阳，你光着膀子一会儿就晒爆皮了，可痛啦。”说着就去给他拿衣服。等将军顺从地把上衣穿好，他又认真地介绍起经验来。告诉他：因为天太热，要多喝开水，“等会儿来了咸菜要猛吃。”告诉他，“下班时候要把鞋子里的沙土倒干净，要不走

到家就会打泡的!”还告诉他：睡觉前要用热水烫烫手脚，因为“条件很好，每人可以分得两勺子热水”……

将军感激地望着他那孩子气的脸，一一答应着。他觉得这个青年人实在可爱，便和他攀谈起来。他很快就知道，这个战士叫李守明，是通信班的，才二十一岁，是1955年参军的老战士。并且从这张爆豆锅似的嘴巴里，很快地知道了工地和这个单位的一些情况。这样边干边谈，等把抬筐收拾好，他俩已经成了很熟稔的朋友了，仿佛两人老早就认识似的，将军亲热地管这个青年人叫“小李子”，小李也毫不拘束地管这个穿灰衣服的老同志叫起“老林”来了。

他俩抬起抬筐，走下了装料的沙坑，装上满满的一筐。将军还不满足，又在上面加上一个“馒头”。可就在这时候，他俩发生了第一次争执。原来趁将军弯腰上肩的时候，小李偷偷把绳子往后移了半尺多。这个“舞弊”的做法被将军发觉了。他扭回身抓住绳子往前移过来，不满地说：“这，这不行。”

“我身体好，这边稍微重点没啥。”小李把绳子又移过去了。

“你这是欺负我看不见。”将军伸手抓住绳子又往前移了过来，“咱俩加起来够七十岁，我就占了三分之二还多，你还糊弄我。”

“…………”

一场争执刚结束，抬了两趟，又争起来了。这会儿是小李先开口：“不行，不行，你的腿脚不灵便，从这些筐头子空里穿，不安全，栽倒了咋整?”

“没关系嘛!”

“啥没关系?”小李眼珠一转，又出了个点子，“你走得慢，当车头不行，咱俩净挨压!”

“……”将军没话讲了。因为腰上、腿上都负过伤，他带头的确

走不快。

“来，你掌舵，我带头。”小李胜利了。其实，他走得一点也不快，不过他领头走能灵活地绕过沙堆，踢开空筐，老年人摔跤的危险是没有了。

争执归争执，他们合作得却非常好：小李头里走，将军在后面喊着“一、二、一”，两人走着和谐的步子；他俩分吃一块咸菜，用一个水壶喝水，随着每一趟来回，两人都觉得出，他们这“忘年交”的友谊在迅速地增进。

抬空筐的时候，小李怀着深深的敬意，望着将军那帽檐儿边上的汗水和那一圈花白的头发，那里仿佛汗水随淌随凝结了，结成了一层盐粒子，均匀地撒在头发梢上，简直分不出是白的多还是黑的多。他心想：别看这老同志年纪大，干劲可真不小，明摆着铲土比抬土轻些，他却偏偏要拣重的干。

将军也深深地爱上了这个年轻人。抬着土走的时候，将军望着小李的背影，在那件淡黄色的背心中央，一个大大的“5”字；而这青年人抬土也像在球场上一样，没有一霎安生。比方，装料台上净是一排排装满土的筐头子，他们只要挨着边放下就行了，他却总是蹒跚地走到最前面，为的是“装车方便些”。而在回路的时候，他又总爱放开嗓子叫一阵，舞弄着胳膊指挥一番，要不就咕哝着把放得不合适的筐子整理整理；临走，还得带上几个空筐。他的意见也特别多，一会儿嫌装料的人少了，窝工；一会儿叫：“别乱扔空筐子，砸着人！”而这些意见又常常和将军的感觉是一致的。将军觉得：他每走一趟，就对这个青年人多一层了解。这些年来，自己虽然也常下部队，就在前天，他还在“试验田”（连队）里呢；他也不止一次和战士谈过话，但似乎都没有在和这个青年战士共同劳动的几个钟头中，对一个战士的思想感情了解得这么真切。他从小李所表露的

那种主人翁态度，那主动精神，集体主义感情……联想到试验连队，想到他那一部的工作……想得很多，以致有几次差点被脚下的筐子绊倒了。

他就这样边思索、边劳动，一气干了三个多小时。

六点半钟，两个炊事员抬着一大筐馒头和一桶咸菜来了。斗车开出之后，也没有再开回来，看来卸料台也在吃饭了。于是人们便哄地围住了馒头筐子。将军也挤过去，从人缝里伸手抓了两个馒头和几条咸萝卜，然后找了个细沙堆躺下来。

直到这时，他才觉得实在有些累了。本来，像这样的劳动活，对他来说也不是什么新课，二十八年以前，他决定参加红军的时候，已经是水口山矿上的一个有三年工龄的矿工了，砸石头、挑矿砂，他什么活没干过？更不要说参加红军以后那些艰苦的战斗生活了。但，这毕竟是多年以前的事了，这会儿一连抬了三个钟头的沙土，他才意识到，自己的体力是不比从前了：头被烈日晒得有些昏；肩头已经有些红肿，腰部、两腿酸溜溜的，腰上的伤口也开始隐隐作痛了。那地方在1936年东渡黄河的战斗里，被阎锡山的队伍打断了一条肋骨。他把腰眼贴在沙土上。被太阳晒得滚烫的沙土，烙得伤处热乎乎的，像敷个热水袋似的，十分舒服。他咬了口馒头，扬起拳头轻轻地敲了敲腰眼，暗暗想道："没有关系，只要今天能坚持得了，过了明天就没有问题了。"

他嚼着馒头，倚着沙堆，向大坝看去。一大片乌黑的雷雨云正从蟒山背后涌起，急速地升上来。被浓云衬托着，大坝仿佛是一只停泊在海里的大军舰，更加雄伟了。大坝的两头，像两个炮群在集中发射，不时腾起一簇簇棉朵似的烟尘，爆发出一连串隆隆的响声。似乎借着这响声作节拍，扩音器里正播送着雄壮的歌曲：

我是一个兵，
来自老百姓，
革命战争考验了我……

看着这场景，将军觉得十分快意。这时，他才发现沙堆背后有人正在兴高采烈地谈着什么；一个粗重的话音传来：“……嘿，那才叫紧张呢，整天是沙土、木料，木料、沙土，哪里还分几个钟头、多少班次？干就是了……”

“修好了吧？”一个人焦急地问。

“当然。师首长都亲自拿着铁锹干哪，修不好还成！我还跟师长一块抬过一根大梁哪。林师长一边抬着木头走一边喊：‘同志们，干哪！咱们把工事修好了，叫敌人连一滴水也淌不进来。’看，说得多好。”讲话的停了一下，咯吱咯吱嚼了阵咸菜，又补了一句，“你们说，要用那股劲修水库，唵?！……”底下的话被一阵哄笑淹没了。

将军微微笑了笑。他听得出这人讲的是哪一次阻击战。当时他是不是讲过这些话，他是记不起来了，但这段话却把他引到那些满是硝烟的日子里去了。他情不自禁地又向那高大的水坝瞥了一眼。心想：“他这鼓动工作挺不错，那件事和眼前的情景还很有些相像呢。”

他刚想欠起身去看看讲话的是谁，忽然身边扬起了一阵灰土，小李一蹦一跳地过来了。

“你什么时候跑到这里来了，叫我一阵好找。”小李把一草帽兜馒头递过来，又摸起腰间的水壶，一仰脖子喝了两口，然后伸手递给将军。

将军一面喝水，一面问：“你找了好久了？”

“没。找不到你，我去听故事去了。”

“咳，”将军爱抚地看看他那满是汗水的脸，把擦汗毛巾递给他，略带责备地摇了摇头，“看你热的。干这样的重劳动还不够你受的，还到处瞎跑。”

“咱这算什么，小事一段。”小李一面擦汗，一面反驳。看来刚才听故事所激起的情绪还没有过去，他激动地说：“干这么点活，有房子住，有白面馒头吃着，还能说累？那人家老红军长征的时候爬雪山、过草地那么苦，怎么过来的？”他咬了口馒头，问将军，“老林，你听说过老红军长征的故事吗？”

将军微微笑了笑，没有回答。

“没有吧？你们，不是门房就是伙房，啥也听不到。我可听说过。”谈到这事，小鬼流露出显然的激动，馒头也忘了吃了，“指导员给讲过，红军长征可苦啦。过草地的工夫，没得吃，吃草根，吃野菜，听说有个同志饿得没法，把条皮带煮煮吃了一天。”

说到吃皮带，这个小同志显然是加上自己的想象，把听来的故事夸张了。将军知道，皮带并不像吃鲜黄瓜那样清脆可口，一天可以吃上一根；那时，他那只牛皮鞋底是吃了三天才吃完的。但他也很为小李讲到这事时的激情所感染，没有给他纠正。只是说：“那样的环境嘛，不吃那个吃啥？”这倒也是实在话，在将军看来，当时这样做是十分自然的，丝毫没有什么特别之处。

“什么？”小李被老同志这种淡漠的反应激怒了。他急得脸通红，结结巴巴地说，“咳，你，你这人真是……你根本不知道人家那些老革命多么艰苦！”说着，他动了真气，像不屑于和这个不通情理的人说话似的，一翻身躺下去，枕着手，望着天，停了半天，又自言自语，“那些老革命，牺牲了那么多，受了那么多苦，这会儿把打下来的江山双手捧着递到我们手里，说：‘你们好好地保卫它，把它建设好吧！’你说，我们要不好好地干，日后要是碰巧见了他们，叫

我们咋说？……”

将军侧身望着他那激动的脸，顿时涌上一种温暖、甜蜜的感觉。这青年人对自己的责任的理解虽然还不十分完整，但是将军从他身上分明地觉察到：老一代战士们经历的那艰难困苦的生活，那艰苦奋斗的光荣传统，已经作为一种宝贵的精神财富被新的一代接受下来了。它滋养了他们，成了鼓励他们献身于社会主义革命和建设的动力，并且在新的条件下爆发出新的火花。

想着，将军也不禁动情地说：“想想那时候，这会儿该拿出更大的劲来工作才行啊！”

“对，这才像话。”小李的气平了些，他又咬了口馒头，随即把嘴巴俯到将军的耳边，悄声地说，“知道不，我们将军的工作可忙咧。你见过将军吗？”

将军又笑了笑，没有回答。

“不信？我可见过。”他霍地坐起身，略带神秘地说，“那天，都下午三点了，收发把我从被窝里拖出来，叫去给将军——我们的政委送一份急件。我想，将军忙活了一天，这会儿一定休息了。你猜怎么着？”他带着掩饰不住的敬意，把话停顿了一下，“将军还伏在桌子上写东西呢！”

“将军也得工作嘛。你还不是一样？三四点钟爬起来工作。”

“看，你又来了。我睡过一觉了呀！……”小李不满地把嘴巴一噘，正要再说什么，忽然被一阵大风噎住了。一大滴水点滴到他腮帮上，接着，疾风挟带着沙土扑过来，大白点子雨急骤地洒落下来，打在沙土上，激起一股股细烟。

这雨来得又突然又猛烈，袭击得人们手忙脚乱，有的忙着找雨具，有的忙着找避雨的地方，一时，沙土坑里，滤沙架子底下，沙堆背后，甚至厕所席墙的旁边，凡是能挡挡风雨的地方，都挤满了

人。小李看了看车道，见斗车还没有来，便一把把将军拉起来，三脚两步赶到一个木作棚底下蹲下来。

雨，越下越大，风，越刮越急。不知谁的什么东西找不见了，在直着嗓子喊叫；不知谁的草帽被风吹离了地面，像个风筝似的一翻一翻地跑了。就在这时，呼隆呼隆，空斗车被拖拉机牵引着，像只掐了爪的大蜈蚣，蜿蜒着、颠簸着，开进了装料台。

“那边卸料的同志在等着，得马上装料才行，但是……这么大的雨。”将军思忖着，四下里望望，只见有几个同志走出了避雨的地点，向装料台走了几步，但看看别人没动，他们又犹犹豫豫地退了回来。身旁小李早已沉不住气了，大声嚷着：“分队长！分队长！”

“分队长去开会了！”不知谁在回答。

将军看着这情形，心里一动。他知道，部队里常常有这样的时候：一件事情，大家都知道该这么干，恨不得马上就干，但是就因为没有人出面，却不能动手；这种时候，只要一个人说句话，就会立即行动起来的。于是他拉了小李一把：“小李子，咱们去干吧！”

“好！就是分队长没来……”

“咱们先干嘛！”将军一按小李的肩膀站起来，随手把小李拉起来，接着便提高了声音喊道：

“同志们，走哇！”

说完，他一弓腰走出草棚，钻到暴风雨里去了。

这句话像一道命令，人们都站起来了，一个，两个，三个……跑进了雨里。他们哄笑着，叫嚷着，跟在将军后面向装料台奔去。将军一边跑，一边回头看看。这情景很使他兴奋。“有多少年没有这样做了？”他暗暗问自己，脑子里忽然浮上了另一幅情景：那是在草地上，也是这么个暴风雨的傍晚，被疲劳寒冷和饥饿折磨得衰弱无力的战士们，为了躲雨，都直往树丛里钻。但是，作为一个连长，

他知道，要是天黑之前找不到干些的地方宿营，摸黑在烂泥里钻是很危险的。当时，他也是这么喊了一声，队伍又前进了。

他和小李跑到装料台边，浑身已被雨浇透了，沙粒、雨点吹打在脸上，麻沙沙地疼，但他顾不得这许多，两人抓起铁锹，装了满满一筐沙便抬起来紧跑。正跑着，迎面两个人跑过来，走在前面的人一把抓住了将军的扁担梢，气喘吁吁地说：“首长……这活太重，你……”

将军一定神，才看清那人臂上的红袖章，跟在后面的是刘处长。他随手拨开分队长的手说：“嘿，什么首长，在这里我是战士，你才是首长哩。”说完，他把土筐落下，又补充说，“分队长同志，我有个意见：你得赶快把大家组织一下，风雨里看不清，要特别注意安全！”

“对。”分队长无可奈何地松开手，一面辩解着，“段上叫开会，我刚回来……”一面急匆匆地往前走。走到小李身边，他又伸手挽住小李的肩膀，低声地说：“将军年岁大，又负过伤，你可得留心照顾着点！”

“将军？”小李不由得惊叫起来。这情况太意外了。他分不出自己是由于感动还是由于紧张，他觉得到自己的心跳得很急，眼里像灌满了雨水，又湿又涩。他连忙放下扁担，走到将军面前，结结巴巴地说：“将军同志，我不知道你是……”

“嘿，你这小鬼。”将军爱抚地把手搭在他的肩上，顺手轻轻地推了他一把，说道，“快，快掌好舵，我这车头要开啦！”说罢，他一弯腰抄起扁担，搁到了肩上。

小李激动地抓起扁担，望着将军那花白的头发怔了一霎。雨水混合着汗水，正从那斑白的发梢上急急地流下来。他深深地吸了口气，趁势悄悄地把筐绳又往后挪了半尺。

这回，将军却没有发觉。他一手扶肩，一手甩开，挺直了腰，迈开大步向前走去。他走得那么稳健，又那么豪迈。当他带着他的连队走过荒无人烟的大草地时，就是这样走着的；当他带着他的团队通过日寇的封锁线时，当他带着他的师跨进“天下第一关”时，他也是这样走着的。

1958年6月29日

亲　人

离下班的时间还有半个多钟头，桌角上的电话铃突然急骤地响起来。曾司令员放下手里的红铅笔，伸手抓起听筒。

电话是从将军的宿舍里打来的。公务员带着掩饰不住的兴奋说：“首长，你的父亲来了！”

父亲？将军不由得心里一震：“噢，他果然来了！”

像一块石子投进湖水里，将军那平静而专注的心情被这突如其来的消息搅乱了。他下意识地抓起桌上的文件，举到眼前。按照将军那严格的生活习惯，他是要在今天下午把这份报告看完的。但是，这份刚才那么使他感兴趣的“新兵工作”报告，这会儿却失去了吸引的力量。在他眼里只是一些蓝色的花条在那半透明的打字纸上跳动，怎么也读不进去；而脑子里却老是在翻腾着一句话：“他来了，怎么办？……”

这个问题使将军困扰了差不多快半年了。今年5月间，他突然接到了一封信。信是江西一位农民写的，交报社转来的。他疑惑地把信拆开来，在信的开头，紧接着他的名字后面是四个粗黑的大字：“吾儿见字”。当时，司令员曾哈哈大笑着向政委说：“看，来认

我做儿子了!”

但是，当他继续读着信的内容的时候，随着那一个个黑字，他那开朗的笑容却被紧蹙的双眉代替了。信上写着：“……五年以前，白杨嶂的广善回家了，他说你早就不在了，在过大草地的时候牺牲了。我难过，哭了一场又一场。可我又不信你会死……前天听人说你在报上发表讲话了。天下重名重姓的人不少，可不能那么巧……我给你写这封信，要是你是我的儿子，就给我来信，你要不是我的儿子……”信就在这里断了。大概这位老人再没有勇气把下半截话说出来，代笔的人怕也是被老人这念子之情所感染，没有再加添什么。下面只落了一个陌生的名字。

显然，这位老人是错认人了。按常理，既然非亲非故，写封回信解释明白就行了。可是不知怎的，将军却没有这么做。他按照老人来信的地址，写了一封信寄到县的民政科去查问。回信很快就来了，这位烈属是个孤苦伶仃的老头儿，政府和社里已抚保着他的晚年。他那个和将军同名的儿子是1931年参加红军的，据调查，确实在过草地时牺牲了。

接到信的当天晚上，将军伏在桌上给老人写信了。他写了扯，扯了写，直到夜深了，信还没有写成。不管措辞是多么委婉，可是每当他写到“我不是你的儿子”这几个字的时候，手就不由得微微发抖；到后来，就连想到这几个字，也觉得脸都有些发烧了。直到夜里一点多钟，当他在信的开头写下“父亲大人”四个字，并且重重地点下两个圆点以后，他觉得自己的感情才能顺畅地表达出来。他写好了信，第二天亲自跑到邮局去，装上二十元钱的汇票，把信发出去了。

这个做法是这样的出人意料。当将军发信回来，公务员赵振国就忍不住悄悄地把这消息告诉了汽车司机老韩：“人家认儿认女，可

咱首长，高高兴兴地认了个老爷子!”

其实，小赵又哪里知道将军在这个差不多通宵不寐的夜里所涌起的心情呢？将军早就失去了父亲。早在二十多年以前，国民党军队向苏区进行第四次“围剿”的时候，老人家就被害死在村南那道长满大榕树的山坳里了。当将军读着这位烈属的来信的时候，当他现在捏着钢笔，为了斟酌回信的每一个字句而沉思的时候，他曾经不止一次地回忆起自己所能记忆的父亲的面容。他不知道这位失去儿子的老人的模样，不知道他的年纪，除了这个陌生的名字，他几乎什么也不知道，但是他却总不由自主地把这位老人想象成自己父亲的样子：乌黑的髭须，眉毛老长老长的；额角的两端一直秃进去，耳边的头发像撒上了两小撮面粉；甚至在左耳朵底下也一样有着个铜钱般大的瘢痕……不，当然不会是这个模样——这位老人只是等待自己的儿子就已经等了二十多年了。

那么，老人的儿子呢？怕是真像那位同志说的，早已牺牲了。随着这个念头，将军的思路不由得转到过去那些在他身边倒下的战友上。他索性放下笔，呆呆地望着窗前那棵老槐树沉思起来。也许老人的儿子是当年的四班长曾庆良？他是掩护部队渡湘江时牺牲的。或者是四连指导员曾育才？他是过大雪山时为了抢救一个挑夫而掉下山沟去了……这些同志并不和他同名，可是不知怎的，他却总想把他们和这位老人联在一起……

将军继续沿着自己的战斗道路想着，慢慢地眼前那一丛柏叶幻化成了一片茫茫的绿野。那是大草地，到处是腐烂的水草、污泥，一汪汪的水潭，水面上浮泛着一串串黄绿色的水泡。他掉队了，正忍受着难耐的饥饿在蹒跚地走着，突然，脚下一软，一条腿陷下去了，他拼命一挣扎，另一条腿又陷了下去。整个身子在向下沉，水，淹过了大腿，淹上了肚子……就在这时，一支枪托平伸在他的

脸前。接着一个沙哑的嗓子喊：“快，快躺下，往外滚！”他连忙躺倒下来，就在这一瞬间他认出那人是六班的战士曾令标。借着这拖曳的力量，他滚出了烂泥。等他在一块硬实的泥堆上站起身，就看见曾令标因为全身用力，早已深深地陷进了泥里，他惊叫一声：“老曾……”慌忙摘下肩上的枪，已经来不及了。曾令标一声“再见”还没说完就沉进了泥水里，水面上只留下一只手，高擎着步枪，枪筒上挂着半截米袋子。旁边一串水泡和一顶缀着红星的军帽在浮动着……

“我这条命是战友给的啊！”想到这里，将军情不自禁地望望身边的那张小床，床上，他小儿子一只胖胖的小手搭在被子上，睡得正香。他觉得自己的眼睛有些模糊了，血在一个劲地向脸颊上涌。从那个难忘的日子起到现在，无论是战斗、工作还是学习，将军总是严格地警醒着自己：“多干些！再多干些！”这里面除了一些更重要的原因以外，就是他从心底里感觉得到：他肩上还担负着另一些人的未完成的一切，哪怕能代他们做一点也是好的。但是现在他却突然发现，这些还不就是一切，只要有可能，他似乎还应该担负起另一项义务。

这个义务是什么呢？他的眼睛不由得又落在老人的那封来信上。不错，曾令标的家庭情况和地址他没来得及知道，而且在这位战友与老人之间也没有什么必然的联系。但事实却是：老人的儿子也像曾令标同志那样英勇地死去了，而老人却在怀着微弱的希望，在那白色恐怖的日子里茹苦含辛地等着，等着，等了二十多年。

“要使这位失去唯一的儿子的老人得到安慰，最好的办法是还给他一个儿子！哪怕是暂时的也好！”就怀着这种复杂的感情，将军写下了那封回信。

这以后，将军就成了赡养和安慰这位老人的亲人。每月，当发

下薪金的时候，不管工作有多忙，将军总要挤出一个夜晚用在写“家信”上。慢慢地，将军惊奇地发现，随着一封封信的往来，他和老人的心在一天天靠近，他仿佛觉得，这陌生的老人就是曾令标同志的父亲；不，简直已经成了他的家庭中的一个重要的成员了。每当天气凉了，他就会告诉爱人高玫：“给老人织件毛衣吧？还得弄双毛袜子去！”每当家里谁伤风感冒了，他也会忙着写封信向老人问候……而老人的来信中流露出的每一点愉快的表示，将军也感到极大的快乐。

尽管这样，但将军却仍然暗暗不安，生怕书信中哪一个字会露了马脚，被老人发觉。特别是上月“父亲”来信说要来这里看望“儿子”的时候，他更加不安起来。他曾经连着写了两封信，要求老人不要来。理由嘛当然很多：他工作忙，老人年纪太大了……并且肯定地告诉“父亲”：只要他工作一空，他会带着小孙孙去看他老人家的。他希望这样能把老人暂时稳住。因为他知道事情总会被老人知道的，如果事情来得迟些，那会使老人的感情得到温暖的时间长一些。可是，毕竟将军对这位老人思念儿子的心情体察得还不够周到，现在，老人竟不顾“儿子”的种种劝阻，还是来了。

“现在，可怎么办呢？”将军苦苦地思索着。这位身经百战的司令员，从来不是个优柔寡断的人，过去，多少次战斗，多么复杂的情况，他总能够果断地下定决心；可是现在他却像一个迷路的人走到三岔路口上，左右为难了。直到下班铃响了，他走出办公室的时候，还没有找出答案。

汽车迎着晚霞，在秋风里平稳地驶着。将军怔怔地望着车窗外那向后逝去的梧桐树，忽然欠起身：“开得太快了！”他觉得这些树向后退得快极了，简直像一株株倒下来似的。

司机老韩笑着扭头望了司令员一眼：“不快呀！”说着，用指甲

轻轻地敲了敲速度表。表针正在“20”和“40”之间微微颤动着。

“慢点，再慢一点！”将军对自己的幻觉也感到有点好笑，但他实在希望慢一点到达宿舍，好让自己有时间再把这件事想一想。也怪，似乎车子越驶近家门，这个问题变得越简单了。“看来只好这么办了，”将军下了决心，“把一切都告诉他，反正我会像那位死去的战友一样，对这位老人尽一个做儿子的责任。”瞬间，他甚至把安慰老人的话都想出来了，“不，老伯，你的儿子是为革命牺牲的，我们活着的就都是你的儿子……”他觉得这两句还不够亲切，又想道，“老伯，你没有了儿子，我也没有了父亲。我认你做爹爹，你就认我这个儿子吧！……”

想着，将军竟抑制不住地激动起来，把话低低地说出了声，倒弄得老韩有些摸不着头脑。

车子渐渐驶近宿舍，将军的决心也更加坚定。他简直毫不怀疑地相信自己一定能好好地处理这次复杂的会见。

将军怀着激动而又多少有些惴惴不安的心情，跨上楼梯，轻轻地推开了房门。

他的四岁的男孩子亚非怀里抱着只橙黄的大柚子，一蹦一跳地跑过来：“爸爸，爷爷来了！”

将军顾不得逗弄孩子，他停住脚，向屋里张望了一下，只见那矮脚茶几旁边，一个矮小瘦弱的老人正把身躯深深地埋在沙发里，两手拄着根红竹烟管，脑袋俯在双手上，在半睡半醒地打着盹儿。显然，长途的汽车、火车使这位年迈的老人太疲乏了。将军两眼直盯着那一丛斑白的头发：“这老人是多么衰老啊！”他的心头不由得涌上一阵酸楚。他知道，只要他再走前几步，那斑白的头就会蓦地抬起来，然后一双贮满泪水的眼睛便会深情地盯住他的脸，望着他的嘴巴，期待着会听到那盼了二十多年的声音——“爹！”而他，却

要告诉他："不，我不是你的儿子！"这，这对于这位年迈的老人实在太……

"不，不能这么做！"突然，一股强烈的感情冲动着他，他觉得自己眼睛潮润润的，模糊里，他眼前又闪过了露在水草上面的那只手，那支枪，那微微抖动的枪皮带……刚才一路苦想出来的想法和做法，这会儿都不知哪里去了，他阅读老人的来信的时候，他拿着笔写回信的时候所涌起过的那种感情，又以更大的幅度占满了他的心。他缓慢地拂开孩子的手，大步走过去，在老人身旁蹲下来，伸手轻轻抚着老人那瘦弱的肩膀，低低地叫了声"爹！……"

这话一出口，将军不由得一愣：从他的口里有二十多年没有吐出这个字了。这个字眼是那么满含感情，又那么生疏。接着一个念头掠过：他就要发觉了。

正像他所想象的那样，老人惊醒了，猛地抬起头，手一松，烟管"吧嗒"歪倒在地板上。但出乎将军意外的是，老人的眼睛并没有射出那期望的光。那双被蛛网般的密密的细纹包着的眼睛，有一只已经深深地塌陷下去，另一只微微红肿着，好像故意眯起来似的，只留着一条细缝。像所有丧失视力的人一样，老人竭力把那只眼睛睁大，两只干枯的手却习惯地平伸在胸前，不停地抖动着，在将军的肩章、脖颈、头发上胡乱摸索着，最后他紧紧捧住了将军的脸颊，嘴唇哆哆嗦嗦地叫道：

"大旺子……"

这不知是哪个人的乳名，对于将军来说是那么陌生，但听起来却那么亲切！他直盯着老人的脸回答："爹，是我！"

随着这应声，老人那张像揉皱了的纸似的脸孔登时舒展开了。他长长地叹了口气，把身子向"儿子"更凑近了些，抱住将军的头，用力地瞅着、摸着，好像在找到了一件丢失很久的东西以后，

在辨认这东西是不是自己的一样。将军顺从地把脑袋俯在老人的胸前，一任他抚摸着。这时候，他觉得有一滴热热的东西滴在自己的腮边上……他觉得仿佛直到现在他才第一次体验到父亲对于儿子的那种真挚、慈爱的感情。

半天，还是将军先打破了这沉重的寂静。他直起身，坐到老人的身旁，说："爹，你……老多了。"这话说得有点慌乱。他还没有完全走进做儿子的境界里去，竟差点像以前对来队的军属那样，习惯地问一声"你多大年纪了？"话到舌边才临时改了嘴。

"是啊！二十多年啦！"老人长长地叹了口气，"我记着你是头一次开全苏大会的那年走的，那年你才十七，可现在胡子都扎手了。你今年该是四十……"

"四十……"将军连忙把话接过来，又沉吟了一下，"四十三了。"他没有把自己真实的年龄说出来。像所有那些不得已而说了谎话的人一样，他觉得一阵不安。为了掩饰自己的狼狈，接着把小亚非拉过来，往老人身边一推，补充了一句："你看，走的时候我还是个娃娃，现在都给你抱孙孙了。"

"可不，二十六年了嘛！"老人伸手把小亚非揽在怀里。孩子略带羞涩地叫了声："爷爷！"把脸偎在老人的脸上。孩子这个天真的动作在将军的心头漾起一种甜蜜的感觉："要是这个新的家庭组成了，该是多好啊！"

孩子好奇地用小手梳理着老人那花白的胡子，像想起了什么，仰起脸问道："爷爷，我爸爸不是说你早就叫国民党给杀死了吗？"孩子嘴里突然冒出的这句话，使将军吃了一惊，他刚想解释几句，老人却毫不在意地把话接了过去。他摸着孩子的头说道："傻孩子，不看到你们我能死？"说完，他仰起头哈哈地笑了。

这爽朗的笑声赶走了将军的疑虑，使屋里的空气增添了欢乐。

将军有意把话题扯开些，便笑着说：“这是个小的，大的已经八岁了，在学校上学，过几天就能回来。嘿，一个比一个调皮！”

“龙生龙，凤生凤，你还能生出个安生孩子来了？你忘了你小时候了？天上的鸟儿你不揪它两撮毛才怪哩！”老人说得又诙谐又慈祥，这是只有父亲对自己的子女才说的话啊！听着，将军有些不好意思地想：“我父亲也会这么说的！”

老人说完，吃力地站起身，蹒跚着走到门边，从一个提篮里摸出两只大柚子，递给“儿子”，笑笑说：“怕有多年没吃到自己家乡产的这玩意儿了吧？”

“嗯，柚子倒没少吃，咱家乡的味道可就没吃到过。”这倒是确实的。将军知道老人的家乡是有名的柚子产地，当年四次反“围剿”的时候，他也曾到过那一带，可这地道的果产他还没吃过呢。他拿起小刀，熟练地把柚皮剖开，剥出那粉红色的肥硕的果实。

“还记得不？”老人把一片柚子摸索着递给小“孙孙”，转脸向着“儿子”，“你离开家的时候柚子刚熟，那天，我和你妈把你一直送到村头咱那几棵柚树底下，你还非要带上几个给同志们吃不行。那时候我身板壮，眼力也好，我亲自爬到树上摘了几个扔给你，从那里一直看着你走出几里路……”

“记得！”将军含糊地应了声。他脑子里浮起的却是另一幅情景。他是在一个黑夜里，土豪堵着大门的时候，翻过墙头逃到红军去的。那时父亲手托着他的屁股，把他推到墙上，然后递给他一个衣包，把仅有的五十个铜圆放进他的口袋里……那时父亲的眼睛……他望望老人家的眼，问道：“爹，你这眼是怎么糟蹋的？”

“还不是那些狗东西造的罪？”提起眼睛的事，老人顿时变得十分激动了，滔滔不绝地讲起来：那是红军长征走了以后，这位忠于革命的老农民就暗暗做起了红军游击队交通员的工作。不幸，在

1936年的秋天，由于叛徒的告密，老人被捕了。敌人知道他熟悉通往游击队密营的每一条山径，在把他残酷地拷打之后，又逼着他给白军带路。就在白军准备动身的前一天，老人向看守骗来了两大把石灰，咬着牙揉进了自己的眼里……因为残废了，老人才活着被抬出了敌人的监狱；亏得亲友邻居的细心照料，总算保全了半只眼睛。

“孩子，”老人激动地结束了他对过去艰难遭遇的叙述，“这些年来，我这做老人的没有给你丢脸啊！”

将军怀着深深的敬意，听着老人的叙述。关于老区人民在敌人残酷的白色恐怖下坚持多年斗争的情形，他在1951年秋天回到故乡时，曾经站在自己父亲的坟前，怀着悲痛和敬意听乡亲们讲过。而现在老人的话又勾起了那一幅情景。将军不由得再一次想到草地水面上的那顶浮动着的褪色的军帽和那高擎着步枪的手……仿佛直到现在，将军才更清楚地体会到为了革命胜利人民所付出的全部代价。这里面不只有血，还有那数不清的眼睛所流的眼泪。“对于这些为革命事业献出了一切的人，你怎么爱他们也不会过分的！”他觉得自己的心和老人靠得更近了。他深情地抓住了老人的手：“爹，那些年你可受了苦啦！”

“苦，不怕！为革命嘛！当时我就跟人讲：‘给我剩下半个眼，我也用它看着这些家伙完蛋，看着咱红军回来！’可不是，就让我看到了！”老人哆哆嗦嗦地装上一管毛烟，等“儿子”给点燃着了，猛吸了一口，又说，“唉！说实话，这半只眼还有一个用处，就是等着能看一看你。你不知道，为了你，就这一只眼流的眼泪也足够个小伙子挑的啊！”

将军默默地掏出手绢，把老人眼里的泪水揩了揩，说：“爹，别难过啦，我不是在这里吗?!”

“是啊，想看的我都看到了！可是，”老人略略顿了一下，脸上

浮上了一种不快的表情，“别怪你爹数落你的不是：胜利了这么多年，人家活着的都回家看过了，可你怎么连封信也不往家写呀？”

老人责备得对，做儿女的怎么能对老人这么冷淡？将军懊恼地想：为什么没有早些和这位老人相识呢？但是又怎么向他解释？他嗫嚅着，说着临时涌到嘴边的“理由”：“这些年我在学习……”“信，我写过……”可怎么也觉得理屈。

正在这时，房门开了。将军的爱人高玫走进来，才打破了这尴尬的局面。

“高玫，你看爹来了！”说着，他轻轻地扯了扯她的衣角。

高玫会意地点点头，连忙跑上去，亲热地叫了声：“爹！”

“爹，别净想那些伤心事了，”将军伸手挽住了老人的胳膊，“来，吃顿团圆饭吧！”

在一张圆圆的小桌周围，坐下了这老少三代的一家人。老人的心情显然平静得多了，他把儿子拉在自己身边，不停地瞅瞅这个，看看那个，那凄苦、不安的表情早就消失了，幸福和满足的笑容挂在他那苍老的脸上。

为了使老人增添些欢乐，将军倒满了一碗老酒，端到老人的面前。

“你还没有忘了哇？”老人笑着接过酒，呷了一大口，扬起手掌擦了擦胡子。在他眼前浮上了多少年前让孩子端只瓷碗去打五个铜子的老酒时的情形。而在将军眼里，老人这爱好，这动作却又是那么熟悉——“连这些地方也像我的父亲呢。”

将军竭力回忆着自己父亲的一切爱好，把记得起的父亲爱吃的菜连着夹到老人的碗里去。老人却没有怎么吃，他不时停下来，向前探着身子，瞅着“儿子”吃饭，好像这比他自己吃还要紧。

“看，还是那么狼吞虎咽的，这又不是小时候了，没得吃！……”老人直盯着“儿子”的嘴巴，忽然，他用筷子戳着将军

的嘴角问道，“我记得你这里有个瘊子，怎么刚才没摸着？”

“那……”将军刚要回话，高玫笑着把话接过去，“他嫌刮胡子不方便，早就弄掉了！”

过一会儿，老人又发现了什么，感叹地说：“年岁久了，人都变了，我记着你小时候都是左手拿筷子……”

“受了伤，不改不行嘛！”将军赶忙捋起袖子。左手腕上凑巧有一个伤疤，那是广阳战斗叫日本鬼子一枪打穿的。

借着这个话题，将军连忙避开谈论他“儿时”的一切，他历数着自己身上的伤疤，谈到这些年来的战斗，谈到爬雪山过草地的艰苦，爱人和孩子的情形……他想出一切动人的和逗趣的故事，讲给老人听。大概因为这环境太特别，这些故事吸引了老人，将军自己也深深地激动了。

这顿饭吃得时间特别长，当老人喝下最后一匙菜汤，已是夜里十点多钟了。将军和高玫小心地搀扶着被老酒和疲乏搅得昏昏欲睡的老人，走进了为老人预备好了的卧室。

不知是因为酒醉还是什么原因，老人睡到床上，却突然坐起身。用他那枯老的双手猛地抓住将军的肩膀，拉到自己的身边，拼命地睁着眼望着、望着，用一种变了音的腔调惊叫着：

“你是大旺子？……”

“是！”将军不安地回答。

“你是我儿子？……”

“是啊，爹！”将军情不自禁地紧紧地抱住了老人。

“啊！可看到了！……”老人放声大哭起来。

将军，这位身经百战、被打断了两条肋骨也没流过一滴眼泪的人，这时候，泪水却顺着腮边流下来。

老人，这经受了百般磨难的老人，在哭声里睡着了。将军目不

转睛地望着老人那张挂着泪痕和笑容的脸，它是那么苍老，又那么和善、安详。他轻轻地给老人盖好了被子、关了电灯，踮着脚走回了自己的寝室。

将军点燃了一支烟，在寝室里来回地踱着步子。他的脚步和他的心一样沉重。死去的战友的印象，故乡土地上那累累的坟茔，父亲的面容，老人的眼睛一齐在眼前晃动。

高玫走近他的身边，低声地问："也许这是你常说的老曾的父亲?"

"不，也许是，也许不是……"

孩子一面啃着柚子，一面说："爸爸，把你看地图的那个放大镜给我吧，明天让爷爷好好看看我……"

"明天，咱俩一块出去一趟，给……给老人家添几件衣服……"高玫说。

"是啊，"将军含糊地应着。他望望爱人，又望望孩子，缓缓地点了点头，像是回答他们，又像是自言自语，"多少年的斗争，我们的人付出了一切！现在，我们活着的，要把担子挑起来，能多干一点也是好的！"

说完，他霍地转过身，来到了窗前。他猛地推开了窗子。窗外，天空清亮亮的，满天星斗，间或有几颗流星无声地扫过去。窗前那棵老槐树的叶子早已脱落了，那鹿角般的枝丫正倔强地指向夜空。傍着槐树，那棵柏树的蓊郁的枝叶，正伸搭在槐树的干枝上。

将军深深地吸了口气，忽然，他放大嗓子喊了声公务员："赵振国，明天去医院帮我的父亲挂个号。记住，挂眼科！"他把"我的父亲"四个字说得声音特别大，大得连自己都有些吃惊。

1958年10月27日

休 息

“嘿，这脑筋……”范副司令员生气地扬起拳头捶了捶额角，霍地站起身，从门边抄起根手杖拄着，蹒跚地走出了门。

妻子慌忙抓起件单衣追上去，一面扶他走下台阶，一面责备他说：“刚有些见好，又到处跑!”

“病人顶需要的不是闲着，”将军紧皱起眉头，“没有痛苦就好，是不是?”

“唉，你这人……”她轻轻地叹了口气，没奈何地把衣服给他披上，然后目送他向海边走去。

傍晚的海滨是优美而又宁静的。阳光，从几团浓黑的云团的缝隙里冲出来，把海空的几片浮云照亮，又把海滩映得一片火红。海，咆哮了一天，这会儿像累了似的，躺在那里轻声地喘息着；随着它的呼吸，海波轻盈地涌到岸边，然后又卷带着浮槎、细沙，悄悄地离开。

将军沿着这条弧形的海滩慢慢走着。潮湿的海沙上，留下了一串深深的脚印。他的思路又回到了刚才思索的那个问题上：

“……那是侯厝还是鹤子墟？……记得那次打的是广东军，到底

是什么鬼番号却记不起了……”他想得是那么入神，以致裤腿被海水溅湿了一大片也没有发觉。

这件事，按照妻子的说法，真是有点“自讨苦吃”。本来是来休养的嘛。一个星期以前，将军带病来到了这里。开头几天，因为病情较重，他只好静静地躺着；但是昨天发现血压降低了些以后，他却再也躺不住了。他很想能找点工作做做，可是这里啥事也没有，家里为了能使他安心休养，按照医生的指示，“冻结”了一切与他有关的文件，甚至连封关于工作情况的信也难得收到。“干点什么好呢?”想了好久，才想到了写稿子的事。原来，在一年多以前，政治部就约请他为总政发起的“解放军三十年”征文，写一篇关于红军时期斗争生活的回忆录。这是政治任务，当时他爽快地答应了。只是因为工作实在太忙了，一直没有动笔。“现在，趁这机会把它搞一搞，回去就不用再为这事耽误工夫了。”

按说，可写的材料是很多的，他那近三十年的战斗生活，简直是一本大书。但是要从这里面选出一个中意的片段来，却像从一棵果实累累的树上挑一个好果子一样，困难极了。昨天，他躺在床上翻来覆去地想了一天，好容易选定了反“围剿”中的一次战斗；可是今天刚提笔要写，却又碰到了难题：事情过去得太久，具体时间、地点都不记得了。多亏妻子提醒，他才想到了任局长。这位红军时期就在一起的老战友，因为患着下肢麻痹，已经在这里休养了好几个月了。于是将军决定去找找他，一道回忆一下当时的情况。

从海滩到那座草绿色的房子，虽然只不过二里多路，将军却走了很长时间。当他走到大门跟前的时候，他才发现心脏怦怦地跳得又很急了。他倚在门框上，按住胸口休息了一会儿，便推开门走进去。

这是所安静宽敞的院子。窗前，两棵大马尾松底下，放着一张

小桌子，桌上散乱地摊着几份文件。一根长长的电话线从窗棂里扯出来，耷拉在桌面上。桌旁安了张行军床。这情景不知怎的使将军想到了战地的指挥所。任局长正斜倚着枕头半躺在床上，抓着听筒在讲话。“……我的好主任啊，”他柔声和气地说，“把情况告诉我嘛！简要地……你说那几个省的协作会议啥时候开？”

大概对方回答得不使他满意，他又生气地叫起来了：“好，不给讲就算！我那个关于三厂的意见你可得快报告给部长。明天，不，等一会儿我还要给部长去电话。”说完，他悻悻地把听筒向桌上一扔。

“还是那个劲啊，老任，”将军笑着在桌边坐下来，“养病也不能退你三分火。”

“就得吵哇，”任局长看见范副司令员，不好意思地笑了笑，“人一生病，就来上个大‘封锁’，能把人憋死！”

“你吵就能吵得到了？”

“嗬！根据这几个月的经验，这是唯一正确的方法，”任局长得意地抓起桌上的文件，抖得沙沙地响，“你吵一次，多少总得给点。”

“我没有你那份本事，就得想法找……”将军把自己要写革命回忆录的打算向任局长谈了谈。

“仗是打得不坏，”任局长听完以后说，“可惜简单了点。混进围子去，手榴弹一打，完了。”

“那……你看写哪一段好？”

“人家不是要你写印象深的事吗？”局长沉思了一会儿，“依我说，写我们那次休息倒挺有意思。”

“休息？”这个提议很使将军感到意外。他不以为然地摇摇头，“写篇稿子总要有点意义。大家都在大跃进……”

“谁说没有意义？”任局长打断了将军的话，“自从闹了这个病，

被迫休养以来，我时常想到那回事。”

“你说的是哪一次？”

“就是你踢了我两脚的那一次嘛。”

“踢你？”将军更觉得茫然了。在他带兵二十多年的经历中，他从来不记得打骂过任何一个人。

“嘿，看你，打了人还不认账。1935年，在锁蛟岭，记得不？”说着，他伸手摩挲着大腿，故意苦着脸说，“那两脚真够呛。呶，就是这里！”他的苦脸做得很逼真，好像那地方至今还痛似的。

1935年，锁蛟岭……这熟悉的年代，熟悉的地名，把将军引进了一个深深的回忆里。他呆坐在那里，透过那稀疏的树梢，向远处望着。那里便是有名的西山风景区。晚霞正映衬着一片突起的峰峦、茂密的树林……

……突起的峰峦、茂密的树林。一支不大的部队正沿着这丛林中的小路急匆匆地走着。这是个奇怪的行军行列：从队首到队尾扯着一条绳子，战士们一个个紧抓住绳子，脚步踉跄地往前赶。整个队伍仿佛是靠着这条绳索拖曳着前进，又像是这绳索把人们拧成了一条钢铁的锁链。

这便是他所指挥的那支红军游击队。

这天，秘密交通送来了上级的命令：要他们立即动身赶到武功山区，和大队会合，共同进行一次大的战斗。命令像钢钉砸在铁板上似的：必须在五天内到达！但是，他们一离开根据地，就被敌人盯上了。敌人调动了沿途的军队和民团，前堵后追，紧紧地咬住不放。为了保存力量，如期到达指定地点，和敌人纠缠是不行的，他们只得钻进山林，兼程前进。

除了战斗就是赶路，日夜不停地赶路。谁负伤了，背起；谁脚上打泡了，扶起。衣服被划破了，一条条一片片地挂在身上，有的

已经围上芭蕉叶子遮体了。煮饭的时间是没有的，战士们一边走着一边从粮袋里抓出把生米，再随手捋把嫩树叶子，一道塞进嘴里。但是，最难耐的还是困倦。一连三四个日夜没有合眼，谁的眼皮上也像坠了一块铅。一个个像喝醉了酒，东摇西摆地走；稍微一停步，队伍里就响起了鼾声。

人们多么需要睡一觉啊！

一个战士抓住了他的衣襟，那红肿的、布满血丝的眼睛直直地盯着他："支队长，休息一下吧！"

他接过了那人的步枪，轻轻地抚摸着那个同志，又厉声地说："不行！"

一个战士噗地摔倒了，却没有爬起来，口里含混不清地说着："……支队长，别管我了，让我……"话没说完就睡着了。

他搀起了那沉重的身体，挽住他的肩膀，让那同志的脑袋靠着他的肩窝，一面推拥着他走，一面动感情地说道："这么睡一会儿吧，同志！让你休息的权利不在你，也不在我啊！"

第四天上，他弄来了一些树皮搓成了一条长绳，人们抓着绳子走着闭一会儿眼睛。这也好不了许多：这一个，好像故意似的，身子一趔趄，一头撞到树干上，然后蓦地惊醒过来，揉着肿起的脑袋追上了队伍；那一个脸被树枝划破了；又一个脚被山石碰伤了……管它呢，总可以多少睡一会儿了。

可就因为这，发生了一件令人痛心的事：在走上一道崖边时，一个战士因为睡得太沉，手一松，一失脚，掉下山沟去了。为了能取得时间去抢救这个同志，他不得不组织了一次阻击战，又伤了两个同志，才堵住敌人，派人下到山沟里，把这个战士找到，但他已经牺牲了……

"在那些日子里，我们不但有战斗的英雄，也有累死的烈士

呢！”想着，将军不由得激动起来。他深深地爱上了这个材料，而且有充分的信心能按照征文的要求把它具体地写下来。但是，当时为什么决定休息的？什么时候打过人？却怎么也想不起来了。

“那到底是怎么回事啊？”想着，他不由得说出了声。

“什么？”任局长把眼睛从一份电报上离开，一时有些摸不着头脑。

“打你的事啊！”将军说，“我干吗打你呢？”

“嘿，不就是为了睡那二指嘛！”

噢，对了，这都是睡那二指的过。

就是那天下午，他们抬着战友的尸体，在树林里一阵疾走，暂时甩开了敌人，来到了锁蛟岭前那道山沟里。他们挖开碎石，把战友埋葬了。

当一切安排好，他照例第一个走上小路，向大家喊了一声：“快走哇！”但是走出几步以后，却发现差不多半数的人没有跟上来。——刚才子弹在头上嗞嗞地飞着，他们还可以拼死战斗，还可以走上这十几里路；这会儿一停下来，疲困却更强烈地袭击了整个队伍，人们有的已经睡熟了。

这里面就有副支队长任丕祥。他吃力地扶住一棵小杉树，焦躁地喊道：“老范，给我半个班吧！我去给大家争取点时间睡一睡！”

“不！”他和任丕祥一样焦躁。为了睡觉而打仗，这不成；而且前面还有七八十里路。

“要不，就让大家稍微打个盹，只睡……睡二指就行……”任丕祥的话越说越低，眼睛合上了，扶着树干的手松开了，腿像被抽掉了骨头，身子沿着树干慢慢地滑下来，蓦地，咕咚一声栽倒在地上，口里还在喃喃地说着：“稍微……二指……”在他摔倒的时候，脸被石尖扎破了，殷红的血一滴滴地落到草梢上。但他丝毫也没有

发觉。他睡得那么香，长长地打着鼾，脸上泛起满足的笑容。

他弯下身，把任丕祥的身体放平了些，把他脸上的血水擦了擦。他的心一阵紧缩：任丕祥是整个支队中数得着的硬汉子，他都撑不住了，那……就在这一刹那，他大声地喊道：

“休息!”

现在，事情已经过去了整整二十三年，将军却仍然能够回忆起当时说出这两个字时的复杂的心情。谁知道敌人什么时候到来？这每一分钟的睡眠是要用同志们的血来换哪！他应该为这一百多人，为明天的战斗负责，可是……

想着，他不由得瞥了任局长一眼。这会儿，他正歪在床上，聚精会神地看着文件，不时地在文件上批写着什么。望着他那斜躺着的姿势，那专注的神情，他觉得这个倔强暴躁的副队长仿佛从那时候就这么躺着的。后来发生的一切都清醒地记起来了：

看看大家都睡好了以后，他从一个战士的枪上抽出了一根枪探条，来到了一个高高的山包上，把探条笔直地插进土里。一条细细的影子斜斜地映在地面上。他伸出两个指头按住地面，在阴影转移的方向二指远处画上了一条细线。凭经验，这是半个多钟头。

“等影子走到这里，我一定得叫醒他们!”他暗暗下了决心。然后又警惕地向远处眺望了一下，山路上空荡荡的，看来敌人还远。

只到这时，他才觉得眼皮是那么沉重。

“就是困死也不能睡着了呀!”他找来了一节竹筒，接了一筒泉水，含上口水，朝天一喷，冷水像小雨似的洒下来，人清醒些了。可是喷了几次以后，这办法失去了效验。于是他又找来了两棵草棍儿，把眼皮撑起来，这样眼皮是不会垂下来了，可是过了不久，眼前又变得云遮雾罩了。

就在这时，眼前一簇黑点在晃动起来，他蓦地一惊，揉了揉眼

睛，这才看清在他目力所及的远处出现了一群人的影子。回头望了望那根枪探条，影子距离他画的线还有一指多。

“狗东西，来得这样快！”他咒骂着，一面端起竹筒，撩起水湿着眼睛，一面向睡觉的同志们跑去。

似乎在他一生中没有比叫醒这些同志们更困难的事了。怎么叫也叫不应。他刚把这个拖起，要拖那个的时候，这个又仆倒了。费了好大的劲才叫醒了三个人。“怎么办？”他举起了驳壳枪。他知道最好的办法是开枪，枪一响他们就会爬起来的。但是敌人正在向这里走着呢。他焦急地来到任丕祥身边，使劲晃着他的肩膀。他哼了声，翻了个身，咂咂嘴巴又睡着了。没有时间磨蹭了，他抬起脚向着任丕祥的腿上踹了两下，接着又把手里的一筒水猛地泼到他的脸上。

冷不丁打一个寒战，任丕祥醒来了。

“老任，赶快想办法把同志们弄醒，向苏家墟转移！”他气冲冲地说完，带着那三个战士，迎着敌人跑去。

当他向敌人打出了第一枪以后，好大一会儿，他才看见队伍蹿上背后那一道山岭……

一阵急骤的电话铃声，把他从这段紧张的回忆里拉回来。他四下里看了看，只见一个电话听筒正从窗棂里伸过来。任局长伸手抓住了听筒：

“喂，噢，王部长，我是任丕祥……”

将军望着任局长那兴奋的神情。这一瞬间，想把这件事情写下来的愿望强烈地激动着他。他向任局长做了个要走的表示，便离开了这个庭院。

在走出大门的时候，他还听见任局长在大声地吵着：“……啥都不缺，就是缺点事干，给点工作！工作……”

回到宿舍，将军扭亮了台灯，拿出了纸，在上面端端正正地写上了两个字：休息。随即头也不抬地写下去。

夜深了，正是涨潮的时候，哗哗的海涛声混合着海风起劲地吹进来，翻弄着桌上的纸片。那上面写满了字迹。

妻子悄悄地走近将军的身边，把杯子里的冷水倒掉，又换上了杯热水。这已经是换第四次了，可是桌上的药水还没有动过。她又轻轻地叹了口气。

“就吃，就吃……”将军抱歉地笑了笑，却还没有动。他正急速地写着这篇稿子的结尾：

“我们常说：永不休息。这话并不确切。人是需要休息的。但这事对于战士说来，却有他们自己的方式！”

1958年10月

早 晨

列车再过十五分钟就要进站了，可我还没拿定主意：到底是下车还是不下车？

本来，归途的计划早在家里的时候就订好了：剩下五天时间，坐三天火车，用半天的时间渡海，还有一天多的时间，或者是在那个滨海城市里逛逛，或者是在上班之前休息一天，和同志们聊聊这次休假回家的见闻。但是，这个看来挺好的计划，眼看就要被一件偶然的事情搅乱了。

半个钟头以前，车厢里还黑沉沉的，我正睡着，忽然耳边传来列车员的声音：“各位旅客，有下车的没有？前方停车站是……”大概列车员怕打搅了旅客的清梦，故意把声音压得很低。但我还是醒了。列车员报出的那个城市的名字，一下子冲进了我的耳朵，使我猛地一惊，顿时眼前浮起一张苍白的脸和一双乌黑发亮的眼睛。那是班长傅传广。十年前，他就是用这双眼睛盯着我，说：“要是将来胜利了，再到这里来看看，那有多好啊！”这个愿望，傅传广同志是不能实现了，但是我呢？我忽然涌起了一个念头：下车去看看怎么样？

其实，这个念头也不是现在才有的。自从当年我躺在担架上穿

过那个被炸坍了半边的城门洞子、离开这个城市的那一刹那起，这个想法就埋在心窝里了。但是，就从那一天开始，总是步步往南走，一直走到海边，渡过了大海，在一个小岛上一住就是近十年，这事就只能搁到心里了。这其间，每当和几位老战友凑到一块，天南地北地闲扯的时候，总少不了要谈到这次战斗，谈到傅传广同志，而且不管谈多久，照例是用这句话来结束的："这会儿，要能去看看有多好啊！"现在，这个地方就在眼前，如果把休息的那一天时间挪到这里，下了车，办办签字手续，然后走进城去……

这个念头是那么使人激动，我怎么也躺不住了，索性坐起身，撩起窗帘，向车外望去。天快亮了，左前方远处，浮现出一片鱼肚色的亮光。几片轻纱似的薄云正缓缓地向高处移去。被这白色的晨光衬托着，城市的轮廓渐渐显现出来。接着，郊区那矗立的烟囱。高大的厂房都看得清楚了。就在这些建筑物后面，突然露出了一座古塔。高大的古塔的身影，像欢迎什么人似的，正急急地向前移来。对，当年那一切都发生在这里，发生在离那古塔不远的地方。瞬间，一切变得清楚而又简单了。我伸手从衣钩上取下衣帽，穿戴整齐，抓起行李便下车了。

办完了签字手续，把行李存妥，在车站小摊上胡乱吃了点东西，便往市内走。可是，当我走到那拥挤的人行道上时，才发现自己这新计划里有一个明显的疏忽：对于所要去的地方，在我脑子里只有一幢房屋的印象，至于这所房子在哪条街上，我根本不知道，而今，要从这千万间大小房屋中找到那幢并不显眼的房子，实在是件难事。幸好，那座古塔还在，它标明了一个大概的方位。于是我便望着古塔走到了城东北角，找到了当年攻城时的突破口。往后呢，就只好凭着自己的记忆，按照战斗发展的方向和能够依稀记起的方位物，慢慢往前寻找了。

说来奇怪，当我在那遥远的海岛上想到这个城市的时候，当我从车窗口凝望着它的时候，我知道，城市一定是变了。十年了嘛，我上岛时栽上的果树都已经收过四次了，城市怎能不变呢？可这会儿沿着马路往前走着的时候，我却怎么也摆脱不掉战时的感觉。那一幅在晨光中模糊辨认出来的战斗情景，总是顽强地在眼前浮现出来。

看，那不是那堵高墙吗？在投入冲锋之前，我们就在这墙根底下隐蔽过，在这里啃过几口干粮。那时候这块大粉皮墙上写着一个大大的“当”字。现在，那刺眼的字被一幅画代替了，上面画着三个胖娃娃，咧着嘴，扛着个大棉桃。

努，街口上那棵大刺槐树还在那里。不过记得那棵树原是在铺面后面的大院子里的，那时这院子是团的后勤处，领弹药的骡马驮子，抬伤员的担架，来来往往，正是个热闹地方，我就是在这里换过药，然后被抬出城去的。可这会儿，那树仿佛长了腿，跑到人行道上来了。树下是个新建的大文具店。

就是这些表面无法辨认的标志，呼唤着我的记忆，引导着我跨过大街，弯过小巷，最后，来到了一条巷子里。

按照走过的道路计算，那房子差不多该是在这条街上，可到底是哪座房子呢？因为从巷口开始，部队就靠打穿墙壁向前发展，如今从巷子里是一点标志也找不出来了。我沿着路边一面走一面张望，一连走了两个来回，还是一点头绪也没有。

这时，已快七点钟了。太阳从巷子尽头的树梢上露出来，把街心抹上一层金色。我实在有点沉不住气了，决定找个人打听一下。就在我四处打量的时候，一眼看见一个六七岁的男孩子从对面跑过来，看样子心挺急，不知怎么腿下一绊，摔倒了，手里的一个纸包甩出了好远，孩子哇的一声哭了。

我抢前几步想去扶他，忽然前面大门里一件白色衣服一闪，一个人飞似的来到孩子身边，把他扶起来。这时我才看清，原来是一个长辫子的姑娘。她一面搀着孩子走，一面爱抚地拍打着孩子身上的土，安慰地说："你忘了我给你们讲的那个故事了！那个解放军叔叔叫敌人打得浑身都是血，人家连一滴眼泪也不掉！努，"她一眼看见我，向我笑了笑，"不信你问问这个叔叔！"

不知是孩子想起了所说的故事呢，还是我这身军装的效用，孩子怔了一霎，看了看我，两眼使劲一闭，挤出了两趟泪水，笑了。他向姑娘身边偎偎，把纸包递到她手里说："给，我妈叫我带给你吃的，是她自己做的呢！"

姑娘笑笑，领着孩子走进路南的一个大门里去了。我随着他们的背影向门里瞥了一眼：一座楼房，正对大门的窗子忽然开了，两个小孩的脑袋伸出来，齐声叫道："老师好——"说完，两个蝴蝶结一闪，小脑袋又不见了。

"是什么时候见过类似的一幅情景？"我心里一动，便跨进门去，对着楼房仔细端详起来。

这是座不大的二层楼，看样子是修葺过了，青灰抹过的砖缝，整整齐齐的，窗棂上也刷上了崭新的乳白色。但还是看出来了，不错，是它！看，从左数第二个窗子旁边，约有一尺见方的地方，砖是新补上的；原来那里被敌人打穿做了枪眼，一挺美造机枪的枪管就从那里伸出来。正门两侧窗框上的砖块参差不齐，像被谁用刀砍了一阵似的，那是被我们的机枪扫的，因为那里一挺汤姆式正封锁着突击道路……我漫步向楼上走着，看着，就是这些特征，把我引进一个深深的回忆里去了。

那也是这么一个晴朗的早晨。我们班连着向这座楼突击了两次都没有奏效，最后只好用爆破了。就在机枪压住了敌人的火力，爆

破员夹着炸药冲向楼门的一瞬间，楼里一阵乱，传来了敌兵的咒骂声和孩子惊乍乍的哭喊声。接着呼啦一下子，楼上几个窗子全打开来，五六个敌兵，每人手里抓住一个五六岁的孩子，把他们狠狠地按在窗台上。孩子们哭喊着，挣扎着，两手悬空乱抓，拼命地踢蹬着小腿……就在这些娇嫩的小腿中间，一支支乌黑的枪管伸出来，向着我们瞄准、射击了。

就在这紧张的时刻，班长咬着牙向机枪射手挥了挥手，大声喊道：“停止，停止爆破！”

枪声暂时停止了，战场上顿时静下来。这种寂静是难耐的。孩子的哭声显得更凄惨、更揪心。窗上的孩子大部分都离开了，但还有两个敌兵仍然抹着孩子的腰，故意在窗口上晃来晃去，一面大着胆子把脑袋从孩子身边伸出来，阴阳怪气地叫道：“炸呀！有种的来炸呀！”

没有比这再急人的了。望着敌兵那狰狞的面孔和那一条条乱踢乱蹬的小腿，我觉得眼前一阵阵发黑，心尖子仿佛被那些小腿蹬着，麻沙沙的疼。“怎么办呢？”我们的眼都转向班长了。班长还像冲锋前那样，单腿跪在窗前，脸颊紧贴着窗边的墙壁。汗，像小河一样流着，把墙皮湿了一大片。他眼里布满了血丝，凶得怕人，从和他相识以来，我就没有见到他的眼这么凶过。他就这么呆呆地望着，手正在扭动着胸前的衣扣，一个衣扣碎成两半，脱落了，又揪住了另一个……蓦地，他把揪在手里的一个扣子一扔，压低了声音命令道：“上刺刀！”

我和班长抬着梯子向楼房奔去。当敌人弄清了我们的行动，开始还击时，班长已经攀着窗口跳进楼里。我紧跟着他攀上窗口，他已把赶上前来的一个敌兵戳翻了。另一敌兵正一手抓着个孩子的衣领、一手提枪向窗口奔来，一见班长进来，竟举起孩子，恶狠狠地

向他砸过来。就在这紧急的当口，只见班长把枪往臂弯里一挂，摊开双手，猛地接住了孩子。随着向后趔趄的劲儿，身子一侧歪，把孩子挡在胸前。可就在他这一转身的工夫，身体的侧面暴露给了敌人，敌人一个前进刺，刺刀戳进了他的肋下，他倒下了……

事情过去已经整整十年了。现在看着这陌生却又熟悉的景物，回忆起当时的情形，我的心还像被谁捏着似的，痛得钻心。那以后……记得战斗发展到楼东头的房子里，我们被敌人打出来过一次，还看见班长一手捂着伤口，在走廊里爬来爬去地招呼孩子。再往后，他牺牲的情景也还能记得起来，不过……那一切似乎不是发生在这楼上。到底是在哪里呢？一时却记不起来了。

我正苦苦地想着呢，忽然楼下一个人叫起来：“哟，在这里呢，我说你不能到别处去吗！”听声音是个老太太。

也许因为这句话正巧接上了我的思路，我的注意力一下子被吸引过去了。接着，是一个年轻女人在热情地招呼：“我刚想去接呢，你又跑一趟。”

“嘿，”老太太说，“前些日子闹得你星期天也捞不着休息；这下子可好，连晚上也得拖累你啦！真是……”

“大娘……”

“不光是孩子咧，还有这，”老太太把一包什么东西噗的一声扔在地上，说，“他爸爸捎信来，说急等着穿，他妈下乡了，又得两个月才回来，我又碰上这么个事……你给拆洗拆洗寄走吧，反正地址你也知道。唉，要不是他姑生孩子事急，管怎么我也不肯麻烦你呀！”

“大娘，您说到哪去啦，这是我应该做的嘛！”

“应该！这也应该，那也应该，你就不该歇歇？……反正说你也不爱听，就这么着吧，我得去收拾收拾上车去啦，惜华，晚上跟着

老师睡，可得听话啊！”听脚步声，老太太走了，一面走，嘴里还在唠叨着，“真是实心实意呢！……唉，不知道是什么人，调教出这么好的人来……”

直到听到末了这句，才弄清老太太夸赞的是这里的一位老师。我忽然动了个念头：找找这位老师，请她谈谈关于这座房子的变化。

楼前是一块空旷的院子，院子正中，有十几个孩子正围着一个花坛忙着栽花。离花坛几十步远处，紧靠院子的西南角，独独地长着一大丛美人蕉。花旁堆着一些砖块，也有一群孩子挤在那里，其中有一个姑娘，大概就是刚才说话的老师了。他们有的拿棍子，有的拿锹，正在吃力地撬着一块水泥地板的碎块。有一个孩子眼尖，发现了我，便扯着小嗓子喊道：“解放军叔叔，来帮帮我们哪！”

这一叫，那位老师也直起腰望着我了。我一看，原来正是我在门口碰见的那位姑娘，看来她不过二十岁，细长个儿，长脸盘，腮上有一个很深的酒窝。那红通通的脸，那望人的神情，都还流露着一股孩子气。再配上两条长辫子和那身稍稍嫌长的白底花点的连衣裙，不知怎的，我觉得她不大像个老师，倒像个大孩子。她见我走过去，连忙搓掉手上的泥巴，把垂在胸前的辫子往后一扔，笑着问道：“有什么事吗，同志？”

“没有，随便看看。”为了不使她继续追问下去，我伸手从一个孩子手里抓过十字镐，照着石块的边缘狠狠地刨下去。

“谢谢你，同志！”等我把这块水泥片子掀起来，搬到墙根下放好以后，她热情地和我握握手，说，“这房子去年才拆掉，这些碎砖烂瓦，清理了好久也没弄干净。”

房子？听她这么说，我心里一动，不由得四下里打量起来。她大概想起了我“随便看看”的那句话，又介绍起来：“看，这花，全是同学们栽的呢。”

看看花坛，花栽种得十分匀称，花种花色配搭得也很得当，看得出设计人的精巧的心思。可惜这一丛极好的美人蕉栽得不是个地方，太偏僻了。

听了我的意见，她的脸上顿时浮上了一层红晕。“这……”她嗫嚅了半天，忽然转身指着楼房说：“你看，几个教室的黑板都在东头，上课的时候打窗子里一望，就可以看见它了。”

我一听，不禁笑了：到底还是个年轻人，上课嘛，还看花。

她大概看出了我的意思，脸更红了，一直红到了脖子根，语气却变得严肃了：“你别笑嘛，看着它，课会上得更好！”

“为什么？”

“因为，”她更严肃了，声音更缓慢了些，“当年这里曾经牺牲过一个解放军的同志！”

她的话还没落音，我心里一亮，一下子都想起来了：是这里，就是栽着一丛红花的这个地方。那时候，这里是一间房子。那场肉搏战结束了以后，因为我胳膊上受了伤，在继续向前发展的时候，副班长要我留下来照顾班长，顺便收容一下那些孩子。我把孩子们哄到一个房子里以后，找了好大一会儿，才在这小屋里找到了班长，原来卫生员为了担架走动方便，把他背下来了。

我进房的时候，班长紧闭着眼睛，躺在水泥地上，正急促地喘息着，血，随着呼气，不停地冒着血泡，从伤口里涌出来。在他身边趴着个小女孩子，我认出，她就是拼刺刀时班长用手接住的那个孩子。她趴在班长的肩膀上，正叉开小手扒着他的眼皮，一面轻轻地叫道：“叔叔，你说，我长大了能找到我的爹妈吗？你说呀……”看见我进来了，慌忙停住了嘴。

“能，一定能！”半天，班长才应了声，随着睁开了眼。一看到我，指了指孩子说，“看，这孩子非要跟着我不行。知道吗，这里是

个孤儿院哪！唉，没爹没娘的……可那些狗东西……”他痛苦地咬住了牙，眉头皱起一个大疙瘩。每逢谈到敌人，他就是这个样子的。

他喘息了一阵，又伸手抚摸着孩子的头，问道：“珍珍，你长大了，除了找你爹妈，还干什么？”

“我就走！”孩子说，脸上流露出一种果决的神情，“我走了，嬷嬷就再也捞不着打我啦！”

这话说得真揪心。班长长抽了口气说：“看，孩子的心眼都给堵得死死的了。对于将来，这孩子要求得太低啦！”他抱着孩子的脑袋，仔细看了一阵，忽然脸色舒展开了，眼睛变得乌黑发亮——每逢谈到顺心的事，他就是这个样子的。他向着我动感情地说：“老刘啊，要是将来胜利了，再到这里来看看，那有多好啊！”

就在这时，卫生员带着担架来了，我们正要扶他上去，谁知他的伤势突然恶化了，喘息得更急了，血大口大口地涌上来。他竭力地压着喘息，向我望了一眼，伸手指了指口袋。他的意思我明白，是想找点什么留给孩子。但是，在一个突击班的战士身上能找到什么呢？我翻遍了他的所有的口袋，只找到了一个小笔记本。他闭上眼睛，攒了攒力气，然后对着孩子说：“好孩子，记住！长大了以后，不管什么事，只要是为了将来的、是为了人民的，就应该下劲儿去做！哪管是一星半点……”

话就在这里停住了。孩子怔怔地听着，还在一股劲地揉着班长的胳膊：“叔叔，你说呀！……”

但是，这位叔叔的话已经说完了，他永远不能再对她说什么了。

我知道，要让这么小个孩子懂得这个道理是困难的，但是，这是一个战士心里的声音，一个战士留下的遗嘱啊！我掏出钢笔，把这句话端端正正地写到小本子上，交给了孩子……

十年了，当年的房子已经拆除，连我对这地方也记不真切

了，怎么这个年轻姑娘竟知道这里曾经牺牲过一个同志？莫非她就是……但是那次傅传广同志救出的孩子很多，她会不会是听别人讲的呢？而且，我怎么也不能把这个美丽、热情、俨然成人的姑娘和那个满脸泪痕的女孩子联系起来。我忙问了一句："你知道这件事?"

"怎么不知道？我还是那个同志救出来的呢！那时候我才这么高。"她比量着身边一个小学生说着。说着，她突然脸一红，仿佛说到这里才意识到自己的年龄，忙把话回到刚才的话题上去，感情地说道："你不知道哇，同志，这地方，教我懂得了好多东西呢！"

这几句话她说得很慢，但是那么坦率，那么真挚。我情不自禁地又看了看那簇红花。那盛开的花朵，这会儿正被早晨的阳光照耀着，像一簇火苗一样，又亮，又红。花，使我想起了那血和火的日子，想到了这个姑娘，也想到了刚才那老太太的话。是的，这火一样红的鲜花，如同是烈士的鲜血；这鲜花一样的青年人，就是战士的血调教出来的孩子啊！

那姑娘显然也激动了。她弯腰从花根底下摸出了一个皮面的笔记本，一面开拉链，一面直盯着花丛说道："看到这地方，我就想起我小的时候听到的一句话：'长大了以后，不管什么事，只要是为了将来的，是为了人民的，就应该下劲儿去做'……"

笔记本打开了，在那透明的胶板底下，压着一个红红的小笔记本。

我再也不能控制自己的感情了，一下子把话接过来："哪管是一星半点……"

她愣住了。她呆呆地望着我。在那长长的睫毛下面，在那双清亮的眼睛里，我又看见了一簇花。这花像她面前的花一样，亮闪

闪的。

就在这一刹那，她抓住了我的手，激情地叫道：“叔叔！……”

1959年9月9日

征途上

一

司号员赖兴华刚刚绕过面前的一道浓密的树丛，就怔住了：前面，连里的同志们没有像他想象的那样，零零散散地往前走，却拥拥挤挤围成了一堆。

“在这时候停下来，是不是又有同志……”他心里一急，连忙三脚两步地跑过去，挤进人群里。果然，意料中的事情发生了：一个浑身泥污的红军战士，紧闭着眼，直挺挺地躺在那里。有一个同志坐在旁边，正把脑袋紧贴在那人的胸前，焦急地叫着：“同志，我的好同志，你说呀！……”

没有回答，连呼吸的声息也听不到。

望着这情景，小赖的心像被火燎着一样，焦急而痛楚。他心慌意乱地周身摸索着，伸手扯扯干粮袋，又摸摸腰间的洋瓷碗、小马灯，想去弄水，又想点灯照亮。忙乎了一阵，又放开嗓子喊道：“指导员——”可话一出口，才想起，指导员因为伤口犯了，从中午起

就掉在后面了！

“嘘——”正在呼唤的那个同志生气地朝着小赖喝了一声。就在这时，躺在地上的那个同志说话了。声音很轻，断断续续地，像说梦话似的：“西，往西，大树林里……我们连……”

“你们连怎么啦？”问话的嗓门挺粗，可话却像说话人的声音一样轻。

“……”话头像根被风吹断了的细丝，再也接不起来了。那个同志只来得及伸出一个手指头，向嘴边指了指。接着，手一下子松开，一大把咬掉了梢头的牛耳大黄叶子撒了一身。

在连续六七天的草地行军里，小赖看到过不少同志身受伤病和饥寒的折磨，但眼见自己的同志在这种情况下牺牲，还是第一次。他捂住脸，扭转头，哭了。

“哭！想点办法，不比哭鼻子强！”那个同志不满地说了一句。

小赖不好意思地擦擦眼，一面摆弄着小马灯，一面往四下里看了一眼。同志们，有的低下了头，有的扭过了脸，有的在悄声谈论着。只有刚才问话的那人还在张罗。他欠起身，从腰间解下面巾，轻轻地盖到死者的脸上；又小心地摘下那同志的军帽，把散乱的野菜一棵棵捡起来，放进帽子里。然后仰起头，愣愣地望着天边，像在想什么。就在这一霎间，那顶军帽的形状引起小赖的注意，忙问道：“你们是……”

“对，他是兄弟部队的。”

“那你？”小赖举起了马灯。灯光扑到那人的身上，小赖才看清楚他的模样：粗大的身量，一张宽阔的大脸，除了额角和鼻子外，全都被一大把连鬓胡子严严地遮住了。那胡子又黑又长，有几根已经白了。它上连着两道小刷子似的浓黑的长眉，和一头乱蓬蓬的头发；下接着件反穿的灰秃秃的老羊皮背心，使人觉得这个人整个身

子都裹在一丛长毛里了。打量了一阵，小赖并不认识他，便又问道："你是哪个单位的?"

"六团的马夫，老姚，姚恒义。前天才掉队下来的。"那人淡淡地回答，仍在呆呆地望着，想着。

小赖也随着望过去。那边，太阳早已落下去了，只剩下一抹淡淡的余光，给几大块雷雨云镶上了惨白的光边。乌云，被风推搡着，正在缓慢地汇拢起来。看着，小赖的心也像那些云块一样活动起来："……想一想……那个同志牺牲前的话是什么意思呢？对，在西边，就在同一块草地上，大概就在那团团的乌云下面，有那么一个树林；在那里，有兄弟部队的一个连队，他们派出了同志到这边来联系。那么他们……"他向着牺牲的同志望了望，又看了看老姚手里的帽兜。"噢，对了，他们断粮了。"一时，他仿佛看到了那个荒僻的树林，看到了兄弟部队战友们那一张张憔悴的脸。说不定有的人已经像这个同志一样，吃完了最后一把青草，耗尽了最后一点力量，倒在那潮湿的土地上了。想着，他不由得激动起来。他向老姚身边靠了靠，急急地说道："老姚同志，我们得去救他们哪!"

"哦。"老姚应了一声，还在想什么。

"粮食，我有。"小赖一抬手举起了腰间的军号，那上面缠着自己的粮袋子，"给他们，都给他们!"

"什么，你说什么?"老姚蓦地扭过了头，一把抓住小赖的肩膀，盯住他的脸说，"我的好同志，你，你真的这么想?"说着，他又抓起粮袋，仔细打量着。

听了老姚的问话，小赖才意识到自己的想法太不实际。他望着那一小截粮袋子，叹了口气说，"唉，有啥用呢，就那么一点点……"

"不少，不少!"老姚从军号上解下粮袋子，一面比量着，一面

把长长的空袋子一节节叠起来，口里还在叨咕着：“一个人这么多，十个人这么多……”

“就是有粮，谁带着送去?”小赖越想越觉得难题多：连长早就牺牲了，只有一个排长，还因为吃野菜中毒了，正被同志们抬着走；指导员又走不动……他想给老姚说说这个情况，话说了一半就被打断了。老姚说：“这，我知道。带队的人嘛，倒有一个……”

“谁?”

“有，有就是了。”老姚边说边站起身。不知起得太猛还是怎的，身子踉跄了一下，差点栽倒。他站稳身子，把军号往小赖手里一塞，“还是把人集合起来。我的好同志，你吹号吧!”

随着号声，连队迅速集合起来。

老姚来到队前，向着队伍扫了一眼，一下子举起了那顶军帽：“同志们，看，这是什么人的?”

场子里静下来了。对于这样的帽子，同志们早在甘孜会师[①]的时候就认识了。这帽子的样式，和他们自己头上的那顶不大一样，但有一点却是共同的，那上面同样有一枚鲜红的五角星。

沉默了一会儿，从后排传来一声回答：“兄弟部队。”

“对，兄弟部队——一个妈妈生的亲兄弟啊！再看看这，”老姚从帽兜里抓出那把野菜，声音提高了些，“同志们都看见了，咱们的兄弟部队在吃这个，在吃草……”

他的嗓子哽住了，张了几张嘴，却再也没有说出什么。他把手里的东西往胸前一揣，后退了几步，解开肩上的被单，抖了抖，平展地铺在地上，用马灯把角角压住了，然后从腰间解下一条干瘪瘪的干粮袋子，往被单上倒下去。一面倒，一面轻轻地拍打着。焦干

① 1936年5月红二方面军与红四方面军在四川甘孜会师。

的青稞面粉，在马灯近旁扬起一团淡淡的烟雾。这一切，他做得那么慢，那么仔细，慢得叫人心焦。

小赖定睛注视着老姚的动作。他觉得自己心直跳，血直往脸上涌。他快步走到马灯近旁，伸手把老姚推开，提起自己的粮袋往被单上倒。粮袋长，面粉少，小赖手忙脚乱，怎么也倒不出来。他向手里那拳头般大的一截粮袋看了一眼，往单子上一扔，抹着眼睛，扭身走开了。

“回来！”老姚喊了一声，弯腰捡起小赖的粮袋，只倒了一点，又还给了他。

“不，我……”小赖一手招架着，一手还在抹眼睛。

“拿着！”老姚把粮袋子搭到小赖的肩上，推了他一把，“去看看，指导员来了，马上告诉我！”说完，他又对着队伍喊道，“同志们，来吧！”

队伍里排头的一个战士，一步跨到被单跟前。看样子他早已准备好了，粮袋在他手里抖动了一下，一半在手里攥住，一半倒到被单上。倒完，他把粮袋往脖子后头一撂，走过去了。他后面是个拄棍子的同志，为了倒粮食，不得不跷起一条腿，蹲下身子。接着上来的，是两个互相搀扶着的病号……

老姚站在马灯旁，怔怔地望着这一切。直到走过了一个班，他才像从梦里醒过来似的，缓慢地站起身。这时，马灯旁，一个机枪射手刚匀了粮，正捡起枪要走。老姚向着他那灵便的两腿看了一眼，快步走到他身边，低声问了句：“是党员吗？”

“是，”那同志严肃地回答，“1933年，在东线……”

老姚正想说什么，身后传来了一声低沉的命令：“留下！”

机枪射手横跨一步，站到了路边上。指导员由小赖搀着，来到了老姚的身边。他已经从小赖嘴里了解了这里发生的一切。他抓住

老姚的手，动情地说："老同志，做得好，做得对！"

"这……"老姚变得局促起来；嗫嚅了半天，才俯到指导员的耳边，悄声地说，"我，我是在党的啊！"

连队在继续前进。长长的行列，像彗星一样，无声地绕过那盏昏暗的马灯。一个个战士从自己那干瘪的粮袋里撒下星星点点的面粉，又默默地奔向前去，消失在无边的黑暗里了。

队伍刚走完不久，一切也都收拾得停停当当了：连队唯一的一条牦牛，遵照指导员的命令留下来，五条饱胀的粮袋子扎实地搭在牛背上。老姚紧挽住了牛缰绳；紧傍着牦牛，小赖手提着马灯站在那里；牦牛后面，留下来的十个战士整齐地排成了一行。

指导员默默地握住了老姚的那只大手："困难哪，老姚！"

"是啊，是难，"老姚严肃地点了点头，"不过，我们能挺得住！"他抡起胳膊，照着牛胯上狠狠地捶了一拳。

"叮——当——"牦牛颈下的铃声清脆地响了一声。这支临时组成的小队，离开了大队走去的方向，踏进烂泥，踏进了水草，向西前进了。

二

踏着烂泥，踏着水草，这支小小的队伍紧脚紧步地走了三天。

傍晚，正是草地行军中最好的时候。清凉的晚风，吹散了闷人的热气。照老姚的计划，是要在天完全黑定之前再赶一段路的。但是，眼看这个计划要被破坏了：太阳刚落，西天上便出现了浓黑的乌云。暴风雨说来就来，过了眼下这块高地，再找个合适的宿营地就难了。老姚看看天色，愁闷地叹了口气，喊了声："休息！"

同志们忙起来了，寻柴草、找牛粪、生火、搞水……一堆篝火

点起来了，大家围着火堆叫着、忙着。

小赖洗净了小洋瓷碗，舀来了一碗清水，放在火上摆稳了，便伸手去扯粮袋。粮袋是扯下来了，还没有来得及抖开看看，一阵风吹来，袋子却像个酒旗儿似的飘起来，和军号上的那条大红绸子绞在了一起。

“就这么点粮食，还要给我吹跑哇！”小赖本想说句笑话，谁知话一出口，心里一酸，眼睛湿了。

直到现在，他才清楚地意识到：这次任务，实际执行起来比他想象的要严重得多。三天以前，当他缠住指导员要求参加这支送粮队伍的时候，当他挑起小马灯，开始踏上这段路的时候，他也知道，这事是艰苦的。但是，苦又怎么样？七八天的草地还不是走过来了？再说，少共嘛，还能怕苦？当时，支援阶级兄弟的热情是多么激动人心，和兄弟部队会合的情景又是多么诱人哪！在第一天里，他不止一次想到那个倒下来的送信的同志，想到兄弟部队的同志们。他想象着：走那么一天，至多两天，就可以看到那个树林了。他将亲手牵着牦牛，送到兄弟部队同志的面前，那时，兄弟部队的同志会怎样呢？他们一定会一下子围住他，用感激的目光看着他，说不定有个首长还会摸着他的头说：“小同志，你真好……”那该是多么光彩？被这种想法激励着，甚至在第一天的上半天，他还专心一意地数着自己的脚步。午间休息的时候，他便对老姚说：“半天工夫，走了二十八里。说不定，晚上就可以见到他们呢。”可是，当天，直到宿营还没有看到那个树林，他却沉不住气了。他皱着眉头，揪着老姚的老羊皮背心，焦急地问起来：“还有多远哪？是不是走错了方向？”尤其使他恼火的是自己那个不争气的肚子，它要得那么多，饿得那么快。第一天还可以勉强支持，第二天就心慌腿软，而今天，竟然头晕得天旋地转，眼前一阵阵发黑，有几次要不是老

姚扶住，准会栽到烂泥潭里去。现在，粮食就剩了这么一点，可怎么得了？

轻飘飘的粮袋子，从左手掬到右手，又从右手掬到了左手，他犹豫了一阵，最后横了横心：“干脆，全倒完算了。”

可是，他那举起粮袋子的手，还是停住了。他放大喉咙喊道：“老姚——”

要老姚一起煮饭，这是他们之间的一条约法。还是吃第一顿饭的时候，小赖因为管束不住自己，倒多了，老姚曾经批评过他。此后，小赖越来越觉得自己的手不听指挥了，只有老姚抓住他的手脖子，才能往碗里下粮。

老姚正坐在离篝火十多米远的小河边上忙着。他让牦牛卧下来，把自己煮饭的一只破铜瓢放在牛嘴底下，随手抓起一把野菜叶子，在水里洗了洗，摘下几片嫩叶塞进嘴里，把老叶扔进铜瓢。看着牦牛大口吃着野草，他又慢慢把手伸进羊皮背心里，咬紧牙，摸索着解下一根长长的皮条，放在水里洗起来。这会儿，听到小赖叫唤，他答应了一声，慌忙闭住了嘴。

小赖来到老姚身边，说：“老姚，该开饭啦！”

老姚抬手指了指嘴巴，没有搭腔。小赖好奇地看了一眼，只见老姚胡子抖动着，似乎在嚼着什么，不知怎的，头上却挂着一粒粒汗珠。“老同志大概和我一样，也饿坏了呢。”小赖想，顿时觉得自己肚子一阵难受，便说：“快走，帮我下粮去吧！”

“好，就走。”老姚一仰脖子，咽下了嘴里的东西，又抓起把草塞到铜瓢里去，“看你，又不是个吃奶的孩子了，为什么不自己下？”

“我，我……”小赖说不上来，他头一次想这个问题：真的，为什么不能自己下粮呢？他不好意思地转身要走。

“喂，等等。”老姚一眼看见小赖腰间的马号上，溅满了泥点，

还夹着老长的一节草刺儿。他想说句什么，但一看小赖那脚步蹒跚的样子，临时改了嘴说："你先烧着水，我随后就来！"

老姚收拾完东西，牵着牦牛来到篝火边上，小赖已经把水烧开了。开水，翻滚着小泡泡，冒着淡淡的雾气，吆吆地响着。

小赖看了看老姚，拿起粮袋，鼓起勇气对准了小碗。粮袋轻轻地抖着，炒面像群小虫子似的，哆哆嗦嗦地从袋口里流出来，飘出一股扑鼻的香味。

"好了。"老姚喊了一声。

"是。"小赖应了一声，手却还在抖着。但是，才抖了几下，手腕子就被老姚那只粗大的手卡住了。

小赖望望碗里，水都没有变浑，连碗底那块疤痕也还能看清。水面上，几片小小的麸皮，随着亮亮的水泡儿在轻轻地浮动。看着，他觉得眼里像揉进了沙土，一阵酸涩。他仰起脸低声地说："再下一点？"

"不。"

"再下一点吧，"小赖举起了大拇指，看了看老姚的脸，随即又换成了小指，"只下这么一点点。"

"不。"

小赖望着老姚那严肃的神色，突然，他一把抓住老姚的胳膊，喊了声："同志，我饿啊！"说罢，他扑到老姚怀里，低声地哭了。

老姚揽住了小赖的肩膀，慢慢地低下了头。"我饿啊！"这句话在平时听起来，算不了什么，可是现在，在草地中央听到了这句话，从一个少共的口里听到了这句话，却像一根尖利的钢针，一下子扎到了他的心尖上。不是真的咬不住牙，这个娃娃是不会说出这样的话的。他左手把小赖抱紧了，右手扯下自己的粮袋子，悄悄地抓出一把面粉，撒在小碗里，用树枝搅了搅，然后扶起小赖，柔声

和气地说："来，我的好同志，就这么吃了吧！都吃光了，明天怎么办哪？"

"明天，明天说不定能见到他们了。要不，"他犹豫地指了指牦牛身上，"那里还有……"

"什么？"老姚一愣，一把揪住了小赖的肩膀，"你，你说什么？"

小赖瞟了老姚一眼。只见他一手捂住牦牛身上的粮食，胡子不停地抖着，两眼闪着逼人的光。那神情，仿佛要把他一口吞下去。几天来，他只见老姚弓着腰走路，哼着曲儿喂牛，和颜悦色地讲话，却从未见他发过这么大的脾气。他没敢答话，只觉得脖颈发烧。他胆怯地低下了头。

"你，你要打这些粮食的主意？不成！"老姚气呼呼地说着，又瞥了小赖一眼，随手从自己粮袋里抓了把面，悄悄扔进小碗里，"你，这是没骨气嘛！"

"……"小赖的头勾得更低了。

"好了，好了。来，小同志，接着。"对面，一只攥满了炒面的手绕过篝火伸过来，要往小碗里装。小赖刚想抬头看看，那只手却被老姚一下挡开了："'加一点吧，加一点吧'，饿了，你就加，这怎么成？打仗嘛，敌人一攻，你就退，退！"趁小赖低头的工夫，他又从自己粮袋里抓起一把面，扔进碗里，嘴里还在数落着，"要知道，吃苦，是个革命的本事，硬是得学哩！"

"这娃娃也算是好样的了，"篝火那边又有人插话了，"这，是第一次嘛……"

"第一次？有初一，就有十五！"老姚盯住小赖的脸，"叫你自己说说看，为什么从昨天起，你不唱歌啦？为什么……"他用小树枝子把小马号敲得当当响；趁小赖低头看号，又向碗里扔了一小把面，"一整天，没听见你吹一次号、拔一次音！唵？"

他越说火越大，声音越高，索性一按地皮站起来；刚一直腰，身子一晃，打了个趔趄，差点倒在火堆上。他慌忙捂住了肚子，蹲下身，就势把小碗里的糊糊搅了搅，话却没有停："哭，眼泪要能把革命泡成功，大伙抱着头哭好了，还要咱们这些穿军装、扛枪的干啥？"他生气地把小碗从火上端下来，搅着，轻轻地吹着，好一阵才用树枝敲着碗边说，"努，这顿饭，就是这些，多一点也没有。要想动这个，"他拍着牦牛背上的粮袋，斩钉截铁地说，"不成，一丁点也不成！"

老姚的话停住了。草原上一时变得很静。静得只听见火星爆裂、牦牛嚼草的声音。西面的远处，传来了低沉的雷声。乌黑的雷雨云，变得更浓了，更黑了，它像被根看不见的大棍子搅着似的，翻滚着，奔跑着，飞快地布满了天空。老姚默默地抬头望了一阵，然后端起小碗，放到唇边试了试，递到小赖手里，缓慢地说："好了，快吃了吧。前天不是就给你讲过：'吃粥不愁，越搅越稠'嘛，看，这不是好了？"

小赖擤把鼻涕，接过碗，大口大口地吃起来。不知吃得太急还是什么原因，还呛了一口。

老姚看看那张沾着面糊的嘴巴，猛地转过脸去，扬起手掌揩了揩眼睛。

停了一会儿，他干咳了两声，又说话了："我的好同志啊！你饿，我也知道。可闹革命嘛，还能一年到头都使顺风船？肚饿，脚软，骨头可千万软不得啊！"他把话说得很慢，沉甸甸的，说着，从怀里摸索着，又拿出了那顶军帽，小心地放到地上，抓着里头的草抖落着。草叶早已干了，发出唰唰的声响。"看看，那边的同志们能吃草为生，咱就不能把裤带子勒紧点？想办法嘛……"他扶着牦牛站起身，从牦牛背上把一捆捆野菜拿下来。野菜，有的有点蔫巴

了，有的还很鲜嫩，一律洗得干干净净，捆得整整齐齐。这，只有小赖最清楚，这是老姚两天来沿路捡了，又精心挑选出来的。

老姚抱着一捆捆野菜，围着篝火一瘸一拐地走着，把野菜分给每一个同志。看看同志们把菜放进各自的碗里了，他从腰间摸出那条皮条，又从一个同志腰间抽出把刺刀，把它一截截切开。一面切，一面还叨咕着："把这玩意儿吃了，日后有了马，使什么牵哟——"说着，脸上浮上了惋惜的神色。

这工夫，小赖已经吃完了最后一点面糊渣渣，并且换上了水，煮上了野菜，正聚精会神地看着老姚的动作，听到这话，凑过来，好奇地问："这东西也能吃?"

"能，怎么不能？我的好同志，这还是从江西带出来的，吃吃看，还有点家乡味哩。"他切下了一小段，扔进柴炭里，用树枝拨弄着。牛皮嗞嗞地叫着，浮起轻烟，发出一股焦煳味儿。

把烧好的一截牛皮捡出来，吹掉了浮灰，扔进小碗里煮着，他又挑了一段稍长些的，然后向小赖身边挪了挪。

"看，这一截是明天早上的。怎么样，不算少吧！要赶路多吃点嘛，这叫作'早饭吃饱'，懂不懂?"他量出了四指长的一段，刻上了一条道道，"这是中午饭，——'午饭吃少'。"他又画出了一段，比第一截少些，比第三段又稍长了一点，"晚上，吃这么多。再配上点野菜，撒点面粉，改善改善生活——嘿，'晚饭吃好'嘛！"他画着，唠叨着，短短的皮条上刻上了五条白印子，刚好可以吃两天。刻好了，他摸着小赖的脑袋说："就这么吃，往后别哇哇叫啦。吃饭嘛，老要人卡着手脖子咋成？我老姚能跟你一辈子?"

小赖接过了牛皮，心里热乎乎的。他瞅着那一道道白印子，心想：明天，就按这个印印吃，我一定不叫他，一定自己来。

"学问就在这里。一顿两顿，心一硬，就学会啦。来，咱们尝

尝！”老姚笑着，把刺刀伸进小碗里，挑起了那块牛皮，咬了一口。他用力嚼着，长胡子急速地抖动了一阵，突然孩子似的叫了起来：“要得，要得，简直抵得上宣威火腿呀！”他一抹胡子，纵声地笑起来。

“宣威火腿？……”小赖噗的一声笑了。

整个篝火四周，全笑了。

三

不知是因为肚子里有了东西，还是老姚说的“宣威火腿”引起了谈话的兴致，这支小部队一下子活跃起来了。篝火，烧得更红了，火焰噗噗地欢跳着，不时噼啪一声炸裂开来，迸起的火星，随着晚风飘向半空。人们似乎早已忘了这是荒无人烟的大草地，倒像聚在家乡的打谷场上。老姚笑眯眯地瞅着自己的小烟袋，烟锅里刺啦刺啦响着，淡淡的烟雾挂在胡子上，久久不肯散去。小赖早已点亮了马灯；借灯光照着，正解下军号用心地擦着，号上那条大红绸子搭在肩上，忽闪忽闪地飘卷，像一簇火在燃烧。红军战士们，擦武器的，烤衣服的，打草鞋的，谁都在忙，谁都在说，谁都在笑。什么没谈到啊！从吃宣威火腿吃得牙根发肿，谈到和兄弟部队会师时的情景；谈苏区，谈陕北，还谈到等小赖的胡子像老姚一样白的时候，革命会是个什么样子……要不是突如其来的暴风雨；人们简直忘了还要休息，说不定小赖提议的联欢晚会也要开起来了。

暴雨来得又急又猛，先是几大滴水点，接着便是桐树子般大的冰雹。水碗被打翻了，篝火冒出几股水汽，熄了。

“散开，各人找地方隐蔽！”老姚喊了声，抬手把个铜瓢扣到小赖头上，便牵起牦牛、拉着小赖，向着河边跑去。跑出五六十步，迎面有个小灌木丛，老姚推了小赖一把：“快蹲下！”就在这时，老

姚突然哎哟一声栽倒了。

“怎么啦?”小赖问。

“没什么，叫树根绊了一跤。”老姚扯紧牛绳，让牦牛在树边卧下，又招呼小赖，“来，靠着牛肚子躺下。”

小赖把怀里的军号、马灯抱紧了，贴着牦牛肚子躺下来。果然，有牛挡着，冰雹砸不着了。只有被雹子打落的树叶子，随着雨点飘落了下来。他喊了声：“老姚——”

没有回答。

他慌忙欠起身向牛背后望去，一颗大雹子正打在他的鼻梁上，眼前陡地冒起了一阵火星。定了定神，他摘下铜瓢，护着马灯玻璃向牛背后瞧了瞧，只见老姚两手抓着牛角，胸膛紧贴着牛脑袋，正沉重地喘着气。冰雹还在劈头盖脸地打着。他那蓬松的头发上、老羊皮背心的卷毛上，冰粒子落了白花花的一层。

小赖急得直喊：“嘿，你真糊涂，怎么趴在上风头，快过来呀!”

“好，你快，快躺下，我就来。”老姚断断续续地回答。

小赖躺了一会儿，却不见老姚过来。便叫道：“快过来呀!”

“好啦，雹子过去啦。”老姚说。真的，雹子稀了，少了，只是雨还在哗哗地下。

又过了一会儿，老姚爬过来了。他挨着小赖坐下来，伸手在小赖头上、脸上抚摸着，低声问了句：“没砸着吧?”

“没。”小赖回答。他觉得老姚的手滚烫，而且听见他的喘气声更急了。忙问：“你怎么啦?”

“没什么，睡吧，睡吧!”他扬起巴掌，在小赖肩头上轻轻拍打了一会儿，又解开羊皮背心，把自己的身子往小赖身边挤了挤，然后，拉起罩子，噗地吹灭了马灯。

小赖一面靠着牦牛，一面靠着老姚那火热的身体，身上立刻有

了暖气。被这暖气烘着，他觉得浑身热乎乎的；眼皮像被谁扯着似的，直往一块凑。迷糊里，他还断断续续地想着：老姚，他，他到底是怎么啦?

小赖醒来的时候，天已经亮了。

他是被一种什么声音闹醒的。蒙眬里，他听了听，雨似乎停了，四野里很静，只有风还像睡下以前那样，呼呼地响。风声里夹杂着一种单调的声音：“吧嗒——吧嗒——”

他用力睁开眼，没有惯常那样看到青天或是星空，却看到一个黑乎乎的东西悬在离鼻尖半尺高的地方，一只瘦骨嶙峋的手握着它，响声就是从这个东西里发出来的。每一滴水落进这里面，便清脆地响一声；迸起星星水雾，被风吹到脸上，凉森森的。琢磨了一阵，才看出这是老姚的破铜瓢。原来雨已经比夜来小了，细细的雨丝，落到残存的树叶上，不断往下滴。为了让水滴不至掉到他脸上，老姚便用这铜瓢接住。他侧过脸，一眼便看见自己脑袋右边不远处，有个盆大的小水潭，水已贮得满满的了；被冲倒的水草上，沾着一层泥点子。

“这一夜，那只手从我脑袋顶上倒掉了多少水啊！”小赖心里一热，微微抬了抬头，这才看清，自己的上半截身子正被老姚的胸膛遮挡着。老姚歪坐在那里，上身俯到牦牛脖颈上，那件老羊皮背心下摆披开来，一半搭到自己的腿上，一半盖住了那几袋子粮食，他的全身却像从水里捞出来似的，全被雨水泡透了。水珠一亮一亮地挂在他那长长的头发和羊毛背心上，不停地滴着。

“这老同志多好啊！……”小赖看得出了神：老姚，那么怪，像那头牦牛一样：长长的毛，执拗的性子，还有那两只远看着吓人、近看着和善的大眼……老姚，又那么好。这也像那头牛：弓着腰，探着头，不声不响地背着那么沉的东西，踏着烂泥水草走路，默默

地吃着野菜，用热烘烘的身子暖着同志的身体……一时，他那么强烈地想看看老姚那双眼睛，想跟他说说话，想听听他那苍老、粗浊的声音。于是，他叫了声："老姚——"

"呃？"老姚略略挪动了一下，答应了一声，声音很低，很重，像从地底下冒出来的。

"你，你是党员？"小赖本想说点什么，可话到嘴边，却变成了句没头没脑的问话。

"这，这叫我怎么说？"老姚直起腰，揉着眼睛说，"要说不是，我口袋里装着党证；要说是嘛，说起来怪臊人的：无能，不能给党分忧啊！"

"老姚，你，你真好！"

"嘿，你这孩子，不多睡会儿，净磨牙！"但他还是接着自己的话茬儿说下去了，"不能给党分忧啊！该干的事那么多，可我只能干那么一点点……唉！"他叹了口气，略停了一会儿，又说，"不过，闹革命嘛，不怕手巴掌小，就怕心不大呀，是不是？"说着，他显然动了感情，"我的好同志，得好好干哪！好好学，快点长，慢慢地翅膀硬实了，就能给党担劳分忧啦！"

"是。"小赖答应着，不知怎么忽地想起自己那条粮袋子和那个沾上泥点子的军号，他想起了老姚的话，"吃苦，硬是得学哩！"

"对，是要学呀。多吃甜的多长肉，吃苦吃辣长骨头。有副硬实实的骨头，还愁日后长不出肉来？"老姚的大手轻轻抚摸着小赖的脑袋，说得更动情了，"我的好同志呀，眼下，敌人把咱们逼进了草地，根据地丢了，人也少了，是难啊！可是，自己的党有了难处，要度过去靠谁？就是靠你、靠我嘛！"

老姚的话越说越慢，越说越弱，渐渐停住了。

小赖却没有注意。他在细细咀嚼着老姚的话。这些话，他一时

还解不透，可又觉得那么有味道。他听着，思索着。停了好一会儿，他抬起头，这才看见老姚脸绯红绯红的，额角上沁满了汗珠；那双一向灼灼闪光的大眼，像蒙上了什么，变得灰暗无光了。小赖吃了一惊，连忙一把抓住老姚的手，叫道："老姚，你怎么啦？"

"……"老姚的嘴动了动，却没有说出声，只是把胡子上挂的几块碎野菜叶子抖落掉了。

小赖心里一酸，把老姚的军衣解开，把手伸到他胸口上去。就在这时，他的手触到了一件东西，掀开衣服一看，原来是三天前见到的兄弟部队同志的军帽，被一条草绳子紧紧地捆扎在肚子上。军帽上沾满了血渍，已经变成暗黑色的了。从那血迹看出，伤势还不轻。看着看着，小赖再也不能控制自己了，一下子抱住老姚的肩膀，哭喊起来。

听到小赖的哭喊声，老姚清醒过来。他定了定神，略带责备地说："哭，怎么又哭啦？"

小赖捂着老姚的伤口："你，你带着这么重的伤，怎么不告诉我呀！"

"告诉你？为什么要告诉你？"老姚看看自己的伤口，又看看小赖的脸，笑了笑，"让你知道了好多哭一次鼻子？"

"不，我没哭，我不哭！……"小赖抬起手背擦了擦眼睛。

"好，懂事的孩子！"老姚把小赖揽在胸前，把他脸上的泪水擦净了，缓慢地说道，"小赖同志，昨天我说你了，话重了点……"

"你，你说得对。"小赖不由得又向自己的粮袋子瞥了一眼。

"你记下了？"

"记下了。"

"那就好。你看，再苦，再难，你牙一咬，腰一挺，你就赢啦！"老姚喘息了一阵，声音更慢了，"要知道，兄弟部队的同志

们，比我们还难。他们想看到我们，看到粮食，看到牦牛，也希望看到我们挺起胸膛走路，大声唱歌、开心地笑……”

话一煞住，手一松，老姚又昏过去了。

小赖这回真的没有哭。他怔了一下，弯腰听了听老姚的胸口，把他的伤口包了包，又轻轻地扶起他，放到牦牛背上趴稳了。然后，一下子举起军号。

清清亮亮的进军号声，透过蒙蒙的雨雾，在旷野上响起来。牦牛颈下的铃声又“叮——当，叮——当”地响了。

四

老姚再一次从昏迷中醒来的时候，队伍已经走出了二十多里。

雨已经停了，雾气正在渐渐消散，草地的水、草、树丛正在一点点地显现出来。老姚抬起头，第一眼就看见小赖那伶俐的背影。他头仰得很高，腰挺得笔直，一手拉着牛绳，一手提着马灯，正迈着大步往前走。腰上的军号在泛着亮光，号上的红绸在闪闪飘动。他第一次发现这个小战士是这么漂亮。他看了一阵，才拍了拍牦牛的脖颈，说：“小赖，停一停，让我下来走。”

小赖没有听见。

“咳，你看你……”

“怎么，”小赖猛地回过了头，欣喜地问，“你也看见了？”

“什么？”

“树林！”

果然，在西边的地平线上，现出了一抹暗黑的影子。可就在这时候，“砰”地响了一枪，接着，枪声疏疏落落地响起来。

“走，快走！”老姚命令着。

队伍在奔跑。随着雾气的消散，看得清楚了：一支十几匹马组成的骑兵队伍在绕着树林奔驰，射击。

老姚喊住小赖，一翻身从牦牛上滚下来。他扶住牛背站稳了，大声命令道："准备冲锋！"接着，向小赖挥了挥手，"吹号！"

小赖举起了军号。冲锋号声震天动地地响了。同志们散开来，借着雾气掩护，一边射击，一边向林子飞跑过去。

号声，撕裂着雨雾，震动着草原。响着，响着，突然，小赖觉得一阵头晕。就在这时，一只手重重地落到了他的肩上："吹呀，我的好同志，鼓起劲来吹！"

小赖仰起了头，号声又响了。反动骑兵被我军密集的火力追击着，正向着北面逃窜。小赖憋不住叫了声："敌人跑了！"

"吹！继续吹！"老姚把小赖的肩膀搂得更紧了，"兄弟部队的同志们还在听着呢！"

直到反动骑兵看不见影了，老姚才扶着小赖坐下来。他从怀里掏出了那顶军帽，递到小赖的手里，接着就去解自己的粮袋子。小赖却像被火烧着似的，一把按住了那只瘦骨嶙峋的大手，迅速地解下自己的小洋瓷碗，随手扯下粮袋子猛地一抖，把炒面全都抖进碗里，然后端起来就向林子奔去。

他一手端着小碗，一手摇着帽子，一口气跑进了林子。一眼就看见，一个同志正倚在树上，举着驳壳枪在瞄着林子外边。他亮着嗓子喊了声："同志——"

"什么人？"

"红军！"小赖把那顶军帽举到了同志的面前。

"红军？"那个同志脸上浮上了一丝微笑，扶着树干的手一松，身子顺着树干滑倒在地上。

小赖抢上一步，伸手从树叶上拍下水珠，把炒面拌了拌，扶起

了那个同志。就在这时，身后传来了一个粗重的嗓音：“我的好同志，快来吃！”老姚端着一铜瓢仓促调好的面糊糊，蹒跚地走过来。

“来，一块吃！”那同志接过了铜瓢，招呼着。

老姚连连摆了摆手：“不，我不饿了，我……”说着却一侧身子栽倒了。

老姚醒来的时候，只见身边围满了人。原来两支队伍已经会合在一起了。那个提驳壳枪的同志弯下腰，亲切地望着他，感动地说道：“同志，你们来了，来得好，也来得不容易啊！”

“是啊，是难！”老姚紧紧地握住了那个同志的手，“不过，只要是应该做的，我们就要做，什么也不能挡住我们！”

他仰起脸，轻轻地笑了。

透过树梢，他看到几只苍鹰正在矫健地盘旋。

熠亮的阳光，正斜射进这古老的树林，射到了同志们的脸上。东方，一片火红，太阳正冉冉上升。那曾经撒下雹子、泼下暴雨的乌云，正被朝阳撕裂着、驱赶着，破成了浮云片片。

1962年6月10日

理　财

一早起来，我把有关的材料和线索又看了一遍，就一路打问着，往胡行长家里走。

访问胡行长，是为了给一篇革命斗争回忆录补充材料。一个多月前，编辑部收到了海军某部魏政委寄来的一篇回忆录，写的是：一支不满二百人的红色游击队，被敌人重兵围困在一片苦寒的山区里。他们餐风饮露、含辛茹苦地坚持着，从1934年到1937年，整整坚持了三年艰苦的游击战争。稿子写得很有特色，可惜有些情节太简略了，用我们编辑的话来说，“水分少了些”。于是，编辑部指派我专程赶到这个城市来，找作者充实些材料。

将军热情地接待了我，对于这一段斗争的历史背景和战斗情况做了些补充。但是，当话题接触到当时生活上一些细枝末节的时候，他却提供不出什么具体材料了。这情况使我十分犯难。大概将军看出了我的心情，他把一只大手深深地插进浓黑的头发里，抓了好半天，忽然笑了笑说：“对，这样办吧！这方面的情况，你去找找咱们的‘财神爷’去。”

将军说的这位“财神爷”，就是当年那支游击支队的供给部长、

现在省人民银行的胡行长。

抓住了这条线索，我接连往胡行长的办公室跑了几趟，都因为他工作太忙，没能见到。实在急了，我只好拿出我们常用的办法：利用星期天，赶到宿舍里去“堵”住他。

胡行长的住处不算远，拐过两条巷子就到了。我找到了他的家，便径直闯进院里。这是一所平常的四合院，院子不大，却很整洁、安静。北房门口的向阳地里，有两个人在忙着。靠右边窗下的是个六十来岁的老头儿，正提着把水壶往一排花盆里浇水。花盆里栽着些花不像花、菜不像菜的秧子；看样子是刚栽进土，叶子还有些蔫巴。左窗前的一位，年纪轻些，披件旧棉袄，蹲在那里，身边是一大堆碎煤球渣子加水搅拌好的煤泥。他伸手从煤泥堆上抓下一坨，两手团弄几下，往窗下砖台上一搁，一个麻橘模样的煤球就做成了。他做得那么专心，那么有兴致，直到我走到他面前才发觉。

“对，我就是。”听我打听胡行长，他连忙张开两只满是煤泥的手，把我往门口让，“快，快请屋里坐。”

屋里也像院子里一样，温暖、干净，陈设简单。正中的地上安着一个煤炉子；一张床占了屋子的三分之一，那布床单下面，露出了解放战争期间常见的那种美国军毯的边边；靠床边放着一张桌子，一把木椅。最显眼的要算靠墙的两个摆满了书籍的书架和桌前的那张半旧藤椅了。老人似乎也是主人，他先走进来，拖过了藤椅让我坐。

正推让间，胡行长匆匆地揩着手进来了。这时我才看清了他的模样：他五十出头，个子不高，背微驼，人瘦得厉害，似乎身体不很健康。只有那宽阔的前额下面的一双眼睛，却没有衰老的样子，那么清亮、和善，炯炯有神。这是属于那样的一种眼睛：在它的注视下，你什么也瞒不住；也用不着隐瞒，什么都可以向他倾吐。我

敬了个礼，把介绍信递过去。他左手接信，右手迅速握住了我的手。他的手是那么有劲，简直不像是这么个干瘦的人能有的；而且在两手相握的时候，我觉出他的手有些异样。偷眼一看，原来这手残废了——虎口上的肌肉凹陷下去，食指被削掉了半截。

“噢——要抖落老账哩！”看了介绍信，他哈哈笑着坐到床沿上，两眼直盯着我，问道，“说说看，需要些什么？只要我肚里有的，记得起的，都给你谈！”

话一出口就很干脆，显然是个开朗爽快的人。于是我直截了当地把要求说了说，并感谢他对我们的支持。话没落音，身后那位老人插话了：“谢他干啥？你又不是向他要银子要钱；要材料嘛，他有什么不大方的？”

我怔住了。那边胡行长佯怒地瞪了老人一眼：“我的老爹哎，说话好生无理！什么银子呀钱的，莫不成我还克扣过你的钱财？”

“这可难说……”

“好了，好了！这在谈正经事呢。你不来救驾，倒跟我扯起银钱官司来啦！”胡行长说笑着，站起身给我做了介绍。

老人笑着和我握了握手，说：“我这正是帮你的忙哩！”说罢，转身到里屋去了。

胡行长告诉我：这老同志姓李，打游击那个时期，这人一直在山下活动，做过地下党的支部书记、交通站长，对于支持山上斗争出过好大的力，如今是县的人民代表。那时候，为了部队供应，胡行长和他打过数不清的交道。他俩抗战开始时分手，自从1949年大军南下时见过一面，十几年来就没有见面的机会。这次他到北方来看望在军队的儿子，昨天路过这里，便留下来玩几天，顺便把胡行长三番五次要的东西带了来。

说话间，老人从屋出来了。他手里攥着个青布挎包，很显眼，

那挎包上钉着一个大红五角星。老人把挎包往桌上一搁，说道：“你要见‘财神爷’，先得见识见识他这个‘聚宝盆’才成哩！”

胡行长高兴得直拍手：“对，对，怎么把这玩意儿给忘了？有了它可就好办了！”

老人且不答他的话，转头笑着问我：“你从老魏那里来，老魏没向你介绍介绍？老胡这个人真是一个钱捏得出水来，是出了名的‘皮笊篱’哩！来，我找点具体材料你看看。”他打开挎包，掏出一个流水账簿，冲着胡行长一扬，故意板起面孔说：“你别想赖账，咱俩还真有银钱官司哩！你看，这是1935年3月的账，白纸黑字，写得清清楚楚，”他揭开账本，找出了一行，用手指戳着念下去，“3月16日，收到冬根送来大洋58元整，米34斤’；‘4月7日，收到冬根送来打糕15块，盐巴3两’……嘿，这样的东西多得很。可你再看看这一笔：‘4月8日，老根去鹤子墟购粮食，支洋980元；打尖用，铜圆6枚。’年轻人，你听听，这就是当今咱们的国家银行行长干的事呢！叫去办上千块大洋的东西，6天吃饭打尖只给了我6个铜子。6个！他那手多紧，要把我的喉咙捏断哩！”

说罢，老人抹了抹胡子，开心地笑了。胡行长也跟着笑了。

我见过不少老同志见面的时候彼此拿战争时期的趣事开些玩笑。但这番话，特别是那些莫名其妙的来往账目，却使我摸不着头脑。我从李老手里拿过账簿看看。这是一本很标准的老式流水簿子，毛边纸，宽宽的红板格格。只是纸页发了黄，那贴着碎金红纸条的深蓝色麻布面子也磨损不堪了。里面，一笔笔账目，有收有支，日清月结，很是清楚。

不知是因为重见了分手近三十年的旧物，还是李老的话引起了对于战争年月的回忆，胡行长脸上流露出了激动的神色。他把账本接过去，放在手里掂弄着，沉思着，半天才对我说：“李老讲的虽是

个笑话，倒给我们的谈话找到了个很好的线头。这个账本也能帮我俩回忆起好多事情。对，忘了告诉你，这件东西能保存至今，是李老的功劳。三年游击战争期间，这是我行走不离身的东西，直到下山改编的时候，才把它装在那个挎包里留给老根保存。那以后经历了十几年白色恐怖的日子，是老根舍生忘死，才保存下来。他对这东西比我还珍贵，胜利那年见面的时候还舍不得还我呢！前年省里筹备革命博物馆，问我要东西，我三番五次去信催讨，昨天才给带了来……好吧，咱们就顺着李老刚才提的那个话头往下谈。好在李老在这里，我俩想想凑凑，兴许能回忆起点具体东西来。”

胡行长点燃一支烟，然后，轻轻地打开了账本，翻过两页，便对我谈起来。

“一点也不错，正是从1935年3月间，也就是老根送钱来的那时候起，形势就紧了。敌人占领了苏区，一面实行‘移民并村’政策，拘禁了山下的群众，一面向山区反复开展了‘搜剿’。这时，山下的供应被切断，而我们上山时带点东西也耗费得差不多了。于是困难的日子开始了。

“安家立业般般样，淘米吃饭是头一桩。粮源断了，唯一的办法就是：勒紧了裤带子，熬！收到老根送来这宗粮食的当天，我就把三个中队的司务长找了来，要他们把粮食全部交出，由我统一支配。粮食是抓到手里了，可是一看，总共也不过才三四百斤。就是平平常常地吃，全支队还不够吃两天。

“究竟这裤带子该勒多紧？为了这个问题，我差不多从夜里想到了天明。你看吧，这就是折腾了一夜的结果。”

胡行长把账本推到我面前，紧接着刚才李老念的那笔账念下去：

“‘17日，发出米24斤半’——每个人一下子就减成了2两。‘18日，发出米12斤4两’——每个人只合1两米，煮成了饭还不够一

口吃的；放进野菜汤里，连个药引子也不如啊！看着那一翘一翘的秤杆，眼眶子又酸又涩。我咬着牙，把它分成了三份，交给了各中队的司务长，随手把秤杆一扔就去找政委去了。

“赶到支队长、政委宿营的那个山墼子，看见一块石头上边，通信员小程正在烧火。半边砂罐子里煮着清水，魏政委正把一大堆洗净了的野菜叶子撕碎了，一把把地往水里扔。他们在等米下锅呢！我一把抓住政委的手，眼泪呼的一下就涌出来了。我说：‘政委，这米实在发不下去了。’

“政委头都没抬，他把我的手往旁边一推，厉声说道：‘先给我把眼泪擦干！’

“看我把泪水揩干了，他又说：‘发不下去就不发！’

“‘这……’我的心痛得像刀子绞：主力长征了，苏区没了，留了这么把革命的骨头，抛家舍业地上山来坚持。党叫我给他们当供给部长，如今要我一个米花也不给，给他们一谷寒风、满山青草？……受不了，真受不了！……

“沉默了好一会儿，政委伸手在后脑勺上挠了两把，然后欠身挪到了我旁边，手搭在我肩膀上，轻声慢语地说：‘老胡啊，你心里难受，这我知道。可你入党也不是一年两年了，你该懂得：闹革命，不能只看眼前的一步棋，要看它个两三步、四五步才成。眼下，你觉得你很穷，发给每人一天一两米太少了；可是照我看，你很富，你发下了很多好东西。你给这六七十个党员，四十几个少共，不，你给全体同志吃了一服大补的补药呢！’

“‘吃补药？一天一两米就算是补药，又能补到哪儿？’一时，我脑门子涨了，迷糊了。我呆呆地望着魏政委。

“‘对，吃补药！’政委没有一点开玩笑的意思。你大概知道，他是个挺爱开玩笑的人，可这会儿他严肃地点了点头：‘俗话说：一碗

米养恩人，一斗米养仇人。这恩人、仇人自然是旧意思，可这道理倒值得琢磨哩！你想想，咱这辈子人，肩膀上就只挑这么多？咱闹的这场革命，三年五载就能成事了？这场游击战，三锤两棒子就胜了？不——这苦才开了个头，前边还不知道有什么风风雨雨等着我们呢！’

“政委折了根树枝，把锅里的菜汤搅了搅，又恢复了他常有的那种愉快、诙谐的调子：‘咱们跟吃苦受罪没有什么特别的交情，可是它来了，咱也不躲躲闪闪。带算盘子没有？有笔大账要算一算：你把粮这么往手里一抓，一卡紧，这不就逼着同志们不去瞅你的腰包，掉回头来啃这座方圆百十里的大山了？这么着，吃着吃着，你发到同志们肚子里的东西少了，可他们脑子里的东西——革命意志、革命精神可就越来越多了。敌人逼着咱们这么一磨炼，日后碰到再严重的情况，不也能顶得住了？你不要担心，等情况好转了，你有了，你一天发我斤把米的时候，我不会不敢吃的！’

“说到这里，政委哈哈大笑起来。这会儿轮着他揩眼泪啦——笑出泪来了嘛！笑了一阵，政委又说：‘自然，我们办法一定要好好想，和山下的关系要快点打通，特别是党的工作、政治鼓动要好好搞。这，咱们再研究研究。’他又抓起头皮来了。

“这番话着实使我开窍，跟着，我的决心也下定了。临走，我问魏政委：‘明天这米是不是再减减？’

“政委斩钉截铁地说：‘对！再打个对折：半两！’

“粮食，就这么减下来了。”胡行长打住了话，抓起支烟点着了，香香地吸了一口，向李老问道：“老根，是不是这样？”

胡行长讲着的时候，老人一直默默地听着，一锅连一锅地吸烟。这会儿才慢腾腾地说：“那阵子我在山下，正急得裤裆里起火哩！这段情况说不清。不过日后听人讲，就是发二两粮的时候，有

人已经把嘴吊起来，光吃野菜了……”

“别打岔嘛！”胡行长打断了他的话，问我：“你看这样谈行不？”

我还能说什么？我已经被引进了一个难以想象的艰苦环境里去了。我把所有的话都记了下来，并在边上打上了注意的符号——这是必须加进稿子里去的。但是，还有个问题搞不清楚。我指着账本问道：“这里还写着：‘20日，又，发米4斤半。’是怎么回事？”

“九个伤病员，每人半斤，这是不能少的。这就是李老刚才提到的‘银钱官司’里的那份粮，全留给了他们。’

“这半两米……”

“那不过是‘露水珠儿引河水’罢了。政委不是交代过吗，主要是吃山——吃野草野菜，还有野果野味。那阵子，怕是这一生中吃野菜的数量和品种最多的时期了。经过那一段生活的人怕够得上半个植物学家！”胡行长感叹地说。他忽然想起了什么，抓住我的手，就往起站，“对了，有实物为证，来，请你观察观察。这次李老到北方来，特地托他找了几种带了来。”

他拉着我来到门外那一排花盆跟前。这时，我才知道这些盆里栽的不是什么赏心悦目的奇花异草。他蹲下身，爱抚地摸着第一个盆里的那丛像莴苣一样的草叶子，说：“这叫苣荬菜，叶子肥，掐下来流点白水，可以像牛吃草一样生吞活嚼，蛮清口。”他又连着指了另外几盆：“这叫苦栽，上好的猪草；那是野芹菜，这是糯米草……”

“算了吧！”老人也跟出来了，插嘴说，“什么好东西，难道还打算让这些年轻人再去吃它？”

“吃，怎么不可以吃，兴许还是非吃不可哩！”胡行长那双清亮的眼睛在我身上转了一下，“给你讲，就这玩意儿，把我们那支队伍从根到梢狠狠地给考了一通。老根，还记得不？那个……那个姓何

的，就是这时候鞋底上抹油——溜了。那家伙叛变以后送上山来的头一封信就是给我的，开头就说：‘你们天天嚼野芋苗，啃猪草，没有前途……’吃不住这么一考，糠皮、秕子都给漂掉了。”

老人这回没有顶撞，赞同地点了点头：“你倒也得注意着点身体呢！”

“就是为的这，才托你千里之外往这儿带呀！栽起来，偶尔吃一点。”胡行长眼睛更亮了，话也更快了，“老魏说得对，这是补药呢。它能使你身体健康，能教你看得远，想得透，学会对待富裕和贫困！”说着，他猛地转回身，大步走进屋里，从门后头抱出一大把菜叶子，叫道，“说干就干，这点栽不了的残余，咱们马上就消灭它。承晔，来，拿去让妈妈给洗洗！”

从南屋里跑出一个十二三岁的男孩子，接过菜叶子跑走了。

望着跑去的孩子，望着那蓬在红领巾旁微微颤动的翠绿的野菜叶子，我思索着胡行长的话，心头热乎乎的。我仿佛亲眼看到了他刚才讲述的一切。一句话情不自禁地说出了口：“那时候，实在够难了！”

“难是难啊，可话又说回来，要是没点子艰难在脸前碍手绊脚地磕碰着，闹起革命来还缺点味道哩！艰苦，用你们，不，用我们当兵的话来说，不能只是过沟爬城的板桥、木梯，也不只是守住阵地的战壕，应该是整块的冲锋出发地……看，扯到哪儿去了，屋里坐，咱再接着谈！”胡行长拉着我进了屋。

“你说这样的生活困难？不，”坐定了，胡行长翻了翻账本又谈起来，“这还真是第一步棋，别住马腿的时候还在后面。

“到了二十四五号，形势更紧了，敌人搜山比前些天更勤了，不断发生些小战斗，伤员增加了，弹药减少了，再加上在另外一个山区活动的兄弟部队的四五十个人，因为战斗中失掉联系，也转移到

了这里。这下子可就真落到难处了。

“怎么办？别的路没得走，还得在裤带上打主意。当时，我也翻来覆去地思量：这半两粮食难道还能再减？可再一想，不行，眼前是个第二步，还有个第三步，第四步……我横了横心，宣布了一个新章程。

“26日早上，几个司务长端着洗脸盆领粮来了。我给兄弟部队按一人半两发了，给伤员每人发了二两，末了，对其余的人说：‘回去吧，粮食停发了。’

“刚才老根骂我说：‘一个大钱捏得手心出汗’，真不假，那时节，我这手还好，硬是能把钱捏出水来呢！经历这么一段生活，我才真正知道了一斤米、一两盐是件什么东西，值多大个价钱。每发一件东西，手就有千斤重，总是掂了又掂，想了又想。分队长来给电筒换电池了，没有；卫生员来要药了，核桃大的一块盐巴一砸两半，拣块小的交给他。甚至还有这样的事：茗田的交通站长，老根认得的，上山来送情报，沿路讨了点剩红薯、烂南瓜带上山来，都由我亲手切成了大小块，按伤员伤势轻重分了。

“起初我还担心同志们顶不住。可是咱们这些战士，就是好哇！除了刚才说的那个家伙，谁都咬住了牙。前些天减发粮食的时候，还有个把人讲句怪话，这会儿宣布停发，各中队支书把情况一说明，连怪话也听不到了。

“别看发的时候每人两把半两不济事，可这么一闸住，‘一人一口，众人一斗’，再加上山下偶尔也送点来添补着，归我指挥的那个‘经工队’[①]，在山下行动也比以前更活跃了些，几天工夫，倒攒起了一个家底子。来，你看看这个月底的结存数。

① 即“经济工作队”的简称，任务是为红军筹粮筹款。

“怎么样，不少吧！那几天，我这个‘聚宝盆’，几乎是天天往上长。‘经工队’打土豪的罚款，山下交来的党费……金条、银圆、票子塞得满满的，弄得我走路都怪不得劲。有一次行军爬个崖头，叫这些玩意儿坠着，怎么也爬不上；靠了一个战士托着屁股才翻上去。又一次转移跑得急，挎包带子断了，金银钱财撒了一地，幸亏几个同志帮着捡，才算没受损失；为这，政委还专给我派了个警卫员。粮食，除了伤病员吃，也积存了一点。行动起来，挑的背的，还怪有个样子哩。

“大概李老就是这时候上的山，还记得不，老根？”胡行长朝着李老爹问道。

“怎么不记得？我是上山向你展开斗争的嘛！”老人还是一副拌嘴的架势。

“斗争我？”胡行长怔了一下，随即笑了，仿佛思路更活跃了，“对，对，想起来了，火力还蛮厉害呢……”

极好的话头被打断了，一个人走了进来。来人似乎是省行里的一个干部，他径直走到胡行长身边，打开公文包，把一份文件放到桌子上，对胡行长说：“二厂扩建要预支的那笔款，就是那天常委研究过的，要得急，请批一下。”

我斜眼看去，看出那是一份报告，申请批拨的是一笔数以亿计的款项。胡行长从口袋里掏出钢笔，打开来，逐字戳着，看着。看完了，在上面签上了自己的名字。他那手的动作很引人注意。我惊奇地发现：那么一只有残疾的手，竟把钢笔握得那么稳实，书写得那么方便。大约是刚才匆忙间手没有洗干净，纸角上印上了一团淡淡的灰渍。

来人接过了批件，又说：“还有两个厂申请借拨点钱发薪的事……”

“这倒要考虑喽！”胡行长严肃地说。他向我望了一眼，朝那人扬了扬手，站起了身。一面往里屋走着，一面说：“对这样的单位，就要卡紧一点。你卡得紧，他才肯想办法，才能从国家怀里站起来……”因为进了里屋，话音低下来了，“自然，还是派几个人去进一步了解一下情况……”

跟我毫无关联，我不想再听下去了。我怅然坐在那里，心情有些懊丧：多好的话题，多饱满的情绪，这个开了的头，等一会儿怎样才能再扯回来呢？再看看老人，他却和我相反，还在专注地听着，脸上泛起兴奋、喜悦的光彩。他手指重重地叩着桌面，自言自语：“好，好！……”

“什么？”

“没变。”

“什么没变？”

“人哪！对，人是老了，摊子也大了，可是没变。‘皮笊篱’，还是个汤水不漏啊！”老人又叫起了胡行长这个不太文雅的绰号，但刚才拌嘴取闹的味道没有了，换上了一副感叹赞许的神情。他笑着把脸朝向我，问道：“老魏没给你讲起过老胡的这个外号？也没说老胡挨斗的事？”

我摇了摇头，偷偷地打开了笔记本。

“给你讲，这个外号是我给他起的，就是斗争他的时候叫起来的。你还想听？那我就接着给你说说。

“这账上记得准，我是4月8日接到的通知，当天就上了山。

“半个来月没上山了，这回四下里转了转，真是吓了一大跳。同志们的脸又黑又瘦，身上的衣服也破得不像样子，有人干脆把上衣脱下来交给了女同志穿，自己穿上了野香蕉叶子。一个个精神倒挺好，照常有说有笑的。我也碰上了老胡，他本来就矮小黑瘦，这会

儿更是皮包骨头肉缠筋，再背上那一袋子金银，外加一米袋子银洋，走起路来，弯腰驼背，一歪一歪，简直像只干虾。

“我俩相识得早，交道打得也多，那时候就常爱拌个嘴打个闹。我说：‘看山上苦成这样子，你这个供给部长倒清闲啰！’

“‘此话怎讲？’

“我说：‘你供给个啥？就你这副模样，连你宰了也熬不出盏灯油。’

“‘门缝里瞧人，你把人看扁了。你摸摸这聚宝盆。’他神乎乎地对我眨眨眼，‘来得正好。晚上到我那里去，有你的好差事。’

“本来，我以为要我上山是报告敌人情况的，谁知当天就碰上开中心县委扩大会议。会是在个小竹林里开的，由中心县委书记——支队政治委员魏杰同志主持，分队长以上的干部都参加了。

“会的内容原定是研究困难情况下的政治鼓动工作，可是开着开着变了样。有人提出让供给部长报告一下供给情况。老胡翻开他那流水账，一桩桩、一件件地把家底亮了出来。这下子，像一瓢凉水泼进油锅里，会场可就爆啦。

“不说你也明白，在那种情况下，没有粮食，大家勒紧了裤带坚持，倒也心安理得；可瞪着眼看着有钱有东西，想想苦味道，还能没有意见？因此，老胡的报告还没结束，下面就争着发言了。

“一个分队长话一出口，问题就提得挺尖锐：‘你，你把我们害苦啦！’

“另一个问：‘有那么多金子、银子，为什么不想办法去买粮？’

“又一个说：‘明明消毒药还有半瓶子，为什么给伤员化盐水洗伤口？’

“外号叫‘梭镖’的三中队副老黄，是全队出名的直性汉子，还在老胡报告的时候，就气得抡拳头把地砸了个坑坑，这会儿干脆跨

到老胡面前，指着他的鼻子骂起来：‘你，你像个反革命！二百多斤米卡住不发，叫同志们饿得前心贴在后背上，你安的是什么心？是不是想学那个姓何的样……’

“同志们一发言，老胡就把那一个挎包和一米袋子银洋往怀里一抱，找了块石头往上一靠，坐起来。他手拿着账本，两眼直盯着竹林梢头那个山尖子，脸不红，气不喘，好像大家骂的是他背后的那块大石头。直到老黄指着他的鼻子，他才微微摇了摇头，淡淡地回了句：‘还不到时候！’

“‘手都快摸到棺材边了，还不到时候！’

“‘你胡说！’老胡的声音高了些，‘你敢担保没有更难的时候？’

“‘……’吃这一顶，老黄的拳头攥起来了，他又逼前了一步，‘你到底发不发？’

“老胡把东西紧抱在怀里：‘不！’

“旁边一个人说软的了：‘要不，按每天一两，先发点？’

“老胡腮帮子一挺：‘不！’

“他这种硬劲把大家惹火了，好几个干部哇哇地喊起来！

“‘撤他的职，另换一个供给部长！’

“‘把党证交出来！’

“‘对，马上交支部讨论，开除他党籍！’

“‘…………’

“干部们的心情我懂得，他们是带兵的嘛，眼看着出了这样的事，能不发火？别说他们，连我这没吃野菜的也气得眼里直冒火，真恨不得上去给他两巴掌。再看看老胡，他还在安然地望着那个山尖子。

“我站起来发言了。我要代表山下的同志们狠狠地批评他一顿。我说：‘你，不是工农红军的供给部长，你是个汤水不漏的皮笊

篱……

“才说了这么两句，哨上枪响了，发现了敌情。政委一按膝盖站起来：‘散会，带队转移。问题交下一次会议讨论！’”

老人嘘了口气，把胡子擦了擦，伸手去装烟。这时，我才发现屋子竟是那么静，里屋也没有了声音，胡行长不知什么时候出去了。

没等老人把火点着，我就急急地问：“问题怎么解决的？”

“别急嘛——等我想想。那天是……对，三十多里。

“翻了两架山，一气赶出了三十多里，甩掉了敌人，天已经黑定了。看着那些疲惫不堪的战士提着刺刀、攥着小插子在月亮地里找野菜，我的火又上来了：‘好个一毛不拔的小气鬼，银钱粮秣放在这么个人手里，真是……’我烧了碗野菜汤喝下去，便去找老胡。

“月亮把条山沟照得清清亮亮的，不大工夫就找到了他。他正坐在一棵小榕树底下，脚蹬根木棍棍，聚精会神地打草鞋。他随手从身上那件破衣服上撕下条布条，又随手打进鞋里去，怪悠闲的。

“我一屁股坐在他对面，张口就骂上了。我说：‘山底下的同志们，亲人们天天在白鬼子刺刀尖上过日子，舍不得吃，舍不得用，省出点东西，豁出性命往山上送，为的啥？’

“他勾下了头，没停手，也没吭声。

“‘大家都把保养革命同志的千斤重担托给你了，你知道不？’

“他默默地点了点头。

“‘那你？……’我手心出汗了。我浑身都在发抖。我的胳膊举起来了。

“这时候，他突然把手里的一根布条一摔，一把擎住了我的手腕子：‘老根爹，你行行好，别往我伤口上撒盐花子啦！你当我的心里好受。给你讲，你别跟人说：你看我的眼睛吧，我已经好几天没睡着觉啦。’

“我朝他的眼睛望了望，看不真，倒看见里面泪花花的。我缩回了手。

“他又说：‘不错，粮食、金银都在我手里，可是吃苦受难的同志们也在我眼里！你不知道，发东西难，留住东西更难，比啥都难啊！’

“‘那你为什么不发？’

“‘咳，你糊涂嘛！’老胡长抽了口气，‘干革命，不能只看眼前的一步棋。你从山下来，最近敌人调动的情况，你不知道？’

“‘咋不知道？我上山就是为的这事。’

“‘这不只是你那一方的情况。敌人到处在增兵，一场大围剿就在眼前。特委指示，要我们就地坚持，拖住敌人。要是咱们粮丰弹足，倒是该早发下去，把队伍养个兵强马壮；可如今就是这点点，不来个有钢使在刀刃上，怎么行？’

“咳，原来是这么回事。可我憋不住又骂他了：‘你真浑！白挨这么一顿骂，怎不对大家讲讲呢？’

“‘你才浑，’他那张嘴也不饶人，‘别说骂几句，就是打两下，算得了什么。看看干部们为队伍的战斗力操心、发躁，我的心比熨斗熨过还舒坦哩！情况，我讲什么？讲军事行动计划？要不，讲这是县委的决定，让老魏他们也像我这么挨一通？那才真叫浑呢！’

“我没得说了。我得承认自己是浑，浑在没有他看得远，浑在跟他往来这么久，没有看透这副干瘦的骨架里还包着这么大的一颗心！我问：‘情况这么紧，光靠积点省点怕不行吧！’

“他说：‘这不是，正在想办法呢。’他对我讲：各村分别往上送点，人员损失大，又不解渴；这些日子他一直想法和城里党组织取得联系，想从下面买。直到昨天早上，县委才和城里接上了头，指示他们买了批东西。接头关系、运输人力、往来路线他都安排好

了，还亲自找出了条上山的秘密小道。一切齐备了。考虑到要在两个地方接头，而我在这一带活动多，有社会关系，地理也熟，就等我来和他一块去拿哩。

“说话的工夫，他手里的草鞋已经收了梢。他捡起块石头把草鞋砸了砸，又从腰里解下件铺叠整齐的长衫，一并递给我，说：‘打扮打扮吧，你去鹤子墟！’

“我指了指他那身破衣裳，问：‘你呢？’

“‘我的行头现成，秃子当和尚——将就材料儿，就扮个叫花子。’

“‘什么时候走？’

“他笑了：‘这事还要求神打卦看皇历？分了钱就走。’

“对了，你来的那会儿我俩扯起的那‘银钱官司’就发生在这时候。现在当笑话讲，那时还真争吵了两句呢。

“当时，他把不知什么时候预备好的一个钱包和一卷钞票交给我说：‘查清了，380块大洋，600钱票子，一共是980——你看看账本，对不？’又从挎包里摸出那6个铜板，‘犒赏三军！这是你路上打尖的。’

“我一看，真不像话。我又骂上了：‘说你是个皮笊篱，还高抬了你；你简直是个马勺！’真的，一去三四天，就算吃一个子一碗的素面也不够哩。我半真半假地求他，说：‘我的好财神爷呀，我给你烧高香，给加点吧！’

“‘不！’他那劲儿又来了。

“‘看，装的是个阔佬，总得多少像个样子吧！’

“‘这好办，你要是会用，这还有余呢。来，我教教你，’他还是个不松手，‘你头一顿买干的——买好点，买烧饼，咬几口，瞅瞅没有人就装进袋里。下一次你要点汤，说声：自带的！再啃上几

口……

“‘算了，算了！’讲到在白区应付环境，他比起我来还是个雏呢！我想：反正不能叫你耍弄我，我故意挤他：‘写账，写账，6个就一律6个！’

“他瞪了我一眼：‘我说你浑嘛！你见过几个叫花子住店打尖的？’”

老人胡子哆嗦着，笑了个前仰后合。

“后来呢，东西搞来了？”看看已是十二点了，我急于知道个结果。

“那是自然，县委和老胡安排得挺妥帖，人到货齐，三天工夫就赶回来了。

“当我俩每人带着两副装满弹药、粮食的挑子赶回来，在山底下碰了头，踏着老胡看好的小路，挑着、扛着往山上走的时候，老远就听见枪声响成了一锅粥。我们紧脚紧步地往上赶。在通过敌人包围圈的时候，被敌人发现了，还是靠老胡掩护着才冲了过去。你看他那手，就是那回受的伤。

“我们偷偷地穿过一道山壑口，赶到阵地上，同志们正难为着呢！子弹打光了，每支枪至多剩个一发两发；不少同志已经用石头了。老胡喊了声：‘各分队来人领子弹！’我把麻袋包一撕，嘿，真跟打开了‘聚宝盆’一样，明晃晃、金闪闪的子弹，成排成排地往战士手里塞……

“你说战斗有这么一宗东西支应着，仗还不就好打了？在战斗的间隙里，三中队副老黄端着半截竹筒子走过来了，他把竹筒往老胡手里一塞，就势在老胡面前一蹲，一甩袖子脱成个光脊梁，说：‘胡部长，老胡同志，你，你打我一顿吧！’那竹筒里是满满一筒白米稀饭。这是用那点存米煮的。老胡临走时给司务长们交代得明白：战

斗情况一发生，就按每人半斤往下发！

“当时老胡伤口痛得吃不下去，我可不客气，端起来喝了个干净——我饿坏了呀！要不，我说这是宗‘官司’，至今还骂他呢！这家伙……”

“得，得！把你那难听的留给自己吧！”胡行长不知啥时候进来了，他大概听到了我们的话尾，把手里的一小盆野菜汤往桌上一放，随即接话了。他说：“我当时就说过，他连6个铜子也用不了，你瞧这！”他翻了翻账页，指着写得抬头很高的一笔收项，念道，“‘收老根交回打尖节余，铜圆2枚。’你看他浑不浑，拿着哄鬼的符子当圣旨，当真买了几个烧饼挡挡眼，省下两个大子又带回来了！”

他说罢，我们一齐笑起来。

…………

由于胡行长的热情挽留，也因为那盆野菜汤有一股特殊的诱惑力，我留下来，和他们一家人一道吃了这顿午饭。

当我怀着一种感激和激动的心情，喝着那碗苦涩的野菜汤的时候，我已经忘掉了自己到这里来是为了采访，倒像跟他俩一道坐到了那浓密的山林里了。我真想在他们身边多待一会儿，可是不行，下午三点钟，胡行长还得赶去参加一个肉类联合加工厂的开工典礼。我只得站起来告辞。

胡行长一手领着孩子，一手挽着老人往外送我。“真不像话。你老远跑了来，没有好好招待你，倒让你嚼了一顿野菜。”他抱歉地笑笑，随即又说，“不过，你要想吃的话，还可以再来！”

“没道理！”老人又顶上了，“除了你，人家谁还找上门来‘讨苦’吃！”

我说：“不，对我来说，这是上课呢！”

胡行长沉思一阵，接着又说：“说得好！现在不是还有人瞧不起

咱们，说咱们穷吗？我们是穷，但是穷得有志气！我们建设社会主义，还得有这么个劲儿哩！”胡行长又有些激动，那双清澈的眼定定地望着我，并且把手伸给了我，我连忙握住，久久舍不得放开。

1963年9月

人·人性·人情

一

电影是写人的。电影文学就是电影人学。

写人，向着人的心灵掘进，在银幕上捧出美好的心，这种艺术劳动实在令人喜悦而神往。

但是，如果把一些优秀影片多看几遍，对着这一颗颗活蹦乱跳的心仔细注视一会儿，就会发现：这每颗心上都长着一根粗壮的血管，血管里流着一种奇妙的东西。这种东西叫作人性和人情。

原来电影艺术家还有这么一个秘方和窍门！这些能手，在造心的时候，没有忘记为它造上动脉和静脉，使它活着。

二

果真这是一个什么奥秘吗？其实不然。文学艺术作品表现人性和人情，它和文艺本身一样古老，倒是个“祖传秘方”。早在一千五百年以前，文艺评论家刘勰就总结了前人的实践，概括过这条带规律性的经验。他说：创作，是“情动而辞发”；欣赏，是“披文以入情”。人性美和人情味，从来就是文艺作品感染力的要素和联系创作与欣赏的纽带。

文艺创作是以人为研究对象和工作对象的。写人，就要描写活生生的具体的人，写人和人的关系。正是在这个人与人的关系之间，弥漫着人性和人情。怎么能够设想，以具体的人为中心的文学艺术，却不写人性和人情？所以，文艺要写人性人情，不是奥秘，而是常识。

但是，懂得这个常识，我们曾经付出了多么高的代价呀！

把本来不是问题的问题，弄成了问题，而且一度成了大问题；把本来极有价值的东西扔掉、赶走和砸烂，毁灭给人看，这是真正的悲剧所在。早在60年代初，敬爱的周恩来同志就在一个谈论电影的会议上尖锐地批评过：“把‘人性论’‘人类之爱’‘人道主义’‘功利主义’都弄乱了。”弄乱，本来就够悲惨的了，而这个“乱”落到了林彪、“四人帮”手里，就被搞得更加混乱不堪、荒谬绝伦。他们在人性人情和“人性论”之间画上了等号，不论作品写的是什么样的人性人情，一概贴上“人性论”的标签，关进了监牢、送上了法庭，从而使文艺不通人性、灭绝人性。

这段要求文艺更有人性和无情扼杀人性交织着的历史，这段因为描写血泪而招来血泪的历史，还没有过去多久。这里面有多少可以记取的经验和教训哪！

记得1959年在部队一个谈论短篇小说的座谈会上，遇到巴人同志。他对我说：“我不信文艺是无情的东西。除非作者本身就无情。”他又说：“要通情达理，万万不要‘矫情’！”这位率先轻声呼唤文艺中人性人情“魂兮归来”的老文艺战士，当时已经挨了“人性论”的棍棒，可他还是捂着脑袋继续深情地呼唤着。

就在那人性人情被人从花园里放逐到荒凉的沙漠的时候，也还有人小心地然而果决地走向人性和人情。一位知名的剧作家，曾经和少数同志私下里谈过他的实践体会。“什么是香花呢？”他把声音放低了说道，“就是要大胆地写人性人情，写到只差半步就成了人家说的毒草了，那就是香花！”在这里，香花和毒草的概念，都有那个时期的特定性，对于现在和将来的青年人也许还得略加解释，但是对于从那时走过来的创作人员，却是不难理解的。时至今天，重新念叨这句话，仍然还可以感受到它所饱含着的辛酸，看到一个艺术家的胆识，体察到其中蕴蓄着的可贵的艺术经验。

什么“悬崖”“禁区”？什么“边缘地带”？文艺创作写人性人情，就其性质来说，本来就是鲜花芳草自由生长的广袤原野，是文学家艺术家纵马扬鞭的疆场。

仅仅讨得个“可以写”是不够的，很不够，而是应该写、必须写，应该在我们的文艺创作中理直气壮地抒写人性美、人情美。

三

把一个活生生的东西长期监禁和放逐，大约终究是不行的。是血液就要流向心脏，是灵魂就得归来。

随着思想解放运动的深入发展，文学艺术创作必须表现的人性人情，终于又随着春温漫步走了回来，进了评论家的视野，上了文艺创作者的笔端，也进了电影摄影棚。这是件可喜的事情。

文艺和人性的关系，既是个复杂的理论问题，需要通过正常的探讨和论争，把它研究清楚；又是个重要的实践问题，要求通过文艺创作的实践来探索和回答。

问题本来就复杂，又把它弄乱了，就更加复杂。而令人奇怪的是：把问题弄得复杂化的手法，却是简单化的。回顾一下人性人情遭受冷落和排斥的历史，可以看到，随着阶级斗争的扩大化，出现了两种情况：一是把无产阶级人性和人情简单化，只讲斗争性，不讲同一性，只讲恨，不讲爱；二是把无产阶级人性人情绝对化，认为只有阶级性，不承认不同阶级的人有相通的方面，有共同的人性，不承认共同人性与阶级人性统一的人性。简单化和绝对化，对于学术和文艺都是有害的，它把本来属于无产阶级自己的那一部分，排斥、驱赶到了不该去的地方，在理论和实践上造成了混乱。

把这样一个搞乱了的问题弄清楚是不容易的，还有待时日，有待深入研讨。

但是切不要把资产阶级的“人性论”和文艺表现的人性看作是一个东西。

如果把两者区分开来，那么，我认为，只承认“共同人性”，并且把它说成是“人类自然本性”，这种说法和认为只有阶级性的人性的说法一样，同属简单化、绝对化。我赞同这样一种主张：人性指的是共同的人性与阶级的人性统一的人性。在阶级社会里，人性，主要表现为阶级性的人性，这是由各阶级的阶级地位所决定的。但是，主要并不是总体和全部，还有共同的、相通的东西，共同的爱好、趣味和感情。两者辩证的统一，才是我们所说的人性，也才是文学艺术所应表现的人性。

对于文艺创作来说，更有意义的是：人性的这两个方面统一在人的个性之中，历史地、具体地体现在“这一个”人的个性之中。

于是，我想到了影片《啊！摇篮》，想到了女主人公李楠。李楠，是我们整个电影艺术画廊里一个极具特色的艺术形象。她被塑造出来，不仅是艺术上的一次创造，而且具有重要的认识意义。母爱，爱孩子，这是颇带共同性的人性。然而，由于阶级搏斗的烈火猛烈烧灼和独特的思想历程，李楠偏激了。她不爱孩子，甚至讨厌孩子。她失去了对孩子的人性和人情。这好不好呢？不好，很不好，是一个人性不完善的形象，是一个人性被扭歪了的形象。随着生活和斗争的发展，我们看到母性慢慢地回到了她的心间，她对孩子从冷漠到热爱，从冷峻到温柔，人性在复苏，在完善。这种合乎人性、富有人情的表现，通过她的具体个性体现出来，而且呈现了新的升华。当她怀里的亮亮醒来，蒙眬中喊她“妈妈”，而她也激动地应声的时候，我们看到了动人的人性美、人情美。

在我看，这，就是共同的人性与阶级的人性统一的人性。

四

电影艺术作品要不要表现人性人情，这由不得艺术家的主观随意性，而是文艺特有的规律，它是从社会生活中产生出来，并为生活所决定的。

生活里充满着丰富的人性和人情，作为反映和解释生活的艺术作品，当然也就要写好人性人情。

提到人性，我常常想到解放战争时期的诉苦运动。当时，为了提高战士，特别是俘虏来的国民党士兵的阶级觉悟，使他们认清自己的阶级地位和历史使命，便发动战士忆苦、诉苦。耐人寻味的是：这么一个庄严的思想教育运动，使战士懂得阶级、阶级斗争的伟大的真理的活动，却是从人性、人情开始的。参加这个运动，简直就是走进了感情的海洋，人性的水在翻腾，人情的浪在激荡。战士们，包括昨天还持枪相向的敌军士兵，都坐在草铺上、围在油灯下，回忆和谈论着自己最戳动感情深处的往事，有的从亲子之爱开始，忆起父母对自己的疼爱，而后忆起受不起地主的残酷欺压，只好卖掉了自己的姐姐。有的忆起了夫妻恩情，又谈到妻子怎样为了丈夫活命而卖掉了自身……句句血、声声泪，从个人细微的感情、亲人之爱，引向了对阶级敌人的强烈仇恨。然后，经过追根、查整，认识了革命真理，激发起为阶级而战的自觉性和热情。

政治教育尚且如此，难道诉诸感情、形象的电影艺术创作，倒可以不重视写人性、人情？

当然，人性不是抽象的。它在具体的人的个性里。具体的人千差万别，人性人情的质和量都有差异。文艺创作要写出独一无二的个人，就要着眼于具体的人，从纵的继承发展和横的关联、联系上，去研究具体的人性人情。

电影《泪痕》里，县委书记朱克实和技术员小魏一起熬年的那场戏，之所以令人难忘，就因为它合乎人性而又充溢着人情味；而这人情味真正是从生活里涌出来，在具体人身上体现的。准确的细节描写，加上演员真挚的表演，使人性人情真正像鲜血流在心脏里，情动心也动，人活了。这个朱克实，爱喝一口，还能品出酒的味道，小魏奇怪了："你也爱喝?"朱克实说："我也是人哪!"这看似平常的回答，简直抵得上一篇关于人性的宣言。

是呀，人性人情，是一种特殊的艺术矿藏，它绝不抽象存在，只共生在活生生的具体人的身上。只有把人真正当作人来了解研究的艺术家，才能挖掘得到。

在具体的人身上，人性美的光辉使人心惊目眩。

敬爱的贺龙同志遭受了林彪、"四人帮"的残酷折磨，身体极其衰弱了。一天夜里晕倒在走廊上，看守的战士把他抱回到床上。当他醒来时，听到战士在窗口轻声地唱："洪湖水，浪打浪，洪湖岸边是家乡……"贺老总，这位身经百战的老帅流下了眼泪。因为他是人哪!

说到思乡，这似乎又是一个颇带共同人性的话题了。我却想到了另一位著名的将领。听说，当他带着他的旅艰苦远征，历经南下北返，中原突围，八千里路云和月，在艰难的时刻，他想家了，想延安、想陕北。到达陕北的那一天，炊事员刚把米饭做好，旅长跑来了，抓起锅巴就吃。炊事员没看清是谁，抡起锅铲照屁股就是一下子。旅长呢，又抢了块锅巴边吃边跑，还哈哈大笑。他是人哪!

革命人如此，敌人呢，也是具体的。我们常苦于敌人写得不像。在考虑人的多样性的时候，常常去琢磨反革命的人有没有好的表现、革命人要不要写上坏的行为。这是没有意义的。关键还是在于是不是作为一个具体的人来研究，真正了解他们。好的敌人是没有的，但活的敌人是有的。不久前，听到了一个过去敌军将领的坦诚的自白。这个人，平时不贪财、不扰民，旧的道德修养很好。一次战役中，他带着师部连夜逃出了解放军包围，悄悄躲进根据地的一个村子，只要当夜不被发现，第二天便可逃出去。可就在这天夜里，隔壁一位老大娘把自己的房子烧着了，拄着拐杖站在房顶上呼喊:“解放军快来呀!”就是这位军官，拿起警卫的冲锋枪，把老大娘打死了。然而，此后几年里，他想起这个景象心里就害怕得发颤。这，也是个具体的人。

五

电影艺术创作表现人性人情，更为重要的是实践问题。

不能等待理论上弄清楚了再拿起笔来，也不要期望有谁能开出一个万无一失的药方。在艺术中被抢走的，还要在艺术的实践中把它夺回来。过去的险程化作明天的坦途，还要靠创作者勇敢而辛勤的艺术劳动。生活之树常青，实践有很高的品格。电影艺术作品里，那种合乎人性、富有人情的形象的创造，还是要靠从生活出发、在实践中突破。

具有艺术胆识的电影艺术家们，已经行动起来了，最近创作出来的一批优秀影片，像《归心似箭》《啊！摇篮》《泪痕》等等，都描绘了人性美、人情美。

电影《归心似箭》里，受到人们称道的爱情描写，自然是一曲人性人情胜利的凯歌。就连那香烟缭绕的分金场面，也是表现人性美的力作。月黑夜里，两个企图抢金害命的人被抓住了，就要给背信弃义者以惩罚，魏德胜却来求情了。这个求情，真是从具体个性表现人性的奇笔。这个同情心表现得合情合理，深刻动人；它像一块石头丢进水里，又漾起了特定的人性的共鸣。它给了人性描写以独特的启示。

我喜欢电影《樱》，赞赏它像描绘一条压缩了的弹簧一样，用曲笔表现中国人情操的力和美，我更三倍赞美它表现人性人情的勇气和探索。影片把人写得那么合乎人性又富于人情，把人性人情写得那么淳厚、质朴而又浓郁。它探索的成功告诉我们：在电影艺术作品里表现人性美和人情美，是必要的，也是可能的。然而，把可能性变成现实性，又要付出精心的劳动。

人·命运·心灵

一

为了向电影学艺，我常看故事影片。看来看去，越看越觉得这个“看”字很有意思，大有学问。看，当然是看那些看得见的东西。坐在影院里，从银幕上那来似奔马、去如逝川的流动画面里，可以看到新颖的生活面貌，引人入胜的故事情节，各种人物的行为动作，甚至连花朵的微绽、睫毛的战栗都能看得清清楚楚。但是，耐人寻味的是：观众看到了却并不是满足了；原来，观众希望看到的并不只是这些看得见的东西，而恰恰是那种看不见的东西。比方，鲜明的性格，高尚的品质，纯真的爱情，生活的哲理。一句话：想看到人的心灵。每当看到了这些，就会获得艺术的感染和欣赏的满足。

作家艺术家的研究对象是人和人的灵魂。文艺创作，是探索和塑造人的心灵的劳动。电影艺术，通过看得见的让人看到和感受到看不见的，使不可视的变成可视的，这种创造人心的工作，是一种多么艰难又令人神往的艺术劳动啊！

最近，我在故事影片《归心似箭》里，看到了一幅奇特的生活图画：荒僻的丛林草莽间，人们在辛勤地挖掘，在激流里冲淘，最后，这批淘金者从泥沙里得到了黄金。这幅画画得浓重、粗犷，还浮泛着神秘的传奇色彩。在影片里，这幅画自然是属于过去的，然而，不知怎的，它却把我带到了现在，带进了电影艺术创作的领域。我仿佛看见，这部影片的创作者——编剧、导演、演员、摄影……都是些淘金者，他们在革命历史这个巨大的矿床上走着，寻觅、挖掘、淘洗，他们也获得了黄灿灿的真金。不同的是，这些创造了金子的人并没有在缭绕林间的香烟里把它分掉，而是继续冶炼、锻打，把它熔铸成了一颗金子的心。然后，就像传说里的丹柯一样，他们把这颗热得烫手、亮得耀眼的心，从滚热的胸腔里捧出来，高举在霜浓露重的丛林里，举到了银幕上。

捧出了美好心灵的，当然不只是《归心似箭》。最近摄制上演的许多优秀影片，在许多艺术成就之中，有一个共同的特色，就是都在向着人的心灵深处掘进。《啊！摇篮》也从革命战争的历史里找到了自己的诗，描绘了革命军人的赤子之心。《泪痕》《李四光》题材各不相同，所描绘的心灵却都闪耀着金色的光辉。题名《苦难的心》的影片里，老专家罗秉真的那颗心落进了地狱般的暗夜里，却依然光芒四射；以至连创作者也按捺不住地喊道：这心，是金子做成的。

这种挖沙淘金、积金铸心的劳动，便是艺术的创造。而电影艺术家在铸造人心的同时，也创造了新鲜的艺术经验。

二

心灵不能独立存在，它在形象之中，然而，它绝不在一般化的

“形象”里，也不是从任何角度上都可以清晰地看到；它蕴蓄在精美的艺术构思之中，附丽在独特的艺术形象上。

就以写军事题材来说，描写革命战争、塑造革命军人形象，无疑是极其广阔、大有作为的天地。但是，不少写过一点军事题材电影作品的人，也遇到了一种苦恼：面对着如此丰富的战争生活实际，就像拿着画笔对着一条奔腾万里的江河，反倒没处下手了。于是，有的企图记述一段历史事件的始末，有的着眼于某个战役战斗的一般过程；构思上一概是“正面强攻”，人和人的内在精神离开了作品的中心，成了事件、战斗、故事的演述者，其结果当然是可以想见了。

影片《啊！摇篮》写的是革命战争生活，革命军人形象。剧作者徐庆东、刘青同志却从威武雄壮的陕北战场上选取了一支既不能攻、又不善守的保育院的队伍，写了四十几个孩子和几个照看孩子的军人的命运。影片《归心似箭》也是描写战争生活的，剧作者李克异同志很了解东北抗日联军的斗争生活，但是，他没有去写那艰苦卓绝的14年，也没有写白山黑水间的浴血作战，甚至连个知名的战斗也没写，他写了什么呢？他抓取了抗日联军连长魏德胜个人的命运。

命运，这个字眼似乎不大好听。这是因为“四人帮”往它身上泼了许多脏水的缘故。其实，所谓人的命运，不过是一个人所经历的生活和思想历程，是人物思想性格产生、形成、发展的历史和展现的环境。有哪个作家艺术家在研究人的时候，不同时从纵横两个方面研究人的生活道路、思想经历，研究人的遭际和境遇呢？

在生活里，每个人的遭遇和命运都是具体的、特定的。正因为着眼于具体的人和人的特殊命运，影片《啊！摇篮》和《归心似箭》选准了艺术作品的题材，找到了描写革命战争和革命军人的特异的角度和色调。且看《归心似箭》：影片一开始，就引着观众踏上一条崎岖的山径，钻进了冰封雪盖的山林，并且很快地来到了魏德胜的面前。观众在看到艰辛壮丽的斗争生活环境的同时，结识了“这一个”抗联军人。接着，影片用近乎泼墨的笔触，挥洒了一场冰上战斗。就从魏德胜负伤起，人物形象开始从背景上突现出来，人物的命运也出现了转折，开始离开了“常运”的轨道，沿着更为特殊的个人遭遇运行了。桥头哨棚一场戏，是人物的“厄运”；戏，干净利落，承上启下，使观众的心开始提起来，看见人物面对死亡的时刻那蔑视敌人的眼神，听到那振聋发聩的笑声。然后，笔锋一转，人物一步步地进入了那个淘金王国，可以说是人物的“怪运”。这一场写人物命运的戏，真是影片创作者的匠心独运。不仅展现了特异的生活图景，又调节了全片节奏的张弛，使情节转入了舒缓，得以从容地描绘人物形象；更重要的是，这时代和地区特有的生活，正是表现性格最恰切的场景。当这层的文章做得笔酣墨饱的时候，戏陡然再转，人物落入了“死运”；而且有起有伏，把刑场、苦役、越狱，一层层地逼到“山穷水尽”的绝地。直到这时候，影片的创作者才稍发善心，让人物的命运峰回路转、柳暗花明，进入了那个山清水秀、鸟语花香的峡谷。在那里，撩起人物心灵的窗帘，纵情地抒写人物的“幸运”……

跟着人物走了这一程，我们才明白，影片的创作者着眼于写人物命运，并不是对命运有什么偏好，也不是为了写命运而写命运，而是艺术构思的需要。

文艺作品的艺术构思，任务无非是一条：为你的人物选择并且安排好最能表现其思想性格特征的环境，表现出典型环境中的典型性格。影片《归心似箭》的编导者，如此执着地抓住人物的命运不放，并不只是为了记下人物的遭遇，记下一份“魏德胜历险记”，而是从人物经历的生活历程和思想历程中，去探索，去发现最能表现性格的环境，去追求环境和性格的统一。或者说，从人物经历的外在形态，去表现内在精神的美。从命运着眼，性格和心灵就获得了特定的躯体；从命运着手，题材和人物就不会雷同；从命运出发，时代、地区的特色也就出来了。

三

选准了窥视人物心灵的恰切角度，安排好最能展现性格的典型环境，为创造美的心灵提供了可能性，然而，把可能性变成现实性，塑造形象，表现出心灵的美，还要靠艺术家的刻意追求和艰苦劳动。

影片《归心似箭》的编剧李克异同志，在创作文学剧本的时候，曾经谈过自己创作的意念。他说，要“写一个共产党员在艰难困苦中的精神状态”。影片的导演李俊同志，在接过剧本的时候，说过：“抓住思想闪光的地方，使劲挖。”这些话，既是深刻的创作意图的明白阐述，也是对艺术目标和艺术特色的执着追求。他们要把思想、性格、心灵的美紧紧地抓住，使劲挖掘出来，又通过真实准确的艺术描写，使人看得见、受感染。

这一批优秀电影艺术作品，造出了那么多美好而又各不相同的心灵，揭示了那么丰富多样的内心世界，既表现了创作者艺术的追求，也表现了创作者艺术的功力。

他们敢于使自己的人物落入大危难之中，让形象在激烈的碰撞里迸发出精神的火花。《泪痕》中的县委书记朱克实，一出场就踏进了危机四伏的境地，并且捧起了一个像拉了弦的炸弹似的难题，然而，正是在这里观众看到了那一下又一下撞击出来的党的好干部的革命精神。《啊！摇篮》里，小院生的一声哭叫，把整个队伍推到了死亡的边缘；接着引出了院生的母亲忍痛闷住自己亲生儿子的戏。于是，一个平凡的妇女一下子展示了她那不平凡的心胸，发出了英雄的闪光。

他们又善于寻找和运用有表现力的细节，准确地塑造形象，使内在的凭借外在的而清晰可见。看过《啊！摇篮》的，谁能忘掉罗桂田的牺牲？还有《归心似箭》中魏德胜在敌人苦役牢房里“过生日”的描写；一个买烟请客的细节，映照出了共产党员的照人肝胆。

他们又长于让人物进入到特定的人和人的关系里去，让人物的内心世界尽情地披露。《苦难的心》里，罗秉真父女俩备受苦难之后，有一段女儿劝父亲离开医院的戏，正是这样的传神之笔。女儿规劝辞婉情真，父亲的回答义正词严，正是在这特定的关系里展现了金色的心灵。《归心似箭》里写道：在淘金子的队伍里，有人劝魏德胜“弄上几两金子，进城做个小买卖！”在这后面，却写他把到手的黄金交了回去。在这里，辞金不受的情怀，借了劝说这块反光板的反射愈见光辉。

就连次要的人物，影片也竭力去捕捉和挖掘他们的内在精神。那个露面不多的董老伯，一出场就对着魏德胜长揖到地，说：就冲着你们这宁死不当亡国奴的军队！接着，出现的是魏德胜含泪的双眼的特写。短短两个镜头就表现了一个山区群众对革命军队的热爱，也表现了魏德胜的激动和自豪，两颗心都是“可见”的了。

四

把心灵、把内在的美变成可视的，这个艺术的追求并不是轻而易举、一蹴而就的。影片《归心似箭》的艺术实践告诉我们：美，是靠着特定的形象才得以体现的。而那些放在哪里都合适的“通用”的东西，放在哪里也不会合适，绝不能使内在的东西清晰可见。

比方，写爱情，这个被“四人帮”层层设防的禁区已经被突破了；但是，进入了禁区，并不等于创作上的突破，可以写了，并不是说已经能够写好了。这方面，影片《归心似箭》做了真正大胆的也是成功的探索，是一次创作上的突破。

所以如此，我以为至少有以下两点：一是从爱情的特定性出发，表现得有特色；二是把爱情描写作为整个影片创作意图——揭示人的美好心灵的组成部分来对待。

有人说：幸福都是相同的。其实未必，它和其他事物一样，也是千差万别的。艺术创作就是找到这个不同。在影片中，“这一个”魏德胜和“这一个”玉贞的爱情，自然应当有它的特色。影片的创作者正是把握住了这一点，从人物的性格出发，来理解和描写的。

看看玉贞表达爱情的方式吧。先是一幅充满诗情画意的景象：在洒满阳光的小院里，伤势初愈的魏德胜在逗孩子玩，玉贞纳着鞋底。仿佛无意中搭进了抽烟的一条细线。玉贞拿来了烟袋，天真的孩子夹来了火炭点着了烟。就在这特定的气氛中，玉贞从魏德胜的话茬里找到了吐露心思的机会：“你拿着吧，好歹也留个念想。”就这么一句，含蓄，又蕴藉，恰到好处地表达了这位少妇的情怀。如果说这还是心灵隐秘的泄露，那么，在泉边，简直就是大胆的表白了。魏德胜说她的恩情难以报答，她机灵地把话接过来：“那就一天给我挑两趟水。”“挑到我儿子娶媳妇，挑到我闺女出门子，给我挑一辈子！”这里有殷切的期望、坦诚的吐露，又有聪明的暗示。而这内容和方式，又是只有玉贞这样的少妇所特有的。也正是由于爱情和表达爱情的人是具体的、特定的，爱情也就被描写得真实、准确，别具特色了。

可以分明地看出，影片的编剧、导演、演员，都热爱着玉贞这个独具艺术特色的人物，因此，这段爱情生活也表现得独特、质朴又强烈，有很强的艺术感染力量。但是，正是在这里，影片的创作者也给自己出了一个难题：越是写好了爱情，让观众看见了两个人美好的情操和品质，看见了这两颗心怎样接近、靠拢而后紧贴在一起，也就越加突出了革命战争和魏德胜个人幸福之间的矛盾，增加了解决矛盾的难度。怎么办？在这里，影片的编导表现了真正的艺术的胆识。他从整个影片的艺术构思出发，明确地把爱情作为创作的有机组成部分，不但不削弱爱情描写，反而把它写足，写够。直到艺术描写的“火候”到了，再从容地展开魏德胜走的描写，并且大胆地写了内心的矛盾和令人心碎的离别。银幕上，碧云天，黄叶地，西风紧，北雁南飞，霜林染遍离人泪，这不太悲凉了吗？不，正是因为前边着力渲染了爱意之浓，大胆写了离情之重，才更展示了“归心”的可贵，也更突出了作品的艺术特色，更深刻地揭示了主题。

五

一部以创造心灵为追求目标、具有独特的艺术特色、在创作上有所突破的电影艺术作品，它的思想内涵也是丰富的，它的思想意义也是广阔的。《啊！摇篮》里的马背，已经不只是儿童成长的摇篮了，它使人想到火样的战争对于革命新人的培育。《泪痕》通过人物概括的实事求是精神，也大大越出了一个县的范围，而引起了广泛的思索。影片《归心似箭》通过描写魏德胜的个人命运，揭示了黄金般的心灵，塑造了坚毅而又多情、丰富却又单纯的一个活生生的军人，以形象概括了时代，概括了战争的本质。就是这个平平常常的人，摒弃了黄澄澄的金子，战胜了非人的磨难和死亡，又推开了似火的柔情，坚定地奔向那个他为之奋斗终生的理想。这个艺术的概括，是影片的创作者从生活中挖掘、提炼而获得的独特认识、独到见解，是作者的思想成果。这个思想，是有极大的认识意义和教育感染力量的。然而，作者对生活题材的开掘还没有在这里停止，还要更进一步掘进，用全部的艺术手段引着你、逼着你去思索更深一层的生活哲理，去体味“为什么活着”这个人生观的大问题。

这些影片的倾向性是强烈的、鲜明的。但是，倾向性在艺术作品中又隐蔽得多么好哇！它一扫过去靠豪言壮语去说主题，靠平直浅露的呼叫去喊主题的常见病，而是靠真实的、具体的描写，使倾向性在场面中、在形象里自然流露出来，让观众在欣赏过程中去感受、发现和思索，这是艺术的。

思想和思想力量

一

文学艺术作品，除了文艺本身遭了劫难，不得不往废品收购站出售以外，实在无法上秤称、论斤卖；然而，它又确确实实是可称可量的。故事影片大约也是这样，当它们被装在铁盒子里的时候，这一部和那一部的重量似乎都差不多，可是一旦映到银幕上，和欣赏者发生了联系，在观众的心里，它们的思想和艺术的容量、质量和分量却很不相同了。

同是一番艺术劳动创造的精神产品，为什么有的如铜雕铁铸，以巨大的思想力量和艺术力量震撼人心，具有长久的生命力；而有的却像柳絮杨花，成了文艺史上的过眼云烟？这种艺术现象，对于电影艺术的学艺者来说，实在令人慨叹又耐人寻思。

向近年出现的电影艺术作品学艺，你会慢慢地发现：短短几年的从复苏到复兴的艺术历史，仍然是坚持现实主义和偏离现实主义互相交织、争斗的历史。一方面，现实主义被轻视着、误解着，出了些平庸、肤浅的作品；另一方面，许多高明的电影艺术家，举着现实主义的旗帜，向着社会生活的深处掘进，向着人的心灵深处掘进。随着这种掘进的愈深愈广，出现了一批又一批的好影片，涌起了一个又一个艺术的波峰。今年，在浪尖上又看到了《巴山夜雨》，看到了《天云山传奇》，还有其他好的电影作品。这些优秀的影片，一个共同的特色就是都有较强的艺术感染力和思想震撼力，它们令人欣喜地感到，在电影艺术领域里，现实主义在走向广阔，走向深化。

文学艺术影响着人的感情，也影响着人的思想和意志。好的作品，总是对生活的艺术概括，总是深刻地反映着生活的广度和深度。思想，饱含着生活血肉的思想力量，是社会主义文艺的灵魂；有了这个灵魂，作品就能活着，长久地活着。

二

故事影片，和其他文学艺术体裁一样，是认识社会的一种独特形式。作品，当然是生活的反映，然而又是能动的反映，是对生活的评价和解释。因此，一部好的文学艺术作品，只要是艺术地、深刻地再现了生活，就必然具有美学价值和认识意义。

我喜爱影片《巴山夜雨》。在它的艺术特色里，最使我神往的是：作者不露技巧却又很有技巧地揭示了生活的内涵，显示了艺术的思想力量。

有的同志称道《巴山夜雨》是诗，我却觉得它是一篇开掘得好的短篇小说。乍一看，作者仿佛漫不经心地从那个乱得像柴火垛一样的历史里随手扯了一把，把一段看似平常的生活摆到了观众面前，然后，从容不迫地描写了人，讲述了事，展现了一个生活的横断面。就连艺术处理用的也是短篇小说常用的白描手法，它静静地领着你看，看人，看生活，看人心，看世道，终于，在这个横切面上，看到了时代的年轮；从这清晰的年轮上，认识了生活中蕴藏着的人民的力和美。

要让人看，自己先得看见。真正的艺术功力首先在这里。我实在佩服剧作者有一双好眼睛，一双极有透视力的眼睛。它能透过污秽浑浊的水面，看到那默默向前的滚滚江流，摸到了生活的底蕴，溢出了诗意和哲理，从而在艺术作品中迸发出思想力量。

“好在历史是人民写的。”这句出自一个伟人之口的话，本身已包含一个伟大的真理。一经和人与人的命运联在一起，和形象血肉交融，就更具有了惊心动魄的感奋力量。

“巴国山川尽，荆门烟雾开。”人民终于扫除了历史的尘埃，把历史的航船开向前方。一千多年前写过著名的《登幽州台歌》的大诗人陈子昂曾经和秋石同样遭到诬陷，可他死在监牢，秋石却活在人民的怀抱里。

这是真正的历史感。

《巴山夜雨》和《天云山传奇》写的都是社会生活极不正常的时期，人的心灵在饱受搓揉，人的命运被扭成了麻花。然而创作这两部电影的艺术家们却都挖进了历史的纵深，用爱的经纬去编织生活形象，表现了人民的力量，显示了历史的乐观主义。

三

如果把电影艺术作品比作一只船，那么，感情是帆，思想是舵。

思想，饱含着生活的血肉的思想，从作者所拥有的独特的生活里开掘出来的闪光的思想，对于文学艺术创作是极其宝贵的。它简直像神话里的那盏神灯。这灯，被有才能的艺术家在辛勤开掘里找到，然后挂起来，一下子照亮了全部生活感受和积累，于是，生活被深刻地认识了，焕发出了奇妙的光彩和魅力，作品获得了深度，也获得了艺术感染力和思想震撼力。

于是，我悟出了一点道理：电影，是通过看得见的（画面），去表现看不见的（思想和感情）。近来又看到一些新作，才发现，这个想法还不很完全。从创作的角度来理解这个认识运动的过程，那就更有味道得多。原来，电影艺术家们从大量看得见摸得着的感受和形象里，去思索、开掘、提炼，发现了一种看不见的东西——对生活的认识和理解，得到了真知灼见，发现了生活的哲理和诗意，激发了炽烈的创作热情，然后，又以这种新的发现去观察和处理题材，进行艺术构思和创造形象，最后制作了思想性艺术性都高的看得见的影片，让观众在看的过程中再去寻觅、发现和接受那些看不见的东西。

因此，是不是可以这样说，在一定意义上，电影艺术就是发现；创作的重要本领之一就是这种发现的才能。

不能体现深刻思想的电影艺术作品，恐怕很难有长久的生命力。有一些思想平庸、肤浅的电影，也许在分体上也不无可取之处。

它们在看得见的方面也下了功夫，几乎可以说是什么都有了；但是，看来看去，总觉得缺少了什么。缺什么呢？大约就是缺了开掘生活的深度，缺了对生活的独到见解。由于思想的浅薄，就失去了艺术的容量、分量和力量；由于短见，也就短命了。

我们不应超越作品的取材范围和艺术构思，去要求外加的什么思想力量，但是可以就作品提出深入开掘的要求。最近的许多优秀影片，在向社会生活的纵深开掘方面，各自获得了思想的闪光。《法庭内外》从题材上看似乎不见得新奇，然而，在探索情与法的关系上却有了新的广度和深度；有了发现，也就有了逼人思索的力量。在反映白区地下斗争的一批影片中，《和魔鬼打交道的人》更深地进入了共产党人的精神世界，也就获得了重量。

追求思想艺术的感染力和震撼力，《天云山传奇》是电影艺术创作的一次真正的突破。近年来，关于这类题材的作品，已经出现了一些，大都描写了个人或家庭的不幸，倾注了强烈的同情。电影《天云山传奇》的创作者的高明之处，并不在于敢写不幸。因为艺术创造的高低成败并不取决于写什么问题时的胆大胆小；艺术家的真正胆识，还在于深刻地发现。鲁彦周同志在生活里看到了悲剧，感受到了无辜者蒙受的苦痛和不幸，然而作家并没有匆忙地找个现成材料去写成一个作品，甚至他并没有让目光在这些感受积累上久久停留，而是站在历史的高处来观察、分析这一切，继续向着社会生活的深处掘进。终于，发人之所未发，见人之所未见。发人深思的是：开掘、发现，思想的深化，又反转来提炼了题材，摆脱了写作过程的羁绊，使题材更加典型化，完成了作品的独特的结构。只要看看这一点就够了：罗群被错划为右派之后的苦难和不幸的生活（这些在同类题材的作品中，常常被写得淋漓尽致）被推到了后景上，而冯晴岚那颗美好的心灵却像苦菜叶上的鲜花一样绽开，宋薇的思想历程也清晰动人。这才是真正的艺术构思。

关于这个开掘和发现，作者自己曾经揭示过这个关于思想力量的奥秘："作家自己不能认识生活，怎么能帮助读者认识生活；怎么能发挥文学艺术的应有功能和作用！"他又说："一个作家对生活评价不能等到别人做了结论才去重复一遍。"

这个艺术见解，大约也和作家的作品一样，同样是开掘生活的结果。

四

哪一个作家艺术家不希望自己创作的作品能够深刻地概括生

活，有较强的生命力？谁不愿自己的作品给读者观众以思想的启迪，并且引起人们心灵的震颤？但是，获得这一切又是多么不容易。作品的深刻的思想意义和思想力量，不是表现在几句聪明的对话或警句，而是表现于对生活的深切体验和充分的研究，是对自己感受了和感动了的东西的深沉思索。

那种没有出息的文学教条主义和艺术教条主义曾经严重损害过我们的文艺；公式化、概念化是令人生厌的，“四人帮”制造的虚假和无情更是可恨的。要恢复现实主义传统，无疑还要和这些东西继续斗争。但应该注意的是：在一个时期里，我们对于文艺创作中的思想和思想力量问题也很少谈论了，仿佛思想与形象、与艺术、与文艺的思维活动是水火不相容的。这是一种误解。把思想当成米饭里的沙子来对待，把思想看作是公式化、概念化的根源，是不正确、不公平的。其实，概念化的产生，不是因为作家在创作中重视了思想和思想力量，恰恰相反，正是不去开掘和认识生活，不肯勤苦思索的结果。没有了自己从生活中体认出来的含血带肉的思想，只是一味按别人给的思想去创作，或者图解某一个政策概念，这才使文艺创作陷入了可悲的境地。

五

电影艺术作品的思想意义，是通过鲜明生动的人物形象的塑造来体现的。思想，不能离开形象独立存在。它不在形象之上，也不在形象之外，而是在形象之中。我们所要求的是高度的思想性和艺术性的统一。思想与形象结合得越天衣无缝，作品的艺术性就越强，也就越加具有艺术感染力量和思想力量。

去年出现的一批优秀影片，向着生活和形象的深度同时开掘，追求思想与形象的统一，更有了长足的进步。如果说现实主义传统在发展、在深化，这可说是鲜明的标志。特别值得称道的是《天云山传奇》，人物塑造得多么好哇！着力写人的内在精神，写人的情操、心灵，巧妙地运用看得见的情节、细节，把极不易看到的灵魂的搏斗，鲜明地突现出来。特别是冯晴岚，既是饱含着血肉的思想，又是充溢着思想的鲜活血肉。如果说《巴山夜雨》是用线条、用白描雕出了人物，那么，《天云山传奇》则用了浓墨重彩、渲染烘托，展现了人物的深度，塑出了形象。

思想和思想力量正是在这样结实的形象里体现。让冯晴岚这样的形象走上银幕，走到观众的面前，借着她来认识生活、评价生活，懂得人应该怎样活着、怎样做人、怎样对待现在和未来，这便是电影艺术的实实在在的胜利。

于是，我想到了倾向性和倾向的隐蔽。人们常常谈论隐蔽，反对平直浅露的喊叫和直白，却较少琢磨怎样实现这个隐蔽。《天云山传奇》的倾向是鲜明强烈的，然而，它又隐蔽得多么巧妙。隐蔽，不是随心所欲地藏或露。要隐首先就得有；有了，才可以隐蔽。那种鄙薄文艺作品倾向性的观点是荒唐的。然而，这个有，又是靠形象去概括，只有形象结实了，才能使倾向的隐蔽成为可能，才能使作品思想力量强烈而又自然地充溢和流露。

六

故事影片，作为精神产品，是客观世界在作家艺术家主观世界的反映。作品的思想和思想力量，是作家艺术家对生活的观察和思索的成果。鸟瞰整个生活的思想高度，洞察生活的思想深度，是学习马列和学习社会、刻苦修养的结果。

电影，大约也有个“格”的问题。影片的格，常常也就是电影艺术家的格的外在表现。

写痛苦和不幸，写创痛和伤痕，却写得那么高亢，这不就是一种格吗？通过船舱的一角，写风雨如晦的暗夜，却写了人的善良、美好，让人看到了历史前进的方向，得到了力量和希望，这不也是一种格吗？我被“五块钱结个婚”那场戏深深地激动着，难道这个姑娘拖曳着的只是一个重病的丈夫？她拖曳的是历史，是生活！就是在这里，显示了思想和艺术的真正分量，也袒露了艺术家的世界观、艺术观和思想情怀。

现实主义的深化，要求作家艺术家非常清醒、极其热情。清醒了，才能深刻，像鲁迅所要求的：“选材要严，开掘要深。”有了炽烈的热情，才能够感染人，像高尔基所要求的：心中燃烧起“对我国人民和天才的无法熄灭的欢乐和自豪”。

电影艺术家不是时代的旁观者和看客，而是社会生活的积极的参加者。在他手中所创造的电影艺术作品，必然倾注着艺术家的思想倾向、创作激情、艺术趣味和美学理想。强调思想和思想力量在创作中的重要意义，要求真实地反映现实和渗透着社会主义精神两者相统一，这不是给创作以绳索，而是思想的解放，是社会主义文艺的完整要求。

这就是近年优秀影片给予我们的重要启示。

谜的启示

一

看电影，看好电影，是一种美好的艺术享受；为向电影艺术学艺而看电影，看好电影，简直就是幸福，一种饱含着探求的艰辛和喜悦的幸福。

文学艺术创作，包括电影艺术创作，是创造性的劳动。既然是创造，创作者从来就面对着两个世界：一个是社会生活的现实世界，一个是作品创造出来的艺术世界。使电影艺术的学艺者着迷的是：那些高明的电影艺术家，究竟是靠了什么“法术”，把千姿百态、纷纭复杂的社会生活变成了精美的故事影片，创造出了一个又一个迷人的艺术世界？

奥秘，像谜一样的艺术技巧的奥秘，它不声不响地帮助电影艺术家创作出了优秀影片；而优秀影片又把这奥秘悄悄地泄露出来，撒向人间。引得电影艺徒们倾心折腰，“衣带渐宽终不悔，为伊消得人憔悴”。

这种情形，使我想起了儿时听到的一个谜语。谜语说的是：“要它白，使墨抹；要它长，用刀割；要它囫囵是砸破。”

这个谜语打的是三件东西。这三件东西，也许就在你的眼前，或者就在你的手中，它们是极平常的，像任何一个谜底一样平常。然而这种“相反相成”的谜语构思，却很有意思。它说不定会吸引着一些有心人玩味终生，因为它包含着生活和艺术的辩证法；如果联系从生活到艺术的过程，去猜一猜它的底蕴，也许有助于了解电影艺术创造的奥秘。

二

“要它囫囵是砸破”，谜底是瓦，是千百年来盖房屋用的那种瓦。据说，烧制这种瓦，坯件并不是瓦的形状，而是先做成一个圆筒，刻上四条线，放进窑里烧成之后，再用木棒一砸，破成四爿，便成了瓦。

在这里，有意思的不是瓦本身，而是取得瓦的方法——砸破。只有砸破了，才能得到完全意义的瓦；只有砸破了，才能囫囵、完整。

由此，联想到了文艺创作的题材选择。

题材，是文学家、艺术家从自然生活和社会生活中撷取的艺术材料。对于生活这个总体来说，题材永远是不全的；它是创作者把生活“砸破”，并深入开掘的结果。

任何文学艺术形式都有自己的局限。因为画家没有那么大的一张纸，来纤毫毕见地描绘整个地球；而小说的篇幅再长，也写不尽全部人类历史和社会生活。但是，文艺又要概括，又要求创造出一个完整的艺术世界，去反映生活和评价生活。这两个对立的东西，在艺术创作中统一起来了，这就是“以小见大”。用小去反映大，以部分去显示全体，通过一雕栏、一画柱，让人们看到整个宏伟的殿堂，艺术正是在这里找到了出路，走上了坦途。

好的电影艺术作品，取材也是艺术的。聪明的电影艺术家们，从大处着眼，从总体上研究自己热爱和熟悉的生活，却又勇敢地抡起智慧的锤头，把生活砸破、敲开，从中精挑细选，攫取了那能够“见大”的小块；或者从一个独特的角度透视进去，抓住那能够显示全体的局部，然后开掘、提炼，使之典型化，于是，得到了创作的艺术材料。这是何等高明！故事影片《傲蕾·一兰》反映的是很久以前的一场战争。这场抵抗外来侵略、捍卫民族尊严的正义战争，仅只史料就够看上半月二十天，可怎么纳进一部电影里？然而电影剧作者根本就无意于记述历史事件，更没有对战争过程做劳而无功的“压缩”处理，而是站在时代的高处鸟瞰这一战争，在获得了真正的历史感之后，毫不犹疑地把它砸开，从历史的深处领出了一位女英雄。那么，表现一场规模巨大、载诸史册的战争，只写这么一个姑娘，和姑娘的亲人、情人、邻人和仇人，岂不是太不全了？不。影片的创作，正是从这个不全里达到了全，创造出了一个完整的艺术世界，表现了这场战争也表现了作者的美学理想。

为了囫囵而砸破，这种取材的高招自然不是《傲蕾·一兰》所独有。《从奴隶到将军》《吉鸿昌》《归心似箭》，各自写了自己所要表现的一个军人，写了他们或长或短的一段个人命运和思想历程；《小花》和《啊！摇篮》，则写了一对兄妹和一群孩子。比之雄伟壮丽的整个革命战争，这些人和事确实是小的。可是，电影艺术家们还是顽强地把他们放到了影片的中心，笔酣墨饱地抒写他们的性格、命运、心灵和感情，坚决地把战争本身推到了后景上。这不是电影创作者的痼癖和偏执。他们正是遵循了艺术辩证法，坚持“以小见大”，从生活中不那么重大的事物上看到了艺术上分明是重大的东西，从砸破中获得了囫囵，从不完整里创造了完整，从而艺术地表现了军人、军队和战争。

艺术，总是以小见大，以个别反映一般，这个道理看上去似乎并不难懂，但是真正懂得它，又多么不容易！过去的许多年里，关于题材，关于写什么，关于生活和艺术的大和小，人们说了多少话呀！在这许多话里，有一种声音，就是贪大求全——不是通过小去见到大，而是要以重大表现重大；不是通过特殊表现一般，而是要用一般去反映一般。一句话，就是要囫囵个儿表现生活。例如写战争，常常是要求电影去记述一段历史事件的外部过程，或者是一场战斗的始末；军队编制的各色人等要一应俱全，战争的各个侧面要面面俱到；结构多半是从头到尾，写法上常常是正面表现。于是，本来应该居于后景地位的却推到了前景，而人和人的命运、性格、心灵却被挤到了陪衬解说的地位。这样，求大而失大，欲全而难全；不肯砸破，得到的却不是囫囵，而恰是肤浅和不全。

当然，强调“以小见大”，并不是说只能写小，不能写大，只写一点，不写全局。也不是否认题材本身的制约，看不到题材之间的差别，从而排斥了那些在生活中重大在艺术里也重大的东西。更不是提倡去摭拾那种琐屑的、毫无社会意义的小零碎，去表现卑微的低下的思想和感情。这是自不待言的。

“要它囫囵是砸破”，它的底蕴对于电影艺术技巧的启示，又何止是取材？也许是我囿于艺徒的无知和偏见，在我看来，电影，整个儿就是个“砸破”的艺术。剧作家为了艺术概括而砸开了生活，一双慧眼从分体和总体的关联上发现了艺术材料，形成了构思，体现了意念。导演为了艺术概括而砸开了剧本，一双巧手把它分割成了更为精细的艺术部分，一个一个镜头去推敲，几尺几寸地去琢磨。还有演员、摄影……为了完整而砸开来精雕细刻，然后，综合创造出一个完美的艺术世界。大约就是因为这，电影创作才变得如此艰辛和迷人。

三

获得了题材，拥有了艺术材料，并不就有了电影艺术产品。要创作，还得要剪裁。材料用得不好，不当，是令人痛心的浪费和祸害。

这方面，铅笔这种东西对艺术劳动是有启示意义的。“要它长，用刀割”，只有恰如其分地割去了铅笔上的木头，铅芯才会长，铅笔才能“善其事”。其实，像这样看似文字游戏的谜语里蕴藏着艺术经验的说法，不是我国的特产。外国有一位名作家就说过类似的话。他说：你要雕一张脸，把不是脸的部分挖掉就是了。这话说得多么平易，却又多么聪明！对于电影艺徒们来说，正是在对待这个“不是脸的部分”上常常表现得既无知又无力。

前不久，在一个电影座谈会上，一位前辈电影艺术家感慨地指出，我们有些电影作品里，东西太多了。他转述一种批评说：在一部电影里放进了五部电影的内容。“而且，困难的是，还不知道删掉哪四部是对的。”这一针，正正地扎到了穴位上！对于这种常见病、多发病是确有疗效的。多，人多，事多，话也多，把成吨的材料堆在一部电影里，淹没了必要的有价值的部分，也淹没了艺术，这是悲剧。堆上去了，又不能清醒地找到那些不必要的部分，予以删除，让无价值的芜杂淹没和妨碍了有价值的单纯，这更是悲剧。如果在开始艺术劳动之初，就找到那可爱的一个，而丢掉那可恶的四个，该多好！

就是在必要的一个里，有时也会有常说的艺术上的“不足”。这不足，固然有时是欠缺、不完备和不充分，但常常发生的，或者和不足与生俱来的，却是它的反面：多余。这种情形，就连好的电影作品有时也难避免。曾经有机会读到《归心似箭》的文学剧本，抗联连长魏德胜由于叛徒告密被捕之后，有一段忍受日寇酷刑的描写，从分体上看，写得不错；但从全剧而言，却觉得多了，平了。及至看到完成的影片，这些描写不见了，变得既干净，又利落。而影片后半部分却显得更加饱满充盈了。问导演，导演说：拍摄之前删去了。原来，“要它长，用刀割”，删除也是艺术上的再创造。

过去，只听说用加法去加强描绘，是塑造形象，用乘法去处理感情，是创造激情，却不知道用减法去完成作品，也是艺术的创造，而且是重要的创造。前些年，刚刚“触电”的时候，打听一起合作的一位导演，有人告诉我：她在剪接台上。这使我这个艺徒大为惊奇：电影艺术家在那里干什么，就是握着把剪刀，拉着胶片，剪开来、接上，剪下来、扔掉？后来才知道正是在这个创作环节里，在这个删剪和扔掉的过程中，有效地提高了电影作品的思想和艺术力量。她扔掉了一堆胶片，留下了个较为完美的作品，获得了艺术。

“要它长，用刀割”，电影创作者，应该学会剪裁。应该学习删除非本质、非艺术的东西。应该像割去木头留下铅笔芯那样，在恰如其分的减少里得到艺术上必要的东西。

少了，才能多；单纯，才能丰富；删除了不必要的部分，才能得到那张艺术的脸。

四

银幕，是多情的，也是无情的。艺术处理得当了，蓬荜也能生辉；处理不当，好材料也立时变得暗淡无光。

“要它白，使墨抹”，墨，能使白的变得更白吗？能。碑帖的拓片就是这样制成的。要表现白，不只从白色本身去解决，而是用墨去对比烘托；电影艺术的深邃的意境和鲜明的形象，不仅要从意境和人物本身用力，而且要运用多种手段，去陪衬，渲染，才能取得强烈的艺术效果。

艺术，无疑都要求强烈和浓郁，但是强与弱，浓与淡，像在生活里一样，是对立的统一。创作就是要通过艺术处理，表现它、强化它。这就要烘托、渲染。没有渲染，也就没有了艺术。

好影片的创作者们，也同时是渲染的高手。每一个精巧的构思，每一个引人的情节，每一个动情的、能够显示心灵的细节，一旦落到了他的手里，就被创作的激情紧紧地抱住了。它们或者在文学剧本上就被打上了鲜红的五角星，标明了身价；或者走进了艺术家的梦里，它绝不会被丢弃，也不用担心被轻率地放置进电影里，而是被艺术的匠心精心安排在恰当的地方，然后，小心地接近它，逐步地显示它，前一步是后一步的准备，后一步是前一步的发展，准确而又适度地烘托、渲染，终于，在最恰当的时候，发出了光和热。看过影片《苦难的心》的人，有谁不在渐浓渐深的艺术渲染里，渐次分明地看到了一颗热爱人民的赤子之心呢？

这颗心，被放到了灾难的搓板上，揉来捏去，也就在搓揉中放光、发热，被渲染得淋漓尽致。还有《归心似箭》的归心，《啊！摇篮》的童心和爱子之心……都是通过艺术渲染，变得鲜明、多情而又动人的。

白，就是这样被墨抹出来的。

五

任何比喻都是跛子。拿谜语做引子来探索电影艺术创造的技巧奥秘，仅仅是用其底蕴打比而已。艺术技巧不是谜，而是艺术规律和艺术经验，是可学可知的，只要艺徒肯于用心，善于学习。

艺术的大和小，多和少，浓与淡，是艺术规律，是辩证法。然而，它们又和更重要的一条规律联系着，那就是必须熟悉生活和懂得生活，获得生活的富有和思想的高度。只有站在时代的高处，才能得到那见大的小；只有生活富有的人，才能找到那必要的少。

花，不是蜜；但没有花也就没有蜜。电影艺术家就算有天大的本领，永远不能把自己没有的东西送上银幕，献给别人——这，绝不是谜。

美的精神和美的电影

电影艺术在建设社会主义精神文明中的历史使命和社会责任，是一个极其重要、极有意义的问题。

建设高度的社会主义物质文明和精神文明，是我们的奋斗目标；两个文明一齐抓，是党中央的战略决策，也是对科学社会主义的新的概括。电影，为人民服务、为社会主义服务的电影，从根本上说，就是推进社会主义精神文明的建设，用美的电影艺术产品来加大社会主义精神因素，促进心灵美好的新人成长，帮助基础的巩固和发展。

其实，我们的革命的、进步的电影，和其他姊妹艺术一样，从来就是祖国精神文明的一部分，又有力地作用于精神文明；促进精神文明的建设，从来就是我们电影的优良的传统。早在三四十年代，在夜气如磐、污秽遍地的旧中国，进步电影就汇入了整个革命文艺的洪流，传播了进步思想、革命精神，成了鲁迅说过的“照亮国民精神的灯火”，帮助了革命，帮助了新中国的诞生。新中国成立以来，日益健康繁荣的电影，进一步发扬了优良的战斗传统，以大量的具有思想和艺术力量的电影艺术作品，帮助了新社会制度的巩固，促进了社会主义精神文明的高涨。现在30岁往上的人，谁没有受过《钢铁战士》《董存瑞》《李双双》《红色娘子军》和《林则徐》等许许多多优秀影片的教育和影响呢？整整一代或者两代人，从电影里得到了精神的营养，受到了共产主义思想和高尚品德的教育，从电影里感知了革命献身精神和共产主义风格；认识了人生道路和人生价值；增强了爱国主义和革命英雄主义精神。

对于建设社会主义精神文明有益、有助，这是我们电影事业的光荣。只有当电影和整个文艺同遭劫难，董存瑞和林则徐一道被赶下了银幕，幕布像“乱世英雄”所交的白卷一样只剩下白布一块的时候，这才毁坏了电影，也毁坏了社会主义的精神文明。

近年来，特别是党的十一届三中全会以来，电影从复苏到复兴的进程，也正是促进社会主义精神文明建设的过程。最近参加了1981年文化部电影评奖活动，深深感到，一些好的影片和这些影片的创作者，已经相当自觉地为社会主义精神文明的建设出力了。像《喜盈门》，就是一部使人民亲密团结的影片，编导敏锐地接触了社会伦理道德的主题，从人和人的关系上开掘，揭示了社会矛盾，描绘了新的道德风尚，从而获得了思想的启示力。还有描写过去生活的影片《路漫漫》，通过一个军人的形象去概括时代，描写了人怎样逐步摆脱了自发性，而追求到真理，获得革命的自觉。它是写过去的。但艺术地抒写过去并不只属于过去，更属于现在和将来。人们，特别是青年人，也可以从历史纵深里体认出生活的哲理，从而看到：人该怎样做、路该怎样行。又比如《沙鸥》，是一部引人思索、教人向上的影片，创作者从生活形象中感受到了一种奋发向上的精神，又明确地把这一形象连同这种精神一道呈现在青年的面前，从而和观众一道思索人生，引起观众心灵的震撼。我曾经和两位多少有点“玩世不恭”的青年同志一道看《先驱者之歌》，这些历史深处的血色和火光竟然使他俩热泪交流。我也听说，有的青年同志曾经两遍三遍地去看《莫让年华付水流》，因为他们珍惜自己的年华并且需要精神的支柱。

历史是雄辩的。它就这样阐明了社会主义的电影和社会主义精神文明的关系。

在向电影学艺的过程中，我常想，对于电影艺术，如果不仅是从电影艺术本身去看它，而且从电影以外去看它，那该是多么开窍哇！电影面对着的是什么？是建设精神文明这一任务的极端重要和极其迫切。近几年，我和青年同志、特别是少年儿童有一些接触，深深感觉到，在数以亿计的幼小的心灵里播种美，使青少年有理想、讲道德、守纪律是多么重要！十年动乱，封建思想和资产阶级思想大肆泛滥，精神文明遭受践踏和摧残，其恶果已经在这代人的心灵里留下了创伤；而这种伤害文明的深远后果并没有全部显现出来。严峻的问题在于：今天的青少年是什么样子，明天的祖国就是什么样子。说“救救孩子”是言重了，然而，疗治却是必需的。重要的就是要进行共产主义精神和道德的教育。除了这个“内情”，还有一层“外因”。在经济上，对外开放和对内把经济搞活，当然是正确的、必要的，然而，不可避免的，和国外先进的科学技术一道进来的，还有现代的形形色色的资产阶级意识形态；于是，也就有了一个拒腐蚀的问题。是不是可以这样说，现在，我们的文艺部队，思想战线的哨兵和侦察员们，又站在了“霓虹灯下”了？最近，报纸上连续揭露了有些干部，甚至相当老的干部经济犯罪的罪案，是触目的；然而，尤其令人惊心的是这些犯罪者的思想蜕变。也许，当年战场的子弹和林彪、“四人帮”的棍棒没有把这些人打倒，而今，进口的电视机、录音机和金钱却把他们打倒了；把他们送上了人民的监狱和法庭。防范、打击、粉碎这种精神的病毒，给人以健康、高尚的思想和情操，这就是电影当前面对着的生活情景。或者反过来说，这就是生活向电影、向思想战线重要一翼的电影提出的历史的要求。我在想：同样是带电的东西，我们的电影放映机后面的思想和精神力量够不够？该不该、又能不能战胜封建余毒和资产阶级思想，战胜那些进口的家用电器以及美元后边的无耻和肮脏？

应该说，我们的电影，对于心灵的美好、思想的净化和精神文明的建设是起了积极作用的。然而，运用两分法来认真检查，我们也还有缺欠，自觉性还不够高，还不完全适应现实对我们的要求。这方面，我完全同意夏衍同志所说的：我们的电影还有“脏”“乱”“差”。

个别电影作品，或者电影个别部分的“脏”，不清洁、不卫生，有的简直成了精神的污染和公害，虽然为数不多，却是可怕的。这是电影艺术的自我作践。它的主要问题，我以为是思想和艺术的庸俗化。在作品里放进了迎合某些低下的趣味而不是提高人的东西，放进了一些平庸或者卑劣的东西，甚至在欣赏卑劣和不洁。这确实不好。任何时代的郑重的作家艺术家，都是有所为、也有所不为的；总是小心地不让脏东西玷污了作品的清洁面貌和健康肌体。反之，短命的作品，大都是创作者自己弄脏了自己的作品，使它在文艺史上丧失了光泽，留下了污痕。

某些电影作品所以走向庸俗化，降低了思想艺术的“影格”，原因当然是多方面的，比方，这和创作者的胆识和情操就很有关系。这里面，有一个原因就是电影的“商业化”——让铜臭染污了艺术。不错，电影是一种工业产品，它被生产出来，自然就有个商业性的问题；然而它又是一种精神产品，却不能追求商业化。说句严肃的玩笑话：我觉得我们的汉字有的字很有意思，就说“败”字吧，当文学艺术的“文”字向着金钱的代名词“贝”字靠过去，为美元、日元、人民币而存在的时候，就败了，就失败，就败落，就败坏了。

至于“乱”，当然主要表现在无政府主义、无秩序、不守纪律；我觉得理论上的乱，也是有害的。它有时候简直能使“脏”装扮得合法化、“理论”化。就拿精神的反作用来说吧。在一个不短的时期里，曾经忽视物质的第一性，把精神对于基础的反作用夸大到荒谬的程度，当然是不对的。然而，否认精神在一定条件下对于基础的重要影响，也是不对的。我们国家还穷，一定要把经济搞上去。但是，穷，就没有先进的社会主义思想了？就不应进行共产主义教育了？近几年，参加了些关于长征历史的了解和研究。长征，雪山草地，恐怕是我党我军物质生活的最低点。可是，正是在这种物质生活极度贫困的境遇中，工农红军完成了这一人类历史上的伟大壮举，红军指战员在斗争中所焕发的精神光辉却光照千古，成了精神文明的一个高点。作为群众性最大的教育手段的电影艺术，该不该把新长征的精神美拧成火炬，照亮人民的精神和新的征程？

总之，电影为建设社会主义精神文明服务，是时代的要求，历史的责任。在这个要求面前，电影应当跟上去，不，简直应当扑上去，努力创造引人向上、教人美好的大电影、美电影！

扑上去！扑向社会主义精神文明的建设大业，像过去战争中那样，吹起激励人心、鼓舞斗志的军号，送上炸碎障碍的炸药包，从而以健康而又繁荣的电影艺术，去影响亿万人民的道德、意志和灵魂，这是人民的愿望和要求，也是电影的神圣使命。

关于电影如何更好地为社会主义精神文明服务，当然还需要深入地讨论。作为电影艺术的外行，我想有几个问题是应当引起注意的。

首先，我希望把革命精神更多地、更深地引进电影艺术。社会主义精神文明，包括丰富的内容，渗透在社会生活的一切方面。可是，如果把它集中一下，我以为，就是革命精神加科学文化。我们党在半个多世纪的斗争中产生和培育的革命精神和传统作风，我们人民中的优良的道德品质，是宝贵的精神财富。不是要发挥自己的优势吗？在国家社会主义现代化建设的斗争中，我们有自己的优势。而在许多优势之中，最大的优势就是这种革命精神。当然，这里所说的革命精神，不只限于过去革命战争中的那种劲头和精神，还可以做更宽广的理解。是不是可以说，凡是对四个现代化建设、对新人的成长有利有助的精神因素；或者凡是浮泛和渗透在人民社会生活之中的一切美好的思想感情，也都是应该充溢在我们电影作品里的思想灵魂。在这里，用得着一位外国艺术家的话：对于我们，不是缺少美，而是缺少发现。尽管遭受了十年的损害，我们生活里还是充满了美好的革命精神的，人民总是向往美好而厌弃丑恶的。我们应该竭尽全力去热情歌颂那些为坚持真理而敢于顶逆风、战恶浪的勇士。就是在日常生活中，也不乏闪烁着共产主义思想光芒的普通人。一个老工人，在60年代初饥荒的时刻毅然地抚养了一个素不相识的过路人的孩子。最近，也就是20年后，又登报寻找孩子的父亲，要把成年的孩子归还给他的亲人，这不美吗？十几位人民演员，近20年里，拿出自己的薪金，默默地赡养着一位孤身老人，一直使老人幸福终老，这不美吗？近来了解了一点边防战士的生活，他们有的身在繁华的边卡，面对着重金、贵物、美女的诱惑，“拒腐蚀、永不沾”，在这没有枪声炮响的战斗里高举起了胜利的旗帜，保持着革命战士的尊严，显示了崇高的国格、人格。他们有的长期战斗在边境线上和边防哨所，就凭着一架收音机和一颗爱国赤心和社会生活紧密相连；而在法卡山、扣林山前线，人民战士还在为祖国流着鲜血。这一切，都是生活的美，都是革命精神的闪耀。当这种革命精神和生活形象被发现出来，提炼、加工为电影艺术作品，影格将会提高，美的电影将会更多地创造出来；而饱含着革命精神、洋溢着革命激情的电影，必将更有力地促进精神文明的建设。

重要的是培养社会主义新人。建设社会主义精神文明，归根到底就是造就最新最美的代代新人。“文学是人学”，电影文学和电影艺术也不例外，它同样要通过塑造人物形象来概括生活，而且要创造出各式各样的人物来帮助观众认识和评价生活。其目的，不是别的，而是推动新人的诞生和成长。但是，在这个各式各样之中，正面形象的塑造和刻画，仍然具有特殊重要的意义。毋庸讳言，由于林彪、“四人帮”的破坏，我们党和军队的形象受到了严重的损害。恢复党的形象，使之像过去一样光辉，并且更加光辉，是生活的、也是艺术的重要责任。然而，黑暗是不能用黑暗去照亮的；要驱除黑暗和寒冷，还是要靠光和热。发现和描写正面的人物形象，把英雄榜样引领到青少年观众的面前，使人们学有榜样，这对于新人的成长和成熟是大有意义的。我们常常怀着依恋的心情回忆起50年代初期和中期的“志愿军精神”，以及60年代初雷锋形象站在人们面前之后，青少年的那种奋发向上的精神面貌，那种人帮人、人爱人的社会风尚。大约现代的计算机还算不出这种新的精神因素增长的速度和幅度。在一代新人的成长过程中，人们怎能忘掉董存瑞、王成、李双双这样一些艺术形象的巨大作用呢？现在，我们经历了劫难，迎来了新的历史时期。时代，逼着我们爷爷、儿子、孙子一块儿去“医院”，治疗各自的创伤；一块儿进课堂，学习许多过去不熟悉的新的课程；一块儿上战场，为夺取“四化”的胜利去拼搏。这一动人的图景说明，我们所处的依然是需要英雄并且产生英雄的时代。生活的英雄性决定了文学艺术的英雄性。豪迈的事业培养着“大写的人”。把人物塑造得不成功的责任，把公式化、概念化的原因，推到写英雄人物的身上是不公平的。错了的，不是“应该写”，而是解释成了“只准写”；把具体的环境中活生生的性格要求写成了“完美无缺”和“高、大、全”。这，本身就毁坏了英雄。

社会主义新人，是历史的、具体的活人，当然具有时代的特色。这个特色的主要之点，就是心灵美，就是有理想、有道德、守纪律；就是勇于并且善于与一切危害社会主义利益的不正之风进行斗争。一句话，就是有共产主义精神。在最近召开的三好学生座谈会上，胡乔木同志热情地向青年推荐了屠格涅夫的散文《门槛》。为什么让今天的青年人诵读这篇写在一百年前的文章？就因为这篇只有八百字的散文里，洋溢着可贵的献身精神；就因为这种精神还影响着人们的心灵。有人说，现在的分配原则是“按劳取酬”，发奖金、领加班费，是现行政策，而青年人都是讲现实利益的，因此讲共产主义思想是“超越”了现实。我以为，这是一种误解。现行政策的正确性和共产主义教育的必要性，两者并不矛盾。有一件小事，曾经使我受到了极大的触动。去年5月间，我在以白求恩名字命名的医院里住院，早晨散步的时候，一位老人走到我的面前，问道：“你是写东西的？”接着他指着白求恩的塑像，严肃地说：“帮我写篇文章吧！就写这个老头，写清楚：他把血流在中国，是不要钱的呀！”这个早晨，他和我谈了很久，谈到了董存瑞和黄继光的英勇献身并不是为了奖金；雷锋做的好事从来不要加班费！这个老人——长征中夺取娄山关之战时的电话排长，那热切的双眼和深情的话语，使我不能不想到我们的文学和电影艺术：走在生活前列的人，产生在时代前面的先进思想、情操和风格，永远有权走进文学、走上银幕，因为有益于新人的成长，有利于精神文明的建设，也有助于生活的前进。

电影服务于社会主义精神文明的建设，还要求电影作品加强表现生活的深度和思想力量。任何好的电影艺术作品，无不是一定深刻思想的艺术体现。平庸和肤浅，永远是艺术的敌人。近年来，我们的文学艺术是前进了。因为我们终于抛弃了“四人帮”所提倡的虚假和无情，走向了真实和多情。这当然非常之重要——不真，还算什么文学艺术？然而，从假到真还只是一个开端、一个进步，从真而到深，乃是更高的要求。我赞同写真实，我更赞同这样的观点：写真实并不是我们的旗；我们的旗是典型性。只有历史地、具体地描写生活，又深刻地开掘、提炼，表现了作品的思想深度和显示了先进思想的力量，才能给观众以思想的启迪和心灵的震撼。高尔基曾经批评过某些作家患了“思想贫血症”，这个诊断是确切的。不幸的是，这种病我们也有。而且，这种病已经明显地影响了我们电影艺术的进步、成长。而“思想贫血”的电影产品，是难以帮助人民的精神肤革充盈、神采飞扬的。

当然，革命精神、新人形象和思想深度并不是电影为建设精神文明服务的全部。在这里，创作者自身的精神文明建设得如何，是更为重要的。最近，一次座谈会上，有位电影演员同志曾谈道：自己的思想和艺术水平赶不上事业的需要。我觉得这句话讲得很深刻，很教育人。这是一位有志气的青年艺术家的心声，道出了一个真理。创作者的思想、艺术水平和事业的要求不相适应，这是一个很大的矛盾。作家艺术家的精神面貌决定着、影响着电影作品的面貌。作家艺术家永远不能把自己没有的东西送上银幕、献给人民。所以，在学习马列主义和学习社会的过程中，在刻苦的艺术实践过程中，不懈地改善和加强自己的精神状况；努力清除自己头脑这个“加工厂”里的污秽和不清洁，力争心灵更好一些、净化一些，才能更好地追求电影艺术的美、创造出美的电影艺术。

推动社会主义精神文明建设的人，精神首先文明起来，这，大约也是一项重要的使命和责任。

写透　写深　写活

看了今年创作和拍摄的一些影片，也听了和参加了一些议论，觉得一年来电影艺术创作中的利弊得失，都和一条艺术经验联系着。这就是：把“小”的东西写透。或者换个说法：把要表现的东西写透，写深，写活。

电影创作与文学创作有相通的地方。创作人员在生活中，有了真切的生活感受，然后经过选择、提炼，抓住了一个看来不大的东西，把它写透，写出了这个小的东西的深刻内涵，写出这个小东西和大东西即和整个社会生活的联系，就是好作品。《喜盈门》就是这样的作品。它描写的只不过是一个家庭的“家务事”，几个亲人的和美不和美，只是因为写透了，写出了社会伦理道德的风貌，写出了人和人关系的深度，于是，它就大大越出了家庭的范围，有了普遍的认识和警醒的意义。《沙鸥》写的只是一个排球运动员的一段生活历程和思想历程，也是因为写透了，创造了一个完整的艺术世界，焕发出逼人思索、激人上进的艺术力量。又如《被爱情遗忘的角落》《邻居》《乡情》等电影作品，抓的并不是什么惊天动地的大事，不过是房子的问题，或者农村青年姑娘爱情上的悲欢。你说事小，是很小，但影片的编导，把它们写透了，挖深了，揭示了生活里蕴蓄的内在意义，创造了高的思想境界，一句话，把小的写大了。

一年来，一些好影片所具有的这个共同之点，是很有意思、耐人寻思的。

我常想，电影作品的艺术容量、质量、分量和力量，大约是不能用秤称、用尺量的，甚至也不完全取决于写什么；它在很大程度上取决于怎样写，取决于是不是写深写透。记得是几年以前，在一次座谈会上，我们几个人向老作家沙汀同志求教，问他短篇小说写作有什么奥秘，他说，就是“以小见大”。这句话实在开窍。任何艺术形式都有自己的局限，即使表现手段丰富广阔如电影，也不例外。恐怕再长的系列片，也写不尽全部人类历史和社会生活。可是，艺术又要概括生活，要求创造出一个艺术世界，来反映和评价生活。这个矛盾，在创作中统一起来就是“以小见大”——找到那个能够“见大”的小，把它写透。所以说，把小的写透，不仅是题材问题，更主要的是反映了艺术的规律。多少年来，我们常常干些个糊涂事情，把在生活中重大的当作在艺术里一定是重大的，吃了许多苦头，付出了许多无效劳动。今年这几部好的影片的创作，也是令人开窍的。他们坚持“以小见大”，从生活里看来似乎不那么重大的事物上看到了在思想和艺术上确实是重大的东西，写得比较透，也就显示了艺术的分量和力量。

当然，找到和抓住那个能够“见大”的小，并且在创作中把它写透，做到以部分显示出全体，表现出那个应有的大，以揭示生活、评价生活，也不是容易的事。香醇的酒是用许多粮食酿造的；能够反映生活深度和广度的“小”的东西，是拥有丰富生活体验和感受的结果。一些好的影片的成功，无不和这一条紧紧相连。《喜盈门》就是一个例证。一年来，有些电影肤浅平庸，“思想贫血”“爱情过剩”，当然有许多原因，但根本的一条还是“成本太低”——生活和思想的营养不良，本钱不足，导致了艺术的瘦弱、失去了光泽。

要写透，就得看透、认识透。在这里，对生活的深入开掘、艰苦提炼是重要的。只有站在时代和社会生活的高处，看得深了，才能写得透，才能使作品迸发出震撼人的思想力量和艺术力量。而作品的生命力不强，短命，则常常是作者自己的短见造成的。许多好影片的艺术功夫，也正是表现在这里。

这一年所看到的影片，就在好的和比较好的影片旁边，也还有一些不那么好的影片。这些影片的缺点和不足，也和写透写不透相联系着。有的影片不注意开掘描写对象的社会意义和生活内涵，不注意小的和大的、和时代社会的关联。就小写小，越写越小，把事写小了，把人写小了，创造了一些小人儿的形象。有的写了些猥琐的、平庸的、卑劣的东西，甚至是在欣赏卑劣的东西。这很不好。把这样的精神产品交给人民、交给社会，政治上的失不要说了，艺术上的失也是很大的，两者都丢了。我非常赞赏高尔基的这句话，他说应该描写那些“大写的人”。鲁迅也反复告诫文艺工作者：不要创作“使人变小”的艺术。我们已经出现了这样一些使人变小的东西，使阶级、民族变小的东西，是应该引起注意了。当然，出一点平庸的、低下的作品，就整个电影事业来说，也只是支流；而且就每部作品而言，也有各自的主客观原因，应该具体分析，很好地总结经验。

总之，要求把小的东西写透，希望要的还是大；是深刻开掘所获得的那个大，具有较大的思想力量和艺术感染力的大。这样的电影艺术作品，反映生活中的真正的矛盾冲突，提出和揭示与千万人生活相联系的问题，把小的东西写透，写深，写开阔，创造出意境很高的、震撼人心的好作品。我喜欢像《沙鸥》这样的作品。这作品的好处在于创造了沙鸥这样一个活生生的青年战斗者的形象，把她领到当代青年人的面前，让一代青年交上了这样一个朋友，并借着她来评价生活、思索人生。这部作品的好处还在于，它揭示出一种生活的哲理，洋溢着一种豪情，使人领悟到：几代人不懈的接力，才能攀上新的高度；而只有心灵美的人才能创造出美的事业。这是使人奋起的艺术，这是使人变大的文学。

在谈到把小的东西写透的时候，也还得加上一句：把大的写活。一年来，出现了《南昌起义》《西安事变》这样的影片，把著名的历史事件、丰富的历史经验，艺术地反映出来，创造了气势很大、生活面更广阔的历史画卷。尤其可喜的是，这两部作品都写得很开阔，很活。这种把大的东西写活的艺术实践，必将给今后大批电影史诗的创造以很大的启示。我们谈论“以小见大”，谈论把小的东西写透，绝不是说只能写小、不能写大；也不是否认题材对于艺术创作的制约，看不到题材的差别，从而排斥在生活中重大、在艺术里也重大的东西，忽视了从更高角度、更广视野上去再现历史的艺术追求。相反，我们把大东西写活的艺术实践和经验不是多了，而是还欠缺和不足。当然，对于大的东西，也有个写深写透的问题。像《南昌起义》，这是一部好影片。电影的编导深刻地研究了历史，体认出极好的历史内涵：党，要创造自己的枪；枪，要找到自己的党。如果更多地摆脱些史实的局限、适当减少一点历史事件的铺叙，在这个内在的质上再多些开掘、深化，也许作品还要更深更活些，更多些历史的诗情和认识价值。当然，这样说，也许近乎苛求了。

希望认真总结艺术经验，特别是总结好的电影作品的艺术经验。这样，有利于端正方向、汲取力量，鼓起新的“创劲”。在总结经验时，还希望重视电影文学性问题。刚才谢飞同志分析了《被爱情遗忘的角落》的高度文学性，我很同意。我读过张弦的小说，看过他编剧的电影作品，他的《苦难的心》的文学色彩就很浓。向电影艺术学艺，确实感觉到电影艺术里有个文学价值的问题，可惜不容易想清楚。比如如何提炼生活、从生活中进行艺术表现，作品的思想深度，人物形象塑造，以及叙事的文学色调等等，都与文学性有关联。如果从不同艺术形式的区别和联系上做些探讨，也许对电影、对文学、对电影文学都是有好处的。

最近有机会看到一位著名科学家关于医学的一封信，大意是说，过去，在现代科学兴起的时候，为了认识事物，要把事物区分开来，一部分一部分认识，科学发展到现在，就要把事物联系起来，从这一事物和另一事物的关联上，从彼此交边的地方来进一步认识。我不懂科学，但我觉得这话说得极好，不仅是说科学，对文学艺术也有启发，值得学习：为了认识电影艺术的特性，要把它和其他艺术形式区分开来；然而，为了更好地认识电影艺术，又要把它和其他艺术形式联系起来。

电影创作需要理想之光的照耀

初步学习和领会党的十二大文件精神，自然就联想到我们这一行，联想到电影文学和电影艺术。当然想得还很浅，只能先谈点粗浅的认识和感受。

党的十二大确定了党在新时期的方针任务，在我们面前高举起共产主义的旗帜，高悬起全面开创社会主义现代化建设的新局面的宏伟纲领。特别强烈的感受是，大会所放射的灿烂光辉，照耀着社会主义建设的各行各业，也照亮了我们的电影事业。

电影紧连着两个文明。物质文明的建设和电影事业的发展连得很紧；以共产主义思想为核心的精神文明建设，同电影的关系更是直接。好的电影艺术作品，从来就是精神文明的一部分，又有力地作用于物质文明的建设。有一位领导同志的报告里严肃地指出，如果忽视了建设精神文明这个伟大的任务，“我们的现代化建设就不能保证社会主义的方向，我们的社会主义社会就会失去理想和目标，失去精神的动力和战斗的意志，就不能抵制各种腐化因素的侵袭，甚至会走上畸形发展和变质的邪路”。从这个高度来看电影艺术，是不是可以这样理解，要对以共产主义为核心的社会主义精神文明的建设做出贡献，就是要电影以艺术手段去影响社会主义建设者的思想感情和心灵，帮助人们辨明方向，看清理想和目标，增强人们精神的动力，加强人们战斗的意志。这样看，电影的使命是极其光荣的，电影的任务也就沉重而艰巨了。

要完成这一艰巨任务，不辱使命，开创电影事业的新局面，关键是要把电影文学、电影艺术的创作搞上去，提高电影作品的思想和艺术质量。电影，是综合艺术，促进它的提高和繁荣，也要综合治理。学习十二大精神就想到了这么个问题，就是电影认识生活和表现生活的深度，也就是正确地观察社会生活，加强电影作品的思想和艺术力量的问题，或者说，在电影艺术领域里使革命现实主义走向深化的问题。

提高，是从现实基础上提高，要从现实出发，前瞻也应当后顾。回过头来想一想，这几年里电影走过的路程是很有意思的，仿佛面对着一位不请自来的老师。我还清楚地记得文艺界第一次集会批判“文艺黑线专政论”的情景。在十年动乱之中被打散了的文艺战士们，就像经历了一次反“扫荡”之后一样，重又会合了，重新在战斗的旗子下面集结起来。那时候，欢乐里还有几分凄凉。但是曾几何时，我们的文学艺术在十一届三中全会的指引之下，投入了全党实现历史性伟大转变的斗争，我们的队伍恢复了，而且发展壮大了，我们的事业复苏了，复兴了。从三中全会到现在这四年，我们的电影艺术走过了自己的恢复期，经历了复苏到复兴的过程。电影领域这个受林彪、江青两个反革命集团摧残严重的重灾区，真是从零开始，搞到去年出了上百部故事影片，想一想实在不容易。拨乱反正，要打碎十年间套上的枷锁，解掉长期“左”倾错误套在身上的那些绳子，电影艺术的生产力在思想解放的过程中得到解放。十年劫难后，文艺冲破了敌人制造的虚假和无情，大步走向了真实和有情。我们的电影里出现了许多生活里的东西，无论是闪光的、沉思的、含血的、带泪的，都是生活的真、真的生活。我们的银幕上也终于有了许多感人肺腑、催人泪下的有情之作。我们的电影题材多样了，写人开始成了注意的中心；重视了人的命运和心灵的描绘，接触了革命的人性和人情的开掘……总之，我们在相当长的时间里曾经违反了艺术的规律，在受到惩罚之后，开始慢慢地认识了它。打个比方说，电影艺术事业如果算是一支红军，那么它曾经被敌人和错误逼进了雪山草地。然而，它是坚强的，在三中全会以来党中央的领导下，翻过了灾难造成的寒冷雪山和泥泞的草地，跨上了红旗漫卷的黄土高原。可是按照党和人民对电影的要求衡量，还远远不够。而且，就在这实现转变的进军中，步伐也还不那么整齐。在许多对精神文明建设有益有助，对“四化”添劲加力的好的电影作品的旁边，还有一些不那么好的作品，不高尚，不清洁，或者平庸肤浅的作品。这又是一方面的现实。不少的观众对我们的电影有许多的反映，说我们的电影看上去，这部与那部不一样，可是又好像都一样。这不仅是题材问题，它提出的问题是值得创作人员深思的。就拿我们曾经与之斗争过的虚假和无情来说吧，写真实，是不是写出了作者见过的生活事件就真实地反映了生活？写感情，能写了，写得又怎么样，是不是写了健康的感情就写得浓郁感人？又比方，写命运，人物的命运与社会、与时代结合得如何？写心灵，到底是什么样的心灵，崇高的还是卑微的？

回顾这段拨乱反正的历史，看看这段大步前进却又复杂艰辛的历程。可以看到：拨乱不是“乱拨”，借鉴不能“错鉴”。只要是沿着革命现实主义的路前进，对于社会主义电影事业的性质有清醒认识，自觉地为“四化”，为精神文明建设，为培养造就新人而出力，“影格”就高，作品就美。反之，离开了革命现实主义，对生活认识得片面，对电影使命和职责自觉性不高，电影就失去了生命力。

当然，电影所经历的、面对的，是复杂的文学艺术现实，不像这粗略的回顾那么简单，更需要仔细地分析和总结经验。在这里我觉得正确地观察、思索和认识社会生活，是重要的。近一年多来，我接触了一些短篇小说和电影文学，觉得有一种文学现象值得注意，就是人们对于表面反映十年动乱的创伤，或者肤浅地描写现实社会生活不满足了。观众不满足，创作者也不满足，两者有了一个共同的要求，就是要求作品揭示生活更深一些。也就是说，仅仅是抛弃了虚假和无情还不够，要求我们的电影创作在真实而又有情的基础上，走向深刻，走向深邃，走向深情。我觉得这是个好现象，一个可喜的现象。平庸和肤浅，永远是艺术的敌人。现在，创作者和欣赏者都厌恶浅薄，开始从更高的尺度来思考和追求艺术的突破之点，更深沉地思索生活的内在的东西，是极好的。是不是可以说，一个问题当大家都在想的时候，距离解决它大约就不太远了？而且创作者对生活的深入思索，力求更深地概括，这本身就是革命现实主义深化的表现？我很喜欢去年《电影艺术》上的一篇文章，谈现实主义深化。我觉得提出了一个很好的命题，可惜这个问题探讨得还不够。

思索，是可贵的，是值得注意的；但是思索什么，在什么样的思想指导下去思索，却更值得注意。我接触过一些年轻的和中年的电影文学作者，看到了他们有这样一种渴望：突破别人也突破自己。他们确实在思索，在追求作品的深刻、深邃。但是用什么东西来指导这个思索，指导这个创作的深化？看来在创作上不那么统一。一方面，大多数的同志坚持革命现实主义的道路走向深化，也就是坚持了在艺术实践中被证明是正确的、符合规律的、并且带来过很好成果的那些东西，而且发展了它。另一方面，也有不少同志还有另外的、多种多样的想法。思索方向不尽相同，思索的深度也颇不一样。比方说，现在有些作品，想借助存在主义、人道主义作为指导，去认识社会主义现实生活的真谛；有的想用精神分析法研究新人的心灵，有的回避生活中的矛盾，有的想仅仅从形式上解决创作的提高和突破。当然，对于存在主义，对于精神分析法，我们也要研究，就文学艺术创作来说，那里面也有值得我们进一步探讨的东西。但是用这样的思想来指导我们观察与思考，到底能不能正确地认识发展变革的现实？能不能深刻地揭示生活中的矛盾？能不能切实地回答社会主义社会和人生的问题？我看不行。这样一种思索方向，不可能正确地认识和评价生活，解决不了电影创作的提高和突破，也解决不了我们电影艺术发展繁荣的问题。

究竟用什么思想作为指导去进行这样一个对生活的思考和认识，去实现电影艺术创作的创新、提高和突破？我想，还是要用一种先进的思想、崇高的精神。因为文学艺术活动，总是在一定的思想指导下进行的，电影艺术也不例外，总是以一定的思想体系为核心，为标志的。它不能不反映一定阶级的利益、愿望和要求，不能不表现一定阶级的思想倾向和理想。共产主义思想建设，决定着我们电影的社会主义性质。以共产主义思想作为指导，以共产主义思想体系为核心、为标志是我们电影的根本特征。

电影艺术，是帮助观众明确理想、目标，给人们以精神动力和战斗意志的事业，是使人高尚、美好的创造性劳动。好的电影艺术作品，大都是一定深刻思想的艺术体现。无论哪个时代，有成就的作家艺术家，他们的成就都离不开对现实生活的思考和概括；大凡有生命力的艺术作品，它的生命力也往往取决于对生活反映的深刻程度。而这一切，又都和创作者观察认识生活的能力和本身的思想境界的高低密切联系着。值得庆幸的是，我们经历了拨乱反正的斗争和几年的艺术实践之后，正当我们思索着生活也思索着艺术，想把电影引向更高尚、更深邃，以便更好地为人民所用的时候，十二大的精神照耀到了电影上，照亮了我们面前的路，照亮了我们的心，照亮了我们思考的方向。这种照耀是非常重要的。有这个照耀和没有这个照耀，大不相同。在前进的道路上，创作有一些迷惘、混乱，简直是不可避免的；有了一点平庸肤浅、不那么健康的影片也不可怕；关键是，应当提高和发展的时候，观众和创作者都深切感到需要进一步思索生活和艺术的时候，指导思索的方向，是否明确，是否正确。思考生活的作者，连着思考生活的观众。十二大报告指出，忽视了精神文明，社会主义建设会走上畸形发展和变质的邪路。那么，作为精神文明一部分的社会主义电影事业，也应当从这样的理论高度和政治高度来认识自身的作用。坚持以共产主义为核心，坚持社会主义性质和方向，警惕着畸形和邪路，永葆社会主义电影事业的青春和活力。

热切地希望电影界认真学习十二大精神，把共产主义的光辉照耀到我们电影艺术领域里，照耀着电影创作队伍，也照耀着电影创作，照耀着我们去深入社会生活，深刻地观察、思索和认识生活，使艺术产品更深刻、更深邃也更加深情。是的，马列主义只能包括而不能代替文学艺术；电影还是要电影创作者艰苦地创造。强调思想指导对于创作的意义，也绝不是要求电影图解和演绎现成的思想观念。然而，清醒地认识这个“包括”，自觉地运用最先进的思想去照亮生活和创作，却是重要的。社会主义的电影，是要有一点精神的。党的光辉思想照耀了我们的创作，在这个照耀下，很多问题就容易看清了。比如我们电影创作队伍的思想建设，实质上就是用十二大精神武装的问题。电影艺术事业的新局面，是要人去开创的。人的面貌决定着电影艺术的面貌。要推动精神文明的建设，用电影艺术照亮观众的心灵，创作者自己首先就不能做一个没有蜡烛的灯笼。而当我们的思想用十二大精神武装起来，道路和心头都被共产主义光辉照亮，我们电影反映生活的思想深度和艺术力量必将极大地提高。沿着这样的路往前走，电影事业的新局面是可以预期的。

写出人物和党的精神联系

电影，是和人的心灵打交道的，是一项引人向上、教人美好的事业。为社会主义精神文明的建设做出贡献，是电影工作者的历史使命。我们要在十二大精神的指引下，努力开创社会主义电影事业的新局面。这个新局面的中心，是提高电影的思想和艺术质量，创作出好的作品；新局面的核心和标志，是在电影艺术中渗透着共产主义的精神。

在这里，我想着重说一点在电影艺术作品中塑造正面的、积极的人物形象，并深刻地写出人物与党的精神联系的问题。对于这，我杜撰了个名词，管它叫作描写社会生活里的共产主义思想光彩和创造“党的人”的形象。

我觉得，我们的电影艺术产品当然要有相当的数量，当然要有反映社会生活的题材的广泛开拓，当然要创造高尚、深邃的艺术意境，要有新颖多样的风格样式，但是重要的是创造出新的、生动感人的、各式各样的人物形象。在这个“各式各样”当中，又要特别重视正面的、积极的人物，塑造那种焕发着革命精神的、给人以鼓舞和希望的、叱咤风云的或者是普通平常的人物形象。写出他们和党的精神的联系，写出他们身上共产主义思想的闪光，写出他们内心的深度。是不是可以这样说，衡量我们电影艺术质量的若干尺度中，有一个尺度就是看一看电影给这个时代、给前进的社会生活，提供了多少崭新的、美好的艺术典型？这里所说的是“党的人”，倒不是专指共产党人，而是一个广阔的概念，中心意思是，在电影艺术创作中，认识人物和党的关系，深刻表现人物与党的生活联系和精神联系，共产党是领导我们事业、推动生活前进的核心力量，这个事实，并不因为党犯过错误又自己勇敢地纠正了错误而有所改变。然而，我觉得，在我们的文学艺术作品中，相当地忽视了人、生活和党的关联，甚至把人物和党割裂、对立起来。这不好，应该正确地认识和表现这种实际存在的联系。

所以提“党的人”，还因为：人都有他的阶级属性。比方把自己看成是父母的、君王的，是封建思想的特征；把自己看成是自己的，那是资本主义思想的中心；而无产阶级和共产党人，则向来把自己看成是党的人。这样的人，为党的思想所哺育，投身于共产主义运动的实践之中，又分明地意识到自己和党之间的生活联系与精神联系的人，自觉地把自己看作是党的人，党的战士，党的儿女。这不是降低了人，抹杀了现在常说的“人的尊严”“人的价值”，而恰恰是生活中先进分子的正确观念。

这样认识艺术形象的特征，还因为创造这样的人，是时代和生活的要求。我们的电影，面对着六千多万大中学生、两亿少年儿童和上亿的青年建设者。有什么样的人，就会有什么样的国家；今天青少年是什么样子，明天祖国就是什么面貌。我们总不能把外国电影里的杜丘和加里森久久地领到孩子们面前，作为他们做人的榜样。而通过正面、积极的形象，却可以把共产主义精神注入纯洁的心灵。

我们的电影，是造就新人的艺术。而新人的成长，离不开党的光辉的照耀和共产主义精神的滋养。党的十二大报告中所提出的，崇高的理想信念，爱国主义和集体主义，正确的权利义务观念，有为人民服务的献身精神和共产主义劳动态度等等美好思想，是党的思想；用这样的思想哺育的新人，也就是党的人。

我们的党，正以豪迈的精神把历史推向前进，创造崭新的局面。现在，依然是需要英雄并且诞生了英雄的时代。那些沐浴着党的光辉，走在生活前列的人，连同他和这个伟大的党的一切关系，都永远有权利理直气壮地走上银幕，用这样的形象去概括和评价生活，推动生活前进，帮助新人的成长，建设社会主义精神文明。

当然，这样的人走进电影艺术，完全是艺术的人，是活生生的人，是产生于现实并改变着现实的人，而不是“假大空”“高大全”的。这种“党的人”，无论是叱咤风云的创业者和革新家，还是普通人当中的不平凡者，都应当是有思想艺术力量的艺术形象。而且，提倡写绝不是只准写这种人物形象，更不是排斥各式各样的人物，排斥那种使人得到精神享受的、健康优秀的娱乐性电影作品。这是无须赘言的。

那么，现实生活里有没有这样的人？回答是肯定的。这样的党的人，就在我们身边，就在生活里。几天以前，我见到一位来京参加十二大的红军老战士，他非常动情地说，看看社会，看看现实生活吧，无论在艰难的时刻，还是在今天，支撑着我们生活、改变着我们生活的，使我们的生活垮不了、散不了，并且往前走的，是谁？还是一些真正的共产党人，一些社会的先进分子，还是一些对共产党热爱、信任的普通群众。在法卡山，在扣林山，浴血战斗的，还是那些为共产主义思想哺育起来的年轻战士。军营、阵地、战场，就是培育和诞生党的人的党校。有的战士在战斗前申请加入共产党，打仗回来之后，向党支部要回了申请书。为什么？他觉得自己还不够一个党员条件，他要继续战斗、锻炼，等达到了标准，再递一份真正的入党申请书。在生活里，到处都有共产主义思想的闪光。在普通的劳动者身上，时时闪烁着共产主义思想的火花。赵春娥，在平凡的岗位上忠诚地劳动，她吐出她最后一口血，这血和李大钊、刘胡兰溅到敌人屠刀上的鲜血一样红，一样亮，一样光辉。新人潮涌、英雄辈出的生活，就要求我们的电影艺术，反映这些美的人，表现这种人的美。值得自豪的是，这样的人，不但生活里有，在我们的电影艺术里也已经有了。在历时61年的中国共产主义运动实践中，诞生了多少党的好战士，党的好党员，党的好儿女，他们已经走进了文学、走上了银幕。朱老忠，董存瑞，李双双，包括去年出现的沙鸥……这都是一些由共产主义思想所哺育，又焕发着共产主义精神的党的人的形象，不妨设想一下，在三十多年社会主义电影艺术的形象群里，不正是这种形象给银幕增添了光辉？如果拿掉了这种形象，银幕该减少多少光彩？艺术形象概括生活，艺术形象体现着真理，艺术形象反映着社会中亿万人和共产党的精神联系，从这样的认识出发，把正面积极的人物形象尽可能多地引进我们的电影艺术里来，就是很有意义的了。

时代·崇高·艺术勇气

——看1983年部分影片的几点感受

作为一个文学创作人员，向电影艺术学“艺”，大多是从电影以外看电影，这当然也可以算得上认识事物的一个角度，但总觉得不够真切，有点隔膜。去年以来，因为种种原因，有机会从电影以内看电影了，这么从里边一看，才开始意识到问题的严重：原来生活和银幕向电影文学、电影艺术呼唤得竟是那么急，要求得竟是那么高。过去总以为只要爱电影就成，“我看银幕多妩媚”，就料想也许能够凑合着让银幕看得上眼；其实不是那么回事。于是，就被逼着沉下心想一想了。

正在思索的时候，得到了这样一个学习的机会，看了1983年的部分影片，虽然看得还不全，但感受却是强烈的。我觉得这是一大批好影片，好就好在它们认真回答了生活的呼唤和银幕的要求。我觉得这是一大批多情多义的影片，多情，是多了沁人心脾和深沉激越之情；多义，是多了深刻揭示生活底蕴与内在意义的义。

也许有人会说，这一年里还不大容易挑选出那种被叫作异峰突起的作品。或许是这样。然而我却认为，观察某个年份的文学艺术现象，衡量一个段落电影艺术成就，固然要看标志性的作品，但也要从总体上看，是否以日益提高的思想和艺术水平，真切地反映了人民的情绪、愿望和要求，体现了时代精神，促进了人们精神境界的提高和表现了生活发展的趋势。从这个意义上说，看过1983年这批好影片，我分明感觉到了一种好的势头、好的趋向。怎么说它呢？我觉得我们电影事业似乎跨上了一块高地，一块海拔不低的陆台。大海里奇伟的浪，是在有力的涌的后面掀起来；陆地上巍峨的峰，是在陆台上出现的。因为，在这一年的电影艺术成果和创作实践里，产生了或者增加了许多对于我们是非常重要的东西。

这些东西是什么，我一时说不清楚，只能说点学习过程中获得的直接的感受，这就是：时代感、崇高和艺术勇气。

电影努力追赶着并且跟上了时代。电影正在与时代、与生活同步前进。这是看了1983年部分优秀影片之后的一个突出感受。

时代感，是一把极好的尺子。它衡量着创作者是不是以当代艺术家的使命感与责任感，热情而又勇敢地去反映现实，反映社会主义现代化和新的精神因素在生活里的迅速增长；它衡量着艺术产品，是不是以应有的深度和艺术力量，反映时代的面貌，对时代要求锐敏地做出反应，并且表现出时代发展的趋势。

艺术，总是一定时代的艺术。我们不能离开时代去评价作品，比方说，不能用今天的要求去要求拨乱反正时期出现的一大批痛定思痛、深沉反思的文艺作品。但是，另一方面，却应该也可以用今天的时代要求和时代精神去要求今天的作品。开创社会主义建设新局面，就是结束一个时代，并且在除旧布新的斗争中开创一个新时代。这就要求我们的电影艺术努力成为旧时代的丧钟和新时代的号角，在总体上有那么一种除旧布新的气势。

正是在这个意义上，我觉得1983年的一批好影片，简直像一队报春的飞燕，带来了可喜的信息。它们把前几年开始有了的扩大了，把没有的带来了；既反映着时代，又呼唤着生活，有了鲜明的时代感。

首先是离时代更近了。取材于当代人民生活的故事影片占到了全年故事片的60%，这不只是一个简单的数字。它的不简单，在于数字表明：在电影领域里，创作者似乎更紧地按住了时代和生活的脉搏，眼睛更注视着正在发生和发展着的现实的社会运动。更不简单的是：在这批作品里更多了些独独属于今天这个特定时代的东西，更多了些和旧的东西分手而奋然前行的精神和气势。

就以这次获奖的影片来说，有少数描写过去年代生活的作品，本身就得力于反映了各自特定时代的生活实感，且不去说它。大部分以现实生活为描写对象的作品，几乎都让人感到了季节变换、冷热交替的温度，听到了与时代同步行走的足音。它们是这么一种作品：刚开始接触的时候，叫人觉得身上有点冷，心里隐隐作痛，仿佛在黎明前刚刚醒来，冷风料峭、噩梦依稀；然而看下去，差不多就在看完的时候，天亮了，心暖了。于是，或沉思，或奋起，擦把脸投入了新的一天。我看，这种既与过去联系着又与变革着的现实相联系的当代性；这种既看到洪水横流的痕迹又看到大河奔流向前的现实感；既向昨天告别又向明天进击的生活感觉，和既引人入胜又引人向上、催人泪下又催人奋发的艺术感觉，就是时代感，就是渗透在这一年电影里的时代感。我们确实有过伤痕累累的年月，不承认不行。我们承认前几年产生了许多好的电影艺术作品。然而那些好作品艺术价值永存，而反映的生活却迅速变成了历史，这是好事情。不告别不行。告别了，带着勇敢进击的豪情走向新天地，这是生活的现实、历史的要求。感应了时代的这一特征，做出了反应，于是一大批带着时代除旧布新的风云之气的作品出现了。

接近了时代，也就接近了生活，增加了生活实感。可惜我说不清楚道理。在我的心目中，电影，似乎应该是这么一个东西：一段生活朝着你迎面走来，突然一转身，它变了，变成了一支歌、一首诗，或者一个哲理。这次看影片，特别是看一些反映当代青年生活的影片，就是这么一种感觉。它们向着真实，不夸饰，不造作，带着特定生活的真实气息。而这气息又是特定时代的。像《16号病房》，就是这样的作品。它把一间小小的病房写开了，也写透了，就像一滴水流向大海，写出了这个不大的描写对象与大的社会生活的关联，把个人的悲哀、苦恼与广大人民有价值的人生接通了电源，于是，以小见大，以大开小，作品成了透视时代的艺术品。

当然，时代感并不能孤立地存在，像我们早就该抛弃的那样，变成“单纯的时代传声筒”。它和题材相联系，体现在艺术形象之中。表现心灵的深度，以人物形象概括生活和时代，是时代感在美学上的重要要求。“电影要深入人心。”要深入人心就得在创作上先深入到人物的内心，写出心灵的深度，把心灵变成时代生活的折射。我喜爱影片《大桥下面》，不仅因为它在艺术上比较完美——这部影片有大巧，然而看不出有技巧刀斧之痕，这很值得称道。还因为它是时代的。影片不在于是不是写个体户，而在于写心灵。编导让自己的人物带着自己的历史走进情节之中，放手让她在生活的旋涡里浮游、翻滚，逐步展现性格和心灵；然而对心灵深深揭示的时候，却又不是在写个人悲欢，而是处处渗着时代的风霜雨露。生活里有龌龊，有世俗偏见，可以使人生病。然而时代又像一只医生的手，轻轻抚慰着受伤的心灵，并表现出一种克服弊病的造化力量。我称道这种表现了心灵深度并渗透着时代暖人、催人的力量。千万别小看它。让人心头暖暖和和、热乎起来，更多地向着前面，这正是时代的特征，也是时代和银幕的同声呼唤。

当然，通过心灵折射了时代的影片，还有很多，比方，《女大学生宿舍》也是。两天前在人民大会堂认识了这部影片的编剧喻杉同志，竟使我一时觉得有点不可思议了：那么大的礼堂里，坐着那么年轻的女孩子；而她那小小身躯里竟然装着那么多当代大学生的形象。望着她，我突发奇想：如果她站在人民大会堂的台阶上，她将怎样想她已经写过的和还没有写出的？

说到这里，我又不满足起来。时代感，是个大的范畴，高的要求。一年的影片可以以它作为特色，然而充分体现它却不能只靠一年。紧跟时代就有可能使作品具有时代感，忘掉了时代的作品就会被时代忘掉。但这还不够，似乎还需要些别的什么。就从这不低的起点说，能不能让我们站得比生活略高一些，视野再开阔些？能不能使作品感情的覆盖面积更大一些？能不能把被感情护送的思想送得更深远一些？……我喜欢苏东坡这么两句诗："大瓢贮月归春瓮，小杓分江入夜瓶。"明明只是舀了点水，他却说是在"贮月""分江"。这大约不是故作大言之状，而是诗人的豪放情怀，是一种世界观和艺术观。"月涌大江流"，愿我们的电影作家、艺术家在艺术地处理着手里那不大的题材的时候，也进行着电影的当代性思考，更多地想着那社会主义时代的皓月和大江。

在向着真实的同时向着伟大，给一个看来不大的事物注入伟大的灵魂，把崇高深深地、深深地引入电影艺术之中。这是看了部分好影片之后的又一感受。

前几天和一个同辈作家谈到了电影和文学。他责怪我不该背叛了短篇小说去学着搞电影。出于自卫的本能，我拉过电影之旗为自己辩护道："电影好哇，电影是光的事业。你坐在黑暗里期待着什么，突然，一道亮光掠过你的头顶，于是在你面前就呈现了生活的光辉，生活的光彩。"此话一出，对方当然被堵住了，我也油然而生了一种自豪之感。真的，我们的电影事业，从根本上说，正是一种光的事业——没有光哪有影？这是一件光辉的事情。它是光，应该照耀着、照亮着什么。照耀的不是别的，正是生活；把生活照亮、照热，照耀成高尔基赞美的“血液里都充满着太阳”的那种生活。

当然，电影的真正光辉并不在于摄影机。它的全部热能和光源是我们那无比可爱的社会生活。从创作来说，电影似乎是这么件事情：先进思想的光芒照射了、照亮了创作者生活的丰厚积累和独特感受，然后产生了电影作品；而作品又焕发着生活固有的光辉，浮泛着斑斓的光彩，反过来又照亮了生活，使人在欣赏生活的色香味的同时，看清了、认识了昨天、今天和明天。

从这一大批影片里，我更多地看到了这种光辉和光彩。原因自然很多，其中崇高的美更多更深地进入了电影文学和电影艺术，我以为是重要的因素之一。以我理解，崇高，是文学的重要组成部分，是社会主义文艺的重要特征，崇高美是一种重要的美。我们当然不能要求笔下和银幕上只有这一件东西，然而，这件东西曾经遭受摧残，而至今在生活中仍感匮乏的还是它。正在这时候，突然发现，它在电影里和在生活中正同步增长，确实是令人十分欣喜的。

无论写的是社会问题还是道德问题，影片大约总有个“格”的问题。影格的构成之中，引着人往高处走，变得高尚、纯粹又有道德，大约也总是重要组成部分，是电影光辉的所在。这一批影片影格的提高，很是引人注目的，我看这是一个实实在在的胜利。《咱们的牛百岁》所以能深入亿万人心，当然在于编导善于从人民看似平常的生活中发现笑，发现情，发现美，然而，也正在这种发现和表现的过程中，把崇高的情怀深深地流进了作品之中，使人感到了牛百岁拉着亲人前进的那只胳膊乌亮、放光，而且血液里流动着太阳。

向着真实和向着伟大，把生活中的美不懈地搜求起来，并且在作品里创造得比实在的更真更美，这不但不违背艺术规律，而且是应该遵从的法则。试想如果把《16号病房》里那个默默地表现了崇高又默默地留下了崇高的人放逐出这个艺术的房间，那该使艺术丧失了什么?

成批活生生的共产党人形象在1983年银幕上诞生，也是“崇高”深入电影艺术的一个佐证。好像还是不久以前，有人还为在银幕上看不到活的党员团员形象而不安，期望着电影更多关注和写出人物和党的精神联系，呼唤塑造“党的人”的形象，以便使党在争取党风根本好转、恢复党的形象的过程中，得到电影的帮助。然而，并没有过多久，根据实际生活创造出来的各式各样的党员形象就站在银幕上了，或者是善意地批评党的不健康和落后的现象，或者是诚意地提出改善与加强党的重要问题，或者是满怀敬意地抒写共产党人的正面形象。这一大批影片里，都流动着对党的深沉的爱，都使人走向一种认识：在生活里存在着崇高和壮美，它正走上银幕；它也必将赶走卑劣和卑微，回到人们的身边。

创造性的艺术经验归结到一点，就是塑造社会主义新人。记得《在斯维尔德洛夫墓前演说》里，列宁把走在生活前列的革命者叫作“无产阶级之花”。这个称呼美极了，妙极了！电影是光辉的、光彩的，就因为它又是造花的事业。不是一般地造两朵“狗尾巴花”，而是造一大批“无产阶级之花”，以此概括和评价生活，推动生活前进。现在，有各式各样的计算机，大约还没有哪一种计算机能够计算出我国人民新的精神因素增长的速度和比例。计算人的心灵的广度深度的东西是有的，那就是电影，以及包括电影在内的社会主义文学艺术。电影，把崇高深深引入自己的躯体之中，正是加强了它自身的生命力。电影，要写那种过了许多许多年仍然让人激动的东西。

要想银幕上有，创作者自己心里就先得有。电影作家、艺术家永远不能把自己没有的东西送上银幕、献给别人。只有思想艺术素质好，精神境界、道德面貌崇高的艺术家，才能把崇高引进电影，让作品崇高起来。这次看电影的同时看到了许多在银幕后面的崇高的人，像导演赵焕章、毛玉勤、胡炳榴等同志，看到作品面貌与作者面貌的统一，看到“人类灵魂工程师”名实相符是如何重要，也学得了许多艺术经验中最重要的经验：风格就是人。

崇高，更多更深地进入电影队伍和电影艺术之日，就是电影事业更加兴旺发达之时！

给人以创造勇气的电影创作，必须有创作的艺术勇气。这是这批好影片给我的又一启示。

不久前，参加了全国短篇小说评奖活动，看了不少大胆创新之作。发奖大会上，周扬同志又到会讲了话。他讲的中心意思是，在“二为”的大方向下，进一步鼓起“真正艺术家的勇气”。无论这个命题还是讲话本身，都使人很受鼓舞和教益。

艺术的创新和突破，总是需要这种真正的艺术勇气。回顾1983年这批优秀影片，总体上正是显示了这样一种对于我们是极其宝贵的东西。每一部影片或多或少也都包含着创作者的一些探索、追求的勇气在里面。

首先是敢于写生活中的巨大尖锐的矛盾冲突，敢于直面人生，触及社会生活的新变革。这一批影片，总的来说恐怕还属于描写改革的第一代作品，因之也许还有些不完善之处，然而表现披荆斩棘的文学艺术本身就带着披荆斩棘的味道。回想一下，从前些年的彷徨，到现在为生活的新变革呐喊，这是多么勇敢的一步！在正视矛盾和艺术创造的勇气方面，我看1983年的电影比文学和戏剧毫不逊色，如果不说是更勇敢的话。

我们受“无冲突论”的害太久了，也太深了，总是绕着矛盾走，或者用“好和更好的矛盾”遮掩和搪塞了真实的冲突。正是这，使创作者虚耗了胆识，作品失去了力量。在这个意义上，这批勇于写矛盾的电影更应给予特殊的估价。像《在被告后面》，如此大胆地接触生活中密密的“关系网”，既不回避什么，也不掩饰什么，而是果敢地深入生活的内层，把矛盾掀开，把被不正之风挤压得几至扭歪的心灵之扉挑开，把变革前进的艰辛和复杂摊开。这一艺术成就的奥秘，就在于作品的矛盾后面有勇于写矛盾的作者。看着作品里的改革者李江川喊出：“希望在哪里，希望在人间，希望在今天！”不禁想到这一电影编剧之一的史超在二十多年前写的电影《五更寒》里那个县委书记，在极端困难的境地，他喊出：“困龙还有上天时！”艺术勇气在《不该发生的故事》里也反映得极为鲜明。我想，如果编导不能勇敢地面对作品的前半部的严峻，又自信自己有力量翻上去，就很难把作品这样写下去。

这两部电影，使我想起了鲁迅那著名的诗句：“曾惊秋肃临天下，敢遣春温上笔端。”他们不回避那君临天下的秋肃，硬是把春温送上笔端，都因为作者的心头是火热的，也都敢于去送，显示了艺术家真正的胆识。

其次，敢于写矛盾，还要善于在矛盾冲突中写人的思想性格。写矛盾，是走向深刻、走向典型化的重要途径。这是这批电影作品创作实践提供的艺术经验。《血，总是热的》那个时刻想着要用自己的血润滑这架机器，使它转得快起来的罗心刚，他的形象正是在矛盾中完成的。《道是无情胜有情》里的当代军人袁翰，他的献身精神和职业牺牲精神，也是在矛盾中展现的。

第三，还要称道艺术上追求独创的勇气。不肯孤立地在形式上生吞活剥，又拒绝把别人的车辙当成自己的道路，而是扎扎实实走自己艺术探求的路。《乡音》正是这样一部浸泡着艺术勇敢的作品。几个月前，我曾和这部电影的编剧王一民同志交谈过。他说过这么一番话："我写我自己的感受，我用我自己的方法来写。"我看，这是一位青年作家自己的艺术论，也是一切有艺术勇气的探索者都应当一读的艺术论。说到《乡音》，也许它本可以比现在还要好些。创作者过分钟爱自己的人物了，使艺术目标受到了一些损害。不要紧，作为艺术家勇敢的探求，作者是胜利者。

最美的花在悬崖上。歌德曾经说过这样一段话："你若失去了财产，只失掉了一点儿；你若失掉了荣誉，那就失掉了许多；你若失掉了勇气，那就一切都失掉了。"在电影获得人民给予的荣誉的时刻，重念这位老人的聪明的话，看到一年来艺术同行所表现出的艺术勇气，使整个电影队伍提高了士气，实在令人高兴。

有人把创造者的才、学、识比作一把刀，说才华是刀刃，学力是刀背，而胆识是刀把。现在，电影艺术创造的"刀把"已经被攥到了手里，以更大勇气去创造更新的艺术的丰收时刻，也就要到来了。

以上，只是这次学习中一点肤浅的感受。说不到点子上，还希望评论家全面地总结这一年的艺术经验。

创作实践上的创新与突破，来源于艺术思想的前进。

就艺术思想而言，我以为主要是这么一句话：站稳两脚，伸出双手——只要我们扎实地站在深入生活、学习社会和学习马列的土地上，又把一只手伸向本民族的艺术传统和几十年电影艺术实践，一只手伸向国外有益的艺术经验，那么，我们就能够坚持应该坚持的，抛弃应当抛弃的，吸收应该吸收的。有了这，便可以巩固我们已经得到的，夺回我们失去的，创造我们还没有的。

革命战争的银幕表现

——军事题材影片创作断想

一

关于军事题材的电影创作，关于人民军队、人民战争的银幕表现，许多年来，许多人说过许多的话。在这些话里，有一个共同的声音，那就是：热情地肯定革命战争的历史是一个革命精神的巨大矿床，是社会主义电影创作的重要题材领域；对它努力地开拓、认真地开掘，就会创造出奇妙的艺术产品，从而在建设社会主义精神文明和培养代代新人方面，发挥电影的历史作用。

只要列举这么一件事实就够了：在至今还在进行着的保卫祖国的战争中，一代从来没有听过枪声炮响、没见过战火硝烟的青年战士，在看过电影《董存瑞》《上甘岭》《英雄儿女》等描写战争的影片之后，认清了自己英雄的谱系，汲取了献身精神，以惊人的速度从战争中学会了战争，创造了新的胜利的战争历史。

不错，长达四分之一个世纪的革命战争，已经成了历史。然而，历史并不只属于过去，也属于现在和将来。

于是，我想起了一件往事：1962年在怀仁堂，敬爱的周恩来同志在一次讲话中谈到了革命战争历史的文学艺术表现问题。总理说：将来，我们的子孙后代很可能会嘲笑我们——当年你们用梭镖长矛去进行战争，不是落后得可笑吗？但是，有一种东西我们的后代永远也不会嘲笑我们，那就是用梭镖去夺取胜利的那种精神！

平常的话语，揭示了革命战争历史的内蕴，体现出真正的历史感，洋溢着时代精神，也对以战争作为描写对象的文学艺术提出了很高的艺术要求。

有什么样的战争历史，就应该有什么样的电影艺术！

作为革命战争历史的伴侣，我们的电影艺术绝不能满足于留下一点表面的史实纪录，也不能浮光掠影地记下一些粗浅的印象，更不能虚假和平庸。电影，要为革命战争立传、传神，表现出壮丽的战争固有的光彩和神采！

电影，要表现出革命战争的真实历史、真知灼见和真情实感。

一句话，电影，要从战争的“史”里找到“诗”。

二

可惜，在我们的电影艺术产品的库房里摆着的，并不都是传出战争之神的艺术精品。在许多佳作的旁边，还有不少残次产品。

在新时期，人民对于军事题材的影片，要求更高，期望更殷切。然而，我们的电影创作，我们有些影片，却过早地落上了厚厚的灰尘，过早地锈蚀斑斑，或者说，它们过早地“老”了。

这里说的“老”，自然不是指革命战争本身。自从南昌城头迸发出那第一声枪响，到现在还不到60年；震动了整个世界的长征，才迎来它50岁的生日；更不要说八年敌后抗战和三年解放战争了。这些艰难而又漫长的岁月，虽然变成了历史，但它却是年轻的，永远充满着青春的活力。这是一棵青翠的常青树，本来应该挂满绚丽的花朵，而且久久地开下去，永不凋谢。“老”了的是我们描写战争的某些创作。因为这些作品，依然在用着一套老的模式和老的手法，在千篇一律地讲着许多老故事、老人物、老的战争格局和一般过程，用老的公式图解着老的干枯的概念，把充满血肉和生命的战斗生活变成了啃剩的骨头。于是，真的被写成了假的，美的变成了丑的，新颖成了陈旧，独特成了平庸。这才使军事题材的电影丧失了认识价值和美学价值；这才作践了战争历史，也毁坏了描写战争的电影艺术。

不要埋怨我们年轻一代观众对于战争题材的影片缺乏热情。今天托儿所的孩子依然和四十多年前的张嘎交成要好的朋友，男女青年也许对于边境战争未必有多少了解和热情，然而看电影《高山下的花环》的时候，还是热泪盈眶、热血沸腾。战争题材，在银幕上不会过时，也没有什么“疲乏”。血与火的年代，永远是年轻人极想了解的未知的天地；战争的壮美和诗情也永远能够与年轻人共鸣共振。人们所期待的战争影片只是要新鲜、真实、深刻和多情；只对那些貌似真实而实则虚假的赝品或者平庸乏味的次品才掉头不顾，或者啧有烦言。

也不要过分苛责那些战争题材影片的创作者无力和无能。“白头搔更短”，一些经历和体验过战争的电影创作者，正在深沉地思索。思索着如何把长期积蓄在心头的战争，连同这方寸之地所吸取的民族与人民的血泪和爱情，在一个新的火山口上喷吐。“三更灯火五更鸡”，他们在不懈地追求，追求着战争生活的再开掘，追求着新鲜的角度、独特的形象和新颖的艺术构思，以实现战争题材影片的新的突破。

更上一层楼是迷人的，攀登也必须进行。创作是不安分的事业。谁不愿在笔下和银幕上发出新的光辉？然而，突破，突破过去也突破今天，突破别人又突破自己，哪怕只是前进一点点，也是不容易的。弃旧图新，至少有两个要求：首先是看到并且承认哪些是真正的桎梏，找到思想驰骋的障碍，丢弃那些必须抛掉的束缚，“让思想冲破牢笼”，使心灵变得像战争历史本身那样广阔而自由。同时又要学会以真正的历史的感觉和历史的眼睛去看战争历史，深深进入到历史深处探索寻觅，找到战争的美和战争的诗，找到与此和谐统一的艺术形式。新，闯入求索者心中之日，也才是涌现在创作者笔下之时。

不要只责难战争文学的落后，不能只责难战争题材的电影没有反映战争历史的真实和壮美。别忘了，当我们的文学、我们的电影被反艺术规律的绳索逐渐捆绑起来、越捆越紧，直至戴上了沉重的枷锁的时候，我们革命战争的历史也遭到篡改和扭曲，同样被捆绑着。作为历史的伴侣，文学艺术无法单独走向繁荣。战争历史被剥掉了树皮和枝杈，反映战争历史的电影又怎么能绿叶成荫，花繁似锦，充满春意和生机？当战争历史被捆住时，创作者又能从绑着的历史上找得到多少诗情？

历史主义醒来了。革命战争的历史正实事求是地恢复着它本来的面目，我们的文学、我们的电影又可以和它结伴同行，一块儿往前走去。

三

使人对战争题材的电影创作涌起乐观之情的，当然不只是这种对于历史的历史感觉。

近几年来，军事题材文学创作的兴起和突破，是一种很值得注意的文学现象。像谁掀开了神话中的宝盒子，一大批文学新人和文学新作涌现出来，一下子把写军人、写军队、写战争的文学创作推进到了一个崭新的时期。只要粗粗回想一下就可以看到：以中篇小说《西线轶事》为开端，以《高山下的花环》和《射天狼》等小说为标志，在短短几年里，新时期军事文学写作走出了多么远，步子又何等坚实有力！这些作品思路广阔，把军队生活写开了，写出了军队生活固有的丰富性，写出了与社会生活的广泛关联。许多过去的禁区和畏途，变成了自由驰骋的天地。这些作品使军事文学真正成了军事“人学”，向着军人的心灵深处前进，在军人的灵魂里打响了惊心动魄的战争。这些作品大胆地接触了内部矛盾，既开拓了作品的思想深度，又表现了创作者的胆识与艺术勇气。这些作品，在艺术实践中找到了尽可能美的新的表现形式，追求了风云之气和艺术美的和谐统一……一句话，它们从正在创造着的人民军队、人民战争的历史里找到了沸腾的诗情，把直线加方块的钢铁，冶炼成了既有阳刚也见阴柔的动情的诗。

这是胜利的探索。这是探索的胜利。

自然，这一胜利的意义绝不只限于军事文学自身的突破和发展。正像攻坚战斗的实战中那样，一处突破口的打开，就可能把千军万马引向纵深。新时期军事文学新的创造、探索精神和艺术经验，将会给以战争历史为对象的电影文学与电影艺术以新的启示。

它们，有的已经直接汇入了军事题材电影艺术之中。小说《射天狼》改编的电影《道是无情胜有情》，写军营，把当代军人的职业牺牲写得那么深邃、那么深情，又那么美，我看可以管它叫作表现“伦理美”的艺术品。与小说同名的电影《高山下的花环》，写战场，把战争写向心灵的深处，把真实和崇高统一得那么好，可以看作是战争历史这棵大树上的一朵绚丽的花。

它们表现出的探索精神，也给了写战争历史的文学和电影以积极的影响。或者是并驾齐驱，进行着艺术的探求；或者走前一步，给了有益的启发和带动。我觉得，我们新时期电影艺术成就之中，写军人、写战争的影片，主流是在探索中前进。无论在把小的东西写透方面，还是在把大的东西写活方面，凡是探索的，都在前进。自从电影《小花》勇敢地把战争推到了后景，又一下子扑到了军人命运上，从那以后表现战争的影片在努力走着弃旧图新的路，无论是追求真实历史、真知灼见和真情实感方面，还是电影观念的更新方面，都迈开了大步。《归心似箭》《啊，摇篮》《路漫漫》正是在这条轨迹上向前运行。自从《南昌起义》试着把战争历史上重大的变成艺术上重大的以来，时代视野更广阔、战争气势更雄浑、生活图景更壮丽的全景性影片一部部诞生了。特别是许许多多被列宁称作“无产阶级之花”的战争的领导者和组织者的形象出现在银幕上，或者换个说法：新时期的电影，终于把这些人物领到了观众的面前，更是战争历史影片的实实在在的胜利。于是，电影在正反两方面的经验中，在摆脱旧有的羁绊和认识自身的特性之后，真正成了革命战争历史的伴侣，成了历史这棵常青之树上开放的花。

说到探索和探索的价值，还想说说一年多来接连出现的两部写军人、写战争，以求表现和概括历史的新影片：《一个和八个》与《黄土地》。在这里我无意对它们做全面的分析和评价，然而，影片创作者的刻意求新的追求，却使银幕上流溢着一种迫人思索的力量。前者是粗犷的，粗犷得有点儿“野”，然而，正像看着青铜器的绿色锈斑，摸着斧子硬削的木器或者手捧着毛边的书一样，觉得它自有它的美。后者不在于写了个军人，而在于它从浩瀚的史里寻觅着诗，又用象征的手法，写意的画笔，造出了“有我”的诗境。当我们撇开它的不足而凝视着它的时候，仿佛眼前一亮，觉得很是开窍。因为它告诉了我们：通向战争历史影片那高高的峰峦，有许多条路；这，也是其中的一条。

艺术形式的追求是重要的。在文学发展的历史上，新的艺术探索常常是以否定旧的形式出现的，社会主义的文学艺术大约也不例外。当然，形式又不会孤立存在，形式不是主要的；这也是无须赘言的。

四

我常想，我们的革命战争历史，那是一块宝石。它是那么珍贵，却又是多边多棱，无论你站在哪里去看它，它都发光。

是的，漫长而又丰富的革命战争，有许许多多侧面，聪明的创作者，有数不尽的取材角度。就看你能不能多方多面地去注视它，在人们共见的战争生活里，获得独独属于你的艺术发现。

有一件往事至今想起来都觉得开窍：大约是50年代中期，我们这些当时的青年人随着一位老作家去玉石厂参观。老作家没有在那些艺术珍品面前流连，却在一个次等石料堆边站住了。她指着一位正在操作的师傅对我们说道：“看，好好地看！”只见老师傅抡起大锤向着一大块石料砸去，石料被砸成了几块。他随便抓起一块来，问徒弟：“雕个什么好？”人们转悠着，端详着，议论着……想象在这块龇牙咧嘴的石头上飞旋。老作家低声地对我们说：“这就是创作。”

在砸开了的社会生活里，去看到那众多的侧面，去发现你的创造对象，碎石成了艺术品。

独特的视角，曾经怎样极大地帮助了艺术心灵啊！看看那些描绘战争的优秀的电影作品，就不能不佩服编导那双眼睛——这么独特的人和事，偏偏被他看见了；于是，他写出了不同，创造了不同。

战争，本来是由许许多多特殊的战役战斗组成的。在同一地点打上十次仗，也绝不会有两次相同的。然而，令人奇怪的是，我们却只从一个正面去看它，只看到了一般的共性和过程。

战争，已经成了历史，不必给历史再加添什么了。只要把它深深地掘开，就能看见那特异的光彩。然而，令人奇怪的是，我们却拼命地给历史涂抹打扮，或者丢开了动人的真实，去编造些离奇的情节。让脂粉香、江湖气代替了战争历史本身具有的龙虎风云之气，丧失了作品的认识价值和美学价值。

为什么不能从人的命运和心灵深处发现一场战争？

为什么不能从感情这个角度，走进战争历史的深处，去发现你自己的艺术材料？

我们搞文学的看历史，看得是这么笨拙和平庸；看看历史学家怎么看文学，倒是很有意思的。一位著名的历史学家研究明史，却用了这么一个题目：《〈桃花扇〉底看南明》。妙极了！而我们搞电影的看战争，却轻轻地抛弃了文学艺术，也丢掉了发现诗情的最佳角度。

当然，寻找恰切的观察角度，并不靠一时的小聪明。创作，正如一位老作家说的，是笨人的事业。“笨”字从“本”声。电影要有剧本，剧本才华和艺术的大巧，是要在下笨功夫的过程中从根本上得来。电影要描写战争，就要研究和熟悉战争。拥有得多了，才能从众多的侧面里找到理想的角度，看见宝石的光辉。

“从千百吨真实里提取几斤‘谎言’”。巴尔扎克没有说谎，他讲的是文学创造的真理。

五

革命战争这个巨大的艺术容体，具有常写常新的可能性，但是，可能并不就是必然。要把可能性变成现实性，还要靠创作者的苦心追求。在这里，创作者的这个主体是重要的。

要在对于战争历史熟和懂的过程中，找到自己的战争。

去年春末的一天，我和美国作家索尔兹伯里谈了长征。休息的时候，站在临街的阳台上，我望着这位67岁的老人，心想他竟然要带着夫人亲自走那漫长的万水千山的征途，心里颇不是滋味。我问他："你为什么还要写我们的长征？斯诺不是已经写过了？"他说："不，我要写我的长征。"他反问我："你嫉妒我吗？"我也只好回敬他："不，我写我的长征。"这话虽是被逼出来的，然而话一出口，倒也使我自己明白了许多。

"写自己的战争。"这话自然不是我的，也不是这个美国人的。它出自另外一个外国作家之口。乍一看，似乎是个谬论；仔细一想，却很有道理，很有意思。不错，战争只有一个，无论是淮海战役还是诺曼底登陆之战，全世界就只有一个。文学，正是要写出一个具体的战争来。但是，当有十个作家艺术家去描写这个具体对象的时候，如果他们是严肃认真的，那么就会出现十个完全不相同的作品。这是因为，创作者在感受生活和加工成电影作品的过程中，自己的状况，比方性格、气质、生活道路和各方面的素养，都流进了、也溶进了作品之中，他实际上在写自己的战争。

这是个好事情。创作主体和客体的统一，独创性的作品就诞生出来。只有十个作家艺术家去描写十个不同的战役战斗，而产品却是一副模样，那才是可悲的。

战争历史的无限广阔性和电影创作者熟悉和占有生活的局限性，这是一个很大的矛盾。战争生活对于创作想象有提供的一面，也有制约的一面。这一切，向创作者提出了严峻的要求：一是要尊重历史，相信历史真实的征服力量，千万别强拉着历史去屈从你那个构思；一是要尊重艺术，相信艺术真实的创造能力——虚构，不是为了常说的“戏剧性”，而是为了更好地表现历史的真实。千万别轻易舍弃了艺术想象的权利。

“写自己的战争”，将使军事题材的电影创作，走向广阔，走向独特，走向深邃、深刻和深情。

六

即便是战争历史题材的电影文学和电影艺术，也依然是电影“人学”。许多好的战争历史影片，无意地泄露了艺术家创造的奥秘，那就是创作者深深地研究了战争历史和生活，获得了真正的历史感，然后，从历史的深处领出一个人来。

这个被创作者引领出来的人物，带着时代的尘埃，披着历史的硝烟；这个人物，和他产生、成长、活动的历史场所，或者说显现其性格的环境和谐一致，是一个真正的、历史的、具体的活人。把“这一个”领出来，尽情地抒写他的思想、性格、命运、心灵……于是一个新的银幕形象诞生了。

问题只剩下一点：被领出的是不是一个活人，而且，是不是从历史深处找到，又从历史深处领来。

有一次和一位电影理论家交谈，他说：“你们编剧常常为导演的改戏、删戏而恼火，其实，矛盾的根子大半还在你们编剧身上。你没有找到使导演不改的办法。”我问他：“难道有什么奇妙的办法?”“有哇，你写出性格来!”他意味深长地说道，“导演可以改你的戏，却改不了你的人物性格。相反地，他会和你一道保护这性格。”这办法是不是有效，我没有实践去检验，不知道，然而，我心底里以为，他是对的。因为让林黛玉扛把小锄去葬花是可以的，让她提根哨棒上景阳冈，大约总归是不成的。

这些年，我们的电影艺术家从革命战争历史的深处领出许多真的军人和活的军人，他们按艺术的“优生”学被创造出来，生动、壮实，站在了银幕之中和观众的心灵之中，形象概括了历史和时代，传达了历史里的诗情，从战争的历史走向了四化建设的今天。而有的人物呢？也穿一身军装，挂着个人名，形象却像晚风里的炊烟，眨眼就没了，成了“非战斗减员”。

“文学是历史的伴侣。”高尔基这句话说得好，“一个艺术家往往是自己阶级和时代的客观的历史家。”

“历史题材有属于未来的东西，找到了，作家就永恒!”黑格尔的这句话，大约也是对的。

漫谈电影文学的人物性格刻画

一

电影文学创作者，在整个电影艺术产品的创造活动中，除了少数例外，大约不可能都是电影的完成者；然而，有一项职责却是责无旁贷的，那就是：他应该是从生活里找到电影的最初发现者。从一定意义上说，电影文学就是发现。

发现，就得用眼睛，时刻注视着时代和社会生活；发现，就得用耳朵，认真倾听人民的要求和银幕的呼唤。我觉得我们的银幕向我们电影文学要的东西太多了，要新鲜的题材，要深刻的思想，要巧妙的构思，要独特而有表现力的艺术手段……而在这许许多多之中，有一个更为重要的艺术要求，就是向我们要“人”——要那种似乎熟悉又很陌生的人，要那种从生活中走来又活生生走上银幕的人，要那种既有鲜明个性、又能概括社会生活的人物形象。一句话，银幕呼唤着艺术形象。

银幕向电影文学要“人”；为了艺术形象的创造，电影文学从生活中发现人、表现人，这，大约不是某个人随意的要求，而是由文学创作规律决定的。

搞文学创作，哪个人没有做过这样的梦？就像神话里那个“金钥匙”的故事那样：有一天，忽然遇到了一个仙人，送给了自己一把金钥匙，就用这把金钥匙，一下子打开了文学的殿堂，于是升堂入室，掌握了文学创作的全部奥秘；于是琳琅满目的名篇妙作就在自己的笔下源源不断地产生了。这样的“金钥匙”有没有呢？没有。如果有的话，电影文学事业就太容易了。这样的“金钥匙”到底有没有呢？有的。如果没有，为什么世界上又有那么多电影文学的杰作名篇？还是宁可信其有。自然，对于这个“金钥匙”是什么，可以有不同的回答。有人可以回答是勤奋；有人可以回答是学习，是探索。但是如果从文学创作自身去找，在众多的答案中，我倾向于这样一种回答，那就是：能够开启文学之门的、并且人人都可以拿到的“金钥匙”是“人”，是充分重视人在电影文学中的地位，把人放在注视的中心；从而热爱人，关心人，从生活中去发现人，艺术地表现人。

重视人，重视对生活中人的了解、熟悉、体验、研究，重视人物形象的描绘和塑造，一句话，重视人物和发现人物与表现人物，在文学中，在电影文学中，有很大的意义和很高的品格。有人把文学叫作“人学”，那么，电影文学也就是电影“人学”。我觉得，人，人物形象，对于电影文学创作来说，不只是找到了一个描绘对象，不仅是一个作品所注视的中心，或者说不仅仅是你通过塑造人物，去概括生活、表现生活的艺术手段，甚至可以说，人，人物形象，是电影文学的生命。对于搞电影文学创作的人，观察一下作品所以迷人的文学现象，思索一下人物形象的问题，是非常有意思的。有谁在阅读优秀的文学作品的时候不被那动人的人物形象所吸引？有谁不在欣赏中为人物的生命力而赞叹？一部好的作品，它活得结实，如铜浇铁铸，领千百年之风骚；它生命活跃，如平添双翼，流传到很远很远的地方。分析起来，原因很多，但细细思来，主要的还是靠了人物塑造的成功。也许，历史上真有个名叫武松的人，也许这个人真的打死过一两只老虎，杀死过几个狗男女；可是，往事越千年，这个人干了些什么，恐怕今天的人已经不再有什么兴趣了。但是，长篇小说《水浒传》里的艺术形象武松，却作为大智大勇的反抗者，活在读者的心中，引起了读者的同情、关怀和热爱。也许，两百多年前，世上真有一个叫贾宝玉的公子，他干了些这样那样的事情，可这个人与我们有什么关系？我们并不对这么一个真人感兴趣，但是，出自曹雪芹笔下的文学典型贾宝玉，却使我们感到浓厚的兴趣，甚至可以迷恋到梦萦魂牵。文学，就是这样奇妙。说到《红楼梦》，不知道同志们有没有体验过这样的阅读感受：你随便从书架上拿下它的任何一本，随便把它翻到某一回某一节，都可以读下去，而且很快就进入了它所描绘的艺术境界，爱不释手。这是一种什么力量？是文学的魅力。它所以具有这样一种魅力，主要的原因，就在于它创造了众多栩栩如生的人物形象和光辉的艺术典型。既迷人，又发人深思。

人，人物形象，在我们的电影文学里，在整个叙事文学里，都是最活跃的因素，最有力量的因素。读者正是透过人，透过作品对人和人关系的描写，看到了特定的时代，看到了特定的社会生活的面貌；是人物形象概括了生活，使人了解了、理解了生活的内蕴；是人物形象闯进了读者的心中，参与了对于读者心灵的影响和塑造。人，人物形象，就是这么有力量。据说，苏联作家奥斯特洛夫斯基在写作和出版了《钢铁是怎样炼成的》之后，收到了许多读者的来信。其中有一封信是一个小偷写来的。这个小偷坦诚地告诉作家，他在一次行窃的时候，偷到了一个皮箱。他把皮箱里的东西变卖了，但是箱子底下放着一本书，就是《钢铁是怎样炼成的》。他怀着好奇的心情打开了这本书，小说所描绘的生活和保尔·柯察金的形象吸引了他，震动了他，也唤醒了他，把他领上了人生的正路。

以自己创造的人物形象去影响读者心灵的，当然在世界上不只是保尔·柯察金形象的作者。一个作家，只要他是认真的，从生活中发现了，并且写下了真实可信的人物，哪一个没有收到自己的读者倾心置腹的来信呢？当生活里边的形象被作家发现，在文学创作中完成以后，人物就有了独立生命，他就有力量征服读者。读者信服了你的人物，愿意去结识你的人物，也爱上你的人物。这也是文学创作者真正的幸福，也正是文学创作的奥秘所在。

当然，有权利获得这种幸福的，绝不只是阅读文学的创作者。拥有更为丰富的表现手段的电影文学和电影艺术，应该具有更大的可能，也同样面对着这样一个艺术要求，要求我们的电影，首先是电影文学的创作者，做银幕人物形象的最初发现者和表现者，把电影文学真正当作电影“人学”，把人、人物形象放在注视的中心，把人永远作为你描绘的主要对象，把人、人物的创造永远看作艺术的生命。欣赏电影艺术作品，大约都有这样的体验，一部电影看过许多年，也许故事情节已经讲不完全了，甚至片名也记不真切了，然而影片中的人物形象，还活在你的记忆之中。感谢我们高明的电影剧作家，高明的电影导演、演员，为我们创造了一系列结结实实、生动鲜活的银幕形象，使我们的电影艺术画廊里丰富多彩、光辉照人。像董存瑞、王成、李双双，以及讲着普通话的林则徐、李时珍，还有《人到中年》里的陆文婷，《天云山传奇》里的宋薇……这样一个长长的系列，给我们整个的电影事业、给我们电影艺术库房里增加了最有价值的宝藏，也给我们的社会生活增加了一大笔精神财富。只举这样一个实例就够了，在至今还在进行着的、保卫祖国的战斗中，给前线送去了很多的描绘过去战争的影片。一种令人惊奇的生活现象发生了：入伍几天的、半年的、一年的新战士，从来没有听过枪声炮响，从来没有看过战火硝烟，看了电影《董存瑞》《上甘岭》和《英雄儿女》，年轻的指战员很快从银幕上结识了自己的前辈战友，认清了自己英雄的谱系，找到了自己生活中的位置，认识了人生的价值，于是，在战争当中学会了战争，并且创造了新的历史。银幕形象就是这样有力地走进了生活、推动了生活前进。规律是要起作用的。文学艺术规律也毫不例外。规律多情。只要我们的电影文学尊重规律，自觉地把它当成电影“人学”对待，发现和创造出新的各式各样的人物形象，电影的突破和繁荣就多了一项保证。规律无情。不重视形象在电影文学中的地位，电影创作就容易走向肤浅和平庸。有些影片，今天看了明天就忘了，成了观众面前的、也是电影史上的过眼烟云，这样的作品，病症可能多种多样，但有一点是共同的，那就是没有认真地去发现人物，没有写出人物形象。

银幕呼唤着人物形象，期待更多更新更美的电影文学和电影艺术形象的诞生。

二

优秀文学作品中的人物形象是引人、动人的，使人惊奇艳羡；优美的人物形象创造的奥秘是迷人的，让人倾心折腰。于是，一个诱人的问题摆在了当代电影文学创作者的面前：那些成功的作家艺术家是怎样创造了这些多彩多姿的艺术形象？我们又该怎样去寻幽探胜、跨进这扇艺术形象创造的大门？

文学形象的创造，没有什么现成的秘诀和配方。就连那些文学大师也各有各的成功的幸福和失败的不幸。但是，如果我们仔细看一看成功的作品，仔细想一想文学形象塑造过程的话，我们至少会看到有一点是相同的，那就是这个形象的发现和塑造，不是从作家铺开稿纸的时候开始的，而是在这以前，在很早很早以前。这，也许就是作家在成功地塑造美的文学形象的同时，无意中泄露出来的文学的奥秘。

于是，我想起歌德说过的一句话："人对人是最感兴趣的。"而且还强调地补充了一句："并且，人，只应该对人感兴趣。"这位文学老人的话，是文学造型的经验之谈；它不仅道出了形象创造的秘密，简直是泄露了全部文学创作的"天机"。确实，一个作家，可以对跳舞、打牌、喝酒、吸烟都不感兴趣，但是对于人，对于社会中的人，必须要有浓厚的兴趣。只有感兴趣，才能够怀着强烈的感情去接触人、了解人、研究人，才能够在生活里获得关于人的真切感受。

文学中的形象是从感受开始，以感受发端的。这就要求电影文学创作者怀着对人的浓厚的兴趣，沿着自己的真切感受，去寻寻觅觅，从独特的感受里，找到你的人物，发现你的电影文学形象，或者换个说法，一个电影文学的创作者，应有一种本事，一种独特的感受能力，能够在大家同历共见的生活里，感受到了独独属于你的东西，发现了独独属于你的人物。为了把这点认识讲清楚，这里讲一点个人的体会。我经历过几年战争生活。说来奇怪，当年一些平平常常的人和事，比方，哪个同志是死在我怀里的；哪个同志在炮弹爆炸前的一霎，把我推倒在交通沟里，又压在我身上，以自己的生命救了我的生命；甚至第一次站岗、头一次夜间和敌人遭遇，这些往日的感觉，包括情绪记忆，都清晰地留在了脑中。现在每当握着笔写个什么东西的时候，就老觉得在我肩膀的右侧还留有那个15岁小通讯员的沉重而又柔软的身体。这些细微却又真切的感受，这种在生活里尝到的独特的味道，是我自己所有的。它曾经极大地帮助了，并且继续帮助着我。

自然，这种文学现象并不只是发生在一个作者的身上。所有的电影文学创作者，他们的文学形象所以创造出来，都是从感情开始，都是从感受走向发现的。所以，我认为电影文学创作的才能，就是发现的才能，甚至就是感受的才能。而电影文学创作者，作为整个电影艺术产品创作的第一个发现者，也应该是描绘对象的第一个感受者，第一个发现自己的人物和塑造了自己的银幕形象的人。所以，电影文学创作者的感受，是整个电影的开端。至少当剧本还在剧作者的手里的时候，是作者的感受在起作用。

两年前，电影文学学会第一次年会上，我有幸和一些电影创作家聚在一起。我奇怪地发现，每个人都在谈电影文学，但是每个人实际上都在谈自己的感受。一位部队的电影剧作家，在发言中谈到了某一次战斗，他讲：冲锋的时候，一下子被自己同志的尸体绊倒了，手摸着的是有些温乎的同志的身体。他讲的是他独特的感受，而这种感受早已流进了他写的电影文学作品之中。我感受得到，在他的笔下，在他的人物形象里洋溢着那种微微的还没有完全变冷的烈士的体温。感受，转化成了艺术形象。梁信发现他的吴琼花，李准发现他的李双双，都是从感受起始，借感受完成的。王一民同志写出了《乡情》三部曲，我看他的成功，不全在技巧上，而是成功在他的感受上。在交谈电影文学创作时，他引了前人的一首诗，前两句是："雾里江山雨里滩，看来容易作之难。"作家长时间在故乡土地上生活，他得到属于他的深切感受，对故乡土地的那种深情，对故乡的生活变迁史的熟悉和理解，特别是对故乡的人，他感受得亲切，怀着深沉的热爱和眷恋。感受使他萌发了美的追求，感受使他找到了美。于是他的田桂、他的翠翠，他的陶春和木生，都在他的笔下产生出来了。他能够感受到了“雾里江山雨里滩”，因此，这种“看来容易作之难”的东西，在他也就不难了。《乡情》那个牧归的情景，也是传神的诗意之笔；而《乡音》，就更加找到了自己，把感受化成了形象。

可惜，不是每一个电影剧作家都能够像这两句诗里说的那样，确立并努力实现自己的艺术追求，使自己的感受化为剧作，进入一种诗的境界。至于这两句诗的后面的两句，就更值得我们深思了。那诗道：“早知不入时人眼，多买胭脂画牡丹。”现在，我们个别电影文学创作者，太看重那个“时人眼”了，因之不从自己的感受出发去寻觅自己的人物形象，而是看一部分观众一时的喜好和趣味，去迎合、去媚悦“时人之眼”。趋时，使我们的电影文学多了些脂粉气、江湖气，而少创作许多来自生活之中的、活生生的电影文学形象，少产生许多披着时代的霞光、带着风云之气的社会主义新人的形象。这种“非战斗的减员”，是非常可惜的。

电影剧作者不必“多愁”，但要“善感”。善感，就是充分重视感受在文学形象创作中的重要价值，珍惜你的生活感受。珍视那些真切的情绪记忆。那些在你生活里最初的感受，那些使你感动过的、从你心尖子上跑过去，曾经扯得你心尖子发痛，而最后又挂在你那心头上的一种东西，是电影文学形象的胚胎，是人物生长发育的营养。这种感受的积累越多，越真切，创作的才能就越高，创造出新的人物形象的可能性越大。在过去一个很长的时间里，我们忽视、贬低以至否定感受在艺术形象创造中的地位，这是文学艺术的一个失策。当我们用空泛的理念来代替了生活的实感的时候，文学就必然走向了干枯。

为了搞好电影文学事业，为了写好电影文学剧本，不能不看电影。但是，看电影只是为了创作者把感受变成电影，而不是从电影里边获得电影。我以为，从电影里边是不会获得电影的。还是重视感受好。重视感受，重视感受的独特性，重视感受的浓度，从感动了你、激发了你、引起了你深沉的思索的那些人的身上去发现你的人物，进行电影文学的创造。只要生活在人民中间，只要常与人民共魂魄，就会不断地得到新鲜的感受，电影文学也就常写常新了。

三

感受，来自生活的形象感受，从创作者心尖子上划过、又深深地留在创作者心头的独特的形象感受，是这样的可爱又可贵。对于文学艺术创造来说，有不可估量的意义。可以把它比作种庄稼的种子，有了它，才能“春到一犁耕绿野”；到秋来，谷满红仓。也可以把它比作建筑的砖瓦，有了它，便有可能在平地上造起亭台楼阁、广厦千间。

但是，讲到独特的形象感受的重要，只不过讲了形象塑造的一半。拥有了感受，只不过具备了创造人物形象、创造典型性格的可能性。

蚕，只有吃了桑叶才能做茧。然而，丝并不挂在桑树上。桑蚕是吃了大量的桑叶，又经过一个曲折复杂的过程，才抽丝做茧的。

铁矿石并不是钢铁。而冶炼钢铁比之开采矿石有着更新、更高的要求。

作为未来电影的基础，电影文学创作当然不能满足于采集了一堆桑叶或者挖了几吨矿石。它要求自己的文学产品，是柔美的丝或者精炼的钢；是或见阴柔或见阳刚的完整的文学形象。也就是说，创作者从生活里获得独特又深切的感受、初步发现人，到在电影文学作品中艺术地表现人，创造出活生生的人物性格，或者进而创造出完美的艺术典型；这是对于电影文学的完整的艺术要求。

写出人物形象来，写出典型性格来，电影文学的迷人和艰辛都在这里。将现实生活里的人变成电影文学里的艺术的人，把创造的可能性变成艺术的现实性。电影文学这一劳动的奥秘大约也在这里。

首先就是要“活”。让你的人物作为一个活着的人出现在你的电影创作里，并且一直活到底。使你的剧本的读者读了之后，说一句“这是个活人”，从而由个性上认识他，相信他是真的。这是文学创作起码的也是贯彻始终的要求。千万别看轻了这个“活”。把人写活，写出具体性，写出个性，让读者把这一个和另一个区分开来，应该说已经是很不容易了。所以，高尔基告诉初学写作者的一句重要的话，就是“活泼地表现作品中的人物”。

放眼看看古今中外的优秀文学作品，尽管题材各不相同，风格，也千差万别，但是至少有一点是相同的，那就是都把人写活了，写出了鲜明的个性。我看，这就是艺术创造的主要的奥秘所在。古典小说《水浒传》写了一百〇八个人物。这些人生活的年代距我们将近千年，既没有留下画像，也没有拍下照片；就连生活方式也是陌生的。然而，由于作者在创作上把人放在了注视的中心，终于使一个个活生生的人从笔下走进书里，从书里走到我们面前。据说，施耐庵为了把人写活，曾经把一百〇八个梁山好汉逐个画了像，挂在壁上，晨昏相对，朝夕揣摩，把握了个性，才写出了性格。这固然是传说，可正是传说里渗透着真理：人物，在作者心里活了，也就在纸上活了；活了几百年，而且还要久久地活下去。

清代文人金圣叹，是个苛刻的文学批评家，看得上眼的作品不多，然而他却被《水浒》征服了。他诚心地赞叹道：“《水浒》所叙一百〇八人，人有其性情，人有其气质，人有其形状，人有其口声。”这里，说一百〇八人都写出了个性，显然也有些夸张；但《水浒》创造了一大批个性鲜明的性格，创造了实实在在的活人；甚至有本事“全在同而不同处有辨”（李卓吾语），塑造了许多光耀千古的艺术典型，却是这部文学杰作的巨大艺术成就。

把人写活，对于文学，当然也包括电影文学，就是如此重要！

遗憾的是，这样一个看似平常的要求，这样一个反映文学艺术规律的道理，并不那么容易认识。在一个时期里，在某些搞电影文学创作的人员那里，竟然成了难解难分的问题。曾几何时，“三突出”“三陪衬”，写“高、大、全”，喊得震天价响。按照这样的“配方”，有独特个性特征的“活”人，该从哪里诞生？就不说这类似癌症的极端的景象，仅就常见的“病症”而言，不是也可以看到这样的文学现象：在有的作品里，人物也许有名有姓，可并不是有生命的活人，甚至压根儿就没有被创作者当作一个人，当作和拿着笔写他的作者自己那样，有独立的个性特征，有喜怒哀乐的感情，有自己气质秉性的人来对待，而是当成一个工具，一种职业，一个傀儡，被随意驱赶着去做这做那，去说明某个概念或者演述某一个事件。这样的人，来时就是纸扎泥糊的假人，走时当然就像晚风里的炊烟。没有生命的人埋葬了电影文学作品的生命。

这种常见病，多发病，要诊断一下，恐怕就在于创作者不尊重人——不尊重自己的感受、自己的人物，也不尊重人物的实在性。这一点，在艺术里和在生活里同样可恶和可怕。

还是将你的钢笔里灌满热爱人、尊重人的汁液吧。用这样的文具去“笔耕”脚下的沃野，把对人的感受的种子撒下，让它接上墒，让它生根、发芽，让像生活一样鲜活的“活”人，籽粒饱满地诞生出来。

新时期的文学，包括电影文学，一个实实在在的胜利，就是我们终于写出了很多的活人、真人、普通人。这些形象，离读者近了，离生活近了，离青年人近了，离作者也近了。我还记得1978年第一次短篇小说评奖。从那个时候到现在，7年的时间过去了。我们的文学，我们的电影文学，在人的现实性这个问题上，走出了多么远哪！这是非常值得珍惜的。我常常怀着感戴之情想到电影《小花》。今天来看这部电影，也许还不算一座峰峦，但是它毕竟勇敢地把战争进程推到了后景上，而把人，把人的命运和心灵放在前景上了。它写了活人，真人，普通人，写了我们身边的人，加大了作品的现实性。有些作品描写一些生活的杂色，创造了些杂色的人物，这种探求也值得称道。生活本身的复杂性、多样性，决定了文学形象的复杂和多样。

在形象的现实性和把人写活的问题上也不是没有失误。一位外国作家说过这么一句话："真实的暗疾是渺小。"这话有些道理。在追求写实的时候，追求写出活的性格的时候，它潜藏着一个暗疾，就是把人写小了。有个别作品，在把人物写真、写活的同时，写了些卑微的东西，甚至是一些卑劣的东西；写了一些不是引人向上、引人变大，而是像鲁迅所厌恶的那样一种"使人变小的艺术"。还有的作品，着力写了一些人的动物性本能，这也是不可取的。当然，在我们电影文学里，这些都还是支流。要紧的还是尊重人物的现实性，坚持从人出发，从生活中来，从感受里创造，把作品中的形象写成活人；千万不要让事件淹没了人物，让共性淹没了个性。这是一个侧面。

另一个侧面，就是要把人物写开，追求典型性，使你的人物尽可能地成为一个艺术典型。

典型性是一个更高的艺术要求。写活也是为了典型性；为了更好地写开，更好地概括生活。创造文学形象的目的，在于概括和评价生活。所以，在进行形象的发现和塑造的时候，力争使人物形象有较大的历史深度和较多的生活容量。就是把人物写得开阔，写出人物的典型性，写出和“这一个”独特性格的相联系的普遍性。我们既要尊重现实性，又要尊重普遍性。“熟识的陌生人”，既认识，又陌生；既距离我们很近，又是第一次认识他。这是所有的文学形象创造劳动中追求的一种境界。一些好的作品，它进行形象典型化的劳动，是值得深思的。据一位苏联当代颇负盛名的评论家所说，托尔斯泰创作《安娜·卡列尼娜》之初，在得到安娜的生活原型的时候，对她是厌恶的，本想把安娜写成一个荡妇，但有意思的是，当作家进行艺术塑造的时候，在他的构思里，在他的笔下，安娜慢慢地改变了模样：她不再是一个荡妇，而是一个令人同情的不幸者。受谴责的不再是安娜了，而是那个使安娜蒙受损害、走向不幸的社会生活和社会制度。这个变化太大了。然而正是这个变化，正是创作中深刻的提炼和典型化，使安娜形象成了光辉的艺术形象。

文学大师创造人物形象的实践，给了我们以启示。对于生活里的原型，即使成了塑造对象，也还必须要有一个开掘、提炼，再认识、再创造的典型化过程。也就是要作者在这里做更高的追求。这两年，我在电影制片厂当编辑，读了一些电影文学剧本；担任短篇小说的评委，参加了两届评奖。在浏览了如此兴旺的短篇小说和电影文学剧作园地之后，欣喜之余，我仍然感觉到，我们文学形象的典型性追求，形象概括生活的力量，或者换句话说，在追求形象的较大思想深度和较广的生活容量方面，下的功夫还是不够。具体说来，一个是觉得创作者感受力与剖析力还不平衡，这是目前文学形象塑造和典型化的一个大敌。药方开不出，只是祝愿电影文学创作的同行，你所感受的，就是你所相信的；你所感受的，很快成为理解的，使敏锐的感受力和深刻剖析力同步增长。另一个感觉是，我们的文学形象的丰富性、复杂性格和已经获得的空间不平衡。我们的文学形象在走向多样化，在走向多色彩，在追求复杂性格，这是不错的。但是这些复杂性格和他所处的环境，所处的空间还不那么协调。典型性，典型环境中的典型性格，是我们的美学理想。如果说，写活是为了把感受集中；典型化就是把感受升华，要努力剔除那些非本质的、偶然性的东西，写出文学形象能够具有的更大的普遍性。

四

要描绘出性格鲜明的人物形象，就得密切注视着人的命运和心灵。

把创造电影文学形象的可能性变成现实性，在具体写作上，无非就是两个东西：一个是写人物性格的外在表现、外在形态，即人物的行为的现实，这，通常就是指人物的命运；一个是写人物性格的内在依据，也就是他的心理特征。人们常用的概括说法，管它叫作“心灵”。

文学，就是把心灵指给人看的一项事业。电影文学大约也不能例外。关于这项事业，人们给了一个很好听的名字，叫作“人类灵魂的工程师”。这个称呼的含义如果是指文学创作者的职业特点，是指对人物心灵的发现、设计和塑造的话，就更为恰切，也更耐人寻思。文学创作确实是和人的灵魂打交道的，是艺术地塑造出一个个性鲜明的活生生的灵魂，然后指给人看，让人物的灵魂去影响读者和观众的灵魂。问题在于：心灵或者灵魂——思想、性格、感情、意志，这些深藏在人的内心世界深处的、无形的东西，能不能指给人看。电影文学和电影艺术的实践，回答了这个疑难。人物的心灵不但能够，而且非让人看见不可。这就是电影这一艺术形式最迷人的地方。电影最大的本领就是通过看得见的形象，把看不见的东西变得清晰可见，就是通过外在的形态，把内在的东西表现出来。

命运，是人物性格和心灵的历史，按巴尔扎克的说法，是“人心史”。电影文学创作者毕生所从事的工作，无非就是给人心写历史，就是给观众一个文学形象的纵剖面，展现人物的命运、遭际；同时又展现一个横断面，抒写人物的思想感情。也就是在纵和横的交织上，让人看到人的命运，看到了人的心灵。看一看《红楼梦》里贾宝玉形象的塑造，是令人开窍的。从纵向上说，无非是从抓周抓起了脂粉盒，到剃光了脑袋出家这一段人心的历史，一段人生的命运。沿着这个命运的历史横向展开，把他生活的、也是大观园的年轮切开，又使我们看到了贾宝玉的性格和内心。遗憾的是：为了认识这样一个平常的道理，我们曾经付出了多高的代价。比方说，在一个很长的时间里，写人物的命运被当作是异端邪说，而否定了命运，就否定了文学形象的外在形态和运动过程。又比方，不重视不研究特殊，不善于在特殊的命运里边展现心灵的独特，而用一般的东西去表现一般，使文学落入了最不该落入的境地。

新时期的电影文学，终于把笔尖指向人物的心灵，目光投向了人的命运。这是胜利的探索，是探索的胜利。

五

让你的人物落入最能表现他的性格的环境之中。

搞电影文学创作，塑造文学形象，我觉得最难的就是作品的艺术构思。艺术构思的中心，或者说艺术构思的任务，简而言之，无非就是给人物找到最能表现性格的环境，力求性格和环境和谐统一。能够做到这一步，人物就有可能是活的。据说，张翼德怒鞭督邮，在实际生活里，把督邮打得皮开肉绽的是刘备，但是作家在塑造文学形象时，将他挪到张飞身上。这也许算得上追求性格与环境和谐统一的一个例证。

我们搞电影文学创作的，在处理性格与环境的关系时，不妨问一问自己：

第一，从哪里看进去，人物形象看得最清楚？这是选取角度问题。生活，像一块多边多棱的宝石，无论从哪里看都发光；但是，总有那么一个角度，最能清晰地看到性格特征，看到美。这就是人物形象塑造的最佳角度。古人做文章，都讲个“从活处看”，就是从哪个角度里看进去、写进去，能够得到最佳的效果。我写短篇小说《党费》时选的角度，是一个交通员小程，通过他的视角，看作品的主要人物，描绘形象。但是小说落到剧作家林杉同志手里做素材线索，角度变了，他选择了主人公李玉梅的角度。剧作家比我高明，他找到了展现人物精神世界崇高壮美的更恰切的角度。这几年电影文学许多新进展之中，有一个相当突出的进展，就是描绘形象、进行构思的角度新颖而多样。同样是揭示封建的残余给现实生活的压迫感，但《乡音》是从丈夫与妻子关系上写进去；而《良家妇女》则从另外一个角度落墨，同样把封建残余敲裂了缝。角度，在很大的程度上能够帮助作家的眼睛。比方张弦同志的小说和剧作，就很值得我们搞电影文学的人认真地学习和研究。我觉得，他最善于从大家共见的生活里找到一条缝隙，一下子插到了人所未及的思想深度和形象深度。

第二，要问一问自己：这个人物同哪一个人碰撞，最出火花。也就是在人和人的关系上来表现形象。我们笔下的人，是社会的人，是“大写的人”；正因为我们这样来看待人，必然着眼在人和人的关系中来表现性格。李逵，当他抡起板斧排头儿砍去的时候，是在性格、环境一致的情势下表现性格。但是，当他和戴宗一起去侦察敌情，他不能喝酒，不能吃肉，还要嘴里含个铜钱装哑巴——人物落入相反的环境的时候，李逵的性格反而更鲜明地表现出来。

第三，人物落在什么样的境地里边最传神？李准的小说《李双双小传》，本来是写大办食堂的，后来大办食堂被否定了，作者一换，形象依然在表现性格的环境里，还是那个李双双。这一点颇为不易。创作者对性格和环境熟悉到这样的程度，才能够得心应手，进入一种自由的创作境界。

六

细节，对人物性格有表现力的细节，是塑造形象、展现内心世界的重要手段，是最活跃的因素。我理解，在一定意义上说，电影文学、电影艺术就是细节的艺术。

我热爱电影，觉得电影的迷人之处，就在于它能够拥有最大的密度，有极高的思想感情的单位面积产量，有最大可能的行动性，可以最大限度地减少叙述的笔墨……阅读文学的心理描写，很难使人有一个具象；而电影可以通过一颦一笑，甚至于一根睫毛的战栗，心灵就变成了清晰可见的。慢慢地才明白，原来电影依靠的依然是细节，是把生活砸开了的艺术——砸开来看，是一串有表现力的细节，把这些细节按照艺术的总体的要求组装起来。电影就是一个砸碎了的艺术，或者是砸碎了重新组装的艺术。

细节是重要的。1978年第一次小说作家开会，我们几个中年人向老作家沙汀同志求教，我们问他：写短篇小说有没有窍门。他抿着嘴笑了笑，说："故事好找，零件难求。"零件就是细节。"零件难求"说明细节的难找。又重要，又难找，这就是文学创作所面对着的一大难题。有一位文学教授说得更进了一层。他说：细节是找不到的。他这句话也很令人开窍。细节，有艺术表现力的独特细节，是要作者用心灵去捕捉，去感受，去创造。

关于细节问题，已经有许多人说过许多，我看，在人物塑造和刻画上，经常遇到的是这么两点：

一是要拥有细节。电影文学创作者手里有几个硬邦邦的细节，而这些细节是合乎人物性格的，是从生活里边来的，又是独特的，心里就踏实了。

二是要善于运用细节。一个不错的细节，用得不是地方，就是很大的失败。细节的运用，就是这一个人物形象，只有用这个细节表现最合适，换一个就不行。最可怕的是那种一般的东西。须知那种放在哪里都合适的东西，在文学上是放在哪里也不合适的。

七

真情实感是人物的血液和神经。

关于情，几乎每个电影文学作者都有过伤心的经历。打掉了虚假和无情，恢复了感情在文学中的地位，这是一个胜利。但是，在电影文学里，写情，似乎还没有提到描绘形象和塑造典型的高度上来认识和对待。在许多时候、许多地方还停留在作料和调料的地位。电影文学的本体是写人的。艺术就是感情。电影文学的创造，就是在感情领域里探索真理的活动。形象思维就是有情思维——带着感情去进行形象思维。形象思维的全部过程中贯穿着感情；自然，在人物描写的实践中，对待情也要清醒而又热情。在这里有两点是值得注意的：一是要重视情的质的规定性，看一看是什么样的情。不是所有的情都是一样美好，不是所有的情都可以流入社会主义文学。有个别作品所以失误，往往是忽略了情的质的规定性。二是要看表现得怎么样，写得真不真，浓不浓。这都是需要认真对待的。

八

一位老的戏曲演员，把自己毕生艺术劳动的最宝贵的心得告诉他的徒弟，他说：你不要用草体，不要用隶篆写人，要用正楷写人。用正楷写人，一句话道出了文学创作的全部真理。作家自身的面貌决定和影响着他所创作的文学形象的面貌。电影剧作家永远不能把自己没有的东西写进剧本，送上银幕。创作者是一个用正楷写成的人，他的笔下才能创造出用正楷写成的人物形象。

“用正楷写人”，也许是电影文学创作奥秘中的真正奥秘。

给革命历史以艺术生命

——革命历史题材电影创作断想

以革命历史为题材的电影创作，正承受着巨大的压力，而且，这压力还有越来越大的趋势。

压力，来自革命历史本身。在长达四分之一个世纪的漫长岁月里，带枪的人和不带枪的人一道，在共同的目标指引下，以生命和鲜血创造了一部活生生的历史。这一段过去了的生活，呼唤着文学艺术，特别是期望得到银幕表现。这种期望既是殷切的，又是很高的。它不需要某一段史实的肤浅记录，也不满足于某一方面生活外在形态的描摹，更不允许虚假和平庸。它要求我们的电影，还历史之血肉，赋历史以魂灵，给革命历史一个艺术的生命。

压力，还来自广大的观众。正在投身改革之中、以自己变革现实的实践创造美好生活的青年观众，未必对革命历史题材的电影厌倦。他们何尝不想知道父兄辈经历的那种生活是什么模样，什么滋味？从炮火硝烟和血泪斑斑的生活里获得认识价值与审美情趣，或许正是青年人希望得到的一种艺术享受。他们厌倦的只是那些名为写革命历史却虚假雷同的残次产品。观众还是热情期待着电影艺术家从历史深处获得真实独特的艺术发现，渴望着银幕上呈现真的历史和饱蘸着创作者真知灼见、真情实感的艺术品。

一边是历史的深情呼唤，一边是观众热切的要求，两种压力形成了时代的合力，一齐放到了以革命历史为描写对象的电影创作者的肩头。这副担子是沉重的，然而，不但不能把它撂下，而且还要认真挑下去，挑上很长的时间。

有压力是一件好事情。进入新时期以来，革命历史题材的电影创作正是在这种压力下进行着认真的再认识，又在再认识的过程中往前走着。于是，在银幕上出现了《归心似箭》那样一批向心灵掘进、甚至努力走向心灵化的影片；也产生了像《西安事变》那样一批气势雄浑、图景壮阔的作品。过去曾经有过的正在发展，过去没有的开始创造，这倒是实实在在的胜利。

当然，不能把探索的开端当成攀登的顶点。和时代的要求相比较，与中外同类题材的影片以及其他形式的作品相参照，差距的存在，依然是一颗虽然酸涩却又必须吞咽的果子。对革命历史题材电影创作的再认识，依然是创作者的重要课题。

是什么东西阻碍了电影艺术给革命历史一个艺术的生命？答案自然可以有很多很多。我以为，革命历史题材的电影文学和电影艺术至今还身陷重围，不能不说是一个重要的原因。

几年以前，在一次谈到写革命战争历史的文学创作的会议上，部队著名的老电影剧作家史超同志说过这么一句话：写战争，千万不要陷于千军万马的重围之中。这句话看似平常，却像噩梦醒来后的一声长叹，道出了过去创作实践中饱尝的辛酸，凝聚着来之不易的艺术经验。

确实，我们革命历史题材的创作，特别是电影创作，被围困得太严，也太久了。

这些年，对艺术规律进行了些探讨，有了点“悟性”之后，谈论被围情势的议论多起来了。比方，在取材上，只重视题材规模的重大和它自身的历史意义，而不考虑艺术上是否重大；在艺术处理上，只着眼事件发生发展的一般过程，而忽视把握事件的艺术特色和开掘史实的内蕴；在写作上，只注意外在形态而不专注于心灵的发现；写人物，共性淹没了个性，只在写不写缺点上掂量；写矛盾，只写好和更好的差异，不敢接触军队和战争中真实的内在冲突，具体问题可以摆出许许多多，然而细细看去，这些当年曾经困惑过创作者的东西，还不过是几条交通沟和几道散兵线，它可以阻碍于一时却不难突破。真正困住了创作者，约束了创造心灵的是一个大纵深的堡垒地带——由于长期禁锢而形成的思维定式，一种不自由的创作心态。它阻碍人们心灵的“突围”，而不能进入更为广阔的历史生活空间和思维空间。

就说历史和电影艺术的关系吧。至今我们还经常可以听到这样一种声音：“某某影片再现了历史。”也可以看到种种为“再现”而付出的沉重劳动。然而，历史真的能在一部影片里“再现”吗？就算能做到，这个“再现”真的是电影艺术作品的任务吗？

我们的文学和艺术承担的东西太多了，负担太重了。文学艺术是不该把非文学、非艺术的东西放进自己的怀抱之中的。

叙述和阐明历史是史学家的任务。表现革命历史的作家艺术家当然要了解和理解历史，在历史的某个方面成为一个学者就更好。但是，学者化是为了更好地当一个作家艺术家，因为电影艺术生产的是思想感情。作者以历史感受激活历史，创造出一个完美的艺术境界和众多的人物形象，给历史以血肉、魂魄和生命。

党史、革命史绝不会根据某一部电影去写作和订正。倒是电影艺术要打破类似的思维定式，突出重围，转移到艺术的战场上。

突出了有形无形的包围，创作者的心灵像革命历史生活那样广阔而自由，倒可以从容地选择艺术材料和新颖独特的角度。

审视革命历史，观察的视角是重要的。丰富多彩的革命历史，有许许多多的侧面；聪明的创作者，有数不尽的取材角度。优化的视角，确能帮助心灵，在看似平常的革命历史里，获得独独属于你的艺术发现。

怎样去观察和凝视历史，人们常常在争论：是仰视，还是平视、俯视，抑或是近视、远视？这些，自然不是字面上的游戏。站在哪里，从什么地方看进去，对于革命历史题材的电影创作来说，不是没有意义的。

应当承认，对于历史，我们在一个不短时间里曾经仰视过。岂止是仰视？简直是跪着看历史，给革命历史和在历史中活动的伟大人物涂上了神圣的色彩，然后去顶礼膜拜。正因为是跪着，所以把人看得比实际高出太多，成了作品虚假的一个原因。对于过去了的生活，不必仰视。至于平视或俯视，我以为都不失为观察的可行的角度。平视容易走进历史，有助于感受力的提高；站得比历史生活略略高一些，多一些当代性思考，有助于剖析力的加强。真切的感受和深刻的剖析，两者平衡，感觉到的历史内容有可能真正成为意识到的历史内容。关键还是透视。只有看得深了，才能看到独特而又深刻的东西。

这里讲到视点，绝不是为了讨巧，以视角代替对历史的深深进入。对于革命历史，电影创作上的无能、无力，说到底还是无知——对历史感受和剖析的不足。只有深情地拥抱历史，长期刻苦地进行开掘和提炼，真正的“好望角”才能找到。

视点，还有一层意义，就是有可能帮助创作者超越题材。当作家艺术家把拥有的那部分历史感受看深、看透，把自己特有的人生体验和对历史的把握渗透进历史之中，就有可能超越具体事件，把历史激活，产生超越题材的艺术创造。

提高电视剧的文学价值

——在陕西电视台的讲话

我想首先说一说，对电视剧这样一个年轻的艺术门类，我们好像还认识得不太够，或者说研究得不够，探讨得不够。三年多以前，我参加了一个中医的学术会议，听到著名科学家钱学森同志的一个观点，他谈到了科学的一般。他说：当年为了认识科学，把它划成了不同的部类，这样的认识对科学的发展，在当时条件下，无疑是起了很积极的作用。但是，科学发展到了今天，为了更好地认识它，我们应该把各个学科联系起来，综合地了解。我们的中医，从来是通过综合的联系进行研究的。他讲的这个规律，给我很大的启示。我觉得，何止是科学？我们的文学艺术，当初为了认识它，我们是把它分开的：小说、诗、戏剧、电影……我们一个一个地分开来认识它，于是，哪一个从业者，认识了这一个特殊，他就了解了它的规律，成为那一方面的专家。但是，文学艺术发展到今天，也同现代科学一样，有一个更好地认识它的问题。为此，我看有必要把它们联系起来，在它们的关联上去研究它。比方说，小说、电影、电视剧、戏剧这几种叙事艺术，你如果从它们的联结上去看待它们的时候，就会使你大为开窍，你的眼界就更开阔，你对它的艺术特性，就会认识得更清楚。

我们可不可以在小说、电影、戏剧和电视剧的关联上来认识我们的电视剧呢？我倾向于在这方面下些功夫。我并不是否定认识一种艺术的特性的必要性。电视剧的特点是什么？我觉得至今还有待于进一步探讨，这个工作，也许还需要很多人去做很多年。昨天，阮若琳同志讲到了电视剧理论的指导意义，我觉得那是抓住了今后提高和突破的重要环节。电视剧的特性，我隐隐约约地感觉到，姑妄言之，就是它的综合性。它什么都像，它什么都不是，这，大概就是电视剧。它博采众家之长，比如，它像小说，像戏剧，在某些方面又像电影，吴冷西同志说：扬独家之优势，汇天下之精华。我看，这种概括是很有气势的，有一种巨大的鲸吞一切的气势，你的也是我的，我的也是我的，变成了一个独特的“我”。我倾向于从它的综合性这一点上来认识它、运用它，逐渐地在实践中加深认识，形成我们的电视剧观念。这是一个侧面。但是我想说的重点不在这里，我更为感兴趣的是另外一个方面，就是从电视剧艺术同别的艺术门类的关联上去更好地认识它。

电视剧同文学的关联，电视剧同电影艺术的关联，有一个非常吸引人的东西。关联的核心，我认为是文学价值。我为什么这样说呢？我想稍微把我的观点展开一点。

我觉得文学性是一切叙事艺术的共同基础。也许我偏激了一点。我们从创作的现实来看，电影、电视剧，至少一顿饭有半顿饭是吃小说的饭。这不光是中国的现状。以文学名著做基础来改编成电视剧，是一个世界共有的现象。这个现象倒不完全说明文学就是基础。我认为文学之所以是基础，更主要的是：文学的一些基本要素，正是可视艺术的基本要素。说简单一点，小说里的基本要素，在电视剧艺术里缺一不可。无非你的手段更丰富，你从别的艺术，比如美术、音乐、雕塑等姊妹艺术里吸收了更多的长处。

现在小说界中有一种观点，就是认为小说发展的未来是“三无”，无主题、无情节、无人物。似乎那样才达到了小说的最佳境界，才成为上乘之作。对此，我始终不敢苟同。我觉得叙事文学可以有变化，有创造，特别是短篇小说这种形式，可以更活泼自由。一点点情绪，一点点意念，或者生活里的小小悲欢，都可以构成一个短篇小说。在现实生活中，当然可以有一批作家去写自己感受到的那一点点情趣的小说，但是，作为文学的一般，要求所有的小说都是那种无主题、无情节、无人物，既不知所云，又没有人物性格的历史，更没有典型性格，这样的叙事文学，就其主流来讲，恐怕很难成立。现在电影、电视剧偶尔也可以看到一两部作品，在追求一种淡淡的情趣，这也不是不可以，不但不应当反对，还应当加以称道。但是，遵从文学的基本要素，不是破坏了电视剧这个艺术门类的规律，而是恰恰相反。比方说主题，我们过去吃亏，不在于一个作品有一个来自对生活深入开掘发现的主题，或者有若干个主题，而在于生拉硬扯地给作品安上一个主题，这才毁坏了主题，也毁坏了文艺本身。今天，我们是处在一个受惩罚的阶段。又比如情节，作为人物性格的历史存在，它是文学的重要组成部分。我们正是要追求莎士比亚化，追求情节的高度曲折和引人入胜，只要它是真正的人物历史，而不是任何随意附加的东西。大仲马的《基度山恩仇记》，我认为它不是上乘之作，严格地说，它是相当低劣的。但是它有一点可取之处，就是它重视情节。你不承认情节的起伏跌宕，甚至戏的陡转都不承认了，这是一种自我伤害。至于说性格，更为重要。前一阶段，认为真实是艺术的生命，这我同意。但我觉得，我们社会主义文学的旗帜上，写的不应当只是真实性，而应当是典型性。就是要创造出人来，创造出典型环境中的典型性格。这几年，我“触电”，很苦恼。我写个电影剧本交给导演，他可以一会儿把这个砍掉了，一会儿把那个砍掉了。我就在那里琢磨，怎么对付你这个导演，让你动不了我的东西。我想，如果我写的性格是鲜明的（当然我还没有做到），他想动也动不成，无论哪个导演也没有办法让林黛玉上景阳冈去打虎，再大胆的导演也不能让贾宝玉弹着琴去跳迪斯科，因为典型环境中的典型性格把他镇住了。我们的电视剧的文学基础有一个鲜明的性格，那么，跟导演的合作就会很愉快，更重要的是，电视剧就能够体现整个作品的文学价值。除此之外，语言，我们小说中的语言不讲究，值得很好地重视。电视剧语言的问题也不小。不管朝代，不管地域，不管身份，不管性别，都讲一样的语言，它也伤害着艺术。又比如文学的意境，文学的诗意，在电视剧里也不是可有可无的。我甚至认为中国的电视剧要更多地追求意境。我们现在的有些作品，甚至不少的作品，都写得太实，不那么空灵。要传神，要传出那种神采韵味来，使人家看了以后，得到画面之外，画面深处的那种美好的东西。这些，不正是可视艺术的基础吗？如果电视剧尊重文学基础，运用电视剧这种特定的叙事艺术形式把作品固有的文学价值体现出来，我想，电视剧艺术会有一个大的突破，大的提高。

说到底，任何可视的叙事艺术，都要通过独特的艺术手段使你的作品实现其内在的文学价值，这是可视艺术本身的要求。有的搞电影、搞电视的同志不承认这个要求，不注意深刻地揭示生活的内在意义，塑造典型环境中的典型性格，并且，随着典型性格的塑造，你把它的历史、命运充分揭示出来，这不就是电视剧的任务吗？这不就是实现了电视剧的文学价值吗？当然不止这些，风光景物哇，音响效果呀，它是一个综合体。但是，主体在这里，中央一位领导同志批评电影说，你们有的电影色彩很浓，思想很浅，形象很淡。如果你是这样，那么你再五彩缤纷，恐怕艺术的生命力也打了折扣。

所以，根据这些理由，提出文学价值的问题，明确电视剧的创作是文学价值的实现和追求，这不是贬低了电视剧艺术，而是还了它本来的面目。

我还想再补充另外一个方面，就是在认识电视剧和文学的关联时，还可以倒过来看，可以看到崭新的电视剧形式反过来对文学的推动和促进作用。

我们的传统文学，追求文学的可视性和动作性，作为一种梦想，追求了上千年了。王维的诗中有画，画中有诗，上千年来都在讨论它、称道它，这也是一种意境，而我们现在的艺术手段，已经可以做到画中有诗，诗中有画，并且把诗变成了画。又比如文学的音乐美、色彩美，这不也是我们的老祖宗追求了几千年的一个梦想吗？什么时候实现了呢？在我们这一代实现了。在有了电影、电视剧之后实现了。当然，也带来了一系列的问题，这些暂不去说它。当我们有了综合性的艺术手段之后，就使我们的文学大大丰富起来。“枯藤、老树、昏鸦，小桥、流水、人家”，这几个形象，何尝不是想用一个意境，用一个文学因素，把这几个画面一个一个地组织起来，去追求一个可视能力。“大珠小珠落玉盘”，也是在追求一种音乐美。我的感触是，在今天，我们的作家拥有这样一个现代化手段的时候，你不要排斥它，你应该热心地拥抱它，投身到这里面去。可能你会吃到很多苦头，但是，可视性、动作性、音乐美、色彩美，把不可见的东西变成可见的东西，这样一种尝试，回过头来会丰富你的文学创作。中央和老一辈的作家，希望我们出大作家、大作品，而且今天出大作家、大作品的时代来到了。所以有这个条件，就是这些现代化的文学艺术形式，经过你的探究、了解、运用，反回来营养我们的文学，促进小说、诗的发展。所以，我主张我们的作家应该伸出手去“触电”，而不应该“避电”。当然，“触电”有悲哀，我们这一代人中“触电”的，除了李准这个幸运儿外，其他的人下场都不妙，我搞了个《闪闪的红星》还觉得蛮顺当，等到搞《四渡赤水》，简直是跌了个大跟头。“触电”有它的难处，但也不是那么可怕。大胆地去“触电”，你会接受它的营养。我每次看电影、电视剧，看完以后，常在脑子里试试把它改成小说。举例说，看完《新岸》以后，我曾用一个晚上的时间在脑子里把它变成一篇小说。这好像是个落后、倒退的方法，但我觉得它的好处很多，这等于你从生活里，从一个动势里去捕捉你的叙事文学。这种训练，我看可以当作一种基本训练。它是养文学的。所以，电影和戏剧离婚、电视剧和小说离婚的说法，我看都有片面性。电影文学、戏剧文学还是可以同床共梦、生儿育女的。昨天有人讲到曹禺的戏剧，讲到它的可读性，我觉得这是很值得注意的，好的戏剧作品的可读性，就是因为它本身体现着文学价值。

我中心的观点是“和为贵”。各种艺术形式，都是朋友，都是兄弟。博采众家之长，最后形成一个独特的“我”——这就是电视剧艺术。你不必靠埋葬别人使自己成长，何况也埋葬不了。

第二个想法是：努力地发现和实现文学价值来提高电视剧的思想艺术质量，我认为这是提高电视剧质量的一个重要途径，当然不是唯一的途径。

我们在一段时间内经过努力，在数量上满足一定的要求，好像并不是很难的。而思想艺术质量的提高，大概是我们在一个很长的时间内努力的目标。

怎样来提高质量？我常常在琢磨。到底我们的荧屏在向我们要什么？而我们该怎样来回答它的要求？当然，要求是很多的。要求历史，要求现实；要求喜剧，要求悲剧；要求娱乐性，要求启发性。总之，要求的面是非常广的。但是，从一个文学创作人员的角度来看，它集中地要求一点，要求发现和实现一个作品的文学价值。不错，我们的文学艺术在前进，但在前进中的问题也不是没有。比方，短篇小说，大家认为是比较先进的一个部类，但去年的评奖，就怎么也找不出一个“头名状元”来。电影也有这个问题。电影局的一位同志就非常惊奇《红衣少女》被选为最佳故事片。在一般水平的逐步平衡提高中，我始终感觉到，一个深度，一个形象，这两个问题，依然是目前比较严峻地阻碍叙事艺术形式、思想艺术质量提高的问题。但是，怎么办呢？荧屏所要求的认识价值、美学价值我们怎样来回答？我想了几个问题，在这里提一下。

一个问题是，要实现文学价值，要提高电视剧的艺术质量，首先还是一个开拓的问题，也就是题材的新的开拓。在写什么，选材选什么上，还需要争取更大的自由，更开阔的视野。电视的屏幕不大，但视野却是大的。电视的视野不开阔，但影响了总体的丰富多样，也影响着具体作品的寿命。本来它的视角应该是很大的。电视剧固有的视角，本来可以说是囊括整个社会生活：上下几千年，纵横几万里。微观上，从一颦一笑到透视人的最细微的心灵。但现在我们电视剧的视野还说不上开阔。在写什么上，还可以有一个大的思想解放，一个大的自由，甩开小辫开拓一批东西。我在想这样一个问题，不知对不对，电视剧是大的呢，还是小的呢？我自己给它概括了一下，我觉得电视剧艺术是大的，又是小的；是无限的，又是有限的。这个认识不知道能不能有助于了解这个艺术形式，多少年来，我所追求的只有一个东西，就是如何把生活写透。电视剧不必和别的艺术形式比篇幅的长短，比容量的大小，倒是应该比一下如何把一个不大的东西写透（为了保险，我还得再说一句，还有一个是把大的东西写活）。把不大的东西写透，值得重视，我甚至认为，电视剧的单本剧包括一些小品，都是短篇小说。我希望电视剧能够用很大的数量，很多的精力去拍那些及时迅速地反映现实生活，揭示现实中的矛盾的单本剧或小品，许多观众非常喜欢这种凝练的、非常精粹的短篇小说式电视剧。这个我想是可以有长久的生命力，经久不衰的。因为任何一种艺术，都是要讲“单位面积产量”的，看你能不能在最小的面积上，惊人地容纳下尽可能多的思想和感情。有一次开座谈会，有位同志递了个条子给我：“请你告诉我什么是短篇小说。”一下子把我问住了。突然，福至心灵，我想到前几天看一个杂技晚会节目时，一个直径不到一米的圆桌上，啪，跳上一个姑娘，穿着冰鞋在滑冰。一个姑娘还不算数，又上来一个，双双翩翩起舞，在一个小圆桌上溜冰，像在北海的冰场上一样自如，奔放。我觉得这是一种极大的艺术享受。我讲了这个节目后回答他：“这就是短篇小说。”这回答自然有点儿“滑头”，然而确实是我对于短篇小说的一种认识，而且至今不悔。我想这是短篇小说和单本电视剧共同的艺术要求。因为以小见大这是规律。你就那么大个屏幕，你就那么长的播送时间，它就逼着你以小见大。问题是你能不能做到。有一次，我和李准去见沙汀，问他短篇小说有没有什么窍门。沙汀说：“有哇，就是以小见大。”你掌握这个以小见大，就能概括生活，就能够给人以艺术享受。

长时间以来，我们在选择、发现生活中的电视剧的时候，常常有一个界限不清。不善于区别：生活中是重大的，在艺术上不一定是重大的；在艺术上是重大的，在生活里不一定那么重大。我觉得电视剧的开拓，要把这个扣子解开。我们在生活中所见到的有些不起眼的东西，在艺术上常常是重大的。白毛女，一个普通的农家姑娘；董存瑞，一个普通的解放军士兵。他的生死存亡，并不决定着革命的进退成败，但是在艺术里，他是重大的。你抓住了，把他写好了，常常可以概括一个时代。问题在于，我们在生活中找电视剧时，常常找那种在生活中就是重大的，某一个工厂进行了一次改革，你就写改革的过程。但在艺术里它不一定那么大，不一定有那么大的艺术价值和文学价值。于是你吭吭哧哧地搞了第七稿、第八稿，最后还是拍不成，这不怨天，不怨地，还是怨你，在最初发现时吃了亏，没有找到在艺术上重大的东西。

目前，我的一个直感：我们的电视剧的毛病是“多”，东西太多了。你常常会发现，在一部电视剧里，放进了两部、三部或者是四部、五部的内容。这也是我们电影过去的老毛病。张骏祥曾经告诉我，他有一次去苏联，碰见罗姆，问罗姆对我们中国的电影有什么意见。罗姆想了半天，说只有一个意见，你们常常在一部电影里放进了五部电影的内容。这是说得很中肯的。张骏祥又补充了一句，他说，我们更大的悲剧是，回来以后，明明知道放进了五部的东西，可不知道拿掉哪四部是对的，只好就让它继续一锅煮。你放进去那么多，势必阻碍你描绘生活，写人的命运、心灵，写人性、人情，你没有地方了。你光交代情节也交代不清楚，人多，事多，话也多，这是我们常见的通病。我主张，我们的电视剧艺术一开始就走上精粹、凝练、选材严、开掘深的道路。少一点，单纯一点，你人少一点，事少一点，话少一点，反而留出了艺术的余地。3年以前，我陪《战争风云》的作者沃克来西安参观访问。我陪他到碑林去。他忽然发现有的石碑上有些墨渍。他问：“这是干什么的?”我说：“这是进行一个艺术上的再创造。”他说：“怎么个创造?”我说：“它用拓片的办法把一个艺术品拿走了。”接着我就说，中国的石碑本身就是一个真理。他们美国有没有谜语我不知道，我出个谜语让他猜猜：“要它白，使墨抹；要它长，使刀割；要它囫囵是砸破。”打三件东西。第三天，到了上海，他还没有猜出来，我给了他个包袱。我说，你要猜出来了，你作家的水平还要提高，因为你就通晓了创作的全部奥秘。“要它白，使墨抹”，就是碑帖。用墨抹出一个白的来，这对于我们搞创作的是很开窍的。“要它长，用刀割”，是削铅笔，你要铅芯长一点，就得把铅笔的木头削掉一些。现在电视剧创作中，恕我直言，就老舍不得把那个铅笔的木头削一削，所以铅芯老不长，也不尖。文学艺术中不肯用减法，不去舍弃，不去丢掉，你就不可能得到东西。但是，我想说的，最主要的还有最后一个，“要它囫囵是砸破”。这个谜底是瓦，听说过去做瓦，先做个圆筒，用什么画个线，套起来烧，烧完以后，冷却了，用棒子一敲，啪，破成四瓣。想要取得一个真正的瓦，得把这个囫囵的东西砸破了。我们不善于把生活砸破了，取得你的电视剧的描写对象，总是贪大，总是求全，总是武大郎进了西瓜地，净找大的摸。好像不全就不行。这哪里还有艺术？这个问题不解决，短篇小说突不破，我们的电视剧也突不破。

但是，只有这个还不够，还有一个侧面是要把大的写活。确实，现在整个世界的文学，有越写越大，越写越开阔的趋势。也就是全景文学在兴起。我看了苏联电影《解放》，看了它的长篇小说《围困》和《战争》，气势很大，意境很高。《围困》在艺术上有过分地重视叙事的倾向，但是，其中不乏好的章节，像我刚才讲的赫尔曼·沃克的《战争风云》《战争与回忆》，通过一个家庭，通过一个武官，写到了罗斯福、丘吉尔、斯大林和希特勒，把整个战争概括起来了。我想，这也是一个全景文学，这个人还真有两下子。我问他怎样想起来通过一个家庭概括一个时代，他说，他有一个原型。但是，在进行艺术创造时，他所付出的劳动是巨大的。他要自己掏钱到欧洲去看战场，为了到苏联、到列宁格勒去看一看围城，他把全部的家产、一点点积蓄都用光了。这个人一辈子写了8部长篇小说，确实有几部是写得好的。他说：他一开始就着眼于全景。当然，要写好全景，得写好人的命运。在这一点上，他是聪明的。今后，全景小说是要发展的。电视连续剧由于它的独特的优势，它不受篇幅限制，它的连续性，它的广阔的视野，可以创造出气势很大，意境很高的作品。电视剧的另一个任务，大概就是要创造一些能更好地概括生活的多集的电视连续剧。已经搞出来的一些，我觉得起点不低。电影《西安事变》的成功，给我们提供了一个范例。但是，它也有一个展不开的问题，受了篇幅的限制。其实，那样一个东西，不是上下两集的电影能容纳的，那倒是一个很好的电视连续剧题材。从这里看来，把生活里重大的变成艺术上重大的，又是可为的。总之，希望电视连续剧有一个大的发展。我们中国文学艺术本身就有这样的传统。章回体小说多少年历久不衰，适合于我们民族的欣赏习惯，又有较大的概括力。

在电视剧里，为了把小的东西写透，发现就很重要。电视剧艺术是一种发现的艺术。要善于从生活、从历史去发现真正是电视剧的东西。这不在于题材上的争奇斗艳。靠一点冷门、奇奇怪怪的东西解决电视剧的生命问题，我认为不是个聪明的办法。我主张写那些过了许多年仍然让人激动的东西，搞长青的艺术。当然，一年几百部电视剧，都那么铜浇铁铸，历数百年而不凋，那也很难。但每年总归要有一批作品使人无论什么时候想起来都激动。我为什么称道那个《凡人小事》呢？有一次，我陪一位部队里的老中将，七十多岁了，一起看《凡人小事》。开始我们谈着别的，有说有笑，后来他慢慢地不说话了，最后，他掏出手绢来擦眼泪了。这么一位小学老师的命运和遭遇，跟一位安源矿工出身的身经百战的老将军，有什么共同之处呢？但是，它的艺术力量征服了他，使他激动了。平凡里是可以找到不朽的东西的。荒煤同志告诉我，有一个社会主义国家的领导人，要求他的作家，写一点带永久性的东西。这个话很好，我们必须要求我们的作家和艺术家在及时、迅速地反映生活、推动生活前进的同时，精心地创作一点永久性的东西。我实在觉得现在有的作品，像晚风中的炊烟，像春天的柳絮，一阵风就吹走了。不能做到铜浇铁铸，领千百年之风骚。我很欣赏黑格尔的一句话，“历史里有属于未来的东西，你找到了，作家就永恒”。在这里，我觉得那种真正的历史感非常重要。我也非常同意高尔基的一句话，他说：“文学是历史的伴侣，一个艺术家往往是自己的阶级和时代的客观的历史家。”这个要求是高的，但也是合乎实际的。历史和革命历史题材的作家都是历史家，都是在通过历史向人民进行一种教育。对陕西台，我个人有一个隐秘的希望，希望通过电视剧在探索我们周秦汉唐的历史方面，做出更独特的、更优异的创作。这应当是陕西台的历史特色、艺术特色。有一次在怀仁堂听总理的报告，总理讲：“将来我们的子孙后代会嘲笑我们，你看你们用梭镖长矛和武装到牙齿的反动派搏斗，不是落后得可笑吗？”“但是，”总理非常激动地又讲，“有一种东西他们永远不会嘲笑我们，就是在梭镖长矛中渗透的那种革命精神。”现在有些年轻人有时不大愿意看革命历史题材的东西，那是因为我们无能。我们没有用这种革命精神征服他们。我们的悲剧在哪里？就是常常“你去写《四渡赤水》”“你去写《淮海大战》”“你去写个《挺进大别山》”，这不行。有谁告诉曹雪芹“你去写《红楼梦》”，没有。题材的选择应该是作家长期注视生活的结果。又是创作者以独特的创作特性进行的独特的发现。这方面，有许多问题需要探讨。现在条件成熟了。我曾说过：“当历史被绑住的时候，一个搞历史创作的人能从绑住的历史上找到多少诗情呢？”现在，我们的历史和文学一块儿醒来了。我们也就能一块儿往前走了。今天，历史解放了，我们的文学也就跟着解放了。

对过去历史剧的创作，我有两点小意见。一是不尊重历史，不尊重历史的真实，拉着历史屈从于自己的构思，这是个大害。我们不必给历史再增加什么了。我认为写历史剧就是从千百吨历史真实里面提取你那几斤谎言？你去诚实地发挥它。还有一个毛病，就是不尊重艺术，不尊重自己，轻易地放弃了想象和虚构的权利。高尔基这位巨匠曾经说过："历史真实和艺术真实的关系问题，是一个极其复杂极其困难的问题。"这个问题要在实践中回答。界限很难划清。

提高思想艺术质量，除了开拓之外，第二个问题就是沉思。要开掘深度。文学艺术作品毕竟是要影响人的，要有感染力，要有启示力，要有震撼力，要给人一种震动。有一次我跟一位同年龄的作家吃饭，他骂我："你是短篇小说的叛徒，怎么去搞电影了？"我说："电影好哇！电影是光辉的事业。你坐在黑暗中期待着，突然，从你的脑袋上面，一道亮光过去，然后你看到了色彩斑斓的生活，还有比这光的事业更迷人的事业吗?"我确实对于电影、电视这样的光的事业产生了一种自豪感。电视剧就要用自己的光去照亮一点什么。我们笔下的人物，不要再有什么光圈，但是还要有光辉。社会主义的文学艺术，毕竟要有自己的美学理想，毕竟要照耀和照亮生活，因此，对生活的思索就变得非常重要。

在电视剧艺术里，有一个视而不见的问题。我看电视剧时，常觉得有一种奇怪的矛盾现象，人们固然要看那些看得见的东西，然而，又常常要求看那些看不见的东西，从中看到人的内心世界，看到人的思想感情，看到生活的哲理。倒过来，从创作者的角度看，那就更有意思了，创作者是先从生活里看到了那些看不见的东西——思想，哲理，诗，浓郁的感情，或者是人人心中所有，人人笔下所无的东西。然后，你再把它转化为形象，通过看得见的使人家看到那些看不见的。这是电视剧里体现文学价值的重要部分，是电视剧艺术的奥秘所在。这几年的电视剧，我模模糊糊地感到，我们的艺术勇气在增长，作家的胆识在提高，敢于去接触生活中的矛盾，尤其使我感到欣喜的，是我们把崇高更多地引入了生活之中，引入了电视剧艺术之中。但是也有个不足，就是比较注意外在形态，而对通过外在使人看到内在，通过实的使人看到虚的，通过看得见的使人看到看不见的，这方面的追求浅了。我来的前一天，看了一部电视剧《月季皇后》，情节不错，姑娘、鲜花、亭台楼阁、美丽的服装、豪华的卧室……可是，看来看去，看不到人的内心，她离我很远。这个姑娘为什么那么爱花？到珠海成了月季皇后之后又是什么心情？一张传票把她当作罪人调回她的老家，她又是什么心情？你就完全看不清。我们现在这样地追求外在的豪华美，将来是要受惩罚的。它降低了对内心世界的探究和追求。为了追求那看不见的，要有胆识，要站得比生活略微高一点，真正把生活看透。当年在华东战场上，我们山东的老大娘推着磨棍，在磨道里推磨给我们送军粮。当时我们觉得很平常，她也觉得很平常。但到我两鬓如霜的年纪来怀念那些老大娘时，我有一个极其强烈的感受。那些老大娘裹了个小脚瘸来瘸去地在磨道里走了两万五千里，她不是英雄吗？她不是用自己在磨道里的长征推垮了敌人的反动统治吗？她不是用自己的全部心血来哺育了革命，创造了战争的胜利吗？这些非常平常的东西，你深挖进去，就是生活的内涵，就是诗情。可惜我们现在对生活不去这样深究。有一部分平庸的电视剧就是不肯把问号扔到生活里，不肯把问号扔到自己的创作对象上，因此缺乏警策的力量，没有生命力。说到这里，又要提到倾向问题。没有无倾向的作品。我们社会主义文学的创作者，有自己的美学理想，如果作品不能给人们一点震动，或者美的享受，或者情趣，那你就不要写它。美学理想，永远决定着你的作品的艺术质量的高低。这几年我们注意隐蔽了，不再直着喉咙喊了，不再“平直浅露”了，不再“主题先行”了，这无疑是一个巨大的进步。但是这不等于说你就不要你的倾向，不要对生活的真知灼见。光讲隐蔽是不行的。你没有，怎么隐蔽？恩格斯讲的那个倾向和倾向的隐蔽，是在有的前提下越隐蔽越好，如果你没有，不知所云，请问隐蔽什么呢？我们可以篇幅短，但不能见识短。你见识短，短见，你的作品也就成“短命篇”了。小平同志的“有理想、有道德，有文化、有纪律”，就是建设高度的社会主义精神文明，给我们的后代以共产主义教育，就是传达一种美，传达我们时代的、人民的那个美的力，力的美。现在的好处是，我们的不安分的艺术家已经开始把看不见的变成可视的艺术追求，提到日程上来了。这是非常可喜的。

再说一个人、命运、心灵的问题。写人是文学艺术的中心。我们塑造的形象还不是很结实，很独特。这方面，电视剧该是大下功夫、有大突破的时候了。如果我们在家里，在电视机面前，突然来了一个熟悉的陌生人，在半个小时或一个小时内，我们同他交了朋友，该多美呀！怎样在电视剧里真正创造出活生生的人来，这是很重要的事情。金圣叹有一些歪道道，但有一句话说得好，他说：“《史记》因事生文，《水浒》因人生事。因事生文，虽史公高才，亦难矣哉。”我们的小说，电视剧都有一部分是因事生文的，这就吃亏。电视剧《徐悲鸿》本来可以因人生事，但现在用了因事生文的办法，收集了一些材料，把材料组织了一下，用那种常用的堆积法搞了这么一部电视剧，就老使这个人活不起来，还是要因人生事，把心灵指给人看好一些。在心灵、命运上掘进更掘进，可能是开创电视剧的新局面的一条必由之路。《血疑》这部作品，在艺术上，它的构思，它的形象塑造，它的细节运用，都“西望长安不见家

(佳)”，我说不上它好，有些是在原地推磨子。但有一点它很聪明，它写了人的命运和心灵，所以人们就要看下去，看人的命运如何，看人性和人情的胜利。

写社会主义新人的口号，还是要叫响。这不是思想保守而是一个思想上的大解放。前几年，我读列宁的《在斯维尔德洛夫墓前的演说》，其中特别使我动情的是列宁把斯维尔德洛夫和老革命家称作“无产阶级之花”。我们生活中的这些“无产阶级之花”真是多得很，向警予、张露萍……就是徐悲鸿，也可以叫作无产阶级之花。电视剧要把大批新人，从屏幕推到家庭，不断地介绍一些时代的精英，无产阶级之花，这涉及一些专门技巧问题。我不多说了。最近，刘再复的《人物塑造的二重组合原理》，我觉得很值得重视，他把一个多年来捆在我们身上的陈旧观念打破了。过去的单线平涂，不讲究多层次多色彩地塑造人物，不注重性格的多面性和多样性，使我们丢掉了许许多多的文学艺术的花朵。

电视剧是写人的，又是人写的。“人写的”问题，我想得更多。我们不大重视个人风格样式的独创性。在小说里，不少同志注意自己的情趣爱好和艺术气质跟所写的对象的联系，独特的人跟独特的艺术风格的统一。电视剧怎么办？我写了，你导演，他去表演，在这样的过程中，怎样保持我们的风格样式的独创性？这个问题我解决不了。但是我想，一个电视台，一个导演的作品，是可以出现相对的稳定的。一个编剧，如果连续地给一个电视台写许多电视剧的话，他也应该保持他的风格的稳定性。相对的稳定和不断地发展，这并不矛盾，而是应当追求的。在创作中，“找到自己”是关键。我很喜欢苏联一位作家的话，他说：“我写我们的战争。”这句话乍一看，够个右派言论。但是在艺术上它是真理。去年，叫我去陪索尔兹伯里，他66岁了，还要带着夫人在长征路上走一趟，我很奇怪：

你怎么现在还要写长征？斯诺已经在《红星照耀中国》里写过了嘛！他说："不，我还要写，我写我的书。"接着他问我："你嫉妒我吗？你担心我写了长征你不能写了吗？"我也不客气，回答他："我写我的长征。"我实在希望我们的作品能够更多地打上创作者的独特的烙印，现在电视剧共性的东西多了。

要多情。有人认为作品就是真情实感。电视剧文学价值的实现，内在地就要求它的创作者有一条动脉，有一条静脉。在这个血管里流着人性和人情。没有人性和人情在全身的流动，你的电视剧就患了心血管病。无情是整个艺术的大敌。观众看戏时流泪，不只是对人物命运的担心，多半还是人情的感染。前一些时候，有的作品在人性这个问题上有些失误，这个要分析。我觉得，搞文学艺术的就是靠人性吃饭的，但又不把它当饭吃，然后我们就可以把握情的丰富性、多样性和情的质的规定性——什么情？哪个阶级的情？情的浓烈程度……

重视描写。电视剧是叙事的，更是描写的。现在镜头的描写密度不对。千万不要让你们的读者和观众在一个长时间里读同样密度的东西。这是兵家之大忌，艺术的大忌。有个别平庸的电视剧从头到尾用一个密度、一个速度叙述，而不肯停下镜头，展现，展现，再展现。为了解决密度问题，你对细节运用一定要非常精心。一个细节，抵得住千言万语。艺术家的本事，就在于你能不能找到最富于表现力的独特的细节。有一次，一位江西老表告诉我，三年游击战争，他在陈老总部下，肺部受了贯穿伤，到周兰嫂家去养伤，一会儿就要咳嗽一阵。正在治伤过程中，忽然广东军队的一个连要进山"剿匪"，就住在她的阁楼下，怎么办？一咳嗽敌人就听见了。周兰嫂急得没办法，把自己的孩子一把抓过来，照着屁股就是两巴掌。孩子哇地哭了，她就悄悄让那位老表赶快咳嗽两声。过了半个小时，她估计他憋得受不了了，把另一个孩子拉来，啪啪又是两巴掌，再让他咳嗽，国民党的连队在这里待了一个下午，又做饭，又休息，周兰嫂把四个孩子轮班打，孩子屁股都打肿了。我当了这么多年兵，接触了这么多军民关系，我还没有找到过这样的细节来反映军队和人民之间的鱼水关系。

最后再讲两句话，就是培元气，养太和。这两句话据说是中医的纲领。我们新生的电视剧艺术，有没有一个扶正固本祛邪的问题？有没有一个培元气、养太和的问题？电视剧的兴旺发达要从根本上加强。创作自由水到渠成，在得到创作自由以后，我感到很大的压力，过去还可以赖，可以推，“你老批我，我写不出好作品怨你这领导”。过去搞公式化、概念化，那是同中央的极低极低的低度一致。现在中央要求高度的一致，要你创造性地劳动，要求你这个创作者的主体和创作对象的客体和谐统一。这些要求更难了，更高了。要求我们从根本上有一个比较大的改善和加强。比方说，真正地熟悉生活，解决生活的局限性和艺术的广阔性的矛盾；又比方说，要求我们更好地熟悉艺术规律。你不熟悉艺术规律，你自由吗？又比方说，也要求我们创作者的队伍心灵更纯、心灵更好，让真正的无产阶级的美学理想指导你的创作。希望电视剧从这里做起。这一整套都属于培元气，养太和。我们的电视剧也许还有点脂粉气，江湖气，偶尔还有点铜臭气，这都不可怕。但要有一种风云之气——社会主义的中华民族的龙虎风云之气。培这样的元气，养这样的太和。

只要我们站稳双脚，伸出双手，坚持我们应该坚持的，抛弃我们应该抛弃的，吸收我们应该吸收的，我们就可以巩固我们得到的，夺回我们失去的，创造我们还没有的！

（本讲稿是根据录音整理的，作者生前看过，但没来得及润色。）

电影与文学

——在北京电影学院的讲话

我想借这个机会和同志们交流一下我自己对于文学和电影、电影和文学这两者之间关系的一些看法。

电影艺术的突破在电影之外

自从接触电影以来，我常常从写小说的角度来看电影，来研究电影。电影是一个特殊的艺术形式，它有许多自身特殊的情况，你要认识它，就要认识它的特性。因此，从电影艺术的形式上着眼，那是非常重要的。但是要解决电影质量的提高问题，电影艺术的突破问题，主要的又不是形式。电影艺术质量的提高、电影艺术的突破，既要在电影之内去找到电影，更重要的是在电影之外去找到电影。如果说电影之外还有一个什么东西值得我们去研究、探索的话，我觉得就在这个文学性、文学价值上。我曾经写过一篇小文章，叫作《电影，看得见的文学》。这个命题的提出，是要有点勇气的。你把电影看作是一种看得见的文学，这是有偏见的。但是我就想借这个机会来说一说我的这样一点点偏见。如果偏而有见的话，能对同志们有一点参考，那就很好。同志们也许会问，你把电影的文学价值问题强调到这么重要的地位，简直是看作从电影以外解决电影问题的一个途径和出路，根据是什么呢？

我主张从电影以外去找到电影，是受到了外界的启示，两年前，在一个中医的集会上，见到了科学家钱学森同志。他没有谈医学，而是从科学的一般来谈起，话不多，但是很开窍。他说：现代科学发展的初期，为了认识科学，人们都是把事物拆开。因此，科学就有了各种各样的学科，这个是必要的。但是，现代科学发展到了今天，为了更好地认识世界，又要把科学的几个门类学科联系起来。从它们的联系上来认识它们。中医最讲究联系，从来是把事物作为一个总体去认识的，充满着辩证法。虽然钱学森同志谈的是中医，作为一个电影工作者，我听了以后，很有一些日子睡不好觉。如果，我们不是吃电影的，不是玩电影的，而是真干电影的话，那么我们对电影文学、电影艺术的认识够了吗？我们把电影区分开来，一项一项地认识过了吗？认识透了吗？而今天我们有没有必要把各种艺术形式联系在一起来认识呢？我越想就越觉得，我们既要研究电影艺术本身的许多特性，又要从电影艺术和其他艺术门类的关联上来更好地认识电影。

我们部队有一位电影艺术家黄宗江同志，他的一句话我是很同意的。他说，电影艺术的特性就是综合，就是调动各种艺术手段筑成电影艺术。如果这个说法能够成立的话，那么，我们就更应该从电影艺术和其他艺术形式的关联上来认识电影艺术，也认识电影文学本身。作为一个文学工作者，我总觉得对于一个民族、一个国家的全部艺术来说，文学看来是基础。文学基础的雄厚，在很大程度上决定着其他艺术部门的发展。粉碎“四人帮”之后，特别是党的十一届三中全会以来，我们的艺术事业从复苏到复兴的过程，文学走在前面。我们的小说，短篇、中篇，一直到长篇小说，比我们的戏剧和电影稍微走得前一些。当然，小说本身也有一个提高的问题。但是总的来讲，小说靠前一些。这个文学现象是正常的，也必然会影响到我们的电影。文学，如果我们尊重它、认识它，并且把它和电影的关联认识透了，这对我们电影的发展是有好处的。

文学价值是电影艺术的基本追求

文学性强，常常是好的电影艺术作品的重要特征。在我们的银幕上，确立了自己的电影艺术地位，并且赢得了观众和电影艺术界的爱好和欣赏，都是一些有文学价值的东西，都是文学色彩很浓的作品。这一次参加电影文学的年会，认识了《乡情》的作者王一民同志。《乡情》为什么成了那么一个颇具艺术特色的作品？因为作者在文学上有追求，他在追求那些独独属于他本人的那些文学特色的东西。稍微扯远点，他要写《乡情》三部曲，他还要写个《乡音》《乡侣》，他讲了他的一个构思。当时在场的同志都觉得很迷人，想不到他要写这么一个内容。长话短说，他要写一个长期在农村忙于组织生产而忽略了对老伴的照顾，晚年发现老伴得了不治之症的干部。这位农村干部终于说出："咱们靠着庐山很近，连外国人都跑来看庐山，哎，老婆子，咱们一块旅游去！"于是这个老汉就用了一个鸡公车推着自己的老伴咯吱咯吱上了庐山……这个情节从构思到追求的目标，是艺术，更是文学。因为，作者在生活里面，在大家共见的生活当中，找到了独独属于他自己的东西。这就是文学的价值所在，这就是文学性的追求，这是一个很高的艺术要求，不是每个人都能追求得到的。《乡情》如此，《人到中年》《城南旧事》也都由于内在的文学价值成为好的影片。文学性强，常常决定或者影响着电影艺术产品的成就高低。但是它绝不是唯一的，因为整个电影它就是综合的艺术。尽管如此，文学性的追求，仍然应该成为电影艺术的一个重要追求。我看了这么些影片之后，觉得生命力强的影片常常就是文学性强的。不是每一部影片都能够各领风骚五百年。那么，哪些产品站住了呢？是哪些产品避免了柳絮杨花的命运呢？我们有些影片就像晚风里的炊烟那样，刚刚冒出来就不见了，它是微弱的。是什么使这些影片过早地夭折了，过早地失去了它的艺术生命力？我看许多原因之中重要的一个，就是有没有文学价值，能不能有那种激动人心的、发人深思的，或者人人心中所有、人人笔下所无的那种洞察生活的能力。电影语言里也有一个语言的文学性的问题。这样一些文学的要素有的影片就是没有。影片《乳燕飞》给我的震动很大。它从哪一个角度上震动了我呢？我觉得，它几乎是把外在的美都找到了，都划到它那个艺术的行囊里去了，并且也都送上了银幕。一个年轻的体操学员，那样美好的青春，人体美好，包括主要人物以及她周围的人物，他们的外在形式都无可厚非，都很美。但是，这部电影中我所想看的东西它几乎全都没有表现。人体美当然很好，体操运动员从走上了体坛，一直到走上领奖台，在五星红旗前面领到了奖杯，当然没有比这个更好的。但是，我既看不到这段生活历程对我有什么启示，我又看不到体操运动员的内心世界，甚至于就是独独属于她的话我都没有听到。当然我不是来贬这个片子，这还是相当不错的影片，票房价值我想也不会很低，而且会在青少年当中引起一种共鸣的反映，这是没有问题的。但是，作为一个电影艺术产品，我觉得，它缺乏应有的文学价值。

我反复想，不管是从文学的历史和现状，或者从我们的电影现实，或者从我们所追求的电影艺术的生命力的角度看，我们要追求的就是电影本身的文学价值。

一位相当负责的领导同志批评我们的电影说：你们的电影色彩很浓，形象很淡，思想很浅。作为彩色影片，“色彩很浓”当然是应该追求的，而文学的要素、思想的深度和形象的揭示，这是更重要的。但我们恰恰只追求了色彩很浓，而形象却很淡、思想却很浅，这就成问题了。要求我们的电影要有光彩，这大概是胡耀邦同志的要求。要有光彩不是靠色彩很浓，更重要的是靠思想的深度和形象的深度。而思想和形象从来就是文学上的一个根本要求，当然也是电影的要求。所以，我谈到文学和电影这个关联的时候，我更多地倾向于：在研究电影特性的同时，要注意电影和文学之间的关系。我甚至认为，电影和叙事文学、和散文、和诗更紧密一些。

我又要提到王一民同志，他是在电影以外去找电影的。在电影文学学会的年会上，他的发言整个的就是讲他是怎么从传统的诗里面找电影，怎么从古典的小说里面找电影，当然，他也向戏剧找电影。一个简短的发言，实际上回答了一个问题，他的妙处就是，他终于找到了，或者说，开始找到了。找到了电影的同时，也找到了电影艺术家自己。这是很高明的。

这不是说，把文学翻译成了电影语言就是电影，而是说，我们从这样的关联上想一想电影，使得电影文学和电影艺术能够有一个较大的解放，能够有助于电影艺术的提高。我是搞电影文学的，我很希望，我们的电影文学，能够把给导演看和给读者看这两个统一起来，成为一个独立的文学样式，成为一部阅读文学，成为一个独立的艺术品。

我们中国的文学史上有许多很好的上演节目，它同时又是千古不朽的阅读文学。在读《牡丹亭》《西厢记》时，我的感觉是，你即使不在舞台上看到表演，仍然可以得到文学的享受。“良辰美景奈何天，赏心乐事谁家院”，这个情、这个景，电影倒是可以实现的，但是在舞台上恐怕只能是唱一唱。“碧云天，黄花地，西风紧，北雁南飞”，这些东西它本身是美的。你读到“晓来谁染霜林醉？总是离人泪”，表演会帮助你，但是阅读得到的那个情趣，就像读《红楼梦》“葬花”时的情趣，你从别处是得不到的。我想有那么一天，我们的电影文学也会成为一个独立的艺术。

艺术性追求是非常重要的。今年6月，我陪着胡乔木同志和邓力群同志审看我们搞的电影《四渡赤水》（电影在12月就可以公演了，现在已经修改完毕）。那个电影没有文学价值，或者说虽然有历史的认识价值，但是文学价值不够。当时我和导演坐在乔木同志旁边，征求乔木同志的意见。三个钟头的电影看下来，乔木同志说了很多的话，但归根结底就是一句话：观众花了钱，买了票，骑着自行车走那么远到电影院来看这部电影，想看的是一个艺术品。如果只要看这一段历史的话，人家可以去读历史书，而不需要求助于电影。观众只是为了欣赏艺术，才来看你的电影。这个话我听了以后，觉得非常开窍。我们一定要使我们的电影文学和电影艺术真正成为一个艺术品。要开创电影艺术的新局面，要提高电影艺术的思想和艺术的质量，无非是要追求艺术品，而在追求艺术品的过程当中，应该更加重视加强电影的文学性。

这些年来，我们对于电影艺术中的文学要素，怕谈、不愿谈，或者是避讳它，这是不正常的。现在有谁还愿意听：这个作品有没有一个深刻的主题，这个作品有没有一个引人入胜的情节？似乎你一说情节，你就是对电影艺术无知。任何文学艺术离开了形象还行吗？何况电影又是一个造型艺术，你怎么能不谈形象呢？也不愿意谈语言。对于搞小说的，离开了对于语言的探索和追求，几乎就没有事干了。但电影界不愿意谈语言。这一两年电影界似乎开始注意语言的哲理性了，但又走到很奇怪的斜路上了，找那么一些好像格言性的，听了挺吓人的，讲了却没有味道的话放到里面，就认为是解决了语言的艺术性。而语言如何塑造形象，如何传达生活的色彩，这些问题则被疏忽了。我觉得这是不正常的。文学、艺术是有内在要素的，这是千百年来所形成的艺术规律，不能违背。创新是可以的，但创新不是抛弃艺术规律，而是尊重规律的结果。

所以，怕谈文学要素，或者把文学的基本规律排斥在电影创作之外，如果不是无知，就是糊涂。加强文学性，尊重文学性，并且追求文学性，是提高电影艺术质量的重要途径。十二大之后，把有中国特色的社会主义问题提出来了。接着就有一个问题，有中国特色的社会主义电影怎么创作。我觉得，很重要的一个方面，还是在文学价值的追求上。因此，我很希望，在我们的电影艺术领域里面，把这个话喊得响一点，追求文学价值，使电影艺术更具有文学性。总之，认识电影，要从电影以外去找到它，并且认识它。以上是关于电影与文学的第一部分内容。

电影文学价值的实现首先在于发现

接下来，我想用更大的篇幅和同志们交流一下关于电影艺术的文学价值如何实现的问题。

如果上面说的电影文学价值的追求这个看法能够成立的话，接着就是一个怎么实现的问题，怎么追求的问题。实现电影的文学价值，是我们电影艺术事业自己的事情。恐怕没有一个文学家或者领导人能给我们开出一个现成的药方。电影艺术事业的繁荣兴旺，就得我们去干。国外的电影事业是在发展，也在进行各种各样的探索，但是也没有给我们准备一个现成的电影文学和艺术的东西。外国的东西拿来是可以的，照搬是不行的。还得靠我们电影界自己来探索，来实践。电影文学性的追求，文学价值的实现，是一个实践问题。

我向电影艺术学艺学了8年，如果说有点什么感受的话，首先就是觉得，电影艺术是艰辛的，又是迷人的。它的迷人和艰辛，不在电影艺术本身，而是在电影以外。所以我主张从多层次和多角度，诸如从“发现”“思索”“形象”“单纯”“描写”以及“学习”等方面，综合解决电影文学和电影艺术的问题。

不久前，我见到了陈建功。他是个很有才华的作家，他说我们这些人，形象感比较敏锐，但从总体上把握生活的能力薄弱，成了名以后，越来越显得薄弱。而这个能力不是一下子可以加强的。包括张抗抗，王安忆这样一批青年作家，也都遇到了类似问题。所以，当浙江作协的同志问我，我感觉到问题是在哪里，我说是思想的深度和形象的丰满的问题。这两个方面不突破，要想出现一个新的跃进就有困难。

关于这个问题，我想了以下几个方面。首先，就是关于电影艺术的发现问题。目前，整个的文学，包括电影文学在内，有一个生活的新进入，题材的新开拓问题，这个问题十分迫切。同志们一定读过一些近五六年来的短篇小说和中篇小说，那个高潮的出现不是偶然的。这一批作家经过了十年动乱之后，有了一些直接的、切身的感受，一旦解开了双手，必然像火山或者油井一样要喷吐。但是，一个作家他不可能喷吐上几十年。大概都是积累、喷吐、再积累、再喷吐，或者是在积累的同时喷吐、喷吐的同时积累，这就要看各个作家的素养。我们文学暂时徘徊的现象，就是这样一种现象的反映，就是处在积累中的喷吐。

年轻的作家们面临着一个生活新进入，题材新开拓以及解决自己新的发现的问题。我经常收到年轻同志的信，他们常问我一个问题，说你原来是写小说的，现在搞电影文学创作，你有什么体会，有什么属于你自己的感受呢？我回答的第一句话是这样的：“电影是多情的，但它又是无情的。”干了这七八年，如果说电影它不是多情的，那是假话。电影的艺术手段的确是丰富的。电影之所以特别迷人，迷恋了许多作家和诗人，是因为它拥有那么多观众。谁不希望自己的作品进入更多人的心灵？电影确实能够给你开拓出一片广阔的田野，因为它多情。你有什么样的聪明才智，你有什么雄厚的生活积累，你对生活有什么样的真知灼见，你对生活形象有什么样的独特发现，你往里面放就是了，那真是情深似海。这几年来，我不管是搞一个小孩子的故事，或者是搞一个千军万马、两个统帅部的斗争，我都感觉到电影的多情。但是，我越干也越感觉到，它也非常之无情。有时候电影严峻极了，简直是一种极其严峻的艺术。这个多情与无情的根源何在呢？就在于你有没有真正的货色往银幕上放。这看似老生常谈，却不是每一个人都能觉悟到的。正所谓“多情反被无情恼”。如果你看错了，你只看到它多情的一面，没有看到无情的一面，你就容易被“恼”了。这个恼可分两方面：你烦恼，电影文学也恼你。因为你不给它东西，你没有东西给它。问题在于你有没有发现。完全没有生活的作家是没有的。但是，生活比较少，或者不大够用的作家是比较多的。只要你当了作家，你就面临着一个巨大的矛盾，即无限丰富性和你所占有的、你所发现的局限性的矛盾。它永远是个矛盾，这是一辈子的矛盾，要么你别干这个。那么，怎么来解决这个问题呢？我觉得，就是要解决发现的问题。

我甚至认为，电影就是发现。电影艺术的才能，就是发现的才能。谁能够从生活里发现哪些是电影的、是时代的，又独独属于你的东西，谁就是电影艺术家，谁就表现了他的电影艺术才能。所以，电影就是发现；电影艺术的才能，就是发现的才能。这句话我讲出了，我永不后悔。如果你没有发现的才能，你千万不要干电影。好的电影艺术家无不在电影本身解决电影的同时，又从电影以外去解决一个发现的问题。

关于发现问题，我想再从“成本”“注视”“感受”等三个视角谈点具体的认识，供大家参考。

发现1：成本是电影艺术成效之本

一个是成本的问题。电影文学家是写电影剧本的，剧本都说是一剧之本。但是，我觉得，这个“本”就很值得我们电影理论家去研究。这个本在哪里？这个本不是电影文学剧本，而是电影艺术的成本。电影艺术家你有多少资本，你有多少成本，你才能够做出多么高的电影艺术成就来，这个成本和成就常常是成正比的。我曾经说过这个话，文学艺术的经济效益问题和目前我们所讲的经济建设的效益问题有点不同。经济建设尽可能用最低的成本、最高的劳动生产力去创造尽可能多的劳动价值。文学艺术不能，用低成本取得高效能，那是个糊涂事情。这几年的电影，成本太低了。所拥有的、所发现的太少了，薄积而厚发，违背了厚积而薄发的艺术规律。比方，历史影片的创作那是难上加难的。第一，你需要对历史有深厚的了解。第二，还要多一个你对现实生活的深刻的了解和理解。这样，你写历史片，就比写别的题材的作家要多花更多的劳动。梁信同志谈，他现在写的《赤壁之战》，除了有将近40年的战争生活经验和对当前各种重大事件的了解和思索，他还要去研究魏蜀吴的时代，还得去研究曹操、诸葛亮等，研究他们的心理，那得花多少劳动。40年的军人生活的积累，加上8年的历史探索，他才写出《赤壁之战》，这是一个成本很高的产品。可是有些历史影片，那太廉价了。

历史影片成本太低，使得我们丧失了许多银幕形象。李清照怎么能是那样的？她是我的老乡，是我们山东诸城的媳妇。我是诸城人，我小时候上学时就到赵家的院里去，在我心目中，这位同乡、前辈，不是现在电影上这个样子。这样的片子把一些好东西糟蹋了，所以，看了以后会产生一种惋惜之情。我们民族一些很好的形象，到了你的笔下，由于准备不够，投资不多，或者你压根儿不讲成本，就被搞坏了。

尤其令人气愤的，是一批关于地下斗争的影片。一位中央的老大姐曾严肃地对我说："你是搞电影的？你们不要再糟蹋我们了！"这位老大姐跟我比较熟悉。她的爱人1931年牺牲在雨花台，而他的牺牲本身就是一个非常动人的故事。最初，敌人逮捕他的时候，他逃脱了。但是他怕别的同志来联络，就偷偷地溜回到他住的机关，打听有没有人来找他。但是他没有想到，他两岁的孩子和妹妹全都被捕了。敌人把他抓住以后，马上把他的孩子叫过来。两岁的孩子懂什么，扑上就叫"爸爸"。于是，这位南京市委的军委书记便牺牲在雨花台。康生在十年动乱中，诬陷这位老大姐说："是你张蕴出卖了丈夫。"后来张大姐便委托我代她写一篇文章，把当时被捕就义的情况写出来。她说：地下工作是一个含血带泪的斗争，是党的重要工作的一部分，可是被某些影片糟蹋得不成样子。我们共产党人什么时候要靠"美男计"去解决地下斗争的情报问题？

这次谈话之后，我特意问了几位写地下斗争题材的同志，他们对于这样的斗争是根本不了解的。所以很好的东西就可惜了。有一次，我见到跟《白莲花》的作者熟悉的一位同志，请他把我的话捎给作者：《白莲花》就是成本低。不是"白莲花"的那个斗争生活不能写，也不是"白莲花"的形象不能成为艺术典型。相反，女主人公坐花轿的那场戏是非常动情的。如果作者具备真正的历史感和艺术感，具有充分的生活准备，这个花轿，就能写出非常好的一场戏，写出一个姑娘的心灵。遗憾的是，因为作者不熟悉，他写不好，就把最好的东西丢掉了，而把最不应该抓住的东西抓住了。我看，这就是成本的问题。

没有自己的积累，没有自己的发现，即不可能出现强烈的喷吐，造成艺术。我这次陪沃克在中国访问，了解到他写《战争风云》和《战争与回忆》的情况。他有自己直接的战斗经验，1941年太平洋战争爆发后，他从上尉一直到战争结束当了少校，当过军舰的舰长，他自己有生活经验。即使这样，他在战后还用了7年的时间去收集材料。为了能够到白宫里面去看档案、找将军访问，他扔掉了纽约最好的居住条件，搬到华盛顿，找到一个离白宫比较近的房子，就为了看档案方便。他每天上班的时间都在档案馆里面泡，把所有的战争档案，他所能够看到的，他都看了。然后，他自己掏钱到欧洲的战场，到非洲的战场，甚至到了苏联，到了列宁格勒战场。他为了访问，几乎到了倾家荡产的程度。正是做了这么多的准备，他才写出了《战争风云》。这便是我所说的“要有成本”。

这里，再讲一次个人的体验。1962年，作家协会的一个老作家、也是负责人打电话要我去一趟。这是位写过一些很好的关于战争题材小说的作家，我很景仰他。我想，他一定是要跟我谈我的短篇小说，谈关于写作技巧这样一些问题。我去了，他倒了一杯水往我面前一放，接着就问了一句话：“王愿坚，你熟悉一个连队吗？”一下子把我问住了。我15岁参加八路军，经历了五六年的战争，可以说是在战争中长大的。我当过部队宣传员，也当过军事记者，许多连队我都去过，打仗就回到自己连里。但是，现在我还回答不了究竟熟悉不熟悉一个连，我不熟悉。他接着又问我第二个问题：“那你熟悉一个村庄吗？比方你出生的那个村庄，你从小在那里出生、在那里长大的村庄，这个村庄的自然面貌、风光、天气变化这些关系，你熟悉不熟悉？”我说：“我也不熟悉。”我很小就从家里跑出来参加革命了，对家里不了解。他叹了一口气，他说：“你熟悉一个党支部吗？”我说，我一参军就在师以上的机关工作，我当过支部委员，也当过支部书记，但你要我真熟悉一个支部，或者这一个支部的过去、现在和将来，我也说不出。他说：“那更不用说了，你也不熟悉一个工厂的车间，不熟悉一个学校吧？”我说：“我都不熟悉。”他当时垂下脸来说：“你呀，吃亏就吃亏在这个地方，你心里没有一个我们党、军队和社会的一个细胞，你对一个细胞没有透彻的了解和剖析，你怎么去表现一个社会、一个时代、一个政党和一支军队呢？你没有根哪！”接着，他跟我讲峻青的作品。你看他那个《黎明的河边》，一条渭河，早晨什么样，中午什么样，晚上什么样，包括早晨青蛙叫出什么声音，晚上青蛙叫出什么声音。当然，严格地讲，我也没有从峻青的作品里听出青蛙早晨和晚上叫的区别。但是他讲的是有道理。我就是在渭河边上从小长大的，一直长到14岁参加革命，但是我的笔底下就没有这么一条河。我所说的这些，就是一个成本问题。我自己的解决办法，就是把全部的经历和感情都投放在我们军队第二次国内革命战争从井冈山到长征这么一段历史的探索上去。我总算有了一个小小的根据地，或者说，在我的脚底下还有那么一块属于我的土地。但是，现在我们的电影文学家，艺术家我就不太熟悉了，他们的脚底下都有这么一块土地吗？

发现2：提高成本要久久地注视

跟成本问题连着的就是注视的问题。

我总主张电影文学家应该久久地注视着某一个生活面，因为要想提高成本，就要有自己比较专注的研究面，有一块根据地，然后波浪式地往前发展。我作为一个搞文学的，我发现还是要比较长久地注视着一个生活的方面，久久地注视着那一个事物，直到你看出这个事物和另外一个事物的差别。看一堆火，你也要把它看得和别的那一堆火不同才好。我认为，这是一个电影文学家的基本素养。要想解决发现，要想见人之所未见，要想在人人共见的生活里面看到那些独独属于你的东西，你不长时间地注视，或者注视得比别人更长久一点，你怎么会发现你自己的东西？所以，我觉得注视的问题跟成本有关。

提高成本就要久久地注视，这方面我是从自己的感受得来的。因为我想，无所不知、无所不能的作家和艺术家大概是没有的。任何一个作家，他只能够写他那个最熟悉的部分，而在最熟悉的部分里面，还是他自己经过长时间的观察、体验、研究、分析之后找到了自己的东西的那个部分。我很赞同赵树理所强调的“久”字。这个久字非常重要，久了才能够切，久了才能够深。这事说来简单，但恕我直言，我觉得现在的电影文学好像把这个问题忽略了，好像一个电影剧作家就像一个匠人一样，任何的一块面团到他手里都能够做出好糕点。我如果不是用三十多年的时间来注视着红军时代，我大概就写不出那么几篇还能够为红军时代传一点神的短篇小说。而且我发现，当你对生活的一个侧面产生了迷恋，并且把你全部的感情投进去注视的时候，这是一种幸福。我从第一篇小说《党费》发表到现在，已有30个年头。这30年里，除了在“牛棚”里几年，我没有中断对红军时代的了解和研究，没有中断和一些老将军、老战士的生活联系和精神联系。我得以经常不断地有一点点发现，就是因为久久地注视。我建议，我们的电影文学，我们的电影文学队伍要能够靠自己的优势，靠发现的优势，靠久久注视的优势去赢得电影的突破，赢得电影的创新，而不是靠听到哪里有了新鲜事，买了张火车票就跑了去。比方说，这次电影文学会上有这么一种意见，好像是到深圳看一看，就能看到祖国的未来。到那里去可以看到一些新生的事物，但到那里抓一把回来就是一个好电影剧本，我怀疑，因为文学不是这样廉价的东西。文学艺术的多样性，那是靠一个一个作家独特的生活面和独特的生活深度去实现的，不是靠若干个蜻蜓满天飞来实现的。所以，注视很重要。这个注视是一个基本功，又是一种素养。我很怀疑那个对什么也不关心的、只是去捕捉一点新鲜东西的、偶尔就得到的那种幸运儿，就是偶尔获得一点成功，他也很难持久。

有一件事情给我的印象很深。1977年11月，那是粉碎“四人帮”以后不多久，文艺界集会批判“文艺黑线专政论”。那次集会是文艺界范围内一次空前的盛会。那个情景，有点像抗日战争时期反扫荡结束以后。大家重新见面：“噢，你还活着。”你看，被担架抬着的，坐着轮椅的，子女搀扶着的都到这个会上来，谈论“文艺黑线专政论”曾经怎么样地迫害我们的文学和文学队伍。我说的不是这个会议本身，而是一点很小的感受，即听一位作家讲他的遭遇。在十年动乱当中，他差一点就被造反派处死了。当时，给了他一个新的背心和裤衩让他换上，下一步就是用刀片把脸划破，把皮撕下来处死。就在这一刹那，这个三八年的老军人硬是拼着全力从房门里面冲出来。被人家打倒了，爬起来又冲出一道门，到了走廊里一看，原来是个三层楼，后面已经追上来了，他没有办法，一下子从三楼跳下去……我感受到，我们的文学队伍遭到了多么巨大的磨难，对他讲的那个故事，我真是用自己的心尖去感受的。听完了以后，我和坐在我旁边的女诗人柯岩一块儿往楼下走。她问：“你怎么不说话呀?”我说：“我还沉浸在那个激动里面，他讲的简直不可想象。”柯岩愣了：“他讲的什么?”我就有点气了。她就坐在我旁边，我们一块听，我就把那个事跟她复说了。“噢，他讲的这个。”我说：“你不是一块听的吗？”她说：“我听了，我没有注意呀。”我说：“那你注意了什么？”“你看这个，”她讲，“我们的人即使全部武装起来，也比我们的敌人少一样东西，那就是卑鄙和残忍。你看他讲得多好。”我说：“他还讲过这么一句话？我怎么没有注意呀。”我一个小说家，就注意他那个事情的运动过程，这里面哲理的语言、诗意的语言我都没有听，而柯岩她好得意而忘形，她把这事给忘了，所以她记不住这个。我从中受到启发，当一个人注意到某一个方面的时候，斜是斜一点，但必有所得。我们搞文学、搞艺术的，大概还是要有自己独特的那种认识和感受能力。这就是一个注视的问题。

发现3：重视感受才是发现了电影

发现里面，我觉得还有一个问题更为重要，那就是感受。我认为，电影文学和任何文学一样，感受最重要。也许是我的偏见，我认为文学永远不在于你写的是什么，而在于你到底感受到什么。如果电影是发现的话，发现里面最核心最本质的问题就是感受。好的电影文学是一种独特的、深切的、感受的艺术典范，是感受的结果，是感受的外在表现，感受了才有文学。你看一部好的影片，使你最动情的，正是那个作者和导演的独特的感受。我想，可以把我们的电影文学分成两种：一种是有感受的；一种是没有感受的。我最怕看那种没有作者感受的文学剧本，我也不愿意看那种没有作者独特感受的电影。没有感受哪里来的文学？我们追求的文学性、文学价值，我们的电影要深刻、要深沉、要深邃、要深情，不从感受里来，那从哪里来？当然，感受并不就是发现，但发现是离不开感受的。我们也可以说，生活是海，作品是浪；甚至也可以说，感情是帆，思想是舵。但是，说来说去，作者独特的深切的感受，这是决定性的因素，是决定电影文学生命的因素。

我们放眼看一看，这30年来的电影文学，包括电影艺术，那些有感受的作品，都是流传下来的好的作品。记得有一次和叶楠同志聊起来，我问：你为什么忽然想起来要写《甲午风云》。他想了想说：就是“致远号”的那一撞！他当了30年的海军，而且是海军的专家，能够引得起他创作冲动的，就是深入到历史的纵深，抓住这么一个邓大人。为什么引起他注视，引起了他的创作冲动呢？就是这“一撞”。我们有些作品，没有获得这“一撞”的感受，就去匆匆忙忙写作，那怎么能够搞好！

在从写小说转而接触电影的人中有一个幸运儿，那就是李准同志。他从《老兵新传》开始，转得很顺利。我们是同代人，我很注视他。他的那些好的作品，不管是小说还是电影文学，都渗透着他对时代和生活的感受。他谈创作经验时讲了一件事。他说，中华人民共和国成立前，中原大地的一个灾民，穷得没有办法，就跟妻子说：把我卖了吧，让孩子活下去。后来，妻子自己卖身养活家人。妻子跟着人走了二十多里，到了一个镇上，把丈夫给她怀里放的几个铜钱拿了出来，买了两个烧饼，就坐在大路边上等着。不管卖人的人怎么催，她一直等到村庄上一个人从这里过路，请他把这两个烧饼带给孩子和孩子他爹。说实话，李准同志的这段感受比他的作品给我的感染还要强。我从中找到了一把通向李准作品的钥匙。我觉得，李准笔下的妇女形象，无不有这两个烧饼在，你到处都可以看到这两个烧饼，一直到《牧马人》里面的秀芝，都可以看到这两个烧饼的影子。我跟他开玩笑说，在《高山下的花环》里你究竟怎么放进这两个烧饼，我就不知道了。我说这个东西是什么意思？就是说，感受有时决定了一个作家的艺术风格。整个艺术的道路、特色、成就、生命力，都在这些感受里。

去年我到苏州去，跟我一起陪同外国客人的是陆文夫。我跟他很熟。他有一种本事，就是对于任何事物，他接触了、感受了，并能久久地保持着最初的感受，这是一种艺术才能。陆文夫是一个很聪明的作家，他没有创作的徘徊和危机，他在喷吐的同时，就不断地去增加感受，而且只找属于他自己的感受。他告诉我说："我不愁，我好东西还在后头呢，我写不完。"果然，告别以后，他的《围墙》《美食家》连续出来了，都具有自己的艺术特色。我们这些人过中年的作家，谁重视感受，谁能够保持对生活的最初的感受，并且能够将这些感受自觉地渗透到他的作品里面去，谁的艺术生命力就强。我说的这个话，还是这个意思，就是要解决发现的问题，要提高我们电影文学生产的成本，一定要把感受放到一个重要的地位上来。

我们近几年的电影文学，它的外在形态，可以说更像电影，更像电影文学。但是，从它的内在，从它的文学素质来讲，我说得直率一点，离开文学越来越远了。我说出这句话的心情是很沉重的，可能要得罪很多人。有些电影，你看不到作者究竟从生活中感受了什么，它的生命力当然也强不了。我建议，要重视感受。只有写出你感受的和你相信的，这才是你发现的东西，才真正发现了电影。

不久前，我到湖北参加电影协会的年会，我记忆中关于湖北的故事一下子涌上心头。一件事是陈毅陈老总亲口对我讲的。大革命失败的时候，陈老总身为黄埔军校最后一期的党委书记，正在武昌大街上躲避敌人搜捕，突然碰上了一位国民党的左派人士。他劝陈毅说："石板上要是栽不活松，共产党的革命就成不了功。共产党好不容易发展到五万人，蒋介石一声令下，杀得还剩九千多，你还有多大指望?"陈老总就跟他吵起来了。那位人士又说："我跟你打赌，如果你共产党的革命成功了，将来咱们日后也许还有见面的时候，见了面，我输给你就是了。”陈老总问：“你输给我什么？”那个人答道：“我用手心煎个鸡蛋给你吃。”我还头一次听说打这种赌，用手心煎个鸡蛋。1949年全国政协开会的时候，陈老总来了，当年跟他打赌的朋友也来了。陈老总拍着他的手心哈哈大笑，不仅没有用他的手心去煎鸡蛋，而且还郑重地推荐他担任了全国政协委员。

另一件事，是武汉的一位老领导对我讲的。在土地革命战争的所谓“肃反”时期，他当时是师长，被奉行“左倾”路线的高政委下令拉出去枪毙。正在这时候，师警卫营快被敌人攻下来了，情况十分危险。政委不会指挥作战，只好把师长放了。师长从警卫员手中接过驳壳枪，率领部队冲出去。当部队脱离了危险，政委把眼睛一瞪：“捆起来！”师长被捆起来走了没有多远，又碰上敌情了。师长又叫了：“把我放开，我要打仗！”这一天，捆了三次，放了三次。1955年授军衔时，师长成了中将，政委则不在了。我问这位老师长：“你那个时候就这么老实？”他回答说：“有什么办法呢！”就这么一件短短的往事，包含着丰富的历史内涵，甜酸苦辣全都有。这样真实的故事，我听当事人讲了上千个。我以为，这也属于“发现”，并希望有朝一日，在我的小说和电影中把它们表现出来。

归根结底，要想解决发现的问题，要在感受里面开拓，在感受里面实现。我觉得我们电影文学的提高和突破，如果不从发现上解决，不从感受上解决，那就永远提不高。我对我们的电影文学确实有一点个人的看法，即我们在生活上的不老实，或创作上的太老实，这简直是悲剧。在生活里面如不能获得真正属于你的感受，那些甜酸苦辣，喜怒哀乐，含血带泪的内容，便不可能从你心尖上跑出来。我们现在不是创作的胆子不大，不敢去碰那些创作禁区。创作当然要大胆，但要有一个前提，即确实是你感受了的东西。创作胆小了容易畏缩，胆大了容易妄为，关键是有没有真正属于你的感受。题材的新开拓，要从这里解决。否则，光认为哪个敢写，哪个不敢写，写反官僚主义，还是写哪一级的领导干部，来比大胆，那是没有意义的。我是同意这种说法的，题材无禁区，作家任意选择。你自己有所感受了，心里有底了，你就敢于接触那些别人所没有接触的东西。大框框当然有，任何一个时代都有它自己的较大的框框，这个大框框从来不制约、不影响、不束缚你的创作。我们怕的是在鸡笼子里面去跳高。十年动乱或者是更早一点时间，给了我们一个鸡笼子，还要我们跳二米三八，那我们是跳不过去的。现在不是这个问题，是你自己没有踏踏实实的生活感受，你自己跳不高。

1978年一些年轻的同志到我家讨论问题，谈起有些题材碰不得。我说，碰得碰不得要看你自己的功底，看你的生活积累、生活感受、生活鉴别，当然，也包括选材的角度，哪有不能写的？我认为，都能写。当时有些同志就问我，省委书记犯错误能写吗？我说，能写。中央委员犯错误能写吗？我说，能写。共产党员干坏事能写吗？我说，能写，共产党员又不是天上掉下来的，闲聊天嘛。话聊开了，一个同志突然问我，共产党员嫖妓女也能写吗。我说，能写。我一说出口，感到坏了！共产党员嫖妓女还能写？我未免回答得太冒失了。当时，在场的人都愣住了，出现了一个静场。此刻，我脑子浮现出一件事。我曾经访问过这么一个老党员，1931年他在汕头、潮州一带做党的地下交通工作。有一次，他接受任务要送陈谭秋同志到莫斯科去参加党的会议。他在把潭秋同志送上船后，发现自己被特务盯住了。他走遍了整个的汕头市，也没有甩掉这个尾巴。最后七转八转转到了妓院。他大摇大摆走进去，让账房先生给开个房间。进去以后，把手枪一亮，告诉妓女马上脱衣裳。他说，她脱我也脱，脱完了以后，我们一块钻进了被子。他说，当时我才24岁呀，我第一次接触女人，但是，我得保住我的一条命。

我把手枪顶着妓女的肚皮，说不要紧张。接着，特务就追上来了，误认为我是一个普通的嫖客。特务走了以后，那个妓女开口了：我知道你是干什么的，你今天晚上别走了。他把那个妓女往旁边一推，说，转过身去，我要穿衣服。他把衣服穿得整整齐齐后，把口袋里的六块银圆全放到了被子上，深深地向那个女人鞠了一躬，走了。1950年他随着四野的部队进了广州，当了检察长。他特意带着妻子和孩子到这个妓院来打听这个妓女，结果没打听到。谈完了这个故事之后，我跟在座的几位年轻的同志开玩笑说，我要把这件事写成一部电影，题目就叫《共产党员嫖妓女》，恐怕会挺卖座的。这个作品是王愿坚的，而且有王愿坚的特色。这当然是一些开玩笑的话。我的意思是，我们要想解决生活的新进入，题材的新开拓，不能靠比大胆。艺术家真正的胆识，是建立在对生活的掌握和独特的感受上。只要是成本高的，只要是久久注视的、发现的结果，只要是你自己真切的感受，什么能写，什么不能写，这个问题便迎刃而解了。你也会找到你自己的艺术的特色。总之，电影是多情的，也是无情的，一定要看到它无情的一面。如果你不愿意被电影所抛弃的话，你就要永远做一个发现生活的人，永远从生活里面感受，那些只有你才能感受到的东西，这样，你就可以感受到电影的多情。

史中寻诗

——电视文学剧本《复归》欣赏随笔

《复归》是描写革命战争的，写的是一场惊心动魄的战争。然而，对于这场战争，剧本的作者并不是当作一段史来写，而是从“史”的深处找到了“诗”，当作一首诗来写。创造的匠心和艺术劳动没有辜负作者，作品的艺术追求在相当大的程度上实现了。于是，剧本在再现严峻的战争历史面貌的同时，表现了蕴含在历史之中的生活哲理和浓重的诗情。

从史里寻诗，并且找到诗，并不是很容易的。《复归》所以有一定的艺术特色，我觉得首先有赖于作者在选材和艺术处理上获得了独特的角度。

以革命战争为题材的作品，大都是依据历史的史实来进行创作的，这一点《复归》也不例外。问题在于，革命战争这块色彩斑斓的宝石，它有许许多多的侧面；电视文学作者，有各式各样的角度。究竟从哪里看过去，能看到独特的光辉？从什么地方掘进去，能发现特定的战争史里那独特的内蕴？在这里，《复归》的作者毅然地推开了过去常见的单纯以再现历史外在形态为目标，以记述战争过程为手段的做法，努力寻找新的视角，力争既能看到生活特色，又能挖掘出历史内涵的角度。

独特的角度帮助了眼睛。作者从中原大地解放战争的历史里寻寻觅觅，找到了一段颇有特色的战争史实，作为自己的描写对象：1946年，中原大军突围的时候，留下了一支不大的部队进入武当山区，以自己的艰苦斗争拖住了敌人，掩护主力转移。他们孤悬敌后，茹苦含辛，表现了人民军队顾大局、为整体英勇献身的精神和高风亮节。

按说，选取了这一题材，已经抓到了特殊，有了特色。可是，作者并没有在这里停留。他们继续向着这一特定历史的深处开掘，寻找着内在的矛盾冲突，寻找着人的独特命运和独特的心灵历程，终于，作者在获得了战争的历史感的同时，看见了人的心灵里的一场战争。在人的命运和心灵的发现面前，过去那种只从一个正面、一个角度去观察和记述战争过程的老套子、旧模式无法再用了，创作上的程式化被抛开了，于是把战争的历史推到了背景上，而把人物和人物的命运置于前景，置于电视剧本的中心。这样一个处理题材的艺术角度，使我们好像看到了一幅齐白石的画：在一张泼墨的荷叶上，落上了一只工笔的蜻蜓——荷叶是浓重的写意，而蜻蜓却极其工细，极其生动，仿佛看到了透明的翅和蠕动的足。这就把生活变成了艺术。电视文学剧本《复归》写战争，着眼于战争内在精神，把战争历史置于作品的后景，使之成为人物生活的环境；把历史的进程和人物命运的起伏和思想性格的展现交织在一起，以形象去概括历史，以形象去为战争、为时代传神。我觉得，这是描写战争的一个很好的路子，很有价值的探索。这种探索和尝试，使《复归》摆脱了那种单纯写历史事件与一般过程的老模式，老手法，使作者获得了一个独特的艺术构思。

由于角度独特，视线直指史里的诗，直指人的命运和心灵，作品的构思也就有了新意。这是《复归》的又一艺术特色。所谓作品的艺术构思，我的理解就是：作者让自己笔下的人物落进了一个尽可能充分表现其思想、性格的环境，使得人物的内心世界在特定的环境里得到展现。《复归》的艺术构思正是这么做了，从战争历史深处找到的特定人物出现在特定的环境之中。作品一开始，就展现了人物所处的大危难的环境。虽然，描写是通过牛达山的回忆表现的，然而，几笔全景的鸟瞰和细节描写，就把读者带入那血与火的年代和荒僻的武当山区。一支部队，远离主力和根据地，在山林中与敌人重兵周旋，狠狠地拖住了敌人，七八个月的时间，上千人的队伍只剩下了二百多。司令员郭勇重病在身，正吐着血，战士田顺儿死在了哨位上。一次次地被追击、包围，只好以伤员掩护大队转移……部队几乎处在了死亡的边缘，而在这严重的时刻，团长牛达山却因为错误地认识形势而擅离了部队……司令员郭勇正是在苦斗、苦熬的过程中显示了他胸有全局的情怀和坚毅的性格。团长牛达山带着幼稚和盲目性的粗犷性格，在与郭勇的矛盾冲突中表现出来，成为他私自下山的思想性格的依据；而在下山之后，牛达山这个人物又进入了更为独特的命运和环境里，经历了新的不幸遭遇和思想历程，人物思想有了新的发展，性格有了新的表现。人物深化了，作品的主题思想也得到了深化。

作者构思的新颖和独特，使得这部作品的时代特色、地区特色都随着人物形象的刻画得到相应的表现。比方，对于斗争的艰苦性，作者不但没有回避，而且通过这个艺术构思，使得作者真实地再现战争面貌的创作意图得到充分的体现。而且，并没有低沉之感，基调又是高亢的、昂扬的。

独特的视角和新颖的艺术构思，必然给人物形象的塑造带来了新的特色。在这里，我以为特别值得称道的是，作者选择了一个有缺点、有过失的人物作为描写对象，重视了并且写出了人物性格的复杂性，这是一个有益的尝试。以往，在一个不短的时间里，我们的文学作品中，尤其是军事题材的文学作品中，不敢也不能写有缺点的人物和人的过失，这是一种不正常的艺术要求。既然在生活里人有这样那样的缺点，既然生活中人的思想与性格是在现实斗争中成长与发展变化的，那么，这样的形象就理应在文学作品中得到反映；来自生活的真实的、活生生的人物，才具有认识价值和审美价值。该是在我们写革命战争的作品中出现更多复杂而多面的性格的时候了。电视文学剧本《复归》中牛达山的形象塑造，表现了创作者的探索精神和艺术勇气。作者从丰富多彩的战争生活出发，在深入战争历史深处，获得了真正的历史感之后，从生活中发现了牛达山这样一个有自己个性特色的人物，并且把握住了他的性格特征，深入到人物内心世界之中，大胆地、尽情地抒写，人的感情、人的心灵、人的命运成了作者注视的中心；人的行为、动作、人所遭遇的事件，成了人物思想性格发生与发展的历史。像牛团长下山前的那段戏，部队陷入了困境，他那样激动；特别是妻子带领伤员掩护大部队转移，下落不明，他那样躁动不安。既表现了他的幼稚冲动，又表现了他对革命的赤诚。这就为人物定下了基调。对于牛团长这个人物，作者没有单一地去认识、去写，而是多层次地表现。既表现了他对敌人的仇恨，又表现了他对老解放区形势估计的盲目性；既写出了他对革命的忠诚，又写出了他对大局的不理解，政治上的不成熟；既表现了他爱战友、爱生活的热烈情感，又表现了他幼稚、简单、容易冲动的弱点。一句话，他是个真实的人，是个活生生的人。剧本中有几块戏写得很不错。比方主人公在二木匠母亲遗体前“代子行孝”，比方落入敌手之后的坚贞不屈，都很动人。甚至从死人堆里爬出来，还要顽强地活下去，直至桃花救了他，帮助他养伤那段戏，也都合乎人物性格的逻辑，真实，动情，使人看到牛达山的内心世界。特别是离开了大部队之后，人物幻想破灭的过程以及对过失的认识、追悔，逐步醒悟的思想历程，脉络清楚，又饱含着情感，表现了人物的心灵深度，也深化了主题。所以，他历尽艰辛回到部队，回到司令员郭勇的身边是可信的。

此外，在艺术手法上，《复归》以牛达山离队到回归的历程为主线与大队活动平行表现，又以较多的回忆来加强人物思想感情的描绘。尽管有些地方衔接得还不够自然流畅，影响了作品生活内涵的深化和外延的伸展，但这一手法是好的，有表现力，也有了新意，在时空处理上加大了作品的容量。这也是一次有意义的尝试。

我喜爱《复归》，因为它从史里找到了诗。

让历史告诉未来

《让历史告诉未来》！多么响亮，又何等深沉！

这七个字，是中央电视台军事部为纪念建军60周年创作的十二集电视系列片的总题。单是这七个字，就是一个艺术的概括，就显示了一种恢宏的气势，就内蕴着深深的哲理和激越的诗情，也就牵动着人们无尽的遐思……

说实话，刚刚接触这个题目，高兴之余还不免怀着一点儿担心：这么大一个命题，后面的文章该怎么做？令人惊喜的是：节目的创作者们，不但勇敢而真诚地写了，而且把60年的历史写开了，写深了，写活了。他们以真正的历史感、鲜明的时代精神、强烈的创作意识和浓郁的感情，谱写了一曲人民军队之歌，送上了荧屏，送到了千万观众心中。

这是一部诗化了的史，又是一部深深揭示了历史的内涵的动情的诗。影片本身就是一条历史的长河。创作者不做任何的雕琢和装饰，让它披一身时代风霜，带着血泪和汗水，以固有的规模和气势流向前来。而且流得真实，流得自然。这就为60年变革现实的斗争树立了一座巍峨的丰碑，为几代奋斗者编写了一个英雄的谱系。然而，创作者并不以再现历史的壮丽图景为满足，他们把历史深深地掘开，去探寻里面蕴蓄着的深刻哲理和深邃的诗意。于是，史，被提炼，被升华，被诗化了。它在更新的视角和更深的层次上得到了艺术的表现。于是，立传的史笔又成了传神的文笔，作品在呈现历史真实面貌的同时，表现了历史的神情和风姿，体现了历史的光彩和神采。于是，观众看清了这条长河汹涌奔流的情景，也看见了血与火的闪光，听到了历史前进的脚步声，就激动，就思索，获得了认识价值和审美享受，平添了踏着历史走向未来的信心和力量。

既有史的博大与壮美，又有诗的哲理和激情。《让》片把史和诗交融得那么和谐，简直可以说，这是用历史和诗情的旋律谱写的一支英雄交响乐，这是用史的经纱和诗的纬线织成的艺术彩绸。一句话，这是以60年历史为材料创造的一个电视艺术品。

把历史创造成一个艺术品，或者，既再现历史的真实又创造出艺术的真实，这件事说说容易，实际上却很难很难。难在哪里？答案也许不止一个。我以为，在诸多艰难之中有着重要的一条，就是创作意识的淡薄。许多年来，时代呼唤着文学艺术，要求出现与战争历史相称的作品。可是，不少作品却依然沉溺在历史过程的记述和外在形态的单纯模拟复制之中，跳不出藩篱，创不出新意。

《让》片的创作者，创作意识是强烈的。即便是一部以历史为主干的纪实作品，创作者也力求创异求新，作为一次艺术创造来对待。他们毅然地推开了消极编排史料的简单做法，迎着难度大的方向前进。他们站在时代的高处去审视60年的历史，又从历史与未来的联结点上去透视历史，并且努力从史里寻觅出诗情。鲜明的创作意识带来了艺术的突破。他们终于从常见共见的史实里获得了新颖独特属于创作者的艺术发现，新颖独特的总体把握和艺术构思也就在创造和劳动里产生了。

创作是一桩不安分的事情。正是这种强烈的创作意识，使创作者突破了历史的局限，获得了描写历史的自由，也就在艺术地再创作中给历史以新意，更真实也更深刻地表现了历史。

给历史以新意，更真实更深刻地表现历史，这是一项重要的艺术要求。

真实，是艺术的生命。对于纪实性文艺作品，要求就更高、更严格。《让》片的创作者显然掌握了这一奥秘。在影片创作中，作者对史实是严肃的，表现了对历史的高度尊重。全片采取大步幅、大跨度的跳跃，勇敢地舍弃一些次要的材料；同时又紧紧抓住了重大的史实和关节，浓墨重彩地抒写，以此构成了整个历史纵向叙述的主线。在这个选择取舍上表现了作者驾驭历史资料和素材的功力。

更为巧妙的是，创作者以重视纵向生长的主干和藤蔓的同时，又以较多的篇幅，不时地从历史深处引领出一个个人来，笔酣墨饱地写他们的形象和心灵。像朱德南昌起义时的手枪，王良遗赠罗瑞卿的怀表，穿插进作品，都有了生命；连湘江边一位老人今天的泪水，一位日本军人当年的一段逸事，都成了历史的见证。这些人，这些事，就像横向生长的历史枝叶和历史花朵，与主干交织成了历史的整体。这种写法是高明的，可以说是类乎《史记》的笔法。打个不一定恰当的譬喻：如同在泼墨的荷叶上落上了一只工笔的蜻蜓，写意又写实，相得益彰。这就把历史写开、写活了，加大题材的内涵和外延，加强了全片的可信性。

当然，仅仅是可信，还不是创作者追求的全部艺术目标。真实的历史，血肉充盈的细节，是赢得观众的一个条件，也只是一个载体；更重要的是弥漫全片历史内蕴的哲理和诗情，这才是历史的魂魄，才是影片需要下大力追求的。

史里寻诗主要的是对历史进行再开掘，再认识。《让》片的创作者在开掘上是不遗余力的。他们不用现成的结论，而是靠自己的一双眼睛去寻寻觅觅，从历史深处找到独特的生活内蕴，提炼出自己的诗。

我赞赏《苦难风流》，它把历史的壮美冶炼得凝重而单纯，是一首高亢的战歌；我也喜爱《动乱年代》，它把苦涩的史实写得那么沉重，变成了一阕含血带泪的悲歌。史和诗结合，赋予了历史以灵魂，实现了风云之气与艺术美的统一，也就使这部历史片有了巨大的艺术魅力。

作品有了艺术魅力，就能够动人和迷人，就是艺术作品的生命力所在。对于拥有最广大群众的传播手段的电视节目来说，更是如此。

《让》片的艺术魅力，是通过电视艺术这个独特手段来实现的。它重视纪实性，追求一种纪实之美；它善于运用资料，在统一构思下巧妙组合；它利用对比，在大跌宕、大反差中创造新的意境，深化主题……这种电视纪实散文诗式的样式，就为历史题材的电视片创作闯出了一条新路。

在这里，我特别感兴趣的是这部作品的文学性。我认为，这是一个文学性很强、文学价值较高的电视节目。它在处理题材的叙述与描写、大事体与小镜头的结合，视与听关系的处理以及以解说联结和组合的手法，还有解说词中渗透浓郁的诗意，把叙事、抒情、思辨、议论融为一体的方法，都显示出文学在这部作品中的重要作用。

重视文学性在电视艺术中的地位，追求文学价值的实现，这是一件好事情。《让》片的成功，包含着这么一条艺术经验。因为，一切艺术无非都追求着真实生活、真知灼见和真情实感。一切艺术形式就其实质都是生产思想感情的。

既然是生产思想感情的，就要力求感情的覆盖面积更大一些，让感情护送着的思想被送得远一些了。

《让》片的成功，正是由于它从历史里激活了动人的感情，又以这种历史的深情感染着观众。这种浓烈的感情是历史里深藏着的，又是被创作者发掘出来、表现出来的，或者说，它就是创作者感情的外化。这一点对于艺术创作有着极大的意义。

创作者永远不能把自己没有的东西，送上荧屏，献给观众。反过来说，要屏幕上有，创作者心中先得有，而且还得有得更多一些。《让》片的创作者怀着深深的爱，爱这支可爱的军队，爱在战斗中死去的和活着在战斗的军人，也爱人民军队、人民战争的光辉历程和辉煌的历史，当把这种爱投向历史又倾注于未来的时候，作品就浸透了感情的汁液，成了艺术。

这，也许是更富有启示的艺术经验。

为英雄时代传神

——影片《梅岭星火》欣赏札记

大庾岭上的梅关，古往今来，不知有多少诗人墨客吟诵过。然而，以梅岭为片名的故事影片《梅岭星火》却没有咏叹这南国的雄关和似雪的梅花，而是用泼墨似的笔意描绘了发生在这里的一场血与火的战争，塑造了一位胜利地组织了这场战争的统帅、同时又是用生命写诗的诗人——陈毅同志的形象。

梅岭出诗，三年游击战争是诗，陈毅同志“将军本色是诗人”。看过描写这一切的影片《梅岭星火》，我觉得，这是一部表现了革命历史的诗情，为老帅立传、传神的好影片，或者说，它本身就是一首诗。

电影，描写革命历史和领导人形象的电影，怎样才能传历史之神？怎样才能既忠实地再现历史风貌，又传出时代精神和人物神采？这是电影《梅岭星火》的编导者的艺术追求。应该说，这个追求是迷人的，也是艰辛的。

正是这种力求传神的艺术追求，使影片具有了独特的艺术特色。

要传神，就要敢于面对历史的真实，并且从历史的深处去挖掘出巨大的矛盾冲突。

三年游击战争，是革命历史上艰苦卓绝的篇章，也是一场严峻的斗争。由于战争指导的错误，五次反“围剿”失败了，主力红军被迫仓促远征；辛苦经营了多年的革命根据地“国破家亡”，敌军重兵“搜剿”；而错误思想还仍在继续着。一场殊死的斗争，正是在这样一个大危难的背景上展开。

影片的创作者并没有回避和躲闪斗争的残酷和严峻，而是迎着面大步走进历史里。影片一开头就描写了被“丢掉”的陈毅同志，并且借着他那一骑狂奔的马，把观众引到了滔滔的江边，引进历史的疾风暴雨之中。接着，又描写了继续死打硬拼、全营壮烈牺牲的红军指战员，写了掩护群众的仓促转移的战斗，斗争艰苦，有的战士坚持不住，下山回家了；白色恐怖降临了每个村庄，陈毅同志自己去叫门也不开……

写这些，是不是太低沉了？不，正是在这里，表现了艺术家的胆识。真实地描写了斗争的严酷，才能够真切地表现战争；而从革命的发展中表现严酷，深刻地而不是廉价地表现革命的乐观主义，正是为了更好地为战争传神。

要为革命历史传神，就要塑造好人物。只有传了人物形象之神，才能概括时代。《梅岭星火》着力塑造的陈毅同志，是一位独具艺术特色的革命家形象。

特别令人欣喜的是：这样一个统帅和诗人的性格、风貌，是通过许多传神的笔墨来刻画的，因此，在形象的真实可信之中浮泛着一种诗意。

我喜爱马放深山那场戏。觉得它空灵，有气韵，有诗情。陈毅同志叫警卫员把马笼头解开，然后目送着白马渐渐远去，已经够深情的了；然而创作者还不满足，当感情的波峰正趋向平息，那匹白马又反身跑来，于是情感的波峰又推向了高处。从浅淡中见浓烈，这真是神来之笔。

应当承认，用电影为时代、为人物传神是不容易的。影片的编剧，从浩繁的史实里开掘，从史实里获得了诗。为传神、传情奠下了厚实的文学基础。导演卢珏同志更是匠心独运，专在传神的地方用力，把历史的戏剧冲突和诗情统一、强化，使神采飞扬起来。饰演陈毅同志的演员刘锡田同志，乍一看似乎不大像，然而越看越像，创造了一个形似神也似的艺术形象。

“创业艰难百战多”，传出了时代精神的影片，必将有力地影响着时代。就在敬爱的陈毅同志离开我们10年的今天，电影《梅岭星火》撩开历史的帘栊，让我们在银幕上看到了微近中年的陈毅同志，看到三十五六岁的陈毅怎样排除“左”和“右”的干扰，把一杆红旗插在山上，从而跨过危难，迎来胜利。这种传神之笔传出的革命精神，当会增加我们的信仰、信念和信心，鼓励我们用这种精神去巩固我们已经得到的，夺回我们失去的，创造我们还没有的。

从特殊里开掘

——《这里通向天国》欣赏随笔

“在这个奇特的地方，有死人带来的活人的世界，有活人带来的烦恼的世界……”多有意思的一句题跋！它是满含生活感慨的一声浩叹，又是揭示人生底蕴的一个哲理概括，简直有点像让人参悟禅机的偈语了。

按说，死亡和殡葬，算不上什么美好的事物，为撒手人寰的人料理后事，也未必有多少诗情画意。然而，两位身穿军衣的青年作家却闯进了这个奇特的地方。他们在这些生者与死者之间辛勤地搜索寻觅，从这里向生活和历史深处观察瞭望，终于从这块特殊的疆域里看见了一种看似平常却又颇不寻常的生活，了解了人、人性和人生，发现了美的人和人的美。当这些属于作者的艺术发现凝结起来，构成了一个艺术的世界，这便是电影文学剧本《这里通向天国》。

人对人是最感兴趣的。剧作者显然深知文学创作的这个公开的秘密。作品一开始，就勾画了一幅很有美感却又有些神秘的生活图景。接着，笔锋一转，随着人物的行踪，把读者引进了十分陌生的环境之中，看到了一种特殊的生活，看到了一些从事着特殊劳动的人。这样从外往里写，不仅有助于使一个特殊的生活更有新鲜感，加强了题材的陌生化，更重要的是使作者的笔直接指向人，指向人物特定的命运和心灵。我喜爱那个干了8年殡葬工的安瑞文，他可以在为死人化装时哼歌，却在卑劣的面前怒火中烧；他自己心底里藏着那么多的苦涩，而当看着旁人诀别时却流下同情的眼泪……一个活生生的人站在了我们面前。还有那个刚脱下军装的罗尔森，生活对他那么无情，简直是把他那颗心搁在搓板上狠命地搓揉、撕扯，然而这颗军人的心依然那么热，那么赤诚。当他猛地撕开衣襟，乞求着抱一抱儿子的时候，这颗心竟是坦诚可见的了。笔墨不少、笔力稍弱的是夏紫云，似乎作者的焦距对得还不太准。即使如此，她那少女的纯真、柔弱和军人的执着、勇毅也相辅相成，在磨难里发出美的光彩。对于这些人，作者既没有拔高，也没有蓄意贬抑，而是用素净的白描把他们引领进特定环境里，在展现特定生活风貌的同时，表现各自的性格和情感。当我们跟着作者的笔，一步步看清了人物的内心世界，看到这些平常的人沿着各自的路、付出了各自的代价走向这项特殊的事业，而且把这项事业干得那样认真、那样庄重和神圣的时候，于是就看到了美的人和人的美，看到了作品的审美价值。

或许我理解得太简单，我认为，电影文学和电影艺术的劳动，说白了，就是通过看得见的去表现看不见的。剧作《这里通向天国》，重视对特殊的东西的研究和开掘，从看似不美的事物里发现了美，也表现了美；不但让读者看到了一般人看不到的生活形态，而且让读者看到了复杂多样的人的性格、命运和思想感情，这番艺术努力是值得称道的。

当然，作者从外向里写，还不只是指给我们看一个难得看到的生活角落；更为重要的是：进入这个特定的角落，作者还获得了一个独特的观察角度和哨位，从这里向外看，向外写，看社会和人生，把题材的内涵向外延伸，写出整个“死人带来的活人的世界”。这一开掘功夫，尤其值得称道。

为什么人物生活得那么艰难？为什么人的心灵那么苦涩？剧作者描绘着人生甘苦，笔尖却始终对准人群后面那股势力，那便是在数以千年的岁月里，在社会生活中积淀下来的世俗偏见。对于这种弥漫在人们头脑中的封建思想，或者说封建基因在现实生活的遗传表现，作者以极其强烈的憎恶感，通过人物的感受，着力地写了它对人的压制和摧残。从这里用力，就使得剧作进入了生活的更深层次。

稍感遗憾的是，全剧写得似乎太实了。其实，就作者的生活选择和赋予它的色调而言，本来应当更空灵些，更富哲理的意味，更耐人寻思，如果观察点适度上升的话。

喜看电视剧《大学生和小篾匠》

或许因为曾经写过一点儿短篇小说，看电视的时候就爱看单本剧。在我看来，单本电视剧就是视觉艺术里的短篇，利用不长的闲暇时间，从荧屏上读上篇把“看得见”的文学作品，简直是一种艺术享受。

自然，爱看并不是看了都爱。我喜欢看那种构思精巧、清新隽永的电视剧。这种作品，并不追求奇诡的故事和曲折的情节；它仿佛像是编导从生活之树上随手撷下的那么一片绿叶，放进了文学剧本，送上了荧屏。这片绿叶是生活的断面，它薄薄的，几乎是透亮的，然而却清晰地呈现着时代的纹路，渗透着生活的汁液，浮泛着生活的光彩……

最近看了嘉兴市电视台摄制的电视剧《大学生和小篾匠》（鲍梦梅编剧，南目导演），觉得它就属于这么一种作品。

全剧的开端，正像一篇短篇小说那样，先是淡淡的几笔风光景物的素描：葱郁的树丛，翠绿的竹林，山径、流泉，还有溢彩流霞的傍晚和牧归的剪影。一组带着诗情画意又有地区特色的镜头，把欣赏者带入了一个南国山村。这，不仅点出了环境氛围，也为这支山村小曲定下了特有的色调。

在这如歌似画的背景中，一辆长途汽车开来，放下了一位姑娘，这便是山村唯一的大学生贞贞。在这里，电视剧的编导用的是极质朴的白描手法，缓缓地把全剧的主要人物引领到荧屏前，让观众结识了一个新人形象。然而，编导又机巧地隐身在人物背后，借人物的双眼确定了全剧的艺术视角，引领着观众走进特定的生活环境之中。

《大》剧的故事情节，大约一句话就可概括了：回乡度假的姑娘一进家就听说和见到了一位小篾匠。她为生人打扰了自己假期生活而气恼，可是和小篾匠接触之后，姑娘却萌生了爱慕的情愫……妙就妙在：这么一件生活中的凡人小事，在独具匠心的编导手里，如同平凡的竹篾在剧中小篾匠的手里一样，却被写开了，写透了，变成了一件灵巧的艺术品。看，故事发生的时间，总共不过两天，人物的外部形态和内心世界却展现得那么从容；人物活动的场景几乎全在一厅两室里，却一点也不觉得单调局促；用的是一些看似平常、甚至是琐屑的细节，却描写了性格，把一个少女内心最隐秘的一缕情思泄露出来，变成了可视的。一句话，作者在局限里完成了创造。

创作，在一定意义上说，就是把某一特定的生活写透的艺术劳动。但是，把生活写透，哪怕是一个不大的东西写透，也是不容易的。作品检验着创作者的艺术功力和构思的匠心。在这部电视剧里，作者不囿于陈述事件的过程，把焦距对准了人物的内心。或者说，事件的纵向发展进程，只不过是托起整架葡萄的支架，而那带着露珠的新叶和一串串晶莹的葡萄，那横向生长着的绿色，才是该剧追求的艺术目标。小篾匠的出场，一虚出，一实出，都是从贞贞的心灵反射出来，这就使形象涂上了特定心灵的色彩；姑娘对小篾匠心理上的“拒”——轻视、厌烦还略带妒忌的心境出来了。这一起，起得突兀，却又扎实。“看竹编”一场戏略感平些，然而写出了姑娘内心堤坝的松动，又保留着俯视的心态，成了“拒”的尾，“迎”的头，承接得好。在劈竹劳动中交谈和做点心，是转；尤其是做点心的戏，笔墨是精彩的，它高高挑起了贞贞内心的窗帘。分别前夕的戏写出了贞贞心绪不宁和复杂而又强烈的内在情感，完成了两颗心从陌生、排斥到接近的微妙的进程。它和寓意深长的结尾连在一起，成了不合之合的笔墨。只是这场戏似乎还可以再浓、再独特些，或许可以使形象更完美些。

这部电视剧所以令人喜爱，不仅在于把这一特定生活写得很真实很美，让观众看到了两颗年轻的心轻轻的颤动，涌起一种欣喜之情；还在于：它在给人以艺术感染的同时，内含着生活的启示，它抒发诗情的同时又揭示了哲理。社会求改革，生活求前进，人和人的关系也在发生着变动。究竟什么是真正的人的价值？什么是灿烂的人生？这部电视剧的编导显然从生活的高处做了认真的思索。没有去呼喊什么现成的答案，更无意写两个年轻的不同层次的人的“结合”。而是通过少女的一双眼睛，展现了一个青年劳动者的美好心灵，写了一种劳动美，写了一颗年轻的心对美好未来的热烈向往和踏实的追求。正是这种美，使大学生的优越感在消退，使姑娘动心和倾心……具有亲和力的艺术作品，不声不响地显示着思想和艺术的力量，使人为的沟坎在填平，使真正的人的价值得到确认，使人感受到生活的光亮和温暖。

战争在心灵里打响

——电影文学剧本《远离战争的年代》欣赏随笔

恰巧是一年以前，借《电影艺术》的几页篇幅，对于军事题材影片的创作问题发了点议论。在谈到观察战争历史的视角时，我自言自语地问道："为什么不能从人的命运和心灵深处发现一场战争？为什么不能从感情这个角度，走进战争历史的深处，去发现你自己的艺术材料？"这里用的是问句，就因为我还在思索，并非定见；倒是道出了我茫然的心绪和热切的期待。

最近，读了李宝林同志的电影文学新作《远离战争的年代》，不禁涌起一股喜悦之情。这部作品，虽然与上面的问题毫无关系，也不能说已经回答了我的全部疑难，然而却使我分明地看到：剧本所描写的，是从一个特定的人的命运和心灵里打响的一场战争；而且是从感情的角度，把欣赏者引向了战争历史的深处，又带进了现实生活之中，把差不多过去了半个世纪、打了八年的那场战争，写得有了新意，有了深度。

其实，剧作所展现的这场战争，规模很小，不过是一个像小兔子一样胆小的小伙子，遇上了一个与他一样在民族敌人枪口下失去亲人的少女，两个人在战争中的一段生活历程和感情历程。可是，独特的视角，极大地帮助了创作者的眼睛。这块看上去并不起眼的艺术材料，被作者移到了四十多年之后，置于顾蒙这个老战士的心头上，让这场战争在人的心里打响，于是，就变了。仿佛撒进了一种什么奇妙的东西，又像借了心灵的折光，本来像山间小溪一样平平常常的战争生活，顿时变得波翻浪涌了。一个入伍不久的青年战士，由于复仇心切而不安于护理工作，在战争中算得了什么；然而当它成了一颗从心尖子上流出来的血珠的时候，便有了惊心的艺术力量。为了取得药品而进行的一次袭击，一如家常便饭；只是因为和人的心灵上最大痛苦与创伤糅在一起，便传出了战争的光彩与神采。善良的中国的人民战士，即便全副武装着，也比自己的敌人缺少一样东西——卑鄙。于是，人物心上最宝贵的被夺去了。40年一个人的心灵的颤抖，变成了有震撼力的形象。顺便说说，由于枪炮声从心灵里响起，就是一棵折断了的小树枝，也成了艺术的生命。

给一个不大的事物找到独特的角度，注入博大的灵魂，其结果竟是这样美好。

从心灵里发现一场战争，使情感的覆盖面积大了。仿佛创作获得了一种自由：哪里有情便往哪里写，写到哪里哪里就有情。以情感写性格，是颇不易为的。云花双目失明的描写是好的，而苦痛之后，顾蒙与小和尚阻击敌人的那场戏，则是精彩的。人物的行为成了内在情感的宣泄，两个人物都出来了。

让战争在心灵里打响，又使感情护送的思想走得更远。这样做，不仅避开了战争的一般过程和外在形态，更重要的是笔墨直指战争的纵深，使人从横断面上看到了战争历史的年轮，实现了对战争的艺术概括，使战争的内蕴更深邃，作品更多义。我喜欢“抢药”那场戏，不只是因为它使情节升华，而是从人的心底里去揭示战争的性质，更有了迫人思索的力量。

在这里，有必要提到：作品把战争与现实交织起来写，这一艺术构思是好的。年代，是远离了过去的战争；而战争，由于远离，由于现实生活对它的不了解和不理解，反而愈见分明了。对于现实场景，作者并没有追求过分强烈的反差，只是触及了两代人由于时代变迁而自然出现的差异和矛盾，并着力写了从隔膜到理解的感情变动。比方，对顾蒙的现实生活用的是侧笔，文雁这个人物形象的分寸也很恰切，有利于表现战争和把战争引入现实之中。笔力弱的是顾小舟，父子之间的关系似乎还有开拓的余地；而明明身上，也可以投有更多顾蒙的形象和感情的光。在当代人与人关系的描写中表现战争，能够体现出过去年代里属于今天和未来的东西，其中有一点，就是理解之后的凝聚力。这，当然就近于苛求了。

我以为，我们的电影，还是要写那种过了许多年依然令人激动、引人思索的东西。这，要从战争本身去发现，也应该从人的心灵里去找寻。这方面，《远离战争的年代》做了颇有成效的尝试。

当然，战无常法，文无定形。正像战争本身绚丽多姿一样，反映战争的电影文学和电影艺术也应当手法各异、常写常新，这是无须赘言的了。

为战争传神

——话剧《血染的风采》欣赏随笔

以战争为描写对象的军事文学和艺术，似乎正面对着一种新的呼唤。广大欣赏者已经不满足于战争外在形态的描摹和记述，而是期望着艺术创造之笔更深地进入军队和战争生活的深处，传出内蕴的时代精神，传出战争的神情、神韵和神采，出现更多的传神之作。

最近，看了广州军区战士话剧团来京演出的大型话剧《血染的风采》，我觉得这是一出为战争传神的好戏。

传神，是一项重要的艺术要求，它既迷人，又艰辛。然而令人赞赏的是，剧作者一开始就把笔指向了人物的命运和心灵，让枪炮声在心灵深处响起，从人的心灵里打响了一场战争。于是，一切行为、动作以至语言，都成了思想情感的外观形式；戏，成了心灵的外化，这一艺术构思是相当高明的。

让枪炮声从心灵里响起，一下子就摆脱了许多要求“形似”的羁绊，更多地腾出笔墨来抒写心灵的碰撞、战栗和沉思，这就使“神似”变成了可能。我喜爱写战斗的那场戏，不仅在于虚拟的手法加大了战斗氛围的感染力量，更重要的是：人物的行为成了内在情感的宣泄表现，成了思想提高和升华的契机，以情感写性格，就连一潭水、一把土也都有了艺术的生命。

在心灵里发现一场战争，还使作品出现了一种超越，把一场很小的战斗、不大的事物放到了前方和后方、战争与和平的巨大时空背景之中，把它写开了，写深了，为之注入了一个博大的精神，这就加大了题材的内涵和外延，甚至越出了题材本身，而概括了社会，涵盖了人生。班长高粮子和那个万元户“烧鹅仔”陶其，性格是独特的。他们各自沿着自己的路走上了战场，正是战争这个特别的课堂，使他们从各自的高度上出现了人性的升华，找到了自己的位置，体验了人生。高粮子为爱人秸子不幸而痛苦的戏，是精彩的，展现了一颗被战火和军人情谊之光同时照亮了的心，陶其掏出钱来帮助战友之前的戏，笔力似乎弱了些，内在的张力稍感不足，然而他追求真正的人生价值的轨迹是分明的，形象具有了较强的感染力量和审美价值，也就引起了广泛的心灵共鸣和共振。

战争在心灵里进行，还使全剧虚实相生，更加空灵，浮泛出一种诗意。为战争传神，就是要从战争中找到诗情，传出那么一种神韵。编导紧紧抓住了战争内在的精神美，并力求使军人牺牲、奉献精神从人的心底里展现，这便创造了一种艺术的化境。

当然，为战争传神是一个较高的艺术目标。《血染的风采》不只是为话剧的创作和演出，做了一次卓有成效的尝试，我以为，它对于描写战争的文学艺术创作也带来了有益的启示。

首先，文学剧本的诞生过程就很值得玩味。青年剧作家张莉莉，带着一颗热诚的心走上战场的第一线，却惊奇地发现：战场上的军人和自己想象中的军人形象不相符了。直到现实里那些活生生的人把她脑子里的固有军人模式打了个粉碎之后，她才真正认识了战场和军人，她才获得真正属于自己的感觉。

还有，编剧一反常规，偏要运用多角透视的散点结构，写出一部“心态戏剧”来，结果写出来了。导演锐意创新，要用虚实结合的手法和诗意的笔触去排戏，结果排出来了。演员们舍弃了上影视的机会，硬是要在不多的戏上展现自己的才能，他们做到了。文学艺术的不可重复性，就这样显示了它的严峻；而不安分的创作者就这样在不安分里完成了创新。

在这里，还想说一句也许并非无关的话，话剧《血染的风采》写的是边关血泪，燃烧的战场，也就自自然然地把崇高深深地引进了作品之中，高亢激越的音响成了作品的主旋律。发人深思的是：坚持为人民军队、人民战争传神，坚持提高欣赏者道德情操的主调，丝毫没有影响作品创新的艺术追求和探索，也没有降低作品的艺术感染力和审美的愉悦。或者说，正是为战争传神的责任感，使作品达到了一个较高的艺术层次。

也许，这也是一条重要的艺术经验。

人民呼唤我们归来

——在电视连续剧《重返沂蒙山》研讨会上的发言

我从来没有完全以一个观众的身份看一部电影，今天不同，电视剧《重返沂蒙山》一开始就把我带到那么一个环境里去了，带到了一个我曾经感受过的、曾经体验过的环境里去。1944年到1947年我在沂蒙山区，1945年得了伤寒病，一个大嫂把我背回家里，放到炕头上，把我的军装脱下来和手榴弹一起藏到猪食槽子底下，硬是养了47天，把我从死亡线上拉了回来。反扫荡的时候，一个大娘把小孩放到一边，把两个窝头留给我，小孩吃嚼烂了的花生壳，这些情景在《党费》《党的儿女》中都写到过，现在这种感受又被编导者重新调动了起来，我实在无法控制自己，不能不含着眼泪去看这部片子，看作者要我反思的那些东西。

我觉得《重返沂蒙山》就是一个好电视剧，它打动了我，也打动了一个时代。正如刚才王树元同志（《末代皇帝》编剧）所说，一部作品只要给人那么一下子就够了，能不能回答中国改革的全部问题，中国下个世纪怎么办，不是这部片子的任务。让王愿坚掏出手绢有擦不干的眼泪，这就是一部好片子。这部片子可以呼唤我们相当一部分同志归来，回到人民中间来。人民用奶水养大了你，你应该回来为人民做一点事，片子能起这一点作用，它的涵盖率就不低了。由此我想到，从历史的一种动情的东西引到今天的改革中，能不能产生一种艺术品，究竟历史题材还有没有生命力？周恩来总理1962年给作家艺术家讲：“将来我们的后代无疑要嘲笑我们的，但是有一种东西他们绝对不能嘲笑我们，就是我们用梭镖大刀去进行战斗的那种精神，这个是不能嘲弄的。”作者正是抓住了这一点。革命历史题材可不可以引到今天，可不可以写，可不可以大书特书，我认为《重返沂蒙山》是做了实实在在的回答。

毫无疑问，革命历史题材是有生命力的，但是作者必须找到与观众的共振点。我们有些历史题材作品不那么成功，就是因为它仅仅是就历史说历史。革命历史题材除了开发它本身的内涵之外，需要你重新去认识它，而且要和现实交织在一起去认识它，历史的经线和现实的纬线在你手里织成一匹真正的彩绸，你要找到每一个交织点，一匹布该有多少个交织点哪！这个交织点就是编导者和当代观众的共振点，我觉得《重返沂蒙山》找到了。尽管它不是以革命历史题材为主而是以现实为主，但是它的着眼点是从历史纵深里汲取了历史的审美价值和认识价值，共振点就是：“我（人民）盼着你们回来，你们答应回来，我（人民）等了你们36年哪！可你们没回来。”所以田嫂的怨和老秉叔的恨，都怨得对恨得好！就应该骂一骂这些不重返沂蒙山，不重返井冈山，不重返鄂豫皖大别山的乌龟王八蛋！包括我在内。谁叫你不回来？三十多年你确实在那里为人民干好事也可以呀，可是干了些什么呢？我是一个作家，我不是不想回去看一看救我命的那位大嫂，离敌人的炮楼只有三里路，她把我掩护了47天。可是在那运动连年、极“左”路线统治之下，我本身都把握不住自己的命运，在这方面确实是有愧的。

《重返沂蒙山》就找到了这个共振点，它既可以鞭挞那些忘了人民的灵魂，也可告诫后代儿孙，有一种东西是永远不能忘记的，那就是生你养你的人民，这个共振点找到了，这个历史题材就可以放开手来写了。

第二个回答是革命历史题材大有可为，但是必须用当代意识去给以历史的观照。这就有了更高的要求。我喜欢这部片子，就是因为它是用当代意识去观照历史，去处理历史的，处理得非常高明。比如说，当年的“小郭子”，在今天改革开放的形势下，他还能够回到沂蒙山区来。作者能够在现实生活中找到这个形象，并且将他引到这个典型环境中去表现他，去展现他的心态，这是很好的，这个艺术构思是非常完美的。至于说回答不了个人行为与社会问题这个关系，仍如树元同志所说，我们文学艺术家塑造的是形象，并不是为国家改革开一个药方，我想编导者也不是想用一个电视剧来代替中央书记处，但有一点编导弄对了，就是当年的“小郭子”今天的“老郭子”应该归来！这是一种当代意识，当年在山区打游击，今天在领导岗位上的同志就应该再回到人民群众中去。至于作者的表现方式，各有各的方式，关键是要有当代意识，在这一点上作者是处理得很好的。

第三点，《重返沂蒙山》给予我们搞历史创作的启示是必须真实地再现生活的原貌。这个剧牵扯历史虽然不多，但是真实的。两段闪回非常精彩，运用得非常好！无论是小郭子的告别，还是田嫂的告别，都是非常动情的。历史真实了，现实生活又不去避讳什么，敢于去碰一些尖锐问题，比如对一些不正之风的展现，包括城乡差别等一系列问题。都丰富了这部片子，且有当代意识，激活了历史也激活了现实，这也是这部作品的高明之处。

无论是在选材的视角上还是在当代意识的高度上以及艺术的处

理上，《重返沂蒙山》回答了一个问题：过去的历史与今天有着密不可分的联系，不但可以写，而且可以写得好，写得如《重返沂蒙山》这样好，也许它太像我自己的生活经历和感受了，所以我偏爱它。我想到的，它表现出来了，我没有想到的，它也替我说出来了。

当然，冷静下来想想它还有些不足。比如说，高度问题。报恩思想可不可以有？是可以有的，这个报恩思想也是郭部长的“这一个”所特有的一种思想感情。问题在于在人物艺术处理上作者还应该再高一些，仅有这点是远远不够的。个人包打天下，个人处理一些问题可不可以呢？当然可以。但从更高的视角上来讲，这个作品还应该回答：仅郭部长这样做还是不够的。作者的视野还可以更开阔，展现的生活面就会更广阔。另外一点，在将来的作品中希望作者能够“虚”一点。《重返沂蒙山》太实了，让我流泪的都是那些“虚”一点的东西，那些象征的东西，如煤油灯里没有油、枯树、寒鸦、滴水、羊羔……这样的东西还可多一些。看出来导演总摆脱不了眼前一个修路，一个打井两个事件，其实可以将这两个事件搞空灵一点，将作品诗化，变为一首动听的诗。如果将结尾结在泼水上，也许比出现孟良崮纪念碑更有余味。总之，越是动情的东西，越要追求诗意。

精神的火花

人们常常把文艺作品说成是“精神的食粮”，这话自然不错。然而，正因为是“食粮”，产品就有精粗之分，消费者就有需要的不同，也就有了一个选择的问题。

前些时，到一家书店去买书，正巧站在一对青年人身后，无意中听到了他们的谈话。姑娘举着一本《在彭总身边》问道：“这本怎么样？”小伙子回答说：“好，就要这样的，看了叫人心里感动，振奋!”

望着那位青年同志的背影，我仿佛被他的心灵上的火花灼热了，照亮了。

好一个“心里感动，振奋”，它一下子把一项“订货标准”摆到了文艺产品生产者的面前。我们搞文艺创作、翻译介绍和编辑出版的，既然是向人民提供“食粮”，就理应对人民有利，就有责任、有义务使读者获得思想和感情的营养。一部作品发表了、印成了书，总要给读者以积极的影响，引人向上，激人奋发，或大或小地发出点精神的火花。不应该搞些只是迎合而不能提高读者的东西，不能把低劣的产品献给人民。

好一个“心里感动，振奋”，它表明了读者的一种选择作品的标准。林彪、“四人帮”推行了十年文化专制主义，把民族文化的花园变成了一片焦土，使我们的几代人忍受了难耐的精神饥饿。因此，人们猛然见到丰富的食物，便容易饥不择食了。其实，越是饥饿就越要择食——选择自己最需要的、最有益的，以便在较短的时间获得较大的心得收获。这便要有个标准，有个要求。当然，读书的对于书籍也像吃饭的对于食物一样，需要、爱好、口味都不尽相同，也不能强求统一。但是，刻意选择那种使人感动、振奋的产品的做法，仍不失为一种有益的阅读经验。他们从自己的思想实际出发，怀着提高自己精神境界的学习愿望，去选择作品，去探索生活的哲理，寻找做人的榜样，有意让那种强烈地撞击自己的作品在心灵上碰出火花来。这样的作品也才不负读它的人，把高贵的品质、美好的情感和高尚的情操等多种营养慷慨地流进读者的心田，使他们精神世界丰富高尚起来。

读书如此，扩而大之。其他文化生活又何尝不如此呢？从看电影戏剧，听音乐、唱歌、欣赏美术，以至穿着打扮，都有个追求什么的问题，都有个选择标准的问题。只有追求美好的精神生活的人，他的精神生活才会丰富；只有立志奋发向上的人，他的志趣才会高尚。

我赞美使人感动、振奋的文艺作品，更赞美那些精神美好、志趣高尚的人。

“追求”小议

文艺创作，既然是艺术创造，创作者在自己艺术劳动过程中就总要有所探索、有所追求。或者是刻意求真，反映出千姿百态的生活面貌，或者是刻意求深，挖掘出深邃的思想内涵，或者是刻意求新，寻找出表现生活的恰当角度和新颖的形式。这种永不满足现状的探求精神，这种可贵的追求，正是艺术成就的秘密所在。但是，在追求什么、如何追求的问题上，回答却不尽相同或是大不相同。

最近，电影《归心似箭》的导演李俊同志谈到这样一件事：在影片描写了抗联连长魏德胜和玉贞从治伤到相爱之后，为了把这段爱情生活渲染得更浓烈，有人提议加一场戏：追！——让这一对热恋中的情人，领着孩子牵着狗，打猎去；让猎物在前边奔逃，狗在猛追，孩子在疾追，一对恋人也在你追我赶，出现慢动作，飘起来……导演听完了这个建议，想了一番，微微一笑，摇了摇头。

这件事情是耐人寻味的。如果影片的导演不是坚决地摒弃了这个热烈的“追求”，而是肯定地点点头，那么，我们在《归心似箭》中将看到一幅什么样的景象啊！影片前边费尽心力所蕴蓄起来的质朴、纯真而又含蓄的爱情，说不定就在这一跑、一追、一飘之中抛撒净尽了。

那么，影片的导演否定了这样的追求，是不是就无所追求了？不。导演推开了现成的表现形式，从民族的生活习惯出发，从时代、生活和人物的特定性出发，去寻觅和探求表现人物内在精神的美，以及与之相应的外在形态。这种追求，要比使用现成的东西更艰难、更辛苦。然而，艺术创作恰恰正是这样一种劳动，总得沿着阻力大的路子走，找点难度大的命题干。导演正是沿着这样的道路，达到了自己追求的目标，找到了表现特定环境中具体人物性格的形式，实现了内容和形式的统一，描绘了那种热烈而又蕴藉，质朴而又纯真的爱情；导演也和欣赏者一道获得了艺术创造的满足。

当然，我在这里列举这个实例，并不是一般地反对追，反对摇镜头、慢动作；更不是反对借鉴外国艺术作品中好的表现方法，拿来为我所用。借鉴是必要的。借鉴也是一种艺术的追求。但是，这种追求归根结底还是为了表现中国民族和人民的社会生活，为了表现我们自己的生活内容。因此，坚持从实际出发、从生活出发，仍然是艺术追求的目标和前提。

蜜蜂，只有在活鲜鲜的花朵里才能采到甘美的蜜糖。生活里本来就蕴藏着艺术的内容和它的存在形式，艺术的追求者，只要肯于追求和善于追求，就能找到最好的艺术形式，取得内容和形式的完美统一。

小说与电影的关系是怎样的

任何一种文学艺术的体裁，都有自己的独特形式和特定的范畴，它们都是用自己的艺术样式去反映和解释生活，塑造形象，并给生活以影响和推动。小说，用语言去描绘事物，刻画人物，让读者在阅读欣赏过程中，引起联想、想象，进入作品创造的意境，“看”到活生生的人物，认识作品中所表现的思想意义和生活哲理。电影，则是利用现代摄影技术手段，综合和吸取了各门艺术的一些表现方式发展起来的一门新的艺术样式。它的主要特点，是强调接近于绘画的造型性。它以直接诉诸视觉的形体、明暗、远近、色彩、特有的动的画面的组合（蒙太奇），以及诉诸听觉的音响，逼真地再现生活场景。

就反映生活的广阔性与反映方式的灵活性而言，电影与小说接近。不过，小说是用语言来描述，因而小说中的形象带有间接性，而电影则把小说中的语言描述变为视觉形象，因而产生了独特的表现力。它较之任何语言更便于说服、感染欣赏者，它具备了比小说更大的诱导性。

然而，当探讨小说和电影的关系的时候，不仅要看到它们的区别，也要看到它们的联系；着眼于两者的“异”的同时，还要着眼于它们之间的“同”。譬如《红楼梦》里第三十四回宝玉挨打之后卧床养病，在半梦半醒中听见悲切之声。睁眼一看却是黛玉。犹恐是梦，忙将身子欠起来，向脸上细细一认，只见她两个眼睛肿得桃儿一般，满面泪光，不是黛玉，却是哪个？这不是很精彩的“蒙太奇”吗？再看一看近年出现的许多优秀故事影片，就可以得到说明。比如《巴山夜雨》，从它与小说的“同”上看，像是一个短篇小说，它取材比较严，抓取一间船舱、一段航程，用白描的手法，从容地引着观众去看人、看生活。它开掘也比较深，在这个生活的横断面上，看到了时代的年轮，在动乱年月的生活里，表现了人民的力和美，也就有力地鞭挞了“四人帮”的罪恶。影片《归心似箭》，却像个构思精巧的中篇小说；而影片《从奴隶到将军》则像是一部长篇了。如果把根据小说改编成的电影（如《牧马人》《杜十娘》）与原作对照着看，那就既能看到小说的文学手段的运用，又能看到电影的再创造和电影艺术手段的特征。

小说和电影的关系，是多方面的。电影的文学性，则是这两者关系的一个重要方面。

小说和电影都要能动地反映生活。无论对着桌上的稿纸或是在摄影棚里开动摄影机，都要表现人物的性格和丰富的内心世界。

小说要有情节，电影镜头也要按照情节的逻辑来组接。

此外，还有人物的动作性，准确而有表现力的细节，生动的、个性化的语言，对于小说和电影都一样是重要的。

总之，电影的文学性是电影本身的特性之一；写小说，也要学习电影的表现手段。当代作家中已出现能够运用这两个武器的能手，如李准、陆柱国、白桦、鲁彦周、张弦等同志。在小说和电影创作实践中“求同寻异”，既重视电影特性的充分发挥，又充分体现电影作品的文学价值，对提高小说和电影的艺术质量是很有意义的。

看见了战场上的毛主席

今年十二月二十六日，是我们敬爱的毛泽东同志诞辰九十周年纪念日。

在这个值得纪念的光辉日子里，少年朋友将从电影《四渡赤水》的银幕上看到战场上的毛泽东同志。亲爱的少年朋友们！当我们又能够看到四十八年前的毛主席，看到他那红军统帅的精神风貌，了解他的不朽功绩，这该是多么有意义的事呀！作为这部电影的编剧之一，我一想到这幅情景，就不由得从心底感到无比的激动。

中国工农红军四渡赤水河，是长征中一段艰辛而又伟大的战役行动。当时，红军处在生死存亡的紧急关头，蒋介石调动了四十多万大军，把不足三万红军围在贵州北部一个狭小的地区——赤水河两岸，不让红军北渡长江，妄图把红军就地消灭。

实在是困难重重。影片《四渡赤水》一开头就把这种困难局势表现出来了；在炮火硝烟里，毛主席和周恩来副主席亲自在阵地上指挥战斗。敌人增兵了，这仗打不赢了。毛主席当机立断：打不赢就走！部队里笨重的大炮挡住了前进的道路，就把炮丢掉，一渡赤水。好不容易转移到扎西，雨雪交加，缺衣少食，敌人又围了上来。怎么办？毛主席看出敌人贵州北部空虚，就在把敌人引到身边以后，巧妙地从敌军空隙里钻出来，原路而回，二渡赤水，一下子消灭了敌人八个团外加两个师。接着，又三渡赤水，欺骗敌人；等敌人追过来后，又突然掉头，四渡赤水而南下渡过乌江，佯攻贵阳；而当蒋介石被迫抽调云南军阀部队离开金沙江赶来时，毛主席又指挥红军急行军赶到金沙江边，胜利渡江，把四十万敌军远远甩在后面。

看，这一走、一打、一调、一甩，都是敌人没有料到的。毛主席指挥得多么高明，真是“用兵如神”了！

在影片里，不仅可以看到毛主席高超的指挥艺术，还可以看到他那坚定乐观的革命精神和对指战员的深厚情谊。

看，红军部队被敌人重兵围住了，他也感到困难、沉重。他对自己的警卫员推心置腹地说：“困难，很困难。”可是他又很乐观，不怕困难，想方设法保存住红军，消灭敌人。在极其困难之中，他还想念着在另外战场战斗的陈毅同志，当他听到方志敏同志被捕、自己的亲弟弟毛泽覃同志牺牲的消息时，难过得热泪盈眶，然而他又很坚强，抑制住悲痛，坚定地下达作战命令……风雪之夜，他脱下棉衣盖到战士身上；有人草鞋烂了，他立即脱下自己的鞋，给战士悄悄换上……当这些动人情景再现在银幕上的时候，我们怎么能不觉得毛主席特别亲切呢！

看影片《四渡赤水》，缅怀毛主席的丰功伟绩，将使我们更加热爱毛主席，热爱所有老一辈革命家，把他们开创的革命事业，奋力推向前进！

创作者的灵魂先要净化

社会主义的电影与精神污染是截然不同的两件事情，本不应该连在一起。高举社会主义文艺旗帜，坚持为人民服务、为社会主义服务的电影，就其性质来说，应该推进社会主义精神文明的建设，用又新又美的电影艺术产品去教育、影响和陶冶人民，加大生活中的社会主义精神因素，促进心灵美好的新人成长，从而帮助社会主义经济基础的巩固和发展。它不但不应该污染什么，恰恰相反，它应该是思想战线上的一块重要阵地，是净化人民心灵的清洁剂、防腐剂和消毒剂，是团结教育人民的战斗武器。怎么能和传播精神污染、弄脏人们的灵魂这件事扯在一起?！但是，在现实生活中，这两件事在极少数电影创作和评论中，又确确实实在不同程度上被连在一起了。这的确是值得认真对待的。

不错，近几年来，特别是党的十一届三中全会以来，我们的电影事业从复苏到复兴，是很有成绩的，是大有进步的。但是，仔细看看，在电影这个领域里，也和党中央指出的整个理论、文艺领域里一样，精神污染问题也同样是比较严重的。就说电影艺术产品，在好的和比较好的电影文学和电影艺术作品旁边，就有那么一些不那么好的、甚至是不好的作品摆在那里，被编进了刊物，拍成了影片。我是搞文学创作的，又搞过点党史军史研究，仅就近年接触到的描写人民军队、革命战争和革命历史斗争的一部分小说、电影剧本和影片来看，就有散布精神污染的问题存在。有的丑化了革命军人的形象；有的把正义的革命战争写成了超阶级“人性”的胜利；有的名为写军人和人民的血肉关系，却无端地安排了污辱军人也污辱群众的情节；有的则把爱情甚至色相写成了觉悟和制胜的决定因素。特别是个别描写地下斗争生活的电影作品，更把共产党严酷的革命斗争糟蹋得不成样子。这样的作品，虽然为数不多，但是它们歪曲了革命斗争的面貌，否定了人民战争的正义性，把庄严的革命和庸俗卑劣混杂在一起，把血和火也写得那样苍白和肮脏。这就不能不使经历过革命战争的人感到愤慨，使没有经历过的广大青少年得不到正确的历史认识，从而造成了灵魂的污染。

失败的创作实践，如果失去了正确的鉴别，常易引出错误的理论；散布精神污染产品的出现，又常常是错误理论指导的结果。应该指出，一些荒谬的理论观点和思潮，也涌进了电影文学和电影艺术领域。至于现代派思潮在我们文学和电影文学上的反映，当然还要做细致具体的分析。有的同志说，文学受现代派思潮的影响，像小孩子出麻疹，非出不可，出过就完，还有了免疫力。这恐怕是对这一思潮的危害性估计不足。文学的现代主义思潮细说有点复杂，总起来看，无论打的是什么幌子，其要点无非是两个“自”字，一个是崇尚自我，“表现自我”，而排斥描写对象是人民的社会生活，“不屑于表现自我感情以外的丰功伟绩”；一个是崇尚自发，提倡反理性主义，排斥马列主义理论的指导，否定世界观对于创作的作用。这种思潮对于电影界当然也会发生不好的影响，只是程度不如文学界严重而已。

总之，精神污染是一种病毒，它的危害是严重的。无论它打什么牌子、涂哪种颜色，其实质还是散布资产阶级和其他剥削阶级腐朽没落的思想，散布对于党的领导和社会主义道路的怀疑情绪，动摇进行四个现代化建设的意志。作为思想战线重要一翼的电影领域的战士、哨兵和侦察员，对此应该有足够的认识和警觉，走上清除精神污染的第一线。

精神污染是玷污人们心灵的脏水，那么，污染源在哪里？举其大者，无非是资产阶级以及其他剥削阶级的残余影响，十年动乱尚未肃清的流毒，近年来的西方现代主义文化思潮。这些污秽和不洁，本来就摆在那里，是个客观存在。问题不在于有这些东西，而在于：第一，我们对待它们是不是有清醒的认识；第二，是否清楚那些从污染源里来的东西，究竟落到哪里去了。

值得注视的是：从污染源里流出的脏东西，或多或少地落到一部分电影文学和电影艺术创作者的头脑里去了，并通过创作者头脑这个“加工厂”，反映到了电影文学剧本里和银幕上。

因此，要净化银幕，就要先净化电影创作者的心灵。从这个角度上看，从电影创作队伍的思想建设，提高电影队伍的政治思想素质上看，清除精神污染又有了一层特殊的意义。

在四次文代会上，邓小平同志代表党中央致的《祝词》里，曾经语重心长地说道：“我们希望，文艺工作者中间有越来越多的同志成为名副其实的人类灵魂的工程师。”这个期望是殷切的。然而，“名副其实”又是多么不容易呀！

这些年，向电影艺术学艺，学着写写电影文学剧本，也读了不少电影剧本。深深感到，剧本的这个“本”字大有深意，值得深思。电影剧本的高低成败，大都和创作的“成本”联系着。这里，我说的不是剧本的打印或者印刷的费用，而是指创作者生活积累的丰歉和认识生活的深浅。而这个成本又连着创作者的根本，那就是：认真学习马列主义、毛泽东思想，努力改造世界观和文艺观，认真学习社会，深入人民的社会生活。

是时候了。应该强调作家艺术家学习革命理论，并联系自己的思想实际，使思想武装起来，能明辨是非；并且使自己的精神面貌有一个大的改善和加强，让灵魂的工程师的灵魂首先美好起来，让推动社会主义精神文明建设的精神首先文明起来。

人民需要电影，电影更需要人民。该是进一步强调创作者深深进入生活的时候了。不仅青年作家、艺术家有一个深入生活的问题，老创作者也要重新进入生活。现在电影文学艺术作品，从“流”里来得多了，从“源”里来得少了。这是电影思想艺术质量提高的重要环节。现代主义文艺思潮的“涌”进和被接受，种种原因之中，有一个内因——它有一个“好处”，就是只要深挖“自我”就行，不用艰苦地深入生活。这也正从反面教育了我们。

和理论联系实际、密切联系人民群众同样重要的，还要拿起批评与自我批评的武器。这些年，自由主义多了，不批评，也批评不得，是不正常的。不错，我们曾经受过“四人帮”文化专制主义棍棒的荼毒。对于他们强加给我们的一切诬蔑不实之词，我们绝不接受；然而，为了人民、为了事业，对于我们自身的缺点错误，进行认真批评和自我解剖，却是我们的神圣权利和义务。没有超乎一切批评之上的电影文学和电影艺术，也没有不受党的方针路线约束的作家、艺术家。尤其是党员作家、艺术家，绝不能在党之上、在党之外，只应在党和人民监督之中。我们要在批评与自我批评中清除精神污染，也在清除精神污染中，恢复批评与自我批评的传统作风。

人民期待着电影思想、艺术质量的提高，电影事业的更健康更繁荣。

人民需要战歌

最近，我收到的读者来信多起来了。这些青年人，中学和大学学生们，热情地和我谈论起我作品中的人物，询问我作品中所写的时代背景和生活情形，谈论人物的思想情操和精神世界。这些读者大约是从语文课本上结识了我的人物的，他们想知道比作品表现出来的还要多的东西。这，使我奇怪：五十年前的长征生活，怎么又引起了当代青年的兴趣？这，也使我听到了一种声音：在祖国大地全面改革的进军中，人们要求一种昂扬奋发、开拓前进的精神，作为自己精神上的食粮和伴侣。

这种情况，使我感觉到肩膀上平添了许多重量。是的，读者的需求，就是人民给作家下达的命令，就是时代赋予作家的使命。

其实，为振兴中华、为四化建设增添精神的火焰，从来就是作家的神圣责任。去年春天，我和美国作家哈里森·索尔兹伯里谈了红军历史上的长征。休息的时候，站在阳台上，我问他："你为什么还要写我们的长征？"他笑着向长安街上的滚滚人流一指，说道："因为你们还在进行新的长征。"就是为了了解和探索中国的昨天与今天的精神联系，这位古稀老人漂洋过海，去走那艰险的万水千山。最近我读到了他的新作《长征——闻所未闻的故事》的部分章节。我发现，他的辛劳获得了有效的成果。更使我开窍的是，连外国作家也看到了：中国当前沸腾的建设生活是和中国固有的传统革命精神联系在一起的。

是的，长征，从没有路的地方走出路来，走出一个历史的新天地。这一段历史，这一段征途中闪耀着的精神光辉，不只属于过去，它属于现在，也属于将来。

我写过长征。现在我的桌子上正摊着我的关于长征的小说和电影文学剧本初稿。我的笔尖指向长征参加者的心灵，我的眼睛却望着新的长征——伟大变革的时代。我希望在明年十月——纪念全国红军胜利会师陕北五十周年的日子里，看到一部按我的文学剧本拍摄成的影片，看到我的一本关于长征的书。这倒不只是为了一次历史的纪念，而是因为，这一小簇四化征途上的文学篝火，或许能对新长征的人们增添一点光亮和温暖。

文学，应该是照耀人民向新天地跃进的火光，应该是建设社会主义精神文明的砖瓦。因为人民这样要求它。

（原载《瞭望》海外版1986年第1期）

是宝贵的东西就应该肯定

文艺，革命的文艺，是党的事业的一部分。这个事业，要求从事这项工作的人，要求自己的作家、艺术家既要非常之清醒，又要十分的热情。感谢我们的党中央和它的六次全会，通过的《决议》，把这个极其珍贵的东西同时交给了我们。整个《决议》，既深刻地体现了革命的求实精神，又充满了革命的壮志豪情；既清醒、坚定，又勇敢、热情。这真是科学地认识历史、总结历史的典范。

初步学习《决议》，印象最为深刻的就是肯定——也就是说，在经历了失败和挫折，勇敢地检查了自己的缺点错误的同时，又按照历史的真实面目，客观地、清醒地、实事求是地肯定了党的历史功绩，肯定了历史上必须肯定的那些光辉灿烂的东西。

《决议》做出了一个巨大的肯定，那就是：肯定了党的领导、肯定了社会主义道路，也肯定了党的指导思想——毛泽东思想。

对于宝贵的东西的肯定，是极有意义的。近年来，许许多多思想上的混乱、不清醒；许许多多片面偏激的思想情绪，都和这个肯定有关，都和肯定不够或者否定过多有关。

洗澡水是必须倒掉的，因为它脏；但是切不可把孩子也泼了。

我们只抛弃那些压根儿不是我们党的东西。对于一切属于我们自己的东西，一切经过历史检验证明是正确的东西，必须肯定，必须坚持。

谈到历史，谈到肯定，谈到清醒和热情，我想到了正确认识历史和艺术。历史的问题就是描写战争和军队形象的问题。

我军的历史，人民军队、人民战争的历史，是一个包含黄金的巨大矿床，是一笔巨大的精神财产。在今后的若干年内它仍将是我们研究和描写的对象。

在这里，我觉得有一个值得注意的问题，就是关于塑造英雄人物的问题。

本来，描写军人的正面形象，塑造叱咤风云的革命英雄人物，以概括生活，体现思想，推动历史前进，这应该是不成问题的问题了。提倡写英雄、塑造形象，这不是哪一个人随意提出的，它是由生活本身和革命文艺的性质决定的，有什么样的历史，就有什么样的文学，人民军队是英雄的军队，革命战争是英雄的事业，那么，军事文学就应该是英雄的文学。这样的文学，必然要求写出可信可爱的光彩照人的英雄人物。几十年来，文艺作品所创造的大量的正面形象、英雄人物，显示了榜样的巨大作用。曾经教育了一代又一代新人，鼓舞人们做革命人、走革命路，献身于革命的事业，当然对于这个问题，也不是没有偏差，还有待于从理论上进一步研究、从实践中进一步丰富。

但是，近年来，这个问题却又受到了不应有的忽视和曲解，甚至否定。有的怀疑英雄人物的存在，根本不承认生活里有先进的典型；有的不敢再提写英雄形象。有的说什么：到处有生活，身边无琐事，鼓吹写平凡普通，实际上是提倡写些卑微的感情，庸俗低下的形象。这一切，总括一句，就是非英雄化。

非英雄化，是一种不好的倾向，是一种值得忧虑的文学现象。我认为，真的毁坏我们文学事业的，除了背离明确方向和违背文艺规律之外，就是这个非英雄化。或者说，是两个东西，一个是金钱，一个是低下。金钱把文学事业商业化；低下，把精神产品庸俗化。这才是真正的文学的悲剧。

当然，如何写好人民军队、人民战争，如何塑造好英雄形象，还要进一步总结文学本身的历史经验，清醒地研究历史、刻苦地磨炼技巧。胡耀邦讲到了全党面前的“十八盘”。我觉得在文艺队伍的面前，每个同志的面前，也有个“十八盘”的问题，我们从已经达到的中天门出发，只有刻苦登攀，才能有新的突破，达到新的高度。

作品的短命，常常是由于作者的短见，缺少清醒；作品的无力——缺乏感染力，常常是因为作者缺乏热情。让我们认真地学习《决议》，执行《决议》，努力站到历史的高处、时代的高处，更清醒地认识历史，更热情地进行创作。力争军事文学有一个较大的突破，使我们的作品气势宏伟，意境开阔，格调高亢，更真实，更深刻，更新颖，更多情，更动人！

探索·发现·创造

大连是个好地方。1952年我参加慰问苏军的活动来过。三十多年过去，大连变得更好了。今天有机会在这样一个好地方和大家交流思想、谈论文学，实在令人高兴。

先从我自己的情况说起，进入新的历史时期，我们不少搞过文学创作的老同志差不多都遇到一个彷徨沉思的阶段，原来的东西感到不适应也不够用了，新的应探索什么，又心中无数，真有点“六神无主”，十分苦恼。粉碎“四人帮”后，我们大家一样，都有一种解放之感，想追回失去的时间，想甩开膀子干，但怎么干，却又遇到了问题。记得是1976年底到1977年上半年，我曾一口气写了十个短篇，其中有一篇《足迹》还评了奖。当时，本想熟熟手，恢复一下创作能力，但写出来一看，才发现，仅仅是恢复过去的或者按走过的路子走下去就很不够了。首先，我们的头脑里都或多或少地有这样那样的“左”的思想指导下文艺思想的禁锢和影响，这种东西是慢慢积起来的，它有点像水壶里的“水锈”。这些“水锈”不清除，它就要起作用。比如，要写得更真实一些，就很不容易，某些粉饰的东西要干扰你。我十年前写《路标》，写过草地中的毛泽东，一拿起笔，就有一个“光圈”在人物头上晃动。写《四渡赤水》，写毛泽东等领导人的形象，想努力做到：要光辉不要“光圈”，也写了一点领袖人物在巨大困难面前一时一筹莫展，但许多地方仍然把他们写成料事如神、无忧无虑的样子。与刮“水锈”联系着。另一个困惑的问题，就是要不要坚持自己的好的东西。我过去坚持了写人的感情、人的命运，有些作品还是经得起时间检验的。要不要坚持和如何坚持个人风格和创作个性，也是个复杂的问题。“敝帚自珍”，坚持多了，可能把枷锁当成了项链，妄自菲薄，坚持少了，又可能把应当保护的东西也丢掉了。这里就有一个时代精神问题，一个崇高品格问题，一个艺术勇气问题，都要实事求是地搞清楚。又要倒脏水，又不要把孩子也倒掉了。

要更新，又妥善解决抛弃和坚持，就必须借鉴和吸收新东西。一代文学新人起来了，新作品、新创造，有很多东西值得我们借鉴。改变了门窗紧闭的情况，又要敢于接触外来的影响。我也读了一些外国的东西，包括现代派的东西。要认真地了解外国文学，大量地吸收新的有营养的东西。让它冲，甚至让它冲个颠三倒四也不要紧。冲，也是个更新和扬弃的过程。我们同一茬子人，苦恼是大同小异的，解决问题的方法不尽相同，可以各自从自己的生活经验和艺术实践中找到一个过渡的桥。这方面我觉得比较顺利的是李准和茹志鹃，他们找到了自己，又找到了今天。但要完全解决，找到一步步再往前走的台阶，也是不容易的。我们往往是“一夜千条路，天明起来还得卖豆腐”。想想似乎明白了，可一摊开稿纸又往回倒溜。当然，有的同志始终坚持走自己的路，在自己那一亩三分地上刨，也收获了新的“山药蛋”。还有的同志对生活有深沉的思索，又有新的观念，有的做到了既扬了长，又避了短。像王蒙同志、邓友梅同志等一批作家，十年耕耘，十年丰收，在探索中找出自己最拿手的东西。创作本身是个不安分的事业，谁都想突破自己，也突破别人。我过去采访过的将军有一二百人，但现在要塑造一个将军的形象，却不容易，找不到一个新的因素，就触发不了过去那些积累。总之，我的想法是，更新，要实事求是，只能在自己已有的基础上更新，是渐进的，而不是搬一个现成的东西来更替。

上面讲的，归结起来就是：坚持应该坚持的，抛弃应当抛弃的，吸收必须吸收的，创造自己所没有的。这样做才能跟上时代的步伐，不断取得新成绩。

还有几件事对我有触动，也说一说。一件是，1982年11月，作协让我陪来访的美国作家赫尔曼·沃克，他是《战争风云》的作者，共写了八部长篇，他到过二次大战的战场，又有亲身战争生活经验。为到列宁格勒去了解围城情况，把自己的家产都卖了。同他交谈中，我认识到，写高层的全景的东西十分重要。我们中国需要全景文学。一个民族，一个国家，没有这样的东西，其文学很难说是达到了高峰。现在我们产生这样作品的条件已近成熟。有不少作家有较多的经历，如果思想有一个大的解放，观念更新得好，还是可能产生这样的东西的。中年偏高的同志要有这个雄心和艺术勇气。老一点的同志切不可妄自菲薄，要使过去的生活重新发酵，酿出新的醇酒。最近总政和中国作协要联合召开战争文学座谈会，动员老中青作家来做这件事，这是很有意义的。

再一件是，1984年春天，美国作家哈里森·索尔兹伯里来了，他要写长征。我同他谈了一天，他很满意，我却很是不安。一个75岁的老人，带着心脏起搏器，带着60岁的夫人，到我国的长征路上走了两万五千里。回去后很短时间就写出了《长征——前所未闻的故事》。我看这部书可以算作目前最完整、最系统的长征纪实文学，写得很好，观点和材料都很翔实。而我们自己却没有人做出这样一件事，我心情很不平静。一个作家要努力写出那种过了许许多多年仍然让人激动的东西，作家应当对自己出这样的难题。这两个美国人将了我们一军。我们应当看到自己的责任，应当听到历史的呼唤。我们要搞大文学，高层次的，全景性的文学，但必须是文学，创造出艺术品。

我是挂名《小说选刊》的编委，也参与了两届优秀短篇小说评奖，这里谈一点对短篇小说创作的感受。我觉得，我国文学的发展势头非常之好。观察一个时期的文学现象，不能看一年两年，也不能只看拔尖作品，还要看整个文学达到了什么高度。当然，拔尖作品是个标志。我觉得，短篇小说主流是充满着时代感、崇高感和艺术勇气的。大连的优秀作家邓刚、达理、宋学武的作品就是有时代感的，引人向上又充满探索精神的。短篇小说是个发现的艺术，要看谁的眼睛好使。全国都在比眼睛，看谁看得更深更广。在这个大竞赛中，就是要比发现，创造出一个独特的艺术世界。这就越来越难干。有时同一件事，几个人同时去看，却看出完全不同的东西。重要的是，要用一种崇高的情怀去从大家共见的生活中发现独独属于你的东西。近年的小说也有不足，主要的我个人认为有两个：一是深度，二是形象。生活中重大的东西，艺术上不一定重大，反之亦然。我们是要追求艺术上的重大。写出人人心中所有，人人笔下所无的东西。我看出路就在此。蒋子龙发现了乔厂长，谌容发现了陆文婷。发现的关键在于深度，作品分量、力量、质量，首先在于揭示生活的深度。当前美中不足也在深度上。我还以为：小说总是要有个结结实实的形象，我不太赞成离开形象去讲小说质量。

作品的生命力在于时代感。“当代意识”不必搞得太玄乎了，不要搞成概念游戏。老作家张天翼说过，“一个作家自己心里要有底”，这是句好话。作家，一个要有十分的热情，一个要极端的清醒，二者都不可缺。创作有个主体客体的关系，主体首先不能乱，要非常之清醒。年轻同志尤其要加强这方面的修养。要和时代的趋势、历史的发展一致起来。有人说“文学从来就是否定的”，这不全面。社会主义制度建立起来之后，必须保护它。文学，就是用自己的力量证明它存在的合理性。批评，揭发弊病，也是为了使它完善，不能什么都否定。热情，清醒，都要从沸腾的社会生活里来。文学，既是个性的，又是时代的，又是民族的。时代感不能同民族精神、民族风格对立起来。个性的东西应当发展，但民族精神和民族传统中合理、精华的东西，要融到作品之中。学外来的东西，不能忽视民族的东西。我看电影《归心似箭》既是时代的，也是民族的，又是地区的，还有鲜明的个人特色。这是上乘之作。大连的作家、作品也应有自己的特色。主体与客体的和谐很重要，不要今天这样，明天又那样，使才华失去了根基。文学创作，是笨人的事业。要下笨功夫，根深才能叶茂。我们对待生活要扎扎实实下功夫，老老实实；创作起来又要纵情想象，极目骋怀，努力创新。我们的毛病往往在于生活上不够老实，创作上又太老实，这样才伤害了创作的才能，也伤害了文学。

（原载《大连文联通讯》1987年第5期）

革命历史题材文学创作断想

大凡以革命历史为研究和描写对象的文学，无论创作者是否意识到或者是否承认，实际上他已经站到了两项伟大事物的中间：一项是中国革命极其丰富、极其复杂的历史，一项是今天和明天的读者——一代代的孩子们。

于是，我想起了一件往事：1962年，在中南海怀仁堂，周恩来同志在讲话中谈到了革命历史的文学艺术表现问题。有一段话的大意是：将来，我们的子孙后代很可能会嘲笑我们——当年你们用梭镖大刀去进行战争，不是落后得可笑吗？但是，有一种东西我们的后代是永远也不会嘲笑我们的，那就是用梭镖去夺取胜利的那种精神！

一句平常的话，洋溢着时代精神，表现出真正的历史感，也对革命历史题材的文学提出了很高的艺术要求。

不仅要真实地描绘革命历史的面貌，而且要表现革命历史的魂魄，传出特定时代的精神，传出特有的光彩和神采。

文学，要表现革命历程的真实历史、真知灼见和真情实感。

文学，要从革命历史的“史”里找到“诗”。

不必担心年轻的一代对于革命历史题材的文学作品缺乏热情。不久前，一部《让历史告诉未来》，仅是体现了历史资料的文学价值，就引起了不少青年人的兴趣。它可以说明，革命历史题材没有过时，也并不“疲乏”，血与火的年代，依然是年轻人很想了解的未知天地，战争的壮美和诗情能够与青年的心灵共鸣共振。只要我们的文学作品新颖、真实、深刻和多情。

问题在于，在一个很长的时间里，革命历史本身也遭到扭曲和捆绑，创作者在被绑着的历史上又能得到多少哲理和诗情?!

问题还在于，革命历史题材的创作受到了比之与现实生活更多的限制，依然用着老的模式和老的手法，讲着许多老故事、老人物、老的战争格局和历史的外在形态，使血和火都变得苍白了。

要突破就得解开束缚着的绳索。探索、更新，至少是两个要求：首先是看到并且承认哪些东西是真正的桎梏，找到前进路上的障碍，“让思想冲破牢笼”，使心灵像革命历史本身那样广阔而自由。同时，又要以真正的历史感觉，去对长期积蓄在心头的生活体验和历史知识进行再认识和再开掘、再寻觅，进行深沉的当代性思考，从中发现历史的美和史中的诗。

可喜的是，革命历史题材的文学创作，也在探索中前进。

看看多年的创作实践，仿佛看到了这么两条分明的轨迹：一个是把小的写透，一个是把大的写活。

把小的写透，指的是写生活、写感受。或者说创作者抓住了一个看来在历史上并不重大但在艺术上是重大的东西，把它写深、写开，写出了题材的深刻内涵，写出了这个小和大——即整个历史的关联，写出了这一特定历史生活的实感，创造了形形色色的人物，使作品具有了特殊的认识价值和审美价值。所以说写透，还在于这类作品具有揭示心灵的深度，或者干脆就是把历史心灵化了。

把大的写活，更多地指的是依托一段史实或者描绘历史的一个段落、一个方面的全景文学。创作者从历史深处寻觅到了一个较大的艺术材料，或事件重大，或人物伟大，或规模宏大，找到了在历史上重大、艺术上也同样重大的东西，把历史事件写活，历史经验教训写深，创造了气势很大、生活面广阔的画卷。这种艺术追求，特别是近年对文学的纪实性的重视，将使革命题材的文学走向广阔，走向恢宏。

两条轨迹，平行发展，各自丰富多样，又彼此交融渗透。

两条轨迹，都在史里寻诗，都将有成有败，都能回答时代对文学的要求，都可能出现无愧于伟大历史和伟大时代的史诗。

史里寻诗，明确了文学与非文学的关系，它既使文学摆脱了承担历史过程的重担——文学就是文学不是史学；又使文学具有了质的规定性——深刻的文学发现和浓郁的诗情，必须到历史的深处去寻找。套一句话说，“革命历史题材的文学，要靠革命历史吃饭，可又不能拿革命历史当饭吃”。

“文学是历史的伴侣。”是伴侣，就不是如影随形的附属品；就是一个独立的、有个性的存在。

但是，高尔基在说这句话的同时也说道：“一个艺术家往往是自己阶级和时代的客观的历史家。”这，自然不是说作家要完成历史家的任务，而是强调作家在面对历史题材的时候，对历史的深深进入、深刻的了解、深情的拥抱和具有深邃的见地。

革命历史对于文学创作有提供的一面，也有制约的一面。这就向创作者提出了严肃的要求：一是要尊重历史，相信历史真实的雄辩性和征服力，千万别强拉着历史去屈从你那个构思；二是要尊重艺术，相信艺术真实的创造能力和艺术魅力的力量。虚构，是为了更好地表现历史的真实。千万别轻易舍弃了艺术想象的权利。

找到自己，创作者这个主体的个性化，对于革命历史题材的创作也是重要的，如果说不是更重要的话。

要在进入历史深处、对历史“熟”和“懂”的过程中，找到一个自己的战争。

前年春天，我和一个美国作家谈了长征。他问我：“我写你们的长征，你嫉妒吗?”我当时回答：“不，我写我的长征。”这一句虽然是话赶话赶出来的，然而一说出口，倒也使自己明白了许多。

不错，无论某个战略行动或者是某个战役战斗，战争只有那一个。文学，正是要写出一个具体的战争来，但是当几个作家去描写某个战斗的时候，如果他们是严肃的，那么就会出现几个完全不相同的作品。这是因为创作者在感受生活和构思写作的过程中，流进了自己特有的一些东西。它实际上在写自己的战争和历史。

文学，写的是革命历史题材，然而注视的中心依然是在历史中行动着的人。

创作者研究和感受了历史和生活，获得了真正的历史感，然后，从历史的深处领出一个或几个人来。

这个被创作者引领出来的人物，带着时代的尘埃，披着历史的风霜。这个人，和他产生、成长、活动的历史场所和谐一致，是一个真正的历史的、具体的活人。把“这一个”领出来，抒写他的思想、性格、命运、心灵……

问题只剩下一点：被领出的是不是一个活人，而且是不是从历史深处找到，又从历史深处领来。

（原载1987年11月21日《文艺报》）

勿忘文学性

我爱看电视。因为偶尔学着搞点儿影视文学，就更爱看电视。不过得实话实说：爱看，并不是看了都爱。我喜欢看，看了还想看的，大约是这么一种电视艺术节目：题材是不认不识的，思想内涵是深刻深邃的，情节最好能引人入胜，人物形象是结结实实的“这一个”，特别是要动情，是真情实感又那么丰沛浩荡，仿佛就要从荧屏上流出来了……说千道万，归成一句话：我爱看文学性强一些的。

如果把话说得偏激一点，我想说，电视艺术简直就是可视的文学，是坐在家里就能看得见的小说、散文和诗。

不是吗？我闭上眼睛回想了一下看过的节目，就说国产的电视剧吧，那些根据古典名著改编的连续剧，像《诸葛亮》《红楼梦》《西游记》以及《水浒》中的某些段落和人物，哪一个不是有赖于再创作中文学价值的实现?！至于以当代文学作品改编的电视剧《今夜有暴风雪》《寻找回来的世界》《新星》《凯旋在子夜》等等，它们思想艺术的得失，也都和文学性的强弱有着一定的关系。

自然，回想这些从记忆中一时涌来的作品，并不是说，只有从叙事文学作品改编成的电视剧才有文学价值；恰恰相反，我倒希望：在改编“热”的同时，有大批熟知电视艺术特性的电视剧作家，从历史和现实里直接开矿、冶炼、熔铸，把生活变成电视艺术精品。我们不是已经有了《努尔哈赤》和《雪野》这样一些看得见的优秀中长篇“小说”了吗?！从《凡人小事》到《新闻启示录》则是一批精美的短篇。而一些电视小品，甚至像《广而告之》里的一些节目，简直都可算作“微而足道”的散文或者微型小说了。在这些作品中加强文学性，依然是一个颇带共性的、重要的艺术要求。

说到这里，我还想把电视艺术文学性这个要求“扩大化”一下。我以为，不仅电视剧，就包括那些新闻性、纪实性，甚至知识性很强的节目，也有个重视文学性的问题。《话说长江》我爱看不只是因为它给了我历史和地理知识，帮我了解民习、民俗，还因为它从摄像机镜头到解说，通篇都带着感情、渗着诗意、浮泛着美。还有一部我看了还想看的《让历史告诉未来》。它不是剧，却比剧更迷人。在这个讲史的节目里，史被提炼，被升华，被诗化了，成了一首深深揭示历史内蕴的动情的诗。

我以为，重视文学性在电视艺术中的地位，是电视惹人喜、逗人爱的一个重要因素，是艺术追求的一个目标，因为，一切艺术形式的创作，说到底无非就是生产思想感情。因为，追求文学价值的实现，是让感情覆盖的面积更大，让感情护送着的思想走得很远很远。

为了孩子，为了文学

传记文学早就应该花大力气来抓，这一要求已经到了需要大声疾呼的地步。我们在五十年代中期开始创刊、编辑、出版的《星火燎原》《红旗飘飘》以及《把一切献给党》《我的一家》等回忆录，曾经教育了几代人，为几代人续了续英雄的“家谱”，知道了人应当怎样做，路应当怎样走，这是很有意义的。如今这个“家谱”在相当一些青少年那里有了中断和断裂，据说有一个中学，一个高中一年级班级中有一半以上不知道贺龙是谁，不知道陈毅是什么人；出考试题问“蒋介石，是谁”，有人答曰“花岗岩的一种”。值得深思的是再过十年、二十年，再过几十年，就是这一代人决定着共和国的面貌。要在对青少年进行智育的同时，把代代相传的革命精神联系接续起来；要在培养“四有”新人的过程中，把艰苦创业的历史和先行者的思想品质变成一份细粮去营养我们的孩子。从这个意义上说，传记文学担负着重要的责任，已经起过、也将继续起到重要的作用。我们的事业需要文学性强的传记。

从文学的发展上看，我们也应当重视传记文学。丰富的革命斗争和战争的实际，为文学提供了一个极有特色、极为富饶的文学矿脉；许多历史人物也是文学形象。我们的文学需要从历史深处引领出一个又一个人来，让这些历史的创造者真实地、形象地出现在传记文学作品之中，站在后代的面前，这样的纪实性很强、文学价值又高的文学作品，理应在我们整个文学里占有一席之地。世界上没有哪一个有出息的民族和自爱自强的国家不重视传记文学。他们总是力图用最好的传播手段，特别是文学形式，把自己最钟爱的人真实地再现出来，让他们渗进新一代的心灵，让他们照耀和参与新的变革现实的实践。这是一种有力的文学。苏联卫国战争打了四年，文学作品写了四十年，其中传记文学绵延不绝，并且越写越好，我们为什么不能做到？我们应当做，也能够做得更好一些。我们的事业需要传记性强的文学。

微风起于青蘋之末

——祝《精短小说报》问世

文坛正逢盛世，纯文学、严肃文学、通俗文学如千帆竞渡、百舸争流，各种文学报刊琳琅满目、热闹非凡。在浩瀚的新时期文学大潮中，偏偏有人采撷生活中那些迸射的火星或者小小的浪花儿，于是便有了这一张《精短小说报》。我以为，吉林省文联办了一件很好的事情。

最初听到这么一张报纸将要问世的消息，我感觉到有一点微风起于青蘋之末的味道。好像他们将送给人们一把团扇，在热闹的阳光底下，给人带来一片凉爽。团扇不同于电风扇，不同于天边吹来的大风，然而团扇自有团扇的妙处。

文章写得短不容易，写得精就更不容易。我以为，“精短小说”的提法挺有新意，它区别于“小小说”“微型小说”的地方就在于一个“精”字。精，是一种提纯，是一种凝聚，是一种美。我们常说一个艺术品“精彩”，是褒词，也道出了一个真理：只有精，才能彩，才能传出生活的光彩和神采。可见这“精”字有多么重要！古人讲“惜墨如金”大约就是追求这种精致的美。“精”，无论对短篇、中篇、长篇小说都是很要紧的。当然，对短篇小说尤其重要。我希望《精短小说报》不只把眼光盯在千字左右的微型小说或小小说上才好。只要是精致的短篇，哪怕三四千字以至于再稍长一些的作品都容纳进去。这样，报纸的特色就越发地显示出来了。

“精短小说”毕竟是以短为其特殊的艺术要求和艺术目标。急剧变化的社会生活、日益加快的生活节奏，都为“精短小说”的产生和发展，提供着广阔的表现空间和生长的肥田沃土。现代人常常希望在很短的时间里得到很好的审美享受。时代和读者都期待着这一种形式的好作品更多地涌现出来。自然文学上追求短，也还是百花园中之一枝，百家中之一家。也不是说唯短是求而排斥大题材、大背景、大结构的长小说。在热闹的太阳底下，各种形式的艺术品一起生长起来才好，真正形成一种百花齐放百家争鸣的局面，使艺术的春天永驻人间。

我以为，文学青年起步，从写精短小说开始，把创作的根基打牢，是一条正路。我衷心地期望，《精短小说报》能够成为青年们登上文学殿堂的第一级台阶。祝愿更多的文学新兵从这里起步，加入浩荡的文学大军，投身于时代的文学大潮！

这是一股多么温馨凉爽的微风哟。我看见青蘋拂动，绿水荡漾，《精短小说报》的同事们正以精美的生活和艺术的经纱纬线编织着一幅迷人的图画。

1987年11月6日于北京

高唱革命军队和军人的歌

做一名部队的文艺战士是幸福的；做一个描写人民军队、人民战争历史的电影工作者，更是非常幸福的，因为，我军已经胜利地走过了55年的战斗道路，这支军队和各族人民一道创造的战争历史，包括还在书写着的、为保卫祖国而打仗和准备打仗的历史，是无比壮丽又极其丰富的。另一方面，我们又有着那么众多的观众，人们深深热爱着这支军队，希望了解它建军作战的历史，并从中汲取精神财富。面对着这样两个无与伦比的巨大，面对着这富饶而又广阔的两岸，电影艺术应该是一座精神的桥，把壮美的历史、优良传统、革命精神，通过尽可能完美的电影艺术作品，广泛地传开去，久久地传下去。

近几年来，我和两位部队作家一道，学着写写关于长征生活的文学剧本。由于不是亲知的生活，和对电影艺术形式不熟悉，作品写得力不从心，很是艰难。然而，钻进了革命历史的深处，走进了战争历史的江河，我们深深感觉到：我军建军作战的历史，简直是一块珍贵的宝石，它质地纯净，多边多彩；不管什么时间，无论从哪个角度，都会看到它那绚丽的光彩。就说精神文明吧，如果朝着长征历史里看上一眼，立刻就会得到深刻的启示。翻越雪山、跋涉草地的红军战士们，实在没有多少物质文明了——除了那支缴自敌军的步枪，真正是“一无所有”。然而，正是在这种物质生活极其贫困的境遇中，工农红军完成了人类历史上的伟大壮举，红军指战员在斗争中焕发出的精神光辉，无论是理想、意志、情操、道德，都光耀千古，成了精神文明的榜样和楷模。

有什么样的历史和现实，就应该有什么样的电影文学、电影艺术。革命历史题材的丰富和观众对于军事题材电影的需求，要求我们创作出尽可能多和好的电影作品。特别是要努力提高艺术作品的质量。关于革命战争历史的银幕表现，我们已经有了像《董存瑞》《上甘岭》《红色娘子军》等许多成功之作，说明我们军事题材的电影已经取得了很好的成绩，并且可以从这样水平的基础上登攀。

以革命战争历史为描写对象的电影，依然应当写人，以人为注视的中心：在深刻反映和揭示历史的同时，塑造出各式各样的解放军军人典型。研究长征历史的过程中，我们接触和走访了许多红军老战士。他们深情地回忆革命战争历史的时候，仍然用着当时的语言，自豪地说自己是“共产军人”。这个称呼实在是好极了，既洋溢着时代特色，又是他们性格的极好概括。红军老战士们在长期革命斗争中，接受共产党的哺育、服从共产党的指挥，在他们的思想、性格里处处闪耀着共产主义思想光辉。塑造这样的“共产军人”的形象，使他们走上银幕，出现在代代青少年面前，对于提高人民的共产主义觉悟、促进社会主义精神文明的建设，无疑是有重大意义的。

我接触电影还不久，还是一个向电影艺术学艺的艺徒。学习电影文学和电影艺术，是一桩困难却又迷人的事情。我愿意继续学习，一方面，向革命前辈学习革命战争历史，听故事；一方面，向电影艺术家学艺，写故事，努力用故事电影片这个艺术形式，去创作军事题材影片，以抒发革命战争历史深处的诗情，传出革命传统和时代精神，描绘解放军军人形象。在银幕上唱出关于人民军队的歌，关于“共产军人”的歌，关于共产主义精神的歌。

要从“史”里找到“诗”

关于历史题材影片创作和历史人物的银幕表现，与小说、戏剧一样，已经有过不少艺术实践和探讨，有了直接和间接的艺术经验。这些经验集中到一点，就是能不能正确处理历史真实和艺术虚构的关系。我对古代历史很无知，仅就搞过一点革命历史题材文学创作的感受去联想、推断，大约是这么一层意思：要从“史”里找到“诗”。或者说，还是要坚持从生活出发，深入开掘和塑造人物形象。

历史片的创作，一点也不比表现现实的创作轻松，甚至更为艰难。因为，历史题材向创作者要求的不是一个，而是两个东西：一是对于所描写的那一部分史实和社会生活风貌有尽可能多的了解和理解；二是对于现实人生的熟悉。这就要求历史片创作者要认真地重视历史生活的感受和坚持从生活、从历史实际出发。我常常深情地怀念起50年代和60年代初的那些历史题材影片。我以为，它们成功的主要原因，就是艺术“成本”高——创作者在历史感受和生活积累、题材的提炼和艺术创造上都下了功夫；从生活出发的严肃劳动，使作品获得了艺术的质量、力量和分量。刚才谈到以真实历史人物为描写对象的影片《毕昇》。我觉得从有限的史实里，创作者经历一番劳动，创作出这么一部影片确实是不容易了。至于它没有达到预期的高度，还有不足，其原因倒不在于虚构了多少，而在于未能更好地坚持从特定的社会生活和特定的历史人物出发。从理念出发进行构思，又让历史去迁就这样一个构思，才使历史和诗情双双受到了一些损害。

这里，顺便说一句，在近年出现的历史片中，有那么一两部总觉得有点“脂粉气”。这，影响了历史，也影响了艺术的清洁面貌。不像历史，易流于“欺世”；引古人去迎合不健康的趣味，就走向“媚俗”了。

向历史的深处开掘，对于历史片的创作是重要的。历史片所以引起人们的关注，不只是图个新鲜，而在于认识价值。史里蕴藏着诗。作家、艺术家的任务与历史学家不同，不是通过影片去论述史实的过程，而是发掘历史里的哲理和诗情，形象地揭示历史的内涵。不要给历史再添加什么了，只要把历史深深地掘开、发现。不错，历史是一块多边多棱的宝石，无论从哪个角度去看都有光，然而，只有深入地开掘，才能真正看得到那特异的光彩，得到真知灼见。影片《林则徐》《甲午风云》开掘得深，从历史里发现了巨大的社会矛盾，提炼出了精彩的戏剧冲突和动人的形象，用以解释和评价历史，就得到了美学价值和认识意义。《李时珍》并没有编织什么曲折、离奇的情节，仅仅抓住修《本草》一桩史实，挖掘出为事业献身的精神，便给人以深刻的启示力量。

即使是历史题材的影片，也永远是电影“人学”。好的历史片大约总是这样的：创作者在深入地研究了历史，获得真正的历史感之后，从历史的深处领出一个人来。这个人物，和它产生、活动、显现性格的时代特点、历史环境水乳交融、和谐一致，是历史的具体的活人，从而尽情地抒写他的命运、心灵和性格。

革命历史的深情呼唤

回顾新中国电影走过的40年战斗道路，或许可以说上许许多多的话。然而，无论这段路如何漫长和何等曲折，却有一道特殊的轨迹分明地贯穿在道路之中，这就是：以革命历史、革命战争为描写对象的影片，始终随着这条道路的延伸发展前进。它们在40年电影历史上留下了深深的足迹，它们成了中国电影事业这个巨大交响乐里的最强音。

这一艺术现象，实在耐人寻味又发人深思。

回想一下，从故事影片《桥》的拍摄，到女英雄赵一曼的艺术形象走上银幕，我们描写人民军队、人民战争的电影艺术走出了多么远?！在这以后《董存瑞》《上甘岭》《红旗谱》《红色娘子军》……被精心地创造出来，不仅为社会主义电影艺术画廊里增添了艺术瑰宝，也为革命历史传出了光彩和神采。说到它们的价值，只要列举这么一件事实就够了：在保卫祖国南疆的战争中，一代从未听到过枪声炮响、没见过战火硝烟的战士，在看过这些影片之后，从艺术作品中认清了自己所属的英雄谱系，汲取了献身精神，以惊人的速度从战争中学会了战争，创造了新的胜利的战争历史。

使人对革命历史题材的电影涌起乐观之情的，当然不只是这些先行者的辛劳和成就。进入新时期以来，随着思想的解放和历史主义的醒来，我们的电影艺术继续探索前进，正在真正成为“历史的伴侣”。我以为，自从电影《小花》勇敢地把战争过程推到了后景，又一下子扑到了军人命运上，从那以后，表现革命历史的影片，无论是追求真实历史、真知灼见还是真情实感方面，都在探索，都在大步前进。正像攻坚战斗的实战中那样，一处突破口的打开，就可能把千军万马引向纵深。《归心似箭》《祁连山的回声》等一大批影片都从革命历史这棵常青树上，找到了生活中似乎不大而在艺术上是重大的东西，奔向人的命运和心灵，创造出了优秀的艺术产品。

在这里，还不能不欣喜地看到另一项成功的艺术试验和创造。自从《南昌起义》《西安事变》试着把历史上重大的变成艺术上重大的这一创作以来，时代视野更开阔、战争气势更雄浑、生活图景更壮丽的全景性影片一部连一部诞生了。直到最近的《巍巍昆仑》《百色起义》和《开国大典》的出现，把一个个活生生的领导者形象引领到了观众面前，更是电影事业的实实在在的胜利。

叙述这些过去了的事情，察看我们走过的脚印和留下的照片有什么意义？我以为，有。那就是：在胜利的欢欣里记取自己双手创造的经验，看一看我们从哪里走来，又该走向何方。

为人民、为社会主义服务的电影事业，以自己的人民和军队创造的历史作为艺术描写对象，给革命历史以艺术生命，这不是哪一个人随意规定的，它是时代发展的内在要求。

有什么样的历史就应该有什么样的文学艺术。这种内驱力，来自革命历史的本身。在漫长的岁月里，人民和自己的军队，在党的领导下，以生命和鲜血写下了一部无比生动无比丰富的历史，这段历史是一笔巨大的精神财富，它呼唤着文学艺术，特别是期望得到银幕表现。这种期望是合理的，又是很高的要求。它要求我们的电影还历史以血肉，赋历史以灵魂，给革命历史一个艺术生命。

这种内驱力，还来自广大观众。正在以自己变革现实的实践创造美好生活的观众，特别是广大青少年，未必对革命历史题材的电影厌倦，他们何尝不想知道父辈兄长经历的那种生活是什么模样、什么滋味？从而在炮火硝烟和血泪斑斑的生活里获得认识价值和审美愉悦，今天托儿所的孩子依然和四十多年前的小兵张嘎交成要好的朋友，血与火的年代，永远是年轻人极想了解的未知天地，战争的壮美和诗情也永远能够和年轻人共鸣共振。他们所不喜欢的只是虚假和平庸。

一边是历史的深情呼唤，一边是观众热切的要求，这便形成了一种合力，一齐放到了电影艺术工作者的肩头。这副担子是沉重的，然而又极其光荣。40年电影事业的发展告诉了我们，这副担子不但不能撂下，而且还要认真地挑在肩上，久久地挑下去。

问题剩下一点：是不是真正从我们自己的电影历史中更充分地认识了这一条正面经验；肯不肯更自觉地从革命历史的深处发现更多的哲理和诗情；肯不肯下大功夫研究、探索，使这一领域的电影艺术表现不断地提高、突破，创作出更新更美的电影。

“文学是历史的伴侣”，高尔基这句话我以为说得是很好的，“一个艺术家往往是自己阶级和时代的客观的历史家”。

在给革命历史以艺术生命的创造性劳动中，这句话大约值得我们深长思之。

向着真实，向着伟大

我以为，现在讨论银幕人物形象问题，晚是肯定晚了点。可这个问题，抓住了电影艺术突破、提高的牛鼻子。这几年电影处于六神无主的状态，而且神不止六个，也许有六十个？在叙事艺术中提倡“三无”：无主题、无情节、无人物，贻害无穷。这使我们把许多重要的东西忽略了。

艺术创作中的生活深度和形象塑造，这原本是我们的拿手戏，现在却越来越让人失望了。一个国度总结它艺术成果时不是看它赚了几个亿，而是要看它给人们提供了多少可知、可信、可爱的艺术形象。用形象来统计艺术，我看是最科学的，实打实的。形象的深度问题，统一在性格上，统一在“这一个”上。但我们这些年来已经不是这样看文学艺术了。

回顾新时期10年的银幕人物形象，我觉得应该说句公道话，我们确实有一个非常繁荣的时期，我们否定了过去种种“左”的东西，思想上获得很大的解放，形象创造也获得了很大的成就。我怀念十一届三中全会之后1985年以前的一段时期，平凡的普通的人走进了文学艺术世界，这是了不起的胜利。过去只讲政治化的人，概念化的人，活人都不要了。泱泱大国，一旦在艺术中没有了人，那是非常可悲的。《天云山传奇》中5元钱结婚的情节，至今感动着我，吴遥的形象也是反对极“左”的实实在在的胜利。这部影片鞭挞了我们过去在“左”的思想指导下对人性的摧残。只是我们没有很好地抓住这个胜利，没有把它很好地引向深入，引向我们所希望的真正的健康的繁荣。在写日常事物、普通人的同时，对真诚、崇高、美好忽视了，淡漠了，甚至逐渐走向了写卑微写卑劣。有个别影片我看纯粹是教唆犯罪，培养我们自己的掘墓人，文学在此走上了岔路，借着写平凡走向庸俗。电影艺术不再是照耀人心的灯火，而是使人变小的玩意儿。鲁迅的伟大就是他始终不愿让人变小。十亿人口里出来八亿小人，这个国家、这个民族还要得？

银幕新人应是个很宽泛的概念。塑造一些能够使人心灵产生一种亲和、一种效仿、一种向往、一种鼓舞和震撼力量的银幕形象，这是时代的要求。今天我们坐下来反思，我以为我们应产生一个回归，回到我们宝贵的成功经验上来，回到对我们生活中大量的平凡的发掘与表现上来。与此同时，把理想和崇高深深地融进生活，融进形象。一个文学艺术家不写作品则罢，一旦写了，他就自觉不自觉地站在两个伟大的事物的中间：一边是一代又一代的孩子，一边是社会主义的前途和未来。把时代光彩的、健康的形象引给我们的孩子，从这个角度来看今天的银幕形象，我们肩头的担子很沉重，面对着现实创作的严峻问题我们必须理直气壮地提出：艺术创作“向着真实向着伟大”！我喜欢席勒和雨果。“向着真实，向着伟大”是他们多次呼吁的艺术理想。我们社会主义作家不该不如历史上积极的浪漫主义作家，不该失去生活的热情和艺术的真诚。只有把写普通平凡和写理想崇高和谐地统一起来，艺术才有生命。我想，崇高深刻进入电影艺术之日，就是我们社会主义电影艺术繁荣之时。

走出迷惘地带　塑造当代新人形象群

——著名作家王愿坚答本报记者问

本报讯　（本报记者刘际）日前，本报记者赴北京访问了著名作家王愿坚，就目前作家面临的系列问题进行了采访，本报全文刊登采访实录。

问　现在有的作家搁笔了，您认为他们目前应该做哪些事？他们的职责是什么？

答　我认为最近几年，我们作家的心态是错综复杂的。有的是为了人民的需要，时代的需要；有的未必做到这一点。这就联系到，作家是干什么的。我理解：作为一个作家，只要拿起笔，走进了作家的队伍，他就是精神产品的创造者，把自己最好的精神食粮提供给人民。同时他也要从人民那里获取营养，这就得不断地投身到为人民服务的事业中去，投身到四化建设中去，投身到改革的热潮中去。这样才能为人民提供最好的精神食粮，才能得到社会的承认，这就回答了这个问题。但现在不是每个作家都能这样对待人民，对待生活，导致作家中的一部分人，把一些有资产阶级自由化思潮的、黄色的、格调低下的平庸作品，通过不正当的渠道传播给人民。因此，我们任何时候都不能忘记作家的职责，要使广大人民群众物质文明和精神文明方面都得到充实。这就是作家的神圣职责和使命。

问 有些作家是否因为忘却了他们的使命，导致他们现在有迷惘、低沉的情绪？

答 不是每个作家都能正确地对待这个问题。作家们根据各自的生活去创作，在创作过程中，由于作家对某些事物，如对当前改革认识的模糊，带来了意识上的偏差。本来应该是为他人工作，为他人服务的，却变成了为自我服务，表现自己。他们一旦得不到社会的承认，就认为生活对他不公，就会对社会产生不满，也就会产生迷惘、迷惑的情绪，并且表现在作品之中。但只要冲出这个束缚，就会明朗起来，特别是十一届三中全会以后，作家面临一个回归的问题，作家到底是回归到自我世界，还是到人民世界？作家应回到人民中来。这是很不容易的，必须通过学习，才能真正完成回归，去全心全意地为人民服务。

问 您认为现在作家根据生活提供的素材，哪些东西可以写？怎么写？

答 十三届四中全会以后，我们作家面对的题材是十分丰富的。只要作家认真地思考完成这个回归，他就会走进一个宽广、自由的天地里。前段有人说创作不自由，这是一种十分偏颇的认识。最宽广的是大地、海洋、天空和人的心灵。作家面对这样的天地，不应该感到狭窄。关于写什么，我认为首先可以写建设四化大业中涌现出来的新人。十年改革说明一代新人正在成长，作家应该去反映他们的生活，创作出当代的新人形象群，推动社会前进。也许这些人就在你的身边，应该强调的是：作品可以写得深沉，揭示出各种各样的矛盾和斗争。现在我们的作品有两个明显的不足，一个是形象不美，一个是深度不够。作家要用敏锐的眼光对待社会发展的趋向，使我们的作品在形象和深度上有个大的跃进。

问 关于那些反映阴暗面的东西能不能写呢？

答 任何事物都有积极的一面和消极的一面，改革开放也是如此，既推出了一代新人，也存在一些阻碍社会发展的绊脚石。我认为：文学既是冲锋号，又是炸药包，冲锋号鼓励人民奋进，奔向美好明天，炸药包摧毁我们前进路上的一切障碍。只要是阻碍社会前进的，我们就应该大胆地揭露、大胆地批判。这方面的内容不但要写，而且应该认真地写。

在我们的创作过程中，既要用炸药包炸掉我们前进路上的障碍，同时也要卸掉我们思想上的包袱，轻装上阵，我们才能为党、为人民写出真的、善的、美的作品来。

健康而又繁荣

——赞“野蔷薇”征文

“野蔷薇”，多好的一个题目：在这个总题之下发表的讽刺文学作品，实在令人喜爱。首先，它是花，是三月的春风吹拂下绽开的一簇簇文学的花朵，尽管欣赏起来不免有些苦涩，有些麻辣，却自有其文学价值在。同时，它还有点儿刺，虽不怎么显眼，却尖尖地，直指人们身边那些不健康的东西、脏乱差的现象，直指社会生活中的某些病症，从而引起疗救的注意，具有了警醒的意义和认识价值。

文学，是一桩把社会生活、把人的心灵指给人看的事情。由于这批讽刺文学作品的作者身在生活之中，直接从自己的体察和感受里进行文学选择和艺术发现，就使得作品有了生活的实感；作品的题材多样了，反映的生活面广泛了，体裁也各不相同了。当这些作品在刊物上发表出来，就构成了多层面和多样化的艺术特色。

像对任何文学产品一样，开掘生活的深度和作品思想的深度，也是讽刺文学所应有的艺术追求。这批作品虽然在揭示生活底蕴方面层次有深有浅，然而都在力求写出某些生活的内涵，力求有较大的震撼和警策力量，力求触动心灵深处，有助于心灵的净化，这也是值得重视和称道的。

幽默感，是讽刺文学与生俱来的艺术要求。征文的作者显然已经意识到了这一点，或强或弱地融进了自己的作品之中。“入木三分骂亦精”，可笑有助于讥讽，可笑有助于沉思；特别是绝大多数讽刺文学的题材大多是揭示人民内部矛盾的，幽默就更是讽刺文学的要素。笑，也许是一声苦笑，也许是会心的微笑；也许是使人落泪的，也许是令人脸红的。归根还是要使读者在笑了之后获得顿悟，要让一切污秽和丑恶在笑声里遭到唾弃。既然如此，一定程度的夸张以至于稍稍让生活变变形，也就是于讽刺有益有助的了。总之，幽默深深进入讽刺文学之日，就是讽刺武器更加锐利之时。

除了上述生活上和艺术上的特色之外，这一征文作品写得短小、精练，画家插图妙笔传神，编排上精心组织，都独具匠心，有了图文并茂、色彩斑斓的效果。

或许，有人对于讽刺文学还怀着不安，担心揭露社会生活的阴暗、不清的一面会不会背离了社会主义文学的要求？我以为“野蔷薇”征文的优秀作品已经做出很好的回答：这是杞忧。讽刺文学是团结教育人民、促进生活前进的一种文学武器。问题的关键是创作者的感情态度。你站在什么立场上看生活？你是不是与时代同步、与人民同心？你对人民、对社会主义事业是不是倾注了深深的爱？只有对祖国、对人民爱得深沉，才能对阻碍生活前进的种种障碍、对生活的假恶丑与脏乱差恨得痛切，健康而又犀利的讽刺文学作品才能生产出来。

祝愿讽刺文学更健康、更繁荣！

王愿坚文集

第二卷

小说、散文

王愿坚·著

北方联合出版传媒（集团）股份有限公司
春风文艺出版社
·沈　阳·

图书在版编目（CIP）数据

王愿坚文集．第二卷，小说、散文 / 王愿坚著．—沈阳：春风文艺出版社，2018.1
ISBN 978-7-5313-5195-5

Ⅰ.①王… Ⅱ.①王… Ⅲ.①文艺—作品综合集—中国—当代 ②小说集—中国—当代 ③散文集—中国—当代 Ⅳ.①I217.2

中国版本图书馆CIP数据核字（2017）第300229号

目 录

夜

夜，漆黑。

这是个战斗的夜。远处传来阵阵枪声。

已经是3月末的天气了，可在这黔北山区，深夜里还是很凉的。冷风不停地钻进窗棂，灌到屋里来。

勤务员小韦冷不丁打了个寒噤，醒了。他觉着肩上沉甸甸的，原来不知什么时候有人把那床旧夹被披在他的身上了。他紧握着夹被，先向墙角瞥了一眼，看见那块用砖头支起的门板上，毯子还是整整齐齐地铺在那里。再向桌边望望，只见首长依然坐在那里，对着桌上的地图看着，不时抬起头凝神思索一会儿，然后用铅笔在图上画上点儿什么。

小韦坐在竹凳上，双手托着下巴，静静地注视着首长。他看见，这张轮廓鲜明的脸上，眉毛还是那么浓，嘴唇和颔下的髭须还是那么密，可是两颊却明显地消瘦了，就连衣领也宽出了许多。在遵义开过会以后，发这件军衣的时候，本来穿着是正好的嘛。

他轻轻叹了口气，从挎包里拿出一支蜡烛，走到桌边。他一边点着蜡烛，一边低声说道：“第三支啦！”

“嗯，嗯。”首长朝小韦微微一笑，又俯身看图了。

“看，看，”小韦本来想好了话，要劝首长几句的，可话一出口，却变成了埋怨，“一张地图，老是看，也不睡会儿。”

首长抬起头，看着小韦，亲切地说：“你来看，看那里。”他抬手向窗外、向枪声响着的远处一指，“我们的红军战士们在干什么?”

小韦向黑夜瞥了一眼：“打仗呗!”

“你再看，”首长站起身，揽着小韦的肩膀，走向窗前，指着不远处一个窗口透出的灯光，“那是什么地方?”

“我知道。”小韦答道。就是水塘边上那所泥墙草屋，几个钟头以前，他曾经摸黑去送过一趟信。“毛主席在那里工作呢。”

“是啊！可你倒要我休息。”首长目不转睛地望着灯光，好一会儿，才深情地说道，“长征的路，有千里万里，我们要把每一步都走好，走出胜利来!”

说完，他从小韦手里拿过蜡烛，抓在手里，又回到桌边。

听着首长的话，小韦觉得心里一亮；可又觉得首长并没有回答他现在考虑的问题。于是又向那空空的床铺瞥了一眼，回到小竹凳上坐下，轻轻地抓起一把碎稻草，填进那床夹被里去。这点儿碎稻草是和饲养员争执了一番才弄到手的，必须瞒着首长填进夹被里才行。俗话说“寸草遮丈风”嘛。天这么凉，从江西带出来的那床旧毯子太薄了，又磨出了好几个窟窿；要是今晚首长能多少睡一会儿，那么，在毯子上边压上这么一床“草被”，就可以暖和点儿了。

碎稻草填完了，再把夹被在门板上铺开，把草摊平；只要在开口的地方缝上几针，这“草被”就做成了。小韦正兴冲冲地理着针线，忽听桌子上“吧嗒”响了一声。他扭头看去，只见首长依然端坐在那里，右手还是握笔的姿势，铅笔却掉到了桌子上；左手握着的蜡烛，不知什么时候倾斜了，烛油正一滴一滴地落在手背上，已经积了拇指大的一堆。

“他睡着了……他，太累啦！”小韦眼眶子一阵发酸。自从长征开始，他被调到首长身边工作，这样的情景他见过不是一回了。他连忙奔到桌边，轻轻地扳开首长的手指头，把蜡烛拿过来。他一面往桌角上滴下烛油，安放着蜡烛，一面编出了几句“厉害”点儿的话，想狠狠地埋怨一番，可是，就在这一霎，他改变了主意，又轻手轻脚地回到了竹凳上。

他托着下巴，定睛看着首长。一分钟，又一分钟……首长——这个把自己的生命和精力一点一点挤出来，献给了革命战争，献给了共产主义事业的人，还是那样端端正正地坐着，但是小韦的心头却轻松多了。他高兴地想道：“睡吧，哪怕就这么坐着睡一会儿也好哇！”

突然，门外传来了脚步声。小韦吃了一惊，慌忙扑向门边，可是已经迟了。门开了，军委卢参谋走进来。他急匆匆地敬过礼，走向桌边。

首长一怔，抬起了头，问道：“你来啦？什么事？”

卢参谋把一份电话记录递过去。首长接过了文件，默默地看了看，捏着文件的手慢慢地搁在地图上。

卢参谋打开笔记本，握住了铅笔，注视着首长。

一两分钟过去了，首长没有说话。

为了不打扰首长思索，卢参谋绕过桌子，来到小韦身边。他用铅笔敲了一下小勤务员的鼻子，奇怪地问：“你这孩子，怎么啦？看这嘴噘得能挂住个油瓶……”

“这风……”小韦扭头擦了擦眼睛，声音哽咽，“你呀，来得真不是时候……我，我刚刚给他偷来了几分钟，又叫你给抢走了……”

说话声惊动了首长。他轻轻咳嗽了一声。

卢参谋掏出怀表看了看，慢慢走到桌边，俯身低叫道：“周副主席!”

“嗯，”周副主席漫应着，转过脸来，招呼卢参谋坐下。

卢参谋简要地报告了情况：先头部队根据军委的命令，就利用这漆黑的夜，胜利突过了乌江。现在，部队正在乘胜向前发展。关于下一步的行动，部队有几个问题向军委、向周恩来副主席请示。

周副主席伸开双手，重重地在脸上搓了两把。手掌擦在髭须上，发出沙沙的声响。他把文件放在面前，一面剥着手背上的蜡油，一面仔细阅读着，读完了，略微想了想，然后向卢参谋说道：“部队过江以后，继续按照军委的部署，向东南方向前进!”他指着地图，“就在这一带，寻求新的时机！……”

“是。”卢参谋迅速记录着。

“要加强政治工作。”下达完命令，周副主席补充道，“告诉部队，毛主席安排的全军佯动的行动，完全成功；敌人被调动了，乌江以南空虚了，我们就一下子插到敌人心脏里去。看，敌人很听话哩!”说完，他快意地笑了。

在这爽朗的笑声里，卢参谋收拾好文件、笔记本，转身要走。周副主席又叫住了他：“行军序列要安排好，尽量让暂时不行动的部队休息，多睡一会儿也是好的。”

小韦扭亮了手电，送卢参谋走出门去。在门口，卢参谋低声嘱咐道：“看见了没有？首长眼睛都熬红了。你可要提醒他注意休息啊!”

小韦委屈地点了点头：“谁说不是呢！他还是在过赤水河的时候，站在河边靠着马鞍子打了个盹，到现在，整整三天三夜没合眼啦……”

听到背后的脚步声，小韦把话停住了。他望着向门边走来的首长，看出了什么，慌忙指着门外，提醒地说：“看，天这么黑……”

“黑夜？好哇！”周副主席也看出了小韦的意思，笑着把话接过来，“我们就是要在这样的黑夜里，行军，打仗。走好了，打赢了，胜利的明天就是我们的啦！”他亲切地抚摩小韦，却又略带责备地说，“你这个同志呀，刚才卢参谋来了，怎么不叫我一声？”

小韦噘起了嘴：“你，你老是不肯休息……”他说不下去了，两大滴泪水忽地涌了出来。

“嘿，看你……”周副主席扬起衣袖，给小韦揩着眼睛，“这孩子！你今年才十五岁，对不对？”

这跟年龄有什么关系？小韦点点头，不解地望着首长。

“等你再长大一些，你就会了解我们了；你就会明白：应该这样做！”周副主席把话略停了停，像是让这年轻人嚼一嚼话的味道，然后，又指着门外，充满感情地说：“想一想，在全中国，还有全世界，有多少劳苦的人，有多少像你这样的孩子，他们的生活还像这黑夜一样黑、一样冷啊！我们共产党，我们红军，就是要加倍地工作，工作，让他们看到太阳，得到解放。”

小韦深情地看着周副主席。他觉得，这个人，这个极度疲劳又浑身是劲的人，仿佛全身都发着光。这光，照暖了，也照亮了他这个少年红军战士。

就在这一瞬间，一个巨大的问题，一下子闯进了这个小红军的心：每个人都有同样多的时间，每个人都有醒着和睡着的时候，可是，一个红军战士究竟应该怎样利用这一切，去正确地对待生活和坚持战斗？

他长了十五岁，想到这个人生的大问题，还是第一次。

他霍地转过身，摘下墙上的驳壳枪，一下子背到了身上，紧抓着手电筒，大步来到周副主席身边。

周副主席满意地点了点头，又扬起手掌，在脸上搓了搓，随即拍了拍小韦的肩膀："走吧，到前边看看去！"

小韦没有再说什么。他扭回头，又看了看墙角里那张门板，伸手抓起那床"草被"，用劲一抖，把里面的碎草倒掉，把夹被轻轻地披到周副主席的肩上。然后，紧跟在首长后面，一弓身，钻进黑暗里去了。

夜，漆黑。

枪声更紧了。

1976年12月19日

足　迹

拐过那道挂满冰柱的断崖，大雪山的山顶就在眼前了。

就在这时候，山背后突然腾起了一片雪雾，冷风推送着一大片浓黑的乌云，疾速飞来，遮得天昏地暗；接着，风吹起的积雪，夹着天上飘来的大片雪花，劈头盖脸地落下来。远处的山峰，近处的断崖，都笼罩在一片雪帘雾幛里，前面部队刚踩出来的路径又模糊不清了。

指导员曾昭良望着这突如其来的大风雪，忧心地摇了摇头。他深深地吸了口气，把搀在病号腋窝里的那只手攥紧了，又吃力地向前走去。

他是在部队行进到山腰，就要进入积雪区的时候被指定参加团的收容队的。一路走着，他收容了三批因病掉队的同志，组织好人力，把他们送向前去。他本来可以走快些，赶上本队。可是，就在半个小时以前，他遇上了这个病倒在路旁的同志。搀着一个同志走，就慢了，终于没能赶在起风之前翻过山去。

路，越来越难走了。曾昭良觉得自己的脑袋仿佛涨大了几倍，眼前迸散起一串串金星。两腿好像被积雪吸住了，足有千斤重，每挪动一步都要积攒浑身的力气。特别难耐的是胸口，好像猛地塞进了大团棉花，透不出气来；心跳得怦怦响，似乎一张口那颗热乎乎的心就会一下子从口里跳出来。这时候，要是能够坐下来歇歇，该有多好啊！可是不行。还在接受收容任务的时候，他就听说过：山顶上空气稀薄，在身体衰弱又极度疲劳的情况下，只要一坐下，就再也起不来了。

被搀扶着的病号显然也感觉到了这一点。他停住了脚，倚在曾昭良的肩膀上，说道："我可是一点儿劲也没有啦！"他喘了几口粗气，仰起脸，乞求道，"同志！听我说，把，把我扔下，你……"

"瞎说！"曾昭良生气地打断了他的话。像是为了回答，他更加快了脚步。

"力量……"走了一阵，那个同志又说话了，"这会儿，要是有人能，能把力量这种东西，给，给我们，哪怕给上一点点……"

曾昭良咧开干裂的嘴唇笑了笑。这同志说的，和他这会儿想的，竟然一模一样。可是，这种事，在心窝里想想也就罢了；要不，也只有神话里才会有。现在，在这鸟兽都绝迹的茫茫雪山上，在人们最后一丝丝力量都快用完了的时候，怎么会出现这样的奇迹？他把口气放软了些："别说傻话啦，同志，把剩下的力气省着点儿，我们能爬上去！"

一步，两步……尽管走得很慢，雪路却终于一尺一尺地移到身后去了。约莫经过了一个多小时的奋斗，他们终于走完了这段艰难的路。

当两个战友互相依傍着跨出登上山顶的最后一步以后，那个病号脑袋一歪，倚在了曾昭良的胸前。曾昭良也发现，自己已经把最后的力气都在这一步里用完了。

可是，就在这一瞬间，曾昭良却被眼前的景象惊住了。只见在这不大的雪坪上，东一个西一个地坐着好几个红军战士；还有几个人大概是刚刚赶到，正摇摇晃晃地寻找着地方，准备坐下来。看来，这些同志也刚刚经历了在暴风雪里翻上山顶的一场搏斗，已是精疲力竭了。

曾昭良的心像是被谁揪了一把，又紧又疼。他忙扶着病号站好了，指着下山的路，嘱咐几句，然后，脚步踉跄地向一个坐着的战士走去。但已经迟了——那个同志的胸口已经和胸前的手榴弹一样冰冷，再也起不来了。他把手榴弹袋取下来挂在肩上，又奔向旁边的一个年轻的司号员。可是，就在他刚刚抓住小司号员的肩膀的时候，那个被他扶上山来的病号却噗地坐下了。

曾昭良焦急地跺了跺脚："怎么办?"

像是回答他的问话似的，一只手伸了过来，挽住了小司号员的另一只胳膊。

曾昭良的心头立时松快些了。他抹去了眼角上的雪水，定睛看了看来人。这人穿一身普通的红军单军衣，只是面容有些特别：连鬓的胡须上挂着冰碴，堆着白雪，浓密的眉毛上沾满了雪花，看上去简直像神话里的老人了。那双眼睛，那么和善、亲切——这是一双熟悉的眼睛，可是到底在哪里见过，曾昭良却想不起来了。

那人深深地喘息着，显然也在积蓄着力气，过了一会儿，才点头示意："来！使劲!"

两人一齐用力，把小司号员搀了起来。

这时，曾昭良才发现，就在这人的身后，跟着上来的三四个同志，也都分散开来帮助坐下的同志去了。

那人爱抚地扬起袖子，掸了掸司号员脸上、头上的积雪，然后扭转身，向着山顶上的人们说道："同志们，革命，需要我们往前走哇!"

这话声音不高，却有一种震撼人心的力量。顿时，坐下来的人们都一齐向这人望过来。那一双双眼睛里，都闪出兴奋和喜悦的光彩。人们低声传告着什么，有的在努力往起站，有的已经在同志的帮助下站了起来。人们扛起了枪，挽起了臂膀，结成了一条人的长链，缓缓地向着下山的路移动了。

曾昭良看见，刚才他搀的那个病号正和走过身边的一个人说着什么，忽然，他一按雪地爬了起来，蹒跚地往前走去。快要走到身边的时候，曾昭良连忙伸手去扶他；他却坚决地把手推开，昂起头，说了声："我能走！"

"这都是因为他，和他刚才那句话的力量啊！"曾昭良怀着深深的敬意望着那个同志，暗暗想道。

一个警卫员模样的人，扶着一个炊事员来到那人身边，低声地说道："走吧，你身体不好。"

那人轻轻拂去警卫员伸过来的手，没有应声。他默默地望望山后，又看看曾昭良。突然，他把一只手搭到了曾昭良的肩头上，问道："是党员吗？"

"是。"曾昭良回答。

"你累了吧？"

曾昭良望着那双亲切的眼睛，点了点头。

"是啊，困难！"那人深深地喘了口气，"可是，要是不困难，要你，要我，要我们这些共产党员干什么呢？"他手抚胸前，喘息了几下，又向曾昭良靠近了些，压低的声音里透着关切，"同志！——你看见了，这里需要留下一个人。"

"是，需要。"曾昭良应了声，思索着这话里的意思。

那人伸手摸了摸曾昭良的衣服，然后抚摸着自己身上，又打量着周围的人。曾昭良思忖道："他大概是想给我找一点儿御寒的东西。”可是，他身上除了那件单薄的军衣，又有什么富余的衣物呢？

警卫员显然弄错了首长的意思，连忙打开皮包，把纸和铅笔递过来。

那人笑了笑，拿起铅笔，向着手上哈了口热气，然后飞快地写着：“不要停下，继续前进！”

曾昭良完全明白了自己的任务。他严肃地立正，问道：“这命令是……

那人微微一笑，在命令的后面签上了三个大字。

曾昭良看着这个整个红军都衷心敬爱着的名字，顿时，浑身的血液都热起来了。啊，这个带着疾病、挂着满面霜雪、和他一道走过这段艰难道路的人，这个和红军战士们肩并肩、心贴心的人，就是协助毛主席统率全军、组织这万里长征的人啊！

“是！周副主席！”曾昭良激动地接过命令，举手敬礼，并且庄严地复诵着，“不要停下，继续前进！”

“同志！”周副主席沉重地点了点头，“我们要走的路，还很长很长。这路上，有各种各样的关口。共产党员就要出现在这些关口上！”他紧紧地握住了曾昭良的手，“好，你带走一批之后，把任务再交给下一个同志。”

说罢，他搀起了小司号员，向前走去。

走了几步，他又回过头来，关切地嘱咐道：“同志，记住！千万不能停下啊！”

风雪更紧了。

曾昭良紧握着命令，深情地望着长征部队走去的方向。只见敬爱的周副主席，搀扶着战士，迎着迷茫的风雪，在大步走着，走着……

在他的身后，在这千年积雪的雪山上，留下了一长串深深的脚印。

看着，看着，一串感激的热泪，滚过他的腮边，滴到了衣襟上。

看着，看着，他明白了：不是幻想，不是神话，确确实实就有那样的人，能够把战士的心照亮，能够把战士心底蕴蓄着的力量唤醒，能够把自己的力量交给别人——无私地交给别人。

1976年12月20日

肩　膀

西天，一抹晚霞正在消退；远处，起伏的丘陵后面，淡淡的雾气慢慢地升腾起来。

通信员小秦望着这幅草地景色，又向前方看了看，忍不住皱起了眉头。凭经验，他知道离天黑大约不过还有个把小时；按照草地行军的习惯，这会儿该是宿营的时候了。先头部队正忙着搭帐篷、捡柴火，或许有人已经点燃了篝火，煮起了野菜。可是现在呢，整个草地空荡荡的，看不见火光，听不见人声。小秦抚摸着肩上的扁担，愁烦地想："要不是它，也许早就赶上队伍了。"他轻轻叹了口气，把扁担换了个肩，又吃力地向前走去。

这副担子，是两个钟头以前才落到小秦肩上的。

还是刚过正午不久，他觉得左臂的伤口有点儿疼痛。那是一个月以前，在一次战斗中送信的时候，被敌人子弹打穿的，现在已经收口了。他怕同志们发现了，又要照顾他，便悄悄离开了大队，躲在一丛矮树后面包扎起来。自从进入草地以来，他这样做倒也不是头一次。没关系，包扎好以后，脚底上使使劲，再赶上队伍就是了。可是，这次因为找到的那一潭清水吸引了他，洗完了伤口，又高兴地洗了把脸，等他从树丛后面钻出来，部队已经走远了。恰在这时，又来了一阵暴风雨，风雨里看不清路，走错了方向。

正当他冒着暴风雨在烂泥里奔跑的时候，猛地撞到了这副担子上。这是两个不大的木箱，被棕绳紧紧地捆在一根小竹扁担上，里面装着不多的药品、纱布和几件医疗器械。就在担子前边一米多远的泥塘里，这副担子的主人——一位中年红军战士牺牲了。小秦摘下他那顶小小的八角军帽，默默地注视着这位没走完长征道路的烈士。从现场的情况判断，这位同志也是在赶队的情况下，遇上了刚才那场风雨，陷进了这可恶的泥潭。还可以看得出，就在这位同志在陷进烂泥之前的一霎，他还拼着全力，把担子抛到了泥潭边上。这样，担子保住了。担子，又成了预示危险的标志；小秦就是靠它拦了一下，才没有掉进泥潭。

于是，小秦含着眼泪，挑起了这副担子。

起初，这一切是多么简单：担子，是战友留下的革命财产，必须挑上它；再说这担子也并不算重，参加红军以前，他给地主放牛、割草、砍柴，哪一担不比这重得多呢。因此，他满怀信心地相信：他一定能挑着它赶上队伍，走到宿营地。他甚至一边走一边想象赶上队伍以后的情景：篝火边上，指导员接过担子，抚摸着他的头，当着同志们的面夸奖他说："看，是谁办了这么件大事？是小秦嘛！嗯，像个样子，可以参加共青团喽！"想着，他高兴得差点儿笑出声来。

但是，长征道路上的艰苦和困难却是无情的，它们像铁锤一下下敲打着小秦的体力和信心。现在，当他走了两个小时以后，他却发现，坚持下去是越来越困难了：他觉得自己肩上好像挑着的是两座山，肩膀被压得钻心地痛；两腿软绵绵的，抬不起、迈不动，还直打绊子；路，似乎也忽然变得崎岖不平了。再加上寒冷和饥饿一齐袭来，他头晕得天旋地转，浑身一点儿劲也没有了。

他咬着牙，挺着脖筋，好不容易跨过了一段烂泥塘，跌跌撞撞地爬上了一块小高地。就在这时，脚下被草根一绊，猛然摔倒了。他歪坐在地上，望着在眼前晃动的水草、矮树和那对木箱，心里想："不行了，我是挑不动啦！也赶不上队伍啦，就在这里歇一会儿。只一会儿……不要紧的，反正后面还有部队，反正……"这么一想，他觉得浑身骨头架子都散了，那抓着扁担的手一松，倒了下去。

小秦睡着了。他做了一个梦，梦见他跟着连里的同志们，正在和敌人争夺一座吊桥。好高的铁索吊桥哇！在桥当中，他抓住了一个敌兵，一用劲，倏地和敌兵一起掉进了河里。哎呀，水真凉，冷得他直打哆嗦。忽然，妈妈来了，他一头栽进了妈妈怀里。嘿！好暖和呀……可就是，妈妈的头发老在脸上扫来扫去，真痒……于是，他一晃脑袋，醒了。

蒙眬间，听见有人在说话，那话音是那么远，像从天边飘来的："……怎么办？"

"带起走嘛！"答话的是个浓重的四川口音，"锻炼一下子，这娃儿会成为一个好战士的！"

"这不是妈妈的声音哪。"他想着，用力睁开了眼睛。不错，自己正在一个人的怀里躺着呢——一位同志一手把他抱在怀里，另一只手在他额角上轻轻抚摸着。他仰脸望去，只见这位同志已经不年轻了。一张饱经风霜的脸，宽阔的额角上，刻着几条深深的纹路。大约好些日子没有刮脸了，敦厚的嘴唇上生着一抹浓密的胡楂。"刚才，大概就是这些胡楂把我弄醒了的。"小秦暗暗想道。尤其吸引他的是，就在那两道平直的一字眉下面，一双炯炯有神的眼睛正在注视着他。

“醒了！”那同志微微一笑，那双眼睛更温和、更慈祥了。他向旁边的战士问道：“做好了没有？”

“好了。”一个背驳壳枪的战士端着一个小搪瓷碗走过来。

这时，小秦才看清，在他身边已经生起了一堆篝火，七八个同志正围在火旁忙活着。

那位老同志接过碗，放在嘴边试了试，又轻轻吹了吹，然后慢慢送到小秦嘴边。

碗里，是加上青稞面粉煮的野菜汤。小秦吃着却是那样香甜。

看着小秦狼吞虎咽地吃着，那老同志亲切地问道：“你多大啦？”那浓重的四川口音和他那慈祥的面容一样，使小秦觉得十分亲切。

“十三岁……半了。”小秦回答。往常每逢有人问他，他总是多说两岁的，但对着这慈祥而又亲切的老同志，他照实说了。

“十三岁，还有个半！”那同志笑笑，又问，“怎么掉队啦？”

小秦吃着菜汤，简要地把事情的经过说了说。

“对，那是一个好战士啊！”老同志深情地点了点头，“小鬼，你也是个好同志。看！你接过来，又把它挑了那么远。”

得到了老同志的夸奖，小秦不好意思地笑了笑。

“可是，”老同志亲切地摸着小秦的臂膀，又问了，“你为什么不继续往前走了呢？”

小秦坦白地说：“我，我想歇歇。”

“噢，想歇歇？”老同志指了指木箱，“那么，这东西怎么办呢？”

“这……”小秦觉出自己有什么地方不对了，他嗫嚅地说，“我一点儿劲也没有了……”

“不！”老同志收敛了笑容，慢慢地摇了摇头，“你有劲，知道吗？你有很多很多的劲。”

小秦不解地望着这位老同志，心想："真怪，我哪里来的劲哟。再说，我有没有劲，他怎么能知道呢？"

老同志没再说什么。他把小秦扶着站起来，从背驳壳枪的战士手里拿过一个皮盒子，慢慢打开，拿出了一件东西。小秦认得出，那是一架望远镜。老同志把望远镜拿在手里，调整了一下距离，然后递给了小秦。

小秦把镜子举在眼前，向着部队前进的方向望去。草地顿时变得清晰起来，就在夜幕垂下的天际，现出了点点火光。他高兴地跳着叫起来："篝火！"

"对，那里就是今天的目的地。"老同志把一只大手搭在小秦肩头上，轻声地说，"篝火后边是什么地方呢？"

小秦仔细地看了半天，摇了摇头："我看不见了。"

"看不见吗？"老同志笑了，"那里，是草地的边边。再往前，是陕北革命根据地——那里，就是我们明天、后天的目标。"

"陕北？"

"对，陕北。"老同志深情地重复了一句，"党中央带着红一方面军，去年就到了那里。现在，毛主席正在等着你，等着我，等着我们大家呢！"他那双搭在小秦肩头上的大手按得更重了，"在那里，有好多好多事情正等着我们去做啊！"

小秦觉得这些话又亲切，又有意思。这些话，像眼前的镜子一样，为他显现了未来的目标。这些话，像只看不见的大手，在推着他，拉着他，向一个新的天地前进。小秦放下了望远镜，激动地望着这位老同志。

"小鬼，要鼓起劲来，继续前进！"老同志接过望远镜，又继续说下去，语气更温和、更亲切了，"要知道，将来，革命的将来，属于你们，也依靠着你们哪！"

话，一下子钻进了这个小红军战士的心，引起了他深沉的思索。

就在小秦想着的工夫，同志们已经踩熄了篝火，收拾好行装，准备继续上路了。他这才发现，这支小队伍里，有一半是病号。

刚才讲话的那位老同志，搀着一个病号走到小秦的身边，把病号交给了他，然后弯腰抄起了扁担，放到自己的肩上。他挑着颤悠悠的担子走了几步，又转过身来，向着小秦说道："小同志，赶上前去呀，不要掉队！"

这时，小秦又看到了那双温和而又慈祥的眼睛。

只见，那老同志挑着担子，迈开大步在队伍的前头走着。那魁梧的身躯和宽阔的肩膀，那么结实，那么健壮。仿佛就靠这个坚强的人的带动，整个队伍才走向前去。

小秦搀着病号，跟在后面走着。远处的篝火一步一步移近了。

这时候，一个干部模样的人，跑步迎上前来，同那位老同志敬了个礼，低声地说着什么。

小秦向身边的病号问道："那位同志是谁呀？"

"哪一个？"

"就是刚才抱着我的那个人，那个在前头挑担子的同志。"

"嘿，你这小鬼！"病号笑了，"那是我们的朱总司令啊！"

"啊，是他?!"小秦怔住了。刚才，那使他感到温暖、引导着他奋力向前的那些情景和那些话，又重新清晰地浮现出来，占满了这个红军小战士的心胸。他连忙把病号交给跑过来的那个干部，自己拔腿向前跑去。

小秦赶上去，紧紧抓住了扁担。

"我说你有劲嘛！"朱总司令爱怜地摸了摸小秦的肩膀，举起扁担搁在小秦的肩头，"好，挑着吧！肩膀，挑重担子的肩膀，就是在前进的路上磨出来的！"

小秦把肩上的担子扶稳了。就在这一霎，他又看到了那双眼睛。这眼睛是那么温和，那么慈祥。

小秦挑着担子，望着朱总司令那健壮的背影，踏着前边的脚印，大步走着。就在这时，他明白了：这副担子本来就是属于他的。现在是他的，将来也是他的。

1977年5月30日

草

二班长杨光从昏迷中醒过来的时候，天已经放亮了。他欠起身子，四下里打量着、回想着，好半天才弄明白：自己是躺在湿漉漉的草地里。

昨天，也就是过草地的第四天，快要宿营的时候，连长把他叫了去，要他们班赶到右前方一个小高地上，担任警戒。他们赶到了指定的地点，看好哨位，搭好帐篷，天已经黑下来了。就是他，动手去解决吃饭的问题。他提着把刺刀，围着山丘转了半天，才找到了一小把水芹菜和牛耳大黄。正发愁呢，忽然看到小溪边上有一丛野菜，颜色青翠，叶子肥嫩。他兴冲冲地砍了一捆拿回来，倒进那半截“美孚”油桶里，煮了满满一“锅”。

谁知道，问题就发生在这些野菜上了：换第三班岗的时间还不到，哨兵就捂着肚子回来，把他叫醒了。他起来一看，班里同志们有的口吐白沫，有的肚子痛得满地打滚，有的舌头都僵了。倒是他和党小组长因为先尽其他同志吃，自己吃得不多，症状还轻些。于是两人分工，一个留下警戒和照顾同志们，一个向上级报告。就这样，他摸黑冲进了烂草地；开始是跑，然后是走，最后体力实在支持不住了，就在地上爬。爬着，爬着，不知什么时候昏过去了。

当一切都回想起来了以后，他的心像火燎一样焦灼了。他用步枪支撑着，挣扎着站起来，踉踉跄跄地走上了一个山包。

这时，太阳冒红了，浓烟似的雾气正在消散。他观察着，计算着，判断着方位。看来，离开班哨位置已经是十里开外了，可是看不到连、营部队宿营地的影子。显然是夜里慌乱中迷失了方向。不行，得赶快找部队去，救同志们的性命要紧啊！

他正要举步，忽然薄雾里传来了人声。人声渐渐近了，人影也显现出来，是一支小队伍。走在前面的是几个徒手的军人，后面是一副担架。

他急忙迎上几步，看得更清楚了：前面一个人的挎包上还有一个红色的十字。

“好，同志们有救了！”他狂喜地喊道。跑是没有力气了。他索性把枪往怀里一抱，就地横倒身躯，沿着山坡滚下山去。

就在他滚到山包下停住的时候，正好赶在了那支小队伍的前头。

人群和担架都停下了。背红十字挎包的人飞步跑来，弯腰扶起他，关切地问道：“同志，你怎么啦?”

杨光定了定神，把事情讲了讲。末了，他紧紧抓住了那人的挎包，恳求地说：“医生同志，快去吧！晚了，人就没救啦！”

医生看看背后的担架，又看看杨光，为难地摇摇头：“同志，我们还有紧急任务！”

“什么任务能比救人还要紧?”

医生指着担架：“我们也是要救人哪！”

杨光这才看清楚，担架上躺着一个人。一床灰色的旧棉毯严严地盖在上面。

“那边的同志很危险！”杨光焦急地叫起来，他伸开手拦住了路口，大声地说，“你不去，我就不放你走!”

担架响了一声，毯子动了一下。

医生有点儿愠怒地看了杨光一眼：“你这个同志，有话不会小点儿声说？你知道吗？这是……”他压低了声音，说出了那个全军都敬爱的人的名字，然后解释道，“他病得很厉害，昨天开了一夜的会，刚才又发起高烧，人都昏迷了。”

“什么，周副主席?”杨光立时惊住了。对于这位敬爱的首长，杨光不但知道，还曾亲眼看见过。在遵义战役之前，这位首长曾经亲自到他们团做过战斗动员。在部队开上去围攻会理的时候，连队在路边休息，他也曾亲眼看见周副主席和毛主席、朱总司令一道，跟战士们亲切交谈。可是，现在竟然病倒在草地上。而他，却在首长赶去卫生部救治的路上，拦住了他的担架……他惶惑地望着担架，一时竟不知如何是好了。

就在这时，毯子被掀开了，周副主席缓慢地欠起了身，朝着杨光招了招手。

杨光不安地走过去。他深情地注视着那张熟悉的脸，却不由得大吃一惊：由于疾病的折磨，这位首长面容变化多大啊！他觉得心头像刀在搅，眼睛一阵酸涩，竟然连敬礼也忘了。

周副主席显然刚从昏迷中醒来。他费了好大的劲，才把身躯往担架边上移开了些，然后，拉住杨光的衣角，把他拽到担架空出的半边坐下来。

靠着警卫员的扶持，周副主席在担架上半坐起来。他慢慢抚摸着杨光那湿漉漉的衣服，又摸了摸杨光的额头，亲切地说道：“这么说，你们是吃了有毒的野菜?”

“是。”杨光点了点头。

“那种野菜是什么样子呢?”

“这就是。”杨光从怀里掏出一棵野菜。为了便于医生救治，他临走时带上了它。

周副主席接过野菜，仔细端详着。野菜已经蔫巴了，但样子可以看得出来：有点儿像野蒜苗，一层暗红色的薄皮包着白色的根根，上面挑着四片互生的叶子。看过以后，不知是由于疲累还是怎的，他倚在警卫员的肩头，仰起了头，眼里浮上了异常的严肃的神情。

杨光担心地看着周副主席，他弄不明白：首长为什么对这棵野菜这么关心。他刚想劝首长休息，周副主席又问了：“这野菜，多半是长在什么地方呢？”

杨光想了想：“在背阴靠水的地方。”

“味道呢？你记得吗？”

杨光摇了摇头。因为是煮熟了吃的，没有尝过。

周副主席又举起那棵野菜看了看，慢慢地把它放进嘴里。医生惊呼着扑过来，野菜已经被咬下了一点。

周副主席那干裂的嘴唇闭住了，浓密的胡须不停地抖动着，一双浓眉渐渐皱紧了。嚼了一阵，吐掉了残渣，他把那棵野菜还给杨光，嘱咐道：“你记着，刚进嘴的时候，有点儿涩，越嚼越苦。”

杨光又点了点头。周副主席把声音提高了些，用命令的语气讲话了。他的命令是非常明确的：要医生马上按杨光指出的方向，去救治中了毒的战士们。他又要担架抬上杨光，用最快的速度赶到总部去报告。他的命令又是十分具体的：他要求总部根据杨光他们的经验，马上给部队下发一个切勿食用有毒野菜的通报。在通报上，要画上有毒野菜的图形，加上详细的说明，而且，最好是附上标本。

一个年轻的卫生员，还在听到谈论有毒野菜的时候，就在路旁打开了挎包，把满满一挎包沿路采来的野菜倒出来，一棵棵翻检、检查着。这会儿，听到了首长下达的命令，惊慌地叫起来："那……你呢？"

"你们扶我走一会儿嘛！"

医生走过来，劝说道："你的病情很重啊！"

周副主席微笑着伸出了一个指头，又摊开了手掌："看，是一个多呢还是五个，或者上万个多呢？"

谁也想不出更好的做法了。而争辩是没有用的。一时，全都默不作声了。只有晨风吹过荒漠的草地，撕掠着青草，发出索索的声响。

卫生员抽噎了两声，突然抓起一把野菜，大为光火："都是蒋介石，逼着我们走草地，逼得我们吃草！"

"吃草。嗯，说得好啊！"周副主席严肃地点了点头，"革命斗争，需要我们吃草，我们就去吃它。而且，我们还要好好总结经验，把草吃得好一些！"

稍稍喘息了一下，他又说下去："应该感谢这些阶级兄弟，他们用生命和健康为全军换来了经验。也要记住这些草！"他的话更温和了，语气里透着深深的感情，"等你们长大了，就会想起这些草，懂得这些草；就会看到：我们正是因为吃草吃得强大了，吃得胜利了！"

这些话，从那瘦弱的身躯里，从那干裂的嘴唇里发出来，又慢，又轻，可是，它却像沉雷一样隆隆地滚过草地，滚过周围几个红军战士的胸膛。

杨光激动地听着。就在这一霎，他觉得自己变得强大了、有力了，这力量足足能一气走出草地。他向着周副主席深情地举手敬礼，然后，那紧握着野菜的手猛地一挥，转身向总部所在的方向跑去。

医生向卫生员嘱咐了句什么，也紧抓着那个红十字挎包，向另一个方向跑去。

周副主席望着两个人渐渐远去的背影，耳边传来警卫员的话音。话是对着小卫生员说的："……看你说的，为革命嘛，我们吃的是草，流的是血，可我们比那些花天酒地的阶级敌人高尚得多，也强大得多呀！……"

周副主席那浓浓的胡须绽开来，宽慰地笑了，他笑得那么爽朗、那么开心。自从患病以来，他还是头一次笑得这么痛快。

1977年5月31日

食　粮

枪声，由稠密渐渐变得稀疏，最后只剩下了几声冷枪的残响。刚才一度热闹起来的草地，又变得空旷而荒凉了。

供给员梁思传按着一块草墩从潮湿的草地上欠起身，向着战场方向看了一眼，然后把腰间的皮带往紧里扎了扎，又随手撸了两大把车前菜叶子，塞进嘴里，一边吞咽着，一边说道："该是我们的事啦，走吧！"

他把运输排分成了两部分，一半留下来看管着那几挑子银圆，一半由他带着向战场走去。

他们刚刚举步，就看见一骑快马奔驰而来。梁思传认得出是总部的骑兵通信员，连忙问道："战斗怎么样？"

"完全消灭！"通信员高声回答。他勒住马，低声问道："供给员，有什么吃的没有？"

梁思传默默地摇了摇头。

通信员轻轻叹了口气，声音更低了："不是我要，是……"

"什么？"尽管通信员的声音低得像耳语，可梁思传还是像突然听到了炸雷一样，惊住了。他，这位全军敬爱的总司令，也像他一样，一天没有吃东西了，而且还在坚持着指挥战斗！

他看了看手里那把野菜，心，一下子紧缩了。

他的这种紧张痛苦的感觉，已经不是头一次了。他担任供给员工作还不久。就在这次北上过草地之前，他才从连队调到了粮秣科来。可是，就在这不满一个星期的供给工作中，他才真正看到了红军部队为了战胜大草地所付出的巨大代价，看到了长征征途的全部艰难。粮食，跨过大草地所准备的全部粮食，就是搭在每个红军指战员肩头粮袋里的、那短短的一截青稞面粉。无论怎样省吃俭用，还是用完了。就在前天宿营的时候，不少人已经在自己的小洋瓷碗里煮上了野菜。而他这个供给员，供不出一粒米，给不了一把面，也一样拍打那空空的粮袋子了。于是，供给工作就全部交给了这荒凉的草原——让同志们从这千年万代生长着的草丛里，寻找可以下咽的东西。

咬嚼着又苦又涩的野菜，看着同志们那消瘦的面孔和蹒跚的脚步，梁思传的心像火在烧、刀在搅。他多么希望能做一次真正的本职工作啊！——用自己的手，发给同志们一点儿真正可以吃的东西；哪怕只有一点点，也是好的啊！

就在昨天傍晚，部队首长把他叫了去。映着篝火的光亮，政治委员戳着地图上的几个小方块，向他交代了任务：提前出发，赶到这个藏民村子去，为部队筹粮。政治委员的命令是严肃的，但在梁思传听来简直像是在乞求："同志，尽力想办法，我们的伤员和病号不能不吃点儿人吃的东西呀！"

终于有了一件真正的工作。忍着难耐的饥饿，不顾草地的泥泞和艰险，梁思传带着运输排摸黑上了路。可是，当他在烂泥里走了一夜，借着熹微的晨光走进这个藏民山村的时候，却像兜头浇了一盆冷水，连心窝里都凉了。这是一个三面被山冈抱住的山村，从东到西，散乱地摆着十多家藏民房子。可是，不论是石块砌成的碉楼，还是木料架起的楼房，家家门上不是拴着铁链，就是吊着大锁。整个村子里，看不见人影，听不到人声，就连在藏民区里经常听到的牛羊叫声也没有了。只有门边挂着的辟邪的红布条，在晨风里摇摆着。

藏民不在家，是不能进房子的。梁思传愁闷地叹了口气，把队伍带出了村子。他放好了警戒，又在村头草地边沿画出了部队露营的地区，然后，组织大家动手采集野菜了——让在烂泥里跋涉一天的阶级兄弟们能领到点儿现成的野菜，就是他这个供给员所能做出的最好的供应了。

时过中午，部队陆续赶来了。当他抱着一堆野菜递到先头连连长的手里的时候，前面枪声响了。情况很快查明了，原来是前卫部队截住了一支国民党反动派的骑兵，正在激战。

听到了这个消息，运输排三班长老刘跌跌撞撞地走过来。他一手抓着枪，一手举着一把水芹菜，扑到梁思传面前，几乎是央求地说道：“供给员同志，听我说：你只要给我一点点吃的，我就能一口气冲上去！……”他喘息了一阵，又叫道，“让我去打！消灭了敌人，也给同志们搞点儿……”他的话没说完，身子却歪倒了。

梁思传连忙扶住了老刘。他望着那擦得乌亮的步枪，又望望那张黑瘦的面孔，不禁一阵心痛。这个全排有名的黑大个子，三天以前，还挑着一担银圆，外加两支步枪，走得飞快！可断粮两天以来，却被饥饿折磨得连站都站不稳了。现在他只要一点点吃的，一点点比水芹菜稍微耐饥的东西，为的是能去冲锋，去战斗，去为饥饿着的阶级兄弟们夺获点儿食物。可是，他却没有，连一点点也没有。他扶着老刘慢慢地坐下来，安慰地说：“别急，先歇会儿，会有我们的任务的！”

运输排没能参加战斗。但是，枪声和老刘的话，都使梁思传心底里燃起了希望：既然是打仗，也许，能缴获到一点儿东西呢！

就是怀着这种期望，他没等枪声停息，就带着一些人向前奔去。

果然，当他们爬上一带丘陵，一幅令人喜悦的景象就展现在眼前了。只见，一队战士扛着缴来的枪支走在前面，他们后面是一群牦牛；影影绰绰看得出，牦牛还拖着两匹打死的马。紧挨着牦牛群，是一大片雪白的羊群，几个红军战士正挥动着树枝在驱赶着。

梁思传什么都忘记了。他欢叫着飞步跑下山丘，一把抱住了一个赶牦牛的战士，连连说道："同志哥，谢谢你！"

直到他松开了手，才发现这个同志左臂负了伤，靠一只手拽着牦牛缰绳在蹒跚地走着，两眼却直盯着他手里的那把车前菜。

梁思传点点头，把野菜递到那同志的嘴边："吃吧，同志，吃吧！再坚持一个钟头，你就能吃上煮羊肉了！"

刚才还是冷清、寂寞的小村庄，顿时热闹起来了。四五十头牦牛、三匹马，还有二百多头羊，被赶进了村头一个土墙围着的大院子里，运输排的同志割来了茅草，正在喂养着这群牲畜。到处响起了牛羊的叫声。

梁思传倚着土墙，正在聚精会神地计算着。刚才，他已经和前卫团的首长办完了交接手续，现在，必须很快做出计划，把这批牛羊给部队发下去。谁说没有供给工作？看，现在就要由他亲手给部队发放食物了。他仿佛已经看见，一堆堆篝火烧起来了，战士们的小洋瓷碗里正煮着新鲜的牛羊肉，冒着泡，泛着油花，发着扑鼻的肉香……他是那样的专心，老刘叫了他几声，都没有发觉。

老刘正在用力磨着刺刀，边磨边叫道："供给员，咱们杀哪头呀？杀那头瘦些的吧？

"嗯，三的三，三三见九……"梁思传念叨着，"每人先吃它三两……”

“不行!”传来了一声低低的声音，接着一只大手落在了他的肩头上。

“要不，就先按二两发……”

“一两也不行!”说话的声音提高了，“立即停止发放!”

梁思传愣了。他抬起了头，这才看清来人的模样：那宽阔的双肩、健壮的身躯，整齐的灰布军衣上那宽宽的皮带，还有背上那个大斗篷，就连那胸前的望远镜，都是梁思传熟悉的；只有脸颊明显地消瘦了，眼角的纹路更深了，那一向慈祥的眼里闪着严肃的神情。梁思传认出了是谁，连忙站起身，整了整衣服，举手敬礼，低低地叫了声：“总司令!”

朱总司令点了点头，突然问道：“同志，你，是不是红军呢?”

“是。”梁思传回答。他听出了问话里责备的意味。

“是红军，”朱总司令向着牛羊群一指，语气严厉地说，“怎么能违反红军的纪律?”

梁思传连忙解释道：“这是部队从敌人手里缴获的。”

“敌人的牛羊，又是从哪里来的呢?”朱总司令又问道，口气稍微和缓了，“调查过吗?”

“……”梁思传答不上来了。刚才急于把牛羊赶回来分发，竟没有向参战部队查问。

就在这时，参谋和警卫员领着十几位藏民走进了院子。朱总司令向着梁思传一招手，两人一起迎上前去。

朱总司令招呼老乡们坐在石条上，亲切地和他们交谈起来，一边谈，一边还不时地向梁思传看上一眼，好像在说：怎么样?明白了?

是的，听着谈话，梁思传弄清了：原来部队缴获的这批牛羊，是敌人从这村子里抢去的。他懊恨地跺了跺脚，大步走到三班长老刘的身边，把那把磨得风快的刺刀插进了刀鞘。

朱总司令向藏民老乡做了些解释，然后叫他们把自己的牛羊认领回去。

老乡们欢欢喜喜地牵着牛羊走了。院子里重又变得冷清起来，只有两头受伤的牦牛和几只小羊在叫着。

直到这时，梁思传才感到难耐的饥饿和疲劳。他望着朱总司令那变得消瘦了的面容，想起了刚才骑兵通信员的话，他的心又紧缩起来了，不由得轻轻叹了口气。

朱总司令向着梁思传看了一眼，慢慢地走过来："怎么啦，同志，不高兴啦?"

"……"梁思传嘴唇动了动，没有说出声。的确，他的心情是沉重的。

"应该高兴嘛!"朱总司令说，他的话不像刚才那么严厉了，透着由衷的喜悦，"看，我们不但在战斗里消灭了敌人，我们在政治上也打了一个胜仗!"

梁思传默默地点了点头。

"是啊！我知道你在为部队的给养操心，你是供给员嘛!"总司令拉着梁思传坐下来，把话音略略提高了，"可是，我们当红军、打仗，是为了什么呢？是为了人民群众嘛！我们就要好好地执行我们的'三大纪律八项注意'，处处维护群众的利益。至于部队供给的困难，"总司令稍微停了停，抬手指着草地，"看，我们还有这么大的一个仓库嘛!"

梁思传抬起湿润的双眼，望着总司令："那你……还有同志们……"

"吃点儿野草野菜，又有什么？这里面还有一笔账要好好算一算哩。”朱总司令打断了他的话，满含感情地说道，“你发下去的东西是少了，可是，同志们的革命意志、革命精神，却在这场斗争中增加了，这又是一个胜利！”

梁思传默默地听着。这些看来平常的话语，使他看到了这位敬爱首长的宽阔的心胸。他觉得自己的胸膛也变得宽阔了，充实了，亮堂了；好像正被这些话牵引着，在向着高处一步步走去。他严肃地说道：“总司令，我明白了！”

“好！”朱总司令赞许地点了点头，“自然，办法还是要想的。我们已经派出了人，继续向藏民群众做宣传，动员他们卖些粮食、牛羊给我们供应部队。”他把腰间那条宽宽的皮带往紧里扎了扎，然后伸手从梁思传手里拿过了纸和铅笔，“来，我们先把发给伤员和病号的马肉计算一下吧！”

个把小时以后，村头和草地又像市集一样热闹了。一队队陆续到达的红军战士们，都在为晚饭的野菜忙碌起来。

当梁思传向部队首长传达过朱总司令的指示，背着一捆青草、抱着一大把野菜走回来的时候，西天上已经挂上了一抹晚霞。只见村头一棵小树底下，朱总司令正一边择着野菜，一面向参谋口述着命令。在那所大院子里，三班长老刘正在细心地照料着那几只牛羊。他倒背着枪，抓着一把水芹菜，在牛羊中间晃晃荡荡地走着。他咬上一口野菜，咀嚼、吞咽着，然后把野菜凑到牦牛的嘴边……

就在这时，一个健壮的藏族汉子飞也似的跑进院来。

“这一定是来认领牛羊的。”梁思传想道，连忙扔下草捆迎上去，拉着他往牦牛旁边走。那人却轻轻推开了他，只是愣愣地对他望着，好半天，才用不太熟练的汉话问了一句：“你们，都是些神兵？”

梁思传被问愣了。他看看藏民，又望望老刘，摇了摇头。

“那……你们怎么不点烟火，不吃饭呢？”

原来，村里的藏民受了反动土司的欺骗，在红军到来之前，关门闭户上了山之后，一直躲在密林里观瞧着。奇怪的是，一整天了，这些被叫作“红军”的兵，既不举火，也不冒烟。现在，他们认领回自己被国民党反动军队抢走的牛羊，开始了解了这支队伍之后，便大胆地派人前来探听这个秘密了。

梁思传感到实在为难：“怎么回答他呢？”

他正在想着，老刘抢着说话了。他吐掉了口里的野菜渣，结结巴巴地说道：“我们，吃，吃过了。”

“吃？你们吃什么？”

“这……”老刘慌忙把抓着水芹菜的手往后藏，但已是迟了。

那位藏民伸手抓起老刘手里的那把水芹菜，又看了看地上的野菜渣。看着，看着，两行眼泪涌出来，挂在了他那黧黑的脸颊上。他紧抓着腰间的牛角号，突然转身跑出了院子。接着，村外响起了悠长的牛角号声。

随着号声，这个草地的村庄更加热闹起来了。藏民们背着娃娃，带着衣物，赶着牛羊，走下山来。一家家紧锁着的房门打开了，接着一大群的藏民，牵着牛羊，背着苞谷，拥进了院子。

梁思传和运输排的同志顿时忙得应接不暇了。他们打开了银圆箱子，点着银圆，数着牛羊，称着粮食，计算着价钱……这可是一桩真正的供给工作啊！

当一切都就绪了以后，梁思传快步来到了朱总司令身边。

朱总司令喝着野菜汤，静静地听着汇报。听完了，对于给养的分配做了指示，然后他紧紧地握住了梁思传的手，缓慢地说道：“同志，记住：我们红军所处的环境，是有变化的——可能十分困难，也可能非常富裕。可是，不管遇到什么情况，要永远想着：我们是共产党领导的红军，是有革命纪律的人民军队；我们革命军队的本色是永远不能变的！”

“是！记住了！”梁思传庄严地答应着。

确实，他记住了。这深沉的话语，和这天发生的一切，都深深地刻进了他的心上。就在这一霎，他懂得了，什么是真正的工作；他也明白了，党的政策、革命军队的纪律，本来就是和胜利紧紧联系在一起的。

1977年6月16日

标　准

天色渐渐昏暗下来了。

草地行军，这黄昏时分是一天里最好的时光。连队从满是泥泞的沼泽地里走出来，在一块小高地上停住了脚，宿营了。傍着矮树丛，用布单、包袱皮搭起了各式各样的帐篷；捡来树枝茅草，燃起了一堆堆篝火。在风雨和水草、烂泥里跋涉了一天的红军战士们，围着这一簇簇篝火，烤着湿透的衣服，擦拭着枪支；篝火上架着的脸盆、口杯里，清水在响着，冒着热气。于是，歌声和笑声就随着这火苗、轻烟和雾气，一块儿在大草地上升腾起来。

但是，司务长宋新华的心绪却没有往常宿营那么愉快。他提着个竹篾背篼，在篝火间蹒跚地走着。见到一个战士，就从背篼里拿出拳头般大的一块牦牛肉递过去，随口嘱咐道："注意，省着点儿吃，这可是一天的口粮!"说着，他心里暗暗叹一口气："唉，这算什么伙食标准哟!"

确实，这样发放伙食，在他当司务长以来还是第一次。昨天，当战士们从粮袋里把最后一点儿青稞面粉倒进小碗里以后，连队就完全断粮了。他冒着风雨赶到团里，领到了一头瘦牦牛。团供给处长把牛绳递到他手里的时候，交代他说，走出草地之前，这是最后的一次供应了，而且还小声补了一句：“这还是根据上级的指示，照顾连队。总部机关从前天起就已经只靠挖野菜过日子了。”他把牦牛赶回来宰了，狠着心，留出了一半作为第二天的伙食；把这一半切成了小块，按人头发下去。

走过了一处又一处。背篼越来越轻了，可他的心却越来越沉了：在这样的水草地里连续行军，一天只吃这么几两肉，怎么能支持得了？而且，往后呢？

正想着，忽然一个声音引起了他的注意。

“……好！你这个办法要得！”讲话的是四川口音，话音里透着高兴，“同志，要是在这个里边加上点儿野菜呢？”

“掺上野菜？对！”答话的是江西口音，“要加上把辣椒，就和你们四川的回锅肉差不多啦！”

“好，好！”四川口音的人爽朗地笑了，“这样子吃法，解决好大的问题哩！”

宋新华顺着话音望去，只见两个人正凑在一堆篝火边上忙着。四班长老谢在火上烧着什么，另外一个人站在旁边看着。他看得那么专注，而且显然看了有些时候了，湿衣上流下的水在他脚下积了许多。

宋新华连忙走过去，抓起一块牛肉递给四班长，又抓了一块递给那个站着的同志。

那人推开了他的手，却弯腰察看地上的背篼了。

“拿着吧！”宋新华轻轻叹了口气，“困难嘛，只好按这个标准……”

那人摇了摇头，说道：“我不要！”

“不要？”宋新华惊奇地叫起来，“这可是一天的伙食呀！你不要，想要什么？”

那人把手伸进背篼里翻检着，半天，才说道："我要牛皮。宰了牛，牛皮呢？"

宋新华摇摇头："扔了！"

"什么?!"那人提高了声音问道，"骨头呢？"

"你这人，真是的……"宋新华被对方说话的声调激怒了，他生气地说，"那些玩意儿，又不能吃……"

他本来要重重地说上两句的，却突然住口了。就在这时，那人抬起身来。他看到了一张熟识的脸：方脸膛，宽宽的额角，瘦削的双颊上长满了髭须。穿戴也是熟悉的：用自捻羊毛线织成的衣服，扎着那条宽宽的皮带，背上是一只牛皮斗笠。但是，两道浓眉下那双一向温和的眼睛，此刻却照直注视着他，闪着严峻的光。他慌忙立正，低声叫道："总司令！"

朱总司令摆摆手，接着刚才的话茬说下去："不能吃？那么，你来看。"他把宋新华拉近火堆，朝着四班长老谢一指。老谢却没有注意这些，他还在专心地忙着。只见他拿起那只牛皮鞋底，用刺刀从边上切下一小条，挑在刀尖上，伸到火苗上去。噼啪一阵响，牛皮上的毛被燎掉了，皮面上冒起一层黄黄的油泡，发出一股淡淡的油香味儿。

"看见啦？"朱总司令向宋新华看了一眼。

"……"宋新华这才明白，刚才朱总司令和老谢谈论的就是这件事。他觉得自己耳根一热，慌忙低下了头。他想起了被自己丢在小河边上的那张牛皮和骨头。

这工夫，老谢把烧好的一截牛皮扔进小碗里煮着，然后，拿起两根树枝，从碗里挑出了一块煮软了的烧牛皮，一边吹着热气，一边走进矮树丛后面的帐篷里去了。

朱总司令慢慢蹲下身，拿起那只牛皮鞋底，看着。鞋底是用一块生牛皮剪成的，有的地方已经磨光了，却洗得干干净净，显然早就做好了准备。他看着，又仰起头想了想，然后，解下自己的皮斗笠，拿起刺刀，切下了一条边边，照样放在火里烧着。

“总司令，我……”宋新华欠起身来，“我这就去把牛皮、骨头拿回来。”

“等等。”朱总司令止住了他，又抬手向着矮树丛一指。

树丛后面，传来了低低的说话声。

“……你吃。这牛肉嘛，留给二排长，他的伤比我们重……再说，还有七八天的路哩，哪能只看眼前这一步棋？……”

“那你……”说话的是个年轻战士，“我知道，你是在党的……”

“唉，应名是个党员，能力小，不能给党分忧啊！”老谢又说了，“咱们的党和红军遇到了难处，不要紧，咱把苦、把困难砸碎了，你拿一点，我拿一块，分分扛起来……”

声音渐渐低下去了。

“听见啦！”朱总司令又向宋新华看了一眼。

宋新华觉得自己整个脸都在发烧，他的头勾得更低了。

“多好的战士啊！他们，要的那么少，可想的、干的又那么多！”朱总司令把手搭在了宋新华的肩头上，话，比刚才温和多了，“我们当干部的，就要把心贴在战士们的身上；要学习他们，关心他们，就能把工作做好了。”

“我知道，你很作难，也很辛苦！”稍停，朱总司令又说了，“我们手里掌握的东西，关系着战士的生命。家当不多，可工作不能少，思想不能差呀！”

宋新华静静地听着。他觉得出肩头上的那只大手按得更重了。

牛皮烧好了，朱总司令拿起来轻轻吹了吹，欣喜地看着。

他向黑暗里招了招手。一个警卫员走过来，把烧好的牛皮接过去。

“这些人，都是革命的种子啊！”说着，朱总司令又从皮斗笠上切下了一小块牛皮，放在火里烧着，“我们要用这有限的财富，用最好的工作方法，把战士带出草地，带到陕北，带到毛主席、党中央身边去！”

话说得很低，很慢，但像这暗夜的篝火一样，把人烘暖，把人照亮。听着这深情的话，宋新华觉得浑身都热了。他激动地站起身来，用颤抖的声音说道：“总司令，我错了！我不该老想着过去的供给标准。”

“标准！是啊，无论是供给，还是思想和工作，我们都需要有一个标准！”朱总司令把烧好的牛皮递给警卫员，然后慢慢地站起来，严肃地说道，“但是，这是草地的标准，革命的标准！”

说罢，他向警卫员招了招手，大步向前走去。

看着朱总司令走了，宋新华忽然想起了什么。他伸手抓起了一块牦牛肉，递给了警卫员。

“这倒不要，可就是……”警卫员把手里的烧牛皮和一把野菜一扬，“发现了这个，首长今晚又要到各单位去宣传，不知道什么时候才能吃饭哩！”

宋新华站在篝火旁边，目送着敬爱的朱总司令那渐渐远去的背影，深情地喃喃自语着：“草地的标准，革命的标准！”

就在这一瞬间，他忽然想道：将来，这样的供给大概不会再有了，但标准却会留下来。也许会有那么一天，人们将用这个标准来衡量和检查自己的生活、思想和工作。

1977年6月26日

启　示

经过两个多小时的滚跌、跋涉，赶队的小部队终于走过了这段充满着艰难和危险的烂泥潭。

排长钟彦标踏上了一块大些的草墩，两脚站稳了，把背上的伤员轻轻放下，然后，又往回迎了几步，帮着两个担架员把担架抬过来。这工夫，走在最后的通信员小胡也搀着一个病号跨上了草墩。

突然，小胡尖声地叫起来："同志们，部队宿营啦！"话刚出口，劲一松，腿一软，他和病号同时跌坐在地上了。

钟彦标却没有像小胡那么兴奋。他抬头看了看天，太阳还在老高处挂着，只是在西北方向，一块乌云正缓缓地漫上来。再向前望去，只见不远处一块高地上，有一大堆人在活动着。看着这一切，他的心不由得一沉。

自从进入草地的第二天起，他就开始带领本连的三个伤病员赶队了。三天来，他们每天都是出发走得早，宿营歇得晚，就这样，紧赶慢赶，还是掉在了后卫团的后面。现在，天色还早，不是宿营的时候；高地太小，也不是宿营的地方。

"情况不对！"他焦急地想，随即弯腰把伤员背到身上，大声命令道："快走！"

他们加快脚步赶到了那块小高地。只见这块不过亩把地大的高地上，散散乱乱地挤着五六十个红军战士，有一多半是伤病员。一望而知，这些人都像他们一样，是掉队下来的。人们有的吵吵嚷嚷，在辩论着什么；有的在拍打着空空的粮袋；有的寻找着野菜；有的干脆在矮树丛间找柴火、生篝火、搭帐篷，准备宿营了。

钟彦标把同志们安置在一簇树丛边歇着，自己在高地上走了一圈，这才弄明白：原来兄弟部队有几个伤员在这里休息，后来的一批批赶队的，也就跟着停了下来，于是，越聚越多，就都集中在这里。

吵嚷和争辩还在继续着：

"谁爱走谁走，我可是不走了！"

"对，反正是赶不上大队了，明天早点儿走还不是一样！"

"不行！"人群里有个人提出了反对的意见，"暴雨马上就到，得往前赶哪！……"

钟彦标顺着这个声音望去，只见讲话的是个重伤员，从他那帽角略大的八角军帽上，可以看出是四方面军的同志。他从一个临时绑起的担架上欠起身，喘息着，焦急地摆着手："同志们！……"

可是，他那微弱的声音却被杂乱的吵嚷声淹没了。

钟彦标看看那越来越近的雷雨云，又望望这混乱的人群，他的心也像这黑云一样沉，和人群一样乱。他知道，艰苦的草地行军，当人们和大伙一道前进的时候，再苦再累，都还能坚持着往前走；可是，一旦离开了本部队的建制，失去了集中的领导，再遇到什么意外的影响，就容易使人松懈下来。就像握着的一把豆粒子，手一松，散了劲，就不好收拾了。现在，他所见到的，正是这么一种局面。

"是啊，这个同志说得对，这样下去是危险的!"他向着那位重伤员看了一眼，想道，这么多伤员病号，远离了大队，又断了粮，而且，一场暴雨就要来了，必须赶快往前走。可是，这五六十个人，就包括了两个方面军、三个军和军团、六个团的番号。这不同建制的人员，这又松又乱的思想情况，怎样才能把大家动员起来，继续往前走呢?

突然，一声闷沉沉的雷声打断了他的思路。那块浓重的乌云，被风吹送着，已经夹着电闪、带着雷鸣，来到了小高地的上空。他顾不得再想下去了，连忙叫来了通信员小胡和两个担架员，分派他们去把最重的伤病员背到树丛边上来；自己赶紧解开毯子，动手搭防雨帐篷。

可是，不管他们怎样着急，已是迟了。小胡他们把第一批重伤员运过来以后，刚刚走开，他的帐篷也才挂起了一只角，暴雨已经铺天盖地地袭来了。

雨，来得又突然又猛烈。西北风斜推着急骤的雨点，夹杂着指尖大的冰雹，密集地扫射过来，打落了树叶，冲倒了野草，在浑浊的水面上激起了高高的水花。受到这突如其来的袭击，本来就乱着的人群，更是混乱了。

钟彦标也被搅得心慌手乱。他随手把毯子盖到了自己刚才背过的那个伤员身上，又转身绕到上风，俯到担架上，掩住一个伤员的上半身。可是，一个人怎么能护得过五六个伤病员?眼看他们毫无遮挡地淋着，冰雹在他们的身上迸散着，他却分不开身。不远处，一个同志正在急急地往一个病号身边爬来。钟彦标认出这是那位戴大八角帽的重伤员。看样子那同志想用身体掩护战士，可是，显然气力不支了，一跤摔倒在病号旁边，他就势抱住了病号的头……

钟彦标的心急得像几把刀子在戳、在搅。他一会儿招呼伤员向他这边靠，一会儿又喊叫小胡快来，恨不得一下子把自己分成几半。

就在这时，忽然人影一闪，一个人大步奔过来。他一边走，一边解着衣扣，然后，两手猛地扯起衣襟，用身躯掩住了两个伤员。

钟彦标一面学着来人的样子，解着衣服，一面向那同志身边靠过去，打量着他。那个同志已经很有了一把年纪，瘦削的脸颊上生着浓密的胡须。冰雹，正在他的军帽上、肩头上和握着衣襟的双手上，四散飞迸；雨水，顺着浓黑的眉毛和胡须急急地流下来。这些，那人全不在意，只是叉开两腿，稳稳地站在那里，身躯略略前倾，两眼定定地注视着胸前的伤员。在那双眼里闪着关切和焦灼的神情。

突然，他那浓密的胡须抖动了一下，发出了一声低沉的喊声："共产党员们，到这边来！"

这喊声不高，还有些沙哑，却一下子冲进了钟彦标的心。仿佛借着这喊声的冲力，他的心顿时开了一条缝，透进了一线亮光："是呀，应该号召党员们……"于是，他深吸了口气，和那个同志一起，齐声喊道："共产党员们，到这边来！"

口号，由一个老党员和一个年轻党员同声喊出来，更加响亮了。它压过了雷鸣，盖过了雨声，在这荒凉的草原上回荡开来。

一个红军战士提着步枪跑过来。

那个老同志伸出一只手，挽住了来人的胳膊，两人紧紧地靠在了一起。

第二个，第三个……七八个共产党员，从不同的方向跑来了。有的背着伤病员，有的嚼着没吃完的野菜，有的捂着被冰雹砸肿的伤处。他们来到了这个老同志身边，你挨着我，我靠着你，像雁行一样一字排开，筑成了一堵人墙，用那些宽阔的脊背，为伤病员遮挡着狂风、暴雨、冰雹。

看着眼前的情景，钟彦标的心头宽松了。他感激地向着那个老同志看了一眼，情不自禁地把身体向他靠得更紧了。

那同志转过头来，低声问道："你是干部？"

"是。"钟彦标回答，"红五团二连的排长。"

就在这时，钟彦标看见了那宽阔的前额和两道浓眉下面的一双眼睛。这双眼睛明亮、清澈又充满着热情。这是那样一种眼睛：它看你一下，就能深深地看到你的心底；你看见它，就永远不会忘记。

"为什么停下？"问话里透着不满，"为什么不带着同志们走？"

"这……"钟彦标望着这双眼里闪着的严厉的光，慌忙低下了头。他简略地把情况讲了讲，解释着他没有把同志们带走的原因。可是，越解释自己也越觉得理短。

"不对！"那同志把声音提高了，"单位再多，也是共产党领导的红军嘛！怎么能说没法带呢？"

说话间，暴雨停止了。

钟彦标从老同志的腋下抽出了手，向大家摆了摆，人群散开了。这时，这才发现，老同志的背后不知什么时候站上了两个人，其中一个把一块用来遮雨的包袱皮收起来，凑近老同志，低声说："走吧，你的病刚好了点儿……"

"可这些同志的伤还没好！"那同志抓过包袱皮，随手拧干了，又俯到那个戴大八角帽的伤员身边，帮他擦抹脸上的水点。

伤员感激地点了点头，喘息了一阵，挣扎着欠起身，从怀里掏出装着一小截炒青稞的粮袋子，递给了老同志，说道："同志，拿去，分给断粮的同志……吃了，好往前走……"

老同志没有接粮袋，却紧紧抓住了那只瘦骨嶙峋的手。

"拿着吧！"伤员恳求着，"我，我是在党的，本应该……"他又喘起来，说不下去了。

“同志！”老同志深情地低叫了声。把那只手握得更紧了。

过了一会儿，他又说话了。话，是对着钟彦标说的：“看，我们有多好的同志啊！和这样的人在一起，怎么能说‘没办法’？”

老同志的话音更低、更沙哑了。钟彦标却从这话音里觉出了深沉的感情，得到了启发。他激动地抬起头。他又看到了浓眉下的那双眼睛。它是严肃的，却又那么深情。

“排长同志，”老同志问道，“你是什么时候入的党？”

“前年。”

“说说看，为什么要把你编进一个小组、一个支部呢？”

“这……”钟彦标一时答不上来了。

“那么，再问你，”老同志的话更温和了，“我们军队的党支部，不在营，不在团，却在连里，这是为什么呢？”

“知道。”钟彦标回答。就在他入党后上第一次党课的时候，总支书记讲过：北伐时，在党所掌握的军队里，支部是在团；1927年秋天，毛主席领导着秋收起义军向井冈山进军的时候，才亲自在连队建党，把党支部建在连上。从那以后，红军不管怎样艰难困苦也顶得住、拖不垮，从不溃散，就是因为连队有了坚强的领导……回忆着这历史的经验，想着老同志问话的意思，他觉得自己的心头更敞亮了。“知道就好哇！”老同志胡须缓缓展开，笑了，“那么，现在你应该怎么办呢？”

“我应该依靠党员同志……”

“对，并且把他们组织起来，成为一个核心，一个堡垒，”老同志接过了他的话，“带领大家，继续前进，去赶上大队！”

接二连三的启示，使钟彦标的心头完全豁亮了。他猛地把手伸进怀里，掏出那个珍藏的油布小包，打开来，拿出自己的党证，然后，把手一挥，叫道：“共产党员，到这里来开会！”

他高高举起了党证，权且代替了党旗。党证上那红色印章——红星、镰刀、斧头，虽然不大，却像一簇火焰一样，鲜红、明亮，照耀着草地，照耀着会场。连伤病员在内，十五个来自各个部队的共产党员，围着这一簇火焰，聚集在一起。就在这千万年人迹罕至的大草地上，这些被饥饿、寒冷、疾病、战伤折磨着的无产阶级的先锋队员们，集合起来了，成了一个战斗的集体。

党员大会在庄严地进行。钟彦标简要地向大会报告了情况之后，热烈的讨论开始了，一项项提议提出来了，一项项决议做出来了。大会决定：组成临时党支部，钟彦标同志被选为临时支部的书记。大会决议：所有党员，拿出自己的粮食，分给断粮的同志。会议又通过决议：每个党员负责把本单位的同志组成班组，在临时支部的领导下，发挥党员的模范、带头作用，帮助伤病员继续前进！

开会的工夫，那位老同志一直坐在那个戴大八角帽的伤员旁边，双手交叉在胸前，抱着两个湿漉漉的臂膀，头微微偏向一侧，亲切地微笑着，注视会议的进行。

钟彦标看见，在那双明亮、清澈的眼睛里，流露着高兴和赞许的神情。

当通过了最后一项决议，钟彦标问大家“还有什么意见”的时候，老同志举起了手：“我提议，大家唱个歌！”

这个提议，使本来就燃烧着的战斗热情更加炽热了。好几个同志发出了附议的喊声。

老同志站起来，用那充满感情的胸音唱了个起句，然后，胳膊猛然一挥，歌声，随着他的指尖爆发出来：

起来，饥寒交迫的奴隶，

起来，全世界受苦的人……

开始，只是到会的人在唱；很快，整个高地上，都响起了这支无产阶级团结战斗的歌曲。歌声，震荡着荒凉的草原；歌声，激动着每个人的心……

就在歌曲终了的时候，一个骑兵通信员奔来了。他跃上高地，勒住了马，大声问道："周副主席在这里吗?"

"周副主席?"钟彦标一愣。这时，他看到，那个老同志把两只手猛然一收，结束了这激越的歌声，然后慢慢走过去，从通信员手里接过了一封信。

啊！是他？敬爱的周恩来副主席！是他，和红军战士们一道顶风冒雨，用自己病后的身躯，掩护着伤员和病号！是他，和战士们一块开会，一起唱歌，并用深刻的革命思想教育着干部，带领大家，在这大草地上胜利进军!

他觉得自己的心跳得很急，两眼也润湿了，连忙整了整衣服，大步向周副主席走去。

"谢谢你呀，支部书记同志!"周副主席收起了信，向着他亲切地点了点头，"我可以把你们临时支部的情况向后卫团党组织报告。行政上，就指定你担任收容队的队长!"

"是，周副主席!"钟彦标立正回答，"我一定带着大家赶上队伍!"

"好!"周副主席握住了钟彦标的手，嘱咐道，"同志！往后要记住，不管什么时候，都要想着自己是一个共产党员，是我们伟大的党的一部分，都要团结和带领群众往前走!"

钟彦标严肃地答应了一声："是!"

就在这一瞬间，他又看见了浓眉下的那双眼睛。在那双眼睛里，他看到了亲切的鼓励和殷切的期望。

周副主席走了。他迎着冷风，踏着泥泞，向前走了。

钟彦标久久地、久久地凝望着周副主席的背影。

那高大的身影，是渐渐远去了，但是，那双明亮、清澈的眼睛，那慈祥的神情，那洋溢着关切、严格而又满含深切期望的目光，却永远留在了他的心头。

他觉得，这双眼睛注视过他，并将永远注视着他，看他继续长征的路走得怎么样，看他今后的工作做得好不好，看他能不能像一个真正的共产党员那样战斗和生活！

1977年7月12日

路　标

天边上，最后那一小块挂着晚霞的云彩，轻轻飘闪了一下，眨眼工夫就消失了。夜色，像块奇大无比的灰布，悄悄地伸展开来，罩住了整个草地。一时，远处那起伏的丘陵，近处那开满野花的水草、成簇的芭茅、矮树，都由清晰变成模糊，最后看不见了。高高的天空里，星星却一颗接一颗地跳了出来，那么多，那么亮，又那么遥远。

通信员罗小葆一手拄着那根用来探路的木棍子，一手抓着腰间那块小木牌，呆呆地看着这夜幕四合的情景。他的心也像被这夜色紧紧包住了，沉重又有些慌乱："到处都这么黑沉沉的，可该往哪里走?"

过去的六天里，小罗都是跟在连队里走的。在草地里连续行军，自然很是艰苦：天上不是暴晒的太阳就是急雨冰雹，脚底下是走不完的水草烂泥，肚子里装的是野草野菜；再加上那双不争气的脚，草鞋磨破的地方被污水泡烂了，走起来钻心地疼。可不管怎么说，跟着大队走，总还是好过些：前边有连长带队，后边有指导员收容，用不着打问路线，也用不着辨别方向；他只要把自己那块心爱的小木牌往一班老班长背包上一挂，瞅着它一步不落地走就行了。那块识字用的木牌，比一本书略大点儿，刮得溜平，上面还刷了两遍桐油。这是在遵义地区休整的时候，老班长给他做的。就从那时候起，他每天请小文书在上边写上几个生字，然后一边走，一边认，一边比画着。就这样，从乌江边一直走到了雪山草地，又坚持着在草地里连走了六天。

谁想到，就在今天，他的生活忽然变了样。中午时分，部队遭到了反动骑兵的突然袭击，老班长在战斗里负了重伤。就在老班长被扶上担架的时候，他突然挣扎着欠起了身，把识字牌递到小罗手里，指着上面新写的“北上抗日”四个字，问道：“都认识啦？”

“认识……”小罗的喉咙哽住，说不下去了。他扑在了老班长的怀里。

“意思呢，都明白了？”

小罗抬起泪眼，望着老班长那被一圈胡楂围着的、干裂的嘴唇。昨天，他曾经一边嚼着野菜，一边给他讲解过。

“一定要搞清楚，这是个战略问题哩！”老班长把小罗抱紧了，像过去一样讲起来，“敌人，要把我们红军逼到西南边的雪山地区，让我们扎不下根，建不成根据地……”他把声音提高了，“不，我们不上当！我们的毛主席说：往北走，出草地，到陕北，去……”他急剧地喘息起来。

“去迎接抗日高潮！”小罗一下子把话接过来。

“对！”老班长胡楂子松开，笑了。他喘息了一阵，断断续续地说道：“往后，要自己学啦……过去学的，不要丢生了……新的，要学会……”话没说完，就昏过去了。

罗小葆哭着扑倒在老班长的身上。直到连队集合了，担架员抬起了伤员，他才想起要去给老班长弄点儿水喝。可是，当他找来了一小碗干净的清水的时候，连队已经走远了。于是，他掉队了。开始还能随着收容队走，后来越掉越远，终于一个人落到了这草地的黑夜里。

只是到了这时，他才更加深切地体会到跟在队伍的行列里是多么幸福，也真正感到了辨别方向的重要。“到底应该往哪儿走呢？”他望着黑暗而又荒凉的草地，默默地想着：“找土地庙？没有。摸大树？也没有……”

突然，一阵冷风刮来，吹得他打了个寒战。这下子他想起来了：白天行军的时候，风是从左前方吹来的。他忙把一个手指伸进嘴里，含热了，又拿出来一试。好，风向找到了。他高兴地用木棍探到面前的一个草墩，然后迈脚走向前去。

一个个草墩被他踩到了脚底下，一道道烂泥河沟被他跨过了。到底走了多久、多远，他不知道。只是傍晚时吃进肚里的那碗野菜，早已消化完了；瞌睡一次次袭来，眼皮直打架。为了不想那咕咕响的肚子，也为了驱除睡意，不致掉到泥潭里，他边走边复习着白天学来的生字。

“抗，抗日的抗……”他跳过了一道水沟，踏上了一个小土包，“这‘提手’，是在左边还是在右边呢？……”

正在他边想边走上土包的时候，忽然，在他的眼前出现了一星火光。这火光，被草地的水汽笼罩着，发出一环环色彩斑斓的光圈，映照着这黑沉沉的草地，也照亮了罗小葆的心头。顿时，什么饥饿、疲劳、瞌睡、脚痛，通通忘记了。他欢叫了一声，朝着火光大步奔去。

火光，是从一块很大的高地上发出来的。高地上到处是人。一堆堆篝火余烬的旁边，同志们有的躺着，有的背靠背坐着，都在香甜地睡着——看样子，部队宿营已经多时了。只有一堆篝火还在燃烧着。火苗在缓缓跳动，把蓝色的细烟轻轻地送进昏暗的空中，树枝被火舌舔着，发着咝咝的声响，不时啪地爆裂开来，炸出的火星四散飞迸。

罗小葆小心地绕过睡觉的同志们，走向火边。直到他把两只冰冷的小手伸向火堆的时候，这才看见篝火四周许多人都睡着，只是在对面还坐着一个同志。只见这个同志坐着一个小衣包，一只臂肘靠在一只铁皮箱子上，膝盖上搭着一张地图，正在聚精会神地看着，看一会儿，抬起头，凝神思索一会儿，拿红铅笔在图上做个记号。

就在这个同志仰头思索的时候，借着篝火的光亮，罗小葆看清了：这是个身材高大、魁梧的同志，头发好久没理了，稍稍长了些；发梢被夜雾打湿了，挑着几星细小的露珠。在那宽阔的前额下面，是一双明亮、慈祥而又充满智慧的眼睛；只是不知为什么，在他想事的时候，眉头皱着，有点儿不大高兴。

“这一定是位领导同志，”罗小葆看着他那双透湿的草鞋，看着他那卷起的裤腿上和小腿上的泥点，暗暗想道，“在泥水里走了一天，大家都睡了，他还在工作哩！他这工作一定很重要！”

他看着那个同志手里的地图，忽然生出了一个念头。这个念头是如此强烈，终于使他憋不住低低地喊了声：“报告！”绕过火堆，走了过去。

那个同志慢慢地从地图上面抬起了头。

罗小葆端正地敬了个礼，用他那孩子的声气说道：“我是‘勇敢部’三连的通信员，掉队了！”

“‘勇敢部’的？”那同志微微笑了笑，“怪不得这么勇敢，一个人，赶上了大队！”

看着这慈祥的笑脸，听着这亲切而又幽默的话，罗小葆的拘束一下子消失了。他又向前迈了一步，指着地图说："你是领导同志，你一定知道明天的行军路线，能不能……"

"路线，当然有啰！"领导同志抓住了小罗的手，拉他在铁皮箱子旁边坐下，指着地图上的一个红圈，说道，"看，一直往北，走上半天多点，就是班佑——就走出草地了！"

"真的?!"罗小葆高兴地叫了声。

"那是明天的任务，现在嘛……"领导同志从箱子上拿起两根笔杆，在面前的一个搪瓷饭盒里搅了搅，然后，掏出条粗布手帕垫着，把饭盒拿起来，搁到了铁皮箱上。

"来，先开饭！"领导同志用笔杆夹起了一粒胡豆，吹了吹，轻轻放到了小罗的手心里，"看，这就是你们'勇敢部'的前卫送来的。吃呀！吃了，你就更勇敢喽！"

说完，他把笔杆递给小罗，然后从文件箱上的一个大铜墨盒底下抽出一张纸，动手写起字来。

罗小葆顾不上再说什么了，他挑着野菜、捞着胡豆吃起来。因为饿了，也因为这位领导同志那亲切的态度，他吃得特别香甜。一边吃，一边看着，只见那领导同志的大手正紧握着铅笔，在飞速地写着什么。

"他这工作一定很重要！"看着，罗小葆想起了自己的识字牌。这才发现，饭盒里满共不过四五十颗胡豆，已经被他吃掉了一多半。他连忙停住了手，把饭盒推到了那同志的手边，不好意思地笑了笑。

领导同志却没有注意。他端起饭盒，大口喝了两口野菜汤，又随手递给了小罗。

"不，我也还有任务哩！"罗小葆推开饭盒，把擦干净了的识字牌放到领导同志面前，要求道，"我今天的课还没上呢！同志，教我几个字吧！”

“学习？好！”领导同志看着识字牌，赞许地点了点头。他拿起毛笔，转身把笔尖在身边草叶上的露珠里蘸了蘸，又在墨盒里匀了匀，挥笔写下了四个大字。

他用笔尖指点着，逐字念着：“向、北、前、进！”

罗小葆也跟着念：“向北前进！”

“向，就是方向的向……”领导同志逐字讲解起来。他那浓重的湖南口音，语调很慢，讲得那么仔细，又那么清楚。

罗小葆用心地听着。随着讲解，在他面前展现了一幅壮丽的情景：浩浩荡荡的红军队伍，正在向着北方，向着陕北的高原大步前进。

“字，就这么讲。”领导同志讲完了，又和蔼地问道：“那么，为什么要‘向北前进’呢？”

“我们红军要北上抗日。那里离日本侵略者近哪！”

“还有呢？”

“还有，”小罗歪着脑袋想了想，“那里有陕北根据地，我们红军可以休息、整顿、发展……”

领导同志点点头，高兴地笑了。他亲切地揽住了小罗的肩膀。罗小葆也向他偎近了些，靠到了他的肩膀上——这宽阔的肩膀，是多么温暖啊！

“可是……”稍停，领导同志从墨盒底下拿出了一张纸片，向小罗抖了抖，说，“有人打了个电报来，主张往南走，再过一趟草地。”

“什么？”罗小葆一怔，连忙欠起了身，“怎么行？那不是往后倒退吗？！”在他眼前出现了南边那荒凉的雪山区域，还有那刚刚走过的荒无人烟的大草地；在这草地上，浮出了老班长那亲切的面孔。他认真地争辩起来：“怎么还能再走一趟草地？草地南边根本不能建立根据地呀！不行！”他不知不觉把话音提高了，“不同意！你就说：红军战士罗小葆不同意，还有，老班长也不同意！……”他越说越激动，好像提出那个主张的人就在眼前似的。直到看到领导同志亲切注视着他的那深邃的目光，才停住了嘴。

“是啊，倒退是没有出路的！”领导同志缓慢地点了点头，“这么说，小同志，你的意见是：不能往南走？”

“不能！我要是见了毛主席呀，我就跟他说：往南走的这个主张是错误的！”罗小葆肯定而又自信地大声答道，“同志，你不信去问问我们的毛主席，毛主席也会同意我的意见的！”

领导同志点了点头：“同意！”

“这可是战略问题呀！同志，”看到领导同志很注意地听他讲话，罗小葆心里很高兴，他认真地说道，“你是领导同志，你要告诉毛主席，告诉党中央，批评那个提出这种主张的人，狠狠地批评他！”稍停，他又拽了拽那个同志的衣袖，嘱咐道，“你一定要告诉啊！”

领导同志没有答话。他默默地看着罗小葆，把自己那只大手慢慢地伸过来。

罗小葆举起自己那干瘦的小手，放进了那只大手里，使劲地握住。就在这一瞬间，罗小葆又看见了那双慈祥而又充满智慧的眼睛。在那里面，他看到了亲切而又喜悦的光辉。

领导同志和小罗握过手，又伏在文件箱上写东西了。

罗小葆把识字牌拉到面前，仔细端详着这四个大字。他竖起食指比画着，口中念着：“向北前进！”一边念，一边看着那只大手在飞速地写着。

他又一次想道：“他的工作一定很重要！”

是的，罗小葆，他站在红军的行列里，跟着毛主席从雪山前翻越到雪山后，从草地南端走到草地的北沿，他凭着一个红军战士的忠诚和一年来受到党的教育，认识到毛主席指出的北进路线是正确的。但是，这个十四岁的少年红军，虽然走过了山山水水，却还不懂得革命道路的崎岖不平。他不知道，就在这个重要的时候，毛主席和党中央正在和野心家张国焘搞机会主义、搞分裂、搞阴谋诡计的罪行进行着一场严重的斗争。他哪里知道，就在他学着写这几个字的时候，这位教他认字的老师、这个伟大的人，已经用他那只大手把这四个字写到了面前的纸上，写进了一个重要的文件，写进了现代革命的历史里。他也不知道，就在这个历史时刻，“向北前进”这几个字，像那明亮的北斗星一样，为党、为革命、为正在长征中的红军部队，指明了方向，决定了历史的进程。

罗小葆念着，认着，写着，把这几个字记在了心坎上。这四个字和领导同志的讲解把他引向了北方，引进了一个新的天地。仿佛眼前这一堆篝火化成了一簇花，像他家乡的映山红一样的花，这是陕北根据地。他战斗、学习，他长大了，能像小文书一样，把领来的行军路线上的字都念得出来了……就在这时，一只温暖的手轻轻地揽住了他的肩膀，把他拉向胸前；他的脑袋枕到了一条腿上，接着，又有一件什么东西盖到了心口上。好暖哪……他睡着了。

罗小葆醒来的时候，天已经亮了。他一骨碌爬起来，揉了揉眼睛，就看见，东天上一抹朝霞正在上升、扩展，在广阔的草地的东侧，一轮红日正跃出地平线，把整个草地照得透亮、火红。

这时，一个背驳壳枪的红军战士走过来，微笑着说道：“毛主席要我等部队出发的时候再叫醒你。”

罗小葆惊住了：“毛主席？”

“是啊，昨天你不是和他一起待了半夜？”警卫员从罗小葆胸前把一件蓝色的半旧毛衣拿起来，只把一条手帕和十几颗胡豆递给他，“毛主席说，行军路线已经写到你的识字牌上了。他要你把胡豆吃了，用手帕把脚好好包一包，勇敢地赶上队伍！”

罗小葆急问：“毛主席在哪儿？”

“在前边！”警卫员朝北一指，“带着部队出发了。”

罗小葆激动地接过手帕、胡豆，又抓起身边的识字牌，一跃而起，向着部队走去的方向奋力跑去。

红军长征的部队，正一路路、一行行，汇成几路纵队，踏着开满鲜花的草地，向北走去。他们走着，在没有路的荒凉草地上踩出了路。

罗小葆跑了一程，来到了一棵丈把高的树下。他停住了脚，注视着正在走向前来的红军队伍。突然，他折下了一截树枝，把他那心爱的识字牌牢牢地挂在树杈上。

“向北前进”四个亮闪闪的大字，像一个金色的路标，指向革命进军的方向。

罗小葆深情地向着路标看了一眼，然后，弯腰用手帕包好了脚上的伤口，系紧了草鞋的鞋带，大步走进行军的人群里。

他，沿着这条路迎来了胜利，他还要沿着这条路胜利地走向前去。

1977年7月22日

歌

集合号声刚刚落音，连队就集合好了。红军战士们整齐地站在路边的山坡上，七十多双眼睛都定定地望着自己的连长，等待着行军命令。

“同志们！”连长古明义朝着远处那座堆满积雪的山顶一指，说道，“我们就要翻越这座大雪山了！”

他的嗓音还是像往常一样洪亮，可他的心头却像压上了一座山。他看着战士们身上那单薄的军衣，目光在一个个补丁和破洞上扫过。现在，同志们迎着3月的寒风站在这里，而几分钟以后，他们就要踏冰踩雪去爬那荒无人烟的大雪山了。雪山，对于他和他的连队来说，并不陌生。当他们这个军团还属中央红军建制的时候，就曾经翻越过有名的夹金山。只凭那次的经验他也知道，红军战士们，只要军衣里边的那颗心还在跳，他们总是会顶风冒雪往前走的。但是，自从归入四方面军建制以来，半年多的艰苦转战，特别是接连过了两次草地、受到了种种折磨之后，眼前翻越雪山的斗争，是更加艰难了。

于是，他根据以往的经验和前卫部队传来的情况，仔细地讲起了过雪山的注意事项。

就在他快要讲完的时候，忽然传来了一阵急骤的马蹄声，几匹马飞快地奔驰过来。走在前面的人纵身下马，急匆匆向连队走过来。

古明义定睛注视着这熟悉的身影：宽阔的肩膀，健壮的身躯，一身灰布单军衣被宽宽的皮带紧束在身上。慢慢地，面容也看清了：方方的脸庞，一双和善的眼睛，眼角和嘴边刻着深深的皱纹。那平直的浓眉，几根过长的眉毛上挑着霜花。因为走得疾，喘息着，吐出一团团热气。

古明义认出了来人，激动地向连队喊了声：“立正！”然后转身跑上前去，立正敬礼，喊道：“朱总司令！”

“哦，是江西老表嘛！”朱总司令招招手，慈祥地笑笑，照直向着队列走去。

古明义心头热了，连忙跟在后面。

朱总司令放慢了脚步，在战士面前缓缓走着，忽然，他停住了脚，伸手从一个士兵战士背的工具袋里抽出了一把斧头，拿在手里看着，又扬起左手，用那粗大的拇指轻轻试着锋利的斧刃。他笑得更慈祥了：“这也是从江西带出来的？”

“是。在瑞金装备的。”年轻的工兵排长亮起他那唱山歌的嗓子大声地回答，“在草地里我们也天天用、天天磨！”

“好！好！”朱总司令赞许地点点头，又走到炊事班长老肖的身边，摸摸他背上那只擦得铿亮的大铜锅，又摸着他的肩膀，深情地问道：“身体怎么样，老同志？”

“这……不要紧！”老肖把手里正在捆着的一把野草根一扬，“要是能搞到点儿辣椒，保证全连安全地爬过雪山……”

“过雪山，可不只是你们一个连……”朱总司令的话刚开了个头，忽然又发现了什么，大步走到小理发员的身边，拿起了他腰间的竹笛，认真地问道："能吹吗？"

小理发员调皮地一笑："能！"

"好东西啊！"朱总司令轻轻地抚摸着笛子，笑容却慢慢消失了。

他挥了挥手，命令连队坐下休息，然后转回身来，注视着古明义，突然说道："这座雪山半腰，雪线下边一点儿，靠右手有个小松林。"接着讲了讲，松林离山顶有多远，哪边有段可以避风的断崖，哪边有块可以搭帐篷的平地……

古明义注意地听着，心里却不由得暗暗惊奇：这位操心着全军的总司令，可还记得这么个小松林，而且知道得那么清楚、那么具体。

"你们就要到那里去，执行一项特殊任务！"介绍过小松林之后，朱总司令开始交代任务了。原来，四方面军一个医院就在这个军团的后面跟进。他们抬着伤员和病号，行走困难，当天翻不过山。雪山上不能停留，而且如果不在正午以前翻过山顶，风暴一起，过山就很危险。现在，要求他们这个连队在那距山顶不太远的松林里，为医院设一个临时营地，帮助他们过一个夜晚，第二天再平安地翻过大雪山去。

"是。"古明义望着朱总司令那挂着冰霜的脸，洪亮地应声，"我们坚决完成任务！"

"嗯，这任务很艰苦，可是很重要！"朱总司令向前跨了一步，"我这就跟你们军团首长讲。你们马上开始行动！"他握住了古明义的手，话音更亲切了，"把你们手里的工具都动起来，将竹笛吹起来，响起来，让兄弟部队和受伤生病的阶级兄弟们吃得饱、歇得好，让他们暖暖和和，让他们开心地笑！"

"笑？！"古明义第一次接到这样的命令。他一愣，笑了。

朱总司令却没有笑，他缓缓地点了点头，说道："是啊，在艰苦的时候，笑，也是个任务啊！”说罢，他又亲切地摸了摸小理发员的脑袋，嘱咐道，“到时候，你这笛子可得吹响点儿啊！”

马蹄声渐渐远去。朱总司令又匆匆地走向别处去了。

在这以后的时间里，无论是在雪山上行进的时候，还是斧头锯子在松林里响起来的时候，甚至在临时营地已经搭成、跑去迎接第一批兄弟部队的时候，古明义都在回味着这次会见，思索着朱总司令对于任务的指示。他觉得好像已经明白了，但又似乎觉得这次任务有些非比寻常，这里面有什么地方他还没有真正弄清楚。“任务，的确有点儿特殊，”他默默地想道，“可是，这么一个连队的设营，为什么总司令要亲自来布置呢？”

傍晚，在这高高的雪线上，在这人迹罕至的原始森林里，一个临时的营地建立起来了。就在松林的正中，树木被砍倒了，开出了一条宽宽的通路。通路的两旁，搭起了一所所木棚，木棚里，所有透风的墙缝已经被松针塞得严严实实；地上铺上了厚厚的松毛、落叶。那里是伤病员睡觉的地方。通道尽头的林中空地上，燃着几堆熊熊的篝火。火焰像一大匹红绸在飘闪……第一批担架和搀扶着伤病员的医护人员，已经被连队的同志们簇拥着，来到了篝火旁边；后面的队伍，正陆续赶向前来。这些带着伤病、忍着饥饿，和狂风飞雪、和崎岖山路搏斗了一天的人，来到这个“家”以后，并没有像古明义想象的那样，疲乏地倒在草铺上，却像是进了闹市一样，敬礼呀、握手哇、跳哇、叫哇……篝火边顿时欢腾起来。

看着这感人的情景，古明义心头一亮，刚才思索过的问题，似乎清楚了许多。他把迎接战友的事情交代给工兵排长，自己向着林边的一处断崖走去。

起风了。山风搅起了松涛，把山顶的积雪撒进了松林。

就在这时，一个奇怪的声音突然飞扬起来。这是一个人在吹奏着竹笛。清亮的笛声，开始只是轻轻响起，仿佛是一根细丝，从这山呼海啸的松涛里抽出来，在篝火的火苗上，在林边灌木丛凝结的冰花上缭绕，接着，沿着参天的松树，一下子冲上了云霄，变成了“兴国山歌”的曲调。

“哎呀喂！——山歌不唱不开怀……”和着笛声，一曲山歌响起来了。古明义听得出，这是工兵排长在唱。

山歌刚落音，掌声里又传来了一个女同志的声音：“唱不来嘛！……”听这四川口音，显然是方面军医院的一个女战士。这推托的话音才出口，高亢的“清江号子”已经在林间回荡着了。

仿佛被这歌声推送着，古明义快步来到了一处避风的断崖边。那里，也燃着一堆篝火，火上支着大铜锅，锅旁边，一个兄弟部队的病号端着个瓷碗喝着开水，一个炊事员正把青稞面疙瘩放到沸腾的锅里去，炊事班长老肖拿着勺子在锅里搅拌着。他们都在动情地听着歌声。

古明义不禁惊奇地叫出了声：“哪里来的面粉？”他知道连队已经断粮三天了。为了设营任务，他才批准每人吃二十粒炒黄豆。

炊事员向着老肖努努嘴：“是他的。他从二次过草地就吃……”

“瞎说什么，快下锅！……”老肖生气地喝了一声，却咕咚一声栽倒在锅边上了。

古明义慌忙抱起了老肖，那个病号爬过来把半碗开水凑到了老肖嘴边。

“他不让我说……”炊事员把手伸进了老肖的口袋，抓出了一把东西送到了古明义眼前。那是一些草根、树叶和两穗松花。“这面粉是他省出来的，刚才说，兄弟部队遇到了困难，是吃它的时候啦！

喝了口热水，老肖缓过气来了。昏迷中，他低声叫着：“快盛啊！给……给兄弟部队的同志捞稠的……”

听了这话，病号再也抑制不住了。他一下子扑到古明义的肩头，哭出了声。“同志，”他一边哭，一边抽抽噎噎地说道，“我知道，你们是中央红军的部队，你们对我们……”

“我们都是党的革命军队！”一个低沉的声音传过来，“都是红军！”

几个人吃惊地抬起头，只见是朱总司令。他正站在锅边，一手托个小纸包，一手往锅里撒着辣椒粉。

一时，大家全愣住了。

风，更大了；雪，更紧了。但是，歌声却没有停止。这已经不是一个人在唱了，而是成百的人在合唱。这些来自四面八方、有着不同的口音、属于不同单位的红军战士们，对着这千万年积雪，同声唱着一支中国工农红军团结战斗的歌。

歌声里，古明义搀着老肖，炊事员扶着病号，来到了朱总司令身边，和他紧紧靠在一起。

朱总司令正在专注地听着歌，见他们过来，抬手向远处一指，深情地说道：“知道吗？党中央带领着红一方面军去年到达了陕北，最近又取得了东渡黄河的大胜利！毛主席在等着我们哪！”

古明义注意地听着。

“没有什么‘你们’‘我们’，都是一个阶级的亲兄弟！”朱总司令猛一抬眼，抖掉了长眉上的霜花。他像是对同志们，又像是自言自语地大声说道：“什么人也不能分裂我们的党，分裂我们的红军！”

稍停，他张开两手，抱住了两边的同志，说道：“同志们，记住！团结，就是胜利！团结，才能够胜利！”

“是。”这时，古明义觉得刚才思索的问题更加清楚了。他庄严地回答：“总司令，我明白了！”

总司令微微摇了摇头：“你们将来会明白的！”

说罢，他转回身，走开了——这个把温暖、欢笑和亲密无间的同志爱带给红军部队的人，这个用革命真理和细致的组织工作，使红军战士的心更紧地贴在一起的人，自己又走到那弥天的风雪里去了。

“将来？……”古明义望着朱总司令走去的方向，陷入了沉思。

是的，他回答得确实早了些。他真正明白，还是在一年以后。那是在批判张国焘的大会上。他知道了，就在这些日子里，张国焘这个反党野心家，利用党的困难，要尽阴谋诡计，妄想分裂党、分裂红军。他也知道了，当时，朱总司令尽管处境十分困难，仍然坚定地根据党中央的指示，和其他领导同志一道，团结了广大红军指战员，与张国焘的罪行进行了坚决的斗争。就在这时，他重又想起了这段艰难的征途，想起了这次幸福的会见，想起了这难忘的一天里发生的一切。想起了敬爱的朱总司令那慈祥的容颜和深刻的指示：“团结，就是胜利！团结，才能够胜利！”

“将来……”他更深沉地思索起来。

1977年7月24日

“同志……”

草地的雨，来得急去得也快，洗了根皮带的工夫，雨住了，风停了。

谭思云把冲洗干净的皮带系在腰间，往紧里扎了扎，伸手捡了几粒大些的冰雹填进嘴里，就借着树叶上滴下的水洗起草根来。进入草地已经快半个月了，粮食早已吃完，连能吃的野草、野菜也被走在前面的部队吃光了，只好挖起了草根。

正洗着，忽然传来了一声战马的嘶鸣。

谭思云高兴起来了。在他的眼前，顿时浮现了一匹高大的战马形象。那是一匹大青马，身长，裆宽，结实的腰胯上生着一团团毛旋……他连忙把草根收起，塞进皮带里，背起枪，弯腰钻出树丛，向着马叫的方向奔去。

可是，当他看清那支小队伍的模样时，脚步不由得放慢了。只见走在头里的一个干部，牵着一头驮着病号的骡子，缰绳挂在他那只断臂的肩头上，另一只肩上扛着两支步枪，手里还扶着一个病号。在他后边，一队伤员、病号互相搀扶着，脚步蹒跚地走来。

那干部看见了他，笑了笑：“小鬼，掉队啦！把枪放到马背上……”

谭思云摆了摆手又摇了摇头。

找那匹大青马的事，还是过大雪山的时候闯到这个年轻的红军战士心里的。那天，已经看到雪山顶了，也是最艰苦的时刻；雪更深了，山更陡了，汗湿的裤腿，早已变成了硬邦邦的冰筒子。尤其难耐的是空气稀薄，气喘不出来，脚迈不动步，谭思云只觉得眼前一阵昏黑，身子一歪就向着山崖边倒下去。这时，只听得一声洪亮的喊声："同志——"接着，一只大手拦腰抱住了他。当他清醒过来，发现自己正倚在一个同志的肩膀上。他侧脸望去，只见这个同志身材高大魁梧，宽阔的肩膀，宽阔的脸膛，引人注目的是，在那厚厚的嘴唇上蓄着一抹浓黑的胡子。呼出来的热气随时凝结了，在胡子梢上挂上了两串冰凌。在那挂着雪花的两道浓眉下面，一双大眼正亲切地朝他看着。他这才发现，那同志另一只手里还挽着一个战士。就在这时，那匹大青马过来了。那个同志朝着牵马的高个子老马夫喊了句什么，然后抓起谭思云的手，一下子放到马尾旁边的一条皮带上："抓紧喽！让它帮你一下！"说罢，又拉起了后面一个战士，向前走去。

拉着马爬山，就容易些了。可是，在这一匹马的前后，连拖带拉足有六七个人。马在吃力地爬，人在用力地拉。就在翻上山顶的时候，"咯嘣"一声，他手里那根皮带断开了。

就从这个时候起，谭思云立下了一个心愿：一定要搞到一条皮带，交给那位饲养员，给那匹马换上。特别是在他知道了大青马是谁的乘马以后，这个心愿就更强烈了。"啊，是他的马?!"他仿佛又看见了那挂着冰雪的脸庞、浓黑的胡子和那双关切的眼睛。"他在指挥着整个方面军长征和战斗，可马肚带却是断了的……"就在甘孜和四方面军会师以后休整的期间，他终于在一个喇嘛庙里捡到了一块牦牛皮。他又是冷水洗，又是开水烫，用心地去掉了牛毛，把里皮刮净，制得通明透亮，然后裁开、接好，搞成了一根长长的皮带。自打那以后，他就把皮带捆在腰间，开始在这茫茫的草地上找那匹大青马了……

看看不是他要找的马，谭思云失望地叹了口气，从腰间抓出把草根，填到骡子嘴里，转身又向前走去。

一个个草根盘结着的草墩，在他的脚下颤动着；一道道混浊的水沟留到身后去了。傍晚时分，他爬过一列土岗，终于看到了一缕缕袅袅的轻烟——部队开始宿营了。他忙把皮带又往紧里扎了扎，大步向前跑去。可就在这时，他进入了一段最艰险的沼泽地带：这里的水草特别稀，烂泥又特别深。一汪汪水潭，水面上浮泛着一串串绿色的水泡。他正轻脚轻步地慢慢走着，忽然传来了一声惊叫。他扭头看去，只见离他约莫两丈远处，一个同志陷入了烂泥，整个身子正在沉下去；水，淹过了大腿，淹上了肚子。他连忙跑过去。刚在一块硬实的草墩上站稳，只见那个同志一只手正高举着步枪，枪筒上还绑着一团草根，看见有人来了，便拼着全力把步枪扔了过来。这时，水已经接近那鲜红的领章了。“怎么办?”走过去拉是危险的，救不出人，还会同归于尽。就在这一霎，他眼前闪过了那浓黑的胡子，那双亲切的眼睛。他像得到了什么启示，随手解下腰间的皮带，大喊一声：“同志——”猛地把皮带的一端甩了过去。皮带落到了那个同志的手边，又被紧紧抓住了。他双脚站稳，拼着全身的气力拉着皮带，吃力地把这个同志拖出了泥潭。

谭思云把这个奄奄一息的阶级兄弟抱在怀里，一边扬起袖管，轻轻擦着他嘴角上的烂泥，一边喘息着，积蓄着力气。过了一会儿，他把皮带挽了一个扣子，轻轻套住那个同志的臀部和肩膀，把他揽在自己的背上绑紧了，在胸前打了个死结，然后，双手按住地皮，向着轻烟升起的方向慢慢爬去。

一步，两步，三步……

危险的泥潭爬出来了，篝火的火光已经看得见了，篝火边的人声也隐隐约约听得见了，可是，人们的影子怎么晃动起来？他正要说句什么，眼前突然爆起了一阵金星，一口鲜血涌到了口边。他昏过去了。

谭思云醒来的时候，发现自己正躺在一簇篝火的近旁，一条皮带还放在手边。那个被他从泥潭里拖出来的同志，显然已经缓过劲来了，正在篝火边忙着。见他醒了，连忙端起一只破铜瓢，脚步踉跄地走了过来。他拿根树枝，从铜瓢里夹起一块东西，吹了吹，送到了谭思云的嘴边。

谭思云咬嚼着，哦，是肉，好香啊！他一连吃了几口，问道："这是什么东西?"

"兴许是牦牛肉吧!"那人摇摇头，"刚才发下来的，每人分了拳头大一坨。"

肚子里有了东西，人就精神多了。他坐起身，把枪擦了擦，又抓起那条皮带，慢慢地在篝火中间走着；他想找点儿干净水再把它洗一洗。

他正要绕过一大堆篝火的工夫，忽然一个面孔一闪，原来是那个大个子老马夫。只见他正坐在火旁，整理着一堆草根，整着，不时撩起衣襟揩着眼睛。

"嘿，可找到你啦!"他一下子扑过去，把那条皮带塞到了老马夫的手里，"给!"

"什么?"马夫抬起一双红肿的眼睛，惘然地望着他。

"给那匹大青马……"

他的话噎住了。他看见老马夫郑重地拿起皮带，仔细瞅着，瞅着，猛然捣到脸上，哭出了声："大青马……没有了！"

"啊！"谭思云惊呆了，"哪里去啦？"

"你，你们刚才没有吃马肉？"老马夫抬起了泪眼，抓起一把草根，伸到谭思云面前，"这，胡子[1]不让讲……看，他饿了两天啦，又不肯吃马肉，要吃草……"他又哭起来了。

就在这时，一个浓重的声音传过来："看你，吓唬个娃娃干什么？"

谭思云一愣，抬头望去，又看见了那高大的身躯、宽阔的肩膀和脸膛。不过，那唇边的胡子没有挂着冰雪，却挂着深情的微笑。他连忙站起，却被这个叫作"胡子"的人按住了："听他瞎扯，猴子偷走匹马有什么要紧！"他笑得更舒展了，"猴子，看见军队骑马、藏民骑马，它也要学呀……"

谭思云看着那浓密的胡子，那开心的笑脸，他一时搞不清首长讲的是真的还是在说笑话。只是，他感到了话里包含着一种对他安慰的意味。他看到了一颗伟大的心。可是，他，他怎么能没有马呢！他心头一酸，眼泪也呼地涌了出来。

"就算没有了马，又有什么要紧？"胡子从马夫手里拿过皮带，轻轻抚摸着，"最要紧的是人！"他的话越说越慢了，"艰苦的斗争，使我们的人和人的关系变得更亲密，这就培养了人！这样摔打出来的队伍，比钢结实，比铁硬！"

谭思云和老马夫擦干了眼泪，注意地听着。"将来，我们会有马的。"他把皮带的一端伸进火里，拨弄着火炭，"像你这小鬼也会有马，当骑兵……"

忽然，他停住了话，对着皮带盯视着。皮带被火一烧，噼噼啪

① "胡子"是红军干部战士对贺龙同志亲切的称呼。

啪一阵响，立即冒起了一片油泡；一大滴油落进火里，发出了扑鼻的香气。

他举起皮带仔细看着，又掰了一点儿填进嘴里嚼着。突然，他一拍大腿叫起来："吃得嘛！"

谭思云凑过来："能吃？"

"这样一烧，再放进水里一煮，嘿！"他抡起皮带敲了一下谭思云的鼻尖，"要是加上佐料哇，我能烧得它让你流口水！"

说罢，他一推军帽，大声地笑了。

"对，皮鞋底子，皮斗篷，腰带，马缰绳……多得很嘛！"他扬起大手，扳着指头，越说越高兴了，"我们都把它们动员起来，让它们到肚子里面去为革命出力……"

他提起皮带走了几步，又转回身来，对着谭思云说道："同志——你帮助了我，帮助了革命！不要紧，我们有马……我们会有马的！"

他又纵情地笑了。那爽朗的笑声，在广阔的草地上飞散得很远、很远……

这天晚上，谭思云在篝火旁边，睡得很香。他做了一个梦。他梦见，他手里的那条皮带，变得老长老长，整个方面军的同志都抓着它，一眼望不到头……忽然间，每个人手里的一截皮带都成了一副辔头，都笼着一匹马……他纵身跳上了马背，抬头一看，总指挥就在最前头，那匹大青马放开四蹄，向前奔驰。他也一扬马鞭，紧跟在后面驰向前去……

这是一个十七岁的红军战士常做的梦。他们喜欢这样的梦，因为它比真实的更真，也更美好。

1977年7月26日

虹

一

草地，苍茫无边一水草地，空旷而又荒凉。

就在碧草苍天相接处，有两个活动的黑点慢慢地移向前来。走近了，可以看得清楚，是两个红军战士，互相搀扶着在水草泥淖里艰难地跋涉。

走在左边的一个，身材高大魁梧，一张大方脸上，布满了半寸多长的浓黑的胡须，一双眼睛大而有神，他是连长肖国成。只见他把驳壳枪插在背后，左肩挂着两支步枪，右手搀着司号员秦宜栋。小秦十四岁，长着一张秀气的脸。头发大约许久没理了，长得老长，被风吹得一飞一飞的，倒像个女孩子。他右胳膊负了伤，小臂用根带子吊在胸前，手却紧握着胸膛前的一个布口袋，装着他心爱的军号。两个人尽力合着脚步，蹒跚地走着，从这个草墩跨到那个草墩上；遇到稍宽些的地方，肖国成用力一提，就把小秦提了过去。

走着，小秦向肖国成靠了靠，小声地说："连长，再给点儿炒面吃吧!”

肖国成胡楂子一抖:“不!”

小秦哀求地说:“给一点点,指头那么大一点点。”

肖国成厉声地说:“不行!”

“哼,真凶!”小秦不满地仰头瞟了肖国成一眼,“哪像个红军连长?!”

“红军连长,没错,”肖国成胡子抖了一下,算是笑,“红二方面军后卫团后卫连的连长。按行军序列,大约是整个长征红军的最后一个连的连长了。可这炒面嘛……”他左手指了指挂在脖子上的干粮袋,“还是不给你,得用它走出草地!”

“唉……”小秦无奈地叹了口气,撩起了衣襟,“那,你帮帮忙。”

肖国成一边帮他把腰间的生牛皮带紧了紧,一边说道:“别老想肚子的事。你倒是看着点儿,有没有掉队的同志。”

“是。”小秦应了声,两人又向前走去。

事情果然被肖连长说着了。

前面不远处,一丛矮树下面,有个红军战士正躺在那里,呆呆地仰望着天空。他面颊瘦削苍白,眼窝深深塌陷下去,急促地喘息着。在他身体下面,是一洼浑浊的积水。看来他有很长时间没挪动了。奇怪的是,他胸膛上却摆着步枪、子弹带、洋瓷碗和一个搪瓷脸盆,盆里不知什么时候积了一点儿雨水;另外还有一小捆用油布包着的干树枝,被这些东西压着,他呼吸更加艰难。

突然,不远处传来了一声呼唤:“同志,哪个单位的?”

那人抬了抬头,只见肖国成和一个红军战士,慌忙抹了抹眼睛。

肖国成连忙从小秦腋下抽出手来,快步走到那人身边,亲切地问:“怎么,也掉队啦?”

“不,不行啦!”那人喘息着,指了指自己的右腿。齐短裤边的大腿上，一处伤口溃烂了，正浸泡在污水里。

肖国成默默地弯下腰去查看着伤势，又把手捂到了那人的额头上。

那人艰难地喘了一阵，指了指身上的东西："喏，拿、拿走吧！日后见到八团三连的同志，顺便替我说一声：曾立标已经'革命到底'了。"

一阵风吹过，矮树上的叶子唰唰啦啦地响了几声。草地更是阴沉、凄凉。

肖国成向那人注视了一霎，默默地拿起步枪和子弹袋，挂到小秦肩上。小秦也拿开了瓷碗和脸盆，又举起那捆柴火看了看，抬手要扔，却被曾立标挡住了。

"别，别扔！生火，少不了它……能暖好多人哪！"看看小秦把东西带好，他宽慰地点了点头，"总算等到了你们，东西，对革命，有用！"

肖国成低声地却又严厉地说："人，对革命更有用。"说着，他扶着曾立标坐起身，接着，解开粮袋往洋瓷碗里倒了一点儿炒面，折截树枝拌了拌，递过去，"吃！"

曾立标一手接过碗，另一只手从口袋里掏出两个银圆，一起递给了小秦："给，小同志，你好好活出去，连我的那一份工作一块儿干了吧！"

"连长……"小秦看着肖国成，哽咽着要接，却被肖国成推开了。他定睛注视着曾立标，严肃地问："你将来那份工作是什么？同志，你想过吗？"

曾立标看着那张充满怒气的脸，低下了头。

肖国成蹲下身来，端着那碗炒面糊送到曾立标嘴边，一面喂他吃着，一面动情地说道："不对呀，同志！"

等曾立标吃完，肖国成把碗递给小秦，然后，抓起曾立标的一只手，背向着他蹲下来，厉声地说道："曾立标同志，我以连长的身份命令你：走!"

他背起曾立标，转身对小秦说："你的任务不变。抓住我的皮带走，注意观察!"

"是，注意观察!"小秦挺起胸，一边走，一边向远处望去。

右前方远处，草地中一块小高地上。一个红军战士正急匆匆走下坡去。这人背上驮个大背篓，篓上盖着一块黄油布，背篓周边插着一圈草花，花朵随着人的脚步轻轻颤抖着。

突然，油布动了一下，被从里边掀开了，露出了一个扎着小辫儿的小脑袋。小孩约莫四岁，脸蛋瘦削，却干干净净，显然是双灵巧的手打扮过的。孩子抬手揉了揉眼睛，又伸出手去拍拍背她的人的肩膀，叫了声："妈妈——"

"哎——"妈妈柔声地答应着，随手把一个盛水的毛竹筒从肩上解下来，递给孩子。

等孩子喝完，她把竹筒系好，又轻声说道："萍萍，再叫我一声!"

"妈妈——"

"再叫一声!"

孩子提高了声音："妈妈！——"

在这人迹罕至的原始草原上，孩子呼唤母亲的声音，显得新奇又有点儿凄怆。妈妈显然感到了这一点。她停住了脚步，把背篓解下来放到地上，然后俯在篓边，在孩子小脸上亲吻着。

这位母亲约莫二十四五岁，名叫伍芝兰，是红军妇女独立团的排长。虽然脸上挂着远征的风尘，但依然掩不住她的美丽。她随手采了几朵野花，插到女儿的小辫上，自己也把一朵插进鬓边军帽里。母女俩你看我，我看你，一齐笑起来。

突然，孩子停住笑，侧耳听了听：“妈妈，有人叫唤呢！”

伍芝兰凝神静听，果然，随风送来了微弱的喊声：“同志——同志——快来呀！”

伍芝兰这时像变了个人，变得果断而又冷峻。她摸着孩子，口气像下命令：“萍萍，在这儿，别动！”她跑了几步，看看天，又转回来，把油布给孩子掖了掖，然后向着喊声跑去。

大约半里远处的泥沼里，有两个人正在进行着生死的搏斗：一个人深深陷进了烂泥里，污水已经漫过了胸口，他两手正紧握着一支步枪的枪托在挣扎着，身子还在下沉。另一个人站在草墩上，正抓着枪筒用力拉着。尽管他拼着全力拖拽，可是气力不支，还是救不了同志；而且，由于他站的地势不好，草墩太小，一条腿已经滑进了泥水里。

传来了伍芝兰的喊声：“同志，不要动！”

她边跑边从枪套里抽出驳壳枪，解着枪绳。枪绳解开的时候，她来到溺水者的身边。

她找了块硬实的草墩站稳了，然后把枪绳甩过去，叫了声：“套上！”

等那人把枪绳连肩带背地套好，水已淹到嘴边了。伍芝兰使劲拖拽着。

人被拖出了烂泥潭，拽到了她脚下的草墩上。可是，另一个同志的身体却迅速沉了下去。水，淹过了头顶，水面上只剩了一串水泡。一顶大八角军帽在绿色的污水上漂浮着。

伍芝兰眼前一阵昏黑。她挣扎着直起身，恭恭敬敬地向着那浮动的军帽举手敬礼。

远处传来了孩子细微的喊声：“妈妈——”

伍芝兰向着孩子喊声的方向望了望。这时一阵狂风吹来。她连忙转身，扶起了那位被淹得奄奄一息的同志。

就在她把那同志连拉带抱地拉上土丘的时候，几大滴雨点洒落下来，在泥水面上溅起水花。接着，暴雨瓢泼似的倾泻下来。

伍芝兰一怔，忙把那同志拉到近处一丛小树旁边，扶他躺好了，低声地说道："同志，我去去就来。"

那人哼了一声，没有回答。

她把那条粮袋塞到他衣襟下面，然后蹒跚地向土丘走去。

她来到刚才放孩子的地方，只见那只竹水筒被雨冲得滚来滚去，却不见孩子的影子。

她喊着："萍萍——"在土丘上奔跑。这块不过亩把大的土丘很快就找遍了，还是没有孩子的踪迹。她颓然跌坐在地上，泪水混合着雨水在脸颊上流着。

暴风雨里，还有两个人在艰难地行进。

这是奇怪的一对：走在前边的，模样像个老挑夫，花白的头发披散着，胡子很长。他左肩上挑着一副铁皮箱的担子，右手里拿着根粗粗的竹竿探路，小心翼翼地走着，他显然走得很吃力，不时发出沉重的喘息声。奇怪的是，右臂上却捆着一条麻绳。绳子在身后拖了丈把长，绳头在后边那人手里捏着。这一个年轻、壮实，除了肩上那挺花机关和头上的斗笠，就只有这一段绳头算是他的负担了。他矫健地在草墩上跳跃着，不耐烦地望着老挑夫，呵斥道："常炽，你不能走快点儿？"

常炽扭回头，冷漠地看了他一眼，没有吭声。

年轻人生气地猛抖了一下手里的绳子："听见没有？快走！"

常炽索性停住脚，喘了口气，扭身说道："这样走，很危险。"

"危险！"年轻人冷笑一声，"谁怕死，谁死得快！"

常炽无可奈何地摇摇头，又往前走去。

年轻人牢骚满腹："押着你走算是倒霉透了！一进草地就掉队，一直掉到最后头……"

话，忽然停住了。常炽只觉得臂上的绳子猛然往后一拽，拉得他趔趄一下，挑子也摔到了草地上；幸好借着竹子扁担作为支撑，他才没有滑进泥潭。

常炽站稳了脚，抹了抹脸上的雨水，这才看清，原来那年轻人不留心一脚踩空，陷进了烂泥，常炽大喊一声："抓紧绳子！"随即用力拉着。

下沉是停止了，可因为绳子缠在胳膊上，不得劲，常炽也无力把年轻人拉出泥潭，只好就这么相持着。稍停，常炽定了定神，便解开了臂上的麻绳，一截截地拽着绳子挨近了那人，然后，把手中的竹竿伸到那人的身边，架到两个草墩上。

有了竹竿作为支撑，情势顿时缓和了。双方一齐用力，总算把他拖出了泥潭。

常炽把救上来的人安置在一簇灌木丛里，靠着铁皮箱坐着。年轻人大约刚才喝了几口污水正在呕吐。常炽也因为过分用力，不停地喘息着。

稍停，常炽把右臂朝年轻人一伸："捆上吧！"

那人略一犹豫，还是把绳子重又绑在了常炽的右臂上。

常炽深深叹了口气："我说这天气走草地危险嘛！"

年轻人摇了摇头："我刚才是头晕，恶心。"

常炽问道："是饿了吧？"说着便动手解粮袋。

"不。先前休息的时候吃饱了。"年轻人的口气和缓多了，说着从挎包里抓出一把蘑菇递给常炽，"来，你也吃点儿。"

常炽凑近了，看着这些色彩鲜艳的蘑菇，大惊失色："你吃得多吗?”

年轻人点了点头。

常炽抬手把蘑菇打掉，一把抱住了年轻人，忘情地叫道：“同志，你，你……这是有毒的哟!”

年轻人受到了这真挚之情的感染，也慌了。他抓住常炽的胳膊：“这，怎么办?”

常炽焦灼地浑身掏摸了一阵，失望地茫然四顾，最后目光落在铁皮箱上。他拍了拍箱子，问道：“这里面是什么?”

“不知道。”

“会不会是药?”

“不知道。”

“快，打开来看看。”

“不行!”年轻人一下子变了脸，下意识地摸了摸身边的枪。

常炽也意识到了自己的身份，苦笑了一下，不吭气了。

两个人又恢复了原来的关系。

少顷，年轻人突然惨叫一声，歪倒在草地上，口里吐着白沫，两手乱抓着胸前，浑身颤抖起来。

常炽慌忙把他揽在怀里，替他揉着肚子，低声叫着：“同志，同志……”

没有应声。蘑菇的毒性发作，他昏过去了。

暴雨打在布棚上，发出“砰砰”的响声。

这是在几丛矮树间用被单匆匆搭成的“帐篷”。布篷下面挤坐着肖国成、小秦和曾立标。三个人正在闲谈。

小秦一边帮曾立标包扎伤口，一边问道：“你也是打百丈关负的伤?”

曾立标长抽了口气：“嗯。去年这时候，刚过了草地，又叫南下，动员会上说得好听，‘打下天全，芦山吃大米’。结果净吃子弹炮弹!”

小秦摆摆手，玩笑地说：“嘘——讲怪话，当心保卫局把你当反革命抓起来。”

“别吓唬同志，听说肃反上个月会师的时候就停止了。”肖国成笑了笑说，“反正你俩都是四方面军的。”

曾立标说：“我怎么说呢？一过草地，是一方面军九军团；二过草地，就成了四方面军的三十一军；这回三过草地，又跟你一样，成了红二方面军的了。”

小秦乐了：“嘿，有意思……”忽然，他发现篷顶不响了，又叫着道，“雨停了!”钻出了帐篷。

肖国成站起身，掏出指北针看了看，命令道：“收帐篷，继续前进!”

小秦又叫起来：“连长，前面好像有人。”

肖国成：“继续观察，注意联络!”

前边两三里路远处的草地上。

两只手拨开树丛，一个脑袋钻出来。这是一个小战士，约莫十四五岁，一张秀美的脸上挂着惊恐的表情。

她举目四望。雾蒙蒙的草地空旷阴沉，万籁俱寂。她不禁内心感到十分恐惧，大声喊道：“这么大个草地，就我一个人了!”

被恐惧所驱使，她拔腿在草墩间奔跑。跌倒了，爬起来又跑，边跑边喊：“有人吗?”“班长、马大姐、姚大姐，同志们，你们在哪儿啊!”……正跑着，脚下被什么东西一绊，摔倒了，欠身一看，原来是块油布。

她把油布抓在手里仔细打量着，忽然发现油布角上写着一个“伍”字，一个“萍”字。她像获得了希望，高叫起来：“同志——

伍萍同志!”

没有人应声。回答她的是凄厉的风声。奇怪的是，风声里夹着一种音响，像是孩子的啼哭。

她侧耳细听，又顺着声音的方向走了几步。在她眼前幻化出了一种奇异的景象：风，把一个光身的娃娃吹在半空，娃娃在啼哭……

她更加紧张起来，惊恐地用油布捂住了眼睛。可那声音却更响，更真切了。

她镇定了一下，为了壮胆，又把军装整理了一下，军帽戴正了，然后一步步试探着走过去。

看见了：几株缺枝少叶的矮树，挂着一个背篓；一个小女孩正抚摸着背篓在哭。

她又惊奇又高兴，快步走到孩子身边，蹲下身抚摸着孩子那湿漉漉的身体。

孩子见到了人，愣了一霎，扬起小手扑到许苓的怀里，叫了声：“叔叔!”

许苓纠正道：“不，叫阿姨!”

孩子摸着她的帽檐边，执拗地说：“叔叔!”

许苓笑了：“好，叔叔就叔叔。你怎么在这儿?”

孩子抱住了许苓：“叔叔，我要妈妈!”

许苓问：“你妈妈呢?”

孩子抬起头四下里看看。

伍芝兰也刚经历了暴风雨的袭击，她和躺在她臂弯里的伤员浑身都湿透了。她扭身解下驳壳枪套上的毛巾，拧了拧水，把伤员脸上的雨水擦干，又把他左臂上的伤口擦净，然后从挎包里掏出几件衣服打量着。那是小孩的衣服。她挑出一件小花上衣，深情地看了看，一横心，放到嘴里咬开个口子，刺地撕开，把伤口包扎起来。

伤员还在昏迷着，发着烧，浑身瑟瑟地抖。

伍芝兰拿起竹筒，给他喂了几口水，低声叫道：“同志——”

伤员没有答应。

伍芝兰忧伤地望着他。突然，她下了决心，把伤员的衣扣解开，又把自己的外衣解开，把伤员紧紧地抱在了胸前。

她抬起头，望着远处，深情地低声叫着：“萍萍——”两行泪水流在了面颊上。

许苓坐在背篓旁边，怀里抱着孩子，扬起袖子给她擦着眼泪；可是泪水总也擦不干，孩子还是哭喊着要妈妈。

许苓急得自己眼泪也流出来了。她哽咽着说：“好孩子，别哭，小阿姨，不，叔叔抱着你去找妈妈。”

这句话有效了。孩子停住了哭：“你认识我妈妈?”

“这……认识，老大姐嘛!”许苓索性把话编下去，“你妈妈是不是这么个样：个子不算高……可也不算矮……”

孩子点点头。

“圆脸胖乎乎的……”看看孩子摇头，她忙又补了句，“这会儿没吃的，当然瘦了。”

孩子又点点头。

许苓：“她……背着口行军锅……”

萍萍：“我妈妈背着驳壳枪。”

许苓不好再编下去了，忽然想起了什么，又换了个话头：“嘿，我不光认识你妈，还认识你呢！你叫伍萍，对不对?”

萍萍：“我叫萍萍。”

许苓：“那你妈叫……”

萍萍：“我妈叫伍芝兰。”

“这不就对了？”许苓也高兴起来，“你妈妈姓伍，你叫萍萍，合起来大名就叫伍萍。”

“对！”孩子拍着小手笑了。

许苓也咯咯地笑了。

笑声，在这荒凉的草地上传得很远。

笑声，惊动了肖国成一行三人。

曾立标：“连长，你听！”

“快走，去看看。”肖国成把曾立标往上托了托，加快了脚步。

转过一行小树，就看见了两个嬉笑着的人。

许苓也看到了来人，高兴地站起身。

肖国成把曾立标放下，走到许苓面前：“孩子是你的？”

许苓脸一红：“胡扯！我捡的。她找不到妈妈了！”

“哼，这个狠心的妈妈！”肖国成问许苓，“你是干什么的？”

许苓：“四方面军总医院的，护理员许苓！”

“护理员？”肖国成打量了一下许苓，“从现在起，你就当孩子的妈妈。”

许苓脸更红了，低下头嗫嚅道：“那怎么行……”

“什么不行？”肖国成大声地说，“执行命令，当妈妈！代理妈妈！”

孩子听懂了这个大胡子叔叔的话，一下子抱住了许苓的脖子：“你是叔叔妈妈。”

许苓忙把孩子往外推，却没有推开，只好抱住了孩子。

小秦凑过来：“连长，孩子的妈妈可能没走远。”

肖国成略一沉吟，反问道：“你的号还能不能吹响？”

小秦会意，点点头，一边拿号一边问：“吹什么号？”

肖国成：“集合号！”

伍芝兰依然抱着伤员坐着，两眼哭得红红的，目光更是呆滞。

传来了清亮的号声。

伤员突然睁开了眼："集合了！"他挣扎着要欠起身，发现自己正被一个女同志抱在怀里，连忙用手推搡着她。

伍芝兰从失神状态中醒过来，这才听到了号音。她欣喜地叫道："同志，听，吹号了！"

伤员还在用力推着她。

伍芝兰不好意思地笑了笑，把手松开，随手掩住了衣襟；一点泪水落到了伤员脸上。

伤员："你，你哭了？"

伍芝兰："没什么……"

伤员看看包扎好的伤口，竭力回想着被救的情景，焦灼地坐起身："同志嫂，你丢了什么东西了？""丢了东西？……没有。"伍芝兰抓起粮袋搭在伤员肩上，"刚才那个同志留下的，你吃点儿，我们就走！"她转过身，扣好衣扣，敏捷地擦了把脸，又掏出木梳，梳理了一下头发。一切收拾停当，弯腰扶起伤员："走吧！"

二

另一块草地上，矮树丛中间。

常炽正把那个中毒的年轻人紧抱在怀里。

年轻人已经醒过来，只是奄奄一息了。他急促地喘息着，目不转睛地望着常炽，眼里流露出无限生的依恋。

他抚摸着常炽那被麻绳磨得流血的臂膀，又抓抓绳头："把它……解了吧！"

常炽默默地把绳子解下来，在手里把玩着，苦笑了一声："戴了快一年了，还真舍不得和它分手哩！”

年轻人又喘了一阵，突然问：“听说你们在苏联的时候就认识？”

“谁？”

“张主席。”

“张国焘？”常炽摇摇头，“还要早。”

“你为什么要反对他？”

“他和党中央不一心。”常炽脸一沉，“不谈这个了。来，我背你，说不定能碰上个医生。”

年轻人摆摆手：“不，不行了。”他继续望着常炽，真诚地说，“我看你，不像个反革命。”

常炽凄然一笑：“本来就不是。”

年轻人好奇地问：“那，为什么要把你抓起来，还要……”

常炽看看年轻人，眼里贮满了泪水，心情激动地把他抱得更紧，充满感情地说：“孩子，你，可怜哪！”

“我？可怜？那你呢？”

“我很好。我心里明白。”常炽叹了口气，“历史，会分清谁是谁非的。”

“来不及了。”年轻人压低了声音，“出了草地，赶上大队，你就得被处决了。”

常炽坦然地笑笑：“这，我早就知道了。”

话，僵住了。年轻人不解地看了看常炽，仰面躺下来，望着天空。

放晴了。天，湛蓝湛蓝的，清澈，明净。几片棉朵般的浮云正轻轻飘过，轻风送来一阵花香。

年轻人：“真不想死啊！”

湛蓝的天空下，又一块草地上。

又是一个掉队的小队伍在跋涉。这是两个小鬼和一头牦牛。瘦高个子年龄大些，约莫十五六岁，在前头牵牛；矮胖的一个才十三岁，拿根木棍在后头赶着。牦牛背上驮满了枪支、背包之类的东西。

小胖子用力打了一下牛屁股：“咄！都是你这不会说话的畜生，走得这么慢，害得老子掉了队！”

瘦高个瞪了小胖子一眼：“廖文，这得怪你！不好好走路偏要抓什么鱼！”

“后来你不是也一块抓来着？”廖文噘噘嘴，“嘿！那鱼真多，真好玩。我再看看。”

“不行，快点儿走。”

“小文书，汪坤同志！叫我看看吧！就看一眼。”

廖文赶上来，捧起汪坤提的白搪瓷口杯。

口杯里，清清的水里几条小鱼游得正欢。

矮树丛中间。

年轻人已经死了。脸上盖上了那个竹斗笠。常炽把最后一坨带泥的草根压到了斗笠边上，他跪着抚摸着年轻人的身体，随手从他口袋里掏出一个油布小包、一串钥匙，放进自己的衣袋，然后直起身，后退一步，摘下了帽子。

默悼完了，他戴好军帽，毅然地回转身，重又挑起了两个铁皮箱。忽然，他停住了脚，把挑子放下，掏出钥匙，把铁皮箱打开。

铁皮箱里是装得满满的文件。

常炽从衣袋里拿出近视眼镜戴上，抓起文件看着，不由得念出了声：“……《阿坝会议决议》……《南下天芦雅行动宣传提纲》……《反对毛周张博向北逃跑的决议案》……《无情打击暗藏的反革命势力》……”他呸地啐了口唾沫，骂出了声，“就是这么些玩意儿，还在压我的肩膀。”

他举起文件投进身边的泥潭，又抓起竹杠把一捆捆文件深深地戳进水底。

他又打开了另一个箱子，里面是一些药品、纱布和医疗器械。他拿起一瓶药看了看，悲愤地敲击着箱子，向着树丛间喊道："同志，你，你好糊涂啊！"

文件和药品，激起这个老战士复杂的心绪。他坐在箱子上，拿起竹杠，拔掉一头的塞子，从中抽出一支竹制的箫来。他爱惜地抚摸着箫管，放在嘴边试了试音，便吹起来。

《苏武牧羊》的曲调，在草地上荡漾，苍凉，悲壮。

常炽吹完了最后一个乐句，久久地凝视着草地。他的神情和刚才吹奏的曲调一样，苍凉，悲壮。

他把箫藏好，毅然地站起身，把药品分装在另一个空箱子里，一一上了锁，然后弯腰挑起了担子。

就在这时，身后传来一声清脆的喊声："同志——"

常炽一下子愣住了。他有多久没有听到人们用这样的字眼称呼自己了？半年？一年？……

他激动地转回身，向着走来的两个小鬼，问道："你们刚才叫什么来着？"他多么希望再听一声呼唤啊！

"同志！"汪坤重复了一句，反问道，"刚才的箫是你吹的？"

常炽点点头。

廖文三脚两步蹦到常炽面前，亲热地摸着他那长长的胡子："同志叔，我看你倒像个苏武。"

常炽心热了，把廖文揽在怀里："像，像！我胡子老长，这里有水有草，就是没有羊。"

汪坤也拉着牛凑到常炽身边："我们有牛。"

常炽："那，我们这三个苏武就牧牛！"他抚摸着牦牛，查看着牛背上的东西，继续说道，“不过，苏武没有步枪、手榴弹……”

汪坤把话接过来：“也没戴‘五大洲’的帽子！”

“说得好，”常炽高兴地叫起来。他揽住两个小鬼的肩膀，问道：“你这个大苏武，叫什么名字？”

汪坤：“汪坤，红五军团三十七团二连文书。”

常炽又问廖文：“这个小苏武呢？”

廖文：“四方面军三十军军部通信员，我叫廖文。你呢？老苏武？”

常炽：“我姓常，就叫我老常同志好了。”

汪坤：“老常同志，你是干什么的？”

“这个嘛，”常炽犹豫了一下，拍拍铁皮箱，“挑夫，为革命挑了几年担子的老挑夫。”

常炽深情地注视着两个红小鬼，一个念头在心头浮动。他问道：“是‘少共’吗？”

廖文指着汪坤：“他是共青团员，我不是——指导员说我还小。”

常炽点点头：“听我说，小同志！现在，我们三个人是最最富有的人啦！”他用指头一一指点着，“这牦牛、武器，都很宝贵；还有我这副挑子，也是宝贵的。”

廖文：“那里边是什么？”

常炽：“暂时保密！”他又嘱咐地说，“要是我牺牲了，你们要挑上它，一定要交给党、交给集体，记住，钥匙在我身上。”

两个小战士严肃地点点头。

“还有那支箫，”常炽拍拍竹杠，“就在这里头，你们也把它拿上。”

廖文：“我也学着吹。”

常炽点点头：“那就说定了？”

“一定!”汪坤伸出了弯着的指头，廖文也依样伸出了手指。

常炽勾住了小战士的手指，开心地笑了。他把捆他的那根绳子解下来，递给汪坤：“好，把牛绳系长点儿，我们走吧!”

另一块草地上，也响着年轻人的笑。许苓拿只木梳正在用心地给萍萍梳理着头发。小秦不知从哪里捕来一只硕大的蝴蝶，逗着萍萍玩。

萍萍开心地笑着。

小秦奇怪地说：“哪里来的梳子?”

许苓瞟了他一眼：“你管那么多干什么?”她给萍萍梳了两只小辫，又盘在头顶上，插上了野花，然后掏出一面小镜子给萍萍照照，“萍萍，好看吗?”

萍萍高兴得直拍手：“好看，你真是个好妈妈!”

许苓生气地拿过小镜子自己照照。镜子里一张红红的脸。她也忍不住笑了。

旁边的两个人却没有笑。

肖国成正仰望着天空。太阳偏西了，乌云又从天边涌上来。

曾立标半躺半坐着，正在把两根木棍捆绑在一起。他不安地说道：“连长，这天要变，不能再等了!”

肖国成下了决心：“好!”他喊道，“许苓同志，把孩子背起来，走!”

许苓：“孩子的妈妈……”

“走!”肖国成厉声地命令，“小秦，再联络一次!”

曾立标把手里那根丁字形木棒插进一个大草墩。被削尖了一端的横杆上面，用铅笔写着：“向北前进。”

许苓抱着萍萍装进背篓。萍萍问：“我的妈妈呢?”

伍芝兰扶着伤员艰难地登上土丘。她四下里打量着。

伤员："同志嫂，找什么？"

伍芝兰："找孩子。刚才放在这儿的。"

伤员大惊："什么，你还带着孩子？"

伍芝兰默默地点点头。少顷，她振作了一下："走吧，找到自己的同志就好办了。"

孤零零的路标在风里轻轻晃动。

等伍芝兰扶着伤员赶到这里，肖国成他们已经走远了。

伍芝兰望着远处，低低地叫了声："泙泙！——"

三

一支小队伍继续在草地里踯躅着。五个人，却只有三双腿在小草墩间移动。

走在前头的是护理员许苓。她的情绪依然那么好，边走边唱着四川民歌："茅草屋，笆笆门，红苕胀死人……"歌子被她唱得十分凄婉，叫人听了揪心。她背上的背篓里，萍萍不知什么时候睡着了，小脑袋随着背篓的颠动摇晃着。

走在她身边的是司号员小秦，他手抓着背篓的带子，却在小心地护持着。

小秦："真看不出，你小子还有这一手！唱得真好。要对歌，能把女孩子气死。"

"什么男哪女呀的！"小许瞪了小秦一眼，"你干吗不唱？"

小秦："你当我不会唱？"说着清了清喉咙，唱起来："冲上前去啊，同志们奋斗！……"实在不大好听，不唱了。

许苓咯咯地笑起来。

小秦叹了口气："自打学吹号，天天拔音，不知怎的就倒了嗓子，唱起来像只公鸭叫。”

“公鸭?”许苓看看小秦，笑得更欢了。

小秦：“你总是那么乐和，无缘无故地傻笑。”

许苓：“跟同志们在一起，我就觉着打心眼里高兴。”她向小秦靠近了些，放低了声音，“你不知道，刚才下大雨那阵，我照顾的那个伤员牺牲了，就剩了我一个人，我可害怕啦。”想起刚才的情景，她还心有余悸，情不自禁地抓住了小秦的胳膊。

小秦：“男子汉，大丈夫，一个人又怎么样?!”

许苓斜了他一眼把话岔开：“你说怪不，见了人，哪管是个三四岁小孩，也就不怎么怕了。”

小秦：“可也是。人就是这么个玩意儿，就得成群。我就爱吹集合号、冲锋号……哎，你累了吧？让我背会儿?”

许苓摇摇头：“不。连长背个大人，才累呢。”小秦扭头看去。

肖国成的确累了，脚步都有些不稳了，脸上满是汗水。

曾立标：“连长，扶我走会儿吧!”

肖国成：“不!”

曾立标：“要不，就歇会儿。”

肖国成：“不!”

曾立标：“你总是不，不……”

肖国成：“你不看这天？得赶到个干些的地方。”

曾立标仰头看去。大块的雷雨云正涌过来。

突然，小秦喊起来：“前边有人宿营了!”

前边三四里路的地方，一块不大的高地上，到处挤满了人。有伤员、病号，有护理人员、担架员，还有一些看不出身份的散兵。有男有女，有老有少，显然都是些掉队下来的，临时凑在了一起；又显然没有什么组织领导，人们各自忙乱着。有的在生火做饭，有的忙着搭帐篷，有的在低着头搜寻着野菜，有的像是刚到，正在人堆里寻找着安身的地方。

在一副简陋的担架上，一个伤员躺在那里，身上、腿上几处伤。两个女战士正在忙着给他换药；伤员不时发出凄厉的呻吟声。一个女战士正在安慰他："同志，忍一忍，……没有药啊！"

不远处，一个战士正把一个病人抱在怀里。病人急促地喘息着："水，水……"

旁边，几个战士正围着一堆柴火在生火。柴火湿，炬出一股股浓烟。有人被呛着了，咳嗽着，骂出了声。一个小战士从火边抬起张黑鬼似的脸，眼泪鼻涕地说："同志哥，别骂，一会儿你就该来求我啦！"他俯下身去吹着。突然，一簇火苗跳起来，人们欢呼着，嬉笑着，把湿了的衣物伸了过去。

在一丛浓密的矮树边，一个干部模样的人正在认真经营着自己的窝。他把一堆乱草铺平，垫上油布，又铺上一小块毛毯，却又把粮袋、驳壳枪、子弹带围了个大圈，然后舒舒服服躺下来。

一个战士背着两支步枪，扶着一个头上缠满纱布的伤员走过来，商量道："同志，挤一挤，让这个同志……"

那干部："什么？挤一挤？这么大个草地偏往这里挤?!"

战士："他负了伤……"

干部一扬胳膊，那里也缠着纱布："伤？老子这也不是狗咬的呀！"

战士生气了："你！……"

干部看看战士的脸，语气和缓了："好，搭这么个窝也不容易，给一碗炒面就换给你！要不，给件衣服、给块大洋也行。"

伤员笑了笑："同志，你还挺爱开个玩笑。"

干部正色地说："谁给你开玩笑？"

战士发怒了，攥紧了拳头。伤员和解地说：“走，咱们另找个地方去……”

“不！”战士拿起粮袋看了看，已经不多了，便从上衣口袋里掏出一块银圆扔给了那人，用脚把驳壳枪踢开，扶着伤员靠着树丛坐下来。

干部拿起银圆，凑在嘴边吹吹，又忙拿到耳边听听：“嘿，这袁世凯活着老是反对革命，死了，这大头倒还有用。”

小高地边上。

牦牛正在大口地吃着草，汪坤和廖文正在动手把牛背上的东西卸下来。常炽手里扶着扁担，正在望着乱哄哄的人群出神。

廖文吃力地把一挺轻机枪从牛背上拿下来放到地上，眼睛却望着人们：“嗬，真热闹！看看去?”

汪坤卸下了最后三支步枪，说道：“走！”他抓起牛绳捆到常炽的扁担上，叫了声：“老常同志！”

“嗯。”常炽还在看着人群，眉宇间流露着焦急。

汪坤：“我们看看去。”

常炽：“好，细看看，有多少人，都是干啥的……”

他的话没说完，两个小鬼跑走了。

常炽向四下里看看，见身边没人，连忙掏出近视眼镜戴上，又从短裤边上把线撕开，拿出了两寸长的一截铅笔，然后打开箱子，拿起药瓶，往一张纸头上逐一登记起来。

他干得那么专心，几滴雨点落下来打到他背上，他也没有发觉。

不远处，肖国成背着曾立标走上坡来。他停住了脚，注视着这乱糟糟的人群，目光落到了常炽身上。这个花白胡子的老头儿引起了他的注意，他便迈步向常炽走去。

快要走到常炽身边的时候，雨点密起来了，雨里夹着几粒冰雹。

“不好！”肖国成叫了一声，三脚两步跑到了牦牛身边，把曾立标放下，又转身招呼：“小秦，小许，快过来！”

常炽发现了冰雹，吃了一惊，连忙把纸头、铅笔扔进铁皮箱，盖严，锁好；又向牦牛奔去。忙乱中，眼镜掉在了地上，他弯腰摸了两把，没有摸到，顾不上再找，连忙拉住了牛鼻圈，拍打着：“卧下，卧下！”

牦牛顺从地卧在了地上。常炽就势抱住了牛脖颈，用身体护住了牛头。

肖国成把这一切看在了眼里。他弯腰捡起了眼镜，正要还给老头儿，却发现冰雹下大了。

冰雹来得又急又大，指尖大的、毛栗大的雹粒猛烈地洒落下来，水草倒下来，一棵小树眨眼工夫叶子打光了，变成了光秃秃的树枝。

肖国成拉过许苓，一下子推到牦牛身边，然后转回身，望着混乱的人群。

突然的袭击，使整个小高地上更乱了。人们东奔西跑，寻找着躲避的地方。这边有人“哎哟”一声栽倒了，那边一个人慌乱里跑进了泥潭，一声惨叫被水淹没了。

肖国成焦灼地跺着脚喊：“同志们，不要乱，赶快去救伤病员……”

他的话，被风雨声吞没了。

他抽出枪，对空打了三发，人们有的稍稍一愣，混乱还在继续着。

他扬起手，想拦住奔下来的一群人，却被人流撞倒了。

他倒在地上，痛心，又无力改变这个局面。“怎么办？怎么办？”他悲怆地喊着，就势抱住了一个爬到身边的重伤员，自己却难过得哭出了声。

忽然，一只手抓住了他的肩膀，用力地摇晃着。

他抬起泪眼，认得出正是刚才见到的那个花白胡子的老头儿。

常炽两眼定定地看着他。几颗冰雹打在他的脸颊上，他眼睛也不眨。他厉声地问道："在党吗？"

肖国成点点头。

常炽："共产党人身体里，要少生产点儿这玩意儿。"

"什么？"

"眼泪。"常炽扬起袖子给肖国成擦擦泪水，就势附在他耳边，"把党证拿出来，集合起党员，先救伤病员。"

肖国成眼前一亮，霍地站起身，大声喊道："共产党员们，到我这里来！"

喊声，压过了风雨声；喊声，在草地上空回荡。

有几个人停住了脚，向着他跑过来。

又有几个人跑过来。

刚才在树丛坐着的那个伤员，推开照顾他的青年人，就往外爬。青年人拉住他："你伤太重！"伤员推开了拉着的手："我是在党的啊！"说罢向着肖国成爬去。

有几个尖细的嗓音在问："'少共'要不要？"没有得到回答，几个年轻的战士也向着肖国成跑来。这里面，有汪坤。

曾立标从牦牛边爬出来，一瘸一拐地走着。小秦连忙搀住了他。

小秦向着许苓："我去啦！"

许苓："等等我。"她把萍萍塞在牦牛肚子旁边，把背篓扣在萍萍头上，又把背带在牛绳上绑紧了，小声嘱咐道，"萍萍听话，不要动。"转身跑去了。

刚才搭好窝窝的那个干部，早就把毯子油布收拾好了顶在了头上。听到喊声，他向着肖国成走了两步，又转回身，向着相反的方向跑去。

他跑着跑着，突然脚下一绊，扑倒在牦牛身上。

萍萍掀起背篓："叔叔，你看见叔叔妈妈了吗？"

那人一怔，把萍萍往外一拨拉，整个身子靠到了牦牛肚子上。

肖国成已经指挥着先赶到的同志把伤病员集中起来。这时他站在上风处，把衣襟解开，双手撑开衣角，喊了声："同志们来呀！"

一个人站在了他的身边，他看，正是那个老头儿。

接着，一个，又一个……人们排成了一道人墙，撑着衣襟的手紧紧连着，身子前倾着，用脊梁顶住了冰雹，用胸膛掩护着同志。

冰雹继续无情地洒落下来。

那个重伤员也在掩护的队伍里。他咬着牙挺着。终于坚持不住，噗地栽倒了。旁边的同志连忙扶他躺下。人墙重又合拢了。

肖国成凑到常炽耳边："你这个老同志，骂起人来可真凶！"

"激你的！"常炽抱歉地笑笑，"其实，世界上顶宝贵又最不值钱的，就是眼泪，共产党人身躯里也有这种东西。你刚才的泪就很宝贵。"

肖国成："打我一棍子又给我一块糖？"

"给糖还早点儿。"常炽严肃起来了，"冰雹一停，就得赶快把党员组织起来，搞成个队伍，千万别散了。"

"嗯！"肖国成紧抓着老头儿的手，"选举你负责！"

"不，我不是党员。"

"什么？"肖国成瞟了老头儿一眼，"那，你把大家登记起来。"

"我不识字。"

肖国成笑出了声。他缩回手，从口袋里掏出眼镜递过去："给，不识字的知识分子同志！"

冰雹继续下着。

廖文趴在地上，一手抱着头，一手按着地面，往前爬着。不时“哎哟”一声，把手拿下来吹着被打肿的指头。突然，他的手碰到了一块硬硬的东西，拿起一看，是锅盖大的一块牛皮。他不禁高兴地叫出了声，连忙顶在头上，站起身四下打量了一下，向着牦牛卧着的地方跑来。

他扑到牦牛旁边，爱惜地抚摸着，牦牛也亲热地舔着他的手。他拔了把草，伸在雨里冲了冲，塞进牦牛嘴里。

这时，才听到了抽抽搭搭的哭声。

他寻声看去，看见了孩子两条小腿在乱蹬。小腿裸露的地方，已被冰雹砸得几处青紫了。

“哪里来的小孩？”廖文忙把孩子抱过来，用牛皮给她遮着雹子，掀开背篓看了看，朝着小孩做了个鬼脸。

孩子破涕为笑。

廖文推推躲在牦牛肚子旁边的那个干部。那人有牛挡着，正躺得舒服，觉得有人推他，欠起了身。

廖文：“这是你的孩子？”

干部：“这……嗯……是……”

萍萍抚摸着小腿：“他，他推我。”

廖文也看出了是怎么回事，气得噘起了嘴：“你！……还是个干部呢，干这种事……”

“嘿，困难时期，革命友爱嘛！”那干部忙换话题，“小鬼，这牛是你管的？”

“是，怎么样？”

“过草地，这可是好东西。”那人沉着脸，“你个小鬼管它，我可不放心……”

廖文警惕地看着他："你走开！"

那干部："还是把它交给我……"

廖文抱起萍萍，狡黠地说："那得看老牛肯不肯跟你哩！"他低声喊了一声，牦牛猛然爬了起来，把那人搡了个跟头。

那个人爬起来，骂了句什么。廖文又拍拍牛的脖颈。牦牛一转身，一屁股又把那人推倒了。

廖文快意地大笑起来。

萍萍也拍着小手笑了。

那人按着驳壳枪套正要发作，发现常炽正向这边走来。他看看天，雹子稀疏了。他留恋地瞥了牦牛一眼，转身走开了。

小高地的中央，一场生与死的搏斗刚刚过去，那些用身躯保护伤病员战友，被冰雹打得鼻青脸肿的共产党员们，又自动挤到了肖国成身旁。这是草地行军中最后一批共产党员的集会。他们有的坐着，有的歪倒着；有的在拧着湿衣服，有的从各种防湿的地方（油布包、猪尿泡、牛皮挎袋里）拿出了自己的党证。他们都望着肖国成，神情肃穆庄严。

肖国成站在大家面前，手里捏着自己的党证，他扫视着眼前的同志们，眼眶里贮满了泪水。

忽然，传来了轻轻的箫声，还是《苏武牧羊》的调子，只是吹奏得沉重、雄壮。乐音轻轻地掠过高地，掠过人们的头，仿佛给这个会定了个音调。

肖国成精神一振，讲话了："中国共产党红军长征后卫部队全体党员大会开会，到会的党员三十四人，列席的少共团员十五人。"他征询地扫视了一下会场，"第一项议程：选举临时支部的委员会。有什么提议？"

会场里很静。

一个沙哑的声音传来："先，先说说你自己吧！"原来是刚才爬过来掩护战友的重伤员。他已是很衰弱了，由那个青年战士搀扶着，但眼里却闪着异样的光彩。

肖国成把党证举起来："我，肖国成，红二方面军二军团后卫连连长。1933年在洪湖苏区入党，党龄三年半。"

"一个好同志啊！"重伤员像是发言又像是感叹。

另一个声音传来："你也是好同志嘛，自己伤那么重，还赶了来……哪年入党？"

重伤员："入党年数不算少了，可力量少，眼看党遇到难处，不能替党分忧啊！我叫谢怀福，宁都暴动以后加入组织，一直在红五军团，当伙夫班长。"

稍停，一个高个子青年人站起来："我，黄长友，红四方面军三十军一个机关枪排排长。党龄两年。"他指指脖子上的纱布，"我伤不重，能为大伙干点儿事情。"

一个女同志在担架边上欠了欠身，举起了党证。她正用自己的军帽给伤员擦着身子，湿漉漉的头发贴在面颊上。"同志们看看我行不？"她把头发往后一抹，露出俏丽的面孔，"伤员得有人组织护理，我是四方面军总医院护士长，李芳，党龄三年。"

肖国成望着同志们，心情激动。这是些什么样的人啊！在党遇到艰难的时刻，在死亡的边缘站起来，走出来，向党要一副担子搁在自己那本已沉重的肩头上。一时，他仿佛看见，就是这几个人，把这支近百人的红军队伍带出了艰险的草地；就是这几个人，领着一支整齐的部队，正向陕北高原大步前进。

他定了定神，问道："还有谁？"

静了一霎，一个声音打破了寂静："同意这几位同志，选举吧！"

"同意！"几个人在喊。

一只手举起来了，三四只拿着党证的手举起来了。

肖国成：“全体通过。留一名额给以后收容到的同志。这届临时支委会，等赶上大队报上级党追认……”

那个干部模样的人凑到后边人的身边：“干什么？”

“选举临时支部。”

那个干部掏出党证，叹了口气：“晚了一步。”

“嘘——”有人制止了他。

肖国成继续讲着：“……现在讨论下一项议程，怎样以党员为骨干，组织行政的班、排……”

牦牛旁边。

常炽吹完了箫，慢慢擦拭着箫管，向着开会的地方深情地凝望。

廖文显然已经和萍萍熟识了，正在她身边忙着：他把萍萍的湿衣服脱下来拧干，挂在牛角上晾着。又在牛背上卸下的杂物里找到自己的小衣包，找出件干的军衣给孩子穿上。又把两个铁皮箱并到一起，铺上那块油布，让萍萍坐在上面。

收拾停当了，这才发现箫声早已停了，连忙叫道：“老常同志，怎么不吹啦？”

常炽像是回答又像是自言自语：“这下一步……”

萍萍也学着廖文的样儿在叫：“老常同志，吹呀！”

常炽回过身，这才发现孩子：“嗬，这么大的一个红军！”他来到孩子身边，亲热地用自己的胡子在萍萍脸上蹭着。

萍萍伸出小手，很有兴趣地摸着常炽的胡子：“同志爷爷，你见到我妈妈吗？”

常炽摇了摇头。

萍萍：“你见到我叔叔妈妈吗？……嗯，就是……代理妈妈。”

常炽：“代理妈妈？”

“嗯。”萍萍点点头，突然拍拍手，“来啦！”

许苓在小秦搀扶下，脚步踉跄地走过来。她在刚才掩护伤员的时候被雹子打得不轻，又浑身透湿，这回正冷得发抖。

许苓来到孩子身边，两个人偎抱在一起。

许苓心疼地看着孩子被打得青紫的小腿。

萍萍抚摸着许苓的头：“哟，叔叔妈妈，你长了一个犄角啦！……又一个，又一个……”

许苓呻吟了一声：“雹子打的。”

“痛吗？”

许苓点点头，又打了个寒战。

常炽心疼地看着这些大大小小的孩子，默默地动手捡拾着树枝。

小秦想起了什么，抱着那个油布包走过来。有了焦干的柴火，篝火很快点燃了。

廖文高兴地推了许苓一把：“快，把衣裳脱下来烤烤！”

许苓看看湿漉漉的前胸，却没有动。

小秦：“快点儿啊！看你扭扭捏捏，像个大姑娘似的。”

常炽看了许苓一眼，打开一个箱子，从自己衣包里拿出一件军衣递给了许苓。转身向小秦、廖文招招手：“走，去给伤员把火点上。”

小高地中央。临时党员大会正继续进行。

肖国成：“……那就这么定啦？第一，刚才确定的班长、排长立即把班排组织起来；按身体强弱搭配；第二，组织担架队，重伤员集中护理，由你，李芳同志负责；第三，从现在起，粮食由各班集中管理，定量发，保证伤病号；动员身体好的挖野菜充饥……”

“还要加一条，”机关枪排排长提议，“把武器弹药配好，检查一下！万一遇到敌人的骑兵……”

两三个人的声音："附议！"

肖国成："好。这四条，作为这次大会决议案……"

后边有个声音打断了他的话："这么弄，拖着、背着的，谁也别想活着走出草地……"

这话引起了不满，有人反问："依你，丢下同志不管啦？"

还是那个声音，只是低了些："不看是什么时候？能活出几个就不错啦。"

"我同意，"那个干部模样的人把话接过来，"我主张，咱们，谁也别管谁，自由行动。"

有人问："不管？"

"对，我们，凭什么受这个湖北佬管？他算老几？"那干部晃着手里的党证，"粮食集中，给他？叫这个'九头鸟'带走了怎么办？"

肖国成被激怒了："你是干什么的？"

那人大模大样站起来，拍拍驳壳枪："冯朝，四方面军总部的，总部，懂不懂？"他环顾四周，"我问问，四方面军的同志，咱们干吗受二方面军的这么个人管，啊？"

会场乱了。有几个人附和着冯朝，喊叫着："对，谁也别管谁！""分散活动，自由行动！"……有人在斥责冯朝："别捣乱！""这是党的会议！""你还是不是个党员？"……

青年战士扶着重伤员谢怀福欠起身："看，就是他。"

谢怀福看了冯朝一眼，愤怒地说："他，不是个好同志！"

冯朝认出了谢怀福，慌忙扭过了脸，口里还在叫着："这个会不合法，解散，解散！"

肖国成鄙夷地看了冯朝一眼："继续开会。现在表决！"

冯朝跳起来："愿意自由行动的，跟我走！"他边走边转身看看，只有刚才讲反对意见的人跟着他离开了会场。

肖国成的声音继续着："赞成这个决议案的请举手。"

拿着党证的手像小树林似的高高举起。

夕阳西下。暮色从草地四周升腾起来。

小高地上，一簇簇篝火烧起来了。每一堆篝火边上，就是一两个新编成的班排。这些来自不同家乡、不同部队的红军干部战士们，几个小时以前，还是单个的个体或者零星的掉队人员，他们受了伤，生了病，又远离了人群，孤零零地踯躅在荒无人烟的大草地上。他们踏着的每一个草墩，都是生和死的边缘。他们靠着革命意志和求生本能扭在一起的力量，和自然环境的摧残力进行着搏斗。而现在，他们，每个人却从单体归进了集体，每个人，都成了这支小部队的一部分。尽管这支部队还很小，也很软弱。然而，组成它的人觉得这是自己的，自己的家，自己的肌体，自己的灵魂……就像这堆篝火一样：一根根柴火架在一起，被火种点燃，就蹿起了火苗，发出了热和光。

看，一件件湿透的衣服伸向了火旁，衣服上浮泛着一层淡淡的雾气。

看，搪瓷碗、洋铁皮的杯子，还有脸盆、铜盆、砂壶、瓦罐摆到了火炭上，吊起在支架上，里面煮着的野菜、炒面糊糊，发出"吱吱"的响声。

一堆火旁，响起了粗犷的笑声。

另一堆火边，几个女战士小声唱起了歌。

一支动情的、豪放的，又略带悲凉的歌声，随着篝火在跳动，随着细烟袅袅上升，在这原始荒原上飞飘。

牦牛的近旁。一堆篝火烧得正旺。

篝火边，许苓抱着孩子，低声哼着小调，慢慢地摇晃着。萍萍嘴里含着一棵野菜，却已昏昏欲睡了。

小秦喝完了自己小碗里的野菜糊糊，贪馋地舔着碗，眼睛却贪馋地望着许苓的茶缸。终于忍不住了：“小许，你碗里还有吗?”

许苓：“还有点儿。”说着拿起茶缸递过去。

小秦不好意思地说：“这……你再吃两口。”

许苓：“我冷，吃不下。”她喝了一口又递过去。

“同志哥，你真好!”小秦忙不迭地接过来，却发现萍萍，“看，孩子快睡着了。我给她搭个铺!”

他随手揪来几把草垫好，把油布铺开。

曾立标隔着火堆把刚烤干的一件羊毛线背心扔过来：“给孩子盖上，夜里冷!”

“这好办!”廖文牵着牦牛走过来，“我给萍萍盖个房子!”他把指头伸进嘴里，又拔出来试了试风向，然后把牛牵到上风，口里“嗬嗬”叫了两声，牦牛便听话地卧下来。

“好!”小秦高兴地把油布拉到牛肚子边上，“好，靠着牛肚子，暖和。”他又把一条粮袋放到油布边上，对许苓说，“你们娘俩睡吧!”

许苓不高兴地瞪了他一眼。

小秦连忙改口：“对，对，你们爷俩睡。”说罢，转身跑到火边，端起了茶缸。

许苓抱着孩子躺下来，给孩子盖上了那件毛线衣，她一只手当作孩子的枕头，一手轻轻拍打着。

萍萍睡眼惺忪地喃喃呼唤：“妈妈!”

许苓附在萍萍耳边，小声地说：“叫阿姨。”

萍萍继续叫着：“妈妈!”“妈妈!”

许苓望着孩子，眼角挂上了泪水。她深情地把孩子抱紧了，低低地答应了一声：“哎——”

“妈妈——”

“哎——”

孩子听到了应声，睡着了。

许苓打个冷战，向孩子靠近了些，也睡着了。

小秦舔完了茶缸，打个哈欠：“小廖，你不困?”

廖文趴在铁皮箱上已经睡了，听到叫声，猛地一惊，含糊地说：“我看挑子，看牛，等汪坤……他登记花名册去啦!”

曾立标：“去，睡去。这里有我呢。”

小秦在许苓身边躺下，紧紧偎住了那微微发抖的身体；一只受伤的胳膊搭在她的肩上。廖文抱住了小秦的腰。两个人很快发出了鼾声。

小高地边上，篝火照不到的黑影里，三个人坐在一块油布上，正亲热地小声谈话。

冯朝从挎包里掏出一块东西丢进对面小战士的洋瓷碗里：“小朱，给！犒劳你。”

“什么?”

“牛肉干，咱们四川地道的麻辣牛肉!”冯朝嘲笑地说，“这，自由自在，不比喝野菜汤强？你说对不，侯志平同志。”

侯志平，就是刚才跟着冯朝退会的那个人，愤愤地说：“那个护士长要我给伤员抬担架，我才不干呢。她还直说什么活着为别人……”

冯朝：“谁叫你不也负伤的？那就有人为你活啦。”

侯志平：“那你？……”

冯朝一把把左臂的绷带扯下来，晃着胳膊笑了：“看，这伤!”

小朱噙着牛肉干，愣住了。

“受了伤，别人就爱你、帮你，这是咱们红军的一大好处。”冯朝得意地说，“落到这个地步，首先得顾自己。活下来也是革命的一分力量嘛！”

侯志平点了点头。

“有胳膊有腿的大活人，干吗受别人的制约？”冯朝把声音压低了些，“自由行动，有的是办法！”

他越说声音越低，听不清了。

小高地另一侧，篝火照不到的黑影里，又有三个人挤坐在一起交谈着。

肖国成把一张纸看完，小心地收进衣袋：“汪坤同志，从现在起，你就是咱们这支部队的文书啦。花名册由我保管，往后每天宿营以后填一份实力统计给我。”

汪坤：“是。”

肖国成把粮袋解下来，交给汪坤：“快回去，吃点儿炒面，睡觉。”又补了一句，“照顾好那个孩子！”

常炽又嘱咐了一句：“喂喂牛，看好我那副挑子！”

望着汪坤走去的背影，肖国成对常炽说道：“既然你不识字，就不给你看了。”常炽凄然一笑，没说什么。

“一共七十七个人，外加一个四岁的女孩。”肖国成扳着手指数着，像是在向上级汇报，“党员三十五人，少共团员十七人。”

“统计不大确实。不过也想不到，”常炽高兴地说道，“差不多是一个连。”

肖国成：“哎呀，这个连！单位包括了三个方面军、九个军和军团。就是伤病员多，轻重伤四十一名，重病号八个。”

常炽：“粮食怎么样？”

“情况不好。有干粮袋的只占三分之一，都剩下不多了。老炊事班长交出了三斤多酥油，还有一头牦牛。刚才每人只准吃一两炒面，重伤员是二两。”

“不行，还得减！”常炽计算着，“第一次过草地用了六天，第二次是十一天，这次嘛，我们走了还不到一半，这么个速度，估计还得五六天才能走出去。”

两个人都感到了形势的严峻，谁都不说话了。

停了一会儿，常炽动情地说道：“肖连长，无论如何，你得把这些同志带出草地，带给党！”他仰起头，沉思地说，“保存下这支红军不容易！全国劳苦群众把希望都放到了这支队伍身上。多保存一个同志，就多一颗革命的种子啊！”

“我，和你！”肖国成也很激动，“在这里，干部除了你，就我这个连长啦。”

常炽：“我，一个老挑夫……”

肖国成抓住了常炽的肩膀：“你这是为什么吗?!”

“我说文书统计得不确实嘛。”常炽轻松地笑笑，“支部书记同志，我是个反革命，一个等待枪决的肃反对象！”

“什么?”肖国成一惊，手却抓得更紧了。

常炽哎哟一声：“你抓着的那地方，中午以前还用绳子捆着。遇上那场暴风雨，押送我的同志牺牲了。”他掏出那份文件，连同那挺花机关递给了肖国成。

肖国成接过文件看看，读出了声：“……兹有本部……嗯，看押革命的死敌、反革命分子常炽……希沿途各部予以协助是荷！……嗯，1935年9月5日。……”

常炽：“看清楚啦?‘各部予以协助’！协助看押我这个反革命。”

“这……”肖国成定睛望着这个花白胡须的老头儿，“什么问题?”

“因为我反对了张国焘同志！”常炽依然说得那么轻松，“去年这时候，一过草地，党中央北上陕北，张国焘同志要南下。我提意见要跟着中央北上，这就犯了忌，撤了我的职。后来他要自立中央，我反对，我不举手，就被抓起来，说要肃反。刘伯承同志通过朱总司令把我要到红大当教员，暂时没杀掉。”

他急剧地咳嗽起来。肖国成替他轻轻捶着后背。

“刑讯，折磨得凶，受了点儿内伤……”常炽深深叹了口气，“到了甘孜，又要杀。多亏你们来得快。和二方面军会师以后，贺龙同志和任弼时同志又在打听我，这才又押进了运输队。”

肖国成：“赶上了大队，你可以直接向贺、任首长报告。”

常炽笑了笑：“个人的生死、荣辱算不了什么，这场悲剧才叫人痛心！一次分裂，百丈关拼了一仗，部队伤亡很大；又多过了两次草地……多少同志的鲜血和生命啊！”

肖国成注视着这个受尽磨难的老头儿，心情激动。

“同志，你还年轻，有些事你一时也许还不明白。革命需要流血，流汗，流泪。有时候，只有血，才能使人聪明起来，只有血才能使革命前进！至于我嘛，”他掀起衣襟，撕开一个补丁，拿出了自己的党证，“看，党证沾了点儿血，可是还在我身上，一颗共产党员的心，还在我的胸膛里。这就够了！只是，我这个情况给你出了难题。”

肖国成诚恳地说：“不难，在实力统计上加一个党员就是了。”

常炽：“那，我向支部提一个请求。”

肖国成：“什么?”

常炽：“派一个身体好的同志跟着我。”

肖国成：“不必了。”

“当然，我压根就不需要再有人押着，”常炽严肃地说，“我找你，是有重要的情况报告：我的挑子里是一批贵重的药品。”

“真的?”

常炽：“党的财产我现在不能交给任何人！必须有党的决定才能

动用。”他掏出两张纸郑重地交给肖国成，“这是药品的清单。”

“同志，谢谢你！”肖国成激动地接过清单，随即紧紧握住了常炽的手。

两只手在动，解着牦牛的缰绳，绳子被解开了。

冯朝伏在地上，把牛绳交给侯志平，自己继续观察。

篝火的火苗早已落下去了，偶尔有几粒火星在夜风里闪烁。篝火边几个人睡得正香。

冯朝爬了两步，轻轻推开许苓的脑袋，把粮食拿到了手。

小朱从背后戳戳冯朝，低声地说：“瞧，是孩子的。”

冯朝向后摆摆手，又从小秦身边拿起了一袋。

牦牛被侯志平拉起来。

萍萍身子动了动，喃喃地叫了声。

冯朝一惊，慌忙向后爬去。

三个人拉着牦牛、背着几条粮袋，迅速消失在夜幕之中。

夜风吹来，萍萍被冻醒了，蒙昽中，她低叫着：“妈妈。”

许苓没有答应。

萍萍伸手摸摸，牦牛没有了。她又在许苓身上摸着，摸到了许苓的脸，掰她的眼皮。

许苓：“萍萍，别闹！”

萍萍：“叔叔妈妈，牛跑了。”

“什么？”许苓睁开眼，这才发现小秦正抱着她。她连忙坐起身把小秦推推，叫起来：“牦牛跑啦！”

小秦醒了发现粮袋没了，也在叫：“连长的干粮袋呢？”旁边的几个人都醒了，忙乱地搜寻着。

肖国成和常炽走过来。人们诉说着。

常炽：“不要急，看看蹄印，牦牛往哪个方向去了。”

黑暗的草地里。

冯朝等三个人慌慌张张地走着。

侯志平牵着牦牛在前头。他小声问："往哪儿走?"

冯朝："别管，走出去再说。"

小朱："人家追上来怎么办?"

小高地边上。

追赶的人停住了脚。

肖国成："汪坤，跟我下草地，追!"

廖文："我先把牛叫回来。"他两手拢在嘴边"嗬嗬"地叫起来。

草地里，牦牛听到了叫声。它停住了，又突然一转身往回跑去。

侯志平被拉了一个跟头。他趴在草墩上问冯朝："怎么办?"

冯朝挥挥手："快走!"

牦牛从黑暗钻出来，跃上小高地，来到了廖文身边。

小秦晃着大拇指："小廖，你真神。"

许苓也抱着萍萍赶来了。萍萍亲热地摸着牦牛。

肖国成还要进草地去追，常炽拉住了他："算啦，牛回来了就是个胜利。"

肖国成愤愤地说："竟然有这样的人!"

常炽感叹地说："有什么办法呢。好的，坏的，总要在一起存在一个时期。问题是能不能让好的越来越多!"他摸摸萍萍的小脸，"萍萍，你说对吗?"

萍萍不解地望着他。

四

拂晓。草地里弥漫着浓雾。

浓雾里钻出一个人影。走近了，可以看清是伍芝兰。她正在临时营地上察看着。

在一堆篝火余烬的四周，东倒西歪地睡着八九个人——显然，她的队伍已经扩大了。

伍芝兰给这个盖好身上的毯子，又把那个压在胸上的步枪挪开……她慢慢走到离篝火较远的一个同志身边，只见那人身边一个旧铜盆里放着一堆野菜，人却蜷伏着。她摇摇他的肩膀：“同志，醒醒！”

那个同志却再也不会醒来了。只见那人一手握着步枪，一手抓着一把野菜根；嘴角上、胡楂上挂着野菜的碎叶。

她把那同志的帽子往下拉拉，又掰开手指取下步枪，口里喃喃自语：“同志，松松手，把枪给我吧！”她把枪挂上肩头，又端起那盆野菜，仔细看看，神情庄严地向着死者：“你留下的话，我懂！就靠这些野菜，我能把同志们带出去！”

她霍地转过身，走进草地，一弯腰拔起一棵野菜，又拔起一棵……

突然，她看到不远处一只水鸟站在那里。等她看清是只头雁，摘下枪来，那雁已经长唳一声起飞了。

接着，雁群升上了高空，排成了“人”字形的队伍，轻盈地向前飞去。

伍芝兰望着远去的雁行，脸上呈现出坚决的表情。

浓雾笼罩着的草地，三个人在踽踽前行。

小朱的脚一滑，差点儿踩进泥潭。他倒抽了口冷气，埋怨道：“我说，咱们这是往哪儿走哇？”

侯志平：“谁知道呢！这得问问为头的。”

冯朝没有搭腔。他正被死亡的恐惧包围着，神情慌乱。

小朱嘤嘤地啜泣起来："……跟大伙儿在一块儿多好……"

冯朝："别哭啦！烦人！"

浓雾里，队伍在行进。

走在头里的是伍芝兰。她全身挂满了东西，背上，交叉背着两支步枪，腰间系着两个手榴弹、一只铜盆。右肩上挂着驳壳枪的枪绳，另一端拖着个胡乱捆扎成的爬犁样的架子，上面半躺半坐着一个垂危的重伤员。左手挽着她救出的那个伤员。

重伤员在爬犁里欠起身，抓住了枪绳乞求道："伍排长，让我下来爬几步吧，你也歇歇！"

伍芝兰头也不回："别说话！"说罢，奇怪地仰起头，喊道，"哎——同志们！……"声音很亮，又透着甜润。

过了一会儿，后边浓雾里传来了喊声："哎——排长——"

伤员："同志嫂，你这个办法不错。"

"逼的嘛！"伍芝兰苦笑了一下，"看，我实在没有什么再给同志啦，就还剩了这张嘴啦。哎——同志——"

后面，传来了呼应。

"说实在的，听着他们的声音，我也觉得添了劲。"伍芝兰动情地说，"有一回，孩子他爹跟我说，世界上最好听的，就是听战士们说话、叫同志。我不信，还跟他吵了嘴。我说：'我叫萍萍他爹，不好听？'……哎——同志——"

伤员："你那孩子她爹在哪个单位？"

"在红三十军当营长，"伍芝兰声音很低，"去年打百丈关，牺牲了。"

伤员扭转了头。

伍芝兰："我带着我那个排掩护医院往后撤，带着孩子见了最后一面。这回，他说我的话很好听，是甜的。……真的，至今孩子还常问我：‘妈妈，话怎么是甜的？……’”

她陷入回忆里去了，听到了拖犁上伤员的唏嘘声，才猛然醒过来：“同志，你怎么啦?”

伤员：“伍排长……你，你那个孩子，兴许还在……”

伍芝兰没有说什么。她使劲一弓身，拉得快了些，口里喊着：“哎——同志——”

那声音，像是甜的，又像是苦的。

浓雾中，冯朝等一行三人在烂泥里挣扎。

冯朝靠小朱近了些：“小朱同志，把你那根木棍换给我怎么样?一大把牛肉干。”

小朱没吭声。他正用木棍探着路，跳过一道泥沟。

冯朝：“要不我买你的，一块袁大头。”

忽然，走在前头的侯志平“哎哟”一声摔倒了。一个个黑乎乎的东西纵身跳起，从他面前跑了过去，原来是一小群黄羊。

冯朝惊慌地说：“不好，走到没人的地方来了!”

就在这时，前方远处传来了细微的人声：“哎——同志——”“哎——排长——”

三个人惊喜地向前望去。

浓雾在渐渐消散，人的轮廓显现出来。

伍芝兰继续带着她的小部队在前进。她还是不时仰起头来喊着。后边五个人应和着。

伤员：“行啦，同志嫂，你歇会儿，不用喊啦!”

“好，再喊一次!”就在她仰头要喊的工夫，前面出现了一个黑点。

她以极快的动作抽出驳壳枪，在大腿上一擦，扳开大机头，推上了顶膛火，机警地望去。

一小群黄羊飞速奔来。

伍芝兰抬手两个点发，羊群消失在雾气里了。

伤员：“不知打着了没有？”

伍芝兰：“两只。”她轻吹着枪口的烟，脸上头一次有了笑容，“能解决一下咱们的肚子问题了。走，去找找。”

果然，两只黄羊倒在草丛里。

伍芝兰安排好两个伤员，自己把猎物拖到爬犁边。后边的同志也你搀我扶地陆续赶来。

有人在叫：“黄羊又回来了，快打！”

“别打呀！”随着声音，三个人跌跌撞撞地迎面走来。

走在前头的小朱一头扎在伍芝兰怀里，哭出了声：“同志，可见到你们啦！”

伍芝兰奇怪地问：“你们怎么往南走？”

侯志平正要回答，冯朝连忙接口：“雾大，迷失了方向。”

伍芝兰安慰着小朱：“同志，会合到一起就好了。我们一起走，再难也能走出草地。”

她重又挎起了枪绳。可是因为加了两只黄羊，更重了。她把几条空粮袋接起来，往拖犁上系着问道：“你们谁来帮一把？”

冯朝扬了扬缠着纱布的胳膊：“我，我去看看照顾后边的同志。”

小朱犹豫了一下，接过了空粮袋：“我来。”

队伍重又前进了。

队尾，冯朝附在侯志平耳边：“你不看他们都断粮啦？我们还得单独走。”

又是一支部队从雾气里钻出来。

这支队伍虽然是些老弱残兵，还存在着明显的掉队人员的痕迹，然而确实已经成了一支经过整顿的、像样的队伍了。

走在头里的是连长肖国成，他背着曾立标。小秦已不需扯着连长的皮带了，他拄根竹棍走着，胸前的军号已从套子里拿了出来，擦得铿亮。许苓背着背篓紧跟在后面，背篓上和萍萍脑袋上又插满了野花，看去整个儿像背着个花篮。小文书汪坤和廖文，还是一前一后地赶着那头牦牛。走在连部直属队最后的是挑夫常炽，他依然挑着那副担子，扁担上挂着那挺花机关，拄着那根竹棍；只是鼻梁上多了副眼镜，使这个怪老头儿更显得不伦不类了。

肖国成扭回头望去。

在“直属队”后面是五六副担架，上面是重伤员，稍后是被搀扶着的轻伤病号；护士长李芳跑前跑后地照顾着。再往后就是黄长友带的战斗分队。它名字叫“步兵排”，实际上是身体稍强的人组成的一支运输队，每个人身上都挂满了枪支弹药。然而年轻的机关枪排排长黄长友却把人们带得井井有条。

黄长友跑到前边来：“连长，当这样的值星排长，没劲！来，换换。”

肖国成接过包在帆布套里的轻机枪，黄长友背起了曾立标。

肖国成背着枪跨到队列旁边，心情有些激动。他眼前忽然浮上昨天傍晚那混乱的景象。他束手无策，抱着伤员痛哭失声。耳边却响起一个声音：“共产党人身体里，要少生产点儿眼泪!”

他思路又回到了现实，却发现一大滴泪水落到了腮帮上。他连忙擦了去，笑了。

他看见许苓满头大汗，脸色苍白，忙从驳壳枪上解下毛巾去擦。

许苓闪身躲开了。

肖国成看着背篓里的萍萍，俯身去亲亲。萍萍推着他那浓黑的胡子，咯咯地笑着，躲来躲去。

“你呀，根本不会爱!”常炽走过来。他指了指许苓，“让孩子靠路边歇会儿吧。”

肖国成不解：“这就是会爱？”但还是向许苓下了命令，“小许，过来！”

他让许苓在队伍旁边找块干些的地方，把孩子从背篓里抱出来。

萍萍站在如茵的草地上，一双清澈的大眼，望着行军的队伍，不时亲切地叫一声：“叔叔！”

抬担架的脚步慢下来了，都亲切地望着这花朵似的女孩。

一个担架员问：“你几岁了？”

萍萍扬起四个小手指：“四岁。”

伤员从担架上起身，从口袋里掏出核桃般大的一块东西扔给孩子。

许苓连忙捡起来，舔了舔：“盐？”

一个女战士停住了脚步，从腰间解下了一条毛线围巾，围到了孩子脖子上。

又一副担架过来了，担架员放下担架，浑身掏摸着，最后解下了粮袋向孩子走过来。

许苓忙把油布摊开。担架员往上边倒了一小把炒面。炒面散发着轻轻的粉尘……

这个头一开，人们仿佛听到了什么号令，一个个走到孩子身边，把点儿什么东西放到了油布上。

油布上，炒面在增多。什么都有：酥油、黄糖、奶酪，自制的牛肉干、羊皮背心、毛线袜子……

一个女战士把一件花衣服放在衣堆上。另一个女战士放下了一截红头绳。

一个战士放下了三个鸟蛋。

一个小战士从怀里掏出一只小灰兔子。这显然是他的心爱之物，他犹豫了一阵，最后下了决心，小心地放到了萍萍的手里。

面对着这意外的情景，许苓又高兴又有点儿心慌。她不安地看着肖国成：“连长，这……”

肖国成却被这幅情景深深地感动了。他赞许地微笑着，胡子却在轻轻抖动，泪水溢满了眼眶。

只有萍萍例外，她依然瞪着秀丽的大眼看着这些人，看着这一切。直到队伍走完，许苓和肖国成把东西包裹起来的时候，孩子才突然抱住了许苓的脖子，小声地问道：“这些都是给我的吗？”

“对，都是给你的。”

“给我了，为什么给我呢？”

“因为，因为……”许苓思索着，“因为大家都喜欢你，都爱你！”

萍萍昂起小脑袋想了想，若有所悟地说：“爱谁，就把自己的东西给她，对吗？”

许苓没有回答。

肖国成也没有回答。

这个生活的真理，这个人与人、人与事业关系的真理，由一个四岁的孩子在这荒无人烟的大草地里讲出来，简直是惊心动魄！

一时，整个草地仿佛都发出了应和的回声：

“爱谁，就把什么东西都给她！”

萍萍还在问：“那……那我呢？”萍萍想了想，又问道，“我爱妈妈，我爱叔叔、阿姨，可我拿什么给你们呢？”

许苓和肖国成互相看了看，又没有回答——他们回答不了。

于是，天地之间只留下了这个四岁孩子的稚气的声音：

“……我拿什么给你们呢？”

五

夕阳的余晖，洒在草地上，把草地照耀得柔和而又美丽。就连草地跋涉者的剪影也变得峭拔、雄健，充满了诗意。

伍芝兰挽着小朱的臂膀，一用劲把爬犁拉上了土坡，似乎把最后一点儿力气都用尽了，两个人一齐倒在了地上。

小朱眼尖，一眼看见了不远处一堆篝火的余烬。他连忙跑过去拨弄着，居然冒起了火苗。

人们陆续来到篝火边上坐下来。

伍芝兰抚着小朱的脸："这么瘦。多大啦？"

"属鼠的，十二啦！"小朱情不自禁地往伍芝兰身边偎偎，"巴中东乡的。"

伍芝兰："这么小，爹妈怎么舍得你当红军？"

小朱："撤出苏区，妈妈走散了，爹牺牲在杂谷垴。我就把爸的军装穿上了。"

小战士的话触动了女排长的心。她抱住了小朱的肩膀，低低地叫了声："孩子！"

"排长，你好，你像个妈妈一样……"小朱把头扎进伍芝兰怀里，呜咽着，"我不好，我是个坏孩子！"

伍芝兰："怎么啦？"

小朱："我不守纪律，跟着人家乱跑，还……"他从伍芝兰怀里挣出来，坐起了身。忽然，他叫起来，"对，那天晚上，就是在这里，跟他们偷牛，连小孩子也不顾了……"他大哭起来。

伍芝兰坐起来，给他擦着眼泪："别哭，别哭！"

伤员探过身问小朱："你说什么？小孩子？"

小朱点点头。

伍芝兰也注意起来："多大？"

小朱："天黑，没看清。"

伤员："是男孩还是女孩？"

小朱摇摇头。

伍芝兰失望地叹了口气，紧紧抱住了小朱："好，好，能跟大伙儿在一起，就是好孩子！"她高声地说，"来，找水，煮黄羊肉！"

伍芝兰望望篝火四周，问道："还有两个同志呢？"

冯朝和侯志平早就不知哪里去了。

一条清清的小河，河边几簇灌木丛，简直成了草地的美景。

落日余晖里，队伍正忙着安排宿营。河边到处是欢快的人群。

许苓抱着萍萍来到河边。

几个男孩子正在河水里嬉戏。小秦站在齐腰深的水里喊着："小许，快来呀！"

许苓转身走开。

她走到下游一丛矮树旁。树后，一个女战士探出头来，呵斥道："小鬼，走到哪儿来啦，不快走开看我不拿皮带抽你！"

许苓苦笑一声，又走开了。

萍萍："我要跟小秦叔叔和老牛一块儿洗。"

"他们是男的。"

"跟阿姨洗。"

"她们是女的。"

萍萍怔怔地望着许苓。

她俩终于来到了一个僻静的河湾。许苓帮萍萍脱了衣服，把她浸到水里。

轻风送来一阵悦耳的箫声。还是《苏武牧羊》的调子，但吹得轻快、悠扬，和眼前的情景十分和谐。

离河边较远的一簇矮树丛边，临时党支部委员会已开了多时了，这会儿正进行着最后一项议程。

“……还是杀了它！”说话的是李芳，“今天又牺牲了两个同志，我检查了，是饿死的。”

排长黄长友：“杀了，那七八支枪谁来背！”

“杀吧，还是人要紧！”炊事班长谢怀福倚着树根喘息着，他病情更重了，说话上气不接下气，“可能不能再等一两天……”

李芳嘴快地说：“得，三种意见，各占一票！”

肖国成：“有个同志向支部提了个意见，剩的粮食集中给伤员，牦牛呢，先不杀……”

李芳：“同志吃什么？吃草？”

“对，吃草！”肖国成点点头，“把同志们逼一逼，准备更苦的时候。我看就这么决定了！”

谁都没有再说什么。只有箫声在回荡。

“好，同意！”李芳提起挎包站起来，“这个怪老头子！要药给一点点，牛又不让杀，什么都卡得紧紧的！”

人们陆续走开了。肖国成扶起了谢怀福。老谢轻声说：“还有个问题：有两个人提出要求入党，得讨论一下。”

肖国成：“入党？这样的时候，还顾得上这个？！”

老谢正色道：“正是这样的时候，党，才能得到真的党员！”

小河边上，四处幽静。

岸边矮树梢头搭着几件洗净的衣服，有小孩子的衣裤、许苓的军衣，还有两条空了的干粮袋。

矮树下，萍萍光着身子趴在那里，正手拿野菜喂着小兔子。小兔吃得正香，萍萍开心地笑着。

河边，许苓显然已经洗过澡，穿着内衣，在望着水湾出神。

水湾清澈、明净，晚霞映红的浮云照在水里，分外好看。水里，映出许苓那洗干净了的脸庞，和小花布衬衣裹着的上身，完全是一个秀丽的姑娘。

许苓注视着自己的影子，抚摸着自己的短发，眼前浮起了幻影：仿佛自己的头发一下子变长了，披在肩头一阵风吹来，飘飘扬扬，她正用心地把它编成两条长辫子。身上不知什么时候换上了一件花衣服。于是，一个亭亭玉立的姑娘映在了明镜般的水里。许苓欣赏着自己，发出了少女的妩媚的微笑……

突然，传来了萍萍的喊声："叔叔妈妈——"

许苓一愣，水中的姑娘消失了，又换上了那个短头发的假小子。

许苓懊恼地噘起嘴："什么叔叔，什么妈妈！"

"叔叔——"萍萍的叫声更高更急了，"衣裳跑啦！"

果然，晾干的衣服正被风吹离了树枝。许苓连忙去追，还是有萍萍的一件短裤被吹上了天空，眨眼不见了。

许苓佯怒地拍打着萍萍的屁股。萍萍咯咯地笑着。两个人高兴地滚在草地上。

夜幕笼罩着草地，也笼罩着那块小高地。

小高地中央，一堆篝火烧得正旺。吊架上，一个小铜盆和两个搪瓷脸盆里，煮着黄羊肉，飘散着香气。

伍芝兰手挽着手领着小朱，在高地上走着，捡拾柴火。

小朱发现了一根竖着的木棍，伸手就要去拔，被伍芝兰制止了。

"等等！"伍芝兰走过去，看出这是只路标，横杆上写着："向北前进！"

伍芝兰心情激动："那天，在这里的同志多吗？"小朱："多。差不多有上万人。"

伍芝兰："看，经了暴风雨，没有死一个人。那就是说，他们还有力量！"小朱点点头。

"而且，他们还想着我们。"伍芝兰抚摸着路标，"知道吗？哪是北？"

小朱摇摇头。

伍芝兰指指路标的箭头，又顺着箭头指去："看，那就是北斗星。"

开阔的夜空里，北斗星格外清晰。

伍芝兰："记住它。万一失散了，剩一个人也要往北走，走出去！"

小朱依偎在伍芝兰怀里："我再也不离开你啦！"

伍芝兰抱着这个大孩子，亲切地说："对，孩子！不离开！跟着集体，跟着妈妈，不离开！"

一大滴眼泪落到了小朱的脸上。

一滴雨点洒落到泥水里，接着细雨唰唰地下起来。草地又变得阴沉可怖了。

肖国成指了指近处的几棵老树，喊道："快避雨！"

人们向着古树奔去。

青年战士背着谢怀福跌跌撞撞地来到一棵歪倒的树下。老谢已经有些昏迷。青年人喘息了一阵，掏出小洋瓷碗，接了点儿雨水，解下粮袋，抖出点儿炒面，用树枝拌和了一下，喂到老谢嘴里去。

老谢醒来了，咂了咂嘴："哪里来的炒面？"

青年战士："还有点儿。"他扬了扬粮袋。

空空的粮袋，只有寸把长的一截还有粮。老谢沉下了脸："干吗还给我吃粮？"

青年人显然误会了，连忙指了指腋下："我，还有。"那里半条粮袋鼓鼓囊囊的。

老谢推开碗：“把它送给重伤员！”

青年人噘着嘴：“你就是重伤员！”

肖国成走过来：“吵什么？”

老谢又有些昏迷，说不出话了，指了指粮袋。

肖国成冒火地说：“你，你打埋伏？！”

青年战士护住了粮袋，默不作声。

“去呀，”肖国成捏紧了拳头，“去交给护士长！”

青年战士没有作声。

“你，自私！”肖国成怒不可遏，一拳打在战士肩胛上，“交出来！”他气呼呼地转身走开。

青年战士摸摸肩胛，又端起碗扑到老谢身上：“老谢，老谢！”

肖国成怒气冲冲地往前走，迎面碰上了李芳。

李芳焦灼地说：“杀了吧！”

“杀，杀，你就知道杀！”肖国成眼里像喷火，“为什么你不能把那个班长救活？嗯？为什么？”

李芳：“他是饿死的！”

肖国成：“你，你无能！”

他推开李芳又往前走去。

一棵古树的浓密的树冠，像伞盖一样挡住了细雨。

树下，红小鬼们围着常炽，聚精会神地听着他讲故事，连萍萍也坐在许苓怀里注意地听着。

“一天，墨黑墨黑的，伸出手来也看不见指头。往哪儿走？才能走出这阴森森的原始大森林呢？”

常炽停住话，咳嗽了一阵，又说下去。

“这时候，丹柯解开了衣裳，一把撕开了胸膛，掏出了自己的心。那颗心在他手里怦怦跳着，闪光，发亮。丹柯把自己的心高高举起来。领着大伙儿往前走。走啊，走啊，走出黑黑的大森林。”

廖文问：“丹柯呢？”

常炽：“他倒在地上，死了！”

短暂的沉默。听众里传出了一阵轻轻的叹息。

小秦感叹地说：“我们这里有个丹柯就好了。”

常炽：“有哇。”

汪坤：“在哪儿？”

常炽笑笑：“你，你，还有你廖文，小萍萍都是。”

“不信？”常炽拍了拍背后那棵古树，“你们看。”树上，有几处树皮被砍掉了，上面的字迹依稀可辨：“向北前进！”“坚决北上抗日！”下署“湖南部写”。

常炽：“湖南部就是党中央的代号。”他叹了口气，“要按这个方针，去年我们就到陕北了，这会儿……”

这时，肖国成气冲冲地走过来：“干吗不挖野菜去？去！去！”

孩子们散开了。

廖文牵着牛闷闷不乐地走开。

肖国成厉声喊道：“廖文！”廖文站下来，肖国成却没有讲话，他摸了摸牦牛，说，“去吧！”

许苓狡黠地在萍萍耳边说了句什么，然后把她往肖国成怀里一塞：“连长抱会儿，我得挖野菜去。”转身跑走了。

常炽：“火气倒不小！”

肖国成声音有些颤抖：“又是三个！”他把两张纸片递过去，“连昨天一共四个同志牺牲了，三个是党员。”

常炽看着三份党证：“……江西吉安，湖南桑植，四川通江……”

肖国成："把牦牛杀掉！"

"嗯。"常炽抚摸着胡须，"不过，牛下水、牛皮都别丢掉。还得省着吃。更难的时候还没到。"

"已经够难的啦！"

"不。去年，和党中央分手，我们从包座南下，走了四天才到这里。"常炽指了指树上的标语，"我们这速度还得五六天。万一曲河一涨水，窝住了……"

肖国成："杀了再说。我去找支委们商议一下。"

细雨中，人们三三两两在寻找着野菜。

廖文和汪坤、许苓一块儿边挖野菜边交谈着，牦牛慢吞吞跟在后面。

小秦模仿着常炽，摸着"胡子"，学着湖北口音："你，你，还有你廖文、小萍萍，都是丹柯嘛！……"

许苓笑得前仰后合："这个怪老头儿，真有意思。"

廖文把一棵野菜填进牦牛嘴里："我可不够格。我太爱玩。"

汪坤装出大人样沉思地说："嗯，这老挑夫，他讲得有道理！……"

许苓："反正小秦不是，太馋了。"

小秦："就你好，干什么都躲着大伙儿……"

传来了肖国成的喊声："小许！给你孩子！"他把萍萍放在地上，围着牦牛走了一圈，走开了。

萍萍蹒跚地走来，从口袋里掏出一小块黄糖，自己咬了一口，又塞到牦牛的嘴边。

许苓："萍萍，你干什么？"

萍萍："给老牛吃，要杀老牛啦！"

廖文："瞎说！"

萍萍："两个胡子叔叔说的。"她学着样子，"把牦牛杀掉!"

小鬼们全怔住了。

廖文像疯了一样，拔腿就跑。迎面遇上了常炽。他愤怒地冲上去："不许你们杀牛!"

常炽："咦，怎么今天都爱发火?"

廖文："你亲口说的：这是党的财产!"他挥舞着小拳头，在常炽胸前擂着，"拉过钩的，不算数?"

肖国成走来："廖文，别胡闹!"

廖文放开常炽，转身一头撞在肖国成的胸前。

肖国成命令身边的黄长友："拉走!"

黄长友牵过牛，推开前来阻拦的汪坤、许苓，大步走去。

廖文定定神，"嗬嗬"地叫了两声。

牦牛挣脱了黄长友，又跑了回来。

谁也没法对付这个像只小疯狗的一样的廖文，形势顿时僵住了。

稍停，常炽低声道："我知道，这头牦牛是廖文同志的心啊!"

廖文一愣。一霎，他觉得自己仿佛变成了丹柯，手里托着一颗心——不知怎的，这心，却是牛形的。

廖文轻轻抚摸着牦牛，随手把缰绳解下来，然后扳着牛角把牛递到黄排长手里，自己却捂着脸痛哭起来。

人们静静地看着这一切。

只有萍萍抓着牦牛那长长的鬃毛，贴在自己脸上，把老大的一块黄糖塞进牛嘴里。

阴沉的草地。

两天前清澈得可以照人的那条小河，如今却浑浊不堪。

伍芝兰提着竹筒，小朱端着铜盆，两人沿着河岸走着。伍芝兰把核桃般大的黄羊肉逐个递到同志们的手里。

可以看见，她的队伍又扩大了，有十几个人了。

伍芝兰把一份肉递给了个年轻的战士，却看见他身边的枪扔在泥水里，上面沾满了污泥。她把枪拿起来，倚在矮树上，说道："吃完了饭，把枪擦一擦！"

那同志抬了抬眼皮："擦它干啥？又用不着那玩意儿！"

她不悦地说："军人嘛！哪能不擦枪？一会儿我要检查！擦枪布嘛……"她解下腰间的包袱，在一堆小衣服里翻检着，找出了一件小花上衣。

"我有。"

伍芝兰奇怪地说："你有？"

"喏，那不是？"那同志指指高处，"一会儿我去拿。"

伍芝兰抬头看去，只见矮树梢头挂着一件小花衣服，连忙伸手取下来。衣服，和她手里的那一件一模一样。她看着看着，一阵眩晕，倚到了小朱的肩上。

那个伤员欠起身："怎么啦？"

伍芝兰："我的孩子的衣裳，可孩子……"

"咳，同志嫂，你怎么糊涂啦！"伤员高兴地说，"孩子能到这里，一定是在自己同志的手里嘛。"

"在自己同志的手里……"伍芝兰自言自语，眼睛里充满了希望，她把衣服抱在胸前，低声呼唤道，"萍萍——"

细雨蒙蒙，冷风阵阵。草地的雨夜是寒冷的。

篝火旁，许苓正在给怀里的萍萍喂饭。她把蒙在萍萍头上的油布掖了掖，把半小碗野菜加炒面的糊糊送到萍萍嘴边："来，再喝一大口。"

萍萍摇摇头："不吃！"

许苓劝诱地说："看，小兔子大口吃草。萍萍也吃。"

看看兔子香香地吃着草，萍萍猛喝一口，皱起了眉头："我不吃草，我要吃面面。"

许苓擦去眼角的泪水，哽咽地说："面面没有了，叔叔、阿姨都没有面面了。"

萍萍哭了，乱蹬着小腿哭叫："我，我饿……"

旁边，老炊事班长谢怀福正聚精会神地忙着。他把生牛皮带用菜刀切下一截，用根枪通条挑着伸到火里去。牛皮"啪啪"一阵响，爆起一层油花。

他向着身边的年轻同志："看清楚了？就这么办，能行！"他把烧好的牛皮扔进茶缸里，又用树枝从茶缸里夹出一块煮好了的牛皮，递给许苓："给孩子吃吃看。"

许苓接过来吹了吹，塞到孩子嘴里。萍萍慢慢咀嚼着，不哭了。

青年战士凑近老谢："你真好！什么也难不住你！"

老谢叹了口气："瞎说，眼看党落难遭灾，不能给党分忧，这，这心里难受啊！"他艰难地呼吸着，"你要入党，好！我观察你多时了。我介绍。咱们一起把困难掰碎了，你一块，我一块，分分扛起来……"

许苓静静地听着，情不自禁地说出了声："还有我呢。"

萍萍也学着："还有我呢！"

"有你有你，"老谢喘息着，"也为了你……"

青年战士从粮袋里掏出最后一把炒面，偷偷放进萍萍的碗里。

一堆篝火。火苗在慢慢落下去。细雨丝偶尔落到火炭上发出"吱吱"的响声。

篝火四周，人们都蜷曲着身子睡着了，只有两个人在低声谈着话。

常炽望着肖国成："该下决心啦，连长同志！"

肖国成长叹一声："老常啊，我多么想把掉队的同志都带出去，一个不少地带出草地，带给党！"他扬起巴掌揩了揩眼睛，"想不到又困在这里……我真担心……"他声音更低了。

常炽："就是为了走出去，才让年轻的同志先走，抢在曲河涨水之前走过去。先保住一部分！"

肖国成："真有大雨？"

"我会算！"常炽向肖国成靠近了些，撩起自己的衣服，小声地说，"你看看。"

肖国成抓起一块冒火的树枝照着，只见常炽腰背上鞭痕累累，腋下有一处伤口流着脓血，不禁"啊"了一声。

"嘘——保密！"常炽苦笑一声，"断了两根肋骨，想不到倒有这么个用处——留下了个晴雨表。今晚，至迟明天，有大雨。"

"这……"肖国成抚摸着常炽身上的伤疤，思忖着，"只能派出半个班掩护……"

急促的脚步声，常炽慌忙放下衣服。

走过来的是汪坤，他把一张纸交给肖国成。

肖国成看着："唉，又牺牲了两个。"他发现了什么，"又收容了七个。总数是一百零三个。怎么，冯朝，那个捣蛋的家伙又回来了？"

汪坤："还有个侯志平。"

"什么，还填上他们是党员？"肖国成用指尖戳着统计表，气愤地说，"这样的人也算个党员！"

常炽苦笑了一声："有什么办法呢，在极端困难的时候，有的人在提高，往着人的更高处长；有的人呢，露出了本相，在往野兽窝里掉！"

"可他偏偏长着张嘴，说话吃东西！"肖国成叹了口气，"我可拿什么给同志们吃啊！”

他转身向着汪坤：“小文书，你去检查一下你们那些小伙伴，一定要睡好，准备明早执行任务。”

汪坤：“是，执行任务！”

肖国成：“我说的是：准备！”

汪坤刚走，黄长友和李芳走过来。黄长友：“派去侦察的人回来了。河没有涨，就是有一段烂泥地，不大好走。”

李芳：“准备好了，就只有一条牛腿，半袋炒面。”

肖国成：“好，我们商量一下，做个决议！”

一个黑影缓缓爬过来，爬近火堆，可以看清是老炊事班长谢怀福。

老谢喘着粗气，断断续续地说：“你们、你们的话我，我都听见了！……”

肖国成扶住了老谢：“准备开个会……”

“我们几个伤重的，商、商量过了。”老谢几乎是恳求地说，“让年轻力壮的先走，那是咱们的希望。我们嘛，爬，也跟上去。我们人受了伤，心没有伤，不会给党丢脸的！”

常炽抓住了老谢的手。接着，一只，又一只，五只手捏在了一起，五个人默默地望着。一个重大的决策在无言中决定了。

细雨中，伍芝兰带领着她的小部队在前进。她依然和小朱共同拖着那架爬犁，爬犁却似乎轻快了许多。木板在雨中的水草上轻快地滑过。伤员已经不需搀扶了，拄根棍子在后面走着，不时帮着把爬犁推上一把。

伍芝兰情绪比以前好多了，眉宇间多了点儿喜气，人显得更为英俊俏丽。她神情振奋：“这么走，大概再有两天就能赶上他们了。”

小朱："那，就能见到你的孩子啦！"

伍芝兰点点头，笑了。

伤员打趣道："小朱，那时候，排长可就不要你这个儿子啦！"

小朱撒娇地向伍芝兰靠靠："那，我也不离开你！"

伍芝兰："傻孩子，净讲些傻话。"她仰起头，神往地说，"等出了草地，到了陕北，咱们一、二、四方面军会合在一起，革命大发展了，一个大家庭里，该有多少事情要我们去做呀！"

小朱："我们一块儿做。"

"对，一块儿。"伍芝兰揽着小朱的肩膀，"你、我，还有萍萍，我们也'会师'，成一个新的家庭……就像《红军两大主力会师》歌里唱的那样……"

她清了清喉咙，唱起来：

万余里长征，经历八省险阻与山河，
铁的意志，血的牺牲，
换来伟大的会合……

小朱也加进来：

为着奠定中国革命巩固的基础，
高举红旗向前进！

清晨，雨停了。

十四五个红小鬼和七八个女战士挤坐在一起，同声唱着这支歌：

万余里长征，经历八省险阻与山河，

铁的意志，血的牺牲，换来伟大的会合……

年轻人个个装束得停停当当，个个神情庄重。

然而，几个老战士似乎还不放心，在人群的周围仔细查看着。

歌声一停，李芳走到一个十七八岁的女战士身边，把一个绣有红十字的挎包交给她，嘱咐了几句。然后，又来到了许苓旁边，递给她一个药瓶："这叫鱼肝油，每天给萍萍吃两粒。"说罢，她转身俯到背篓上，在萍萍脸上久久地亲吻着。

炊事班长老谢爬到红小鬼们中间，把一块块烧得焦黄的牛皮分给每一个人。他指着牛皮上刻好的白印，向廖文交代："孩子，看好了，一条线，是一顿饭的口粮！"

肖国成来到常炽身边，低声地说："都准备好了。"

"嗯。"常炽把自己那根竹棍递过去，叹了口气，"给孩子撒谎，这可是第一次！"

肖国成："也是最后一次。"

他大步走到队伍前面，严肃地扫视了全场："现在，我们的处境十分困难，为了把一份重要的东西保护好，安全地交给党，组成了你们这支先遣分队！汪坤同志！"

"到！"汪坤走过来。

肖国成举起竹棍，拔开塞头，把一卷纸拿出来："同志们看好，这是一份重要文件！"他又郑重地把文件放进了竹筒，又从口袋里掏出一卷纸，"这是几天来牺牲同志的名单和党证，一并带出去！"

他把塞子塞好，两手捧起竹棍，递到了汪坤手里。然后，他把声音提高了些："我命令：先遣分队由黄长友排长负责！你们的任务是：立即出发，沿着去年中央红军走过的路，走班佑、巴西、俄界……一直往北前进。直到遇到红军部队，把它交给部队的最高首长！”

场子里很静。红小鬼们脸上浮泛着即将执行重大任务的神圣的表情。

“同志们，孩子们！”肖国成充满感情地说，“你们的担子很重啊。记住，就是剩一个人也要把这件重要的东西送到……”

忽然传来了一阵喧哗，把他的话打断了。

黄长友跑过来：“人都集合好了，就是那个冯朝又胡闹……”

“走，会照常开！”肖国成摆摆手，“你带小鬼们也列席听听。”

不远处一块平地上，党员们已经集合起来，会议还没有开始。冯朝在人们当中走来走去，嘴里不停地说着：“……哎呀呀，真想不到，几天工夫大家竟然落到了这步田地：吃没得吃，走走不动……”

有人呵斥他：“你胡说些什么？能丢下同志不管吗？”

“这个嘛……得看什么情况，”冯朝摇了摇头，“这种时候，谁顾得了谁？谁能活出去算谁有本事！……”

肖国成赶来了，厉声地说：“冯朝同志，不许你散布这种悲观的论调。”

“我悲观，可我活着！”冯朝讥讽道，“你这个小连长，可把同志们带死了好多！”

会场里向冯朝发出愤怒的斥责声。

肖国成愤怒地指着冯朝：“你活着？靠什么？你偷了大伙的牦牛，偷走了同志们的口粮；你是靠损害别人活着的。”

冯朝恼羞成怒：“你，你，老子干什么你管不着！”

肖国成：“偷孩子的干粮，谁都能管！”

“管？也得问问它！”冯朝抽出了驳壳枪。

肖国成镇静地说：“把他的枪下了！”

黄长友一伸手扭下了冯朝的枪。

肖国成走到冯朝面前："把党证交出来！"

冯朝有些慌乱："你，你没这权力！"

肖国成走前一步，双目逼视，大声地说："交出来！"

冯朝慢吞吞地拿出了党证。

肖国成用两个指头夹着那个党证，和李芳、老谢交谈了几句，然后对着大家："同志们，咱们党、咱们红军无论什么时候都是有纪律的。可惜，冯朝同志把这个弄脏了。"

会场里腾起了喊声："党里不能要这样的人！""开除出去！""同意……"接着许多只手举了起来。

肖国成环顾四周："支部大会通过了！"

他拿起那张党证，随手撕碎，一扬手纸片随风飘去。

他拍着矮树叶上的雨水洗了洗手，问道："还有什么问题？"

一个同志大步走过来，嗫嚅地说："我，我要参加党！"

肖国成一愣。原来这正是他两天前动手打了的那个同志。他犹豫地问："你？……"

"对，正是他。"老谢欠起了身，"他叫汤世俊，我介绍他……"

有几个声音在喊："不要介绍了，我们认识他。"

肖国成提醒道："在这个时候干共产党，可不容易啊！"

"我知道！"汤世俊严肃地点点头，"这几天好多好同志辆牲了，党员少了，我，我得补到他们的位置上。"

会场一时变得很静。党员的手却在沉默里举了起来。

"关于组织先遣分队的事，支部委员会还要向大会报告，"肖国成把指北针递给了黄长友向他做了个手势，"先遣分队，出发！"

那支小队排成一路纵队绕过会场，踏上了北去的征途。

伴着年轻人的脚步声，响起了箫声。《苏武牧羊》的调子又变得凄婉、悲凉了。

六

中午时分。

伍芝兰和她的小分队正在赶路。伤员在爬犁上惊叫了一声："伍排长，不好！"

伍芝兰扭回头："什么？"

伤员指着西天上的一片乌云："天要变！"

伍芝兰望着急速升腾起来的浓云，心情沉重。她大声招呼："同志们，走快点儿！"

"同志们，走快点儿！"

同样的话，已经是黄长友在喊了。他站在齐腰深的泥浆里，正把一个个小战士扶过去。

这是一段地势低洼的沼泽地带，不过四五米宽，却由于没有草墩做依托，泥泞不堪。黄长友和几个战士几乎是抱着小鬼们从泥浆上传递过去。

黄长友卡住许苓的腰，把她连抱带扶地传给了一个战士，然后望着西边的乌云，忧心地说："要是上游下雨，一涨水，他们可怎么过呀！"

萍萍从背篓里探出头来，挓挲着两只小手："黄叔叔，他们变个鸟儿，飞过去！"

黄长友苦笑了一下："可惜，我是二十四岁，不是四岁！"

的确，人不是鸟。

队伍正在草地里艰难地走着。

肖国成站在行军队列的旁边察看着。

他扶着曾立标跨过了一个草墩，小声问道："伤口怎么样？"

“好多了，能跟上。”

肖国成：“云南白药倒是灵。”

“是你的脊梁骨灵。”曾立标感激地说，“在你背上趴了五天，伤好了，也知道人该怎么活啦！”

肖国成笑笑：“这么说，我的脊背能治病，还能上课？”

“本来嘛，这长征就是个医院、是个学校。”常炽把话接过来，“就是学费高了点儿。”

肖国成走近常炽，伸手去接挑子：“我挑会儿？”

常炽推开了他：“跟你一样，这肩上的挑子越来越轻，可心里的担子越来越重啦。”

好像为了证实他的话，大点的雨滴洒落下来。

常炽：“看，这不是？老天爷要考考我们——更艰难的时候来啦。”

肖国成透过雨帘望着远方：“那些孩子们不知道过河了没有。”

拂晓。大雨继续瓢泼般下着。

红小鬼组成的先遣分队在冒雨行进。

一道闪电，映出这队红色少年的身影：他们手拉着手，组成了人的长链、人的雁行，一步又一步，在草海泥塘里走着。

黄长友扛着轻机枪走在最前面。他不时借着闪电的光亮，看看手里的指北针。

小秦走着，从口袋里掏出块烤焦的牛皮看了看，狠着心又放进了口袋；不一会儿又掏了出来，忍不住咬了一口。

廖文已是疲惫不堪，又被瞌睡折磨着，脑袋在脖子上晃晃悠悠。他像喃喃自语又像梦呓：“老是走，老是走……歇会儿吧……就一会儿……”

汪坤紧拉着他的手：“不行！快走！”

许苓咬着牙，一手抓紧背篓的背带，一手抓着军帽不停地揩着脸上的雨水。后边一个女战士赶上一步，扶着背篓，揭开上面的油布看看。

萍萍睡得正香。

黑暗里，唰唰的雨声和杂乱的脚步声交织着。

突然，廖文"哎哟"一声摔倒了。

汪坤连忙去扶："怎么啦?"

廖文呻吟着："石头，绊倒了。"

黄长友跨到队列旁边，问道："什么事?"

汪坤回答："没什么，小廖叫石头绊倒了。"

"什么？石头?"黄长友跑过来，"在哪儿?"他用脚试探着。

一道闪电。看清了，果然是块石头。

黄长友一把抱住了廖文："好小子，你这一跤摔得有名堂!"他大声地喊道，"同志们，有石头了，离草地边边不远啦！快走哇!"

年轻人的欢叫声压过了雨声。

果然，前边的路渐渐干些了，行军速度也快了些。

天放亮的时候，在行进的前方现出了一块高地。高地棱线上，依稀有人影在活动。

黄长友脱着枪衣，向身边的战士命令："战斗准备!"

他拉过小秦："吹号联络!"

小秦拍着肚皮央告地说："排长，先得批准我吃两口牛皮!"

"你小子，又敲竹杠啦!"黄长友掏出两块焦牛皮："好，补贴你!"

小秦把牛皮塞进嘴里嚼着，掏出了军号。

清亮的号声响了。

稍停，高地上也传来了号声。

小秦惊喜地说："排长，自己人！"

黄长友拔腿飞奔而去。

当一群泥猴似的红小鬼登上高地，黄长友已经在和一个干部模样的人亲热地交谈着了。

那个干部："……是贺总指挥亲自交代我们连在这里设兵站、收容和掩护掉队的同志们。七天啦，我们已经送走了好几批零散的同志。"

黄长友："魏指导员，你说什么，掩护？"

干部："有小股反动骑兵，就在这草地边上袭扰，专门袭击我们的掉队的同志。"

黄长友："大队在哪儿？"

魏指导员："二、四方面军大约都在北上的路上，预定在甘肃的会宁一带和中央红军会合，那也是我们的目标。"他向着走来的红小鬼们招招手，"同志们都受苦啦！"

"我总算把他们交给你了。"黄长友把汪坤拉到身边，介绍道，"这是红二方面军后卫部队的魏指导员，兵站的负责人。"

汪坤敬礼，严肃地说："收容队的肖连长要我把一件重要的东西交给您！"他把竹棍用衣袖擦擦，拔开塞子，拿出里边的文件递过去。

魏指导员接过来看看，感叹道："又有这么多同志牺牲了。"他把一沓党证放进图囊；又打开了另一张纸看着。他的手在微微发抖。

看完了，他捏着那张纸走前一步，把纸片郑重地放到汪坤手里："这，是给你们的！"

汪坤惊诧地说："什么？给我们的？"

"对！"魏指导员点点头，"识字吗？念给你们小伙伴们听听。"

同志们围拢过来。

汪坤展开那张纸，大声读起来："亲爱的同志们，孩子们！当你们看到这书信的时候，你们就知道了：我们请你们交给党的重要的东西，不是别的，正是你们自己！……"

汪坤停住了。

人群愣住了。

汪坤继续读下去："我们还在奋斗、前进！我们非常想赶上前去和同志们一起战斗。只是环境万分恶劣，我们不知道能不能如愿。在这样的时刻，我们要求于你们的是：不要等待，不要停留，一直往前走，走到陕北去，走到自己的队伍里去。你们每往前走一步我们都高兴；你们每一步里，都有着我们的希望！"

汪坤哽咽着读不下去了。

队伍里响起了唏嘘声。

汪坤擦了擦眼睛，读着信的结尾："孩子们，我们不知道将来有什么等待着你们。但是，我们相信，你们绝不会忘记我们这段艰难的征途。只要你们记住草地，只要你们带着这种草地精神，努力奋斗，把自己的一切献给人民，献给革命，一个美好的新世界就一定属于你们！"

"听我们的话，前进吧！"

信读完了。人群里一片寂静。只有晨风掠过草丛，把草梢上的雨点抖落下来。

稍停，汪坤转身抱住了魏指导员，哭喊着："指导员，快，快去救救他们吧！"

小鬼们也拥上前来，流着泪要求着。

魏指导员和黄长友交换了一下眼色，然后抬手指了指不远处的一堆篝火："你们先去烤烤火，再把锅里的东西消灭了，我们就出发！"

孩子们向篝火跑去。

篝火上吊着的行军锅里，混合着野菜的疙瘩汤正在翻滚，一个炊事员正把辣椒粉撒到锅里去。

坐到了篝火旁边，人们才发现天放晴了，太阳升起来了，天边挂起了一道长长的彩虹。

萍萍指着彩虹问许苓："叔叔妈妈，那是什么？"

许苓回答："虹。"

萍萍望着这奇异的长虹，看呆了。

廖文凑近汪坤："小文书，你有学问，听说虹是太阳的光变的，是真的？"

"嗯，"汪坤肯定地点点头，"可我说不明白：明明是白色的光，一遇到水，竟然有这么多颜色？"

小秦："我奇怪的是：明明是七种颜色，合在一起，就是光，就能照得到处都发亮！"

许苓幻想道："要是这彩虹是座桥，让后边的同志们从上面走过来，那该多好啊！"

低洼的沼泽地带，由于涨了水，和先遣分队过的时候大不相同了——浑浊的绿水，冒着气泡，显得深不可测。

肖国成和常炽穿着湿漉漉的衣服蹲在沼泽边上，目不转睛地看着。

常炽："水是在退，就是太慢。"

肖国成："我去试试看。"

常炽看了他一眼，从腰间解下那根麻绳，默默地捆在他的胸前。

肖国成跨进水里，走了没几步，身子一沉陷到了脖颈。常炽慌忙拉住。青年战士赶来，两人一齐用力，才拖了上来。

肖国成吐着泥水："不成！不成！"

李芳提着药包跑过来："怎么样？"

"我没事！"肖国成摆摆手，望着李芳，想问什么又不敢开口。

李芳背过身，低声地说："要是再加上你，就是四个了。"

常炽看着肖国成，坚决地说："砍树枝、拔草，垫出条路来。"

沼泽地边上，肖国成带着一些人在砍着矮树。

谢怀福爬来爬去，把树枝捆起来。

几个伤病员在吃力地拔着青草。有人不时把能吃的草塞进嘴里。

沼泽地边上，肖国成指挥着人们把成捆的树枝、草团扔进泥潭。

魏指导员率领着队伍快步前进。

黄长友看看指北针，举目四望。

他突然一惊，转身附在魏指导员耳边："看，那是什么？"

魏指导员举起望远镜。

一串黑点变成了奔驰的骑兵。

魏指导员把手一挥："准备战斗！"

沼泽地里，用树枝、乱草垫的道路已浮出了水面。

肖国成试着踏了上去，一只腿插进了缝隙，摔了一跤。

他爬上岸，摇摇头："空隙太大，还得加……"

就在这时，远处响起了枪声。

挤在"桥头"的人群出现了一阵慌乱。

肖国成拔出枪，望着对面不远处几棵老树，急得直跺脚："得赶快过去，控制那个树林！"

常炽："你过嘛！"

肖国成："过不去呀！"

常炽："过得去！"他从皮带上抽出那支竹箫，塞到肖国成手里，一转身，扑到了树枝上。他趴到树枝上，仰起头喊道："还有谁，来呀！"

谢怀福挣脱了青年战士的搀扶，跌跌撞撞地过来了，和常炽趴在了一起。

那个青年战士跑过来，常炽抓住他的脚放到自己肩膀上："过，接上去!"青年战士一纵身，扑到了常炽的脚后。

接着，一个，又一个，六个人，俯身在柴草上；六个人，用身躯垫高了沼泽地上的桥。

枪声，响得更紧了。

常炽厉声地叫道："肖国成同志，带上同志们，过!"

肖国成惶乱地说："这……"

"肖国成同志带队前进!"常炽恼怒了，胡须在抖，"我以军政治部主任的身份命令你!"肖国成一愣，挥着手里的枪，大声喊道："同志们，过去!"他一脚踏到了常炽的脊背上。

魏指导员望着奔来的骑兵："瞄准马，靠近些，打!"

一阵排子枪，几匹马中弹倒下。

后边的马队继续冲来。

黄长友的机枪响了。

又是一批人、马倒下。

黄长友打完了一梭子子弹，伸出手来："梭子!"

许苓背着背篓爬过来："在哪儿?"

黄长友："腰里。"许苓从弹袋里掏出一个梭子递过去。

黄长友"咔嚓"换上："你小子，不错!"机枪又叫了。

旁边，汪坤把一块牛皮递给小秦："小秦同志，吹号吧!"

小秦推开牛皮："吹什么?"

汪坤："冲锋号!"

魏指导员一愣："不好，有股敌人往南插过去了。拦住它!"

沼泽地里的"人桥"上，李芳扶着最后一个伤员正在通过。她边走边喊："老常！"

常炽微微动了动，没有应声。一股血水从他嘴边流出来。

传来了一个女人的喊声："同志，等一等！"

伍芝兰带着队伍来到了"桥"头。

常炽睁开了眼，眼前的人在晃动。他指了指自己的肩膀，又昏过去了。

沼泽地里的"人桥"已经没有了。

桥头，几个人躺在那里。有三个人脸上搭着帽子或毛巾——已经死去。常炽歪坐在那里喘息着，胡子上挂着血迹。老谢趴在青年战士身边叫唤着。李芳正在为他做着人工呼吸。

肖国成提着枪跑过来，他扶着常炽，低叫道："常炽同志！"

常炽睁开了眼。肖国成掏出那张押解命令，在常炽眼前晃了晃，随手扔在泥潭里："糟糕，我把那文件弄丢了！"

常炽笑笑："我什么也没看见。"

肖国成转身注视着那个青年战士："有救吗？"

李芳摇摇头："太衰弱，饿得太久了！"

肖国成："瞎说，他有粮嘛！"他从战士腋下抽出粮袋。

老谢连忙去夺，肖国成已经把它撕开了：里面全是碎草烂土。

老谢："他把口粮全给了孩子和重伤员啦……"

肖国成呆呆地看着粮袋，眼前浮起了打那人一拳的情景。

他抡起驳壳枪敲着李芳的头："救活他！我命令你，一定要救活他！"他悲怆地叫道，"他刚入党，他的党龄只有一天，同志们，只有一天啊！"

李芳拿起一块雪白的纱布，盖到了那张孩子气的脸上。

肖国成跪下来，抚摸着战士的肩膀。

沼泽地对岸，小树林边上，战斗正在进行。

伍芝兰带着她的几个战士正在射击。

她准确地一枪，又一枪，敌人一个个跌下马来。

肖国成卧在她身边："怎么搞的？打马嘛！"

伍芝兰头也不抬："我喜欢打马上的人。我的伤员需要马！"她一抬手，又一个敌兵掉下马来。

"对！"肖国成一挥手："同志们，瞄准敌人打！哎……"突然，一发子弹打穿了他的右臂。

伍芝兰看看敌人退下去，停住枪，从挎包里掏出一件小孩衣服给他包扎。肖国成才看清伍芝兰的模样。他看着那件衣服，笑了笑："同志嫂，你枪打得不错，可有一样不好。"

伍芝兰惊奇地问："怎么啦？"

肖国成摇摇头："你不是个好妈妈，把自己女儿都扔了！"

伍芝兰怔住了。

"你的萍萍在我这里。"

"在哪儿？"

肖国成向北一指："在前面。"

在动情的悲壮的歌声里。

肖国成带着队伍在前进。

队伍里多了几匹战马。

常炽坐在马上，抚弄着他的竹箫。

那个坐爬犁的伤员坐在马上。小朱牵着马。在小朱的旁边，伍芝兰边走边向着远方眺望。这个母亲的心啊，期待着会师，期望着和自己的亲人团聚在一起，并且永不分离。

东山岛

决　心

就在盛暑的7月里，东南海岛的夜也是非常凉爽的，夹杂着咸味的海风，像被什么推着似的灌进小楼里来，帐子被吹起老高，壁上的地图被风灌得一鼓一鼓的。这样的环境，人只要一躺下就会马上睡熟的。

但是团长游梅耀却没有一丝困意，他的心被刚到的一份“敌情通报”吸引着。这一带海防情况显然是紧张的：敌人在本岛附近的海上掳去一队渔船，抓去了几个渔民；最近敌机不断在这里低空侦察；敌舰在近海面活动；金门的敌人在调动……这些，综合分析起来，就是敌人企图袭扰我海防的迹象。他翻着通报，在重要的地方打上几个记号，伸手拔起桌上的蜡烛头，走到地图近前去：他需要进一步分析敌人可能的动向。

地图还很新，只是右下角的一块旧得厉害，那是一个紧靠大陆的海岛，像一个剪得不很整齐的斜长五角星；在那上面歪歪地排着三个字：东山岛。

从地图上可以看得很清楚，东山岛紧靠着大陆，突出在粤、闽交界的海面上，像谁故意把它放在海里似的。这是祖国东南沿海有数的大岛之一，它有一百六十多平方公里，七万多人口。由于它正当闽粤海上交通要道，面对着蒋贼盘踞着的台湾，就成了祖国海防重要的前哨阵地。游梅耀和他的边防团就守卫在这里。

蜡烛的火苗不停地跳着。游梅耀凑近地图，眯着眼，仔细地注视着地图上各色各样的标记。他这样端详地图已经不知多少次了。在他看来，这已经不再是标志着作战方案的箭头，或者表示交通沟、火力点、地下工事等各种的符号，而是整个岛屿。一些平常的标志，他看来就是经过长期设防的坚固的海防工事。他仿佛看见，哨兵正在海边上、山头上，在这些繁密的工事近旁巡逻；他仿佛看见尚未值哨的战士正在睡着，身旁放着手榴弹袋和备战干粮。他们也许还不知道他所了解的这些紧张情况，但是一声号令，他们就会按既定的作战方案进入阵地。他看一看地图，又看一阵通报，叉开手掌，向台湾、金门方向量过去。

“报告！”机要员急促地走进来，递给他一份电报。

这是海防指挥部拍来的急电：“……敌舰大小十余艘，自金门出动，有进犯东山模样，命令你团……”

游团长点点头，又把东山到金门的距离量了一遍，回转身，向值班参谋说：“通知前沿观察所注意观察，有情况马上报告！”自己抓着电报走到桌前，他需要独自想想。按照敌人军舰前进的速度计算，几个钟头之后，一场战斗就要在他面前展开了。敌情虽然还没有最后查明，但可以肯定，大小十余艘舰艇绝不是小的偷袭。这样的敌我对比，依据上级的指示，采取什么样的具体措施是正确的呢？

他仔细地思索着在海防战备中拟订的各种战斗方案。这些战斗方案都是依据可能发生的敌情，经过周密研究制订的。现在情况到来了，这要求他迅速下定决心。这会儿，要是政治委员在有多好啊，但政委不在家，参谋长又在后方指挥所，现在，整个岛的战斗要他一个人担起来。

他又一把抓起电报，清楚的字迹跃在纸上："命令你团……"他久久盯着上级的指令，脑子里浮上了整个海防的面貌：祖国的海防线就像一个奇大无比的机器，不管哪里动起来，整个海防就会全部动起来——都会来支持这个战斗的。

"对，节节阻击，坚守主阵地，协同增援部队歼灭敌人!"他抓起笔来，起草给上级指挥员的电报。他报告了自己的作战方案，最后，他写道："我们保证，坚守到明天！"在写这沉重的几句话时，他略略迟疑了一下，论坚守，他相信时间还会长些，但海岛作战的情况是复杂的，他宁愿把最坏的可能估计在内。

电报迅速发出去了，游团长果断地向参谋下达命令：

"通知各营立即起床，准备战斗！战斗发起之后，各部节节阻击，杀伤敌人，一定时机转入既定的主阵地!

"通知县政府，立即组织党、政机关和各企业部门干部，由八尺门渡口撤退！"

参谋把命令传达下去，游团长抓起耳机，亲自和八尺门渡口水兵连连长讲话。因为在他整个作战方案中，八尺门渡口有着特殊的意义。

"你是王连长吗？……立即准备船只，把政府人员渡过海去。八尺门的重要你是知道的，敌人为了抢占它，什么手段都会使出来的。不管什么情况，我要你守住码头，保护住船只！有什么情况及时向我报告！"

“是……”电话听筒里传来水兵连连长复诵命令的声音。

八尺门

八尺门是东山岛与大陆联系的主要渡口，名字叫作八尺门，实际上却是一道宽达数百米的海峡。四点多钟了，正是涨潮的时候，从大海面上吹来的风，被两块高地一夹，起劲地推着海浪，哗哗地响。渡口上的船只，有的已经离岸，有的还在马达声里颤抖着，最后撤离岛子的一批政府人员已经上船了。

水兵连连长王德才急匆匆地走出后林村，向码头跑去，心里还在想着刚才电话里接到的命令。步兵团团长亲自下达命令，这就说明任务是特别重要的，根据这个命令，他的连队必须担负起保卫码头和水上运输的水陆双重任务。他组织部队运输，自己则在码头与村庄之间这一里之隔的公路上来回检查，掌握情况。现在，他到码头去已是第三趟。夏天，天亮得早，东方海面上已经泛起日出之前的朝霞了。

正走着，突然听到一阵低沉的马达声，十七架敌机擦着山顶偷偷地掠过来，来得是那么突然，王德才刚抬起头来看时，飞机已经在码头上空兜起圈子了。王德才心里一惊：“不好，八成是要炸码头！”但敌机并没有像他预料的那样向码头俯冲，却越飞越低，转了两个圈之后，为头的那架把翅膀一偏，屁股上撒出了一股白烟，接着后面的敌机也把同样的烟圈一串串地撒下来。风一吹，烟圈散开了，变成了一簇簇白点，白点越下降越清楚：是人。

直到这时，王德才才弄明白，敌人使用伞兵了。他嫌恶地吐了口唾沫，骂道：“他奶奶的，连看家的本事也使出来了!”连忙跑到码头上。战士们都下船了，码头上一个战斗人员也没有，副连长只带着几个军械员、油料员跑过来。王德才喊了声："都跟我来!"一气跑到守卫的仓库，拉出了四挺轻机枪，靠到码头正面的围墙根上，向正在降落的伞兵打起来。

王德才一面射击，一面打量着自己的处境：光秃秃的一条海岸上，唯一可以利用的地形就是这块破围墙了，虽然孤立些，却紧靠着码头，而且那厚实的墙根，那斑驳的火石碑，都是很好的天然工事。前几天，因放置营建器材的需要，他还想把它拆掉的。为了弄清是谁的地方，他亲自调查过。村里唯一上了年纪的林老爹告诉他，这是三百多年前，戚继光打倭寇时筑的寨子，一百多年前本地农民林美园起义时，也修过它。不知怎的，王德才这会儿忽然想起林老爹说的那句话来："别看它破烂了，老辈人说，当年日本鬼子从海上来，在这里死得一片一片的。"现在，美国鬼子亲自指挥、训练的飞贼从天上来了，他又在这里打他们了。对这历史上的巧合，他感到十分快意，他平端着机枪，一梭子，又一梭子……

正在降落的敌人被这几挺机枪一打，降得已不像开始那样有秩序了，东一堆，西一簇，像下饺子似的零乱地落着。可以看见，降落伞是五颜六色的，挂在白伞上的是人，都背着枪，忙乱地拉着伞带；花伞上挂着些不是人形的东西，似乎是重火器和弹药。不少伞已经落地了，伞兵在七手八脚地解开伞，往山头上跑；早到山头的敌人已经开始射击了；还有一些降下来就不再动弹，大概在空中就被打死了，只有背后长长的白伞被风吹得一飘一飘的。王德才竭力从这杂乱的伞群里计算敌人的数量，当他思索出这伙敌人的全貌时，不由得暗暗地想：摆在他面前的，足足有二百多个伞兵，降下的轻重火器也大大超过了一个步兵连的装备，很明显，敌人是想用这突然手段来抢占码头，封锁渡口；而这些在兵力上、火力上都占优势的敌人集结好了之后扑过来，码头就危险了。

正在这时，副连长爬过来了，他一只胳膊负伤了，用另一只手握着伤口，急乎乎地说："不行，敌人要抢码头，得想想办法！"

王德才掏出刀子，挑开副连长的袖子，从墙外拉了块降落伞布给他包好，说："以我们的力量，歼灭这伙伞兵是有困难的，我决定集中力量守码头。船马上回来了，你下去，把船上的战斗人员组织起来，一支放在海边警卫船只，一支指定一排长带过来，我们坚持着增援部队……"

话还没完，"吭——"一发六〇炮弹在围墙上爆炸了，山头上敌人二十多挺美式轻重两用机枪、十多门六〇炮一齐向围墙开火了。在甘蔗田边上，在红薯地里，穿着黄绿色衣服的伞兵像一大群青蛙，一蹦一跳地窜过来，却并不正面攻围墙，一路插向海边，一路直扑后林村。"来了！"王德才用力把副连长推了一把，"快去执行，堵住敌人！"

王德才目送副连长爬下海崖，顺眼望了望海面。往回返的船只才走到中途，海面已经被敌人封锁了，子弹、炮弹雨点似的往海面上打，冲起的浪花连船也看不清了，碰到礁石上、船舷上的子弹，迸起一串串的火星。"不行，船被阻住了！"王德才想道，"是该跳出阵地去抢救码头，还是坚守滩头阵地呢？……"他正在琢磨着，忽然，走在头里的一只船迎着弹雨向岸上猛冲过来，它走得是那么快，以至连船上的号码都看不清楚。那船在接近岸边的时候，并不直向码头，却迎着敌人的来路冲去。在船浅住了之后，有三个战士一齐跃进齐胸的水里，平端着冲锋枪，向敌人扑去。

枪声在海崖下面响起来——袭击码头的敌人被挡住了。枪声、手榴弹爆炸声，离码头越来越远，显然副连长组织的部队已经投入了战斗。

听到海滩上自己人已经还手，王德才对海面就放心了，他集中注意力指挥着机枪向村庄的一路敌人侧射。他思量着：村庄是码头的依托，敌人占了，对他和步兵团的联络，对码头和渡海的威胁是很大的；可是刚才急于运输政府人员，村里没有留部队，而现在派人去守卫村庄显然是来不及了。眼看着向村庄进攻的敌人越走越近，半里路，二百米，一百米……马上就要进庄子了。

正在这时，村头一处茅坑背后吐出了一阵白烟，枪声杂乱地响起来了，枪声里夹杂着喊声："民兵同志们，打呀！"

向村子进攻的一队伞兵，被这突然的火力压在一片晒场上，像卸了车的稻草捆，横七竖八地倒了一片。对面山头上敌人惊惶地吹起号来，没死的敌人又跑上山头了。

王德才完全被这意外的战斗吸住了，他目不转睛地望着村子，看看坚守那里的是些什么人，只见村子里跑出一个战士，向码头走来，背后拖着一个白色的东西，走得很慢，直到走进小围子，王德才才认出是本连战士李玉来。

李玉来把背上的一个降落伞布包用力拖进了小围子，往地上一摔，原来是俘虏的一个伞兵。李玉来指着俘虏说："他从天上老远的飞到这里，抓到了他，他又不走了。嘿嘿，没有这个美造降落伞他落不下来；可要没有这个伞，也拖不动他哩。"

从李玉来口里，王德才才知道，村里留下带班的十班副李文友和放哨的两个战士，领导了村里的十几个民兵，自动担负起了守卫村庄的任务，刚才打退敌人的冲锋，就是他们干的，而且抓到了俘虏。李玉来还说团里已经派来一支部队，放在八尺门集阵地之间，投入了打伞兵的战斗。王德才满意地望了望李玉来，说："现在有个俘虏是很重要的，你马上把他送到三五〇高地团指挥所，交给游团长。"

"是！"李玉来又要把俘虏"包"起来，那个俘虏却把长马脸一扬叫起来："你们的政策变了没有？不杀我，我就跟你走！"声音简直像哭。

"我们的政策没有变——缴枪不杀。看你这熊样，美国人白白训练了你这么多年！"李玉来把俘虏拉起来，抄起冲锋枪，问连长，"还有什么事？"

"路过村庄时，告诉李文友，好好坚持，准备还有更大的战斗，我马上派人去支援他！"王德才略略迟疑了一下，又说，"把情况报告团首长：伞兵被堵住了，码头是我们的，村庄是我们的，海面也是我们的！"

钉住钉子

当敌人伞兵降落的时候，游团长刚刚接到前面的报告：敌人已经在正前方滩头和我军接触了。他对于这支美帝国主义亲手训练的伞兵部队——敌人在淮海战役主力覆灭时也没舍得用的"王牌"，却出现在这个战场的后面，感到确实有些突然。但是游梅耀十分信赖那些"地上猛虎、水上蛟龙"的战士们能够应付这个突然情况。他从容地走到山头上，望了望八尺门渡口正在进行的战斗，派出了一支小部队到渡口去。这时，他十分需要知道渡口的情况，特别是当面了解敌人的具体情况。他找到侦察股长说："这会儿，要能搞到个俘虏有多好哇！"

就在这时，王德才派人把俘虏送来了。从和俘虏的谈话里，游团长比较具体地了解了全部敌情：敌人共出动了四个主力团，两个突击大队，降下了两个中队的伞兵，共一万多人。并配属了二十多辆坦克，由匪军十九军军长指挥。俘虏还说：听说还来了三个美国"军事顾问"。

这情况和侦察报告大体是一致的。根据敌人的兵力、企图，比原来预想的更大的战斗已经摆在面前了。现在，在伞兵基本上阻住之后，他必须把主要力量放在主阵地的坚守上，好抗住敌人，让增援部队来歼灭他们。他略略思索了一下，就抓起他那心爱的小望远镜，到主阵地二〇〇高地去。

二〇〇高地并不是全岛最高的阵地，只是一个矮矮的光秃秃的山头，突出在全岛中部一片山岭的最前面，直盯着前方四五里路的平地，仿佛是个奇大无比的拳头，随时都要打到海面上去。二连在情况发生之后，就按既定的方案扼守在这里。

游团长站在二〇〇高地的制高点上，向前方望去。远处几个小山头上飘着硝烟，正面登陆的敌人正遭受到我前沿部队的阻击，但从敌人的调动和火力情况来看，敌人并不多，似乎并不是敌人的主力。他想："那么，俘虏说的敌人四个团的主力又在哪里，敌人为什么不把主力放在我的正面阵地上？"这时，左侧又有低沉的马达声传来——敌舰集中得那么多，显然又有一支大部队在登陆。游团长点点头，敌人的动向在他脑子里更清晰起来了。

他沿着交通沟往前走去，拐弯处立射工事里一个干部霍地转过身来，向他报告："二连二排排长葛朋芝报告，敌人在正前方一千五百米处调动，有准备进攻的模样！"报告词一字一句，流利而且清楚。

游团长仔细地打量了这个年轻的初级指挥员，在那张黑红的圆脸上，厚厚的嘴唇上，他看到了一股精明、坚强的神气。他很爱这个干部，也感谢这次刚开始不久的正规军事训练——才短短的一个月，他的战士已经变得正规而且严整；而且葛朋芝在担任观察员的任务，也正是把刚刚学过的课目运用到实战上了。他满意地笑笑，温和地问："在这里就是你的排吗？"

"是！"

“你说，今天黄昏以前阵地是我们的还是敌人的?”

“阵地完全有把握守住!”葛朋芝把拳头捏得很紧，“刚才敌人向前面攻了一下，就撤下去了；我想，瞅机会还可以出击他一家伙!”他的手做了个撤出的姿势。

游团长摇了摇头：“慢着，你说敌人攻了一下又缩回去了?”

“是!”

这时，游团长已经完全肯定自己的判断了。不正是这样吗？敌人把次要部队攻我主阵地，一打之后就后撤了，他们要我军出击，而那时，左侧敌人的主力就会猛插我军侧背，去和他们的伞兵会师，包围我们。他严肃地说：“那么，你说为什么要你们守在这里呢?”

“为了阻击敌人!”

“不仅是这样。而是为了歼灭他们！——你们钉住了钉子，拖住敌人，让增援部队来歼灭他们！告诉你的战士们，我只要你们‘有把握守住’!”

游团长离开二○○高地不久，敌人的阴谋被识破之后，进攻果然开始了。这次敌人攻得是这么猛，一千多人的一个突击大队全部用上了，整排、整连，甚至是整营的轮番冲锋；数不清的大小炮都一齐开火，军舰上的炮火也射击了，五六辆坦克也抵近到山脚下来配合，整个阵地上到处是烟、火。但是，二连的战士们顶住了这一次冲锋，敌人的攻击垮下去了。

这时，太阳已经偏西了，灼人的太阳把个光秃秃的高地晒得到处都热乎乎的。山坡上躺着几十具敌人的尸体，山脚下有几个匪军在用美式帆布睡袋拖着伤兵，前面石坛高地的树丛里，敌人窜来窜去，似乎是在组织再一次攻击。我军阵地上却很沉寂，沉寂得连枪声都很少听见。

二排长葛朋芝用帽子端着一兜鸭蛋沿着交通沟走过来。这是今天一天的饭——每人一个，要利用这战斗的空隙发下去。走到交通沟的岔道上，看见交通沟里躺着一个战士，他看了好半天，才认出这个满头都缠着纱布、脸色蜡黄的战士是五班长刘来德。他头部负了伤，正在阴凉处歪着，不住地喘着粗气，把手指上的手榴弹弦一根根解下来，又一根根接在一起，已经接了二尺多长了，手上还有好几根；可以看出他正在用这个来驱除着痛苦。一见排长来，就爬起来拉着葛朋芝的裤脚："排长，有小便没有？给点儿喝喝！"

葛朋芝心里一阵难过，自从进入阵地，已经整整一天没见一滴水了，但是在这光山顶上，又能到哪里搞到水呢？他瞅瞅刘来德那吓人的脸色，咬着牙，从牙缝里挤出两个字："没有！"

刘来德摇摇头，叹了口气，他捡起两块炮弹皮绑到接好的手榴弹弦上，挣扎着探出身子，把弹皮甩到外面一棵小树上去。一撮松针随着被拉回来，他把松针填到嘴里，拼命地嚼着。葛朋芝挨着他坐下来。

刘来德刚要说什么，山下突然响起了枪。奇怪的是子弹并没有照例地从他的头顶飞过，却在右侧山腰里响起来。刘来德忽地爬起来，兴奋地说："可能是援兵到了！"

"我去看看！"葛朋芝按住刘来德，拔腿跑过去。但看到的不是援兵，有两个妇女挑着两担水正吃力地往山上爬着，边爬边喊："大军同志——开水——"敌人的枪就是对她们打的，子弹在她们不远处迸起碎石，扬起一缕缕的尘土，但她们还是爬着，爬着……

两个匪军正从后面绕过来，就要追上后面那个妇女了，前面那个妇女更加劲跑起来，为了怕水溅出，双手还死死地抓住桶绳；后面那个看看逃不脱，索性站住了，只见她把两个水桶绳一拉，满满的两桶水泼到地上去。而前面那个，大概被侧射的敌弹打中，歪倒了。

"砰！砰砰！"我军阵地上发出几声枪响，追赶那妇女的匪军被打倒了一个，另一个顾不得抓人，也滚下山去。后面的那个妇女趁机掉头跑掉了。

葛朋芝一看，那打枪的正是刘来德，他也连忙抓着一挺机枪在打，一面打，一面埋怨自己刚才为什么那么激动，竟然没有立时想出援救她们的办法。他拉着身旁的一个战士，可嗓子喊着下命令："去！去把那女人救起来，救起来！快呀！"他又转身喊，"一齐开火，压住敌人！"

陈启祥接受了排长的命令，跃出交通沟，几乎是滚着跑到那女人的面前。

那女人约莫有三十来岁，因失血而黄黄的脸上，嵌着一对呆滞的眼睛，头发都散乱了，一缕缕的头发被汗水贴在双颊上。她的腿被打伤了，血沿着裤脚管流到脚上，流到地上。她紧咬着嘴唇，身子贴在地上趴着，两手却紧抱着木桶，原来有一个木桶被子弹打穿了，为了怕水流出来，她用手指死死地塞住它。

陈启祥连忙拿出救急包给她包好了伤口，抽出两颗子弹把桶上的洞塞住。这时他才能平静地说："嫂，你……我背你回家去。"

"不要，庄子已经叫敌人占了……开水我挑不动了，你挑上去喝吧！"说着，又把背上背孩子的布兜解下来，那里面没有孩子，却包着一包煮熟了的地瓜，递给陈启祥，"我的孩子还在家里，我得回去！"她掏出一把剪刀攥在手里，就往回爬。

陈启祥看也没法，就指了指靠北的一条自然沟，告诉她掩蔽着走，他站在那里，一直看见那个妇女在沟沿上消失了，才挑起水跑回阵地来。

就在这时，敌人新的攻击又开始了。

援兵来了

在边防团指挥所里，游团长坐在桌旁，目不转睛地望着电话机思索着什么。整整一天的紧张，他那红黑的圆脸变得又瘦又长了。刚才参谋报告了增援部队已经进岛的消息，这张脸上曾经闪过一丝笑意，但马上又毫无表情了。现在，他所要考虑的已经不仅是如何挡住敌人，而是如何拖住敌人的问题了。自然，要挡住敌人又要拖住敌人是不容易的，刚才接到二营的报告，敌人已经沿着左侧海边渗到了后面，看看就要与伞兵会师了；二〇〇高地上又打垮了敌人一次长达一小时的连续冲锋。显然，敌人也拼命想在我援兵投入战斗之前夺下主阵地。现在，他必须要二〇〇高地顶住。他抓起电话听筒要二〇〇讲话了。

“我问你，能不能撑得住？”

“能够！……”接电话的是二连连长，他似乎还有什么话要说。

“一定要撑住！你们已经钉住了敌人，现在要把钉子钉牢些！有什么问题吗？”

“需要……”对面似乎打算说要增援，但说了半截又咽下去了，临时改了口，“需要些弹药！”

“好，马上送去，你们打剩一个人也要顶住，后面……喂，喂！……”电话线断了。

游团长从团的预备队中派出一支小部队带着弹药到二〇〇高地去。他跑出了团指挥所。后面，八尺门渡口枪声更激烈了，显然渡口的争夺战正在进行；前面，暮色里，二〇〇高地像一个大火球，又一次战斗开始了，手榴弹都在山顶上炸开来——敌人已经冲上山头了。他望着这场紧张的争夺战，心想：“要是再抽调一支小部队上去就好了！”他想得这样出神，以至有人来到面前也没有发觉。

来人向游团长敬了个礼，报告：“团长同志，我是×团三营教导员张振珠，带本营十二连，前来听你指挥！”

听说是增援部队来了，游团长心中一块石头落了地，他走上去抓着张振珠的手，连说：“好！好！想不到你们来得这么快！怎么来的?”他竭力想说得平静些，但总掩不住自己的兴奋。

“坐汽车来的！”张振珠简单地报告了增援部队的情况：他们这个先头营也是拼着全力赶来的，全营乘着卡车前进；汽车一时不够用，有的单位就干脆跑步前进——以每小时二十里路的速度跑步前进。饿了，掏出把饼干塞在嘴里；渴了，在稻田里捧口水喝，直到汽车返回再登车，就这样，近二百里的长途，百多分钟就赶到了。到达八尺门渡口以后，水兵们一面打伞兵，一面抽出人力冒着敌人的火力封锁和敌机轰炸扫射把增援部队运进岛来。

游团长命令参谋把这支部队带上二〇〇高地，他自己动身到增援部队指挥所去。他知道，有了这支部队，主阵地的钉子可以更可靠地钉牢了，下一步，他将与增援部队指挥员一道研究，最后歼灭敌人。

反　击

当晚，增援部队的主力整营、整团地像潮水一样涌进岛来，投入了战斗。经过一夜战斗，敌人动摇了。拂晓，敌人在溃退之前的一次掩护撤退的全力攻击被粉碎了之后，一个强大的反击战开始了。

这是一个声势浩大的反击战：我军密集的炮火打向敌人掩护撤退的山头上，向敌人正在撤退的海边准确地射击。正在登船下海逃命的敌人被打乱了，两艘登陆艇被打中，冒起了浓烟，另一艘看看逃不脱，干脆竖起白旗投降了。大型的美造军舰也顾不得装满溃逃的贼军，就慌慌张张地逃跑了。

在二〇〇高地的两侧，反击部队的战士们，像被什么弹簧弹出去似的，分几路向敌人撤退的渡口插去。

灯　光

我爱到天安门广场走走，尤其是晚上。广场上千万盏灯静静地照耀着周围的雄伟建筑，使人心头感到光明，感到温暖。

清明节前的一个晚上，我又漫步在广场上，忽然背后传来一声赞叹："多好啊！"我心头微微一震，是什么时候听到过这句话来着？噢，对了，那是很久以前了。于是，我沉入了深深的回忆。

1947年的初秋，当时我是战地记者。挺进豫皖苏平原的我军部队，把国民党军五十七师紧紧地包围在一个叫沙土集的村子里。激烈的围歼战就要开始了。天黑的时候，我摸进一片茂密的沙柳林，在匆匆挖成的交通沟里找到了突击连，来到了郝副营长的身边。

郝副营长是一位著名的战斗英雄，虽然只有二十二岁，已经打过不少仗了。今晚就由他带领突击连去攻破守敌的围墙，为全军打开歼灭敌军的道路。大约一切准备工作都完成了，这会儿，他正倚着交通沟的胸墙坐着，一手夹着自制的烟卷，拿着火柴盒，一手轻轻地划着火柴。他并没有点烟，却借着微弱的亮光看摆在双膝上的一本破旧的书。书上有一幅插图，画的是一盏吊着的电灯，一个孩子正在灯下聚精会神地读书。他注视着那幅图，默默地沉思着。

“多好啊！”他在自言自语。突然，他凑到我的耳边轻轻地问：“记者同志，你见过电灯吗?”

我不由得一愣，摇了摇头，说：“没见过。”我说的是真话。我从小生活在农村，真的没见过电灯。

“听说一按电钮，那玩意儿就亮了，很亮很亮……”他又划着一根火柴，点燃了烟，又望了一眼图画，深情地说，“赶明儿胜利了，咱们也能用上电灯，让孩子们都在那样亮的灯光底下学习，该多好啊！”他把头靠在胸墙上，望着漆黑的夜空，完全陷入了对未来的憧憬里。

半个小时以后，我刚回到团指挥所，战斗就打响了。三发绿色的信号弹升上天空，接着就是震天动地的炸药包爆炸声。守敌的围墙被炸开一个缺口，突击连马上冲了进去。没想到后续部队遭到敌人炮火猛烈的阻击，在黑暗里找不到突破口，和突击连失去了联系。

整个团指挥所的人都焦急地钻出了地堡，望着黑围墙。突然，黑暗里出现一星火光，一闪，又一闪。这火光虽然微弱，对于寻找突破口的部队来说已经够亮了。战士们靠着这微弱的火光冲进了围墙，响起了一片喊杀声。

后来才知道，在这千钧一发的时刻，是郝副营长划着了火柴，点燃了那本书，举得高高的，为后续部队指了路。可是，火光暴露了他自己，他被敌人的机枪打中了。

这一仗，我们消灭了敌人的一个整编师。战斗结束后，我们把郝副营长埋在茂密的沙柳丛里。这位年轻的战友不惜牺牲自己的性命，为了让孩子们能够在电灯底下学习，他自己却没有来得及见一见电灯。

事情已经过去很长时间了。在天安门前璀璨的华灯下面，我又想起这位亲爱的战友来。

在烈火和热血中永生

——纪念叶挺同志

一

在我们面前，展现着一件珍贵的革命文物：1946年3月7日，经伟大领袖毛主席亲自修改定稿的、党中央给叶挺同志的复电。

这个历史文件，引着我们走进了历史的深处，看到一篇金光闪闪的历史册页。

看着这份电稿的真迹，我们仿佛看见，在抗日战争胜利后的第一个春天，在革命圣地延安，伟大领袖毛主席坐在桌前，面带欣慰的笑容，瞩望南天，然后拿起笔，把香浓的墨汁连同对叶挺同志的阶级深情一起蘸饱，纵笔疾书。

毛主席把“叶军长”三字改写为“亲爱的叶挺同志”。这不是简单的称呼的改变，这是党对叶挺同志的一声深情的呼唤！叶挺同志亲历抗日战争的三年苦战，由于国民党反动派的阴谋陷害，身陷囹圄，忠贞地在铁窗下战斗了五年零两个月，如今回来了。党敞开了怀抱，迎接自己好同志的归来。

毛主席在电稿中加上“五日电悉”四个字。这看似简单的四个字，所包含的历史内容可不简单啊！复电是来电的回复。叶挺同志出狱后，是1946年3月4日下午六时五十分回到重庆中共代表团驻地的。他出狱后的第一件大事，就是在第二天致电党中央，请求加入伟大的中国共产党。7日，党中央便电复叶挺同志：“兹决定接受你加入中国共产党为党员。”

毛主席又在电稿中加上“欣闻出狱，万众欢腾”八个字。这八个字准确地概括了当时党和群众欣喜之情和人民对叶挺同志的衷心爱戴。在叶挺同志出狱的那些日子里，解放区军民和国统区的革命人民，是何等高兴啊！真如陈毅同志诗中写到叶挺同志“出狱在巴东”时所说：“欢声腾薄海。”

电文在概述了叶挺同志为民族和人民的解放事业长期奋斗、经历严重考验、对民族和人民无限忠诚之后，毛主席又代表党挥笔表达了对叶挺同志“热烈的慰问与欢迎之忱”。

瞻仰革命文物，缅怀革命历史，我们更加深切怀念伟大领袖和导师毛主席，深切怀念老一辈无产阶级革命家。优秀的共产主义战士、无产阶级军事家叶挺同志战斗的一生，他的革命精神和光辉业绩，永远教育和激励着革命后来人。

二

叶挺同志字希夷，1897年出生于广东惠阳周田村一个贫寒的农家。十六岁，他怀着救国救民的热忱考入广州黄埔陆军小学，循序转入保定军官学校，开始了军人的生活。毕业后，1921年他担任过孙中山先生卫队团的营长。1924年，叶挺同志赴苏联东方劳动大学和军事学校学习，参加了中国共产党。从此，开始了他作为一个共产主义战士的战斗生涯。

叶挺同志的英名是和大革命时期党领导的北伐独立团联系在一起的，并以英勇善战的“北伐名将”传遍全国。大革命失败后，叶挺同志于1927年8月1日参加了南昌起义，担任起义军前敌总指挥和十一军军长。同年12月11日，叶挺同志又以起义军总司令的身份，和张太雷、叶剑英等同志一起，指挥了广州起义。在这革命生死存亡的危急关头，叶挺同志顶险风，战恶浪，从长江至赣江又到珠江，接连参与领导了两次大规模的武装起义，并身先士卒，浴血苦战，为挽救革命，为创建革命武装打击武装的反革命，进行了英勇的斗争，做出了巨大的贡献。

在广州起义失败后，叶挺同志流亡到欧洲，失去了与党的关系。

抗日战争爆发了。在国外度过十年艰苦生活的叶挺同志返回到祖国。国民党幻想利用他的威望，要他去当国民党的军长。叶挺同志严词拒绝了。他按照党的决定，将南方八省红军游击队整编为新四军。党任命叶挺同志为新四军军长。1937年年底，叶挺同志来延安向党中央请示组建新四军事宜。毛主席亲切地会见了他，使他受到了极大的教育和鼓舞。在延安党校举行的欢迎大会上，他向毛主席，向欢迎他的同志们激动地说：“革命好比爬山，许多同志不怕山高，不怕路难，一直向上走。我有一段是爬到半山腰又折回去了，现在又跟上来。今后一定遵照党所指示的道路走，在党和毛主席的领导下，坚决抗战到底！”

叶挺同志这样说了，也这样做了。他坚决贯彻执行毛主席指出的向敌后进军的指示，指挥新四军部队挺进华中敌后，展开了广泛的抗日游击战争。当时，叶挺同志不但要指挥对日寇汉奸作战，还要和国民党顽固派斗，和党内王明投降主义路线斗。在那严重复杂的斗争形势面前，叶挺同志进行着艰苦的工作。

1939年2月，周恩来同志来到皖南，传达了党中央、毛主席的指示，批评了执行“王明路线”的副军长项英同志的错误，支持了叶挺同志的工作，使叶挺同志受到极大的鼓舞，更增强了指挥新四军坚持敌后抗战的信心。

由于党的方针正确和群众的有力支持，新四军获得了巨大的胜利。一支又一支部队深入敌后，一块块抗日根据地在大江两岸创建起来。仅新四军成立后的头三年，就对日伪军进行大小战斗四千余次，毙伤俘日伪军十万余人。新四军也从初建时的一万余人发展到十万人。1941年，毛主席在一个电报中称赞叶挺同志“领导抗敌，卓著勋劳”。

正在新四军艰苦抗战迭获胜利的时候，1941年1月，蒋介石经过精心策划，制造了骇人听闻的“皖南事变”。蒋介石一面限令新四军从皖南北撤，一面又密令他的三战区司令长官顾祝同调集了七个师的兵力，在我军必经之路秘密设伏，要把新四军军部和皖南部队一网打尽。这时，项英同志不按中央指示的北上路线行动，还拒绝了叶挺同志关于改变行军路线的建议，却按照国民党指定的路线，进了敌人的设伏地区。激烈的战斗发生了。本来，根据侦得的敌情，我军可以攻下星潭，突出重围。叶挺同志提出了这个正确的意见，却被项英同志否定了。结果延误了时间，给了顽军缩小包围圈的机会。尽管叶挺同志亲率部队拼死搏斗，但是在顽军连日猛攻之下，部队深陷重围，只好决定向四面八方分散突围。当时，叶挺同志对大家说：“我抗日，到哪里都有群众。留得火种在，不怕不燎原。”同志们提出掩护叶军长先走，被叶挺同志坚决拒绝了。他说：“不行，我要断后，不能丢开这么多干部、战士不管！”他又满怀悲愤地说：“蒋介石卑鄙无耻到这般地步……他比汉奸卖国贼秦桧更可恶！同志们，现在是我们献身革命的时候了！为了民族生存，为了无产阶级革命事业，我们要杀出一条血路来!”他的话语像一把火，燃烧着同志们的心。大家高呼：“誓与国民党军决一死战!”接着，叶挺同志跑到阵地前沿，亲自开炮轰击顽军重机枪阵地。1月14日，他给党中央发出最后一次电报之后，烧掉密码，砸毁电台，然后带领十几名随从人员进行最后突围。至此，经过八昼夜的浴血奋战，终因敌众我寡，弹尽粮绝，除千余人突出重围外，其余大部壮烈牺牲。叶挺同志及干部多人被俘。项英、袁国平等同志惨遭杀害。

三

叶挺同志被捕之后，被关进了国民党反动派的监牢。阶级敌人对叶挺同志虽然十分忌恨，但是慑于我党的不断抗议和人民的指责，还不敢轻易下毒手。于是，他们就使出种种手段，妄想使叶挺同志屈服。但是，这些无耻之徒，又怎能理解共产主义者的钢铁意志和高尚情操呢？就在那五年零两个月的牢狱生活里，叶挺同志表现了一个共产主义战士无比坚贞的信仰和崇高的革命气节。

开始，敌人用高官厚禄对他施展诱降活动。1941年初在上饶李村关押期间，反动头子顾祝同、上官云相等多次“宴请”他。在宴会上，有的劝：“投靠中央（指蒋介石）不但可以不死，而且有官做!”有的诱：“只要同意说皖南事变是共产党挑起的，可以以第三战区副司令长官相屈，合作抗日。”叶挺同志听了，气愤地拍着桌子痛斥道：“‘合作抗日’这几个字，亏你说得出口！叶挺头可断，血可流，志不可屈!”说罢，拂袖而去。

“宴请”无用，不多久，敌人又派了叛徒来游说。叶挺同志不等叛徒开腔，就赏了这家伙几个耳光，又拿起取暖的火炉和茶壶，劈头砸了过去。叛徒夹起尾巴跑了。

叶挺同志经常通过各种途径捎话、传条子，向狱中战友揭露敌人的各种阴谋活动，领导狱中斗争。有一次，他利用一个广东籍宪兵把一张条子传给同志们，告诫大家：“不要辜负了党和革命的教育。一个革命者，要具有‘三军可夺帅，匹夫不可夺志’的坚强意志。”又一次，他写了一个条子：“你们要加强团结。外面形势对我们有利，我们江南部队屡战皆捷。胜利一定属于我们。”这些活动，加强了同志们斗争的信心，却遭到敌人的切齿痛恨。敌人开始对叶挺同志进行种种折磨和迫害。

敌人对叶挺同志软硬兼施，一计不成，又生一计。1941年8月，敌人把叶挺同志押到重庆。军统特务在望龙门二号腾出了漂亮的小洋楼，摆上华丽的陈设，给叶挺同志住。接着便有一些身居要职的“老同学”“老同事”登门“忠劝”。这时，叶挺同志不剃头发，不刮脸，坚毅地表示：“不恢复自由，就不理发，不刮胡子！”国民党第六战区司令长官、湖北省主席陈诚妄图利用“至交”关系，说服叶挺“回心转意”，于1942年把叶挺同志“软禁”于其司令部驻地——恩施，给了他“高参”名义和优厚待遇。叶挺同志在恩施对陈诚态度冷淡，对陈诚送的“礼物”一概严词拒绝。他买了几把锄头，在屋后门前开了两亩山坡荒地，种起了苞谷、果菜。国民党无计可施，又把他迁到桂林，与家人“团聚”，妄图用骨肉感情来软化他。在桂林，一家十多口人的生活重担压在叶挺同志身上。叶挺同志把夫人的首饰卖掉，换回十几头山羊和四只小猪喂养，还经常领着孩子到附近池塘抓田鸡来改善生活……

在坚贞的革命者面前，敌人的一切卑鄙伎俩都是徒劳的。在上饶李村的囚室里，叶挺同志亲笔在墙上题道："富贵不能淫，威武不能屈。正气压邪气，不变应万变。坐牢三个月，胜读十年书！"是的，监狱就是革命者的熔炉和学校！在重庆"中美合作所"的红炉厂囚室里，叶挺同志又挥笔写下了一首气壮山河的诗，这便是著名的《囚歌》：

为人进出的门紧锁着，
为狗爬走的洞敞开着，
一个声音高叫着：
爬出来啊，给你自由！
我渴望着自由，但也深知道——
人的躯体哪能由狗的洞子爬出！
我只能期待着，那一天——
地下的烈火冲腾，
把这活棺材和我一齐烧掉，
我应该在烈火和热血中得到永生。

这诗是对阶级敌人愤怒的回击。是对无耻叛徒的庄严审判，也是他无限忠于共产主义信仰的伟大心灵的坦诚披露。正如郭沫若同志所说："他的诗是用生命和血写成的，他的诗就是他自己。"

1943年春，党的地下工作者给他秘密送来了周恩来同志的一封信，以后又送来了《论联合政府》。这使他心情特别激动，一连几天夜晚，他借着手电筒的微光，如饥似渴地读着。党的关怀，领袖的教导，给了身陷囹圄的叶挺同志多大鼓舞啊！

五年多的铁窗生活，不但没有使叶挺同志屈服，反而使他如同百炼的纯钢，变得更精粹、更坚强。

四

1946年3月4日下午，一辆汽车开进重庆中共代表团驻地。叶挺同志出狱了！

这是党和叶挺同志长期与国民党斗争的胜利。在1946年1月举行的政治协商会议上，经过党的多次交涉，国民党才被迫同意恢复叶挺同志的自由。

在大家热烈的掌声中，叶挺同志缓缓走下车来。他留着长长的头发，穿着灰色军衣，两袖破烂，就在这破烂军衣的口袋上挂着三朵鲜艳的红梅花——这是他的女儿扬眉给他戴的。原来他临出狱前，国民党当局要为他换衣服。他严词拒绝了："我不换！我穿的是新四军发的，我要穿回去！"他正是用这身衣着控诉蒋介石迫害爱国者的罪行，也是向久别的阶级亲人显示革命者的本色。

出狱后的第二天，叶挺同志就致电党中央、毛主席，请求加入中国共产党。这是他埋藏在心底十多年的神圣愿望。早在1942年，他被囚在"中美合作所"红炉厂囚室的时候，有个军统特务头子问他："你出狱后的第一件事是做什么？"他回答："我如果能出去，第一件事就是要求恢复共产党员的资格！"现在，他的这个愿望已经能够写在纸上，送到党的面前了，这是何等快心的事啊！电文写道："我已于昨晚出狱。我决心实行我多年的愿望，加入伟大的中国共产党，在你们的领导下，为中国人民的解放贡献我的一切。我请求中央审查我的历史是否合格，并请答复。"

只隔了一天，中共中央的复电来了：接受叶挺同志为中国共产党党员。捧读复电，叶挺同志高兴极了！他的夫人李秀文深情地告诉一位朋友说："我一辈子不曾看见他像今天这样欢喜！"

重新加入党的队伍的叶挺同志，这年正是五十岁。他怀着不可遏止的渴求工作的心情，偕同夫人李秀文、长女扬眉、幼子阿九，登上去延安的飞机。他恨不得一步跨到延安，走到毛主席身边，接受党交给的新的战斗任务。可是，有谁想得到，飞机在山西省兴县黑茶山失事。1946年4月8日，叶挺同志一家四口和王若飞、秦邦宪、邓发等同志以及黄齐生先生一起，都不幸遇难了。

噩耗传出，全党、全国震惊。为悼念叶挺同志和其他同志，毛主席在延安《解放日报》上题词："为人民而死，虽死犹荣。"毛主席还号召全党党员和全国人民："继承你们的遗志，继续奋斗，直到胜利，决不懈怠，决不退缩!"

叶挺同志为革命献身，已经三十二年了。他在创造红色江山的斗争中建立的丰功伟绩，他那坚贞不屈的无产阶级硬骨头精神，已成为革命后代的精神财富。尽管林彪、"四人帮"这些在狗洞里爬来爬去的败类妄想抹杀老一辈无产阶级革命家的光辉业绩，但是，血写的历史是磨灭不了的。叶挺同志和无数革命先烈的英名，将光照千秋，永远活在人民的记忆之中。

叶挺同志在烈火和热血中得到永生!

香甜的事业

——赞特级售货员张秉贵同志

首都的百货大楼，只要门是开着的，什么时候都是那么热热闹闹。这里，到处都是人，来自各地各处的人。人们穿着各式衣服，操着各种口音，怀着各不相同的需要，在各种物品中间走动、寻找、挑选。

可是，不论是谁，当他一走进这人流，就肯定会闻到一股扑鼻的香甜。如果愿意的话，顺着这香气飘来的方向走上几步，来到离门不远的地方，就可以发现这香气的来处了。在一列摆着各色糖果的货架前面，在明亮洁净的柜台后面，站着一个人。他约莫五十多岁，中等个儿，身板挺壮，一件可身的工作服洗得雪白，烫得平平整整；上边印着一个殷红的号码：461。尤其引人注意的是那张敦厚的脸，像是刚喝下了一杯喜酒，滋润润地泛着红光，眼角和嘴边上堆着笑意，他的神情、动作和话音，也像是在给一个要好的朋友张罗着喜事，热情、利落，还有点儿喜气洋洋。这一切，使你仿佛觉得：刚才那股引人的甜味和香气就是从这个人身上发出来的。

他正忙着。只见他抓起一把糖果，往秤盘里一撒；最后那块糖刚刚落下，秤平了。接着唰的一声，糖果落进了纸袋里，再一眨眼的工夫，纸绳已经欢跳着在纸袋上绕着了，扎好了。

他把糖果递到顾客手里，一面收款、找钱，一面微笑着向顾客身后不远处望了一眼。他早就注意到：那里有位同志已经站了有些时候。那个同志迎着他亲切的目光笑了。他看了看表，连忙走到柜台前，亲热地叫了声："张师傅！"

"噢，来啦，"张师傅亲切地招呼着，"您想来点儿糖？"

"不不，您忙吧！"那同志同样亲切地摇着手回答，"我就想看看您！"

他俩是老熟人，老相识？不是。那同志在沈阳一个工厂工作，因公出差到北京。三天里，他已经来过两次，都没有见到这个他想看的人。就在上火车之前，他又赶来了。

"看见了！可看见了！"那同志又深情地打量张师傅一眼，伸出手来紧紧一握，然后，带着满足的笑容转身挤进人流，走了。

张师傅目送着这个同志的背影，他的眼睛润湿了；他转向下一个顾客，声音更甜了："您想要点儿什么糖？"

这是发生在这个柜台前的许多事情中的一件。谁知道有多少人，从几百里、几千里之外来到这个地方，这么站一站，看一看，看看这个卖糖的人，看看他的模样、他的笑容和他的劳动呢？这个柜台，这个人，吸引了多少人的心啊！

关于这个柜台和柜台里边的这个人，人们有各种各样的说法。有个青年音乐家说："这是一首诗，一曲节奏谐和、旋律优美的乐章。"有个身有几处伤疤的老军人说："这是一个战场。"有人深情地说："这里是治病的医院。"有人庄严地说："这是一所共产党的学校。"究竟该怎么说，那全看说的人的感受和理解了。而大多数的人呢，则干脆说："这里是卖糖的。"

这个卖糖的人，这个把一包包又香又甜的东西递给别人的人，这个用自己的劳动使生活更加香甜的人，他是谁呢？他就是北京百货大楼特级售货员张秉贵同志。

张秉贵同志今年五十九岁。自打他进百货大楼卖糖算起，二十二年里，他已经把糖果送到二百多万人手里了。

可是，他的童年里却从来没和糖打过交道；他过的生活，离糖的味道太远了。当他刚刚学会走路，就揪着妈妈的衣襟到永定门外的荒野里去剜野菜了。苣苣菜、马齿菜、荠菜、苦苦菜，什么野菜他没剜过？苦的涩的，什么样的他没吃过？就这么剜哪吃呀，长到了七岁。七岁，不揪妈妈衣襟也能走回家了，他又去给人家打“执事”。阔人家要迎新娶亲、出殡埋人，把什么旗牌伞扇、金瓜钺斧雇人扛起来，摆阔气，抖威风。这种下贱差事，但凡有一口饭吃的都不肯干，为了挣那两个铜板，七八岁的小秉贵央告着挤进去，扛个金瓜，背面小鼓，跟着跑上一天。有一个大冷天，跑着跑着，把怀里揣的一个玉米饼子丢了。人小力虚，自然跟不上队。一下子阔少爷们围上了，口口声声骂着“贱鬼”，朝他又是扔石子儿又是吐唾沫，从这个又冷又饿的孩子身上寻找着开心。回到家给妈妈一说，妈妈抱着他就哭了。小秉贵却没有哭。他把攥得湿漉的那个铜板交给妈妈，奇怪地想：为什么那些阔人不像妈妈待我这么好？

熬到了十岁，为了能多挣几个铜板，他当了织地毯的童工。细嫩的小手怎么磨得过粗糙的毛线绳？绕毛线球绕得满手掌上磨出了血口子，细毛勒进了伤口，钻心地疼。还得绕哇，他悄悄地找块破纸垫着干。资本家看见了，走过来照着他就是一脚。小秉贵也不哭。夜里他小声地问老师傅：“老板不也是人吗？他的心怎么那么狠？”

没有人给他回答。他带着这个“为什么”，又进了一家织布厂当学徒。每当夜里被臭虫咬得睡不着的时候，这个十来岁的孩子手托着腮，眼望着天上的星星，多少次想过这个“为什么”。这个心地善良的孩子，他渴望着能够过一种完全不同的生活，没有那种打人踢人的人；受穷受苦的人也不再受人欺压，像亲人一样互相关心，那该多好啊！可是，在那个世道里，这种东西哪里有呢？

随着年龄增长，他经的见的人间不平就更多了。他永远不能忘记。1938年夏天，他在“德昌厚”食品店当伙计，他和另一个青年人在店门前摆摊，只见从新开路里头那个“料理馆”里出来个日本军官。这个醉醺醺的鬼子官抬腿跨上一辆洋车，连声叫着：“快，快！”拉洋车的是个六十多岁的老头儿，哪里快得了？还没拉到帅府胡同口，鬼子一跺车板，老人一头栽倒就没气了。日本鬼子跳下车骂骂咧咧地走了，警察走过来，把尸体拉到一边，拿来一领破席盖上，就算完事了。张秉贵站在马路对面看着这一切，心像刀子在剜，他想扑过去看看是不是还有救，他想跑到死者家里去报个信，可是那个伙计把他拽住了。穷苦人，连关心别人的权利也没有啊。

苦菜叶子也有开甜花的时候。就在他三十岁的那年，那个他渴望着的东西，不声不响地来了。那是1949年春天，那些国民党的队伍撤出北京城以后不久，一天早上，一个穿黄军衣的解放军进了店门。张秉贵抬眼就看到了一张笑脸。他还不习惯看这种亲切的笑容，还在叫着“老总”“班长”，那个军人拍着他的手背笑了：“别这么叫，同志！我们都是干革命的，是同志！”

“同志！”从此，张秉贵同志的心里印下了这个笑容，记住了这个字眼。

在张秉贵的心里，对人吃人的旧社会的仇恨和对新社会的热爱，两件东西不是加在一起的，而是用乘法乘起来的。

1955年，他进了百货大楼。他往糕点部柜台里一站，感觉到了从来没有过的自尊和自豪。他抚着柜台，暗暗地下了决心：一定要好好干，报答毛主席的恩情。他浑身都是劲，每天早来晚走，进货净拣重的扛。老熟人遇见了，问他："你现在没有什么不舒心的了吧？"他回答："我就是想爹妈没有多给我生两只手啊！"这是实话。每当他结束一天的工作，捧着现金去交账的时候，他心里总是甜滋滋的："是我，给党和国家卖了货、收回了钱！"

可是，过了不久，连他自己也没想到，一件不起眼的小事，搅乱了他心里的平静。这天，他正忙着，忽然一个农民打扮的顾客挤了过来："给两块桃酥！"张秉贵答应了一声，却没有马上去拿。他忙着照顾那些买得多的顾客去了。这位顾客等着等着沉不住气了，发话了："你是不是嫌我买得少了，瞧不起我？"张秉贵一怔，连忙称了两块桃酥，那位顾客气呼呼地走了。

顾客是走了，张秉贵心里却像塞进了一块大石头，一连几天，顾客那不快的神情，那句不满的话，都在他眼前耳边闪来闪去。"看来这件事是我的不是了。"他苦恼地想着，"可是问题在哪里呢？"

苦恼了几天，他到党支部去了。党支部书记老苏，这个比张师傅小好几岁的人，老早就在注意着这位热情勤勉的老师傅了。他静静地听完张秉贵的话，并没有马上回答他的问题，却反问道："张师傅，你每天站柜台，干的是什么？"张师傅一愣："这还用问，卖东西嘛，为国家增加营业额嘛。"支部书记笑了笑，又问道："卖东西又是为了什么呢？"张师傅给一下子问住了。于是一次娓娓的谈心开始了。支部书记仔仔细细地讲解了资本家的买卖和社会主义商业的根本区别，讲了国营商店的任务，末了，他深情地说道："我们社会主义商店做买卖，首先要为人民服务好，因为他们是我们的阶级亲人！"

人，常常是这样：有时候思想乱得像一团绳，可是，关键的那个扣子解开了，一下子就全通了。现在“为阶级亲人服务”这平平常常的一句话，却像一根火柴放到了他心灵的柴堆上，一下子燃起了一团烈火。

当他再站在柜台里向前看去，他眼前不只是一个个来买东西的顾客了，而是一个个阶级亲人。他也不只是称货收款的买卖人了。他觉得自己是个为人民服务的勤务员，仿佛有一根看不见的线，从自己那红扑扑的心尖子上扯出来，挂到了面前亲人的心尖上。

有了这么一颗心，对同志，对工作，怎么能不像春天般暖、夏天般热呢？

一次，买糖的顾客排着队往柜台前走，队尾上一位顾客不安地一会儿看看手表，一会儿看看墙上的电表，这个细小的动作被张秉贵看见了。他关切地问：“您有急事吗？”

“我急着赶火车，再有半个多小时开车，可我又想买点儿首都的糖果。”

张秉贵征得前面顾客的同意，先给那位同志称定了糖，又告诉他应该在哪里坐电车去火车站。

一个同志的困难解决了。他手里拿着的是糖，心里也是热的了。

又一次，顾客队伍里，一个孩子在妈妈怀里扭动哭叫起来。张秉贵马上从货柜里拿一块糖放到孩子手里。这不违反制度？不，张师傅给孩子的妈妈交代明白了：“等会儿一块算。”轮到她买糖了，张秉贵从称好的糖果里扣除一块糖，又拿出几块用小纸袋装好塞进孩子的衣兜里：“留他路上吃！”于是顾客们全笑了：“比当妈妈的想得还周到哩。”

还有一次，一位解放军战士买糖，连说：“不用包了！”拉开旅行袋就叫往里装。张秉贵听到他是四川口音，心想：四川天气热，糖闷在旅行袋里会化。于是连忙替他包好，还垫上蜡纸，捆得结结实实。

张秉贵常说："我们售货员要用全心全意为人民服务的一团火，来温暖工农兵，使他们心里感到热乎乎的，激发出更大的革命干劲，这才算我们对革命事业有了一点儿贡献。"原来，他经营的是革命的大业。有了这样的心胸，什么人不能在柜台前团结起来呢。

一天中午，商店里人不多，一位女同志来到柜台前。张秉贵热情地问道："同志，你想买点儿什么糖？"谁知她却生气了："不买，不能看看？"绷着脸从柜台边走向另一头。张秉贵暗暗思忖道：她准是遇到了不顺心的事。便随她走着，依然和颜悦色地说："最近从上海来了几种新糖果，味道还不错，我给您介绍一下……"

那位女同志停住了脚，怒意消失了，抱歉地说："刚才我冲你发火，您没见怪吧！"原来她为了孩子没吃饭就去游泳，正生着气呢。

"您教育孩子是应该的，可要注意方法……"

于是，柜台内外亲切地交谈起来。后来，这位顾客每次来百货大楼，都要看望张师傅。

一个革命者不论他在哪里，干的是什么，只要他的心和人民相通，就是伟大崇高的了。1958年，他被选为先进工作者；1959年，他光荣地出席了全国群英会。就这样，在雷锋同志尽着无限的责任的时候，张秉贵同志以他为阶级亲人服务的精神，用他那一团火精神，使看来平凡的工作显出了伟大崇高的光彩。

60年代初期，大寨人战胜水灾，夺来了丰收；大庆人艰苦奋斗，开出了大油田。身在百货大楼的张秉贵同志也激动得睡不着觉了。一个巨大的问题闯进了他的心：我们柜台上，既不打粮食，又不产石油，我应当怎样为社会主义祖国多做贡献？

有一次，张秉贵正在售货时，听到两位顾客正在议论他："服务态度还不错，就是慢了点儿。"说话的声音不高，却像一响沉雷滚过他的心头。那个使他苦苦思索的问题，顿时变得清晰可见了：对，速度！不但要服务态度好，还要争夺高速度，来提高服务质量，节约顾客的宝贵时间。

要提高服务质量，就得有一手过硬的售货技术。技术哪里来？练！他买了一斤最硬的点心和一个点心夹子，练习包包、捆扎。不到三天，点心包碎了，他又把碎瓦片磨成点心的形状，坚持练。传达室房后有个大磨盘，对面正好有盏路灯，每天下班后，张秉贵就借着这个“柜台”练起功来。

包糖果的速度加快了，还有哪些环节上可以再争取出时间呢？他发现，顾客如果要买三种糖果，他就要回头三次看价格标签，一次就算耽误三秒钟时间，三次就浪费了九秒钟；要按他一天接待四百位顾客计算，只这一项，一天就浪费了顾客一个小时。一年，他自己和全大楼上千名售货员将要浪费顾客多少时间呢？这个时间要为顾客争出来！他的记忆不如青年人了，然而他反复地记，终于把八十多种糖果的价格都背熟了。

抓糖，不是多就是少，添秤减秤都要浪费几秒钟，能不能一抓就准呢？算账，用算盘不如心算快，能不能用心算代替算盘呢？还得练。每天上班时，他早来晚走，抓了称，称了抓，他把糖果的价钱依次抄在一张表上，再把糖价从头加到尾，每天晚上用心算，终于练出了“一抓准”和“一口清”的过硬功夫。

一个人，当他把自己所从事的具体工作和整个事业与千万群众的利益联系起来的时候，他该有多么巨大的智慧和力量啊！张秉贵同志，这个为别人争夺分秒的人，这个努力使别人快起来的人，终于用辛勤的劳动和汗水把工作效率成倍地提高了。他说得多好啊：“到本世纪末实现四个现代化，还有二十多年，这二十多年，是由一分一秒组成的；这就要求我们在这一分一秒上下功夫。”

也许有人会说，这些“一抓准”“一口清”等有了计算机就没用了。不错，我们终究要用计算机代替手抓、心算的，然而，这苦练技术的革命精神，却是任何机器也代替不了的。

就在张秉贵怀揣着一团火，为革命刻苦钻研技术的时候，有一天，一个青年人悄悄地对他说：“张师傅，你别练了吧！”

张秉贵好生奇怪：“为啥？”

青年人说：“有人说你的闲话哩。说是服务态度好，会出修正主义，会复旧，提高技术就是‘白专道路’。”

“什么？”张秉贵这个轻易不大动火的人，这回真正发怒了。我们是为人民服务的，难道服务态度不好倒是革命的？他斩钉截铁地回答：“不对！全心全意为人民服务，是我们的伟大宗旨；一定要服务得好，这是我们党的性质决定的！”

他继续坚定地站在柜台里，坚持着革命团结，力争着高速度。

“四人帮”，这伙把落后和耻辱强加到革命人民头上，并且专门在人民内部制造不幸和不和的匪帮，他们害怕张秉贵同志这个“一团火”，他们恨张秉贵同志坚持大团结和力争高速度的革命精神，然而革命人民，却对张秉贵同志表现了真诚的拥护和爱戴。

当他忙着称糖，累得满头大汗时，前头的顾客就按住了秤盘说：“老同志您先擦擦汗！”后头的顾客也嚷道：“您喝口水，歇会儿！”看他端起茶缸匆忙地喝水，又有人说话了：“慢慢喝，我们等会儿没关系。”这，仅仅是几句平常的话，或者仅仅是一个手势、一个眼神，却处处透着阶级亲人的热情关怀。

近一年来，柜台前常常出现一个年老的干部，他常常成小时地站在那里，看着张秉贵工作。顾客空些的时候，他就走上来说上两句话。这是个患着重病的病号，他说：“我来看看你工作的这股精神劲儿，就觉得病情轻了些。”然后，又关切地嘱咐道：“老同志，可得注意传帮带，多培养青年人啊！”短短的几句话，也温暖着张师傅的心。

有一天晚上，张秉贵进东风市场一家饭馆吃夜宵，座位全满了，他买了盘炒面站着吃起来，厨房的大师傅举着个凳子挤过来了：“您是百货大楼卖糖的那位老张同志吧？快坐下来吃，这么大岁数了，站一天柜台可真够呛，该歇歇了。”这顿饭，张秉贵吃得时间特别长。他被这一深情的关心深深地感动了，就从这一件事，他想到了我们的社会生活。他想得很多很多，在社会主义制度下，革命人民是多么多情，人和人的关系是多么美好啊！他，是个普通平常的人，站在货架和顾客、国家与人民之间。在售货员这个光荣岗位上，给自己的阶级亲人包一包糖、投一个微笑；而生活中，粮油菜煤有人送上门，伤了病了有人医治，哪处不受着阶级亲人的关怀？你连着我，我连着他，互相服务，互相做着后勤，共同支撑着和建设着我们这大好江山和事业。谁说革命者没有享受？当人民由于你的劳动而得到幸福的时候，这就是革命者最大的幸福。而这，只有热爱着阶级亲人，忠诚地为人民服务的人，才能有这种感觉。

我们的事业是香甜的。

历史的丰碑

——秋收起义至井冈山征途纪行

路

秋天，我们驱车来到湖南省东部的浏阳山区。近处，浓绿的油茶树已经绽开了雪白的花朵；远处，几株高大的枫树梢头，挑起了微红的霜叶。而在这碧绿和嫣红之间，则是大片金色的稻谷。这是个金色的、丰收的秋天啊！

我们正在纵情地看着这迷人的秋景，突然，我的向导俯身向前，低叫了声："啊，文家市！"

"五十年了！"他挽住我的肩膀，深情地遥指着车窗外那起伏的山峦，"那时候，毛主席就是从那个山垭口到文家市的。"

一句话，把我们从眼前这丰收的田野，引向了那充满硝烟和烈火的战地，引向了革命创业的艰苦年月。

1927年，这个充满着血和火的年份。由于陈独秀右倾机会主义的叛卖投降路线，助长了大地主大资产阶级的政治代表蒋介石的反动气焰。就在北伐军由珠江岸边向长江两岸进军的时候，他们把无产阶级投进了血海。轰轰烈烈的大革命失败了。敌人的屠刀，使年轻的共产党从血光中懂得了枪杆子的重要性，认识了“枪杆子里面出政权”这个马克思主义的真理。8月7日，毛泽东同志出席了在武汉召开的党中央的紧急会议，对陈独秀右倾机会主义路线进行了坚决的斗争，提出了实行武装斗争、进行土地革命、建立革命政权的正确主张。会议一结束。毛主席立即赶回湖南，着手秋收起义的准备工作。并成立了起义的最高领导机关党的前敌委员会，毛主席亲自担任书记。在深入发动群众的基础上，毛主席又在江西安源召开了军事会议，部署了起义的军事行动。于是，9月9日，震天动地的秋收起义在湖南东部的农村爆发了！

秋收起义是伟大的行动。但是，由于反动派力量过大，起义部队本身又缺乏武装斗争的经验，最初的几次战斗并不顺利。当时，部队从失利的战斗中撤下来，沿着湘赣边境的山路艰难地走着。大家的头脑里都沉甸甸地装着一个巨大的问题：到哪里去，革命的路该怎么走?

在这艰苦的征途上，9月中旬的一天，师长卢德铭同志从交通员手里接过了一封信。这是几张光光的白草纸。把这几张纸浸在白矾水里，字迹慢慢显出来了。信是用遒劲的字体写成的，信末署着三个字：毛泽东。

信，正是中共中央委员毛泽东同志写来的。毛主席命令起义的工农革命军部队向文家市集中。

文家市，这个湘东平常的村镇，顿时热闹起来，工农革命军部队来到了这里，许多被打散了的革命战士也来到了这里。整个村镇被这些风尘仆仆的工农起义者住满了。

就在这时，毛主席穿一身土蓝布的农民衣服，脚穿草鞋，来到了起义军战士的中间。

在镇内一所学校的一间简陋的教室里，一次决定革命命运的前敌委员会会议正在进行。前委书记毛泽东同志详细精辟地分析了大革命失败后的形势，明确地指出：革命，在城市里被阶级敌人打败了，革命形势处于暂时的低潮。大城市、交通要道，不是我们去的地方。

那么，革命到什么地方去呢?

毛主席指着一张地图，响亮地说道："到农村去！到罗霄山脉中段的山区去。那里，地势险要，进可以攻，退可以守；离大城市远，反动统治比较薄弱，革命红旗可以影响湘赣两省；那里，有自给自足的自然经济，特别有受过大革命洗礼的革命群众。"

1927年9月20日的清早，在沐浴着阳光的操场上，毛主席亲自把这个英明的决策告诉了全体战士们。他用通俗易懂的语言说道："我们要到敌人力量薄弱的地方去，站住脚跟，发动群众，养精蓄锐，同敌人干下去。这个地方在哪里？在农村，在罗霄山上。我们就要到那里去打土豪、分田地，建立革命根据地……"

毛委员的话，像寒冬后的春风，吹暖了战士们的心胸；像暗夜的明灯，照亮了革命的进程。

就在天空布满了乌云的危急时期，文家市的上空，响起了"工农武装割据"的第一声号令：向罗霄山脉中段前进！最初的革命军队，在伟大领袖和导师毛主席的亲自率领下，开始踏上了中国革命前进的道路——在农村展开进攻，依靠农村建立革命根据地，积蓄和发展革命力量，逐渐包围城市并最后夺取城市的唯一正确的道路。

现在，当我们站在文家市村前，向着那蜿蜒伸展的崎岖山路眺望的时候，我们怀着深深的感戴之情，缅怀伟大领袖和导师毛主席伟大的历史功绩。就是由于武装夺取政权这光辉道路的指引，革命才有了胜利的今天和灿烂的明天！

旗

但是，革命的道路是曲折而又艰险的。

如今，在这条山路的两边，新修的大寨田一层连着一层，成队的解放军战士正和人民公社社员们一道挥镰收割。“井冈山”牌的汽车，还有一种牌号叫“起宏图”的拖拉机在山野里吼叫着，正把金黄的稻谷收获归仓。可在当年，这条山路，却是一段充满着艰难险阻的征程。9月天气，万里无云，烈日当空，部队在这陡峭的山路上一天连一天地走着。

粮食在减少，病员在增多。不少同志病倒在路旁，其他同志从他手里拿过枪支，又继续前进。

这还不是困难的全部。第四天，部队到达了江西萍乡的消溪镇宿营，拂晓时分突然响起了枪声，队伍遭到了江西敌军两个团的袭击。同志们拼死战斗，突出了重围，却受到了不小的损失，上文提到的那位革命军的师长、后任军长的卢德铭同志也在指挥掩护大部队撤退时牺牲了。

艰苦的生活、严峻的斗争，考验和锻炼着这支年轻的革命军。一些投机革命和意志薄弱的人，在严重的挫折面前，动摇了，掉队了；但更多的人被锻炼成了钢铁般的战士。

就在这生死存亡的紧要关头，毛泽东同志在战士们中间神采奕奕地走着。他有时帮一位战士挑一会儿担子，有时又接过另一位战士的步枪扛在肩头，和战士们边走边谈。他利用行军的时间深入地调查研究部队的政治思想状况，思索着部队的改造和建设问题。就在这艰苦的征途上，关于如何缔造一支新型的革命武装的蓝图，逐渐在伟大领袖的胸中形成了。

这支最早的革命军队的改造、整顿和新生在三湾开始了。三湾，是九陇山区一个小村庄。不大的山坳里，散落着五十来幢泥墙土屋，这里便是起义军当年进行有名的“三湾改编”的地方。

我们追寻着当年秋收起义的足迹，在这里，我们看到高大的红枫、隆起的山石，这些都是那些历史时刻的见证。

9月末的一天，队伍在一家祠堂前集合。毛主席站在队列前的一块大石头上，讲话了。毛主席说：“敌人只是在我们后面放放冷枪，没有什么了不起。”

战士们舒开双眉，开心地笑了。在以后的日子里，他们多少次听到毛主席说出过“没有什么了不起”这句话啊！就在这句平常的话里，战士们开始学会了在战略上藐视一切敌人的道理。

接着，毛主席又详尽地解释了改编的意义。为了更好地进行工农武装割据的斗争，部队必须进行政治上、思想上、组织上的整顿。

部队进行的改编，由一个师改编为一个团，称为中国工农革命军第一师第一团。全团近千人，七百多支枪，四十八匹马，编成了两个营和一个特务连。这便是中国人民解放军的雏形。

在组织整编的同时，还实行了一项重大的措施，便是“支部建在连上”的制度。在此以前，共产党的支部都是建在团里。而今，班、排有党小组，连队设支部，连以上设党代表，营以上有党委，全军党的领导机关是前敌委员会，毛泽东同志亲自担任书记。这样，“党指挥枪”的基本原则确立了，明确了党对军队的绝对领导，为建成一支新型的无产阶级革命军队奠定了基础。

为了贯彻实施这个改变，毛主席花费了多大的心血啊！我曾经访问过在当时参加党的一个老战士，他回忆起毛主席在连队建党的情景。

“桌边上垂着一面鲜红的党旗——这是我第一次在党旗前面开会。”他回忆说，“会议的地点在一个大祠堂里。毛委员也来了。毛委员走到我们六个新党员面前，依次问了很多问题。他走到我面前，问我：‘为什么要加入共产党?’我回答：‘要翻身，要打倒土豪劣绅，要更坚决地革命！’……会场上充满着严肃的气氛。毛委员举起握着拳头的右手，带领我们宣誓。他读一句，我们跟着读一句。洪亮、庄严的声音，在那间破旧的小阁楼里回荡。”

毛主席亲自发展的一批新的共产党员，亲手建立的连队的党支部，在军队面前高举起党的旗帜，使革命军队具有了政治灵魂，为以后的建军奠定了牢固的基础。以后，无论是在严峻的井冈山斗争中，还是在艰险的长征路上，以至今天成为无产阶级专政的坚强柱石，这支人民军队，从小到大，从弱到强，就是靠了毛主席确立的共产党的绝对领导。

革命军队新生了。10月3日，晨光熹微的时分，嘹亮的军号声在这荒僻的山坳里响起。工农革命军——这支名副其实的“执行革命政治任务的武装集团”，以崭新的思想面貌，在毛主席率领下，向井冈山前进。

家

离开了三湾，汽车一路驶向东南，沿着曲曲折折的盘山公路向上攀登。一条蜿蜒的山路，一会儿汇入盘山公路，一会儿又独自伸向深山密林。我们沿着它，一直登上了有名的哨口黄洋界。

在黄洋界，刚下车，又一辆车子在我们背后停下。从车上走下了一对中年人和一个可爱的女孩。原来，他们是毛主席的弟弟、井冈山老战士毛泽覃同志的后代。那位男同志握着我的手自我介绍说："回老家来看看。"

家，多么准确的字眼，多么亲切的称呼啊！它一下子把井冈山给概括起来了。

我和这位革命的后代、毛主席的亲属并肩站在天险黄洋界哨口，怀着无限深情，瞻仰这革命故乡、革命家园。只见巍峨壮丽的群峰，被轻纱似的白云缭绕，重峦叠嶂，巉岩壁立，名不虚传的威武雄壮的井冈山啊！

井冈山，横跨江西、湖南两省，方圆二百七十五公里。山上有大大小小的村庄，可以驻马屯兵，休养生息；地势险要，可以进攻和踞守，四周各县有丰富的自然经济资源，可以获得充足的补给。更重要的是，这里的斗争可以影响两省广大地区，有利于推动革命高潮。

在一个深秋的傍晚，毛主席带着几百名手执步枪的战士，经过无数艰苦的战斗和转移以后，踏着崎岖的山径登上山来，要在这千山万壑、树密林深的地方安下一个家！这不是一个平平常常的家，是整个中国革命的家。它是毛主席抚育还在幼年的革命军队的摇篮，它是发展革命事业的一块伟大而又成功的"试验田"，它是夺取全国胜利的革命出发点。

为革命找到一个家，让脚穿草鞋转战千里的红军战士们终于有了一个家。也就是说，占领一块农村阵地，展开游击斗争，把武装斗争、土地革命、建立革命根据地三者巧妙地结合起来。这是毛泽东同志在革命初期战略思想的中心，是毛泽东同志把马克思列宁主义与中国革命实践相结合的伟大的创造。

自然，对于这个革命的家所具有的伟大意义，当时的战士们也不是一下子就了解的。

在几年以前，我从曾任连党代表的一位老同志的口里，了解到当年毛主席讲井冈山的一段动人的往事。

那是一个秋天的早晨，部队集合在北山脚下，毛主席讲起了这座山。毛主席说：“有人嫌井冈山高，爬厌了。想打到城市里去。这种思想错了。要知道，井冈山，虽然它磨破了我们的脚，爬酸了我们的腿，可是，多爬几次就能多消灭敌人。所以说，这座山，它革命！”

讲到根据地和武装斗争的关系，毛主席打了一个通俗有趣的比喻：“革命需要有根据地，好像人要有屁股。人假若没有屁股，便不能坐下来；要老是走着、站着，定然不会持久，就会倒下去。革命有了根据地，扩大发展，才能走向更大胜利。”

关于革命的家，关于革命根据地的思想，再也找不到比这更精辟的阐释了。

当我们在井冈山区参观访问的过程中，到处都可以看到这革命的家的当年的面貌，到处都可以体会到革命领袖为这个家创业时的辛劳和光辉的思想。

这里有几间茅屋，是红军战士的宿舍。一切按原样布置，门板、铺草、薄薄的夹被。仿佛战士们刚刚起床，又投入了新的战斗。

那里，是练兵场。仿佛依稀还能听到红军部队操练时的喊杀声。

在一个名叫中井的地方，矗立着一座两层的木楼房，在当时是山上最讲究的新建筑。这是红军医院，多少红军战士在这里治疗过枪伤和疾病。

茨坪，一间木板房里架着铁砧，放着铁锤，插着待修的旧枪支。这是修械所，修理过无数的枪支，打制过多少大刀和梭镖。

一棵粗大的槲树。毛主席和红军战士一道下山扛粮，就在这棵树下休息，擦着汗水，讲说革命真理。

一条荒芜了的山路。当年，打茶陵归来的红军部队，就是在这路边的山坡上，听毛主席总结战斗经验，讲解“分兵以发动群众，集中以应付敌人”和“敌进我退，敌驻我扰，敌疲我打，敌退我追”的“十六字诀”等人民军队的作战原则。

一块平常的草坪。在这里，毛主席举起大手，按着手指，一条一条地宣布了红军的三大任务：打仗、筹款、做群众工作。他几乎是把着手教会了红军战士如何宣传群众、组织群众、武装群众，去建立一个个红色政权。

毛主席穿着草鞋的脚走遍了这座革命山的每一条小径，毛主席的身影出现在一家家革命农民的茅舍草屋，毛主席那双温暖的巨手抚育着这第一支人民军队和第一块革命根据地。在他的辛勤关怀下，革命，就在这里立足生根，打下了兴家立业的根基；革命，就从这里出发去迎接胜利的明天。

灯

在井冈山参观访问，可以看到许许多多革命文物。这些当年红军战士们使用过的平常的用品，虽然粗糙，却放射着革命的光辉，它们像最好的见证人一样，用无声的语言，娓娓地向人们叙述着革命的过去，描绘着当年的生活和斗争。

这里面，最常见的、最动情的，莫过于那些摆在桌上、挂在墙上的油灯了。

油灯，简陋到不能再简陋了：一截半尺多长的毛竹筒，上面安放着一个巴掌大的浅浅的铁碗，倒上点儿桐油或者茶油，浸泡上秆细细的灯芯草，便可以燃出荧荧的灯光。

关于这盏油灯，有多少神话般的故事在流传啊。

有一年，在北京。夜晚，我走过灯火辉煌的天安门前，沿着中南海的红墙，到一个井冈山老战士的住处。这位当时的党代表，后来担任首都警卫的老干部，指着桌上的台灯，讲起了井冈山上缺油少盐的困难生活，讲起了井冈山的油灯。

那是上井冈山之后不久。一天，毛主席召集了各单位负责干部开会，会上，毛主席没有讲别的，却亲自郑重地向部队宣布了一个关于使用灯芯的决定：各连和营、团，办公时用一盏灯，可以点三秆灯芯；不办公时，将灯熄掉；连部留一盏灯，带班、查哨，但只准点一秆灯芯。不用说，毛主席桌前的那盏灯是亮着的，也只许用一秆灯芯。

一秆灯芯，今天看来是多么微不足道！可是，在当年的井冈山上，在两手空空、一无所有的创业时期，它却是一件大事，是一件必须由毛主席亲自做出规定的大事。

就是这盏高挑起一秆细灯芯的油灯，陪伴着毛主席度过了多少个不眠之夜。就是对着这盏灯，人民的领袖用口中的热气哈开了冻硬了的毛笔，写下了著名的革命文献，总结了革命初期斗争的经验，思索过革命的明天。

就在我们肃立在灯前凝望着这灯盏的时候，一个须发皆白的老同志走过来，伸出那多茧的手轻轻抚摸着黑黝黝的灯座，低声地说道："是它，是它！"他擦去了涌到眼角的泪水，"那时候，我天天晚上给它添油！"他没有说，当年他这个不满十五岁、拖着鼻涕的少年，怎样冻僵在路旁，被带上井冈山，留在毛主席身边。他也没有说，1928年那寒冷的冬天，他怎样把手伸到这一秆灯芯的火焰上去取暖，后来被毛主席抱在怀里睡着了。

我想起，一位老将军向我伸出手来，自豪地说过："看，这双手，在井冈山曾经亲自抄誊过毛主席给党中央的报告。"他用手轻轻打开《毛泽东选集》第一卷，指着《井冈山的斗争》这篇著名的文章，“知道不，毛主席写了一夜又一夜。后来抄到一张薄纸上，塞进了一把雨伞里，交省委代表带走的!”

还记得一位曾在湖南西部指挥过战争的老元帅，无比激动地说道:“那时候，按老办法打仗，打不赢；后来看到中央转来的井冈山经验，我们学会了游击战争!”

是啊！在中国四处都是黑暗的漫漫长夜里，毛主席面前的这盏灯，高高地亮在井冈山上。它照亮了多少革命人的心，照亮了多少战斗者的路。它像一支巨大的火炬，引起了燎原的革命大火，燃烧出了革命的胜利的明天。

桥

巡行在井冈山区，印象很深的是那各式各样的桥。这些木桥、石桥建筑奇瑰多姿，每一座桥都深深嵌印着红军战士的足迹，笼罩过战斗的硝烟。最初的红军部队，在毛主席亲自指挥下，曾经经过无数激烈的鏖战，通过这些桥，到达了胜利的彼岸。

在砻市，飞架着一条大桥，它有一个万古流芳的名字，叫“会师桥”。1928年，那个中国革命史上著名的春天里，经过有名的南昌起义，战斗在湖南的部队，在朱德同志带领下，经过艰苦转战，来到了井冈山区，就在这座桥上，和井冈山部队胜利会师了。

据说，这当年是一座木桥，而今改建成水泥大桥了。不过，站在桥头，望着这如画的风光，依然可以遥想出当年两支铁流在桥的两端涌上桥来、胜利合流的情景，想象出毛主席和他的战友朱德同志亲切握手的历史画面！这是一个伟大的时刻。从这两只大手紧握在一起的那一刻起，敌人受到更严重的惩罚的命运已经注定了。

七溪岭下，雄踞在山溪上的那座古色古香的龙源口石桥，就是一次红军大胜、敌军惨败的历史见证。

1928年的6月，就是南昌起义的部队和秋收起义的部队会合编成红军第四军之后不久，在毛主席为首的前委领导之下，红军迎击了湘赣两省敌人的“会剿”。就在井冈山大门口的两条山路上，红军战士们手执低劣的武器，按照毛主席的作战原则，一举击溃了敌军的五个团，消灭了两团敌兵。当时，红军部队就是扛着新缴来的武器，押着成串的俘虏，跨过这座斑驳的石桥，走向庆祝大会会场的。

通过桥，才能跨过激流恶浪。人民的革命斗争，正是通过革命战争这一主要方式，才达到了胜利的彼岸的。在人民武装诞生初期，在伟大的井冈山斗争中，革命军队进行过多少胜利的战斗啊！这最初的胜利，是伟大的第一步；这些战斗，把革命战争在全国的胜利安排停当。

11月初的一个早晨，我们怀着依依惜别的深情，离开这革命的圣地。车子越过桐木岭哨口，向南进发。我回过头来，仰望这革命的山、英雄的山。看着那巍峨壮丽的群峰，才懂得了，这里就是中国人民胜利和幸福的源头。整个井冈山就是一座历史的丰碑。它将世世代代地矗立在革命人民的心中，永远记载着伟大领袖和导师毛主席的丰功伟绩和说不尽的恩情！

正在这时，路边正在修大寨田的人群里，飘来了动情的歌声：

井冈山高高连天，
汪洋大海不见边，
比起恩人毛主席，
高山嫌低海嫌浅。
…………

他，灌溉着……

——悼念茅盾同志

茅盾同志，一代语言大师，中国现代文学的伟大先驱和奠基人，竟然舍我们而去了。突如其来的噩耗使我震惊。慌乱里，我找出了几张和这位文学巨人合影的照片，一双泪眼久久地、久久地凝视着，沉浸在无边的哀痛和深深的忆念之中。

我爱茅公。多年来，我像个孩子热爱年高的长辈一样默默地爱着茅公。每当我捧读茅公的作品，听他讲话，或者有幸和他接触的时候，总有一种感觉，仿佛我光着脚丫，站在一条大河的旁边。是的，是江河，茅公是一条巨大的江河。他丰富、浩瀚，源远流长、奔腾激荡，却又默默地流进沟渠，灌溉着文学园地，滋润着文学的禾苗。且不说现代文学史上那些知名的作家，他们的星光是怎样由于这颗文学巨星的照耀而灿烂；就是在五星红旗下走进文学队伍的这一代又一代青年人，哪一个没有直接间接地得到茅公的关怀和教导啊！

茅盾同志的心，是向着革命文学事业，向着青年人的。连我自己也没有想到，我直接受到茅公的教诲，是由一支火柴的亮光开始的。1958年6月的一个傍晚，我正在收拾行装，准备去十三陵水库参加劳动，接到了这个月的《人民文学》，打开一看，刊物上发表了茅公的文章《读最近的短篇小说》。在这篇阐发短篇小说创作技巧的文章里，竟然用了相当多的文字分析了我的短篇小说《七根火柴》。使我惊奇的是，文章分析得那么仔细，连我在构思时曾经打算用第一人称的写法、后来又把“我”改成了另一个人物这样一点最初的意念都看出来了，指出来了。他对那样一篇不满两千字的小说，竟用了四五百字去谈论它，而且给了那么热情的称道和鼓励，我被深深地感动了。借着这亲切的激励，我这根火柴继续燃烧起来，几天以后，在十三陵工地劳动的空隙里，在一棵苦楝的树荫下，我写出了《普通劳动者》的初稿。现在，我已不是青年了，可是，当今天的中学生在课本上读到这两篇习作的时候，可曾知道，这稚嫩的幼芽曾受到过茅公心血的灌溉？

我终于有了向茅公表示我感念之情的机会了。1961年的初春，在作家协会的茶座里，我们几个年轻人正在谈天，茅盾同志和叶圣陶同志走到我的桌边来了。记得是杨沫同志介绍，两位年逾花甲的老人认识了我，都亲切地向我招呼。我刚想说句什么，茅公却说话了：“你写得好，写得比我们好！”我顿时愣住了。他大概看出了我的惶惑，又补了一句，“比我们像你们这个年纪时写得好。”我完全被这番话惊住了，后来说了些什么也没听清，直到两位老人离开我们桌子，我仿佛才醒过来。只见茅公走了两步，又返回到我身边，轻声说道：“多读点儿书。”这一夜，我流着泪，反复地思索着这几句话。我知道，这话不是对我一个人说的，在这洋溢着暖人的深情的话里，我又看到了那颗博大而又温暖的心。这心，向着文学，向着青年人。

在这以后，我多少次想起这幅情景和这番话啊！特别是从1966

年起，在那风刀霜剑的日子，在那肯定一个人的时候很吝啬，而凌辱起人来却极其慷慨的年月，这句话，连同这句话后面的那颗心，给了我温暖、希望和力量。我带着它，送走了我的青年时代，步入了中年；我带着它，战胜了灰暗的心情，使火柴的微光没有熄灭。我没有忘记读书。即使在监管劳动的时候，我也读。残留的几本书读完了，我把仅有的一本《辞源》翻开，一页一页往下读。当然，当时我也怀着一个秘密的愿望，希望有那么一天，茅公，这巨大的江河，能流进干涸了、荒芜了的文学田园，除了样板戏之外，还能长出小说和诗。而我也希望还能见到这位文学前辈，听他讲话，并跟在后面继续发出火柴般大的光。

大约人的心愿真能感动历史。粉碎“四人帮”一年之后，1977年10月，短篇小说座谈会结束的时候，传来了消息，说茅公要见见我们。就在“四人帮”的文化爪牙盘踞多年的那个院子里，我果真又见到了茅公。这时，他已年逾八旬，可是，除了耳朵有点儿背，手上多了根手杖以外，似乎没有多大变化，身体还很健康，依然是那么慈眉善目。这么多年了，老人还认得我，他把我叫到身边，问长问短。大约因为是一场浩劫之后的重新聚首，这天，茅公对我们说了很多的话。他讲话很慢，不时抬起头，较长时间地望着我们。谈到过去的短篇创作，茅公还列举了我们几个人的名字。大约还是因为二十年前那朵百合花和那根火柴的关系，照相的时候，又招呼茹志鹃同志和我靠他近一些。站在这位文学巨人的背后，我又一次感觉到，那颗博大的心仍在向着我们，虽然我们已经不再是青年。

1978年全国优秀短篇小说评选发奖大会上，我又见到了茅公。就是在这个会场里，我第一次听到这位文学先驱向整个文学部队发出的号召：要产生未来的鲁迅、未来的郭沫若。这时，李季同志插话说：“也产生未来的茅盾。”我们都热烈地鼓掌了。这是文学巨人给我们指出的伟大目标。高峰不是每个人都能爬得上去的，然而登攀却必须进行，因为，在前辈的文学巨匠的指引里，含着多么热切的期望啊！关于如何攀上新的高度，茅公也讲了，他强调熟悉生活的同时，提出要“博览群书，学贯中西”。关于这，后来在全国第四次文代会讲话时，他又展开来，就继承和借鉴的问题做了深刻的论述。哪能想到，这就是我最后一次贴近那颗伟大的心，最后听到他的直接教诲、嘱托和要求呢！

茅盾同志，您没有死。滔滔万里的江河怎么会死呢？您将活在您的事业里，您也永远活在我们的记忆里。

王愿坚文集

第三卷

电影剧本

王愿坚·著

北方联合出版传媒（集团）股份有限公司
春风文艺出版社
·沈　阳·

图书在版编目（CIP）数据

王愿坚文集. 第三卷，电影剧本 / 王愿坚著. — 沈阳：春风文艺出版社，2018.1
ISBN 978－7－5313－5195－5

Ⅰ. ①王… Ⅱ. ①王… Ⅲ. ①文艺 — 作品综合集 — 中国 — 当代 ②电影文学剧本 — 作品集 — 中国 — 当代 Ⅳ. ①I217.2

中国版本图书馆CIP数据核字（2017）第300306号

目　录

红军万岁

第一章　湘江之战

阴暗的天空，萧条的秋景，滚滚的褐色灰尘，笼罩着一条曲折漫长的道路。在这条道路上行进的红军部队，好像被紧裹在浓雾中一样，模糊不清。

缓慢而又沉重的旁白："1934年10月，由于党内'左'倾路线的错误领导，中央红军没有能粉碎敌人第五次围攻，并不得不退出江西根据地，开始了历史上前所未有的两万五千里长征！"

浩浩荡荡的辎重部队，笨重地从镜头前慢慢通过。其中有很多年轻力壮的小伙子，却抬着与战争无关的石印机、造币机、旋床、坩埚、石板……最惹人注意的是一个像大力士一样粗壮高大的中年人，他的肩膀扛着半截比他的腰还要粗的树桩，树桩上装置着一个大铁钻子。

旁白："长征初期，'左'倾路线的领导者又犯了逃跑主义的错误，致使红军处处遭受敌人的打击，经常处于被动地位。而大规模搬家式的行动，又使得所有的战斗部队，都成了掩护队!”

红军的战斗部队，在丘陵地带前进。

旁白:“十一月下旬，红军连续突破了敌人的三道封锁线，前进到广西境内的湘江以东地区。这时，蒋介石又调集了四十万大军，前堵后追，左右夹击，企图把红军消灭在这里!”

红军战士们放下了背包、枪支，来不及休息，就匆忙地在山头上修筑防御工事。

旁白:“为了掩护庞大的中央纵队通过湘江，红军在十分不利的条件下，在极度疲劳的情况下，和来势凶猛的敌人展开了浴血苦战!”

随着突然而来的急促的排炮声，密集的烟柱立即在还没有来得及修好的工事近旁升起了。

浓烟凝结成一片乌云，遮住了整个银幕。

惊天动地的炮声、枪声、杀声、军号声和刺刀、枪托的碰击声。

字幕:“三天以后。”

在硝烟弥漫的七一三高地上，已经分不清哪儿是弹坑，哪儿是掩体了。可是，敌人还继续向这里射击。被炮弹炸起来的泥土、碎石、树根、草根，不断地倾泻到伏在掩体和弹坑里的战士们的脊背上。目前，我们很难断定，哪个人还能够继续战斗，哪个人已经停止呼吸。

巨石粉碎，树木燃烧，阵地上，看不到人的活动。只有一面红旗，在火光和烟雾中，迎风飘闪。

炮声骤停。从山上向下望去，只见布满了半个山坡的敌人，像蛆虫一样蠕动起来。

敌人又开始了集团冲锋，国民党旗帜的飘动声，脚踏碎石的沙沙声和那些面目狰狞、身穿蓝衣的法西斯督战队的怪声吆喝，构成了令人神经紧张的声响。

红军阵地上的一个弹坑里，浮土动了几动，蓦地钻出一个人来，他满脸乌黑、双目通红，络腮胡子和蓬乱的头发上沾满了泥土和草屑，他斜背着一把大刀，刀柄上的红绿绸布披散在肩头。这个人就是红军某部的副营长马庆奎。

马庆奎像头刚睡醒的狮子，用力摇了几下脑袋。然后一伸手，又从身旁的浮土下边把一个年纪不过十六七岁的小号兵拉了起来："还没有睡够哇?"

小号兵龇牙咧嘴地一笑，掀开自己的袄襟，掏出了军号。

离马庆奎不远的一个被打毁了的机枪工事里，机枪射手汤兴茂也从浮土里钻出来了，他仔细地把盖在机关枪上的棉衣拿下来。这件棉衣显然是他自己的，因为他现在只穿着一件破得露着胸膛的单军衣。

敌人端着闪闪发光的刺刀，接近了红军的阵地。

马庆奎嗖的一声抽出雪亮的大刀，站起来振臂高呼："打!"

于是，红军战士们都在被打毁的工事里的弹坑里出现了。他们有的射击，有的投手榴弹，有的把堆在自己面前的石头推下山去。

手榴弹在敌群中爆炸。

巨石飞来，吓得那些身穿蓝衣的法西斯督战队员抱头惊叫。

马庆奎挥着大刀，砍杀敌人。

汤兴茂端着机关枪，边追边扫射。

敌人又滚又爬，向山下逃命，就连那些法西斯督战队也不例外。

马庆奎停下脚步，扭头向紧跟着他的小号兵大声叫道："小王，跟八五〇高地联络，要营长配合我们反击!"

小王举起了军号，刚刚吹了半声，一梭子子弹迎面扫了过来，他的身子摇晃了一下，向前倒去。马庆奎一把抱住了他："小王小王!"

小王按住胸口，小声地回答："副营长，八五〇高地……"

马庆奎吃惊地向左前方望去：和七一三高地成掎角之势的八五〇高地，黑烟弥漫，一面国民党军队的破旗，已经摇摇摆摆插上去了。

"姿势低一点！"负伤的小王挣扎着把马庆奎撞倒在地上。

又一梭子机枪子弹，几乎是擦着他们的脊背，扫了过去。

师指挥所里，异常寂静。

二十四岁的红军师长雷鸣远，左手吊着绷带，右手紧按着放在桌上的电话机。他咬着嘴唇，凝神沉思。

一个参谋走到师长身边，低声地报告："二团电话，敌人的冲锋打下去了，部队伤亡很大，李团长请示……"

雷师长头也不回地说："要他们收缩一下兵力，马上抽出一个连来，火速赶到八五〇高地的正面。"稍停，他又转身补充了一句："还有，要他注意八五〇侧后，告诉他八五〇是整个阵地的制高点，从那里直捣江边就收拾不住啦！"

参谋应声而去。另一个参谋神情紧张地走过来，雷师长忙问："什么事？"

参谋："三团何参谋长报告，黄团长牺牲，政治委员受重伤！"

雷师长难过地转过身去。

参谋："何参谋长问能不能从预备队里给点人？"

雷师长激动地说："告诉他，现在全师的预备队就剩下我雷鸣远一个人了！"

参谋刚要走，一连两发迫击炮弹在掩护部顶上炸开，硝烟涌进洞口，碎土沙沙地从顶盖木头的缝隙中漏下来。

参谋转向师长，低声地建议："首长，八五〇高地一丢，我们的两翼就完全暴露了！指挥所要不要搬一搬？"

雷师长猛然转过身来："要搬！"

参谋："往哪里?"

雷师长："八五〇高地!"

参谋愕然："师长，我们一个兵也抽不出来!"

雷师长："同志哥，我们也是兵!"于是他又向指挥所里的人们大声宣布："不会打冲锋的留下，怕死鬼也留下……"

"伤员也得留下!"不知是谁的温和的声音，打断了雷师长的话。雷师长起身向门口望去。

年约三十岁的师政治委员站在指挥所门口。

雷师长迎上去："老高，八五〇高地……"

高政委平静地说："能夺回来!"他望着师长左臂的绷带，用命令的语气说："不过，你必须留下。这里不能没有人!"说罢，他霍地转过身去。

高政委头也不回地一边说一边向来来往往的勤杂人员挥着手："同志们，跟我走哇！革命需要我们到第一线去!"

雷师长激动地望着政委的背影。

一阵猛烈的炮声。

雷师长皱着眉头，问参谋说："你给我要渡河指挥部!"

渡河指挥部，就设在离湘江渡口一百米左右的一间破草房里。透过断垣残壁，可以看见拥挤在渡口附近的待渡部队和浮桥上的一切。

年近四十的渡河司令员握着耳机："雷师长，这里还有几百副担子没有过去呢!"

雷师长焦急地对着耳机讲："能不能设法快走一点?"

渡河司令员："我也想一步就跨过湘江，可是，困难哪，雷师长!"他一面说着，一面向浮桥望去……

用木船和门板架成的木桥，随着人们的脚步在江水中颤动。我们在影片开始的时候看到的那支辎重部队，现在正在浮桥上蹒跚地行进。在这里我们又一次见到了那个扛着半截树椿的大力士和那些抬着石板、旋床的人。

渡河司令员来到桥头，他十分严肃地向走上浮桥的人们吩咐着："同志们，尽量快走一点！战斗部队每一秒钟都在为我们流血牺牲！"

突然响起了一阵猛烈的排炮声。

拥挤在渡口附近的待渡的人们，都引颈翘首，向着一座冒烟的山头望去。

一个参谋走到渡河司令员跟前，悄声讲："敌人的迫击炮已经调到八五〇高地上了！"

八五〇高地上，敌人的四门迫击炮一字排开，正向我方纵深射击。

一个留着两撇又稀又黄胡子的老炮兵，嘴里念念有词地往炮筒里装着炮弹。

离炮弹阵地不远的一块黑色岩上，站着敌人的一个上校军官。他放下了望远镜，我们才看见他的左眼皮上有一个很大的刀疤。他的眼皮神经质地眨巴了一阵，向身边的一个少校军官吩咐："马上报告师部，我已经到了八五〇高地，正准备向前发展，要后续部队火速上来！"

敌少校："是！"

疤眼上校又举起了望远镜。

炮声隆隆。

高政委带着一队勤杂人员在山道上跑步前进。

迎面碰上了七八副担架。

高政委一扬手，担架都停下了。

高政委跑近了他们：“同志们，中央纵队已经受到敌人的直接威胁！每一副担架，留下一个人背伤员。其他同志都跟我来！”

政委继续向前跑去。

有一半担架兵跟随着他。另一半的担架兵从各自的担架上扶起了伤员。

其中，有一个重伤员就是号兵小王，他向着蹲在地下要背他走的担架兵说：“你跟政委走吧，我一个人爬得动！”

担架兵：“算了吧小鬼，别逞强了！”

小王生气地说：“胆小鬼，你怕打仗！”

担架兵愣了一下，站起来：“我当了三年红军，头一回听见人家这样骂我。好吧小家伙，你爬不动的时候，可别哭鼻子！”说罢，他转身追赶政委去了。

其他伤员也都纷纷向自己身边的担架兵说：

“你也跟政委去吧！”

“怎么，我还没有那个小鬼有种吗？”

“你要再不走，我也要骂你胆小鬼了！”

于是，所有的担架兵，都被伤员“赶”走了！

小王的脸上流露着得意的笑容。

八五〇高地上疤眼上校气得直跺脚：“我们的后续部队都是乌龟养的。”他又向身边的少校说：“让他们慢慢爬吧！我先打下去！”

敌少校：“团长，万一他们……”他做了个进攻的手势。

疤眼上校：“他们守都守不住，哪有力量来反击！往下打，有多少人，用多少人！”

在七一三高地残缺的机枪工事里，马庆奎目不转睛地盯着八五〇高地。

可以看见黑压压一大片敌人，正从八五〇高地上向下运动。

马庆奎头也不回地说："汤兴茂，看见了没有?!"

伏在机关枪旁边的汤兴茂："看见了，副营长!"

马庆奎："看见了还不给我打!"

汤兴茂："我等你的命令啊!"

马庆奎："我刚才说的就是命令，打!"

"不准打!"高政委跳进机枪工事。

马庆奎："政委，敌人在向我们的纵深发展!"

高政委："很好嘛，我还怕请不动他们呢!"

马庆奎不解其意地望着政委。

高政委指了指八五〇高地："准备接防!"

马庆奎会意地笑了。

八五〇高地，疤眼上校仍然站在那块黑色的岩石上，他向着从他面前走过的士兵们大声说："弟兄们，快一点，把共产党赶到湘江里喂鱼去!"

一片遭受过炮火袭击的松林。

高政委、马庆奎、汤兴茂和那些跟着政委来的担架兵，静悄悄地向前运动。

敌军从松林旁边跑过。

高政委在一棵老松树背后观察，等到敌人督战队过去之后，他挥了下手："冲!"

于是，马庆奎带着红军战士们冲出树丛，径直向八五〇高地扑去。

大刀、刺刀，在夕阳的映照下，闪着耀眼的光芒。

疤眼上校气得摔掉了望远镜："给我顶住！"

敌少校："没有人了，团长，快退吧！"

疤眼上校疯了似的狂吼："我刀疤眼从来没有退却过！"

就在此时，迎面一梭子子弹揭掉了刀疤眼的军官帽子。

他双手抱住头，就势往地下一躺，顺着陡峭的山坡向下滚去。

"捉活的！捉活的！"

在喊声中，马疤眼闭上了眼睛，越滚越快了……

迫击炮阵地上的敌人四散逃命。那个留着胡子的老炮兵吓得两腿发软，一步一跌，怎么也跑不动。

马庆奎一个箭步伸手抓住那个老炮兵的衣领："站住！"

老炮兵扭头看着马庆奎那愤怒的面孔，惊叫了一声，瘫痪在地下。

马庆奎把老炮兵连拉带拖地弄到一门迫击炮跟前，然后温和地拍着他的肩膀："老家伙，你看！"

老炮兵脸色苍白，顺着马庆奎的手向山下望去，只见敌人的后续部队黑乎乎地拥了过来。

马庆奎："看见没有？你们的后续部队来晚了！"

老炮兵："看，看，看见了！"

马庆奎："给我往人多的地方打！你要是放一下空炮，哼……"他的大刀在对方的眼前晃了几晃。

老炮兵赶忙把迫击炮的炮口掉过来。双手抱住了一发炮弹，怯生生地向马庆奎的大刀瞟了一眼，嘴里念念有词："这不怨我！"

炮弹装进了炮筒里。

炮弹在敌军的队列里爆炸。

老炮兵又往炮筒里装了一发炮弹："这是上司的命令！"

炮弹在敌军的队列里爆炸，爆炸，爆炸……

马庆奎在老炮兵的身边，高兴得直拍自己的大腿："打得好，再打，再打！"

老炮兵累得满脸大汗，连续往炮筒里装着炮弹："谁叫你们不早来，谁叫你们不早来……"

一个通信员跑过来："报告副营长，山后边的敌人让我们全部吃掉了！"

马庆奎："好极了，还是咱们政委！"

通信员向前靠了几步，压低了声音："政委……"

马庆奎的脸色唰的一下变白了："什么？"

通信员："负伤了！"

马庆奎："咳！"

一个天然的小石洞，就是八五〇高地的指挥所。

高政委背靠石壁，坐在一个弹箱上，一个卫生员正给他的腿上系绷带。

马庆奎气呼呼地走进来："政委，快上担架！"

马庆奎的身后，汤兴茂和另一个战士抬着担架，来到洞口。

高政委开玩笑似的问马庆奎："真阔绰呀！你的战斗兵就这么多呀！"

马庆奎："我再缺人，也能抽出这么几个来！"

高政委："什么？几个？你知道这是怎么搜罗来的？"

马庆奎噘嘴不语。

高政委向着洞口："汤兴茂，你想改行啦？"

汤兴茂只是笑了笑。

电话铃声。

在电话机前忙得满头是汗的电话兵，惊喜地喊着："通了，通了！"连忙抓起耳机，声音含糊地答应着："是，是！"又抬头向马庆奎:“副营长,你的电话!”

师指挥所,雷师长对着耳机:“马庆奎吗?这一仗打得可真不错呀!……当然,我知道是政委指挥的,可你也有一份……政委怎么样?还在你那里?”

马庆奎望着政委,对着耳机迟疑地说:“政委,政委——”

高政委一把夺过耳机:“老雷,我在这里,好,好得很!什么?要我回去?我回去干什么?今天敌人是不会有什么动作,可还有明天哪!不不不,我才不能跑那份冤枉腿呢!”

雷师长放下耳机,沉思,走出指挥所。

八五〇高地,小石洞里,马庆奎蹲在地下,低着头,大口大口地抽着闷烟。

高政委倚着石壁观察着马庆奎,他笑了笑:“马庆奎,怎么啦?看你满肚子不高兴的样子!是不是因为我没有坐你的担架?”

马庆奎站起来,挥了下烟袋:“政委——算了,打仗期间,我不谈这个!”他走到洞口又折回来:“可是话又说回来了,我要憋到什么时候呢?”

高政委:“憋不住你就说嘛!”他向电话兵使了个眼色,后者急忙走出去。

高政委:“你说吧!”

马庆奎:“我实在糊涂了,政委!咱们离开江西一个多月了,可我还不知道要上哪儿去,去干什么。路走的不少,可越走离根据地越远;仗打的也不少,可只见损失,不见补充!长期这样下去,怎么办?战士们一个个都悄悄问我……”

高政委:“你怎么回答的?”

马庆奎:“磨破嘴皮只有一句话:‘坚决跟着党走!’”

高政委:“回答得很好!”

马庆奎："……"

高政委："马庆奎同志，应该牢牢记住你刚才说的那句话，'坚决跟着党走'。越是困难，越是危险，就是越要坚决地做到这一点。"

这时，电话兵探进头来，低声说道："师长来了！"

高政委："真糟糕！"

雷师长右肩扛着一副担架，走了进来。

马庆奎一下子愣住了。

高政委："老雷，你这……咳……"

雷师长一声不响，放下了担架，然后压抑地说："这里的担架兵抬不动你，我来抬！"

马庆奎冲到洞口大喊："你们躲在外边干什么！"

电话兵、通信员等人跑了进来。

高政委无可奈何地被师长扶上担架。

两个战士抬起了高政委。

雷师长和马庆奎跟在担架后面走出石洞。

天色将近黄昏了，敌占村庄到处升起了火光，冷风送来了一阵凄厉的枪声。

雷师长阴郁地站在八五〇高地上，目送着政委的担架，直到担架隐没在一个山坳里。

雷师长的旁边，马庆奎低声问："师长，中央纵队过去了？"

雷师长沉默地摇了摇头。

马庆奎低声叹了口气："这打的叫什么仗？"

雷师长严肃地对马庆奎说："不管是什么仗！我们也要把它打好！快点加修工事！"

马庆奎迟疑了一会儿："师长，还得几天？"

雷师长："需要几天，就打它几天！"

第二章　化险为夷

像锯齿一样的黑色山峰，插入夜空……

旁白：“又经过三天的苦战，红军才全部渡过湘江。进入广西北部的越城岭山区。”

部队在风雨中，在崎岖的山道上，艰难地走着。

旁白：“‘左’倾路线的领导者们，因为害怕敌人，所以连大路也不敢让部队走！”

左手吊着绷带的雷师长，戴着一顶破斗笠，从镜头前面走过。

马庆奎背着两支步枪搀扶着一个战士从镜头前面走过。

浑身漉湿的汤兴茂，扛着用自己的棉衣包起来的机关枪，从镜头前面走过……

辎重队又过来了。这时，我们又一次看到了那个仍然扛着半截树桩的大个子。

多少双赤脚在泥泞的小道上，一步一滑地往前挪着。

旁白：“数万名红军就这样忍受着饥饿、寒冷、疲劳和风雨的折磨，在这荒无人烟的崇山峻岭中走着，走着。但是。敌人却趁此机会，从从容容地调集了兵力，拦住了红军的去路！”

铺在桌上的湘、黔、桂三省交界处的地图，一只戴着宝石戒指的胖手握着一支粗大的蓝铅笔，在湘西南地区，用力画了条弧线。

站在桌旁的国民党中央军的上将总指挥栾某。把铅笔往桌上一抛：“这一次，除了当俘虏，一个也不让他们活着过去！”

身穿长袍马褂，骨瘦如柴的黔军侯司令，从地图上抬起头来，仰望着上将：“总指挥，兄弟我的贵州方面军兵力单薄，中央大军能不能抽几个师在湘黔边境再布一道防线?"

上将摇了摇他那肥大的脑袋:“侯司令,委员长有命令,正面的部队一个班也不准我调到别处!万一让他们捅破了我的口袋底,和贺龙的一股会了师……”

正在聚精会神看着地图的湘军刘司令,吓了一跳,他没头没脑地打断了上将的话:“和贺龙会师?湖南有贺龙这一股,兄弟的头发就已经成这个样子了!”

他拍着自己灰白的、半秃的头顶愁眉苦脸地叹了口气。

侯司令仍看着上将:“万一共军改变方向窜扰贵州呢?”

刘司令又插嘴了:“侯兄,这里不是摆着你的两个师吗?”

侯司令厌烦地回答:“刘司令,贵州比不得湖南。地瘠民贫。两个师也不过万把儿人!”

这时,獐头鼠目、五短身材、头发梳得十分光亮的桂军白司令把话接过来了:“你的一万人,可有两万支枪哩!”

刘司令不解地望着白司令。

白司令扬手在嘴边做了个吸烟的手势:“一万支步枪加一万支大烟枪。”

侯司令把脸一扭:“哼,广西猴子!”

栾指挥忍着笑,调解地说:“取笑了,取笑了!”转向刘司令:“刘兄高见?”

刘司令:“万事俱备,就看共军钻不钻这个口袋了!”

栾指挥:“这,用不着怀疑。”他走到挂在墙上的大地图跟前,指着红军由江西出发的路线说:“看,共产党这条路走得多么直!江西瑞金走到湖南的通道连个弯都不拐。这足以说明,他们和贺龙会合的企图没有变。”

刘司令、白司令望着地图赞叹着,只有侯司令还在心神不宁地望着地图。刘司令向他瞥了一眼："怎么，侯兄，还有什么不放心的？"

"也许，我这是杞人忧天。"侯司令苦笑了一下，"你知道共军多谋善变哪。四个月前，他们的第六军团来了这么一下，在贵州边境走了那么一趟，就闹了个天翻地覆。这回……"

总指挥："咳，老兄你太过虑了。要知道流窜一个多月，他们已经筋疲力尽了。再加湘江一战，伤亡过半，他们迫切要到贺龙的根据地去。而现在他们的距离正近……"

门开了，一个文绉绉的上校走进来："报告，共军的先头部队已经到达桃花寨！"

敌总指挥、侯司令、刘司令、白司令等人都惊喜地俯身向着地图。

地图的特写。敌人的防线像一只拉满了的弓，"桃花寨"的位置就在"弓弦"的正中间。

总指挥那只戴着宝石戒指的胖手微微发颤地在"桃花寨"画了个很小的红色箭头。然后用笔尖又在"桃花寨"正北一个叫作"龙口山"的地方捣了捣。

总指挥的画外音："只要他们再走六十里，到了龙口山……"

总指挥的目光扫着周围的司令们："他们就像钻进口袋里的耗子，任凭我们摔打了！"

在一间临街的房子里，雷师长向全师营以上干部布置任务。

雷师长："同志们，上级命令我们在龙口山一带突破敌人的封锁线！"

干部们严肃地注视着地图。

雷师长向干部们扫了一眼，语气沉重地说："同志们，情况很清楚：我们是三万多人，敌人是二十多万；我们经过了长途行军战斗，敌人是有准备的，以逸待劳。而且还要看到，突破龙口山以后，还有几十里的纵深战斗！任务是艰巨的，甚至可以说是危险的。”他略略提高了声音：“但是，我们是红军，为了全军和二六军团胜利会师，为了中央纵队的安全。我们一定要把这个口子撕开撑住！时间很紧，各团政治委员要抓紧进行政治动员……好，散会吧！”

干部们回转身，雷师长压低了声音，充满感情地说道：“为了完成任务，我们要奋勇战斗，不怕牺牲！但是做指挥员的要多用脑子，尽量减少部队的伤亡。要知道，少伤亡一个战士，到了根据地，部队多一根骨头哇！……”

他越说越激动，显然有很多话要说，却忽然生气地挥了挥手：“好，走吧！前卫团立即出发！”

干部们纷纷散去。

只有马庆奎一个人咬着烟袋，留在桌旁。

雷师长：“马庆奎，你怎么不走?”

马庆奎：“我慌什么？我又不是前卫！”

雷师长：“嘿，你还真有点情绪哩！怎么，又想走前边哪?”

马庆奎：“这个仗，前边后边都是突击队！”他在桌腿上磕了一阵烟灰，站起来。

雷师长：“你没有信心啦?”

马庆奎：“突破封锁的信心，我有的是！就怕中央纵队在突破口一过又是七天！师长，能不能建议他们快走一点?”还没有等到师长回答。他就自言自语地走开了：“唉，他们啰啰唆唆，怎么能快走呢！”

马庆奎走出门去。

门外响起了集合号声和口令声，雷师长向临街的窗户走去。

栾指挥和三省军阀正在一座陈设华丽的厅堂内吃饭。有几个乔装打扮的姑娘正在筵前唱着小曲。

栾指挥津津有味地一边嚼着，一边向刘司令称赞道：“刘兄的家乡名菜有味道，特别是这个红烧团鱼。”他又转向侯司令：“不知道将来到贵州，侯兄那里有什么好吃的?”

侯司令嘴角淌着油，含糊地回答：“茅台、茅台!”

广西司令又意味深长地加了一句：“栾兄真有口福！前边有共产党带路。你老兄走到哪里，就可以吃到哪里!”

栾指挥哈哈大笑：“很可惜，今天要在龙口山把我的带路人活活消灭了!”

笑声大作。

此时，那位文绉绉的上校匆匆来到栾指挥身边，悄声讲了句什么。栾指挥眉飞色舞地用筷子敲着桌面：“苗处长，你大声讲!”

歌声、乐声、咀嚼声都停止了。刚刚走进门来的一个仆人端着一尾热气腾腾的大鱼，只好一动不动地站在一边。

苗处长大声宣布：“据侦察报告，共军以急行军速度向北流窜，其先锋部队距离我龙口山阵地只有五十华里!”

白司令俏皮地插话：“一眨眼就是十里，共产党的人马，来得好快呀!”

栾指挥兴奋地举杯站起：“诸位，共军已经开始往我们的口袋里钻了!”

全体起立。

侯司令谄媚地向栾指挥说：“这全靠您的英明指挥!”

刘司令：“为总指挥干杯!”

栾指挥：“为委员长干杯!”

白司令：“也为共产党马上就要完蛋干杯!”

碰杯，乐声骤起。

雷师长阴郁地站在窗口，望着大街。

红军的连队，快步从街上通过。队列里不断低声地传着口令：

“八连跟上！”

“卫生员跑步上来！”

雷师长的手指用力挖着窗台。

敌人的宴会厅，寂静。

敌上校苗处长又在大声宣布：“共军的先锋部队距离我龙口山阵地四十华里！”

栾指挥霍然站起：“发电报给龙口山的各位师长，要他们再亲自验证一下工事。一定要堵住，不许有一个共军漏过去！”

苗处长：“是！”

栾指挥：“命令左右两翼的司令官，注意隐蔽装备，扎口袋！”

“是！”

栾指挥挥了下手，苗处长来了个立正向后转，马靴铿然地向门口走去。

雷师长仍然站在那个窗口，他的手指仍然不自觉地挖着，土质的窗台出现了几道深沟。

他低声数着：“七十七、七十八……”

街上，部队在行进。

“七十九、八十、八十一。”

一个单位过完了。

“这也叫一个营！”

雷师长气愤地用力关上了窗子。

正在桌旁收拾文件的警卫员吓了一跳，愣愣地望着。

雷师长生气地向他挥了挥手。

警卫员看了师长一眼，悄悄地走出去。

雷师长用脚踢上了房门，房子里就剩下他一个人了。

郁积在心里的不满，现在总算爆发了。

他又一脚踢开了两只拦路的凳子，扑到桌子跟前，用拳头砸着地图："眼看是个火坑，为什么硬要往里边跳？为什么，为什么，为什么呀!"他又一挥胳膊，把桌上的茶杯、地图、皮包……都扫在地下。

他双手支着桌子边，注视着地图，愤怒地愣在那里。

背后猛然传来了震耳的开门声。

雷师长暴怒地转身："谁!"

机要参谋气喘吁吁地拿着一张电报跑过来："急电!"

雷师长："有新的情况!"

机要参谋："行军方向改变!"

"什么?"雷师长一把夺过电报，贪婪地读着，"……放弃会合二方面军的意图！向敌人力量薄弱的贵州前进！……"他突然抓住机要参谋的肩膀，不停地摇着："这是谁的主意？是谁，救了革命，救了红军!"

机要参谋惶惑地笑着摇了摇头。

雷师长拍了下自己的前额："糊涂了！部队还在往敌人的口袋里钻呢!"

他冲出门去。

街上，马庆奎率着他的营，正在走着。

雷师长站在门口的石阶上，挥着手里的电报，大声地命令："后卫变前卫，向贵州前进!"

气势磅礴的音乐开始了。

第三章　遵义之一（小楼灯光）

在雄壮的音乐声中，出现了以下的画面：

红军的战斗部队急行军前进；

红军从刻着“贵州省界”的石碑前通过；

红军进攻一个县城，突击队正在爬云梯；

红军战士把一面红旗插在一座城门楼上；

红军强渡乌江；

红军大队步伐整齐地开进遵义。

声调激昂的旁白：“红军转向贵州之后，如入无人之境，在短短的二十天内，横扫黔东北，连下十余城，并且跨过了乌江天险，在1935年1月5日，占领了贵州的第二座大城——遵义！”

解放后的遵义全景。老百姓像潮水般涌向街头，他们挥着彩旗、放着鞭炮、打着锣鼓，向红军欢呼……

镜头在一座小楼前面停下来。

旁白：“进入遵义以后，党中央就在这里召开了历史上有名的遵义会议！”

镜头缓缓向窗前推进，画面渐隐。

旁白：“会议夜以继日地进行着。”

当画面再现的时候，已经是夜深了，雪亮的灯光，由楼房的窗子里射出来。

在这座楼房对面的第一座小楼上，雷师长凭着窗台，望着楼房射出的灯光。

一片寂静。

雷师长像一尊雕塑似的，一动不动，出神地凝视着。

是谁的一只手，悄悄地落在他的肩上。

雷师长转身，脸上流露出惊喜的表情。

高政委笑着站在师长的面前。

雷师长控制着激动的心情抓住政委的手，轻轻地摇晃着：“医院今天下午来电话，说你明天才能出院哪！”

高政委：“一点不错，现在已经是明天了。”当他发现对方还没有听懂，便又加以说明：“天快亮了！”

雷师长不相信似的低头看表。

高政委：“你怎么还不睡？”

雷师长抬起头来，更加小声地说：“怎么能睡着呢？”他把政委又向窗前拉了一下。

两个人拉着手，肩并肩站在一起，注视着对面的楼房。

楼房的灯光闪烁。

高政委：“中央在这儿开会？”

雷师长点了点头。

高政委：“几天了？”

雷师长：“两天。”他又以失望的口吻说：“两天两夜了，我始终没有见到他。连窗户上的人影，也看不到他的……”他看了政委一眼。

高政委听出了是在说谁，但是还是问了句：“谁？”

“毛主席。”雷师长回答。随即担心地问：“这个会，他不会不参加吧？”

“他会参加的，老雷！”高政委安慰着师长，接着又非常肯定地说，“他一定会参加的！也许他现在正在那里讲话呢！”

雷师长敏感地说：“你听到什么了吗？”

高政委：“我见到过他！”

雷师长简直不敢相信自己的耳朵：“真的？”

高政委：“咱们坐下来谈，好吧？”

雷师长轻轻拉上了窗帘，眼看政委来到了桌旁，等不及坐下，他就急急地问：“你在哪里见到了他！”

高政委：“刚进贵州的时候。”

雷师长坐下去："在路上？"

高政委："他到医院来看我们伤员了！"

雷师长羡慕他："你真走运哪，老高！怎么样，主席的身体好吗？"

高政委："好，就是劳累得厉害。对，他还问到了你。"

"问我？"雷师长意外地说，"咳，你别瞎吹了……"但随即陷入了深深的回忆，自言自语："三次反'围剿'的时候……在艮村……"

"对，是在艮村。"高政委接口道，"他记得比你还清楚哇：一棵大榕树底下，你那营的指挥所……"

雷师长惊喜地望着政委。

高政委："敌人的一发炮弹，把树顶给打飞了！"

雷师长像小孩子一样高兴地说道："连这个他都记得呀！"

高政委："战斗结束以后，他派人找你，想和你谈谈！"

雷师长懊恼地说："唉，我偏偏在那一仗负了重伤！"稍停又好奇地问："老高，你没问他找我谈什么？"

高政委："怎么能不问呢？"

雷师长有些紧张地问："他怎么说？"

高政委："他说你很勇敢！"

雷师长不好意思地笑了笑。

高政委接着讲："可是，他又说，你不够沉着，爱冲动！"

雷师长有些羞愧地说："完全对！这个毛病，我直到现在还没有改过来！"

高政委："主席讲，指挥员想打胜仗，必须又勇敢，又明智，要是一遇着什么特殊情况就冲动起来，冲动得头脑发昏，一味莽撞，结果非撞得头破血流不可。"

"是呀——"雷师长沉思了一会儿，又问道，"主席还批评我什么？"

高政委摇了摇头："以后就谈到咱们师的情况和一般的打仗问题了。这个问题主席谈得很多，我印象最深的是：在战斗中打败仗，有时候不一定是敌人打败了我们，而是我们自己打败了自己！"

"对嘛！自己打败了自己！"雷师长激动地讲，"老高，毛主席带着我们打仗的时候，一个胜利接着一个胜利，红军一天比一天多，根据地一天比一天大！到了五次反'围剿'不知道为什么连毛主席打仗的办法也不用了。说那是游击主义，应该反对！结果，把中央苏区给反掉了，把十几万红军反得只剩下现在这么三万人！难道能说是敌人打败了我们？"

高政委："老雷，你别扯那么远了！"

雷师长："一点也不远！一个月以前，我们差一点全军覆没！要不是突然在贵州来了个急转弯……"他猛然把话停住了，呆了一会儿，又低声地问："老高，你听说没有，那是谁的主意？谁在这个最危急的时候挽救了革命，挽救了红军？"

高政委笑而不答，似乎是说：还用问吗？

"主席？"雷师长又校正似的问道，不等政委开口，他就兴奋地砸着桌子，大声说："是他！肯定是他！"

高政委温和地拦住师长："老雷，你小声点，楼下有人睡觉，他们多少天来没有这样睡过了！"

平静的、香甜的鼾声。

挂在墙上的一盏油灯，光线非常柔和。

在温暖的、铺得很厚的稻草上，红军战士们正以各种各样的姿势睡着。

镜头缓慢地从这些可爱的、睡熟了的脸上摇过。

有的人脸上挂着微笑。

有的人低声说着谁也听不清的梦呓。

有的人在刚刚翻过一个身之后，很响地噘着嘴。

有一个年纪最小的战士枕着自己的胳膊，侧身睡着。他那不知道为什么合不拢的小嘴巴不时露出笑容。

…………

楼上，雷师长拿起了一筒装潢漂亮的白金龙牌香烟。

他刚刚打开盖子准备取烟，高政委一把按住了他的手："老雷，我把一件大事给忘了！"

"什么？"雷师长放下烟筒。

高政委从自己口袋里取出两包土制的"××"牌纸烟。

雷师长："你什么时候学会的？"

高政委摇了摇头，把这两包烟放在桌子上："主席给你的！"

雷师长又愣了一下，看着纸烟。

纸烟的特写。

高政委解释："这是慰问伤员的烟。主席知道你负了伤，便把这两包烟交给我，他说：'你给雷鸣远那个烟鬼带着！'"

雷师长控制着万分激动的感情，把香烟捧在手里。好久，他才用已经变了调的声音说："这一包，我现在就抽，这一包，我得留到打个大胜仗的时候……"

他小心地取出一支烟，在蜡烛上点着，然后狠狠地吸了一口。

高政委非常羡慕似的看着雷师长吸烟的样子，他说："老雷，我非学抽烟不行！"

雷师长拿起烟盒："现在就开始吧！"

高政委："我要等到打个大胜仗的时候，从主席给你的这一包烟开始学起！"

雷师长："一言为定了！"

高政委："那当然！"

雷师长笑了："胜仗，我们倒是没有少打，张辉瓒、陈时骥不是我们捉的？李明不是我们打死的？可是这一年多，处处憋气，弄得人想打个大胜仗都想疯了！"

高政委："一二三次反'围剿'的那种日子会回来的！我打个比喻，革命战争，就像行船一样，暗礁再多，风浪再大，只要有个英明的舵手，我们就能绕开暗礁、战胜风浪！"

雷师长："我们有这样的舵手。可惜，他就是不在舵位上！"

高政委："老雷，巨大的代价，血的教训，会使人们清醒过来，认清谁是最好的舵手的！"

雷师长把掐熄了的烟蒂放在桌上，满怀希望地向窗口那里看了看："政委，你说，党中央这一次开会以后，毛主席会不会再来指挥红军？"

高政委："党中央应该听见我们每一个党员的声音，每一个战士的声音！"

房门砰的一声被推开了。一个参谋不经允许就闯了进来，他那紧张、兴奋的神情，使得师长和政委都紧张起来。

参谋："紧急通知：请师长和政委马上到总部去听报告！"

高政委："谁的报告？"

参谋："毛主席！"

雷师长抓住了高政委的双手，不能控制地喊了声："毛主席万岁！"

雷师长的眼圈红了，眼睛里贮满了泪水。

参谋拉开了窗帘。

橘红色的朝霞立刻洒在师长和政委彻夜不眠的脸上。

《东方红》的音乐声起。

太阳从东方升起了。

初升的太阳映照着刚刚醒来的遵义……

初升的太阳映照着峰上如海的娄山……

初升的太阳映照着奔腾澎湃的乌江……

第四章　遵义之二（转折）

林立的梭镖、长矛，在太阳下闪烁发光。系在上面的红缨，在微风吹拂下，就像一束束刚燃烧的火把似的。

镜头向下摇去。我们看见将近一百名赤卫队员，在一个大院落里席地而坐。他们每个人的脖子上都系着红带子，臂上戴着红袖章。

队前，一个人正在表演刀法。刀光闪闪，刀声嗖嗖。

在热烈的掌声中，表演者最后收住了步子。

这个人原来是马庆奎。不过，他已经刮了胡子，好像变得年轻一些了。他的光头上，光脊背上，又冒热气又冒汗。

赤卫队队长——一个干瘦而又老实的人背一支步枪，提着一件军衣走向前来。他接过马庆奎手里的大刀，把衣服披在马庆奎身上。

马庆奎："江队长，我们接着上政治课！"

江队长："营长，休息一会儿再上吧！"

马庆奎："不了！我今天忙得很！"

一个赤卫队队员搬来了一把漂亮的漆椅子。

马庆奎左脚往椅子上一踏，左手搭在左膝上，气喘吁吁地挥着右手讲开了。

"同志们，今天的政治课，我只讲两个字：赤化。"他严肃地用目光扫视全场。

鸦雀无声。

他高声问："同志们，你们是什么人？"

“赤卫队！”

“我呢？”

“红军！”

回答得非常整齐有力，马庆奎高兴地说：“对了！赤就是红！化就是变化。赤化加在一块，就是变成红色，懂不懂？”

“懂！”

马庆奎：“好！你们戴着红袖章，扛着红缨枪，算不算变红了呢？不能完全算，要红到心里，红到骨头里。红就是革命，我们要革命到底！”

江队长送上来一碗水，马庆奎一气把它喝干，擦了擦嘴巴，继续演讲下去：“我们革命，还要发动别人革命；这个地方革命，还要帮助别的地方革命，这就叫赤化，我们要赤化全贵州，赤化全中国，赤化……”

又是一阵热烈的掌声。

街上，像闹市一样拥挤，嘈杂。

鹑衣百结的“干人儿”抱着分得的衣物，喜笑颜开地拥挤着、谈论着。

墙根底下，一个老太婆背了装满衣物的背篓蹒跚地走着，背后一个年轻媳妇，穿件崭新的花衣服，一面扣着纽扣，一面赶上来：“姐，你看！……”

老太婆扭身，高兴地说：“好好，腰身肥点不要紧，回去改改，正好过年！”

媳妇接过背篓，低声地说：“听说还要分肉呢！”

“要分，明天就分！”走过她们身边的马庆奎说道。

老太婆感激他：“谢谢你们哪，红军同志，给了我们这么多东西！……”

马庆奎："咳，说到哪儿去了？这本来就是你们的嘛！"说着匆匆地向前走去。

马庆奎在人群里左挤右挤，挤进了一个院子里，这里，汤兴茂和另外几个战士，正在给"干人儿"散发雪白的盐块和五颜六色的衣物。

马庆奎把袖子一挽："汤兴茂，怎么分法？"

汤兴茂："哎呀，营长，通讯员到处找你！"

"找我干啥？"

汤兴茂："来新兵啦！"

马庆奎："嘿，真是，都赶到一块儿啦！"

于是，他只好侧着身子，往外挤起来。

营部院落里，坐着几十个"新兵"，其中有些人，我们早已在湘江浮桥上和越城岭的山道上见过了，特别是那一位经常扛着半截树桩的大汉。伤愈归队的司号员小王在用心地擦着一支崭新的军号。

那个大汉正在向周围的人讲："咱们的营长，我可熟悉透了！当年做过我们赤卫队的队长。这个人哪，什么都好，就有一点小毛病！"

他向大伙挤了一下眼，小声说："怕老婆！你们不知道他能怕成什么样子！啧啧！"他又做了一个极其可笑的姿势，引得人们哄堂大笑起来。

马庆奎在笑声中，来到了他们面前。他也被感染得莫名其妙地笑起来。

大汉首先站起来打招呼："马营长！"

马庆奎的右手一招："哈，杨金生，原来是你小子！想不到我在贵州会补江西的兵，你那半截大树呢？"

杨金生一拍巴掌："扔了！"

“你早该扔了！”马庆奎亲热地和杨金生握手，“咱们这儿，水机关、迫击炮有的是，什么扛不了你扛那种玩意儿！这些同志都是咱们江西老表？”

“是呀！”

杨金生介绍着：“这四个是抬石印机的，这六个是抬造币机的。”

马庆奎：“什么什么？”

杨金生：“造币机——就是造铜板的那玩意儿！”

马庆奎：“好家伙！一路上，你们造了几个铜板？”

大家都笑起来了！

马庆奎：“同志哥，咱们营过去的营长，就是为了掩护你们过湘江……咳，我讲过去干什么！你们这些老骨干来得正好，我正发愁营里的新兵没人带呢！”

“红军同志……”有人喊。

马庆奎转过身来。

十来个贵州青年来到马庆奎面前。为首的一个怯生生地说：“我们当红军，你收不收？”

马庆奎打量了一番这些青年。没有说的，都够当兵的资格了。但是，他却故意严肃地说：“当红军，要有两个条件！”

“条件？”为首的那个青年问，“什么条件？”

马庆奎：“第一，不能抽鸦片烟。”

那个青年笑了：“抽得起鸦片烟，我们还来当红军哪？”

马庆奎看了看站在周围瞧热闹的妇女，干咳了几声：“第二个条件，你们要当红军，必须让你们的老婆手拉手送你们来，当然啰，没有过门的老婆也可以！”

妇女们掩着嘴，哧哧地笑了。

马庆奎：“你们笑什么，这条件已经够宽了！当年我老婆送我当红军，她还得唱一首歌，唱得不好听还不行呢！”

一个大胆的青年妇女：“我们不会唱啊，红军同志，你唱给我们听听好不好?”

马庆奎：“好厉害！将到我头上来了。唱就唱，我怕什么！”

他净了净嗓子，右手卡着喉管装着妇女的声音，用江西土话唱了起来！

送郎当红军，
勇敢向前进，
打土豪，杀劣绅，
一个个不留情，
哎呀我的哥，我的哥……

全场大笑。

仍然是马庆奎唱的那首歌，但是，现在却由真正的妇女来唱了，这种带有贵州口音的江西民歌，听起来别有风味：

送郎当红军，
勇敢向前进，
打土豪，杀劣绅，
一个个不留情，
哎呀我的哥，我的哥，
打土豪，杀劣绅，
一个个不留情。

在歌声中，一个紧接一个地出现着妇女送郎当红军的画面。

在一个机枪工事里，杨金生闭着一只眼，伏在机枪后面。

汤兴茂跪着一条腿，纠正着杨金生的姿势。

“这样，这样，这样，好！好！”

杨金生扣扳机。

子弹打在插了一面小白旗的土堆上。

冲锋号声接着响了起来。

一大片红军，向着一个高地“冲锋”。

新战士端着步枪，从镜头前面跑过。

在一个坟头后面，马庆奎脖子上挂着望远镜站起来了。他的眉头一皱：“三连在干什么？”

于是，他跳到了坟头上，双手做成喇叭形，对着前面喊：“三连注意！”

赤卫队江队长，弯着腰径直向马庆奎的背后跑去。有一个背红十字包的妇女和两个抬着担架的青年，跑步跟在江队长后面。

马庆奎在坟头上气得直跺脚：“乱了，乱了，乱了！”

江队长一下子把马庆奎从坟头上拉下来，命令背红十字包的妇女：“他这只胳膊负伤了，快包紧！”

马庆奎把江队长推开：“你们开什么玩笑！”

江队长命令抬担架的：“快抬走，这是重伤员！”

年轻力壮的担架员，把马庆奎按到担架上，抬起来飞跑。

马庆奎从担架上跳下来，生气地向着江队长：“胡闹，我们在练兵！”

江队长严肃地说：“我们也是练兵！是按你交代的任务……”

马庆奎惊诧地说：“我交代的？”

江队长：“你不是讲过，赤卫队要配合主力作战……”

马庆奎突然高兴起来，拍着江队长的肩膀：“对，对，配合，是要配合！”他略略思索了一下，转身对司号员说：“小王，通知三连，退回冲锋出发地整理一下，准备冲锋！”

他又转向江队长：“那个小包看清楚了没有，你们赤卫队偷偷地迂回到敌人后头去，配合正面袭扰敌人！”

江队长应声：“是！”

马庆奎扭身要走，一眼看到背药包的妇女：“你们动作很利索，可是我们的同志姐呀，学习的时候别再拿着指挥员当伤员，往担架上搬啦！”

他高兴地摇着手中的小红旗继续往前跑去。

山头上响起嘹亮的号声，演习又开始了。

夜，冷落的贵阳街头。

一对写着“侯”字的大粉灯，引导着一顶小轿，飞也似的走过去。

小轿在一个戒备森严的门口停下，不等打开轿帘，侯司令就提着袍襟，低头钻出轿门，匆忙地走上台阶。

一个副官模样的军官迎上来。

“侯司令，总指挥不在。”

侯司令生气地说：“三天了，我来过多少次，总是不在，我知道，在——！”

侯司令推开副官，径直奔向院内。

侯司令闯进一间富丽堂皇的内室，在一座雕花屏风前站住了。

里面传出了懒洋洋的女人声：“喂，哪个？”

侯司令退后一步：“栾兄休息了吗？”

栾指挥：“对不住，侯兄稍等一下，就来！”不久，他穿着睡衣走出，把侯司令让进了另一间房内。

侯司令颓然坐在沙发上，愁苦地说：“栾兄，遵义眼看着要变成第二个瑞金了！可是，中央大军还停在贵阳附近。我不知道，委员长还想不想要贵州这块儿地方了?”

栾指挥：“要，当然要。”

侯司令：“半个贵州都让共产党给赤化了，中央大军还要等到哪一天呢!”

栾指挥：“侯兄请放心，委员长自有安排。”

侯司令可怜地说：“我怎么能放心呢！连委员长怎么样安排的，我都不知道哇!”

栾指挥打开了竖在办公桌旁边的大台灯：“侯兄!”

侯司令像被弹簧弹了一下似的，跳下沙发。

栾指挥按着桌上一张折起来的地图：“这是今天在重庆的高级会议上委员长亲自确定的部署……”

栾指挥一边摊着地图，一边向侯司令说：“按照这个部署，共军是不可能在老兄的遵义长期盘踞下去的!”

地图打开了。

“你看!”

地图的特写。栾指挥的指头在图上比画着说：“北面是长江，西面是赤水，东面、南面是乌江。三条江把他们卡得紧紧的!”

侯司令：“那他们为什么还要赖在这里!”

梁指挥：“他们就是为了休息，整顿！然后，或者北渡长江和他们的四方面军会师；或者东渡乌江和他们的二六军团会师！可是，殊不知就在他们休息的时候，委员长已经撒下了天罗地网!”

侯司令惊喜地频频点头。

栾指挥俯身：“你看，西北有川军三十六个团；北面，有川军和湖北军队三十四个团；东面有湖南军队的三十个团，东南、西南、正南，是兄弟的四十八个正规团和老兄你的二十个团。不到十天我们就神不知鬼不觉地集结了一百七十个团。保安团队和二线兵力还不在内。可是，共军整编来整编去，只剩下十几个团的残兵败将和刚刚学打枪的新兵！”

栾指挥瞟了侯司令一眼：“只要他们老老实实在你的遵义再待两天，我们就完全有把握……”他张开两手狠狠地做了合围的姿势。

京戏的锣鼓声。

老式留声机，唱片飞转。它唱的是当年红军最爱听的一段京戏——《骂毛延寿》。

一对古式的灯台上，两支蜡烛把这间地主的厅堂照得雪亮。

马庆奎穿着新军装，半躺在藤椅里。他闭着眼睛，叠着腿，摇头晃脑地轻轻拍着膝盖。听到得意之处，就情不自禁地喊了声“好”。

高政委出现在门口。为了不破坏马庆奎的兴致，他微笑着站在那里。

这张唱片唱完了，高政委才走进来：“马庆奎！”

“哎呀政委，你什么时候来的？”马庆奎忙得不亦乐乎，搬椅子，倒茶，弄得到处叮叮当当地响，最后又从桌子下面，拿出了一瓶已经开了封的茅台酒，“道地的茅台，喝一口好不好？”

高政委：“喝一口就喝一口，少倒点！”

马庆奎往两只银质的高脚杯里斟酒。

高政委：“你这个小日子过得可真不赖呢！”

“没有说的！”马庆奎端起酒杯，一饮而尽，咂了咂嘴。

“部队怎么样？”

马庆奎又给自己斟了一杯酒：“跟我一样！”

高政委：“整天喝酒，听留声机？”

马庆奎笑了：“那还了得。练兵、扩红、发动群众哪一样我们也不落后。”

高政委：“情绪呢？”

马庆奎把手一扬：“高涨极了！”他又一想，神秘地看着政委悄声问：“是不是又要打仗了？”

高政委：“谁告诉你的？”

马庆奎：“首长晚上来了解部队情绪，还不是等于告诉我要打仗吗，再说，这会儿我们也休息过来了，要兵有兵，要根据地有根据地，正好抓住敌人揍他们一顿！”

高政委：“你估计错了，不是打，是走！”

马庆奎不信地说：“走，多远？”

高政委：“第一步，先北渡长江！”

马庆奎吓了一跳：“北渡长江，还只是第一步？那么第二步呢？”

高政委：“还要远。马庆奎，比方说，咱们打仗，总得先找一个好地形吧？”

马庆奎：“群众都说贵州地无三尺平，这地形还不好吗？”

高政委：“我说的是政治上的地形！”

马庆奎：“政治还有地形？”

高政委：“当然有，并且比军事上的地形还重要！”

马庆奎颇感兴趣地听着。

高政委：“日本帝国主义的军队占领了东三省，你知道吗？”

马庆奎：“这我知道。”

高政委：“可蒋介石在干什么呢？”

马庆奎：“他一直追着我们打内战嘛！”

高政委：“这就对了。日本军阀在北方打中国，蒋介石在南方打红军，如果说我们红军都到北方去打日本呢？”

马庆奎抓着脑门儿：“有意思！这样一来，日本人也打不成中国了，蒋介石也打不成红军了。”

高政委笑了笑：“你总算有点开窍了！”

马庆奎：“可蒋介石照样可以在北方打我们哪！”

高政委：“人民是要抗日的，只要我们在那里举起了抗日的旗帜，全国人民和所有的抗日武装，都会在我们的周围团结起来。那时候，我们就要逼着蒋介石把枪口从红军的胸前转向日本帝国主义！”

马庆奎被这未来的前景鼓舞得兴奋起来，他深思了一会儿，突然说道：“这回，可该痛快地打一打了！”

高政委：“仗，是一定要打的！……”

马庆奎性急地打断了政委的话：“那我们营……嘿，要让我们营走前边哪，就是拼也给同志们拼出条路来！”

高政委：“拼，为什么非硬拼不行，我们可以想法叫敌人给我们让一让道哇！”

马庆奎：“好，什么时候走？”

高政委看一下表：“还有三个钟头！”

第五章　“之”字路

三十年代在贵阳出版的各种报纸。第一版的头条位置都用大得吓人的黑体字，标着以下的通栏标题：

遵义光复，毙匪无算；

大军攻克桐梓，斩获无算；

大军连克绥湄，歼匪无算；

残匪窜越赤水，死伤无算；

…………

“无算，无算，无算！”侯司令看着摊在他办公桌上的这些报纸，气愤地大骂着：“共军消灭我们都有算，我们消灭共军都无算！什么川军、湘军、中央军，什么一百七十个团，就会跟我要白洋烟土，茅台酒！我他妈才真叫无算呢！”

侯司令的副官像出膛的子弹一样跑进来：“司令，司令，栾指挥——”他向外指了一指。

侯司令怔了一下，然后更加大声地骂道：“浑蛋，浑蛋！”最后劈脸一巴掌向副官打去。

这时，栾指挥正好挑开了帘，站在门口。

刹那间的尴尬局面，终于被栾指挥的干笑打破了：“哈，侯兄今天怎么动起肝火来了！”

侯司令赔着笑拱手让座。

副官捂着脸退在门口。

栾指挥：“你老兄的贵州，现在是没有共军了！”

侯司令：“全靠总座指挥有方！”

栾指挥：“可是残匪又窜入了四川！”

侯司令：“好在共军已是强弩之末，不可能有什么作为！”

栾指挥：“不可小看！委员长已经命令川军沿江布防，并且把进入贵州的川军全部调回，由北面侧击共军！”

侯司令发自内心地称赞道：“英明，英明！”

栾指挥：“滇军的十几个团也调赴川南，由南面侧击共军。”

侯司令：“英明之极！”

栾指挥：“现在就缺少一支尾追部队！”

侯司令警惕起来：“湘军呢？”

栾指挥：“在乌江东岸布防，防止共军万一回窜。”

侯司令："是呀，不可不防！"

栾指挥："委员长的意思，是请老兄你——"

侯司令："我？困难哪！人又少，兵器又差，必然辜负委员长的重托。再说，遵义、桐梓地区，共军留下的游击队又十分猖獗！兄弟自顾不暇，实难从命！"

栾指挥："那我就如实向委员长报告了！"

侯司令："栾兄能在委员长面前美言几句，兄弟我就感激不尽了！"

栾指挥还想再说什么，但是，侯司令又是哈欠又是眼泪，好像烟瘾犯了的样子。

栾指挥："好吧，兄弟告辞！"

那个挨了打的副官挑起了帘子，栾指挥愠怒地走出去了。

侯司令已经倒在烟榻上。两个小丫头给他捶腿。

侯司令半闭着眼睛，抽足了几口，然后放下烟枪，对侍立旁边的副官说："我刚才打的可不是你！"

副官哈着腰："是，是！"

侯司令："你准备一下，我明天回遵义！他们再找我的麻烦，就不那么方便了！"

"是，不过……"

"什么？"

副官："司令今天给栾指挥这么答复……怕的是委员长那里……"

侯司令："什么委员长，他放个屁，也说是委员长的！你去哪里查对？"

副官："万一……"

侯司令："错不了，这种卵人就这样！他四十八个团蹲到贵州吃喝玩乐，让贵州兵去打头阵，天下有这个道理呀？我不去，他就会让自己的人去了！追剿军的总指挥是他，将来贻误军机，砍他小子的狗头，这和我一点干系都没有!”

“是，是!”

侯司令又从一个丫头手里接过了装好烟泡的烟枪，闭上眼睛，喃喃地说：“只要我贵州清静，让共产党到四川随便闹吧!”于是，他安逸地把烟枪塞进他的瘪嘴里。

数以千计的火把，组成一条不见首尾的红色的巨龙，蜿蜒行进在川南的群山中。

风吹火把，噼啪作响，火花四溅。

马庆奎高举火把前进。他边走边喊：“打过长江去，和红四方面军会师!”

战士们也跟着喊。喊声加上空谷的回声，震得山摇地动。

山半腰，一个小庙，庙前拴着几匹马。庙里闪着灯光，并且传出电台的马达声。

马庆奎从庙前经过时，低声命令：“往后传，肃静!”

小庙里。

神像东倒西歪，供桌上放着蜡烛。高政委就着供桌在小本子上写着什么。

雷师长咬着香烟在暗处走来走去，只有当他用力吸的时候，烟头的火光才能照出他那焦急的神情。

机要参谋走进来，把一份电报递给政委：“急电！军委直接发来的。”

雷师长快步走了过来。

高政委念电报：“贵州空虚，现主力决定回师东进，消灭黔军，你部务必把追击之敌人全部拖住。军委。”

“主力东进”，雷师长怔了一霎，随即抛掉香烟，伸手拔下供桌上的蜡烛，走到挂在墙上的地图跟前。

地图。红、蓝两色的箭头，都向着西方。

“真妙哇！”雷师长的声音，“你看看这箭头！敌人多么听话！敌人的主力都被毛主席牵着鼻子调过来了！贵州怎么能不空虚呢！……”

雷师长看着高政委：“这一个回马枪，可以吃掉多少敌人？”

高政委：“不过我们的担子也不轻啊。六十多个团的敌人，我们一个师怎么样才能拖得住？老雷，我们要好好考虑一下，军委电令上的这个‘拖’字。”

雷师长沉思的面孔。

雷师长手中的蜡烛倾倒了。

高政委精神专注地用手指在地图上量着什么。

流到师长手上的蜡烛油，越来越多了。

雷师长的决心已定：“老高！要想拖住敌人，只有继续前进！”

夜行军的行列。

马庆奎和扛着机枪的杨金生走在了一起。

马庆奎：“杨金生，这几天行军，你倒真利索，打起仗来，你小子可不知道怎么样！”

杨金生：“一天走一百八，蒋介石想打也跟不上咱们！”

马庆奎：“你挨打成了习惯了！嘿，伙计，这年头，老皇历用不得了。说不定，我们，嗯？”他做了个莫名其妙的动作。

军号声起。开始是一支号，紧接着，几十支号都响起来了。

马庆奎高喊：“停止前进！”

到处是喊声：“停止前进！”

“原地休息！”马庆奎下了命令，又向杨金生挤了下眼：“有门儿了！”

马庆奎坐下去，掏出香烟，在火把上吸着了它。

军号声又起。小王慌忙答号。

答罢号，小王奔向马庆奎说：“营长，师部调你！”

马庆奎用香烟指着自己的鼻子：“我？”

司号员：“师长命令你，跑步到师部去！”

“好咧！”马庆奎把自己的香烟丢给杨金生，纵身跳起来，举起火把向来路跑去。

电报纸在蜡烛上烧着了。

还是在那个小庙里。雷师长一边烧电报，一边说：“总部的这个命令，只限你们知道！”

站在师长周围的有十几个人，其中包括马庆奎。

烧完了电报，师长接着讲下去：“刚才我和政委研究了个方案，军委也批准了。我们一个师要摆出整个主力的架子，继续向江边走，让敌人来追击、堵击、夹击。从现在起，师部用总部的番号，各团用师的番号！每一个连要做一个路标！”

马庆奎摸出本子要记。

坐在供桌旁边的高政委制止道：“只准许记到脑子里！”

马庆奎收起本子。

师长：“夜行军要一个人拿一个火把，野外宿营每人要烧一堆火。另外，一到驻地，每一个班最少要挖一个锅灶！”

政委插话：“还得想办法把锅灶熏成黑的，要不，就和单人的差不多一个样子了！”

指挥员们低声复诵着：“番号，路标，火把，锅灶……”

马庆奎悄悄地问政委：“北渡长江的计划变了？”

高政委：“一点也没有变。”

马庆奎：“那为什么大队要返回去？”

高政委大声地说："因为主动权还在敌人手里，我们只有主动地打击敌人，消灭敌人，才能把主动权从敌人手里夺回来。我们过去的走，是为了现在的打，我们现在的打，也是为了将来再走。只有走得好，才能打得好；只有打得好，才能走得更好！同志们，这个仗能不能打好，就要看我们能不能把这里的敌人拖住！"他看了下师长："老雷，你讲吧！"

雷师长："马营长！"

马庆奎："有！"

雷师长："张营长！"

一个短小精悍的指挥员："有！"

雷师长："湘江战役，你们还记得吧？"

张营长："记得！"

马庆奎："这一辈子也忘不了！"

雷师长把双臂伸成钳形："你们两个营，向两翼展开，要像湘江战役那样，顶住两侧敌人的夹击。战斗可能比湘江还要苦，但是无论如何要顶两天！"

马庆奎："没有问题！"

雷师长："两天以后，你们要做出支持不住的样子，背靠背节节后退！"

马庆奎俏皮地说："嘿，有意思，还得学学打败仗哩！"

雷师长："而且还得像打败仗的样子。你们必须记住，胜也好，败也好，你们都是红军的主力师！"

贵阳，敌军司令部。

栾指挥坐在铺着地图的桌子旁。

敌上校苗处长屈身指着地图报告："总座，根据两天的战况看来，共军的两翼，最少各有一个主力师。左路军两天来共发动了十八次冲锋，右路军伤亡了一千多人。可是共军的阵地，还是一动不动!”

栾指挥：“告诉左右两路追剿军的司令官，要不停地进攻，一定要在短时间内把江边的阵地夺到手。”

苗处长往本子上记录着栾指挥的话。

栾指挥：“横江江防有什么动静没有?”

苗处长：“共军少数侦察部队，曾经一度在江边出现。”

栾指挥：“渡口的船只烧了没有?”

苗处长：“全部烧毁。”

栾指挥俯向地图：“他们两翼抵抗得如此激烈，渡江的意图就更明显了，告诉江防部队加强戒备。”

苗处长：“是。”

栾指挥：“还有，中路追剿军呢?”

苗处长：“正在稳步前进!”

栾指挥的眉头一皱。

苗处长低声解释：“副总指挥在共军经过的地方做了十分周密的调查，发现他们使用的路标，就有二十多种，驻地的锅灶有四百多个，一路上到处扔着没有烧完的火把，看来共军的后卫部队不弱，因此才决定把脚步放慢。”

栾指挥：“也不能太慢了，应该加速追击!”

此时，一个参谋捧着一只电话线拖得很长的耳机走到栾指挥身旁：“侯司令在遵义请总座讲话!”

栾指挥沉下了脸：“老狐狸精!”

参谋急忙把耳机掩住。

“要等我腾出手来呀!”栾指挥气冲冲地接过耳机来。

侯司令愁眉苦脸、低声下气地对着耳机：“总座，我向您报告!共军主力渡过赤水河，回窜贵州!”

栾指挥讽刺地说："侯司令！您是不是刚刚睡醒？别让共军的游击队把你吓坏了！"

（原稿此处遗失两页）

"是！"苗处长快步走去。

那个参谋又捧着电话机走过来："总座——"

栾指挥摆了摆手。

参谋："侯司令——"

栾指挥："谁的我也不接！"

参谋："他说——"

栾指挥气坏了："浑蛋，你啰唆个什么？"

参谋："娄山关失守！"

栾指挥："什么，什么？"

参谋："侯司令报告，共军主力攻陷娄山关！"

栾指挥呆住了。

苗处长又快步走进来，神色仓皇地低声报告："左右两路会师了！"

栾指挥："共军呢？消灭了多少？"

苗处长："共军……不知去向！"

栾指挥呸的一口，向苗处长脸上吐去："废物！一群废物！"

摔耳机的参谋又报告了："共军直逼遵义，侯司令求援！"

栾指挥："命令他死守！"

然后，他有气无力地坐下去，冷笑了一声："先让共产党收拾了你！我再设法收拾共产党！"

炮声隆隆。

拂晓前的遵义，城门忽然大开。一乘小轿像箭一般射了出来。侯司令的贴身副官，一手提枪，一手扶着轿杆，吆喝着轿夫们："快走，快走，快走！”

几百个贵州军阀的官兵，紧跟后面。

雷师长的部队，在公路上前进。经过好多天艰苦战斗的战士们，在这春光明媚的白天行军，仍然不能抑制自己的困倦。

马庆奎骑在马上睡着了。他双手抓着马鬃，脑袋低垂着。

杨金生闭着眼睛，拉着营长的马尾巴，大声打着鼾。

然而，不管怎么样，队伍照常行进着。

前边传来了口令：“往后传，主力占领遵义，消灭敌人两个师！”

后边的人把口令简化了：“占领遵义，消灭两个师！”

口令传到杨金生那里，他眼睛也不睁，稀里糊涂地喊了声：“遵义，两个师！”

于是就“遵义两个师，遵义两个师”地传了下去。

急促的马蹄声。

高政委纵马跑来，他勒住马缰，站在马镫上高喊：“同志们，蒋介石的中央军又从乌江南岸过来了！毛主席命令我们，跑步前进，消灭敌人！”他又加了一鞭，边跑边喊：“同志们，不能打瞌睡呀，共产党员们，跑步前进！”

马庆奎翻身下马，喊道：“全营注意，跑步——走！”

他牵着马跑了几步，把一个拄拐杖的伤员扶上马。

整个部队顿时醒来了。

宣传队在公路边上敲起了锣鼓。

司号员吹起了军号。

部队一边跑步，一边高呼口号：

“打倒蒋介石！”

“消灭中央军！”

…………

国民党的中央军，浩浩荡荡，摇摇摆摆地由南向北走着，公路都被他们占去了。因此，由遵义逃出来的那乘小轿，被挤到了公路旁边，跟随这乘小轿的“双枪兵”们，现在都躺在路旁的草地上，抽起鸦片来。

我们好久不见了的刀疤眼，从小轿旁边经过，他好奇地掀起了轿帘。

轿子里，侯司令也在抽鸦片，他比他的士兵更艰苦，烟盘子放在椅子上，他蹲在旁边呼呼地抽得还挺起劲呢。他发现刀疤眼探头进来，便面红耳赤地呵斥道：“放肆，大胆！”

刀疤眼故作恭敬地说：“对不起！”一放下轿帘，便放声大笑起来。

从望远镜里看到的敌人进军场面。

雷师长放下望远镜。他在山顶上开满了鲜花的灌木丛中站着。他的身旁，马庆奎蹲在一块大石头上，举着望远镜。

不远的地方，炮声激烈地响着。

马庆奎：“又过了一个团！”

雷师长不应，倾听炮声。

马庆奎放下望远镜，焦急地说：“师长，敌人过去了三个团了！该出击了！我们营要求拦腰把敌人砍断！”

雷师长：“你嚷嚷个什么！”

马庆奎：“敌人的炮火又在延伸！我们正面的部队又在往后退！再退就到遵义了！党中央在那里，毛主席也在那里，危险哪师长！”

雷师长沉默了一会儿：“马庆奎，毛主席在哪里，哪里就不会有危险！”

电话铃响，雷师长立即转身。

离师长不远，有一株大柏树，树干上挂着一部电话机。参谋抓起了耳机听着。雷师长跑了两步，伸手要接耳机，参谋却又把耳机放下了："试线！"

此时高政委热得敞着衣服，擦着额上的汗回来了！"老雷，这简直像夏天一样！"他看见马庆奎，于是又喊，"马庆奎！"

马庆奎："有！"

高政委："你怎么跑到这儿来了？"

马庆奎支吾着："我，我看一看……地形！"

雷师长："什么看地形，来跟我蘑菇着要任务！"

高政委看向马庆奎："那就把最重要的任务给你！"

马庆奎从石块上跳下，笑着跑到政委跟前。

高政委："你回去休息。"

马庆奎不知道怎么办才好了。他望望政委，又望望师长。

高政委："休息，懂不懂？现在不睡，打起仗来，连打盹儿的时间都没有了！走吧，部队都在休息！你看！"政委向山后一指。

整个山坡上，睡满了红军战士。

马庆奎狡黠地说："可你们……"

雷师长生气地说："什么你们我们的，睡觉去，执行命令！"

"好吧！"马庆奎把望远镜往背上一抡，走了。

师长笑了笑。

又是电话铃响。雷、高同时看着参谋。

参谋捧着耳机应了声："是！"眉飞色舞地向着雷师长："毛主席找你！"

雷师长手足无措地迈了一步，又央求地对高政委说："政委，你接！"

高政委："快点！主席在等着呢！"

雷师长双手接过了耳机。

“我是雷鸣远……主席您好……部队休息了差不多有半个钟头了……我马上把您的关怀转达给全师的同志们……是，我不惊动他们……”雷师长不好意思地笑了笑说，“我心里是有一点发急……不不不，和三次反‘围剿’那一仗完全不一样……是，要我们等到什么时候，我们一定能等到什么时候……哦，我们不累，用不着休息！……是，我告诉他……我们一定坚决执行……再见！”雷鸣远紧抓着耳机，好久舍不得放下。

高政委：“你快点嘛，老雷！主席最后讲什么？”

雷师长：“命令我们两个人休息。他说，哪怕我们在电话跟前睡十分钟的觉也好。”

高政委：“那我们就执行它！”

雷师长摘下手表，递给看电话机的参谋：“十分钟以后，喊醒我们！”

师长和政委，两个背靠着背，蜷缩着身子，枕着自己的胳膊，在大树下睡去。

师长刚闭上眼睛，又睁开来，向参谋叮嘱：“十分钟，不能过了！”

参谋看看手表。手表的特写：两点三十分。

嘀嗒的表声。

雷师长熟睡的脸。

高政委熟睡的脸。

熟睡在山坡上的马庆奎、杨金生、汤兴茂等人……

又是手表的特写：三点三十分了。

雷师长突然从地下跳起来，怒冲冲地向看表的参谋：“你干什么不喊我？”

参谋：“主席有命令，不准我喊醒你们！”

雷师长的眼睛潮湿了。他赶快走到灌木丛中，用望远镜遮住了自己的眼睛。

炮声。

敌人在公路上前进。

栾指挥骑在一头大洋马上。

雷师长和高政委并肩站在电话机跟前。

雷师长捧着耳机："是，准备战斗！"

"准备战斗！"

"准备战斗！"

在这急促的、用各种口音发出的命令声中，躺在山坡上的战士，纷纷坐起来了。

"准备战斗！"

"准备战斗！"

在另一个山坡上的十几门迫击炮跟前，炮手们端着炮弹站在那里。

我们在八五〇高地上见过的那个留着胡子的老炮兵，如今穿着红军的衣服，十分神气地站在阵地上。

雷师长举起了花机关对空打了一梭子子弹。

留胡子的老炮手喊了声："放！"

十几门迫击炮同时射击。

公路上，炮弹在敌阵中爆炸。

紧接着爆炸声，又响起了山摇地动的"杀"声。

司号员小王站在一块突出的山石上吹起了冲锋号。

马庆奎高举着驳壳枪，从一个山口中冲出来。他的背上还斜背着马刀，刀把上的红色绸布，迎风飘舞。全营战士，飞也似的跟在后面。

张营长也带着一支部队，从另一个山口中冲出。

又一支部队冲出。

又一支部队冲出。

雷师长，高政委望着山下。

无数面红旗，无数支部队，直向敌人拥挤不堪的公路上扑过去了。

栾指挥在马上大叫：“撤，撤！”拨转马头跑去。

马庆奎从跪在路边的俘虏手里拿过一挺轻机枪跳上一匹空马，扫射着向溃敌追去。

高大的洋马中弹倒下。栾指挥落马。

此时，刀疤眼勒住了自己的马，跳下去，把摔昏了的栾指挥横放在马上。然后又骑上马，一手抓着栾指挥的皮带，一手举鞭，拼命打着马屁股。

马庆奎打光了机枪的子弹，扔掉机枪，从背后抽出大刀来。

雪亮的大刀在敌人头上飞舞。

杨金生端着机枪扫射。

汤兴茂端着机枪扫射。

红军追击和敌军溃退的画面交替着……

黑夜。遍地都是火光。追击战仍在公路上激烈地进行。

马庆奎满脸血污，挥舞着大刀：“打过乌江去，活捉中央军的总指挥！”

刀疤眼姿势不变地抓着栾指挥，策马过了乌江的浮桥。

刀疤眼：“烧桥！”

敌少校：“团长、师长还没有过来！”

刀疤眼："只要总座过来，管不了那么多了！烧桥，烧桥，烧桥！"

一桶汽油泼到溃军拥挤的浮桥上。

又一桶汽油……

一个火把投上去，浮桥上立即升起了冲天的火光。

浮桥上的敌人尖声大叫。

有些敌人浑身是火，投入江中……

乌江南岸，惊魂甫定的栾指挥，坐在地下喘息地说："烧得好，烧得好！"

刀疤眼："可惜我们师长没有能过来！"

栾指挥："现在，你代行师长的职务！"

刀疤眼："谢总座栽培！"

浮桥上的火光，经久不息。

第六章　走出一个战役来

火光染红了夜空。

公路旁边，雷师长和高政委骑在马上，望着从他们面前走过的庞大的俘虏行列。

马庆奎经过这里，急忙跳下马，得意扬扬地说："还是打中央军过瘾哪，送来的都是好枪！"

俘虏们抬着一捆捆崭新的步枪、手枪、机关枪和迫击炮，从公路上走过。

雷师长："你们抓了多少？"

马庆奎骄傲地说："有疮有疤、碰破皮的都除外，一千三百五十八。将将就就能编一个团！"

雷师长："嘿，神气的！"

马庆奎："神气的还在后面呢！"他的手一指，只见杨金生和汤兴茂像抬猪一样用一根粗棍子抬着一个捆住手脚的胖俘虏。俘虏不住声地哼哼，棍子也不住声地响着。

雷师长："怎么回事？"

马庆奎："是个将军！"

雷师长："负伤了吗？"

马庆奎："没有。就是不老实，赖在地上不肯走！"

雷师长："马上送总部！"

马庆奎："是。"转身走去。

马庆奎拉着马和杨金生走在一起。

马庆奎："换个人抬抬吧？"

杨金生："用不着！"

马庆奎："你俩捉的，算在你们账上，别人抬一抬，也吃不了他！不要那么农民意识！"

杨金生："算了吧营长，这一百七八十斤的玩意儿，谁抬得动！"

马庆奎生气地说："有本事你们抬一夜！"

杨金生："抬一夜就抬一夜！这比过去扛那个铁家伙轻多了！"

他们吵吵嚷嚷地走远了。

高政委在马上和雷师长讲："同样是我们这些红军，同样是他们那些敌人，可是，过去他们追我们，现在我们追他们。过去我们一个营伤亡得只剩下几十个人，现在一个营半天工夫能抓一千多俘虏……英明的舵手在不在岗位上，有多大的不同啊！"

蜡烛的火苗跳动着。这还是雷师长上次住过的遵义城内那间楼房。

雷师长俯身在地图上，一边比画着，一边自言自语："我们这样……敌人就得这样……然后我们再这样……敌人又不得不这样……最后，要是在敌人屁股后头搞一家伙，这边再这样来一下……嗯，就差不多了！”

他高兴地伸了个懒腰，点着了一支香烟。

门呀的一声开了。

高政委在门口出现。

雷师长抬头：“明天又要走远路了，你还不睡呀？”

高政委走近：“哪里睡得着哇！”

“睡不着，”雷师长证实道，“想一想下面的几步棋，蛮有意思哩！”

高政委很有兴趣地听着。

雷师长向他瞟了一眼：“刚才我在想，我们只兜了一个圈子，就消灭敌人二十个团，把战役的主动权抓过来了，这次，要是这么再兜它一圈，嗯——”他得意地在图上画了一个圈，然后望着政委。

高政委注视着地图，肯定地点了点头。

“问题在这里，”雷师长戳着图上的一点，放低了声音，“似乎还缺着一着……”

高政委情不自禁地把身子俯向雷师长：“说下去，老雷，说下去！”

雷师长：“我是这么想，要是在娄山山脉两侧，我们有一支部队动作活跃一点，拖住一部分敌人，然后主力这么一下子挥下去，就有可能把这些昏头涨脑的敌人远远地甩开！”

“好！”高政委由衷地叫道。

“这么说你同意我这个说法了！”雷师长略带狡黠地说，“那么，准备签字吧！”

高政委：“什么？”

“上报哇！”雷师长说，“把这个意见报上去，请求派我们这个师搞到敌后去……怎么样?”

高政委:“嘿,急什么?再想想,说不定还有比整个师出动好些的方案呢。”

雷师长不好意思地笑了笑:“是急了点,不过,实在叫人兴奋。你想想,要是把敌人甩开,到那时候,战略的主动权也是我们的了,我们就可以比较轻松地走了!”雷师长越说越兴奋起来:“我们过了长江和四方面军一会合,十几万人马浩浩荡荡开到抗日前线,再一把撒出去。嗬,又是一个新的革命高潮哇!”

高政委坐在雷师长的对面,激动地倾听着。

雷师长天真地说:“不过,老高,咱们到北方去,开始恐怕不大习惯吧,听说那里没有大米吃,这怎么行啊!你说呢?”

高政委仍然笑而不答。

雷师长惊异地说:“你怎么啦?”

高政委:“没有什么,我不到那地方去了!”

雷师长:“去你的!没有大米,麦子也不坏呀!”

高政委认真地说:“真的不去了!把我留下了!”

雷师长一下子还没有听懂政委的意思:“留到哪里?”

高政委:“贵州。”

雷师长:“干吗?”

高政委:“就是你说的那个任务嘛!在娄山山脉的两侧,弄一支活跃的队伍……当然,不是一个师,而是一支游击队和一块儿游击区。”

雷师长盯着政委。

高政委不声不响地摸弄着地图。

雷师长突然生气地跳起来:“你……这个师怎么能没有你!……”

高政委带着责备和解释的语气说道："老雷，这是组织上的决定，我怎么能不服从呢！"

雷师长："不！我知道，一定又是你主动要求的！"

高政委微笑着："就算你说对了！又怎么样？"

沉默了一会儿，雷师长轻轻地嘘了口气："带点人去吧！"

高政委摇摇了头："不，我们是支援主力，而不是削弱它。这里有地方党，有那么好的群众条件和千山万岭，要说需要什么，就是需要整个主力的胜利消息了！"

雷师长一把推开了地图："老高，你的身体呀，唉！你别忘了，你胸膛上少了根肋骨，身上一个伤疤摞一个伤疤，你累的时候，大口大口地吐血……"他越说越激动，最后霍地站起来："不行，我得向组织上建议！……"

高政委仰起脸来，声音低缓，但又严肃地说："雷鸣远同志！……"

雷师长颓然坐下，双手支着脸颊望着跳动的烛光。

高政委充满感情地说："老战友！我知道你要这样，所以没有敢早告诉你，既然需要就应该留下。你想一想你刚才设想的那个方案，你就会支持我的。再说，我们已经在这里插下了一杆红旗，撒下了一把种子，它将发芽、长叶、开花、结果，将来是会有收获的！"

雷师长不语。

沉默了一会儿，高政委看了看表，站起来："离天亮还有五六个钟头，要不，你就陪我到连队里看一看，怎么样？"

雷师长看着政委，慢慢站起来。

遵义街头，月光如水。

雷师长和高政委慢慢走着。

两双穿着草鞋的脚，沉重地踏在宽宽的石板路上。

他们从红军哨兵的面前走过。

他们走进一间昏暗的宿舍。

雷师长点亮了挂在墙上的油灯。

高政委蹑手蹑脚地看着睡熟了的战士们。

他把被子盖在一个战士伸到外面的腿上。

他又把一个战士伸到外面的胳膊放到被窝里。

他的面部表情是那么慈祥、和善，然而也流露出了那种任何有修养的人也无法掩饰的离情别绪。

雷师长又把油灯拨小了，房子里又暗了下来。

他们又走进了一条巷子。

两双穿草鞋的脚，沉重地踏在坎坷不平的土路上。

…………

黎明，起床号响了。

师部门口，饲养员正在备马。

雷师长和高政委走进门去。

门里，灯还未熄。战士们正在打背包、捆铺草。

“高政委!”几个穿便衣、戴红袖章的人从一条长凳上站起，迎着高政委走来。其中，一个背手枪的，就是我们早已认识的江队长。

高政委、雷师长和他们握手。

高政委向江队长说：“你们来得好早?”

江队长：“刚到。”

雷师长：“请到楼上坐吧!”

江队长看着高政委。

高政委向雷师长说：“不用上去了吧!”

雷师长沉默着。

高政委向楼上喊："小刘！"

政委的警卫员背着背包，从楼梯上跑下来："现在就走吗？"

高政委："该走了！"又向雷师长："老雷，我们走了。"

雷师长沉默着。

他们又互相望了一会儿，谁也没有说什么。

后来，高政委就这样不声不响地首先走出门去。

走下台阶的时候，高政委默默地把手伸向雷师长。

雷师长长久地紧握着高政委的双手，把脸朝旁边一偏："马！"

高政委微笑着："老雷，我们游击队要马干什么？"

雷师长松开了政委的手，低沉有力地嘿了一声，举起他粗壮的拳头在政委那单薄的胸脯上轻轻地擂一下："走吧！"

高政委转身和江队长、警卫员及其他赤卫队队员们离去。

雷师长走到街心。

高政委扭头向雷师长招手。

雷师长一动不动，忧郁地望着。

高政委向另一条街上拐去了。

雷师长突然像记起了什么似的，猛然转身，向大门里跑去。

高政委等人在一条偏僻的街道上走着。

一阵急促的马蹄声。

高政委停下，转身。

雷师长策马追上。他勒住马缰，纵身跳下来，走到高政委跟前，把一个绸布小包塞给了高政委。然后又翻身上马，拨转马头，回去了。

高政委解开了绸布，原来是毛主席托他带给雷师长的那包香烟。

高政委的耳边又响起了一个多月前雷师长说过的话："这包烟，我要留到打个大胜仗以后再抽。"

激昂的军乐声起。

红军的队伍整齐地走出了遵义城。

旁白："1935年3月，红军自遵义地区再次西进！"

行军的画面叠印着由三渡赤水到南渡乌江的动画。

旁白："由仁怀茅台三渡赤水河，再入四川南部。蒋介石以为红军又要北渡长江，便急忙调集部队，在长江南岸设防。待敌人部署将成之际，红军却又甩开敌人，突然折回，四渡赤水河。南渡乌江，直逼敌人兵力空虚的贵阳！"

"打进贵阳城，活捉蒋介石！"

马庆奎站在公路边上大声喊着。

杨金生、汤兴茂抬着攻城用的云梯，飞也似的从马庆奎面前跑过。数不尽的红军士兵从马庆奎面前跑过。

马庆奎喊着："打贵阳咯——打贵阳咯——"

贵阳街头，冷冷清清，家家关门闭户，只有几只拖着尾巴的狗和敌人的哨兵，在那里走来走去。

一座挂着蒋介石像的大厅。

侯司令一个人背着手、低着头走来走去。

大厅的各个角落里，都坐着一些探头缩脑、惊慌不安的人。他们有的身着军衣，有的穿着便衣。

一个留着一把山羊胡子的小老头儿，弯着像龙虾一样的腰，对着他身旁一个穿军衣的人悄声说："我不明白，为什么这么大个贵阳，侯司令不派重兵把守！"

穿军衣的人声音更小了："他做不了主！"

老头儿侧着耳朵："什么？"

穿军衣的摇摇头："我不知道！"

老头儿："中央大军什么时候赶到？"

穿军衣的不耐烦地说："我不知道！"

大厅的另一个角落里，坐着一个胖子，一个瘦子，一个光头。他们也低声谈着。

胖子："中央大军应该开过来嘛！"

瘦子："听说遵义附近，共军留了好几万游击队！专门扯中央大军的后腿！"

光头："谁敢保证是游击队？听说打得跟正规红军一样！"

又一个角落，清一色坐着贵州军阀部队的高级军官。

军官甲："共军兵临城下了，还分不清共军主力在哪里！饭桶！"

军官乙："栾指挥，乱指挥！"

军官丙："指挥个头！"

楼梯在马靴的践踏下，响了起来。

大厅里嘁嘁喳喳的说话声消失了。

侯司令来到楼梯口。

栾指挥泰然自若地走下楼梯："诸位请放心，有委员长亲自坐镇，贵阳万无一失！"

侯司令："请问，委员长的具体部署可否告知一二？"

栾指挥："委员长除了从遵义地区抽调主力一部之外，还命令云南部队增援这里！"然后又故意大声宣布："再告诉诸位，云南部队星夜兼程，三天以内，即可到达贵阳！"

滇军跑步前进。

跑不动的士兵倒下去，口吐白沫，军官把他拖到路边。滇军混乱不堪地跑着。

夜，在油灯下，雷师长惊喜地看着电报，自言自语："敌人完全按照着毛主席的指挥在行动嘛！"

他抓起了红蓝铅笔，俯身向着地图。

地图的特写。雷师长用蓝铅由西向东画了个箭头，又用红铅由东向西画了个箭头。

这两个箭头，化成了动画，由相向而行延伸为相背而行。

当蓝色箭头接近“贵阳”的时候，红色箭头已经进入“云南”。

贵阳。栾指挥的司令部。

苗处长向栾指挥报告：“昆明告急！”

栾指挥：“你昏了！昨天共军还在贵阳附近，怎么今天就到了昆明?”

苗处长：“这里的共军可能是一支佯攻部队，今天一早撤走了。这是云南龙主席的电报!”

栾指挥接过了电报，仓促地看了一眼，即向苗处长说：“立即命令孙司令官——”

此时从门外走进一个风尘仆仆的将领。

苗处长吃惊地说：“孙司令官!”

栾指挥客气地站起来，举着电报：“孙司令官，请你火速增援昆明!”

孙司令官彬彬有礼地低下了头：“总指挥，我的兵已经拖得差不多了！再这样拖下去，不打，也要垮了!”说罢，接过了电报，默然转身走出。

栾指挥呆若木鸡。

在铿锵的马靴声中，三四个中央军的高级将领走进来。其中包括刀疤眼。不过，他现在已经戴上少将领章了。

栾指挥：“你们赶得正好！准备追击!”

刀疤眼：“总座，我们能不能补充一下!”

栾指挥：“委员长有命令，可以就地整编！”

“浑蛋！”侯司令赤着脚从烟榻上跳下来，向垂手而立的副官大叫着。“他们为什么整编我们的部队？剿共，剿共，现在把我什么都剿光了！”说着，他像病了似的挥着烟枪，乱打一气，“光了，光了，光了！”

副官急忙抱着他：“司令，司令！”

侯司令挣扎着，笑也似的哭了起来。

金沙江的江水，汹涌澎湃。江中七只木船，正向南岸渡口返回。江北岸，红旗招展，歌声嘹亮。

金沙江南岸的渡口。就剩下雷师长和马庆奎的一营人了。

马庆奎：“师长，高政委不是说我们的目标是要北渡长江吗？”

雷师长：“这不就是长江嘛！”

马庆奎：“这是金沙江！”

雷师长：“金沙江是长江的上游，也是长江，我们只不过多少绕了一点路。”

马庆奎：“从乌江战役结束算起，我们绕了足有四千里了，还‘一点’呢！”

雷师长：“可这四千里路走得有多痛快！几十万敌人就这样让我们甩掉了！长江也让我们走过来了！可以说，我们用两只脚走出一个伟大的战役！”

雷师长现在已经是向所有的人讲话了：“同志们，大家想一想，半年以前，我们怎么样过的湘江，现在我们又怎么样过的金沙江？是谁把我们从失败引向了胜利？”

大家齐声回答：“毛主席！”

雷师长："只要我们坚决跟着毛主席走，我们就能够从这一个胜利走向下一个胜利！"

在暴风雨般的掌声中，小木船靠岸了。

红军战士按顺序上船。

雷师长对马庆奎说："敌人从江西把我们送到这里，也够辛苦了！临分手，也该给他们留点纪念！"说罢，他从一个宣传员手里接过一只装石灰水的小洋铁桶，向一块儿庞大的黑色岩石跟前走去。

栾指挥、刀疤眼带着中央军追到了金沙江边。

迎面那块儿黑色岩石上留下了用石灰水写成的大字标语！

拳打黔军，
脚踏滇军，
拖死中央军。

栾指挥和刀疤眼相对苦笑。

苍翠翡蔚的群山，灿烂的山茶花。

红旗招展。

红军部队雄赳赳地阔步前进。

闪闪的红星

第一章

苍茫的远山，云遮雾罩。山垭口上，衣不蔽体的潘冬子，正在奋力砍柴。刀光闪闪，柴屑飞溅。

深沉有力的旁白——已是中年的潘冬子，满怀激情地回忆起自己战斗的童年：“每个人都有自己的童年。我的童年，是在阶级压迫的苦水里开始、在阶级斗争的烈火里度过的。那已经是四十多年以前的事了……”

一把雪亮的柴刀，迎着晨光，高高举起，又迅猛劈下。一枝胳膊粗细的枯树枝，在柴刀下清脆地折断了。

远处隐约传来稀疏的枪炮声。

小冬子停住了手，昂头凝望着远处的群山，静听着振奋人心的枪炮声，嘴角上不禁浮泛起笑意。

浑厚有力的旁白：“疾风骤雨的一九三一年，当时我才七岁。那年，听大人说，共产党、毛主席领导的中国工农红军已经到了南山，闹起了革命，就要到我们这边来啦。”

枪炮声渐紧。

小冬子纵身一跃，跳到山路边，兴奋地叫了声：“椿伢子！”

“哎——”椿伢子提着柴刀，从一块山石后面跳出来。

小冬子朝着远处的群山一指：“你听，近啦！兴许今天就能打到咱们这儿。”

“那可太好啦！”椿伢子竖起大拇指一晃，凑到小冬子身边，“冬子，你说他们为什么叫‘红军’？红军是红的吗？”

“这……”小冬子眼珠儿一转，答道，“听我爸爸说，他们帽子上都有一颗红星……”他说不下去了，把手一挥，“嘿，反正是闹革命的呗，革土豪老财的命，革胡汉三那老狗的命，帮咱们穷人翻身出气……”

椿伢子：“红军来了就好啦，我家欠的租谷也不用缴啦！”

小冬子：“胡汉三逼死了我爷爷，这血仇也该报啦！……”

他的话停住了。只见潘行义正急匆匆地向山上走来。

小冬子好奇地瞅着爸爸，问道：“爸爸，你到哪儿去？”

潘行义：“大人的事，小孩子家莫问。”

小冬子噘起嘴，随即又神秘地做了个鬼脸：“哼，你不告诉我，我也知道。”他扯住爸爸的衣襟，悄声地问道：“爸爸，你是去接红军的吧？红军什么时候来？”

“莫问嘛，以后你们就知道啦！”潘行义扬起袖子爱抚地擦了擦冬子脸上的汗水，然后揽住两个孩子的肩膀，低声嘱咐道，“砍完了柴，早点回家。”说罢，又急匆匆向着枪炮声传来的方向走去。

一线阳光，穿透乌云，照射在小冬子的身旁。

两个小伙伴并肩站着，望着潘行义那渐渐远去的背影。

椿伢子猜测地说：“你爸爸是请红军去了吧？”

冬子默默地点点头，神往地说："红军快来吧！红军一来，抓住大土豪胡汉三，哼！"他抡起柴刀，猛地砍到一根树杈上。

枪炮声响得更紧了。

傍晚，柳溪村头的山路上，小冬子和椿伢子每人挑一担柴火，说说笑笑地走下山来。

突然，椿伢子停住了脚，碰了碰自己的伙伴："冬子，快看。"

小冬子向村内望去，一种憎恶的表情，顿时浮现在他的脸上。

柳溪村内，大土豪胡汉三家的大门前，人喊狗叫，乱成了一团：几辆鸡公车、十几副挑子已经陆续起身；门里门外家丁们还在你推我挤，手忙脚乱地搬着箱笼细软。

两个狗腿子抬着一个红漆木柜，吆吆喝喝地撞出门来。为头的被挑担的绳子绊了一下，噗地摔倒了，柜子正撞在一根拴马桩上，哗的一声盖子开了，花花绿绿的衣服倒了出来，银圆首饰撒了一地，各种券契随风飘散……

篷车里传出女人们恶狠狠的叫骂声。

大土豪胡汉三命令身后的狗腿子："……这个穷小子能跑到哪里去？带上人，给我满村里搜！"

那个身背短枪、手提麻绳的狗腿子，神色仓皇地挨近胡汉三："老爷，还是快点走吧，万一他们打过来……"

"慌什么?！就是走，也得把潘行义抓到！"胡汉三恶狠狠地挥舞着手里的马鞭子，"知道不，这潘行义和他那个秘密农会，就是红军的根，红军的芽！……"

狗腿子抬手一指："那就是潘行义的儿子。"

胡汉三停住了嘴，凶狠地朝着路口望去。

小冬子和椿伢子两个小伙伴欢快地走进村来。

胡汉三叉开双腿，拦住了两个小孩子的去路。

小冬子把椿伢子拨到身后，横挑柴担，挺身向前，毫不畏惧地盯住了胡汉三。

胡汉三逼近一步："你爹到哪里去了？"

冬子："不知道。"

胡汉三扬起了皮鞭："哼！我看你知道不知道！"

就在皮鞭将要落下的一瞬间，冬子略一侧身，把柴担往前一抡，柴捆猛地砸到胡汉三的脸上。

胡汉三被撞得踉踉跄跄，那张猪肝似的大脸上，划出了条条血印。

胡汉三捂着脸颊，气急败坏地："给，给我吊起来！"

椿伢子机灵地放下柴担，撒腿向村里奔去。

小冬子被吊在那棵粗大、枯干的樟树上。他依然昂首挺胸，对胡汉三怒目而视。

胡汉三："说，你爹到哪儿去了？"

小冬子不服气地说："呸！"

胡汉三把皮鞭掷在地下："往死里打！"

狗腿子挥鞭打下。

小冬子满腔怒火，咬紧牙关。

胡汉三狰狞的面孔，带着风声的皮鞭，轮番交替出现。

"冬子——"随着喊声，冬子的母亲由椿伢子和宋大爹陪伴着快步跑来。在他们身后，是匆匆赶来的男女群众。

小冬子看着母亲："妈妈！"

“冬子!”母亲叫着扑到孩子身边，痛惜地在孩子身上抚摸着。

皮鞭落在母亲身上。母亲身子一震，霍地转回身来。面对着胡汉三，她变得又大胆又刚强。她伸手抓住鞭梢，一下子夺了过来：“凭什么打人?”

在她背后响起了群众的喊声：“不许打人!”

愤怒的群众拥向前来。胡汉三惊愕地连连后退：“红军还没有来，你们就要造反！告诉你们，只要我还在这儿，这儿就得姓胡！……”

枪声骤起。

远处有人喊：“红军来了!”

胡汉三和狗腿子们仓皇奔逃。胡家那条杂毛狗，也急忙夹起尾巴，溜进门去。

“红军来了!”喊声惊天动地。

小冬子神情振奋地抬起头来。

一面鲜艳的红旗，迎风飘舞。

红旗后面，一队红军在潘行义的引导下，冲了过来。红军干部吴修竹腰插驳壳枪、挥动大刀冲在最前面。

小冬子又惊又喜地望着。

吴修竹快步奔到小冬子身边，一手托住了小冬子的身躯，一手挥刀斩断了绳索。接着，弯下身来，动手给他解绑。

小冬子向着潘行义喊：“爸爸!”

潘行义：“孩子，记住，是毛主席的队伍救了你!”

“毛主席！……”母亲深情地喃喃自语。

小冬子转身扑在吴修竹怀里：“红军叔叔!”

吴修竹轻抚着小冬子脸上的鞭痕。

小冬子热泪盈眶，望着吴修竹。

吴修竹英俊的面孔。

吴修竹八角帽上的红星闪闪发光。

《闪闪的红星》歌声起。

红星闪闪放光彩，
红星灿灿暖胸怀。
红星是咱工农的心，
党的光辉照万代……

歌声中，闪闪发光的红星化为一块木牌上的红星。木牌上写着“柳溪乡工农民主政府”。

四乡的群众正拥在胡汉三家大门前，兴高采烈地欢庆工农民主政府的成立。

小冬子的母亲用心地给木牌披上了彩绸。

吴修竹和潘行义把木牌高高举起，挂在大门边上的一只桃形大铁钉上。两人仔细地端详了一番，相视一笑，向大门里走去。

大门口，用松柏树枝和映山红搭起高大的彩门，彩门上挂着红灯和巨幅对联：“永远跟着共产党，红色江山万万年。”

小冬子用竹竿挑着一长串鞭炮。他的小伙伴椿伢子用香头把鞭炮点燃。

爆响的鞭炮在挥舞着彩旗的人群上空摆动。

五颜六色的纸屑，飘落到母亲的新衣上。母亲和几个妇女看着木牌，开心地微笑着。

五颜六色的纸屑，飘落到正在击鼓的老篾匠——宋大爹的头帕上、围裙上、胡子上。老人的鼓点敲得更欢了。

爆响的鞭炮在欢乐的人群上空摆动。

鞭炮化成一盏又红又亮的五星花灯。

提灯游行大会的行列正走过胡家大院门前。队伍的最前面，小冬子和椿伢子高擎着一对五星红灯为前导。红彤彤的灯光映着竹竿挑起的大幅标语："庆祝工农民主政府成立！""打土豪，分田地！""红色政权万岁！"

欢乐的人群里，金鱼灯、兔儿灯、白菜灯……各式各样的花灯交相辉映。

赤卫队队长潘行义率领着几个手持红缨枪的赤卫队队员，押着大土豪胡汉三走过。群众举起拳头，高呼口号。胡汉三惊惧地低下了头。

提着花灯、擎着火把的游行队伍，来到了村边的打谷场上。场上更加热闹起来。

场边高耸的土楼前面，一盏"跑马灯"正在缓缓旋转。灯上，映出红军作战的图像。

吴修竹抱着小冬子。小冬子高兴地看着。

早晨。小小的院落，洒满了朝阳的光辉。那盏大红五星花灯挂在窗前，披着阳光，在春风里飘来荡去。

院子里，潘行义挥着柴刀在砍削一根小红缨枪的枪杆，砍几刀，拿起枪头比量着。

房门前，小冬子的母亲正精心地绣着一个"儿童团"的大红袖标，红布的反光映红了她愉快的面颊。

潘行义刚把枪头安好，小冬子连蹦带跳地跑进院来。他叫着"妈妈"，扑向爸爸。

小冬子一把把红缨枪抢到手："爸爸，是给我做的？"

潘行义："成了儿童团团员啦，就得武装起来呀！"

小冬子眼馋地望着倚在门边的那支"汉阳造"步枪："儿童团也不如你们赤卫队呀，使钢枪！"

潘行义："武器不一样，可任务是一样啊，都要消灭敌人、保卫红色政权！"

潘行义郑重地把红缨枪交给了小冬子："去，上学去吧！"

母亲拿着书包、书本和儿童团的袖标、红领带，从房里走出来。她把孩子拉到跟前，帮他戴上袖标，系好了红领带，又把两个染红的鸡蛋装进他的口袋，顺手给他背上了书包，然后喜滋滋地端详着。

小冬子接过那册崭新的《列宁小学课本》，喜爱地望着课本封面上那颗鲜艳的红星。

小冬子把书本贴在胸前，扛起小红缨枪，欢跳着走出门去。

父亲和母亲倚门微笑，目送着小冬子走上开满映山红的山坡，走进花丛的深处。

傍晚。村外山道。

小冬子和椿伢子两个儿童团团员，还有两个年龄更小的小学生，背着书包，扛着红缨枪，唱着歌，蹦蹦跳跳地走来。

打倒列强，
打倒列强；
除军阀，
除军阀；
民主革命成功，

民主革命成功；
齐欢唱，
齐欢唱。
打倒土豪，
打倒土豪；
分田地，
分田地；
工农团结起来，
工农团结起来；
齐奋斗，
齐奋斗。

小冬子：“喂，椿伢子，咱们玩‘打土豪’怎么样?”

椿伢子先发制人地说：“你当‘土豪’，把你拴起来游乡。”

小冬子摇摇头：“我不干!”

一个小学生为难地说：“那……谁当‘土豪’哇?”

小冬子：“谁胖谁当‘土豪’!”

两个小学生齐声喊：“椿伢子!”

椿伢子指着自己的鼻子，调皮地说：“我当‘土豪’? 叫我当坏蛋? ——我才不干呢!”扭身撒腿就跑。

两个小学生：“‘土豪’跑了! 追呀!”

小冬子指挥着：“快，你们俩从这边追，我从那边绕过去。”端起红缨枪穿林追去。

两个小学生：“追呀!”

椿伢子在跑。小冬子在树丛中穿过。

昏暗的暮色中，一个人正鬼鬼祟祟地从山上树丛中钻出来。

小冬子吆喝："截住他！截住他！别让'土豪'跑了！"

那个人闻声大惊。原来这人正是大土豪胡汉三。他看清迎面跑来的小冬子，小冬子也认出了胡汉三。

胡汉三惊慌失措，丧家犬似的向树丛中逃去。

小冬子紧追了几步，随即将红缨枪朝胡汉三掷去。锋利的红缨枪插进了胡汉三身边的一棵树干。胡汉三一惊，被树根绊倒了。

小冬子奋不顾身地扑上去，一把揪住了胡汉三。

胡汉三转身推小冬子。小冬子一口咬住了他的右手。

胡汉三想用力挣脱。

小冬子咬住不放。

两个小学生追赶椿伢子，在林中边跑边喊，渐渐跑近。

胡汉三猛地一甩，小冬子摔倒了。胡汉三爬起身，朝小冬子踢了两脚，看了一下被咬伤的手，连滚带爬地向丛林深处钻去。

椿伢子和两个小学生扑到小冬子身边："冬子！冬子！"

小冬子慢慢地睁开眼睛："快，胡汉三跑啦！"

第二章

黎明，炮声隆隆。

小冬子扛着红缨枪，站在村外一座小桥上。晨光鲜明地映衬出他那峭拔的身影。

小冬子迎着曙光走向桥头。桥上，支前的队伍来来往往。

溪边，母亲和几个妇女正在洗绷带。

浑厚有力的旁白："老奸巨猾的胡汉三跑掉了。1933年10月，当国民党集中百万大兵，对我们革命根据地发动第五次'围剿'的时候，这条恶狼又尾随着他的主子，对红色根据地的人民进行了疯狂的反扑！”

炮声中夹杂着枪声。

小冬子俯在桥边，向母亲叫道：“妈妈，你听，这一枪准是我爸爸放的！”

母亲笑而不答。

小冬子：“妈妈，你听见没有？多脆！”

母亲故意地说：“我听不出来。好好放你的哨去吧！”

小冬子走回桥头。

椿伢子迎面跑来，上气不接下气地说：“打，打死了！……”

小冬子高兴地说：“胡汉三？”

椿伢子：“比，比，比他大！”

小冬子：“什么东西？”

椿伢子：“一个团长，中央军的。”

小冬子：“谁打死的？”

“咱柳溪赤卫队呗！”椿伢子自豪地竖起大拇指，“听说你爸爸带着赤卫队配合主力红军，在虎头垴顶了三天，上级夸咱们是这个！”

小冬子高兴地向着桥下喊：“听见没有？咱柳溪赤卫队打胜仗啦！”

一位妇女笑着对冬子母亲说：“冬子妈，前方打了胜仗，你们家的功臣该回来了，快给人家做点好吃的吧！”

冬子母亲笑了笑。

宋大爹匆忙走来：“冬子妈！”

“宋大爹！”冬子母亲不安地站起。

宋大爹在冬子母亲耳旁低声说着什么。

小冬子注视着。

冬子母亲拧干绷带，放进竹篮，提起来，快步向村里走去。

椿伢子小声地说："你们家出啥事了？还不快去看看？"

小冬子把红缨枪交给椿伢子："你替我站一会儿。"

椿伢子："好！"

小冬子向母亲追去。

村内。人来人往，熙熙攘攘。抬担架的、送饭的、运输弹药的，繁忙异常。

小冬子随着母亲，从人丛里经过，走进胡家大院的大门。

室内。临时手术室。

架起的门板上，躺着潘行义。他一见冬子娘儿俩进来，便折身坐起。

母亲："伤哪儿了？"

"这儿！"潘行义把右腿向上搬了搬，微微一笑，"不要紧，没伤到筋骨。"

小冬子看见父亲的裤腿被血浸透，欲哭。

潘行义瞪了儿子一眼："儿童团团员，还兴哭鼻子？打仗嘛，哪能不流血?!"

小冬子连忙揩去了眼泪，偎依在母亲身边。

军医进来了。他摸着潘行义的伤口："潘队长，这颗子弹得取出来呀！"

潘行义："取嘛，留在里头又不能生崽儿！"

女护士拿着个小药瓶，在军医耳边说："就剩这一针了！"

潘行义问："什么？"

军医："麻药！"

潘行义一笑："我用不着这个！……"

小冬子一怔。潘行义的声音："……麻药留给重伤员，留给最需要的同志。”

小冬子看着父亲的脸，思索着话里的意思。

军医：“潘队长，你的伤也不轻啊！”

潘行义：“你这同志好死板嘛！你不看我多壮实！”

军医：“潘队长——”

潘行义：“同志哥，来吧！别为这事耽误时间了！”

军医转脸望着冬子母亲。

冬子母亲抚摸着孩子，好像很平静地回答：“他，经得起。”

小冬子看看母亲，又看看父亲，完全理解了他们的意思。他用同样平静的目光看着军医，像是重复着妈妈的话。

军医深受感动地在小冬子头上抚摸了一下，向女护士示意：准备好！

潘行义：“冬子，出去玩一会儿！”

母亲：“去吧，乖孩子。”

小冬子走出房门没有多远，又不放心地停步转身，挪了几步，挨近门口；门关着，他想推又不敢推。

在小冬子身后，一只手把紧闭的房门推开了一道缝。原来是吴修竹。吴修竹挽住小冬子的肩膀，轻轻地把他推近门边，低声地说：“别怕，胆子放大一点！”

小冬子偷偷地从门缝望进去，正好与潘行义的目光相遇。潘行义向他鼓励地笑了笑。

刀剪声。医生动手术的背影。

潘行义忍着疼痛，额上布满了汗珠，但神色依然十分平静。

小冬子懂得父亲的心境，他两眼含着大颗眼泪，用力咬紧嘴唇，似乎在分担着父亲的疼痛。

吴修竹慢慢抱起了小冬子，大手掌温柔地抚摸着孩子的脊背，轻声地问道："怕吗？"

小冬子想了想："爸爸不怕，我也不怕。"

吴修竹："对。不管是苦是难，只要你不怕它，它就怕你啦！"

小冬子看看爸爸，又看看吴修竹，沉思地点了点头。

只听当啷一响，接着是母亲轻松的声音："取出来了！"

小冬子从吴修竹怀里跳下，跑进房内。

冬子母亲轻轻地给潘行义拭着额上的汗。

小冬子跑到父亲身边。

吴修竹轻步走近，把小冬子抱到床板上，随手握住了潘行义伸过来的一只手。

小冬子小心地抚摸着父亲那缠着纱布的伤腿："爸爸……"

军医手端着盛着子弹头的瓷盘子走过，他满含敬意地望了望潘行义。

"给我。"吴修竹伸手接过了盘子。

小冬子："我看看。"

盘子里放着一颗子弹头，小冬子伸手拿过来，托在手心里看着。

潘行义问冬子："冬子，这是什么？"

小冬子："子弹头。"

潘行义："哪里来的？"

小冬子："白狗子打的。"

潘行义："那，我们应该怎么办？"

小冬子："等我长大了，我也去打白狗子，叫他们也淌血，淌好多血，给你报仇！"

潘行义："就给我一个人报仇？"

小冬子被问住了，不解地望着吴修竹。

吴修竹："孩子！这不是哪一个人的仇哇。白狗子拿枪打我们，要我们流血，是想夺走我们的红色江山。我们只有消灭天下所有的白狗子，才能使受苦受难的人民永远得解放啊！"

小冬子凝视着手中的弹头，沉思着，把弹头握紧。

室内，灯下。

母亲低头打着草鞋。潘行义穿着一套崭新的红军服装，坐在母亲对面，默默地帮她捋着稻草。

小冬子不安地躺在竹床上。他显然没有睡着，不时偷偷地睁开眼睛向爸爸妈妈看上一眼。

窗外，红军部队正在通过。传来阵阵脚步声、马蹄声、铁器的撞击声。

沉重有力的旁白："爸爸伤好了以后，就带领一些赤卫队队员参加了主力红军，又投入了第五次反'围剿'的斗争。为了保卫红色政权，红军战士和革命群众，战斗得多么英勇啊！可是不知为什么，仗越打越困难，根据地越打越缩小。到了1934年秋天，我们中央根据地的主力红军，都要撤走了！"

冬子母亲："听说你们这回要走很远？"

潘行义："是呀，要走很远。"

小冬子一惊，睁开了眼。

短暂的沉默。

潘行义："我，你不用担心。我是党的人，到哪儿也是革命。就是红军走了以后，胡汉三他们一定要反扑回来，你们的日子怕是要过得很艰难了。"

冬子母亲："难，倒也不怕，就是一想到胡汉三要回来，咱们辛辛苦苦斗争来的好日子又丢了，群众又要受二茬儿罪，心里总觉得沉甸甸的。”

潘行义：“不怕，主力红军走了，党还在，游击队还在，照样领导大家坚持斗争。”

冬子母亲坚定地点了点头。

潘行义：“你的入党申请交上去了？”

冬子母亲微笑点头。

潘行义：“这我就更放心啦！咱们的党又要添一个新党员啦！”

“是呀，只要有党在，再苦再难咱们也能挺得住！”冬子母亲昂起了头，神情振奋地说，“我们一定坚持住。等你们打回来了，咱们再把这好日子夺回来。”

潘行义：“等我们打回来的时候，日子就更好了！”

冬子母亲：“还能怎么个好法？”

潘行义：“那时候，土豪劣绅都打倒了，天下穷人都解放了，还要建设社会主义、共产主义哩！”

小冬子半眯着眼听着。父亲母亲关于未来的描述，使他的心情振奋。直到母亲走近床边，他才慌忙闭紧了双眼。

母亲给小冬子掖了掖被子，满怀希望地说：“为了把革命闹成功，为了能让冬子他们这一辈儿过上那样的好日子，咱们再苦也值得！”

潘行义挪过油灯，照了照被窝里的小冬子。他那宽厚、粗糙、温暖的大手，在孩子的脸上轻轻抚摸着：“是呀，革命，为了后来人，也靠的是后来人哪！冬子妈，我这一走，这孩子就全靠你了！孩子，是革命的后代根芽，一定要领着他顺着革命的路子走、按着革命的需要长啊！”

父亲慈爱的抚摸和亲切的嘱托，使小冬子的眼泪再也忍不住了。

潘行义的手触到了儿子的泪水：“怎么，你没有睡着哇！”

“爸爸！”小冬子翻身扑到父亲怀里。

小冬子抚摸着父亲军帽上的红星："爸爸，你走了以后，我就使劲儿长。等长大了，我也戴上这么颗红星，跟你一样当个红军！"

潘行义高兴地说："冬子妈，听见了没有？咱们家又要多一个红军了。"

冬子母亲一面拾掇着刚刚打好的草鞋，一面高兴地说："嗯，有这么个志气就好哇！"

潘行义慢慢放下小冬子，从上衣口袋里，取出了一个黄油布小包，解开了拴着一枚制钱的绳子。布包打开，里面是一枚红光闪闪的红星。

潘行义郑重地拿起红星，向小冬子说："孩子，我知道你最爱红星，总想要一颗红星。现在爸爸要走啦，把这颗红星留给你。什么时候遇到困难了，想红军了，就看看它。有它给你引路，你这个儿童团团员就一定能长成个红军战士！"

小冬子双手接过红星，无限深情地望着。

《闪闪的红星》歌声起。

红星闪闪放光彩，
红星灿灿暖胸怀。
红星是咱工农的心，
党的光辉照万代。
长夜里，红星闪闪驱黑暗，
寒冬里，红星闪闪迎春来，
斗争中，红星闪闪指方向，
征途上，红星闪闪把路开。
红星闪闪放光彩，
红星灿灿暖胸怀。

跟着毛主席、跟着党，
革命的红星传万代。

歌声里，冬子的眼前浮泛起有关红星的美好的回忆，他偎依在吴修竹的怀里，望着八角帽上的红星；披着彩绸的“柳溪乡工农民主政府”的木牌冉冉升起，牌端嵌着红星；提灯会上那又红又亮的大红星，《列宁小学课本》上那放射着光芒的小红星……

各种红星相继隐去，最后，只剩下了手心里的一颗红星在闪闪发光。这时，小冬子已是捧着红星站在家门前了。

秋风萧瑟，乌云乱飞。黎明前的黑暗开始消退。岭背上，一队红军队伍正在行进。

潘行义从妻子手里接过草鞋，拴在腰间。

冬子母亲又把一顶斗笠挂在丈夫肩上。

潘行义迎着冷风，向行进的队伍大步走去。

风吹着冬子母亲的头发。她把儿子抱在肩头。

小冬子望着渐渐远去的滚滚铁流，高举红星，向父亲送别，向红军送别。

队伍渐远……

激愤有力的旁白：“爸爸走了！红军走了！好多年以后我才知道，这次红军的远征，是第三次‘左’倾路线所造成的严重恶果！他们排斥了毛主席的领导，夺了毛主席对红军的指挥权，结果，没有能够粉碎敌人的第五次‘围剿’，最后，被迫把毛主席亲手缔造的中央革命根据地放弃了。”

乌云密布，雷声轰鸣，电光闪闪。

小冬子手捧红星，望着远方。

第三章

狂风暴雨。

荒野。狂风卷着乱草，滚来滚去。

泥塘。暴雨搅着污水，沉渣泛起。

漆黑的夜晚。

一道闪电，远山、近树和大地上的一切都变成了铁青色。

在雷鸣电闪中，一队靖卫团匪兵从柳溪村旁的小桥上冲过。

胡汉三满身泥污，挥动手枪，尾随着白匪军从小桥上冲过。

小冬子家里。母亲在灯下匆忙地打着包袱。

宋大爹跑进："快走！胡汉三进村了。"

小冬子拿起桌上的《列宁小学课本》。

母亲提起包袱，吹灭了灯。

宋大爹拉住小冬子的手。

三人走出大门，沿街走去。

犬吠声、枪声。

三人闪身躲入一间堆放乱柴的破草房内。

透过用草绳结成的窗棂，可以看见附近升起的几处火光。

白匪用枪托推打着一群绳捆索绑的群众走过。

几支乌烟瘴气的火把，出现在胡汉三家门口。

一块写着"柳溪乡靖卫团"的木牌，挂在那只桃形的大铁钉上。

胡汉三挎着驳壳枪，戴着靖卫团的白袖章，来到木牌跟前。

一见大土豪胡汉三，小冬子不由得发出一声愤怒的呼喊：“妈妈，胡汉三!”

母亲默默地抱紧了孩子的肩膀。

胡汉三肚子一挺，双手一背，不可一世地说：“众位父老乡亲没想到吧？我胡汉三回来了！这柳溪还是我胡汉三的天下！过去，谁拿我的什么，再给我送回来；谁吃我的什么，再给我吐出来。有些人欠我的账，我得一笔一笔慢慢算！……”

一个狗腿子走过来，附在胡汉三耳边说了句什么。

胡汉三恶狠狠地说：“什么，潘行义跑啦？哼，跑了和尚跑不了庙，老子不在，儿子还；老公不在，婆娘还!”

宋大爹悄悄拉了冬子母亲一下。母亲又拉了小冬子一下。

老少三人离开了破草房。

三个人迎着风雨，在满是泥泞的山路上艰难地走着。

沉重悲愤的旁白：“胡汉三回来了。阶级敌人复辟了。在毛主席革命路线指引下，我们所得来的胜利和幸福生活，被错误路线给断送了。”

小冬子停步，回头望去。

柳溪村内，火光冲天，不时响起凄厉的枪声。

小冬子紧抓着胸前的衣襟——那里，珍藏着他那颗心爱的红星。他那双大眼睛里，闪烁着悲愤的火光。

宋大爹把他抱起来。

三个人影逐渐消逝于夜幕雨帐之中。

低矮的茅屋。竹制的小桌上，放着一盏小油灯。一只竹篮，遮着灯光。

茅草搭成的草铺上，母亲身披夹袄，坐在灯旁，默默地沉思。

小冬子偎依在母亲的身旁，把脸贴在她怀里。

小冬子："妈妈，就我们两个人啦!"

母亲把孩子抱紧，默默地摇了摇头："不，有很多很多人跟我们在一起呀!"

小冬子："在哪儿?"

母亲没有回答，缓慢地抚摸着儿子。她的手触到了孩子胸前的衣襟，突然停住了。小冬子拿出红星，轻轻地放在母亲手里。

母亲深情地望着掌心的红星，像是自言自语又像回答儿子："没有什么!我们的党还在，我们的红军会回来的!"

小冬子："妈妈，我爸爸什么时候回来?"

母亲继续沉浸在自己的思绪中，没有回答。

小冬子仰起脸来，恳求地说："妈妈!"

母亲温柔地抚摸着儿子的头发："等到春天，满山的映山红全开了，你爸爸他们就该回来了!"

小冬子向母亲偎近了些，眼里闪烁着希望和期待的光芒。

母亲把儿子揽在怀里，低声地唱起江西山歌。

夜半三更盼天明，
寒冬腊月盼春风。
若要盼得红军来，
岭上开遍映山红。

歌声中，黑夜化为白昼。

寒风中，山林一片枯黄。

江西山歌的音乐声，在山林里轻轻回荡。

小冬子腰别柴刀，向山上走去。

他登上一块高高的山石，手捧红星，仔细看了看，又仰起头来，眺望远方。红星，在阳光的照耀下，鲜艳得像一朵盛开的红花。

他走近一株枯黄了的映山红，一手抓住枝条，一手轻轻掐着，眼里重又浮出了希望和期待的神情。

一幅奇妙的幻象浮现出来：仿佛，他用手掐过的地方，冒出了嫩芽，长出了新叶，吐出了蓓蕾。

一枝映山红开了。

满坡的映山红都开了。

烂漫的山花丛中，现出了一条宽平的大道。大道上，红旗飘扬，威武雄壮的大队红军，正快步走来。

在行军行列里，小冬子看见了父亲。他一边走，一边含笑招手。

父亲越走越近。于是，他看见了父亲的面孔，看见了父亲军帽上那颗闪闪的红星……

小冬子高兴极了。他从幻觉中醒过来，微笑着环顾四周。

山坡依旧。只是在他的面前，站着一个打柴人。

小冬子吃惊地后退，警惕地摸着后腰上的柴刀。

打柴人微微一笑，原来是吴修竹。

小冬子一下抱住了吴修竹的胳膊："大叔，你们可回来了！"

"孩子，大叔没有走哇！"吴修竹爱抚地揽着冬子的肩膀，"怎么，想爸爸啦？"

小冬子轻声地说："我妈妈说，到了春天，映山红开了，红军就回来了。"

吴修竹："红军一定会回来的！"

小冬子："那多好哇。"

吴修竹笑了笑："要是红军回来了，爸爸问你：'小冬子，我走了以后，你都干了些什么呀？'你怎么说？"

小冬子被问住了，他怔怔地望着吴修竹。

吴修竹："你说：'爸爸，我等你来着！'是不是？"

小冬子想了想，默默地点了点头。

吴修竹抚摸着冬子的头，语气严肃起来："可不能光是等啊，孩子！我们要和敌人斗！胡汉三虽凶，也不过是草上的露水瓦上的霜，只要我们坚持斗争，把敌人斗垮了，你妈妈说的那个'春天'就来了，胜利的花儿也就开啦。"

小冬子深沉地点点头。

庄严的《国际歌》乐声起。

一面鲜红的党旗出现在土屋的墙壁上。

党旗旁边，映出两个人影：一个是吴修竹，一个是小冬子的母亲。

吴修竹的声音，庄严有力："服从党章，遵守党纪。"

冬子母亲的声音："服从党章，遵守党纪。"

草铺上，小冬子半跪在那里，神情庄重地望着母亲的背影。

吴修竹："执行决议，严守秘密！"

冬子母亲："执行决议，严守秘密！"

小冬子站了起来。

党旗的特写。

吴修竹："牺牲个人，永不叛党！"

冬子母亲："牺牲个人，永不叛党！"

吴修竹的声音："为共产主义事业奋斗到底！"

在母亲重复这句誓词的同时，小冬子举起握紧了的小拳头，表情像大人一样庄严。

吴修竹和母亲转过身来，看见了站在茅草堆里的小冬子。

母亲走过来，紧紧地把儿子抱起。小冬子从来没有见过母亲这样激动、幸福。

好久好久，母亲把儿子放下，在草铺上坐下来。

吴修竹："从现在起，你就是中国共产党的一名党员了。在最困难的时候做一个共产党员，是很光荣的！"

冬子母亲严肃地点点头："以后，我是党的人了。我已经把自己全都交给了党。党需要我做什么，我就做什么！"

小冬子望着党旗，同样严肃地附在母亲耳边："妈妈，你是党的人，那我就是党的孩子啦！"

吴修竹和冬子母亲高兴地注视着孩子。

小冬子："党叫我做什么，我就做什么！"

吴修竹转向冬子母亲："同志，听听这细伢嫩崽儿的声音，咱们的斗争就更有信心啦！"

小冬子投到吴修竹怀里，兴奋地说："我也更有信心啦！"

"真是好孩子！"吴修竹搂住了小冬子，他的神情激动起来，"冬子，眼下虽说还是冬天，可是最冷的时候已经过去了！你日夜盼望的春风，已经吹来啦！"

母子二人兴奋地注视着吴修竹。

吴修竹："上级给我们传达了毛主席、党中央的指示，指示说，今年一月，党中央在贵州召开了遵义会议，纠正了'左'倾路线的错误。从今以后，又是毛主席领导我们的党，指挥我们的红军啦！"

天亮了，一轮红日冉冉升起。金色的阳光，穿过晨雾，从窗洞里射进来，把屋里照得通明透亮。

母亲激动万分，低声地说："孩子，听见了吗?"

小冬子同样激动，深情地喃喃自语："毛主席!"

吴修竹："现在，毛主席亲自指挥咱们的红军，在贵州打了大胜仗！扭转了'左'倾路线所造成的被动局面。红军正在胜利前进!"

冬子母亲："那，咱们这里……"

"这儿，毛主席已经给咱们想到了。"吴修竹提高了声音，"毛主席、党中央指示我们：动员广大群众，坚定胜利信心，开展游击战争，狠狠打击敌人!"

冬子母亲："老吴哇，乡亲们要知道这个消息，不知该多高兴啊!"

吴修竹："就是要尽快让大家听到毛主席、党中央的声音!"

冬子母亲："我这就下山去。"

小冬子跳起来："妈妈，我也去。"

冬子母亲："你跟吴大叔上山去等着!"

小冬子严肃地说："吴大叔说啦，不能等!"

冬子母亲和吴修竹相视一笑。

夜，星光点点。

从山垭口上望去，黑沉沉的村落，不时传来靖卫团匪兵巡夜的口令声。到处笼罩着白色恐怖的气氛。

一小队靖卫团匪兵，在胡家狗腿子带领下，从路口走过。

草丛微微一动。母亲机警地察看了一下，领着小冬子疾步跨过垭口。

河边舂米房。水轮缓缓转动。米房门轻轻打开，小冬子侧身出来。他把手指往嘴里一插，发出几声动听的鸟叫。

母亲从一棵大树后走出来。她和冬子低语了几句，闪身走进米房。

房内，由水轮带动的几个石杵一上一下地舂米。

母亲一进门，房内五六个男女欣喜地围上去。

房外，水轮边上，小冬子在警惕地放哨。

榨油房里。

六七个榨油工人围坐在一盏油灯下。

灯光映在冬子母亲的脸上。她正在热情地向工人群众做宣传。

门外，大树的枝上，小冬子在放哨。

柳溪村边山坡上的小土楼。窗洞里透出一缕灯光。

离土楼不远的山坡上，宋大爹和小冬子伏在一块山石后面瞭望。

一阵山风吹来，衣着单薄的小冬子打了个冷战。他向宋大爹身边靠了靠。

宋大爹解开衣襟，把小冬子拥在怀里，攥着那双冰凉的小手，问："冷吗?"

小冬子："爷爷，不冷。心里热着呢!"

宋大爹感情激动地说："好哇! ……"

小冬子："什么?"

宋大爹像是回答小冬子，又像自言自语："咱们的党最知道群众的心哪，派了你妈妈来……"

小冬子："还有我呀!"

"对，还有你。"宋大爹笑了笑，"这一来，群众听到了毛主席的声音，就好比这山林里吹进了春风，咱这老根据地又该兴旺起来啦!"

小冬子静静地听着宋大爹的话。突然，远处传来犬吠声。他碰了碰宋大爹："爷爷，快看!"

远处，鬼火似的出现了点点火光。

宋大爹探身看了看，推了冬子一把："快去告诉你妈!"

房内，人们正围着冬子母亲谈论着。小冬子突然跑进来。

母亲看出发生了情况，她示意大伙镇静，然后站起身，吹熄了油灯，转身走出了楼门。小冬子快步跟上。

犬吠声中，一串串火把，从几个方向急速飘来。

冬子母亲向闪着火光的方向望了望，走到宋大爹身边："宋大爹，快带上群众向后山转移，我掩护!"

宋大爹："不行，你快带冬子走……"

冬子母亲坚决地说："这是党的决定，快!"

宋大爹带群众向后山走去，母亲拉过小冬子，把自己的夹袄给他披上，平静地说："孩子，跟宋爷爷一块儿走。"

小冬子扯住了母亲的衣襟："妈妈，你……"

母亲严肃地说："妈妈是党的人，绝不能让群众吃亏。党需要妈妈这样做!"

小冬子倔强地说："我是党的孩子！……"

母亲欣慰地俯下身来，亲切地说："不，党需要他的孩子跟宋爷爷一块儿，带着群众转移。听话，听党的话!"

小冬子领悟地点点头，抓着衣襟的手松开了。

冬子母亲目送群众隐入树丛，然后从竹篮里掏出一支土造的"撅把子"手枪，把一颗子弹捺入枪膛，警惕地注视着敌人。

凄厉的冷枪声中，一支支火把，向土楼围拢、逼近……

宋大爹、小冬子和群众隐蔽地从灌木丛中穿过，迅速向山上转移。

冬子母亲突然发现一队敌人、一串火把向群众转移的方向扑去，不由得浑身一震。她环顾四周围拢来的敌人，毅然奔进土楼。

土楼里，油灯又亮了。

冬子母亲慢慢地吹灭了火柴，关紧了楼门。

一群靖卫团匪兵正沿着山路搜索。胡家狗腿子突然看到了土楼里的灯光，连忙向胡汉三报告："土楼里有人！"

胡汉三凶狠地朝着土楼一挥手，匪兵们向土楼拥去。搜索灌木丛的匪兵也转身向土楼拥去。

土楼里，冬子母亲站在窗口，镇定地注视着敌人。

匪兵围住了土楼。随着杂乱的枪声，子弹射穿了土楼的房门。

冬子母亲猛地拉开房门，高举起一颗手榴弹向敌群投去。

灌木丛中，小冬子紧靠着宋大爹，回头注视着土楼。

突然传来了手榴弹的爆炸声。

小冬子紧握柴刀，低低地叫了声："妈妈——"

手榴弹爆炸处，硝烟未散，敌兵死伤狼藉。

狗腿子从地上抬起头："是冬子妈！"

胡汉三从地上爬起来，扑打着硝烟、尘土，叫喊着："抓住她！"

土楼里，母亲向着涌向楼门的匪兵轻蔑地瞥了一眼，迅速关上了楼门。

又是几发子弹射穿了楼门。

冬子母亲靠在墙边，略略思索了一下，疾步走到桌前，提起手枪，吹灭了油灯，向后门走去。

她拉开了后门，刚想突围，突然几道手电光一齐射来，乱枪打在她的身旁，一发子弹射穿了她的左臂。

她镇静地环顾四周，又毅然回身，关好门，扑到窗前。

楼外，匪兵喊声越来越近。借着昏暗的火把光亮，冬子母亲看见胡汉三正挥动着驳壳枪，带着匪兵冲向楼门。

冬子母亲愤怒地举起手枪，瞄准了胡汉三。

枪声响了，胡汉三右手腕中弹，手一哆嗦，驳壳枪掉在地上。

胡汉三踉踉跄跄扶住了一个匪兵，咬牙切齿地说："烧！给我烧!"

狗腿子把火把向土楼投去，点燃了楼边堆放的干草。

土楼脚下立时腾起了火焰。

后山腰的灌木丛中，转移的群众正在隐蔽行进。

走在后面的宋大爹和小冬子，回过头来，向着土楼方向瞭望。

土楼前，浓烟滚滚，火焰乱蹿。

胡汉三正指挥着匪兵们把一支支火把投向柴堆。

火光中，冬子母亲走上楼梯，来到楼顶。

她倚着一截断墙，打出了最后一发子弹，然后把枪在断墙上摔打了几下，又随手抓起砖块，投向敌群。

火光从楼下腾起。

冬子母亲用力推着危墙。危墙坼裂、歪斜。冬子母亲奋力把断墙推下楼去。

火光从冬子母亲背后腾起，火舌卷向楼顶。

冬子母亲双手举起一个米罐子，向楼下匪兵砸去。

楼下。碎砖、乱石、菜坛、米罐凌空飞下。

匪兵们抱头掩面，仓皇后退。

土楼顶端，烈焰弥空。

高亢、激越的歌声起。

映山红啊映山红，
英雄儿女血染成。
火映红星星更亮，
血洒红旗旗更红。
高举红旗朝前迈，
革命鲜花代代红。

熊熊的烈焰中，冬子母亲挺身而立，双手高举起一根燃烧着的房檩，犹如高擎着一支巨大的火炬。她那炯炯的目光，穿透火焰，怒视着楼下的匪兵。

熊熊的烈焰遮住了整个画面……

土楼的火光，映照着山林。

火光映着小冬子悲愤的面孔。

火光映着宋大爹和革命群众悲愤的面孔。

一个青年农民，抓着一块儿石头，猛然凑到宋大爹身边。他眼泪迸流，愤怒地低叫道："大爹——"

身后的群众，唰地拥向前来。人们围在宋大爹旁边——只要他一声令下，就是拼死也冲下山去，援救这位为革命献身的女共产党员。

宋大爹热泪盈眶，激动万分。他再也控制不住自己了。他高举起手里的篾刀。

就在这时，小冬子突然站起身，一步跨到了宋大爹的面前。

“爷爷！”他那压低了的声音，略带悲切，却果决有力，“‘妈妈是党的人，绝不能让群众吃亏。’——这是我妈妈说的……”

他说不下去了。他那一双含泪的大眼，祈求似的望着宋大爹。

宋大爹一把抱住了小冬子。

火势更大了。火光映照着革命群众和小冬子那悲愤的面孔、含泪的眼睛。

小冬子手握着柴刀，眼噙着泪水。母亲的英雄形象、革命精神，深深地印在了他的心底。

歌声延续下来。

游击队驻地。游击队队员们肃穆地站着，一双双眼睛关切地望着小冬子。

小冬子既无哭声，又无眼泪。他迈着坚定的步子向前走来。

红旗迎风飘舞。

小冬子继续走向红旗。

游击队队员们关心地围拢过来。

突然，小冬子出人意料地从胸前取出红星，递向吴修竹，用发自肺腑的声音说道：“叔叔！收下我吧，我要当红军！”

吴修竹一把抱住了小冬子，无比激动地说：“好孩子！”

吴修竹把小冬子高高举起，举向红旗。

红旗飘舞，飘舞。

傍晚，游击队列队集合，准备出发。

队前的红旗、梭镖上的红缨、大刀上的红绸，迎风抖动。

队员们军帽上的红星迎着晚霞闪闪发光。军帽下的面孔都一样庄重、严峻。

小冬子依然是一身儿童团打扮，跟着宋大爹站在队尾。

吴修竹站在队前，正在结束战前的动员："……遵义会议的光芒已经照亮了我们红色老根据地的山林，革命群众的斗争的烈火已经燃烧起来了，我们要坚决战斗，夜袭柳溪，打击敌人的气焰，鼓舞群众的斗志……"

小冬子专注地听着。

吴修竹："……动员广大群众，坚定胜利信心，开展游击战争，狠狠打击敌人！"

黑夜。游击队从山上走下来。

游击队穿过丛林。

在一道高坎前，小冬子抓着宋大爹的手在攀登，背后的柴刀发着亮光。

游击队从拱桥上走过。

拱桥的桥头，吴修竹迎着走上来的宋大爹："战斗马上开始，你和冬子留在这儿……"

小冬子："不，我也去！"

吴修竹命令地说："留下！"

小冬子目送着吴修竹的背影，噘着嘴坐到台阶上。宋大爹走过去想说句什么，小冬子不满地翻了宋大爹一眼，走下桥去。

湍急的山溪，溅着浪花。

小冬子站在一块儿光石旁边，撩了几把水，使出全身力气，霍霍地磨着柴刀。

宋大爹望着小冬子的动作，满意地点头微笑。

小冬子用手指轻轻地试试刀刃，又继续磨刀。

柳溪村头的山坡上，两个队员把一个靖卫团的哨兵按倒在地。

吴修竹挥动着驳壳枪，带领着一队队员轻捷地冲进村内。

东方微明。

拱桥下，小冬子继续磨刀。

突然，柳溪方向传来了枪声。

小冬子一跃上岸，扬着柴刀向柳溪跑去。

枪声更紧。小冬子在飞跑。宋大爹在紧紧追赶。

小冬子跑上他曾经放过哨的小桥，跑到桥中央。

迎面传来“追呀”“缴枪不杀”的喊声。被红军游击队追赶着的一群白匪正向小桥这儿仓皇逃命。

小冬子猛然止步。

喊声：“追，别让白狗子跑了！”

小冬子焦急地望望手里的柴刀，又环顾四周：怎么办？

突然，他的眼睛一亮，向着桥中央扑去。

连接桥板的竹索，闪闪发光。

小冬子挥动柴刀，向竹索奋力砍去。雪亮的柴刀，闪着寒光，一下，又一下……

匪兵向小桥溃逃。

小冬子奋力猛砍。

小冬子砍断了竹索，连忙弯腰去掀桥板，但没有掀动。

匪兵向着小桥奔逃。

小冬子吃力地掀着桥板。宋大爹赶到，两人一齐用力，桥板离开了桥桁。

匪兵跑上桥面。为首的几个，踏上活动桥板。桥板翘起，匪兵们惊叫着跌下河里。

柳溪村内，战斗刚刚结束，群众热情地向胡家大院门前涌来。

吴修竹从桃形钉上摘下靖卫团的木牌，用力摔去。木牌破为两半。

几个游击队队员押送着十几个白匪走过。匪兵们个个像落汤鸡似的，浑身精湿，耷拉着脑袋。

跟在后面的宋大爹走向吴修竹："老吴，胡汉三那只老狗抓住了没有哇？"

吴修竹摇摇头："不凑巧，胡汉三昨天刚到镇上搬救兵去了。"

宋大爹指指俘虏："修竹哇，咱们的小冬子今天可办了大事啦！"

吴修竹："小冬子呢？"

宋大爹回身四顾："嗯，一转身就不见了！"

吴修竹默默地点了点头，向着冬子母亲就义的土楼方向走去。

音乐声起，江西山歌的旋律。

被烈火焚烧过的土楼，在蓝天、彩霞的映衬下，巍然耸立。土楼顶上，一面鲜艳的红旗，迎着朝阳猎猎飘动。

土楼的墙上，新写的大字标语墨迹未干："消灭白匪，讨还血债!”

小冬子站在游击队宣传员和椿伢子旁边，手持麻刷，仰望着红旗。他仿佛看到了母亲在烈火中的崇高形象。

吴修竹走到小冬子身边，领着他，慢慢地踏上台阶，转身向着聚拢来的游击队队员和群众：“不久以前，一个共产党员，曾经在这里用鲜血向我们宣传过革命真理和党的指示。一个战士倒下去，千百个战士站起来！同志们，让我们拿起武器，开展游击战争，狠狠打击敌人，夺回红色政权，最后胜利一定是我们的！……”

小冬子用心地听着。

那个在土楼的后山上带头要去营救母亲的青年，一声大喊划破了寂静：“老吴，发给我们枪吧!”

众青年：“对，发枪吧，我们参加游击队！消灭胡汉三，为烈士报仇!”

唰的一声，无数只钢铁般的拳头，有力地举向半空。

小冬子兴奋地看着。

主题歌的音乐起。

游击队凯旋了。

游击队队员和新参加的青年组成的队伍，浩浩荡荡地从村中走过，从胡汉三家门口走过。

小冬子和椿伢子手拉手地走在队尾。两个小伙伴依依不舍地分别。

椿伢子望着小冬子的背影，高高地竖起大拇指。

小冬子雄赳赳地走着。

他那穿草鞋的赤脚，踏在靖卫团的木牌上。

他用力地跺着，跺着，跺着……

一双穿着马靴的脚，出现在木牌旁边。

胡汉三回来了。他疲惫不堪地从地上捡起靖卫团的破木牌，咬牙切齿地狂喊："封山！封山！把他们困死！饿死！冻死！"

一连串白匪移民封山的画面：

一队男女群众，扶老携幼，提着包裹衣物，在大队靖卫团和国民党匪兵的押送下，缓慢地走着。一个老人依恋地回头眺望：山根下的村落，烟火冲天。

黑夜，山间小路上，十几个匪兵在追击运粮上山的群众。一个人中弹倒下了。青年农民们扛着粮米钻进了丛林。

姚湾镇外的桥头，新设的哨卡。一座碉堡尚未修完。桥头上，几个白匪哨兵来往巡查。桥头的枯树上，贴着一张大字"告示"："严禁盐米进山，违者严惩不贷。"

冷风吹动着"告示"的纸边，飒飒作响。

第四章

冬夜。寒风凛冽，松涛呼啸。

一支粗大的松明，斜插在草棚的立柱上，火光随风摇曳。

松明下，吴修竹在缝着一件小棉袄。棉袄是用母亲的破夹袄改做的，棉花已经铺好了，正缝着绗线。他的动作有点笨拙，却细针密线，缝得十分仔细认真。

对面，小冬子趴在一截木桩上，手捏一块儿炭头，正聚精会神地在毛竹板上写着"消灭胡汉三"。

一根线缝完了，吴修竹拎起棉袄端详了一番，然后转到小冬子身后，把棉袄在小冬子身上比量着。他边比量边看着小冬子写的字，忍不住赞许地微笑点头。他回到松明下，抽出一根线，凑到松明前纫针。

一个上哨的游击队队员（在柳溪带头参加游击队的青年）走进来。他凑到吴修竹身边，抚摸着、欣赏着小棉袄，又深情地望着吴修竹，把巴掌大的一团旧棉花塞到吴修竹的手里。

队员转身，默默地注视着在读书的小冬子。两人对视，微微一笑。队员关切地脱下身上那件显然是放哨穿的旧棉衣，轻轻披在冬子的身上，然后提起枪大步走出了棚子。

小冬子脱下棉衣拿在手里，向棚外追去。队员已经消失在寒风里了。

吴修竹朝着小冬子的背影看了看，把队员刚给他的棉花扯松，仔细地絮进小棉袄里。

小冬子抱着棉袄慢慢地走到放哨的队员背后，把棉衣披到队员身上。队员回头看是冬子，感动地把他搂在怀里。

拂晓。严霜沾满树枝、枯草，冷风刺骨。

小冬子身背竹篼、手提柴刀，欢快地沿山坡跑下。

在一段陡崖下面，丛生着一片野草、野菜。小冬子跑过去，挑出野菜，砍下笋芽，放进竹篼里。

一棵倒下的枯树边，小冬子仔细寻找着，把一撮撮松菇、木耳掰下来。

小冬子捡起了一个松塔。一只小松鼠蹿到对面的松枝上，小冬子倒举柴刀，向着松鼠瞄准。松鼠大胆地看着冬子。小冬子笑着把松塔扔给松鼠，松鼠一蹦一跳地跑走了。

小冬子与两个采野菜的游击队队员相遇。他欣喜地抓起自己篼里的野菜，放进队员的竹篮里。

清清的小溪，瀑布飞泉，浪花四溅。

小冬子在溪水里淘洗野菜，不时呵口热气暖一暖冻红了的小手。

大树下，青石旁，几块儿岩石，支着一口不大的黄铜锅。

锅里开水沸腾。小冬子正把一篮子洗净的野菜倒进锅里去。

他坐在灶前，向锅底添了一把柴火，然后掏出《列宁小学课本》，用心地朗读起来："天是房，地做床，野菜野果当干粮；不怕苦，不怕难，红军战斗在高山上……"

琅琅读书声中，野菜在锅里翻滚。

吴修竹走过来。

吴修竹掏出了一个小布包，打开来，拿起一块儿核桃大的盐巴，朝冬子晃了晃："你看，这是什么?"

小冬子："盐。"

吴修竹："是呀，眼下咱们断了粮；盐，也就剩下这么一点点了。人不吃盐就没有劲，就不能行军打仗啊！……是很苦，对不对?"

"苦。"小冬子点点头，"可我不怕!"

吴修竹："对，胡汉三搞封山，想困死我们，冻死我们，饿死我们，可我们不怕!"

小冬子专注地听着。

"困难，是个欺软怕硬的玩意儿！两年前，有一个同志负了伤，需要开刀把子弹取出来，可是麻药太缺了，他一咬牙：'就这么开!'……"

小冬子："那是我爸爸。"

"是呀！要革命，要和困难做斗争，就是要有这么一股子劲才行哩!"吴修竹把声音提高了，"光不怕死还不够，还要不怕苦；任何艰难困苦都能挺得住，才能成为一个真正的红军战士！”

小冬子激动地点点头。

吴修竹像刮珍贵的犀牛角那样，小心翼翼地往锅里刮了点盐面儿。

他望了望正在添火的小冬子，从腰带上解下饭碗，背转身又刮了点盐面儿进去，盛上一勺菜汤。

吴修竹：“冬子，这一碗是你的，快趁热喝了吧！”

一个队员跑步过来：“队长，宋大爹来了！”

“把它喝了呀！”吴修竹又向小冬子交代了一句，转身随队员离开。

小冬子端起碗喝了一口：是咸的。又从锅里舀了一勺尝尝：是淡的。

小冬子望望吴修竹的背影，顿时，泪水涌上了眼眶。他把碗里的菜汤倒回锅里去，用勺子搅了搅，然后敲着锅边：“叔叔，开饭啰！”

树林中，宋大爹、吴修竹边走边谈。

林中空地上，游击队队员们正围着三四个农民装束的男女乡亲，在热烈地谈论。吴修竹亲热地和群众招呼着。

吴修竹问宋大爹：“山下情况怎么样？”

宋大爹：“胡汉三当上了县靖卫团团总，又求他们老板，调来了一个营的正规军。”

吴修竹：“好嘛！咱们多牵住一些敌人，主力红军那边就减少一分困难哪！”

“就是让你们受苦啦，”宋大爹话里透着歉疚，“胡汉三心忒毒，清乡、并村、封山，到处修碉堡、设卡子，眼看有东西运不上山，群众心急得像火燎哇！”

“大爹，这就够叫乡亲们为难的了。”吴修竹把宋大爹让进草棚，摘下个装水的竹筒递过去，“他胡汉三封山，咱们就军民协力来个反封山！”

宋大爹坐下来，提起那件就要完工的小棉袄：“嗯，这手针线活还不赖呀！怎么这样小？”

吴修竹：“小冬子的。同志们怕冻着他，大伙凑的。”

宋大爹捏着那厚实的棉花，感叹地说：“你真是，又当爹，又当娘！”

吴修竹：“别这么说，党才是他的亲爹娘啊！”

宋大爹喝了口水：“咱们部队有行动？”

吴修竹接过棉袄，盯着纽扣说：“上级党有指示，为了粉碎敌人的封山计划，部队跳到外线去活动一个时期。”

宋大爹：“你们到外线去行军打仗，冬子这孩子年纪小，把他交给我吧！”

吴修竹：“我也是这么想。让他跟上你这个老师，在群众斗争这个大学校里学习学习、摔打摔打，多长点知识。日后见了老潘，咱们得交给他个革命战士呀！”

宋大爹：“这你放心！”

吴修竹笑了笑：“咱们的冬子是只小鹰，不是个鸡娃，你老人家可别把他窝在翅膀底下呀！”

大树下，热热闹闹。竹子的，木头的，陶瓷的……各式各样的饭具，挨个儿伸向锅前。

小冬子一勺一勺地分着菜汤。

传来吴修竹的喊声：“小冬子——”

“唉——”小冬子把饭勺塞给一个队员，“帮个忙儿！”

小冬子向草棚走去。

他走进草棚，高兴地扑到宋大爹身上，喊了声："爷爷！"

宋大爹拉着小冬子的手，亲切地说："冬子，咱们走。"

小冬子："哪儿去？"

宋大爹："跟爷爷下山去。吴大叔他们要到老远的地方去打游击去。"

"我也跟吴大叔到老远的地方打游击去。"小冬子不服地说，"我已经长大啦，我有劲，不信，咱们试试。"

宋大爹和小冬子掰了掰腕子，然后拍打着小冬子的脑袋："嗬！个子是高了点，劲也大了点，可不知道这里面革命思想增加了没有。来，让爷爷考考你。"

宋大爹朝吴修竹笑笑，撩起衣襟，从裤带上解下了一个雕花竹筒："来，试试，拿不拿得动。"

小冬子疑惑地看着竹筒："这有什么，一个小竹筒子！"

"嗬，口气不小。这可不是普通的竹筒，这里面装的是山下工农群众的心哪！"宋大爹摸过一只洋瓷碗，放到木桩上，"孩子，把里面的东西倒出来吧！"

小冬子拿起竹筒晃了晃，拔掉塞子，向着小碗倒下去。

雪白的盐粒唰唰地流进碗里。

"盐？"小冬子欣喜地望望这晶亮的盐粒，又惊奇地望着这奇特的"盐罐子"，沉思着。突然，他一把扯住了宋大爹："爷爷，咱们走！"

吴修竹赞许地点了点头，提起棉衣走向小冬子："来，穿上！"

宋大爹帮助小冬子把胳膊插进袖筒里。

吴修竹帮他摘下儿童团的红袖标，换下儿童团的红领带，一边为他系着棉袄扣子一边说："课本都给你带上了，好好学习。记住，见面的时候，我还要考你呢！”

宋大爹一手提起小包袱，一手拉住了小冬子：“走吧！”

小冬子依依不舍地说：“吴大叔，咱们游击队要是抓住了胡汉三，可得告诉我呀。”

山间茅屋前，放着一堆新编成的竹器。头戴破旧的“一口钟”绒帽、一副小篾匠打扮的小冬子，正在把它们分捆成两担。

宋大爹在屋里喊：“冬子，水筒带上了没有？”

小冬子：“没有哩。”

宋大爹走出来，把那个雕花竹筒递给小冬子。冬子接过，摇了摇，听了听，挂在扁担上。

宋大爹给冬子理了理棉袄，扣好了扣子。

一老一少各担一担竹活，向山路上走去。

阴霾的天空，细雨蒙蒙。

一老一少沿着羊肠小道走下山去。

他们跨过枯水的山涧，走过溪上的小桥……

山脚下，袅袅青烟，浮动在姚湾镇的上空。

姚湾。这个上千户人家的大镇子，碉堡耸立，笼罩在一片白色恐怖之中。

镇外桥头，匪兵哨卡。

在白匪兵虎视眈眈的目光下，宋大爹拉着小冬子的手，从容地走过木桥，通过哨卡。

镇内，大街上，几个靖卫团团丁捆绑着两个纯朴的中年农民，从宋大爹、小冬子的身边走过。

镇中心唯一的一家盐店。店内空空荡荡，门前冷落萧条，只有柜台上摆着一小瓷盆盐粒，正中插着“计口售盐”字样的木牌。门前，一个荷枪实弹的靖卫团团丁在走来走去。

小冬子放慢了脚步。他贪婪地盯着那个小小的盐堆，简直恨不得一把抓来。宋大爹碰了他一下，他才恋恋不舍地走开。

他们走过“茂源米号”。小冬子注视着拥挤在门前等候买米的人群。店门的小窗户打开了，一只小手伸出来，把一个写有“今日无米”的牌子挂在门上。群众骚动……

冷清的小巷。一老一少慢步走着。

宋大爹连声击着竹筒叫卖。

一扇破旧的小门开了，走出一位中年妇女和一个小女孩。她四顾无人，悄悄地把一个小纸包叫小女孩递给小冬子。

宋大爹和小冬子走近铁匠炉。正在打铁的中年铁匠高兴地把小冬子叫到炉旁，取过瓷碗，把一点盐面儿倒进小冬子的竹筒。

一个小院门打开，走出一个老农民，向宋大爹打个招呼，把小冬子引到厨房里，把小盐罐里的盐面儿倒进小冬子的竹筒。

小冬子看见锅里冒出热气，心里一动，忙打开锅盖，看是开水，顺手抄起竹勺舀起一勺，倒入竹筒，摇了摇。

一老一少继续走着。

两担竹器都已卖完，宋大爹扁担上只剩下了两个竹筐。小冬子提着那只雕花竹筒在后面跟着。

他们走出了镇子。

桥头的哨卡上，白匪哨兵正在挨个儿搜查一长串走出镇子的乡亲。

在宋大爹前面隔着三四个人的地方，一个中年农民正在受检查。他把竹杠拄到地上，匪兵在他身上仔细地搜摸着。

突然，一个哨兵喊："立正！"

一乘有篷的椅轿飞步走来。已经当上了县靖卫团团长的胡汉三，身着马裤、皮靴，坐在椅轿上。椅轿在桥头停住。胡汉三一双狠眼盯住了被检查的乡亲。

宋大爹和小冬子几乎同时发现了胡汉三。宋大爹不动声色地把身体移动一下，把小冬子遮住。

前面，白匪哨兵已经搜完了那个中年农民。他手一挥："快走！"

胡汉三厉声地说："慢着！"他向狗腿子做了个手势。

狗腿子从一个匪兵身上抽出刺刀，走上前去，一把夺过那中年农民的竹杠，举刀向竹杠一端刺去。

狗腿子倒过竹杠，大米从竹杠里流出。

小冬子一惊。

白匪恶狠狠地围上去，捆绑那个农民。

胡汉三狞笑："怎么样？这些奸猾的刁民，骨头都是红的。你们一点也疏忽不得！必须注意盘查！"

小冬子一双充满仇恨的大眼，紧盯着胡汉三。

宋大爹向小冬子要过雕花竹筒。

白匪向宋大爹招手。宋大爹站起来，拉小冬子要走。

小冬子抢上一步，从宋大爹手中拿过竹筒，向宋大爹丢个眼色，提起竹筒不动声色地向河边走去。

宋大爹正看着小冬子走下河滩的背影，一个白匪不耐烦地过来，把他强拉了过去。

白匪周身上下搜查着宋大爹。

被搜查完毕的宋大爹，系着扣子，离开了白匪哨卡。他在距桥较远的一棵大树旁边停下，坐在一块儿石头上，遥望桥头。

被检查过了的男女群众，一个个从宋大爹的面前走过。

小冬子提着竹筒从河边草丛里走出来，大步向哨兵闯去。

白匪搜查冬子。小冬子故意向身后藏竹筒，戏弄白匪；白匪夺过竹筒，仔细察看，用怀疑的目光打量着小冬子。

小冬子神态自若。

白匪把竹筒扔在地上，抡起枪托砸去。雕花竹筒破成了两半，一汪清水从竹筒里流出。白匪伸出手指蘸了点水放进嘴里尝了尝，然后呵斥地说："走!"

小冬子理直气壮地冲着白匪大叫："你赔我！赔我！……"

宋大爹跑过来把小冬子拉走。

山路上，宋大爹看看冬子，鼓励地说："孩子，别泄气，只要人没出事，咱们再想办法!"

小冬子忍不住内心的激动，摇了摇头。

宋大爹不敢相信地说："你……"

小冬子掀开了袄襟："爷爷，你看——"

棉衣里子已经渗出了水渍。

宋大爹捏了捏水渍，放在舌头上一舔，激动地一把抱住了小冬子："真是个好孩子，像个儿童团干的!"

欢乐的音乐。

那件棉衣扒出的棉花，被两只大手按在一锅清水里揉搓着。

宋大爹笑容满面，挽起袖筒把棉花捞出来，用力拧着。

火光升起。

小冬子吹火。火光把他的脸映得通红。

盐水冒泡了，沸腾了。盐水越来越浓，终于变成了雪白的盐巴。

小冬子怀着胜利的喜悦，拈起了一小块儿，尝了尝，笑了。

灯下，小冬子和宋大爹正在往一只竹筒里装盐巴。

忽然响起了敲门声：一下，两下，三下。

宋大爹惊喜地说："是你吴大叔！"

小冬子跑去开门。

吴修竹一只脚刚跨进门里，小冬子扑了上去："大叔！"

吴修竹抚摸着小冬子那件拆去了棉花、显得短小了的棉袄，望着桌子上的盐巴，许久许久，才说出一句话来："又长啦！"

宋大爹掩上门："你怎么来了呢？"

吴修竹："来看看。山上吃了咱小冬子给搞的盐，也得来道谢道谢呀！"

小冬子："不，不是我，是爷爷、奶奶、叔叔、婶婶们搞的！"

吴修竹满意地笑了。他拍着孩子的肩膀："好，去送点水给放哨的叔叔喝。"

小冬子："好。"

宋大爹望着冬子走出去的背影，赞叹地说："你的话不假，真是只小鹰！"

吴修竹："是呀，翅膀硬了，该让人家自己去飞飞了。"

宋大爹不解地说："怎么？"

吴修竹："敌人看封山整不住我们，最近又准备再调来些正规部队，大规模搜山。"

宋大爹："那你们就到山外来。乡亲让胡汉三害苦啦，都盼着你们哪!”

吴修竹:“是呀，我们正是准备和敌人换换防——配合兄弟支队深入到白区活动;瞅机会敲掉胡汉三那个地头蛇!”他略顿了顿，商量地说:“就为这，我想把冬子送进姚湾镇去。”

宋大爹:“到镇上去?”

吴修竹:“‘茂源米号’要找个小学徒，老板是个专替白匪采办军粮的家伙。让小冬子和椿伢子两个小伙伴在一起，听听消息，摸点情况，咱们就多了个耳目。”

宋大爹沉吟地说:“……他还小……”

吴修竹笑了笑:“在你老人家眼里，他总是小，小。‘钢在火里炼，刀在石上磨’嘛，人，总是得从儿童团时候过呀！再说，还有你老人家帮助他们嘛!”

宋大爹笑了。

小冬子欢跳着走进来，偎依在吴修竹身边:“大叔，放哨的叔叔说你们打了好多个胜仗，可你一点没告诉我……”

“那里面也有你一份哪!”吴修竹亲热地把小冬子拉在自己怀里。

小冬子想起了什么，从桌上拿起《列宁小学课本》和竹板、炭头，放到吴修竹面前。

吴修竹:“干什么?”

小冬子:“大叔，你不是说过，要考我吗?”

吴修竹:“考过了。”

小冬子:“什么时候?”

吴修竹:“刚才呀!”

小冬子一双清澈的大眼不解地看着吴修竹。

“孩子，在这里你已经毕业了，党要送你到一个新的学校去。”他的话严肃而又亲切，“在那里，有新的功课、新的斗争等待着你！”

小冬子坚定地说：“党要我干什么，我就干什么！”

第五章

两岸青山，夹着一湾绿水。

一只竹排顺流而下。宋大爹撑篙。小冬子脚穿布鞋，头扎头巾，安静地坐在小包袱上。

初升红日，映照江头。

嶙峋的山石，苍松翠竹，迎面而来，又缓缓逝去。

小冬子手捧红星，满怀豪情，远望长空。

一只雄鹰在蓝天下盘旋。

歌声起。

小小竹排江中游，
巍巍青山两岸走。
雄鹰展翅飞，
哪怕风雨骤。
革命重担挑肩上，
党的教导记心头。

小小竹排江中游，
滔滔江水向东流。
红星闪闪亮，
照我去战斗。
革命代代如潮涌，

前赴后继跟党走。
砸碎万恶的旧世界，
万里江山披锦绣。

“茂源米号”的柜房。矮胖的沈老板上下看了小冬子一眼，打着官腔：“叫什么?”

小冬子：“郭震山。”

沈老板：“小名儿呢?”

小冬子：“小……小山子。”

沈老板：“多大啦?”

小冬子：“十二了!”

“嗯，小了点。”沈老板干咳了两声，“我说小山子，你以后在我这儿干活，手脚可得干净点!”

小冬子低头看着自己的双手。

沈老板：“这都不懂？不许偷东摸西的!”

小冬子的脸，顿时涨得通红。他翻了沈老板一眼。

沈老板眉头一皱。

这时候，门帘一掀，椿伢子走进来了。他笑着走向沈老板：“老板娘让我喊他去干活儿!”

沈老板鼻子里哼了一声：“去吧!”

雪亮的柴刀，有力地劈下。

小冬子光着脊梁在后院里劈柴。黝黑的背上，满是亮晶晶的汗珠。

乱柴堆积如山。

堆积如山的乱柴，变成了整齐的柴垛。

小冬子正在劈柴，前面传来沈老板的喊声：“刘来子，小山子，快来！”

小冬子放下柴刀，向店门走去。

米号门前，一片混乱：买米的人你拥我挤地拥向大门。老板在门里指挥着几个伙计，一面上门板，一面把人群往外推。

沈老板摇晃着烟袋在嚷叫：“没有米了，没有米了！”

买米的人愤怒地质问：“为什么有米不卖？”“为什么不卖？”

沈老板见小冬子站在那里不动，生气地说：“小山子，还不快把门上上！”

小冬子疑惑地走了过去，吃力地拿起了一块门板。

门板上好了。沈老板把一块木牌递给了小冬子：“去，挂上！”

小冬子接过木牌。上面写着四个大字：“今日无米。”

小冬子从店门小窗口上探出身去，把“今日无米”的牌子挂在门外，向着买米的人群扫了一眼。

买米的人们仍旧聚集在门前，有的在擂着店门，有的在愤懑地议论：“有米不卖，想把我们饿死？！”“老板没安好心！”……

人群里，小冬子看到了宋大爹。

宋大爹一身篾匠装扮，肩上搭条口袋，挤向前来。他眼睛看着小冬子，口里却在嚷着：“放着米不卖，这里面有鬼，一定有鬼！”

小冬子怔了一下，依依不舍地退进窗口。

椿伢子领着小冬子在米号后院走着。

他在两扇紧锁着的房门前停下，把小冬子推到门边：“你看——”

小冬子从门缝中看去，只见白米一囤挨着一囤，囤席上写着“谷积如山”“仓满囤流”的红帖。

看着，小冬子陷入沉思。

昏暗的小屋，昏暗的灯光。

地上铺着两条麻袋。两个小伙伴头挨头趴在麻袋上。

小冬子："这个老板真坏！"

椿伢子："咳！咱们在这里，见不到自己人，看不到红星，不能唱歌，又不能玩'打土豪'，还得装得老老实实、规规矩矩的，多憋屈得慌！……哼，什么时候能跟吴大叔在一块打白狗子，那才好呢！"

小冬子："看你说的，咱在这里也是打仗啊。"

椿伢子想了想，突然叫道："喂，小冬子！"

小冬子："我叫郭震山。"

"噢，对了。"椿伢子一笑，"喂，你刚才说，毛主席领着红军到了陕北，陕北大得很吧？"

小冬子："大。吴大叔说，比原来咱们的中央根据地还大哩。"

椿伢子："那，你爸爸在延安一定能见到毛主席啦？"

小冬子："能，准能。"

椿伢子跷起大拇指晃了晃，正要说什么，门外传来了脚步声，沈老板干咳着走过来。

小冬子连忙噗地吹灭了灯。

沈老板的脚步在房门前停了一下，又走远了。

黑暗里，两个小伙伴伏在窗前，手捧红星，仰望着宁静的夜空和晶亮的北斗星。

小冬子攀着椿伢子的肩膀，神往地说："要是咱俩能跟老鹰一样，长上两只翅膀，朝着北斗星飞呀，飞呀，一直飞到延安，去见毛主席，那该多好哇！"

“说不定毛主席还发给咱一支枪呢！”椿伢子兴奋地说，“你说，毛主席知道咱们吗，认识咱俩吗？”

小冬子肯定地说：“知道。谁叫什么名、谁干了些什么，毛主席全知道！”

椿伢子：“哎呀，那咱俩可得好好干哪，不干出点名堂来，空着手怎么去见毛主席呢！”

小冬子：“对，咱俩要帮助吴大叔他们消灭胡汉三，把所有的白狗子都消灭得干干净净……”

椿伢子接过话头：“把咱们红色天下夺回来……”

小冬子：“那时候，咱们就去延安，戴上咱的红星，带上好多好多映山红，去见毛主席！”

两个小伙伴越说越高兴，越抱越紧。

傍晚。小冬子手提煤油壶，走向后院。

后门开了，沈老板陪着一个身着长衫、头戴礼帽的客人走进来。

小冬子一看，认出是胡家的狗腿子。他略一愣神，随即若无其事地擦身而过；然后转回身，目送着他们走进客房。

小冬子拿着个煤油灯罩，呵着气，擦着，轻脚轻步地挨近客房的窗口。

沈老板和胡家狗腿子说话的声音，清晰地传出来。

狗腿子：“……沈老板，这批粮食可是军粮，是胡团总奉命承办的公事，出不得丁点差错！”

沈老板：“那是，那是。”

狗腿子：“这么一转手，就看大加三的利。‘茂源米号’可要发大财啦！”

“这，孙副官放心，绝亏不了弟兄们。”沈老板干笑了几声，又压低了声音问，“这回进山的一共是多少队伍？给个数，我好准备。”

“这可是军事秘密！”狗腿子压低了声音。

小冬子向窗口又凑近了些。

狗腿子：“……正规军一个营，保安团两个连。”

沈老板：“除了这，镇上你们这一个中队的靖卫团不也得吃饭？”

狗腿子：“这好说。镇上除去带路搜山的，就剩二三十个人了。”

沈老板：“队伍什么时候开拔？”

狗腿子声音更低了：“明天一早就往山里开。这米嘛，至迟明天天黑以前就得放出去。记住，可千万别漏了风。”

沈老板：“是。今天半夜里装船。”

小冬子机警地轻步走开。

深夜。昏暗的小屋，昏暗的油灯。

小冬子趴在麻袋上，捏着一段铅笔头，在一张纸头上紧张地写着什么。

椿伢子蹲在门边放哨。

小冬子停住了笔，在他耳边响起了白天听到的对话的声音：

…………

沈老板：“这回进山一共是多少队伍？”

狗腿子：“正规军一个营，保安团两个连……镇上就剩二三十个人了。”

沈老板：“什么时候开拔？”

狗腿子：“明天一早……”

…………

小冬子捏紧了笔头，急速地写下去。

椿伢子忍不住，凑过来，趴到小冬子身边看着。

小冬子把写好的字条递过去。

椿伢子看着，高兴地晃了晃大拇指：“嘿，你的字写得真不赖呀，跟账房先生写的差不多啦。是在山上学的？”

小冬子正想得出神，没有应声。稍停，他拉过椿伢子，果决地说：“宋爷爷说米里有鬼，一点不假。那米，是给搜山白匪做军粮的，得想办法干掉它！”

椿伢子：“怎么干？”

小冬子附在椿伢子耳边，声音更低了。

椿伢子两手一拍：“要得，要得！”

“这可是大事，明早买菜的工夫，我去找宋爷爷问问，”小冬子把字条一晃，“还有这个也得快送上山去。”

“咱们先准备好嘛！”椿伢子跑出去，拿来了笔、砚、木牌。

一只手把“今日无米”牌子上的“无”字擦掉，又端端正正地写上了一个“售”字。

两个小脑袋凑在一起，端详着木牌。

传来了脚步声。沈老板在门外厉声地说：“你们还不睡，点灯熬油地干什么？”

椿伢子早把木牌藏到了身子下面。

沈老板的声音：“快到后门装船去！”

椿伢子听着渐渐远去的脚步声，朝小冬子做了个鬼脸。两个小伙伴开心地大笑起来。

早晨。“茂源米号”大门紧闭，门上却挂起了“今日售米”的牌子。

买米的人群拥在门前，打量着牌子：“今天卖米啦！”“怎么还不开门?”

有人抡起拳头擂着米号的门板。

沈老板披着衣裳匆忙走出，惊愕地看着被推撞得摇摇晃晃的门板，高叫：“没有米，没有米！小山子，快把门顶好。”

小冬子应声而来，又向大门跑去。

小冬子从小窗口探出头去。

买米的百姓拥拥挤挤，叫着：“开门，快开门!”

挤在人群中的宋大爹和小冬子打了个照面，凑近身边一个怒容满面的年轻人，小声地说：“我见店里的米都在后门装船了，怕是又要运走啦!”

青年人气愤地猛挥动着手里的口袋：“什么？米都在后门装船啦？放着米不卖，要运走？要饿死人哪?!”

曾经见过的、给过小冬子盐的铁匠愤怒地喊：“走，去把米截住哇!”

又一个曾经给过盐的妇女：“反正不去也得饿死，走哇!”

“走哇!”大家向后门拥去。

宋大爹向小冬子使了个眼色，跟随大家向米店后门奔去。

小冬子一笑，关上了小门。

“茂源米号”后门，人山人海，热闹非常。群众早已冲上米船，动手抢米。

沈老板在岸上呼天抢地地喊叫：“来人哪！来人哪!”

船上的人挥动着各种工具在抢米。

船上的人越来越多。有人喊：“船进水了!”“船进水了!”

有人喊：“靖卫团来了。”

大家拥上岸去。

十几个靖卫团白狗子赶来，端着枪冲进人群，乱打乱抓。

一只船的船舷被水淹没，慢慢沉下水去。

“今日售米”的木牌被掼在桌子上。

沈老板像疯了一样：“这一字之差，两万斤白米全光了！是谁？谁干的？”

游击队的营地。

宋大爹对吴修竹说：“……冬子干的！”

一个游击队队员赞叹地说：“冬子这一手干得真漂亮！”

吴修竹看完了情报，把纸头一扬：“搞掉了敌人的粮，干得好；这情报，搞得更好！”

宋大爹和队员们围上来。

吴修竹：“敌人搜山的部队今天一早出发了。”

游击队员们高兴地说：“打！”

一个队员：“打它个埋伏！”

“打，当然要打。”吴修竹略一沉吟，下了决心，“我看就把山让给国民党的正规军去爬去吧，我们来个‘雷公打豆腐’，袭击姚湾镇，掏他的老窝去！”

大家齐声地说：“好！”

吴修竹一挥手：“准备出发！”

晚，“茂源米号”里，一盏大煤油吊灯把客厅照得通亮。饭桌旁坐着米号老板和喝得半醉的大土豪胡汉三。胡汉三满脸怒气，沈老板心烦意乱。

沈老板举起酒壶给胡汉三倒酒，口里不停地诉苦："……就这么一下子，我的两万斤米全完啦！"

胡汉三不满地说："米号破点财是小事，耽误了搜山的军事行动，事可就大喽！"

沈老板一惊："这……"

胡汉三："抢米的事查了没有？"

沈老板："已经报了警察局。"

"警察局顶个屁用，"胡汉三生气地说，"这不像平常的聚众闹事，恐怕是共产党、游击队的活动……"

客厅外，小冬子端菜走来，椿伢子迎上。

椿伢子："让我去，当心胡汉三认出你来！"

小冬子："不，我去！"

沈老板叫声："小山子，上菜！"

小冬子端着一盘菜走到桌前。

胡汉三忙把话停住，一双醉眼看了看小冬子。

小冬子不动声色地退出去。

客厅外面。小冬子停步倾听。

胡汉三的声音："这个伢子是哪里人？"

沈老板的声音："本地人。铺保说，他家就在镇外。"

胡汉三的声音："噢，既是本地人，那就算了。"

小冬子眼珠儿转了转，轻步走开。

客厅内。胡汉三正色地说："……家贼难防啊，还请老板在店伙里彻底查一查，兄弟愿意帮忙。”

沈老板：“多谢胡团总!”

小冬子端菜进来。

胡汉三的一双狼眼有些怀疑地盯上了小冬子。

小冬子沉着冷静地往桌上摆菜，倒酒。

沈老板：“胡团总，请!”

胡汉三带伤疤的右手，端起了酒杯。

沈老板：“胡团总，你这手……”

“没什么，让个小狼羔咬了一口!”胡汉三故意瞟了小冬子一眼。

小冬子面不改色。

小冬子端着一盆水，走进裱糊得华丽而粗俗的客房。

胡汉三醉醺醺地半躺在一张竹靠椅上。

小冬子把水盆放在盆架上，发出的声响惊醒了胡汉三。他强睁开眼睛，怀疑地盯着小冬子的背影。冬子转身向外走。

胡汉三突然喊：“潘冬子!”

小冬子像没有听见一样，继续走去。

胡汉三改了口气：“你回来!”

小冬子在门口停下。

胡汉三：“你妈妈在家吗?”

小冬子：“不在。”

胡汉三：“死了?”

小冬子转身，正视着胡汉三：“不，活着!”

胡汉三站起来，蹒跚地走近小冬子：“你爸爸呢?”

小冬子：“在家。”

胡汉三：“做什么的?”

小冬子："杀猪的。"

胡汉三走近："还会杀人吧?"

小冬子没有回答，却突然笑了起来。

胡汉三逼近小冬子："别笑，你叫什么?"

小冬子："郭震山!"

胡汉三那只带伤疤的手揪住了小冬子的胸口："不对，你姓潘，叫潘冬子。你爸爸叫潘行义，你妈妈叫火烧死了！……"

正在这时，椿伢子来到门口："郭震山，你妈来了，在外头等着你哩!"

胡汉三一怔，松开了手。

米店后门的河岸。两个小伙伴站在黑暗里低声谈话。

椿伢子焦急地说："冬子，快走吧!"

小冬子默默地摇摇头："不!"

椿伢子："明天，胡汉三酒醒了，会认出你。"

小冬子坚决地说："我不让他活到明天!"

"你?"椿伢子迟疑了一霎，"那，我跟你一块儿……"

小冬子："不，你走!"

椿伢子奇怪地指着自己的鼻子："我?"

小冬子："你。你快去找宋爷爷，向他报告。请他告诉吴大叔，趁着这里一乱，赶快打进来!"

椿伢子还有点迟疑："这……"

小冬子推了他一把："快，战斗嘛，迂迂磨磨，还是儿童团团员哪!"

椿伢子一跺脚："好!"转身便走。走了两步，又返回来，附到小冬子身边："冬子，你可多加小心哪!"

小冬子抓住了椿伢子的手，激动而又严肃地说："告诉宋爷爷、吴大叔：我是党的孩子，是儿童团团员，绝不会给党丢脸！"

深夜。小冬子背插柴刀，手提一把煤油壶，蹑手蹑脚来到胡汉三睡觉的房门口。房门虚掩，门上挂着一把锃亮的铜锁。

屋里传出胡汉三的鼾声。

小冬子止步，想了想，轻轻把门推开，走进。

桌上，一盏带罩子的半明半暗的煤油灯。

小冬子毅然提起油壶，把煤油全部浇在胡汉三的床上。然后，拿过油灯，拔下灯罩。

被子点燃了，帐子烧着了，满床腾起了熊熊烈焰。

火光映着小冬子充满愤怒和仇恨的脸。他从容地拔出柴刀，提在手里，大步向房门走去。

就在这时，被烧得焦头烂额的胡汉三，连滚带爬地滚到床下，又挣扎着向门边爬了几步。

小冬子回转身来。他威严地站着，鄙夷地盯着脚下的胡汉三。

胡汉三仰脸向上一望，惊惧地问："是你？……"

小冬子厉声地说："是我！红军战士潘冬子！"

雪亮的柴刀，迎着火光，高高举起，又凌空劈下。

小冬子走出房门，回身上锁。

火焰、浓烟，从窗口喷吐出来。

这时，传来了激烈的枪声。

小冬子略一思忖，闪身走出了店门。

大街上。宋大爹扛根扁担，提把篾刀，和椿伢子一道向米店方向跑来。

小冬子在奔跑。

椿伢子："冬子！"

小冬子高举柴刀："宋爷爷，胡汉三被砍死了！"

"好！"宋大爹拉住了小冬子，"你吴大叔带着部队打进来啦。"

小冬子："走，接他们去！"

两个小伙伴手牵着手，跟着宋大爹向着一条僻巷跑去。

一队被游击队追赶着的靖卫团散兵，由狗腿子带领着，狼狈逃命。他们跑过镇中心的十字街口，迎面遇上了吴修竹带领的一队游击队队员。

吴修竹和队员们射击。白狗子倒下了几个。

白狗子又折进一道巷子，迎面传来"缴枪不杀"的喊声。他们跌跌爬爬地往回窜。

巷口上，就在"计口售盐"的盐店门口，宋大爹老少三人迎面遇上了溃逃过来的白匪。

"缴枪不杀！"宋大爹高举起扁担，小冬子、椿伢子亮起柴刀，向着敌人扑去。

吴修竹带游击队队员们从三面包围过来。

残匪们跪倒在地，举枪投降。

尾 声

万里晴空。

盛开的映山红。

小冬子和吴修竹一起，穿行在花丛之中。他戴着一顶合适的八角军帽，穿着吴修竹做的那件显得小了的夹袄。

在他们的后面，游击队队员们正走下山来。

花枝拂面，彩蝶纷飞。

欢快昂扬的旁白：“激烈的阶级斗争中，我们送走了又一个寒冬，迎来了春天。由于毛主席抗日民族统一战线政策的辉煌胜利，我们在江南坚持斗争的红军游击队，奉党中央的命令，准备开赴抗日前线。毛主席从延安派来接我们下山的亲人，就要来到了！”

歌声起。江西山歌的旋律。

在一块儿高高的山石旁，小冬子慢慢地停住了脚。望着那绚丽的山花，他情不自禁地把手抚到胸前，掏出了那颗闪闪的红星。

红星鲜艳得像一朵盛开的红花。

他手捧红星，无限深情地说：“吴大叔，你还记得吗？”

吴修竹：“什么？”

小冬子：“我妈妈说过，等映山红全开了，咱们的红军，我爸爸他们就回来了。”

吴修竹领着小冬子的手握紧了。他缓缓地点了点头：“我还记得，你想和你爸爸一样，把这颗红星戴到军帽上，当一个红军战士！”

小冬子希望地说：“那，什么时候？……”

吴修竹：“现在！”

他脱下了小冬子的军帽，接过了那颗红星。

小冬子凝视着那满山的鲜花。他那孩子气的脸上浮泛着希望和期待的神情。

吴修竹半蹲下身躯，为他整理戴有红星的军帽。

小冬子微笑着，注视着吴修竹。他看到了吴修竹那英俊的面孔，他看到了吴修竹八角帽上那闪闪的红星，他看到了游击队队员们向他表示祝贺的笑脸。

抬头望向前方，他又看到了他多次在梦幻中曾经见到过的景象——在烂漫的山花丛中，载着红军战士的两匹快马飞驰而来。

小冬子和吴修竹快步迎上前去。

快马飞驰。

小冬子跑步。

最前面那个骑白马的人，就是潘行义。

小冬子放慢了脚步，注视着来人，耳畔仿佛响起了妈妈那激动人心的歌声："若要盼得红军来，岭上开遍映山红……"

小冬子扑上去："爸爸！"

潘行义跳下战马，紧紧搂住了儿子。望着儿子军帽上那颗闪闪的红星，热泪盈眶。

吴修竹走过来了。

潘行义握着吴修竹的手："老吴！我差一点认不出他了！"

吴修竹："可不，三年了嘛！你走的时候，他还是个孩子，这会儿，成了个红军战士啦！"

小冬子偎近爸爸："爸爸，这些年，你给我的红星，我一直放在身上。"

潘行义："后来，你吴大叔又帮你把红星戴到了军帽上，是不是？"

吴修竹："不，是他自己把这颗红星戴到了心头上！这些年里，闪闪的红星照耀着他，孩子可从来没有后退过一步哇！"

潘行义向着小冬子："孩子，记住：是党把你拉扯大的。你前面的路还很长很长。以后每走一步，都要看一看，看是不是走在了毛主席的革命路线上！"

主题歌声起。

红星闪闪放光彩，
红星灿灿暖胸怀。
红星是咱工农的心，
党的光辉照万代。

服装整齐的游击队队员们，在吴修竹、潘行义的带领下，离开了阳光灿烂的驻地。在吴修竹身后，小冬子和椿伢子并肩走着。

走过开遍映山红的山坡。

走过胡家大门前。

当年吊打过小冬子的枯树枝上，一长串鞭炮在欢快地抖动。

在敲锣打鼓的群众行列里，宋大爹神采奕奕地点响了披红挂绿的鸟铳。

深沉有力的旁白：“革命的道路艰难曲折，革命的前途无限光明。在闪闪的红星照耀下，我度过了自己战斗的童年；在闪闪的红星照耀下，我又踏上了新的战斗历程。”

队伍雄壮地前进。

红旗下，小冬子英姿勃勃。

军帽上，红星闪闪发光。

1974年3月

映山红

第一章

1928年年初。

南国的隆冬季节，草木依然葱郁，景物色调苍劲。远处，起伏的峰峦笼罩在苍茫的暮色里；近处，夕阳辉映着山梁上一株高大粗壮的樟树。

透过樟树的枝叶，可以看见一条蜿蜒而上的山路。两个人正大步走上山来。

工农革命军中队长周大鹏挑着担子走在前面。他约莫二十七八岁，高个，宽肩，英武的脸膛儿，浓眉下的那双眼睛，精明里透着坚毅。他此时的穿着，是与他气质相称的铁匠打扮。装满打铁工具的担子，重重压弯了扁担，发出吱吱的响声；他的步履却轻捷矫健。

背着铺盖卷跟在后面的“小伙计”，是通信员春生。他不过十六七岁，机灵里还带着稚气。

他们走上山梁，来到大樟树下的三岔路口。

春生紧走几步赶上来："周中队长，不，大鹏哥， 照直走，太阳落坡就能赶到茶树镇。要是在那儿赶上大队，还能一块儿过个年三十！"

"茶树镇?"周大鹏摇摇头，"那是个四通八达的大镇子。上回打县城吃了亏，大队好不容易才摆脱了敌人，党代表不会让部队再往交通要道上瞎闯的。"

春生："可大队长总是说，只有打镇子、进县城，杀尽土豪劣绅，才能扩大政治影响，迎接革命高潮。"

周大鹏又摇了摇头。他把担子换了个肩，止步察看去路。

春生忙撂下铺盖卷，伸手去夺周大鹏肩上的扁担："该换换啦!"

"好，歇会儿再走。"周大鹏把铁匠担子搁在樟树旁，"春生，累了吧?"

春生："累倒不累，就是转了好几天，还是没找到县委，又白跑一趟。"

"是呀，大革命失败以后，国民党反动派疯狂屠杀，好多党组织都被破坏了，一下子是不容易找到。"周大鹏坐在山石上，解开束腰的汗巾，露出插在衣内两侧的驳壳枪和竹笛，"不过，这趟也没白跑，我们不是还打听到不少重要的情况嘛！有的地方又举行了农民起义；我们老家潘家寨，也还有游击小组在活动。"

春生点了点头："对，昨天那位老阿公说，九峰山的农会正派人到处打听我们。可惜没碰上他们。"

周大鹏抽出竹笛，捧在手中，沉思地说："有干柴，总要烧起大火的。毛委员说过这个道理。"

春生："听说你见过毛委员?"

"见过。"周大鹏点点头，满含感情地说，"按旧历说，还是去年春天，党派我去广州农民运动讲习所学习。那几个月，毛委员白天给我们讲课，晚上和我们谈心……”他捧起竹笛，“这支笛子，还是用讲习所院里的竹子做的呢！”

周大鹏深情地注视着竹笛。

竹笛，虽然做得比较粗糙，却显然保存得十分精心。红润发亮的笛管上，一行火烙的小字清晰可见：“道路曲折，前途光明。一九二六年五月”。

周大鹏用汗巾擦拭着竹笛：“革命的危急关头，总是毛委员给我们指出前进的道路。现在要能见到毛委员，该有多好！”他捧起竹笛，缓缓凑向唇边。

骤然响起马蹄声，远处几个黑点在急速移动。

周大鹏迅速插好竹笛，随手握住衣襟里的驳壳枪把，细心观察。

黑点越来越近，三匹快马正在驰来。

春生低声地说：“白狗子！”

周大鹏果断地说：“来得正好！”

快马奔来。铁匠担子横在山路上。

来骑猝然勒马，迟疑四顾。几声枪响，后面的两个民团团丁撞下马来，一死一伤。为首的一骑慌忙蹿过铁匠担子逃去。

周大鹏拨开树丛，从容地提枪跃出。他拎起那个负重伤的团丁，厉声喝问：“干什么去？”

“给……给潘团总报信。”

“报什么信？”

“共……共军打进了茶树镇。”

“进了茶树镇？”周大鹏顿时双眉紧蹙，脸上浮起了焦灼的神情，又紧追一句，“潘锡武在哪儿？”

“不……不远，离这大约有十来里。”

周大鹏松开团丁衣领，霍地起身，朝牵马过来的春生一挥手，纵身上马，向山下奔去。

周大鹏焦急地策马疾驰。

快步行进的马蹄。

马鞍上坐着潘家寨靖卫团团总潘锡武。这是一个国民党少壮军人，白皙的脸上浮着少年得志的骄矜，布满血丝的眼里流露着阴险和凶残。他正和土头土脑的九峰山民团团总杜魁并辔疾行。靖卫团的队伍疾步走在他的前头。刚刚赶来报信的那个民团团丁，牵着马，喘着气，紧跟在他的马后。

潘锡武头也不回地问道："这么说，共军大队进了镇子啦？"

"是。"

"他们要在那儿停下过年啦？"

"是。"

潘锡武一声狞笑，转脸向杜魁说："姐夫，九峰山领头闹事的共产党，刚被你抓进了大牢；山下的这股共军，又装进了我潘锡武的口袋，这就叫斩尽杀绝！"他命令满脸横肉的警卫连连长："潘九，火速通知七十四团张团长，掌灯以前，合围茶树镇！"

一座古老的大集镇。镇门上"茶树镇"三个字已经斑驳残缺。

十字街口，一场激战刚结束不久。街巷的石板路上，散落着弹壳和白军丢弃的枪支、衣物。服装杂乱的工农革命军战士们各自干着什么：有的在打扫战场，有的在擦拭刚缴获的武器，有的在包扎伤口，有的干脆靠在路旁打盹儿。路旁一垛高挑起檐角的风火墙上，红土写成的大字标语赫然在目："打土豪，分田地！""农民暴动胜利万岁！"一个女战士正写着落款："工农革命军。一九二八年一月。"不多的几个市民和孩子围着观看。

一家中药铺的柜台前，方桌旁坐着女战士方秀芸，她年纪有二十一二岁，但革命战争的风霜使她显得老成一些。她正心情沉重地整理着这次战斗中牺牲的党代表的遗物。

战士杜大松走到方桌边，看了看摆在桌上的挎包、文件，低声问道："党代表的？"

方秀芸默默点了点头："党代表牺牲前叫我交给周大鹏同志。"

杜大松："周中队长回来就好了。秀芸同志，队伍在这儿驻下来的事，你知道不？"

方秀芸一怔："驻下来？"

杜大松："赵大队长说，要在镇上歇三天，痛痛快快过个年！"

方秀芸猛地起身："这么大的事，也不和支部同志商量?!"她一边把桌上的东西放进挎包，一边问："大松，大队长在哪儿？"

杜大松："一进镇，就到商会弄花边去啦。"

镇商会后院的花厅里，红木方桌上摆着果盘和香茶。

大队长赵世骧高踞上座。此人三十五六岁，一张长脸上高耸着两块颧骨。虽然他被派到这个大队已经三个月了，却依然是一副军官打扮、军官派头。

一只装着银圆的竹箩摆在赵世骧面前。一个差役又端来一个托盘，把雪白的银圆哗啦哗啦地倒进竹箩。另一个差役正往赵世骧的茶盏里续水。赵世骧把茶盏一推，指着对座的商会会长："你们这些资产阶级呀，就该一个个头朝下吊起来枪毙！"他深吸一口烟："就这么一点点？"

"还有，还有。"

"部队过年的给养也得快给我办！"

"照办，照办！"商会会长给差役使了个眼色，"还不快催去?!"

街头一片喧嚷。几个战士和市民模样的人，抬着两大爿猪肉和几坛酒，赶着几只肥鹅，吆吆喝喝地走过。

方秀芸肩挂挎包，大步走来。她那双清澈的大眼盯视着抬东西的人们，眉峰紧蹙。

中队长于猛带着两个战士迎面而来。他身穿一套北伐军军官服装，粗壮的身躯上挂满了枪支，手里还挥舞着一支花机关。他边走边乐："嘿！还是得攻打城镇。这镇子一打，要什么有什么……"

方秀芸拦住了于猛："于中队长，部队要在这儿过年？"

于猛："咳，整天让潘锡武追着走，也该让大家歇歇脚啦。晚上开同乐晚会，可得用你那副好嗓子，唱几段山歌，让我们好好听听！"

"别打岔！"方秀芸正色地说，"于猛同志，这茶树镇可是交通要道，万一敌人……"

"敌人？这镇上的敌人早叫我赶到河西去啦。大队长说，潘锡武做梦也想不到我们会到这儿来搞他一家伙！"于猛从口袋里掏出一支手枪递给方秀芸，亲切地说，"我说秀芸哪，还是按大队长说的，贴你的布告，搞你的宣传，给我们多招几个兵来。这打仗的事你就别管啦！"

方秀芸严肃地说："不，我得管！"

马蹄声骤响。周大鹏和春生两骑快马风也似的卷进街心。

方秀芸惊喜地迎上前去："大鹏同志！"

周大鹏纵身下马，急问道："党代表呢？"

方秀芸："党代表他……"她从肩上摘下挎包，缓缓递了过来。

周大鹏震惊。他双手接过党代表的遗物，默默注视着挎包上的斑斑血迹和鲜艳的红星，紧紧咬住了嘴唇。

于猛和围拢来的战士们都默默低下了头。

周大鹏环顾着身边的战友，突然果断地命令："集合！部队马上转移！”

战士们被这突如其来的命令弄怔了，一时谁也没动。人背后，有个战士低声嘟哝着：“这大年下，刚说要歇几天……”

周大鹏从春生手里接过军衣，把声音提高了些，语气更加严厉：“全队紧急集合！”

于猛朝周大鹏说：“不行啊，大队长刚下的命令，部队在这里过年。”

“在敌人刀口底下过年？”周大鹏生气地反问一句。他边换军衣，边向于猛解释道：“老于，我们在路上截住了报信的民团，潘锡武的追兵马上就到。”

于猛：“可大队长那说一不二的脾气……”

周大鹏斩钉截铁地说：“情况紧急，我负责！得赶紧收拢部队，立刻转移。”

于猛同意地点点头，向街口正在集合的队伍喊道：“鲁二耿！杜大松！”

“有！”杜大松和另一个战士应声跑来。

于猛：“带上几个人，跟我去布置警戒！”

他们迅速向镇外跑去。战士们也纷纷拿起武器，列队集合。

方秀芸走近周大鹏，沉重地说：“这一仗，党代表一直不同意打，可趁他去安置伤员，大队长下了命令。队伍刚冲进镇子，就叫人家掐成了两截。幸亏党代表赶来，亲自带着队伍冲杀，才把敌人赶出了镇子。可他负了重伤……”她哽咽着说不下去。

周大鹏紧紧抓住挎包，眼里充满愤慨和悲痛。

方秀芸擦了擦眼睛：“党代表要我跟你说，部队再也不能这样在平川交通线上流动下去啦！”

周大鹏点点头，打开挎包，抽出一沓文件。

方秀芸声音更加激动："党代表临死前还有一句话，他要你永远记住：你是农民运动讲习所的学生，毛委员的学生……"

周大鹏捧起文件。面上的一份党刊，左上角横书着两个粗大的黑字："战士"。目录里一行醒目的标题："湖南农民运动考察报告……毛泽东。"

方秀芸："……他希望你带回来党的指示，把我们这支暴动出来的队伍带上一条正路。"说罢，低声抽泣起来。

周大鹏脸色严肃而坚毅。他把文件郑重地装进挎包，低声地说："秀芸同志，把眼泪擦干！"

方秀芸一甩头发，昂起了头，把一条红领带递了过来。

周大鹏接过红领带，低声命令："搞担架，马上行动！我去找大队长。"

商会后院的厅堂台阶上，赵世骧脸拉得更长，手里握的一把银圆，随手晃动得哗哗直响。他气哼哼地对身边的通信员说："是谁在随便调动部队？"

"我！"周大鹏已经疾步走进院来。

赵世骧把手里的银圆一收，瞪起眼睛，正要发作，突然远处传来了一阵急骤的枪声。

周大鹏："潘锡武已经赶到了。"

赵世骧愕然："快，快撤！……"

周大鹏沉着地说："不要紧，部队已经有了准备，正在转移。"

赵世骧匆匆跑出院去。

商会会长手托一盘银圆赶到花厅门口："赵大队长……"

周大鹏怒视一眼，一抬手，掀翻了盘子。银圆哗啦一声撒在地上。

一盘银圆倒进竹箩，闪闪发光。

商会花厅里已经点起雪亮的煤油灯。

商会会长指着银圆，谄媚地望着潘锡武："……就是借了这个故，我把他们的大队长留了两个时辰。"

潘锡武赞许地说："这一留，就使我摸准了赵世骧的脾性。"他向四周的人扫了一眼："他们打县城，打镇子，到处搞花边大洋，这说明他们行动的目的不是别的，只是两个字：流窜！"

商会会长："可惜，那个在潘家寨领头闹暴动的周大鹏赶来收拢了队伍。"

"这个人嘛……"潘锡武略一沉吟，旋即阴险地一笑，"不要紧，掌权、带队的不是他。"他得意地敲着桌面，"古往今来，乱民造反，败征有二：一是内讧，二是流窜。他们既然走上了黄巢、李闯的流寇之路，离最后覆灭也就不远了。"

他踱了几步，走到一个国民党军官面前，正色地说："张团长，这钱，算我送给七十四团弟兄们的年礼！我们要立即出发，跟踪穷追！"

第二章

高亢激越的音乐声中，出现了一连串工农革命军大队在强敌跟追下艰苦转战的画面——

大河。风急浪涌，雨雪交加。

大队正在齐腰深的河水中涉渡。

五六副担架正走到中流。方秀芸带着战士们护持着担架和激流搏斗。

于猛焦急地回头后顾。

河边山头上，周大鹏指挥着战士阻击追兵。

崎岖的山路上，大队又踏上了征途。

队尾不远处，灶坑里，余烬冒着轻烟。

灰烬。一只白皙的手伸了进去。

潘锡武用手帕揩抹着手上的柴灰，又猛一挥手。靖卫团匪兵向着山路追去。

山坡灌木丛中，隐约露出了几双眼睛，窥视着眼前的情景。

拂晓。偏僻的山村。冷落的村街旁，方秀芸和几个女战士给担架上的伤员喂水喂药。

远处传来枪声。周大鹏率领几个战士向枪响方向奔去。大队匆忙撤离了山村。

一个健壮的老人带着两个青年农民，从村头柴堆后面跳出来。三人全是山民打扮：腰插柴刀，腿上套着山袜子。他们向大队走去的方向眺望。一个裹头巾的青年农民从墙上揭下一张标语，看了看，急忙奔向老人。三人凑在一起，欣喜地看着，低声交谈几句；然后，整一整肩上的褡裢，跟踪而去。

夜色吞没了山林。

山坡松林里，一簇簇篝火在燃烧。战士们正围火野炊，有的在火里烧着葛根；有的切着野菜；吊着、支着的铁桶、脸盆和洋瓷碗里冒着热气。一只锅里的野菜汤沸了出来，溅起了火星和灰烬。

一堆篝火边，停着几副担架。方秀芸坐在一旁，驳壳枪套垫在膝盖上，把一块儿米糕切成小块儿。

一个女战士走来向方秀芸低声问了句什么。她打开挎包，翻拣着一些空药瓶，默默地摇了摇头。来人失望地走了。

赵世骧和周大鹏、于猛走过来。

方秀芸抓起三小块儿米糕，分别递给了他们，低声地说："马上要断粮了，药也没有了。"

赵世骧叹了口气："可惜在茶树镇没待住，要是多待上一天，什么全有了。"

方秀芸悻悻地说："要是多待上一个钟头，大队也就全完啦！"

赵世骧瞪了方秀芸一眼，拉着于猛走开了。

周大鹏压低了声音对方秀芸说："今天敌情稍微松一些，特别支部开个会。会上，你把缺粮少药的情况详细报告一下。"说着，他走近一副担架。

伤员正端着碗米汤喝着，见周大鹏过来，挣扎着抬起了身："中队长，我们这是往哪儿走哇？"

周大鹏扶住伤员，关切地望着他，没有回答。

伤员："部队这样拖下去不行啊！"

周大鹏点了点头。

伤员激动地说："大队得快一点摆脱敌人。把我，把我们伤员扔下吧！"

周大鹏诚挚地说："不要这么想！"

伤员："我是党的人，为了党……"

"是党员，就更不该这么想。会有办法的。"周大鹏悄悄地把手里的米糕放进伤员的碗里，随手扶他躺下。

周大鹏和方秀芸在树林里默默地走着。远远近近的篝火，闪烁明灭地映照着他们严峻的面孔。

方秀芸低声地说："……我们到底往哪儿走？这个问题，战士们问过多少遍了。"

周大鹏充满感情地说："是呀，为了革命，他们把生命和希望都交给了党，交给了革命军队。他们有权利问我们这个问题。"

方秀芸专注地听着。

周大鹏放慢了脚步，深沉地说："秀芸同志，你想过没有？国民党蒋介石叛变了，我们没听陈独秀的命令，没有缴枪，没有散伙。我们响应毛委员领导的秋收起义，闹起了武装暴动，这条路走对了，是个很大的胜利。可是，拿起了枪杆子又该怎么办？走的路不对，还是会失败的呀！"

方秀芸："再这样到处瞎闯，就快无路可走了。"

"是呀！"周大鹏停住脚步，坚决地说，"无论如何，不能这样走下去啦！"

方秀芸点点头："这，我也想过……可是，到哪儿去呢？"

"到哪儿去？……困难就在这里。"周大鹏有些激动，又迈开了脚步，"这几天，我一直在想那句话。就像黑夜里走路，看到了远处有点亮光，它总在我眼前一闪一闪。"

方秀芸："哪句话？"

"党代表留下的最后那句话。"周大鹏满含感情地说，"必须找到毛委员。我相信，毛委员会给我们指出一条路的！"

方秀芸神情振奋地望着周大鹏。

周大鹏向不远处的一堆篝火一指："走，去听听同志们的想法！"

鲁二耿坐在篝火边，把一口袋小石子倒在手心里，聚精会神地数着："……八十六，八十七……"

杜大松："鲁二耿，你这是算的什么账？"

"八十八！"鲁二耿又从地上捡起了一块儿石子，恨恨地捺在手心里，“自打暴动出来，就这么连跑带打，整整八十八天啦!”他握石子的手攥成了拳头：“等打回老家，抓住了潘锡武，哼，我非让他把这玩意儿一粒一粒给我吃下去!”

周围的战士全笑了。

杜大松打趣道：“我说二耿啊，你一天到晚就是忘不了你那个穷家!”

“家，怎么着?”鲁二耿收拾起装石子的口袋，塞进了挎包，“革命，不就是为了解救亲人、消灭仇人？可我们倒叫人家追着跑，跑!”

周大鹏、方秀芸站在后面听着。

杜大松：“这倒也是。鸟飞千里还得垒个窝嘛！这么东跑西颠，走到哪儿算一站哪?”

周大鹏和方秀芸互相看了一眼。

鲁二耿发现了周大鹏，抓住他的手，真挚地问：“大鹏哥，我们潘家寨闹暴动，不是你领的头?”

周大鹏点了点头。

鲁二耿：“暴动啦，拿起枪杆子啦，为什么倒扔下家乡、亲人不管啦?”

周大鹏没有作声。

鲁二耿激动地说：“如今，我二耿只问你：我们什么时候才能不让敌人追着跑？什么时候才能打回潘家寨？什么时候才能把杀了我亲爹娘的潘锡武千刀万剐?”这最后的几个字，简直是从他牙缝里迸出来的。

周大鹏紧紧握住鲁二耿的手，摇了摇头，沉重而坦率地说：“这，我现在还没法告诉你……”他松开手，突然转身，大步走开。

一片肃静。风声飒飒，火苗噼啪。周大鹏、方秀芸的脚步声渐渐远去。

杜大松敲了敲烟袋，埋怨二耿道："你也不是不知道，潘家寨是潘锡武的老窝，又是没遮没拦的平坝子，敌人兵力太大，我们站不住脚，才转移出来嘛！这一阵子，老周为大伙操心，够累够烦的啦，你还拿话怄他！"

鲁二耿固执地说："那，就这么一条道跑到黑？"

密林深处。赵世骧、周大鹏、于猛和方秀芸围坐在篝火旁。大队特别支部的委员正在开会。

"战士们提出的问题，我们大队的党必须做出正确的回答！"周大鹏折断了一根枯枝扔进火堆，"我不同意赵世骧同志继续向城镇流动游击的主张。再到处瞎闯，是非常危险的！"

赵世骧不满地说："不要危言耸听嘛，向城镇流动游击有什么不好？只有打开城镇，才能筹到款，才能扩大政治影响，推动革命的形势不断高涨。"

周大鹏冷静地看了赵世骧一眼："自打潘家寨起义以来，部队已经流动了两个多月啦。从平川地流动到交通线，从交通线流动到大镇子；流来流去，结果，战士们越拼越少，党代表也牺牲了……"

于猛不服地说："我们不是一样打土豪、打白军？"

"不一样！"周大鹏严肃地说，"两眼看着城市，净在敌人窝里转来转去，保存不住自己的力量，摆脱不了敌人，联系不上群众……"

方秀芸接过话茬儿："伤员没处安置，粮食弹药也没法补充。"

赵世骧沉下了脸："难道城里的白米不好吃？资本家的大洋不能花？"

周大鹏摇摇头，坚决地说："打县城，打茶树镇，我们付出巨大的牺牲，可得到的又是什么？离开了农村和农民，我们只能变成一支脱离群众的孤军。这条路实在不能再走下去啦！”

赵世骧冷冷地说：“那么周大鹏同志，你说应该走个什么路？”

“这条路现在还没有。”周大鹏沉重地说，“但是，会有的，毛泽东同志会告诉我们的……”

会场一时静下来了。

稍停，周大鹏又说道：“大革命失败的时候，我们觉得陈独秀的机会主义那一套不对，可是又不知道该怎么办。这时，就是毛委员指出‘枪杆子里面出政权’，发动了秋收起义，我们看到了道路，也拿起了枪杆子。现在……”

“现在连毛委员在哪里都不知道。”赵世骧冷笑一声，打断了周大鹏的话，“说了半天，根本不着边际。”

会议僵住了，谁也没有说话。

过了一会儿，赵世骧扯着长腔说道：“周大鹏同志，你这种怕打仗的动摇情绪，这种狭隘的农民意识，哪像个革命军队的干部？好了，等部队过了白龙河，眼前的困难解决了，你就会明白的。”

“什么？”周大鹏一惊，“过白龙河？”

赵世骧：“过了河，那里圩大镇大，物产富足。到了那个好地方，给大家补过个年！”

周大鹏：“还要继续向城镇流动，不行！”

赵世骧刚要发作，一个穿北伐军服装的哨兵跑过来报告：“大队长，对面树林里发现两个人影。”

赵世骧怒喝：“问什么？还不快给我抓起来！”

周大鹏急忙朝方秀芸递了个眼色。

方秀芸忙站起来：“我去看看。”

赵世骧恼怒地瞥了方秀芸一眼，转身歪在火堆旁，点燃了烟卷。

山林静下来，只有寒风吹着树梢呼呼地响。

寒风掠过一片低矮的树林，树枝飒飒作响，飘下几片落叶。

隐蔽在树丛中的两个人，窥视着大队营地。

通过他们的视线，可以看到：篝火边，两个女战士正扶着伤员喂水；几个战士在擦拭着刀枪。

树丛中的两个人相顾示意，起身悄悄前来。

树丛外阴影处，刚才去报告的那个哨兵，正示意两个战士迂回包抄过去。

方秀芸紧走两步，按住哨兵的枪，低声嘱咐着什么。

树丛中的人看到方秀芸的形貌、动作，又相顾示意。一个裹头巾的，突然轻声唱起了山歌。

红彤彤的篝火照山林，
篝火边上是什么人？
钢枪闪光战刀亮，
莫不是穷人的革命军？

方秀芸依树倾听。

篝火边，人们惊诧地听着歌声。

周大鹏快步向树林走去。

于猛乐了："嘿！真是新鲜事！"

方秀芸回头一看，周大鹏站在她的身边，向她颔首微笑。

歌声一止，方秀芸就接着唱了起来。

红彤彤的篝火照山林，

我们是工农革命军。
若是受苦的众乡亲，
烈火旁边会亲人！

树丛中的两个人听到回答的歌声，脸上露出了激动和喜悦。连忙抱起口袋和褡裢，飞奔过来。篝火逐渐映亮了他们的面孔，看得出，这就是曾在山上、村头望部队、看标语的那两个青年农民。

周大鹏、方秀芸热情地迎上前去。

青年农民跑过来："同志哥，可找到你们啦！"

篝火旁，赵世骧嘴里嘟哝着："毫无军事常识！"

杜大松等一些战士望见周大鹏、方秀芸陪着青年农民走来，纷纷围了过来。

周大鹏走近篝火："大队长，这两个老乡是九峰山农会派来找我们的。"他又向杜大松招招手："杜大松，你的乡亲来了。"

杜大松急忙上前接过口袋："九峰山的？"

"对，九峰山青杉岗的。"一个高个儿青年农民回答，"我们那儿早就闹起了农会，本想趁着过年，搞武装暴动，谁知道大土豪杜魁勾结他小舅子潘锡武，把一些领头的党员和农会委员给抓起来啦。"

杜大松紧张地问："都被抓啦？"

高个儿青年农民摇摇头："不，大部分连夜逃出了九峰山，隐蔽在山南的南门岭。"

"我们就是从南门岭出来的。"裹头巾的青年农民把话接过来，"大伙正准备搭救被捕的同志，听说你们活动到这边来啦，就派我们来找你们。"

周大鹏走向赵世骧："大队长，我们应该想办法去援助他们。"

赵世骧一言不发，脸上毫无表情。

裹头巾的青年农民急走到赵世骧跟前："快去吧，同志，救人要紧哪！党员、农会委员，一二十个同志的命啊！"

高个儿青年农民："晚了，杜魁要下毒手啦！"

赵世骧冷冷地把手一伸："拿证明来！"

"证明？从人家刀口里逃出来，还有证明？"裹头巾的青年农民一怔，"我们都是党的人。领我们来的常大叔还是我们青杉岗党里的领头人。可白天在白龙河碰上了潘锡武的靖卫团，冲散了！"

赵世骧睨了他俩一眼，又低下头来点燃了烟："鬼话！把他们的眼睛蒙上，押走！"

青年农民们愣住的脸。

周大鹏紧蹙双眉，急切地说："大队长！……"

赵世骧吐出口烟，漠然地说："带走！"

高个儿青年农民一步跨到赵世骧跟前，抓住他的胳膊："大队长！……"赵世骧甩脱了胳膊。

"叶苗发，别求他！"裹头巾的青年农民一把扯掉头巾，露出凌乱的发髻，原来是一个三十岁左右的妇女。她气愤地指着赵世骧："你们是不是共产党领导的农民起义的队伍？是不是搞土地革命的工农革命军？你们有了枪杆子，就把我们这些泥腿子给忘啦。不光见死不救，还要赶我们走！"说着，突然昏倒过去。

方秀芸急扑上来，抱住了她。

高个儿青年农民："她叫火旺嫂，青杉岗三辈子的佃农。丈夫、伢子全叫杜魁给抓走了。她抡着一把柴刀，砍倒了两个团丁，才冲出来。她一心要找到你们去报仇，可你们……唉！"他急得跺了跺脚。

周大鹏亲切地说："老乡，别急，慢慢说。"

火旺嫂在方秀芸怀里慢慢睁开了眼睛。

赵世骧尴尬地说："周中队长，那……这事就由你负责处理！天亮按我刚才的布置行动。"他霍地起身："于猛，跟我查哨去！"说罢，气冲冲地走开。

周大鹏面对着阶级亲人，不禁心潮澎湃。他走近火旺嫂，激动地说："大嫂，你问得好，说得对呀！"他转脸对杜大松和方秀芸说："带他们去搞点吃的，照顾火旺嫂好好休息，待会儿再细谈。"

战士们簇拥着火旺嫂两人走去。

篝火熊熊燃烧。周大鹏缓缓坐下，思绪万千。

山风，松涛。熠熠的篝火把周大鹏的脸映得又红又亮。清澈的泉水潺潺流过。

周大鹏双手捧着竹笛，注视着笛管上的字迹，涌出无限深情的心声："……要永远记住：你是农民运动讲习所的学生，毛委员的学生……"

他缓缓地把竹笛凑向嘴边。

随着抑扬动情的笛声，他眼前浮现出一幅幅永生难忘的画面：

——农民打扮的周大鹏从鲁二耿手里接过衣包，逗了逗二耿媳妇怀里的孩子，又接过雨伞，转身走下山梁。他背后，是方秀芸、春生等送行的农友；他面前，展开了一条长长的道路。

——广州越秀山望海楼上，周大鹏凭栏远眺。

——周大鹏神情振奋地走进中国农民运动讲习所的红漆大门。

——朝霞满天。青竹丛前，周大鹏手捧石印的讲义《中国社会各阶级的分析》，细心阅读。

——傍晚。农讲所的大门内，青松高接云天，英雄树红花怒放。白石栏边，周大鹏手捧新做成的竹笛，欢快地吹奏着。同学们走来围住了他。

——深秋的拂晓。潘家寨农民起义的烈火熊熊。火把影里，周大鹏挥动大铁锤，砸开了潘锡武家的大门，起义的农民潮水般地涌了进去。方秀芸把一张大字标语贴在影壁上："暴动！打土豪，分田地！"

笛音继续在岗岭树丛里缭绕。

清澈的溪水，映出方秀芸和火旺嫂的身影。

火旺嫂已经漱洗过了，正安闲地坐在篝火边的石头上，把褡裢里一包包米糕、薯干掏出来。方秀芸把木梳在溪水里蘸蘸，给火旺嫂梳着头发。另外两三个女战士也在洗着、缝着什么。她们都倾听着在晨空里飘荡的笛音。

笛音轻轻地消失了。方秀芸不觉停住了手。

火旺嫂看看方秀芸："真好听！要是春天在我们九峰山里吹，准能把花儿都吹开，把鸟儿全引来！"

方秀芸："是大鹏同志，又在想毛委员啦！"

火旺嫂点点头："嗯！这个同志我信得过。"

方秀芸又给火旺嫂梳起头来，边梳边抚摸着那黑缎般的长发："火旺嫂，你这头发真好，可就是长了点，梳梳弄弄多麻烦，干脆剪短了吧？"

火旺嫂伸手把头发拢到胸前，抚摸着说："剪，要剪！等回到九峰山，救出了亲人，闹起了暴动，就给它一剪刀！"

一个女战士说："那改扮男装就更像啦！"

另一个女战士："可唱歌总还是像女的。"

又一个女战士："火旺嫂的山歌唱得真好，再唱段给我们听听吧！"

火旺嫂望望方秀芸。方秀芸微笑着点点头。

"好，唱个新的。"火旺嫂爽快地答应了，"前些日子，我们正准备暴动，有人到九峰山来，路过青杉岗的时候，在我们秘密农会传了这支歌。”说罢，她清了清喉咙，唱起了一曲江西山歌。

秋收暴动霹雳响，
工友农友举刀枪；
湖南来了个毛委员，
带领队伍上井冈。
万杆红旗映日月哟，
一盏明灯照四方！

篝火边，周大鹏正和于猛低声交谈。歌声传来，他停住了谈话，专注地倾听。听着，听着，他突然跳了起来，拉着于猛，拔腿向唱歌的方向跑去。

溪水旁，方秀芸给火旺嫂挽好了髻子：“火旺嫂，把这歌教给我吧！”

火旺嫂还没开口，只见周大鹏急奔过来，一下子扑到面前。

周大鹏急急地说：“火旺嫂，刚才那歌是你唱的？”

火旺嫂惊诧地点点头。

周大鹏深情地喃喃自语：“毛委员……井冈山……”他伸手拉住了于猛，向着方秀芸，神情激动地说：“同志们，听见了吗？毛委员上了井冈山啦！”

于猛不解地望着他。方秀芸欣喜地望着他。

闻声围来的战士们一齐望着他。

周大鹏低声地说：“刚才，火旺嫂问我们是不是搞土地革命的革命军？问我们为什么抓起了枪杆子倒把农民给忘了。”他提高了声音，充满感情地说：“可是，毛委员心里总是惦着农村，想着农民；秋收起义后，就带领着队伍上了井冈山！”

方秀芸思索地说：“可就是不知道毛委员为什么要上井冈山，上了山又是怎么做的？”

“是呀！”周大鹏向着于猛、方秀芸，严肃地说，“必须马上派人去井冈山，找毛委员！”

方秀芸：“刚才火旺嫂说，那支山歌就是去过井冈山的人传来的。”

“真的？”周大鹏高兴地叫了一声。他四下环顾围拢过来的战士， 目光炯炯，神色激动：“同志们，路有千条万条，可正确的革命道路只有一条。这条路，我们一定要找到它！也一定能找到它！”

周大鹏捧起竹笛，深情地看了一眼，然后一下子凑到唇边。

竹笛迸发出高亢的江西山歌的旋律。

方秀芸、火旺嫂和着笛音引吭高歌。

秋收暴动霹雳响，
工友农友举刀枪；
湖南来了个毛委员，
带领队伍上井冈。

战士们齐声应和着。

万杆红旗映日月哟，
一盏明灯照四方。

东方，腾起了火红的霞光。歌声、笛音，流向山林，流向长空。

第三章

枪声阵阵。荆棘丛中，蜿蜒着一条新踏出来的小路。疲惫的革命军战士沿着狭窄的路径急速转移。

队尾，周大鹏指挥一队战士卧倒在丘陵上，准备阻击尾追的敌人。

山路上，国民党七十四团的队伍散散乱乱地开了过来。

一个白匪军官，指手画脚，催兵前进。

张团长骑马缓缓而来，走到那军官身边时，勒住马，斥责道："催什么命？潘锡武也不多送你几块花边！"他听了听前头的枪声："少给我玩命，把共军盯住就行啦！"

周大鹏伏在山坡上，扭头命令战士们："撤！"

战士们撤完了。周大鹏注视着远处树林中的敌兵，随手从口袋里掏出一块儿薯干，看了看又放回衣袋，伸手在山坡上捋了把野菜填进嘴里。

革命军大队继续沿着山路前进。队伍正在通过山涧，行军速度减慢了。

赵世骧挥动手里的竹杖朝春生喊道："去通知周中队长，让他快赶上来！"

赵世骧见战士们离开较远，便用教训的口吻说："我说于猛，我们可是一块儿在北伐军里吃过饷的。你在我手下当过排长，总该知道，我这个人，说出话来就算数。谁要敢违抗军令，我可不客气！"

于猛纳闷地问："说这个干什么？"

赵世骧闪烁其词地说："如今，大敌当前，带一个队单独活动不容易。往后，遇到事，得有个革命军人的样子，不能跟那些刚撂下锄把子的人一样没上没下！"

"那好办。"于猛爽快地说，"你是大队长，你下命令，我执行。"

部队通过了山涧，正靠路边休息。

赵世骧和于猛一道走来，在路旁石块儿上坐下，又向方秀芸招招手："秀芸，干粮还有吗？"

方秀芸："还有一点，是火旺嫂他们带来的。"

赵世骧："都拿出来，分给大家吃了好赶路！"

方秀芸迟疑地说："那，明天……"

"明天，就该和这些倒霉的干粮、野菜分手喽！"赵世骧用竹杖点了点路面，信心十足地说，"顺着这条道照直走上一个钟头，就是白龙河渡口，过了河就好啦！"

方秀芸："为什么非到那儿去？"

赵世骧："为什么？第一，那里不属潘锡武的防区。第二，那里，可是要什么有什么，你这个宣传员兼总务可就神气啦！"

于猛高兴地说："这么说，明天就可以甩掉敌人啦？"

周大鹏带着春生赶了过来。他兴冲冲地接过话茬儿："不是明天，而是今天，就可以甩掉敌人！"

方秀芸惊奇地望着他。

赵世骧向着于猛一笑："三个月来，这位铁匠同志总算头一次投了我一票。"

周大鹏却没有注意他们的神情。他抬手向前一指，兴奋地说："往前再走不远，一个山嘴子前面有个岔路口。再直走，穿过峡谷，通白龙河渡口……”

赵世骧奇怪地望着他。

周大鹏接着说：“往右，是去潘家寨的大路；左边，有一条小路，可以插到南门岭，再往北就是九峰山区。”

赵世骧：“你对这一带地理也这么熟？”

于猛：“听口气，好像你俩都来过这里？”

赵世骧：“我去广东参加革命以前，这条路可没少走。”

于猛一笑：“对，听说你和人结帮贩过私盐。”

赵世骧白了他一眼。

“我也来过。”周大鹏望着远处的群山，感慨地说，“二十多年前，我爹领头闹起了抗粮吃大户。抗粮的队伍东跑西转，最后被潘锡武的老子带着乡勇、清兵，包围在前面峡谷里。起义失败了，成百的农民被杀害了，我爹被吊在红花崖下的一棵大松树上被砍了头。”

于猛：“那你……”

“那时候我还在妈妈怀里吃奶呢！是常广太大叔背着我娘俩，从一条小路拼死冲出了重围。”周大鹏声音提高了些，“找到共产党以前的那些年，我挑着铁匠担子串乡打铁，每年总是来这里转转，看看这埋着老一辈起义农民的红花崖。”

春生问道：“那位常大叔现在在哪儿？”

“潘家悬赏要他的头。他安置下我们娘俩，就远走高飞啦。咳，看我扯到哪里去啦！”周大鹏把手一挥，仿佛驱走了对往事的回忆，“对，就是这样的地势，有利于我们摆脱敌人！”

赵世骧不耐烦地说：“说你的看法，简单点！”

周大鹏：“自从撤出茶树镇以来，我们向白龙河方向流动是不对的，使部队遭遇了许多困难；可也给了敌人一个印象：好像我们要穿过峡谷渡河。这两天尾追我们的只剩下七十四团的队伍，潘锡武一定在峡谷打我们的主意。可是，我们偏偏不这么走！”

赵世骧一怔。

周大鹏：“我们走小路，就一下子甩开了敌人，进入南门岭山区。”

赵世骧恼火地说：“怎么，去南门岭？”

周大鹏斩钉截铁地说：“对，和隐蔽在那里的九峰山农友们会合以后，就马上派人去井冈山找毛委员；同时，组织援救被捕的同志们。”

赵世骧：“救他们？谁来救我们？”

周大鹏：“救了他们，我们就有了安身的地方，和他们一起坚持革命！等找到了毛委员……”

赵世骧厉声地说：“兵贵神速，没有时间听你讲这些空话！”他向于猛一挥手：“出发！”

周大鹏痛苦地望着正在行动的部队，又向赵世骧靠近了些，恳切地说：“大队长，昨天火旺嫂他们在渡口还碰上了潘锡武的靖卫团，我先去侦察一下，再做决定。”

“你这个人怎么这么别扭！”赵世骧瞪了周大鹏一眼，命令于猛，“你派一个分队去！”说罢，他又转身向着周大鹏，严厉地说：“军人，以服从命令为天职。同志，军队不是农民协会；打仗，不是打铁。你还是看我这个革命军人怎么对付潘锡武吧！”

白龙河渡口。潘锡武在河边勒住了马，指着河水，一声狂笑：“怎么？到底叫我抢先了一步！”

杜魁阿谀地说：“这就叫棋高一着哇！”

潘锡武环顾左右：“队伍埋伏好，一点也不许暴露。等共军下了河，就突然开火！”

靖卫团、民团的人一齐应声："是！"

潘锡武："先让共军渡不了河，等后面七十四团的部队把他们围进峡谷，天亮发起总攻，叫他们一个也跑不掉！"

杜魁："就怕他们不进峡谷。要是他们往南门岭靠，可就快到我的九峰山啦！"

"不，赵世骧的脉搏我已经摸准了。他们既是流窜，眼睛就会盯着白龙河那边的集镇，不会走别的路！"潘锡武志得意满地说，"你们看，这前面有我们和大河挡路，后面有七十四团跟踪，南面是立陡的悬崖，北面红花崖嘛，有我的主力……不，潘九！你带上警卫连，再加强红花崖！"

潘九："是。"

潘锡武望着河水，咬牙切齿地说："不管是赵世骧还是周大鹏，只要你进了这峡谷，哼！你共军就算是一群虎，也逃不出我的牢笼！"

岔路口。一块儿突兀的山石，矗立在路口一侧。

大队疾步走来。周大鹏命令停下。

于猛向赵世骧问道："大队长，往哪边走？"

赵世骧举起竹杖一指："一直走，进峡谷，过白龙河！"

周大鹏焦急地说："老于，等等！"他大步跨到赵世骧身边，低声地说："大队长，侦察队还没回来。"

赵世骧讥讽地说："怎么，你不懂什么叫作命令？！"

周大鹏坚决地说："部队的行动方向，特别支部还没有做出决议，应该党内再开个会……"

赵世骧沉下脸："干吗？还讨论你那个山歌，做个占山为王的决定？哼，我没那个工夫！"

周大鹏："这是整个大队行动的大事……"

赵世骧正要发作，侦察队的战士跑过来报告："河边没有什么动静。”

赵世骧冷笑一声：“怎么样?”

周大鹏：“渡口平时都有民团，现在要是没有动静，那就更危险!”

赵世骧被激怒了：“周大鹏，你是存心跟我过不去!”他向于猛一挥手：“继续前进!”

“等等!”周大鹏向赵世骧靠近了一步，“这峡谷是一块儿绝地……大队长，你要对党负责呀!”

“负责! 贻误了战机，你负责?”赵世骧又一挥手，“走!”

“大队长……”周大鹏痛心地叫道，“这关系到百多个阶级兄弟的生命，关系到我们这支工农革命军的生死存亡啊!”

赵世骧径直往前走去。

“不能走!”周大鹏伸手拦住了赵世骧的去路，“赵世骧同志，你这是要毁灭整个大队!”

赵世骧怒喝：“周大鹏，你违抗军令，我撤掉你这个中队长。”

周大鹏向着赵世骧怒目而视。

方秀芸和一些战士急忙跑过来：“大队长……”

火旺嫂挤到了前边，气愤地说：“你，你不像我们共产党的大队长!”

赵世骧粗暴地推开方秀芸、火旺嫂，更加愤怒地说：“把周大鹏的枪下了!”

周大鹏伸手护住枪套，双目威严地盯住赵世骧。

赵世骧倒退一步，急忙掏出枪来，狂怒地喊道：“于猛，执行命令，把他的枪下了!”

于猛皱起双眉，迟疑未动。

杜大松大步跨到周大鹏身边，厉声地说：“不行，周中队长的枪不能下！”

“不行！”“不行！”鲁二耿、春生等二三十个战士站到周大鹏身旁，几十双眼睛一齐盯住了赵世骧。

另外一些战士簇拥着赵世骧。

双方剑拔弩张地对视着。

周大鹏缓缓扫视着两边的战士们，冷静地对赵世骧说：“党给我们的枪，是打敌人的！赵世骧同志，把枪收起来！”

这话，说得平静，却有着巨大的力量。赵世骧讪讪地收起了枪，又发作道：“好哇！你周大鹏一再违抗军令，不服我管，那就你走你的阳关道，我走我的独木桥。”他转过头去：“听我指挥的，出发！”

一些战士跟着赵世骧朝峡谷走去。有的战士犹豫地回头看着周大鹏。

周大鹏身边的战士们期待地望着他。

方秀芸、火旺嫂望着他。

于猛走了两步，又停下，回头望着他。

周大鹏满含愤慨的眼睛，望着跟着赵世骧走去的队伍。

火旺嫂气愤地说：“周中队长！让他们走，我领你们上南门岭！”

一个战士：“对，我们上南门岭！”

周大鹏看看身边的战友，沉重然而十分坚定地说：“同志们，革命的队伍谁也不能分裂！”他沉思片刻，低声地说：“红花崖还有一条小路。部队遇到了危险，可以从那里突出去！”他抓住杜大松的胳膊：“大松，你赶快追上去，告诉丁猛同志，没有查清对岸敌情，千万不要下河！”

“嗯！”杜大松应声走开。

方秀芸含着眼泪叫了声：“大鹏同志！……”

周大鹏镇定地说："去吧！秀芸，你带些同志做大队的后卫。要注意监视后边追上来的七十四团，发生情况，要依靠党员，掌握好部队，往红花崖靠拢。"

方秀芸："那你……"

周大鹏："我和火旺嫂、叶苗发抄小路先去红花崖侦察一下。"

方秀芸领着战士们向着通向峡谷的大路走去。

周大鹏向着部队望着，望着。突然，他抽出背上的七星刀，一纵身，攀上了路边的山崖。

峡谷中段。

火红的夕阳，映照着一棵龙盘虬踞的苍松。

谷底大路上，赵世骧摇着竹杖，带着队伍走来。

突然，前面传来一声粗重的喊声："停下！快停下！"

随着喊声，一个农民打扮的人跃出树丛，急急地从山坡上跑下。

赵世骧一怔。

来人跑到了近前。这人年纪将近六十岁，正是前不久尾随大队的那个老人。他气喘吁吁地挡住了赵世骧："告诉你们领头的，快退出去！"

赵世骧一愣神，随即大声问道："你是干什么的？"

"来找你们的呀！"老人焦急地说，"快退呀，你们中了人家的埋伏啦！"

赵世骧怀疑地看着老人："有埋伏你还能进得来？走开！"他扒拉开老人，又往前走去。

"回来！"老人一把拽住了他，猛喊了一声，又对走过身边的战士说，"指望你们革命，可不是要你们送命啊！是谁这么浑，领你们走这条绝路？"

赵世骧扭回头，愤怒地说："嗬，好一个来找我们的！跑到我这里煽动来了！"他命令身边的一个战士："把他绑起来，过了河再跟他算账！"

白龙河静静地淌着。

于猛带着七八个战士，走出河岸竹林，伏在岸边的岩石旁。于猛直起身来瞭望。

杜大松飞步跑来："周中队长要我告诉你，没摸清情况，千万别过河。"于猛继续望着，没有作声。

又一个战士跑来："大队长命令，立刻渡河！"

杜大松拉了于猛一把："于中队长，是不是我再下河侦察一下？"

于猛手一摆："咳！按大队长的命令，过！"说罢抬脚跨进河床。战士们平端着枪走进水里。

突然，对岸一排子弹射来，一个战士倒在河里，于猛用手捂住了左肩。

杜大松抢上一步，扶住于猛，用身体掩住了他，低声叫道："快撤！"

又是一排子弹打过来，杜大松胸口负了重伤。

枪声传进了峡谷。队伍停下了。

赵世骧愣愣地盯着前方。

不远处，反绑着手的老人，气愤地朝赵世骧瞪了一眼，一屁股坐在路边山石上。

于猛背着杜大松，带着战士们撤了下来。他把杜大松交给赶过来的两个女战士，恼恨地瞪了赵世骧一眼："咳！"赵世骧一惊。

方秀芸带着鲁二耿和两个战士跑来。一个战士报告："大队长，七十四团的队伍追上来了。”

方秀芸朝着于猛一挥手：“快抢占红花崖！”

话犹未了，北面红花崖上响起了枪声。

赵世骧强自镇定着，手里的竹杖却簌簌地抖。

队伍里，出现了一阵动乱不安。

方秀芸一边给于猛包扎伤口，一边低声地说：“于中队长，你安排警戒，我去掌握部队！”

于猛走进战士群中，紧张地低语着。

方秀芸也向战士们走去，边走边低声喊道：“共产党员，到我这里来！”

路边，赵世骧背着手焦躁地走来走去。

老人愤怒地看着赵世骧，不满地说：“噢，怪不得！是这样的大队长领的路……”

战士群里，担任警戒的两支小部队按照于猛的命令分别向峡谷两端跑去。共产党员们从方秀芸身边散开来，走向人群。

队伍中暂时的不安迅速平息了。

方秀芸和于猛走到赵世骧面前，两双愤怒的眼睛盯住了他。

赵世骧嗫嚅地说：“这……真没有想到……”

方秀芸严肃地思索。

于猛拍拍枪：“干脆往外冲，跟白狗子拼了！”

“对！拼了！”鲁二耿挥舞着一把大刀，“不是鱼死，就是网破，拼！”

“反正不能让潘锡武抓了活的，拼吧！”春生挥动着手里的旗杆。

“拼吧！”一个伤员握着块儿石头爬过来。

“拼吧！”“拼吧！”战士们一个接一个地喊道。

夕阳映照着一张张视死如归的面孔。峡谷里充满着有我无敌、决死战斗的气氛。

一个低低的声音传过来："不能拼！"

原来是周大鹏。他浑身泥土，衣服被划破了几处，但神态却非常安详。他凑近于猛："老于，拼光了，拿什么革命，拿什么给工农打天下呢？"

于猛被问住了。他又恨恨地盯了赵世骧一眼。

赵世骧看着周大鹏，恼羞成怒，突然光火地说："北伐的时候，就没碰上过这样的情况……"

方秀芸："到底怎么办？"

赵世骧："我看只好分散突围，像贩私盐过卡子那样，从人家的指头缝里漏过几个去，还可以保存点革命的本钱。"

周大鹏严肃地说："那不是革命，是逃命！"

赵世骧解释说："同志，你听我说……"

周大鹏："听你怎么说，不如看你怎么做！"

赵世骧惊恐地说："那，那……你看怎么办？"

周大鹏："让部队做好战斗准备，然后吃饭、休息！"

于猛奇怪地问："休息？"

"放心，敌人团团围住了我们，是想把我们一网打尽，天亮以前，他们是不敢进攻的。"周大鹏向着不远处一指，"刚才我去红花崖侦察了一下，俘虏供出了这个情况。"

于猛向周大鹏指的方向望去，只见树根下，一个嘴里塞着毛巾的靖卫团团丁正呆坐在那里。火旺嫂、叶苗发在一旁看管着俘虏。

周大鹏："等下半夜，我们准备好了，休息过了，敌人也困乏了，我们就猛突出去！"

赵世骧："往哪儿突？"

周大鹏："红花崖底下有一条小路。"

于猛奇怪地说："小路？你怎么知道？"

周大鹏："就在那条小路口上，那棵大松树底下，埋着我爹的尸骨。"他提高了声音："从那里突出去，不光是部队脱了险，而且一下子可以进入南门岭山区，去营救九峰山被捕的同志们。"

于猛一拍大腿："好！"

周大鹏神情振奋地说："等我们找到了毛委员，走上了革命的正路，那时候，就不是潘锡武包围我们，而是该我们打击和消灭他们了！"

方秀芸兴奋地望着周大鹏。

于猛敬佩地望着周大鹏。

谁也没有作声，只有晚风搅起松涛，满山呼啸。

周大鹏微微一笑："快说说你们的意见哪，这么看着我干啥？不认识？"

"嗯，识不出啦！"于猛声音不高，却透着激动，"一个穷铁匠，居然学会了打仗……"

方秀芸接着说："而且，在打败仗的时候，还能看到胜利，想到将来！"

周大鹏腼腆地摇了摇头："这个打算要实现，还得靠大队党的领导和全体同志的努力！"他向赵世骧、于猛、方秀芸看了看："我建议，召开党员大会，先把整个支部的力量组织、动员起来！"

方秀芸点头同意。

"好！"于猛转过身去，对赵世骧说："你说呢！"

赵世骧慢吞吞地点了点头。

于猛激动地说："周大鹏同志，就按你说的办！"

一直在远处坐着的老人，听到了周大鹏的名字，猛然抬头，叫了一声："大鹏子！"

周大鹏："你是……"

老人："我是常广太呀！"

周大鹏叫了声："常大叔！"扑了过去。

"大叔！""大叔！"火旺嫂和叶苗发也赶了过来。

周大鹏见常广太反绑着手，转脸狠狠瞪了赵世骧一眼，拔出七星刀，三下两下割断了绳索。

周大鹏、常广太两双手紧紧握在一起。

方秀芸提个布包，在战士中间走着，一边把干粮分给战士们，一边低声向党员打着招呼。战士们静静地擦拭枪支，整理鞋袜，做着战斗准备。

周大鹏和常广太边走边谈，走上红花崖下的山坡。

常广太脸上浮现了忧郁的神色："……别怨你大叔数落你们的不是，这么东游西转，连自己人也不找，这不是个办法呀！"

周大鹏："大叔，革命找到一条正确的路不容易呀！"

"那也不该往这里走哇！"常广太走到大松树下，深情地摸着树干，"当年我和你爹他们，东一头西一头地走哇，打呀，最后在这里……"

周大鹏默默地望着苍翠的青松："是呀！路子走得不对，历史还是会重演的！大叔，你这些年……"

常广太："那年，安置下你们娘俩，我就隐姓埋名，进了九峰山，躲在青杉岗……"

周大鹏点了点头："听火旺嫂说'九峰山，南北长，山高路险好地方'。"

"地方倒是不错！"常广太叹了口气，"可是，'田多都是杜家占，粮多穷人饿肚肠’！”

周大鹏默默地听着。

常广太愤愤地说：“还有话哩：‘纳税要缴两省的款，完粮要送三县的粮。’那里是个省县的边边，归几方里管。”

周大鹏沉思着。

常广太：“大鹏子，你大叔在九峰山多年，也不光是借地藏身哪！前些年，找到了党；北伐军上来的时候，趁机组织了农会。大革命失败以后，直到腊月初，我才和县委联系上。谁想到，刚准备暴动，就遭到了潘锡武和杜魁的毒手，这才逃出来找你们哪！”

周大鹏急忙问道：“大叔，你们可知道毛委员上井冈山的消息？”

常广太：“听说过，县委被敌人打散了，有个同志到了井冈山，在那里学习过，回来重新组织了县委。前不久，县委还通过秘密交通站了解过九峰山和你们大队的情况。”

周大鹏一下扑到常广太面前：“交通站在哪儿？还有联系不？”

常广太：“在山上杜魁的老窝石塘镇。火旺嫂的男人火旺哥，被捕以前就是我们和交通站联系的联络员。我们从南门岭出来之前，交通站还打探你们的消息，说是有一封县委给你们的急信，信里传达了井冈山的情况。”

周大鹏无比惊喜，紧紧握住常广太的双手，眼角闪动泪花，喃喃地说：“毛委员！……”

常广太走到周大鹏身边：“眼前可够凶险的啦！队伍能出得去？”

“能！”周大鹏朝红花崖一指，“这里不是有条小路？我们打算后半夜秘密突围出去！”

常广太打量着地形：“对，当年我背着你娘俩，就是从这儿冲出去的。”

周大鹏：“那好，等党里开过会，就突围！”

暮色苍茫。山谷里回荡着《国际歌》的旋律。

雄伟的石壁高耸入云。石壁下，隐藏在茂密的竹林中的一所造纸棚子，隐约闪动着亮光。

棚内，两支粗大的松明，映亮了挂在壁间的党旗。红旗下，大队的全体党员大会正在进行。

周大鹏的报告快要结束：“……关于突围和下一步的行动方案就这样。总之，保存好我们这支革命武装，支援九峰山农民起义，更重要的是：马上派人同秘密交通站联系，拿到县委的信，得到毛委员的指示，把部队带上一条正确的革命道路！这就是大队的党当前的主要任务！”他提高了声音：“同志们，革命是困难的，很困难！但是不管革命道路有多少艰难曲折，革命的前途是非常光明的！”

方秀芸站起来，望着党员们严峻的面孔：“谁还发言？”赵世骧欲言又止。

“我！”一个低沉的声音传来。棚子门口出现了一副担架。鲁二耿和春生抬着杜大松走进来。

周大鹏赶忙过去扶住担架，充满感情地叫道：“杜大松同志……”

杜大松慢慢地从担架上抬起头来。他已经生命垂危，声音很微弱了：“让我参加最后一次党的会议，最后看一眼党旗，看一看我的同志……”

周大鹏轻轻地扶着他欠起身来。

杜大松吃力地从怀里摸出半块儿银圆：“十年前，我爹为了还杜魁家的阎王债，把我和弟弟杜小松都卖了。弟弟就卖在杜魁家，我给卖到了潘家寨。临分手，我爹把一块儿花边剁成了两半，给我兄弟俩一人留了半块儿……”他把半块儿银圆递给周大鹏：“交给党吧！给党添点经费……”说着，昏了过去。

于猛、方秀芸一齐低声叫道："大松！"

杜大松睁开了眼，向周大鹏问道："部队行动方案决定啦？"周大鹏点点头。

杜大松："派人去找毛委员的问题提出来啦？"

周大鹏："提出来啦！"

杜大松宽慰地笑了。他挣扎着坐起来："……我不能继续为党出力啦。可是，同志们，我这个共产党员，打心眼儿里觉得我们需要有一条正确的路哇！"

于猛擦掉了眼角的泪花，深深地点了点头。

周大鹏扶着杜大松靠在自己的怀里，深沉地说："这条路，我们一定会找到！"

方秀芸低声地说："大松，歇歇吧！"

"不，我还有一句话……"杜大松喘息了一下，积攒着浑身的力量，用力喊道，"我提议，选举周大鹏同志当我们大队特别支部的书记。委派他，去井冈山、找毛委员……"

党员们都举起手，只有赵世骧低垂着头。

方秀芸环视全场，激动地喊道："通过！"

同志们的手放下来了，但仍有一只手高高地举着——杜大松同志牺牲了。

周大鹏把杜大松的手，轻轻放到了他的胸前。

松明，红旗；石壁，苍松。

庄严的《国际歌》的旋律，激荡着人们的心弦。

深夜。松涛怒吼。红花崖下不远处的一道山沟里，周大鹏带着突击队在乱石间攀登。

一道断崖。石缝里插着一把雪亮的大刀。

断崖上，常广太伸下一只手来。

周大鹏脚踩刀背，抓住常广太的手翻上山崖。

周大鹏回身拉住了鲁二耿的手，低声地说："向后传，肃静！"

红花崖一侧的小山头上，两个靖卫团哨兵在游动。

周大鹏和鲁二耿一跃而出，挥刀把两个哨兵砍倒在地。

周大鹏一挥手，于猛、方秀芸率领突击队战士冲上山头，向两侧的敌人扑去。

枪声响了。一场鏖战在山头上展开。

于猛、方秀芸举枪轮番射击。

一队战士迅速地冲过山头。

火旺嫂、春生护持着担架通过山头。

赵世骧夹在战士中间，拄着竹杖通过山头。

高高的红花崖扼住了部队走过的道路。

周大鹏、常广太和叶苗发边打边退，跃上崖顶。

于猛、方秀芸带着几个后卫战士飞奔过来。于猛疾步走到周大鹏跟前："老周，大队突围出去了！你快走！"

周大鹏抚摸着于猛受伤的胳膊："不，你走！这里正好阻击，我留下！"

于猛激动地叫道："大队可以没有我于猛，可不能没有你周大鹏！"

周大鹏摆了摆手，果断地说："向大队长报告：我建议，大队跟火旺嫂转移到南门岭以后，就立刻准备营救被捕的同志。"他用期望和信任的目光盯着方秀芸和于猛："你们两个要注意掌握好部队，一切照支部的决议来办！"

于猛："那你……"

周大鹏："我完成掩护任务以后，就和常大叔一道去找交通站。你们派人到青杉岗和我联系。"

于猛激动地浑身掏摸着，抓出两条子弹放到了周大鹏手里。

周大鹏接过子弹，又紧握住了于猛的手："于猛同志，闹革命，冲冲杀杀并不难；难的是：认清一条正确的道路，并且坚定地走下去！"

于猛领悟地点点头。

枪声又起。"走吧！"周大鹏推了于猛一把，转身伏到山石上。

崖头上，只剩下了周大鹏、常广太、叶苗发和另外两名战士。

崖头下，远处亮了几星火光——敌人追上来了。

激烈的枪声。

一串子弹打中了山石，爆起火星。

周大鹏从火星处抬起头来，举枪射击。

常广太用步枪射击。

叶苗发奋力投出一颗手榴弹。

周大鹏射击，正好击中驱赶着团丁往上冲锋的潘九。他手捂额角，血从指缝间流下。

周大鹏把驳壳枪卡在枪套上，横在胸前，站起来向冲上来的敌军猛扫。

敌军狼狈退去。枪声渐渐稀疏。

白龙河渡口。

残破的龙王庙里灯火通明。潘锡武和敌七十四团张团长对坐在供桌两边，杜魁下首相陪。

远处传来零星的枪声。

张团长听着枪声，放下手里的公文，摸出怀表看了看："怎么，共军就突了这么一阵?"

潘锡武冷冷一笑："张团长放心！他们一共不足二百人，也该差不多啦!"

"是呀！"张团长端起酒杯，"潘团总，不，不，该称潘司令了……"

潘锡武欠了欠身："不敢，不敢!"

张团长："当局刚刚委老弟以全县剿共司令的重任，这里就一战告捷，真是锦上添花呀！干!"

潘锡武举起酒杯一饮而尽，得意地说："说实在的，前些时，我也怕这股揭竿而起的队伍会成了气候……想不到他们又和当年抗粮闹事的乱民走了一条路。这也是历史的巧合!"

张团长按着公文，压低了声音："可惜，蒋总司令联合冯、阎讨伐奉系的战事，已经迫在眉睫。我旅奉命马上调动，旅长和小弟都不能亲来为潘司令贺功了。"

"那，这杯薄酒，就算给张团长饯行!"潘锡武从马弁手里接过酒瓶，拿起酒杯斟酒。

突然，浑身血污的潘九跌跌撞撞地跑进来："总爷，共军……突，突出去了。"

"什么?"潘锡武连杯带酒泼到了潘九那张丑脸上，"浑蛋!"

一时，庙堂里鸦雀无声，一个个都像泥胎般呆住了。

张团长站起来，一边走一边低声地说："潘司令，失陪，我去看看队伍。"

潘锡武抬了抬眼皮，没有搭理。

杜魁的马弁走进来，附在杜魁耳边："家里送来消息，说石塘镇发现了共产党的秘密交通站……"

潘锡武注意地听着。

马弁："……还说，逃到南门岭的那些农会头子要劫牢反狱，救那些被抓的人。"

杜魁凑向潘锡武："锡武，是不是还要跟追?"

潘锡武："七十四团的队伍撤了，光我们还追个什么劲?"他略一沉吟："现在嘛，倒要让赵世骧、周大鹏过白龙河啦!"

杜魁疑惑地说："放他们过河?"

"白龙河东，城镇密集，大路纵横。"潘锡武阴险地一笑，"两县兵力并力会剿，就好对付了。"

杜魁恍然："嗯!"

潘锡武："姐夫，你赶紧回九峰山，解决那个共产党的交通站，然后，把他们……"他起身在杜魁耳边密语。

第四章

青杉岗。杉树林中一所破旧的窝棚。棚外，一个穿便衣的革命军战士和一个农会会员一边用杉皮铺着棚顶，一边放哨。

棚里，常广太帮着叶苗发把干香菇、鲜冬笋装进一只竹子背篼。周大鹏站在棚口，凝视远山。

常广太把背篼里的山货码好："苗发，你和交通站接上头，拿到文件，就赶回来。"

周大鹏转过身来，紧紧握住叶苗发的双手："请交通站把我们大队突围的情况和营救被捕同志的打算，赶紧向县委报告。"他把背篼帮叶苗发背上肩头："大队等着县委的信，等着井冈山的消息。你快去快回，路上要多加小心!"

周大鹏目送叶苗发走出棚去，转向常广太："大叔，要赶快把外边的情况摸清楚，提前组织好营救被捕同志的力量。”

常广太：“怎么到现在大队还没有派人来联系？你们那个大队长真叫人担心！”

“是呀！大队随时都可能再走上错路。”周大鹏沉重地说，“正是这种情况，就更需要快些拿到文件，把部队带上一条正路！”

南门岭上。山顶一所残破的庙宇——南岭禅寺。

庙前山坡上，战士和九峰山逃出来的农会骨干们正三三两两地交谈着。

一个中年农民凑近春生问道：“不是说革命军大队要去救被捕的人吗？怎么还不动手？”

春生安慰道：“等秀芸姐他们打粮回来，和周中队长联系上，很快就会行动的！”

“快些吧！”农民叹了口气，“潘锡武、杜魁那帮小子，心可毒啦……”

另一个战士：“也怪，突围的工夫打了它一家伙，潘锡武倒是不追啦！”

鲁二耿叹了口气：“潘锡武要是回了潘家寨，家里人该更遭殃啦！”

春生：“瞧，又是家……”

一个女战士喊道：“秀芸姐回来啦！”

方秀芸带着几个战士走上山来。

于猛从山门里跑出来，接过方秀芸肩上的扁担和空箩筐：“怎么？什么也没搞到？”

方秀芸默默地摇摇头：“派人去青杉岗啦？”

于猛生气地说：“大队长说不急。这个人，根本不把党的决议放在眼里……”他和方秀芸并肩走上台阶，走进山门。

大殿里。赵世骧坐在桌边，看着一张从墙上扯下的残破的告示，上面写着“悬赏缉拿赵世骧、周大鹏……”他愁闷地抬起了头，从一个破烟盒里掏出最后一支烟，又把烟盒揉成一团，恨恨地扔掉，长长地叹了口气。

方秀芸和于猛走了进来。

赵世骧强打精神地说：“回来啦！打到多少粮啊？”

方秀芸摇了摇头。

赵世骧怏怏地说：“哼！真不明白，非到山上来干什么？……山下怎么样？”

方秀芸：“潘锡武、杜魁都回老窝了，白龙河渡口的卡子也撤了，只留下两个连围住了山。可潘锡武一回潘家寨，又抓了不少我们战士的家属……”

赵世骧突然高兴地说：“哦！白龙河渡口松动啦？”

方秀芸：“听说，被捕的同志已经被押到了潘家寨。大队长，救人的事要快，这事关系重大呀！”

赵世骧叹了口气：“是呀，关系重大呀！是得好好想想到底该怎么办啦！”

于猛不耐烦地说：“还没有想好？”

赵世骧：“难哪，大革命失败了，国民党把我们从北伐军里赶出来，要杀我们的头。省委派我到这个大队来，我也想轰轰烈烈地干他一场！可是……难哪……”

方秀芸沉着地看着他。

于猛愤愤地说：“难又怎么样？一样干革命！”

“干革命，得看怎么个干法。”赵世骧猛吸一口烟，“我和你到这支暴动队伍来，不就是要招兵买马，拉一支像样的队伍，打几个像样的城市，推进革命高潮吗？现在战士们连肚皮都填不饱，还硬要往荒山老林里钻，要不了几天，队伍就该散伙了。”

方秀芸继续注视着赵世骧，仍然没有说话。

于猛：“干脆，把你的主意拿出来！”

赵世骧：“坐吃不如走吃呀！白龙河松动了，正是去河东的好机会……”

“什么？还要过白龙河？”于猛质问道，“那你不想进山救人啦？”

“革命同志遇难嘛，也不能说不救。”赵世骧又叹了口气，“可我们刚刚逃出虎口，怎么又往人家嘴边上送？”

于猛：“怕死呀！”

“怕死？笑话！”赵世骧沉下脸来，“如果不是信仰革命，为了劳苦民众，我能跑到南边去参加北伐军，又到这儿来闹革命?!”

方秀芸坚定地说：“如果你真是为了工农大众，那就快派人去和大鹏同志联系，准备营救被捕的同志！”

“就算能救出几个老百姓，他们是能帮你站岗，还是能帮你打仗？同志，我是工农革命军的大队长，不是九峰山农会主席！”赵世骧站了起来，生气地丢掉烟蒂，走出殿门。

方秀芸、于猛气愤的面孔。

庙台上，鲁二耿伏在一个下山回来的战士肩上抽泣着。春生和两三个战士在低声劝慰。

赵世骧走过来问道：“这是怎么啦？”

春生：“二耿他家大嫂和他女儿小芳都让潘锡武抓进了潘家寨……”

鲁二耿猛然抬起头来：“大队长，打回潘家寨，报仇去！”

春生拽住了他："你疯啦？"

赵世骧盯住鲁二耿，思忖着。

"咳！憋死我啦！"鲁二耿一把撕开领口，"我们干什么在这儿蹲着，把亲人丢给敌人去抓，去杀，这叫革的什么命？"

春生还要说点什么，赵世骧挥手止住了他："让他说，他的话有点道理。"

春生："什么？还有道理！"

赵世骧："你怎么连点阶级感情都没有！"他拍拍鲁二耿的肩膀："各人有各人的具体情况，革命，也有不同的方式嘛！"

鲁二耿怔怔地看着他。

赵世骧接着说："比方说，现在部队供给十分困难，有些人就可以暂时分散一下。"

春生："那部队不就散伙啦？"

"哎！分散，并不是解散嘛！"赵世骧解释说，"本地战士，回到本乡本土，就容易保存革命力量。再说，离仇人近了，才能报仇哇！好，你们都好好想想！"说罢，他大摇大摆地走开了。

春生摇了摇头，和其他战士议论着。

鲁二耿陷入了沉思。

深夜，月光如水。鲁二耿抱着枪蹲在哨位上，手里紧握着那个装小石子的口袋，两眼发愣。

于猛查哨走过来。

鲁二耿站起来问："周中队长还没有回来？"

于猛："没有。"

鲁二耿抓住于猛的衣襟："我想回趟潘家寨！"

于猛一惊："怎么，还是要回家？秀芸跟你谈了半天，还是听不进去?”

鲁二耿：“大队长说，回家也是闹革命嘛!”

于猛：“他的话……说对的不多!”

鲁二耿执拗地说：“离仇人近，能报仇，这一条我信!”他把石子口袋塞给于猛：“给大鹏哥留下，要是我回去报不了仇，让他替我报!”

于猛不耐烦地说：“好好放哨，别胡思乱想啦!”他把石子口袋塞还鲁二耿，又向前走去。

鲁二耿呆呆地发怔。他耳畔响起了周大鹏的声音：“路有千条万条，可正确革命的道路只有一条! 这条路，我们一定要找到它!”

山风吹落了几片枯叶，簌簌地落在地上。

鲁二耿耳畔又响起赵世骧的声音：“革命，也有不同的方式嘛!”

鲁二耿紧盯着手中的口袋，似乎看到了妻子、女儿向他哭喊的面孔，不禁怒火中烧。他猛地向山下走去。他走了几步，想了想，又退回来，把枪架在树干上，解下子弹袋和石子口袋一齐挂在枪上，唰地抽出了马刀。

枪，倚在树干上，发着亮光。

枪、子弹袋和石子口袋都放在大殿供桌上。

于猛抡起拳头擂了一下桌子：“赵世骧同志，你要对这件事负完全责任!”

赵世骧冷淡地说：“我觉得，鲁二耿的回家，倒是真正向我们领导提出了问题：与其眼看部队动摇瓦解，不如……”

方秀芸坚决地说：“出了这样大的问题，应该提交特别支部讨论!”

赵世骧收敛地说：“那好，我正式提出，部队应该抓住战机，东渡白龙河，以利于发展革命力量!”

于猛：“我反对!”

方秀芸：“我也反对。我提议，马上把鲁二耿的事交给全体党员讨论，统一思想，稳定部队!”

于猛：“同意!”

方秀芸：“还应该马上派人把这里的情况告诉周大鹏同志!”

于猛：“派火旺嫂去!”

赵世骧无可奈何地说：“那……好吧!”

山坡小路。

方秀芸、于猛和樵妇打扮的火旺嫂一道向山下走去。

方秀芸挽着火旺嫂，嘱咐道：“把情况报告大鹏同志，告诉他，部队比什么时候都需要他赶快找到一条正路!”

于猛：“跟老周说，叫他放心!”他拍拍腰里的驳壳枪：“谁要敢带走这支部队，我这个伙计不答应！潘锡武要是来了，我们也顶得住!”

第五章

潘家寨寨门。两个靖卫团团丁持枪倚在墙边。

寨内，潘锡武家大门口，也有团丁护卫着。

潘锡武家花厅里，全副戎装的潘锡武靠在红木雕花太师椅上，朝坐在旁边的杜魁点头微笑：“姐夫，你一手破获了石塘镇共党秘密交通站，又亲自押解犯人下山，上峰特别传令嘉奖。”

他一伸手，潘九递过一张委任状。潘锡武站起来，神色庄重地递给杜魁：“从现在起，你就是保安团——呃，也就是我的第二团团长了。”

杜魁眉开眼笑地接过委任状："这么一来，我那三百个团丁和一个藏龙卧虎的九峰山，也就名正言顺地归到你的名下了。"

潘锡武摇了摇头："九峰山到底是不是我们弟兄的，还不一定呢！"

"怎么？升了堂堂剿共司令，反倒没气派啦！"杜魁抬手戳了戳墙上的地图，"这九峰山大大小小哨口上，全是我的民团；山外就是你的潘家寨……"

潘锡武朝着左下角上的一个红圈一指："这里呢？"

杜魁撇了撇嘴："那支躲在南门岭上的共军？就那么百十来人，几条漏网之鱼……"

"不是鱼，是一群虎！"潘锡武正色地说，"峡谷一仗，周大鹏带队突围之后，硬是不往白龙河走。这个人可不像赵世骧好对付。要是他领着那支队伍在南门岭缓过气来，可就遗患无穷啦！"

杜魁担心地说："这……"

潘锡武阴险地一笑："这也没什么。我一回来，就把共军家属抓了几个，杀了几个，逼他们下山；你那里嘛，已经刨掉了他们的老根，掐断了他们的联系。"他压低了声音："这次抓到的共党交通员有什么口供？"

杜魁："至死什么也没说。不过，看样子是冲着周大鹏他们来的。"

"哼！他们要见面，得在省城的监狱里见喽！"潘锡武得意地说，"上头限三天把这批犯人押到省城。这可是一笔要兵要枪的本钱！"

杜魁："路上可不能大意呀！什么时候押走？"

"明天就押走！"潘锡武踱到杜魁面前，低声地说，"这回，你看家，我亲自押送！"

傍晚。还是青杉岗村头的那个杉皮窝棚。

神色惊惶的叶苗发，一头撞进棚来，扑到周大鹏、常广太面前："交通站被破坏了！"

常广太一惊。

周大鹏沉着地说："那里的同志呢？"

"都被捕了。"叶苗发焦急地说，"杜魁把他们和原来抓去的同志，一起押到了潘家寨！"

"这个狼崽子，来得好快！"常广太恨恨地骂了一句。

周大鹏："不是杜魁民团里有我们的内线关系？"

常广太摇摇头："那是和交通站单线联系的。"

周大鹏默默地沉思。

叶苗发期待地注视着周大鹏。

常广太咬了咬牙，下了决心："大鹏，你马上去井冈山！这里，我们再想办法。"

周大鹏："不，还是要把情况搞清楚。只要党的文件没有落到敌人手里，救出了同志们，就拿到了党的指示。现在，要赶快和大队联系上……"

风尘仆仆的火旺嫂闯了进来。

常广太惊喜地迎上去："谢天谢地，可来啦！大队怎么样？"

火旺嫂摇摇头。她把周大鹏拉到棚边，递过一封信，急切地低语着。

周大鹏看着信，听着，双眉越皱越紧；手里的信纸扯碎了，纸片纷纷落下。

棚外传来一阵吵嚷声。三个农会骨干扭住一个民团团丁，推推搡搡地走进棚子。

"从石塘镇来的，到处打听去南门岭的小路。"一个农友把半块儿银圆递了过来，“还打贴身搜出来这么个玩意儿!”

常广太接过东西，低声嘱咐了几句，关上了门。

来人警惕地打量着屋里的人们。

周大鹏注视着来人——他和已经牺牲的杜大松十分相像。

常广太问道：“你是什么人?”

“过路的。”

“到哪儿去?”

那人不答。

周大鹏走到桌边，注视着那半块儿银圆。

常广太厉声喝问：“你到底是什么人?”

那人倔强地瞪了常广太一眼。

周大鹏走过来：“你姓杜，叫杜小松!”

那人一愣。周大鹏亲切地说：“你有个哥哥，叫杜大松，被卖到了潘家寨，对不对?”

那人更惊奇了，目光盯住了周大鹏。

周大鹏掏出半块儿银圆和一条红领带，递给杜小松：“你哥哥参加了农民起义，是个工农革命军战士，他在战斗里光荣牺牲了。”

杜小松接过半块儿银圆，又从桌上拿起另半块儿，合在一起。他一下抓住周大鹏的手，激动地问道：“同志！你是……”

“周大鹏，工农革命军的中队长!”常广太把话接过来：“我叫常广太。”

“大叔！太好了!”杜小松眼睛瞟着屋里的人，欲言又止。

周大鹏热情地让杜小松在炭盆旁边坐下：“他们都是自己人。来，坐下说!”

“我是杜小松，在敌人内部活动的。”杜小松急急地说，“交通站一直在找你们。县委有一封急信，要交给大队特别支部，信里传达了井冈山的经验……可是，交通站被破坏啦！”

“这些，都知道啦！”周大鹏忙问，“文件还在吗？”

杜小松：“交通员牺牲以前告诉我，文件已经转到火旺哥手里。可人都被押到了潘家寨，明天潘锡武亲自带主力押送省城。”

常广太：“那，我们在路上把人抢下来！”

“不行！”杜小松焦急地站起身，“那可是敌人的钓鱼计呀！”

常广太：“钓鱼计？”

杜小松：“他们拿两个班在前边押送，潘锡武亲自带着主力跟在后头。只要你们一动手，他们就一下子扑上来……”

周大鹏激动地站起来。

火旺嫂倚在榻边，咬紧了嘴唇。

棚子里鸦雀无声，只有炭盆上的水罐咕咕地响。

周大鹏默默地踱到棚口。绵延起伏的山峦映入眼帘，江西山歌的旋律在耳边回响。他霍地转过身来，大步走到随他突围出来的两个战士身边，严肃地说：“同志们，我们都是党的人，现在，党需要我们为革命做出最大的牺牲！”

两个战士挺直了身躯，把紧握的右拳举在胸口，作为回答。

周大鹏走近常广太：“大叔，我马上去潘家寨！”

常广太惊讶地问：“潘家寨？”

“对！”周大鹏坚定地说，“我带几个同志连夜插进潘家寨，等潘锡武快到白龙河峡谷，我就在寨子里打枪，这样，打断他的钓鱼竿，逼他回来增援。这时候，你就带领大队扑上去救人！”

常广太明白了，他激动地叫了声：“大鹏子！”

人们崇敬地望着周大鹏。

周大鹏激动地说：“同志们，几十个阶级兄弟的生命危在旦夕，我们大队也处在失败的边缘。只有救出同志，拿到党的文件，才能使九峰山区的农民起义得以再起，使革命军大队能在毛委员指引的道路上胜利前进!”

常广太扑到周大鹏面前：“那我去!”

“不！你和火旺嫂赶紧去南门岭!”周大鹏毅然地摆了摆手，“这次行动需要潘家寨游击小组内应，我必须先去联系，回大队就来不及啦!”他握住常广太的手：“大叔，大队在执行支部决议的问题上，还会有尖锐的斗争。要是出了什么岔子，你就和方秀芸同志商议，带上农友们，把人抢出来。”

常广太：“好!”

周大鹏：“时间紧迫，赶快行动吧！记住！救出同志们，马上找到火旺哥，把文件的下落查清楚!”他坐下来，匆忙地写着字条。

火旺嫂激动地望着埋头疾书的周大鹏，两颗晶莹的泪珠，滚下了眼角。

南门岭。庙里的大殿。

常广太和火旺嫂站在桌旁。

一盏茶油灯下，字条在方秀芸手里微微抖动。她正低声读着周大鹏来信的结尾：“……革命，有时候需要它的战士做出必要的牺牲。为了寻求革命真理、援救阶级亲人而献身，是一个共产党员义无反顾的责任。我们决心拼死拖住敌人的主力，望大队火速出动，务必于元宵节正午赶到白龙河峡谷……”

“大队长呢！他知道了吗?”于猛一按桌子，站了起来。

火旺嫂：“他看过了，说一会儿就来。”

于猛掏出怀表看了看：“再迟就来不及了，得马上集合部队。”

方秀芸：“还是去找大队长商量一下。”

“不必商量喽!”赵世骧从大殿门口慢吞吞地踱进来，“下一步的行动，我们争了好几天，还没有结论嘛！还是让周大鹏回来一趟，集体做个决定。”

于猛激怒地说：“什么？老周那里已经开始行动了，你让他们去白白送死？”

常广太愤怒地说：“果然让大鹏子说准啦！”他朝火旺嫂摆摆手，“先去把我们农会的人集合起来。”

火旺嫂瞪了赵世骧一眼，气冲冲地走出大殿。

赵世骧冷冷地说：“你们都不要激动。对于擅自决定的盲目行动，我不负责任。”

方秀芸圆睁双眼，强抑住愤怒。

常广太怒斥道：“大鹏为了革命，为了群众，舍命往虎口里闯，你怎么血口喷人！”

赵世骧：“到底是我指挥他，还是他指挥我？”

方秀芸：“赵世骧同志，大鹏同志的决定，和特别支部的决议完全一致，大队必须马上行动！”

赵世骧冷笑一声：“我不能让整个大队去做无谓的牺牲！”

方秀芸怒视着赵世骧：“你这是无耻的歪曲！”

“你不去，我去！”于猛突然一拍桌子，朝赵世骧叫道，“我带我的中队去……”剧烈的活动，震裂了伤口，痛得他哎哟一声，捂住了肩膀。

“你那个中队，我已经派他们下山侦察白龙河去啦。”赵世骧仍然不紧不慢地说，“那好吧，如果你们硬是要去，就先从留下的部队抽一个分队，等侦察部队回来，大队再随后行动。我看就这么办！”说罢，转身走出大殿。

于猛一跺脚，追了上去：“赵世骧，你……”

方秀芸拦住于猛，毅然地说：“来不及了，就先去一个分队，配合常大叔他们行动。”

常大叔点头同意。

于猛略一思忖：“好，我马上出发！”

“不，你伤口又犯了，我去。”方秀芸抚摸着于猛肩上渗出血水的伤口，“你催着大队长快收拢部队，赶到上山的岔路口接应我们。”

于猛望着方秀芸。突然，他扭身从墙上摘下自己那支花机关，挂在方秀芸脖子上。

晌午。

潘家寨寨门大开。牌坊上，“潘家寨”三个大字赫然在目。赶圩的人正陆续走来。

近寨门处，叶苗发在叫卖着山货。

大街上，戏台上的锣鼓震天响。挑担的、提篮的、卖艺的、要饭的，还夹杂着几个倒背着枪到处逛荡的保安团团丁，人来人往，熙熙攘攘。

周大鹏在一堵砖墙前支起了铁匠炉，一个装成伙计的战士拉着风箱。

穿着团丁服装的杜小松走过，向周大鹏点头示意。

一阵马蹄声响。人们赶紧闪到街道两旁。

大队保安团团丁簇拥着骑在马上的潘锡武，耀武扬威地开来。随后是被捆绑着的一列囚犯。行列里，火旺哥抱着两岁的伢子，鲁二耿竖起了双眉。被捕的革命战士，一个个正气凛然，威武不屈。

铁匠炉旁，周大鹏隐蔽在人群背后，注视着被押走的火旺哥和鲁二耿。他又侧脸望望近处杂货铺里的挂钟：正好敲响了十二点。

傍午。方秀芸、常广太和火旺嫂带着二三十名战士和农会骨干，从山林中钻出来，沿着山路快步走去。

潘家寨大街。

杂货铺里的挂钟当地敲了一下，时间是下午一点半。

铺门边的周大鹏看了看钟，扭回头，只见杜小松倒背着枪走到身旁，向他点了点头。

周大鹏大步走到铁匠炉边，从担子里抽出驳壳枪，朝天打了一梭子子弹。

骤起的枪声，惊乱了赶圩的人们。霎时间，大街上乱成一团。几个保安团团丁端枪盲目射击。

周大鹏等向街心挤去，边走边朝团丁们射击。

潘锡武带着队伍正在前进。枪声传来，他立即勒马止步。

潘九策马匆匆奔来："司令，共军袭击潘家寨！"

潘锡武侧耳倾听："是游击小组骚扰。"他一转身向潘九命令："继续前进！"

山路上。方秀芸倾听着枪声。

她一挥手，战士们和农友们跑步前进。

潘家寨大街上，枪声不绝。

祠堂前，两个团丁用力推动两扇沉重的铁门。

街对过儿，周大鹏向身旁的战士命令道："打进去！"他举手向祠堂大门扔出一颗手榴弹。

手榴弹爆炸处，烟火弥漫。周大鹏率领两个战士冲进门去。

烟火中，周大鹏站在祠堂的角楼上，大声地喊："白狗子们听着，告诉潘锡武，我们工农革命军已经打进了潘家寨。快把抓起的老百姓统统放了，要是少一根毫毛，我周大鹏跟他算账!”

潘锡武家花厅前，杜魁惊慌地喊道：“快把大门关上！……上房！上房!”

十几个保安团团丁在院落里窜来窜去。

杜小松跑进院来，向杜魁报告：“杜团长，周大鹏带着人占了祠堂啦!”

杜魁忙叫道：“快去报告潘司令，要他们回来，要他们马上回来!”

杜小松匆匆跑出院去。

祠堂墙头上，周大鹏一枪打倒了一个团丁。

他看着两匹快马冲过街心，回头按住叶苗发的手：“报信的，放他过去!”

通向白龙河渡口的大路上，潘锡武正在催马前进。

两匹马狂奔而来。团丁赶到潘锡武身旁报告：“周大鹏带着队伍攻潘家寨了。”

潘锡武一惊：“真是周大鹏?”

一个团丁：“是周大鹏，我亲眼看到啦!”

另一个团丁：“周大鹏把祠堂点着啦！杜团长请司令快回去!”

潘锡武沉吟了片刻，向潘九命令道：“你给我看好这批犯人！要是跑了一个，我剥了你的皮!”说罢，率队转头向潘家寨奔去。

潘家寨内。

周大鹏向战士们下命令：“往前打，到潘锡武家门口去!”

潘家寨外，潘锡武正催促保安团前进。

潘家寨已经在望。寨里烟火冲天。

潘锡武咬牙切齿地说："周大鹏，今天要是抓不住你，我潘某人就白当了这剿共司令！"

白龙河峡谷前的大路边上。方秀芸正伏在山石后观察。

潘九押着犯人的队伍慢慢走近。

方秀芸向常广太望了一眼，一挥手："打！"

战士和农友们向山下冲去。

潘家大院对面的楼房。周大鹏等四人分散在各个角落战斗着。

周大鹏从腰带上抽出一颗手榴弹投了出去。

枪声更激烈地响了起来。

街角，潘锡武在房檐下踱着方步，得意地说："这回，我看你周大鹏往哪儿跑！"

突然，白龙河方向传来一阵枪声。

潘锡武正侧耳倾听。一个保安团团丁慌慌张张地跑过来："连……连长报告司令，押送犯人的队伍在峡谷遭到共军大队袭击。"

"啊！"潘锡武脸色陡变，朝楼房狠狠地一瞥，叫道，"周大鹏啊周大鹏，想不到上了你的当！"

杜魁忙凑过来："锡武哇！怎么办哪！"

潘锡武恶狠狠地说："也给我点火，烧，烧，把周大鹏烧死！"他扭头拔出枪，朝团丁们吼道："跟我走，不能让他们把那些共产党抢跑了！"

大队匪兵紧跟着跑出寨去。

楼上，周大鹏看见大队匪兵出寨，大喊一声："突出去，追潘锡武!"

一串手榴弹投了出去。

周大鹏纵身跳下天井，打开侧门，冲了出去。

白龙河峡谷的大路边上，横陈着几具敌尸，战斗已经结束。战士和农会骨干们正给被救出的同志解着绳索。

火旺哥抱着孩子坐在路边山石上，常广太用大刀割断他臂上的绳子。

方秀芸、火旺嫂一路寻觅着，走过来。

火旺嫂看见了火旺哥，飞奔过来，高兴得眼泪迸流："伢子爹，你还活着……"

孩子扑到火旺嫂怀里，欢叫着："妈妈!"

火旺嫂擦着眼泪："秀芸，你看我们这一家人!"

方秀芸微笑着抚摸着孩子的头："火旺哥，交通站的文件……"

火旺哥："放心，在!"

"好！……"方秀芸正要说下去，看见鲁二耿蹒跚着走过来，忙跑上去扶住他，"二耿哥……"

鲁二耿一把抓住方秀芸的手，泪水哗哗地流下来："秀芸……"

方秀芸摸着鲁二耿臂上的伤："身子能顶得住?"

"能!"鲁二耿激动地说。

方秀芸从敌尸上抽出一支枪递给鲁二耿："你带两个同志去南门岭方向联系大队!"

"好!"鲁二耿又从敌尸上抽出一把刀，和旁边两个战士一道转身跑去。

方秀芸向着常广太："大叔，人清点过啦?"

"嗯！同志们全在!"常广太答道。

方秀芸："马上撤!"

潘家寨通往白龙河渡口的大路上，潘锡武驱赶着保安团跑步前进。

潘九带着一伙残兵迎面跑来。

潘锡武厉声地问："人呢?"

潘九："叫他们抢……抢走啦！我领你去追!"

"追，来不及啦!"潘锡武用马鞭轻轻敲着手掌，"他们往南门岭撤退，非去岔路口不可。你带一个连跟踪穷追，其余的跟我走小路，赶到前边，把他们截住!"说罢带转马头，跑上了小路。

方秀芸、常广太率领着队伍，搀扶着身受刑伤的战友在山路上缓慢前进。火旺嫂背着伢子走在行列里。他们来到了去南门岭的岔路口。

突然，鲁二耿领着春生和另外两个战士，拐过山弯，急奔而来。

方秀芸、常广太急忙迎了上去。

鲁二耿恨恨地说："大队没来!"

春生焦急地说："昨晚上，你们走了以后，于中队长就发起了高烧，一直昏迷不醒。侦察队从白龙河回来啦，大队长说要准备过河，硬不让来。"

方秀芸眉头紧皱，咬紧了嘴唇。

常广太愤怒地说："哼！这个大队长!"

突然，山坡上响起了枪声。

接着，来路上，也爆发出枪响。

方秀芸朝两边望了望，果断地说："常大叔，马上进峡谷，往红花崖转移，万一被包围，还是从那条小路突出去！"

常广太领着队伍，迅速转入峡谷的大路。

方秀芸指挥战士们，向来路射击着，边打边退。

突兀的山石旁，潘锡武和潘九指挥保安团冲向通往峡谷的大路。

潘九跑过来："共军上了红花崖！"

潘锡武摸着胡茬："看来，他们又要走上次突围的那条小路！"

潘九："我去堵！"

"不！我亲自去！你要不惜一切代价，硬冲上去！"潘锡武一伸手，马弁把一支驳壳枪递给了他。

红花崖上，是一块儿平坦的场坝。靠悬崖的一边，几丛翠竹，一树红梅。

方秀芸和鲁二耿卧在崖边路口上，向着蜂拥而来的匪兵，猛烈射击。火旺嫂夫妇趴在方秀芸身边，投出一颗颗手榴弹。

敌兵退了下去。

这时，春生从崖后丛林里飞奔过来。

方秀芸急问："常大叔他们怎样了？"

春生："都撤出去啦！"

方秀芸手一挥："你们快撤，我掩护！"

火旺嫂爬到方秀芸身边，搂住她的肩膀："要死，我们一起死！"

方秀芸望着火旺嫂激情的面孔，轻轻移开她的手："不，你们一定要出去，叫火旺哥把文件亲自交给大鹏同志！"

火旺嫂含泪应声。

方秀芸擦了擦火旺嫂眼角的泪水："不要哭，一条正确的革命道路就在眼前，应该高兴啊！"

枪声又激烈地响了起来。

方秀芸一把拽起鲁二耿，厉声地说："你和春生带上火旺嫂他们，快撤！这是命令！"

方秀芸望着他们跑进丛林，又转身扑到山石上。

崖坡上，潘九指挥着匪兵，正往红花崖上冲。

一梭子子弹扫来，匪兵倒下一片。

崖上枪声骤停。

潘九从地上爬起来："共军没有子弹啦，冲上去抓活的！"匪兵们又蜂拥而上。

崖顶山石旁，方秀芸取下打空的子弹夹，看了看，把它扔开。她把花机关挂在胸前，掏出手枪。

就在这时，一颗子弹射来，方秀芸负了伤。

方秀芸咬紧牙关，手枪连发，又扔出一颗手榴弹。

匪兵仓皇退去。

方秀芸略略喘息，走到红梅树旁，手扶树干，眺望远方，耳畔似乎响起了周大鹏的笛声。她一甩头发，唱起了山歌。

井冈明灯照胸怀，
歌儿唱出云天外。
革命人走革命路，
红旗滚滚进山来。
我愿洒尽一腔血，

化作杜鹃迎春开。

歌声中：

群峰巍峨，霞光瑰丽。

溪水湍急，化作奔泻的瀑布。

水星飞溅，化作怒放的红梅。

方秀芸屹立在红梅树下。山歌唱完了，然而悲壮的无字伴唱还在继续着。

匪兵们拥上了崖顶。

方秀芸举起手枪射击。

匪兵们连连倒地，畏怯地后退。

方秀芸看了看打光子弹的手枪，扔下悬崖，又摘下花机关，在山石上摔碎。

潘九催逼匪兵上前。

方秀芸扔出了最后一颗手榴弹。

手榴弹爆炸的烟火中，方秀芸迈开大步，向着悬崖边上走过去，走过去……

红花崖后山上，火旺嫂夫妇一行正沿着崖壁小路转移，忽听得红花崖上连续发出爆炸声，接着，就寂静了。他们一齐停下脚步，举目遥望，然后慢慢低下了头。

对面突然飞来一排子弹。人们迅速卧倒。

子弹横飞。鲁二耿抬头一看，山头上，一群保安团团丁簇拥着潘锡武，一排排闪光的枪口，正向他们射击。

山头上，潘锡武得意地说："你们还想从红花崖跑?！给我打！"

突然，潘锡武一个踉跄，倒在地上。

周大鹏一手持抢射击，一手提刀，率领着叶苗发等人冲了过来。

一个保安团团丁抱起潘锡武，翻身滚下山头。

匪兵狼狈退去。

周大鹏赶上来，又扫了一排子弹。

常广太冲过来，激动地喊道："大鹏子！"

斜阳映山，红花崖傲然矗立。

山崖丛林里。周大鹏和脱险的人们会合了。

周大鹏低声地说："这么说，秀芸她……"

火旺嫂默默点了点头。

周大鹏满眼含泪，遥望红花崖。少顷，他转身问火旺哥："火旺哥，文件在哪里？"

火旺哥掏出一个小小的油纸包，递给周大鹏。

周大鹏双手接过，小心地打开，匆忙地看着。

他把文件按在胸口，无限激情地说："毛委员……井冈山……一条正确的革命道路找到了！"

大家一齐兴奋地望着周大鹏。

松明闪闪。

墙角，鲁二耿和火旺哥相互依靠着，抱枪和衣而眠。旁边，火旺嫂也抱着儿子睡熟了。

松明下，周大鹏和常广太并肩坐在一起，聚精会神地读着文件。

"县委彻底批判了'左'倾盲动主义的错误路线。"周大鹏把文件轻轻合上，"县委明确指示我们，学毛委员的办法，走井冈山的道路，要我们革命军大队立即开进九峰山，和你们农民斗争结合起来，在这两省三县边界，建立农村革命根据地!”

常广太高兴地频频点头。

“我原先只想到靠农友的帮助，找一个落脚的地方，这很不够哇！这下心里豁亮了！”周大鹏激动地说，“起义军退到农村是退却，也是进攻！从敌人强大的城市退出来，却是向敌人统治最薄弱的农村，勇敢地展开进攻!”

常广太兴奋地捋着胡须：“只有毛委员看到了我们革命农民的力量!”

“对!”周大鹏指着文件，“深入农村土地革命，建立工农武装割据，就是把革命武装和农民斗争结合起来，既深入了土地革命，又可以发展武装斗争!”

常广太：“是毛委员挽救了我们哪!”

“是呀！毛委员！……”周大鹏掏出竹笛，无比深情地抚摸着，“在最困难的时候，又是您为我们拨开了迷雾，指明了方向!”

天亮了。一束红光射进窗棂。

一轮红日在万山顶上冉冉升起，像是一幅绚丽的油画。

东方，彩霞满天。山间，云海翻腾。

红彤彤的阳光，驱散晨雾，照耀着山林，照耀着雄伟峭拔的红花崖。

周大鹏、常广太带着大家沿着山路走来。

周大鹏边走边对常广太说：“……说定啦，我们就按毛委员指引的井冈山道路走，我这就去带大队。”

常广太：“好！我们用青杉岗一片十几个村子的农民起义，来配合你们进山！”他忽然放慢了脚步，望着红花崖，又看看路边的山坡。

开阔的山坡上，几棵苍松，几丛绿竹，还密密麻麻地布满了映山红。

老人眼里充满热泪，低声地说："方秀芸同志……党的一个好女儿啊!"

周大鹏沉重而坚毅地说："是的，在革命斗争中，不是每一个同志都能看到胜利的曙光。但是，所有为革命献身的烈士，都用他们的鲜血和生命，为胜利铺平了道路。他们每时每刻都在看着我们：看我们走的道路对不对，看我们工作得好不好……"

山风拂面。周大鹏深沉的话音，掠过每个人的心头。

常广太在崖边的石缝里，挖掘一丛映山红。

春生走过来问道："大叔，挖这干什么?"

常广太："这叫映山红，别看它现在干干巴巴不起眼，春风一吹，就是一树红花。"

周大鹏静静地听着。

"还是按这里的老规矩办!"常广太把挖出来的映山红连根带梢地捧在手里，边走边说，"以往为了记住当年的太平军和抗粮起义牺牲的人，乡亲们总是栽上些映山红。"说着，他在一棵青松前，挖开了土。

周大鹏抽出七星刀，朝地上挖了下去。

战士们纷纷挖着。

周大鹏从老人手里接过那丛映山红，仔细端详着："大叔，你看这映山红，只要把根子深深地扎在土里，就不怕风吹雨打，就能红满树，红满山!"

"嗯!"常广太盯着周大鹏，思索话里的意思。

"有根，才能有花呀!"周大鹏把映山红放进土坑，一边培土一边继续说，“毛委员带着部队上井冈山，就是让革命军队的根子深深地扎在革命的农村，扎在千千万万战斗的农民群众中间。那样，就能抗得住风吹雨打；革命的红花，也就能红满树，红满山啦！”说罢，他抽出竹笛，举到了唇边。

笛音，穿过松林竹丛，掠过巉岩飞瀑，回响在苍山白云之间。

第六章

南门岭上，料峭的寒风驱散着浓雾。嶙峋的山崖旁，于猛双眉紧锁，一只脚踏在山石上，双手拄着大刀，望着山下的小路。

背后，一个战士跑来：“于中队长，大队长请你！”

于猛转过身来，满脸怒色，咔的一声，砍断了一枝粗大的树杈。他又回头望望山下，对战士命令道：“你在这儿好好看着，去侦察的人一回来，让他们马上来报告！”说罢，气冲冲地向山门走去。

山门口，赵世骧披着军衣站着，见于猛走来，远远地先开了口：“老于呀……”

于猛打断了他的话：“春生和去潘家寨的人，到现在都没有消息，得再派人看看。”

“不必了吧！”赵世骧一面转身往大殿里走，一面冷冷地说，“怕是凶多吉少哇！”

于猛气愤地说：“都是你，不肯按老周的计划行动！”

赵世骧：“部队一时集合不起来嘛……”

“真不知道你安的什么心！”于猛把眼睛瞪得滚圆，“要是他们有个三长两短，我就跟你算账！”

赵世骧走进大殿，一屁股坐下来，长长地叹了口气：“唉，难哪！这么复杂的斗争，成败利钝不可预料……”

于猛：“哼！老周说过，叹气的人骨头软！”

“你说谁？”赵世骧沉下了脸，“我骨头软？老实说，要不是为革命，凭我这北伐军官的资格，今天踏进国民党的门，明天起码得委我个团长！”

于猛顶撞地说：“那你就去嘛！”

“我得为这支部队着想，不能眼看着它毁灭！”赵世骧换了种少有的商量口气，“老于呀，这阵子我反复盘算，该定个主意啦！是不是把部队集合起来，跟大家商量商量？”

于猛警惕地问：“你要干什么？”

“别急嘛！”赵世骧拉于猛在身边坐下，亲切地拍着他的肩膀，“老于呀，当初你我到这里来，是干什么？不就是带兵打仗？”

于猛默默地听着。

赵世骧：“可现在，一会儿钻山，一会儿救人……就为了几个素不相识的泥腿子，把部队都拖在这山沟里，早晚得完蛋。你我手里还有什么队伍可带，革命还有什么干头！”

于猛：“老周说，毛委员讲过，革命要依靠农民！”

赵世骧：“老弟，你跟我不是一天啦，这回你听我的，没错！”

于猛：“你到底要干什么？”

赵世骧把椅子往于猛身边挪了挪：“趁眼下周大鹏、方秀芸他们把潘锡武的兵力牵制住，我们赶紧过白龙河，继续向城镇流动游击……”

于猛腾地站起来：“他们两个同志舍死忘生地去救人，你却要趁同志的危难……”

赵世骧：“我这也是为部队着想……”

于猛果断地说：“部队绝不能继续向城镇流动游击，这是特别支部的决议！”

“眼前是唯一有利的时机。”赵世骧也站了起来，“我大队长有权做这个决定！”

“不行！”于猛坚决地说，“要改变党的决议案，得等老周和秀芸回来！”

赵世骧一声冷笑：“你还相信他们会回来？”

于猛气愤地说：“不许你诬蔑同志！”

赵世骧一拍桌子：“他们回来，也做不了我的主！”他按住枪柄：“看谁敢违抗我大队长的命令！”

于猛一步跨到了赵世骧面前，拍着驳壳枪叫道：“看谁敢拖走部队！”

两人怒目对视着。

啪的一声，赵世骧的驳壳枪匣打开了。

啪的一声，于猛的驳壳枪匣打开了。

就在这时，去潘家寨侦察的战士急匆匆地跑了进来。

于猛急切地问：“找到周中队长啦？”

战士摇摇头：“潘家寨的寨门、路口，都让保安团封死了。听老乡说，昨天寨里寨外打了一下午，潘家祠堂烧光了……”

于猛接着又问：“岔路口那边怎么样？”

战士摇摇头：“也没有准信。只听说红花崖上有人跳了崖……”

“咳！”于猛急得以拳击掌。

赵世骧造作地说：“唉！果然不出所料！”

于猛大步走到赵世骧面前：“不行，我再去一趟！”他见赵世骧毫无反应，一跺脚，走到门口，又停步转身：“赵世骧同志，你我都是共产党员，如果你还有一点党性，就绝不要违背党的决议！”

“你……”赵世骧又要发作，一转眼珠，却改了口气，含糊地说，“你走吧！快去快回！”

于猛奔出大殿，只听他喊道：“四分队跟我来！”

赵世骧背着手踱了一阵，又朝殿外张望了一下，对门边的战士喊了声：“去，通知部队，全体集合！”

山路上，于猛带着几个战士，奔下山去。

同一条山路上，周大鹏、春生带着队伍正疾步走来。

鲁二耿跑在前面。

庙台上，全大队的战士坐在地上。

赵世骧在趾高气扬地讲话：“……同志们，目前我们大队的处境十分危急、十分困难，反省过去的教训，摆在我们面前的只有一条路，这就是东渡白龙河，向城市流动游击……”

一张张战士的脸：有的愤怒，有的惊异。

赵世骧提高了嗓门儿问道：“怎么样啊，同志们？”

“不行！”鲁二耿突然站到了队伍前面，他大声叫道，“他说的那条路，是错路，是死路！”

几个战士朝鲁二耿跑去。

赵世骧目瞪口呆地望着。

鲁二耿拨开围上来的战士，握着血迹斑斑的左臂，痛心地说：“同志们，我错了，我上了大队长的当！几天以前，大队长对我说，分散回家，可以革命、报仇，可我一进家门，潘锡武的保安团就等在那里了。离开了大队，我一把刀怎么拼得过十来条枪啊！……”他低头泣不成声：“要不是秀芸他们，我就再也回不来啦！……可怜我那小芳和她娘……”

战士们悲愤地听着。

周大鹏、于猛走来，站在队伍旁，怒视着赵世骧。于猛从衣袋里掏出鲁二耿的石子口袋递给周大鹏。周大鹏把口袋紧紧攥在手里。

鲁二耿猛抬起头，右手直指赵世骧："你，你……你送了小芳她娘儿俩的命，你不肯派部队救自己的同志，还要带上同志们继续走向城市流动游击的错路……"

赵世骧一步步后退，突然伸手拔枪，恼羞成怒地说："鲁二耿，你悲观动摇，私自逃跑，叛变革命，按照军法，应该……枪毙了你！"

一只口袋叭地摔到庙台上，溅出的小石子撒了一地。

"二耿同志心里装的是满腔仇恨，绝不是悲观动摇！"周大鹏一步跨来，遮住了鲁二耿。

于猛跳上庙台，按住赵世骧握枪的手。

周大鹏激动地抚摸着鲁二耿臂上的伤，领着他缓缓走到队前，语气沉重地问道："鲁二耿同志讲的教训，大家听清楚啦？"

战士们齐声回答："听清啦！"

周大鹏严肃地瞥了赵世骧一眼："二耿同志走了一段弯路，大队长要让我们走一条错路！"

赵世骧："难道还有什么别的路可走？"

"有！"周大鹏纵身跳上庙台，高高举起文件，"我们有路，毛委员给我们指出了一条光明大路！"

战士们顿时活跃起来。

周大鹏转身把文件递给赵世骧："大队长，九峰山的同志救出来啦，得到了县委来信。县委指示我们：照井冈山的道路走。我建议马上讨论县委的指示。"

赵世骧把文件溜了一遍，还给周大鹏，不满地说："哼！要我们上山?”

“对。”周大鹏把文件递给于猛，“学毛委员的办法，走井冈山的道路！上九峰山，建立革命根据地。”

“根据地?”赵世骧摇摇头，“我们人不足两百，枪只有几十，在荒山野岭里打转转，能坚持多久?”

周大鹏：“井冈山的经验证明，在农村建立了革命根据地，就能扩大革命队伍，发展革命斗争!”

赵世骧讥讽地说：“山沟里还能有马克思主义?”

“有!”周大鹏坚定地回答，“毛泽东同志把马克思主义和中国革命实践结合起来，创造了农村包围城市、最后夺取城市的道路，这就是革命的真理!”

赵世骧：“好！就算能在山上待得住，恐怕干到胡子白了也别想看到革命胜利。”

周大鹏：“是要做长期艰苦的工作。跟打铁一样，想一锤就打成一把钢刀，那只是小资产阶级的幻想!”

赵世骧又摇了摇头：“我不同意你的说法，也不赞成这种做法。”

周大鹏：“那么你反对县委的决定?”

“好吧！那就打开窗户说亮话。”赵世骧双手一摊，“革命，只能以城市为中心。占领了城市，才能扩大党的影响，推进革命高潮。和这些手无寸铁的农民搞在一起，不但不能积聚力量，反而走不了，打不成，正好叫敌人一网打尽，双双失败!”

“不，上了九峰山，建立了革命根据地，部队有了依托，农民斗争有了武装支持，就能把两个失败变成一个胜利!”周大鹏坚决地批驳说，“是否定农民斗争，还是相信农民群众；是城市中心，还是依靠农村，这正是‘左’倾盲动主义路线和毛委员的正确路线的根本分歧，也是我们之间的根本分歧！井冈山的经验指出得明明白白：

帝国主义操纵着各派军阀不断混战，是工农武装割据产生和发展的有利条件；在广大的农村，我们完全有回旋的余地。你去九峰山看看吧！有多少阶级兄弟在等着我们。我们走上了井冈山的道路，深入土地革命，建立革命政权，就可以依靠广大的农村，动员起千百万革命的农民!”

“农村？农民？”赵世骧冷笑一声，“指望自私散漫的农民来革命？那些拿锄把子的，根本看不见革命的前途!”

周大鹏冷静而尖锐地说：“毛委员说过：‘没有贫农，便没有革命。若否认他们，便是否认革命。若打击他们，便是打击革命。’今天拿着枪杆子的革命战士，就是昨天拿过锄把子的农民！他们在党的领导下，现在，为了打倒土豪劣绅、军阀官僚和帝国主义而战斗；明天，还要为实现共产主义而斗争！而你害怕敌人，不相信革命农民的力量。事实证明，看不见革命前途、害怕长期艰苦的斗争、坚持城市中心和走流寇主义道路的，正是你自己!”

赵世骧蛮横地叫道：“你，你们……不要忘了我是大队长!”

周大鹏果决地说：“大队长同志，还是听听大家的意见吧!”

于猛激动地举起了胳膊：“坚决执行党的决定!”

鲁二耿高呼：“跟着毛委员，走井冈山的道路!”

战士们高呼口号。

赵世骧暴躁地发作起来：“周大鹏，我这个当大队长的，还有没有权决定部队的活动方式?”

“权?”周大鹏愤怒地盯着赵世骧，“违背党的决议，把部队带上错误的道路，这个权，你没有，永远没有!”

赵世骧怒不可遏地说：“那好！我走!”他扭头匆匆朝庙里走去。

于猛激动地巡视着战士们的面孔，最后盯住周大鹏：“老周，秀芸呢?”

周大鹏低声地说："为了找到这条光明大路，她英勇地牺牲了！"他拉住于猛的手，沉重地说："错误的路线，使革命付出巨大的代价。"他又提高了声音："有时候，正是革命同志的血，才擦亮了人们的眼睛，看清了是非呀！"

于猛激动地点了点头。

周大鹏又走到鲁二耿身边。

"二耿，还记得不？"周大鹏揽住鲁二耿的肩膀，"从茶树镇出来，我们叫潘锡武追着的时候，你问过我，什么时候才能反过来追击敌人、消灭敌人？"

鲁二耿注视着周大鹏。

"那时候，我还不能回答你。"周大鹏捡起装石子的口袋，放在鲁二耿手心里，"现在，我可以告诉你，离这一天不远了。二耿同志，把个人的仇恨变作阶级觉悟，和阶级兄弟们一道往前走吧！"他转身向着于猛："准备立刻行动！"然后向庙里走去。

庙里的一间小屋。

赵世骧烦躁地解下枪扔到桌上。

枪，正好压在那张悬赏缉拿他的告示上。

赵世骧一把抓起告示，呆呆地看着。

周大鹏走进门来，诚恳地说："大队长，你的意见是不对的，全大队都不同意。"

赵世骧朝桌上的告示一拍："潘锡武悬赏要我的脑袋，你们还要把我逼走！好，我这就到省委去！"

"省委？省委执行了'左'倾盲动路线，早晚也要批判纠正的！"周大鹏严肃地说，"没有人逼你走，是你自己在走着一条错误的路线，离开了同志们。我希望你能改变你的想法，和大队一道进九峰山。”

赵世骧低头看了看那张告示，摆出一副无可奈何的模样：“好，我少数服从多数。”又突然蛮横地说：“不过我倒要看看，上山能有个什么好结果！”说罢，扭头坐在椅子上。

庙台上，部队已经整装待发。大队的军旗迎风招展。

周大鹏大步走来。

队列整齐的战士，精神振奋地望着周大鹏。

周大鹏用激动的声音下达了命令：“同志们，沿着毛委员开创的井冈山道路，向九峰山进军！”

山谷，发出巨大的回声。

鲜红的军旗猎猎飘动。

主题歌的旋律响彻晴空。

第七章

气势豪壮的主题歌起。

井冈山红日照山川，
驱散乌云照亮了天。
毛委员指引胜利路，
一条大道金闪闪。

土地革命烈火旺，
武装割据建政权。
工农挥戈打天下，

红了一山又一山！

歌声中，显出军民开辟九峰山革命根据地的动人景象。

巍峨的群山，衬着两面轻拂漫卷的红旗：一面五角星里嵌着镰刀斧头；一面绣着金色的犁杖。

红旗下，手执梭镖、土炮的起义农民们，三三两两地围着工农革命军的战士。鲁二耿和叶苗发一边热烈交谈，一边喝水、嚼着干粮。几副担架旁，妇女、姑娘们殷勤地照顾着伤员。

周大鹏、常广太肩并肩地说笑着穿过人群。

于猛浑身上下挂满了枪支。他把一件件武器分发给起义的农民，最后把一支花机关高高一举，递给了火旺嫂。

周大鹏手执载有《湖南农民运动考察报告》的刊物，向常广太、火旺嫂夫妇等农会骨干讲解着。

叶苗发领着几个起义农民押着一个土豪在人群里走过。

欢乐的人群在开仓分粮。

火旺嫂和两个女战士把花布分给妇女们。

一堆大火熊熊燃烧。火旺哥抡起铁锹，把一堆田契、账簿铲进火堆。

常广太挥动大锤，把分田牌砸进田头。

一个老农民从地上捧起一把黑油油的泥土。

一面镜子里映出火旺嫂，她神色庄重地看着手里的剪刀。突然，她把剪刀递给了背后的一个女战士。

女战士接过剪刀，把火旺嫂的发髻剪掉。

火旺嫂把剪下的头发抓在手里瞅一眼，一下扔掉，抓起倚在孩子身边的花机关，挎在身上。

一排排梭镖，在晨光映照下发着寒光，梭镖上的红缨随风飘甩。

身背花机关的火旺嫂，威武地率领着赤卫队队员下操。

于猛精神抖擞地喊着口令。

春花怒放。

一家土豪的花厅成了红军大队部。

常广太把一份命令文件递给穿红军军服的周大鹏。

毛边纸上写着："任命周大鹏同志为红军九峰山大队党代表；于猛同志为副大队长……"

窗外，换上崭新军服的红军战士列队走过。

周大鹏把一方木头大印递到常广太手里。

常广太微笑着，在桌上的一张"九峰山区工农民主政府"布告上，重重地按下了一颗红彤彤的大印。

潘家寨，潘锡武家花厅。

盖着工农民主政府大印的布告铺在桌子上。

杜魁手指戳着布告，惊慌地说："没想到，没想到，舅爷养伤的几个月里，我的九峰山竟然由共产党的政府当家啦！"

"疏忽大意！"七十四团张团长摇了摇头，"你们让一粒火星落在干柴上，就得我们来救火喽！"

"救火，就要快！"潘锡武恶狠狠地说，"张团长，是不是乘两省大军会剿井冈山之际，我们也马上动手？"

张团长倨傲地说："这九峰山是两省交界，兄弟的部队调动之后，已不属贵省，而是客军……"

潘锡武恳求道："我潘某绝不让你兵马轻动，只要你从他们背后攻一攻，把共军的主力调过去，我和姐夫就乘虚杀进青杉岗……"

"难哪！"张团长故作为难地踱了两步，"不过，看在潘司令的面上，我出一个营！"

杜魁："一个营，太少了。"

张团长："要是粮饷能解决嘛……我就再加一个营！"

"好，一言为定！"潘锡武咬了咬牙，答应下来。他转脸对杜魁说："姐夫，你马上回去准备，等张团长在西边羊角冲打响，我就直插青杉岗，和你两路夹攻！"

杜魁点头称是。

潘锡武神气地挥了挥手："先写封信去，要他们缴械投降！"

杜魁："那个周大鹏恐怕不吃这一套。"

"先声夺人嘛！"潘锡武冷冷一笑，"大军压境，会有人害怕的。"

青杉岗，红军大队部。

一只手把一纸信笺装进信封。信的抬头处写着："赵世骧、周大鹏先生台鉴：……"

赵世骧把信放到一边，俯身看着桌上的地图。

院里传来一阵热闹的欢笑声。

赵世骧皱着眉头，缓步走向窗口。

窗外，火旺嫂带着一群赤卫队队员，抬着一尊刚挖出土的铁炮，兴高采烈地走进院来。后面，跟着周大鹏、常广太、于猛。

"哼！"赵世骧冷冷地瞥了一眼，"真是些不知死的鬼！"

房门开了，周大鹏他们走了进来。

赵世骧拿起那封信，递给周大鹏："看看吧！"

周大鹏接过信来，扫了一眼，轻蔑地一笑，又递给常广太："虚张声势！"

"不能轻敌呀！"赵世骧指着地图，"敌人正规军一个团，再加上潘锡武的两个保安团，可是好几千人马，别说拿着快枪、大炮，就是手拉手地这么走一趟，这九峰山也就寸草不长啦！……"

"看把你吓的！已经查清，正规军两个营，两个保安团也不满千人！"于猛打断了赵世骧的话，"你这个红军大队长，怎么光替敌人敲锣，不给自己算账？"

"我的副大队长，我们的账，有什么算头？"赵世骧摇了摇头，"一个大队，就算最近扩大了些，也不过几百人……"

火旺嫂生气地说："还有赤卫队哩！"

"赤卫队？"赵世骧撇了撇嘴，"毫无军事训练，拿的是梭镖、大刀。同志，靠南瓜饭和太平天国年代的土炮，是守不住九峰山的。"

周大鹏按着桌子，霍地站起来："赵世骧同志，那么你的结论呢？"

"事实正在证明，我原来的观点是完全正确的。"赵世骧扯着腔说，"这几个月，你们在九峰山干这干那，我都没有管。现在说到打仗，我身为大队长，可不能不说话了。"

于猛顶了一句："有话就说！"

赵世骧白了于猛一眼："用不足一个营的兵力，去对付三个团的敌人，这仗，没法打。"

常广太故作发愁地说："哎呀呀，赵大队长，这可怎么办哪？"

赵世骧郑重其事地说："出路只有一条：趁敌人合围未成，撤出九峰山，东渡白龙河……"

火旺嫂腾地站了起来，怒视赵世骧："怎么？根据地不要啦？"

于猛尖锐地质问道："难道再去走州过府，到处流窜？"

周大鹏示意大家平静下来，然后说道："赵世骧同志的观点，我们是很清楚的。他一直认为，敌人太强大了，革命没有力量。"

于猛插嘴说："对，他总把敌人看得老大，小看我们自己！"

周大鹏接着说："因为在他的算盘上，从来就漏掉了我们的一个重要力量。这就是成千上万的革命群众！"

赵世骧冷笑一声："群众？"

"对！群众！"周大鹏推开窗户。

窗外，远处山坡上，一条写着"粉碎白匪围攻，保卫红色根据地"的红布横幅下，火旺哥、叶苗发正在召开群众大会。人们激昂地呼着口号。

周大鹏举手一指："这就是我们坚持革命、也是粉碎敌人围攻的一个根本条件。"

常广太兴奋地说："是这么回事。山里山外的群众都起来了，条件成熟了。敌人一进攻，后方空虚，正好实现我们在整个山区起义的计划！"

周大鹏点点头："这样，就可以来个新的打法！"

于猛不解地问："新打法？"

"叫花子打狗靠面墙嘛！"周大鹏站起来，"根据杜小松同志送来的情报，他们想用七十四团的两个营吸引我们红军主力，潘锡武好乘虚而入，破坏我们的根据地。我们就将计就计，把他引进九峰山，紧紧钳住不放。这时，发动群众在他们老窝同时起义，猛打他们的侧背，狠踢他们的屁股，最后，几下里汇拢，把潘锡武按倒在地，一齐猛打……"

大家出神地听着。于猛咧开大嘴笑着。

周大鹏："这样，依托根据地，以红军为主力，和群众起义相结合，粉碎敌人的进攻，吃掉他们的有生力量，也就巩固和发展了我们的根据地！”

大家齐声叫好。

常广太问赵世骧：“大队长，你看怎么样？”

“这种仗，没有打过。”赵世骧愠怒地站起来，面对周大鹏，“你，你这个党代表可要负责！”

周大鹏坚定地说：“我们对革命负责！”

赵世骧一拍桌子：“作为大队长，这样打仗，我不能指挥，我拒绝指挥！”说罢，走了出去。

周大鹏看着赵世骧的背影，冷静地说：“常大叔，把讨论的方案立即报告县委。赵世骧同志的意见一并报告。”

清晨，炮声隆隆。山腰香菇棚子里，一派战前的紧张景象。几个负责人围着桌上的地图商议着。

鲁二耿匆匆跑了进来，撕开草鞋，把一份文件交给周大鹏。

周大鹏看着文件，高兴地喊了起来：“同志们，县委传来了井冈山的好消息……”

大家惊喜地问：“井冈山？”

周大鹏：“南昌起义的部队，从湘南到达井冈山根据地，和毛委员的队伍会合了。会师以后，红四军在毛委员的指挥下，又接连打了几个大胜仗，消灭了许多敌人，已经建立了七个县的红色政权！”

在场的人们全都欢呼雀跃。

常广太兴冲冲地说：“好！好！我们也打他个胜仗，来庆祝井冈山的大胜利！”

周大鹏把文件递给常广太：“县委已经批准了我们的计划。”他转脸对鲁二耿说：“去请赵大队长来！”

“还要他来干什么?”鲁二耿不满地说。

周大鹏:“他是大队长嘛!快去!”

炮声稀疏地响着。

赵世骧的住室里。桌上，昏暗的油灯旁，驳壳枪、子弹带压着一张字条。

门被推开了。鲁二耿站在门口，压着火喊道:“大队长，党代表请你到指挥部去!”

室内寂无人声。

鲁二耿大步走到窗前，猛力推开窗户。

晨风吹进窗来，桌上的字条飘到地上。地上是一只揉皱的烟盒和一摊烟蒂。

鲁二耿弯腰拾起字条，对床上零乱的被褥瞥了一眼，恨恨地说:“这个骗子!溜了!”他从桌上抓起驳壳枪和子弹带，拔腿跑了出去。

香菇棚子里，周大鹏正在部署战斗。他向于猛说:“老于，你带三中队，把从西边来的七十四团的部队引进羊角冲，利用险要的地形，把这股敌人牵制在那里。”

“就给我一个中队?”于猛叫道，“你还能给我多少人?”

周大鹏:“正好要问你，从你那里还能给我留下多少人?”

于猛:“敌人是一个团哪!”

周大鹏微笑着:“我得再抽你一个排。不亏你，赤卫队第一大队归你指挥!”

于猛憨笑着望着火旺嫂:“嘿，同志嫂，总算没有白武装你们!”

周大鹏抓住于猛的手，把它捏成拳头:“这样，主力红军集中起来，就成了拳头。这拳头嘛，就要砸到潘锡武的头上。”

于猛瞅着自己的拳头，嘿嘿地笑了。

周大鹏嘱咐道：“注意，不管人多少，都要摆成整个红军大队的架势来打！”

“懂了！”于猛和火旺嫂齐声答应。

周大鹏向常广太说：“大叔，解决杜魁，就由你老人家负责，天黑以前动手。杜小松已经做好了准备，到时候，那里有一个连哗变做内应。”

常广太：“好！一定能吃掉杜魁。”

周大鹏：“吃掉了杜魁，你们就用民团的武器武装起来，一道合围潘锡武。”

“好！”常广太充满信心地回答。

鲁二耿跑进来，气冲冲地说：“大队长溜啦！”他把字条递给了周大鹏。

于猛气愤地啐了一口：“卑鄙！”

周大鹏看罢字条，平静地说：“说是要到省委去告状。执行错误路线的省委倒是可能支持他的。”

常广太：“这个人可靠不住，会不会……”

鲁二耿：“我去把他抓回来！”

周大鹏冷静地说：“不，实在要走，就走吧！错误的东西，暴露得越彻底，就看得越清楚。”他亲切地拍着鲁二耿的肩膀：“二耿啊，你也该回潘家寨啦！”

鲁二耿惊诧地问：“要我回家？”

“对，回家！”周大鹏肯定地说，“你马上带上一个分队，去和那里的游击小组联系。等潘锡武的部队一出动，你们就配合当地群众起义，敲掉他的老窝。”

“是！”鲁二耿高兴地答应道。

周大鹏：“记住，收拾掉敌人，就带上队伍往红花崖靠，堵住潘锡武的退路。”

炮声又响起来了。

羊角冲阵地上，硝烟弥漫。少数红军战士边打边退，把敌人诱进哨口。

整连的敌兵向着哨口蜂拥而来。

阵地上，于猛和火旺嫂正在并肩观察敌情。

于猛抬枪：“打！”

火旺嫂的花机关首先开火。

阵地上，红军战士在射击。

赤卫队队员们有的射击，有的投弹。

一个战士负伤了。另一个战士伸手去扶，跑过一个姑娘把他的手扒拉开：“打你的！”

伤员刚被包扎好，两个农会会员扛着担架跑过来，把伤员抬走了。

几个男女赤卫队队员抬来两只白木箱子。

一个战士用刺刀撬开箱盖，里面是满满的马尾手榴弹。

敌人开始逃窜了。

于猛看着溃逃的敌兵：“派个小部队，反击它一家伙！”

火旺嫂：“赤卫队去吧，锻炼锻炼！”

她一跃而起。身旁的火旺哥塞给她一枚手榴弹。

一队赤卫队队员端着枪、挺着梭镖追向敌人。

于猛高兴地说：“嘿，赤卫队，好样的！”

“当然是好样的！”一个女赤卫队队员说着把一个湿漉漉的蒲包塞到于猛手里。

于猛好奇地打开，里面是热乎乎的米饭，还夹着笋芽、腊肉。他望着女赤卫队队员高兴地说：“这有了根据地的滋味就是不一样。哼，这回，该是潘锡武、杜魁他们哭爹叫妈的时候喽！”

山路上，走着一列蛇一样蜿蜒行进的队伍。

几声枪响。檑木和石块滚下山坡，砸散了保安团的队伍。

队尾，潘锡武从椅轿上坐起来：“怎么啦？”

潘九跑过来报告：“遇上了共军阻击。”

潘锡武：“听枪声就是他们的赤卫队，往前走！”

一匹快马从后面奔来，送来一份公文。

潘九看后向潘锡武报告：“张团长他们已经进入羊角冲，连续四次冲锋受挫。”

“好！”潘锡武面呈喜色。

潘九又说：“看样子，共军主力是在那边。”

潘锡武咧嘴微笑：“只要我进了青杉岗，周大鹏就腹背受敌啦。就是不知道石塘镇姑爷那边……”

远处传来一阵枪声。

“姐夫那边已经动手了！”潘锡武侧耳听了听，命令道，“跑步进山！”

石塘镇，杜魁家大门口。常广太、杜小松身背大刀，腰插驳壳枪，威严地站在台阶上。

几个赤卫队队员和起义的保安团团丁，押着被倒绑着双手的杜魁走出门来。

街上，已经全副武装的赤卫队队员，驱赶着一队被俘的保安团团丁。

山路上，保安团匪兵跑步冲过山口。

潘锡武从椅轿上欠起身："快，还要快！"

离山口不远处一道山梁上，一丛芭茅被拨开了，换上了便衣的赵世骧探出头来观察。

看着气势汹汹的保安团队伍，赵世骧脸上露出了惊惧的神色，急忙缩回头去。

潘锡武的保安团跑步前进，进入狭窄的盆地。

阵地上，春生伸手撑着红旗。红旗前，周大鹏把枪凌空一举："打！"

清脆的枪声，震荡着九峰山谷。

红军的各种火器一齐射击。

盆地里，保安团匪兵狼奔豕突。

潘锡武从翻倒的椅轿底下爬起来，捏着左轮手枪，狂叫道："顶住！顶住！"

山崖边，赤卫队的铁炮开火。

一字排开的松树炮开火。

一个赤卫队队员挥刀斩断竹索。被压弯了的几根粗大的毛竹猛地弹起，竹梢编成的篮子里装的石块，飞下山崖，落向敌群。

乱石凌空而下。匪兵倒毙、鼠窜。

潘九扶着潘锡武，跌跌撞撞地逃走。

周大鹏挥动驳壳枪，带着部队冲下山来。

一个干部跑来："保安团大部消灭，潘锡武带着他的警卫连向山外逃跑啦！"

周大鹏斩钉截铁地说："追！"

山路上，潘锡武带领着残匪在奔逃。

山路上，周大鹏率领红军和赤卫队跑步追击。

通向白龙河的岔路口。

那块突兀的山石，赫然在目。

潘锡武背靠山石，不停地喘着粗气。

远处，一片火光映红了昏暗的天际。

潘九惊慌地叫起来："潘家寨起火了！"

潘锡武一咬牙："过白龙河！"

周大鹏率领部队追上一个山垭口。他停住了脚，举目望去。

前方和右边远处，各有一列火把，宛如长龙，在飞驰前进。

春生高兴地说："潘家寨暴动成功了！常大叔他们也追上来了。"

周大鹏："好，潘锡武正往白龙河方向逃窜。把他逼进峡谷，消灭他！"

这时，又是一列火把从后面山边小道上奔来，渐渐走近。

春生奇怪地问："这是谁？……"

"老周！……"随着喊声，于猛高举火把走近前来，"嘿，这才像个打仗的样子！"

周大鹏："你怎么来啦？"

于猛："七十四团的部队撤啦。我留下火旺哥守住哨口，然后猛追了一下子，听到枪声响到山外来了，就来追你们！"

周大鹏："好！"

火旺嫂过来："党代表，可不能让潘锡武跑啦！"

周大鹏："跑不了，鲁二耿在红花崖等着他哩！"

山谷中，赵世骧侧耳听了听谷外的枪声，又急急朝前跑去。刚过山嘴子，迎面一列火把飞速而来，他急忙贴在山根上。

鲁二耿手执火把跑在队伍最前面。他用火把照了照赵世骧，气愤地说："噢，是大队长啊！说说看，到底是谁悲观动摇！"

赵世骧连连申辩："放我走，我要到省委去申诉去！"

"申诉？"鲁二耿一挥手，"等见了党代表再说！"

枪声渐近。赵世骧慌乱地说："二耿同志，潘锡武马上就要赶来啦！"

"对，潘锡武正在往这边逃命！"鲁二耿嫌恶地推开赵世骧，向着战士们，"现在，该是我们包围、消灭潘锡武的时候啦，同志们，准备战斗！"

战士们在鲁二耿指挥下散开来，卡住了路口。

赵世骧突然抬腿想走。

鲁二耿："给我老实待着，打完仗跟你算账！"

潘锡武带着残匪，向峡谷跑来。

潘锡武筋疲力尽，踉跄欲倒。潘九扶住了他："司令，再有几步路，就能过白龙河啦！"

话犹未了，一排子弹打过来，几个匪兵倒下。

潘九扶着潘锡武仓皇回窜。

周大鹏带着部队追进峡谷。

他迎面遇到潘锡武，大喊一声："潘锡武，你哪里跑！"抬手一枪，潘九倒毙。

春生赶上来，高举起旗杆，猛插下去。

旗杆的铁脚把潘锡武的衣襟钉在地上。

潘锡武就地一滚，钻进树丛。

峡谷里，匪兵们狼狈乱窜。

到处是枪声和手榴弹的爆炸声，到处是"活捉潘锡武"的喊声。

潘锡武跌跌撞撞地爬向红花崖，来到了那棵大松树旁边。

迎面一列火把冲下山来，领头的是常广太，杜小松紧跟在他后边。

四周火把越来越近。

四周喊声越来越近。

潘锡武全身颤抖着缩在那棵大松树下。

周大鹏一声怒吼："潘锡武！"

潘锡武惊恐地回过头来。

周大鹏乌黑的枪口，常广太雪亮的刀锋，一齐对准了潘锡武的脑袋。

鲁二耿掏出那袋石子，在手里掂了掂，猛地摔到潘锡武脸上。潘锡武双手捂脸。

枪响，刀闪。潘锡武惨叫着倒下。

满山的火把，铺天盖地。

天亮了。火把化成了满山盛开的映山红。

周大鹏、于猛、常广太、火旺嫂和大群红军战士、赤卫队队员，穿过花丛，走下山来。

路口，鲁二耿把赵世骧推到周大鹏面前："党代表，我把大队长请回来啦！"

赵世骧看了鲁二耿一眼，又耷拉下脑袋。

火旺嫂："我说你这个大队长，根据地好好的，你跑干什么呀？"

常广太走过来："怎么样？这回认输了吧？"

赵世骧抬起头，诡辩地说："不，我不是逃跑，我是不同意你们这种干法！"

于猛一步抢上来，指着赵世骧的鼻子："仗，我们打胜了，潘锡武被消灭了，你还有什么说的？"

赵世骧："这，这不过是侥幸的胜利。继续在这山沟里打转转，九峰山这杆红旗反正是打不长久的！"

"不许你诬蔑井冈山道路！"周大鹏一步跨到赵世骧面前，严肃地说："赵世骧同志，在前一段的斗争中，你坚持流寇主义，使革命遭受了不少损失；在强敌面前，你又悲观动摇，一再违背党的决议。你的错误是极其严重的！"

赵世骧："好，跟你们讲不清，我要到省委去，去申诉，去控告你们！"

周大鹏："你已经跌进了机会主义的泥坑！但是，我们仍然希望你能改正错误，留下来同我们一道革命！"

"放我走！"赵世骧蛮横地说，"省委会得出正确的结论，历史会判明谁是谁非！"

周大鹏义正词严地说："是的，历史，一定会庄严地写上：革命是沿着毛泽东同志的正确路线走向胜利的。任何机会主义都不可能阻挡它的前进！”他又向赵世骧逼近了一步：“你一定要走，也可以，但你绝不许做危害革命的事情，我们还会见面的。”

赵世骧怯生生地看了周大鹏一眼，转身向谷口走去。

鲁二耿扑过来拉住周大鹏：“大鹏哥，不能放他走哇，他会叛变的！”

“让他去吧！机会主义是注定要失败的！”周大鹏盯着赵世骧的身影，“如果他自绝于党和人民，就一定逃不脱应得的惩罚！”

周大鹏转头向谷口看去，只见赵世骧越走越远。一个小小的黑点渐渐消失在丛林草莽之中。

周大鹏和他的战友们回身往谷内走去。

常广太：“这个人，误了我们多少事！”

于猛：“总算走了一匹害群之马！”

周大鹏深沉地说：“人，虽然走了，但是和机会主义的斗争是不会停止的。不过，它只会使我们锻炼得更成熟，在毛委员指引的道路上走得更坚定！”

他们慢步走到几个月前栽下映山红的地方。

朝阳映照着盛开的映山红，映照着巍峨壮丽的红花崖，映照着周大鹏这几个坚强的革命战士。火旺嫂站在一丛红艳艳的映山红旁边，喜悦地说：“映山红开啦！”

“是呀，这多少山上长着映山红，这映山红染红了多少山！”周大鹏望着起伏的群山，满含感情地说，“这一仗打胜了，我们根据地就扩大了，又要开辟一片新的村庄、一片新的山区……”

常广太：“就跟映山红一样，红了一山又一山！”

“还记得不？几个月以前，我们没有找到一条革命的正路的时候，斗争是多么艰难、多么危险！而现在，我们走上了毛委员指出的井冈山道路，革命就胜利，就发展！”周大鹏拿出那支竹笛，深情地望着，“井冈山这盏明灯，照亮了革命的道路，照亮了革命人的心哪！”

于猛："等我们的根据地连上了井冈山，就能见到毛委员啦!"

周大鹏："对，我们在毛委员亲自领导和指挥下，战斗、发展，直到红遍江南，红遍全国!"他转身对火旺嫂说："那时候，你就在庆祝胜利的大会上，唱一支最好听的歌，一支歌颂井冈山的歌!"

火旺嫂："那你呢?"

"我就给同志们和朋友们讲一讲我们的九峰山!"周大鹏无限深情地说，"告诉他们：井冈山的道路证明，山上有马克思主义！告诉他们：革命，找到一条正确的道路不容易，坚持走上这条路也不容易！还告诉他们：一个共产党员，能够带领群众在毛委员指出的革命道路上战斗、前进，是无比幸福的!"

周大鹏手捧竹笛，深情地望着。

清亮的笛声，飞过一丛丛映山红，飞过欢乐的人群。笛声，引出了，又汇入了气势磅礴的音乐。

主题歌起。

井冈红日映山川，
映山红花红满山。
毛委员指引胜利路，
一条大道金闪闪。
沿着井冈山道路走，
千山万山都红遍!

满坡满谷盛开的映山红，夹着一条陡峭的山路。山路上，红旗高扬。周大鹏率领着革命队伍向雄伟的山峰攀登。

1976年9月

王愿坚文集

第五卷

文艺理论

王愿坚·著

北方联合出版传媒（集团）股份有限公司
春风文艺出版社
·沈　阳·

图书在版编目（CIP）数据

王愿坚文集. 第五卷，文艺理论 / 王愿坚著. — 沈阳：春风文艺出版社，2018.1
ISBN 978－7－5313－5195－5

Ⅰ. ①王… Ⅱ. ①王… Ⅲ. ①文艺—作品综合集—中国—当代 ②文艺理论—中国—文集 Ⅳ. ①I217.2

中国版本图书馆CIP数据核字（2017）第300278号

新一点，深一点

不新，不深，是这几年短篇小说的大病。

读了《人民文学》《河北文艺》最近发表的几个短篇，像《丹梅》《工作队长张解放》《心声》《希望》《取经》等，觉得耳目一新，心情振奋。它们写得好，好就好在与“四人帮”文化专制主义统治下的有些作品不一样。这是经过霜雪之后开的花，是苦战胜利的战士的心声。它们标志着短篇小说的解放，使人对这一文艺形式提高和繁荣的前景，充满了信心和希望。

为什么这些作品写得新又写得深呢？作品本身就是极好的回答：它们是从生活里来的，是从生活出发进行创作的。在“四人帮”流毒影响下，那些一般化的、平庸肤浅的作品，大多不从生活出发，而是从概念出发。作者不是真正深入生活，到“源泉”里去，打井汲水，开山取矿，然后去提取精华，冶炼钢铁，加工创作为工农兵所喜爱的文艺作品，而是从一个空洞的概念出发，按照既定的框子去演绎，去拼凑，去编造，把丰富多彩、千变万化的现实生活，硬搬进固定的模子里。这正像《丹梅》里说的，是个“弄翻了的里儿”，怎么可能写得新颖深刻？

可见，深入生活是非常重要的。但要真正弄懂这一点，并不容易。我曾经学着写过一些短篇小说，有的把体验和感受写得深一点，有的写得很差。过去，我总觉得是自己技巧不行。记得1962年，一位老作家找我去谈话，我以为大概要听到点技巧的，便带上笔记本去了。谁知，他一开口就向我提了个问题："你熟悉一个村庄、一个车间，或者一个党的支部吗?"这么一问使我受到很大震动。于是我合上笔记本，静静地听他讲解熟悉、研究社会的一个"细胞"和懂得整个社会的关系，讲解一个文学工作者扎扎实实地深入一块生活"根据地"是多么重要……以后，我常常回忆起这次谈话，并越来越感到深入生活、了解人熟悉人的重要性。

前面提到的几篇作品的作者，他们有的就在生产斗争第一线上，有的长期在自己的"根据地"里。他们是群众的知心人，又是观察生活的有心人，还是研究生活的用心人。从生活出发，他们自然就能摸到时代的脉搏，提出生活中重要的问题，体会出发人深思的道理，发现有特色的形象。这样的作品真实、自然、新颖、深刻。

要写得新，就得看到生活中的新意；要写得深，就得看得深刻。在一定意义上，短篇小说的创作就是发现。创作的本领，就是发现的才能。

"四人帮"统治文坛时，不讲对生活的熟和懂，自然也就不讲发现，不讲从生活中开掘、提炼和典型化。他们或者巧取豪夺，把别人从生活中的发现据为己有，或者是用一些公式和框子，去扼杀和代替从生活中的发现。"四人帮"流毒影响下，有些"作品"没有真正的生活气息，僵死干瘪，没有有血有肉的形象。从概念出发，也不可能有来自斗争实践的真知灼见和生动活泼的思想道理。这不仅表现了生活内容上的贫乏陈旧，也反映了思想上的低下和浅薄。

被“四人帮”弄乱了的东西，必须纠正过来。我们的无产阶级文艺，不是消极地反映生活，而是积极能动地反映生活。应当在深入生活中，认真观察，分析研究，力求看得和想得深一些，透过表面的生活现象，开掘出生活的内涵，得到蕴蓄在生活里的哲理，看到生活中的诗。

这几篇作品的作者，正是这么做的。他们从生活中了解了人和斗争，有了深切的感受；从这些体验了和感动过的东西里边，看出它本身的思想意义来。他们看出：“如果把有些人‘弄翻了的里儿’再翻过来，那，生活就会更美好。”（《丹梅》）他们认识到：最要紧的，“不是把革命两个字挂在嘴上，而是装在心中”。（《心声》）特别是那篇《取经》，通过人物的口说出了这么一个经验：“人家今天所坚持的，正是我所扔掉的。”这样的思想概括，不是别人强加给的，不是自己研究安上的，是从生活里深寻出来的，是辛勤开掘、艰苦提炼的结果。把这种思想和艺术形象尽可能好地结合起来，作品自然就有了新鲜的艺术感染力和深刻的思想教育意义。

然而，这个结合，是在短篇小说这个体裁里去实现的，因此，应当研究这一特殊的艺术形式特有的表现方法。

“四人帮”把持文艺大权时，把“三突出”“三陪衬”等一套修正主义谬论，强行拿到文学创作上。于是，便出现了用“戏”冲击和代替其他文艺形式的局面。写短篇小说，看的是戏，学的是戏，拿出来的还是戏，无一例外地设置对立面，安排矛盾冲突，排好几“号”人物，搞什么铺垫、陪衬，短篇小说的特点不见了，被改造得面目皆非，成了叙述和描写的戏文。

粉碎“四人帮”后，短篇小说也摆脱了禁锢和桎梏，能够一展其长了。上述这些短篇小说的人物、环境、细节的描写，在技巧运用上，都很有启示。他们用短篇小说批判“四人帮”反党罪行的同时，也批判了“四人帮”对短篇小说的摧残，恢复了短篇小说的特点。这是很好的开始。让我们共同努力，写得新一点，深一点，更好地运用短篇小说这个武器，为工农兵服务。

（原载《光明日报》1977年11月19日）

大胆表现革命的人性美

在回顾社会主义文学走过的道路和历史经验的时候，有一个问题需要彻底澄清一下，这就是文艺创作中表现人性和人情的问题。

本来，这应该是不成问题的问题了。文艺，从来就不是无情的东西；社会主义文艺，更不应是无情的东西。文艺的许多特点之中，有一个重要的特点，就是要有情。在阶级社会里，从来就没有抽象的、超阶级的人性。无产阶级有无产阶级的人性，资产阶级有资产阶级的人性。无产阶级的革命文艺，理所当然地要表现革命的人性美和人情美，从而教育、感染和影响人民，也促进人性的丰富和发展。

但是，许多年来，无论在文艺理论上和创作实践中，人性和人情问题都被弄得混乱不堪。早在50年代后期，有的人就把文艺表现人性、人情问题搓成了“人性论”“人情味”这样一根打人的棍子；棍子落到林彪、“四人帮”手里，被搞得更加荒谬绝伦，成了他们绞杀革命文艺的大棒。他们在人性和“人性论”之间硬画上了等号：不论作品写的是什么样的人性，一概贴上“人性论”的标签，把它拱手送给地主资产阶级，然后对作者和作品大张挞伐。他们不许写情，不许写爱。谁写了情，就一定是“人情味”；谁写了爱，就一定是“人性论”。

就连战场上的英勇牺牲、革命斗争胜利的欢笑，以及战友之间的深情和怀念先烈的泪水，都成了罪不容诛的了。谁写了，就是“制造一个悲剧的结局”，就是“渲染和颂扬革命战争的恐怖和苦难”。描写革命战士壮美胸襟和崇高人情的歌剧《洪湖赤卫队》就挨了这种大棒。表现劳动人民深厚情谊和真挚人性的小说和电影《达吉和她的父亲》，也被这种大棒打翻在地。我曾经写过一些描写革命战争的艰苦困难和战士思想情感的短篇小说，无非是接触了一点父子、夫妇、兄弟、战友之间的关系，描写了一点生离死别的人之常情，也被一律扣上了“人性论”的帽子，被说成是：“用精心炮制出来的孤儿寡妇的眼泪做炮弹，肆无忌惮地攻击革命战争。”

早在十八年以前，我们敬爱的周总理就注意到文艺创作中不敢写无产阶级人性的错误倾向。他在《在文艺工作座谈会和故事片创作会议上的讲话》中，曾经问道：“我们无产阶级有无产阶级的人性，为什么有顾虑?”并且批评有的人“把‘人性论’‘人类之爱’‘人道主义’‘功利主义’都弄乱了”。他尖锐指出：这样搞法“不是从无产阶级的立场和阶级分析来看问题，而是从唯心主义看问题”。这番话，当时就为我们提供了拨乱反正的有力武器。

文艺创作是写人的。人，“是一切社会关系的总和”。写人，就要描写活生生的人，就要写人和人的关系，就要写人的特定的悲欢离合的命运和喜怒哀乐的感情。只有把真实具体的人性和人情表现出来，才能创造出生动感人的人物形象，才能把阶级性体现出来，形象才能具有艺术感染力量。

文艺要有情，作品要表现革命的人性美和人情美，这不仅是文艺的特点、创作的规律，也是为现实生活所决定的。革命人民是最富有人性和人情的。他们有深沉的爱，也有强烈的恨；他们有欢乐也有悲伤；他们为革命流血流汗，有时也流下眼泪。这种情感，这种人性，闪耀着革命的光辉，表现了革命的人性美、人情美。在毛主席写作的《蝶恋花》《贺新郎》等优美的诗词里，就洋溢着这种深厚的情和爱。“一声周总理，双泪落襟前”，《天安门诗抄》里那些人们用血和泪写下的诗篇，对人民的好总理爱得何等深沉，对“四人帮”恨得又何等痛切！最近听说：贺龙同志遭受林彪、“四人帮”的残酷折磨，身体极其衰弱了，一天夜里晕倒在走廊上。看守的战士把他抱回床上。当他醒来时，听到那个战士在窗口轻声地唱：“洪湖水呀，浪呀么浪打浪啊，洪湖岸边是呀么是家乡啊……”贺老总，这位身经百战的老帅流下了深情的热泪。这不是最真挚的人性、最动人的人情吗？革命的文艺工作者，正是要发现、搜集、体验、理解这些美好的心灵里所流出的人间最美好的感情，认识这种革命的人性美，并且在自己的创作中，努力把它们表现得更高、更强烈、更美。

林彪、“四人帮”拿“人性论”的大棒打我们，不让我们描写革命的人性和人情，是毫不奇怪的。他们那卑污的灵魂浸透了封建主义、法西斯主义的毒液，是一伙灭绝人性、无情无义的丑类，当然不会爱革命人民、不会爱人民之所爱，也必然要把人性抹尽灭绝了。

值得注意的倒是我们自己。由于曾经被“人性论”的棍子打过，又由于林彪、“四人帮”的流毒影响，在创作中表现人性、人情问题，仍然还是一副精神枷锁。一接触到这个问题，或者杯弓蛇影、心有余悸；或者道理上虽说通了，拿起笔却信心不足；或者身有余毒，还在走“无情最保险’的老路。这些，都说明从理论和实践上澄清问题、解放思想的重要。

当然，敢于在创作中表现革命的人性美、人情美，还不是问题的全部，还有个善于表现的问题。创作人员不能把自己没有的东西写进作品里献给读者。强调表现革命的人性和人情，正是强调立场和世界观的重要。真正的人民的人性和人情，也只有深入人民的斗争生活，并不懈地坚持思想感情的改造，才能得到。

让我们放手大胆地表现革命的人性美、人情美，使我们的文艺作品更有情、更动情。

（1979年11月）

军人·历史·诗情

——在解放军文艺社军事题材短篇小说读书班的发言

读书班出了个题目，要我发个言，说说革命战争历史题材的短篇小说的创作问题。这个题目对我来说是太大了。

过去那些年，我从革命前辈那里了解历史、听故事，并加进自己战争生活的体验和感受写了些故事。稍后，有十年的时间参加革命回忆录的收集、记录、编辑工作，继续从革命前辈那里了解历史、听故事，写故事。走进革命历史的江河，了解一点革命战争壮丽的历史，接触了一些美好的军人，听了、写了一些动人的故事，虽然还仅仅是扫了个边边，也使我认识到：军事题材的文艺创作，是一项极其庄严的事业，是一桩非常美好的事情。

枪杆子改造了世界。带枪的人在党的指挥下，和人民一起，改变了历史，开辟了通向理想境界的道路，同时也培育了新的人。凝结和积聚了取之不尽的精神财富。人民军队、人民战争的历史，包括还在书写着的、为保卫祖国而打仗和准备打仗的历史，不只属于过去，也属于现在和将来，对于文艺创作来说，它像广袤肥沃的土地，只要辛勤耕耘，年年长庄稼、打粮食；它又像一个巨大而含量丰富的矿床，只要努力开掘、提炼，就能得到金银财宝。所以，以革命军人和革命战争做研究对象和描写对象的文艺创作，道路是广阔的，有持久的生命力。过去，我们在这个伟大的矿床上，艰苦地开掘，已经取得了灿烂的黄金。回顾一下，自从《谁是最可爱的人》发表、《保卫延安》出版、《董存瑞》上映以来，我国社会主义文学艺术宝库里，已经摆进了多少优秀的军事题材文艺作品啊！这个开掘还要继续下去，长期地继续下去。

有什么样的历史就应该有什么样的文学。题材的丰富和先行者探索的成功，为我们军事题材文学创作的提高、突破和繁荣创造了可能性。然而，把可能性变成现实性，还要靠创作者的劳动。现在，读者对于军事题材的作品要求更高了，要求我们的作品更真实、更深刻、更新颖，还要更动人、更多情。这个真、深、新，多情又动人，是不容易的；哪怕提高一点点，也不容易。这就逼着我们要更认真地解放思想和更刻苦地用功。

这里，我把自己在积累生活和写作实践中碰到的问题和一些想法说一说。

从史里找到诗

自从1953年接触红军时期斗争生活的题材起，我就算扑到了革命战争历史上。在这个金矿的矿床上面行走，挖掘，寻找，慢慢地发现：我找的并不只是历史本身，而是历史里蕴蓄着的另外一种东西。这种东西可以管它叫作诗。自然，我不懂诗。这里所说的诗，只是一种概括，指的是历史的内涵，包括绚丽的斗争生活，美好的人物形象，发人深思的哲理以及激动人心的思想感情等等。

没有哪一个民族、哪一个国家、哪一个阶级不重视自己的历史。他们都珍视历史，并把它尽可能广泛传扬，以证明这个民族和阶级继续存在和发展的合理性、必要性。还要把它用各种方式传递给后代，以保持和巩固前人和后辈的精神联系。在传下去的史里，也都包含着诗。前些年我到过彝族区，过去，彝族没有文字，然而有历史，各个部落都有自己的历史。听说，彝族的小孩只要长到能听懂话了，父亲或者爷爷就给他讲过去的事情。讲什么呢，讲发大水的那年、皂角树开花的时节，本部族和哪个部落打过一仗，爷爷怎么英勇，砍了多少个人头；某年某月又打过什么仗，父亲又干了什么了不起的事情。讲事，讲激动人心的事；讲人，讲人的高尚品德和英雄行为。这样，部落史、家庭史，真实的史实和动人的诗情就一起活生生地传下去。事情是不是真的这样，我没有去考证，但是我觉得这件事很有意思，很发人深思。大约我们军事题材的文学创作，在某种意义上说，也和这种讲史有同样的性质：研究史实，发现诗情，诗从史出，诗史交融，通过某一部分历史的外在状态、生活面貌的描摹，把内在的经验、精神、形象、情感……忠实地再现出来，流传下去。

史里确实有诗。人民军队、人民战争的伟大历史里就有动人的诗。这种情形，是由历史本身所决定的。史的丰富性，决定了诗的丰富性；英雄的历史，决定了诗的英雄性。这所谓的诗，含义是广阔的。有的是历史本质的体现，有的是历史转折的巨大变革，有时是尖锐的矛盾冲突，有时是先进思想的闪光。这所谓的诗，存在形式也是多种多样的。我们常用“史诗”这个字眼来说明大的历史过程。其实，革命战争历史上，一个大的历史过程有诗，一个短的历史过程也有诗。整个二十二年的革命战争就是一首巨大的史诗。长征，红军战士们肩上一支枪、胸中一支歌，迈开双脚，战胜凶残的敌军和数不尽的艰难险阻，走过两万五千里征程，又是一首光照千古的诗。一个战役战斗，指战员的忘我战斗符合了作战的预想，打赢了，在这胜利的欢歌里自然有诗；另一个战役战斗，主客观不一致，失利了，流了鲜血，留下了痛心的教训，这悲剧里也包含着诗。一支部队的兴衰进退，一个战士的命运遭际，甚至一枪一弹、一草一木都可能发掘出诗。

从史里找到诗，形象地、本质地反映英雄的人民军队和伟大的革命战争，这是军事题材文学创作的重要课题。许许多多优秀作品的创作实践，几乎无一例外地都体现了这一条艺术经验。这些作品的作者们，从实在的感受出发，站在时代的高度和独特的角度上，去观察研究历史，各自找到了自己的瑰宝。不仅诗人获得了诗情，小说家也在找到典型性格的同时找到了最能表现性格的环境，戏剧家看到了戏的因素，电影艺术家发现了电影的文学基础。

有一种文学现象是极其耐人寻味的。革命回忆录《星火燎原》是一部大书。这部书出版的时候，敬爱的郭老就称道它是“珍珠玛瑙筑成的万里长城”，并且预言：这些纪实的文章必将成为文艺创作的母题。果然，预言很快变成了现实，这些史实的记录显出了两种职能：它既是独立的文学作品，又是新创作者寻找诗的矿坑。剧作家从陈同生同志《郭村谈判》继续开掘、创造，舞台上出现了《东进序曲》。作者另一篇写广州起义中陈铁军生活的一个片段，变成了《刑场上的婚礼》。

当然，也还有另一种文学现象，作者在以革命战争的历史做描写对象的时候，只着眼于史，而忽略了诗；注意了战争的一般进程，而不注意人的思想历程；重视了历史的外在形态和历史的认识价值，而放松或者放弃了内在精神的开掘。于是，作品落进了最不应该陷入的一般化的境地。由于缺乏深刻的内涵，而缺少了思想艺术力量，由于短见而短命了。

成功的实践证明：深入到革命历史的深处，努力开掘，发现历史的内涵，发现诗情，是繁荣和提高军事题材文艺创作的一个重要环节。在一定意义上说，文学就是发现。要发现，就要有真正的历史感，通过对历史的体验感受、调查研究、了解熟悉，去达到开掘的深度，获得尽可能有别于前人的新颖深刻的东西。要发现，还得爬上历史的高度，从时代的高度去分析认识历史。只有在思想水平和认识生活的能力上攀上了历史的峰峦，才能得到独特而又激越的诗情。此外，还有观察和探索的角度。在生活里，不是所有的角度都能看到生活中最美的形态；对历史也是一样。独特的角度，倒能帮助眼睛，看得深远，看得细致，发人之未发，见人之未见。

统一与不同

我们的文学艺术应该是统一的。军事题材的文艺创作也应该是统一的。统一在为人民服务、为工农兵服务的方向之下，统一在坚持文学的党性原则之中，要讲求社会效果，要对人民、对部队、对巩固和提高部队战斗力有利。然而，这个统一又是通过多样和不同来实现的——题材、体裁、风格、样式的多样性实现着文艺方向的一致，千差万别的艺术个性体现着无产阶级文学的党性。我们要的正是统一的而又各种不同的。

这个多样性，不是哪一个人主观随意地规定出来的。文艺的多样性是由生活所决定的，是文艺自身的规律，是创作者和欣赏者共同的愿望和要求。革命战争本身便是千差万别、多彩多姿的。没有完全相同的战役战斗，也没有一模一样的干部战士。同一个战场，即使先后进行过十次战斗，每次战斗也各有自己的特点。老战士战斗一生，当他回首往事，回顾自己战斗和思想历程时，也很容易讲出各种细微的差别。这种多种多样性和丰富性，当然应该在文艺作品中体现出来。我曾经不止一次和身经百战的革命长辈一起看戏、看电影。他们说：打了一辈子仗，还想看点别的。这，大概不是因为他们对战争没有感情。我也曾和战士一起第六次、第七次看“老三战”，他们毫不客气地睡着了。我想不是作品或者他们的态度有问题，而是可怕的重复使艺术丧失了吸引的力量，也丧失了功能。我曾有机会协助一位戎马一生的革命长辈，写过一部反映战争生活的长篇小说。有趣的是：当我了解了他的体验和感受，从战争实际出发，写下点新颖的篇章时，他读着读着，也热泪盈眶，激动起来。原来，对于他干了一辈子的事，到演化成文艺作品的时候，他所要求的仍然是独特、新颖、深刻。他要求真一点、新一点、深一点。

题材应当多样化，应当从生活实际出发去自由选择。多样了才叫作繁荣，才能够繁荣。这个问题本来就这么简单，可以说是个常识。但是了解这个常识，为了懂得鹿不是马，懂得煤球是黑的，我们付出了多么高的学费呀！多少年来，我们听过许许多多关于题材的话，什么“赶任务”“写中心”，什么“重大”“尖端”，一会儿要“大写十三年”，一会儿要“写和走资派做斗争”。有人指指这个胡同说，“这是提倡的”，有人指指那条巷子说，“这是允许的”。就这样，在一派围猎般的喊声里，把文艺创作赶上了危岩峭壁上的“栈道”，赶到了毁灭的边缘。自然，这期间也有不少创作者，他们看到不管哪条巷子胡同，都住着人，都通向大街。他们坚持从生活出发，小心保护着自己的艺术个性，或者在荆棒间猛闯，或者“明修栈道，暗度陈仓”，终于写了不同，也写出了不同。现在在文艺库房里留下的，大约就是这类和生活之树一样多姿、一样青翠的作品。

该是打开枷锁、绞起闸门，把文艺放到那本来就有的广阔天地里的时候了。从写什么、怎样写等等一系列问题上，使我们的军事题材的文学多样化起来。这，倒不完全是别人的事，首先是创作人员自己的事——我们自身就有一些“扣子”需要解开，不管这些扣子是怎样系上去的，都要解开。

首先，到底什么是文艺创作的“题材”？多少年来，我们似乎被各式各样的主张给弄糊涂了，仿佛它就是别人交给你的一块布料，你拿起剪刀裁裁，用针线一缝就得了。其实并不这么简单。作为文学描写对象的题材，也是创作者在生活中的发现。创作者在生活中观察、体验，积累了生动感人的形象，获得了深切的感受，并且有了对生活的独特认识和理解，在这个过程中，他也就在寻觅和选择着事件和情节。经过分析比较，作者终于从他熟悉的生活中选择了他认为最能表现他对生活的感受和理解的生活形态，作为他开掘提炼的对象，作为他写作的艺术材料，这便是题材。或者换一个说法：创作者经历了一段斗争生活，得到了独特的体验和感受，觉得有些意思，便去进一步思索、开掘，把它作为写作对象，借它进行艺术概括，以便能动地反映生活，评价和解释生活，这便是题材。这样获得的题材，总是作者自己的发现，而且总是和创作者的生活基础、艺术素养联系着。正因为写什么和什么人选择是密切相关的，所以，即使几个作者去写同一个战役战斗，由于生活基础不同，思想和艺术素养不同，观察角度和深度不同，也会各自获得不同的题材。

但是，不知从什么时候起，我们不这么看待题材了，而是在事件和题材之间画上了等号，把某一段历史过程当成了题材。不错，战争历史上的重大事件和重大战役战斗，既然是丰富多彩的战争生活的组成部分，理应在文艺上得到反映，也应当鼓励创作人员去深入了解和深刻理解。但是，事件可以成为题材，并不就是题材。如果忽略了写什么和作者的关联，不注意写什么和怎样写的关系，只着眼于事件的历史意义，只要求记述一般过程，那么，即使硬要去写，也产生不出真正有强大艺术感染力量的文学作品。

其次，究竟怎样才算“重大”？回顾这些年正反两个方面的经验，常常发现：艺术上是重大的，在生活里未必同样是重大的。反过来，在生活里是重大的，在艺术上不一定就重大。《白毛女》里的喜儿，中国一个贫苦佃农的女儿；董存瑞，解放军里一个平常的士兵，在生活里并不决定着中国革命的成败进退，不那么重大，然而在艺术上是重大的。描写了这个形象，概括了一个时代。“八七”会议、洛川会议，在生活里无疑是重大的，决定着两个历史时期革命的方向和进程，但是在艺术上怎么表现？也许它很难写成文学作品，或者只被写成了背景。这种文艺现象里，是不是也包含着带规律性的东西？这个问题大约也成了题材多样化问题上的一个难解的“扣子”。在一个不短的时间里，我们常常要求，一定要把生活里重大的变成艺术里重大的，而相当忽视了那些在生活里看上去不那么重大、而在艺术上却是重大的东西。把生活当成了西瓜地，净拣大的摸，仅仅以“写什么”的大小来评价作品价值的大小，最后被搞成了荒谬的“题材决定论”。这一片面的要求，损害了艺术。它引导人们去寻找那些不是艺术的东西，而阻碍了人们去探索、追求在艺术上必要而重大的东西。

我喜欢电影《啊，摇篮》，觉得它好看，原因之一，就是它虽然写的人很小，却找到了艺术上颇为重大的东西。几十个孩子和几个看孩子的，在解放战争的西北战场上算得了什么？电影却让观众看到了战争和战场，甚至看到了战争的以内、以外和以后，懂得了：一项平凡的事业，当它与革命、同志和未来联系起来的时候，具有多么震撼人心的意义。

强调追求艺术上是重大的，并不是不承认题材对于作品思想内容的制约，也不认为题材毫无差别。战争生活有丰富的侧面，作者有无数观察的角度，题材也有大小不同。创作人员完全可以从自己的实际出发，从历史应有的高度、深度和广度去观察和反映生活，努力去发现那些在生活里重大、在艺术里也重大的东西，作为自己研究的对象和写作的材料，表现出革命战争的巨大历史规模和宏伟的气势，表现历史固有的广阔性。因为人民需要这样的作品。

我学着写过一些描绘革命战争的短篇小说，从总体上说自然都是写的生活中的重大的，比如说长征。但是其中几篇有点意思的，着眼的却是一些生活中不那么大而思想和艺术上却有些容量、分量和力量的。有一篇只写了一千九百字，读者说还能看到点长征精神，大约因为几根火柴在艺术上并不算小。而曾经想配合大跃进的一篇《休息》，想写生活里的大，艺术上却失去了跃进。因此，遵循“因小见大”这个规律，追求思想艺术容量，我至今不悔。但是，也还想试着从更高更广的角度上了解和描绘战争。三年前写了点关于老一辈无产阶级革命家形象的短篇小说，去年接到杜鹏程同志的信，他要求我还要努力从历史的高度去概括生活。这里面包含着中肯的提示和殷切的期望。作为一个有志于描写我军历史的文学工作者，总应该培养自己驾驭题材的能力，努力写得更广阔些、深邃些。

和题材多样联系着，艺术风格、艺术个性问题也该强调地提出来了。本来，这不应该成为问题的。军事题材的文学创作，主要是由部队的创作者来进行的。乍一看，这些人都穿着一样的军衣，生活在军队的队列中；但仔细一瞧，原来每个人都有各自的思想、见解、性格、经历、气质、情感、文化素养和艺术趣味。这些东西必然要反映到他对生活的观察体验和创作劳动之中，渗透到他作品的思想内容和形式里去，形成了不同的风格。风格就是人。作品就是作者个性的外在表现。艺术个性，不是什么坏东西，而是个好东西。它是使我们的文艺统一而又有各种不同的又一个基础。艺术个性的充分解放和充分发展，是创作繁荣的颇为重要的条件。这一点，只要看看我们已经有过的优秀作品便清楚了。优秀的作品，都是作者的创造和发现，都是作者对生活独特的感受和思考的结果。作者自己特定的艺术个性渗入了对生活的体验和观察，对生活做出了独到的认识和评价，形成了自己的见解和作品的思想，并以自己特有的艺术手法把它表现出来，因此，它们大都是新颖深刻又独具一格的。但是，长期以来，我们总是小心地绕过这个问题，不敢谈艺术个性，不敢谈个人的独创性。而忽视个人风格，正是创作公式化的原因之一。林彪、“四人帮”更把这个发展到极端，公开地摧残和消灭艺术个性，制造了创作的模式化。所以怕谈艺术个性，无非是怕“个性”二字，仿佛一谈个性，就是个人主义，就取消了党性，其实这是一种误解。在1962年，陈毅同志在谈文艺问题的讲话里，早就把艺术个性和文学党性两者的辩证关系讲清楚了。他说：“离开了个性，就没有党性，党性以个性为基础，个性在党性的笼罩之下，才能够得到更大的发挥。”文学的党性原则通过艺术个性来表现，艺术个性有了党性的“笼罩”，也就严格地同资产阶级自由化划清了界限。

我们军事题材的文学创作，也应该重视和保障作者这种创作上的独特性，鼓励和提倡艺术风格的多样化，鼓励作者在写自己熟悉的题材的基础上，认识出“自己”来，扬其所长，表现自己的独创性和独特性，逐步在艺术劳动和艺术探求中形成特异的风格，以促进军事文学的繁荣。徐怀中同志的近作小说《西线轶事》，确实是我们军事题材文学创作上一个实实在在的突破。小说描绘了独特的新人。这些展现了独特性格和心灵的人，是沿着独特的道路走进这个新的世界的。这些人物，既渗透着我军固有的传统，又有着鲜明的时代特点；既真实，又有强烈的艺术感染力量。尤其值得称道的是：这幅描绘新战争、新军人的图画，又是用作者自己特异的色调画成的。作品显示了创作的个人独创性和独特性，使它大大有别于以往写战争的文学作品，也有别于作者自己以往的作品。这篇小说，思想、形象和作者特殊的艺术表现和谐地统一，几乎进入了一种“化境”，这实在既难能又可贵。徐怀中同志是一位有自己鲜明艺术特色的作家。在毁灭个性的“磨盘”里碾压了这么多年，他仍然小心地保护着自己的独特性，并且做了新的充实和探索。因此，《西线轶事》不仅保持了并且发展了作者的艺术风格、艺术个性。作者在创作上突破的同时，也突破了自己。这是值得特别重视和学习的。《西线轶事》这一艺术成果的出现，雄辩地证明：当我们承认并且保证创作者艺术个性和创造的独特性的时候，将会为军事文学带来多少创造和突破，带来怎样的多样和繁荣。

军人形象是注视的中心

人们常常说“文学就是人学”。那么套用一下，军事题材的文学也可以说是军人学，或者“军事人学”，它是研究和描写中国革命军人的一种学科、一门学问。这个学问归结到一点，就是：写人，写军人。

既然艺术是写人的，自然就应当从人出发，以人为注视的中心。这不是什么新鲜的见解，而是差不多和文艺本身一样古老的艺术经验。我们那位写历史、写战争、写军人形象的能手司马迁，虽然有人说他的《史记》是“因事生文”，这就是说受到了真人真事的局限，使他很作了些难，然而，他为的文也还是做得极好。他在困难之中找到了出路，这就是把人作为注视的中心的。他写中国最老的军人之一的孙武，一共只用了五百多字。妙就妙在既没有写他运筹帷幄，又没写他斩将夺旗，只写了他一次演练队列动作，并且是“试以妇人”，占了四百多字。但因为是从人出发，写得有声有色，一个小小的侧面，就活画出了一个统帅的形象。从那时起，过去了两千多年，到了我们来写同时代的军人的时候，从人出发、以人为中心，这样一个常识，居然又成了问题。就说从哪里出发吧，许多年来，人们说了许许多多的话，说是要从路线出发，从政策出发，要从事件出发，或者从思想出发，从问题出发……当人们真的打起背包从这些地方出发了，可走了半天，定睛一看，原来压根就不是文学的路。唯独从生活出发，从人出发，被严重地忽视了。

这几年，向电影艺术学艺，常常坐在银幕前边观摩学习，也就常常从读者、观众的角度去看和想我们的文学。最近，有人提出要研究一下“观众学”，从读者、观众的心理、愿望、要求来探讨我们创作的思想内容和艺术形式上的问题。有人提出：“到观众心里去找主题。”这些提法，也许未必概括得很准确，但这种探索精神是好的。我们是作者同时也是读者。当我们从读者、观众的角度去看小说、看电影的时候，才发现，原来读者真正想看的还是人。人们要看人的思想、性格，看人的命运、心灵，看人的人性、人情，一句话，要看真人，看活人。“四人帮”对文艺的最大祸害，就是搞虚假和无情，搞没有人味，就是不让我们写人。这也从反面教育了我们。

实践检验了文艺作品，也检验了文艺理论。我们军事题材的优秀文艺作品，经历了“九蒸九晒”，显示了它的艺术生命力，也显示了文学是人学这一艺术经验的生命力。把公式化、概念化的罪责推到写新英雄人物和写正面形象的身上，是不公平的。英雄辈出的生活是客观存在。写英雄人物并没有背离，而是符合了“人学”的原则和从人出发的道路。不正确的是某些阐释。把“应该写”说成了

“只准写”，把具体的人要求成“完美无缺”，把实实在在的战争参加者变成了战争的扮演者。总而言之，把活人要求成假人，这才从正面破坏了正面形象，用英雄史观毁坏了英雄人物，这才摧毁了英雄，也摧毁了文艺。

坚持从人出发，以人为注视的中心，努力研究和创造中国军人的形象，是军事文学的一条大路。走这条路，已经使我们的文学出现了许多光彩照人的军人形象，走这条路，必将出现更多的艺术典型。长篇小说《东方》就塑造了一群活生生的“最可爱的人”和军人哺育者的形象。《西线轶事》《我们的军长》《小镇上的将军》也把新、老军人写得既真又活，创造了独特的军人性格。我还常常怀着依恋的心情，重温60年代初涌现的那批描绘军人的短篇小说。以《开顶风船的角色》《五十大关》《沉船礁》等为代表的这些作品，真是涌出来的。它们用准确的笔触，刻画了一大批身在和平生活而心在战场、时刻准备打仗的新一代军人的形象，是军事文学的一次高涨和一个集体突破。它们的艺术成果和艺术经验，都应当充分评价和认真研究。我很喜爱电影《归心似箭》。也许这部影片还稍有不足，然而在塑造军人形象这个意义上，它却像响起的起床号或者一只路标。引人思索的是：作者了解抗联奋战的14年，熟悉白山黑水，却写了一个人的一段生活历程和感情历程。作者注视着人，着眼于“这一个”，也就写了特定的人的命运、性格和心灵。而写了人，写出了军人典型，也就以形象概括了生活，概括了时代。作品写于1962年，也显示了一个作家真正的艺术胆识。所以打那么个比方，是这部影片使好多搞创作的人醒了，并且得到指引：往这边走，坚持“军事人学”，研究真的军人和描写活的军人，就会走进广阔的艺术天地。

列举这些令人感戴的创作实践，无非是想说明，把军事文学真正当成“军人学”，做到“目中有人”，坚持把军人形象放在注视的中心，是提高我们创作水平的正道。走这条道，并不是为了讨巧，也绝不是图轻松。画鬼容易画人难。比起来，倒是从概念出发，去图解编造，更容易些。而真正了解人生，了解战争，了解军人，并把他艺术地表现出来，却是困难的。然而，创作恰恰是这么一种事业：正因为难，才有味道，有搞头。我们常常遇到的最大苦恼，还是不熟悉人，对军人了解得少，对敌人了解得也少，因此还是要下功夫做好这个“第一位的工作”，永远保持着和写作对象的联系，生活在写作对象之中，从历史和现实里去寻觅、发现，熟悉军人，描写军人。

感受、积累、认识，都需要

说到描写战争，塑造军人形象，就联系到写革命战争历史题材的问题。过去的革命战争生活，离开我们愈来愈远，成了历史。这段打仗的历史和准备打仗的现实一样，同属于军事生活的组成部分，同是军事题材文学创作的写作对象，它同样要求文艺去反映它，描绘它。于是，就有一部分创作者，踏上这革命战争历史的巨大矿床，去寻找、开掘，冶炼、熔铸成一座座战争历史的丰碑，以启迪后人，继往开来。这个庄严的事业，有一部分是战争的参加者已经做了并且正在做着的，像《红旗谱》《保卫延安》《林海雪原》《东方》等等，有一部分则要后来人去做，并且很久很久以后还要有人去做。将来一定有一代又一代军队内外的作者，从不同的角度，以各种艺术手段，去描写南昌起义、长征、反扫荡和战略决战，去实现历史的要求。就像我们今天可以在书店里买到发着油墨味的《李自成》，在银幕上看到讲着普通话的林则徐、邓世昌一样。

这就发生了一个问题：后来人能不能写战争历史？怎么写？能不能写好？

和许多参加了创造历史的斗争，又拿起笔写同时期战友的作家们稍有不同，我是沿着一个略带特殊的路径走进文学队伍的。我试着写过一些以红军时期斗争生活为题材的短篇小说，然而我却没有戴过“五大洲”的帽子、亲身参加过红军时期的斗争。刚才有同志问：你没有经历红军时代，怎么写红军生活的作品的？其实，这个问题我自己也反复地思索过，至今也还没有完全想清楚。既然有同志问了，我就简要地把一些做法和想法向同志们做一个汇报。

先从一件事情说起。1976年底，我写了两篇短篇小说，描写了周总理长征生活的一点侧影，送给了一家刊物。刊物编辑部把稿子送给一位当时还在文化部门负责的同志审查。这位同志说：作者没有参加过长征，怎么能写长征？于是稿子压到了第二年7月，由于别的编委坚持才得以发表。“没有参加过长征就不能写长征”，这个说法实在有点似是而非。自然，参加了长征又写长征，是最好的，但是，如果说没有参加的就不能写，却又荒谬了。历史是后人写的，以历史为题材的文学作品，也多是后人写的。拿破仑进攻俄国是1812年，那年托尔斯泰还没有出生；《战争与和平》开始写作，已经是那场战争五十二年以后了。要是按照上面所说的逻辑，《李自成》就不能由姚雪垠写的，只能由牛金星、刘宗敏或者起义军的某个人来写了。这，哪里还会有历史题材的文学创作？当然没有参加长征，写长征的确是有困难，就需要了解。作者了解生活的局限性和历史的无比的丰富性的矛盾，从来都是作者遇到的一个大矛盾。

感受重要。直接生活经验，对于创作来说，永远是最重要的。越搞点革命战争历史题材的写作，越感到它重要，因为感受、体验、情绪记忆，在创作中的作用，无可替代。我的战争生活经历短，别说没参加红军时期的斗争，就连抗日战争也只赶了个尾巴，但是，多少也有点属于自己的感受。比方，第一次穿军装，第一次站岗，第一次和敌人遭遇，都不会忘掉，甚至当时情绪记忆还保留着。记忆，这是个奇妙的东西，借着遗忘这个助手的帮助，像筛子一样，记住了该记的，忘掉了该忘的。那些被牢牢记住的、什么时候想起来心尖子都会发抖的事，正是创作中最宝贵的东西。那些直接感受和体验，在我看来，它有两种职能：一是它可以直接进入创作，成为塑造形象、创造意境的艺术材料；另一种职能是，它可能成为了解和理解间接生活的依托和条件。它有点像嫁接果树的砧木，有了它，接穗就能活、能长，化为一体。有许多间接得来的情节、细节，生活故事，凡是能和我的直接感受相通相联系的，就能化为自己的。我写过的一点东西，成败大都和感受联系着——凡是有直接生活感受的，能把自己的体验、感情流进去，就可以写得有点意思；没有这种联系，就是再完整动人的故事，我也写不好。

积累重要。如果只讲用直接感受来写作，那也不行。一个人的经历有限，体验感受也有限，因此就要不断地充实和积累间接的东西。去了解、探索，从纵的方面和横的方面去了解历史的斗争，了解人的生活和思想历程。从众多的故事里，细心地体察那些动情的行为、动作、感情、细节，捕捉那个时代特有的东西。同时，这个充实的过程，也正是提炼和融化的过程，变成“自己的”东西的过程。这种对一个生活方面长时间地关心和注意，非常必要。我很赞赏一位外国短篇小说大家的这么一句话，他说：“对于你所要表现的东西，要长时间地很注意地观察它，以便发现别人没有发现过和没有写过的特点。”看，又要长时间，又要很注意，才能发现一点与众不同的东西。

认识重要。对于革命战争的历史，永远有一个了解的过程，也有一个理解的过程。要攀上一定历史的高度，才能认识历史，即使是你自己走过的道路、亲历的生活，也有一个站在高处再认识的问题。只有感觉了，才能认识；只有深刻地认识了，才能更好地感觉它。这样在熟中求懂，逐步开掘生活，才能认识本质，更好地体察出生活的内涵和诗意。

爱这支可爱的军队

作者不能把自己没有的东西给别人，正像盲人无法告诉别人花园里如何五彩缤纷。军事题材的文学创作也不例外。要想稿纸上有，先得心里有；要给读者半斤，最好自己能有一斤或者更多一些。

为了写好军事题材，要研究军队、研究军人，在这众多的研究对象之中，头一个是作者自己。正因为机器还不能写小说，正因为小说还只能是社会生活、军队生活在作者头脑里的能动反映和积极创造，正因为文艺作品是为人民所用的精神产品而不是商品，所以，作者的主观世界，作者头脑这个“加工厂”的质量如何，就成了重要的问题。为了读者，为了搞好军事文学事业而不懈地改善和加强自己，在通过作品给读者以美好影响之前，作者本身先完善和美好一些，这也是文学工作者的责任和使命。应当使思想有一个大的改善和加强，有一个大的解放。我想，思想解放，无非就是从唯心主义形而上学里，从各种非无产阶级思想的禁锢、束缚和污染里解放出来，解放得史实事求是，更符合客观规律；解放得比较完善，比较正确；因此，世界观改造正是思想解放的一部分。

在这里，爱我们的军队、爱人民解放军的军人，非常重要。对这支可爱的军队冷漠的人，写不好军人和战争。写军队，仅仅因为我们是一个军人，是不够的。只有对这支军队有深厚感情，有强烈的热爱，才能一个心眼扑上去，用整个心去了解与研究军队、军人和革命战争，把军事题材的文学作品写得更正确，更多情，更动人。

（原载《解放军文艺》1980年第12期）

找到了，就把它写透

——和中国作协文学讲习所几位学员的谈话

一

最近一个时期，阅读和欣赏了一些作品，对于某些文学现象，进行了一些思索。想来想去，觉得文学创作，特别是短篇小说创作的利弊得失，都和这么一条艺术经验联系着，就是要把小的东西写透。

短篇小说创作，以至电影文学创作，重要的一条，就是把生活写透。作者在生活中有了真切的感受，有了独特的认识和理解，经过选择和开掘，抓住了一个看来不大的东西，把它写活了，写透了，写深了，写出了这个小的东西的深刻的内涵，写出了这个小的东西和大的东西即整个社会生活的关联。通过这个生活的侧面和断面去透视社会、概括生活，反映和评价生活，这样就有可能成为好作品。

重要的是写透。当然，这样说似乎不大像个道理，但是看一看近年来的文学创作实际，注视一下一些好的短篇小说、电影的这个共同点，是很耐人寻味的。就以短篇小说为例，许多好的作品，我看都和这个“透”字联系着，都是把生活写透了。从《班主任》算起，《陈奂生进城》《雕花烟斗》直到《乡场上》，它们所描写的对象——题材、事件有多大？然而，作者抓住了，写透了，深深地写到生活的里层里去了，就成了一个创造，就显示了作品的文学价值和认识意义，就是好作品。再看看最近出现的电影作品，像《喜盈门》《沙鸥》《乡情》《邻居》，我看他们的成功之处，就在于抓住一个小的生活侧面，写透、写深，写出了新意，特别是写出了、写透了题材和社会、和时代的关联。《喜盈门》写的不过是一场家务，只是因为写得比较透，写出了社会伦理道德的风貌，写出了人和人关系的特色和深度，既合情理，又有分寸，于是作品就大大地越出了“家务”的范围，有了普遍的认识意义。听说影片放映的时候，有些经常不敬老人，出于私心喜欢在家里制造不安、不和的媳妇，都低着头不敢看别人，这足以说明把生活写透的艺术力量。又如《沙鸥》，它写了一个普通的排球运动员，经历了生活的磨难和不幸，后来伤了、残了，不能打了，然而，她在痛苦里坚强地站起来，把心血流给学生，让学生踏着她的肩膀去攀登高峰。一个不大的东西，被创作者写透了、写大了，让观众深深地看到了生活深一层的内涵。女排的胜利（当然也使人联想到各项事业的胜利），不是一代人的事，是前一代人达到的高度，由后一代人的继承和发展，经过几代人的努力才获得的。这个思想就了不起，就有深度，有概括力。有人说，刚巧我们的国家女排夺得了世界冠军，影片赶上了；我不这么看，偶然的外部机缘从来不决定作品的生命力。正是影片的编导把一个女排队员的平凡的生活历程和思想历程写透了，创造了一个艺术世界，人物形象才焕发出逼人思索、引人向上的艺术感染力量，让观众借她来评价生活、思索人生。

所以说这些，强调把小的东西写透，是想和同志们一道探讨短篇小说创作中一个带规律性的问题。我常想，短篇小说的艺术容量、分量和力量，主要的并不决定于写什么；它在很大程度上取决于怎样写、写得怎样；决定于是不是把生活写透了。记得是1977年10月，《人民文学》召开的短篇小说座谈会上，我们几个人向老作家沙汀同志求教，问他短篇小说写作有什么规律。他说：就是“以小见大”。短短的四个字，使人非常之开窍。“小”，篇幅小，取材精，是短篇小说的局限。其实，任何艺术形式都有自己的局限，即使表现手段丰富广阔如电影，也不能在一部片子里写尽全部人类历史和社会生活。可是作品又要概括，又要见大。这个矛盾，在创作上统一起来，我看就靠这个“以小见大”——找到那个能够“见大”的小，把它写透。

当然，把小东西写透，说的是“微而足道”的小，归根到底要的还是大；是深刻开掘所获得的那个大；是具有较大的思想力量的那个大；是把生活写开、把生活写美，使人变大。这绝不意味着否认题材对于创作的制约，更不是提倡“微不足道”。近年来，在大批好的短篇小说旁边，也有个别作品，不重视开掘题材的内涵与潜能，不注意小和大、题材和社会的关系，就小写小，以小见小，而且越写越小，写了些平庸、肤浅、猥琐、卑劣的东西，甚至追求卑微、欣赏卑劣。还有一些作品，找到了、抓住了能见大的小，但没有把它写透。总之，由于趣味不高，艺术修养不够等种种原因，把本来能够写深写透的东西写小了，写浅了，写浮了，写低了。我很喜欢高尔基说过的一句话，他说应该描写那些“大写的人”。鲁迅也告诉我们：千万不要去创作那些“使人变小”的艺术。这些都是好话，是应该牢记的。

说到这里，我得赶紧加上这样一句：把大的东西写活。也就是说，从更高的角度和更广的幅度上，去写出更广阔的生活画卷，这也是一种艺术要求。短篇小说对于这种大的东西也不是不可为，可以做一些尝试。不过，就是这样的作品，也还是要通过对于小的东西的捕捉和精确的描写，把人写活，把生活写透。透了，才能活。这点，只要看看《史记》就够了。《史记》写了那么多的政治家、军事家，那么多大王、大将、大侠、大盗；然而，用来表现这个“大”的事件和细节，却是那么小，又写得非常透。

小说、小说，短篇小说，就是要正确而又恰当地对待和处理好这个“小”；善于从生活里发现能够见“大”的小，找到了它，抓住了它，然后千方百计把它写透。写透了就是好作品，就可以给文学的画廊里增添了一个新的艺术产品。有人做了一点文字游戏，说“以小见大”，小和大的关系摆对了，弄好了，就是个“尖”字——你的作品就冒尖，就是尖端了。这个游戏包含着严肃的真理。

二

在泛泛地谈了“以小见大”，把小的东西写透这个规律性的问题之后，我想联系于富同志的作品谈谈短篇小说的写作和提高。

我读过于富同志过去出版的小说集《一发跳弹》，也读了他的几篇新作。回顾他这一段创作历程，我觉得于富同志作品的利弊得失、长长短短，都和把小东西写透这个问题联系着——你所抓取的东西怎么样？找到了没有？是不是写透了？透到什么程度？

我看的三篇新作，一个是《震动》，一个是《谁之过》，再一个是《冰八号》，这三个短篇我都喜欢。它们较之小说集《一发跳弹》里的那组作品，是大大前进了。我所以喜欢它们，是因为从于富同志自己整个的创作路子来说，这是他的一次尝试，一番探索，或者说是一个飞跃。

于富同志的创作，是从记述生活中的新人新事入手的；把生活中一些美好的东西采撷下来，做了一番记述和描绘。前期的作品里边有几篇有诗意的东西，比如说那篇《杏》，就很有独特的内涵：三十年来两个兄弟，在这里为酸杏付出了辛酸，为甜杏流了血汗。遗憾的是，这么一个颇有特色的题材，在于富同志的笔下，却没有自觉地去发现那浓郁的诗情，而是匆匆忙忙地铺叙了一个悲欢的故事；恕我直言，就是拍了一张照片，记下来了而已。如果今天再处理这个题材，你一定会看到：沙漠里的酸杏，到郁郁葱葱的甜杏，在这两者之间，在三十年的人生历程上，该有多少独特而又丰富的内涵。如果更深地开掘，找到了它，并且抓住了它，把它写透了，就能使人看到了历史和时代。《团长的鞋》等几篇，情形也差不多。你被新鲜的生活感染了，就迫不及待地铺开稿纸，把这个故事原原本本地写下来了。

说到这里，我想把话题稍稍扯开一点。契诃夫可以说是短篇小说的大师，他谈创作的话和他的小说一样，惊人地独特，又惊人地深刻。记得他这样劝青年作者。大意是说，“把你那短篇小说的稿子对半折起来，撕开，把上半截扔掉，只留下半截”。这个艺术要求实在绝，却又实在中肯。因为起初学着写的短篇小说，往往说了半天，离情节和人物还老远，所以文稿的上半截常常是废话。对半撕开，下半段也许恰恰是小说最好的开端，或者简直是小说的全部。前些年，我曾经用这个忠告来检查自己的短篇小说的初稿，或者改变原定的构思，改正易犯的拖沓、冗长的毛病，很是有效。但是，创作的毛病又常常不以一种形式表现出来。这几年，我读到一些初学写作者的短篇小说和电影文学剧本，发现也要对半撕开，但多半应该把稿子的下半截扔掉。常常是一个很好的创作的意图，很好的开端，很好的人物关系的铺设，到了后边，由于功力不够，上不去了，草草地结束了。于富同志的《老兵的故事》，老兵的出场，在火车上的行为，包括买鸡雏的细节，形象是活的；但是小说的下半截，老兵的形象，是通过连长的嘴转述的。文中的“我”，本来应该像摄影机的镜头一样，直接对着拍摄的对象，然而却对着第三者，由第三者再向他介绍那个拍摄对象是什么模样，这就拐了一个大弯；而且镜头再也没有回到这个老战士身上。这是个艺术处理上的缺陷。我觉得，这篇小说的长长短短，很能说明你创作初期的一些特点。你选择和捕捉题材，多是从吸引了你、引起了你欣喜的东西开始；由于欣喜，你扑上去，按住了多少，就得到了多少。而不是把描写对象整个抱到怀里，然后仔细地辨认、挑选、取舍、增补和修饰，去把它写透，创造一个艺术世界；相反，却受到了生活原型的局限。

现在，这几篇新作不同了。这个不同表现在：作者已经不安于只是做一个生活的摄取者、记述者，而是努力从生活中去寻找、去发现、去提炼了。已经不是拿起照相机立刻就照，而是瞅来瞅去，找到了最能表现人的丰采和情感的角度，然后慢慢地布好了光，用准确的线条和色彩去描绘，去为生活传神了。或者换个说法，已经开始摆脱了生活的复制和生活的模拟，进入了生活的发现和创造。这是一个很好的变化。我不知道你自己认识到这个变化没有，如果把这两组作品比较、对照、研究一下，我觉得这个变化是明显的，也是可喜的。我喜欢《谁之过》这个短篇小说，就是喜欢它从生活的模拟进入了创造。这个作品确实是短篇小说的取材，短篇小说的构思，也是短篇小说的叙述和描写。也许这篇小说的思想意义猛一看似乎不如你那本小说集里的一些作品。在那些作品里，你遇到想呼喊的地方就哇啦哇啦地喊出来了；这篇作品却是把一个东西摆在读者面前，让人去思索、琢磨。这是短篇小说的写法。李传峰同志新近发表的那篇《烟姐儿》也是这样，仿佛从生活里砍下那么一块，连根带土端给读者；但却又不是生活的照搬、仿制，是经过艺术加工的、是匠心独运的。我觉得于富同志的创作路子可以从这个变化开始，去进一步认识和掌握短篇小说的特点。

短篇小说究竟是什么？我们不必非要找一个什么定义；但是联系写作实践想一想这个问题，不是没有益处的。我们常说，它是生活中的一个横断面，从这个剖面里看到了时代的年轮；或者说“窥豹一斑”，从一雕栏、一画础看到宏伟殿堂。这些说法，有助于我们认识短篇小说这一艺术形式的特点。但是，我总觉得对短篇小说还可以理解得更宽广些。一个人的一点侧影，一点思绪，一点思想的火花，都可以构成短篇小说。在这里，最重要的是认识它的长处和短处。应当承认，这种艺术形式本身确实是有制约、有局限的。有一次，在一个谈论短篇小说的创作讲习会上，有人递了个字条，问我“什么是短篇小说”。这确实不好回答。因为要三言两语解释个“是什么”，是说不清楚的。说来也算是“福至心灵”，我一下子想到了一幅情景，成了我的答案。前些时看杂技，看到了这么个节目：演员在一个直径大约一米的圆桌上溜冰，单人滑冰不算，两个演员一起滑；滑得那么从容自如，情绪那么饱满酣畅。我说：“这就是短篇小说。”这个回答是有些“滑头”味道，但事后想来，这个想法倒也从某个侧面说明了短篇小说这一形式的特性，这就是承认局限、尊重局限、利用局限。只给你直径一米的桌面，当然是个局限；却要求你像在几百米的跑道上或者昆明湖面上溜冰一样，滑得多彩多姿。你尊重了短篇小说的制约，利用了它的局限，于是短处就变成了它的长处。“螺蛳壳里做道场”，在几千字的篇幅里面，把一个不大的东西写透，通过一栏、一础、一鳞、一爪，表现出时代的精神，反映出生活本身的深远、深邃、深刻和深情。就在这里下功夫。

其实，这种既是局限又是长处，又何止短篇小说？仔细看看，各种艺术形式无不如此。首先给你一个限制，同时又给你一个条件——用一尺宣纸，要画出锦绣山河；给你一个不过几十平方米的舞台，要你反映整个社会和人生；一部电影九十分钟，万把尺胶片，要你创造一个艺术世界；这不都是限制？你要把这个艺术形式认识了，吃透了，运用自如了，既尊重了这个局限，又利用了这个局限，就能把你要表现的生活的感受和认识写透，深刻地、艺术地表现出来。

三

所以说了这些，中心的意思是希望：从《谁之过》起始的几篇新作，能够成为于富同志创作的新起点，更自觉地运用短篇小说这一艺术形式去描绘生活，逐渐摆脱对生活的平淡的记述，从生活里找到那些真正属于短篇小说的东西，把它写深写透。一个作家如果不走这一步，那他一辈子就只是一个生活的模拟者、记录者，而不是创造性劳动的艺术家。

《谁之过》这篇作品在你的新作里是比较短、比较精练的。你仿佛无意地从生活里挖了这么一马勺；然而却是精心选择、精心结构的一个生活段落。作品选取的事件并不大，也很平常，只写了妈妈招待相亲人这么一个短时间发生的事情。就这么个独苗儿子，好不容易养大，喜爱、痛惜。前边好长一段儿子没有出场，然而读者还是看到了这个儿子：老实、听话、百依百顺。妈妈好不容易为儿子找了个对象，人家来相亲，就打发儿子去打酒。儿子太听话了，要他去买散装的，看见成瓶的也不买，最后空着手回来了。但是，这段看似平常的生活里，却展现了不平常，让读者感受到了发人深思的道理，脑子里挂上了一个不小的问号。这篇作品使我想起王汶石同志的《大木匠》。那是一篇把生活写透的好作品。《谁之过》比《大木匠》口径更小一点，但构思也精巧，处理得也恰当。显示了作者在凝练和浓缩生活方面的进步。而且在不过三千字的篇幅里，有起伏，有层次，有略写，有描写。特别好的是后边那一转。写戏有句行话，叫作“戏要陡转”；其实短篇小说才要陡转。前边像行云流水，走着走着，突然来了个急转弯或者急刹车。这种陡转有时候有特殊的效果。这个作品写儿子空着手回来，出现了一个陡转，是很漂亮的一笔。

《谁之过》已经开掘到了相当的深度，通过平常显现了不平常；也就是说，作者找到了他要表现的东西，构思上也使得写透具备了可能性。然而作为一篇完美的作品来要求，还觉得不满足。我想，如果有这个艺术功力，再往前进上半步，就有可能使作品升上一格。在这里，我想说一说作品的“黄金点”。有的同志说，好的短篇小说，都有一个“黄金点”；短篇小说写作，要重视和精心地处理这个“黄金点”。我赞同这个说法，并且觉得自觉地认识和运用这个技巧，在写作实践上很有意义。所谓“黄金点”，就是全篇的高点，是情节、性格、思想最强烈的部分，也就是作者必须找到并牢牢抓住的最发光的一点。它可能在作品的中部，也许在作品的后部。我们常说的透不透，也大多表现在这个“点”上。其他的笔墨无非就是向这个点的必要准备和铺设罢了。《谁之过》写的儿子空手回来的地方，就接近了本篇的那个“黄金点”。儿子在经历了那么一件事之后，他的愤怒，他的觉悟，他和妈妈之间爆发的激烈的冲突，就是闪光的地方。你看到了，接触到了，并且已经通过艺术的笔墨，非常自然、非常亲切地引着读者走到黄金点的前面；下一步就是令人心惊目眩的那一下子，就是“刺啦”那么一闪光，因为这里正是情节陡转的那个转折点，也就是人物形象更加清晰地展示其内在风貌的闪光点，也是通篇作品思想力量的凝结点，三者正好凝聚在一起。这里，讲解、议论都是无力的。到了这个地方，要往前推，要强化，要找到一个有表现力的东西——是句对话，是个细节，还是个什么别的东西，把它展现出来，就写透了，作品就完美了。

四

当然，找得到、写得透，绝不是个技术问题。要想找得到，首先就得有一双敏锐的、善于寻觅的眼睛；要写得透，就得看得透。只有站在时代和社会生活的高处，才能有所发现，看到更深的层次。

研究一下短篇小说的发现和构思过程，是很有意思的。这个过程大体上是这样：在与人民共命运、共安危、共魂魄的生活里。得到了一些分散的感受，或者一点比较集中强烈的感受，作为胚胎。然后，对于感受了、触动了、震动了你的东西，进一步思索。其实在感受的同时，已在思索了；这个时候，集中地把一个、两个、三个、五个问号扔到了自己的生活感受上：“是什么？为什么？到底为什么？……”自然，扔到感受上的并不只是问号。随着问号，把你的生活经验、理论修养和认识能力，都投放上去了。经过反复地追寻、探询、验证，于是思索获得了结果，得到了对生活概括的认识。得到了新的认识，再从新认识新高度来看生活的感受，处理写作材料；于是发生变化了：哪个地方本来就是闪光的，一经思想照耀，就觉得更加心惊目眩了；哪个东西在这个作品里是无用的多余的，就把它拨拉到一边去了；哪里还不够，从过去生活经验里涌现出来了。就用这个光亮做催化剂，去照亮还不清晰的，去强化还不怎么强烈的，去抖搂掉不必要的，加工那些还不完整的，这就是创作的构思过程。也就是说：从生活的感受出发，经过开掘和认识，获得了生活概括，然后用这个概括和提炼题材，使之典型化；然后，再转回到经过艺术加工的生活形态上。

再回来，很是重要。我接触到这样一种创作现象，很奇怪：本来是从他感受到的生活出发的，可是经过开掘、思索，进入艺术构思和写作，却再也回不来了——回不到特定生活的特定形态，却变成图解他认识的东西或者搬来的概念，走向了可悲的概念化。你们几位同志的新作，在构思和写作上，开掘、照耀和回来，这些环节都掌握得不错。乌热尔图同志的作品，从自己独特的感受里，看出了蕴蓄的那深一层的意思来；然而用这“一点意思”来组织生活形象的时候，又不离原来的形态，保持生活的特异色调和情趣。又比方李传峰同志的《烟姐儿》，你感受并研究了一个或者几个“烟姐儿”，看到了她们身上的新的精神因素，新的思想和情怀。她们渴望用自己的劳动，在经济上去创造一个新生活，为集体增加财富，也提高了人的价值。作者得到了这么一个认识，看得透彻了，还得回到烟姐儿的这个形象上来。她怎样抢着包那五千元的烟叶儿，一早怎么去赶集，怎么去卖烟叶……人物的“魂灵儿”，从活的躯体里找到，可不能让它“飞上半天”；还得回到躯体里来，只不过这是新的躯体，再创造的文学躯体。于富同志的《谁之过》也是找到了又回来了，回到了这么一段生活情景，仍像原来的生活一样真切、实在、水灵，保持固有的生活色调。

和开掘、认识、生活联系着，我想再说一说另外一篇小说《震动》。这篇作品我也喜欢，它是用短篇小说的艺术思维来处理生活感受，而且思路很对，很正。可是，我得直说，在写透这一点上，它有缺陷。就像一锅米饭，米淘得很干净，水也放得正好，火候掌握得差，也快熟了，欠点火，夹生了；有些吃不得的东西夹在里边。这在艺术上叫作“隔”。戏剧上最讨厌这个“隔”，像隔着一堵墙，过不去了。而且往往是思想的“隔”带来艺术的“隔”。

我不大赞成“问题小说”，也不喜欢这个名称、这个提法，觉得从问题出发来写小说，本身就容易带来毛病。然而，我又觉得没有哪一篇短篇小说里没有问题在。问题就是矛盾。没有矛盾不成世界。来自生活的短篇小说怎么能是不知所云、不反映生活中固有的矛盾、没有思想内容的呢？因此，我更愿意说，短篇小说是发现，是从生活中的发现；它包含着新和深两个艺术要求。小说《震动》接触了一个人所不大思索到的，或者思索不深的问题，可以说是有发现的。我们部队的基层干部怎样进行生活管理？怎样保持无产阶级思想的纯洁性？怎样保持一个军人应有的健康饱满的政治生活和情感？对于这个问题，有一种回答是消极地防范：霓虹灯下不可有哨兵，只有装在盒子里经过蒸煮消毒，不和社会发生联系，才能保证部队不出问题？小说接触这个问题是好的。这是作者经过自己观察和思考之后，得到的认识，并且产生了通过作品引起一点思索、一些震动的创作意图。

我们的文学，应该也必须从生活里面提出一些令人触目惊心的问题，反映一些巨大的矛盾冲突，去引起读者心灵的震动。前几天，我在《中国青年》短篇小说征文评奖座谈会上说过这么个意见：“我们的作品要有点力量，要有启示力、震撼力、教育力和感染力。”文学作品就是要追求这个东西，就是要尽可能引起读者心灵上的震撼。前些时和乌热尔图同志交谈，希望他加大他的作品的时代感和社会外延，也就是指的这层意思。你描绘的是特定的民族生活的习俗风貌，新的变革以及新的人和人的关系，都是很好的，这就要努力使它和时代扣紧。作品和时代结合得越紧，越能发人深思，使人感受启示和震动。我们都应该重视作品的启示力和震动力，把它作为一项自觉的艺术追求；并且勇于从生活中提出问题。我理解，反对资产阶级自由化，绝不是提倡无冲突论。恰恰相反，越是反对资产阶级自由化，越是重视思想解放，也就越是要重视思想的质；让正确的思想在斗争中前进，强大起来。正确而又深刻地反映生活和揭示生活的真谛，这个东西靠无冲突论和粉饰生活是无论如何得不到的。思想解放，就是要表现真正的马克思列宁主义、毛泽东思想的战斗力量，显示它强大的革命力和真理的胜利。“实践是检验真理的唯一标准”，这个思想一下子冲进了十年动乱之后的生活，就显示出它的生命力，引起我们整个生活的巨大变化。这才是生活里巨大的矛盾和巨大的冲突！如果一个作家不用自己的作品给生活以影响和推动，那就不如不当作家。

五

话扯远了。再回到《震动》这个作品上来。我很赞赏于富同志注意从生活里发现这种值得重视、引人思索的问题。对于社会可能带来的不良影响是消极的防范，还是让战士迎接生活、走向生活？是去捆住战士的手脚，还是让我们的战士成为生活的创造者、主人？作品通过连长形象的塑造，接触到了我们有些同志的落后。这种落后，不是行军掉队下来三里二里路的落后，是压根儿就没有懂得生活，不懂得军队和社会的关系，不懂得战士的心灵。这样的人去带兵，就有了悲剧性。这些都是这个作品内涵的东西。

但是，要写就必须要准。准，有两层意思：首先是你的发现准不准，是不是看准了。第二，表现得准不准。创作，既然是对生活的揭示和评价，你那个枪口就要打准，力争要打九环多或十环；不要蹭到四五环上去，更不要脱了靶，走了火，伤了自己人。这篇作品，是可以打准的。然而却有两点不那么准：一个是连长的形象不准。这个连长的落后，是个什么性质的问题，似乎还没有想透。作者要伏在他的耳朵边大喝一声，让他心灵上一哆嗦，引起震动；那么，要向他指出的，是个什么东西？应该看得深一点。不是说过去的工作方法不适合于现实生活的问题，是一种僵化、因循、保守的东西，像水壶里的水锈，在个别的干部头脑中慢慢聚集起来的那么一种可恶的东西。这块锈，可以使血管硬化，可以使人致死。把这一点看透了，发人深思之处就大了。我们写小说就是要有启示性。应该有这么一个雄心：只要你看我的作品，你就是我的作品影响的对象。我写的是个连长、战士，但是要让师长、军长看了也得发愣，也得思考，使他受到感染，得到启示，要你欢乐，乐得合不拢嘴；苦恼，苦恼得睡不着觉。所以，构思作品，想的要比写的更宽敞；写可以写得很小，但看要看得大。比方我们国家进口先进科学技术的同时，资产阶级的意识形态及生活方式也进来了。整个的思想战线又站在了霓虹灯下，如何保持无产阶级的纯洁性，成了重要的问题。怎么办？回到闭关锁国吗？不能，只有加强自身的思想力量去战斗，把我们的党员、干部、战士放到这场复杂的环境中去磨炼。你写的这个连长不准，就在这里。第二个是政委写得不准。你写政委出场，递上了一个条子要求讨论，写得亲切，生活化；但是政委问题提得不准。连长对战士的不恰当要求，和战士见了姑娘的危难不去救助，这是两个不同范畴的事情，不是必然的因果关系。政委提出的问题应该和连长的问题在一条轨道上，否则就成了两个聋子吵架，各说各的了。这就是没有写透的一个原因。如果把连长的思想看透了，找到问题的所在，在政委和连长这种思想的交锋点上，让它碰一碰，也许就找到和表现了你想揭示的震撼人心的东西。

由于看得不准、不透，就带来一个问题：结构的不匀称。一个作品的构思，如果认识上没有看透，没有提炼得单纯而又明晰，自然就反映在结构上。《震动》的前半部，也就是原稿第八页以前，是平面的对连长行为的展览，表现他的性格特点和内心世界的东西不多，这样给人物形象的描写带来了影响。短篇小说就那么几千字，还是尽量地在纵线上结构作品为好。倒不如从备课写起，中间有个小的穿插，马上进入到课堂上。做到每个场面都能够有独立的表现力，场面之间连接很自然；力求前一个场面是后一个场面的准备，后一个场面是前一个场面的发展，环环相扣，两三个场面，把叙事和写人同时完成。请同志们找几篇好的短篇小说来，把它“砸碎了”读读看。好的短篇小说，不过就那么三四个场面，场面之间用叙述的笔墨加以连接，在每个场面中不过有一两个或三四个有表现力的细节。这样容易写得单纯、集中、凝练，也就比较容易写透。在这个问题上，于富同志有薄弱环节，有时顺着笔写下去了，岔出一块来。要有约束自己的笔墨的素养，够了，立即刹住；就是要惜墨如金，就是要适可而止。

六

分寸很重要。短篇小说的脆弱之处，就在于：多写了一点，马上就觉得鼓了；少写几笔就不够。对人的描绘有分寸，对事的叙述有分寸，笔墨的运用上也得有分寸。我爱读茹志鹃的《百合花》，就喜欢它分寸掌握得准，恰到好处。前不久，听一位前辈电影艺术家讲，他刚刚进入电影界，问友人“写电影有什么窍门没有”，友人答，“四个字：情理，分寸”，说得好极了！我想，在短篇小说领域里，这四个字同样重要。你切下的这段生活的断面，就是要入情入理，情理交融，情渗透在理里，理里边弥漫着情。我们的短篇小说写得不凝练，常常是个情理问题；意境不浓郁，也是个情理问题。把小东西写透，艺术功夫就在情理和分寸上。

从掌握艺术的情理和分寸上看，于富同志的另一个作品《冰八号》就很值得研究一下了。我觉得这一篇和那两篇一样，是你学习、思索、提高的产物；从生活里边有所发现，又看深了一层。生活里要有笑脸，人与人要有一个正常关系；但是正常的关系却不仅仅是一张笑脸。如果这笑脸是为了奖金，为了逢迎自己的上司，为了讨好自己的服务对象，然而她的内心世界并不美，这是人们所不取的。在生活里，任何虚假和廉价的东西都不值钱。于富同志看到了这一点，写了一个冷若冰霜、工作认真负责的服务员。她认真劲到了使人不满，甚至到了讨厌的地步。这是一个很独特的形象。写作上用的是对比的手法，两个服务员对照着写，用两个反色彩的形象对照起来，写出差别。写两个服务员，先给你一点扑朔迷离的感觉；随着情节的发展，读者越来越喜爱那个冷若冰霜的服务员，而对那个笑得像一朵花的服务员逐渐画上了问号。在这个对比过程中完成了形象，揭示了生活，体现了一个发人深思的道理。尤其使我感兴趣的是，作者重视了对内在的东西的关注和发掘，艺术上又安排了内在和外在的不谐调到谐调，这是个很好的构思。如果在掌握情理和分寸上多一些自觉，充分实现了艺术意图，很可能由此带来你创作上的大变化。遗憾的是，似乎你还没有把它想完美，图纸还没出来就急于动工，匆忙地写作、完篇，思考的深度，揭示的深度，特别是描绘的功夫差些，有点急忙就章的感觉。

首先是题材的提炼差那么半步。很好的一个东西被你扑住了，再往前伸一伸，就可能触到一个前所未见的东西。你把握住了人物内在的性格特征以后，同时找到了外在的不谐调，逐步展现，逐渐谐调起来。作品的思路应该是：一开始有点反感，一步一步写下去，叫人越读越看到了人物内心的光彩；越看越觉得她可爱。这个从不和谐到和谐的过程，也就是形象的内在和外在统一的过程。但是这个过程没有写好。在后边用了过多的旁叙、议论，特别是会场上发奖的那个场面，最后的那封信，写得冗长、复杂。

这篇小说用的第一人称。第一人称的“我”，很有讲究。“我”是作品中的一个人物，他应该进入情节、事件、人物关系之中，并且有自己的个性特征。同时，“我”还有一种选择和剪裁的职能，如同摄影机的镜头，引着读者去看那些应该看的，舍弃那些不想看的，随时可以推成远景、中景、近景和特写。“我”又起着织布的经线的作用，和其他的人物交织成色彩斑斓、质地致密的布面。你这篇小说里的“我”，倒也还是个人物，但写得若即若离、断断续续，几个职能都发挥得不够，反倒用解释、议论代替了形象的描绘。

总之，情理和分寸要处理得当。一篇小说，把要表现的东西找到了，形成了构思，具体的叙述描写就是重要的了。不多不少，恰到好处，既不过分，又无不及；既有匠心，又自然流畅、不事雕琢。要力求单纯；复杂了，东西多了，必要的东西写不开、写不充分，就突出不了。要有意识地在艺术上追求这一点，把不和谐到和谐的过程写好，这样，思想和形象就统一了，生活就写透了。这篇小说的进一步修改，对你是个很好的课题。特别是反色彩的形象、近似的对比，比反差大的对比更不易写，更见功力，是很好的自我训练。在创作上，就是要给自己出点难题，做些尝试。

七

以上，从把小东西写透说起，对于富同志的创作路子，特别是在文学讲习所学习后写的三篇新作，说了点个人意见。既是漫谈，就再扯开一些。

从生活里发现属于自己的东西，然后创造成艺术上震撼人心、含血带肉的形象，是不容易的。在创作过程中，就是追求一个东西，把思想和形象统一起来。血肉充溢着思想，思想饱含着血肉，浑然一体。许多好的短篇小说，我看就是做了一件事，就是实现了思想和形象统一。沿着各自的道路，表现着各自的艺术特色，达到了深刻思想和尽可能完美的艺术形式的统一。

乌热尔图同志，你写山林，写狩猎，写人和自然的关系，很有特色；作品具有独特的色调及韵味，有些好的笔墨可以说自成境界。这就是开始找到了自己，传出了生活的那种神韵。现在不大用这个词儿，过去谈论旧体诗，讲究神韵。当然，也不是说你的作品全部都有这种神韵。艺术特色，传神，也属于把生活写透的范围，甚至是更高的艺术要求。希望你进一步加大创作的社会视野，加强时代感和历史感。你的小说，写一个民族的觉醒、斗争、胜利和兴旺，写特定的生活和人的命运。地区特色、生活特色、民族特色汇成了作品的艺术特色。如果在保持原有色调的基础上，加强历史感和时代感，扩大题材的社会外延，作品将可能从纵的、横的方面更加深邃，更加开阔。

上面提到的李传峰同志的《烟姐儿》，我很是喜欢。可以说是近年来短篇小说创作中的一块璞玉。所以说它是块璞，是说它雕琢略嫌不够，但思想艺术上所达到的成就是应该称道的。这篇小说用非常纯朴的语言，以看来无技巧但确又别具匠心的艺术构思，写了新人的形象，为新人的生活唱了一曲动情的歌。当然，从严要求，还不十分完美；就像一部电影，剪接得还不够流畅，镜头的组接有些乱，但生活写得比较透，整个艺术形象很好。

李传峰同志似乎各方面都尝试，如《毛栗球》《退役军犬》《社长的晚宴》，还有散文，写得很有情趣。散文，是文学的基础。从生活中捕捉了诗意，又通过浓郁的诗情的笔墨，凝练而又舒缓地表现出来。我们民族有极好的散文传统。所以希望你放开手脚，只要是来自生活的真切感受，写出来对生活有益、有助，你就热情地写。但我有一个建议：对自己的作品来个回头看，认真地把自己已经达到的、确实属于你自己的东西找一找，究竟哪篇作品所表现的哪方面的特征是“我”的——我的气质，我的感情，我的生活所得，我的表达方式。通过你自己的分析、别人提醒、读者的评判，把这个认准了，然后清醒而又小心地保护着，自觉地坚持着，丰富着，发展着，于是，一个有特色的作家的创作道路出现了。过早地谈论一个创作者的艺术风格，或者创作者过早地、主观地造出个什么风格，都是无益的。风格，在创造性的艺术劳动中形成。然而，艺术特色的追求又是必需的。在踏实的创作实践中，逐步找出自己、找到自己，小心地保护着创作个性，发挥自己的优势，发展已有的创作特色，这也是一项艺术要求。

从这个意义上说，我觉得《烟姐儿》值得李传峰同志特别的重视。它可以算作你的一个目标。这篇作品的生活色调、语言特色和你所熟悉的生活风貌，你所喜爱的人物形象，和你对生活观察的深度，包括你个人的气质、情趣、美学理想，都有机地统一着。比方，你把对话的语言和叙述的语言区别得很分明；又比方，在朴素的描绘里强烈地抒情，又不脱离形象，都很好。就是要这样朴实地去描绘，通过那些看得见的生活形象的忠实描写，去表现那些看不见的情操、哲理、感情；以这样的精神产品，去感染人、启迪人。给生活以影响和推动。

我提议你们离开真人真事和生活的模拟远一点，把生活稍微变变形，这样就更真实。有时候为了写得浓烈，反而让焦距不那么准；有时候为了使生活、思想、形象和感情强化，略加夸张。总之，要追求质朴、浑厚、深沉、浓郁，在坚持革命现实主义道路的过程中创造自己的艺术特色，在有特色的艺术劳动中坚持革命现实主义道路。

特色的完美就是作家的成熟。

（1981年12月）

金色的路标

——重学《讲话》的几页笔记

我喜爱“路标”这个字眼，这个形象，觉得它比之仅仅说明跨越过的距离的“里程碑”，更多地向着前面，更富有指引的意味，也更耐人寻思。

大凡经历过战争，在扬着灰尘或是布满泥泞的征途上走过路的人，有谁不怀着温暖的感戴之情忆念着路标呢？在那夜气如磐的黑夜，在危机四伏、军情如火的战地，行进的队伍慢慢停住了。战士们搓揉着酸痛的腿脚、顶着凄风冷雨在等待。怎么了？辨不清路了。这时候，值星分队长焦躁地弯着腰，一步步地寻寻觅觅，忽然，在岔路口上看到了一根横搁着的高粱秆，或者，在地面上找到了一个石灰粉印成的箭头，于是人们高兴起来。“往这边走！”部队又前进了。

最近，在一个温暖的春夜里，重新阅读毛泽东同志《在延安文艺座谈会上的讲话》，读着读着，眼前浮起的正是这么一个联想。

是的，是路标，一个金色的路标。这个路标，汇入了毛泽东思想的总体；这个路标，四十年来，指引着革命文艺运动沿着一条正确的道路前进、战斗、胜利。来自四面八方的文艺大军里，有多少部队和战士，踏着这条路走向成长、成熟和成功啊！这个路标，禁受住了四十个春秋的检验，历史证明了它的核心和根本精神是真理。我们的文艺事业确实经历过劫难。可是，正当文艺和人民一道蒙受灾难的时候，当我们这么大的国家和民族没有了作家、艺术家，没有了小说和诗的时候，我们才深切地感觉到失去路标的可怕和可悲。而今，荡涤了敌人加在它身上的歪曲和污垢，拂拭过失落在它身上的灰尘，路标依然是路标，依然放射着真理的光辉。

过失应当抛弃，真理却必须坚持。历史留下的美好的、宝贵的东西，就要珍惜，就要举起来，高高地举起来。因为我们是在这个路标指引下，沿着这条路行过军、打过仗的战士。

文学，大约也有个“成本”的问题。

也许我想偏了？我觉得，文学的效益和近来常讲的经济效益有些不同。物质产品的生产，当然要尽力争取低成本、高效能；而文学艺术产品的生产呢，成本低了是不行的。这里，我指的当然不是书籍的印刷和电影的制作，而是生活的感受和理解。生活积累的丰歉，决定着作品的质量、分量和力量。

仔细看一看文学现象是有益的。50年代初期和中期，一批走下了战场或者还在战场上的同志，战争生活的感受在敲击他们的心，于是，他们铺开了稿纸拿起了笔。这时，喷吐出了多少好的文学作品又诞生了多少作家啊！这些作品，几乎凝聚了作者几年、十几年的生活。他们把自己的那颗心，连同这块方寸之地所吸收的民族和阶级的血泪，所蓄积的人民的爱和智慧，全部流向笔尖、倾到稿纸上了。这个成本该有多高?!

美的文学的诞生，反映了生活之源的美，也显示了这一真理的威力，它告诉人们：往这边走，投身激流，做生活和斗争的积极战士，在与人民生死与共的斗争中，用整个的心去热爱生活、感受生活给你的一切。于是，你成了生活的富有者。而这些挂在心尖子上的生活体验，被创造成了作品。

而那些用廉价得来的东西呢？道听途说的传闻，肤浅皮毛的印象，或者为图解概念而编造的故事，也许曾经和上述作品一起发表在刊物上，印进了书里，然而，因为成本低，成就也低， 成了文学史上的过眼云烟。

生活是海，作品是浪。

可是，只讲这一层好像还不完全。只讲海里有鱼，仿佛只要提着渔网去捞一下子就成了；这，并不是生活与创作关系的全部。波翻浪涌的大海，既潜藏着无尽的鱼虾，也造就着打鱼的渔夫，只要他敢于扬帆出海。生活，广阔无垠的社会生活，对于文艺创作所以如此重要，就因为：它既孕着文学艺术，也育着作家艺术家；而且把两件产品一起降生到人间。

据说，在教育学上有一个很妙的说法：

是给学生以饼干呢，还是给他们猎枪？文学上也是，不过已经不只是给予方法的问题了，它还有着更深的哲理意味——到山林里去，仅仅是给饼干，即使有人给，又能吃多久？手里有支猎枪就不同了，不但可以源源不断地获得食粮，而且，更重要的是使他在猎取的过程中成了猎人。

“生活为我出新意，我为生活传精神。”画家石鲁的这两句诗，不仅披露了艺术家自己的情怀和胸襟，展现了他的美学理想，也深刻地揭示了生活和创作者之间的关系的哲理。深深地进入到人民的社会生活之中，不只是找到块土壤去耕耘、播种、收粮食，获得塑造的对象；同时又接受人民对创作者头脑这块土地耕耘、播种，使塑造者的灵魂绿柳成荫，充满春意和生机。

正确认识和处理好“生活”和“我”的这个关系，并不是那么容易的。

排斥了文学对象是生活，便自然走向了自我；越是趋向自我，便越是远离了生活。

不错，在文学与生活的中间，是有一个自我在。这个自我，只是在两个方面有意义：其一，必须努力使自我这个主观和社会生活一致，才能正确地反映客观世界；其二，在感受生活和加工文学产品的过程中，创作者的自我状况，比方性格、气质、生活道路和修养，对于风格的形成有着重要作用。

但是，如果认为文学的对象只是自我；文学就是表现自我，就近乎荒唐了。一个作家离开了人的社会生活，只看着个人生活，不管有没有美学价值，一个劲地只是面向自我和面向自己的内心，那该是多么狭小又多么荒凉?！一句话，“鸡蛋壳里发面——没有多大开头”。

和社会生活相较，自我只是一滴水。何必把个人当成了大海?何不把这一滴水放进海里去?

深入到人民生活的激流，不只是作家的义务，也是一项神圣的权利。

1962年，听一位30年代的老作家讲《文心雕龙·熔裁》。出人意料地，一开头，他却用低沉的声调说道：“过去，我们想到工农兵当中去，去不了——敌人不让我们去呀！”说到这里，老作家的眼睛湿润了。从这双眼里，我看到了饱和着感情的至理。

稍后，我读到了关于鲁迅和陈赓将军秘密交谈的回忆和那幅传神的画。这位反对文化“围剿”的主将，多么想亲手描绘反对武化“围剿”的斗争画卷啊！然而，他的愿望没能变成现实。

当过去求之不得的权利已经夺到了手中，当前人梦中的玫瑰已经开在眼前，干吗要抛弃它，用自己的脚去践踏它呢？

在“保密”等级里，文学艺术产品大约是最低的了。当它被制作着的时候就有了这种性质：是给人看的，给尽可能多的人看。

于是，就发生了个问题：为谁创作，给谁使用？

最近，读到文学前辈张天翼同志一段话。他说：作者心中要有底，一是写出来的东西要使群众看了有益处，受到良好的教育；二是群众爱看。这位文学老人在磨难之中丧失了语言能力，但这写下的语言却振聋发聩！

有益，爱看，几乎包举了我们的文艺为人民服务、为社会主义服务的全部问题。

没有哪一个军人不知道武器的重要。一篇短篇小说、一首诗，发表在刊物里，编进了小说集、诗集，于是，作者就走进了文化的军队，编入了战斗的班、排；作品就成了一列钢枪里的一支锃亮的枪。

值得认真想一想的倒是：武器，是不是起到了团结人民、教育人民的作用，是不是帮助了人民。

对于文学，要是既能从文学本身去认识，又能从文学以外去认识；从革命的需要，从人民对文学的要求去看，那该多么开窍啊！

任何动人的文学，都是一定的深刻思想的体现。认识文学的价值，就不能不重视文学的认识价值，就不能不追求文学的教育作用和思想力量。

我常想，是什么东西促短了某些文学作品的寿命，使它生命力微弱得像晚风里的炊烟。原因当然很多。可是对于生活缺少深入的开掘和深沉的思索、作品缺少深刻的思想意义和思想力量，总是一个重要的原因。一篇作品摆到读者的膝头上，如果没有思想的启示力，没有引起心灵震颤的震撼力，没有引人向上的鼓舞力，没有影响人思想感情的感染力，怎么能设想，这样的作品会久久地活着？短篇小说，成了短命篇，常常因为它先就是短见篇。

绝不能把教育效能逐出革命现实主义。绝不要把公式化、概念化归罪于教育作用的强调。那种没有出息的文学教条主义所以损害了文学，公式化、概念化之所以令人讨厌，不是因为创作者重视了作品思想性和教育作用，恰恰相反，是因为它本身就是轻视活生生的生活，并且甘当思想的懒汉；不会也不能自己从生活里发现思想和形象，而只会复述别人的思想和照抄标语口号，这才把作品变成了不能教育人也不能感动人的嚼剩的骨头。

人民欢迎和期待着能够提高精神境界的文学。一个时代的精神文明，要在不断提高的过程中创造出来。

所以，鲁迅把文学叫作“引导国民精神的前途的灯火”，而厌恶“使人变小”的艺术。

适应是可以的，适应是为了提高；迎合是不好的，迎合不是普及，而是文学艺术的自我作践。

古往今来，所有正直的作家都是有所为也有所不为的。不为低级庸俗，使他们写出境界高尚的文学作品。

一个姑娘看到了一种流行的服饰，去照样做一件；或者一个少妇学着时髦的款式描了眉毛，低声问一问爱人：“画眉深浅入时无?”这都是无可厚非的细事。然而，一个作家趋时尚、赶时髦，把一些庸俗的东西塞进自己的作品里，去迎合部分读者的不健康的趣味，“媚悦大众”，却是可悲的。

在我们的旗上，庄严地写着“党的文学”。

什么东西都有自己的属性，作家和作品也不例外。社会主义的文学事业，是党的整个革命事业的一部分。这，用不着含含糊糊，倒是应该认真地、经常地谈论，把党和文学的关系这题目谈得更清楚、更深透。

那种把党和人民对立起来，把党和党内的敌人混同起来的观点，是荒谬的；自称是代表了人民，站在党之上、党之外，疾言厉色地指斥和“审判”党的行为，也是荒谬的。

据说，在球场上，裁判员是看不到好球的，因为他眼睛盯着犯规的，只顾吹哨子。只有球场上的奋斗者，只有观众台上热心的观众，才能看到好球，才有胜利的欢欣，并且真正感到和看到球队的失误。还是站到党和人民之中来吧。因为，社会主义事业不管怎样年轻，也是包括作家在内的人民自己的事业。作家永远不是生活的冷眼的看客，更没有人委托你去“审判”；只有在和人民一起奋斗中，才能获得真正的清醒和强烈的热情。

要分清是非，也要权衡利害。这，当你和党与人民一致的时候，就能够正确地解决它。

一个外国作家说过：“每个作家的内心都应该有个审查机关。”这个写过许多反映保卫他的祖国战争的好作品的作家，并不是共产党员，然而，对党和人民的热爱，使他得出了这么个清醒的结论。

关键是立足点——站在哪里看生活、表现生活。

社会主义的文学，只有切切实实站在无产阶级和人民的立场上，才能创造出来。

有人说，杜鹏程是“皱着眉头看生活”，有人说，马烽是“带着微笑看生活”。可是，看看他们的作品就会发现；他们的作品都一样渗透着革命精神，受到人民的喜爱；因为，他们都是站在革命立场上看生活；作品，都是血管里流出的鲜红的血液。

那么，党犯错误的时候怎么办？是不是就可以离开党性和党的立场，站在所谓的人民立场上观察、写作了？不！党犯错误，是由于背离了正确的指导思想，背离了党性。只有站在真正的党的立场上，才能辨明是非，改正错误。

经历了十年劫难的党，从灾难里走出来的党，正在总结历史经验，努力恢复自己的形象，恢复得像过去一样伟大、光荣而正确。在这艰苦的斗争中，文学应该帮助党，因为它是党的文学。党，和人民利益高度一致的党，永远是作家心中的海，心中的旗！

文学是写人的。

作品要塑造各式各样的人物。当我们在近年来的文学里看到了这个“各式各样”的时候，是何等令人欣喜啊！有人说，这里头有的是闰土的后代、阿Q的儿孙，这也不要紧——总是多了一式一样，同样可以概括生活而具有美学价值。

可是，就我的爱好来说，我喜欢高尔基说的那个“大写的人”，我还是喜爱着正面形象、英雄人物。特别是军事文学里，我更期待着新英雄形象的大批诞生。

塑造美的英雄形象，这不是哪一个人随意定出来的。它是由生活本身和社会主义文学的性质决定的。有什么样的历史和现实，就有什么样的文学。社会主义是英勇豪迈的英雄事业，文学就应该有英雄形象的位置。

我从不反对对危害人民的事物进行暴露，然而，我却相信：黑暗不能用黑暗去把它照亮；要驱除黑暗，还得热量和光明。

我拥护写真实。说真实是文学的生命也不错。不真实，还叫什么文学艺术？驱逐了虚假和无情，使文艺成了真正的文艺，这是个实实在在的胜利。

然而，现实主义并不是真实主义，不等于平庸的实在主义或者狭隘的实用主义。席勒说："真正美的东西必须一方面跟自然一致，另一方面跟理想一致。"这是一句真话，也是一句好话。

所以，我以为：写真实不是革命现实主义的旗。

所以，我以为：革命现实主义的旗，是典型性。

把公式化、概念化的罪过记到写英雄人物的账上，我觉得极不公平。朱老忠、许云峰、董存瑞、王成，连同保尔·柯察金，这些形象的出现，都在"三突出""高、大、全"这些字眼出世之前。而这些艺术形象和他们的忘我、献身精神教育了多少人啊！形象和社会效果都禁受住了历史的检验。

不必唯英雄是写，也不要鼓吹"非英雄化"。只讲写平凡普通，甚至写些卑微的感情、庸俗低下的形象，这才毁坏了社会主义文学事业。

还是塑造社会主义新人好。有什么样的人，就有什么样的国。有了叱咤风云的社会主义英雄，祖国才有光辉灿烂的未来。

文学又是人写的。

作家研究对象里，头一个就是自己。

只有不懈地陶冶和净化创作者的头脑，使它美好起来，这个头脑才能加工制作出美的文学，创造出文学的美。

（1982年4月）

塑造好社会主义新人，首先要做个社会主义新人

我原来是写小说的，后来又学着写电影，有些青年同志写信问我，你原来写小说，现在写电影，你有什么体会呢？我想了想，体会有一条：搞小说也好，搞电影也好，搞其他的文学形式也好，写的是看得见的，其实要写的是那个看不见的。干了七八年，我就学了这么一句话，就是通过那个看得见的，看到那个看不见的。这就是电影，这就是文学。也许我说得太简单了，但的确是这样。你坐到银幕前面，或者你打开一本很好的小说，你看到那个来似奔马，去如逝川的画面，或者是你看到一章章一节节的小说，你所看到的是什么呢？你看到了你所看见的，你想看什么呢？你想看到那个看不见的，看到思想，看到性格，看到感情，看到道德情操。的确没有哪一个作家拿出四两爱情或者半斤道德来给你，但是他的作品中就有。那么，怎样能通过看得见的，让读者看到那个看不见的，使得文学作品的效能得到最大的发挥呢，使欣赏者得到很大的满足呢？萧老告诉我们，要长期地深入生活。钟老告诉我们说，你要思索，首先要做一个好的新人，做好的战斗者。绍棠同志把这个总括

起来，就是文学是写人的，又是人写的。这些话说得多好啊！大概就应该这样，才能够写出那个既使人看得见，又使人家看到看不见的那种好的文学艺术作品。在这里我只想补充一点，就是要使人家通过你的作品看到了那个看不到的东西，那么你自己先要看见并且拥有那个丰富的看不见的东西，要有很高的思想，要有很高的情操，要有深深的、强烈的感情。你有了这个，把它放进你的作品，放进了你的小说和电影，那么就有可能使读者看到。你有多少，你就能够给人家多少。这几年来的文学创作，是在走着蓬勃发展的道路，出现了一个前所未有的大好形势。借着这样一个东风，我们应该把我们的文学提高一步。我想，要提高，就从这里着手——提高作者的思想水平和开掘洞察生活的能力，分析认识生活的能力，从生活的现象里看到生活的本质，并且把你最美好的东西挖掘出来，把它献给读者。最近参加了《中国青年》"五四小说征文"的评奖会议，在那里提出一个题目，叫作"文学青年"和"青年文学"。在一定意义上说，我们祖国的文学就是青年的文学，青年写，写青年，为了青年而写，塑造一代新人的这样一个新的文学。这个文学要靠几代人共同来完成。因为我们赶上了这样一个时代，这个时代，按我理解，就是几代人一块上战场的时代，一块进课堂的时代（当然，咱们也一块去医院，医治十年浩劫造成的创伤）。让我们一块进课堂，学会我们应该学会的课程，让我们一块上战场，为塑造一代新人而战斗。

形势是非常好的，为了青年的文学和文学青年，这样一个讲习班办得非常之好。这个任务很重，要想把我们祖国的文学事业推向一个新的高度，任务是很繁重的。让我们努力吧，让我们学习，让我们很快地治疗好我们的伤病，走上战场，走进课堂。作家不能把自己没有的东西给别人，在这个意义上，做一个新时代的新人是多么重要！首先你是一个新人，你的笔底下才能够出现新人。我们处在这样一个形势下，祖国的人民在看着我们，看着我们的文学战线，她希望在我们文学队伍里面出现文学的郎平和孙晋芳。我也相信，我们的青年同志们，你们正在成熟，未来的文学上的郎平、孙晋芳就要在你们中间产生。我希望着，我等待着。

（原载青年文学创作讲习班《学习与创作》1982年第4期）

为革命战争传神

——军事题材文学创作断想

一

我喜欢这么两句诗：“生活为我出新意，我为生活传精神。”每一吟哦，便生出一番遐想。后来，干脆写个字条贴在墙上，并且随手把它引到一篇小文章里去了。

我所以觉得它好，是因为它相当深刻地阐发了生活和创作之间的关系，而且饱含着感情的汁液，又披露了诗人的情怀和胸襟。我所以喜欢它，还因为它道出了一种美学理想和艺术追求。大约因为诗人本身便是一位独具风格的中国画画家，他所说出来的和他画下来的、追求的都是一样东西，就是为生活传神。

于是，我心头一亮，想到了文学，想到了军事题材的文学创作。

作为军队文学和文学军队里的一个兵，从入伍到演练队列、举枪瞄准，为了能做一个战斗的兵，曾经读了不少描写军队和表现战争的小说，古典的，当代的，中国的，外国的。甚至自己也忍不住学着写了点有关军队和战争的小说。使我自己觉得奇怪的是，爱读，并不是读了都喜爱；热情地写出来的，却往往不能燃起读者的热情。

是谁夺走了阅读文学的欣赏者那由衷的喜爱和火样的热情？这怨不得读者。正是作者自己，让作品变成了“没有蜡烛的灯笼”，透不出亮光，不能照亮什么，也就只好扔进墙角里。

细细想来，失败的作品，就像闹了纠纷的家庭一样，各有自己的不幸；而成功的作品呢，看一看文学的历史就知道了，在惹人喜爱的诸多因素之中，有一种幸福是相同的，那就是：作品一定是在某一点上，传出了描写对象的精神，是传神之作。

文以神传。传神，作品才能有生命，才能久久地流传下去，传到很远很远的地方。

二

描写人民军队、人民战争的军事文学，有没有一个“传神”的问题？我想，应该是有的。

欣赏一幅画得很好的中国画，无论是气势雄浑的还是意境淡远的，都会感到里边有一种灵气，一种气韵。阅读古典诗词，不管是豪放还是婉约，都能从中得到一种境界，一种意蕴。这，因为它们都艺术地传出了特定的生活的味道，生活的精神。描写革命战争的文学作品，当然在内容和形式上都有自己的某些特点，但是，它既然是艺术创造，就要传出这方面生活的神韵；传神，也就依然是一项重要的艺术要求。

传神，作为一种文艺要求，不是什么人的主观臆想，而是由生活本身所决定的。革命战争生活本身就充溢和浮泛着它特定的内在精神、生活风貌、意境、情趣；它就像人身上的血液和神经，充溢在军人和战争生活里。文学作品有了它，就青翠、水灵，就是活的。

应该说，在我们军事文学的库房里，已经有了不少色彩特异，为战争传神的佳作了。然而，在这些作品旁边，也还有很多只是叙述战争的外在过程，不写内在精神，只求形似而不求神似的作品。这些作品，文学的构成差不多都有了，就是不够空灵，缺少气韵，不传神。

我们的作品往往写得太实了。

三

革命战争是阶级的脉搏，是血与火的斗争，它是严峻的，甚至是严酷的。正是这长期严峻的战争的深处，蕴蓄着无尽的革命精神——由于充分认识斗争的艰辛而焕发出的革命英雄主义气概，和由于相信自己的事业必胜而具有的革命乐观主义豪情。

我们的军事文学，应该是传这种精神的文学。

为这种精神传神的文学作品，永远不应担上什么“渲染战争的恐怖和苦难”的罪名。

怕的倒是传不了神。当只注意战争的外在形态，而发现不了这种内在的美的时候；当不是从活生生的战争生活出发而图解某个概念的时候，就连血和火也会写得失去了颜色，变得苍白了。

我非常赞赏当代一位作家说过的话。他说：“创作似乎是作者和生活两片火石相击而迸出的火花。”他写出的像《船夫曲》那样充满着高亢激越之情的散文特写，就为这话做了注脚。是的，是火花。那些描绘了美的军人心灵和壮丽的战争精神的传神之作，哪篇不是撞击出来的火花呢。

我喜爱《谁是最可爱的人》和《黎明的河边》。觉得它们都是火花，而且是碰撞出来的。

我爱《天山深处的大兵》，因为它也是火花。它毫不回避社会生活的严峻，也不躲闪斗争的艰苦和血泪；正是因为探求的是神似，所以把今天的军人写得那么美，简直是诗化了。

四

革命战争生活有许许多多的侧面，作者有多种多样的角度；只要是为它传神，无论从哪里看，都可以看到绚烂的光彩，就像在阳光下看一块宝石一样。

传神，就要描绘出战争生活的光彩。

不知道是谁最先把文学艺术作品比成是鲜花的。打出这么个比喻，实在令人感戴。作品是花，创作就是创造花朵的事业。

迷人和艰辛全在这里了。

要紧的是鲜活，像生活本身那样鲜活，带着露水珠儿，散发着幽幽的香气。一句话，透着战争生活那种味道，使人觉得独特，真切，很美，很可爱，看着看着就想去亲身过一过。因为，读者阅读文学作品，除了获得认识价值和艺术享受之外，还想看一看别人是怎样生活的，那种生活怎么样，什么滋味。

可是，由于我们无能，或者压根儿不知道生活的光彩就是作品的神采，把作品写成了失神的木鸡和脱水的青菜。正是这，给军事文学造成了“非战斗减员”，损失了真的活的作品，少开了许多美丽的花朵。

传神的作品就不同了。我至今还保留着初读《三月雪》的那种感受，而且什么时候读，都仿佛看到了“那飘着清香的早开的花三月雪”。如果说这篇小说篇幅长一点，写得舒缓，生活的味道是慢慢流露出来的；那么，《荷花淀》《百合花》却像它们的篇名，从头到尾都弥漫着浓郁的生活香气。

传神之笔也正是生花之笔。

五

还有一种引人的作品，通篇浮泛着一种独特的“文气”，一种气韵。有时候，甚至是把生活略略变了点形，或者折了一下光，然而，作品却实现了艺术的真实，使人更真切、更深透地看到了战争生活。

都德的《柏林之围》，也是写战争的，描写的像是一件不可能发生的事情。可是，却独到而又深邃地写出了一个军人的心灵。那充溢在作品里的爱国热情和军人荣誉感简直要从作品的边缘上流出来了。

它使我想到了虹。虹，是阳光和雨雾造成的，然而它既不是阳光，又不是雾气，而是两种东西在一定条件下巧妙地创造出来的自然。

为什么不可以有一些像虹一样的作品呢？是它又不是它，就在似与不似之间，而且又曲折地反映了它那梦幻般的神韵。我读短篇小说《万妞》的时候，就产生过这样的感觉和向往，因为它传了神，使人看到了战争以外、以内和以后。

六

火星，花朵，彩虹，这些为革命战争传神的东西在哪里？

反正它不在一般化的形象和平庸的构思里。那种放在哪里都合适的“通用”件，是放在哪里也不合适的，怎么能进入传神的笔墨?

是不是可以说：它在特殊里——在精巧的艺术构思之中，附丽在独特的艺术形象上。

创作，研究共性是必要的，可是研究个性更重要。在一个不短的时间里，我们有一个较大的轻忽，就是不那么重视研究特殊，把握特殊，通过特殊来为革命战争传精神，而是轻易地走进了最不该走进的境地：让事件湮没了人物，让共性湮没了个性。

艺术的真正价值是它的不可重复性。这方面，歌德有一段话是很有道理的：对个别特殊事物的掌握和描述，是艺术的真正生命。

当然，追求特殊，并不是情节猎奇或者在“写什么”问题上比大胆、充好汉，而在于作家在战争生活里获得了独特的形象发现和形象感受。

小说《西线轶事》创作的艺术经验，是富有启示意义的。作者接触了当代的青年人，有了独特的感受和理解，从纵的横的都比较大的幅度上掌握了一代人的特定的内在精神，并倾注了诚挚的感情；在前线，这种从生活里发现的独特的新意，更进一步被强化了，为生活传精神的作品就是这样地诞生了!

七

一切为革命战争传神的佳作，有一个共同的灵魂，就是真情实感。

可是，让这个灵魂在作品中活起来的，却是艺术创造的力量——想象力。

我们常常干一些糊涂事：在深入生活的义务上，往往不够老实，不能老老实实、尽心竭力，而在进行创作的时候，却又太老实了，过于拘泥，轻易地放弃了创作者的权利，扔掉了艺术创作所应该有、必需有的虚构和想象。

从创作者进入到生活里，到生活进入到作品里，不是一个机械搬运的过程，而是一个备历艰辛的创造性劳动。搬运是比较容易的，懒汉才喜欢这么干；可是，把生活里的真实搬上稿纸，并不就是艺术的真实。许多平庸的东西就是这么搬成的。创造就不同了。不要把作者的思想情感困在一个窄小的天地里，捆在一两件具体事情上，而要尽可能让想象的翅膀飞腾得很高很高。

传神，就要离真人真事稍稍远一点。

传神，还要站得比生活略略高一点。

八

文学，以革命军人和革命战争作为研究和描写对象的军事文学，要在创作实践中提高、突破，是一个艰苦的学习和探索的过程。

探索，就是寻找那种过去还没有的，或者有了，还不够多、还要更提高的东西。这其中，传神是值得探求和追寻一番的。

（1982年6月）

短篇小说的发现与表现

今天，想以漫谈的方式，谈谈短篇小说创作中一些具体问题——和大家一起研究一下短篇小说写作的技巧。

关于文学写作的技巧问题，最近报纸上传达了巴金同志一句非常精辟的话："创作的最高技巧就是无技巧。"这是使搞创作的人开窍的话。我理解，这句话的意思，并不是说文学写作不需要技巧，或者说，没有技巧也一样写出好的作品。而是说，要认真地研究文学创作的规律，重视技巧，钻研技巧，并在创作实践中认真地运用技巧，才能经过长期的磨炼，争取达到"无技巧"这样一个高的境界。

最近一个时期，思索文艺现象，想到了这么一个问题，就是：把小的东西写透；或者说，把生活写透。今年年初，我参加了文化部对去年影片的评奖活动。在观摩学习这些影片的过程中，慢慢地发现，一些好的和比较好的影片，它们所以获得相当的成功，细想其艺术经验，大致是两个方面：一个是把小的东西写透，一个是把大的东西写活。电影是这样，短篇小说是不是这样？我觉得，就短篇小说这个艺术形式来说，把小的东西写透，更有特殊的意义。可以回想一下，古今中外能引人动情、令人难忘的许多优秀短篇小说，不就是渗透着这样一条艺术经验？这些作品就是抓住了一个看来不大的东西，把它写开了，写深了，写透了。

我自己写过一些短篇小说，现在看来，凡是还值得看看的，还是那些把不大的生活侧面写得比较透的。

总之，把小的东西写透，是一个值得重视的艺术经验；甚至可以说，短篇小说就是把生活写透的艺术。这么说，合不合创作的规律呢？我认为，它就是文学创作中的一个规律，一个重要的艺术要求。

同志们都是从事业余创作的。只要搞创作，就有两个大矛盾摆在我们面前：一个是，生活的无限丰富性和作者占有生活的局限性，是矛盾的；一个是，文学又要反映生活，要在你的作品里创造出一个完整的艺术世界，来解释生活，评价生活。这两个矛盾问题怎么解决，怎么去统一？就是“以小见大”。其实，“以小见大”并不是什么新鲜的见解，鲁迅早已经明确地指出来了。他说，短篇小说就是通过描写伽蓝的一雕栏、一画础。短篇小说不一定写那整个寺院庙堂。就写一截栏杆，写廊柱下的一个石头礅：通过那么一点点雕刻，让你看到、认识到整个寺院的宏伟。以一目尽传精神。所以，无论从实践上还是从理论上，我们都可以看到：找到一个小的东西，并通过它把生活写透，这是短篇小说这一艺术形式的特性，是一种艺术要求。从这么一个带规律性的问题上去认识短篇小说，去体会文学创作的迷人和艰辛，是很有意义的。认识了这点，从这里开窍，使写作劳动更符合客观规律，更多一点自觉，那么，作品就有新意，就有深度，就可能有比较长久的生命力。

说到这里，还需要补充一句：这里所说的“小的东西”，指的是那种能够“见大”的小，是“微而足道”的小，实际上追求的恰恰是有较大思想和艺术容量的、艺术上是重大的东西；而不是寻求“微不足道”，写些平庸琐屑的事情。

既然把生活写透是短篇小说写作上追求的一个目标，那么，我们就应当研究一下，怎样才能实现这个要求呢？

首先，我想说一个感受比较深的问题：发现。

我曾在一个谈论文学创作的发言里说过：短篇小说，在一定意义上讲就是发现；短篇小说创作的才能，就是发现的才能。若想把生活写透，那就需要从寻觅和发现入手，善于从生活里面找到自己的描写对象，找到那个用以“见大”的小的东西。实际上，短篇小说的创作就是一种探索、寻觅、发现的过程。

我们常说短篇小说就在生活里；但需要解释一句，它又不是平摆浮搁在那里，仿佛伸手一抓就抓出来。它是在生活里潜藏着的，从生活里去发现短篇小说，这是创作技巧中的一个重要环节。从作者进入生活里，到生活进入作品里，首先是一个艰苦的发现过程。写作的技巧，不是当你拿起笔、铺开纸的时候才去考虑它，而是从你感受生活的时候就开始了。你对生活的体验、感受，就是对短篇小说寻觅和发现的开端。

许多好的作品，作者的最初感受，常常决定着它们的生命。所以，培养这种对生活的敏锐的感受能力，使自己能够从生活里看到、找到和感受到艺术的东西，是一项重要的文学修养。我的短篇小说成功的不多。只是从写作来说，大凡在生活中感受得深一点的，或者说，一些真情实感当时是从我心尖子跑过去，并在心头挂住了的，写的时候就比较顺当，写出来觉得有点味道，作品生命力也比较强些。回头来看看，原来从接触这一生活的时候，也就是最初感受的一霎，就已经找到了它，发现了它，抓住了它。比方，那篇《七根火柴》，篇幅很短，只有一千九百字；事也很小，像它的题目一样“小小不言”。读者觉得它把长征生活反映得还比较透。这篇小说的构思，也是从一个不大的，然而又是戳人心尖子的形象感受开始的。获得这个感受的具体情景记不真切了，好像是一个领导同志给我讲他过雪山时的情形，暴风雪袭来，有的同志被吹到雪山山谷里去了，没办法抢救，转眼就被积雪掩埋了。在千年积雪上，就伸着一只手。这番谈话全部内容和整个故事我没记住，不知怎的，我的眼前却牢牢地留下了一只手。一只手，就是我得到的一个强烈的感受，也是我的一个艺术的发现。当然，事后想来，这个感受又不是凭空而来的。我在战争年代曾经看到过很多这样的手，握着枪的，拉着同志的，各式各样的手。比如，1945年6月的新汪战斗中，当时我年龄小，在战地包扎所护理伤员，给伤员喂西瓜水。当主攻团政治处曹主任被抬下来时，我赶紧跑上去，一边用一块棉纱给他擦胸部伤口涌出的血沫子，一边扶起他，给他喂西瓜水。喂了几口，他醒过来了，把我的手推开，说了一句：“不用了。”那是我第一次看到自己的首长临死前的情景，我哭了。他说：“哭什么？不是还有你们在吗？不哭，要让敌人哭！”说完，他推我的那只手僵住了，再也没拿回去。这只手，在我一个十五岁的孩子的眼里是忘不了的。我还见过另外的一只又一只难忘的手。这么些手，这么些关于手的直接的感受，都向着雪山上那只手靠拢、凝聚。于是，我有了属于我自己的发现。心尖子上有了，作品写起来就容易了。雪山上的手不容易表现，就把它搬到了草地上；再往空着的手里加上了党证，党证里又夹上了火柴。短篇小说找到了，战士的手和战士的心一起被发现出来，得到形象的表现。

在这里，举出自己写作上的一个实例，只是想说明：发现，对于把生活写透来说，是重要的，而发现又是从感受开始的，同志们在生活中或多或少都有自己的直接感受。凡是使你感动过的东西，使你感情发烫、心头发颤，曾经激动不已的东西，都是文学创作中的至宝；它既是创作的艺术材料，又是创作活动的发端。在生活里，并不缺少美的人，人的美；对于我们来说，缺的常常是一双发现的眼睛。这种感受力的培养，则是写作技巧中很重要的一个方面。作为一个搞文学创作的，就要有这么一种能力，一种本事，要有这么一种素质：生活从你面前一过，别人可能不注意，而你，却已经把里面最亮最美的火花和花朵放到自己的心尖子上了。或者说在同历共见的生活里，找到了独独属于你的那种东西。自然，培养起这种本事，也不那么容易；不靠运气，也不靠小聪明，必须有对生活的极高热情和长时间的专注的注意。只有辛勤地上下求索，才能取得那珍贵的一星半点。

其次，讲一讲：思索。

感受，真实、独特而深切的感受，是创作的前提，也是作品艺术发现的开端；它为写透生活提供了可能性。但是，生活感受并不就是短篇小说。把写透的可能性变成现实的好作品，还要付出艰苦的艺术劳动。就像你那生活的篮子里，已经撷取到了青菜、萝卜……它鲜嫩、青翠，但还不能放到饭桌上。在这种艺术加工的劳动中，重要的就是对生活的思索和认识。因为，要想把生活写透，先得把生活看透。所以，在获得了真切的感受的同时和以后，还要下另一番功夫，要把许许多多的问号投放到你的体验、感受和积累上，从这些看来不大的生活感受、艺术材料里，认识出那本来就蕴蓄在里头的深刻内涵，努力从小的东西里“见大”，也就是对生活深入的开掘，深沉的思索。

我常常收到一些作者寄来的短篇小说或者电影文学剧本。在看过作品给作者回信的时候，我常常写上这样一句：“不要把没有经过思索的东西，写到稿纸上，送给读者。”这是我心底里的一句诚实的话。我们搞创作，不是照搬生活，而应是生活的揭示和创造。短篇小说的艺术容量和深度，是对生活感受和创作题材进行开掘的结果。一位19世纪外国作家说过这么一句话：创作，就是思想照亮了生活的行囊。这话说得真好！生活，要被思想去照亮，才有意义。对于我们来说，就是用先进的思想照亮你的生活感受。照亮了，生活才通明透亮，泛出它固有的美和光彩，才有审美价值和认识价值。所以，每一篇短篇小说，不管你写的是什么，意境如何，追求的是什么样的色调，不管倾向隐蔽到什么样的程度，它毕竟应该是一定深刻思想的表现。我拥护文学的真实性；在一个不短的时期里，虚假确实深深地伤害了我们的文学。但是，我又不同意说，凡是作者在生活里所看到的都是真实，都是我们所追求的艺术的真实性。我赞美倾向的隐蔽，平直浅露恰恰极大地削弱了艺术的力量。然而我又不喜欢那种不知所云，看不见思想，也看不见作者感情态度的作品。我们追求深刻的思想内容与完美的艺术形式的统一，反对创作中的公式化，概念化。但是，把思想性看成是概念化的病根，却是不公平的。概念化的产生，正是由于思想上的懒惰，不肯思索生活的结果。而重视思想力量和认识价值，却正是我们追求的一个艺术目标。

这几年，我写小说，也向电影艺术学艺，慢慢琢磨到这么个道理：我们的阅读文学或者视觉艺术的电影，都是给人以看得见的形象。可是我们实际追求的，却是使读者、观众看到那种看不见的东西。比如，看黛玉葬花，你可以看到园林、春景、落红满地。看见一个纤弱的女子怎么扫花、埋花……但小说真正指给你看的，不只是这些景物、行为，而是人物的内在性格和情感。这样，读者在受到强烈的艺术感染的同时，也由衷地赞叹作家高超的艺术技巧——因为他让你看见了看不见的。通过看得见的外在，表现看不见的内在，是文学的技巧。而为了让人看到，作者自己首先看到，则是技巧的要求。

为了写透生活，要敏锐地感受；而当你从生活里发现了描写对象，严格地选材之后，又要认真思索。把生活挖开，挖深，尽可能挖到别人所没有达到的深度，获得含血带肉的、对生活的真知灼见。这是很重要的。对生活的开掘、思索，题材的典型化和提炼，是艺术技巧的重要方面。肤浅和平庸，常常是由于缺少了思索。

第三是：构思。

在生活里获得了深切的感受，又经过深入开掘、思索，摸到了生活的底蕴，这实际上已经向着把生活写透前进；或者说，已经开始了未来作品的构思。这里说的构思，就是把感受凝结起来，对题材进行提炼和加工改造，构成一个新的艺术世界的这么一项具体的实践。

构思是什么呢？我觉得，就是给你要写的人物找到和安排好最能表现他的性格的环境，让人物形象活起来，实现思想和形象的统一。

我们的艺术目标是塑造典型环境里的典型人物。这话说说很容易，实际上是一种很高的艺术要求，做起来很难。短篇小说，为了把一个不大的生活断面写准确，写深透，让人物在能够表现其性格的环境里活起来，在进行艺术构思时，有这么几个方面是应该想到的：

一个是，要找一个恰切的角度。在构思短篇小说的时候，究竟从哪个角度上看过去、写进去，能使你的人物性格最清晰、最鲜明地展现出来，使你的人物形象和你要表达的思想统一起来呢？我构思小说，感到最费劲的就是选择这个角度，琢磨从哪里写进去。

道理我讲不清楚，说个实在的例子吧：我喜欢都德的《柏林之围》，它和另一个姊妹篇《最后一课》，都写得极其精彩。在成功的种种因素之中，我看有一条就是角度选得好。他所描写和概括的东西，可算是够大的了——写普法之战，写法国人的爱国主义精神，但是，他却举重若轻，以小见大，只写了一个军人的病中的心情；而且，通过这么个独特的角度，搞了一个非常妙的构思。他写一个老军人，患了很重的心脏病，躺在床上，却天天想知道法国军队打得怎么样。前线节节败退。医生和他女儿知道不能把这样的消息告诉他，就拿了报纸，自己编了一段假消息，念给老军人听，说法军在哪里哪里打了胜仗。老人听了很高兴，还回想自己当年曾经在那里打过胜仗，是怎样打的；分析战局会怎样发展。他对法军的胜利，深信不疑。有一天，他突然听到鼓乐之声。他想，这一定是法军得胜凯旋了，于是挣扎起来，穿上当年的军装，把所有的勋章都佩戴好，蹒跚着走上阳台，要看一看胜利归来的法军将士。一看，原来是普鲁士军队进城了。这时，他惨叫一声倒了下去。小说到这里就完了。作者通过这么个角度，把爱国主义热情和一个爱国者的形象非常独特又非常深刻地表现出来了。

找角度，是构思的一个很重要的方面。我写过一篇小说《亲人》，感受倒是真切的：1957年，我访问过一位老将军。采访时，我发现他的父母都在家里，但住不到一起。原来，这位“父亲”，并不是将军的生父，是战争中受战友临死前的嘱托，胜利之后接来赡养的烈士的父亲。这个偶然得来的感受使我很受感动。它触发了我关于革命友爱、人和人关系的许多体验，也激发了创作的热情。于是我发现了，找到了自己的艺术材料。我就想写个东西，表现我们革命军人的阶级情义和人与人关系的一些看法。但是如何写进去，选什么角度？却费了周折。是从老人找儿子的角度写，还是从儿子认父亲的角度写？虚拟了几个思路，都不满意。有一天晚上看完戏回家，就在拥挤的电车上，一个念头闯进了脑子里：就从将军得到“父亲”要来看望的消息写起，写一次尴尬却又诚挚的会面，写会面前后这个老战士的内心感情。理想的角度找到了，我把它抓住了。由于注意了角度，《亲人》这篇小说，在构思上多少有了些匠心。

和选择角度联系着，还有一个作者的笔应该跟着哪个人物走的问题。在一篇篇幅不长的短篇小说里，或者长篇的一个段落中，笔墨最好跟定一个人，通过这一个人物的角度、心理、情绪和视线，去展开情节，描绘环境和刻画形象。这样做的道理，三言两语说不清楚；我只是在欣赏和实践中感受到：写得比较精粹的短篇小说，常常和笔墨跟着特定的人走有很大关系。跟定一个人，好处是线索单纯、色调统一。至于跟的这个人是否是主要人物，那倒不一定。可以是主要人物，像《普通劳动者》我的笔跟的是参加劳动的将军，写他的内心情感，并通过他的眼看工地，看新战士小李。也可以从次要人物着手。《七根火柴》我跟的是掉队战士卢进勇，着力写的是那个无名战士。从卢进勇出场描写天气、环境；从他的感受写火的重要；借他的眼，看无名战士的形象，看他拿出党证，打开，看里面夹着的火柴，用白描手法写无名战士。这样，就像摄影机的镜头一样，获得了一个特定的视线，舍弃了不必要的，突出了要给人家看的。

另一个是：合乎情理，掌握分寸。艺术构思，情理、分寸这四个字很重要。无论你的故事情节如何曲折，人物形象何等复杂，无论你怎么追求在人意中、出人意料，都必须合乎情理。符合生活的逻辑：艺术的分寸感，还在构思的时候就要把握住。有的短篇小说，有感受，有深度，形象也还结实；但分寸不当。不能恰如其分，恰到好处。过了，就失去了韵味；不及，就差了火候。

要在构思的时候重视作品的“黄金点”。一篇短篇小说在构思时，作者应该分明地意识到自己作品里，哪里是全篇的“闪光点”或者“黄金点”。这常常是形象和思想最统一的那一点。它可能是一个场面，或者一个行为，一个形象，或者是一个细节。它的位置可能在作品中部，也可能在结尾。一个好的短篇，或隐或显，一定有那么一个闪光的点。即使不是那么光亮，也是作者用心安排的那么一个必要部分；构思，就要找到它，珍视它，精心处理它。

按我的写作习惯，如果没有找到那个闪光点，就很难进行构思，更无法下笔。构思中要是找到这个点，仿佛找到了能长果肉的“核”，能使作品活起来的魂；全篇似乎都有了依托，心里就踏实。例如《七根火柴》，从构思到落笔完成，我一直紧紧扣着这只手：“只有那一只手是清晰的，它像一个路标，笔直地指向长征部队前进的方向。”可以这么说，前面的千把字，都是在向这只手上走，往这个点上垫；垫到这个发光的地方去。所以，我的又一个理解是：短篇小说应该在经过周到的准备之后，照着读者的心尖子上猛扎一锥子。“辣笔著文章”。短篇小说既要引起读者心灵的震撼，就不要怕强烈，不要怕有光彩，有光芒，就要把生活尽可能写透，追寻震撼、启迪和感染的力量。但是，一定要在构思中选好这个点，并且安排好奔向“黄金点”的途径。要准备好。点没有找好，这一锥子扎不准；没有充分的准备，这一锥子也扎不到好处。

选取角度、掌握分寸，找到“黄金点”，这当然不是短篇小说构思的全部。构思的中心还是要恰当地处理环境与性格的关系。这几点，不过是试着通向构思奥秘的小径罢了。

第四点：单纯。

对于短篇小说，我赞美单纯，喜爱凝练。我觉得，短篇小说，好比是五十米、一百米的短跑，不是马拉松。把短篇作品写得非常之单纯，非常之干净，本身就是一种艺术要求，也是一种技巧追求。短篇小说是这么一种东西，它容不得一点芜杂；多出了一点，就碍眼，就不好看。甚至可以说，短篇小说就是凝练的艺术。一个小说作者，从开始写得较少到写得较多，又从写得过多到写得少，写得单纯、凝练，这是一个提高和成熟的过程。我希望有志于写短篇的同志们，努力写得单纯些，把小的东西写透，既要写那个必要的小，又要从小中见大，就要靠单纯。单纯了，才能丰富；少了，才能多。这是我这些年来悟到的一点艺术道理。我们常见的毛病，常常是企图表现的东西太多了。作品里堆的东西多了，人多、事多、对话多，贪大求全，贪多嚼不烂，结果，可能什么也没有表现出来。相反，注意了单纯，题材是单纯的，意念是单纯的，反而以少胜多，真正创造了一个丰富多彩、余味无穷的艺术世界。

说到这里，自然还得补上一句：单纯，不是简单。艺术上追求少，绝不意味着干瘪和贫乏。只有生活积累得多，才能得到那个必要的少。

关于少，关于单纯，讲不出多少理论，我想用我儿时猜过的一个谜语来说说我的理解。这个谜语是这样的："要它白，使墨抹；要它长，用刀割；要它囫囵是砸破。"

我觉得，搞写作的同志，猜一猜这个谜语不无好处。因为在这个相反相成的谜里，包含着可贵的艺术辩证法。

"要它囫囵是砸破"，谜底是瓦。就是千百年来盖屋子用的那种瓦。据说，烧制这种瓦，坯件是一个圆筒形，刻上四条线，烧好之后，用木棍一敲，圆筒破成了四片，便得到了完整的瓦。这是颇有启示意味的。搞文学创作，要懂得和运用这种从"砸破"中求得完整的方法，从生活里取得创作材料，去获得能够反映一般的那个特殊，学会在"砸碎"生活中追求艺术的囫囵和完整，从而改变那种贪大求全的艺术思想。比如，请你把人民海军全部历史写成一篇短篇小说，恐怕你很难写得出来；你总是要从你熟悉的生活出发，从总体上着眼，然后选取一艘舰艇，一次航行，甚至只是一个人的一点点生活片断。抓住这个能显示全局的局部，去开掘、提炼，使之典型化，于是，得到了一片囫囵的艺术之瓦。

“要它长，用刀割”，谜底是铅笔。要铅芯长一点，就要把木杆割掉一些。在创作上，这就是剪裁、取舍。把无用的东西删除了，需要表现的东西就突出了。

“要它白，使墨抹”，谜底是碑帖。取得碑帖，是把打湿的纸捶进石碑上的字缝，然后用墨去抹。值得注意的是：取得字的白，并不从白的本身去解决，而是用墨去渲染、烘托。短篇小说的深邃意境和鲜明性格，有时不一定从正面、从本体用力，也许看上去是淡淡的闲笔，侧笔，或者从旁陪衬，倒取得了艺术效果，突出了形象。

选择、提炼、剪裁、删除、渲染，就这样成了艺术创造的手段，成了技巧；因为它使短篇小说走向单纯，成了艺术。

最后，再说一点：密度。

短篇小说写作上，经常会遇到这个密度问题。能否把生活写透，和密度的掌握、运用，很有关系。读者是不爱长时间阅读同样密度的东西的。

密度，我理解，主要就是叙述和描写的安排和运用。我们常犯的毛病是不大善于恰当处理两者的关系，有时候常干些“磨刀背”的事，往往是该叙述的地方用了描写，该描写的地方，那些本该密度最大的地方，描绘形象的地方，笔却停不下来，不能展开场面，而轻易地用了叙述；于是，作品的疏密、张弛、动静以及内在的节奏，就在同样的密度中湮没了，消失了。

短篇小说写作，主要是场面描写。场面和场面之间，是叙述的交代和连缀。为了方便，还是不怕丑，举自己的作品为例。短篇小说《党费》讲的是个有头有尾的故事，可是，拆开来看，不过是三个场面的描写，加上场面前后的一点简明叙述而已。它是从叙述开始的："每逢我要交党费的时候，我就想起1934年的秋天……于是，我就带着这个任务到了八角坳。"接着就是进入了场面描写。在场面里，结结实实地写了女主人的肖像、家庭环境，并且在动作性较强的人物活动里描写了人物的性格和思想感情。然后，一句叙述之后，又展开了一个场面……现在，这样分析起来，似乎头头是道，但是，我写初稿的时候，对于密度却毫无自觉性。记得初稿的开头，光介绍山上缺粮、缺盐的情况，就用了三页稿纸，足足一千字，全部都是叙述的笔墨。作家陆柱国同志看完了稿子，当时拿起笔来，"刺刺"几下子，把它全部划掉了。对于这一划，我曾经是何等恼火、心疼，而事后又多么开窍啊！

场面的展开和描写，刻画了环境和形象；场面和场面的连接，组成并推进了情节。前一个场面是后一个场面的准备，后一个场面是前一个场面的发展。形象，一笔笔精确地描绘；故事，一环一环地向前推进，人物和性格的历史同时在运动中逐步展现。这，大约就是叙述和描写的作用，正确掌握密度的力量。为了多少能把这个问题说清楚一点，建议大家回忆一下越剧《梁山伯与祝英台》。戏里写"同窗共桌三年整"——三年时间，一句叙述带过，惜墨如金。但到"十八相送"的时候，作者抓住了这个必要场面，把这段在实际生活里不过一两个小时的事情，笔酣墨饱地做了充分的描写，已经写得够足的啦，作者还不满足，又来了个"回十八"。这样对待叙述和描写，我看很值得玩味。疏能走马，密如穿针，这就是密度的艺术。

处理好作品的密度，还有个细节的运用问题。其实，把一个短篇小说拆开了，可以看到，它不过是几个场面；而进一步把它“砸碎”了看，又可以看到，它不过是几个或者十几个细节。这么往细里看一看，是很有意思的。正像沙汀同志说过的：“故事好找，零件难求。”零件就是细节。正因为细节难求，所以需要作者很好去寻求。举个小例子，一个老红军战士对我说，长征到陕北之后，战士们看到满地上落的毛栗子；光着脚踏在栗蓬上一搓，就拣出栗子吃。他没有说当时怎样没有鞋子穿，也没有说长征如何走出了铁脚板，只用光脚板搓毛栗子这个细节，就说明他走过多少艰难的路。这就是细节。这才是活的、有表现力的东西。塑造形象，解决密度问题，就靠这个。

细节要独特，新颖。那些一般化的细节，放在哪里也不合适，是没有用的。要重视细节，懂得细节的作用；又善于运用细节，强化细节，密度的问题也就好解决了。

短篇小说的写作技巧，既是理论问题，也是实践问题。上面说的这些，都和具体的创作实践联系着。实践有很高的品格。我想，只要在短篇小说创作实践的过程中，勤学苦练，细心揣摩，就能够在写透生活的实践中把生活写透，在写人的艺术劳动中写出人的美，对于短篇小说的写作技巧的掌握和运用，就会更多一些自觉性。

（1982年10月）

凝 练

一

短篇小说，和其他文学艺术产品一样，它的分量是没法上秤称的。可是，它又确确实实有自己的重量。看小说的大约都有这么一种体验：读了一篇篇、一本本，心灵上的那架天平就开始活动了，掂量来掂量去，终于称出了作品各自的分量。也许不同的读者称来，作品的思想艺术分量不会完全一样，可区别总是有的：有的重，有的轻。

更为有趣的是：当短篇小说走过读者的心尖去过秤的时候，篇幅的长短、字数的多少，对于分量常常不起多大作用，甚至往往成反比。有的短篇小说，只有千把几千字，在心灵之秤上，像个秤砣一样，铜浇铁铸，挂在心头沉甸甸的，能使读者心潮波翻浪涌，获得美的享受和欣赏的满足；有的呢，字数上万或几万，倒成了秤钩上那一捆柴草，看上去一大堆，却如柳絮杨花，随风来了随风又去了，化作了读者眼前的，也是文学史上的过眼云烟。

从作品以外看作品，从读者心里看自己创作的精神产品的分量和质量，实在是很有意思的。而这种文学现象，更值得写短篇小说的人慨叹和寻思。

我以为，文学，具体地说短篇小说，是最讲单位面积产量的——看你能不能在这块较小的面积上惊人地容纳下和表现出尽可能多的、动人的思想和感情。因为，短篇小说的写作，是一种精细的艺术劳动。它不是生活的搬运和复制，而是对生活的艺术加工，是生活的浓缩、提纯和凝练。

凝练，是短篇小说与生俱来的艺术要求。或者说，短篇小说写作的艺术，就是凝练。

二

我打心眼里喜爱“凝练”这个字眼。一触到这个词，眼前就出现一种略带神奇的、魔术般的景象，就像小时候站在熬硝盐的大铁锅边上，或者一大缸点了卤水的豆浆旁边一样，眼看着水渐渐变成了盐的晶体，用瓢舀的豆浆变成了用刀切的豆腐。现在，把文笔的紧凑简练，说成是一种凝聚，把文艺创作说成是生活凝聚的过程，确实是意味深长的。

人们爱说，文学作品是创作者“心血的结晶”。心血，已经是很宝贵的了，何况又是它的结晶，这种艺术要求该有多高啊！

然而，对于短篇小说，正是应该这么要求，因为它是一种精粹的艺术品。

三

短篇小说就是短篇小说，它有这一艺术形式固有的特点和要求，既要短，又是小说。

也许人们会把篇幅短小看作是短篇小说的局限。其实，有局限的又何止短篇小说？而且，局限也不是坏事情；有局限，认识了局限，又正确地适应了这一局限，短处，就变成长处了。

有一次，参加一个谈论短篇小说写作的座谈会，我正在发言，忽然从后排传过来一个字条。打开来一看，上面写着："请你说说：什么是短篇小说?"我愣住了。这个问题实在难谈。不错，比方说，它是生活的横断面，是生活的发现，是从生活中获得的一个思绪、一点念头、一丝印象……可是，似乎都回答不了这张字条上的问号。也算是"福至心灵"，我一下子想起了不久前看杂技表演时见到的一个节目。那是一张直径不过一米的小圆桌，两个姑娘穿着旱冰鞋在上边翩翩起舞。她们溜冰动作那么从容自如，情绪那么饱满酣畅，比起在北海和昆明湖的冰场上毫不逊色。然而，也正是因为她们是在舞台上，在这一张小圆桌上，尊重了小小桌面的局限，她们的表演更凝练，也更美妙、更动人，成了艺术。于是，在讲了这个节目和我的感受之后，我说：这就是短篇小说。

自然，任何比喻都是瘸腿的。我拿在小圆桌上溜冰为短篇小说打比，就短篇小说的全部特征来说，未必很确切。在这里，我着重说的是局限和对局限的认识。哪一种艺术形式没有自己的局限？给你一尺宣纸，要你画出百里江山；给你几十平方米的舞台，要你展现社会和人生。它们和把几千字的篇幅交给短篇小说一样，都是一种局限，一种限制，甚至是一种严苛的考试。但是，画幅是不自由的，画家却是自由的。仅仅在抠字数上解决短篇小说的长短，如同在画纸上竞天地之宽狭一样，毫无意义。只有看到了局限，尊重了局限，又充分利用了这个局限，短篇小说作者才获得了创造的自由。

小小的圆桌，对于善于在上面溜冰的杂技演员来说，是艺术创造的广阔天地，一点也不狭小。

有才力的创作者，正是在限制里表现了自己。

四

如果作家面对的困难，仅仅是篇幅的小——艺术形式的局限也就罢了，他还必须面对另外一道更严峻的试题：文字。既要概括，又要创造出一个完整的艺术世界，去反映生活和评价生活。既要小，又要大；既要凝练，又要概括。一句话："又要马儿好，又要马儿少吃草。"

1977年10月间，在一次短篇小说座谈会上，我们几个写短篇小说的同志向老作家沙汀同志求教，问他短篇小说写作有没有什么奥秘和窍门。这位短篇小说的巨匠略一沉思，把话题拉到了几十年前。他说，那时他回答过一位中学生：就是"以小见大"。

"以小见大"，短短四个字，它把篇幅的小和概括的大这两个矛盾着的东西，一下子在创作中统一起来了。用小的去反映那个大，以部分显示全体，通过一雕栏、一画础，让人们看到整个宏伟的殿堂。短篇小说，正是在这里找到了自己的艺术规律。

坚持"以小见大"，用短篇小说去画雕栏、描画础，才能得到凝练的艺术，这个道理看上去似乎不难懂，但真正懂得它又多么不容易！过去的多少年里，我们常干些"磨刀背"的事情。我们有些人的手似乎被这么两根看不见的绳子捆住了。

一个是贪大。不是通过小去见到大，而是要以大见大；把生活里重大的当成了在艺术上一定是重大的。在短篇小说里，这是吃力不讨好的糊涂事。举个例子说，《白毛女》里的喜儿，一个农村贫苦人家的女儿，《西线轶事》里的刘毛妹，一个解放军的普通士兵，在生活里并不那么重大，也不决定着革命的成败，然而，在艺术里却是重大的。写好了，就概括了一个时代。

一个是求全。总喜欢囫囵个儿表现生活，而不相信窥一斑能见到全豹。于是，写事，就要从头到尾、面面俱到；写人，就要各色人等一应俱全，而且都是正面半身照片。殊不知，对于生活这个总体来说，你写得再多也是不全的，一片落叶倒是能知道秋天。

规律是要起作用的，违反了就不能不受到惩罚。贪大，常常失去了大，求全而得到的是不全。坚持"以小见大"呢，恰恰从不大和不全里获得了真正的概括和完整。

短篇小说，就是要从生活里找到那个能够见大的小，找到那种在艺术上是重大的东西。

短篇小说，何必一定要写秤钩上那一大堆柴火？倒是那个体积不大的秤砣，写好了，反而看到了，也得到了分量。

五

"竹中一滴曹溪水，涨起西江十八滩。"

千万别轻视这个"小"。

有文学价值的东西，永远不会小。

问题在于这个"小"能不能"见大"，是不是"微而足道"。

研究一篇小说的产生，是很有意思的：创作者在生活里得到了比较多的、真切的感受，然后挑挑拣拣，抓住了一个看来不大的东西，把它写透了，写出了这个小的东西的深刻内涵，写出了这个小的和大的，也即和整个社会生活的联系。就是说，从小见到了大，把小的写大了，就是一篇好的短篇小说。

我试着写过一些反映长征生活的作品，有的事件挺重大，有的描写对象很伟大，有的故事满完整，有的字数颇不少，然而，只有那篇《七根火柴》，虽然只有一千九百字，我自己觉得倒还有点味道，读者也说还有点分量，能看到点长征精神。究其原因，就是按“以小见大”办的。一来，几根火柴在生活里是小的，在艺术上并不算小，被我找到了、抓住了，二来写得比较透。说到这里，我想意思也就明白了：这里所说的短篇小说要找寻到自己所需要的“小”，归根到底要的还是大，是文学价值的大，是较强的概括力的那个大，是具有较大思想和艺术感染力的那个大。而不是就小写小，写琐屑和卑微。短篇小说，不是写“微不足道”的艺术。

说到这里，我想意思也就明白了：找到了那个必要的小，还只是为凝练创造了可能性。把可能变成现实，还要把这个东西写透。可不可以说，短篇小说就是把小的东西写透的艺术？

六

把小的东西写透，是不容易的。对短篇小说的这个艺术要求，既迷人，又艰难。

我常想，短篇小说要写得凝练，写得好，难不在手上，而在眼睛。因为，要想把生活写透，就得先把生活看透、认识透。而这，需要有一双善于发现又有相当穿透力的眼睛。

如果把短篇小说比作一只船，那么，感情是帆，思想是舵。好的作品，总是对生活的艺术概括，总是深刻地反映着生活的广度和深度，总是一定深刻思想的体现。短篇小说写作，是描绘生活形态的艺术劳动，更是摄取生活的精神和魂魄的艺术劳动。在这里，对生活的深入开掘、艰苦提炼是重要的。只有站在时代和社会生活的高处，看得深刻，才能写得透，才能给读者以思想的启迪和心灵的震撼。

我非常赞赏高尔基的一个说法。他当年曾经批评某些作家患了一种病，叫作“思想贫血症”。不幸的是，这种病我们也有，在短篇小说作品里反映出来，影响了作品的寿命。

短篇，篇幅要短，然而寿命不能短。我们的一些短篇小说所以生命力不强，成了短命篇，常常因为在孕育着的时候，先就是短见篇。

短见，是凝练的敌人，也是艺术的敌人。

七

我赞美单纯，因为它使艺术成了艺术。而冗杂，不肯用减法剔除多余的东西，在艺术上却是令人痛心的浪费。

60年代第一个秋天，我有机会到济南珍珠泉去逛逛，走进一处厅堂，只见地上摆满了菊花。仿佛借这菊花托着，壁上郑板桥手书刻字的一副对联赫然在目。上联是“删繁就简三秋树”，下联是“领异标新二月花”。题款是与一位文人论文。词好，字好，自不必说，令人感叹的是，两句联语简直抵得上一篇艺术论。这位“四十年来画竹枝”最后才悟到“冗繁削尽留清瘦”的艺术家，又在这里泄露了为文的奥秘。

原来，在艺术上减少也是创造。

近几年当艺徒，向电影学习艺术，听到一位电影艺术家转述某位外国朋友对我们电影的批评：在一部电影里放进了五部电影的内容。“而且，困难的是，还不知道删掉哪四部是对的。”于是，我联想到：这也是短篇小说的常见病。无价值的芜杂湮没了宝贵的、有价值的单纯，这是创作的悲剧。如果在开始构思之初，就找到了那可爱的一个，而丢弃了那可恶的四个，该多好！

就是找到了必要的一个，也还是多。我们看一篇小说，常常感到它还有“不足”。然而，细细想来，这个不足，其实是它的反面：多余。

要艺术上凝练，就得学凝练的艺术。要善于用减法。少了，才能多；单纯，才能丰富。多情的短篇小说，就这么无情。

八

更为无情的事实是：短篇小说的多余、冗杂、不单纯、不凝练，常常不是创作者生活感受丰富、确有真情实感的表现，而是生活贫乏的结果。

短篇小说，大约有个“成本”问题。这里说的不是写作用什么样的稿纸，书刊印刷、装帧花了多少费用，而是生活的积累的多少，和对生活熟和懂的程度。

香醇的酒是用许多粮食酿造的，甘甜的蜜是很多朵花酿成的。只有站在时代的高处，才能得到那见大的小；只有生活占有得多，才能找到那必要的少。

凝练的短篇小说精品，永远出自生活富有的艺术探索者之手，永远属于那些常与人民共魂魄的作者。

（原载《花溪》1982年第11期）

把小东西写透，把大东西写活

最近，参加了一点去年电影评奖的工作，回顾一年产生的好影片，觉得它们都和一条艺术经验相联系着，这就是：把小的东西写透，把大的东西写活。这里，我说的是创作题材的选择和表现。

当然，这也不是电影所独有的。我这样说的时候，也想到了军事文学。

把小的东西写透，说的是，创作者有了丰富的生活感受，然后从中选取了一个看来不大的东西，努力开掘、提炼，写出了这个东西的内涵，写出了这个小的和大的，即和整个社会生活的联系。这就是常说的以小见大。

以小见大，这不是由什么人任意决定的。因为作家面对着两个大矛盾：一个是生活的无限广阔性和作者自身占有生活的局限性的矛盾——对于生活，作家永远没有够用的时候；一个是哪一种艺术形式都有自己的局限，而作品又要概括生活、创造一个艺术世界——对于生活总体，题材永远是不全的。怎么办？用不着去找一张画得下整个地球的纸，也写不出能写尽全部人类历史和生活的书。这两个矛盾在创作上统一起来，就是以小见大，找到那个能够

“见大”的小，用部分去显示全体，用一雕栏、一画础，去使人看到整个宏伟的大厦。军事文学，正是从这里找到了出路，走上了坦途。

以小见大，就是要从生活里找到那种艺术上重大的东西。我觉得，多少年来，我们创作人员在军事题材文学创作上，常常干些糊涂事情：把在生活里是重大的当作在艺术里一定是重大的；吃了许多苦头，付出了许多无效劳动。这很不合算。《白毛女》里的喜儿和《红色娘子军》里的吴琼花，农村贫苦人家的女儿；董存瑞、刘毛妹，人民军队里的普通士兵；在生活里并不决定着革命和战争的成败进退，然而，在艺术里却是重大的，抓住了，写透了，就概括了一个时代，显示了艺术的分量和力量。

我想，文学是最讲单位面积产量的——就看你能不能在最小的面积上，惊人地容纳下和表现出尽可能多的美的思想感情。回顾一下我们军事文学的历史，是很开窍的。记得我初学写作，就读过《平原烈火》《活人塘》和《铺草》。觉得作品正如它们的名字一样，写的东西并不那么大。稍后读到的《百合花》《万妞》《黎明的河边》和《尹青春》，看来也不是惊天动地的大事。一个新媳妇和她的一床被子，一个小孩子，一次带路行军，一个战士入党，能有多大？然而，这些作品却都寻得了艺术里的大，写出了生活里的大，迸发出震撼人心的思想力量和艺术力量。

千万别轻视这个“小”。问题在于它能不能“见大”，作者能不能从中获得发现和把它写透。我们山东根据地里那些老大娘，踮着小脚，抱着根磨棍在磨道里走哇走哇，磨军粮，摊煎饼。她们不也是徒步行军两万五千里，算得上一位长征的英雄？所以，罗荣桓元帅说：“写战争，别忘了描写战争中的山东人民。”支前的民工，自己嚼着地瓜叶，扛一根扁担，推一辆小车，把山一样的粮食和弹药送到淮海战场，去打赢这场战略决战。所以，刘伯承元帅说：“淮海战役，五十五万五千敌军，是华北几省人民用小车推垮的。”

有文学价值的东西，永远不会小。在生活里，一只蚂蚁该是小了吧。一次，我们几个人在谈论作品的细节，老战地记者、长篇小说作家黎明同志说道：某次战役前，纵队首长定下决心的一刻，指挥所里静极了，静得听得见一只蚂蚁在地图上爬。蚂蚁，引起了我们心灵的震颤。一只蜘蛛也够小了。三年前，薛明同志对我说到她和贺龙元帅在“牛棚”里生活的一件事：一天，贺龙同志忽然惊叫起来：“看，你的耳朵里都长了蜘蛛网了。”一个细节抵得上万语千言，深刻而独特地表现了林彪、“四人帮”的残忍和老一辈无产阶级革命家及其亲人蒙受的苦难。

当然，把小的东西写透，说的是“微而足道”，归根到底要的还是大，是深刻开掘所获得的那个大，是具有较大思想力量和艺术感染力的那个大，是把生活写开，把生活写美，使人变大。这，绝不意味着否认题材的制约，当然更不是提倡写微不足道。近年有个别作品，不重视开掘题材的内在潜能，不注意小和大、和时代社会的关联，而是就小写小，越写越小，事小人也小，创造了些“小人儿”的形象；甚至写卑微、写卑劣以至欣赏卑劣的东西，制造了些鲁迅所反对的“使人变小”的艺术，放进了许多迎合而不是提高读者的东西，甚至散布了灰暗、消极、悲观的情绪，造成了精神上的“脏、乱、差”，污染和公害。这是很不好的。中央领导同志去年一开头就告诫我们：注意郑卫之音，悲歌散楚。悲歌，是可以散楚的啊！

把大的东西写活，既承认题材的差别，也是一种艺术要求。就是把生活、把战争写开，写高，写深，从更高的角度，以更广阔的视野、更大的气势和更深邃的意境，去展现宏伟的战争生活画卷。一句话，努力从生活中重大的东西里，发现和表现艺术中同是重大的东西，“以大求高”。

这方面，我们军事文学的库房里，已经放进了一大批精神财产。像《保卫延安》《红日》《林海雪原》《东方》和《野火春风斗古城》《三战陇海》《冀鲁春秋》等好作品。《南昌起义》的上映和《钟山风雨》的拍摄，也具有宏伟的规模。这些气势雄浑、意境深邃的好作品，在描绘史诗的同时，也创造了史里寻诗的艺术经验。

创造出和我们的人民军队、革命战争相称的史诗型作品，是历史和时代向军事文学提出的要求。该是从宏观看战争，并且从宏观和微观相结合上更好地表现战争的时候了。

（1982年4月）

文学创作和文学的净化

——在湖北省会计学会《财会通讯》通讯员会议上的讲话

一

能够参加这样一个盛会，是来祝贺的，来学习的。我祝贺会议的召开，祝贺这样一项事业的胜利发展；学习同志们奋发创业的革命精神。

会计学会和它所进行的一系列的创业工作，和我们所从事的文学艺术活动，在一定意义上讲，是在干着同一件事情。我们搞文学艺术，是研究人的，是和人的心灵与智慧打交道的，要通过自己的作品使人的心灵健康、高尚、聪明起来。会计学会以它所办的刊物和它所兴办的事业，进行智力开发，又以文养文，以智力开发智力，培养和提高又红又专的经济管理人才，也是向着人的心灵、人的智慧。当一项事业在向着人的心灵深处前进的时候，那个事业该是多么美好、多么迷人！当然，这样一种事业的胜利发展势必要带来一个积极的成果，那就是社会主义新人胜利诞生和健康成长，又红又专的建设人才辈出，把我们社会主义财政经济管理的水平大大提高，给国家的经济建设带来新的创造和新的繁荣。人，一代新人，让那种有革命理想和科学态度，有高尚情操和创造能力，坚持正确方向又有高超的专业技能的建设者、创业者成批涌现，去投身于四个现代化建设的历史性创造活动，该是何等令人神往的事情啊！

我认为，对于我们国家来讲，白花花的银子，不是多了而是少了。没有白花花的银子，要想高高地举起社会主义和共产主义红彤彤的旗帜，那是困难的。如果忽略了人的心灵建设，忽略了思想和精神，不能经常地用共产主义精神和现代文化科学去武装人，要想真正获得白花花的银子——使物质财富成倍增长也是困难的。贫穷和愚昧，是共产党、共产党人真正的负担。如果不驱除愚昧，赶走贫穷，使人民聪明起来、国家富强起来，我们这一代人就辜负了人民的嘱托。从这个意义上说，会计学会、《财会通讯》以及这个会议，既着眼于人的思想和智慧，重视智力的开发，又着眼于物质文明的建设，发展我们社会主义的经济，这就是很有意义的了。

会议给了我一个题目，要我谈一谈“文学创作和清除精神污染”的问题。题目出得很好，但看看这个题目，我却觉得有点啼笑皆非。我们的社会主义文艺创作，竟然和精神污染联系在了一起，实在奇怪。它们两者是截然不同的两件事，没有必然的联系。文艺，为人民服务、为社会主义服务的文艺，本来只有引人向上、催人奋发、发人深思，净化人民的心灵的作用，怎么会有一个污染的问题呢?！但是，可悲、可气、可恼的是，这两个东西，现在竟然联系在一起了。当然不是文艺的主流与精神污染联系在一起，而是为数很少的某一部分，成了传播精神污染的一个因素。即使这样，也是不正常的，也是社会主义文艺的耻辱。我们搞的不是社会主义的文学吗？它的这一小部分怎么会污染了、弄脏了读者和观众的心灵？这个问题，确实值得我们深思。

在这里，我还是把两者分开来讲一讲。因为无论如何，社会主义的文学事业和精神污染是截然不同的两件事情。如果说某一点上有了联系，那就是在这里出了毛病。

二

首先，还是谈一谈文学创作的问题。当然，这里要涉及一些略带专门性的问题。我想，文学这一个学科，和整个社会生活有着密切的联系，和各行各业、千家万户、老老少少也都联系着，但愿不致使同志们感到太枯燥、没兴趣。

我们的社会主义文学，自从粉碎了“四人帮”，特别是十一届三中全会以来，在短短五年的时间里，做出了明显的成绩，是大大前进了。无论是消除十年动乱的遗留影响，还是鼓舞人们向“四化”的新天地奋进，文学都做出了自己应有的贡献。文学事业是个有成绩的部门，我们的文学是前进的文学。

但是，当我们来全面考察文学的时候，也发现它在前进中还存在着问题。

问题在哪里呢？两年以前，我有个机会见到著名的老中医关幼波同志。他谈到祖国医学的时候，说了这么一件事。他说：“过去，大的中药铺里，都是挂着两个匾额：一边写的是‘培元气’，一边写的是‘养太和’。”他说：“中医对于人们医疗和保健，就是这六个字。”这使我长了知识，也联想到了我所从事的文学艺术工作。我想，何止是中医是这样来对待人民体质健康，我们的文学艺术不也要这样对待人民的精神健康吗？作为整个思想战线的重要方面，我们的文艺就是要从思想和精神上给我们的广大人民和社会主义制度

“培元气”“养太和”。我们所创造的所有的精神产品，应该有益于人民的“元气”，有助于社会主义的“太和”，使得我们这样一个伟大的民族和国家，强大的党和军队，能够更加强壮，迅猛前进。这是文学的根本任务。这是一层意思。另一层意思是：为了更好地担负起保证人民精神健康的这个任务，我们的文学本身就要重视保健，医疗自身存在着的各种各样的疾病，本身就要“培元气”“养太和”。我们的文学艺术总的是健康的，但是，有不健康的部分。那个不健康的部分，就需要调中理气，就需要扶正祛邪。“培元气”“养太和”，做一番根本的治疗。我想，这应该是我们社会主义的文学事业发展的问题所在。

文学创作，是一桩既迷人又艰辛的事情，它的迷人和艰辛之处就在于：创作问题，不仅要在文学创作之内去解决，更要在文学创作之外去解决。

基于以上认识，我觉得，文学创作的发展和繁荣，头一个问题是“发现”，就是从社会生活里面去发现文学。这个说法并不新鲜。任何一个有出息的文学工作者，无不把自己的创作活动，看作是独具慧眼从生活里面获得独特的发现。或者说，就是在人们共见的、常见的生活中，看到了并且抓住了唯独属于你的东西。这是一种发现。所以，写小说、写诗、写电影剧本，以至于其他艺术形式的创作，从广义上讲，都是发现。创作的才能，就是发现的才能。遗憾的是，不是每一个创作人员都这样来看待文学，自觉地把自己作为一个创作者又同时当作是发现者。因此，在许多好的作品、好的发现的旁边，还可以看到一些不是自己从生活中的发现，而是搬运、拼凑，甚至是抄袭来的东西。发现，到哪里去发现？从什么地方发现？文学，并不摆在书桌上，不在你的抽屉里，也不在稿纸上、刊物上，不在创作者的短篇小说集里，文学在生活里。如果没有生活的不间断的深深的进入，如果不从生活中作独特的发现，那么文学之源就枯竭了。

我原来写过一些短篇小说，后来，又要我去写电影文学剧本，有些关心我的同志问我有什么体会，我回答的头一句话就是："电影是多情的，又是无情的。"真的，电影很"多情"。大家不要看那么一块白白的银幕，或者宽仅三十二毫米的那么一条胶片，它对文学艺术真是情深似海。如果你对生活有丰富的积累和理解，有深刻的洞察和真知灼见，有最新最美的形象，你尽可以往上面放。把你的聪明才智，艺术才能，全部倾注到银幕上去。但是，实践又告诉我，那块白白的银幕，那几千呎胶片，又是最无情的。当你没有生活的发现，没有真正属于自己的感受，没有你自己对生活的观察和理解，却还想"创作"一部电影出来，于是，那块银幕，那条胶带就开始变得冷酷无情了。它不允许你把一些胡编乱凑的东西放在里面，如果你勉强放进去了，它们也会无情地宣告：这是一个虚假的、丑陋的，因而也是短命的货色，从而使创作者留下耻辱的记录。

多情的，又是无情的，有情无情全在创作者有没有值得表现的东西。你有，它多情；你没有，那就"多情反被无情恼"——你苦恼，文学恼怒。何必惹得那张稿纸和银幕对你变脸！何不深深地进入到生活里面去"发现"，去创造多情的文学?!

从这里，我想到了文学创作的"成本"问题。就拿电影来说，剧本，剧本，一剧之本。但是，要看剧本的高低成败，先要看这个剧本成本如何——剧本的成本高不高，创作者的资本够不够！一句话，是不是抓住了来自生活这个根本。我觉得，文学创作的经济效益和生产建设里所讲的经济效益，有点不同。比方，搞工业产品，总是要尽可能的低成本，低消耗，创造出好的产品。但是文学艺术产品的创作，成本低了是不行的。这里说的当然不是指书籍印刷或者电影的摄制，而是指生活的积累和创作的劳动。创作者生活仓库里仅仅有半茶缸子水，却要创造一个汪洋大海，让读者和观众看到波涛汹涌，大概创造不出来。恰恰相反，应该是高成本，多资本，抓根本，真正获得生活积累的丰厚，思想的高度，洞察生活的深度，拥有得很多，给读者的却是经过提纯的那么一点点。“厚积而薄发”，才有可能创作出好的文学艺术产品。

可惜的是，有少数的创作者违背了这个规律，对于创作的“成本”问题重视得不够，采取了一种不负责任的态度。明明自己生活库房里没有这方面的积蓄，或者只有一点点，却要把自己根本没有的东西献给别人，要弄出一个“作品”来。怎么办？于是关上门看几本外国小说，或是到影院去看上几个电影，然后就东拼西凑编造出了自己的“作品”。这个成本太低了。这真是一个悲剧。那些不好的、不健康的作品，所以遭到广大观众正当的厌恶和不满，原因当然是多方面的，如果认真地找一找根子，都在这里：成本太低了。

怎样从社会生活里发现文学？

三

首先，我觉得，要重视直接的生活感受。同志们在读小说、看电影的时候，不知道有没有这样一种体会：一篇或者一部作品故事编得有头有尾，也能有起伏跌宕，甚至有伏笔、有高潮，颇能看得下去。但是，看完之后，总感觉里面缺点什么东西。缺什么呢，就是缺少创作者自己对生活的真切感受。对于文学创作来说，感受实在重要，几乎可以说，感受是创作的生命。真正使一个作者写出好作品的，不在于写了什么，甚至也不全在于驾驭文学和掌握艺术形式的技巧，重要的是看你感受了什么，相信了什么。一个文学工作者，应该向人民提供尽可能精美的艺术产品。哪怕你写出的只是很少一点点，这一点，也应该是渗透着你对生活、对人生那种真实而又深切的感受。人们常说，作品是作者“心血的结晶”。心血，已经够宝贵的了，何况还得结晶？这就要求进入作品的应该是从你心尖子上跑过去，带着心头那一滴血的那些生活感受。由这样的东西凝练成的作品，它才有文学价值。

我写一点东西，几乎每篇的成败得失都和生活感受的深浅联系着。有一篇小说我觉得有点意思，就是那篇《七根火柴》。它篇幅很短，情节也不复杂，写长征途中一个红军战士，在伤病和缺衣少食的折磨中倒下了，在他停止呼吸以前，他坚持着让这口气不断，等着一个同志过来，因为他身上藏着七根火柴。他要把这点东西交给同志，带给部队，然后点燃篝火，去温暖在茫茫的草地上艰苦跋涉的战友们。全篇一千九百字，但是，从头到尾是流着泪写下来的。因为，就这么一只拿着火柴的战士的手，几乎凝聚了我全部战争生活里关于人和人的关系的深刻体会、经验和感受。手，各式各样的手，当我还是个“小八路”的时候，一位根据地的大娘用手抱着我，掩护我躲过了日本鬼子的搜查。我病倒在伪军碉堡附近，一位大嫂把我亲手抚养了四十多天。还有，在战斗中领着我通过敌人火力封锁的手，行军中扶着我、拉着我前进的手，把着手教我写通讯报道的手，带着我成长的手……这些手久久地留在了心头，最后才流进了作品。当然，谈论自己的作品，怪不好意思的。这里只是想通过一点实例说明感受对于创作的重要。你感受了什么，你才能写出什么。感受了，才能有所发现。

生活是海，作品是浪。生活是土壤，作品是地里长出的粮食。只有亲手耕耘，才能得到丰收。如果不重视开荒播种，水土保持，自己那块土壤板结了，或者是水土流失严重，还想在那个地方创造丰产高产，就近乎荒唐了。

发现，还要求对生活久久地注视。在社会生活里面，不是没有美；在那里，充满着美好的形象、激烈的斗争、深沉的思想，问题在于作者有没有那么一双好眼睛，去看到它，发现它。为了能够发现美，身在生活之中，还要定睛久久地注视着你所熟悉的那一特定的生活。

久久地注视，就要求把对生活的研究面缩小一些。这，既是个治学方法问题，也是个生活和创作实践问题。我遇到过不少青年文学写作者，今天写这个，明天写那个；一阵子写农村责任制，一会儿写工厂的改革；高兴了又写上篇台湾人民盼望回归……不错，我们的文学历史上确实有一些文学大师，他们生活富有，阅历深广，熟悉人生，他们生活研究和描写的面很广。即使如此，他也总是写他久久注视、搞得更为熟悉的那一部分。哪里有无所不知、什么都能写的作家？因此，我觉得还是老实一点好，下点笨功夫，久久地盯住某一个自己熟悉而又热爱的生活，去观察、体验、分析、研究。正像一位外国文学大家说的：长时间看着一堆火，直到看出这堆火与另外的火的不同为止。这样才能获得别人所没有的发现。

久久地注视某一个生活面，使我得益不浅。自从1953年起，我就爱上了并且开始注视了第二次国内革命战争的生活。起初还不够自觉，后来便全心地扑到了这段历史和斗争上。三十年来，除了进“牛棚”的几年，从未中断过与这一生活的精神联系。因为爱它，便久久注视；因为注视，就爱得更深。就连和这段斗争有联系的地方也令我神往。最近这个月里两次到武汉，两次都被这历史名城的古老街道所吸引。因为它和我所注视的一些人和事紧紧相连。

就举大家熟知的敬爱的陈毅元帅的一件小事情为例吧：1927年大革命失败以后，陈毅同志当时是中央军事政治学校党的书记。敌人要抓他，他想逃出武汉去参加南昌起义。就在武昌大街上迎面碰上了一个国民党左派朋友。那个朋友一把抓着他，说，“你还干共产党啊？”陈老总说，“不干共产党干什么?!”那人也是出于“好心”，劝说道：“哎呀，人家蒋介石一开刀，杀了你们那么多党员，共产党的革命是成不了功啦！”陈老总当场就跟他吵起来了。那个朋友说不过陈老总，最后说：“好，好，好言相劝你不听。我又说不过你，我俩打个赌，但愿日后还有见面的时候，如果你们共产党的革命成功了，我输个什么给你。”陈老总问：“输什么给我？”那个人想了想说：“我用手心煎个鸡蛋给你吃。”这个赌打得够绝了。

两人分手之后，陈老总奔赴南昌，在会昌赶上了起义军，担任了七十五团的党代表。三河坝失败后，他协助朱德同志把部队带到了湘南。参加过湘南起义之后，又把部队带上了井冈山。从那个时候起，过了二十二年。1949年，第一次政协开会之前，陈老总在北京机场迎接前来参加会议的各界代表，有一天接到了那位国民党左派朋友。那人大概把当年打赌的这件事忘了，老远地伸出手来打招呼，陈老总把他的手往旁边一推，笑了，说：“我不跟你握手，我要用你这个手煎鸡蛋吃！”

故事就是这样。这么一件事情，一个伟大的人战斗生涯中的小小趣事，却美得很，美得耀眼，简直是概括了一个时代。讲这件事，是为了说明：当我们把视线深深地伸到了革命历史的深处，就看到了最壮丽最美好的人和他进行的斗争。这样的形象被发现出来进入到笔下，就产生出作品。就是武汉这样一个有着光荣革命传统的古城，该有多少美好的东西等着搞文学的同志们去发现?!

四

要说的第二点是“思索”。要思索蕴蓄在生活里面的内在的东西。要揭示生活的本质，阐发生活的哲理，渗透出生活的诗情。它要求创作者有那么一双眼睛，把生活的底蕴看透。看得深，写得才能深，这个道理说来简单，但做起来颇不容易。如果我们注意一下近几年那些写得不那么好的作品，问题常常出在这个地方。

肤浅的作品是没有生命力的。我写过短篇小说，深深感到：短篇小说篇幅可以短，但作者的见识不能短。可以是短篇幅的短篇，而不应是缺乏见地的短见篇，短见篇就成了没有生命的短命篇。这几年搞电影，有的同志问我：你搞搞小说，又搞搞电影，有什么感受？我回答的第二句话就是："电影描写的是看得见的，表现的是看不见的。或者说电影就是通过看得见的去表现那个看不见的。"其实，表现生活内涵的又何止是电影？一切文学艺术都不以外在的表现为满足，它总是要把内在的东西展示出来。

同志们都有看电影的体验：坐在银幕前面，看故事，看人物的行为动作，看风光景物，就在来如奔马、去如逝川的连续的画面流动中，你度过了九十分钟。一部影片看完了，是不是就满足了？我仔细地琢磨过，不，观众并不满足，他还想看到别的东西。他想看到使他领悟和启示的生活哲理，看到动人的感情，看到鲜明的性格，看到有道德品质、思想情操以至诚挚的爱情。这一切，本来用眼睛是看不见的。恐怕在座的哪一位同志也不能拿给人们半斤爱情或者一公升道德。但是我们的作家艺术家恰恰应该有这个本事——通过看得见的东西让你"看"到了这些东西，而且是经过作者的感情的汁液浸泡过的。和物质产品的生产大不一样，作家、艺术家的职责就是通过外在去表现内在。这是艺术上追求的目标。

问题就在这里。既然表现那种看不见的东西是你艺术追求的一个目标，那么就要问一句：你自己看见了没有？如果创作者自己正确地看到了，深深地看到了，充分地看到了，然后在笔下表现出来，才能构成艺术产品。如果创作者自己没有思索，没有开掘、提炼，没有从生活血肉中获得真知灼见，一句话，没有得到那种看不见的东西，怎么能指望把自己都没有看见的东西送上银幕让观众看见?

我认为，社会主义文学应该提倡写一些有长久生命力的作品。我们今天看鲁迅的作品，它仍然有那么大的活力。就拿清除精神污染这样一个命题来说，再看看鲁迅《且介亭杂文》集里的文章，依然感到它们像对着今天说的，有深刻的认识价值和现实意义。遗憾的是，我们的作品由于缺乏开掘深度和概括力量，常常成了文学史上的过眼烟云。因此，为了不制造那么多的短命篇，创造出有生命力的作品，就要加强对生活的开掘和思索。

五

创作，在一定意义上说，就是思想照亮了生活，来自生活的先进、深刻的思想，照亮了创作者实有的生活感受，就会表现出美的力量，就产生了真的艺术品。我常想，我们的文学应该是一种有力量的文学，要表现出美的力，要表现出力的美，使我们的作品，有那么一种分量。文学作品的轻重，似乎没有办法上秤称，然而又确有轻重之别。作品的分量，就在于艺术劳动及其产品是不是有力量。看它有没有震动读者心灵的震撼力，有没有给人启迪的启示力，有没有催人奋发的鼓舞力，有没有艺术的感染力。而要作品有思想力量，就得认真地思索生活，深深地开掘，对生活在熟的基础上真正地了解和理解。

文学这个东西，是最讲单位面积产量的。就是看你能不能在不大的篇幅里面，惊人地容纳下尽可能多的思想和感情。看你在自己的一亩三分地里，能不能打出尽可能多的精神食粮。遗憾的是，现在我们有些创作者常常广种薄收，思索得不够，作品太廉价了。

当然，思索生活是重要的，思索也是不容易的。一个作家，既然拿起了笔，写出了作品，他站到了思想工作部队里，站到了思想战线上，就是个或大或小的思想家。明确认识到了自己的艺术的责任，自觉地把自己当成一个思想战线上的战士、哨兵、侦察兵，就应当正确地掌握时代前进的方向，历史发展的趋势。这样才能深刻认识生活、评价生活，写出那种有丰富思想内涵的作品。

作品要有思想和艺术力量。创作者的思想水平，也许不如某些读者，比方不如一位省委书记，但是，既然要写出作品，就应当对你所描写的这一生活，在熟和懂上，达到或者超过他们。这样才能使我们的读者，包括领导同志看了作品之后，得到鼓舞，受到教育和感染。记得我们创作集体的人陪着解放军一位高级将领，看电影《闪闪的红星》。看完以后，他握着创作人员的手说：“很受教育。”我想这不是客套话。这位亲身领导过一个地区的三年游击战争的领导者，今天来看反映这段斗争生活的作品，也许在某一方面、某一点上他仍然得到了启发。这就是对于创作人员的一种奖赏。搞创作，如果没有这么一种强烈的愿望和旺盛的企图心，努力使自己的作品能够教育人，打动人，给人的心灵以提高，那你这个创作就干脆别搞了。

在这里，我觉得思索的方向非常重要。许多好的作品都是正确认识生活的结果，而有些写得不那么健康，甚至传播了精神污染的东西，倒不是因为创作者不聪明、不好学、不肯干、不认真，甚至于也不是没有思考。问题在于当沿着一个不正确方向去思索生活的时候，他得出的那个认识和概括，不但不能够提高作品的思想意义和认识价值，简直可能是可怕和可恶的了。据说，有一位女作家写了一个作品，发表在一个刊物上。后来，大家发现这篇作品有错误的倾向，对她进行了批评帮助。有的同志说：你应该读一读毛泽东同志《在延安文艺座谈会上的讲话》，那里好多道理都讲清楚了，你要按照它所指出的方向，去认识你所描绘的生活。她是怎么回答的呢？她说："什么？《讲话》？还有这么一篇文章吗？我从来不知道。"后来查考了一下，她确实没有读过这篇文章。她也不愿意读。当然，没有看过《讲话》，也可以成为一个作家，但是，在社会主义文学队伍里，一个作家，从来没有读《讲话》，没有学习那篇对于无产阶级文学艺术原理的概括和总结，是当不了一个好作家的。

所以，沿着什么样的方向去思索，是非常重要的。文学这个东西，是件灵魂相见的事情。创作者对生活是怎样思索和认识，就必然要去那样表现。我理解，解放思想，就是要我们学会思索。学会沿着正确的方向去进行深沉的、认真的思索。现在提出清除精神污染，也不意味着不去思索，而是要你更好地思考，真正认识生活。

在这里，我想联系着说一说写真实的问题。真实，是重要的艺术要求。不真实还叫什么文学艺术！过去的年月里，林彪、"四人帮"制造的虚假和无情，曾经极大地损害了我们的文学艺术，一定要埋葬它，要追求真实和多情。但是，究竟什么是我们所追求的真实，认识却并不统一。是不是一切在生活里发生过的，或者创作者眼睛所看到的，就一定是真实，一定是应该在作品中表现的真实？

道理说来不难明白，但是，看一看这几年出现的一些写得不好的作品，说明这个问题在认识上还存在着分歧。像大家所熟悉的短篇小说《女儿桥》这样的作品，要说作品里写的那种事情没有发生过，倒也不见得，但是你干吗非要安排造反派押着那几个农村姑娘走过那个桥，而且一定要在桥的当中，在围观的群众面前，把她们的裤子脱掉？作家追求的真实就是这个？这是打着写真实的幌子，把一些不堪入目的脏东西，当作生活的真实来贩卖。我觉得，这个扣子如果不解开，真实，就不可能真正在我们文学里面兑现。

这次到武汉来，火车经过漯河，触景生情，忽然想起了一件往事。这件事我在其他场合也曾经讲过：1948年，割麦子的时候，当时刘邓大军进行宛西战役。为了保证战役胜利，我们那个纵队的任务，要在漯河的沿岸阻住蒋介石王牌军之一的整编十一师。当时，要我带一个组为修筑工事筹集木料和门板。兵荒马乱的年月，大姑娘、小媳妇都在屋里藏着。当时，我们就做了个规定：凡是家里有青年妇女的，内房门一律不要摘掉，人家那么大了嘛，还要有个房门。当天晚上向纵队首长汇报的时候，我们这个组没有完成任务。我正在振振有词地申述理由，纵队政委“啪”地把桌子一拍，把我狠狠地骂了一顿。他说：“你想过没有？如果工事修不好，一发炮弹把工事打塌了，难道牺牲的战士不是人民的亲生骨肉？再说，如果守不住，阵地被敌人突破了，我问你，你那两扇内房门能不能保住那些大姑娘、小媳妇?!”我被骂得哑口无言。回想起来，我当时是真实的，甚至可以说是真诚的，然而我必须承认，纵队政委更符合真理。试想一下：如果这样两个真实摆在一位作家面前，你到底要哪一个。

所以，不能一般地要求写真实。我们现在就有标榜着真实，却歪曲了革命战争的小说和诗，它们把爱人民和爱革命事业对立起来，说我们共产党那么不尊重人，不爱人，把成万的农民组成了军队去打仗，一仗打下来，几千几百的同志血染黄沙。于是，“一将功成万骨枯”，将军的肩章，就是战士们的鲜血染成的……把正义的革命战争写成了这个样子，作者还说他是在写真实。可怕得很，也可恶得很！这种东西，把庄严的斗争写得那么肮脏，连烈士的鲜血也写得那样苍白，就从根本上否定了人民战争，造成了严重的污染。

污染了文学，污染了人民的灵魂和精神。

六

关于文学创作，还想说一说形象的问题。最近读到一个外国人对中国文学的议论。他说中国的文学是人的文学、大地的文学、乐观的文学。很好的一个概括。我们社会主义文学的确是人的文学。我们的文学描写最新最美的人。发现人，表现人，这是我们注意的中心。

有的同志写信问我，你写小说，现在又写电影文学剧本，还有什么心得？我回答的第三句话是：电影是写人的，又是人写的。其实，何止电影，我们整个的文学都是写人的，又都是人写的。人物的性格、形象是最有文学价值的东西。将来我们电影制片厂做统计的时候，也许不要统计出了多少部、多少本影片，而要计算这样一个数字：你这一年里把多少个有个性、有特点，性格鲜明的社会主义新人形象送上了银幕，创造了多少真正的银幕形象。

最近，有机会陪着一位中央领导同志看一部我参加写作的电影。他看着影片，说了一个道理，他说："观众花了钱，买了票，到电影院来看电影，人家想看到一个艺术品。"这番话使我很受教育。我们献给人民的文艺作品，应该是一个艺术品。作为艺术品的主要标志，就是塑造人物形象和写人的内心世界和内在精神，也就是说，要写出人的心灵的深度。

由此联想到塑造社会主义新人的问题。最近，一位领导同志指出："电影要走入人心。"这是一个重要的艺术要求。电影要走到观众心里去，接下来就发生一个问题：要想走入人心，那么，影片的创作者有没有进入到人物的心里去？如果一个作家，他自己还没有进入到人物的心里去，怎么能指望他创造的形象能够进入人心呢？

早在四年以前，邓小平同志在第四次文代会的祝词里，就明确地提出了写社会主义新人的要求。这是社会主义文学的一个重要课题。可惜，由于学习不够，我们现在的认识和理解，还不够准确，不够深入，不够宽广。

描写社会主义新人，我理解，这是从我们社会主义建设的现实和历史经验里面概括出来、总结出来的一个很好的口号，一项重要的艺术要求。它规定着社会主义文学的性质。任何事物，都有它的质的规定性，社会主义文学也不例外。我们搞的是社会主义文学，就应当在描写和培养社会主义新人方面做出更大努力，像邓小平同志所希望的："要通过有血有肉、生动感人的艺术形象，真实地反映丰富的社会生活，反映人们在各种社会关系中的本质，表现时代前进的要求和历史发展的趋势，并且努力用社会主义思想教育人民，给他们以积极进取奋发图强的精神。"

说到社会主义文学的性质，还想多说几句。我非常拥护这样一个观点，就是不要忘记我们的旗帜，我们的姓名。千万别忘了，社会主义文艺姓"社"，它不姓"现代派"的"现"，也不姓"存在主义"的"存"，或是还有什么别的。它就是姓"社"。不能把什么样的东西都拿来冒充社会主义文艺，或者是用它们来排斥和抵制社会主义文艺。忘了我们的文学艺术姓"社"，也就是忘了我们无产阶级、共产党的历史责任。我们干的是社会主义四个现代化事业，我们的旗帜是共产主义。我们建设以共产主义为核心的精神文明，加强思想建设和文化建设。归根到底，是为了壮大无产阶级，埋葬资产阶级，给资本主义掘坟墓、钉棺材。我们坚定地坚持对外开放，向国外学习先进的科学技术，也是为了走中国式的社会主义道路，使我们的祖国富强起来。这一点，作为思想战线的战士，没有什么好含糊的。然而，在理论界、文艺界有个别的人，用一些反马克思主义的，非马克思主义的，反社会主义的，或者是资本主义的脏东西，来挤社会主义的思想阵地，甚至连“毫不利己，专门利人”“一不怕苦，二不怕死”都批判了。宣传什么“人都是自私的”，或者主张什么“主观为自己，客观为社会”……严重地影响了人的思想，影响了新人的成长。这是值得注意的。

提倡写社会主义新人，是我们经过了千辛万苦、经过了长期斗争总结出来的一条经验。它为我们社会主义文艺的发展，为继续消除“左”的影响和坚持反对右的侵蚀，开辟了一个广阔的前景。重要的是理解。要理解得正确，要理解得宽广些，要理解写新人是一个大的范畴，并且在艺术实践中创造各种各样的社会主义新人形象。

七

坚持描写社会主义新人，就应该用很大的力气去描写生活中的正面形象、英雄人物。我理解，邓小平同志《在中国文学艺术工作者第四次代表大会上的祝词》中提出的描写社会主义新人，也就是描写正面形象。“要塑造四个现代化建设的创业者，表现他们那种有革命理想和科学态度、有高尚情操和创造能力、有宽阔眼界和求实精神的崭新的面貌。”这就是时代生活的正面力量，就是站在生活前列的英雄人物。“要通过这些新人的形象，来激发广大群众的社会主义积极性，推动他们从事四个现代化建设的历史性创造活动。”近年重读列宁《在斯维尔德洛夫墓前的演说》这篇文章，很受教育。列宁在文中把斯维尔德洛夫和一些老一辈的革命家都叫作“无产阶级之花”。这个名称好极了。广义地理解，我们那些叱咤风云的无产者，为了广大人民的利益而献身的奋斗者，披荆斩棘的创业者，积极投身四化建设的改革者和英雄模范人物，都是无产阶级之花。我们的文学家、艺术家应该去找到他们，表现他们，塑造出他们那焕发着革命精神和时代光彩的艺术形象。

收集无产阶级之美，并且在作品中表现得比实际的更美，我看这就是一个作家、一个社会主义文学创作者终生不渝的任务。当然，对于那些阻碍生活前进的、落后的东西，对于封建阶级残余的影响和资产阶级的侵蚀，我们的文学一定要鞭挞。对于生活中那些阴暗面、不健康的东西，也要予以批评。但是正是从这个意义上，更要特别重视正面的、积极的东西。我认为，黑暗是不能用黑暗去照亮。要照亮黑暗，还是得用热量和光明。一个作家，正确认识时代前进的要求和历史发展的趋势，从复杂纷纭的现实生活中把握住生活的主流，重视发现与认识正面的、积极的、美好的东西，也就是说，作家明确地解决了信什么，爱什么，执着地坚持什么。那么，对于丑恶和污秽就会恨得更强烈、更痛切。认识了前进的人和人的前进，看到了战胜弊病的力量，才能真正指出障碍和弊病。

和关于人的描写、关于社会主义新人的塑造联系着，在我们的文艺理论中，近几年对于创造艺术典型问题探讨得少了，较少谈论典型环境中的典型性格了，这有点不大正常。我认为我们的旗不是写真实。真实，是文学的起码的要求。我们的旗应该是典型性，应该创造出时代的社会生活中各式各样的艺术典型。

在塑造社会主义新人方面，有一个问题值得注意。就是要注意人和党的关联。去年，党的十二大以后，我在一个座谈会上发了个言。发言发表的时候，题目是《写出人和党的精神联系》。这个命题，我自认为是不错的。因为在我们的社会生活中，有那么一个似乎看不见、摸不着，却无处不在而永远决定着我们生活进程的力量，就是党。人，离不开这个党；人，总是与这个党存在着千丝万缕的联系。所以，我说，我们的社会主义文学认识和表现人和党的关联，要注意写出人和党的精神联系，还用了这么一个词：要注意塑造“党的人”的形象。这番话的意思是，观察和表现生活的时候，要看到党的力量和作用，在人的塑造上，要努力写出一些党的好儿女、党的好党员。文学注意了这样一点，对于正确反映生活、推动生活前进有意义，有好处。所以用了“党的人”这个字眼，并不是因为有一部电影《党的女儿》与我有点关系，或者《闪闪的红星》里面有个“党的孩子”。因为我感觉到：我们所创造的、描写的人，是现实的人，他和党存在着联系，有一种属性。是不是可以这样理解：人，除去自然属性外，还有一个阶级属性。把自己看作是属于君王的、父母的，是封建伦理思想的核心；把自己看作是自己的，是资产阶级思想的重要特征。我们共产党人、革命者，从来是自觉地把自己看作是无产阶级和它的政党的。比方说，一个党员作家、党员科学家，就应该首先是个党员；然后才是作家、科学家。承认这个属性，自觉地看作是党的肌体的一部分，不是降低了他，而是正确地评价了他。当然十年动乱或者更长的时间里，我们党确实犯了这样那样的错误，这是事实。但是也应该看到：这些错误正是这个党自己来纠正了，清除了，并且大步前进了。因此，怎么看这个党，怎么看这个党和社会生活的联系，特别是搞文学创作的，搞“人学”的，研究人的，正确地认识人和党的这种联系，并且正确地表现出来，这是个很正常的要求，恐怕不算什么过分。但是，文学队伍里有少数同志，出于一种偏激的情绪，片面地理解生活，一写到共产党就“头疼”，有时候简直不敢写党，仿佛一写到人和党的联系就输了理似的。我看这实在不必要。其实，像近几年涌现的一些优秀的文学作品，细细看来，就可以看到这种联系。像《乔厂长上任记》里那个立志改革、为工业现代化勇挑重担的乔光甫，他不是天上掉下来的，正是共产党哺育了这样的新人。又比方《人到中年》里陆文婷这个形象，的确，在她的中年时代，由于我们党忽略了知识分子政策的落实，使她负担那么沉重，生活又那么艰辛，是对不起她。党要从这里记取教训，党对知识分子，要当作自己的亲兄弟、亲儿女来对待，像邓小平同志所要求的那样。但是，我想陆文婷之所以成为陆文婷，也因为她在成长过程中，喝过几口颇有营养的、党和人民的奶，她上过共产党办的医科大学，或许经历过抗美援朝志愿军形象的教育，或许受过白求恩形象的感染，也经过一系列的政治教育。这一切，使她成了一个爱祖国、爱人民、爱事业的正直的人。她性格之所以如此美好也还是由于党的思想的照耀。可叹的是，由于党有失误，在培育了陆文婷这样的人的同时，也产生了“马列主义老太太”这样的人。把这两种人同时降生到了人间，陆文婷便受了委屈。我们党本来想生龙种，谁知道把一些跳蚤也生了出来。这是教训。但是文学一定要告诉人民，这个党毕竟是为人民服务的党，并不是光干对不起人的事情。这是我的一点理解。还要告诉读者，这个党过去是伟大、光荣、正确的，是大有希望的，是完全可以信赖的，经过整党之后，党风得以根本好转，就会以崭新的面貌出现在社会生活当中了。

文学，向自己的创作者要求两个东西，一个是非常的清醒，一个是极端的热情。作家，特别是党员作家，应该清醒。经过十年的动乱，我们的党处在困难时期。在困难的时候，在与困难进行的斗争中，文学要帮助党。当然各行各业各条战线，都要帮助党，从困难中走出来，摆脱掉自己身上的尘埃，整顿和建设得更加美好。作家心里应该有底。一个外国作家尚且懂得：“每一个作家自己心里都有一个审查机关。”何况我们新时期的文学创作者，应该怎么写，不应该怎么写，心里明明白白，心里很有底。这个底，按老作家张天翼同志的说法，第一是有益，第二是爱看。普普通通的四个字，把作家的政治责任和作品的思想艺术要求说透了。

应该把崇高引进我们的文学。崇高，是社会主义文学的重要组成部分。不要排斥崇高，恰恰相反，应该把崇高和伟大深深地引进我们的文学之中。雨果和席勒，是两个风格截然不同的作家，然而他们有一个观点却惊人地相似。雨果说：要向着伟大，向着真实。他把伟大放在文学的要素里面去。席勒说：在舞台上只有两种东西能激起观众巨大的热情，那就是“伟大”和“真实”。两个人都把伟大看作是文学的要素，值得我们深思。社会主义的文学，是提高人、激励人的文学，不应该把崇高置于自己的视野之外，应该在引人入胜的同时，引人向上；在催人泪下的时候，也催人奋发。

榜样的力量是无穷的。要求文学描写新人、塑造正面形象，也为了培育青年一代，特别是少年儿童的成长。这几年，我接触了一些中、小学生，接触了一些孩子，深深地感觉到我们的文学艺术对孩子们负有重要的责任。谁都知道，今天的孩子是什么样子，明天我们的祖国就是什么样子。这是个非常简单的道理。我们应该抢在春天里播种，把爱国热情、革命精神和高尚情操播进孩子的心灵。绝不能用我们自己的手写下那么些卑劣丑恶、污秽肮脏的东西，送给我们的儿女看，从精神上毒害和污染自己的后代根苗。我们并不是没有自己的光彩夺目的英雄榜样，也并不缺少滋养后代的精神财富。我们有壮丽的过去和宝贵的光荣传统。今天，也仍然是需要英雄并且产生了英雄的时代。生活的英雄性决定了文学的英雄性，豪迈的事业培养着崭新的人。因此，文学要为两亿儿童和两亿青少年着想，为事业的未来着想，就要更多地注意发现和描写生活中的正面人物，塑造社会主义新人形象，为一代代新人的成长提供榜样。

八

在讲了生活、思想、形象之后，我想再谈一谈艺术的凝练、单纯和描写的密度。这是更带专门性的问题，或者说是文学创作的技巧问题。

文学创作，要讲求艺术的技巧。在一个不短的时间里，我们在艺术上追求得不够，甚至怕谈技巧。记得是1962年，一位30年代的老作家给我们当时的一些年轻人谈创作。他说，那时候，我们没有机会深入到工农兵斗争生活中去。有一些生活，就要千方百计地把它写精巧些，你们如今生活的机会多了，却又不肯下功夫把材料用好，把作品写得精美了。这个批评是中肯的。

谈到创作的技巧，首先，我觉得要凝练，要单纯。有人问我写写小说，又写写电影，有什么体会。我回答的第四句话是：电影是大的，又是小的。电影这个艺术手段是无限的，又是有限的。其实，何止是电影，文学也是一样。它确实是“大”的，比方说电影，上下几千年，纵横几万里，宏大的山川景物，复杂的世态人情，无所不容，无所不包，看来好像是很大、简直是广阔无边。但是干了几年，却发现它实际上很小——九十分钟，不到一万呎胶片，它的容量又有相当的局限性。这个既大又小，体现着文艺的一条根本规律，那就是：作品所反映的社会生活是大的、广阔的，它所表现的时代是大的、开阔的，然而用来表现这个“大”的那个具体描写对象却是生活的一部分，它应当是小的，是凝练的。着眼的是生活和时代的大，着手干的又是一个精练的小。“以小见大”，处理得当，就是好作品，如果就这种大和小的关系做一点文字游戏，不妨看看那个尖端的“尖”字：上边一个小字，下边一个大字，配置得当了，就冒尖，就是“尖端”。

可惜，我们搞创作的有时不完全这样来对待文学的这个规律。须知艺术的大和小与生活的大和小并不完全是等同的。在生活里是大的，在艺术里未必是大的；在艺术里是大的，在生活里也未必是大的。我们搞文学创作，就是要善于从生活里找到和抓住那些在艺术上是重大的东西，这个道理也许不难懂。《白毛女》的喜儿，一个普通的佃农家的姑娘；董存瑞，解放军里一个平常的士兵，他们的命运如何、思想行为怎样，并不决定着中国革命的成败进退，但是，这些形象在艺术上是重大的，被作家艺术家找到了，认识了，并且描写出来，就概括了一个时代。当然，我们强调重视艺术上重大的东西，并不是说要忽略和排斥那些在生活中重大、在艺术上也重大的东西。把重大的题材艺术地表现出来，再现生活固有的宏伟规模和广阔性，努力开掘其深刻的内涵，表现其思想意义，创作出气势很大，意境很高的作品，也是文学的一个重要课题。因此，对待题材，我们既反对题材决定论，也反对题材无差别论。“以小见大”，以有限表现无限，这是个创作的规律。艺术这个东西本身就是“以小见大”。我以前曾打过这样的一个比方：舞台的中央放上了直径不过一米多的小圆桌子，一个姑娘穿一双旱冰鞋跳上桌子，在桌面上溜冰。一个人溜还不算，又跳上来了一个姑娘。两个人溜得那么豪迈，那么奔放，比之在什刹海或者昆明湖冰场上溜冰毫不逊色。我告诉大家说：“这就是短篇小说。”短篇小说，给你几千字，万把字的篇幅，可不就是给你一个“小圆桌”，给你一个限制，然后让你在这个看似狭小的天地里“溜冰”，还要像在冰场上一样自如，这才成了艺术。

其实，所有的艺术无不是如此，给你一个限制，然后要你利用这个限制去创造，给画家一张宣纸，要他画出百里江山；甚至于让他画出香味——“踏花归去马蹄香”；或者让他画出声音——“蛙声十里出清泉”。正是这个局限把我们的艺术逼上梁山，逼出了独特的艺术产品。因为他们认识了局限，尊重了局限，并且巧妙地运用了局限。

认识局限、运用局限，“单纯”是重要的艺术要求。近年有些作品，短篇小说也好，电影文学也好，常见的毛病，一个是“多”，一个是“过”。也就是说，不注意单纯、凝练，不讲究分寸。多，在一篇作品里堆进去的东西太多。前辈电影艺术家张骏祥同志说过这么一件事：他有一次问一位外国电影导演对中国的电影有什么意见，那位导演想了想，回答说：“意见不多，只有一条，就是你们常常在一部电影里放进了五部电影的东西。”张骏祥同志说，不要再多了，只这一条就是我们的致命的病症。讲到这里，张骏祥同志又补充了一句，说得更漂亮，他说：“更悲哀的是，还不知道删掉哪四部是对的。”把五部电影的东西堆上去，发现是多了，却还舍不得去掉那不必要的部分。这是我们创作的一个常见病、多发病，是悲剧之所在。艺术需要单纯。单纯了，才能丰富；少了，才能多。和著名电影剧作家陆柱国同志一起编写电影文学剧本《闪闪的红星》是我向电影艺术学艺的一次实践。记得陆柱国同志在初稿里写下了这么十八个字：“两岸青山夹着一湾绿水，一只竹排顺流而下。”当时，这段描写并没有引起我的注意，谁知到了导演和摄影手里，却出现了“小小竹排”那一场清新别致、情景交融的抒情场面。是的，艺术是生活提炼的结果。有艺术价值的东西，永远不会小。只有像造酒酿蜜那样，从大量的生活的粮食和花朵里提取了精粹的少，才能得到艺术的多，才能丰富多彩。

当然，这里所说的小和少，是一种艺术要求，我们要的还是大，是思想艺术力量的大，是概括生活的大，是题材所尽可能见到的大。或者换个说法，我们的文学所追求的，还是“微而足道”而不是“微不足道”的东西。近几年的文学创作，在许多好的和比较好的作品旁边，我们也看到这么一类作品。专写些平庸、琐屑的东西，热衷于描绘卑微和低下，甚至欣赏卑劣和丑恶。有的作品，在“写普通人”的幌子下，挖掘“自我”，搜求身边一点点琐屑的人和事，结果不是“以小见大”，而是就小写小，事小人也小，创造了一些“小人儿”的形象，捏出了一些生活和思想的“侏儒”，这是不足取的。鲁迅憎恶那种“使人变小”的艺术。文学艺术一旦使人“变小”，就丧失了文学价值，成了对社会主义文学的亵渎。

和上面讲的“多”联系着，还有一个“过”的问题，过，就是过头、过火、过分。或者说情理不合，分寸不当，在艺术上不留余地，这有时反映在构思上，有时反映在叙述和描写上。

构思不巧，常常使得一些很好的艺术材料被糟蹋了，如同把一块极好的衣料做成了一件并不合体的衣服。艺术产品诞生的可能性没有转化成现实性。这是一种令人痛惜的浪费。这方面的例子很多，就不一一列举了。我只讲自己的一点看法。我认为，写小说、写电影文学剧本，用文学形式反映和评价生活，不是写秤钩上的那一堆柴火，而是写那个秤砣，写秤砣压住的那个秤星。短篇小说就是要尽可能在较小的面积上获得最大的丰收，就是要用四两去拨动千斤，因此要讲究构思。有些作品拼命地写秤钩上那成堆的柴火、棉花，而不善于写秤砣和秤星，找一个独特的角度、巧妙的构思完成自己的艺术作品。

文学，特别是叙事文学，又是描写的艺术。应当善于处理叙述和描写的关系。写过一些短篇小说的大都能体会到：小说是叙说故事的，但人物形象以及人物性格的形成、发展、展现，主要的不靠叙述，而是靠了场面和场面的展开，通过准确的细节描写，来表现人的行为和内心。初学写作，常易通篇全是叙述，只是把一个故事梗概讲出来完事，作者的那支笔没有在必要的地方停下来，展开一个场面描写。为了说清楚这个关系，我想举大家都熟悉的越剧《梁山伯与祝英台》为例。剧作一开始就写梁山伯与祝英台同学三年，三年，是一千个日夜，作者用叙述的笔墨："同窗共读三年整"，七个字便交代了。但是，下一场"十八相送"到长亭是怎样处理的呢？长亭，一般离市区顶多不过十里。十华里，正常行军速度大约一个小时。一个小时的事情，他用了整整一场戏，以描写的笔墨，把这次分别写得那么淋漓尽致。妙还妙在，作者已经写得那么饱满酣畅了却还不满足，还要再来一个"回十八"，动用艺术的重复，再一次描写。分析一下这种艺术处理是很有意思的。看，一千个日夜只用了七个字，叙述得十分简洁，真是惜墨如金。而一个小时，却用了将近两场戏，描写得笔酣墨饱。我看，这就是叙述和描写的关系，这就叫艺术。

九

以上所说的是有关文学创作的几个问题，也是文学创作技巧的几个主要方面。简括起来说，无非是观察生活的广度，开掘、思索的深度，取材构思的角度，和描写的密度。这些，都是文学创作应该加以注意并且努力解决的。但是，我以为，更为重要的还有一个问题，就是创作者的态度。

说到这里，我又想到了会议给我的题目，想到了清除精神污染的问题。

刚才已经讲过，社会主义的文学本来和精神污染是无缘的。它应该是引人向上，使人的心灵高尚而美好，以此教育、影响和陶冶人民，加大生活中的社会主义、共产主义因素，促进社会主义新人的成长，从而帮助社会主义经济基础的巩固和发展。它不但不会污染什么，恰恰相反，它应该是净化社会净化人民心灵的清洁剂、消毒剂。遗憾的是：我们的文学尽管是在前进，尽管有许多好的作品在推动着社会生活，净化着人的心灵，但是也确实有那么一小部分理论和作品，喷洒出各种各样的肮脏的东西，污染了、弄脏了人们的灵魂和精神。正是这种文学现象，把文学和精神污染扯在了一起。这的确值得认真对待。错误的理论观点、歪曲生活的文艺作品，散布和传播了精神污染。污染是现象，作品是客体，那么原因在哪里，这就不能不从文学创作的主体——创作者这里去找了。大家知道，作品是社会生活在创作者头脑中反映的产物，是作家艺术家的头脑这个“加工厂”加工出来的精神产品。于是，一切利弊得失就要从创作者的思想艺术素质和精神面貌寻求解释，在这里，就有一个态度的问题。

作家，应该是一个思想战线上的战士。作家，永远不能把自己没有的东西写进作品，送给别人。这应该是一个起码的常识。作家的思想面貌，永远决定着作品的面貌。一个作家，他自己的心灵是高尚的、纯净的，他自觉地把自己看作是为社会主义而斗争的战士，他对生活的立场、观点、态度是正确的、积极的，那么，他的作品就是从血管里流出来的，每一滴都是战士的鲜血。

这样的作品无论写什么，都渗透着革命的精神，当然，不会污染什么。相反，如果创作者自己的灵魂不高尚不纯净，本身就卑劣、低下，那么只能是水管里流出来的水，甚至是污水、脏水，造成精神污染也就是必然的了。所以，作家是个什么样的人，他对待文学事业的态度，就是一个很大的问题。

在一篇文章里，我曾经说过：对于文学创作来说，“感情是帆，思想是舵”。你这艘艺术之船，要想破浪前进，如果没有无产阶级的感情去鼓起推动前进的风帆，如果没有正确的思想做把握前进方向的舵，就不知道要漂流到何方，不知道要撞到哪块礁石上。我认为，要做一个真正的社会主义文学创作者，真正学会并且能够进行文学创作，要先做一个思想战线上的好战士。首先要自己有，然后再把它写进稿纸，献给别人。文艺工作者的素质如何，从来就决定着文学艺术的产品的质量。不断地加强作家、艺术家自身的思想修养和艺术锻炼是非常重要的。

努力提高文学创作者的思想和艺术素质，使自己成为一个名副其实的人类灵魂的工程师，是光荣的责任，也是很不容易的。回想起来，从我的第一篇短篇小说《党费》发表到现在，已经三十个年头。虽然干了这么久，距离党所要求的“名副其实”还很远。教训是多方面的。这里只说我感受最深的一点就是：做一个党的文艺宣传员，做一名思想战线的战士，懂得“加、减、乘、除”是如何重要。在生活和创作实践中，我逐步懂得了：要用加法不懈地去积累生活，积累对人民的革命斗争生活的真切的感受，使生活经验和体验增加了再增加，使满载生活的行囊永远充实。也要学会用减法去处理艺术材料，也就是说通过深深的开掘、提炼，裁汰不必要的东西，获得艺术的单纯和凝练，尽力不让无价值的冗杂去湮没有价值的部分，更不把语言垃圾写到稿纸上送给读者，还要学会用乘法去对待感情，使自己对人民的爱和对敌人的恨成倍地增长。一个对生活无所爱憎的人，成不了人民所需要的作家。只有对党、对人民、对祖国怀着深深的爱，才能成为时代的歌手。但是，直到很晚，我才开始懂得除法对于一个文学工作者的重要，甚至是更为重要。这就是说，当你获得了一点劳动成果，写出了一些对人民有用的作品之后；或者得到了赞许的掌声和鲜花的时候，这时，千万不要忘记用除法。文学创作，是个体的劳动，但又是集体的事业。文学创作的成果永远来自人民、属于人民、为了人民。一个作者所写下的一点点精神产品，得到的成绩和荣誉是个“被除数”，要用一个很大的除数去除的。首先这份产品的制作，就是许多人集体的创造，举一部电影为例，当然有你剧作者的一份劳动，但是，还有多少人在那里为这个艺术产品的诞生而辛勤劳动，更重要的是：作者所写的这样那样的生活本身就是人民创造历史的英勇劳动甚至是舍生忘死的斗争，这里面有他们的汗水和鲜血。当你清醒而又自觉地运用除法的时候，就不难在生活中找到自己真正的位置。作家，只是社会主义建设的人民大军中普通的一员。创作，不过是一项平凡的精神劳动。绝不能把人民的忠诚劳动和英勇的献身都拾掇拾掇放在自己的那个小包袱里背起来，或者把文学创作的成果塞在个人的“存折”里，放进银行，随要随取，还要拿利息。

用什么样的态度对待生活对待文学创作，是很重要的。要想稿纸上有，就得心里有。作家，永远不能把自己没有的东西送给别人。

十

我常想，一个文学创作者，甚至也许包括其他行业的创造者，他需要各式各样的思想武装和专业技能的磨炼，然而，就根本上说来，需要两个东西，一个是十分的清醒，一个是极端的热情。回顾几年来，邓小平同志曾经多次谈到坚持四项基本原则的问题，一而再，再而三地为思想理论战线和文艺战线指出了正确的方向。都是帮助我们清醒，提示我们警觉地注视并坚持反对各种错误倾向。

文学是和人的心灵打交道的，文学战线是整个思想战线上的一条重要的战线、重要的阵地。这条战线，近几年来，特别是十一届三中全会以来，很有成绩，大有进步，确实是前进的文学，繁荣的文学。但是，仔细看来，在文学这个领域里也和党中央指出的理论界、文艺界一样，存在问题。首先是作品。在好的和比较好的文学作品旁边，确实出现了一些不好的、低劣的、低下的甚至是肮脏的作品。这样的作品直接地散布了淫秽，有的简直不堪入目。说也奇怪，我们的刊物居然发表了，而且还编印成书，广泛发行，毒害了读者的心灵。

如果在我们的文学创作里，仅仅有这么一篇有着错误倾向的作品，那也算不了什么，问题是这不是极其个别的现象。我是搞文学创作的，又搞过一点党史军史的研究，仅就近年接触到的描写人民军队、人民战争和革命地下斗争的一部分小说和电影剧本来看，确实存在着散布精神污染的问题。有的像上述那篇小说一样，把正义的革命战争写成了抽象的"人性"的胜利；有的丑化了革命军人的形象；有的看上去似乎是写革命军人和人民的血肉关系，却莫名其妙地安排上一个污辱军人也污辱群众的肮脏情节；有的则把爱情甚至色相写成了思想觉悟的主要因素或者克敌制胜的决定条件……这样的作品，就整个文学创作成果来说，为数虽也不多，然而影响却是不好的。因为它们歪曲了革命的战争，把庄严的革命斗争和卑劣丑恶搅和在一起，把革命烈士的鲜血也写得那么苍白、那么肮脏，这就不能不使经历过革命战争的人看了感到气愤，使广大青少年不能正确地认识历史。

至于现代派文艺思想，当然还要做细致具体的分析，但是有一点必须弄清楚：西方现代派的理论和作品，并不是什么新东西，而且早已在创作实践上被证明在走着下坡路。了解它是需要的，搬过来则大可不必。认为学现代派可以取代革命现实主义的创作方法，使我们社会主义文学走向宽广的坦途、实现"突破"，则是不可能的。文学上的现代主义思潮，讲起来似乎扑朔迷离、玄而又玄，其实，它的主要特点也就是三点：一个是反现实，一个是反理性，再一个是反传统。无论打的是什么幌子，其要点无非是两个“自”字：一是崇尚自我、“表现自我”，排斥文学的描写对象是人民的社会生活。就像有人在文章里说的：“不屑于表现自我感情以外的丰功伟绩。”二是崇尚自发，提倡文学中的反理性主义，排斥马克思主义理论对创作的指导，否定世界观对于创作的作用。现代派文艺思潮还有一个“好处”，就是只要深挖“自我”就行了，不用艰苦地深入社会生活。这也许是有些人推崇它、接受它的一个原因。而这一点恰恰从反面说明了它的不足取。

总之，让我们更高地举起社会主义文学的旗帜，拿起批评与自我批评的武器，在努力开创新局面的斗争中，坚持应该坚持的，清除必须清除的，创造我们还没有的。

（原载《财会通讯》1983年第4期增刊）

短篇小说创作及其他

电影文学学会首届年会在湖北召开。有幸来到黄州这个古老而又年轻的城市，有机会跟同学们见面，我很高兴。讲学不敢当，我只想把我对文学思索的几个问题，向大家汇报一下。

回顾和展望

首先，谈谈在文学领域中，应该怎样看待它的历史和前进的问题。

我从50年代起就开始从事文学活动。我的直观感觉是，我们的社会主义文学在前进。它离生活近，离人民近，离人的心灵也很近。特别是十一届三中全会以后，我们的文学领域更加呈现出了一派兴旺发达的景象。如果把十七年划为一段，把十年动乱划为一段，又把近六年划为一段，那么，我觉得，我们的文学是在前进的。它前进意义在于把我们应该抛弃的东西抛弃了，把我们应该坚持的东西坚持下来了。我是在十七年中成长并从十七年中走过来的人。我的处女作《党费》发表于1954年，到今天已有近三十年的时间。我常想：十七年前期，我们曾有过自己的黄金时代，能比较地按客观规律办事，能从生活、从作家本身的实际出发去进行创作。那时，我开始接触文学。我们那一代人深深留恋那段时光。当时我们从战斗中走出来，放下了手中枪，就拿起了纸和笔，把那光辉的战斗历程和党对我们的哺育之恩写下来。这是我们义不容辞的职责，也是我们最大的幸福。在这一段时间里，产生了我国年轻而又朝气蓬勃的社会主义文学。但是，好景不长。到了1957年，文学的领域中就是一片严霜。出现了一种极“左”的、形而上学的思潮，违背了生活的规律，也违背了艺术的规律。从这时候起，我们的文学创作开始了艰难的历程。当然，这期间（1958—1963）也有一些好的作品出现。但是，我们的文学却是在艰难中前进的。我自己就参加了用绳索捆住文学的活动，文学被捆绑着艰难地走了好几年。接下来就是不幸的十年。这个十年，我的看法是，如果它在政治上是不可避免要出现一场灾难的话，那么，在文学上也必然地逃不脱这场灾难。我们的国家，我们的人民蒙受了一场灾难，文学艺术也不能不凌受一次浩劫。是党的十一届三中全会迎来了生活的解放、思想的解放，也迎来了文学的春天。

总的说来，我们的文学是年轻的文学。它正处在而立之年。尽管有波折，道路坎坷，但它还是不断发展向前的。回顾我们的历史，应该清醒地认识我们的历史，珍惜我们必须珍惜的东西，抛弃我们应该抛弃的东西，从而使我们的文学更好地沿着正确的方向前进!

当然，我们看到文学不断前进的同时，也应看到它的前进和发展航程上，也并非是一帆风顺的。就以小说创作为例。从1978年到1981年，可以说是短篇小说创作的兴盛期。大批优秀小说构思精巧，意境清新。我肯定地说，这是我们50年代小说难以媲美的。张抗抗、王安忆等一大批优秀青年作者在成长，在成熟。这是一个极可喜的现象。我们各自在走自己的道路，在进行各自的艺术探索。可是，近两年来，我们的短篇小说在深思，在徘徊，在原地踏步。当然，也不否认这两年也有一些好的作品问世。我所说的是它整个的势头。对于这样一种情况，我们无须忧虑。这是正常现象。问题在于我们能否正确地认识它，理解它。任何事物都不是直线上升的，都有它自身不可违背的规律。在文学创作的领域中，可以在不同地方出现不同水平的优秀作品、优秀作家。但整个势头却有它自身的发展规律。近两年短篇小说创作有原地踏步的势头，但这并不一定是坏事。应该说，它的沉思，它的踏步，是为了更好地飞跃。我是一个乐观主义者。我认为，一个短篇小说创作的新高潮势必到来。这个问题的关键就在于作家对生活的认识和思索。在1978年到1981年小说创作的评奖会议上我就谈过，那一大批新的作家，他们从以前的生活中获得了独特的感受。在粉碎“四人帮”以后，又进行了深沉的思考。这时候出现了一大批好作品，推动了短篇小说乃至于整个艺术领域的前进。这些作品最大的特点是表现了作者真实的思想感情。我们50年代那一批人，从战斗中走出来，经过了几年的沉思，于是就出现了李准、茹志鹃等一批优秀的作家和作品。王蒙、刘绍棠也是在那一段最好的年华岁月里迎来了崭新的生活。近几年来作家的感情是强烈的，思考是深沉的。所以说70年代后期的高潮是完全合乎规律的。我认为文学创作本身最大的矛盾是：社会生活的无限广阔性和作家占有生活的有限性。这个矛盾是永远难以克服、永远存在的。这也就是说作家把从他心尖上跑过去的生活与感受喷吐了之后，还有一个继续充实的时候。我觉得目前文学创作的问题一个是生动，一个是形象。关键是要对生活进行新进入和新开掘。现在已有相当一部分作家十分敏锐地意识到了这一点。我们写自己所熟透了的东西，而不去写自己所不熟悉的东西。这是很好的。但似乎也有一部分同志还没有意识到这种生活的新进入、题材的新开拓以及表现形式的新探索是多么的重要！这个东西就看作家自己的觉悟的迟早，能不能尽快地投入到生活的激流之中，从而缩小这一矛盾。这是一个十分严峻的问题。

这次电影文学学会首届年会在黄州召开期间，我有机会同一些作家交谈，受到了很大的启发。在同《乡情》的作者王一民的交谈中，他说过两句话："我写文章就写我那些熟透了的东西，我要用自己的写法去写它。"这两句话好极了。用自己的写法去写那些自己熟透了的东西，我想全部的艺术奥秘就在这里。今后，我们文学的发展永远会与生活的新进入、题材的新开拓联系在一起的。

以上是我讲的第一个方面的内容。我还想重复一遍：我们的文学在前进，切不要被暂时出现的现象蒙住了我们的眼睛。我在不久前的一次发言中谈到过。近年来，我们的一些文学作品中的脂粉气、江湖气和铜臭气的确值得我们注意。但我们文学的主流是好的。我们的社会主义文学是年轻的文学，是前进中的文学，是离生活很近的文学。最近，我同王蒙的交谈中谈到过：张抗抗和王安忆是两个很有才华的女作家，各有其特点。王安忆把平凡的生活写得那样亲切，那样近人。但我又觉得她们所描写的人物缺少了一种高度，缺少了一点亮色。张抗抗却多一点理想的色彩而又不够亲切。所以说创作并非是一件容易简单的事情，当然这些也并不妨碍她们成为有特色的作家。她们正在成长，也必然走向成熟。这里，我想说明一点：社会主义文学是需要几代人的奋斗才能建立起来的，正如我们的社会主义国家需要几代人的辛勤劳动，不懈努力才能建设起来一样。

短篇小说的创作

其次，我想谈谈创作。我是搞短篇小说创作的，这里我就谈一谈短篇小说的创作。

第一点，谈谈什么是短篇小说。

说来很怪，这似乎等于说“1+1=2”。说实在话，我最近才找到我所认识的短篇小说的定义。不错！短篇小说是生活的横断面、人物的侧影，从艺术的高度来看人物形象。短篇小说创作有着许多局限性，用我曾经不止一次地举过的例子来说，就是要你在小圆桌上跳滑冰舞，甚至表演出比生活还要奔放，还要豪迈的形象来。

局限，这是一件坏事。谁愿意有局限呢？但局限一旦被你认识、尊重和利用，就会成为一个妙不可言的东西。整个艺术都是一个局限。一张宣纸，活现千里江山；几十平方米的一个舞台，表现了整个人生。局限好极了。如果没有局限，艺术就会没有味道。这种局限逼着你去探求一种独特的创造，你的劳动也就变成了一种艺术。在写短篇小说时，“什么是短篇小说”的问题解决了是很有好处的。假若这个说法还有几分道理，那么怎么去尊重局限、认识局限和利用局限呢？怎么把我们的短篇小说写成真正的短篇小说呢？既不是中篇压缩，又不是散文变样，短篇小说就是短篇小说。

这个局限不只是一个篇幅的压缩，它的本质是凝练，是生活的提纯。所以说它应该是从生活的百花丛中提炼出来的花粉或者是蜜。

第二点，谈谈短篇小说的凝练问题。

1978年，李准拉我去见沙汀同志，请教“什么是短篇小说的主要特点”，也就是说，写短篇小说有些什么窍门吧！沙汀同志想了一会儿说：“以小见大。”仅仅这四个字，我一生获益匪浅。我认为短篇小说创作并没有多大的奥秘。但有一种奇怪的现象：你写了七八年的小说怎么还站在短篇小说的窗外，好像隔着一层窗纸，你始终没有把它戳开似的。沙汀的“以小见大”，很有成效地启示我们去戳破那一层窗纸，窥见短篇小说或文学的宫殿究竟有多少奥秘。我认为整个文学艺术都是以小见大。苏叔阳同志的从《丹心谱》到《夕照街》等一系列作品中，描绘了一大群色彩斑斓的人物形象和生活情景，都是写的“小”。去年春天，在一次创作会议上我说过一句话，1981年电影艺术就一个经验可以总结，那就是把小的东西写透了。当然也还有把大的东西写活了。不然，像《南昌起义》《西安事变》就说不过去了。我所总结的经验是指最核心的东西。艺术的精髓就是把小的东西写透，写开，写深。这一点是十分重要的。这也是我二十多年来痛定思痛的一点教训。

多年来，我们对文学“大”与“小”的观念是模糊的、颠倒的。正如武大郎进了西瓜地尽捡大的挑。什么大题材呀，尖端题材呀！连题材都有尖端，这岂不滑稽！事实上并不是事件越大，文学的价值就越大。我想真正有文学价值的东西永远也不会是小的，那种把艺术上是大的等同于生活里边也是大的，我看这是一种糊涂的认识。

我的理解是，生活上是小的，艺术上很可能就是大的，艺术上是大的，生活上就不一定是大的。苏叔阳同志的《夕照街》，70年代后期上影的《闪闪的红星》，还有这几年的好电影文学作品，写的东西都不大，然而它们都有很大的艺术价值。我最喜欢八一电影制片厂的《归心似箭》这部电影。它的题材又有多大呀！《啊！摇篮》写的生活又有多大呀！我参加过西北战场上的战斗，知道那个战斗的场面有多大。而作者既没有写毛主席和朱德同志的战略战术，也没有写我们的战士怎样地在战场上和敌人拼杀，却写的是几个小娃娃。我看它一样写出了战争：反映了战争以内、战争以外、战争以前、战争以后的社会生活面。所以说短篇小说的创作，甚至于整个文学艺术的创作，都是“以小见大”的。

这是我关于小说创作的第二点想法。为了较清楚地说出一个道理，我想还是联系一下自己的创作实践。大家将来到中学去教语文时，可以看到我的一篇小说《七根火柴》。一听这名，就知道它该有多小，一千九百字。而我付出的代价却是很大的。尽管写的是小小的七根火柴，它却在一定程度上反映了红军长征的历史事实。长征是巴黎公社、十月革命以后又一次无产阶级革命的伟大壮举。这样的壮举不妨从一个小的方面去反映它，从一个党证里面夹着七根火柴去反映它。事实上，写得小的作品离生活越近，而且越能表现出艺术性来。有一些青年常把他们的作品寄给我看，叫我指出他们的不足。我的回答是：你的作品不是不足，而是有余，水分太多了一点。同学们将来当教师的时候，如果你的学生要去描写一杆秤，那你叫他们千万别着力去描写秤钩下成千上万斤的货物，而要去写那以四两拨动千斤的秤砣。

第三点，谈谈小说要写那些看不见的东西。

我从小说创作转到了电影文学创作。有人问：你搞了八年的电影文学创作有些什么体会。我说我唯一的体会就是电影是给人看的。关键就在“看”字上。但是，电影、文学、艺术中真正要给你看的是那个看不见的东西。电影看完了，总给人一种感觉，有的满足，有的不满足。你看到了人的行为动作，你还想看出人物的思想、感情、性格，看到一个活生生的形象。我希望从我们的文学、电影中看到真正的感情，我的作品也尽可能让人们看到我一眼看不到的东西。同学们正年轻，比我更懂得爱情。就说这爱情。谁能拿一斤半两给人看看，那无疑是不可能的。但是文学和电影就可以，它能让人们看到一眼所看不见的东西。如果没有这样一条，那么文艺也就不成其为文艺。我几十年的追求和探索，就是想写出更多一点人们心灵深处的感情，我喜欢的作品也是那些有心灵深处东西的作品，更喜欢看到一群活蹦乱跳的心灵及其深处的秘密。当然要做到这样一点也是不容易的。

第四点，谈谈把短篇小说写单纯些。

所谓单纯应当从我们所追求的生活的丰富、人物形象的丰富和生活色彩的丰富中去寻求。这是我的一个美学观点。我的《普通劳动者》在艺术上的追求就是单纯。我觉得生活中触人心弦的东西不多，这就要求作家从大量的生活中提取更精的、更单纯的东西，使作品成为能用四两拨动千斤的秤砣。

我到湖北这十几天，总觉得处处都是美好的。我无时不生活在一个令人兴奋的境地。看葛洲坝的纪录片时，那翻滚的江流激动得我流下了泪水。有一次，一个汽车上的旅伴给我讲了一个很小的故事："文革"以前，我们有一段很不愉快的年月，就是"大跃进"以后的自然灾害时期。一位省委的老同志在黄冈地区看到有人饿死的情景以后，他不顾一切地抓起了电话，一边流着眼泪，一边对李先念同志讲：你明天枪毙我也行，但你今天必须给我六亿斤粮食。战争年代何尝不是这样。每当战斗打到了最艰苦的时刻，司务长常常是挨家挨户地去要饭，把要来的"千家饭"送给战士们充饥。这几件事情都是在黄冈地区发生的。你们的父辈就是在如此艰苦的条件下坚持到了战争的胜利。鄂豫皖根据地的人民就是在这样的处境中，才要了六亿斤粮食。当然，还有更生动、更美的东西，这就需要你去把它写出来。这样一些故事，久久地打动着我的感情。如果我有这个水平，我今天就把它写下来。我相信三十年后，同学们在讲课的时候，还把它们作为教学的内容，定会是一样的生动的。因为它是生活中提取的精华。它是豆腐而不是豆浆，是盐粒而不是盐水。所以说，文学创作要求提纯。

几点体会

我二十多年的小说创作体会最深的是：一个作家永远不能把自己没有的东西写在稿纸上。作家永远是一个非常诚实的撒谎者，没有想象不行，没有思路、没有创造也不行。我承认是撒谎，但又认为它必须是诚实的。因为我们必须创造一个艺术的世界，但这个艺术世界必须是你自己独有的。

这些年来，我逐渐懂得了要用加法去不断积累生活，充实生活的行囊。这几天我就生活在湖北这个特别的环境里。我很少来湖北。这次在湖北生活了十几天以后，有了不少的东西放入了我生活的行囊中。对于一个年长而生活阅历很深的作家来说，也有继续积累生活的必要。我刚才说的也绝非只是指青年作家。近年来，我在给杜鹏程、茹志鹃的信中谈到过，我们这个年纪的人，仍然有必要进行生活的新积累、新进步。没有生活的新积累、新进步就写不出好作品。

在处理你所积累的题材时应该用减法。我讲了一个半钟头，都是讲的“少”字。我这个人就喜欢“少”。我认为文艺的实质也就是“少”。但“少”又是“多”的结果，加法是减法的前提。只有这样，才能做到凝练、单纯。

用乘法来处理感情，使你的爱和恨的感情倍增。无情的文学是要不得的。如果有同学喜爱我的作品话，那大概是在那无情的岁月中，我还是偷偷地塞进了一点感情。大概就是我多少年来背上资产阶级人性论包袱的原因。但我始终认为没有感情是不行的。没有感情的作品叫什么作品呢?“四人帮”所炮制的不就是一个虚假、一个无情吗?我们的作品要有强烈的感情，当然就先要我们作家本人有感情。作家要用乘法加重自己的感情，爱像爱、恨像恨，不要冷淡对待生活。作家最怕的就是对生活的淡漠，而最为可贵的一个是极端的情韵、一个是十分的热情。有这两点，你作品中的感情就一定能沿着正确的方向，充分地发挥出来。

最近接触了电影文学，我才觉得文学创作不仅要用加法、减法、乘法，更重要的还要用除法。每一件艺术作品不只是作家个人的劳动成果，它还是集体劳动的结晶。我们的社会主义文学，是整个人民革命事业的组成部分。因此，每个人的聪明才智如果发生了效果的话，那也要用一个很大的数去除它，所得出来的结果是很小的。所以说一个人获得一点成就并不难，问题就在于能否获得更大的成就，并能否正确对得住自己已经获得的成就。

最后，我想说的是，文学创作毕竟还是个人的劳动，机器人毕竟不能写小说。所以我们自身的心灵和精神状态如何，就决定着作品质量的高低。你是什么人，就会写什么样的作品。那些把自己所没有的还想送给别人的人是很不好的。如果只是为了名声，为了金钱，还在那里标榜着自己在从事一个高尚的文学事业，那就更不好了。巴尔扎克说过这样一句话：黄金的枷锁是最重的。如果说“四人帮”把钢铁的枷锁扣在我们头上十年了，我们党费尽了巨大的力量才把它砸破，那么，为什么现在有些人又要给自己扣上一副黄金的枷锁呢？它比钢铁的枷锁更重。文学创作是一个永远引人向上、永远使人心灵更美好的事业，也永远只是心灵更美好的人去从事的事业。

我喜欢苏东坡的两句诗：“一年好景君须记，最是橙黄橘绿时。”我就在这橙黄橘绿的时节，见到了大家，怀着激动的心情给大家说了一些没有用的而又非常真诚的话。

（这是王愿坚同志1983年秋在黄冈师专讲学的录音稿。发表时只做了文字上的整理，加了小标题）

（原载《黄冈师专学报》1984年第1期）

短篇小说的艺术特点

——在小说创作讲习班的讲课

短篇小说的艺术特点这个话题，涉及的范围很广泛，很不容易概括得准确。我这几年来在向电影艺术学艺，没有短篇小说的创作实践，更难把这个题目说清楚。

我们的短篇小说创作队伍，代代都有才人出，成批涌现。仔细看一看每一批人，就可以看到：有的同志发表了第一篇作品或出版了第一本小说集之后，在创作上迅速迈出了第二步，进入了一个新阶段，甚至做到了连续突破。有的同志经过一段徘徊、探索，出现了新的跃进。但也不能不承认，还有一部分同志起点仍然是顶点。原因在哪里？很值得探索一番。我是希望同志们走着第一步的时候想到第二步。写出了最初一批闪耀着生活光彩的作品之后，就要看到：进了文学之门，并不是进了“天堂”的大门，而是预想到走好第二步、攀上新高峰的艰难。

我认为，短篇小说创作，无非是两个东西，一个是发现，一个是表现。

短篇小说在哪里？这是我们经常碰到的问题。它不在作家的笔下和稿纸上，真正的短篇小说在社会生活里。我想，搞短篇小说就是给了写作者一项任务：用你的眼睛去看人所共见的生活，从中找到独独属于你的东西，然后用独独属于你的方式把它表现出来。这就要求：首先找到它，发现它。

这几年学着搞电影，有的同志问我：过去写点小说，现在写电影，有点什么体会？我回答说：银幕和稿纸一样，它们是多情的，又是无情的。确实，一张素白纸或者洁白的布，它非常之多情。你有什么真切感受，有多少生活的哲理和诗情，拥有什么样的人物形象，都可以往上面倾泻。甚至上下几千年，纵横几万里，只要你有，它的胸怀里都放得下。文学本身就是情深似海，要不怎么会有这么多人爱上了它。可是如果你写上几个短篇小说或几部电影文学剧本，你就会发现它有另一个侧面，就是无情的，有时非常严峻，非常冷酷。简直是铁面无私，走不得后门。

我们常常只看到它的多情，而忽略它无情的一面。“多情反被无情恼”，你苦恼，恼就恼在创作者缺少了发现。

发现，看起来似乎是个老生常谈，但解决它却很不容易。1977年，粉碎“四人帮”以后第一次召开短篇小说创作座谈会，我曾说：“短篇小说就是发现，短篇小说的创作才能，就是发现的才能。”这些年越来越觉到发现的重要。创作的利弊得失，作品的好坏优劣都和发现联系着。于是我想到了精神产品的“成本”问题。短篇小说有没有“成本”的问题？我看是有的，这里指的不是纸张费用，印刷装订，指的是创作者生活的积累。这一点和目前常谈的物质生产的经济效益有些不同。物质产品生产应该是力求低成本低消耗，获得高的效益。但在文学艺术领域里，精神产品的生产，成本低了是不成的。文学创作，讲的是“厚积而薄发”。积攒很多，但喷吐出来的只有那么一点。生活是海，作品是浪。你有了一个浩瀚的河，巨大的湖，汪洋的海，也不过激起一点浪而已。现在有少数人的创作往往是低成本，追求高效率，这就忽视了短篇小说的主要特点，违背了创作的规律。规律，是要起作用的。有位老作家谈过："创作，是愚人的事业。"也就是说，这是笨人干的事情。"笨"字从竹，本声。就讲"成本"，要有雄厚的"资本"，抓根本。

发现，像沙里淘金，像荒山里找矿，没有捷径，不靠运气，不能一锄头刨个金娃娃。靠的是艰苦的积累，辛勤的开掘，找到独独属于你的那一点点。我常想短篇小说的难，不难在文学的本身，难在要从短篇小说以外，找到你的短篇小说。解决小说的提高，关键在于发现。

1982年11月，作协要我陪同《战争风云》的作者赫尔曼·沃克到西安、上海走一趟。因为我参加过一年抗日战争，也算一个反法西斯的战士，就从这里和他扯在一起，有了一点共同的语言，谈得比较融洽。我对他的这部作品评价比较高，那是一部描写时代和战争的优秀的全景文学作品。使我吃惊的是：以写作为谋生手段的作家，他所进行的小说创作却不是当作一个买卖来做，也不是当成低成本、高利润的商业性活动，而是遵循小说的创作规律，老老实实当作一个文学事业来进行。他参加过第二次世界大战，开始在美国海军做副艇长，战争结束时当上扫雷舰舰长。他当了五六年的海军，战争结束后，要写作《战争风云》，他不满足于自己的亲身经历和体验，而是积极地去寻找，去积累充实。他告诉我，为了写这部小说，做了七年的创作准备。自费到欧洲当年的第二战场去，到高级领导人的会场，认真地观察研究。他为了去苏联，为了到列宁格勒了解苏联军队当年怎样对付德寇的围困，他花掉了自己大部分家产。为了能看战争中的档案和访问美军的高级将领，他放弃了纽约的一处舒适的住宅，搬到华盛顿，找了条件差而离白宫较近的地方居住。他说，我既然要写它，不去看看，不去调查、研究，不去积累，怎么行呢？他是资本主义国家里一个比较严肃的作家，尚且能够遵循现实主义的创作方法，认真地对待文学创作事业。我们是社会主义文学的创作者，要想写点对人民有用处的东西，不去老老实实下笨功夫，做提高成本的工作，不去充分积累、深刻发现，是很难突破自己和异于别人的。要发现，就要专注，就要对某个生活面看得久些。久则深，久则亲，这话是不错的。在这方面我自己就有些先天不足。要说战争，我参加了一段，也有些独特的直接感受，但就是不扎实——我脚底下没有一块真正属于我的、赖以发现的根据地。

不真正了解社会的一个细胞，不重视创作的成本，不老老实实地去发现，文学创作是上不去的。有些年轻同志写信说，我自己在工厂、学校、机关工作，生活平平常常，没有什么可发现的。这，大约是一种误解。生活里并不缺少美，就怕创作者缺少一双发现的眼睛。这一点，看看当前许多优秀的短篇小说，也许就明白了。这些作品，几乎无一例外，都是从生活细胞里做出的精心的发现。发现的成果，透露了发现的奥秘。

发现，就要重视自己的直接感受。也许是一种偏爱，我觉得，短篇小说所描写的，应该是从你的心头上跑过去的，而且刮得你的心尖子发痛的那种东西，是让你的心打哆嗦的东西，是几年、几十年长久留在你心窝里的东西。如果要写这样一种感受又是独一无二的，那就更好了。抓住这种感受，再往深处寻觅，就可能获得你的发现。我写过一点短篇小说，大都是从这类感受里找到的。举个例子说，比方你是个小八路，反“扫荡”的时候，上级把你送到根据地给一位老大娘当儿子，日本鬼子搜查到你身边，这位母亲把你拧上一把，你痛得流泪了，她接着又抽你两个耳光，说：“看你这个孩子多没出息！老总问问你有什么，吓得又哭又叫的。”于是日本鬼子被糊弄过去了，你的生命保住了。如果你经历了这一切，长大之后，能拿起笔写小说的时候，你能不把这样的感受写进作品？

我喜欢学习同代作家的作品和艺术经验。李准同志在谈创作经验的文章中讲过这么一件事：河南闹荒年，日子过不下去了，为了保住丈夫和孩子，年轻的妻子把自己卖了。这个女人跟着人贩子走了很远，来到一个镇子上，一摸身上有丈夫塞给的几个铜板，便买了两个烧饼，蹲在路边不走了。直到等着了个熟人，把两个烧饼交给他说：“带给孩子他爹。”说来奇怪，我什么时候读李准的作品，都感到里面有两个烧饼。在李双双身上有，在《牧马人》里的秀芝身上也能感觉到。当然我说的是那么一种色调、一种味道。最近我和李准同志开玩笑，问他在改编《高山下的花环》时怎么放进这两个“烧饼”。我想他一定还得放进去。因为这是作家独特的感觉，是从他心尖子上跑过去的东西。从直接感受中找到文学，至关重要。个别的同志的作品写得不那么好，甚至写得不好，诸因素中有一个重要原因，就因为作品不是从自己的感受中对生活进行发现，而是从自己的头脑里往外掘，靠冥思苦想去编造，成本太低了。

要发现还得作家久久地注视。生活的无限丰富性和作家占有生活的局限性，这是一个大矛盾。一个人对社会生活不能都熟悉，他了解的只是生活的一点，然而应该是深透的一点。只有脚踏实地投身于社会生活的某一方面，久久注视着它才可能获得一点独特的发现。茹志鹃同志说：作家要有一项本领，那就是用你的眼睛去看生活，在人所共见的生活当中，看到了独独属于你的东西。这话是深刻的。

拥有了还要思索。像思想、性格、道德情操，甚至爱情，都是无形的。搞文学，就有这么个职责：通过看得见的让人“看”到看不见的。让人“看”到这种看不见的东西越多、越充分、越真实，人们越爱看。其实，这正是短篇小说的重要特点，就是内在和外在的关系。

把短篇小说写好，无非是要把生活写透，把你发现的东西艺术地表现出来。这就要求首先要认真思索生活，把生活认识透，把蕴蓄在生活里边的内涵、生活哲理、生活的内在诗情深深地发掘出来。这样才能进入你的创作。好的短篇小说都是思索的结果，甚至可以说短篇小说是思索的艺术。

短篇小说篇幅应该短，然而作者的见识不能短。没有对生活的真知灼见，缺少了思想力量，短篇就成了短见篇，也就必然是短命篇。《孔乙己》两千多字，它可以像铜雕铁铸的艺术品，久久地放在我们的文学长廊里。因为它有艺术，也有力量。我们的社会主义文学，应该是力的文学。既能催人奋发前进，又能粉碎道路上的障碍。

文学的质量、分量和力量，从什么地方来？要从作家对生活的思索和开掘里来。开掘，看到生活的底蕴，获得深刻的认识，追求作品的认识价值，追求生活的哲理和诗情。把短篇小说当作诗来写，就有可能产生真正的短篇小说。喜欢可着嗓子喊，这是一个反面经验。这几年，我们的短篇小说有了长足的进步，重视了倾向的隐蔽，但是个别的作家和作品为了追求倾向的隐蔽连倾向也没有了，走上了另一个极端。这不好。倾向是要隐蔽，但首先要有。有了才能隐蔽，没有了，还隐蔽什么？

应当学会思索，善于从生活里看到别人没有看见的东西。一个作家既然站到了思想文化战线上，或大或小是一个思想家，那就既要提高艺术修养，也要提高思想素质，站得要比生活高一点，想的问题要比眼睛看到的深一点。

在实践上我们常常不能把人、把人物的形象作为注视的中心。

我认为可以有不着力描写人物的短篇小说，然而，努力写好人物形象，依然是短篇小说这一艺术形式的重要特点。因此，短篇小说的构思，主要的，也还是让人物进入最能表现其性格特征的环境之中。

坚持短篇小说主要是写人的这一观点，有两点值得说一说：一点是我们应该写人的心灵的深度，一点是写人和党的精神联系。关于前者，要求在构思上写出人物性格，又能通过概括生活，反映时代的方向和社会发展的趋势。关于后者，我觉得，在创作实践上没有得到应有的重视。今天作家笔下的人物和党的生活联系、精神联系是一个客观存在。写人就应该写出人和党的这种联系。在作品中很少看到党的形象和党的领导作用，这不好。不错，经过十年动乱，党风不正，党的威信下降了。然而正当党在拨乱反正恢复党的形象的时候，文学应该帮助党。使它像过去一样光荣和伟大。因此，写人的时候，写出人和党的关系，是真实的，也是必要的。据说，裁判员是看不到好球的，原因是他光盯着犯规的。作家永远不是冷眼旁观的看客，也不是貌似公正的生活的裁判，而是生活的积极参加者，在和人民一起奋斗中，体验和表现生活的乐观和艰辛。

短篇小说是人写的，作家的面貌在什么时候也是决定着和影响着作品面貌的。人是什么样，作品就是什么样，作家研究人，头一个研究的人就是自己。认识清楚自己至少有两个好处：第一，可以看到作家的主观和客观是否一致，思想、感情、愿望和人民是否协调；第二，认识到自己的艺术特色，使创作个性和风格在创作实践中形成和发展。

写过一点小说，又学写电影，我发现：电影是大的，又是小的，是无限的，又是有限的。细细想来，这也正是短篇小说的特点。

我喜爱短篇小说，觉得它的可爱之处在于：这种艺术形式是最讲单位面积产量的，就看你能不能在很小的篇幅里容纳下尽可能多的思想感情。这就要求它尽可能单纯。

李准同志在谈到短篇小说创作有什么窍门时说：就是“以小见大”。这四个字几乎包括了短篇小说创作的全部特点和艺术要求。就看你能不能找到必要的“小”和表现出应该见到的“大”。

以小见大，就要写得单纯，凝练。有的同志要我看他写的小说稿，要我指出小说的不足。我看了之后，常常发现问题不在于“不足”，是不足的反面，多余——写的东西太多了。要求他去掉多余的，然而他又找不到应该去掉的。结果，作品失去了单纯，也失去了丰富。

（根据王愿坚同志1983年12月3日在北京文学讲习所小说创作讲习班讲课的录音整理。发表的是摘要。）

（原载《北京文学》1984年第3期）

文学是光辉的事业

——谈小说创作的第二步

一

我本来是从学写短篇小说起步的，但小说的第二步没有走好，没有坚持下去。因为一个偶然的机缘，又半路出家，学写电影。

搞短篇小说的，现在搞电影，确是很艰难。但是有一个好处：使我能站在小说以外看小说，或者说站在电影的角度看小说。

从小说以外看小说，看到的自然不只是一点。在这里，我感受比较深的是：走出了小说创作的第一步后，怎么样走好第二步的问题。依我看，小说创作迈出第一步并不很难：你有一些生活体验，有一些感受，在你初步掌握了小说写作技巧后，铺开稿纸写就是了。但跨出第一步以后，如何在已有基础上提高自己的创作水平？如何在第二步上既能有别于别人又能突破自己？这个第二步才是重要的，也是更艰难的。像我，最近的短篇小说选，入选的还是我三十年前写的那篇《党费》。而这正是我的起跳高度。也就是说，我的创作第二步才刚开始走，而且是通过电影文学的实践曲曲折折地摸索着走。从这里可以看出，要突破自己也实在不容易。你是否已经开始走上了第二步？如果开始走了，是否有足够的准备去迎接这个艰巨的第二步？准备怎么走下去？突破的方向在哪里？没有第二步是没有真正的作家的。

第二步是这样重要又这样艰难，怎样去实现它？我曾经拿这个问题和同时代作家交谈，做法是各不相同，但有一点是共同的，那就是对最初的喷吐产生了不满，经过认真回顾，实事求是地确定了新的追求目标，然后下功夫探索。经过一系列尝试，也许包括若干失败之后，在某一点上，通过一个代表作实现突破。

总之，我很希望现在二三十岁的作家及早地认真注意这个问题，在自己第一步的基础上，保持了自己，找到了自己，而又发展了自己的艺术特色，走好第二步，成为一个独具特色的成熟的作家。

二

小说创作，也许我理解得太简单，我认为，一个中心的要求就是把生活写透。也就是说把你熟悉、体验、感受并且相信了的生活，艺术地写透它。对于短篇小说，可以说得更简单一些，就是把一个不大的东西，写得很深透。在小说创作第一步上的问题，常常在于写得不那么透。

要想写透，先就得感受得真切。这是个重要的前提。西安的作家群有一个突出的特点，就是长期在生活当中，长期和描写对象保持着非常紧密的联系。这是极好的传统。这个前提解决了，有了雄厚的生活基础，又坚持对生活不断进行新的深入、新的开掘，从而不断地获得新的感受和理解，那就比较能够正确地反映生活，并对变革着的生活做出及时的反应，就是向着把生活写透前进了。

在这一前提下，我觉得在艺术上遇到的一个问题，就是把生活写开。

关于写开，有两层意思。一个是坚持“以小见大”，也就是把你手里掌握的描写对象，你所感受、提炼的那些独独属于你的东西，做精心的艺术处理，在题材可能表现的范围之内，把它写开阔，写出它的内涵和外延，写出它和时代和人民和社会生活的关联，以这个“小”见到应有的“大”。也就是说给你一个局限，又要求你写得开阔。给你以小，要求见大。这个矛盾怎么统一？就是要认识、尊重这个局限，又利用这个局限，在这个局限以内，把描写对象写得像社会生活一样真切、一样广阔。窥一斑而看到全豹，从一雕栏一画梁看到整个宏伟的殿堂，以小见大。

短篇小说如此，其他艺术形式也无不如此。我学着搞搞电影，原来以为电影比短篇小说要自由得多，似乎是很大的。但干了几年，发现电影本身也是小的。看来是无限的，其实也是有限的。还是要在有限里表现无限。短篇小说，几千字是个局限；电影，九十分钟也是个局限。一张宣纸是画家的局限，但要画浩渺深远的山山水水。几十平方米的舞台是局限，但要表现整个社会和人生。不存在没有局限的艺术形式，问题在于作家艺术家是否能认识、尊重、利用这个局限，提高单位面积的艺术产量，表现出尽可能多的思想、形象和感情，把生活写开。

要把生活写开，我看有这么个“扣子”先得要解开：在生活里是重大的，在艺术里往往不一定是重大的；在生活里不那么重大的，在艺术里也许恰恰是重大的。问题在于创作者能不能从自己体验和感受的生活里找到真正的艺术上是重大的东西。这里有一个艺术材料的选择问题，有一个艺术着眼点的问题。生活里看来不那么重大的，有时在艺术里却未必是小的。

近几年，大批中青年作家的作品，读了叫人振奋，在成功的诸多因素中，有一条就是解开了这个“扣子”，他们不是去找所谓尖端题材，只着眼于生活里的重大，而是努力寻找在艺术里是重大的东西，作为自己的描写对象；并且努力把找到的这些“微不足道”的艺术材料写开，以小见大，写出了题材与社会、与时代的关系，表现了题材的文学价值，因此成了好作品。在这里，善于发现在艺术里是重大的东西，重视文学价值，非常重要。以小见大，不是写那些微不足道，不是就小写小，以小见小，写那些卑劣、卑微、庸俗低下的东西，使文学成了鲁迅所反对的“使人变小”的艺术。在艺术里不是重大的，就不应该进入文学。这是一个方面。

但在强调这一方面的时候，在一个长时期里，我忽略了另一个方面，就是不大相信生活里重大的也可以变为艺术里重大的。这几年参加了以长征为题材的大型电影剧本创作，进行了一些探索、试验，于是有了一点新的认识，就是坚持把小的东西写开的同时，也要看到题材总是有制约的，不是无差别的，因此努力把生活里重大的也变成艺术里是重大的，也是一个重要的文学要求。也就是说，写出一些时间跨度比较大，规模比较大，角度比较高，能够从更广阔的视野上去观察概括生活的文学作品。回过头去看历史上的文学巨著，放眼看看当代国内外的大型文学作品和电影，可以发现这么个文学现象，就是国内和国外有一种越写规模越大、越写越开阔的趋势，被叫作“全景文学”的作品正在增多。在这方面，我们的社会主义文学不是没有良好的开端。杜鹏程同志的《保卫延安》以及稍后出现的《红日》《红旗谱》等，算得上是最初的尝试，也是成功的尝试。它们回答了历史的要求和文学的要求，反映和概括了那一个风云的年代。今后还应该不应该有这样的作品，或者比这规模更大、气势更宏伟的作品？我想应该有。现在就是要求出现这样的作品，并且应该继续写出这样作品的年代。在已有的一些长篇画卷基础上，出现更多社会主义的大作品，全景文学作品。

向外看一看，也是有益的。我以写战争的文学为例，就可以看到一种趋向。有人说苏联的军事文学现在已经进入了第四代。它反映战争的长篇小说和电影，出现了气势宏伟的《解放》《围困》和《战争》。它可以上到统帅部，下到士兵的活动，能看到战争的进程和广阔的战争全景。如果说《这里的黎明静悄悄》《萨什卡》等是找到了在生活里不那么重大而在艺术上是重大的东西，把它写开、写深、写透，算是一种类型，那么《解放》《围困》则是另一种类型的作品。这样，把大的东西写活，把小的东西写透，就成了他们写战争的作品创新的两条轨迹。这几年，因为学着搞电影，接触到一些日本和美国的大型影片。日本出现了一批规模、气势都比较大的作品，像《战争与人》《山本五十六》《军阀》等等，也是在极力靠拢历史，以历史和生活的经纬来艺术地真实地表现特定的时代。美国的《巴顿将军》《战争风云》也是如此。一年半以前，我陪同《战争风云》的作者赫尔曼·沃克到西安参观访问。在陪他在国内访问的二十多天中，我发现他在文学上有这样一个观念，就是极力把他感受、理解到的生活写开、写大。第二次世界大战期间他在太平洋打了五六年仗，从一名海军中尉干到少校舰长。作为一个作家，老实说，他直接体验和感受的战争生活，他所了解到的东西并不算多，但他却有一种旺盛的雄心。他想：这么一场反法西斯战争，必须要有与它规模相当的文学作品。于是，一个念头使他付出了半生的辛劳。他花了七年时间，准备《战争风云》的写作，他丢下他在纽约的一所相当豪华的房子，举家搬到华盛顿去住，在离白宫比较近的地方买了一所房子。他说，他生活条件降低了，但离白宫近了，可以去看战争档案，可以去访问参加过战争的高级军官。然后，他几乎是倾家荡产自费跑到欧洲战场、非洲战场，一直到苏联去访问、研究。为了去苏联，他几乎花尽了全部的积蓄。他到了莫斯科、列宁格勒，特别对列宁格勒围城的情况做了详细的了解。所以他的书里描写莫斯科城外的激战和列宁格勒保卫战中的饥馑、困难，能写得那么真切、生动。他对于罗斯福、丘吉尔、斯大林以及希特勒，都做了专门研究，所以写得那么活。又因为他是一个笃信宗教的犹太人，所以有关犹太人命运的描写，成了他作品中的最好篇章。当然，他的这部作品存在一种潜在的反共情绪，这是我们所不取的。但是应当承认，《战争风云》写得是不错的。一个严肃的资产阶级作家，他可以花那么高的代价，付出那么多的劳动，把他的生活面扩大，把生活写开，创造他心目中的全景文学，这就很可贵。

全景文学、大型历史影片的出现，不是偶然的。既是历史的要求，也是现实的需要。日本50年代出过一部引起轰动的影片，片名叫《虎虎虎》。它是以偷袭珍珠港事件为背景，严格按照事实拍的一部影片。影片中飞机的轰炸，舰艇的沉没，汽油库的爆炸，拍得那么逼真，气势那么宏大，有很高的技术水平，在资本主义电影界有较大的影响。据说，拍不拍这个影片，在日本议会引起了激烈争论。有的议员说，偷袭珍珠港是我们的错误，我们是战败国，拍这电影太丢人了。但是有些有远见的议员说，好得很！我们就是要拍，就要如实地拍。他们说，影片如实地反映历史，就是要告诉人们：我们之所以成了战败国，是因为我们国力不如美国。尽管我们将士英勇，战术手段很强，初战获胜，把敌人打得那么惨，但国力弱是不能获得最后胜利的。争议的结果，有远见的意见占了上风，影片拍了。50年代的日本，正是需要恢复国力的时候，宣传这一历史经验的影片，适应了现实需要，成了一种政治动员。

气势很大、意境很高的全景文学是需要的，也是应该诞生的时候了！我们文学界不少同志早就有这样的想法。许多文学前辈期望着我们社会主义文学要出大作家、大作品，也包含着这层意思。我懂得这个道理是太晚了！记得1976年底起，我写的反映领导人物生活的侧影的十个短篇小说发表后，很快收到了杜鹏程同志的信。他说我这些作品的角度还不够高，气势还不够大，应该在更高的视野上来看待这些历史人物历史事件。近几年我开始懂得，这是什么意思，什么样的要求，并且在电影文学创作实践中做了一点探索和尝试。自己的摸索很艰难，也不成功，只是知道了实现这一文学要求并非易事，需要下大功夫，并要不断总结艺术经验。但是，我也在实践中初步认识到了这一点，看到它不只是需要的，也是可能的。以影片为例，近几年出现的《西安事变》《南昌起义》《风雨下钟山》以及我们的《四渡赤水》，观众还是愿意看的，上座率比预想的还要高些。这也可算作一个实证。

把生活写开，在上述两个方面对我们的文学进行开拓，无非是使文学更加具有强烈的时代感，更加能够成为时代的反映。在解除了长期禁锢之后，小说中自然该有一些儿女情的作品，它反映了人的命运、心灵，有认识价值和美学价值。但是，这样一个除旧布新的时代，就要求更多一些除旧布新的气势，更多一些时代感更强的作品。总之，我感到我们的文学应有一种新的进展新的变化，因为历史和时代，包括文学本身向我们提出的要求是越来越迫切，越来越高了。如果把生活写开，把时代感加强，写出了时代的龙虎风云之气，创作的第二步就会迈得扎实些。

三

要把生活写透，就得追求开掘的深度。创作的第二步之难，恐怕主要还是难在深度上，难在提高作品的思想和艺术力量上。有一次我看一部体育题材的影片，那还是一部不错的影片，影片的色彩很美，环境也美，人物形象美，人体也美，但是看完后我愣了，所有可视的我都看见了，但又觉得我想看的却没有看见。我想看到这个运动员心灵的成长变化，看她刻苦追求的精神力量，看她高尚的情操，却似有似无，模模糊糊。

从电影看小说，我想小说也应该具有这样的艺术要求：通过你的描写，使读者真切地看到看得见的东西的同时，尽可能多、尽可能深地看见那些看不见的东西，表现出鲜明的性格，显现出心灵的深度。

可惜，我们的创作实践中，有时候不这么看文学艺术。这几年中央领导同志对电影鼓励的同时，也有批评。有位领导同志批评说：你们那个电影，色彩很浓，人物很淡，思想很浅。可不是，花里胡哨，摇镜头，慢镜头，定格，女跑男追，真是花样翻新、色彩斑斓，偏偏是人物淡了，思想浅了。艺术，如果掉进了说清楚事的境地，而不是着眼于人，去写那看不见的东西，也势必影响艺术的质量。记得金圣叹评《水浒》时说过这么个意思：《史记》是因事生文，《水浒》是因人生事。他说，因事生文，即使是“史公高才”，有时候也是很难的呢！当然，问题不在于难不难，而在于文学追求的应该是人物形象，是内在与外在的统一。我想起了老作家周立波同志的遗言。他离开我们前不久，对亲人说：如果我再写小说，就不按照事件和运动来结构我的故事了。这话是十分真切的。

要使作品成为真正的艺术品，光靠说清楚事情不行，靠单纯追求形式也不行。关于形式，最近我和一些初学写作的同志交谈，我说，这个问题只说一句话大概不行，得说两句话。第一句是，向电影艺术学艺，“越学习电影形式，越觉得形式是重要的”。但是，只讲这一方面还不完全，接着我又说了一句：“越学习电影，越觉得形式问题不是主要的。”以为文学创作就是从形式上搞些雕虫小技，或者是单纯从外国作品里搞点“横向移植”，搬运些什么，以为这样可以解决艺术的创新和生命力的问题，就可以产生思想和形象统一的艺术品，我看这多少有点糊涂。我总觉得前些年的小说、电影文学作品，结结实实的东西少了点，花花哨哨的东西多了点，追求思想和形象的统一，追求较大的思想深度方面较为薄弱。我赞美结结实实，就是写出来的东西，思想意境是深刻的，形象是铜浇铁铸的，站在那里，擂上几拳也砸不倒，能领千百年风骚。而这，不是只从形式上使劲所能达到的。自然，事物发展总得有个过程，这两年，结结实实的东西多起来了，标志是作者比较注意思想的开掘，比较注意思想的深度，这是预示着我们前进的文学会有更大的前进。

追求文学的思想深度，主要是把生活内在的底蕴、哲理、诗情在深深的开掘中发现出来。生活里到处充满诗情，只要想一想就会觉得美得心惊，美得耀眼。譬如，到了西安，吃到了小米稀饭。火车上一个同车的同志说起在农村还能吃到用碾子碾的新小米。于是，不知怎的就想到战争年代，想到根据地的老大娘抱着磨棍推碾推磨，给我们军队搞粮办饭的情景。又譬如，昨天有位老战友陪我去看病，他谈起战争时期我们的地下党怎样秘密地搜集敌军情报，又舍生忘死地送往陕北我军领导机关。经他这么一说，我感到西安的街巷也都浮泛着光彩。在医院里偶然结识了一位1929年参加革命、在黑暗年代长期搞地下斗争的同志，他说：“那时候，晚上脱下这双鞋，明天早晨穿不穿都不知道。”他说这个的时候，我望着那老同志的满头白发，白得连一根黑的都找不到了。我想，就是那些墨一样的黑夜，把他的头发染白了……我总觉得，比起老作家们，我们在这方面太懒惰了：对于我们所感受了的生活没有去进行艰苦的思索、开掘。如果挖深了，我想我们一定能找到别人没有找到的东西，找到独独属于我们自己的东西，独独属于我的东西。在创作上有这个开掘深度、没有这个开掘深度，有这个思索、发现和没有这个思索和发现，作品的艺术质量、力量和分量是大不相同的。可惜在走创作的第二步的时候，人们常常忽略了思想上的前进，而只认为是技巧上的问题，因此常常干了些磨刀背的事情，花了很大的力量，企图用一点小巧去补自己的大拙，而不懂得用大巧来从根本上改善和加强。

文学是一项光辉的事业。最近我遇到了一件趣事：在一次聚会的时候，一位同代的作家跟我开玩笑："骂"我是短篇小说的叛逆，说我怎么扔下小说跑去搞电影了！出于为自己辩护，我说：电影好啊！电影是一种光的事业——你坐在电影院里，望着黑暗，期待着什么。突然，从你的头上一道强光划过，于是你看到生活的光辉、生活的光彩。世界上还有什么事比这更值得干呢！其实，这也不全是心里话。电影是很难的，我学着干电影，学得兴趣盎然，干得苦不堪言。说这话只不过是嘴硬。可是话一出口，自己心里倒亮堂了，油然产生了一种自豪感。我想何止电影，小说不也是一种光的事业？我们搞文学、写小说，不是为了自己悦目移情，弄着玩玩的，而是为了给生活以影响。那么，这文学就必须有光辉，要用它去照亮些什么，去照耀些什么。

有人会问：那么对那些阴暗的、不合理的、不健康的东西，对那些阻碍生活前进的封建主义、资本主义的残余难道就不鞭挞吗？我看这并不矛盾。有弊病就有战胜弊病的力量。黑暗，不能用黑暗去照亮；要去照亮它还是得用热量，还是得用光辉。战斗中，军人都喜欢两件东西：一个是炸药包，一个是冲锋号。就战斗的意义而言，文学无非是炸药包，是进军号。不断地投掷炸药包，去炸掉前进路上的障碍；又不停地吹响进军号，让我们的战斗者、改革者、开掘者奋勇前进。文学的这两种职能是统一的，就是推动生活和历史前进。让文学给人以光辉，引人入胜的同时引人向上，催人泪下的同时催人奋发。文学，要照耀和照亮什么，就要有力量，有思想和艺术力量。近年来，美学研究的加强，对于提高文学创作的自觉性非常重要。我想，美学是不是可以这样讲，应该是一种“美的力学”，要在文学创造中写出美的力和力的美，使我们的文学成为一种有力量的文学，力求在作品里艺术地渗透着和焕发着生活的力量、真理的力量、先进思想的力量。这几年，有一种声音不大好，就是否定作品的倾向性，否定作品的思想意义。似乎思想就像米饭里的沙子，和艺术水火不相容。有了思想力量就妨碍了倾向的隐蔽，伤害了艺术。殊不知，倾向的隐蔽，先得有才成，有了，才能隐蔽。没有，隐蔽也就没有了。

创作者攀登上应有的思想高度，是很重要的。作者自己没有占领一个思想的制高点，没有获得相当的思想高度，没有充足的光源和必要的亮度，要想鸟瞰生活要想照亮和看透你所熟悉的生活，恐怕很困难。今年短篇小说授奖会之后，要评委和获奖作家交谈，我就说了这么层意思：既然我们写出了小说，发表出版了，作品又得了奖，那就是说，作者已经编进了思想战线的战斗班排，作品就成了这一列枪炮中的一支钢枪，作者也就成了思想战线上的一个士兵，甚至可以说，就应该是或大或小的思想家。

这些年，重视了思索，是件大好的事情。经历了思想解放，恢复了独立思考的地位，注意了思考的文学和文学的思考，是个实实在在的胜利。但是独立思考并不能保证思考的就是真理；沿着什么方向思考，对于作家来说却是值得思考的。我们有些创作之所以出现了失误，不是由于没有思索，而是进行了不正确的思索。思索的方向不对。把“社会主义异化”当作社会主义文学的总的主题去进行思索，用这一观点去观察社会生活，就偏离和远离了真理。文学是掺不得糠，使不得水的。思索方向上的偏差，比之没有“三点成一线”的技艺上的偏差要严重得多。枪瞄错了方向，不是误伤，就要打死自己人。一切真正伟大的文学都是沿着正确方向进行深入思索的结果。

想顺便说说我的一个想法：我不大赞成在我们社会主义文学的旗帜上写上“写真实”。这面旗上写的应该是典型性。真实当然是重要的，我非常拥护真实。不真实还叫什么文学！十年动乱在文艺上就是制造虚假和无情。我们埋葬了虚假、无情，恢复了真实和多情在文学中应有的地位，这是个很大的胜利。但我觉得，在描写真实的基础上追求典型环境中的典型性格，追求题材的典型化和艺术提炼，追求性格的典型性，去深刻地概括我们的时代和生活，应该是我们的美学思想。我不是反对写真实，只是觉得真实和前边讲的思想一样，有两种完全不同的真实。

四

对于某一文学形式自身的进一步认识，我以为是创作第二步遇到的又一问题。运用某一种体裁进行文学创作实践，也正是对这一艺术形式自身不断认识的过程。搞电影，搞短篇、中篇以至长篇小说，要在实践过程中认识它自身的内在规律，才能更好地驾驭和运用。就以短篇小说来说，我觉得，有的同志常常过早地放弃了对它自身的研究和认识，并没有真正吃透它，就把它丢开，去搞中篇、长篇了。其实短篇小说，既是一种独立的文学形式，又是整个文学的基础，它自身的规律足够我们搞文学的长期地下功夫去认识。我们有些同志的第二步解决得不好，大概在技巧的探求上有一个失误，就是不再研究它，不再思索这种艺术形式的特殊性。这不好。因为要真正掌握一种艺术形式，不是十来篇作品的实践就能奏效的，而是经过不断地认识、实践、再认识、再实践这样一个长过程。甚至对这种艺术形式要爱到迷恋、入迷的程度，大约才能出神入化，化出一点有别于别人的味道。

和这种浅尝辄止的情况相类似，还有的同志对艺术形式研究面过宽，什么都想搞一搞。我就收到这样的初学者寄来的文稿：今天寄两首诗，过几天寄个短篇小说，过一阵子又寄来了电影文学剧本。其结果当然是可想而知了。我常常想起自己一段往事，初学写作时受到了一点特殊的启示，那是挺有意思的。1952年，我出差到大连去，凑巧和诗人李瑛住在一个房间。很快我发现他有一个习惯。不管工作多累，不管睡得多晚，他都要从枕头底下拿出一本诗集读几首诗（记得他当时读的是《吉洪诺夫诗选》）。第二天早晨一睁眼他又拿出来念几首。那时我才从战斗部队调到《解放军文艺》做编辑，刚接触文学，觉得奇怪，就问他：这些诗难道你没有读过？他说：这样好，这样早晚读几首诗，一天都生活在诗的意境里，可以以诗的情怀去感受生活。这件事使我很受启发。从那时候一直到现在，我就是按他对待诗的态度和治学方法去学习短篇小说的。每天读一两篇短篇小说，既认识了这一形式，学习了别人的艺术经验，又可以使自己生活在短篇小说的境界里，养成了按短篇小说观察思索的习惯。

说这件小事，大约同志们不会以为我在讲自己怎么高明吧。我只是想说明对于自己运用的艺术形式自身认识的重要。讲不出道理，只好讲个实例。有的同志很想知道些技巧和“窍门”。技巧这个东西是有的，但是，“知之不如好之，好之不如乐之”。一切艺术技巧的认识和掌握，都是在对特定艺术形式的热爱和迷恋里产生的。第二步无非是对它爱得更深、恋得更热罢了。

五

找到自己和认识自己，追求创作中的艺术个性，并努力使特色完美起来，这是创作第二步上提出的更高要求。要重视艺术个性。把写作对象看成是写“自我”，是不聪明的，也是狭窄的。因为不管有没有文学价值，光把自己心灵里的东西往外挖，变成描写对象，那就太“微不足道”了。那么做，是“鸡蛋壳里发面——没有多大开头”。作家的写作对象应该是社会生活。这是一方面。另一方面，在作品与生活之间，确实有一个作家的“我”在，这一个作家所特有的生活道路、思想情感、气质性格、艺术素质……在生活和作品之间流动。越是深深注入作品之中，作品越是印上特有印记，创作就越是能够形成鲜明的艺术个性。这不但是应该承认的，而且是应该重视的。因此，作家在迈开第二步时，要有意识地寻找并找到自己，清醒地认识自己，逐渐形成自己的艺术特色，努力使之臻于完美。我以为出现特色，是作家在成长，特色的完美是作家的成熟。作品有特色，有艺术个性。就是在创作中认真发现和小心保护作家个人特有的东西，就是在作品里体现作家自己独特的生活感受，又在创作劳动中找到那些独独属于你的东西。或者换个说法：写自己的感受，又用自己的写法来写。世上没有完全相同的两件东西。没有特性的东西大概是不存在的，没有特色的文学大概也算不上严格意义上的文学。只有那些充分地表现了个性表现了特色的作品，才能有艺术的生命。

我们过去老是不敢谈作家这个“我”，不敢谈艺术个性，不敢谈个人独创。所以怕谈，无非是怕“个性”这两个字，好像一说个性，就是个人主义，就否定了党性。其实，这个问题陈毅同志早在1962年就讲过。他说：“离开了个性，就没有党性。党性以个性为基础，个性在党性的笼罩之下，才能够得到更大的发挥。”这已经把问题讲得清清楚楚了。

在追求艺术的独特性和独创性方面，常易出现的毛病有两种：一种情况是迷恋共性的东西，不去寻找自己。一种是离开了自己的生活土壤，离开了自己相联系的踏踏实实的艺术实践，单纯从形式上孤立地寻求自己的所谓特色。我看这两种都不可能真正找到和认识到自己。我认为，一个有出息的作家，要在生活和实践中认识自己，找到自己的创作特色，又要在实践中去使它相对稳定，并不断地发展它，逐步成为一个有个性的作家，写出有个性的作品。在这里重视形式的探索、创造和完善是一回事；把形式看成是艺术创新、突破和形式风格特色的关键，大约是不行的。就以一度谈论很热闹的现代派文学的问题为例。我的看法是：现在我们对现代派还了解不够，研究不够，还要尽可能多地去了解研究它，其中不是没有可以拿来为我们所用的东西。问题是现代派作为一种思想体系，我们却不要也不能照搬它，它确实会给我们很大的干扰，在表现技巧的提高和作家个人艺术风格的形成上，它的好处也不大。文学不反映现实，不讲理性，不尊重自己的传统，成不了好的文学。具体地说，要创造具有中国特色的社会主义文学，那就得站稳两脚、伸出双手——稳稳地站在中国的、社会主义的这块现实的土地上，一手伸向传统，一手伸向一切国外先进的有益的东西。文学，也不要走回头路，回头路确实走不得。一旦过去那些发展到极端的“左”的东西，“两个凡是”，再卷土重来，我们又要付出惨重的代价。当然回头路里也包括右的思潮的影响和侵蚀。因此，在艺术探求上，我们也同时需要两个东西：一个是极其热情，一个是十分清醒。有的同志说，现代派对于中国文学就像小孩出麻疹，非出不可，出完了就没事了。这说法俏皮是俏皮，但不那么准确，我们就按自己的道路走下去，干吗非出这个“麻疹”不可？

文学是人写的，要体现作者的艺术个性。文学又是写人的，要写出社会的、时代的人物形象。不久前，看到一位外国朋友谈论中国文学，他说：中国的文学是人的文学，大地的文学，乐观的文学。我觉得他对我国的文学的认识和概括很有意思。如果放进我们的解释，这个看法是可以接受的。比方，西安作家群的文学作品，就可以说是人的文学，大地的文学，乐观的文学。既然文学是写人的，是人的文学，有两点是不可忘的：一个是坚持写社会主义新人，一个是努力写出人物心灵的深度。写社会主义新人既规定着我们社会主义文学的性质，又是使文学走向广阔，走向深邃的一个重要保证。因此，在这个问题上去探索，去追求，作为作家自己的一个艺术目标，是极有意义的。可惜这方面的探讨还不够深，认识也有一些不太统一。社会主义新人是一个广阔的概念，还有待于在理论上和创作实践上去进一步实现。在这个问题上，作家在走第二步的时候，有一个明确的认识，是大有好处的。

（这是王愿坚同志在作协陕西分会一次座谈会上的讲话。由吴祥锦同志根据录音整理，并经王愿坚同志本人审订。发表时做了一些删节。）

（原载《当代文坛》1984年第12期）

战争文学创作问题

我今天想讲一讲革命历史题材的文学和战争文学的创作，其实这两个题目是一样的，因为我们的革命史就是一部战争史，因而，我们权且称今天讲的题目为战争文学的创作吧！今天主要想把革命战争的各个侧面中的文学创作问题联系起来，作为今天讲课的内容。也许这样讲会显得很混乱，一会儿是战争文学，一会儿是革命历史文学，但只要大家能够明白是讲这样一个内容就可以了。我今天有些紧张，其主观原因是：我本来想毕生致力于革命历史文学的研究，去开拓、去探索、去挖掘，但生不逢时，我的黄金时代被一次又一次的极“左”路线的绳索所束缚，这种束缚不是以一二年，而是以十年为周期的，走了一条很难的路。打倒“四人帮”后，我想重操旧业，重新研究战争文学，把自己所见到的战争，以及对战争的一些独特的看法谈出来，但是，又遇到了困难。我从一个“战争文学的姑娘”成为一个“电影创作的媳妇”。做“姑娘”容易，做“媳妇”就难了。我确实感到力不从心。好在“八一”厂最近几年还出了几部好片子，如《归心似箭》等。但我经过七八年的电影创作生活，确实是感到“归心似箭”，也认识到把我的精力再重新集中到战争文学研究上来，再有一些新的探索是一件很不容易的事情，这个道路很漫长。但无论从电影里还是从文学里去研究战争文学，或者说是用我自己的方式去描写战争，这个初衷是没有改变的。所以我今天就想把我一些零散的想法和意见给大家谈一谈，做一次交流。我们来共同探讨一个问题，就是：军事文学到底向我们要什么。我们应该怎么回答这个问题？在谈这个问题之前，我说一些题外的话。不久前有两件事情给我的刺激很大，使我更加坚定了研究战争文学的决心。一件事情是：不久前由美国来了一个六十八岁的老作家索尔兹伯里，他带夫人来中国的目的就是要顺着红军长征的路线走上一遭，然后回去写一部关于长征的书。由于我曾经写过和发表过一些关于长征的作品，因而外交部让我去给这位美国作家讲一些关于长征路上的生活情况、风土人情，最重要的是讲一讲长征的路线。我花了一天的时间与这位作家交谈，给我的印象是他虽近古稀之年，但却没有他不想了解、没有他不想关心的，更重要的是他确是一位文学大家。在交谈中，我发现他知道的许多事件都是我不太了解的，有些是在1936年的法国报纸上摘录的，他做了充分的创作准备。于是，我的脑中出现了一个问题：为什么，他这么大的年纪，又是一个美国人，非要写长征、研究长征不可呢？他的回答出乎我意料，他说：长征是你们的经历，你们的历史，长征是你们的，但是我心中的长征却是我的。听了这句话，我很感慨。这样一个年近古稀的老人，居然这样关心我们的长征。最后他去的时候，我没能陪同，很是遗憾。我想，能陪着这样一个美国人去“长征”一定是很有趣的。直到他后来完成此行，直到他在《参考消息》上一遍又一遍地登出他的纪行文章，对我的震动很大，我很受刺激。我不敢说我是一个“长征问题”专家，但我编辑了十年《星火燎原》，也研究过革命战争的历史，可以说，对“长征”是到了入迷的程度。长征应该在我的笔下得以再现，但是，现在跑来一个美国人，要写他心目中的长征，用他的笔反映长征。我不是嫉妒，即使他写十本关于长征的书，即使有十个美国人来写长征，我还是要写长征的。问题在哪里呢？问题在于我们打了二十二年，再远一些，从我党成立之年开始，二十八年的革命历史和战争历史，一万多个日日夜夜，应该在我们的文学作品中反映出来。有多少外国人想写我们的历史，而我们的战争的参加者、研究者不去写我们的战争历史，这是个什么问题呢？那就是对历史的犯罪。

另一个使我感到刺激很大的事情就是：去年七八月份，《四渡赤水》摄制完毕后，我陪同胡乔木、邓力群同志一起观看这部片子。在放映中，我一直在注意观察着胡乔木同志脸上的变化，因为从他脸上的变化就可以看出我们这部作品的命运。影片放完了，我走过去问胡乔木同志有什么意见和指示。胡乔木同志说了以下这样的一段话：这部电影分为上下两集，看一次需要六毛钱，一个四口人的家，看这么一部片子要二元四角钱，再加上车费，要三块多钱。不要忘记，我们的观众每一次看电影都是要花钱的，他们要看一个艺术品。如果他们看历史的话，还不如花上几毛钱买一本历史书去看呢！这就是胡乔木同志对这部片子最直接、最真挚的感觉。这部片子，我们花了多少心血呀，五六年的时间，多少个日日夜夜，最后又花了二百七十万人民币才完成这么一部片子。但是，乔木同志说：我们的战争文学都应该是艺术品，不是艺术品你就别拿出来，就别让观众去花三四块钱到电影院去看。

这两年，我都一直在想这两件事，我一直在思索：战争题材需要不需要写，需要怎样写，和怎样回答历史对我们这些文学工作者的要求。这些问题都在这两件事情之内。这两件事似乎对战争文学创作问题做了一个完整的回答，就是怎样把战争题材变成文学艺术。这就是现在以至将来的战争文学所面临的问题。

对于这两件事情的思索，使我得出了一些结论，下面我就和大家谈一谈。说来，这些结论不过是简单的几句话。第一：我认为，历史主义已经醒来了，马克思主义的历史主义已经醒来了。全军许多作家都热衷于写战争历史文学，想起党二十二年的历史中大大小小的战役战斗谁能不动情！全军文学创作座谈会上，多少黑头发的、白头发的同志提起这些就激动。有人认为战争文学是我国所特有的，应该发扬光大。这些意见我都同意。有人认为：新时期的军事文学创作，写准备打仗，写我们军人的生活，五年以来也好，十年以来也好，都是崛起的，进步的，是有突破的。但是写战争的，如写土地革命战争的，写抗日战争的，写抗美援朝的，却后退了。说来也奇怪，我们本来有两个拿手戏，一个是写农村，一个是写战争。从我们十七年的作品，更远一些至延安时期，翻开延安时期短篇小说选，从《我的两家房东》至《荷花淀》，哪一篇不是写农民的，哪一篇不是写战争，或者是写农民参加战争的？可以说，新中国诞生以来，最先涌现出的文学作品就是这些。而现在，我们的优势变为劣势，长处变为短处，简直就拿不出手来。前不久，文化部又要求“八一”厂搞几部描写三大战役的片子，作为文艺部主任，我真是头痛死了。我从文化部拿来几篇作品看一看，其中一本是描写平津战役的，好几十万字，但我看了一些就放下了，因为写得太平淡了，如果是在1953、1954年还说得过去，但是在1983、1984年就显得太简单了，只是对一个战役的描写。所以，我同意那种说法，既要发展军事文学，就要着重抓好对战争文学的工作。如果不是要求战争文学比其他文学高，那么至少应该与其他文学相差不多。这些观点我都同意。但就我自己的想法来看，我认为这些都还没有抓住要点，为什么我们的战争文学会落后？我们的战争文学的现状、将来的出路是怎样的呢？新时期的军事文学出现了新的崛起，从《西线轶事》至《高山下的花环》，我们都在往前走，而且走的步子很大。我觉得这三四年来，正面写战争的也好，写准备打仗的也好，写军人生活的也好，从军队写到社会等等，创造了多种多样的形象，我们应该给予很高的评价。但更重要的是给我们打开了一个思索的突破口，给了我们很大的启示。我认为，我们的战争文学就应该沿着我们新时期所开创的道路走下去。同志们也许“醒来”比较早，而我要晚一些，《高山下的花环》等小说的创作就是我们“醒来”后看出的路标，它告诉我们应该走这条路。这就是我所说的：我们应该让历史和文学同时醒来。确切地讲，我不应该算是一个战争文学的作家，而是一个革命历史的研究员。这些年我都一直投身于研究革命战争历史的领域，就是使几百万字的《星火燎原》放在了书店里。我一直没有停止这种探索。除去十年牛棚生活不算，只要我能动，我都要找一些老红军、老同志谈一谈。所以说，只埋怨我们的军事文学如何落后是不全面的，首先应该说我们的史学是被束缚的，历史是被打昏躺在“床上”的，你怎么能够要求我们的作家能在这样一个被弄乱了的历史中去找到你的诗意和诗情呢？你的历史已经被束缚起来了，你的文学就活不起来。我们的新时期的军事文学恰恰充当了一个解放者的角色，它冲击了战争文学，使我们的历史和文学也醒来了。这就接触到了一些党史的知识。例如，前不久在长沙召开了一次三年游击战争的座谈会，谈论很热烈，过去认为新四军代军长在赣南，所以赣南才是三年游击战争的地点，因而就淡薄了一些地区和人物。而这次不同了，这次就是让历史的事实在那里说话，所有游击区都给予了评价。这些年来，我们有了一些新的发现，去掉了历史上被涂抹上去的油色，还以本来的面目，而与历史相伴的文学才得以出现一个新的跃进。想起来很可悲，我们这些人成天叫喊着我们党成立以来是如何打下的红色江山，但正是我们这些人最不重视历史，甚至是践踏历史。多少年来，我们只讲社会价值、教育价值，不讲美学价值，这是我们军事文学存在的一个问题，我们只是在叙述历史。《四渡赤水》拍好后，有一位老同志对我说：真好，你们把四渡赤水的事情说清楚了。我说，你还不如打我一顿好。“说清楚了”就是我们电影的目的吗？我们往往把历史本身的价值成就当成了文学的价值，而不在这之外去找一找文学的价值。所以，我带着一种崇敬的心情去看待新时期的军事文学，它的重要性不仅仅在于它本身的特点，而更在于它带动和启示了我们的战争文学的创作。它们开始回答了怎样写战争，怎样把战争的生活变为艺术品的问题。而同时，它又提出了一大堆问题。它所回答的问题中最重要的一条就是：要把战争写开，要把军营与社会联系起来。过去我们不是写一个先锋班，就是写一个尖刀连，把本来属于人民、为了人民的人民军队与社会隔离开了。自然有时也写一些生活，但也只是写群众支援前线等等。不像新时期文学那样写开了。这个问题现在解决了，好像没有什么了不起。有一次我与一个青年人谈他的作品，我说：你写得不错，把军营和社会联系起来了。他说：这有什么，不这么写怎么写？我说：是的，你现在看起来没有什么，但曾几何时，这是一个非常难的、很大的问题。五六十年代这是办不到的事情。新时期文学正是冲破了多年来的“左”的思想的束缚，使我们的军事文学又回到了社会中。这不是个前进吗？

多少年来我一直想写淮海战役，想用我的构思和意图去描绘战争，但几次试验都没有成功。我有时想从正面写，有时想从侧面写，但都没有成功。原因在哪呢？这是因为我多少年的思想总是围绕着敌我双方实力的对比、怎样推移，我企图在国民史里找到回答，看来这是没有开窍，没有懂得人的命运与心灵是写战争的中心。你看到的战争、看到的情景，包括那些死在你怀中的战友，这些都是可信的，都是真实的，但用一个错误的认识，一个本来应该抛弃的思路去思索你的感受，那么这些感受就永远不能动人，也就是说你所描写的战争就是不成功的。而新时期的军事文学解决了这个问题，这不能不说是一个突破。新时期的战争文学还有一个突破是：描写了军队的矛盾。像《西线轶事》《高山下的花环》。而军队的矛盾以前是不允许写的，要写也最多是写一写某一个战争方案的争论、战士与武器的矛盾等等，而对于人与人之间的矛盾是绝对不可谈的。李存葆同志在写《高山下的花环》的时候曾经征求过我的意见，到底应该不应该写那个欠账单。我当时没有回答。是的，我认为这样的矛盾是存在的，应该描写，但没有想到来得这样快，军队的矛盾恰恰反映了深刻的生活的、人与人之间关系的内涵。可是，在以前，这些是不能够描写的。正是这种极“左”路线的影响，耽误了50年代的一大批作家。下面这件事以前我曾在其他场合讲过，我觉得在这里还可以再讲一讲。记得在日本经济复兴的时候，有一个电影厂家要拍一部关于偷袭珍珠港的电影，但却引起了国会一场空前的争论。反对派认为，这次战争是一个失败了的战争，日本在珍珠港胜利，但最终日本还是战败了，作为一个战败国，描写这样一个失败了的战争是没有意义的。而赞同派却认为，日本是战败了，但不能因为战败了就不描写这段历史，战争的失败不是我们的战术不高明，也不是因为我们的士兵不英勇，而是因为我们的国力不强。国力对于战争是至关重要的，国力不强，就谈不上战争的胜利。重温这段失败了的战争的历史对于复兴中的日本是会有很深刻的现实意义的。经过一番激烈的论争，最终赞同派占了上风，电影拍出来了。电影公映后，观众反映之强烈甚至出乎于创作者本来的愿望。这是因为，日本人民通过重温这段历史懂得了国力的重要，懂得了建设的重要，懂得了建设一个富强的日本的重要。战争在这里写活了，战争与人与社会联系起来了。在这一点上，人家办到了，而我们却没有办到。所以我说，我要感谢那些新时期的战争文学作家，他们写出了人性，写出了军人的人性。

江西是革命的发源地，江西作家经常在一起讨论战争文学。他们给过去的战争文学下了一个结论是：假、旧、浅。我认为这三个字概括得很精辟。反过来就是不真、不新、不深了。应该还加上一个俗字。我们战争文学的庸俗，是很使人痛心的。

所以，我说，历史主义醒来了。革命的历史主义应该回到我们的身边，我们必须来清理那些践踏了我们的战争历史，践踏了我们的战争文学的“左”的思想。这是我要说的第一个问题。

我所说的第二句话是：文学是历史的伴侣。这句话也许不是很准确，但我很喜欢。这是高尔基的一句话，高尔基在写这句话时同时写道：真正的文学家往往是自己阶级和时代客观的历史家。这句话说得很有意思。首先，说明了：文学是历史的伴侣。然后干脆说：文学家就是自己阶级的历史家，而且是客观的历史家。我认为这句话是对的，我们的作家应该是历史家，应该具有历史感，要把革命历史写成文学艺术品。在使历史主义醒来之后，就应该解决历史感的问题。伴侣就是要求步步相随，有历史就有文学，但不是形影相随的影，而是独立的一个伴。这样的看法有什么好处呢？我想，这可以使我们的思路开阔了，就是广义地来看历史和文学的关系。国家就是历史，就是那样一种真实的、敏锐的、始终如一的历史。如果没有历史感，我甚至不能相信李存葆的那篇作品是成功的，应该说那是一个历史家、一个文学家的李存葆的作品。我曾经尝试过用短篇小说的形式去写一些不是真人真事，但却是可能有的实情的战争故事。我觉得最重要的就是历史感。你能不能在你的心灵、你的感受，包括你的艺术见解、你的艺术趣味里渗透这样一种历史感，如果你有的话，你就会很敏锐地从历史中掏出你所需要的东西。我们常说，我们的作品，无论是短篇、中篇还是长篇不过是从历史的大书里撕下来的几页。如果这句话去掉消极的含义的话，那么就是正确的。你的作品不就是从历史这本大书里撕下来，独立赋予你的那些篇章吗？这是一种本事。包括我们写自卫反击战这样一个非常近的战争，也要具有那么一种历史感。我觉得这是振兴我们战争文学的关键，你有没有这样一种历史感是你的作品能否成功的先决条件。我回顾了一下，所有优秀的作品都带有这样一个特点，像《保卫延安》。当然，在今天看来，这部作品的艺术性不是很完美、很成熟的，但它的历史感却是强烈的。比如，它有这样一段描写：就是战士从高高的墙上跳下来，以后回来再一看那城墙，才知道原来是那么高，简直不知道当时是怎样跳下来的。这样一种历史感是真实的，是能够表达出那样一种内在的神韵的。这以后的一些作品，在故事的编排上可能比它要高明，但历史感却大大逊色了。《红旗谱》是一部历史感更强的作品。还有魏巍同志的《谁是最可爱的人》，之所以感人，正是由于它反映出了当时的一种真实的、可信的历史感。而我们一些没有生命力的作品，也正是缺少这样一种真实的历史感。

长期以来，我们极“左”的指导思想最大的危害就是践踏了这种历史感，而凭空地给历史添加上一些不应该有的东西，使我们的战争文学概念化了、公式化了。我们的一些电影如《解放石家庄》《济南战役》之所以不成功，有人说它们只是写事件不写人。因为历史本身不一定就是有艺术性。像一些大的战役，它本身并没有什么艺术可谈。在历史上是重大的，在艺术上就不一定可取，否则你就不能理解像白毛女这样一个普通的农村姑娘、董存瑞这样一个普通的战士与革命的成败有什么关系，但是落到了高明的艺术家手里，就给它赋予了艺术性。生活中重大的究竟能不能完全地变成艺术，我觉得这要经过许多环节，你缺了一个环节，它就变不成艺术，更何况，我们根本不重视那个环节。这就扼杀了我们的艺术作品。这样的作品尚且如此，就更不必说那些硬编出来的，既非历史，也非艺术的作品了。一部作品有与没有这样一种历史感区别是很大的。包括我们一些现代的作品也都应该有一种时代感和历史感，否则就没有生命力。有人说我的作品总带着那么一种“咸味”。是的，我的作品，从《党费》至《闪闪的红星》都描写了“咸菜”，这倒不是说它本身有什么意义，而是它给了我一种真实的历史感。所以说，能不能让文学成为历史的伴侣，能不能让文学体现出一个时代的精神，就看有没有这样一种历史感，不管你是写什么题材的，当然战争题材就更要有这一点。有一次，大概是1961年，在怀仁堂，总理接见科学家和文学家时话锋一转，大谈起历史，包括“刑场上的婚礼”那样的历史。当时总理说了这样一段话：同志们，将来我们的后代看到博物馆中的陈列品，会嘲笑我们的，嘲笑我们会用那样落后的武器去打仗。但是有一种东西，我们的后代绝不会嘲笑我们，那就是在那个年代里支撑我们全部生活的革命精神。说得多么深刻。所以，写历史题材、写战争文学怎样追求它的现实意义，这是我们搞战争文学共同苦恼的问题。历史就是历史，它包括不包括赋予今天或明天的现实性呢？怎么来找到这些东西使我们的作品对今天能有现实意义呢？怎样理解现实意义呢？今天我们的思路要比过去开阔多了，但是，我们不能硬把现实意义拉到历史作品中，或者号称自己是现实主义者，只要你能认识到历史是文学的伴侣，你就会从历史中发现那些对今天或明天有现实意义的东西，而不是硬添加什么东西。我欣赏黑格尔的一句话："历史有属于未来的东西。"作家找到了，就是永恒的。只要我们作家有这样一种历史感，就会找到你所需要的东西。这就涉及我们在座的同志们大多热衷于写今天的，写现实的东西。这是对的，但是，我认为一个真正的军事文学作家，应该有我所说的那种历史感。只写现实生活，没有纵深的生活，就不会使作品开阔。我诚恳地希望大家，能把眼光转移过来，了解历史，就会丰富你的作品，使你的作品不但是眼前的、现实的，又是立体的、纵深的。

我要说的第三句话是：应该从千百万吨真实中提取属于你的那几句谎言。这是巴尔扎克说的。高尔基也说过：写真实的历史和真实的现实是困难的。现在有两种不正确的东西，一是不尊重历史，不老老实实地钻进历史中，以你自己的素养、你自己的个性、艺术风格去挖掘历史。写历史的不尊重历史，就是对自己本身的嘲弄。就像我们写现实生活而不热爱现实生活一样，你怎么能写出你自己的东西来呢？不尊重历史的现象在电影中也有表现。我看过这样一部电影，就是描写我国的四大发明之一的印刷术，北宋的发明家毕昇。这影片中有一段描写毕昇到六和塔下与姑娘会面的情景。然而，六和塔是南宋时才建造的，就连这点起码的历史都不了解，作品怎么能写成功呢？对于近些年来描写我党地下斗争的一些电影，我大为生气，它们不尊重历史，把严峻的地下斗争写成脂粉气、铜臭气十足的东西。我常想，多少年来，我们没有出现大作品，没有出现真正切合历史的辉煌的作品，其原因就是不尊重历史。我研究过《彼得大帝》的创作过程，阿·托尔斯泰就是首先尊重历史，其次才是写自己的东西。有人说过这么一句话："不要给历史添加什么。"是的，我认为我们没有必要，也不可能再给活生生的历史加上去什么东西，你就是想给秦始皇身边加上一个诸葛亮，那也是不可能的。因为历史就是要有真实感。我参加了《四渡赤水》的创作，集体创作对我来说是一个教训。参加创作的作家都是熟悉历史、了解历史的。但是，我们也犯了不尊重历史的毛病。到后来，导演来对我们说：你们应该给我以真实的历史，不要给我虚构的东西。我们这些懂得历史、了解历史的作家到头来不能给导演以真实的历史，这是一个悲剧。剧中有一些我们虚构的，本来历史中没有的事，但都是历史中可能有的真情。如毛主席和朱德同志在雪地吟诗，就连那些曾经在毛主席身边工作的同志都认为这是真的。但是，剧中大多数的剧情却是不真实的，没有真实的历史感，我们没有从千百万吨真实中找到我们所需要的真实。

我要说的第四句话是：从战争里找到你自己的战争。作家自己的生活的局限性与整个社会的丰富性是存在着矛盾的。我认为要解决这个矛盾最主要的就是写你自己的东西，自己的战争。把战争变为你自己的东西，把主观与客观力求统一。哪怕你写的长一点点，但也是成功的。过去江青骂过我们军队作家是学苏联作品起家的，这是一个罪名了，但我现在认为我们是学苏联作品起家的并没有什么脸红的。苏联的战争作品是真实的，现在看来还是有借鉴的东西的，可以说，我们的战争文学作品还没有一个可以和苏联战争作品相比的。战争本来是与幸福相对立的，哪一次战争不留下孤儿寡母。“文化大革命”中批判我的作品时最精辟的一个注点就是：“精心地炮制了一些孤儿寡母来恶毒地攻击社会主义。”描写战争就是要有真实感。所以说，写自己的战争是非常重要的，《这里的黎明静悄悄》的作者就是在写自己的战争。关键就在于从战争中找到自己的战争。江西讨论会上得出的结论是要“新”，就是那些旧的故事、旧的手法已经不能满足读者的需要了。但我认为，这还不够，应该说，要找到自己的战争，要写自己的战争。我听说东欧的一个国家的领导人要求他们的作家写一点永久性的东西，我觉得很有意思。要写一点永久性的东西，就要在战争生活中找到那个有生命的东西。我欣赏那句话：作品等过去许多年以后，让人读起来仍然感到激动。

我的第五句话是：从历史的深处领出一个人来。文学创作说白了，就是你能不能从历史的深处，20年代、30年代，乃至50年代的历史生活中领出一个人物来。这关键就在于积累历史，当你积累很多的时候，自然而然地就冲出一个人物来。《甲午风云》的作者叶楠曾经说过，他写的甲午海战是一个“刺猬”，无从下手。但当他翻着一页页历史的时候，当他看到“致远号”撞向敌舰的时候，就找到了《甲午风云》，应该说是“致远号”撞出了一个《甲午风云》。从历史中领出一个人来，不管这句话合不合乎什么理论，但我对它是越来越信服的。前年，一位老大姐把我叫去，给我讲了一个关于她丈夫的故事，她丈夫是在南京被捕遭杀害的。当时，特务抓住了他们的孩子，她丈夫从外面回来时，孩子跑上前去叫他爸爸，他推开孩子说：谁是你的爸爸。但是孩子却紧紧地抱住他的腿叫他爸爸。他就是这样被捕的。我就想这样一个历史事实，我能不能把它从历史中，让它带着历史的灰尘领出来，应该说这是合乎艺术的要求的。

第六句话就是：大胆地压低你的嗓门。这是一个苏联的大作家的话，越辉煌的作品越是奉行这个原则。我们现在的作品是越喊嗓门越大。我在一篇文章中写道，文学的任务是为战争传神而不是传声，大胆地压低你的嗓门，使你写的战争离读者更近，这是战争文学成败的关键之一。

最后还有一句话：培元气养太和。这是中医的六个字。但是，我们的作品，我们的军事文学不也是这样吗？尤其是我们的军事文学伤了元气，我们到了应该恢复元气，出大作品的时候了。在座的同志在这里学习两年就是在培元气、养太和。我们新时期的作品的关键就是深度和语言，今年的短篇小说并没有多大的突破，但是在语言上有了很大的进步。所谓培元气就是要锻炼这种基本功。我希望在座的同志们在两年的学习中，共同地把我们的战争文学搞好。

（这是解放军艺术学院文学系于1985年3月7日印制的《军事文学专题研究》讲义之六，根据录音整理。）

谈谈当前的文学形势和创作方法、创作态度问题

关于我国当前的文学形势，可用一句话概括：主流很好，小有波澜。我是近几届短篇小说的评委，从小说创作来看，虽无突起的异峰，但整个创作面却达到了较高的水平。有可能出现大作品，大作家。理论（文学评论）打作品的时代一去不复返了，理论帮助作品的时代已经开始了。

就像刚刚打开闸门，水势汹涌，难免带有一些漂浮物一样，我们的一些同志，也沾染了铜臭，写了一些平庸的作品。我最近看了部电影《末代皇妃》，导演、演员、美工、摄影都是第一流的，可在整部电影里，就写了溥仪皇帝的性无能和皇妃婉容的性苦闷，而且是从欣赏、同情的角度去表现的。一部作品，如果不能给人力量，还有什么存在的价值呢？还有一部影片《三宝闹深圳》，纯属闹剧，一位中央领导对它的评价是：下流不足，庸俗有余。这都是片面追求票房价值的结果。失败的“败”字是由文学的“文”和代表金钱的“贝”字组成的，这两个字靠到一起，就“败”了。要知道，“黄金做成的枷锁是最重的”。

至于创作中的主要问题，我觉得有两点：第一是深度不够。我曾对叶文玲说过，你的作品只挖到了八九十厘米，如果能挖得更深些，达到一米四五，那么，几十年、几百年后，你的作品也许能留下那么百分之一二三，第二是缺少形象。当然，我并不笼统地反对写一点情绪，写一点念头，但不能没有形象。形象概括生活，反映生活，引导读者认识生活。古今中外文学名著中保留下来的不都是形象吗？所以，还是要坚持现实主义的创作方法，塑造典型环境中的典型性格。

文学是个厚积而薄发的事业。要在感受的基础上有所发现，有所开拓。有一次，我到我军一位师长（抢渡大渡河时的机枪手）家里采访。先看见从东屋出来一个老大爷，李师长介绍说：这是我父亲。一会儿又从西屋出来一个老太太，他又介绍说：这是我母亲。我心里很纳闷，他父母亲为什么不住在一起？事后我就向警卫员打听，警卫员说：师长哪有爸爸，不知从哪捡来个糟老头子！“捡来的爸爸”，我眼前一亮，平时积累的我军指战员抚养烈士亲属的大量事例顿时涌上心头，促使我写出了《亲人》这篇小说。

有了对生活的发现，还要进行深沉的思索，把生活深深地看透，切不可得到一点东西就匆忙动笔。因为生活中的现象必须经过挖掘、提炼、改造、展开，才能变成艺术，作品的思想深度决定作品的力度。我1944年参加革命时，才十四岁。刚参军两个月，遇到鬼子大扫荡，组织上就把我送到乡下给一位三十多岁的大娘当“儿子”。有一次，敌人把全村人赶到一起。一个翻译官见我头上有一圈戴军帽留下的白边，就用马鞭敲着我的头问：“你是不是小八路哇？”大娘急忙上前将我拉过来，顺势使劲拧了我一把，疼得我哭了。大娘一边打我，一边骂道：“没出息的东西，老总问问你就哭，我叫你哭，我叫你哭……”乐得敌人咧嘴大笑。敌人走后，大娘紧紧地把我搂在怀里，这回是她伤心地哭了。回到家里，东西被翻得乱七八糟，只剩下一块干馍。大娘将干馍塞给我，抱着一岁多的小女儿进到里屋。我听到小妹妹饿得哇哇大哭，进屋一看，大娘正在把嚼碎了的花生壳一点一点地往小妹妹嘴里抹……许多年过去了，再回过头来看这一段生活，我才真正理解了我们的人民和军队之间那种哺育和被哺育的鱼水关系。

其中的一些细节，后来写进了我的第一篇小说《党费》。当我写到大嫂一把夺过孩子手中的腌豆角放到箩筐里时，禁不住放声大哭……这就是我们的人民，我们的党啊！我想起战争年代，乡亲们为子弟兵磨面，沿着磨道一圈一圈地走着，想起乡亲们赶着马车运送伤病员的情景，他们走的不也是两万五千里长征吗？难道不是他们用磨棍、鞭子打败了敌人吗？正是他们激励着我一生都要用笔歌颂红军的长征精神，歌颂人民的献身精神！

文学是一种提纯凝聚的工作，文学创作必须找到自己的最佳角度。比如写一堆柴火的重量，能不能不去写它的体积，而去写秤星秤砣呢？我在搜集红军时期的文史资料时，听说一位红军战士过雪山时，因雪崩被埋在雪里。他感到自己不行了，就用一只手将身上的党证高高地擎出雪面。这只手，使我想起各种各样的手——刷标语的手，拼刺刀的手，行军路上搀扶我的手；淮海战役中，一位通讯员为掩护我被炸剩下的仅有的一只手。于是，我就选取“手”这个角度，在表现红军长征精神的短篇小说《七根火柴》中，着重写了无名战士的一只手：一切都像整个草地一样，雾蒙蒙的；只有那只手是清晰的，他高高地擎着，像一只路标，笔直地指向长征部队前进的方向。小说写完了，我觉得自己欠战友们的东西，才稍稍偿还了那么一点。

好的文学作品，是用看得见的东西，叫人们看到看不见的东西。记得《党费》发表不久，有一次开会，同行们都称赞写得好，我也十分陶醉。老作家康濯却泼了瓢冷水：“好？好什么呀！你们看最后一段：‘是的，一筐咸菜是可以用数字来计算的，一个共产党员的心怎么能够计算呢？一个党员献身的精神怎么能够计算呢？’这叫作说主题！从下往上数第七行：‘他久久地抚摸着孩子的头，看着面前的党证和咸菜。然后掏出手巾，蘸着草叶上的露水，轻轻地，轻轻地把孩子脸上的泪痕擦去。’好啦，到此为止，后面的统统删去，这才是一部好作品。”一番话，说得我心服口服。现在的一些作品，也常犯这种毛病，外在的东西太多，不单纯，不浓烈，结果有价值的东西被无价值的东西淹没了。办法其实很简单，像契诃夫说的那样：“要知道在大理石上刻出人脸来，无非是把这块石头上不是脸的地方都剔掉罢了。”

还有一个密度问题。应详略得当，疏密有致。越剧《梁山伯与祝英台》，写两人同窗三年，仅一笔带过，而十八相送，则放开笔墨，着力渲染。就像齐白石先生的国画，一片泼墨的荷叶上，落着个工笔的蜻蜓，这才是最能表现功力的地方。所以写到一定程度，应当停下笔，静静地写景写物，给读者一个缓冲、消化的机会。记住，千万不要让读者长时间地看同样密度的东西。

这里，我给大家出三个谜语：“要它白，用墨抹；要它长，用刀削；要它囫囵先打破。”第一个是说想得到一张魏碑拓片，必须先在碑上抹墨，再用白纸拓。第二个是说要使铅笔芯长一些，就得把铅笔杆削短一些。第三个是借用制瓦的方法，来说明任何生活现象都不能囫囵地表现，必须打破了才能完整地表现它。这三个谜语所讲的就是对比、取舍和角度问题。谁真正理解了，学会运用了，谁的功夫也就算真正学到家了。

最后谈谈创作态度问题。我们的文学，首先要把社会效益放在第一位，遵照陈云同志的教诲："出人出书走正路。"要立志做真正的作家，而不是为了写一点小打小闹的作品，出一点小小的名气，挣一笔小小的稿费来改善改善生活。希望同志们都能够使用"加、减、乘、除"的方法，这就是用加法增加积累，用减法减掉缺点，用乘法对待感情，用除法对待荣誉。最后，祝愿大家成长、成熟、成功。

（曹茂斌记录整理）

意念和意念的实现

——读短篇小说《恩情》随记

最近，正在读几位写农村生活的新作家的短篇和中篇小说。读着这些作品，犹如蹲在青纱帐边刚挖成的战壕里，嚼着用新粮食做的干粮，喝着绿豆汤，间或咬上一两口生葱和青辣椒，味道足极了。就在这时候，碰上了这批新作的作者之一乔典运同志的手稿《恩情》，就一口气读了，并随手记下了一点感受。

《恩情》也许不是乔典运同志创作中拔尖的代表作，然而却不失为一篇有思想力量和艺术特色的作品。小说的情节很单纯，单纯得三言两语就可以讲完；再加上剪裁的简洁、白描的手法和叙事的色调，使整个故事如同一段街谈巷语。一对身为烈属的老夫妇，晚年遭到了不幸：为革命献身的儿子忽然被诬为叛徒，老人的烈属待遇没有了，茹苦含辛地过了几年；忽然消息传来：儿子的问题平反了，喜事临门时节，队干部们赶来，兴高采烈地吃了一顿。当然，作品单纯却不简单，叙事平易而思想情感却不浅淡。作品通过看来似乎平常的一片生活断面，使读者看到了时代的年轮，而且是不以时间、事件划分的时代年轮；感知了一场真正的风暴，一种关系航船安危的风暴。读着作品，仿佛是在一个看似宁静的黎明之前，一位老人伫立在田野里，以期望和悲怆的声音，用烈士和儿子的名义，在庄严地呼唤，呼唤革命的传统作风“魂兮归来”！作品就以这样的思想力量，引着读者看，逼着读者想，激起了人们心灵的震颤和共鸣。

对于创作，人们打过种种比方。有人把它比作郁郁待燃的柴草，一阵清风吹来，冒起了火苗。有人比作沸腾的岩浆，在地下翻滚奔突，然后突然涌出地面。比得都很好，好就好在它们都是燃烧，都有郁积、闷燃和喷吐的过程。乔典运同志对农村的生活和斗争是熟悉的，他有较多的观察、了解和思索的积累。这丰富的行囊里，一定有许许多多有关优良作风的形象，也有许许多多吃请送礼等恶习的感受。更重要的是：对于感受和了解，作者既不能从冷漠中获得也不能冷漠地对待。而当作者思想感情的光和热照耀和投放进感受上，就起“催化”作用了。从《恩情》这个作品可以看出：作者对优良传统作风的热爱和依恋，和他对不正之风的愤恨，两者加在一起，不，是用乘法乘起来。于是就不能不燃烧了。郁郁地闷燃，悄悄地沸腾。也就是激动、思索、开掘，于是创作的意念产生了，形成了。

意念，大概有人怕与观念混同，或者强调它与形象的紧密联系，又把它叫作意象。这是开掘、提炼生活的结果，是作者体认出生活所蕴藏的内涵和社会的、阶级的、时代的意义结果。这种和形象、感情凝在一起，并在作者心中迸发的东西，是作品生命的胚胎、火苗的光华。

从作品可以看出，《恩情》的创作意念是多么好啊！那种不该丢失的在生活中消失了，而不该降临的，却大摇大摆地来到人们身边。这不合理！那种曾经如此亲切地温暖着我们的生活和心灵的美好作风，不能只属于过去，它应该回来；而令人心寒的丑恶作风，却不是我们的东西，它只会弄脏了我们的过去，也毁坏了我们的现实和未来，必须把它埋葬!

但是，意念还不是作品。意念还要在艺术劳动的过程中实现。

短篇小说《恩情》在意念的实现上所花的艺术劳动和表现的技巧，是值得称道的。

作者找到了自己的喷火口。他选取了两位烈属老人的一段生活历程，作为作品情节的基础，就使得意念的实现获得了独特的躯体，使得情节和人物典型化成为现实的可能，优良的传统作风是温暖的，由烈属的感受落墨，更是如坐春风，真正透出了党和人民的深情；不正之风是丑恶的，它降临到为革命献出了唯一儿子的老人身上，就更加令人愤慨。于是思想和形象结合得更紧密、更集中、更强烈了。

在艺术处理上，作者既不写丧子之痛和生活的孤苦，也不写人和人的正面冲突，而仿佛无心地搭上了“鸡”这条线，它像血管一样，既丰富了情节，又充实了细节，使作者完成了作品的艺术构思。先写喂鸡，展现了两位老人生活景况和善良的心地，再写盼鸡，点出了鸡的重要意义，透露了人物对生活的希望，而那些女人议论的确良褂子的穿插，更恰到好处地给形象涂上了一层淡淡的悲凉色调。接着，一声鸡啼把情节引向深入。然后，淋漓尽致地写了杀鸡，既表现了人物的内心喜悦、性格的淳朴，又为悲剧性情节的高潮做了准备。最后，老宝奶的看鸡和老宝爷的送鸡，发展了情节也结束了情节，完成了人物的描写，也实现了意念。

《恩情》通篇用白描。几乎是过分冷静地在叙述事件，描写人物的行为、动作。然而，正是这冷静的描述，却把热情化进了形象，用形象去使读者爱作者所爱，恨作者所恨，思索作者对生活的评价。尤其值得提到的是，作者在写生活中阴暗的、不健康的东西时的感情和态度。作者是站在烈士的身旁来感受和表现生活的，用饱蘸感情的笔写下了烈士身后的两种作风，使作品具有浓重沉郁的色调。这，帮助作者完成了意念。

也许，作者太匆忙了，《恩情》还像篇未经仔细修改的文稿，它的思想“外延”本来还可以更广阔些，人物形象也可以更结实些。还是那么个道理：思想和形象结合得越紧，意念的实现就越完美。

这个匆忙，或许不只是写作行文的粗疏和文字的修饰不够，也包括思想的深化和艺术的描绘；依然是意念和意念的实现的问题。读罢全篇，掩卷思之，在激动之余，也还感到作品的社会“外延”不够广阔，作品所剖析的这个“细胞”和整个社会肌体多方面的关联似还可以再深细些。比方，送救济金来的人，面目就不很清晰，似乎作者就不大关心他，亲邻近舍对于老宝爷家这场刀俎鱼肉的感情态度，也被挤在作品之外了；其实写他们，倒是真正的艺术的需要。在艺术造型上，人物形象也还可以更丰满，雕刻的线条更刚劲些。我以为，社会有弊病，同时也存在着消除弊病的力量；属于我们的美好的东西，既能为扒手所窃去，也能够失而复得和重新创造出来。因为我们有这样的人民，他们不是，也不会永远做被污辱被损害的，他们过去舍上身家性命和亲人儿女去争取美好，也必定会继续去争取美好和埋葬邪恶。这正是我们生活里巨大的恩情和恩情的力量。作者观察与描绘这一切，呼唤失去的东西归来，爱者欲其生，恶者欲其死，也就应当在自己的思想与形象里倾注更大的热情和力量。这是意念和意念表现的组成部分，而且是极其重要的组成部分。

用爱去谱写乐章

——《彩色的鸟，在哪里飞徊?》欣赏随笔

作为一个热爱文学的文学欣赏者，我特别喜欢这么一种作品——怎么说它呢？打个比方，它像一支歌或者一支乐曲。是音响，却是被艺术地组合起来的。它像彩虹，是光，却放出了更绚丽的光彩。一句话，它是生活的美，然而比生活更美。

部队作者海波同志新近发表在《解放军文艺》上的短篇小说《彩色的鸟，在哪里飞徊?》就属于这样一种作品。这是一幅用多色的爱的经纱和纬线织成的色彩斑斓的彩绸，这是一支以多样的爱的音乐谱成的交响乐。

从开头看去，是一个淡远的全景：

“蒙蒙细雨，薄薄水雾。远远地，一列变成淡墨色的火车，似飘似游。它，来了，又去了……”

这仿佛是一支短笛，慢慢地把你引向一个个震颤的心灵，引进雄浑的生活的交响。拍岸的浪，长空的鹰，长城的砖，大漠的星。还有战争年月的火光，今天勇士的高歌和市侩的哀叹，还有殷红的血、滚烫的泪……于是你沉浸在美的歌和歌的美里了。

于是，在你心里留下了，久久地留下了一部关于爱，关于军人，关于英雄的乐章。

乐章，就有自己的基调。这篇如歌似曲的短篇小说，它的基调就是美的人、人的美。而这一基调，又是通过一个主旋律——大女儿和空军大队长吴平的爱，来贯串、来实现的。

写小说，是一项把心灵指给人看的事业。海波同志显然是了解了这个浅显而又深邃的奥秘。他这篇小说的整个艺术构思，就是让几个不同层次的女人把心灵里的秘密坦诚地展现出来。而这里边，大女儿这个人物，是作者爱得最深、寄托着作者审美情怀和美学理想的人。

确实，这是一个美的人。

大女儿这个人物出场，就是心灵之门开启的时候。作者巧妙地从必要场面做开端，用起手就蘸着蜜汁的甜笔写了她的初恋，这段形式是独白却富有动作性的描写，一下子就把那个性格推成了特写，并且把两个心扉拉开了好宽。接着，又抓住了把未婚妻照片登报这样一个独特的细节，酣畅地写了定情。这两个章节，如同戏曲里写得很美的两折戏，透出了生活的香甜。然而，这只是作者指给读者看的人物心灵的头一道门（顺便说一句，有些肤浅的作品，就在这道门前止步了）。在第三、四两节里，作者又用多少有些酸涩的笔轻轻地推开了第二道门——这多情的姑娘成了妻子之后，人物又上了一层台阶。“小飞机落地”的场面写得精彩极了，真是既精又彩。小飞机落到了地上，人物的爱却升上去了，博大了，上了开阔的蓝天。有了这一折“军人的妻子应该怎样爱自己的丈夫”的描写，与思想和谐统一的人物形象本来已经完成了，可是作者还不满足，“辣笔著文章”，人物又落进了悲剧色彩很浓的环境里。也正是在这里，作者果敢地推开了人物心灵的第三道门，像乌云里突如其来的闪电，读者从悲凉里看到的不是低沉，而是壮美，看到真正的爱凝聚、迸发出来的耀眼的光辉。

值得注意的是，对大女儿内心世界的深深开掘和层层展现，还不只是塑造了形象，妙在形象和形象的完成的过程，还起了另一种作用：它像摄影机的镜头，带着读者看到了另一个形象。吴平这一个美的人，就是这样带出来的。从在炕上翻跟头，到在蓝天自由地飞翔，从扫帚抹布到热爱孩子，从把六十颗星星描到机翼上的秘密愿望，到为人民献身，人物的性格和情怀写了个透。

两个活脱脱的美的人，在生活的较高层次上闪光的人就这样被创造出来，一块儿带着人的美走进了作品里。

本来，仅仅这个主旋律就是一支短歌了。然而作者压根就没有打算用一种色彩画这幅画，在一个层次上描写他的人物。他有更宽广的创作意图，即多层次地写出人、生活的和爱的复杂性，更为多彩地表现诗意和美。

同时穿插安排四个军人的妻子，选取的这个反映生活的角度和表现手法，又是独特的。写军人，角度是从外（军人以外）往里写，以实写虚。在表现手法上，却是从里（内心世界）往外写，以心理写形象。应该说，这在艺术上是一个大胆的尝试。对人物的理解、把握和描写稍有不准、不精确，焦点就不实了。

但是，通读全篇，令人欣喜的是，作者这个艰辛的探索是很有收获的，创作意图很大程度上是实现了。

如果说，大女儿是写了和谐的美，那么，二女儿则是在对立里表现了美。她是一个变动中的人物，当生活里浪花一样的热情过去之后变为像涌一样的日常生活来考验着爱的时候，她开始了自己艰苦的思想历程。几经辗转，通过了一个曲线的运动，达到了新的境界。这个人物是成功的。准确的艺术描写，创造了这么一个独特的形象。小女儿的美，又是在对比里表现的。由于对她思想的“现代化”触得浅一些，人物思想情感的推动幅度小了些，形象略略逊色一些。而母亲，却是写得好的，特别是两段历史情节的穿插，新颖、浓重，加大了形象的分量和力量，也使整个作品增加了“纵深配备”。这三个女性的形象，从不同的层次上表现，又恰如戴上了三副不同度数的眼镜，引着读者从不同的清晰度上看到了生活的形态和人的美。而她们和大女儿这一主线交织起来，由于“反差”而愈是鲜明了。

这里，联系到意识流的运用。把意识流手法引进小说创作，使人物内心世界更清晰。可见，绝不是什么要不得的事情。问题在于运用。这篇小说正是用这一手法突破了现实场景的局限，恰当地处理了时空关系，把内心写深，把生活写开，在内在开掘的同时，加大了题材和形象外延——把几十年的军人和战争、十年动乱的影响甚至国外生活，都有机地带进了作品，加大了作品的概括力量和认识价值。

一个母亲、三个女儿，四个军人的妻子，各自带着自己心底的爱情，走进作品、走到读者面前。有忠贞的爱，有深沉的爱。有的彷徨、徘徊，又果决地走向前去，走到了军人的身旁。这本身就有审美价值。

关于爱，近几年来人们说过多少话、费过多少心啊！遗憾的是，在创作实践里，并不是每个描写它的作品都像它应有的那么可爱。本来，爱情这个东西，出现在作品里，成了描写的对象，它就有了两种性质、双重意义。一方面，它和内容联系着——是什么样的爱情？健康不健康？另一方面又和艺术表现联系着——写得怎么样，是否真挚、浓烈，能不能动人？一句话：意境要高，抒写要浓。

小说《彩色的鸟，在哪里飞徊?》的可爱，不在于写了爱情，而在于通过把复杂多样的爱情写得很真切、很美，通过爱情写了人，又借助人，把爱情升华了，引向了社会生活的深处。

爱军人，这是多么动人的情感！它已经大大越过了男女爱情的一般意义。当这种深深的爱情从纸上流出来的时候，我的心热了。多少年来，每逢说到军人的时候，不止是一代人怀着崇敬的心情想到我们这一支党所缔造指挥的人民军队和它的指战员。可是由于林彪、江青反革命集团的破坏，十年动乱，社会上少数人的这种热爱军队、热爱军人的感情淡薄了。这是令人不安的。这篇小说通过几个女性的形象，写了军人美，军人的可爱，并向军人献出了忠贞的爱情，这是多么值得深思！

已经有了深度，然而作者没有在这个高度上停留。作品继续向深一层开掘，于是，我们从人的心灵深处看到了饱和着鲜血的哲理。她们不但懂得爱，而且懂得为什么爱。因为她们“深知一个出类拔萃的军人对于民族的可贵！”她们深知“不爱我们的兵的人，不会真心爱国”。于是，女人的心灵里洋溢着一种巨大的情感，她们内心在呼喊，天上，海上和陆地上“有一个我的英雄！”一点也不错，她，代表着全国的女人在爱，爱这支可爱的军队，爱这些为了亿万母亲和孩子而面对豺狼的革命军人！这是多么深刻的概括！

任何好的作品，都是一定深刻思想的体现。美的人的形象和深刻动人的思想的统一，就使这篇小说表现了审美价值的同时，也表现了教育作用和认识价值。

创作，又是一桩不安分的事情，搞文学写作的人，谁不想新一点、深一点？人们渴求着对生活的深刻认识和概括，渴求艺术上有创新，有突破。

在这两个方面，《彩色的鸟，在哪里飞徊?》的探索都值得称道。

探索，就是寻找那种过去还没有的，或者有了，还要提高的东西。在探索的路上，创作者的胆识和素养，是重要的。

写军人、军人的妻子，却大胆地接触死亡、描写寡妇的生活，这当然需要艺术的创造勇气。写几个女人的心灵，却就在她们的身边放上一个倜傥风流、也不浅薄的讲师，而且，合乎身份地讲出一些并不是一下子就能看穿的、颇合当今某些人口味的道理。如果不是相信能够艺术地立起形象又能够征服，又怎能去驾驭？特别是多层次、多色彩地描写较多的人物，抒写心灵的复杂多样，又要用第一人称和心理描写来写性格，见心灵，这在艺术上更要担些风险，遇到难关。

然而，难能，才可贵。创作偏偏又是寻难而进才最迷人。海波同志自设难题，沿着阻力大的地方往前走，这种艺术作风是好的。

当然，关键是感情态度。作者本身就是一个军人，对于这支可爱的军队有浓厚感情，爱得极深，包括对于社会上某些人轻视和不爱军人，动辄就以“大兵”相称，感到深深的不安，革命的自豪和“绿色的自尊”首先就在作者的心灵里，有了高度的责任感。

文学，向自己的作者要求两个东西，一个是十分的清醒，一个是极端的热情。有了这，就有了正确的态度，就既能深刻地观察和思索生活的底蕴，又能热情地拥抱生活。也就什么也不怕了。

说来也巧，海波同志这篇多情多义的小说和我的一篇小文章发表在同一期刊物。更巧的是我说了这样的话：“一篇短篇小说，一首诗，发表在刊物里……于是作者就编进了战斗班排，作品就成了一列钢枪里的一支锃亮的枪。”

我高兴，看到了一篇对于建设社会主义精神文明、加强军民团结有利、有助的好作品，一支战斗的枪。

拉杂地写下一些欣赏的感受，猛抬头，看见了院子里那棵桑树，猛然想起了当代一位作家的话。

这位作家说：短篇小说是一棵树，你不能硬去安排它树杈发多少、叶儿往哪儿长。

通俗的话里，凝聚着作家的审美观点和艺术经验。我理解，这是说来自生活的文学作品，应当像生活本身一样青翠，一样水灵，而不要太多的雕饰。艺术地创造的新的自然，就必须自然。从这个启示看《彩色的鸟，在哪里飞徊?》，雕饰就感觉多了些，比方，三个妻子正好是海陆空三军，人为的痕迹就重了。刀斧痕不是好东西，不是独运的匠心，反而障碍了生活的实感，人物的生动。这，倒是值得作者在新探索中深长思之的。

（1982年9月）

一支关于心灵的歌

——《七岔犄角的公鹿》欣赏随笔

一

欣赏近年的短篇小说，有时候会读到这么一类作品：乍一看，不显山、不露水，似乎浅浅淡淡，可是细细读来，却发现它从字缝到纸边通篇都泛着一种独特的“文气”，一种特有的韵味，简直把诗的意境、画的气韵和音乐的旋律都融进了小说里，使人回肠荡气，得到了深切的艺术享受。我喜爱这样的作品，因为它把某一个特定的生活写透了，渗出了生活的味道，传出了生活的内在精神，是传神之笔。

我看，乌热尔图同志的《七岔犄角的公鹿》就是这样一篇写得很好的、为生活传神的短篇小说。

对于鄂温克族青年作家乌热尔图，人们已经不怎么陌生了。这位刚及“而立”之年的年轻人，早在几年以前，就成了一个文学的猎手，带着他猎取的头一批“猎物”走进了文学队伍。他的作品，一开始就显露了他的文学才能，和某些仅属于他的艺术特色，引起了人们的注意。这两年，特别是到中国作家协会文学讲习所学习以后，他更加勤奋地学习和探索，努力认识和寻找着自己，努力探求心灵的深度。艺术的刻苦磨炼和执着的追求是有成绩的。他那篇《一个猎人的恳求》就是一个扎扎实实的成果，获得了1984年全国优秀短篇小说奖。几乎是紧接着，他又写出了这篇《七岔犄角的公鹿》。我以为，这篇小说既保持了他已经具有的色调，又更为纯净和深邃了，作家在刻意追求艺术特色的完美方面，又向前迈了一步。

二

本来，鄂温克族人的生活就是奇特的。这个长期居住在大兴安岭崇山密林和额尔古纳河边的游猎民族，直到中华人民共和国成立前夕，还处在原始社会的后期。他们那几乎没有私有财产的社会生活，那古朴的风尚，以及一下子跃入整个多民族社会主义大家庭的历史变化，可以说到处弥漫着神话般的传奇色彩。可以想见，真实地描绘这一独特、新奇的生活的面貌，就够引人入胜的了。乌热尔图的有些作品，正是以怀着相当深刻的历史感和时代感，以精确的描写，真实地画出了几幅这一生活的图画。从而使他的作品渗透着特有的民族色调和时代特色，产生了迷人的艺术魅力，给我们多民族的文学添了异彩。

令人惊异的是，这篇《七岔犄角的公鹿》，作者却没有迷恋于那离奇的情节、怪异的风习，以及曲折复杂的人物命运。或者说，作者硬是抬手推开了这些看似引人、动人、易于到手又容易获得戏剧效果的东西，而另外去寻找自己的艺术材料了。他找到了什么呢？他找到了一个很不起眼的、最是平淡无奇的东西——一个猎人的孩子几次猎鹿的经过。

或许是作家年轻气盛，故意跟自己过不去，要试试自己的艺术功力？还是执拗地要实现自己的某种艺术追求？反正，他选的正是一条艰难的路。因为，从寻常里发掘出不寻常的艺术，从看似恬淡闲适的内容渗出生活的神韵，这是很难的。然而，作者沿着难度大的路径坚决地往前走，在蹊径上寻幽探胜。他走通了。他从自己那丰富而又独到的生活感受里，找到了那一点独独属于作家自己的东西，找到了新的艺术境界，给独特的生活风貌抹上了浓郁的诗意，表现了一个心灵的轻轻的震颤。

这样的艺术作风和艺术实践，是极有味道的。它使我想起了高尔基在《文学书简》里说过的一番话："艺术家是这样的一个人，他善于提炼自己个人的——主观的印象，从其中找出具有普遍意义的——客观的东西；他并且善于用自己的形式表现自己的观念。"乌热尔图正是这么做了，《七岔犄角的公鹿》这篇文气独运的小说也就这么从平平常常里诞生了。

三

确实是平平常常，简直连个故事也讲不出来。所以讲不出，是因为题材已经被作者提炼得非常之单纯，一切都凝结在孩子和公鹿的几次相遇上了。讲不出，还因为作品的情节发展和环境氛围、形象刻画、艺术意境以及人的心灵的抖动都融合在一起了。

小说是用第一人称写的。十三岁的猎人的孩子，他的那双眼睛，首先起到了电影摄影机的作用，通过推、拉、摇、移，忽而拉成全景，忽而推成中景、特写，写景、抒情、造型，一望全收，几乎全是白描的手法，淋漓尽致地写了另外一个艺术形象：那头公鹿。

自然，这架摄影机不是冷冰冰地录像。一开头镜头就被涂上了一层凄苦、感伤的色调。孩子没有妈妈，身边只有一个继父，却又是个冷漠、暴戾甚至有时很残忍的酒鬼。孩子就是在挨了一顿毒打之后，在哭声里怀念起妈妈，梦见蓝色的湖水，白色的天鹅，盼望着自己快点长大成人的。这么一笔充满动态的描写，仿佛轻轻抚了一下心灵的琴弦，给作品定下了调子，也带出了人物的身世、遭际，读者的心一下子和孩子贴近了。然后，跟着这个善良、郁悒然而又怀着自立的渴望的孩子一道走出帐篷，走上冰封雪盖的山林，迈出了人生的头一步。这时，镜头开始移动了，出现了“遇鹿”的场面。这个场面并没有大的波澜，却写得自然而有层次。从几笔很美的林中景物的鸟瞰开端，缓缓地推出了公鹿的影子，然后随着一声枪响，推成了特写，从容地为这头健壮的公鹿画了一幅肖像。这一笔，写得简洁、有力，着力写了那两只犄角，和一瞥、一瞅的眼神，却又传出了鹿的姿态和神采。妙的是，在完成了肖像描写之后，场面的收尾处仿佛无心地搭上了这么一句对话：“公鹿，那才是真正的男子汉，它就是死也不会屈服，懂吗?”于是，乐章的主旋律在这萧萧的风声里悄悄地流进来了。

如果说，这一段描写，仿佛只是三两声“鹿哨”，就整个乐曲来说，还只是转轴拨弦、未成曲调的话，那么，接下来“爱鹿”的场面，就进入了“轻拢慢捻抹复挑”的节奏。一行雪地上的蹄印，引着孩子去追寻那头被他打伤的公鹿。找到它的时候，它却正被狼追赶着。于是，读者借着孩子的眼，看到了一场鹿和狼的搏斗。这真是一段精彩的笔墨：

狼摇晃着爬起来，弓着腰，咧着嘴，眼睛急得血红，背上的毛竖着，朝后退了几步，发疯似的朝石崖冲去。鹿低下头，把粗壮、尖利的犄角贴在脚下的石头上，沉着地等待着。

就在狼对准鹿脖子下口的一刹那，鹿猛地拐起低垂的犄角，狼像被叉子叉中似的，从鹿的头顶上像块石头被甩过石崖，跌进山谷，转眼间就没影了。

…………

鹿胜利了。它骄傲地扬起头，把漂亮的犄角竖在空中，整个身子衬在淡蓝色的天幕上，显得威武雄壮。

这是在写意，用雕塑的手法为这头公鹿塑了个流动的像，写得那么美！但是，这又哪里是在写鹿？分明是一曲勇和力的赞歌，无怪孩子从心底里迸出了动情的喊声："我的鹿！你胜利了，你不怕狼！"无怪孩子痛惜地看着鹿的伤口，让它从自己的枪口前面走了过去。他爱上了这头公鹿，爱上了这个"真正的男子汉"。

四

读到这里，心头热了，也亮了。原来作者写的不是鹿。无论作者在这头鹿的形象上用了多少绚烂的笔墨，流进了多么深的感情，就算把题目叫成公鹿也罢，反正作者写的不是鹿。他写的是人。他引着读者去看的是人的心灵，甚至只"一个小小的心灵的轻轻地抖动"。

艺术构思的独特和精巧正是在这里：描写一个孩子的一段思想历程，一次感情的升华，却凭借了一头鹿。把鹿人格化，然后借着这块擦得铮亮的反光板，使本来无法看到的光和色变得纤毫毕现。或者说，一头无言的鹿，却成了一个准确而又灵敏的回音壁，它轻轻地传出一个幼小心灵那震颤的音响。

正是对准了这个艺术目标，在弹出一阵急雨，和公鹿交上朋友之后，作者把人物心灵的窗帘撩得更高了些，轻轻拨动了他的小弦，来了个莺语花底、泉流冰下，精心地安排了一折舒缓的静场戏“纵鹿”。孩子和他那贪婪暴戾的继父一道，伏在草丛里打碱场，等候着前来舐碱土的野鹿。可就在继父睡去的时候，他又见到了那头七岔犄角公鹿。在这里，整个场面是静的，可是无声胜有声，作者就在这无声里，把人物心灵的窗帘撩得更高了些，写孩子“猛地从藏身的草丛里站起身”，惊跑了它。一个动作、一笔素净的白描，那颗纯洁、善良的心变得更加清晰可见了。

最后一个重要场面，我管它叫“救鹿”。这是整个乐曲的高潮。只是到了这里，通篇的行云流水的文气才激荡起来，节奏加快了，调子高亢了。有了银瓶乍破、铁骑突出的味道。“自从和七岔犄角的公鹿相识，我更恨林子里的狼了。”可是当孩子再一次见到了他的鹿朋友的时候，朋友却正处在危难之中，被狼群围住了。孩子善良的心地和珍重友情的情怀，一下子升腾到了新的高度。他举枪打死了狼，而当得救的朋友，犄角被铁丝缠住的时候，他又奋不顾身地扑上去援救；受了重伤，还用枪打断了铁丝，终于使这头七岔犄角的公鹿自由了。这一个场面，实现了创作意图，只是写得不算十分好，与狼搏斗有点重复之感，铁丝的出现也有点突兀，文气不那么顺畅了。然而，最后的笔墨却是一个真正的短篇小说的结尾：孩子负了伤，突然发现继父就站在面前。继父，这个令人生厌的人物，却“双手把我一搂，我被背在他宽阔的脊背上”。于是，“唯见江心秋月白”，用一个抒情的乐音，结束了这篇“猎鹿行”——一曲动情的、关于心灵的歌。

五

这么顺着作品的纵线一想，才觉出，这篇小说尽管不以情节见长，也还是有情节的，而且，通篇的文气如此顺畅，也和灵巧的构思、内在的节奏以及妥善地安排了张弛、动静大有关系。乌热尔图同志原本就是一位讲故事的好手。他不仅能把一个民族或者一个人物的觉醒、斗争、胜利的历史讲得娓娓动听，就是看似没有故事的事，也能讲得疾徐有致、出神入化。这篇小说就是一个证明。

然而，我还是认为这篇小说的事件，还只是全篇的骨骼，或者说是支撑起藤蔓的架子，那带着露水珠的牵牛花或是一串串晶莹透亮的葡萄……一句话，那横向生长着的绿色，那弥漫全篇的诗情，才是渗着生活的滋味，为生活传神的所在。

把纵的命运起伏和横的心灵描绘交织起来在字里行间充溢着真情实感，这是《七岔犄角的公鹿》的重要艺术特色。写景色、写动物，都通过人物“我”这个媒介，把作者和人物的情感深深地流进去，给描写对象抹上浓重的感情色彩。比方写景：“林子里静悄悄的，松树和桦树好像都在做着梦，准是美好的梦，也许它们正在等待我来唤醒它们。”写得多好！连树木都有了生命和灵性。又比方写鹿：“它那褐色的、光闪闪的眼睛里，既有善良，也有憎恶，既有勇敢，也有智慧……”看，动物也有了性格。把景和物的感情色彩写足，反转来，又映射出人的感情，即在孩子内心深处漾起的情愫。这样情景交融，互相映衬，就越染越深，越浓烈。

感情浸得透了，心灵也就写得透，作品也就深邃、深情。有了较强的艺术感染力量。

六

当然，这样的艺术追求，至今还不能不冒着点风险。那就是：这样写，写这么一点儿淡淡的、闲适的生活情趣，写孩子的心灵上打的一个哆嗦，甚至连动物也涂上了那么一种人性的、感情的色彩，会不会影响了作品的认识价值和思想力量。

对于这，作品已经做出了回答，甚至于可以说，这篇小说把这个问题解释得更开阔了。真的，有文学价值的东西，事情写得小，依然是大的文学。它把心灵的美丽、动人和开掘心灵的深度统一起来，把艺术的感染力和人生的启示力和谐地结合起来。

小说写了孩子饱尝生活的苦涩之后，从一头公鹿身上得到了温暖，得到了人生的启迪，这本身便有极深刻的思想意义。而描写孩子的善良、友爱的情愫，写得又那么美、那么细致动人。纯净的赤子之心，在数以十年计的日子里，遭受污染的，正是它！在生活里至今还感到匮乏的，也是它。这篇小说正是通过艺术形象轻声地呼唤着这种美好心灵的归来。

我理解，我们的社会主义文学，应该是使生活净化的文学，它应该是这么一种东西，它像一块明矾，整个儿通明透亮，一旦投进水里，水便清清亮亮的。

《七岔犄角的公鹿》，正是这么一块明矾，正是这么一篇让心灵净化的作品。

它是一篇有强大思想力量的作品。令人惊叹的是，它把艺术的真实性和倾向性结合得那么谐和——倾向是那么鲜明，然而隐蔽得又多么好哇！

七

我对于这篇小说，很爱读，读了更喜爱。欣赏之余，写下了一些零星的感受，仍然觉得没有完全表达出自己的欣喜之情。我们这支多民族的文学队伍里，有乌热尔图这样的作家，他那么年轻又那么诚挚和老练。在这样的作家的笔下，又出了这样美的作品，它那样深邃、深刻又那样深情，这是很令人高兴的。对于这样的作家和作品，都是应当引起深切的注视的。

当然，更应该深切注视着自己的是乌热尔图同志自己。于是，我想起了两年以前那个温暖的冬夜，我们一起围着火炉子谈起了创作的“第二步”和作家应有的修养。从那以后，年轻的鄂温克族作家已经走出了很远，但是，前面的路还更远。因此，在喜悦之余，我还怀着我的期望：“努力培养真正的历史感和时代感，加大社会视野，加大作品的时代精神和社会外延。”我也不想收回我的另一个希冀：“特色的完美就是作家的成熟!”

（原载《小说选刊》1983年第3期）

《昨夜花烛红》序

一口气读完了廖西岚同志近年发表的四个中篇小说，不由得涌起一种欣喜之情。这些小说，虽然是作者的头一批中篇作品，是他艺术探索的最初的实践，水平也还不大整齐，然而，它们离生活很近，离当代军人很近，离战士的心灵很近，而且写得开阔，写得真切，文笔清新自然，质朴无华，开始显露了一些独特的艺术特色。现在，作者应出版社之约把它们汇编成集，借这个机会，我说一说阅读欣赏中得到的一些感受。

许多年来，以和平时期军人生活为描写对象的文学创作，曾经被一个特殊的问题困惑着，苦恼着：似乎军营里、训练场上的生活，是单调贫乏、平凡枯燥的，既缺乏曲折动人的故事情节，又难有丰富多样的性格、感情；因此，描写和平日子里的军人形象的军事文学创作，仿佛路子十分狭窄，简直没有多大搞头了。对于这，简单地说它一句是误解和偏见，并不困难；然而真正破除创作上的窄狭认识，让思想冲破自设的牢笼，使视野走向本来就应该有的开阔，却是多么的不易！令人高兴的是，在短短的几年里，一批来自军营的文学创作者，以自己勇敢的探索和踏实的创作实践，把这个捆绑手脚的“扣子”解开了。这方面，廖西岚同志自然未必就是首创者，然而他的这一组中篇小说，却汇入了这一冲开新时期军事文学视野的激流。

这四个中篇，或者是有新的发现，把平常的军人生活表现得既深邃又深情；或者注视着军人和社会、家庭的关联，将军人引向社会的深处去表现。一句话，把部队生活写开了，写宽了，也比较写透了。特别是把军人引向家庭、引向社会生活，既是作者视野开阔的表现，又使作者获得了新的生活视角和艺术视角，这是很有意义的。四个中篇，都以青年军人为主要描写对象，但无一例外，都写到了军营，又从军营写开去，联系了社会生活和人民群众。这说明了作者对生活的理解，也说明了是作者一种刻意的艺术追求。我们的军队和军人来自社会，和整个社会生活有着极其紧密的联系。重视这个现实存在，并力求使这种关联得到艺术表现，那么艺术之船自然就容易驶向开阔的海洋。

《你怕什么?》，作者自己说对它不怎么满意，我却觉得这是一篇饶有趣味的中篇。这篇小说所以有味道，在很大程度上得力于作品的取材和构思都找到了较佳的角度，在部队和社会生活的联结点上表现了人物的性格和思想历程。全篇的主要人物何运志，这个部队的普通下级干部，仿佛是一架摄影机的镜头，在一次探家与归队的“推拉”的过程中，展现了家乡这个湖边小镇和一个团政治机关在改革变动中的生活面貌。反过来，家乡，社会生活的这一个角落的变动，既围绕着动员妻子让出正式工名额这样一个事件，又成了表现人物思想性格的恰切环境；何运志又像是肩上的一根扁担，挑子的两头——社会和部队改革时期的压力，挤压着他，倒使他的思想感情和道德情操表现得愈加鲜明了。

当然，重视题材的开拓，努力把生活写得开、写得广阔，还只是构成艺术特色的一个方面；更重要的还是怎么写，在艺术上探求着什么。通读四篇小说，我觉得，廖西岚同志所着力探求的是从平易中见深邃，追求一种质朴的美。在这位青年作家的笔下，用心截取的都是一些平常的生活断面，着力描写的都是一些普通的军人和群众的形象；但在创作劳动中，两眼瞩望着的却并非平常，而是努力从平平常常的生活中渗出内在的诗情，发掘出时代精神、生活的哲理和新的美来；而且，又小心地捧持着生活的原汤原汁，让作品保持着生活固有的色彩和滋味。这样，艺术地再现普通的生活，就使读者觉得作品里的生活和形象离自己很近，近得几乎就在你的身旁，近得似乎你就在其中；于是自然就产生亲切感，从而想起了自己的生活情状，同时又借着作品的启迪去思索、剖析和评价自己的生活，引起心灵的共振和思想的憬悟。我以为，这是廖西岚同志中篇小说的又一艺术特色。这种特色和他为此而做的艺术追求都是值得称道的。《你怕什么?》里的军人何运志和他的妻子月姣，正是这样的普通人。他们简直像从生活中径直走进了作品里。丈夫为了把正式工的名额让给比妻子更困难的别人，却采取了偷偷摸摸的方式，而且作品即使在描写革命军人的温厚善良和较高的道德情操的时候，也没有忘记以准确的笔触写出人物在妻子能不能随军这个个人得失问题面前的细微的思想感情。妻子呢，作品放手写了她为了争取转为正式工而采取的送礼、走门路，然而终于还是同意把位置让给了别人。无怪丈夫热情地称她是社会这棵大树的“青枝绿叶”，要建议“通令嘉奖她”！《昨宵花烛红》里的母亲，即使身遭抛弃也甩不掉旧的意识的羁绊，然而她的心地又那么平和善良，那么美；美得令人心惊，甚至让人希望也有那么一位娘亲。《虎女泪》笔力弱一点，人物久久在一个水平线上运动，影响了形象的概括力；可是作者在这个形象上倾注了那么多感情，简直是“哀其不幸，怒其不争”。这样的女儿兵我们见过多少啊！作者把这样一个熟悉的陌生人领到读者面前，让许许多多和她同龄的人从作品里看到自己，在灵魂的撞击之中同声一哭。

艺术地再现普通平常，并且在平常里找到和表现出不平常，是颇不容易的。这要靠作者锐敏的发现、深切的感受和准确的描写。可喜的是，作者在找到生活形象、抓住了写普通平常的同时，找到了深一层的东西，找到了不平常，也找到了自己艺术的色调，注重了质朴之美。绚烂之笔归于平淡。质朴，是美的一种极好境界。作者重视运用素净的白描，注意来自群众生活和军营之中的语言，力求叙事、状物、传情都自自然然，不矫饰，不做作，因而取得了良好的艺术效果。特别是把军营生活色调和长江岸边农村、海上岛屿的乡土风习结合起来描绘，这就更为作品生色。

社会生活是广阔的，大地、海洋也是广阔的；然而更广阔的是人的心灵。文学创作就是和人的心灵打交道的一桩事情。廖西岚同志显然开始察知了此中一些意思。他的作品大都是循着心灵的航道和轨迹，向着人的心灵奥秘去探寻，去掘进。这，可以看作是他艺术上的又一个特色。在一篇小说里，作者曾经写下了这么一句话：青年人总是“在自我矛盾中不断认识自己，掌握自己”。这话，可以看作是作者对于自己的人物的一个总的认识和概括，也是他艺术追求的一个目标。写出青年军人在自身矛盾中认识和战胜自己，就是在揭示人物的内心世界，探索心灵的丰富和多样。《你怕什么?》和《虎女泪》都是青年军人心灵的剖视和展现，自不必说。《昨宵花烛红》通篇就是心灵的撞击、抚慰和升华。这篇构思独特、描写却略感不够匀称的中篇小说，乍一看，像一道潺潺的溪流，自自然然地流淌着一个军人从幼年、童年到洞房花烛、步入成年的生活史。然而细细看来，原来也正是一个军人心灵的成长史。这颗心，曾经蒙受过苦难，被蘸着苦涩的生活之水搓揉过；被放在慈爱的母亲的怀里温暖过；在军营生活里锻打过；甚至也在爱情生活里受过检验；最后受到了亲人的抚慰。这颗心是动人的。可是，随着这颗心被带出来的另外的心，更是鲜明。一颗是父亲的心，它卑劣而又肮脏。和这颗心相对照，母亲的心却热得烫手，亮得耀眼。它被从滚热的胸腔里捧起来，高举在一个青年军人的头上，举在了一代青年人的面前。正是因为剖视了心灵，作品才有了概括生活的力量，有了认识价值和真正的历史感。

心灵不能单独存在。它必须蕴藏在精巧的艺术构思之中，附丽在独特的艺术形象上。通过人和人的关系写心灵，让心灵饱蘸感情的汁液，是廖西岚同志“造心”艺术劳动的又一个特点。读着他的这几个中篇，常常产生一种暖人的感觉，闻到一点革命人情的香气。军人不是无情的人，文学不是无情之物。深深地进入当代军人的感情世界，历史地、具体地、真切地描绘那弥漫在军人之间、军人心中的真情实感，正是军事题材文学创作的一个重要的突破口。在这里，想着重说说那篇颇为人称道的《百家奶》。这篇文情并茂的中篇，整个儿就是一篇关于爱的歌曲。小说的情节是以战士朱明星为主线展开的。朱明星是个孤儿。他得到公社书记照顾和五保户的收养，在众多妈妈的怀里吃百家奶长大。看一看这样一个大全景，再加上他扑在过路女人怀里要奶吃的一个动人的细节，就看到了人物思想基础，也看到了人物周围弥漫着的人、情、事。镜头继续推近，他成了军人，依然继续生活在别人的关心热爱之中。被人爱着的人，也以自己全部的纯真之爱爱着别人。小说写副司令员对孤儿出身的战士的爱，是独特的。他爱的内涵里，有父辈的关切，也掺杂着一点合乎人情的个人情感；他爱的形式中，偏爱里透着严格。这种关系的描写是真实而又亲切的，感情色彩也是浓重的。朱明星对驻地渔家姑娘阿娟的爱，爱得真挚热烈。在这里触及了军队纪律与个人感情的矛盾。然而，作品并没有在两者的矛盾上做过多的文章，而是情与理相通、交融，把战士的感情写得更开阔，写得更博大、更浓烈。这样的艺术处理，不是一般的翻新，更不是绕道走，而是作者生活见地和美学理想的体现，是应该受到赞许的。

廖西岚同志的小说创作还在学习、探索的过程中，前边的路还很长。这里随手写下的一点阅读后的感想，只不过是我认为作者创作道路上值得肯定并且应该发展的东西；未必准确、恰当，说一说以供作者总结创作经验时参考，并借此表达我的一点期望之情。一个小说作者，作品的发表和出版，标志着他已经拿着笔跳进了“战壕”，走上了思想战线。在继续前进的路上，在创作的“实战”中，认识自己，并力求不断地突破自己，永远是重要的。希望廖西岚同志在探寻艺术的努力中找到自己，逐步建立起自己的艺术风格；在追求突破自己的创作实践中，获得思想深度和结实的人物形象，使作品更加深刻、深邃和深情。

我期待着。

（1983年6月）

踏着前边的脚印

——《按着革命的需要长》后记

一个文学工作者，站在孩子们面前，弯下腰来，向今天的少年儿童讲一讲过去的事情，谈一谈革命战争年代他们英雄的父辈经历的生活和斗争，介绍一些前辈共产党人和革命军人身上体现着的思想光辉和优良传统，说一说当年那艰苦岁月里的孩子与革命、革命与孩子，这，确确实实是一桩很有意思、非常迷人的事。

50年代中期，我的头一批描绘红军时代普通革命战士生活和斗争的短篇小说发表、出版之后，有几篇陆续被编选进小学和中学的语文教科书里，于是，在和少年儿童的精神联系的同时，又有了直接的接触——被邀请和小读者见面了。一次，又一次，在巍峨的纪念碑前，开满鲜花的公园里，开阔的或者狭小的校园操场上，少年宫的营火边，或是少先队的队日活动中，孩子们那柔嫩的小手揪着我的军衣袖子，把我领到了他们中间。

迷人，实在是迷人。当我站在孩子们面前，在激动人心的鼓乐声中，看着那杆飘飘卷摆着火炬的队旗的时候，我不由得把我那军人的手举到了帽檐上，庄严地敬礼；当我听到千万个童声齐唱“我们是共产主义接班人……”的时候，我心底升腾起一种巨大的情感，分明地意识到了一种神圣的使命。当我看见那一双双热切内含着期望和求知热情的眼睛的时候，我被深深地激动了。我，一个党的文艺宣传员，不应当空着手站在党和祖国未来的面前；我必须给这些可爱的孩子一点东西了。给点真实，容不得虚假；给点真理，不许掺杂谬误；给点真情，崇高而深沉的感情。可是，当人们形容一个人行囊轻简得可怜时，常说：“像军人一样简单。”我，一个军队的文学战士和文学军队里的兵，能有点什么东西奉献给孩子们呢？只有自己从童年到青年时期经历过的，看到、听到的革命战争故事。

我讲：1944年日寇万人大“扫荡”里，我这个刚满十五岁、参加革命刚两个月的新兵被送到莒南县张大娘家里“打埋伏”——做她的儿子。一次跑反回来，大娘把仅有的两个红薯面窝窝头递给我这个“小八路”，自己却躲在里屋，嚼烂花生壳子，喂她那不满两岁的小女儿。

我讲：1945年夏天攻击新汪日军据点的战斗，长征老战士、主攻团的政治处曹主任负了重伤，我把他抱在怀里，喂了几勺西瓜水，他推开我的手，说：“不用了！”然后轻声说道：“哭什么？不是还有你们在吗？不哭，要叫敌人哭！”几分钟后，这颗英雄的心在紧贴我的心的地方停止了跳动，我党我军的历史上又增添了一位革命烈士。

当然，关于自己能有多少好讲呢。一个人，大海里那么一小滴水，就算有点感受，也是“鸡蛋壳里发面——没多大开头”。可是，借着这个个人生活经验的线头，抽出来的可就多了。关于光荣的前辈怎样把他们那金色的精神光辉照进我的心灵，关于炮火硝烟里老一代战士怎样用血和生命为我们铺下了通向理想境界的路；还有我从成百个老红军那里听来的故事，关于南昌城头、井冈山上，还有雪山、草地、监狱、法庭……含血的、带泪的、冒着火花的……放着英雄的光的故事！

其实，这不过是一些文学创作的素材；讲的时候，也做不了什么文学加工。但是，因为这些故事是我亲耳听来的，它的本身就是英雄年代里美的人和人的美，就是人世间最壮丽的心灵的展现，就是关于什么是真正人生和青春的最好的答案，就是最动人的高尚感情。这些人类最为美好的东西，从我的心尖子上感受过来，又经过我的思想情感的“蒸馏”，再转述给孩子们。它既保持着历史的真实面貌，又充溢着浓郁的情感，慢慢地流进少年儿童的心里去了。

革命历史的江河本来就源远流长。先烈和前辈的精神是培育新人的甘霖雨露。老一代和新一辈从来就有不可割裂的精神联系。这种精神，形象地摆在少年儿童面前，无论我讲得如何肤浅和拙劣，它本身的生命力却像江河流进了苗圃、雨露洒向了鲜花。我看到了孩子们那专注的神情，他们听进去了，听懂了，几乎是用整个心在听。有的捏紧了小拳头，有的甚至扬起小手背悄悄地揩去了脸颊上的泪珠。这以后，我收到了多少热情的信啊！那写得歪扭却一笔一画非常用心的字迹，那充满稚气又十分热情、十分严肃的信里，他们说：他们喜欢听这样的故事，愿意踏着前辈的脚印走，按照革命的需要长。他们说：“让我们知道得更多一些吧！”……许多戏剧性的插曲也进入了我的生活：有的向我表示学习前辈的决心和愿望；有的把他小时的经历告诉我，要我讲给别人听；甚至发生过这样的事：1972年我从“牛棚”里出来不久，到长征路上去采访，在历史上被叫作“夜郎”的地方，遇到一位三十岁左右的同志，他就是当年听过我讲故事的孩子中的一个。许多故事他都记得清清楚楚，并且说有的故事帮助了他，使他在动乱中战胜了困难，坚持了方向。

前辈的英雄业绩和高尚品质，在孩子心灵里发出的美丽的反光，使我得到了极大满足和鼓舞，成了我所获得的最高的奖赏！

事情一开始，就难以收场了。给孩子们讲革命战争年代的故事，简直成了我的文学生活的一部分。一方面继续向革命前辈听故事、记故事，一方面了解小听众的喜好和反映，把听来的故事剪裁、编排、调整，然后转述得准确、生动些。这种“中转”的工作，除了被关进“牛棚”的几年以外，几乎没有间断。

党的十一届三中全会以后，中国少年儿童出版社的同志来找我了。她要求我把这些故事写出来，给孩子们一本关于革命的过去的书，让更多的少年儿童读到和听到这些关于革命先烈和前辈的故事。以孩子的名义提出的要求是不能拒绝的。于是，我爽快地答应了。在出版社的关心和帮助下，终于陆陆续续地写出了稿子。

这本书，不算是文学作品，因为它很少加工和描摹；也不是关于人生道路的说理文章，因为它主要地记述了人的思想性格的闪光，只在叙述里夹杂了点体验和思索。怎么说它呢？它是一些在英雄年月里发生过的真实的故事，或者说，它只是革命战争年代的几张照片，是革命前辈走过的一串脚印，是几支关于革命的过去的歌。

对于这本书，无论我是用口讲着它，还是用笔写着它的时候，都怀着一些秘密的愿望。

我希望这本书能够向少年儿童正确地描述和介绍革命斗争的历史面貌，让他们“看见”前辈革命者怎样生活和战斗。对于今天和明天的孩子，过去那打天下的日子，他们是无法亲历了，但是，他们是当年创业者的儿孙，是革命的后代根芽，他们需要知道、也应该知道自己的英雄“谱系”，了解自己的先辈怎样生活和斗争。应该让他们知道雪山是怎样陡峭和寒冷，知道草地如何艰险和泥泞，知道了这一切，也就比较容易懂得：正是过去走过的山路是那么崎岖，今天通向理想境界的道路才比较宽平；过去野菜是那么苦涩，今天的生活才这样香甜。

通过这本书，还想把一些老一辈无产阶级革命家、革命先烈和老战士的形象领到少年儿童的面前，使孩子们“见到”我们英雄队伍中最前列的英雄，看到他们的高尚品质和优良作风。用这些真实的、活生生的形象，一砖一石地在他们的心中建立起永远高耸的丰碑，树起做人的榜样。

更重要的是，通过形象，传出革命的精神。革命前辈在长期参加共产主义运动实践的过程中，所焕发的革命理想、道德情操和传统作风，是一笔巨大的精神财富。

继承这笔财富，是代代少年儿童的神圣权利。如果把这种革命精神流进孩子的心田，在幼小心灵里播下美好的种子，在他们心里生根、发芽，将来在新人之园里该开多么盛的花、结多么大的果啊！

当然，对于革命历史这个丰富的海洋来说，这些故事，不过是一瓢一勺；而且，在口头上讲讲是一回事，把它落在纸上，又是一回事。由于作者力不从心，究竟在多大程度上传出了革命战争年代和英雄前辈的思想风貌，就很难说了。

革命战争历史上发出的革命精神，并不只属于过去，也属于现在和将来。这本小书所展现的前辈的足迹，能够给今天的少年儿童以积极的影响，就是我的愿望。如果它传出的精神，能滋养孩子的心灵，有助于新人的成长、成熟和成功，那简直就喜出望外了。

写出性格来

——读《没有翅膀的鹰》

小说，是写人的，又是人写的。这层道理看上去似乎不难懂，但在创作实践中实现它，却很难很难。比方说写人，要写出鲜明的个性；至少，要求笔下的人物这一个和那一个不相同、不重样，就很不容易。我写过一些短篇小说，至今感到苦恼的就是这一条；往往费了很大的劲，只写了一点共性，勾勒了个轮廓，或者留下了一副模模糊糊的脸蛋。看看新时期写战场和军营的小说，就多数而言，题材有开拓，开掘有深度，手法有新意，独独写个性、写性格，依然有些薄弱。

写过短篇小说《女炊事班长》和《拉岱大桥》的青年作家简嘉，又捧出了他的中篇小说《没有翅膀的鹰》。所以说是“捧出”的，一来是因为这部作品是作者在文学讲习所学习中写作的，包含着许多新的学习和探求在里面；更重要的是，作者明确地把写性格作为自己提高和突破的艺术目标，并且获得了相当的成功。

这是一部写出了当代军人性格并显示了作者艺术个性的好作品。

小说开头一段鸟瞰，随着连队独特的生活景象的描绘就把几个主要人物的个性特征带了出来。然后，随着一个又一个场景的描绘，情景，成了显现性格的环境；情节就是人物性格的历史；人物的个性越来越凸现、越鲜明，最后结结实实地站在了读者的面前。像那个叫麻杈的班长，倔强里透着憨厚、深情；像那个软得仿佛没有个性却自成个性的副班长；还有那个老滋老味庸俗得近乎惫懒的张永旺；就连作为通篇线索的第一人称的“我”，都有各自的面貌、内心世界，都是活生生地从作品中站起来，走出来。使我们看到了当代军人性格的独特，性格的美。

“把各个人物用更加对立的方式彼此区别得更加鲜明些。”作者显然了解了此中的一些奥秘。几个战士的性格，正是在彼此对比、烘托中展现的。更妙的是，各个人物旁边，又放上了一匹个性不同的马。动物的人格化，成了刻画性格的艺术手段。

自然，性格是不能孤立地存在，他必须生活在精巧的构思之中，蹦跳在原汤原汁的生活里。作者巧妙地选择了一个恰当的艺术角度，以“我”的眼睛做向导，引导着读者去看这一个和那一个，实际上是以白描的手法，塑造个性鲜明的形象。而“我”的跨越时空的内心独白则深化了作品的内涵。而这一切的实现，又靠了再现生活的实感，浸透了作者独特的感情。

小说又是人写的。《没有翅膀的鹰》是作者用自己的写法来写的，通篇渗着作者的艺术特色。几乎是哪里有性格就往哪里写，写到哪里哪里出性格。

作品艺术地塑造性格和体现着创作者的艺术个性，是难能的，因而也就可贵。

战士的人性美

——中篇小说《野性谷》欣赏随笔

一

什么地方都有美。只要有美好的人，在人的美的精神光辉照耀之下，即使是蛮荒之地、原始的角落，依然可以芳草如茵、鲜花遍野；在自然美的深处透出时代的春光，显示出社会生活的美。

读了王国才同志的中篇新作《野性谷》，就是这样一种艺术感受。

正如小说篇名所标示的那样，作品通篇都浸透着野性：一道人迹从未到过的荒僻的峡谷，整个儿是一个原始的世界。动物是野的，各种凶禽猛兽自由地繁衍活动；植物是野的，丰盛的野草和丛林草莽自由地生长；虎啸狼嚎、荆榛遍地，一切都按照大自然的安排存在着，到处充满了野性。突然，就像一块石头投进了平静的古井深潭，荒凉的峡谷醒了，被人的脚步声和喊叫声惊醒了。来的是一小队军人——人民武装警察部队的战士。他们匆匆走来，在野草野兽的生存空间里开拓出了一块“人”的疆域，养上一群羊，留下一个放牧的战士，又匆匆离去了。

这个野性国度的唯一人类代表，也是全篇主人公，武警部队蒙古族战士朝格图，就是在这样的背景上出场的。有意思的是，作者笔下的这个人物也带着质朴和野性，进入了野性谷，进入了作品之中。作品一开头，泼墨般地描述了野性谷的环境之后，立即以粗凿的笔触为朝格图雕出了一尊花岗岩的肖像。作者抓住了“岩石”这个形象，拟人地写了他岩石般的体魄、皮肤、面貌；又通过杀牛和与老所长谈话两个细节，凸现了他那岩石般的性格。他粗笨，却又勇敢过人；他沉默寡言到只说一个字，却又深沉地热爱着生活，他全心全意抚爱着他的羊群，却又耐得住寂寞，甚至喜爱着孤独；他刚毅、坚强却又倔强得桀骜不驯，质朴里透着原始的野性。就是这么一块被绿色武警军装包裹着的岩石，就是这么一个既受过军人教养又带着野性的人，落入了这充满野性的峡谷之中，开始了一段独特的生活历程和思想历程。于是，一连串问号发生了：他将怎样生存和生活？他将怎样处理人和自然的关系？他能不能完成改造自然、向自然索取劳动成果，从而也提高完善自己的军人使命？是战士的人性战胜野性，还是被这荒僻峡谷的艰难、孤独和野性所吞噬？

还是跟着朝格图的生活足迹走上一程、贴近地看一看这位武警战士的心灵吧。

二

作品把人物引领出来，刚让人看清他的面目，就笔酣墨饱地写了朝格图与狼群的一次战斗。这，当然不是战士经历的第一次恶战，但作者精心选择出来、展现在读者面前的，却是野性谷里人与兽的一次真正的搏斗。一群凶残而又狡猾的豺狼扑向了朝格图和他的羊群。从对峙、试探性进攻到老狼阴险地牺牲了自己的伙伴换取了羔羊，作品都是从狼群的角度来写的，间或穿插一点朝格图身世的回忆和静态描写，写来层次分明，错落有致。这一来，先把狼的兽性写足了，把野性的气氛写足了，然后笔锋一转，转到了朝格图对狼群的追击。从奋力猛追，到猎犬“哈斯”的死，到老鹫的出现、与豹子搏击，直到朝格图开枪击豹救下老鹫，整个用的是动作性极强的白描，把兽与人、兽与兽、人与兽的斗争，写成了一场惊心动魄的大搏斗。也正是在这搏斗的过程中，作者挑起了通向人物心灵的第一道窗帘，使我们看到了朝格图这岩石般的战士的性格特色。他勇敢，“怯懦和死亡不属于朝格图”；他机敏，“懂得怎样对待狼”；他依然是“野”的，然而透过野的外表，他又是善良的，同情弱者，憎恨邪恶。

本来，欣赏这个场面的描写，读者看到的已经够多了。可是作者还不满足；或者说，这还不是小说想指给人们看的主要的东西。接下来救治老鹫的描写，是一段真正的艺术笔墨，它更直接、更细致地指向了人物的心灵深处。老鹫是凶残的动物，在兽与兽的争斗中受了伤，但新遭丧失爱犬之痛的朝格图却救了它，包扎、抱回、治疗、喂养，甚至连它撕掉警服的过失也原谅了；慢慢地，他发现自己和鹫之间“多了点什么”。最后，终于和这个充满野性的凶禽之间建立了相互信赖、友好与互助的关系，直至建立了友谊。这真是神来之笔。爱一个并不可爱的动物，和一个相当无情之物产生了感情，自然是奇特的。然而正是在这种独特的情节与关系里，表现了独特环境里的独特的人，展现了人的心灵的美好。在这里写的是秃鹫，实际上还是在写人。读到这里我们开始明白了：作品写朝格图的“野”，并且让它进入野性的环境之中，企图表现的并不是“野”的一面，恰恰相反，正是借了狼豹鹰隼这些野性的形象作为反光板，强烈地映衬出朝格图这个战士心灵中那浓郁的人性。读到这里我们也明白了；作者高高地撩起这头一道窗帘，正是要让人们看到人物那岩石般坚硬、孤独、粗犷性格的同时，更看到岩石中包含的那灼热的人性的岩浆，感受到战士心灵深处的人性美；并且艺术地表现出人性与兽性的搏斗与胜利。

三

文学，本来就是这么一桩事情：把生活、把心灵指给人看，深深地指给人看。小说《野性谷》的作者显然了解并且尊重着这一艺术规律。在通过兽与兽的斗争、兽与人的关系酣畅淋漓地写了人、写出了在“野”气覆盖下的人性之后，立即把心灵引向深入，转向了人与人关系的描写。

先是把生活写开，写了战士朝格图与部队、与上级、与整个沸腾的社会生活的关联。一列奔驰的列车在峡谷口上一闪而过，多么平常；可是对于长年身处野性谷的朝格图来说，却是不平常的。粗粗的几笔，就写出了人物接车的喜悦、见到老所长的深情。一箭双雕，既展现了人物的思想情感，把人的精神世界和思想内涵写得更广更深；也加大了作品的时代感和生活外延。更为重要的是：在这一承前启后的描写之后，铺平垫稳，使下面全篇高潮的出现和发展变得更为可信、更为动情了。

武警战士朝格图与逃婚姑娘水花关系的描写，是真正的重场戏，是全篇最精彩的章节。在这里，作品又掀开了通向人物心灵的第二道门帘，展示了一个更新更美的层次。朝格图在草丛里发现了跳车摔得昏死过去的姑娘，军人的责任感使他义无反顾地背起了她，拼着全力把她救回了自己栖身的岩洞。于是，野性谷来了第二个居民，而且又是一个单纯、俊美、聪慧却命运多舛的姑娘。情节——人物性格的历史将向哪里发展？野性谷的历史又将增添些什么样的篇页？如果按照某些猎奇和追求低级趣味的写法，也许是另一副模样了。然而作者却毅然摒弃了那些看似诱人实则没有艺术力量的歧路和邪路，而是忠实地从生活出发，从朝格图独特的性格出发，一步步奔赴深深地揭示人物心灵这个总的艺术目标和艺术追求。

且看两人相识的场面描写：姑娘醒来，以惊惧的眼睛看着这个荒僻的环境和带着野性的人。这时仿佛摄像机的镜头一转，朝格图穿着整齐的武警服装，佩戴上从未戴过的立功奖章，走到了姑娘的身边。这个细节好极了！独特，有表现力。这是朝格图的方式。这个像岩石似的少言寡语的战士，正是用这个特有的方式向姑娘说明自己的身份，告诉她：我是个武警战士，是可以信赖的。同时这个细节又有力地表现了朝格图那绿色的自尊与自豪。接下来，写朝格图头一次照镜子，剃去过长的胡须，闷声不响地帮姑娘修理洞门，次第写来，都是朝格图式的。也正是通过这些质朴的、动作性很强的白描，更深一层地表现了战士的善良、体贴。对不幸者深深的同情，表现了青年战士隐秘的又有点朦胧的爱。一句话，通过似冷似硬的外在形态，独特而又深邃地表现了人物内在的火样柔情，表现了一种崇高的情操，一种高尚的伦理美。在这里，小说有一笔精彩的描写：姑娘坚执要住在山洞外面，战士阻止她这样做。姑娘问“要是不呢？”“那就走！”他又是一块硬邦邦的岩石了。然而这块石头多么柔和，多么暖人啊！

四

看来，作者还想在一曲舒缓而又动情的人性颂歌的后面，再加一个人与人之间、又是人与兽之间的关系的乐章，以完成自己整支交响乐曲的。也就是说，再撩起人物心灵的第三道窗帘，展现他内在精神的新的侧面、新的深度。小题为《愤怒的谷》的开端，写得也是好的。朝格图捕来了几只鹌鹑，姑娘天真地捧起这些小小的野生动物，要亲手喂养它们，要把它们驯化，要为这自然的赐予打上人的劳动的标记。这是极其抒情的笔墨。可是，接下来有关“文明人”的描写却不很成功。这个人物出现得过迟，比较突兀，未能和整个野性谷的生活历史有机地联系起来；人物的形象也失之于粗疏、简单。尽管作品也写了朝格图与“文明人”的对照和冲突，也还停留在一般的叙述上，那种名为“文明”实为野蛮的本质，特别是在现代生活外表下面那颗已经退化为野性、兽性的心灵揭示得不够深透，以致还是不免流于一般的意念；奏出新的乐章这一艺术目标没能完满实现。这，颇有些不足。然而，作品的结尾却是精彩的。作者没有在爱情与纪律的矛盾上做什么文章，而是恰如其分地写出来了有道德和守纪律的统一。可是，随着老所长的到来，随着朝格图射向头羊的那一声枪响，野性谷被震动了，读者的心也被震动了。戏要陡转。情节的突然逆转，老所长突如其来的一声低语“你也留下”，使通篇的内涵得到了深化，使作品的意蕴升华了。通向人物心灵的第三道窗帘，在这里才被高高地挑了起来，读者深刻地、深邃地，也深情地看到了一颗美好的战士的心，看到了人性对于野性的胜利，看到了人性的美。

《野性谷》是一篇值得一读的作品。尽管作者笔下还显得匆促，不少地方针线不密，还有些粗疏，作品仍然不失为一篇选材独特、构思新颖、形象结实的小说，一篇有点儿怪味却又怪得可爱、怪得特别的好小说。

爱情的歌

在我的面前，摆着几页用工整的字迹誊抄在稿纸上的文字。它不是什么文学作品，只是一封平平常常的信。可是，我却被它深深地吸住了。它仿佛是一首动情的诗，或者是一张浓墨重彩的画。不，它比诗深沉，比画美。它是用爱的经纱和纬线织成的一幅新时代的“回文织锦”；它是用人间最崇高、最美好的情感音符谱成的一曲英雄乐章。

文字的题目极其质朴：《老山前线二百九十名军人丈夫给后方妻子的一封公开信》；信的内容也是质朴的，仿佛一个刚打过仗的军人，蹲在猫耳洞里，把心头的感受向着妻子倾诉，又像是谁把一封封他给她的信组合起来，抄到了一份信纸上。乍一看，这信里既没有绵绵的情话，也缺少脉脉的柔情，甚至连个“爱”字都用得那么吝啬。但是仔细读一读，你就会发现，信里的爱情竟然那么多，那么重，那么炽烈！

不错，这信不是蘸着蜜汁写的，简直是蘸着五味俱全的特殊墨水，甚至是蘸着心尖子上的鲜血写成的。它有时像枕边絮语，轻声述说着生离死别的思恋；有时含着热泪，涌流出真诚的感激，一会儿低垂着眼睑，倾吐出心底那深深的歉疚，一会儿又高昂起头，自豪地发出由衷的赞颂；就连牙缝里挤出的“忍受”和“期待”，也说得那么轻柔，那么委婉……就是这从心尖上流出的前线军人丈夫的语言，使得这封信成了真正充满爱情的情书。正是从这真正的情书里，我们感到了写信人的血的激荡，爱的升华；听到了他们心灵深处那细微的爱情之弦在轻轻地颤抖，也看到了二百九十颗捍卫祖国又温暖着亲人的“滚烫的心”！

谁都知道，为了祖国的富强，无论从事哪种职业，都要付出一定的代价和牺牲，而手执武器战斗在国防前线的军人，恐怕是人世间代价最高、牺牲最大的职业了。当情侣们在花前月下散步、年轻的母亲搂着婴儿做着甜美的梦的时候，他们却正迎着风雨站岗、潜伏、构筑工事、迎接敌人的千万发炮弹，他们不但随时准备着对敌的骚扰作战，还要同干渴、饥饿、劳累、炎热以及各种困难斗争，直至为祖国流尽鲜血。而那些做了丈夫的指战员，则更多一层艰难。就说歉疚吧，他们对祖国，对人民无愧无怍，而谁能想到，他们内心深处却对年轻的妻子怀着如此深重的愧疚之情呢！这封信，使我们贴近地看到了一颗颗普通人的、年轻丈夫的，而又是身在战场的军人的心。这些人离我们千里万里，这心， 离我们的心却多么近啊！

如果说，这封信是这些前线军人人格的化身，那么信里描绘的则是后方军人妻子的形象。这是一些平平常常的女人。她们也许就在你的身边，然而，跟着这封信的指引，我们看到了，她们和自己浴血战斗的丈夫紧紧相连相印的那颗心，又是多么红、多么热啊！

她们是清醒的。她们知道：“有军队就有离别，有军人就有牺牲！”然而，她们却把少女的爱情，如花的青春，献给了前线的军人，把对祖国和对亲人的爱融在一起、凝在心头，把艰难困苦挑到了肩上。

她们是热情的。她们说道："如果部队上能有成千上万个敢于献身的军人，我们这些当妻子的再苦也值得!"豪迈的话语出自高尚的心灵，就是饱含血肉的真理。在一定意义上说，正是这话里蕴蓄的赤诚的爱情，使我们部队拥有了成千上万勇于为祖国献身的军人!

"亏了我一家，幸福千万家!"这个看似复杂的人生哲理在她们的心里变得单纯而又明朗，成了活生生的生活真理。杀敌卫国不只在战场。为了千家万户得以安宁和幸福，这些前线军人的妻子，心在战场，身在后方，茹苦含辛，忍受了许多艰难。然而，正是这些女人，用爱加固了中华的长城，正是这些柔软的女性的肩膀，支撑和顶扛着祖国的万里边防。

世上，有许多东西被人们叫作珍宝。黄金、宝石，它们的闪光耀得人心动目眩。但是，有一种东西最光辉，最永恒，它能照亮人的进路，照耀千秋万代人们的心灵。这就是这封信所焕发着的那种社会主义精神文明的力量和中华民族精神的光芒。

是时候了！我们应该有这样的艺术家，用最好的青铜或者最美的石料，去雕塑一尊最美的塑像——一个前线军人妻子，一个代表着全国女人去爱那些为了祖国安宁幸福而挺起胸膛面对豺狼的前线军人的女人。

其实，在生活里这样的像已经有了许许多多。本期刊物上发表的《请接受前线将士的敬礼》，可以说就是这样一尊塑像。她不在那封信连着的二百九十颗心之内，然而又和这些心紧紧地连在一起。结婚前夕，姑娘心爱的侦察排长牺牲在麻栗坡上了。 姑娘战胜了悲痛之后，向亲友说道："我还想找一个军人!"

这就是爱，这就是后方女性的爱情。

对于这样的前线的人和后方的人，人民将以无限深情去热爱他们和她们，而且怎么爱也不会过分。

催人泪下，发人深思

——中篇小说《海地》欣赏随笔

在东海的一个小岛上，深夜，正是涨潮的时候，离我的窗子不过五十米远处，大海正波翻浪涌，送来闷沉沉的涛声。我打开偶然来到我手边的1985年第三期《东海》，读着张坚军同志的中篇小说《海地》。读着读着，我仿佛听到了纸边上涌出了涛声；它和窗外的涛声应和到一起，使我这欣赏者的心无法平静了。

说这篇小说里涌出涛声，倒不是因为作品写了海，写了海地；而是因为作品反映了历史之潮的涌动，写了这奔腾向前的潮水怎样撞去人造的堤岸，从而发出了时代的涛声和潮音。

《海地》，写的是一种痛苦；一种认识真理和正视真理的痛苦。《海地》是一出悲剧；一出自己犯下了错误又必须面对错误后果的悲剧。

小说的情节并不复杂。简单地说，一句话就够了：“这海堤是扒还是不扒?”讲详细一点也不过三言两语：当年，县长率领着十万民工大军艰苦奋战，移海建塘，废涂造田，围起了二十万亩海地。可这地盐碱化严重，“白茫茫，野苍苍”，长不出粮食和棉花；而且还严重地破坏了浅海泥涂的生态平衡，浅海生物濒临灭绝的边缘。违反科学规律的蛮干受到了历史的惩罚。怎么办？敢不敢勇敢地承认当年干错了，自觉地否定过去、否定自己？能不能坚决地正视真理、改正错误，老老实实地按人民的意愿和科学规律办事？是照顾老上级的“面子”，文过饰非，还是以人民利益为依归，认错改错？两条路，摆在了老县长一手培养提拔的新任县长韦振邦面前，要他在人情和原则之间做出抉择。

于是，一场惊心动魄的战争，就在韦振邦的心灵里打响了。

敢于否定自己的过去，不论这过去是如何轰轰烈烈；敢于正视真理，无论这有多么痛苦。接触到这个悲剧性的主题，便使作品揭示了生活的底蕴，获得了深度。

文学创作，是这么一种活动：作者从现实与历史里探求、寻觅，从里面挖掘出诗的或者戏剧的因素来。《海地》的作者正是这么做了。他从自己熟悉和感动了的生活出发，深深地开掘，把历史剖开，终于从较深的层次上发现了时代的年轮，找到了悲剧性的元素，大胆抒写了这出悲剧，写出了正视真理和走向真理的艰难和痛苦。

任何动人的作品，都是一定的深刻思想的体现。开掘有了深度，作品就有了思想力量，主题也就是深刻的又是多义的。

小说《海地》写的只是一片滩涂，一段潮涨潮落的历史，然而由于挖得深了，也就写得开了。

它给了读者一种震撼力和启示力。在过去的年月里，由于指导思想的错误，不尊重科学，不实事求是，在小生产者狭隘思想指导下盲目蛮干，我们曾经干下了多少蠢事。这些劳民伤财的过失，不但在当时和以后给事业造成了损害；而今，即便是改革的浪潮滚滚向前的时候，要认识它的错误所在、要抛弃它又何等的艰难！

这里，也展现了文学描写改革的一个新的角度：创新固然艰难，改变旧的也不易。

这就使小说具有了思想力量和认识价值。

当然，《海地》这篇悲剧性的小说，它的深刻的思想力量、它的震撼与启迪的力量，不能孤立存在；它体现在动人的艺术描写之内，附丽在鲜明的艺术形象之中。

在展开真实的冲突的同时，作品描写了令人信服的人物。

首先，作者选择的视角就很值得称道。小说通篇写的是新任县长韦振邦实地考察海地的一段行程，而着眼的却是他的一段思想历程。写人物落入特殊的环境之后，心灵中的波翻浪涌，是这一个形象塑造的艺术手段。

为了更好地展开人物的内心世界，韦振邦一开始就被推进了生活的旋涡之中，去挣扎、搏斗；而且，他的手又是被两根看不见的绳子绑着的：一根绳子是他对于老县长的“恩情”——他是老县长从小培养起来的，当年修塘时老县长曾经自己甘冒暴雨，把身上的雨衣脱下来送他，后来送他进农学院深造，支持他当了县长。另一根绳子是他对海塘的感情——他是十万建塘大军的一员，那里留着他的汗水和心血。但是在实地考察的行程中，现实却一步步磨着这两根绳索，一步步让人物处在人情与原则之间，蒙受着内心的痛苦，也就一步步展现了人物的内心世界。恩情和感情的绳子被严酷的现实无情地磨断了，正视真理、否定自己的痛苦写足了，形象也就清晰可见了。

韦振邦是这出戏中的主要人物，又是引领着读者去看这出历史悲剧的镜头。通过这个镜头的推拉摇移，或者是鸟瞰整个海地的全景，或者是触目惊心的近景和特写，或者是往事的闪回，把全剧淋漓尽致地写了个透。

韦振邦的形象是有不足之处的，主要是性格的内在逻辑还把握得不够准；内心的矛盾冲突还不够强烈；细微感情写得不够浓。然而，形象还是完整的。这是个新人的形象——在历史和现实的撞击中变得清醒的人，一声“爷爷，我们错了”，喊得令人泪下，又令人欣然。生活使他有了科学态度和求实精神，时代给了他正视真理的勇气，人民群众给了他力量。

思想和形象的和谐统一，实现了对生活的概括。

历史和现实的交织，又在交织中把历史里的热情和现实的苦难艺术地做着对比，反差极大，对比强烈。这是《海地》艺术表现上的又一特色。

应该说，小说中反差大的对应描写，是精彩的笔墨。“看看韦振邦初遇海嫚的场面，轻轻着笔，一个天真、热情的渔家姑娘的形象就跃然纸上。而后面对于变成了“鱼蛮婆子”的海嫚，从肖像到行为动作，又做了刻意描写。两相对照，极为鲜明。还有海神爷早年的豪壮和晚景的凄凉；建塘时的幻想和现实的破败……特别是两出高台阁，简直是神来之笔。既是两幅风习画幅，又是戏中之戏。既深化了悲剧性的主题，又创造了独特的、有表现力的艺术意境。

感情护送的思想，走得越远，作品就越是深邃，就越能显示生活的容量和艺术感染力量。

《海地》的艺术特色和艺术追求，还在于对那些应该否定的东西，并没有简单地斥责，也没有去三化，甚至连句怨言也没有；而是历史地，具体地去做真实的描写。

那些与现实相对照的历史回述，写得是认真的，也是很有光彩的。那张贯串全篇的黄毛边纸画下的示意图和规划图，确实载着那一代青年人的热切愿望和美好憧憬。为了移海建塘，海嫚拿出了嫁妆，“老海神”拿出寿材，阿黑哥和另外四十一个人献出了自己的生命。他们对于为民造福、创造新的生活，是真诚的，是热情的。这，本身是美好的。只是指导思想上犯了错误，领导干部的主观主义和违犯了科学规律，才使得人民的热情与劳动，连同血汗一道付之东流。

真实地描写它，“以乐境写哀”，正是作者的高明之处。这些艺术的笔墨，强化了悲剧色彩，揭示生活的底蕴和哲理，更为深刻，也使全篇有了更强烈的逼人深思的艺术力量。

我看，这正是作品中使人听到的涛声和潮音。

或许是受到了思索成果的压迫，或许是受到了悲愤之情的激荡？作者有点着急了。急着把生活感受和对生活的认识统统放进作品，急着把满肚子的话都说出来。一句话，就是要把满把的雷霆一伸手全撒出去，而不能坐下来做精细的抒写。其实，越是作者感情激越、神思飞扬的时候，越是要求作者写准写细的时候。这样，“好的和坏的都不叫出声来”，倾向的隐蔽才能实现，才有含蓄之美。

不妨看一看作品的开头部分。那是一个颇为费力又不讨好的开端，既引不起悬念，又不能尽快地把读者引进作品的环境之中。然而，结尾却是好的，有寓意，有余味，简直可以说是精彩的；如果把最后两句对话删去的话。

一个独特的军人形象

——《响器家的儿子》欣赏随笔

我喜欢这么一句话："把历史的内容还给历史。"我觉得《响器家的儿子》正是这样一种作品。作者在历史和现实里，细心地寻觅，然后从历史的深处领出一个人来，一直让他穿着军装，从读者面前走过去。小说大纵深地写了人物独特的生活、思想、感情的历程，写了他的生，写了他的死，写了他生与死以内、以外和以后。于是，作品通过形象把历史还给了历史。

在这里，不能不称道作者的艺术胆识和观察生活视角的独特。文学就是发现，就是作者用自己的眼睛从人所共见的生活里发现那种独独属于自己特殊的人和事，去反映一般，概括生活。作者从生活出发，按照生活固有的真实面目，从看似平常单调的军营里，找到并紧紧抓住袁小根这个形象，大胆地描写了一个被压制，被摧残，被扭曲了的心灵。在布满荆棘的道路上艰难地走着，走了二十年，而在除旧布新的时代，这颗心灵怎样得到滋润，走向复苏，开始感觉到人的尊严，认识到人的价值，从而浮泛出真正的人的光彩。

古人做文章，提倡"从活处看"，看到生活深藏的内蕴，也同时从什么地方找到突破口。作者从活处看，从地主家的孙、“响器家的儿”这个口子写进去，笔墨就直接指向人物独特的心灵。

乍一看，小说通篇用的是叙述，与写入团申请材料这一规定情景似乎不大谐和，显得有点平。然而，仔细看去，原来这正是作者的刻意追求。作者不是一伸手就将满把的雷霆撒出去，而是像抽丝一样，舒缓而轻盈地把一条丝带般的声律拉出来，带着生活的原汤原汁，涂着深沉的回忆色调，把人带进具体的历史环境之中，组成一曲叙事与抒情交织着的歌。特别值得称道的是，在这首歌里，无论纵向的叙事还是横向的描写，都无时不层层加深地展现着人物的内心世界，无处不浸透着人物浓浓的真情实感。伯父袁玉方学当吹鼓手和让亲的描写就很是精彩，在平常的叙述里加了几笔素净的白描，质朴善良的人物形象和令人欲哭无泪的辛酸之情，就一齐跃到了纸上。袁小根在屈辱中失去了天真，是叙述的，然而由于融进的感情有极大的浓度，叙述竟然变成了可视可感的艺术摹写；而紧接着笔锋一转，一段与湾子初恋的爱情描写，以及与二庆的一场爱的纠纷，却像炒菜加了点糖，成了动情的又是突出性格的笔墨。情理和分寸，是实现形象的艺术价值至关紧要之点，袁小根与湾子分手的描写，入情入理，把握得十分准确，使一个平常的场面产生了巨大的艺术力量；由此做铺垫，随之发生的与伯父的冲突，自然，合理，一下子把两代人爱情的悲剧扭结到一起，把辛酸的情感推到了高点。听唢呐，则是传神之笔，用文字传出了音乐的色调，也就传出了生活的神韵……艺术作品本来就是人的情感的外观形式。感情越是真挚，作品就越是独特；作品传达的感情越独特，感情的单位面积产量就越高，对读者的影响与感染就越大。《响器家的儿子》正是在这里用力，使它成了一个艺术品。

当然，独特性格的塑造和心灵的深深刻画，还是为了概括，为了深深地揭示生活的底蕴。小说《响器家的儿子》通篇都使人感觉到一颗心在颤抖：同时，在心灵的震颤里又透着一种逼人深思的思想光芒，一种震撼和启迪的艺术力量，我觉得，作者的创作意图，是要在一个悲剧性的环境里提出并努力揭示一个带根本性的道德问题。这一艺术追求是鲜明的，也是深刻的。千百年的封建土地制度无疑是必须改变的。因为它极其残酷，极不合理。民主革命推翻了这个山一样的压迫，建立了崭新的制度，正是为了继续把那个旧世界的一切封建残余打个落花流水，"让思想冲破牢笼"，从而解放人、提高人。然而，悲剧性在于："以阶级斗争为纲"与形而上学的唯成分论，恰恰和这种封建残余扭成了一股绳索，去捆住人的灵魂，继续扭曲着人的性格和心灵。把吹鼓手看作是下九流的"贱民"，对劳动，对人的歧视和不尊重，便是这种封建残余思想的另一种表现，这同样是残酷的和极不合理的。《响器家的儿子》正是把一个活活被扭曲的灵魂给人看，从而把极"左"的东西和封建残余一起押上了历史的法庭，也进一步展现了人的解放、人的价值。这就把生活的特殊写开了，写透了，使作品有了较大的思想力量和认识价值。

也许，有人会觉得通篇结构上不大匀称，我看这正是这篇作品的长处。文无定形。小说的二、三两章可以说是整支乐曲的"副歌"。情节的陡转，是艺术的需要使全篇的艺术构思完整了；作品主旋律在这里得到了深化和加强，思想与形象是和谐统一的。

也许，有人会觉得作品的调子有些凄婉和悲凉。这也不要紧。悲凉和冷峻本来就是这篇小说的主调。问题在于作者的感情态度。这看来似冷的色调，实际上还是热的，自有一种暖人的美流淌在作品之中。作者"从活处看"生活，把历史的内容还给了历史，在作品中留下了对真理的清醒和对人的热情。

总之，这是描写军人形象的一次很有益的探索，一支关于独特人的独特的歌。

心灵的闪光

——读《温馨的感受》随笔

小小说，篇幅再小，依然是一项把心灵指给人看的事业。我爱读的、读了也爱的小小说，大约是这样一类：一段生活朝着你迎面走来，刚刚看清了眉眼，它一转身，变了；变成了一颗活蹦乱跳的心，或者变成了一句动情的诗，一个饱含血肉的哲理。

我以为，《温馨的感受》就是这么一种作品。

乍一看，走向前来的是一段极其平常的生活：一个从战场归来的战士，忙里偷闲，到街上逛逛，看到一处舞会，但是没有票，进不去，便往回走了。写法似乎也并不出奇，仿佛作者和自己的人物一道走着，漫不经心地随手切了这么一块，放在稿纸上，送到了我们面前；甚至漫不经心到这般程度：连给自己的人物起个名字都失去了兴趣。

但是，先不要被作者着意选择的普通手法挡了眼，还是随着作者的笔、跟着人物的行踪走走这几分钟的路程吧。先是一闯门，就使读者和人物站在一起了；接下来一摸脸，我们的拳头也攥紧了。随着一听声，情节走向了舒徐；然而紧接着一哭、一笑，又推向了高潮。短短千把字，竟然出现了五个层次，构成了落差很大的起伏跌宕！

更妙的是，在纵向发展的起伏里，作者从容地进行了横向描写，渐次加深地展现了人物心灵。现实触发出的意识流动，写得真切，融得自然。那一闯、一摸写得多么真，那一听之后的独白，敞开了胸怀，把战士的善良表现得何等深沉，那一哭之后的微笑，人物的精神世界一下子升华到了新的高度，使人完全看清了一个美的心灵和心灵的美。

原来，从平常里发现不平常，体现出文学价值，正是艺术功力所在；通过独特的构思和精细的描写，在更深层次上展示当代军人美好的心灵，正是独运的匠心。

“竹中一滴曹溪水，涨起西江十八滩。”这篇小小说如一颗晶莹的露珠，深邃而又动情地反映出当代军人精神力量的增长，实在值得称道。

愿前线和后方的人们都能和“他”共鸣共振，从这篇作品里感受到那精神的光亮和暖人的温馨。

桥，在创作与欣赏之间

——赞《作家谈初中、高中语文课本》的出版

文学创作者和欣赏者之间的关系问题，永远是一个奇妙而又迷人的题目。

关于这，许多人说过许多的话，但集中到一点，就是联系，就是两方面的了解和理解。

一篇作品，落到了读者手中，摊开在他的膝头，被阅读和欣赏；于是，无声的字变成了有声的语言，流进了读者的心中，这对于作者来说是幸福的。一篇作品，被选进了中学语文课本，成了教材；走进了书包，走上了课桌，走入了一个个少年到青年的金色年华，这对于作者来说，更是一种特殊的幸福。二来是作品一下子摆到了成千上万青少年读者的面前，和整整一代或者几代人发生了联系，比之一般的阅读宽广了；二来是作品经过老师的精心分析和讲解，欣赏者读得更仔细、更用心，较多地咀嚼了作品的味道，从而加深了欣赏的深度。于是，文学在既宽阔又深邃的广度和深度上进入了读者心中，感染和滋润了读者的心灵。

想一想吧，当我们的孩子在老师的指导下，把那颗天真的心贴

近课本，从那里知道了中国石拱桥的历史和龙须沟的今昔，感知了“挥手之间”那庄严的时刻，听到了延安的纺车声，窥见了诗人对延安的深情，懂得了人世间什么样的人最可爱，了解了雪山是怎样寒冷、草地又是怎样泥泞……这一代新人精神的成长，不就是对文学、对作家最高的奖赏?!

有一件事给我留下了极深的印象。几年前一位年轻的朋友写信告诉我：他在报考戏剧学院的时候，主考人突然出了个题目，要他朗诵一段作品。就在他从记忆里搜索着文学库存的时候，他看到了老年艺术家那只有些干枯的手。于是他冲口而出，满含感情地背诵了短篇小说《七根火柴》。这篇两三分钟的小说帮了他的忙，他考取了。这位同学感谢的是文学，而引起我深思的却是：文学，通过课堂的讲授进入了青少年的心中，竟是这样的美好。

当然，只讲幸福还不够；幸福常常伴随着苦恼。青少年欣赏者对文学的兴趣是广泛的，求知的欲望是旺盛的，有时简直是无边的。他们希望知道作品以内的一切，也希望知道作品以外、以前和以后的许多事情。于是，在细心诵读了作品之后，有关作家和作品的各式各样的问题也就产生了。于是，在作者的案头也就摆上了一封又一封来信。它们像孩子们那一双好奇而又渴求的眼睛：“你是怎样写出这篇作品的?”“你为什么写这篇小说?”……有的问题更奇怪：《七根火柴》为什么要表现一个无名战士?《普通劳动者》里的林部长是不是那个姓林的大坏蛋? ……就是这些在信里回答不完也说不清楚的问题困惑着欣赏者，也苦恼着作者。

作品的发现和创作，教材的讲授和欣赏，各自耕耘着文学富饶的两岸。问题在于两方面的联系，需要架起一座桥梁，使两岸南来北往，更加发达兴旺。

现在我们有了一座桥。感谢四川教育出版社，感谢林从龙、詹家瑄诸位编者，也感谢责任编辑李定与同志，他们热爱文学也热爱青少年，怀着极高的社会责任感，也就清醒地看到了这座桥的必要和重要。他们迈开两腿，风尘仆仆于作者、教者和欣赏者之间；他们伸开双手，挽住了作者也拉住了读者。于是，作者的心意，教者的要求，学者的愿望，在他们手里凝成了一块块砖瓦、石料，砌筑了这座沟通两岸的桥——编出了《作家谈初中语文课本》和《作家谈高中语文课文》两本书。

顺便说一句：这还只是“桥”的一部分。待即将出版的两册续集出齐，就是共计四册、七八十万字的一套书。

这是一套适时的书，有价值的书。它的出版有现实的和久远的意义。作者自己谈课文的构思和写作，谈得真实、贴切，必将有助于教师和学生准确深刻地理解教材的思想内容和艺术手法，提高文学欣赏水平。

这是一套编得认真、有较高思想艺术质量的书。创作者就是自己的一两篇具体作品，认真地回顾介绍从作者进入生活到进行作品艺术创造的过程，把题目谈开了，也谈深了。“甘苦寸心知。”一篇篇作者谈文的文章，是真情的披露，也是实感的阐发。为人为文的道理全在其中。它既是对课文的解释，又是一篇独立的“作品”。这对认识教材和普及文学知识，影响和造就新一代作家也是有益的。同时，这又是一本精美的书，书的装帧设计本身就是一种艺术。

我赞美这一桥飞架，也赞美在作者读者之间用汗水和智慧架起桥梁的人。正如本书续集序言的作者刘国正同志说的：“在中学师生与作家之间架起直接对话的桥梁，是提高中学语文教学质量的一个十分重要的措施。这套书就是这么一道桥梁。”

人对人是最感兴趣的。把人和人亲密地联系起来的人，是应当感谢的。

真情实感

短篇小说，写的是真挚的感情、真切的感受。如果不在概念上求全责备，简直可以说：文学，就是真情实感。

我看，肖悟了的短篇小说《爬行和弦》正是一篇内蕴着真情实感的作品。它很真，又很美，仿佛作者随手从心尖子上挂着的生活感受里揪了一块，放到了稿纸上。

感受，来自生活的独特的形象感受，以及用心尖碰撞过并且久久留在心头的情绪记忆，对于文学创作来说，是最可贵，最有活力，也是最奇妙的东西。《爬行和弦》的作者显然拥有了这样的感受，并且从感受出发，去表现生活，于是，出现在作品的人物心态、环境氛围都是真切的。比方，对于在陡峭尖利的山石间爬行，用身体去体验地图上等高线密度的描写，就是独到而又精彩的。而让景物处处着上人物情感的色调，也是感受作用于创作实践的艺术反映。

重视感受，坚持从感知出发，以真情实感为艺术目标，去从事文学创作；作者起步的一脚正踏在点子上，这也许比之一篇作品的诞生更令人欣喜。

当然，没有花固然没有蜜，然而花并不是蜜。让感受成为作品，还要靠作者去创造。在这里，作者并没有偷懒，而是沿着一条难度较大的路径走过去。作者选取了三次爬行的外在形态做依托，又把笔触直指人物内心世界和思想历程；为了尽可能充分地展现人的心灵，甚至冒着使通篇情节支离的危险，坚决抛开了一些事件过程。应该说，以心理写形象，是颇不易为的。然而作者寻难而进，无论是写对外界变化的反映，还是写人与人之间的关系，作者的笔一霎也不离开人物的内心，总是渐次加深地奔向人物心灵的深度，终于，随着第二十六发炮弹命中之后的狂喜的描写，完成了人物的形象。作者的这一艺术目标实现了，一颗活蹦乱跳的心完整而又深情地被塑造出来。而且浸透着真情实感的原汤原水，有了较强的感染力量。

在这里，还想提到小说《爬行和弦》另一艺术特色，就是在看似平常的战斗生活之中发现其中蕴蓄着的英雄性；发现了，又能以极平常的生活形态把这一内涵渗透出来。我喜爱小说中人物负伤的描写，更喜爱把排长和战士“赶”走和排长牺牲的描写。笔墨之淡，几乎超乎常情；然而正是这平淡之笔，把生活开掘到了相当深度，把人的美推向了绚烂。

说到这里，我想到了大音乐家贝多芬的一句话，他说：“完美的旋律意识着并促使和弦的形成。”这话，无论对于这篇《爬行和弦》还是作者今后的文学道路，大约都不是没有意义的。或许，在这篇作品之后，作者还要像小说中的“我”那样，在文学的这块高地上爬上爬下走上许许多多次，捕捉生活中完美的旋律，追寻着新的谐和的和弦。在这个过程中，作者会获得新的成功，也将付出更多汗水和更大的艰辛。我相信，作者绝不会后退。因为我们是战士；还因为，文学是浇灌心灵的光辉的事业。

文学，走向历史深处

——喜读《灵旗》等三部写长征的中篇小说

创异求新，是文学与生俱来的天性，也是作家的重要品格。因为这，人们才把文学写作和窑里烧砖、母鸡下蛋区别开来，管它叫作创作。

在最近召开的“战争文学座谈会”上，对于战争文学创作的提高和改善，人们说了许多的话。尽管说话的年龄有别、口音各异，看法也不尽相同，然而，“发不同青心同热”，热就热在：大家都感到时代呼唤着与战争历史相称的文学，都想踏着自己脚下的路，去创造点新颖独特的产品，力求突破昨天也突破今天，超越别人也超越自己。

几乎同时，几位青年作家却走上了当年的长征路，走进了历史的深处，并且很快捧着自己的作品回来了，这就是乔良的《灵旗》、江奇涛的《马蹄声碎》和程东的《夕阳红》。三部中篇一起放进了《解放军文艺》十月号，向长征胜利五十周年送上一份厚礼。

这实在令人欣喜。我欣喜，因为看到没有经历过国内战争的新一代作家已经大步走进了战争历史，了解了长征、写了长征。我欣喜，又因为他们写得那么巧，那么真，笔墨那么酣畅又那么迷人。

我欣喜，还因为这几部作品写得新鲜、奇特；题材有新开拓，表现手法有新的创造，给战争文学带来了盎然春意和勃勃生机。

“老树春深更着花。”三部小说告诉我们：无论是战争历史和战争文学，“老树”是没有的；由于春深，开出了新花却是真的。

《灵旗》就取材范围来说，写的是湘江战役。五十二年前发生在湘水东岸的那场恶战，是中国革命战史上的一个噩梦，又是把历史惊醒的一响炸雷。整个方面军陷入重围，战斗者用自己的鲜血把自己浮送到对岸。对于这样一出巨大的悲剧以及它自身的愚蠢和悟性交织的复杂内涵，怎样进行文学表现？多少年来，很多人思索过，有人想写它，最后却不得不默默地把摊开的稿纸收起。原因多种多样，重要的一条是，历史和文学都遭到了围困。

几年以前，在一次谈论战争文学的时候，部队老作家史超同志说过：写战争，千万不要陷于千军万马的重围之中。这句话，凝结着作家的艺术经验和创作实践中的辛酸。它是多义的，既含有对于战争外在形态的单纯模拟的厌倦，又包举着对于过去文学观念、创作思想的种种羁绊的清醒认识。然而乔良和他的《灵旗》没有被围。尽管他也写了整师部队在重围中的拼杀和上万红军的突出重围，但他并没有置身于四面枪声战场之中，而是在包围圈的外线、在一个略略高出于战地的地方，搭起了自己观察和瞭望历史的“哨棚”，从这里俯瞰整个战役，审视历史的血色与火光。为了看得真切，又选取了离湘水不远的山村洪毛蹟，从这里深深地看进去，看见了血肉的拼搏、心灵的震颤以及半个世纪历史的年轮。

这个“哨棚”搭得实在是地方。“好望角”的准确选择和观察点的适度上升，使创作者的笔和创作心态一齐获得了自由。

艺术视点的独特和奇特，一个绝妙的作用就是帮助了眼睛，能够发现历史的血肉和社会生活的真实，从而使作品具有了历史的实感，浮泛出生活的神采。

猛然看去，《灵旗》这部中篇小说着力写的，竟是红六军团西征途中的一个逃兵。这汉子逃回家乡，很快就听见了长征主力湘江被围的枪声；于是这个在赌场厮混的郎当鬼又进了专事截杀红军的反动民团……真是不可思议——难道这也能表现湘江战役和概括历史？然而乔良就从这个口子写进去了，顺着“这一个”人奇特的命运的轨迹写，通过青果老爹眼睛的折射，读者被带进了悲壮的湘江之战的战场，看到了成堆的尸体、成串的被俘者，还有那被各种残忍的方式杀害的红军伤兵。殷红的血流进了滔滔湘水和东岸的泥土。就在读者看到这一切的同时，惨烈的呼喊和战斗者的鲜血，又仿佛一齐涌进了“这一个”人的心中，他醒了，他的灵魂被红军的鲜血洗净了。于是，他举起了尖刀，奋不顾身地投入了这场阶级的拼搏，让那些使红军流血的人以血还血。

人，带出了含血带肉的历史；历史的光辉又熔铸了人的血肉之躯。独特的视点，就这样从一场悲壮惨烈的战争里找到了那个能窥见全豹的“一斑”，能为战争传神的“一目”，形成了独到的构思。它使看去似乎不敢写、不能写的东西变成了可以写、应该写的艺术材料；它使严酷的战争变成了真实生动、触动读者心灵的艺术。

不必责难《灵旗》的作者没有正面反映湘江战役。像这样从洪毛嶂看进去，从历史深处领出一条汉子来，从而把历史的血肉和神情还给历史，岂不挺好?！须知革命战争是块宝石，它多边多棱，无论从哪里看进去，它都发出灿烂的光。创作者只要不陷于堡垒地带和重兵围困之中，总能找到独独属于自己的那个艺术角度，那种属于文学的东西。因为文学的作用在于激发情感，而不是叙述事件。

乔良钻进了五十年前的历史，研究了湘江之战，从非文学的东西找到了文学，找到了诗意和哲理。在《灵旗》的创作中，又尽力排除非文学的因素，把笔尖直指向人和人的心灵。

文学要写人，战争文学也不例外，如果不是更需要的话。《灵旗》里的主要人物是写得好的，给军事文学人物画廊增添了一个独特的形象。这个人浑身充满了杂色，杂得自身就是一丛矛盾：他动摇过却并不怯懦；他内心涨满了火样柔情，外露的却是凶暴；他可以吞下毒蛇、手刃仇人，也可以默默地为心爱的人做一头温驯的牛……这个杂色形象自身是统一的，与环境也和谐，便成了一个完整的文学形象。这个形象，借青果老爹那双阴郁的眼，全用白描手法明写暗画，更涂上了一层传奇神秘的色彩和悲哀苍凉的色调。再加上作品里搭上的小翠一条命运线以热写冷，以冷衬热，就使人物在浓重冷峻的背景上凸现出来，复杂，多面，成了一座立体的雕塑。略感不足的是人物转折，一两个月的苏区与红军生活，既是逃的根据，又是转的契机，然而，写一颗被鲜血洗涤、净化、上升的心，一经被作者抓住，成了全篇的眼珠，就要把笔前伸一步，把它写透，写足。艺术上得之毫厘是重要的，不得便是失了。

短短四五万字的中篇浸泡着作者对一次战役，以及那以后半世纪的历史的沉思和反思，比方说，历史上的谬误，可以被鲜血唤醒和洗净；而没有枪声年月的失误招致的无形的围困，却可以使“是非颠倒，人性扭曲以至心尖上淌血”。这样大纵深地写战争历史以内、以外和以后，表现了作者的真正的历史感和现实感，也表现了艺术的胆识，当代意识正是在这里催化着对战争历史的开掘和发现；正是这，使作品深情的同时走向了深刻和深邃。

江奇涛的《马蹄声碎》精细地刻画了几个眉眼各异、性格分明的艺术个性。也许是我个人的偏爱，在人物个性化和时代氛围的描写上，我更喜爱《马蹄声碎》，觉得它写得完美，雕塑感强，真正创造了一个历史的又是艺术的境界。

小说写的是运输营里的一个女兵班，作品一开头就把这群女战士推进了大危难之中：部队要第三次过草地了，只好把大批伤病员遣散，这个女兵班也被扔进了被遣散者中间。正是在这生与死边缘，在这欲哭无泪的严酷背景下，女红军战士一个个站了出来。值得称道的是：作者并没有一下子将满把的雷霆撒出去，而是随着生活的进程，让她们各自悄悄显露，渐次加深，直到形象完成，作者有一支纤柔的细笔，从外向内写，越写越细，入微地描摹了独特的女性心理，实在是既难能又可贵。

在这里，有必要提到《马蹄声碎》的一个重要特色，就是：写个性时弥漫着群体意识，质朴地抒写普通日常生活，却渗透着崇高。崇高，是美的范畴，它不是人为的拔高，而是从血泪里渗出来。这一点，特别值得珍视。我惊奇《马蹄声碎》的作者把一个接触不久的生活写得那么出神入化，我也赞叹程东在《夕阳红》里把创作的主体和描写对象交织得那么紧密，把历史与现实融得那么谐和。纪实，不只是一种手法，而是一种艺术要求。当今天和昨天巧妙地组接起来，就可能出现一种化境。这点，在《夕阳红》里已经初见端倪了。

也许是巧合。三部中篇小说，写了三种不同形式的被围和突围，可是这几位“没遮拦”的青年作家谁也没有被围住。他们不可能被围，因为他们身上没有那么一些无形的羁绊。所以，他们能勇敢地走进历史，又自由地从历史这棵常青之树上采撷了文学之花，进行了自己的战争文学的试验。

或许，这一组写长征的中篇小说，能够成为一个标志和象征：战争文学正在突出重围。

（原载《文艺报》1986年11月8日）

史与诗的交响

——读《长征——前所未闻的故事》

读罢索尔兹伯里的新作《长征——前所未闻的故事》，心情激动难平，久久舍不得把书页合上。这是一本写得很好的书。你往里面看上一眼，立即就会被引进历史的深处；读下去，就能从纸页上听到历史前进的脚步声，看到血与火的闪光，于是就激动，就思索，就热血沸腾，平添了生活的勇气和力量。

一部描述历史的著作，何以有如此引人而又感人的魅力？我看，奥秘首先在于：这部书高度尊重历史的真实。

自然，为这部书定下这一艺术特点和独特色调的，首先是长征那极为严峻、极其壮丽的历史。是中国工农红军的战士们，用自己的双脚，从没有路的地方走出了这光荣的路；用自己战斗的拼杀，用血、泪、伤口和尸骨创造了这英雄的诗。这部活的大书的英雄性质和历史光彩决定着《长征》一书的性质和特色。然而，多少年来，这段光荣的路程一直在呼唤着史笔、呼唤着文学，要求出现与历史相称的作品，来为长征树一座巍峨的丰碑。终于在历史过去了五十年的时候，美国作家哈里森·索尔兹伯里写出了这部文史交融的书，用历史的诗情和旋律谱写了这支英雄交响乐，完整而又系统地再现了这段史实，这是令人击节赞赏的。

把五十年前发生的一个伟大事件，从历史深处引向前来，让它真实地再现，是很不容易的。索尔兹伯里不愧是个大手笔。他真诚地写了，而且写得真实。根据我对长征的了解和理解，我觉得，这部书在史实上已经相当真切地接近了长征历史的本来面目。当然，这部书的历史实感和艺术成就，还有赖于作者驾驭史料和素材的功力。长征，是一个复杂的过程。多块根据地、多路红军的战略转移，危机四伏，离合不定，风云变幻，险象环生。作者却能用他那支笔，把如此浩大繁复、错综纷纭的史实，巧妙地组织起来，叙写得层次清晰、条理分明。从第一章《月光下的行军》开始，紧紧抓住了红军领导机关内部矛盾这条主线，贯穿全书，挥洒自如地进行了整个长征历史的纵向叙述。而在纵向生长的主干和藤蔓上，作者又以大量的倒叙、插叙、补叙，把个人身世、生活图景、军旅逸事融进了史的脉络，横向绽开了许多艳丽的历史花朵。这种写法是高明的，简直类乎《史记》的笔法。这就使全书史文并茂，在很大程度上成了关于长征的信史，也成了可读性很强的纪实文学作品。

尊重历史，需要付出艰辛的劳动。作者对长征历史的科学态度和严谨的作风实在值得称道。为了求历史之真，作者花了几十年的时间搜集有关长征的资料：广泛地进行采访，尽可能从长征参加者那里获得第一手素材；他广征博采，悉心研究，使全书拥有了比较正确的史料和许多至今尚不为世人所知的新材料。为了忠实于历史，作者以七十五岁高龄，胸膛里带着起搏器，亲自跨越那艰苦的万水千山。作为研究同一历史对象的治史同行，我能够想象出：要积累和涉猎这么多口头与文字材料，对如此浩繁的史料进行清醒的鉴别和选择，找寻到那些最正确、最需要的东西，该要付出多么大的劳动，然而作者还是孜孜不倦地做了。在这里，随手举一件小事作为例证：在和他交谈长征情况的时候，我告诉了他红一方面军开始长征时全部人员的数字。我略去了十位以下的数目。而当我看到书的时候，发现他不但订正了小数，连各军团的人数也查对得清清楚楚了。

当然，仅仅拥有丰富翔实的历史材料和巧妙组织素材的技巧，还不能保证一部好书的诞生。在这里，真正的历史感和对于历史的卓越识见，是极其重要的。我以为，作者从时代的高处看长征，对长征有独特而又深邃的理解和见地，构成了《长征》一书的又一特色。

索尔兹伯里不是一般地了解和描述长征的。他是从世界历史进程的高度去观察、理解和认识长征，把长征放到人类生活这样一个宽广的示度系统里去考察，于是，看到了生活的里层、历史的内蕴，发现了长征某些本质的方面。以这样的高度和认识去烛照素材，全书也就有了深度。

在本书的中文版自序里，作者强调“关于长征的结论和解释是我本人所作”，由他文责自负。我也不认为书中的观点和政论性分析都很准确和正确而没有异议。但是读着书中许多揭示长征内涵和外延的论述，许多对长征历史意义的概括与评价，却发现它多处闪耀着思想的光芒，令人感受到一种逼人思索的力量。他说长征“是考验中国男女战士的意志、勇气和力量的人类伟大史诗”“是一曲人类求生存的凯歌”“将成为人类坚定无畏的丰碑，永远流传于世”。他认为：“本世纪中没有什么比长征更令人神往和更为深远地影响世界前途的事件了。”他还热情洋溢地指出：“任何比拟都是不恰当的，长征是举世无双的。它所表现的英雄主义精神激励着一个有十一亿人口的民族，使中国朝着一个无人能够预言的未来前进。”这些从宏观上做出的评价，不仅是对长征这一伟大壮举的由衷的赞颂，也是从历史中提炼出的清醒的论断和哲理的概括。这种饱含着历史血肉的至理，对于中外读者认识和理解长征将是有裨益的启示。

《长征》是一部纪实作品，而且作者显然在力求叙述得客观而又冷静，竭力让历史的血污和鲜花、血泪与歌声来如实地表现自己的面貌；可是，我惊奇地发现，作者是客观的，却并不冷静。他无法冷静，更不能冷漠；因为他对长征倾注了那么深沉浓郁的感情。正是这，使这部讲史的书有了又一个独到的艺术特色；它被写成了诗，写成了通篇弥漫着激越诗情的诗史。尽管作者在书里似乎不怎么同意我把长征比作一支交响乐，理由是它在总体上并不和谐。然而他却拗不过自己。由于从史里找到了诗，由于感情的作用，他还是用史的经纱和诗的纬线织成了一部英雄的乐章。

作者以精彩的笔墨描写了雪山的寒冷、草地的泥泞以及一场历史的风暴之后，在《家》这一章里，以抑制不住的激情写道："他们毕竟禁受住了在第四方面军问题上发生的危机，证明红军仍然是一支活跃的有生力量。它虽然只剩了六千人——可都是些什么样的人啊！"在这里，作者毫不掩饰地吐露了对于长征、对于长征英雄们深深的爱。"什么样的人"？世上最美的人！在长征这座"实际上成了中国革命的熔炉"里锻炼出来的、"夺取全中国的整整一代的人"！一群怀揣着崇高理想和共同信念、具有高尚的道德情操，遵守着严密的组织纪律，以无与伦比的智慧和勇气团结战斗的人！这是最灿烂的中国革命之花。作者深深地爱上了他们，于是，人成了全书注视的中心；在采访时流进了自己的感情的汁液，在写作时又经历了感情的浸泡。于是，美的人、人的美一起涌进了书中。在这部可爱的诗史里，作者写下了多少活着的和死去的人啊！读一读《留下来的人们》这一章吧。作者深情地逐一记述了刘伯坚、瞿秋白、毛泽覃等人的生平和壮烈牺牲，笔越来越沉重，最后写下了这么一句话："死者和失踪者的名单连绵不断，永无尽头！"短短的十七个字，道出了历史的全部沉重。

还记得1984年那个暮春的下午，在北京饭店那个略感狭小的房间里，我和索尔兹伯里谈到了长征中红军所付出的牺牲代价和人的献身精神，我看见，这位身为著名记者和作家的老人眼里溢出了泪水。作为一个文学的同行，我理解感情在文学中的重要地位。爱，竟有如此神奇的力量，它驱使着一位外国老人漂洋过海来走我们的长征路；它把一部严峻的史变成了动情的歌！

也是这一次，谈话休息的时候我问他："你为什么还要写我们的长征？"他笑着向长安街上的滚滚人流一指，说道："因为你们还在进行新的长征。"多么深切的历史感和现实感！是的，长征，把人们认为不可能的事情变成了现实，从没有路的地方走出路来，走出一个历史的新天地。

这一段历史以及其中闪耀着的精神光辉，不只属于过去，也属于现在和未来。

愿新长征途中的男女战士们，人人膝头上都能有一本打开着的书：《长征——前所未闻的故事》。

军人不是天生的

——《当代军人道德》序

一

一个搞文学创作的人，为一本颇带专门性的军人伦理学普及著作写序，说起来似乎有点不大合适，甚至有些不伦不类。然而，我还是写了，而且是热情地写了，虽然我自知这热情写下的未必能激起读者的热情。

门外谈文，一个理论的外行来介绍一本理论书， 自有我这样做的缘由。首先，我喜欢这本书，爱读，读了也爱，我觉得它和我心底里许多有关军人、军队和战争的书（包括那些还没有写成文字的书）产生了一种共鸣和共振，使我获得了阅读的享受和教益。其次，这本书是研究人的，着重研究的是军人。作者选定了军人道德这个总题，从当代军人形象这个角度，在较深的层次上探索军人心灵的奥秘，从理论上概括新时期军人形象的自我完善和自我塑造。在这个意义上说，与我这个军人、这个军队文学和文学军队的士兵，研究的是同一对象，探讨的是同一课题。第三，也更为重要的是，这是一本适时的书，有益的书。在全党、全军和全国人民正在大力建设社会主义精神文明的今天，写作和出版这样一本阐发军人道德理想和道德规范的书，对于部队的思想建设，对于提高人的精神素质，培养一代新人，既有学术价值，也有现实的实践意义。

这是一本探索社会主义新人产生、成长的内在规律的书。

这是一本关于美的军人和军人的美的书。

二

关于美的军人和军人的美，许多年来，许多人说过许多的话：在这些话里，有一个共同的声音，那就是，热情地肯定军人的美正是美在心灵里，而这个美的心灵世界，是共产主义道德要求转化为军人内在品质的结果。

军人道德的研究和探索，是重要的，也是迷人的。

还是从个人的感受说起吧，不过那已经是一件往事了。自1956年起直到1966年，我参加了革命战争回忆录选集《星火燎原》一书的编辑工作，这里的文章都是我军指战员亲身经历的真实记录。数以万计的革命回忆录文稿，记录了一种特殊的人——中国革命军人在建军作战方面的丰功伟绩，也同时焕发着耀眼的美的精神的光华。当把这些璀璨若粒粒珍珠的文章挑选出来、连缀起来的时候，我不禁萌发了一个愿望、一种期待：如果有哪位理论家去研究中国军人的这种内在精神的美，把人民军队的缔造者和指挥者有关革命军人“武德”的论断和充溢在人民战争参加者身上的优秀品德，进行一番研讨和理论的阐发，或者换个说法，用人民军队、人民战争历史的经线和纬线，去织成一匹有关军人道德的理论的锦缎，那该是多么好的事情啊！

当然，由于众所周知的原因，我没有能够读到这样一本书。

大约是六年以前，一个初秋的夜晚，两个青年人来找我，他们对我说，要研究军人，要从中国军人独特的历史道路和丰富的精神世界里，去研究军人道德问题。而且在那次交谈之后不多久，一部打印装订得整整齐齐的书稿就给我送来了。

自然，像许多青年人的作品、著作常常有的遭遇一样，这本书稿经过了许多热情关怀、支持的手，也遭到了一些艰难和坎坷。然而两位作者始终坚持着研究，探索，充实，修改；遇到问题向有关方面请教，把思索的成果讲给当代军人听……终于，书得以出版了。

尽管作者对它还不太满意，或许它确乎还有这样那样的不足，我却是欣喜的。我欣喜，因为我心头企望了许久的一部书，由两位作者写了出来。我欣喜，因为有了这样一本书，认真地谈论军人的理想和理想的军人。

三

军人的理想和理想的军人，这是一个极好的命题，实在需要深深地思索和认真地谈论。

这些年，关于人的价值问题，引起了越来越多的关注和思考。这是一件好事情。人，作为社会生活的主体，当然有一个自身价值的问题所在。也许我理解得太简单，我觉得，从社会伦理角度上看，所谓人的价值，实质上是人的道德价值，而军人的价值，也正是军人的道德价值。

军人道德价值的实现，已经为人的价值做出了形象的注解。军人，中国革命军人，从井冈山上吃着红米南瓜进行最初的建军和战斗，到长征中经历雪山的寒冷、草地的泥泞，从吃小米、穿草鞋、爬大山转战敌后，到"一把炒面一把雪"，从"把有限的生命投入到无限的为人民服务之中"，到"亏了我一个，幸福十亿人"。他们就是在为实现自己的社会理想奋斗的过程中，确立了自己的道德理想。他们就是在以祖国和中华民族存亡兴衰为依归、以对人民利益的正确理解为基础，建立起自己的道德观。

耐人寻思的是：有些东西的价值会有失去的时候，而军人的价值，无论是活着为人民战斗的，还是为人民战斗而死去的，他们的价值永远不会消失，反而随着岁月的流逝而更为崇高，永远放射着伟大生命的音响和光辉。

这本书，正是本着实事求是的精神，一开始就紧紧抓住了军人道德价值这个中心，扣住了军人道德理想这个根本，与读者一道进行着深入的道德思考。

这本书，正是从大量的军人生活实际出发，并且透过各种美的外在形态，深入到军人的心灵深处，在新的层次上去探索，去概括美的内在精神，努力从理论和实践结合上探求当代军人道德自我完善的途径，研究提高军人精神素质的内在规律。

我认为，思索得比较深、阐释得比较活，是《当代军人道德》一书的一个特色。作者从活生生的军人价值实现的现实中，描述了理想军人成长的道路，从军人道德理想的深沉思考里显示了军人道德的力量。

四

军人的道德力量，这是一种强大的思想武器，是一项巨大的精神财产。对于它在人民军队建设和人民战争胜利中的作用，对于它在全国人民精神素质提高中的作用，怎么估计也不会过分。

记得1962年在中南海怀仁堂，敬爱的周恩来同志在一次讲话中谈到了革命战争的历史，其中有一段话大意是：将来，我们的子孙后代很可能会嘲笑我们——当年用梭镖大刀去战斗，确是落后得可笑。但是有一种东西后代永远不会嘲笑我们，那就是用梭镖去夺取胜利的那种精神！这平常的话语，浸透着真正的历史感，也包含着对于军人道德力量的赞颂。

是的，中国革命历经的是一条特殊的道路。中国革命军队和它的军人，以及它特有的军人道德理想、道德原则、道德规范，是在血与火里产生，在血与火里形成的。它，是全军指战员在几十年奋斗过程中表现出来的道德品质的凝聚、升华和结晶。

《当代军人道德》一书的作者，在研究军人道德产生与发展的历史过程中，显然获得了这种历史感，并且使它像一条红线一样贯穿在自己的著作之中。

深邃的历史感，是这本书的又一特色。作者把自己观察、分析军人道德的视线从当代军人身上引向我军历史的深处，追本求源，找到了道德之光的源头，同时又把视野展开。既着眼于军人道德发生发展的纵向历程，又重视了它的横向扩展，在追踪这条滔滔江河的同时，又看到了两岸的沃野。

就是这些人民军队的最初的军人，在南中国的山林里集结起来，在中国共产党指挥与指引下，使共产主义道德在这支军队中体现出来，逐步获得完善和完整，在高层次上形成了革命军人的道德理想和道德体系。由于革命历史的曲折发展，这支军队从南方走到北方，在黄河之滨和江淮河汉集合起更多中华民族优秀的子孙，然后，又从北国走向南方，走遍全中国，在这个过程中，崭新的军人道德在增长、提高和完善，也在凭借着美的军人在广大人民群众中体现、灌输和传布。

于是，如日月经天。历史，把军人美的经纬织成了彩缎，覆盖了中华大地。

于是，如江河行地。历史，把军队伦理美的长江大河流进了今天的社会现实。

五

今天的现实，呼唤着新一代军人，呼唤着军人道德的新的升华和更广泛的普及。

这几年，在祖国从灾难中走出来，走向复苏、复兴，神州大地走向一片葱绿的时候，有一种绿色特别引起了人们的喜爱和关注，这便是人民解放军军衣的绿色，以及由此产生的绿色的自爱、自觉和绿色的自尊、自豪。在国防现代化的建设中，在振兴中华的各项事业中，特别是在保卫祖国神圣领土和民族尊严的激烈战争中，80年代新一代军人表现得何等出色！在各种职业之中，军人，恐怕是职业牺牲最大的行业了。这些年轻的军人，用辛勤的汗水，用火样的青春，用鲜血和生命，创造着英雄的业绩，书写下新的历史，同时，也把军人道德提到了一个崭新的水平。

这些人，是中华民族最美的花朵，是时代之光。

《当代军人道德》一书的作者，作为当代指战员的同代人，他们深深地热爱当代军人，真切地理解当代军人，对他们怀着崇高的敬意和真挚的感情，又把这种深情倾注到对当代军人美好心灵的研究之中。他们像辛勤的蜜蜂一样，从这些民族精英、祖国的花朵上，小心地采集着最美的道德音响和光华，编制出英雄的谱系，谱写成含情带理的歌。笔端带着浓烈的感情，这对于从事理论著述也是重要的。正是这种热爱和理解，使这本书渗透着感情色彩，离青年军人近，离军人的心灵近，具有了鲜明的现实感。

仔细读一读书中关于军人道德规范和道德范畴那些篇章吧。这些来自当代军人的现实生活，又饱蘸着作者感情的汁液写下的，是全书精彩的乐章，它使英雄的当代军人形象连同形象所体现的军人道德修养的道理，一道走进书中，从而揭示了伟大时代中新人成长的奥秘。

六

伟大的时代，重要的标志之一，就是大批新人的诞生。

社会主义事业，需要道德高尚的、品质优秀的创业者、保卫者为之奋斗，为它献身。

然而，军人不是天生的。

新人，新的军人，需要造就美好的心灵，优良的道德品质，要在精心地培育和自我改善与加强的过程中产生和成长，共产主义道德要求转化为军人的内在品质，要在接受教育和刻苦实践的历练中实现。

新人成长的路径有千条万条，作为一名卫国的军人是一条；成才的学校有百种千种，解放军是一种。《当代军人道德》一书，把军人道德水准的提高、军人精神素质的加强，与军人所处的环境联系起来考察，把共产主义道德教育与军人自身的主观努力、在实践中自我完善结合起来研究，这个见解是深刻的。军人集体这个大学校，为军人道德价值的实现提供了良好的条件和广阔的可能，然而，把可能性变成现实的还要靠军人的自觉和实践。

阐明这一点极其重要。因为，这本身便是被成千上万优秀军人的实践检验过的真理。

七

愿当代军人都爱谈这本书，从中得到教益和启示，悟到一些做一名合格军人的道理。

愿每一个谈到这本书的人，都用自己毕生的生活实践，写出一部关于高尚道德的有字的和无字的书。

愿本书的作者继续研究这个美好的课题，写出更多更好的关于军人道德的书。

这些零星的感受和诚心的祝愿，算作序。

笔墨当随时代

——读许晨的报告文学《居者有其屋》

"安得广厦千万间，大庇天下寒士俱欢颜"。

住房——人的生活空间，这个关系着人类生存繁衍的、古老而又年轻的话题，远在一千二百二十多年前那个秋夜，就被著名的诗人悲怆地长吟过，近在一百多年前，有位革命导师也曾抚着长髯深沉地思索过。可是，似乎直到中国大地上改革深化的今天，这个引人关切又使人烦恼的问题，才被郑重地列进议事日程而切实地讨论起来。

当然，今天的诗人，不再像身居草堂的杜甫那样，围着冰冷如铁的被子，仰望房顶的漏滴，去摇头叹息和大发宏愿；而是怀揣着前辈诗人同样的赤诚，迈开双脚直奔住房改革的热点，和改革者一道去构思自己的诗篇了。

我看，青年作家许晨同志的长篇报告文学《居者有其屋》就是他贴近时代生活产生的一篇扎扎实实的作品，是从住房改革潮头掬起的头一批浪花，也是一首浸透着他的社会理想和审美理想的动情的诗。

大约是一年以前，我和许晨同志面对面坐着谈文学创作问题。不知怎么就谈到住房这个话题上了。这位青年军人的眼睛顿时亮了，神情激动起来。稍后，他就奔向烟台，用自己的这双眼睛去寻觅，去搜求，热情地扑到了这个热门的题目上，接就拿出了这洋洋数万言的作品。

抚摩着这厚厚的一摞手稿，我首先感到欣喜的，就是作者这种对于变革现实的强烈的参与意识，和由此而强化了的文学工作者的使命感与责任感。“文学是历史的伴侣。”我们的文学作品，总要尽可能给社会生活的发展以推动、以影响。这就要求创作者对生活有深深的热爱和关注，努力使自己贴近时代、投身生活的主潮，做一名改革大潮的“弄潮儿”。许晨一向对于新鲜事物有浓厚的兴趣。这种对改革的关注和参与的热情，便使他能及时地触摸到社会的新闻点，广泛深入地占有丰富翔实的材料，迅速开掘出文学的报告和报告文学。

自然，在现实生活中抓住了亿万人关心的问题，还只是文学创作的一半；还要看艺术上展现得怎样，这方面，我觉得作者也是下了力气并且是卓有成效的。

作品一开始，就从较高的观察角度，以夹叙夹议的笔法鸟瞰全局，剖析了天下寒士住房之难，笔锋直指旧的住房制度的种种弊端和恶果——改革是势在必行了。接着转向了改革的思路和方案的形成，烟台人——这个“第一个吃螃蟹”的人，迈出勇敢的一步。在尖锐地提出问题和有机地承接之后，作者放开笔写了方案出台之后的喜忧变化，而且仿佛无心地搭上了部队参与住房改革的插叙，成了全篇精彩笔墨。至此，本来谋篇已成了，然而作者又重新把视点提高，俯视现实，以恢宏的论述，纵论了烟台房改对全国的影响，从文化的高度展开了对住房问题的思考与展望。这样，时而全景扫描，时而推成特写，起伏跌宕，疏密有致。就使一个社会性的话题变成了文学的展现，作品的认识价值和可读性得到了同步加强。

在这里，有必要提到的是作者对描写对象的感情态度。既然是文学作品，怎么写也应该是作者思想感情和人格力量的外化。从这篇作品中，我欣喜地感觉到作者仿佛是一个无处不在的人物，作品渗出了作者对改革、对生活前进所怀的由衷热情，这也极大地增强了作品的感染力和迫人思索的力量。

笔墨当随时代。愿作者长期生活在时代的激流之中，以自己的作品为改革大潮推涛助浪。

真实·深度·历史感

——《地火》欣赏随笔

读了王晓新的长篇新作《地火》(解放军文艺出版社出版),获得了一种颇为奇特的艺术感受,仿佛和作者一道背负着一件重物。沿着一条曲折的山径攀登了一程:负载是沉甸甸的,步履也很不轻松,然而回头一望,却欣喜地看到:自己正在向前走去,而且毕竟走到了一个高处。我欣喜,因为从这部书里实实在在地听到了时代的沉重的脚步声;我欣喜,还因为从作品中感觉到我们的文学在走向生活的深处。这几年,我们的文学追随着时代。呼唤着改革,作品也反映着不同的生活层次,然而总觉得在两个方面还不够。简单说来,一个是深度,一个是形象。《地火》写的也是改革,但确实是向着生活的深处、向着"地心"在掘进,并且发掘到了相当深的层面。我以为,这是一部好书,一部适时的书,一部帮助人认识国情的书,一部教人清醒又引人思索的书。

"历史的高度实质上藏匿在深深的历史底层里。被埋没在不为人注意的历史现象之中,甚至沉隐在不被历史注意的角落里。"这是《地火》中借人物之口发出的一声浩叹。然而,读罢全书,你会发现这也正是书的作者自身所具有的一种深沉的历史感。这是从生活深处获得的，它既帮助作者观察和分析描写对象，又渗透在整部作品之中。作品不是一般地、肤浅地去勾勒一幅改革的画图，或者故意从过去与现实的对照中去寻求某些反差、论证一些是非正误；而是站在历史的高处，从改革前进的时代趋势上，去审视我们的过去和今天，笔锋直指向历史的纵深。比方，书中的主人公秦欣就直率地把当前的纷纭复杂的现实和十年动乱的“文化大革命”相联系、相比照，指出有些单位和个人像组织“战斗兵团”那样开商店、办公司，这一笔完全不是人物突发奇想，而是将自己的生活道路和内心世界自自然然地联想在一起，因此成了为人物传神的笔墨，也成了作品的一种独到的思想概括。作品还把触角继续延伸，把推翻了封建阶级的民主革命，连同以后搞社会主义的历史，同变革这个叫“秦桥镇”的小地方现实的实际联系起来，甚至一直透露出上千年的封建主义的历史积淀，从而揭示出虽然从地主手里夺回了土地，“却没有认真地想过如何在这块土地上建立自己的乐园”这一深刻的历史内涵。

最美的花在悬崖上。获得了真正的历史感，也就有了创造的艺术勇气。《地火》写的是农村和乡镇改革大潮的最初的涌动，却以沉郁的笔墨充分抒写了改革举步的艰辛、跋涉的艰辛。甚至正面描写了商品经济竞争的残酷，以致有人破产而死亡，有人流下大把的辛酸的眼泪。尤其令人惊奇的是，在这部小说里，作者安排了父子两代镇长：老地主又是老镇长的父亲，和老地主的儿子，政府委任的共产党员新镇长，让这么两代人都活动在改革中的秦桥镇这同一环境之中，又各自呈现着自己的性格、面貌和愿望、要求，尽情地展现错综复杂的矛盾和冲突。

写改革，却大写了艰苦和残酷：写改革者，却进入了阶级关系的新变动之中，这不有点太犯忌讳了？不。随着情节的展开，可以看到：作者正是要在这个“忌讳”上开刀，正是要在这个“忌讳”上直面生活。作者的艺术勇气和创作胆识也正是在这里表现出来。作者大胆地展现了看似失去常态的东西，实际上正是作品进行历史的揭示和艺术概括的匠心所在，是作者创新意识外化。就是这样，一个新颖独特的艺术构思，使笔尖指向了改革的更深层次，把改革的真实面貌和深邃的内蕴揭示了出来，作品走向了深化。

令人欣喜的是，作者是大胆的，作品却又是健康的；作者是热情而又清醒的，作品也表现出创作的真诚和迫人思索的力量。比如书中有一句话，是主人公秦欣的自白，他说：“指导每一户农民家庭走向富裕的境地，这是世界最宏伟最艰巨的工作。”这句话在书里印着也许并不怎么显眼，但是，把它拿到心头上掂量一下，就觉得它道出了历史的沉重，从而使人心灵上感到震动。

文学，是一项把社会生活、把人的心灵指给人看的事业。这就要求作家正确地、深刻地评价生活和解释生活。更深刻地发现生活内蕴的哲理，写出人物的心灵深度。这几年，有一种声音不承认作品是社会生活的反映，更不愿谈论如何深入地研究生活和认识生活，这很使我们吃了亏、受了损，使文学在形象和深度上都少开了许多鲜艳的花。我觉得，这方面《地火》也给了我们有益的启示。它显然是从生活中开发、选择、提炼出来的一个结晶体。它指给人去看那些应该看，或者花很大力气才能看到的东西。一句话，它努力使一段独特的生活从深处溢成一派诗情与光辉的哲理。

这样一个艺术探求的目标，或许实现得还不那么完满，然而，我以为在一定程度上《地火》是达到了。在这部小说里，作者力求把对生活的真切描述和对生活的理解统一起来。努力把对改革的深情和对改革的清醒的分析结合起来。对于秦桥镇这么一个他所塑造的艺术世界，作者倾注了很深的情感。但同时又非常理智地去进行了剖析。乍一看，全书像一篇艺术化了的论文，因为书的思辨色彩很浓，文中充满了哲理性的警句。

当作者在描写人物把生活提高到经济学领域做理论思辨的时候，不免感觉书卷味道稍微浓了些，多少有点炫耀的色彩。但仔细品味，仍觉得它是一部尽可能让艺术形象和深刻的思想结合的艺术品。就拿书中论述性的警句来说，由于这些“议论”来自生活，是作者对生活进行深沉的思考所得来的自己的认识，非常清新，又非常贴切。而且和人物的身份、个性和谐统一，并不觉得“夹生”，反而使形象增色，为生活“点睛”，使得作品有一种深沉感。加强了作品的警策的意义和认识价值。例如，贯穿全书的排斥外乡人经商的事件，几乎卷进和牵动了全书所有的人物。然而，环境与人物是和谐的。形象正是在这个渐次加深的事件中得到了表现，也正是在这些活生生的艺术描写里，既形象地揭示了，也通过秦欣之口道出了宗法制度和保守性的余毒，道出了提高了“经济觉悟”之后历史发展的趋势。于是，在形象上赋予哲理的思辨，思辨又深化着形象。这正构成了《地火》这部书独到的艺术特色，也是作者的一个很好的创作尝试和创作意图。我以为，这个意图在很大程度上是实现了。

当然，开掘与揭示生活的深度，不会孤立存在。深刻的思想、深邃的意境，附丽在独特而又结实的人物上，寓于艺术个性之中。《地火》的人物形象也值得称道。

《地火》是以第一人称写作的。作者的独具匠心之处在于，他首先是把“我”当作一个重要人物来塑造。秦欣，这个“文革”中被看作地主的狗崽子、现在的共产党员、现政权的代表，却进入了一个各方面反差很大、压力很重的环境，反而使他的命运、心灵和个性更加清晰可见了。这个形象是独特的。秋芳的形象也不错。作者以几个有表现力的细节便把一个改革中蒙受不幸又顽强挣扎的女性凸现出来。特别是写她赚了三百块钱去偿还三万块钱的欠款这一细节，是传神之笔，是全书最精彩的笔墨。牛三和父亲的形象都各有特色，是其他作品中不曾见过的新的形象。笔力弱的是大学生白雪。这个似乎寄托着作者某些美学理想的形象，却自始至终像个影子，作者总舍不得给她一两场结结实实的重场戏。不能不使人扼腕。

说到这里。我又不满足起来。忽然想到了苏东坡的那句诗："大瓢贮月归春瓮，小杓分江入夜瓶。"真有意思，明明是只舀了一点水。他却说是在"贮月""分江"。这大约不是诗人故作大言之状，而是一种视野，一种情怀。由此想到《地火》。当作者在抒写自己笔下的秦桥镇的时候，能不能把视野再开阔一些，写出小镇本来就有的广阔外延？能不能把秦欣的嗓门适度压低一点，让思想和形象更合缝些，让感情护送的思想走得更远？一句话，更多地想着时代的皓月和大江。我以为。这对王晓新来说，也许不算苛求。

《狼人》序

近年来，以革命战争为题材的小说创作又有了新的进展，题材多样，视角新鲜，时有佳作出现。我看，于波同志的长篇小说《狼人》就是一部颇有艺术特色和新鲜感的作品。

文学，有一个重要的艺术要求，就是它的不可重复性。这个要求看来似乎挺简单，然而，刻意求新，力求自己笔下描绘的和别人已经写下的有所不同，让读者读来觉得新颖、独特、耳目一新，却是很难很难的。

令人高兴的是，《狼人》的作者一开始就给自己定下了个循难而进的目标，努力从人所共知的大的战争生活范畴里，去发现那些独独属于自己的东西，紧紧抓住特殊、表现特殊，去获得作品的新鲜感，而且，作者并没有在题材、形象和表现手法上某些新意上停留，进而以新求深，进一步追求新鲜后面蕴含着的深邃、深刻与深情。应该说，作者的一番苦心没有虚掷和浪费。他所追求的艺术目标在一定程度上说是实现了。

打开本书，迎面而来的便是一幅郁郁葱葱南疆的森林画图。或许我涉猎得不够广，我觉得这幅画描绘得准确、独特而又传神，是近年文学作品中景物描写上少有的好笔墨。它单独看，是极好的散文，在书中，是弥漫全书的环境氛围。在这极见功力的环境里，一下子跃进了一支狼群。这又是新颖之笔。作者以拟人的手法写狼群，写狼王，写那个赋予了名字为雅尼的狼后，入情入理，活灵活现。这一笔强化了景物的特色，增加了森林的恐怖与神秘，又推进了情节，为全书生活内涵的深化奠下了基础。正是在这荒僻的森林之中，在这原始的世界上，一场人与人，人与兽，人性与兽性的纠葛、争斗展开了……

在这里，我故意略去了对全书情节与人物的艺术分析和评点，以免干扰了读者寻幽探微的兴趣，倒想着重谈谈这部书何以寻得了新颖独特，怎样达到了一定的深度。也就是说，《狼人》创作上的若干艺术特色。

《狼人》的新鲜感，是作者刻意求新的追求，然而，这一艺术特色却来源于作者对生活的熟稔，有赖于熟悉生活基础上所获得的独特的角度。革命战争仿佛是一块璀璨的宝石，它有许许多多的侧面，你从哪里看过去，都能看到奇光异彩。另一方面，创作者又各有自己的创作个性和艺术追求。这两个多面性都考验着作者：到底你从哪里看进去，能拥抱你独有的新与美？青年作家于波到过南疆战地。他从自己的生活体验和感受里寻寻觅觅，推开了常见的枪声炮响、火色硝烟，在蛮荒的森林里看到一道人性与兽性分野。于是眼睛得到了新颖的视角，角度帮助了眼睛，作者获得了自己独到的艺术发现。

让一只两脚的“兽”进入大写的“人”群之中，让夹着兽性的人与带着人味的狼共处一个森林，这样的艺术构思正是从新的视角透视战争的结果。它不但从这里搭起了全书的构架，更从这里较深地窥视了生活的内蕴，得到了创作的灵感。比方狼群的出现，仿佛是作者随手搭上的一条线，由于它与人群并列，与人的生活平行，与人性相映衬，便有力地加强了生活气氛，成了深化生活的有机组成部分。

从独特的角度看进和写进战争深处，自然笔尖就指向了人的命运与心灵。让一场惊心动魄的战争在人的心灵里打响，这就成了《狼人》的另一艺术特色。文学，是把社会生活、把人的心灵指给人看的一桩事情。作者显然了解并尊重着这一规律，他的笔从未离开过人物的内心世界，并且努力把人物的心扉敞开，尽可能清楚地把深层的内心展现出来。在书中，人的情感写得比较透，战友情、父女情、男女之间的爱情，凡是笔触所到，都亲切感人，这无疑是本书的一个成功之处。然而，细读全书，就可以分明看到，作者似乎并不仅以写出了人的情感为满足，而是有更深一层的追求。我认为，作者在追求一种人性的深度。卫国军人，即便在与敌人你死我活的搏斗中，心灵中也到处洋溢着崇高的人性美。书中的主人公、团长张永忱的形象中就充溢着这种美。他那么深情地怀念着援越抗美战争中共同战斗过的越南战友，他那么真挚地疼爱自己的失去母亲的女儿。张永忱解救母狼的情节，看似离奇，却是传神的精彩之笔。正是这种革命的人性光辉，把一场人性与兽性的较量和争斗照耀得更加多彩多姿，令人心惊目眩，从而使军人的崇高品格与人性美得以弘扬和升华。

传奇色彩的浓郁和绚烂，是《狼人》的又一特色。本来，战争就具有一种传奇性，在艺术创造中实在没有必要排斥它，《狼人》的作者从生活出发，从自己的取材角度出发，从人物出发，重视了这一点，既注意悬念的运用，使情节环环相扣、引人入胜，又略略予以夸张，糅进若干现代主义文学手法，增加了叙事的奇特感和神秘感。这就加强了小说的可读性。雅俗共赏，对为人民服务的文学艺术而言永远不是一个贬词，甚至，永远应该是一个用心力才能达到的艺术目标和尺度。

说到这里，作为一篇序言应该是停笔的时候了，然而，欲罢不能；有几句话还要赘在后面，那就是从《狼人》这部书里，我欣喜地看到了作者，看到了作者的感情态度。于波是一位军人，他爱这支可爱的军队，爱这些可爱的军人。对于这些为了亿万母亲和孩子的幸福与安宁而挺胸面对豺狼的军人，作者寄予了深深的爱情，于是，笔下才流溢出如此浓郁的军人的人性美。他痛恨那些披着人皮的狼，憎恶无耻的兽性，于是纸上便浮泛起波翻浪涌的人性与兽性的斗争。真挚而又热烈的爱憎，是文学作品的生命和灵魂，这，也许是《狼人》更为重要的艺术经验。

（1989年10月27日于北京）

图书在版编目（CIP）数据

王愿坚文集. 第四卷，电影剧本 / 王愿坚著. —沈阳：春风文艺出版社，2018.1
ISBN 978-7-5313-5195-5

Ⅰ. ①王… Ⅱ. ①王… Ⅲ. ①文艺—作品综合集—中国—当代 ②电影文学剧本—作品集—中国—当代 Ⅳ. ①I217.2

中国版本图书馆CIP数据核字（2017）第300277号

目　录

四渡赤水

第一章

字幕。画外音："1935年1月，党中央在遵义召开了政治局扩大会议。遵义会议，结束了王明'左'倾错误领导在全党的统治，开始了以毛泽东同志为首的党中央的新的领导，在最危急的关头，挽救了党、保存了红军。"

画外音变得沉重起来："但是，当时红军所处的军事形势，依然十分严峻。"

银幕上出现了一张川、滇、黔三省边界地图。

画外音继续着："长江沿线，四川军阀布置了十四个旅，防我渡江与红四方面军会合；乌江以东，有湖南军阀的四个师，防我东返与二、六军团会师；乌江以西，有中央军的八个帅，防我南进；云南军阀的四个旅，分布在金沙江沿线，防我渡金沙江入川；贵州军阀的五个师又三个旅，尾随我军，并据守赤水河沿线。敌人总计动用了四十万重兵，把我仅有的三万多人的红军团团包围在遵义周围的狭小地区。”

随着画外音，地图上显示出地名、敌军番号和兵力。

字幕。画外音继续着：“为了摆脱这被动危险的局面，实现党中央北上抗日的战略方针，以毛泽东同志为首的中央军事领导小组，决定北渡长江，首先与红四方面军会合。1月27日，当我军全部到达赤水河以东地区，立刻遇到黔军和川军的堵截、尾追。”

两发炮弹爆炸，硝烟弥漫了整个银幕。

一

炮弹爆炸，腾起了浓密的烟尘。

“毛主席!”

“周副主席!”

刘伯承总参谋长和参谋们，猛地从一个石崖下站了起来，齐声惊呼。

烟尘消散。山梁上，一棵青杠树下，毛主席正在用军大衣的衣袖擦着望远镜上的灰尘。周副主席拍打着江西斗笠。

这时我们才看清，这是一溜起伏的丘陵地。电话线像蛛网般的通向陡峭的石崖下面——军委前线指挥所。

刘总参谋长轻轻吁了一口气。

山梁上，毛主席和周副主席在继续观察战场。

刘重光走来，把《阵中日记》递给周副主席。

周副主席迅速看完，递给毛主席：“川军倒挺积极。章旅、达旅占领了赤水县城，又前出到旺隆场，挡住了我们的去路；郭勋祺旅又咬住我们不放……”

毛主席静听了一会儿，疑虑地说：“敌人攻得这样猛，好像不止郭勋祺教导师一个旅?”

周副主席："要是潘旅也上来了，可就麻烦了。"

毛主席沉重地说："很可能！"

毛主席举起望远镜。前方山坡上，正进行着激烈的争夺战。

毛主席转回身向山下看去。山下呈现出一幅紧张忙碌的景象：中央纵队的一些老人和"娃娃"，排列在山坡上，一个传一个向山上传送着弹药；山下的小路上，奔赴战场的部队正在跑步前进；几位年纪稍大一点的女同志，正在指挥担架队后转伤员……

毛主席又转向刘重光。坚决地说："要把尾追我们的敌人查清。再告诉刘伯承同志，绝不能让敌人逼得背水作战。"

刘重光离去。毛主席又同周副主席商量："你看是不是要就近抓一支部队控制附近赤水河的渡口？"

周副主席："我已经派骑兵通信员通知先遣工作团卢团长，要他就近指挥部队，控制渡口！"

密集的枪炮声在群山中回响，山峦间不断升起一支支烟柱。大路上，大队红军正在快步前进。

路旁，"先遣工作团"团长卢青松和女工作团员钟晓，牵着马，正在读信。

卢青松和钟晓看着信，神情逐渐紧张。

卢青松看完信，转向骑兵通信员："你报告周副主席，我们立即执行！"说罢，跃身上马。

几匹快马紧跟着他飞驰而去。

湍急的赤水河。

岸边的一条小路上，"瑞金团"一连正在跑步前进。虎背熊腰的掌旗兵葛向光，高举红旗。红旗下是机枪射手高翔，他约莫二十三四岁，身材魁梧，神态严峻；围着护肩，扛着机枪，一个漆有红五星的皮包斜挎腰间。他背后是政治战士、弹药手刘洪；再后面，苗族打扮的向导旁是连长程万里和通信员葛向明。

高翔边跑边观察着周围：前方传来一阵紧似一阵的枪声；右侧远处的一道山梁上正在进行激战；左侧赤水河的上空，两架敌机正在盘旋。他双眉紧蹙，脸上呈现着忧虑。

程万里转身命令："向后传，跑步跟上!"

葛向光挨近高翔："高翔同志，看样子敌人又围上来啦!"

高翔默默地点了点头。

后面传来了"停止前进"的命令。程万里喊道："抓紧时间整理军装，绑好草鞋。"

战士们三三两两坐在路边。高翔掏出一本小学地理课本看着。葛向光从皮带上抽下草鞋码子和打了一半的草鞋，拔起路边的枯草，打起草鞋来。

高翔凑近向导，指着敌机盘旋的方向问："那里是什么地方?"

向导："这是赤水河，那是渡口。"

"渡口?"高翔沉吟半晌，装好课本，走向程万里，低声地说："连长，听枪声，敌人像是又围上来了。前面就是赤水河渡口，只有控制了渡口，才能保证侧翼的安全；要转移，也才有出路!"

程万里无奈地说："上级没有命令啊!"

高翔："我们应该主动担起这个任务，要是让敌人过了河……"

程万里："对，你们班去监视敌人!"

高翔一挥手，刘洪、葛向光等迅速向前跑去……

二

赤水河对岸的石埠头旁。大黄桷树下有一块石碑，上刻"赤水义渡"四个大字。碑旁，通向镇内的石阶上，大群黔军士兵正驱赶着民工搬运木料、门板走向河边。赤水河上，黔军士兵正忙碌着搭设浮桥。

镇内。“积德盐号”的账房里。身穿软缎棉袄、军装马裤的黔军师长袁佑才，正从烟榻上坐起来。端过一个盖碗，望着货栈里堆积如山的盐包，踌躇满志地说：“兵荒马乱，这盐还得看涨！”

账房先生：“师长，河东打得挺厉害，共军来势不小……”

袁佑才慢条斯理地说：“我这小庙神，不想贪大香火，更不想做林秀生那赔本生意。共军意在渡江入川，我巴不得他们走得越快越好。再说，有蒋介石和川军郭武他们操心，我去掺和个啥子！”

急骤的枪炮声。

一片断碑残碣的墓地，成了川军部队的临时指挥所。

国民党川军师长郭武举着望远镜，向远处正在激战的山头观察。他转身向一个副官模样的军官问道：“袁佑才回电没有？”

副官摇摇头。

郭武心情沉重地说：“继续和他联络！要是叫共军过了赤水河，可就到了我们川南六属！”

几声急骤的汽车喇叭声，一辆黑色福特牌小轿车急速驶来，在墓地边停下。站在踏脚板上的两个马弁跳下来，拉开车门。王道之走了出来，他三十左右，一身笔挺的戎装，佩有中将军衔，戴着金丝眼镜。

郭武一怔，急忙整理军容，跨上一步，毕恭毕敬地说：“王主任不辞劳苦，亲临前线，真是……”

王道之故作谦逊：“哪里，哪里！还是将委员长的决策英明和郭师长进军神速。看来全歼共军于赤水河东的计划，即将实现。”

郭武：“只是共军攻势太猛，刚才又夺去我几个阵地。幸亏潘旅和廖旅及时赶到，才把他们的攻势阻住了。”

“好，好！”王道之喜形于色，“我就希望他们恋战。”

郭武不解：“那我——”

王道之诡秘地说：“委座判断，共军意在北渡长江，委座的部署是，叫他们连长江边也摸不到，就悉数全歼。你想，他们恋战，不正好给了我们调动兵力的时间？”

郭武连连点头。

王道之得意地说：“等袁佑才部过了赤水河，我中央军周纵队赶到，共军这三万多疲惫之师，就要葬身在赤水河边了。”

副官走来低声向郭武报告：“据空军侦察，共军一部已逼近赤水河渡口。”

郭武一惊。王道之转身命令：“立即发起猛攻，逼迫共军背水作战；再以我的名义电令袁佑才，立刻过河向共军攻击。”

“积德盐号”的账房里。黔军军官向袁佑才递过一封电报：“行营督察室王主任来电。”

袁佑才：“念念。”

“顷奉委座面谕：袁师火速东渡赤水河，向共军攻击前进。”

“去他娘的！”袁佑才把盖碗蹾在桌子上，“纯属假传圣旨！”

账房先生提醒地说：“王道之可是蒋介石身边的大红人啊！”

袁佑才余怒未息：“这明明是逼我背水作战，借红军的刀来杀我！”略一沉吟，“传我的命令：一团架好浮桥，占领河东有利地形。其他部队赶快运盐。”

三

河东岸，卢青松策马前进，迎面遇上了军团参谋处处长秦逸风。

秦逸风怒犹未息：“卢团长，是谁命令‘瑞金团’停止前进？”

"我!"卢青松跳下马来,平静地说,"军委已经电令军团,这个团另有任务!"

秦逸风斜睨了卢青松一眼,跳下马来:"卢团长,军委到底了解不了解我们的情况?"

卢青松把秦逸风拉到一边,严肃地说:"秦处长,军委首长对整个情况都非常清楚,北进受阻,尾追的敌人又咬住我们不放。"

秦逸风理直气壮地说:"所以军团长才命令把'瑞金团'拿上去,杀开一条血路!"

卢青松严厉地打断了秦逸风:"死打硬拼,正适应了敌人的要求。"

秦逸风不满地说:"多被动!"

卢青松严厉地说:"军委决定:就近控制赤水河渡口,随时准备脱离敌人。把'瑞金团'调离渡口是不对的。"

"哼!"秦逸风翻身上马,疾驰而去。卢青松和钟晓也向正在休息的"瑞金团"一连走去。

卢青松打量着整装待发的战士,面呈喜色。

程万里上前敬礼:"一连连长程万里。"

卢青松高兴地说:"看样子你们已经做好了准备!"

程万里:"是,准备好了。"

卢青松:"准备好了干什么?"

程万里:"抢占渡口!已经派了一些人隐蔽地接近渡口。命令一下,就趁敌人不防,突然一下子扑上去……"

卢青松不待他说完就高兴得叫起来:"好,好极了!"他回头向钟晓说,"革命,就要像程连长那样,有预见地分析形势,主动地提出任务,并且想出办法来!"

程万里不好意思地摸着脑壳,连连申辩:"不,不是我,是我们连的一个战士想到的……”

“战士?”卢青松愣了一下，果断地说，“好，就按这个战士说的办。你们全连马上到渡口附近隐蔽好，等候命令!”

镇子里，黔军部队正急速冲下台阶。一长串盐工背着巨大的盐包，也在陡峭的石级上缓缓走着。

船工范天亮，三十挂零、身材高大。他肩上扛着一个大盐包，手拉八岁的女儿盐妹子，正蹒跚地走着。一个盐工摔倒了，他抢上一步，要把那人拉起来。一个军官见范天亮挡住了路，挥起皮鞭兜头抽下。几个敌兵拥上来，抡起枪托就打。范天亮从石阶上滚下。

刻有“赤水义渡”的石碑旁，有几个刚挖成的散兵坑。提马鞭的敌军官走过来，从士兵手里接过一挺机枪，架在坑边。

离散兵坑不远处，范天亮被沉重的盐包压在地上。盐妹子趴在爹身边哭喊着，吃力地想搬动盐包。

范天亮顽强地抬起头，望着赤水河东岸，慢慢地伸出了手……

四

炮弹连续爆炸。

朱总司令毫不在意地拍打着身上的尘土，大步向山梁走来。

又有一发炮弹在山坡上爆炸了。朱总司令转头看去，只见两个战士抬着一副担架向山梁上跑来。

“隐蔽!”朱总司令边喊边向两个战士迎了上去。

衣衫褴褛的李铁子激动地望着朱总司令，抽抽噎噎地说：“总司令，可找到您啦!”

朱总司令惊异地说：“你是——”

李铁子："我叫李铁子，是'兴国团'高团长的警卫员，湖南通道转兵的时候掉了队，一路找到这里来。"

朱总司令扶着担架，边走边说："这么说，你从敌人后边过来的？"

"是。"李铁子转身指着激战的大山，急切地说，"总司令，山后的敌人多得很，我发现号的房子就有好几个旅的番号。"

"哦！"朱总司令注视着李铁子，急切地说，"说说看。"

李铁子："一个是什么教导师第三旅！"

朱总司令："那是袁治的部队！"

李铁子："还有一个独立第四旅！"

朱总司令自语："果然是潘佐旅也来了！"

"他们后面还有个模范师第三旅和什么边防第二路！"

朱总司令一惊："哦！廖泽和穆肃中也跟上来了！"

李铁子停住脚，从口袋里掏出一张字条，交给了朱总司令。朱总司令边看字条，李铁子边向朱总司令低语……

山梁上。毛主席用询问的目光看着急匆匆走来的朱总司令。

朱总司令："潘旅果然赶到了，后面还有个廖旅和穆肃中的边二路！"

毛主席："看样子，今天要吃掉这个旅是有困难了。"

朱总司令："您的意思是西渡赤水河？"

毛主席："被敌人逼到被动的境地是常有的，重要的是集结力量，迅速恢复主动地位。"

朱总司令点点头："好！"

毛主席坚决地把手一挥："使用就近部队抢占渡口！撤！"

赤水河东岸山岗的树丛中，高翔在观察。

一个电话员拖着电线，气喘吁吁地问：“同志，这是‘瑞金团’的指挥所吗?”

葛向光瓮声瓮气地说：“什么指挥所？前哨班!”

电话员抹抹汗：“刘参谋明明说团指挥所是在这里呀!”又无可奈何地说，“那，我叫通电话，你们跟上级讲去。”说着，摇了摇电话，把听筒递给了刘洪。

话筒里传来刘重光的声音：“周副主席要和你们讲话。”

“谁？周副主席?”刘洪慌忙把听筒递给高翔，“你……你讲。”

高翔激动地接过听筒。

石崖下，周副主席对着听筒：“渡口前哨阵地吗？你是——”

话筒里传来高翔的声音：“‘瑞金团’一连战士高翔。”

朱总司令摸出字条，惊问：“高翔?”

周副主席对着话筒：“敌人的浮桥架到什么程度了?”

高翔的声音：“马上就架好了。周副主席，我们有个建议，等敌人登上浮桥就开火，打他个半渡而击，抢占浮桥。”

毛主席一面侧耳静听，一面向周副主席和朱总司令做了个手势。

周副主席：“你们这个建议很好。告诉你们上级，夺取浮桥以后，趁机占领镇子!”

赤水河东岸的山岗上，高翔紧张地注视着赤水河。只见浮桥已经架到了东岸，一部分黔军已经走到浮桥中央，大部分拥挤在西岸桥头。

高翔喊了声：“打!”随即一跃而起，足蹬山石，平端机枪，向着敌人猛扫过去。战士们也各自射击。

桥上，敌兵们有的中弹倒下，有的掉下河里，有的回头就跑，桥头的敌人更是乱成一团。

高翔在继续射击。刘洪在投弹。程万里指挥战士边射击边前进。

陈英姑手提糍糊桶快步跑来，她顺手从刘洪身边抓起两个机枪梭子，扑倒在高翔身边。

高翔的子弹打完了，他一面拨下空梭子，一手习惯地向旁边伸去。

陈英姑伸手把一个机枪梭子递过去。

高翔一扭头，吃惊地说："是你？"

"快打你的！"陈英姑推了他一把，突然惊呼道，"敌人烧桥了！"

桥头，火光熊熊，浓烟滚滚。

山岗上，卢青松望着火光，一跺脚："糟糕！"

火光映照着高翔严峻的脸，他看着，看着，突然双眉一拧，把机枪往程万里面前一放，顺手从身边一个战士背上抽出马刀，一跃而起。喊道："共产党员们，跟我来！"随即跳下河滩，奔向浮桥。

刘洪、葛向光等人，也跟着跳下河滩，奔向浮桥。

司号员洪振声猛地站起，吹响了冲锋号。突然，他身子一歪，又顽强站定，鲜血从他拿号的拐肘滴下，号声继续响着。

高翔冲到浮桥中央。

突然一串子弹钻进高翔面前的桥板里。

高翔连忙卧倒，向对岸枪响的方向望去。

西岸，石碑旁边的散兵坑里，一个军官正扶着一挺机枪在射击。

范天亮挣扎着欠起身，愤怒地看着军官手里的机枪。

机枪在喷吐着火舌。

范天亮向着桥头看了一眼，毅然地推开女儿，拼着浑身气力，举起盐包，向着军官头上砸去。机枪戛然而止。

高翔一个箭步蹿到火边，就地卧倒，疾速地向着烈火滚去。

政治战士刘洪卧倒，滚向大火。

掌旗兵葛向光卧倒，滚向大火。

一个又一个共产党员跑过来，滚向大火。

卢青松激动地望着在火海里翻滚的战士们，望着在战士身躯下渐渐熄灭的火苗。

卢青松指着高翔的背影问程万里："他叫什么名字?"

程万里回答："高翔。"

"高翔?"卢青松惊奇地急问，"哪来的?"

程万里一笑："捡的!"接着跳下河滩。

"捡的?"卢青松沉思着。

五

镇子已被占领，枪声渐渐稀疏。

高翔扶起昏迷的范天亮，低声叫着："老乡，老乡!"

盐妹子伏在范天亮身上哭叫着："爹!"

陈英姑跑过来，她拍了拍盐妹子："你家在哪儿?"

盐妹子向河边一指："那儿!"

"走!"高翔背起了范天亮，陈英姑拉着盐妹子。

走了两步，盐妹子弯腰从地上捡起了核桃大一块盐巴，放在舌尖一舔，紧紧捏在手里。

赤水河岔里的一条小船——范天亮的家。

范天亮被安置在船舱里，陈英姑正在给他包扎，高翔在一边搀扶着。盐妹子依偎在范大妈身边，手里托着捡来的小盐巴："奶奶，盐，我捡到一块盐。"

范大妈接过小盐巴，小心地摸着，慈爱地说："妹子，你舔一舔。可怜你起名叫盐妹子，可一年到头吃不到一点盐。"

高翔注意地听着。

盐妹子拿过条小绳拴住盐巴，吊在席棚上，小盐巴在轻轻晃动。

高翔小心地把那块小盐巴托在手心里，神情激动地看着。一会儿，他急忙打开皮包，拿出一个盐袋递给盐妹子。

盐妹子迟疑地接过盐袋，慢慢打开。她看着白花花的盐，惊疑地问高翔："给我？"

高翔点了点头。

盐妹子惊喜地紧抱着盐袋，转身扑到奶奶怀里："奶奶，红军叔叔给了一口袋盐。"

范大妈摸着盐袋，感激地看着高翔和陈英姑。

范天亮醒了，激动地望着离开小船的高翔和陈英姑……

赤水河东岸仍在响着激烈的枪声。炮弹落进河里，腾起水柱。

大队红军正快步通过镇子。

"积德盐号"的大门口。钟晓领着葛向光、葛向明抬着一块锅盐，放在桌子上。高翔抡起大锤，用力砸下，锅盐裂开了。勇伯劳等人分别把盐巴装进苗族姑娘的背篼里、老太太的竹篮里、小伙子的背篓里。

葛向光兄弟又抬出一块锅盐。程万里手起锤落，盐花四溅。刘洪把一块盐巴递给赤水伯："赤水伯，给你！"

赤水伯捧着盐巴，把孙子推向钟晓："去吧，苦娃子。跟上红军，给苗家穷苦人打天下！"

范天亮分开众人，蹒跚地走上前来，深情地抚摸着葛向光背的枪。高翔连忙拣了块大些的盐巴递给他。范天亮把盐巴推开："我不要！"

钟晓不解地说："不要？那，你要什么？"

范天亮一字一字地说："我要枪！"

钟晓兴奋地握住范天亮的手："拿起枪，组织起来，好！枪可以发一些给你们。"

高翔插话："河边还可以找到一些。"

范天亮热情地拉住高翔，又向人群一招手说："走，找枪去。"

一群青年人簇拥着范天亮、高翔走开了。

分盐继续紧张地进行着。

卢青松带领着抬伤员的担架队匆匆走到镇子上。望着来往领盐的群众，他高兴地对钟晓说："这里的群众真好啊。像一块肥沃的土，一下籽就长；像堆干柴，见火就着！"

钟晓："我真想做一粒火种，点燃这革命的烈火；像一粒种子，埋进这土里。"

卢青松和钟晓边走边说："我军渡过赤水河，敌人一定要跟上来，情况仍然十分严峻。部队要继续行军作战，你看，"他指着散乱的伤员队伍，"有这么多伤员准备在群众中寄留下来。更重要的是，赤水河地处川、滇、黔三省交界，是三省军阀的结合部，需要有一支的革命武装。”

钟晓：“那就把我留在这支游击队里吧！”

“太好了！我报告总政治部把你留下担任游击队政委。”

钟晓：“只是担子太重了！”

“有这么肥沃的土壤嘛！”卢青松指着领盐的群众。

六

中央纵队穿过镇子急速前进。

镇头上，盐妹子一手搀着范大妈，一手捧着一个小口袋，焦急地注视着从面前经过的红军战士。

卢青松、钟晓和用三角巾吊着胳膊的洪振声从队伍旁边走来。钟晓发现了女报务员张兰，喊了声：“张兰。”

张兰：“钟大姐，你怎么还不走？”

钟晓伏在张兰耳边，低声说：“我留下啦，在这一带打游击。”

“那咱们在电台上联系！”张兰紧握了一下钟晓的手，急忙跑回行军行列。

盐妹子扑到钟晓面前：“红军姑姑，我找个红军叔叔。”

钟晓奇怪地问：“哪个红军叔叔？”

“送我家盐的那个叔叔！”盐妹子举着盐袋，“奶奶要亲手还给他。”

卢青松接过盐袋。只见上面绣着一行小字：“江西兴国县劳动妇女联合会赠”；背面绣着“高翔”两个字。他喃喃自语：“他？”

一只大手拍着卢青松的肩膀。卢青松回头一看，朱总司令和李铁子站在身后。

卢青松默默地把盐袋递给朱总司令。

李铁子看着盐袋，惊愕地说：“总司令，这是我们团长的呀……”

朱总司令从口袋里掏出一张纸片，递给卢青松。卢青松展开纸片。

这是匆忙中撕下的一块报纸边角，上面写着：

党中央：我以一个共产党员和红军战士的名义，要求毛泽东同志重新指挥红军。革命胜利万岁！高翔。1934年12月。

朱总司令："这机灵鬼，说不定还在！"

卢青松："找，把他找到！"

第二章

七

字幕：1月29日。红军分别在土城、元厚上下游全部西渡赤水河。

几架敌机尖叫着冲向公路。

路边山坡上，高翔把机枪架在一个树杈上，迎着俯冲的敌机射击。

敌机急忙拉起，炸弹在山坡上爆炸。

号声中，隐蔽的红军部队迅速集结，快步前进。

同一条山路上，川军部队人喊马嘶尾追红军。

另一条山路上，"兴国团"团长陈刚，带领部队急速前进。

山垭口，川军军官用望远镜观察，部队隐伏两旁。

陈刚挥动着驳壳枪，率领部队在硝烟中冲上山去。

大路上，疾进的国民党中央军。王道之乘坐的黑色方型福特牌轿车在队伍旁边滚动……

黑色方型福特牌轿车滚动在南京城的街道上。

30年代的南京城，肮脏的街道，破旧的房屋，几座华丽的楼房孤零零地矗立着。

街道上：挤满了游行的学生队伍。学生们手执三南纸旗，高呼着“要求政府出兵抗日！”“保卫华北！”“打倒日本帝国主义！”等口号。手持棍棒的军警，正在驱赶学生。

黑色方型轿车在游行队伍后面爬行。汽车里，王道之扒开窗帘看了看。司机会意，汽车朝斜刺小道驶去……

陈设豪华的办公室里：几个秘书、侍卫官模样的人，正屏息凝神地望着内室。

王道之匆匆走进来，立即放轻了脚步。

内室里，传来蒋介石的叱骂声：“蠢猪！废物！养着你们干吗的？几个学生子也对付不了，唵？唵！”

门开了，一个穿军服的胖子，倒退着走了出来，掏出手绢擦擦汗，戴上军帽，走了出去。

王道之整整军容，轻手轻脚走进内室。

蒋介石穿着长袍马褂，焦躁地走来走去。见王道之进来，余怒未息地说：“废物！”转身对王道之，“我刚才送走日本大使有吉，他来向我方说明广田发表中日亲善、经济提携演说的意义。日方要对我国在上海设立两亿元借款。唵，你看，天大的好事嘛，唵，给这班废物弄坏了！学生肇事都管不了，外国人敢把钱给你？唵？”

短暂的寂静。

蒋介石："学生闹事，唵，还不是共产党残余分子兴风作浪？"

王道之："不过是些漏网之鱼，成不了气候。"

蒋介石指指办公桌上的文件："道之，帮我斟酌一下谈话稿。"

王道之："响应广田演说的？"

蒋介石点点头："布雷已经给我起草了一个稿子。"微闭双目，背诵地，"此次日本广田外相在其议会所发表对我国之言辞，吾认为亦具诚意，唵……唵……吾国同胞当以堂堂正正之态度，与理智道义之指示，制裁一时冲动及反日行为，以示……唵，以示信谊。"

"陈老夫子真是大笔如椽，"王道之把文件交还桌上，犹豫地说，"秦德纯与日本代表订立大滩口约，划察东为非武装区，规定我国不得驻兵。这个……"

蒋介石打断他的话："岂止察东，唵，日方意在华北！其实，只要日方真心反共，华北何妨……唵唵……"

王道之连连点头。

蒋介石坐到高背椅上，口气温和："前线归来，定有捷报？"

王道之得意地说："川军先敌抢占赤水县城，打破共军北渡长江的企图，逼迫他们渡赤水河西窜。学生又督促川军实施平行追击，黔军衔尾直追，滇军迎头截阻。据空军报告，共军已形溃散之势。"

蒋介石仰面大笑。

王道之："这都是校长远见，才取得如此重大胜利……"

蒋介石全身舒展，双目微闭："是呀。唵，重大胜利。第一，薛岳率部进了贵阳；第二，贺国光带参谋团到了重庆，唵，唵……"沉思半晌，摇晃脑袋，"再把共军消灭在云南……唵，川、滇、黔三省——"用力做了个一把抓的手势。

王道之领悟地说："师出有名，一举两得。川、黔政局即将大定，云南方面也将出现新的变化……"接着，又忧虑地说，"不过，共军这次西去……”

蒋介石：“我早就说过，共军西窜，已成流寇，无非重演当年石达开的故技。”

蒋介石狠把手一挥：“是时候了！唵，剿灭共军，在此一举。把共军全歼在赤水河以西，不许一人漏网！”

王道之立正：“是！”

蒋介石抓过一套线装的《曾文正公全集》，又从笔架上拿过一支白玉笔管的特制毛笔，在头一册的扉页上写道：“道之吾弟，开卷有益。中正赠。”又抓过八分笺，写道，“着行营督察室主任王道之督导川滇黔剿共军政事宜。中正。”写罢，站起来走到王道之面前，拍着他的肩头说：“这川、滇、黔三省和三万共军，全交给老弟了！”

王道之接过手令：“学生肝脑涂地，万死不辞！”

蒋介石又把《曾文正公全集》递给王道之：“共军已是石达开第二，老弟就是当今的曾国藩！”

王道之：“委座还有什么训示？”

蒋介石阴险、狠毒地说：“对共军，要斩草除根；对那些地方实力派，恩威并用！”

一所颓败的地主花园，怪石狰狞，林木萧条。

荒芜的草径，敌前敌总指挥薛岳和王道之在漫步交谈。

王道之：“委座要兄弟转达，此次任命龙云为追剿军总指挥，委屈老兄了。”

薛岳哈哈大笑：“委座的苦心我完全理解。倒是委屈了王家烈，堂堂省主席当了纵队司令官。”

王道之笑笑：“就连那个龙云也是虚据名位，兵权还不是你这个前敌总指挥的。”

两人相对而笑。

薛岳忧虑地说："只是共军此次西渡赤水河，实在有点意外。"

"无须不安，"王道之满不在乎地做了个手势，"区区三万疲惫之师，可以在扎西地区再把它围起来。"

"我正召集川、滇、黔各军前敌指挥官进行部署。"薛岳借重的口气道，"道之，委座派你亲临前线，这地方军的事——"

"这，总座放心！"王道之拍拍胸脯，"我一手捧着尚方宝剑，一手搀着财神爷！"

两人纵声大笑。

一个副官走来："人都到齐了。"

薛岳和王道之向会议室走去。

会议室里，滇军纵队司令孙渡、川军指挥官郭武、黔军师长袁佑才，若干中央军和各省部队军官正散乱地坐在沙发上小声交谈。

薛岳和王道之走进来。军官们起立。

"各位注意！"薛岳走到桌边，郑重地说，"委员长行营督察室王道之主任，奉委座手令，赶来前线督导。以后，他的指令代表行营。当然，也代表总指挥部！"

军官们齐声应是。

薛岳招呼大家坐下，敲着桌上的地图："现在，共军被迫西窜。北渡长江不成，又陷入地瘠民贫之川滇边境，这真是……"

王道之插话："难得的战机，理想的战场！"

"对！"薛岳俯向地图，"根据委员长电令，战役的部署是：川军以十三个旅向西南压缩；中央军四个师向西北压缩；滇军以一个旅防止共军过金沙江，其他三个旅要积极向北挺进。几路大军，务必同心协力，把共军一鼓聚歼于扎西地区！"

孙渡欠了欠身："请总座留意。这次赤水河东之战，共军脱离之快、转兵之速，是他们离开江西以来所从未有过的。"

王道之："这正说明他们是受我重兵所迫，急于逃命。"

孙渡："当然，当然，他们在战略上是被动的，可是转兵一举却是主动的行动，我担心……"

"这，孙司令官不必过虑！"薛岳指着图上的金沙江，正色地说，"倒是你金沙江那边要加倍小心，当年石达开就是从东川巧家渡江北去的！"

孙渡连连点头："总座所见极是，我已命令部队赶修工事，严守金沙江防线。"

"好！"王道之点头，"我来前线时，委员长面谕：云南方面孙司令官所部负有防止共军过金沙江的重任，战略地位极为重要，没有委座手令，不得撤离！"

孙渡起立应是："是！一定按委座手令行事。"

王道之起立，微咳一声："委座要兄弟面告诸位，务必熟记曾文正公的话：'为将之道，不外拼命报国、侧身修行八字，畏缩趋避之念，绝不可存。'此次合围，各部必须奋勇求战。那种保存实力、失土纵敌的行为，是军纪所不许的！"

他目视黔军师长袁佑才。袁佑才慌忙低头、佯作看图。

王道之向着郭武，提高了声音："委座对川军郭司令官所部动作神速，表示非常满意！"

"请总座和道公放心！"郭武骄矜地戳着地图，"我的部队正在顶风冒雪，向扎西地区进击！"

八

黄昏，大雪纷飞，雄伟的山川，银装素裹。

山岗上，毛主席和朱总司令并肩漫步走着。远处传来炮声。朱总司令不时停住脚，用望远镜向远方瞭望。

朱总司令放下望远镜，轻声吟哦道：“云横秦岭家何在，雪拥蓝关马不前！”

毛主席微微一笑：“嗬，诗兴还蛮大嘛！”

朱总司令：“也算是触景生情吧。”

毛主席：“这诗，倒要改它一改。现在是，云横乌蒙家何在，敌拥江关马不前。”

“要得！”朱总司令点点头，“家丢了，又叫敌人逼到了这里。”

毛主席：“还记得不？从井冈山下来，往福建走，也是过年，也是这样的雪。”

“可是现在的敌情比那时候严重多了！”朱总司令感慨地说，“六年啦！从千把人搞起，搞到过十万，建立了苏区；可年把工夫，又折腾成了这个样子，如今，又把这个烂摊子交给你……”

毛主席：“那，我们就再从这三万人搞起。”

朱总司令轻轻叹了口气：“难哪！”

两人默默地走了一程，积雪在脚下嚓嚓地响。

山下传来一声马嘶，只见刘伯承总参谋长飞马奔来。刘重光和几个警卫员骑马跟在后面。

刘总参谋长：“周副主席不见了你们俩，急得不行，到处派人找……”

朱总司令开玩笑地对毛主席说：“都怪你，我说跟他们打个招呼。”

毛主席：“不是你最后说的，”学朱总司令，“要是打了招呼，他就不会让我们来喽！”

三个人一齐笑了起来。

几发炮弹在山下的坝子里爆炸。

毛主席惊异地说："谁打炮?"

"川军!"刘总参谋长回答。

毛主席风趣地说："你们二位的贵同乡也太不讲交情了，我本指望着跟您二位能喝上泸州大曲，却拿炮弹来招待。"

大家都发出了笑声。

刘总参谋长低声说："形势很不好，川军第一旅和十四旅，开到了滩头、普平渡、盐津一带……"

朱总司令："那是封锁横江的。"

刘总参谋长："章旅、达旅和穆肃中部开到了安边、屏山、雷波一带。"

毛主席沉思地说："这么说，从这里过金沙江也不行了。"少顷，转向朱总司令，"总司令，当年，你是从哪过金沙江的?"

朱总司令："那是1922年，唐继尧要抓我，我是从楚雄向北过江到了会理。当时也是前有江水，后有追兵，可老子硬是要过！爹妈给生了两条腿是干啥子用的?"

毛主席沉吟地说："对，你就再来一个'硬是要过'!"

朱总司令："你是说打一下滇军，吃掉它一坨?"

毛主席点点头："看来还得犯两条人家说的'狭隘经验主义'：先来个雷公打豆腐搞一下滇军试试，不行就回过头来打圈圈……"

"我看可以，再和恩来、稼祥他们商量一下。"朱总司令点头，又说，"就是现在这个摊子太不适应了。"

"那就来个卸包袱。"毛主席果断地说，"首先精简机关，把非战斗人员充实到连队去，把那些啰啰唆唆的玩意儿埋起来。"

刘总参谋长："问题还在后勤部、卫生部，舍不得那架X光机!"

"不轻装就不能前进!"朱总司令说："告诉贺诚同志，这次，就是要破釜沉舟。要他们把眼光放远一点，将来形势好转了，需要多少，我们都会批给他们。”

毛主席：“要把南面滇军的情况查清，同时请总政治部写个动员材料发给部队……”

朱总司令紧接上去说：“还要抓紧时间扩点新兵。”

刘总参谋长点了点头。

毛主席从小胡手里接过缰绳，又心情沉重地对朱总司令说：“大柏地那阵子那么困难，我们总还打了个胜仗，过了个年。现在，连给部队点过年的东西也拿不出。”

朱总司令轻轻吁了一口气：“同志们会体谅我们的！”

毛主席略一沉思，又转向刘重光：“这样吧！想法搜集点稻草，给部队送去挡挡风寒。”

刘重光点了点头。

毛主席翻身上马，对朱总司令说：“马，总是往前走的。‘雪拥蓝关马不前’，没那回事！走！”他一抖缰绳，纵马向前。

几匹快马，踢着雪花，奔下山去。

九

扎西附近的一个村镇，廊檐下挤满了酣睡的红军战士。

廊檐的尽头，一盏“气死风”马灯在冷风里摇摆着。

高翔坐在灯下，后背迎着风口，为同志们挡着风雪；手里拿着一本小学地理课本，在默默地沉思。显然，他已经坐了很久了，寒风吹来的雪花，在他的背后积成了一个高高的雪坡。

睡在他身边的通信员葛向明，咂了咂嘴巴，翻了个身。

高翔放下课本，帮葛向明把夹被掖了掖，又轻轻地脱下他那双破烂的草鞋，然后解开自己的衣襟，把他的双脚揣在怀里。

葛向明发出了香甜的鼾声。

高翔微微一笑，他扭转身，看着课本上的《云贵高原简图》，用一个铅笔头从遵义到扎西画了一道粗线，指点着。思索地说："这是长江……渡江北上，在哪里渡江呢？"

炊事班长勇伯劳走来，他站在高翔背后看了一会儿，然后摇了摇头，轻轻拂去高翔后背上的积雪。

高翔欠身挪出块地方，让勇伯劳坐下。亲切地说，"老班长，你岁数大啦，得多注意休息呀！"

"跟你一样，睡不着。"勇伯劳揽住了高翔的肩膀，动情地说，"自打离开江西，咱们的部队减少了，消灭敌人的压力更大了；应名是个党员，眼看党有了难处，不能为党多出点力……"

万籁俱寂，只有天空飘下的雪花，落在他俩脸上。

刘洪和葛向光走过来。葛向光腰间吊着半只草鞋，手里搓着草绳。两人站在高翔身后，听着他俩谈话。

勇伯劳回忆地说："老高，自打离开苏区以来，我老是想一二三次反'围剿'，那会儿……红军也挺困难，可是跟着毛主席老是打胜仗……"

葛向光："那，咱们还是按毛主席的打法打！"

"对！"高翔凑向勇伯劳，"老班长，感觉到了没有，过去咱们打胜仗的那套打法好像又回来啦！"

三个人都兴奋地望着高翔。

高翔："现在，北渡长江的方向明确啦；也不死拼硬打啦，看看打不赢，就迅速脱离敌人……"

"对，是那么个架势！"勇伯劳思索地说，"这不，刚才又给咱们连补来了新战士，二十多个，一色的江西老兵。都是总部运输队的，说是精简机关、充实连队。"

“精简……”高翔陷入了沉思。

葛向明醒了，噗地笑出了声。

勇伯劳：“明伢子，笑什么？”

葛向明：“笑你们。几个战士，大雪天不睡觉，净谈些战略问题。”

葛向光：“谁像你，吃了睡、睡了吃！”

葛向明：“老班长，做什么好吃的啦？”

“快给我拿几条米袋子！”勇伯劳打趣地说，“过年啦，又来了新同志，我得显显手艺：红薯块，白菜帮，苞谷面疙瘩熬成汤。”

葛向明高兴得一掀被子坐起来：“我帮你烧火去。”

高翔把烂草鞋扔过去：“别，先把这个问题解决一下吧！”

葛向明为难地看看草鞋，又看看葛向光：“哥！”

葛向光生气地说：“哼，都十七大八啦，不会学着打！”

勇伯劳看着烂草鞋，冒火地说：“我说明伢子，你不想革命啦！”他指了指双脚，“打胜仗就是靠这双量天尺，可你倒好……”说着，从身后抽出一双新草鞋，扔给葛向明。

葛向明：“我是想学的，可布条呢？麻筋呢？连稻草也没有！”

高翔：“学会打草鞋，这可不是明伢子一个人的事啊！看来大的运动战就要开始了。”

葛向光一拍草鞋码子：“那得抓紧时间快干。”

高翔向刘洪：“咱们得想个办法，把大家发动起来……”

刘洪等人帮着勇伯劳边收米袋边走出廊檐。

高翔看着他们远去的背影，把小学地理课本收到皮包里。他仰望迷蒙的雪雾，问道：“毛主席真是又在指挥我们作战了？”

他从皮包里拿出一张旧的《红色中华》报。报纸，撕去了一角……

高翔激动地回答自己：“一定是！一定是！还是在湖南通道的时候……”他沉浸在回忆之中。

十

冬日的拂晓，西风呼啸，霜凝大地，雁叫长空。

一支红军队伍正在一条山路上疾进，行列里不时传着低沉的口令：“跟上！”“跑步跟上！”

岔路口上，团长高翔站在路边，心事沉重地望着行进的队伍。

卢青松飞马而来，认出了高翔，翻身下马，叫了声：“老高！”

高翔疾步迎上去，热情地说：“老政委！”

卢青松没有回答，压低了声音，严肃地说：“毛主席要我来告诉前卫部队，敌人发觉了我们北进的意图，已经在我们前进的路上布下重兵。”

“那为什么还要按原定方向前进？”

卢青松激动地说：“毛主席坚决主张放弃与二、六军团会合，转向兵力薄弱的贵州。可是中央有些人不同意，毛主席正在耐心说服他们。”他紧握高翔的手，叮嘱道，“老高啊！你们要百倍警惕啊！”

红军部队正在穿过小镇。

路边一家茶馆里，一营长陈刚，一面往茶桌上铺着地图，一面报告：“这是红六军团游击队的同志送来的。”

高翔俯向地图，大惊失色。

这是湘黔交界的地图，一条红线由通道经靖县、绥宁间向北伸去；在它的正前方，横着一条半圆形粗大的蓝色弧线；一支支标有国民党部队番号的蓝色箭头射向红线。

陈刚焦急地说：“我们正在往人家布下的口袋里钻哪！”

高翔思索片刻，果断地命令：“张参谋，全团停止前进，立即抢修工事，控制高点，分别向靖县、绥宁方向警戒。”

陈刚转身欲走。

"等等。"高翔沉重地坐下，拿过张纸，飞快写道："中央：我建议立即停止北进，择地转移，否则全军将陷入绝境。高翔。"写完，他把信和地图交给陈刚："你骑上我的马，送到中央去！"

"是。"陈刚神情肃穆地敬了个礼，冲出门去。

茶馆墙上的挂钟在嘀嗒嘀嗒地响着。

高翔站在窗前，望着长空的飞雁，手里的铅笔折成一截一截。

挂钟声越来越清晰。

马蹄声越来越近。

高翔急忙奔向门口，看着陈刚，急切地问："中央怎么说？"

"有批示！"陈刚把信递给高翔，接过警卫员李铁子递过来的一碗水，仰起脖子喝起来。

高翔读着信，拿信的手在颤抖。

陈刚吃惊地凑过来，高翔默默地把信递给了他。

陈刚看了看高翔严肃的表情，急忙读信："……高翔惊慌失措，畏缩不前，立即撤职；去连队当战士；由一营营长暂时指挥部队继续北进。团长由军团随后派去……"

"啪"的一声，碗掉在地上，打得粉碎。陈刚悔恨地拍着脑袋："都怨我糊涂，我为什么不去找毛主席呢？"

高翔悲愤地说："毛主席，他现在不在领导岗位上！"

陈刚和团指挥所里的人，都吃惊地看着高翔。

陈刚惊愕地说："那……怎么办？"

高翔平静地说："陈刚同志，要有信心！现在，广大红军指战员都在关心着党和红军的命运，都在寻找革命失利的原因，形势一定会好转的。"

陈刚和团指挥所里的人，都用坚定的目光注视着高翔。

高翔从容地解下手枪，摘下望远镜，鼓励地说："陈刚同志，要冷静，现在应该考虑如何减少部队的伤亡！"他把手枪和望远镜递给陈刚，平静地说："你看我到哪个连队去？"

陈刚慢慢接过望远镜和手枪，一字一字地说："好，我暂时替你保存着。"他又转向李铁子，"跟团长到二连去。要是团长有一点差错，我找你算账！"

高翔向陈刚严肃地敬礼，走出门外。

陈刚望着高翔走去的方向，痛苦地沉思着。

一阵马蹄声传来。秦逸风提着马鞭子走进来。盛气凌人地说："谁是一营营长？"

陈刚："我。"

秦逸风："军团长派我来接替高翔的指挥。"他又严厉地质问，"部队为什么还不前进！"

陈刚："敌人在前面布下了口袋……"

秦逸风粗暴地打断了陈刚："就是堵墙也得去碰开！"

夕阳西下。

二连在前进，战士们个个神情严肃，步伐沉重。

高翔扛着机枪，精神抖擞地走在队列里，腰间的皮包晃动着。李铁子扛着步枪，紧跟在后面。

高翔登上山梁，他转回身，立刻被远方的情景吸住了：红军大队在转身向相反的方向走去。

高翔狂喜地抱住李铁子，激动地说："铁子，红军得救了！"

李铁子不解地望着高翔。

高翔指着远方："你看，中央纵队转道了。"

后面传来了命令："二连停止前进，就地担任掩护！"

李铁子惊异地看着高翔。

高翔坚决地说："铁子，我们就剩下一个人也要阻住敌人，掩护全军转移。"

山梁上，硝烟弥漫，弹坑累累。青杠树在燃烧，马尾松在燃烧……

一发炮弹爆炸了，两个红军战士倒下。

高大的松树下，一堆被炮弹掀起的浮土蠕动了一下，高翔猛地从土里钻出来。他摇了摇头，从身子底下拿出了机枪，又从浮土里拉出了李铁子。

高翔扫视了一下山梁下面，一片黑影正在蠕动……

高翔打开皮包，掏出一沓文件，一份一份地扔进火里。

火光映红了高翔和李铁子的脸。

高翔拿着一张《红色中华》报，他决然地拿起笔来，借着火光，在二页报头的空白处，飞快地写起信来。

高翔激动的画外音："党中央：我以一个共产党员和红军战士的名义，要求毛泽东同志重新指挥红军。革命胜利万岁！高翔。1934年12月。"

写完，撕下报头，叠起，递给李铁子："铁子，快，赶上部队，送给党中央!"

李铁子擦了一下眼睛，向高翔敬了个礼，转身跑下山去。

山头上手榴弹爆炸，腾起火光。

"团长!"李铁子回头远望，悲痛地呼喊着，泪水徐徐而下……

十一

深夜。雪花飘落。红军战士在廊檐下酣睡着。

高翔轻轻地吁了一口气，折好那张撕去了一块的旧《红色中华》报，珍重地放进皮包里。

刘洪、葛向光和葛向明走回廊檐下，葛向明手里拿着一块红薯贪婪地嚼着。高翔向他们指了指酣睡着的战士。三人轻手轻脚地走过来，一起睡下。

刘伯承总参谋长和程万里每人背着一大捆稻草，轻步向廊檐走来。

高翔微微睁开眼睛。

只见刘伯承和程万里每人抱起一抱稻草，轻轻地盖到战士们身上。

刘伯承蹲在一个战士的脚边，轻轻抚摸着脚板："打泡啦，要赶快治一治。"他又摸着一个战士的脚，指着鞋子，"连长，看，这个同志的鞋子要补一补啦。"

程万里严肃地说："是。"

刘伯承又抚着一个战士的双脚："就是这一双双脚，走出战争的主动、走出战争的胜利啊！"

程万里低声恳求地说："总参谋长，我来检查，你快回去休息吧。"

刘伯承："不，我来的时候毛主席要我看一看战士们的脚，看一看战士们的鞋，要一个一个地看……"

又一抱稻草盖在一个战士身上。新战士张幸福——赤水伯的孙子苦娃——被惊醒了，伸手便去抓枪。

刘伯承扶住张幸福，亲切地抚摸着，低声地说："睡吧，同志，睡吧！"

张幸福看着身上的稻草，喊了一声："首长！"扑到刘伯承怀里。

高翔、刘洪、葛向光……都坐了起来，一齐看着刘总参谋长。

刘伯承歉疚地说："都怪我手太重，把同志们惊醒了！"

刘伯承："同志们，你们辛苦了！今天是正月初三，毛主席和中央军委的首长要我来看看大家，给大家拜个晚年。"

刘伯承继续说："同志们，毛主席要我告诉大家，咱们红军现在很困难，这里的群众生活也很苦，没有什么慰劳同志们，叫我带点稻草来，'寸草遮丈风'啊！"

"毛主席！"高翔、勇伯劳、刘洪等一齐低声叫着。

"对，毛主席！"刘伯承提高声音，庄重地说道，"同志们，今年1月，党中央在遵义召开了政治局扩大会议，批判了'左'倾错误领导，确立了毛主席在中央的领导地位。现在，毛主席又重新指挥我们红军啦！"

勇伯劳扑到高翔面前，紧紧抱住高翔的肩膀："可好啦……"

高翔激动地抓起一把稻草，深情地握着，看着，转向刘洪，严肃地说："政治战士，我建议，明天开个党的小组会……"

刘洪："对，讨论讨论，毛主席送来的稻草应该用在什么地方！"

高翔："一定要让同志们都穿上用这些草打成的草鞋，去打运动战，走出战争的主动，走出战争的胜利！"

十二

扎西"江西会馆"，红军总部作战室。壁上挂着新绘制的敌我形势图，毛主席、周副主席、朱总司令散坐在地图前。刘伯承总参谋长指着北面的一点："昨天，川军的袁旅、廖旅到了这里。"

周副主席、朱总司令互相望望，又看毛主席。只见毛主席仿佛没有听见，却走向地图，定睛望着图上的西南方向。

刘总参谋长又指指东南方向："这边，中央军正求疾进。"

朱总司令低声地说："合围态势。"

刘重光匆匆走进来。

周副主席急问："滇军的情况查清了？"

刘重光："一个旅仍在老龙滩未动，其他三个旅分布在镇雄、毕节一线。"

刘总参谋长在地图上指点着。

刘重光："8号，安旅的先头团从毕节前出到大湾子一线，和我九军团在母享有接触。"

毛主席："怎么样？"

刘重光："敌人又缩了回去！"

朱总司令："咳！"

毛主席惋惜地看了周副主席一眼，踱了几步，又转向周副主席，坚决地说："我看不打一下是不行的。"

周副主席点了点头。

毛主席："要是能把安旅引出来……"他做了一个围歼的手势。

朱总司令："要不要把罗胖子叫了来？"

周副主席又看了一下地图，站起身来，坚决地说："我立刻到九军团去。"说罢，便向门外走去。

"刘参谋！"毛主席叫住了要随周副主席离去的刘重光，"请你给我准备一份黔北的地图。"

"黔北地图？"刘重光不解。

毛主席："再告诉八局，注意监视黔北敌人！"

刘重光领悟地点了点头。

"这个滇军！"毛主席自言自语，"但愿能把他们调出来才好！"

十三

滇军指挥部，孙渡的办公室。

孙渡正在接待王道之，继续不着边际的谈话："……兄弟半生戎马，只得出一条经验：万变不离其宗。这宗嘛，就是宗旨：以不变应万变。”

王道之西装革履，完全是政客打扮。他谦恭地问道：“请问老兄，你的宗旨该如何表达?”

孙渡哈哈大笑：“这是一种理念，一种企求，一种……”

“那么，”王道之低声地说，“志舟兄，你和龙云之间……”

孙渡：“我和龙志舟是生死之交。”

王道之哈哈一笑：“两雄焉能并立，何况二位争夺唐继尧幼妹的事，世所共知。”

孙渡：“道公，这，从何说起。”

王道之：“这是委座特地要我关照的……”

电话铃声骤响。

孙渡接电话：“……噢，共军后撤？什么？什么？你要追击？糊涂！糊涂！……驻防原地，不得妄动！注意，不动!”

王道之讽喻地说：“这就是老兄的以不变应万变?”

“正是!”孙渡严肃地说，“道公，刚才安旅报告，共军从大湾子后撤。我估计，他们又在施行诱敌，企图歼我一部，夺路西窜。可安恩溥这个草包，见小利而忘大义，竟然要追，那不是自投罗网嘛!”

王道之拊掌：“好！只要你能堵死共军西窜金沙江这条路，我就可以开始写向南京报捷的电文了!”

“报捷?”

“你来看!”王道之从一个随行人员手中要过一张新绘制的《扎西决战要图》，展开在桌子上。

孙渡俯身细看，只见扎西周围全被蓝色箭头包围着：扎西以北有川军袁旅、廖旅、蔡旅；东北有范旅、潘旅；东南有中央军九十六师、五师、十三师；以南有滇军安旅、刘旅、鲁旅；以西的横江、金沙江，则有川军袁旅、蒋旅和章旅、达旅、边防二路防守。

孙渡赞叹地说：“这真乃天罗地网。”

王道之：“对！13日开始总攻，围歼扎西共军！”

十四

周副主席踏着积雪的山路走来。后面跟着刘重光、牵马的警卫员和几个通信员。

走到小村边，刘重光快步走到面前：“周副主席，进村歇一歇吧。”

周副主席摇摇头：“不用啦，要快点赶回总部去。”

这时，小村里传来一阵歌声：

打草鞋，草鞋好，
革命战士的无价宝；
穿上草鞋走如飞，
险山恶水当平道。

周副主席停下来，谛听着，然后折回头走进小村。

一座破庙门前，战士们三五成群地在打着草鞋，葛向光在指点着。他们边打边唱：

打草鞋，草鞋好，
运动战是好法宝；
穿上草鞋找战机，
消灭敌人把枪缴。

周副主席向刘重光等招招手，走进庙门。廊下，战士们也在打草鞋。勇伯劳正在把着手教葛向明向草鞋上续草。大家边打边唱：

打草鞋，草鞋好，
草鞋是革命传家宝；
穿上草鞋走天下，
革命红旗遍地飘。

周副主席走到葛向明身边，拿起一双新打的草鞋打量着，问道："小鬼，你打了几双草鞋？"

葛向明数着草鞋："连脚上补好了的，一共四双。"

"嗯！"周副主席惊异地说，"打这么多干什么？"

葛向明："打运动战呗！"

周副主席："你是这样想的？"

葛向明兴致勃勃地说："是我们老高说的，他还给编了这个《草鞋歌》呢！"

周副主席："噢，老高？他在哪儿？"

葛向明："出发了……"

周副主席赞许地说："这个歌好！"坐在葛向明身边，掏出一个小本，打开。

葛向明看着周副主席的小本子，惊异地说："首长，你也喜欢唱歌？"

周副主席："喜欢，我喜欢好歌。"他招呼大家，"来，你们再唱一遍《草鞋歌》，我记下来。"

葛向明清了清嗓子，带头唱起来。

《草鞋歌》歌声中，周副主席飞快地记录着。

“周副主席!”《草鞋歌》刚唱完，卢青松走进了破庙，边喊边向周副主席敬礼。他的后面跟着程万里、陈英姑。

战士们惊奇而崇敬地望着周副主席。

周副主席与卢青松握手：“你已经到任了?”

陈英姑嘴快地说：“周副主席，卢青松同志当了‘瑞金团’的政委。你得给我们先遣工作团派个好团长。”

周副主席爽朗地笑着说：“一定。一定。不过，我对你也有个要求：这《草鞋歌》要叫所有部队都会唱。”

陈英姑应声：“是。”

卢青松指着程万里：“这是一连连长程万里。”

周副主席转向程万里：“你们连离滇军很近，基层指挥员一定要密切注意对面的敌情。”

程万里恢复了平静：“我们派出一个班在前面监视敌人。”

周副主席鼓励地说：“做得对。这个滇军还真是蛮狡猾哩……”

正说间，刘洪气喘吁吁地跑进来，把一份地图和一张纸片递给程万里。程万里打开纸片，匆匆瞥了一眼，又急忙递给周副主席。只见上面写着：“连长：查获许多重要情况，都已标在地图上。望火速报告总部。高翔。”

周副主席急忙展开地图。这是一张用铅笔仓促画成的地形图，上面标示了敌人分布的蓝色符号。

刘洪在一边解释说：“这是滇军三个旅的分布图。他们配合川军和中央军合围扎西，13号向我总攻……”

周副主席对着地图沉思了片刻，对卢青松说：“这个情况很重要，我要立刻回去!”他一边向卢青松握别，一边又问刘洪，“高翔呢?”

刘洪：“还在监视敌人。”

卢青松：“你们赶快把他接回来!”

刘洪应声："是！"转身跑去。

卢青松又拿起那张纸片仔细端详着。突然，他想起了什么，伸手从怀里掏出一个油布小包，打开来，取出朱总司令给他的那封信，在膝盖上摊平，然后把刚送来的纸片凑上去。两张纸片恰恰对在一起。

卢青松的手在微微颤抖，他深情地叫道："我的好同志！"

十五

扎西。古老的"湖南会馆"厅堂，残破不堪。

冷风，卷着雪花，撕裂着残破的窗纸，起劲地灌进来。

毛主席披着一件旧大衣，从窗前转过身来。看来已经站了好大一会儿了，胸前衣襟上挂满了雪花。

毛主席慢慢向桌子边走去。走到地铺旁边，停住脚步。深情地注视正在熟睡的战士们。

茅草铺成的地铺上，饲养员、卫生员等几个战士睡梦正酣。

毛主席把一个战士的被子掖了掖，又脱下大衣，轻轻地盖到战士的身上。

毛主席来到桌边，两手放在嘴边，哈了哈气，又用力搓了搓手掌，抓起了毛笔，毛笔冻硬了；看看墨盒，上面冻了一层浮冰。

毛主席拿起一支铅笔，在一份文件上写着什么。写完，他抓着铅笔，推开文件，又对着桌上的地图默默地沉思起来。

小胡端着瓦盆走进来。他把瓦盆放在地上，把火吹旺，又从腰带上抽出两截粗铁丝架在火盆上，掏出巴掌大的一块苞米粑粑烤上，然后把火盆悄悄放在毛主席桌边，高兴地说："来啦！都来啦！"

毛主席漫应着说："是呀，都来啦。这边，还有这边……"

小胡深情地注视着毛主席。

毛主席忽然想起了什么，继续注视着地图，手却满桌摸索着。

小胡抓起桌上一筒“白金龙”香烟，打开来，递过去。

毛主席推开烟筒：“铅笔!”

小胡往毛主席手上一指。毛主席看着手中的铅笔，笑了。

“这可真是雪中送炭啊。”毛主席发现火盆，把火拨了拨。

“到伙房淘来的。”小胡凑近毛主席，关切地问道，“困难吗?”

毛主席揽住了小胡的肩膀，真诚地说：“是啊！困难，很困难!”

小胡噘起嘴巴，气愤地说：“你们这么难，可有人还在看你们的笑话。有人还在讲怪话、骂街!”

毛主席拨着火，注意地听着。

小胡：“谢大个子说，那些‘洋房子先生’……”

毛主席严肃地说：“什么‘洋房子先生’？不准乱说!”

小胡申辩地说：“就是‘洋房子先生’，吃洋面包，说洋话，按洋法子打仗……”

毛主席：“好啦，好啦！以后不要这样说。他们怎么啦?”

“他们说，”小胡学着别人的语气，“说我们不能打仗，毛泽东指挥的也不怎么样嘛!”

毛主席笑了：“毛泽东是不行啊！你看敌人不让我们北渡长江，眼下我们就是过不去咧!”

小胡不服地说：“你别以为我什么都不懂！在苏区，要不是按他们那洋法子打，咱还会跑到这里来?”

“好啦！不说这些啦!”毛主席拿起苞米粑粑，一掰两开，半块放在瓦盆上。低声地说：“别动。留给周副主席，他马上就回来。”

小胡不解地说：“这就是周副主席留给你的嘛!”

“那就更要留喽!”毛主席略有责备，“周副主席叫你拿来，那他一定什么也没吃。”

小胡猛醒地说：“是呀！”

毛主席柔声地说：“下雪路滑，接接总司令去。”

“哎！”小胡答应一声，转身走出去。

毛主席转身走向窗前，又陷入了沉思。

窗外，朔风怒号，雪片飞舞……

朱总司令和刘总参谋长走进屋来。朱总司令轻步走到桌前，拿起毛主席刚才批改过的文件，看着看着，不禁低声读起来：“……我们要时刻准备：有时向东，有时向西，有时走大路；有时走小路，有时走新路；有时走老路……好！改得好！”

毛主席闻声转身，说道：“是李富春同志他们写得好！”又补充了一句，“题目就叫《告红色战士书》吧。等恩来看过，送张闻天、王稼祥同志看看。以党中央和军事委员会的名义，赶快发到部队去！”他一面帮朱总司令拂拭身上的雪花，一面问刘总参谋长，“一军团？”

刘伯承：“一军团回来了，聂荣臻同志也出院归队了……”又补充了一句，“剑英同志已经把中央纵队精简完毕，新兵也扩了不少。”

毛主席又问：“二、六军团和四方面军？”

刘伯承：“贺龙和任弼时同志来电报说，他们准备根据军委意图，积极向恩施地域游击，以便造成截断长江的声势；徐向前同志来电说，他们从2月3日发起了陕南战役。”

毛主席深思地说：“哦……”

朱总司令欲言又止。

毛主席拿起一支烟，注意地看着朱总司令。

朱总司令声音低沉地说：“我们的电台收听到国民党广播，方志敏同志在怀玉山地区被俘，被押解到南昌……”

毛主席猛然站起，又缓慢地坐下。手里的纸烟捏得粉碎，转身望着窗外。

窗外，旋风卷着雪花冲向云空。

毛主席慢慢回过头来，问道："项英、陈毅同志还没有电报来吗？"

刘伯承："一直联系不上，很可能电台遭到破坏。"

毛主席关切地说："他们留在江西，日子会很难过的啊！"

朔风吹得窗棂咯咯响。

朱总司令久久地注视着毛主席的背影，手伸进口袋里，又拿了出来，最后终于下定决心，掏出一张报纸。尽量使语气平稳地说："还有件事，恩来同志的意思是暂时不对你讲，我想还是应该告诉你……"

毛主席猛地转过身来，接过报纸，平铺在桌上。这是一张国民党的《国民日报》，报头下两行方体大字："瑞金黄缮口清剿告捷，击毙共党首要分子毛泽覃。"

毛主席久久注视着报纸，两眼湿润，手在抖动。

刘伯承："这个消息还要进一步查清。"

朱总司令转过身去，擦了一下眼睛："关于泽覃同志，还有邓小平、谢维俊、古柏等同志所受的错误打击，将来我们一定要为他们平反。"

毛主席拿起报纸，缓步走到窗前，凝视窗外。

周副主席带着刘重光走进来，朱总司令向他示意。周副主席连忙放轻了脚步，走到朱总司令身边，小声地说："滇军太刁猾，怎么引，他就是不动。"

朱总司令站起身，焦灼地说："糟糕！"

周副主席："情况查明了，敌人13号向我发起总攻！"

毛主席霍地转过身来。四个人默默地对视着。

万籁俱寂，似乎可以听到唰唰地落雪声。

毛主席缓步走到桌边，动情地说：“为了死去的同志，更要保护好这三万红军——就这点本钱了！”稍停，又坚决地说，“我还是老主意，三十六计：走为上！”

“想到一块儿了。”周副主席掏出小本子拍了拍，“战士们也做好了走的准备。”

刘重光失声地说：“突围？”

“不，是进攻！”毛主席声音提高了些，“他们不让我们现在过金沙江，我们就杀他个回马枪，回师黔北！”

刘伯承：“走出一个战役来！”

周副主席向着刘重光，赞叹地说：“记住，只有在退却里看到进攻，才能指导战争！”

毛主席：“八局连续侦察，黔北只有王家烈的双枪兵，是空虚的。就是还没有证实。”

门突然开了。小胡搀着疲惫不堪的范天亮走进来，一面扶范天亮坐下，一面把一张纸递给毛主席：“赤水河游击队队长送情报来了，这是记录。”

毛主席连忙看记录，高兴地说：“好，好！和八局侦察完全一致，黔北空虚。”

一阵香甜的鼾声传来，范天亮手拿着苞米粑粑睡着了。毛主席轻步走过去，把范天亮手里的饼子拿下来，放在瓦盆上烤着，又把瓦盆向他身前挪了挪。然后向范天亮恭敬地做了一个长揖，感激地说：“谢谢你呀，同志！”

“可以下决心了！”朱总司令提醒地说，“临走，还得让孙渡紧张一下子，让薛岳空喜欢一场。”

毛主席果断地说："那就这样来定：以五军和九军团的一个团，伪装全军，向滇军猛攻一下；全军11号开始行动，再渡赤水河！"

第三章

十六

一轮明月冲出乌云。

月光下，红军部队正行进在盘山道上，尖兵班里，高翔肩扛机枪，雄赳赳地走在最前面，他举目望去，前面不远处的山垭口，是一片茂密的松林，山下便是波光粼粼的赤水河。

隐蔽在松林里的游击队队员及群众，一齐向部队拥去：钟晓、陈英姑、范天亮、高翔、赤水伯、张幸福、洪振声、刘洪……热烈拥抱、握手。

程万里问洪振声："伤好了？"

洪振声把胳膊抡了个圈，感激地说："多亏了范大妈和盐妹子。"

程万里紧紧握住范大妈的双手："谢谢你老人家！谢谢盐妹子！"

高翔急忙奔了过来："范大妈，你老人家怎么也来了？"

范大妈："来接你们过河，反正家就在船上，行走方便。"

盐妹子扑向高翔："高叔叔，我还用你的盐袋装盐泡水给伤员叔叔洗伤口呢！"

钟晓问程万里："部队都过来了？"

程万里："大队马上就到，我们连先来侦察一下情况，搞船。"

范天亮向山下一指，程万里转头看去，河里隐蔽着许多小船。

程万里赞许地点了点头，又问："河东敌人有什么情况？"

钟晓："今天双枪兵刚开来一个团。听说要到叙永去堵截我军，没有船，过不了河，正在砍树找门板，准备搭浮桥。”

程万里观察着东岸，只见山坡上密布着高矮不齐的树桩，堆放着门板；两个敌人抱着枪正在游动。

程万里沉吟地说：“敌人刚到……”

高翔走近程万里，严肃地说：“连长，我建议，一面报告上级，一面派一支小部队偷渡过去；等东岸一打响，正面就强渡。”

程万里：“打敌人个立足未稳。”

范天亮：“我给你们带路。”

赤水伯挥动船桨：“我老赤水送你们过河。”

高翔请求道：“连长，把这个任务交给我吧！”

程万里用力点了点头。

晨光照临，赤水河东岸枪声激烈。

赤水河上，十几只满载红军的小船，箭一样驶向对岸。撑船的有钟晓、范天亮、赤水伯、范大妈、张幸福等人。

船到对岸。红军部队潮水般拥上滩头，又向着溃逃的敌人追杀。

卢青松带着参谋、电话员沿着山路边走边四下里察看，突然发现了卧在山梁上指挥的程万里。他跑到程万里身边，夸奖地说：“你们抓住战机，出敌不意，偷渡和强渡相结合，打得不错呀！”

程万里兴奋地说：“这都是高翔同志出的主意。”

卢青松急问：“他在哪里？”

程万里指着远方传来一长两短的机枪声：“在那儿。”

卢青松拔腿就向前面奔去。程万里一愣，也快步跟了上去。

山后一条小路的岩石旁。高翔满脸汗水，不停地向敌人扫射。

卢青松跑过来，在刘洪旁边挤了个地方，卧在高翔身边，程万里和跟来的参谋、电话员，也各找地形向敌人射击。

一发迫击炮弹在附近爆炸，卢青松伸出胳膊挡住了高翔的头。

高翔推开卢青松的手，瞄准一个挥舞马刀督战的军官，一个点射，军官倒下。

高翔盯视前方，一手拿下空梭子，一手伸向卢青松。卢青松立刻递给他一梭子子弹，机枪又有节奏地射击起来。

敌兵溃退，滚下悬崖。

高翔停住手，抹去眉间的汗水。卢青松递过去一条毛巾。高翔擦着汗，转头发现了卢青松，先是一愣，接着惊叫了声："你！"

卢青松紧紧握住高翔的手："高翔同志！你叫我好找哇！"

"首长！"高翔推着卢青松，"这里太危险，你必须马上离开！"

卢青松："不！这里是团长的位置，也是团政治委员的位置！"

"团长！"参谋、电话员齐声叫道。

高翔怔怔地看着卢青松。

程万里和刘洪、葛向光、葛向明等也莫名其妙地互相看着。

"还记得这个吧！"卢青松打开一个油布包，拿出一张纸片递给高翔，说，"毛主席、周副主席和朱总司令早就在找你！军委已经任命你为'瑞金团'团长。"

高翔拿着纸片的手在颤抖。

"政委！怎么回事？"程万里迟疑地看着卢青松，又看看高翔。

卢青松激动地说："高翔同志原来是'兴国团'团长，因为遭受错误领导的打击，才当了战士！"

程万里、刘洪和参谋们，都以敬佩的目光看着高翔。

"团长，"参谋手拿电话听筒对高翔说，"总部命令我们，巩固住渡口，迅速肃清残敌。"

卢青松鼓励地说："执行你的职责吧！"

高翔看了看周围的同志，大家都向他投过来信任的目光。他装好纸片，毅然命令参谋：“二营巩固已占领阵地，保证渡口的安全；一、三营从两侧迂回，不准一个敌人逃掉！跟我来！”说罢，习惯地转身就去提机枪，刘洪却抢先一步把机枪抓到手。

满山遍野军号嘹亮，红旗招展。红军战士猛追逃敌。

十七

赤水河东岸枪声密集。西岸红军大队正急速穿过镇子。

伪镇公所已成为红军总指挥部。门口站着卫兵，拴着毛主席的小黄马和朱总司令的大枣红马。电话员、通信员、参谋和机要人员出出进进。镇长办公室里摆着毛主席和周副主席的油纸雨伞、竹斗笠、干粮袋，铁皮文件箱。毛主席、周副主席和朱总司令正围坐在两张八仙桌子边，听刘总参谋长报告敌情。毛主席吸着烟，周副主席不断用铅笔在地图上做着标记。

刘总参谋长：“黔军的部署是：桐梓摆了一个团；从娄山关经板桥到黑神庙，摆了三个团；董公寺到遵义摆了三个团；一〇三师昨天晚上从赤水县开到对岸一个团……”

周副主席打趣地说：“‘瑞金团’倒是挺会掌握战机，人家刚到，就来了个赤水惊梦！”毛主席、朱总司令一齐笑了起来。

毛主席问刘总参谋长：“周浑元纵队有什么新动向？”

刘总参谋长：“两个师仍在仁怀、茅台一线，两个师在向叙永移动，准备在叙永大道夹击我们。”

朱总司令：“都是些马后炮专家！”

周副主席用铅笔拨动着下颌的胡须，沉思地说：“黔军摆的这条长蛇阵，倒是便于我们分割包围，各个歼灭。”

朱总司令果断地说：“我们以五、九军团担任后卫和侧翼掩护，把追击的川军吸引到温水、松坎方向；集中一、三军团，再加上干部团，把黔军一段一段敲掉。”

周副主席：“要完成分割任务，首先要夺取娄山关。”

毛主席丢掉烟蒂，俯向地图，手指敲着乌江南岸标有“吴奇伟纵队”字样的地方：“必须把吴奇伟纵队也考虑进去。”

刘总参谋长迟疑地说：“一下子吃掉这么多……”

“可能的。”毛主席进一步解释道，“吴奇伟纵队离黔军最近，肯定要来增援，但又不会马上来增援。这就使我们能赢得时间：先消灭黔军，再集中力量对付吴奇伟。”

周副主席和朱总司令频频点头。

毛主席在地图上量了量到桐梓的距离，扳着指头计算了一下；又量了量到娄山关的距离，又扳着指头计算了一下。最后商量地说：“你们看这样行不行？派一支部队消灭桐梓的一个团，主力部队25日向娄山关发起攻击，同时分割包围板桥之敌。”

朱总司令：“会有点阻力，有人已经在叫唤快把部队拖垮了。”

毛主席果断地说：“那就请彭德怀同志担任前敌指挥。关键是要抓住战机，勿使良机稍纵即逝。”

范大妈提着茶壶，盐妹子端着水碗走进来。

朱总司令急忙搀着范大妈坐下。

毛主席问：“老人家，你们这有没有人熟悉到娄山关的路？”

范大妈说：“有，赤水伯就常往娄山关下的板桥背盐。”

“噢！赤水伯……运过盐……”毛主席自语着。

盐妹子分别把水送给毛主席、周副主席和朱总司令。范大妈发现朱总司令衣襟上破了一个口子，从发髻上拔下一根针，立刻就要缝补……

“报告！”钟晓出现在门口，她敬了个礼，喊了声“毛主席”急奔过来。

朱总司令趁机把范大妈和盐妹子让到里屋。

毛主席紧握钟晓的手："一渡赤水时撒下的革命种子，果然开花，结果了！"

"赤水河两岸的群众太好了。看，"钟晓指着院子里的群众，"毛主席要我找的老乡已经来了。"

赤水伯当先，几个老年人、中年人随后走进屋子。周副主席和几个警卫员，急忙搬动椅凳，招呼大家坐下。

钟晓指着群众，一一向毛主席介绍着。

隔壁。范大妈边给朱总司令缝着衣襟，边说："别嫌弃，眼力不好，就是针脚大些……"

朱总司令："哪里！哪里！"

镇办公室。毛主席、周副主席正在和群众热烈地交谈着。

毛主席向着赤水伯："我要向各位请教点事哩。"

赤水伯："红军首长，我们苗家见识浅，只知道身边眼下的事。"

"说的正是身边眼下。"毛主席说，"听说您老人家对娄山关很熟悉，从这里去有没有近路？"

"说起来话长了。"赤水伯回忆起往事，兴致勃勃，"我爷佬在太平天国翼王石达开的赵天将手下当差，他在娄山关带了花，才流落下来。他在世的时候，带我去看过当年娄山关的战场。以后，我也去挖过天麻。我常走的一条路，能近一天多路程！"

毛主席、周副主席高兴地点了点头。

隔壁。范大妈继续给朱总司令缝着衣袖。盐妹子抚摸着朱总司令的驳壳枪，问道："你这木盒子里装的啥子？"

朱总司令："盒子炮。好打白狗子。"

盐妹子又问："你叫什么伯伯？"

朱总司令："你就叫我背盒子炮的伯伯吧！"

范大妈插话："这妹子，就会打破砂锅问到底。"

镇办公室。

周副主席问赤水伯："听说娄山关是'一夫当关，万夫莫开'？"

"没那回事！"赤水伯蛮有把握地说，"爬上点金山，就绕到了娄山关的后头。守关的再有本事，也怕戳他的脊梁骨。"

毛主席："不经过娄山关，有没有到板桥的近路？"

赤水伯在桌子上画了个弧线："从这绕过去，就到了板桥。"

一中年人插话："往板桥运盐，回来都走这条路，就是难走点。"

毛主席和周副主席高兴地对看了一眼。

盐妹子走进来，催促周副主席："快喝吧！奶奶还放了糖呢！"

周副主席一怔，把盐妹子拉到身边，问道："哪来的？"

盐妹子看了赤水伯一眼，俯在周副主席耳边悄声说："奶奶生病，赤水伯脱下身上的褂子换来的，奶奶没舍得吃，你可不要告诉别人。啊！"又问，"甜吗？"

"甜！甜！"周副主席激动地把盐妹子抱在怀里。

盐妹子抚摸着周副主席的胡子，问道："你叫什么伯伯？"

周副主席爽朗地回答："我叫大胡子伯伯。"说罢，来到门口，掏出一块银圆递给小胡，小声叮咛，"给大娘，别忘了！"

毛主席在继续与赤水伯等交谈，赤水伯激动地拍着胸膛。

盐妹子走到毛主席身边天真地说："你个子最高，你叫什么伯伯？"

毛主席亲热地把盐妹子抱到膝盖上，一字一字地说：“我叫勤——务——员。”

“勤务员干啥子事？”

“为人民办好事！”

“也为我办好事？”

“对。也为你服务。为天下所有的人服务！”

“勤务员好，我长大了，也当勤务员，服务！”

“你叫什么名字？”毛主席把盐妹子揽在怀里。

“盐妹子。”

“噢！盼盐哪！”

周副主席关切地说：“现在有盐吃了吗？”

盐妹子：“有好多好多呢！一位叔叔还给了我一袋哩！”说着从口袋里掏出盐袋，递给毛主席，“你看，这就是他的盐袋。”

毛主席展开盐袋，发现“高翔”二字，沉思地说：“噢！高翔——”

周副主席接过盐袋看了看，对毛主席说：“是‘瑞金团’团长高翔同志。”

“是他？”毛主席略一思忖，毅然拿起电话听筒。

赤水河岸的大松树下。“瑞金团”的指挥所。

高翔和卢青松正在眺望战场：战斗已经结束，一群群俘虏被押下战场；战士们扛着各种战利品嬉笑着走过。

“团长！”电话员手拿电话耳机，“总部首长要团长讲话。”

高翔接过听筒：“我是高翔。”

听筒里传来毛主席洪亮的声音：“我是毛泽东。”

伪镇公所办公室。毛主席手拿电话听筒，亲切地说："高翔同志，有个新的任务交给你们。总部给你们派个向导，立即出发，选取捷径直扑娄山关。争取25日拿下娄山关，然后乘胜直插遵义。"

高翔的声音："是。25日拿下娄山关，然后乘胜直插遵义。"

十八

字幕：2月20日，红军从太平渡、二郎滩、林滩一带，第二次渡过赤水河。

贵阳。薛岳的办公室。一个参谋正在拿下墙上挂的《扎西决战要图》，又挂上一张新绘制的《叙永决战要图》。

薛岳看着地图仍有疑虑地问王道之："道公，这一次不会扑空了吧?"

王道之得意地说："各路部队正按照委员长的部署积极紧缩叙永地区的包围圈。只要你老兄一声令下，就可以向委座报捷了。"

一个参谋进来低声报告："川军郭司令官来电，叙永地区的共军已经东渡赤水河。"

王道之胸有成竹地摇摇头："绝对不可能。共军意在西渡金沙江，怎么回头东返？这明明是掩护渡江的战术动作，是佯动。"

参谋提醒地说："已经有好多天侦听不到共军总部电台编号三的声音了。"

又一个参谋走进来，怯生生地说："黔军袁师长电话。"

薛岳怒冲冲地接过听筒，王道之也急忙凑过去。

黔军师长袁佑才愁眉苦脸地对着话筒："总座，共军正在攻我的桐梓。温水、松坎方向也出现了共军主力。"

薛岳一惊，对着听筒大喊："你不要上了共军游击队的当。这是他们的老战术：声东击西。"

袁佑才的声音："总座，这一次，怕是声西击东!"

"声西击东?"薛岳握着听筒沉思片刻，问王道之，"要不要命令吴纵队过江?"

王道之阴险地说："万一共军真是声西击东，能让黔军和共军先厮杀一场。等他们两败俱伤之后，再调吴纵队去收拾残局。"

薛岳对着听筒大喊："坚决守住娄山关。"说罢，扔掉听筒，又顺手撕下了刚挂上的《叙永决战要图》。

十九

点金山顶。高翔拨开一丛刺梨，向下看去。娄山关就在脚下，关上的敌人正在奔忙着。

赤水伯指着关下的一个镇子，低声地说："那就是板桥。"

高翔举起望远镜向下看去，只见有一支部队正在向板桥运动。

"开始!"高翔的拳头猛劈下来。

刘洪贴着机枪枪托的脸在激烈地抖动，机枪喷吐着火舌……

娄山关上，敌军四处奔逃，死伤狼藉，乱成一团。袁佑才挥舞手枪，左赶右堵，大喊大叫："顶住！顶住有赏……"话音未落，右腿负伤，滚地大叫，被副官、马弁塞进滑竿，飞奔而去。

火红的夕阳，映照着娄山关。

关上，战斗刚刚结束；关下的板桥，仍在激战。大队红军正通过关口疾步前进。高翔与赤水伯指点关山，高兴地边走边谈。

一个骑兵通信员飞马赶来，交给高翔一封信。高翔打开信，只见上面写道："绕过遵义，直取城南的一四五〇高地。"

高翔与赤水伯握别。

天色微明，乌江浮桥上拥挤着北上的中央军运输部队。桥头上停着一辆黑色福特牌小轿车。王道之正在向一个守桥的军官说着什么，从他的手势可以看出，是在严令保护浮桥。

高翔和程万里等登上了一四五〇高地的山顶。

程万里指着山下远方公路上缓慢地行进的敌人说："你们又迟到了！"

葛向明故意把红旗用力一挥，插在山顶上。风吹红旗哗啦啦响。

公路上，尘土飞扬，人喊马嘶。那辆黑色福特牌小轿车，不停地鸣着喇叭。国民党中央军在缓慢地前进着。

车里，王道之得意地说："只要我们抢先赶到遵义，共军这支疲惫之师就要屯兵在坚城之下了！"

一个军官冲到车前报告："共军先我占领了一四五〇高地！"

王道之把脑袋伸出车外，恼怒地说："攻，给我不停地攻！"

遵义城南的大小山头上，都在进行着激战，烟尘滚滚。

一四五〇高地，刚打下敌人的一次冲锋。程万里和高翔沿山顶边走边说着什么。战士们正在修补工事，擦拭武器。

高翔突然收住脚，猛喊了一声："老陈！"飞奔下山。

陈刚听到喊声，转身看去。接着也高喊了声："团长！"向高翔飞跑过来。两个人在山坡上紧紧抱在一起。

陈刚激动地说："老团长，真没想到还能见到你！"

高翔开朗地说："我可认为我们一定会再见的!"又问，"你来干什么?"

陈刚："接防。总部要你们撤下去休息。"

高翔一怔："为什么要我们撤下去?"

陈刚摇了摇头："刘伯承总参谋长只是要我转告你们，要抓紧时间睡觉。还说，这是毛主席的命令。"

高翔自言自语："抓紧时间睡觉？……"

陈刚从警卫员手里拿过手枪和望远镜，郑重地交给高翔："老团长，我说过，暂时给你保存着，现在该还你了。"

高翔接过手枪挎在肩头，慢慢举起了望远镜……

二十

密林里，红军战士们睡得正香。

毛主席和警卫员小胡，轻步从战士们身边走过。毛主席不时地弯下腰，仔细察看着战士们的草鞋，捏捏子弹袋，一缕阳光照到张幸福的脸上。毛主席伸手折断一截松枝插在地上，为他遮住了阳光。

葛向明一条腿搭在刘洪的腿上。毛主席微笑着，轻轻把他的腿搬下来。葛向明趁势翻了个身，说了句梦话："别闹！快睡！毛主席一定有重要任务给我们。"接着便发出了甜甜的鼾声。

毛主席指点着葛向明微微一笑，又轻步向前走去……

林边大松树下，高翔正在用望远镜瞭望。

高翔指着前方："政委，你听，敌人的进攻不像上午那样凶啦!"

卢青松："看样子，劲头过去了!"

高翔果断地说："向毛主席建议，我们团来个十八里猛插……"

“插向哪里呢?”毛主席说着，漫步走来。

“毛主席!”高翔和卢青松疾步向毛主席走去。

毛主席轻轻摆了摆手，又指了指正在睡觉的战士们，然后向卢青松伸过手来：“先遣工作团的团长改行啦?”

卢青松握着毛主席的手：“这本来就是我的老本行，是归队啦!”

“高翔!”高翔跨上一步，敬礼，两手紧握着毛主席的手。

毛主席风趣地说：“第二次过赤水河，我们就在电话上见过面。”

卢青松插话：“还早!”

“还早？让我想想。”毛主席打量了一下高翔，又转向卢青松，“是在井冈山上，一个大雪天，你在山下捡了个冻僵了的孩子……”

卢青松接上去说：“是毛主席给了他一件棉衣，才把他暖和过来。”

毛主席略一思忖：“七年啦！长大成人啦！该是二十三岁了吧?”

高翔激动地点了点头。

毛主席：“听说受了点委屈，是吧?!”

高翔坦然地说：“比起整个阶级的利益，个人的荣辱得失算得了什么!”

毛主席又问：“你们刚才说要插到哪里去?”

高翔看了看卢青松，卢青松示意要他说。

高翔：“敌人的指挥部在忠庄铺，离这十八里。我们想插到那里，打乱他的指挥系统。”

毛主席：“我正想和你们商量这个问题，你们看，是十八里好，还是八十里好?”

“八十里……”高翔一愣，突然领悟，“直插乌江渡口!”

卢青松：“关上门打狗!”

毛主席微微一笑。

高翔迫不及待地说："主席，就把这个任务交给我们吧！"

毛主席不紧不慢地说："说说看，你这个团长准备怎样完成这个任务?!"

高翔胸有成竹地说："部队一律轻装，以秘密、神速的动作从敌人缝隙中插过去，破坏掉乌江上的桥梁，切断两岸敌人的联系，然后全团展开，从敌人背后突然发起攻击。"

毛主席："遇上敌人怎么办?"

高翔："避开，或者以乱对乱！"

毛主席："遇到有利可图的战机呢?"

高翔："绝不因小失大！"

毛主席："那敌人的指挥部——"

高翔："留给后续部队收拾他！"

毛主席又问卢青松："政委同志有什么补充?"

卢青松："你过去给我们讲过，红军作战一般是奇袭，要尽量做到出敌不意、攻敌不备。"

毛主席赞许地点点头，叮嘱说："记住：争取时间，就是胜利。"

二十一

夜幕笼罩着山岗和田野，枪炮轰鸣，火光闪动。

遵义城外的红花岗上，毛主席吸着烟，踱着步，乌江方向隐约传来炮弹出膛的声音。炮声停止，毛主席也突然止步，拿烟的手停在胸前。

坟地里，敌人的十几门大炮对着北方，射手们在做短暂的休息。

离坟地不远的小路上，程万里向高翔指点着炮阵地，高翔也用手势制止，程万里噘着嘴，手一挥，又前进了。

红花岗上，毛主席胸前的香烟快燃到了手指，突然又传来炮弹出膛的声音，毛主席又接上一支香烟，继续踱起步来。

山梁上，高翔和程万里卧在一起，注视着山下公路上的敌人。

公路上，国民党的散兵，抬伤兵的伕子，运弹药的骡马，南来北往，络绎不绝。

程万里急不可待地掏枪要打。高翔急忙按住了他的手，指着公路上向乌江方向开来的一辆小汽车说："制造点混乱，让这辆小汽车给我们带路。"

程万里眼珠一转，领悟地点了点头，接着连鸣数枪，边跑边喊："前面垮下来了！红军来啦，快跑！"敌兵大乱，扔下伤员，丢掉弹药，沿着公路，急速奔逃……

汽车不停地鸣着喇叭，公路上的敌人惊恐地躲闪，汽车缓行着。

程万里带着队伍紧跟在汽车后面跑步前进。刘洪端着机枪，手指压着扳机，时刻准备向汽车射击，战士们个个汗流浃背。

天色微明，枪炮声骤起。汽车撞倒伤兵，辗过尸体，飞快向前。

汽车拐过一个山包。

高翔一面沿公路奔跑着，一面大声喊道："抄小路插过去！"

程万里带领尖兵班登上山顶，转身大喊："团长，乌江到了！"

高翔快步登上山顶，只见乌江就在眼前，浮桥上挤满了敌军官兵，那辆小汽车正冲过人群驶向对岸。他转身命令："机枪！"

刘洪端起机枪向浮桥猛扫。

浮桥上，敌军官兵鬼哭狼嚎，东倒西歪。

南岸，王道之爬出歪倒了的汽车狂叫："砍断浮桥！砍断浮桥！"

几个敌兵抡起刀斧砍断缆绳，浮桥离岸，敌兵纷纷落入江中。

红花岗上，毛主席边踱着步子，边看手表，他的背后，绿草如茵的山脊上，被踏出一条清晰的小路。

刘重光气喘吁吁边跑边喊："'瑞金团'已控制了乌江渡口！"

毛主席急转身，问道："确实？"

刘重光："确实！"

毛主席轻轻吁了一口气，转身对小胡说："走，该睡觉了！"

乌江渡口的山包上，高翔命令："全团上刺刀，吹冲锋号！"

洪振声吹起了冲锋号，满山遍野号声激荡。

主题歌声起：

巍巍的横断山红旗飘扬，
滔滔的乌江水奔腾欢唱。
遵义会议春雷响，
毛主席又把革命的舵轮掌。
用兵真如神，
料敌如指掌，
关山任我自由来去，
任何强敌无阻挡，
江河任我自由跨越，
矫若游龙军威扬。
巍巍的横断山红旗飘扬，

滔滔的乌江水奔腾欢唱。

在主题歌声中，出现了以下的画面：

红军战士高举着“红一军团”“瑞金团”“兴国团”“红三军团”“宁都团”“于都团”“干部团”等单位的红旗，端着刺刀，挥舞马刀，喊着杀声，从高山上、山谷里、公路上，排山倒海般冲向敌人。

满山遍野都是举枪投降的敌兵。

胜利会师的红军战士在欢呼、在跳跃……

红日高照，晴空万里。

高翔和卢青松，正站在红花岗上向遵义城眺望。

遵义城大街小巷，红旗飘闪，锣鼓喧天，鞭炮齐鸣。红军部队和穿着各式民族服装的革命群众，载歌载舞欢庆胜利。

山路上，程万里带着一连走来。他一眼看到高翔，喊了声“团长”，急忙奔了过来，刘洪、葛向光、葛向明也跟着奔来。

卢青松：“看，你的老战友来啦！程万里，又拣到什么啦？”

程万里腼腆地说：“是这么回事，我看团长老用那个小学生的课本不大方便，打仗的时候就捡了一张——”说着把一张中学地理挂图《云贵高原地形图》展开在高翔和卢青松面前。

卢青松风趣地说：“程万里，你还真有点眼力，不但捡了个好兵，还给好兵捡了张好地图！”

程万里腼腆地笑了笑：“团长——”

高翔：“好像还要我付点代价吧？”说着，从皮包中拿出小学地理课本，把地图上面的红线画到乌江边，然后交给了程万里。

程万里装起地理课本，孩子似的拉了一下刘洪、葛向光、葛向明，转身就跑……

第四章

二十二

重庆，范庄。豪华的客厅，陈放着中西式贵重家具。

蒋介石身穿制服，眼露凶光。

王道之夹着皮包站在客厅门口，惶恐地瞅着蒋介石。

蒋介石吼叫道："真是一伙蠢猪！唵，叫一群乌合之众一下子吃掉我两个师加八个团，奇耻大辱！"接着，长叹一声，一屁股坐在椅子上，拍着秃脑壳，"是共军变聪明了？还是我变愚蠢了？唵？"

王道之见蒋介石歇斯底里的发作已过，从皮包里抽出一份文件，递到他的面前，低声说："行营督察室已确实查清：今年1月，共产党在遵义开会，毛泽东又……"

蒋介石急忙翻开文件，大惊失色："啊！是他?！怪不得……"

王道之斜睨了蒋介石一眼，献媚地说："尽管他善于用兵，但接的却是个烂摊子。这三万残兵还是在我四十万大军包围之中，并不能飞过长江，改变战略上的被动局面！"

蒋介石摇了摇头，忧心地说："道之啊！别忘了，江西一、二、三次围剿的时候，他也只有三万多人，三万多人到了他的手里，唵唵，就后患无穷，后患无穷！"

王道之："学生认为黔北地区，地瘠民贫，大军云集，不但给养困难，就是柴草也不易得……"

蒋介石像是得到了启示，注视着王道之："唵，说下去。"

王道之又跨上一步："这一段长江两岸，都系横断山脉，山势陡峻，道路崎岖，大部队无法机动……"

蒋介石猛地站了起来："你是说，共军徘徊于绝境，大方针未定?"

王道之阿谀地说："校长亲临重庆督剿，必操胜券!"

蒋介石取过王道之交给他的"敌我态势图"审视半晌，接着猛一挥手："碉堡围困结合重兵进攻，步步进逼，把他们困死在乌江以北，不让他们运动作战。"

王道之："一定照委座面谕行事。"

蒋介石阴险地说："对付地方实力派嘛，奖励四川军队，加强长江防守，重用云南军队，绝不让共军过金沙江；至于贵州军嘛……"

王道之："我已把袁佑才押抵重庆。"

蒋介石做了个要王道之自行处理的手势。

贵阳。国民党军前敌总指挥部。

会议室的正中，挂着蒋介石手书的"精诚团结"横条。王道之、薛岳、孙渡、郭武等十余将领坐在桌子四周，正在交谈。

薛岳："……共军进入贵州以来，东流西窜，各部接战都有损失；唯有云南方面孙司令官那里，不折一兵一卒，还控制了金沙江，这里面大有学问……"

郭武挖苦地说："他的学问就是两个字：不动!"

孙渡正色地说："对，我不动，才避免了为共军的行动所调动!"

郭武又逼进一步："阁下大名孙渡，号志舟，此舟不渡，要它何用?"

孙渡解嘲地说："《诗经》上说：'何以舟之，维玉及瑶。'舟者，带也。我这个孙志舟就像一条带子挡在金沙江!"

郭武苦笑："真有学问!"

王道之走过来："孙司令官的这个学问极为重要！对，追剿不如完剿!”说罢，一个军官走过来与王道之耳语，并递给他一封信，王道之拆开一看，原来是一张字据，上书：“……卑职愿以赤水河两岸全部盐号报主任不杀之恩。……空口无凭，立据为证，立据人袁佑才。”看罢，急忙装进公文包，又顺手掏出两份公文交给薛岳。

薛岳起立宣布：“委员长手令!”

全体起立。

薛岳诵读：“陆军少将郭武统率所部，行动神速，屡建战功，晋升为陆军中将……”

郭武得意地含笑点头。

“陆军中将孙渡，”薛岳看了郭武一眼，继续诵读，“忠勇善战，指挥有方，应予擢升。着铨叙厅议交军委会，待后明令发表。”

郭武勃然变色。孙渡含笑点头。

薛岳又拿起了另一件公文：“陆军少将袁佑才，失土纵敌，贻害战局，为严整军纪，立即交付军法审判，严加惩处。”

川滇将领面面相觑。薛岳威严地扫视各将领。

王道之慢慢站起：“曾文正公说过：‘古人用兵，先明功罪赏罚!’只有赏罚严明，才能真正与共军作战，洗雪遵义挫败之耻辱!”

薛岳指着墙上地图中央一条齿形蓝色圆圈：“诸位请看，共军虽然一时得逞于遵义，但还是在我重围之中。”他又指了指蓝圈中间的红圈，“最近，共军在鸭溪、枫香坝一带徘徊，举棋不定，使我们得以从容调集兵力构成了战略包围……”

孙渡插话：“依我之见，共军是不会放弃北渡长江的!”

郭武斜视孙渡一眼，狂妄地说：“我川军各部有三十多个团专等他们!”

王道之：“对，就怕他们不敢往那边走!”

孙渡慢条斯理地说：“我担心金沙。”

薛岳点头："防止共军西窜，很为重要。由赤水河到金沙江上游构成的四条防线，川滇两军必须切实防守。"

王道之满意地说："各线都要严密构筑碉堡；对于渡口，尤须严防。战争的主动权仍然掌握在我们手里！"

二十三

起伏的山岭上，一个又一个的高碉矮堡，连成了一串。一个有顶盖的碉堡上写着"固若金汤"四个大字。

一间宽敞的瓦屋厅堂，红军总司令部的作战室。

周副主席手执化学铅笔，和刘总参谋长站在挂在墙上的地图旁。地图上标着密密麻麻的碉堡。

刘总参谋长："蒋介石又把五次'围剿'那套本事拿出来啦。"

周副主席："反动派这种玩意儿，总是相信历史会倒着转！"

打草鞋，草鞋好，
运动战是好法宝；
穿上草鞋找战机，
消灭敌人把枪缴。

《草鞋歌》声传来，周副主席走到窗前，倚窗听着歌声，情不自禁地挥动铅笔，边打拍子，边轻轻哼着：

打草鞋，草鞋好，
草鞋是革命的传家宝……

朱总司令坐在门旁打草鞋。他抬头谛听了一下，从口袋里掏出一个红绒球钉在草鞋上，洁白的布筋草鞋衬着红绒球，非常鲜艳。

毛主席走进作战室来，翻了翻《阵中日记》，也来到地图前，边吸烟，边自言自语："这个孙渡就是不动!"

周副主席问："总司令，你是滇军老将，这个孙渡……"

朱总司令把草鞋上的红绒球钉好，用手指弹了一下，边端详边说："我在云南的时候，孙渡虽然才二十四五岁，但在滇军中就初露头角了。我看，他在金沙江边不动，无非是怕我们进他的云南，恶狗挡路。"

毛主席把烟蒂一扔，坚决地说："一定要把他调出来!"

朱总司令看着毛主席的神情，意识到他已经孕育了新的计划，拿着草鞋走到地图前。

毛主席："我们再过赤水河。"说着，用铅笔从茅台画向西北，直到古蔺。

周副主席："再造一个北渡长江的声势?"

刘总参谋长有所领悟："噢! 叫周浑元纵队跟我们向西走!"

毛主席："还要叫吴奇伟纵队过乌江向北，走得远远的。"

刘总参谋长："这样乌江以南就空虚了。"

朱总司令一拍大腿："妙! 我们往南边一走，就有好戏看了!"

周副主席也高兴地说："对，中央军回头来不及，桂军他不敢用，就只有把滇军往东调，这样，云南的大门就敞开了!"

毛主席点头，一字一字地说："只要能把滇军调出来，就是胜利。"

朱总司令连连称赞："妙，妙极了!"

毛主席踱了几步，诡秘地一笑："先耍一个小花招，叫蒋介石少睡几夜好觉。"

二十四

重庆，范庄。

深夜。幽暗的台灯下，台历正翻在1935年3月13日。

蒋介石轻声读着电报："……共军骤然与我军脱离接触，所有电台均销声匿迹。我各部队深入搜索数十里均未发现任何迹象。"

蒋介石紧皱双眉，自言自语："他们想干什么？"

台历翻到3月15日。蒋介石愤怒地走来走去……

"出来了！出来了！"王道之狂喜地边喊边走进来，看到蒋介石，自觉失态，赶紧收敛，阿谀地说："果然不出校长所料，共军的电台都出来了，先出来的是共军总部的那个编号三……"

蒋介石急问："方位？"

王道之："集中在茅台附近。"

蒋介石："噢，他们又要北渡长江！"

王道之："从赤水河到长江，我们已构筑了四道封锁线。"

蒋介石沉思了一会儿，点点头："我倒想到贵州走走。"

王道之趁机献策："是该叫王家烈下台的时候了。"

蒋介石："你先去贵阳，要薛伯陵盯牢共军。唵，我不日飞黔。"

二十五

字幕：3月16日，红军第三次来到赤水河，在茅台镇渡河西进。

赤水河上，两架敌机在盘旋、轰炸、扫射。穿过烟雾和水柱，红军部队正成四路纵队通过浮桥。

赤水河东岸茅台镇。"义成老烧房"的屋脊上，刘洪和另一个机枪手在对空射击。一架敌机中弹起火。

钟晓带着几个游击队队员和群众走来，大喊："好，打得好！"

高翔匆匆走来，和钟晓握手。

钟晓兴奋地说："老高，你们连也从这里过河吗？"

葛向明嘴快地说："钟大姐，老高现在是我们的团长啦！"

钟晓欣喜地说："我早就看出老高不是个普通的战士。"

"钟晓同志！"高翔严肃地说，"我永远是一个普通的战士！"

钟晓连连点头："对，你过去是团长水平的战士，现在是战士身份的团长！"

高翔四下打量着问："范天亮同志呢？"

钟晓："总部要他负责侦察中央军的行动，我负责保护附近渡口的道路、船只、桥梁。"

一阵军号声传来。

司号员洪振声向高翔报告："团长，命令我们过河了。"

夜。数以千计的火把，组成了一条看不见首尾的赤色巨龙，蜿蜒行进在群山之中。

风吹火把，噼啪作响，火花四溅。程万里带领一连战士高举火把大步前进，

另一条山路上，陈刚高举火把带领部队前进。

贵阳，国民党军前敌总指挥部，一参谋正在向薛岳报告："据空军和谍报人员侦察，共军主力渡过赤水河后，继续西窜，火把如龙，炊烟四起……"

薛岳苦恼地搔着头皮："共军非但没有分散游击，反而全军西去，实在叫人担忧。"

王道之："共军这样大规模日夜兼程行动，定是过江心切，伯陵兄，这可是机不可失、时不再来呀！"

薛岳手指地图，口授命令："命令滇军从西面拦击，川军从北面堵截，周纵队速过赤水河尾追。"

参谋刚转身要走，王道之示意暂等。然后走到薛岳身边，低声地说："伯陵兄，洗雪遵义之耻，在此一举，这吴纵队……"

薛岳摇摇头："吴纵队北去，我们乌江以南就空啦，他们要是再来一次示形于西而击于东……"

王道之阴险地说："委座不久就要抵黔，要是贻误了战机，你我可是担当不起呀！"

薛岳犹豫地踱了几步，终于下定决心："命令吴纵队北渡乌江，随周纵队西进，参加合围。"

二十六

山坡上一座山神庙前，拴了几匹马。庙里传出电台的马达声。毛主席吸着烟焦灼地踱着步子，时而停步听听庙里的声音，时而看看庙前山路上正在前进的队伍。

又一支香烟吸完了。毛主席掏出空烟盒，扔掉，周副主席从庙里走出来。毛主席疾走几步迎上去，周副主席摇了摇了头，毛主席掏摸所有衣袋，仍没有找到香烟。

周副主席关切地说："你休息一下吧。有了消息，我立刻告诉你！"

毛主席沉思半晌，突然问道："你估计吴奇伟会不会过乌江？"

周副主席："按说应该过来！"

毛主席自语地："是啊，可为什么老是不见他过江的消息呢？"

周副主席突然注意起山下。山下有两个人影急速地向山神庙奔来。

人影越来越近，原来是李铁子和范天亮。周副主席急忙迎了上去。

范天亮喊道：“周副主席，吴奇伟过乌江了！”

毛主席听到喊声，快步跑了过来，问道：“确实？”

李铁子肯定地说：“确实！我们亲眼看到的，还捉了他们后卫部队的一个传令官！”

“人呢？”周副主席问。

范天亮腼腆地说：“带着太累赘，就，就把他藏在一个山洞里！”

毛主席高兴地拍着李铁子和范天亮的肩膀，连声说：“谢谢你们俩，谢谢你们俩！”又转向周副主席，“你按计划部署吧。”说罢，转身对警卫员喊道，“小胡，来包烟！”

山神庙里，参谋们在收拾文件，电话员在拆电话机、收线。

周副主席在蜡烛光下看地图。

高翔：“报告！”

周副主席抬起头来，亲切地说：“来！来！”

高翔、卢青松走到桌子前。

周副主席：“这次三渡赤水河，是全军大佯动，意图是把敌人往西调，现在，敌人已经开始被调动了，我军主力就要回师东进。你们团的任务是伪装全军，拖上敌人，继续向西北前进。”

高翔举起蜡烛，和卢青松俯向地图，注视着周副主席用铅笔点着地图上的两个字：古蔺。

周副主席：“一路上要大造声势，诱使敌人误以为我军主力企图由这里向北渡江。中央军追过赤水河，你们的任务就完成了。”

高翔有所领悟：“造成敌人在东面的空虚……”

周副主席微微一笑：“暂时还不能把整个战役意图告诉你们，先按命令执行。你们在执行过程中，会越来越清楚的。”稍停，又叮咛道，“你们当然懂得全局和局部的关系。为了全局，要很好地挑起重担。希望你们既能够拖住敌人，又能够全团安全返回，追上主力。”

刘总参谋长问刘重光：“给他们准备的红旗呢？”

刘重光抱过一大捆红旗：“准备好了。”

刘总参谋长又问：“张兰呢？”

张兰背着背包，着装整齐地站在门口。

刘总参谋长：“她是总部最好的报务员，你们一定要很好地保护她。从现在开始，每个小时同总部联系一次。”

高翔：“是。”

周副主席嘱咐说：“要注意掌握敌情，特别要注意滇军。”

高翔：“注意滇军？”

刘总参谋长：“毛主席在部署这次行动的时候说过：只要能将滇军调出来，就是胜利！”

高翔更加不解：“那——”

周副主席微微一笑，又问刘总参谋长：“毛主席还有什么要向他们交代的？”

刘总参谋长：“主席在路边上等他们，说要亲自看看‘瑞金团’。”

山神庙外不远处的岔路口上，“瑞金团”的部队正在路边休息，战士们有的倚着背包，有的互靠着脊背在打盹。

毛主席轻脚轻步地从战士们身边慢慢走过。警卫员小胡提盏马灯跟在后边。

毛主席接过马灯，在一个睡着的战士身边蹲下，仔细看着战士的脚，又伸手轻轻抚摸着，低声地说：“打泡啦！”

毛主席又来到葛向明身边，当他认出了葛向明，又发现他腰间挂着三双草鞋时，久久地注视着他。

连长程万里来到毛主席身边："首长，我来检查，你快去休息吧!"

"嘘——"毛主席摆手示意不要惊醒战士，他把张幸福放在胸口的手轻轻拿开，张幸福醒了，一骨碌爬起来，怔怔地望着。

"睡吧，同志，再睡一会儿！……"毛主席抱歉地拍着张幸福。

张幸福揉了揉眼，倒身又睡了。毛主席满含深情地望着战士们。

高翔、卢青松走到毛主席面前。

毛主席亲切地抚摸着他俩，半晌才问高翔："还记得第三次反'围剿'的情形吗?"

高翔激动地说："记得，我们十二军冒充全军，拖着敌人主力，向东北乐安方向佯动……"

卢青松紧接上去："主席亲率主力，向西南挺进，通过兴国二十里的间隙，跳出了敌人的包围圈!"

毛主席："你们这次的任务和那次很相似。一个团要拖上敌人几十个团，你们的臂力怎么样?"

高翔："军委派我们去，就是相信我们能够拖住这些敌人!"

毛主席深沉地说："要把敌人拖走，还要安全地回来。"接着重又叮咛，"安全返回!"

毛主席目送远去的高翔、卢青松，目送着远去的部队……

二十七

火把高举。程万里带着连队在前进。

陈刚带着一支没有火把的部队，迎面擦肩而过。队列里紧张地传着口令："跟上!""跑步跟上!"……

葛向明伏在葛向光耳边："哥，他们的火把呢?"

葛向光摇了摇头。

葛向明又凑近刘洪："政治战士，他们怎么往回走?"

刘洪："大队往回走，咱们往前走，这里边就有名堂了。"

高翔突然出现在队列里，接过刘洪的机枪，边走边说："政治战士，你看出了什么名堂?"

刘洪思索了一下："是不是要牵着敌人的鼻子，再往西北引?"

高翔："你看能牵得动吗?"

"想办法嘛!"刘洪说，"三个臭皮匠，赛过诸葛亮，咱们这么多人，该能顶多少个诸葛亮?!"

高翔满意地笑了。

一支火把变成了一串火把。

河岸边的山路上，战士们每人挑着长竹竿，前面扎着三支火把，后面扎着三支火把，拉开距离前进着。

清清的河水，映现出一条火龙。

山坡上，敌军侦察兵惊慌地看着一条又一条的火龙。

早晨村头上，程万里、刘洪和陈英姑，带领战士们在张贴和刷写标语。标语的署名有："红军河南部宣""红军湖南部宣""红军东城部宣""红军西城部宣"……

中午，同一个村头上，疲惫不堪的国民党川军部队缓步走过。突然发现各式标语，惊呼、议论着。

树林里，勇伯劳领着战士东一个西一个地挖着锅灶。刘洪、葛向明等在已经挖好的灶坑里燃着湿漉漉的柴草，冒出浓烟。陈英姑正在吹火，被呛得不断咳嗽。

几棵大树梢头，葛向光等在摇着红旗。

国民党飞机从树林上空慢慢掠过。

树林里，张兰戴着耳机，熟练地敲击着电键。

国民党前敌总指挥部，王道之和薛岳匆匆读着一份份情报。

王道之突然失声："啊！编号三！共军总部在古蔺方向！"

二十八

字幕："3月21日，主力红军分别在二郎滩至林滩地段，第四次渡过赤水河。"

夕阳西下，赤水河东岸的群山笼罩在暮色里。

山梁一侧的大路上，密集的国民党中央军正在行进。另一侧的山路上，插着伪装的红军部队，正穿过丛林草莽，和中央军相背而过。

部队从那座写有"固若金汤"的大碉堡附近通过。陈刚抬头看去，几只麻雀从枪眼里飞出。

黑夜，大雨倾盆。敌军的摩托巡逻车，亮着灯，飞驰而过，泥水四溅。车到公路拐弯处，减低了速度，灯光慢慢掠过路边的草丛。

草丛中，毛主席和周副主席正在注视着一辆辆敌车，雨水沿着他们的脸颊、胡须流下来。

敌巡逻车过完，陈刚从路边的草丛中站起，一挥手，奔上公路，指挥部队迅速穿越公路。

一支机关队伍正在过路。牲口、挑子拥挤地走过。一个年岁很大的老人，在警卫员搀扶下走过。几个女同志脚步蹒跚地走过。

又有一支战斗部队插了上来。公路上出现了短暂的混乱。

“快，快！”陈刚焦灼地跺了跺脚，“怎么搞的？乱弹琴！”

一个身穿雨衣，拄着一根棍子的人来到陈刚身旁，他打了一个趔趄。陈刚急忙上前扶住，惊呼：“总司令，请你快过封锁线！”

朱总司令用棍子向公路一侧一指，陈刚转头看去，只见毛主席和周副主席站在公路边的一个塄坎处，两个人一个在上，一个在下，一个推，一个拉，把一位蓄着长须的老同志推拉上塄坎。

陈刚哀求地说：“总司令，请你帮我把他们动员走吧！”

朱总司令动情地说：“恐怕不好办哩，试试看吧！”说着和陈刚一起向毛主席、周副主席走去。

朱总司令来到毛主席身边：“人家警卫部队的指挥员要我动员你们赶快离开公路哩！”

毛主席未注意到陈刚，说道：“趁他还没有给我们下命令，快……”说着又把一副伙食担子推上塄坎。

陈刚想笑，急忙捂住了嘴，接着故作严肃地说：“毛主席，周副主席，你们停留在封锁线上，这是违反总部规定的。”

毛主席风趣地向周副主席和朱总司令说：“规定？刘总参谋长怎么没通知我们啊？那咱们就赶快服从命令吧！”话音刚落，远处出现了灯光，毛主席又立即对横越公路的部队鼓动说：“同志们，快呀，跑步！”

陈刚急得跺脚，大声命令：“侦察排，护送首长离开公路！”

李铁子闻声跑来。

毛主席连声说：“服从命令。不用护送，不用护送！”

周副主席也附和着说：“我们自己走，自己走！”说着伸手把毛主席拉上塄坎，毛主席和周副主席又一齐把朱总司令拉了上去。

毛主席："我们也该下个命令，叫'瑞金团'向后转了！"

雨不停地下着。炮弹在山坡上新搭起的一个茅棚周围爆炸。

茅棚里，高翔对着中学地理挂图，一面标着国民党追堵部队的位置，一面转向身后的卢青松，欣喜地说："政委，敌人都上来了！"

卢青松默默望着地图："一个团，拖上了川军十五个团、中央军六个师，还看住了滇军的四个旅，分量真不轻啊！"

高翔长长地伸了个懒腰："现在，我倒觉得轻松多了。"

枪炮声越来越近，一颗炮弹在附近爆炸。茅棚剧烈地摇晃着。

茅棚一角，张兰焦灼地敲击电键，汗珠布满前额。

大雨，树林。临时用油布搭的帐篷。

毛主席戴着竹笠，冒雨站在帐篷前，不安地谛听着远方零落的枪声。朱总司令打着雨伞走来，毛主席急忙问："敌情有变化？"

战马嘶鸣。刘重光飞奔而来，下马向毛主席报告："周浑元纵队已经过了赤水河。吴奇伟纵队也赶到了赤水河沿线，正准备渡河……"

朱总司令："动作还不慢嘛！"

刘重光急忙从皮包里拿出一些白纸，递给毛主席说："这是刚收到的敌台广播。"

突然，毛主席叫道："噢！蒋介石3月24日到了贵阳。"

朱总司令沉思地说："老将都歪出来了，可能要搞点啥子名堂。"

毛主席眼里放射着喜悦的光，口中念念有词地说："老将歪出来了……贵阳地区兵力空虚，'将军'……'抽车'……"

朱总司令："走，进帐篷去商量！"

帐篷里，毛主席的铁皮文件箱上放着地图。毛主席吸着烟踱步沉思；周副主席和朱总司令围着地图低声议论着。毛主席停步，周副主席急忙招呼拿着纸和笔的刘重光在文件箱旁坐下。

毛主席丢掉烟蒂，跨到文件箱前，口述电令："即刻到，各军团首长：我野战军务于31日前渡过乌江，向南寻求新的机动。"

刘重光迅速记录着。

毛主席继续口述："致九军团，即刻到。暂留马鬃岭地区牵制敌周、吴纵队，监视滇军，以配合我主力作战。"

刘重光站起身将电稿交毛主席。毛主席、周副主席和朱总司令在电报上签字。

毛主席从口袋里掏出一张纸，在上面改了几个字，交给刘重光说："和'瑞金团'联系上立即发出。"

正在这个时候，小胡把头伸进帐篷喊道："天晴了！"

二十九

阳光射进茅草棚，张兰把一份电报交给高翔和卢青松。

高翔轻声地说："高、卢：敌军主力已北调，乌江南岸空虚，蒋介石已抵贵阳，野战军决定南渡乌江实施新的机动。"

卢青松接上去读："望你团胜利突出重围。渡过乌江之后，进至新场地域待机。"

高翔兴高采烈地说："立即出发！"

晨曦中的赤水河，朝霞映照着大黄桷树。盐妹子骑在树杈上，左看右瞧，突然转身喊道："来了！来了！"

赤水河岸边的山路上，高翔，卢青松正带领部队走来。

赤水河的河岔里，十几只小船飞一样驶出。

赤水河里波翻浪涌。十几只满载红军的小船，破浪前进。

赤水伯正在撑船，风吹动着他银白的胡须；范大妈在奋力摇橹，白发被吹得不停地飘拂。

赤水河东岸高山屹立，红军部队正沿着山路前进。

赤水河岸边，高翔、卢青松、张幸福等人正在向群众告别。

卢青松紧握着钟晓的手低声说着什么。赤水伯拍着张幸福的肩膀，叮嘱着。

范大妈边抚摸着高翔，边激动地说："去吧！替我向毛主席、周副主席、朱总司令捎个好！"

盐妹子插话："也给我捎个好！"

山路上，红军部队越走越远……

第五章

三十

字幕：3月31日，红军除红九军团留在乌江以北机动外，主力全部南渡乌江。

贵阳城内。大街上，滑竿一抬接着一抬，上面坐着神色张皇的土豪、财主，挑子一担接着一担，有箱笼，有铺盖卷。慌乱一团。

獐头鼠目的神父大惊小怪地说："共军攻打息烽北门，一个炮弹落在教堂门口，轰隆一声……"

太太、小姐们惊呼，抹泪。

西装革履的中年人："共军已经过修文了。难怪老百姓都说：白军是条狗，红军牵起走；牵来牵去，弄得老窝也要保不住啦!”

一个老保丁敲着竹梆，凄怆地叫喊：“县府告示，国军力量雄厚，贵阳固若金汤，勿听谣言，务必保持安定……”

叫喊声里，一家店铺的门缝里伸出一张惊惶的脸，迅即缩了回去。

国民党军前敌总指挥部。

薛岳倒背着手，沉思地踱步。然后双手一摊，叹了口气：“道之，连地方军队算上，我手里总共只有四个团！我军主力远在赤水河西岸，已经命令他们火速转进。刚才又发出了万万火急电令，催促他们日夜兼程赶回。”

王道之摇摇头：“只怕远水救不了近火!”

薛岳：“近处就只有广西军队，但是大股共军东去，有去湘西和他们的二、六军团会合之势，广西军队要协同湖南军队进行防堵。”

王道之急挥手：“广西军队？请神容易送神难哪!”

薛岳：“当前，就只有个云南军队可调啦!”

王道之像被蝎子蜇了似的：“什么？东调滇军?”

“当然，绝不能做这样的蠢事，滇军一动，云南的大门就打开了，金沙江也就暴露了。我还是那个老主意：不动!”薛岳平静了一下，痛心疾首地说，“道之啊，自从共军指挥易人，我军一再失误，如若共军再来个新花招……”

王道之离开地图，忧心忡忡地说：“伯陵兄，委员长驻跸贵阳，这千斤重担……”

三十一

红军总司令部作战室。

朱总司令狡黠地一笑：“老‘将’歪出来，‘将军’也就容易了。”

毛主席也笑了："我倒是布了两只子，想'将'他一军，就看起不起作用了……"

朱总司令："噢，你指的是'瑞金团'和'兴国团'！"

周副主席问刘总参谋长："'兴国团'到达什么位置？"

刘总参谋长："已经给一军团发报查问了。"

周副主席："'瑞金团'是否到达了新场以南？"

刘总参谋长："电台失去联系，还不清楚他们的具体位置。"

毛主席边看《阵中日记》边说："九军团留在乌江以北，任务可艰巨了！"

周副主席："已经电令他们迅速向毕节、大定前进，转到敌人后方去，策应这边主力的行动。"

毛主席点头，放下《阵中日记》沉思，问刘总参谋长："吴奇伟纵队的欧师和梁师的行动查清了？"

刘总参谋长俯向地图指"羊场"字样。

毛主席俯向地图。少顷，抬起头来："兵不厌诈！用不断地佯动造成敌人的错误，把战争的主动权完全掌握在我军手里！"

周副主席指着地图上的"贵阳"附近："这里戳一下。"

毛主席吸了一口烟，点头。

周副主席指着地图上的"黄平""瓮安"一带："这里戳一下。"

毛主席又吸了一口烟，点头。

周副主席指着地图上的"清水江"："这里架两座浮桥。"

毛主席扳着手指，默默地计算一下，然后右手压着左手的大拇指："首先，趁着蒋介石在贵阳，造成打贵阳的声势，先把滇军调出来。"右手又压着左手的食指，"再呢，造成敌人认为我军要东去与二、六军团会合的错觉，再把滇军向东引，甩到我军后面，我们就可像蛟龙入海自由遨游了。"接着把中指、无名指依次压下，"周副主席，我看就下这几着儿棋！”

周副主席点了点头。

刘总参谋长：“我担心‘瑞金团’联系不上，第一着儿棋就落空了！”

三十二

山坡上，修竹转绕着的几间瓦屋。

电话员在拉线，参谋、通信员在来往奔走，一片战前忙碌景象。

卢青松：“总部和军团的电台都联系不上。”

高翔紧皱双眉：“派出去的侦察员，都没有找到我军主力。”他从皮包中掏出中学地理挂图，俯身细看。

卢青松又轻轻地踱进响着马达的内室。

张兰机械地敲击电键，解释地说：“主力在东边，就是联系不上！电台功率太低，又碰上这地方山多气候坏……”

卢青松缓缓地点点头。

张兰烦躁地敲着电键。

卢青松轻步走进厅堂，只见高翔搓着双手：“威逼贵阳——威逼——”

卢青松看着高翔的神情：“有新的想法了？”

高翔：“政委，为了进一步调动敌人，我们就应该凭借主力造成的声势，利用贵阳敌人兵力空虚的有利时机，积极动作，威逼贵阳。黑水铺是敌人的兵站部，敌人军火装备、粮秣的总补给点，只有两个连防守，戳它一下！”

卢青松一笑：“在蒋介石的伤口上再撒上一把盐？”

高翔：“对，叫他疼得出汗，疼得打滚！疼得他非调滇军不可！”

卢青松满意地望着高翔。

“可就是……”卢青松踱了几步，慎重地说，“和上级联系不上，我们的行动一时还不能取得军委和军团的批准……”

高翔猛回过头来：“党把我们这些党员派到战斗岗位上，是要我们根据实际情况，积极主动地去争取胜利！”

卢青松深为感动地握住高翔的手：“好，我支持你根据军委的意图做必要的机断专行！电台叫通以后，我向上级报告！”

“干！”高翔一拳捶在中学地理挂图上……

红军总司令部作战室。

周副主席指着桌子上的地图，和刘总参谋长议论着。

朱总司令兴冲冲地从外面走进来说：“新场以南打起来了，是哪个部队？”

刘总参谋长没有把握地说：“‘兴国团’？”

朱总司令摇了摇头：“不会。‘兴国团’没有到达指定位置！”

刘总参谋长想了一想：“会不会是‘瑞金团’？按日程计算，他们刚好赶到这一带。”

朱总司令：“打到蒋介石的大门口，这就触动他的神经了！”

毛主席夹着一大卷报纸，小胡背着一背篓线装书走进门来。

朱总司令情绪仍很兴奋，打趣道：“毛主席打土豪打到孔老二头上了。”

“岂止是孔老二？收获大着哩！”毛主席把报纸摊开，有《大公报》《申报》等，指了指大字标题。

驻津日军分赴省公署及北洋大学示威

北平学联发表声明：华北之大竟然放不下一张课桌

北平军分会何应钦代委员长欢宴友邦梅津司令官

朱总司令厌恶地说:“这些卖国贼!”

周副主席感慨地说:“国家的兴衰,民族的存亡,人民的安危,都担在我们肩上了!”

毛主席又指着《大公报》上的一条消息:

法国议会选举人民阵线初步获胜

毛主席有点激动地说:“国内外形势剧烈动荡,主要矛盾正在转化,国际反法西斯和国内抗日救亡的高潮即将掀起,我们共产党人必须负起领导责任!我党中央务必迅速率领中央红军北上,推动民族民主革命!”

刘总参谋长:“很可惜,眼下还只能是贵阳、新场。”

毛主席爽朗地大笑:“听到新场以南打起来了,我就不考虑贵阳了。”

周副主席在篓里翻检着,他举着几册《蛮书》《蛮司合志》:“看,这是云南的地方志。毛主席的兴趣在云南了!”

毛主席:“只要贵阳城下枪声一响,这盘棋就全活了。我军就可以从内线跳到外线,挥师北上。新的局面就要出现在我们面前了。同志哥,我真想听听那边的枪声啊!”

三十三

新占领的市镇几间瓦屋的屋脊上,程力里正指挥刘洪的机枪瞄向镇子,不时发射几个点发。

高翔带着参谋、电话员等一行人走过来。

程万里兴奋地喊:“团长,镇子里的敌人乱了营啦!”

“好哇！”高翔命令，“继续进攻，不给敌人喘息的机会。”

程万里一挥手，刘洪提着机枪，沿着屋脊，向前跃进。

高翔又命令参谋：“指挥所就设在这里。”他抬头看到了掠空而过的电话线，对电话员说：“留部单机，把线头接在那根电线上。”接着又向拎着标语桶的陈英姑招招手，“英姑，来，给你个特殊任务。”

陈英姑：“特殊任务？”

高翔：“你把敌人讲的话记下来，马上报告！”

陈英姑好奇地捧起了电话听筒。

贵阳。国民党前敌总指挥部。

薛岳放下电话听筒：“共军攻打黑水铺，兵站部的军械仓库被占。”

王道之大惊：“噢！”

薛岳：“我军的补给……”

王道之：“伯陵兄，补给事小，惊动了委员长夫妇……”

薛岳踱步良久，果断地说：“派一个营夺回黑水铺。”

王道之一惊：“一个营？白送礼呀！”

薛岳冷笑一声：“我倒要看看，这份礼他们敢不敢收？”他略一沉思，“后面再派两个加强营跟进。”

王道之会意：“噢，噢。”

团指挥所里传来手摇马达声。

高翔在踱着步子沉思。

卢青松：“狡猾！我们不打，敌人就会判断我们兵力不足，只是佯动；打，只要一下子吃不掉它，敌人也会得出同样的判断……”

高翔停住了脚，果断地说：“打！三个营都拿上去，先把敌人前出的一个营吃掉！”

卢青松："预备队？"

高翔："留个特务连。"

卢青松："下一步……"

高翔："把敌人前出部队吃掉以后，继续扑向敌人纵深，再狡猾的敌人也弄不清我们多少兵力、什么意图了！"

卢青松点了点头。

国民党军队渐渐走进山沟。

四面八方响起了枪声。

贵阳。毛光翔公馆二楼。蒋介石烦躁地踱来踱去。

薛岳夹着地图，和王道之笔直地站在房间门口。

蒋介石："我的薛总指挥！追剿，追剿，倒把共军追到家门口，剿到我的头上来了，唵唵……"

薛岳欲言又止。

蒋介石又踱了几步，停住脚："过来。"

薛岳走到蒋介石旁边，把地图摊在桌子上。

蒋介石在地图上乱指："这里……这里，清镇机场……顶顶重要……还有这里，唵，工事，要加强！"

王道之抢上一步："已经命令城防司令，切实控制清镇机场。"他又低声地说："还有一条便道，可以不经清镇，从南门出去，经花溪，走平坝，到安顺。我已挑选三十名忠实可靠的向导，预备十二匹好马和两顶小轿到行营听用。"

薛岳向王道之使眼色。

王道之试探地说："校长统率全军，何必留此危城，不如……"

蒋介石好像被刺痛了，略一愣怔："蠢！"

薛岳又向王道之使眼色。

王道之又试探地说："为了确保贵阳的安全，是否调滇军……"

蒋介石盯着王道之："蠢——蠢话！"

蒋介石烦躁地踱来踱去，马靴声敲击着楼板……

三十四

枪声和电键声交织在一起。

十五瓦手摇马达在转动。

张兰的脸渐渐和缓，她的手在紧张地抄报。

卢青松欣喜地望着她。

高翔大步走进来，高兴地说："全镇都占领啦，敌人前出的一个营也干净利索地收拾了！"说完，喝起水来。

卢青松接过电报，迅速看下去。他双眉紧蹙，神情愈来愈严肃。

高翔急问："政委，总部怎么说？"

"不，军团的。林彪军团长一个人签名的电报。"卢青松声音沉重，"他不同意我们的战斗行动。"

高翔一惊："什么！"

卢青松："军团长说，我军处于敌战略包围之中，应该力求避免战斗，说我们团盲目行动，既疲劳了部队，又将使全军难以摆脱敌人。要我们团立即撤出战斗，并要追究团指挥员的责任！"

高翔接过电报，默默地在墙根边坐下来。

卢青松坐到高翔身边，抚住了他的肩膀。

高翔向卢青松伸出手来，卢青松把烟袋和一片纸放到他的手里。

高翔卷烟，但是怎么也卷不好，烟末撒到地上。

接连几发炮弹在近处爆炸，对面的院墙呼啦一声倾倒了。

高翔猛然站起："这样关键时刻，撤出战斗，就会前功尽弃！"

卢青松果断地说："我是政治委员，我负政治上的全部责任！继续按原定计划执行，我去向军团长申述理由。"

高翔激动地叫了一声："政委！"紧紧握住了卢青松的手。

张兰笑意泛上脸颊："叫通了。和总部叫通了！"

高翔狂喜地说："立即和总部通报，报告中央军委，报告毛主席！"

十五瓦手摇马达在转动。

张兰急促地敲击电键。

枪炮声更紧。枪炮声和电键声交织在一起。

张兰发出了最后一组电码，理了理头发，轻松地吁了一口气。

突然，一发炮弹在房子顶上爆炸，一片硝烟。

硝烟散去。

摇机员扑倒在马达上。

负伤的张兰坐在断墙下，紧抱着被炸坏了的收发报机……

高翔一拳砸在桌子上："继续向前推进！"

国民党军前敌总指挥部。

王道之握着电话听筒，神情紧张："……什么，共军电台'编号三'出现在黑水铺附近？……继续侦察……"

薛岳俯向地图。

王道之忧心忡忡："难怪共军攻势很猛，原来是共军总部直接指挥的。"指楼板，"必然是冲着他来的……"

楼板上沉重的马靴声。

光秃脑袋的蒋介石烦躁地踱来踱去。

王道之自言自语地："委员长啊委员长，你早不来贵阳迟不来贵阳，正好赶上这么个好时辰！"

薛岳被触动："道之，共军行动违背常规，我还是担心他下的这步棋是：抽车‘将’军。”苦笑地说，“到时候，也只能舍车保帅了！”

一个参谋跑进来报告：“东北方向发现一支共军部队，正以急行军接近黑水铺。”

薛岳一惊，化学铅笔掉在地图上。

楼板上沉重的马靴声。

光秃脑袋的蒋介石烦躁地踱来踱去。

王道之颓丧地躺在藤椅里，苦恼地说：“东调滇军，这是饮鸩止渴啊！”

楼板上沉重的马靴声。

光秃脑袋的蒋介石烦躁地踱来踱去。

薛岳苦笑着说：“这杯毒酒，看来不得不喝下去！”

王道之抱着一线希望：“就看后续两个加强营的攻击是否奏效了……”

三十五

团指挥所。

高翔紧张地听着电话：“一营营长吗？什么？敌人两个营猛攻你们的阵地。坚决顶住，我立刻调部队支援你们。”

“不必啦！”秦逸风突然出现在门口，挡住了高翔，“我带来了军团长的命令，立即撤出战斗。”

高翔愤怒地：“你？……”

卢青松走过来：“秦处长，我去见军团长，申述理由。”

秦逸风甚为嚣张说：“你怎么也跟着高翔盲目蛮干？”

卢青松严肃地：“秦逸风同志，打不打这一仗，不是个人问题！”

秦逸风：“你们也知道这事有关全军?！你们是在太岁头上动土，各路大军前来‘保驾’，这将使我军陷入重围！”

卢青松略一思忖，冷静地说："秦处长，你说该怎么办？"

秦逸风："你们还不明白？'宁都团'已在清水江架设浮桥。"

高翔："军委的意图是调出滇军。可以判断，这是佯动。"

秦逸风："当前是东进湘西，和二、六军团会师的最好时机！"

高翔激愤地说："这样干，要破坏军委的战略部署！"

秦逸风："哼！如果去年12月不在通道转兵，早就和二、六军团会师了！你应该记住通道那个教训……"

"通道？教训？"高翔抑制的愤懑倾泻而出，"个人的荣辱算得了什么？革命的成败、红军的存亡、党的安危，这才是严重的问题。"

说罢，大步跨到了断墙边，向参谋命令："通知特务连，立即出击。"

"不行！"秦逸风对着参谋，"通知部队，立即撤出战斗！"

"过来！"卢青松叫过参谋，"我是团的政治委员，有责任保证军委意图的贯彻执行。我命令：特务连随我出击！"

秦逸风咆哮地说："你，你，你要对此承担全部责任！"

卢青松带着参谋等跑出门去。

门外，传来卢青松激动人心的喊声："同志们，跟我来！"

张兰从陈英姑怀里挣扎起来，提着手枪跑出门去。

陈英姑放下听筒，刚要跑去，高翔指了指听筒，陈英姑无奈地退回墙角，拿起了听筒。

秦逸风色厉内荏："高翔，你不能走！"

"秦逸风，没有军委的命令，我绝不离开指挥位置！"高翔不顾秦逸风，走到桌边，拿起电话筒，"二营营长吗？看到左前方大庙了吗？……对，你也判断它是个指挥机关。……动作要猛！……目的是错乱敌人指挥系统，策应一营！"

国民党军前敌总指挥部。

王道之放下电话，重重地出了口气："……反击奏效，把他们挡住了。"

薛岳一声狞笑，接着疲乏地倒在沙发上。

阵地上，浓烟烈火，弹痕累累的红旗在迎风招展。

残破的工事里，程万里带着战士们用枪托、铁锹和反扑过来的敌兵搏斗。

卢青松跃上阵地，从地上捡起一支上着刺刀的步枪。大吼一声："杀呀!"扑向敌人。

特务连的战士们也一齐喊着杀声扑向敌人。

肉搏战继续着。敌人越来越多……

忽然，朱总司令脸上淌着汗，敞着怀，手提驳壳枪出现在阵地一侧。后面紧跟着陈刚和"兴国团"的战士们。

一串子弹钻进朱总司令面前的土里，李铁子抢上一步护住朱总司令。朱总司令拉开李铁子，挥动驳壳枪，连续击毙了两个敌人，接着高声喊道："同志们，坚决把敌人压下去!"

陈刚和战士们，立即把成排的手榴弹投向冲上来的敌人。

朱总司令在一棵松树下叉腰站定。被子弹击断的松枝、松针，纷纷落到他的身上。他镇定地擦着汗水，转身命令："司号员，吹冲锋号!"

冲锋号声里，程万里高喊："掌旗兵！掌旗兵!"

葛向光一跃而起，高举红旗，向前冲去。

卢青松奋臂高呼："前进!"向溃退的敌兵冲去。

战士们呼喊着，向前冲去。

葛向光一个踉跄，跌坐在地上。他的胸口涌出鲜血，撑住旗杆，倚在一块山石上，红旗在他手里猎猎飘动。他举目四望，喊：“明伢子!”

葛向明跑到葛向光身边，叫了声“哥!”伸手扶住了他。

葛向光推开了弟弟的手：“红旗!”

葛向明接过了红旗。

葛向光拉下腰间打草鞋的码子，交到弟弟手里，叮咛着说：“跟着毛主席，革命到底!”然后抬手指着前面，奋力高呼，“同志们，前进！——”

葛向明擎着红旗冲向浓烟烈火。烟熏火燎中，他跌坐在残破的工事上，红旗在慢慢倾斜。

程万里高呼：“掌旗兵，前进!”

葛向明撑着旗杆站起，旗杆折断……

卢青松冲上去，从葛向明手里抓过半截旗杆，举起红旗，冲进浓烟烈火。

张兰、勇伯劳紧跟卢青松冲进烈火。

程万里挥舞大刀，刘洪、张幸福……纷纷冲向烈火。

卢青松一个踉跄，赶紧站直身子，手按左胸，鲜血渗过手指……

国民党军前敌总指挥部。

王道之匆匆走进来：“伯陵兄，委员长把文件都烧了。乱叫乱骂，说你我存心不良，想把他出卖给红军，如果再不调滇军……”

薛岳脸上汗水顺颊流下。

蒋介石突然出现在门口。

王道之疾步走向蒋介石：“委座，当今之计——”

蒋介石有气无力地说：“调——滇——军!”

王道之捧着蒋介石专用的白玉管毛笔，轻轻送上。

蒋介石颤抖地写着："孙渡吾弟，火速增援贵阳。中正手令。"

写罢，砰的一声把笔丢在桌上，笔管断成了几截。

薛岳抹去脸上的汗水，转向王道之："道之，又要辛苦你一趟啦！"又走向电话机，"我先通知孙渡，要他预作准备。"

三十六

枪声沉寂。

高翔双眉紧蹙，凝视远方，侧耳静听。

秦逸风喋喋不休地说："我知道，你对我有成见。其实，完全是误会，我们之间毫无个人恩怨嘛。我秦逸风习惯于执行上级的命令。军人嘛，执行命令是天职！高翔同志，我比你大几岁，可以叫你一声老弟。我也是遇到过人生坎坷的。你看，现在连枪声都听不到了，我看你怎么收拾这个局面。"

陈英姑狂喜的脸。

她一手按住话筒，情不自禁地高喊："蒋介石下命令调滇军了！"

秦逸风沉着脸："吵什么？"

陈英姑把话筒一扬，话筒里传出薛岳的声音："……火速赶来贵阳，火速赶来贵阳！"

高翔抑制不住内心的喜悦，急忙回到屋子。秦逸风也跟进屋子。

人声嘈杂。秦逸风推窗外望。

朱总司令和陈刚、李铁子疾步赶来。

秦逸风疾步走到门口，和朱总司令、陈刚相遇，急忙站定，惊愕后退。

朱总司令严峻地说："秦逸风同志，你这是搞啥子名堂？"

秦逸风支支吾吾："我，我是执行军团长的命令。"

朱总司令严厉地质问："你为什么不执行中央的命令？"

秦逸风低头、语塞。

朱总司令又放缓口气："同志，我看这不单是个服从命令的问题，恐怕还是逃跑主义的恶习未除哩！否则，你怎么只记住了下级服从上级，而忘了全党服从中央呢？你要做深刻检讨哩！"

秦逸风狼狈地走出门去。

高翔叫了一声："总司令！"急奔过去。

朱总司令高兴地说："你们干得好嘛！当前的战役形势十分有利，我带来了'兴国团'，归你指挥，立即投入战斗，扩展胜利！"

"老团长！"李铁子从陈刚身后冲到高翔面前，紧握他的双手，随即又腼腆地向高翔敬礼，站到一边。

陈刚向高翔敬礼："高团长，请下达任务吧！"

高翔："你——"

陈刚："军委原定部署是：我们'兴国团'与你们在新场以南会合，积极佯动，威逼贵阳。你们主动向黑水铺发起攻击，造成了对我军极为有利的态势。总部收到你们的电报后，因为和你们联系不上，朱总司令就亲自带领我们赶来。"

朱总司令轻轻拍着高翔的肩膀："快部署吧！"

高翔用请示的口吻："我想使用'兴国团'向东佯动。"

朱总司令兴奋地说："你是怎么想的？"

高翔："军委命令'宁都团'到清水江架桥，可见还要把敌人向东调。我们应该向东佯动，才能取得紧密配合的效果。"

朱总司令赞许地点着头："说下去！"

高翔："我们向东转移，积极动作，敌人就会认为我军是佯攻贵阳实出清水江。这样，刚刚赶到贵阳的滇军就会继续东调。"

陈刚敬佩地看着高翔。

朱总司令："好，有战略头脑，就照你的想法进行部署。"

电话铃响。

高翔拿起听筒："是呀……你是卢政委……"他不安地问，"政委，你怎么啦?！……"

阵地上，红旗招展。张兰正在给卢青松包扎伤口。

高翔、陈英姑等跟随朱总司令快步来到担架旁。

卢青松慢慢睁开眼。

朱总司令抓住卢青松的手。

卢青松轻声地说："调出滇军——"

高翔："就是胜利。"

卢青松的瞳仁瞬息万变，终于在模糊中看清楚了。轻声地说："总司令……"

朱总司令抓住高翔的手交到卢青松掌中，强忍泪水："让高翔同志完成你的遗志吧！"

卢青松宽慰地笑了，慢慢松开了紧握着高翔的手。

朱总司令的泪珠掉到卢青松的脸上……

三十七

国民党前敌总指挥部。

王道之面有喜色地从内室走进来，坐在孙渡旁边："孙司令官大军一到，共军立即东窜，委座十分嘉勉，全体将士都有犒赏，令由兄弟面交……"

孙渡拆开王道之所交信封，一张五万元的香港汇丰银行的支票赫然在目。

薛岳把一张纸交给王道之："空军报告，共军在清水江架桥。"

王道之恍然大悟地说："现在我才真正弄清了共军的动向！"

薛岳："我早就判断共军进逼贵阳，一是乘虚攻城，一是东进与湘西共军会合，两者之中后者可能性最大。果然，共军向贵阳方向确是佯动，真是不幸而言中了！如今……”

王道之：“如今就用勤王之师追击东去共军！”

黎明之前。湘黔公路上的一个山垭口，红军正在两侧修着工事。

高翔瞩望远方。

东边，山梁的棱线上，部队正在行军，晨曦，映出部队的剪影。

公路上，那辆黑色福特牌小轿车在疾驰。

山坡上，高翔指点着小轿车，问程万里：“认识这辆汽车？”

程万里：“好像在乌江渡口跑掉的那辆！”

王道之和孙渡仰坐在后座上。

王道之：“完全是意外！真想不到他们这次渡赤水河又来个声西击东。”

孙渡沉着脸：“我倒是怕他们这次是声东击西！”

王道之：“你是说金沙江？不会……”

“不会，不会，”孙渡不满地说，“我真不明白，这四十万大军到底是谁在指挥？——是剿共军的指挥部还是红军的指挥部?!”

王道之：“这……”

话犹未了，机枪声骤起。子弹打破车窗，汽车戛然停下。

孙渡猛推开车门，滚下公路边水沟。

王道之抚着胸口，仰身倒在车座上。

程万里提着枪跑到车前，打开车门，注视着尚在喘息的王道之。

王道之喘了几下，微动嘴角：“完了……完了……”脑袋颓然垂在胸前。

刘洪伸手从车座后拉出两捆地图："连长，地图！"

三十八

一条公路傍山而过。

山坡上，刺梨花、蔷薇花、杜鹃花竞相争艳。

凉亭内，刘重光指着山下的公路："这就是湘黔公路，从贵阳向西，直通昆明……"他四顾寻找地图。

高翔打开皮包，拿出了那张中学地理挂图。

这时，四张五万分之一的军用地图展开在他们面前的石桌上，原来是程万里。

高翔一愣："云南地图，哪来的？"

程万里把两捆地图拎了过来，向山下公路上那辆被打坏的小汽车一指。转身指着高翔那张中学地理挂图，恳求地说："团长！"

高翔一笑，交给了他。

刘洪一拉程万里，恳求地说："连长！"

程万里点点头，从挎包里掏出小学地理课本在地图上添了一笔，把红线画到贵阳，然后交给刘洪。

满天朝霞。

毛主席健步登上山坡。展望四周，山河如画。

背着斗笠的周副主席和挎着驳壳枪的朱总司令紧随毛主席身后，登上山坡。

毛主席、周副主席、朱总司令缓缓走进凉亭。

朱总司令走到高翔身边，向地图一瞥，高兴地说："曲靖、沾益、昆明……噢，云南地图！"

高翔和刘重光急忙敬礼。

毛主席与周副主席、朱总司令围拢来看地图。

毛主席伸手在地图上标着湘黔公路的曲线上比量了一下："东边龙里，西边倪儿关，三十华里。一军团佯攻龙里，牵制贵定方面的敌人，三军团控制倪儿关，向贵阳警戒，我们就从这个三十华里的空隙跳出敌人的战略包围。"

周副主席："然后迈开大步，进云南！"

高翔低声问刘重光："我们要到哪里？"

朱总司令听到高翔的问话，大声说："金沙江！"

毛主席从上衣口袋里拿出红色铅笔，在地图上，穿过湘黔公路，向南又折转向西、向北画出一条长长的红线，直到金沙江边。

"一篇文章做完了！"周副主席响起朗朗的笑声，赞叹着，"这真是毛主席的得意之笔！"

三十九

字幕：5月3日，红军夺取了金沙江渡口皎平渡，胜利渡江北上。

金沙江两岸，将军石，笔架山，石崖壁立，高耸入云，金沙江水汹涌澎湃，浪拍云崖。

南岸，刘总参谋长站在龙头石上，旁边的大叶子船上，程万里和战士们簇拥在高翔身边。两边还有载满红军的六只渡船。

刘洪翻开小学地理课本，把图上的红线，画到金沙江。

北岸，毛主席站在一块大石头上，注视着雄赳赳的红军战士。周副主席和朱总司令站在他的身旁，毛主席慢慢举起右臂。

大叶子船冲过滚滚的江涛，向对岸驶去。

草　地

草地，一望无边的大草地。

风，推送着乌云，在空中缓缓流动，遮住了正午的太阳。整个草地顿时被阴霾笼罩起来，阴沉沉的，显得空旷而又荒凉。

偶尔，太阳从乌云的缝隙里透出几道耀眼的光亮。人们这才发现，原来草地竟是这么美：大团小团的草墩上，长着尺多深的水草。水草茂密、碧绿；那绿仿佛不停地滴下来，把草墩之间的水也染成了绿色。就在这巨大的绿毯上，开满了各式各样的花，把草地打扮得色彩斑斓、绚丽迷人，呈现出一幅似梦似幻的景象。

只是好景不长，又是一片乌云涌来，草地又变得苍苍茫茫，更加阴沉、空旷和凄凉了。

就在碧草苍天相接的远处，出现了两个活动的黑点。黑点慢慢移向前来，是两个人互相搀扶着在水草间艰难地跋涉。

就在这荒凉的背景上，在悲壮的音乐声中，出现片名和演职员表。

镜头，对着草地久久地凝望和沉思。

第一章

一

草地，无边无垠的草地。

又是一阵风吹过，乌云被推开了，几缕阳光射到了草地上。

远处的那两个黑点已经渐渐走近，可以看清楚了，是两个红军战士。

走在左边的一个，身材高大，一张大方脸上，布满了半寸长的浓黑的胡须，他是红军连长肖国成。只见他左肩挂着两支步枪，右手搀着司号员秦家栋。小秦十四岁，右胳膊负了伤，小臂用根带子吊在胸前，手却紧握着胸前一个布口袋——那里装着他的军号。

两个人在草墩和烂泥间蹒跚地走着。遇到一处宽些的水沟，肖国成右手一用力，就把小秦提了过去。

“嗬，你手上劲真大!”小秦就势向肖国成靠了靠，乞求地说，“连长，再给点炒面吃吧!”

肖国成：“不!”

小秦捏着指尖：“就给一点点。”

肖国成：“不!”

“哼，那么凶!”小秦不满地瞟了肖国成一眼，“哪像个红军连长?!”

“红军连长，没错!”肖国成胡子抖了一下，算是笑，“红军二方面军后卫团的后卫连，按行军序列，就连你们红四方面军算上，大约也是整个长征红军最后一个连的连长了。可这炒面，”他指了指自己脖子上的半截粮袋，“还是不给!”

“唉!”小秦无奈地叹了口气，撩起衣襟，“那，再帮帮忙!”

肖国成帮他把腰间的皮带紧了紧，说道：“别老想肚子的事。你倒是看着点，有没有掉队的同志!”

“是。”小秦应了声。

两人又向前走去。

前面不远处，一丛矮树下面，一个红军战士躺在那里，呆呆地望着天空。他那瘦削的面颊上，挂着两行泪水。

传来了小秦的一声呼唤：“同志，哪个单位的?”

那人闻声，慌忙抹了抹眼睛。

肖国成快步走到那人身边，亲切地说：“怎么，也掉队啦?”

“不行啦!”那人喘息着，指了指右腿。齐短裤边的大腿上，一处伤口溃烂了，正浸泡在污水里。

肖国成默默地俯身看看伤势，又把手捂到那人的前额上。

“不能再拖累同志啦!”那人长抽了口气，“日后胜利了，给我家里打封信，就说曾立标革命到底啦。”他擦了擦眼角涌出的泪水，“地址嘛，江西吉安二区的曾家岩。”

一阵风吹过，矮树上的叶子响了几声，显得很是凄凉。

小秦不禁哭出了声。

“努，拿去吧!”曾立标指了指矮树。那上面挂着步枪、子弹袋、挎包、粮袋，还有一捆用油布包着的干树枝。

小秦哽咽着摘下了步枪、子弹袋，背到身上，又抓起那捆柴火，抬手要扔，却被曾立标挡住了。

“别扔！生火，少不了它！……能暖好些人哪!”他又从衣袋里掏出两个银圆，递向小秦，“这东西，对革命有用!”

一直默默地注视着伤员的肖国成，这时却厉声地说道：“人，对革命更有用!”

曾立标愣住了。

“你，你脆弱!”肖国成把声音又提高了些，“把党证交出来!”

曾立标看着那张充满怒气的脸，低下了头：“我，我不是党员。”

“那……这么想，就不对!”肖国成抓起曾立标一只手，背向着他蹲下来，声音依然是严厉的，“曾立标同志，我以连长的身份命令你：走!”

他背起曾立标，转身对小秦说道：“抓住我的皮带。注意观察!”

“是，注意观察!”

两双沾满泥水的脚，继续向前走去。

二

右前方远处，草地中一块小高地上，一个红军战士正急匆匆走下坡去。这人背上驮个大背篓，篓上盖着一块黄油布，背篓周围插着一圈草花，花朵随着人的脚步轻轻颤抖着。

突然，油布动了一下，被从里边掀开了，露出了一个扎着小辫儿的小脑袋。小孩约莫四岁多点，脸蛋瘦削，却干干净净，显然是双灵巧的手打扮过的。孩子抬手揉了揉眼睛，又伸出手去拍拍背她的人的肩膀，叫了声：“妈妈——”

“哎——”妈妈柔声地答应着，随手把一个盛水的毛竹筒从肩上解下来，递给孩子。

等孩子喝完，她把竹筒系好，又轻声说道：“萍萍，再叫我一声!”

孩子：“妈妈——”

“再叫一声!”

孩子提高了声音：“妈妈——”

在这人迹罕至的原始草原上，孩子呼唤母亲的声音，显得新奇又有点凄怆。妈妈显然感到了这一点，被女儿的呼唤打动了。她停住了脚步，把背篓解下来放到地上，然后俯在篓边，在孩子小脸上亲吻着。

这位母亲约莫二十四五岁，名叫伍芝兰，是红军妇女独立团的排长。她脸上虽然挂着远征的风尘，但依然掩不住她的美丽。她随手采了几朵野花，插到女儿的小辫上，自己也把一朵插进鬓边军帽里。母女俩你看我，我看你，一齐笑起来。

突然，孩子停住笑，侧耳听了听："妈妈，有人叫唤哪!"

伍芝兰凝神静听，果然，随风送来了微弱的喊声："同志！同志！快来呀!"

伍芝兰立时像变了个人，变得沉稳而又冷峻。她摸着孩子，口气像下命令："萍萍，在这儿，别动。"她跑了几步，看看天，又转回来，把油布给孩子掖了掖，然后向着喊声跑去。

大约半里远处的泥沼里，有两个人正在进行着生死的搏斗：一个人深深陷进了烂泥里，污水已经漫过了胸口，他的手正紧握着一支步枪的枪托挣扎着，身子还在下沉。另一个人站在草墩上，正抓着枪筒用力拉着。尽管他拼着全力拖曳，可是气力不支，还是救不了同志；而且，由于他站的地势不好，草墩太小，一条腿已经滑进了泥水里。

传来了伍芝兰的喊声："同志，不要动!"

她边跑边从枪套里抽出驳壳枪，解着枪缰。枪缰解开的时候，她来到溺水者的身边。

她找了块硬实的草墩站稳了，然后把枪缰甩过去："套上!"

等那人把枪缰连肩带背地套好，水已淹到了嘴边了。她使劲拖曳着。

人被拖出了烂泥潭，拉到她脚下的草墩上。可是，另一个同志的身体却迅速沉了下去。水，淹过了头顶，水面上只剩了一串水泡。一顶大八角军帽在绿色的污水上漂浮着。

伍芝兰眼前一阵昏黑。她挣扎着直起身，恭恭敬敬地向着那浮动的军帽举手敬礼。

这时，远处传来了孩子细微的喊声："妈妈——"

伍芝兰向着孩子喊声的方向望了望。这时，一阵狂风吹来，她连忙转身，扶起了那位被淹得奄奄一息的同志。

孩子从背篓里站起身摇着小手喊着："妈妈——"

没有人应声。回答她的是越来越猛的狂风。

风，撕捋着背篓上的花瓣花朵，又突然把背篓吹倒了。

孩子从背篓里摔出来。背篓失去了重量，被风吹得翻滚起来。孩子机灵地抓住了背带，可她哪里拉得住，被背篓拖曳着，跌跌撞撞地向山包背后滚去。

孩子惊恐地哭喊着："妈妈——"

暴雨在无情地倾泻着。

三

一块乌云涌来，遮住了太阳，草地变得更加阴沉、空旷和凄凉。

在这阴沉的草地上，还有两个人在艰难地行进。

这是奇怪的一对：走在前边的是个老挑夫，长长的头发披散着，胡子老长。他左肩挑着两只铁皮箱，右手拄着根竹竿，吃力地走着，不时发出喘息声；右肩却捆着一条粗壮的麻绳，绳子在身后拖了丈把长，绳头在后边那人手里捏着。那是个年轻壮实的红军战士，肩上挂着一挺花机关，矫健地在草墩间跳着。

几滴雨点滴在了水面上，接着暴雨倾泻下来。

青年战士不耐烦地望望老挑夫，呵斥地说："常炽，你不能走快点?!"

常炽扭回头，冷漠地看了年轻人一眼，没有吭声。

年轻人生气地抖了一下手里的绳子："听见没有? 快走!"

常炽索性停住了脚，喘了口气，说道："这天气，走快了很危险!"

"危险?"年轻人冷笑一声，"谁怕死，谁死得快!"

常炽无可奈何地摇摇头，又往前走去。

"我黄苏押着你走，算是倒霉透了!"年轻人牢骚地说，"这会儿，方面军总部早就出草地了。可你，一进草地就掉队，一直掉到最后头……"

话，忽然停住了。

常炽觉得臂上的绳子猛地往后一拽，拉得他趔趄了一下，挑子也摔在了草墩上。

他站稳了脚，抹了抹脸上的雨水，这才看清，原来黄苏一脚踩空，陷进了泥潭。他连忙大喊一声："抓紧绳子! 别动!"

因为常炽用力拉住了绳子，黄苏下陷是停住了，可是绳子缠在臂膊上，用不上劲，只好就这么相持着。

稍停，常炽定了定神，把臂上绳子解开，慢慢拉着绳子挨近了黄苏，然后把手里的竹竿伸到他的腋下，架到了草墩上。

有了竹竿做支撑，双方一齐用力，黄苏被拖出了泥潭。

暴雨还在继续着。

常炽已经把黄苏安置在一簇灌木丛边上，靠着铁皮箱坐着。不知是喝了污水还是怎的，黄苏正在呕吐。常炽偎在他身旁，在他背上轻轻拍打着。

慢慢地，黄苏呕吐停止了。他长吁了口气："这鬼地方！……"

常炽苦笑一声："鬼地方？有人喜欢走，一年的工夫走了三次。"

黄苏变了脸："你！你胡说八道！"

常炽平静地说："可惜，我说的是事实！"他叹了口气，"本来，一过草地就可以到陕北去，可非要南下，把合到一起的红军分开……"

黄苏厉声地说："还不闭上你的嘴！"

"当然，这回跟红二方面军一道北上，不管怎么说倒是走对了。"常炽把绳子理了理，扔给黄苏，随后把胳膊一伸，"捆上吧！"

黄苏略一犹豫，还是把绳子绑在了常炽的右臂上。

"想不到，这玩意儿还有点用处哩。"

常炽看了看绳子，"再走，你可得把绳子抓紧点。"

黄苏："刚才是一阵头晕。"

常炽："是饿了吧？"说着便动手解粮袋。

"先前休息的时候吃过了。"黄苏口气缓和了些，从挎包里抓出一把蘑菇递给常炽，"努，你吃点？"

常炽凑近了，看着这些色彩鲜艳的蘑菇，大惊失色："你，你吃啦？"

黄苏点了点头。

"吃得多吗？"

黄苏摸着肚子："吃得不少。"

常炽抬手把蘑菇打掉，一把抱住了黄苏，大声地叫道："同志，你，你，……这是有毒的啊！"

黄苏也慌了，抓住常炽的胳膊："这，怎么办！"

常炽焦灼地茫然回顾，目光落到了铁皮箱上，他拍拍箱盖："这里面是什么？"

"不知道。"

“会不会是药，治病的药?”

“不知道。”

“快，拿钥匙，打开来看看。”

“不行!”黄苏脸变得铁青，一只手摸到了身边的枪上。

常炽也意识到自己的身份，苦笑一声，低下了头。

“常炽，你老实点，别、别忘了你是……”黄苏厉声地说着声音却变了音调，突然惨叫一声歪倒在地，两手乱抓着前胸，口里吐着白沫。

常炽慌忙抱住了他，一边替他揉着肚子，一边低声叫着：“黄苏。小黄同志!”

没有应声——黄苏昏过去了。

常炽痛苦地举目四顾。

暴雨继续倾泻着。

四

暴雨打在布棚上，发出“嘭嘭”的响声。

这是用被单绑在矮树间搭成的“帐篷”，下面挤坐着肖国成、小秦和曾立标。

小秦正在用裹腿给曾立标包扎着伤口，眼睛却瞅着他肩上那条鼓鼓的粮袋。终于忍不住捏了捏粮袋：“嗬，老曾，这会儿你够个土豪啦!”

肖国成瞪了小秦一眼。小秦慌忙住口，咽了口口水。

曾立标：“昨天，一个同志死在我怀里，临死前留给我的。唉，百丈关拼刺刀，受了六处伤没死，过草地淋了雨……对，还有这，叫什么证。”他从怀里掏出张纸片递给了肖国成。

肖国成接过来看着：“党证。”

小秦："你也是打百丈关负的伤?"

曾立标："嗯。去年这时候，刚出草地又叫南下，说什么'打下天全、芦山吃大米'，大米没吃上，炮弹倒吃饱了。"

小秦做个鬼脸："嘘——讲怪话，当心保卫局把你当反革命抓起来。"

"你这孩子，嘴馋，话多!"肖国成转向曾立标，"这么说，你也是四方面军的?"

曾立标："怎么说呢？一过草地，是一方面军九军团；二过草地，就成了四方面军三十二军；这回三过草地，跟你一样，又成了二方面军了。"

小秦乐了："嘿，三个人，三个方面军，挤在这一个帐篷里。有意思!"忽然，他发现帐篷顶不响了，又叫起来，"雨停了。"

肖国成："收帐篷，继续前进!"

五

雨停了，矮树上的水珠还在不停地滴着。一只干枯的手端着个洋瓷碗，在接着雨水。

常炽怀里抱着黄苏，深情地注视着他。忽然，两大滴泪水滚过胡须，滴到那年轻人的脸上。

常炽抽回手，把碗里的雨水往黄苏嘴里灌了几口，猛地扔掉了碗，扑到黄苏脸上，失声痛哭道："同志！孩子！……"

黄苏的身体动了一下，醒了过来，只是已经奄奄一息了。他目不转睛地望着常炽，眼里流露出无限生的依恋。

常炽连忙转头，擦去了脸上的泪。

黄苏发现了自己手里的绳头，看了看，扔开，抚摸着常炽那被麻绳磨得流血的肩膀，低声地说："常炽，你不会逃跑吧?"

常炽苦笑一声："跑？往哪儿跑？"

黄苏指了指绳子："把它……解了吧。"

常炽默默地解下绳子："捆了快一年啦，还真舍不得和它分手哩。"

"看你，又来了！"黄苏习惯地瞪了常炽一眼，却吃力地喘息起来，"你……挑上挑子……自己走、走吧。"

常炽向远处张望着没有吭声。

黄苏："钥匙，在我口袋里，还有文件。"他从怀里掏出一个用油纸包着的小包，"是关于你的，自己带上……"

常炽没有接，却突然爬起来向右前方奔去。

黄苏一愣神，随手抓住了枪。

少顷，常炽夹着几根七长八短的木棍，兴冲冲地跑来。他把一根木棍朝着黄苏一扬，大声地："这回，哼！……"

"嗒嗒！"一个连发子弹从常炽耳边飞过。黄苏手里的枪一松，又昏过去了。

常炽扑到黄苏身边，狠戳了一下他脑门："你小子，真浑！"随即又抱住了他，动情地说，"可怜啊，孩子！分裂主义，把人的心都隔远啦！"

他仰起头，望着茫茫的草地，眼里浮上了痛苦与惆怅。

六

不远处一块草地上，又是两个掉队的红军战士在跋涉。

走在前头的瘦高个，约莫十五六岁，手里牵着一头牦牛；后边一个圆脸的小鬼又矮又小，才十三岁，拿根木棍驱赶着牦牛。牦牛背上驮满了枪支、背包。

小圆脸用力打了一下牛屁股："哼！都是你这个长毛畜生不够朋

友，走得这么慢。害得老子掉了队！”

瘦高个：“廖文，这怪谁？不好好赶牛，偏要抓什么鱼！”

“后来你来了，不也一块抓来着？”廖文噘噘嘴，“嘿，那河沟里鱼也真多，太好玩了！我再看看。”

“不行，快点走吧。”

“小文书，汪坤同志，叫我看看吧。就看一眼。”

廖文赶上来，捧起汪坤手里的搪瓷口杯。

清清的水里几条小鱼游得正欢。

牦牛觉出缰绳松了，扭头往回跑去。

汪坤一跺脚：“糟糕，牛跑啦，快追！”

“不要紧！”廖文双手拢在嘴边，“嗬嗬”叫了两声。

牦牛听到声音，转身跑了回来。

汪坤跷起大拇指：“好你个小廖文，还有这一手……”

突然，远处传来了三声枪响。

汪坤一把抢过口杯：“有情况！快走！”

矮树丛间。

常炽已经用木棒、树皮扎成一个爬犁模样的拖架，铺上了树枝、杂草。昏迷中的黄苏被安放在里边。他抓起那根绳子挎在肩头上，绳子磨着伤口，痛得他不禁叫出了声：“唉，看样子，跟这条绳子的缘分还没断！”

爬犁在光滑的水草上轻轻滑动，滑到了铁皮箱旁边。常炽放下绳子，想把箱子也搬上去，又一转念，来到黄苏身边，掏出钥匙，把箱子打开。

铁皮箱里是装得满满的文件。

常炽看了黄苏一眼，撕开上衣里的一个补丁，拿出近视眼镜戴上，抓起文件看着，不由得念出了声：“……《阿坝会议决议》……《大举南进政治保障计划》……什么，‘干部必读’：反对毛周张博向北逃跑……”他苦笑着，“就是这么些‘宝贝’玩意儿，还在压我的肩膀。”

他举起文件投进身边的泥潭，又抓起竹竿，把一沓沓文件深深地戳进水底。

他又打开了另一个箱子，里面是一些药瓶、纱布和医疗器械。他匆忙地翻检着，找到了一个药瓶，转身扑向黄苏身边，把两片药嚼碎了，放进黄苏嘴里。

他一边给黄苏喂水，一边悲怆地呼喊着：“同志，你，你好糊涂啊！”

刚才的一切，激起了这个老战士复杂的心绪。他坐在箱子上拿起竹竿，拔掉一头的木塞，从中抽出一管竹箫来。他爱惜地擦拭着箫管，试了试音，便吹起来。

《苏武牧羊》的曲调，在草地上荡漾，苍凉，悲壮。

七

廖文和汪坤正赶着牦牛疾走。

传来了箫声。

两个小鬼停住了脚，注意地听着。

“走。”汪坤向廖文做了个手势。

廖文扬起木棍重重地打在牛身上。

常炽吹完了最后一个乐句，久久凝望着草地，他的神情和曲调一样悲凉。

他把箫藏好，毅然地站起身，把爬犁的绳子挎在了肩头上。

就在这时，身后传来了一声清脆的喊声："同志——"

常炽停住了。他激动地转回身，向着走来的两个小鬼问道："你们刚才喊什么来着?"他多么想再听一声亲人的呼唤啊!

"同志!"汪坤重复了一句，反向道，"难道你不是红军? 不是同志?"

"是啊，是同志。"常炽连连点头。

汪坤："刚才那箫是你吹的?"

常炽又点点头。

廖文一蹦一跳地来到常炽面前，亲热地摸着他那长长的胡子："同志哥，不，同志叔，我看你就像个苏武。"

常炽把廖文揽在怀里："像，有点像。这里有水有草，就是没有羊。"

廖文："我们有牛，有牦牛。"

"那，我们这几个苏武就牧牛!"常炽抚摸着牦牛，"不过，当年苏武是外交官，没有步枪、手榴弹……"

汪坤把话接过来："也没戴'五大洲'的帽子。"

"还有，他也没有参加'少共'，不是共青团员。"常炽抱住了两个小红军，"你、他，还有我这个老挑夫，我们的担子比苏武重多啦。看，这牦牛、这武器，还有这位生病的同志，还有这个铁皮箱子，都是党的宝贵的财产。"

廖文敲敲箱子："里边是什么?"

"暂时保密!"他嘱咐地说，"要是我死了，这人，这东西，你们一定要交给党。记住，钥匙在黄苏同志身上。"

汪坤严肃地点点头："一定!"

廖文："一定!"

两个少年红军向常炽伸出了弯着的食指。

常炽那干枯的手指勾住了两个柔嫩的指头，久久地，久久地勾在一起。

第二章

八

又是一只大手抓住了一只小手。

肖国成厉声地说："挺住，不要动！"

原来是小秦一条腿滑下了泥潭，正在挣扎着。

肖国成站稳了，吃力地把小秦拉了上来。只是用力过猛，三个人一齐摔倒在草墩上，滚在了一起。

肖国成吐掉口里的污泥，生气地说："怎么搞的？"

小秦委屈地说："我饿，没劲了！"

肖国成瞪了他一眼，正要发作，背上的曾立标却哭出了声："肖连长，扔下我吧，我，我反正是走不出去啦！"

"胡说！"肖国成又吐了口污泥，"小秦，扶我一把！"

小秦扶起肖国成，给他擦着脸上的泥水。

肖国成把曾立标的屁股往上托了托，声音却依然硬邦邦的："我，我！你少想点自己好不好？"他把小秦的手抓过来，塞进自己的皮带，抬腿跨过了一个草墩，口里还在嚷着，"扔下你？说得倒轻巧。咱们，还有多少好扔的？……"

曾立标哽咽一声，不说了。

三个人默默地走着。

突然，小秦叫起来："连长，前面好像有人！"

"快走！"肖国成加快了脚步，"说不定又能捡上个把的！"

前边的一块草地上。

两只手拨开树丛，一个戴大八角帽的脑袋钻出来。这是一个小战士，约莫十四五岁，一张秀气的脸上挂着惊恐的表情。

被恐惧所驱使，她钻出树丛，在草墩间奔跑。跌倒了，爬起来又跑。边跑边喊："有人吗？""同志！""同志们，你们在哪儿呀！"……脚下被什么一绊，又摔倒了。

她抓起身边的一件东西，挥舞着，绝望地喊道："这么大个草地，就我一个人了！一个人……"

喊完了，这才发现手里抓着的是一块黄色的油布；再仔细看看，只见油布角上写着一个"伍"字，一个"萍"字：她获得了希望，高喊道："同志！伍萍同志！"

回答她的是凄厉的风声。奇怪的是，风声里夹着一种音响，像是一个小孩子在啼哭。

她镇定了一下，向着孩子啼哭声的方向走过来。只见几株缺枝少叶的矮树干，挂住了一个背篓，一个约莫四岁的小女孩正抚着背篓在哭。

她连忙跑过去。

孩子见到了人，怔了一霎，扬起小手扑过来："叔叔！"

她把孩子抱到怀里："叫阿姨！"

孩子摸着她军帽边的短发："你是叔叔。"

"好，叔叔就叔叔！"她摸着孩子那湿漉漉的衣服，"你怎么在这儿？"

孩子："有个叔叔掉到河里啦，妈妈去救他，老不回来。大风把我'呼——'刮跑了。"孩子搂住了女战士的脖子，哭喊着，"叔叔，我要妈妈——"

女战士凄然地说："好孩子，别哭。阿姨，不，叔叔抱着你去找妈妈。"

孩子停住了哭："你认识我妈妈？"

"这……"女战士略一沉吟，"认识，她叫伍萍，对不对？"

"我妈妈叫伍芝兰，"孩子纠正道，"我叫萍萍。"

女战士："这不是，妈妈姓伍，你叫萍萍，合起来你的名字就叫伍萍。"

"对！"孩子拍着手，破涕为笑。

女战士也高兴地笑了。

九

笑声，惊动了肖国成一行三人。

曾立标精神一振："连长，听，这时候还有人笑。"

"这时候怎么啦？该笑就得笑！"肖国成绕过一丛小树，看见了两个欢笑的人。

女战士看到来人，高兴地站起身。

肖国成解开胸前的裹腿，把曾立标放下，走到女战士面前："孩子是你的？"

"胡扯！"女战士脸一红，"孩子是我捡的。她找不到妈妈了！"

肖国成："哼，这样的妈妈，连孩子也能扔！"

曾立标情不自禁地爬向孩子："连长，她妈扔下，咱们捡着。"

"那还用说！"肖国成走向女战士，"你是干什么的？"

女战士立正回答："四方面军总医院护理员，许苓！"

"护理员？"肖国成打量了一下许苓，严肃地说，"许苓同志，从现在起，你就当孩子的妈妈！"

许苓脸更红了，低垂着头嗫嚅地："那怎么行？"

“什么不行?”肖国成大声地说，“执行命令，当妈妈！代理妈妈!”

孩子听懂了这个胡子叔叔的话，伸手抱住了许苓的脖子：“你当我妈妈——叔叔妈妈!”

许苓忙把孩子往外推，却没有推开，只好抱住了孩子。

曾立标端着碗调好的炒面爬过来，鼓励道：“老弟，当就当，我帮着你。”

小秦凑过来：“连长，孩子的妈妈可能没走远。”

肖国成沉吟了一霎，反问道：“你的号还能不能吹响?”

小秦：“能，就是这肚子……”

“敲竹杠?”肖国成佯怒地，“曾立标，先给他喝两口。只喝两口!”

浑浊的泥潭旁边，草墩上坐着一个人，怀里抱着一个伤员。她就是伍芝兰，正陷于昏迷之中。

伤员醒来了，发现自己躺在一个女同志怀里，连忙用手推她。

伍芝兰眼皮抬了抬，蒙眬中，她回忆着不久前发生的一切：

——她背着孩子正在走着，孩子叫了声：“妈妈——”

她答应了一声，又柔声说道：“萍萍，再叫我一声。”

孩子：“妈妈——”

“哎——”

传来了呼救声。

——烂泥坑里，伤员肩上挎着驳壳枪的枪缰，伍芝兰正在用力地拖曳着。

——暴风雨在倾泻，被救上来的伤员昏迷里浑身发抖。她毅然地把外衣解开，把伤员抱在胸前，自己却昏了过去。

伤员还在推着她的肩膀。

伍芝兰清醒了些，不好意思地笑笑，把手松开，随手掩住了衣襟。

伤员："同志嫂，你救了我的命……"

"萍萍！"伍芝兰低叫着，举头四望，没头没脑地问道，"我是从哪边过来的？"

伤员摇摇头。

伍芝兰眼前又模糊起来，她低声叫道："萍萍——"

传来了悠长的号声。

伤员欣喜地说："同志，吹号了！"

伍芝兰却没有听见，她又昏过去了。

十

号声很远，很轻，却还是把黄苏唤醒了。他睁开眼，看见了那根粗壮的木棍在水草间轻轻移动，这才发现自己正躺在拖架里。他欠起身向前看去，只见那条绳子依然套在常炽的肩头。常炽正弓着腰，拽着绳子走着，脖筋暴起，汗水顺着脖颈涔涔地流着。

黄苏低声叫道："常炽！"

常炽脊背一哆嗦，放慢了脚步。

黄苏又叫了声："老常！"

常炽扭身扑到拖架旁边，高兴地说："黄苏同志！"

黄苏："别这么叫。"

常炽却像没有听见，他掏出药瓶，又忙着解小碗："我去搞点雨水。"

黄苏拉住了常炽："刚才，没，没伤着吧？"

"算我命大，也是你枪法不行！"常炽笑了笑，"再往左偏那么一指呀……”

“命大?”黄苏摇了摇头，“是你不该死在我手里就是了。”

“本来就不该嘛!”常炽缓和地说，“也怨我，嘴勤快点，先说一声就好了。”

黄苏摸了摸常炽的胡子，叹了口气：“嘴？去年，二次过草地的那会儿，你当时要是个哑巴就好了。”

“可惜不是!”常炽有些激动，“兴他姓张的干分裂红军的事，不许我姓常的讲要团结的话?!”

黄苏的脸沉下来了：“你还是那么顽固!”他一急，肚子疼得“哎哟”一声。

常炽也慌了，连忙拿出两片药送到黄苏嘴里：“好，好，你吃药吧，我去搞水。”

黄苏：“哪里来的药?”

“箱子里的。”

“你偷开了箱子?”

“开了。”

“里面还有什么?”

“文件，反对党中央北上的文件，另立中央的文件，都叫我扔了!”

“你，你！你这个反革命!”黄苏大怒，伸手去抓枪，却一歪身倒下了。

常炽低声呼唤着：“小黄，黄苏！……”

黄苏抬了抬眼，没有搭理。

汪坤牵着牛赶上来：“你们是怎么啦?”

常炽掩饰地说：“没什么。一家人，吵架拌嘴，常事!”

黄苏喘息地说：“谁跟你，你这个……人一家?!”

“你看，这不是添丁进口了嘛!”常炽和气地介绍着，“汪坤同志，红军军团三十七团的小文书。这小鬼叫廖文，红二方面军十六师师部的通信员……”

“你们，”黄苏喘着，攒了攒劲，“少和这个……老家伙说话！他，他是……”他喘得说不下去了。

汪坤和廖文惊愕地互相看着。

常炽：“没什么，人有了病，心烦！”说罢，拿起小水碗走开了。

汪坤俯下身子问黄苏：“什么？你刚才骂他什么？反革命？他不是挺好的个老同志？”

黄苏喘息着摇了摇头。

廖文走过来：“他是个坏人？”

黄苏沉思一霎，又摇了摇头。

十一

另一块草地上。

肖国成仰望着天空。

太阳偏西了，大片乌云从天边涌上来。

肖国成叹了口气，扭头向身边看去。

一块大些的草团上，响着欢快的笑声。许苓正拿着只木梳给萍萍梳着头发。小秦正用线拴着只大蝴蝶，逗着萍萍玩。曾立标也在忙着，正把采来的野花插到背篓上。

小秦：“许苓，你哪里弄来的梳子？”

许苓白了他一眼：“你管那么多干吗？”

她把给萍萍梳好的小辫儿盘在头顶上，曾立标爬过来，把两枝美丽的野花插在萍萍头顶上，高兴地端详着。

许苓掏出一面小镜子给萍萍照照：“萍萍，好看吗？”

萍萍高兴得直拍手：“好看，你真是个好妈妈。”

许苓生气地拿过镜子自己照照，镜子里映出一张红红的脸。她忍不住笑了。

肖国成走到曾立标身边："老曾，天要变。不走，都得死在这里！"

曾立标："怎么能死呢，有孩子呀！"

"不能再等了！"肖国成喊道，"许苓同志，把孩子背起来，走！"

背篓像一只花篮，在许苓的背上颤动。小秦在旁边搀扶着。

曾立标望着花篮里的孩子，深情地自语："真好！"

肖国成弯腰背起了曾立标，声音却像扔石头："人，往前走，就越走越好！"

十二

拖架，顺着光滑的水草向前滑去。

常炽继续弓着背，奋力拖曳着，发出呼哧呼哧的喘息声。

汪坤和廖文拉着牦牛在一边默默走着。

传来了低低的声音："老常——"

常炽应了一声，扭回了头。

"没事。"黄苏话很和气，"老常，歇会儿吧！"

常炽："不行，快下雨了，得快走！"

"真神！"廖文奇怪地说："下不下雨你也知道？"

"知道。"常炽漫应着，正在奋力地拉过一个草坡。

黄苏："小文书，你帮帮老常嘛！"

两个小鬼一推一拽，拖架上了草坡。

"你们俩，真怪！"汪坤边走边说，"跟这草地的天气一样，一会儿好，一会儿坏！"

"红军是一家人嘛！"常炽笑了笑，"你俩和我俩，不是一个单位，连一个方面军也不是，还不是一块拉一个爬犁，过草地北上？全国的主力红军就要会合在一起啦，谁也不能把红军分开……”

黄苏厉声地说：“常炽！”

常炽停住了嘴。廖文却没有注意：“对，谁也不能把我们分开……哎，快看！”他尖声地喊道，“前边有人宿营了！”

十三

前边不大的高地上，到处都是人，显然都是刚刚掉队下来的人。人们各自忙乱着，有的在生火，有的在搭帐篷，有的刚到，在寻找着安身的地方。

一副简陋的担架上，伤员在呻吟。一个女战士正在给他包扎，安慰地说：“同志，忍一忍吧……没有药啊！”

靠高地中央有几个战士在生火。一个小战士眼泪鼻涕地在吹着风。突然，一簇火苗跳起来，人们一阵欢呼。

高地上，一个老炊事员刚放下大铜锅，忧伤地望着这乱得像蜂房似的人群。他抓住了一个背驳壳枪的干部，焦急地说：“这里谁是领导？”

“领导？”那干部冷笑一声，“这父子不顾的年月，这性命难保的地方，还要什么领导？……”一甩手，走开了。

拖架吃力地滑上了小高地。

廖文叫着：“嗬，真热闹！”他往前走了两步，“嗬嗬”叫了一声，牦牛顺从地卧在地上，啃着青草。

汪坤抓起牛缰绳捆到拖架上，叫了声：“老常同志！”

“嗯。”常炽正在望着乱哄哄的人群，眉宇间流露着焦灼。

汪坤拉着廖文：“走，看看去！”

常炽嘱咐地说："细看看，有多少人，都是干啥的。"

两个小鬼跑去了。

常炽来到黄苏身边，低叫了两声。

黄苏还在昏迷中。

常炽四下里看看，见身边没人，连忙从黄苏身上拿出钥匙，打开铁皮箱，又把短袴边上撕开，拿出半截铅笔，然后戴上眼镜把药品逐一登记起来。

他干得那么专心，几滴雨点落到他身上，他也没有发觉。

不远处，肖国成一行走上了小高地。

肖国成停住脚，注视着这混乱的人群，目光落到了常炽身上，便迈步向着他走来。快到拖架旁边的时候，雨点密起来了。雨点里夹着冰雹。

"不好！"肖国成连忙放下曾立标，把小秦、许苓拢在一起。

常炽也发现了冰雹，忙把药品和箱子收拾好，向着黄苏扑去。忙乱中，眼镜掉在了地上，他摸了两把没摸到，转身伏在了拖架之上，用身体遮住了黄苏。

肖国成把这一切看在眼里，他弯腰捡起了眼镜。

冰雹又大又急，指尖大的雹粒洒落下来。水草间溅起水花，一棵小树眨眼剩下了光秃秃的枝干。

突然的袭击，使整个小高地上更加混乱，人们东奔西跑，寻找着躲避的地方。这边有人"哎哟"一声栽倒了；那边有个人慌乱里跑进了泥潭，随着一声惨叫，被淹没了。

肖国成跺着脚："同志们，别乱，快去救伤病员……"

他的话被风雨声吞没了。

他拔出驳壳枪，朝天打了三枪。没有作用，混乱还在继续着。

他扬起手，想拦住奔来的一群人，却被人流撞倒了。

他倒在地上，就势抱住了一个正在爬行的重伤员，自己却难过得流出了泪。

就在这时，他身后突然响起了一种声音，这是一个人在吹箫。《苏武牧羊》的调子被吹得昂扬、悲壮，而且从容不迫。

肖国成寻声看去，只见又是那个花白胡子老头。他坐在拖架上，身体掩护着病人，一任冰雹在他背上飞迸，口里却在吹奏着洞箫。

箫声掠过高地，在人群间回荡。人们惊奇，振奋，有的停住了脚步，有的向着箫声奔来。

背铜锅的老炊事员背着一个重伤员奔来；

两个女战士抬着一副担架奔来；

一轻一重两个伤员互相扶持着走来……

一曲终了，混乱的形势已经缓和了许多。

肖国成注视着眼前的情景，内心感慨地说："这箫声里，好像有一股力量！……"

就像回答他的思想，一根木棍正在戳着他的肩膀。他抬起泪眼，原来正是那个吹箫的老头。

常炽两眼定定地看着肖国成。有两粒冰雹打在他脸上，他眼睛也不眨。少顷，他厉声地问道："在党吗？"

肖国成点点头。

常炽："把枪收起来，把眼泪擦掉！"常炽放低了声音，"现在，这两件东西都没用！"

肖国成照办了。

常炽低声但坚决地说："把党证拿出来，集合起党员，先保护伤病员！"

肖国成眼前一亮。他弯腰搀起怀里的重伤员，往前走去，边走边喊："共产党员们，到我这里来!"

这喊声压过了风雨冰雹的声音，在草地的上空回荡。

肖国成一手扶着伤员，一手高擎着党证，挺立在一些伤病员之间。

一个，又一个……共产党员们从不同的方向跑来了。

有几个尖细的嗓子在问："少共要不要?"没有人回答。几个年轻战士向着肖国成跑来。

十四

常炽目送着肖国成，欣慰地擦了竹箫，放进拖架。他的手却被黄苏抓住了。

"老常——"黄苏哽咽地说，"我，我去不了啦……"

常炽："你歇着吧。"

黄苏："你，你去吧，你该去……"

常炽俯身注视着黄苏，心头一阵酸楚，一口甜甜的带点腥味的东西涌到嘴边。

"你也……"黄苏吃力地抬起手，摸着常炽的胡子，"把它擦掉，拿上你的党证，去!"他手一松，满掌的鲜血蹭在常炽胸前，他又昏过去了。

这时，曾立标拽了拽常炽的衣角："刚才肖连长喊什么来着?"

"集合党员，救人! 救同志!"

"啊，党员……"曾立标念叨着，把装有孩子的背篓抱进拖架，把常炽推开，自己俯到拖架上："你去吧，这里有我!"

雹粒在曾立标那宽阔的脊背上蹦跳着。

十几个重伤员被集中在一起。肖国成站在上风处，把衣襟解开，双手撑起衣角，喊了声："同志们，来呀！"

一个人站在了他身边，撑着衣角的两只手连在了一起。他一看，正是常炽。

接着，第三个，第四个……十几个共产党员和共青团员，像雁行一样排开，组成了一道人墙，用脊梁顶住了风雨冰雹，用胸膛掩护着同志。

冰雹继续无情地洒落着。

老炊事员站在掩护队伍里，坚持不住，忽地栽倒了，人墙重又合拢了。

肖国成觉出常炽的手在用力，低声地说："怎么啦？"

常炽："我试试你的手劲。"

肖国成："干什么？"

常炽："把这些同志带出草地，需要一只铁一样的手。"

"你行，你有这样的手！"肖国成凑到常炽耳边，"你这个老同志，嘴可真凶！"

常炽："我这嘴，是我的敌人，也是我的敌人的敌人！可你别怕它——你是个好同志！"

肖国成："打我一棍子又给我一块糖？"

"给糖还早点！"常炽严肃起来，"雹子一停，就得赶快把党支部组织起来，搞成个队伍！"

"嗯！"肖国成握紧常炽的手，"选举你负责！"

"不，我不是党员。"

"什么？"肖国成看了老头一眼，"那，你把大家登记起来。"

"我不识字。"

肖国成从口袋里掏出那副眼镜递过去："给，不识字的知识分子同志！”

十五

廖文顶着锅盖般大的一块牛皮跑到牦牛旁边，把牛皮挡在牛头上，又把一束草塞进牛嘴里，爱抚地摸着牦牛。牦牛亲热地舔着他的手。

传来了孩子的声音：“叔叔，我还要吃！”

“有，有。”是一个大人的声音。

廖文好奇地望去，只见曾立标正伏在拖架上，端着一碗炒面糊糊，用小匙分别喂着萍萍和黄苏。

曾立标低声地说：“同志，当个党员，很难吗？”

“这……”黄苏沉思了一会儿，“当真的，当好的，很难很难！”

曾立标：“那……”

廖文走过去：“小孩？真好玩，比我的小鱼还好玩？”

他转身拿来了鼓皮，举在背篓的上方，又端着口杯给萍萍看。

看着游来游去的小鱼，萍萍一笑，把面糊喷了曾立标一脸。孩子笑得更欢了。

曾立标擦着脸：“这鱼要能做一盆鱼汤就好了。”

廖文：“你会做？给孩子喝，也给老黄同志喝，喝了病就好啦！”

黄苏无力地摇摇头：“老常呢？”

廖文：“干吗？他还能跑了？”

黄苏一愣，动情地说：“我想看见他。”

廖文抬头四望：“那不是，他来了。”他突然跳起身，“冰雹停啦，我去生火，熬鱼汤！”

常炽快步走到拖架边：“小黄，黄苏——”

黄苏：“老常，我怕不行啦……”

“胡说！”常炽劝慰地说，“我们有药，说不定这些人里还有医生。”

黄苏抓起身边的粮袋：“这，还有枪，你带上……”

常炽垂下头，手朝孩子指了指。

黄苏拉住常炽的手：“老常啊，出了草地，你别，别回四方面军总部啦。”

常炽淡淡地一笑：“走到哪儿我也是一个共产党员！”

他拿起了竹箫。

十六

小高地中央。

那些刚用身躯保护了伤病战友的党员们，又自动挤在肖国成的身边。他们从各种防湿的地方（油布包、猪尿泡、皮口袋里）拿出了自己的党证，人人神情肃穆、庄严。

忽然传来了轻轻的箫声。还是《苏武牧羊》的调子，只是吹奏得凝重、雄壮。

肖国成郑重地宣布：“红军长征后卫部队全体党员大会开始，组成临时支部。有什么提议？”

会场里静了一霎。

一个沙哑的声音传来：“先说说你自己吧！”

肖国成举着证：“肖国成，红二方面军二军团后卫连长。1933年在洪湖苏区入党。”

“一个好同志啊！”老炊事员感叹地说道。

另一个声音：“你也是好同志嘛，自己病得那么重还想着别人……哪年入的党？”

“入党年数不算少了，可能力小，眼看着党遇到难处，不能替党分忧啊。”老炊事员轻咳了两声，“我叫谢怀福，宁都暴动过来就加入组织，一直当炊事班长。”

给伤员包伤的那个女同志在担架上欠了欠身：“同志们审查一下，看我行不?”她把湿漉漉的头发往后一抹，露出俏丽的面孔，“伤员多，得组织护理。我是红九军医院护士长，李芳，党龄三年。”

肖国成望着同志们，心情激动。这些人，在党遇到困难的时刻，在死亡的边缘上，挺身站起来，走出来，向党要一副担子搁在自己那本已沉重的肩头上。一时，他仿佛看见，他和这几个人一起，带着这支队伍，踏着草地，正奋然向前行进。他想得如此入神，竟然忘了讲话。

“同意!”几个人在喊。

一只手举起来了。

三十多只拿着党证的手举起来了。

第三章

十七

暮色从草地四周升腾起来。

小高地上，一簇簇篝火燃烧起来。篝火边上，就是以党员为核心新组成的班排。

这些来自不同家乡、不同部队的红军干部战士们，一个多小时以前，还是单个的个体和零星掉队人员，远离大队，远离人群，孤零零地踯躅在人迹罕至的大草地上。他们踏过的每一个草墩，都是生与死的边缘。而现在，他们却从单体进入了集体。每个人，都成了这支部队的一部分。尽管这支部队还很小，也很软弱，然而，人们都感觉到了：这是自己的——自己的家，自己的命，自己的集体……

一件件湿漉漉的衣服伸向火边。破旧的军衣上，浮泛着淡淡的水汽。

搪瓷小碗，洋铁皮口杯，还有铜盆、瓦罐……各式各样的“锅”摆在木炭上，吊在支架上，里面的炒面糊糊在翻滚。

一堆火旁响起了粗犷的笑声。

另一堆火旁，几个女红军小声唱着歌。

动情的、豪放的，又略带悲凉的歌声随着篝火的火焰在跳动，随着细烟在袅袅上升，在这原始荒原上飞飘。

篝火旁。

曾立标怀里抱着萍萍，刚喂完最后一勺青稞面粥。萍萍昏昏欲睡。

小秦舔着自己的碗底，眼睛却望着许苓的茶缸。终于忍不住了：“小许，你碗里还有吗?”

许苓：“还有点，我冷，吃不下。给!”

小秦接过来，贪馋地吃着：“同志哥，你真好!”

在他回头的工夫，曾立标把自己的半碗面糊倒进了小秦手里的茶缸。

廖文牵着牦牛转到上风，“嗬嗬”叫了两声。牦牛听话地卧下来。他得意地拍着牛肚皮：“看我给萍萍盖的这房子怎么样?”

“要得!”小秦忙把油布铺开，“许苓，你们娘俩睡吧!”

许苓瞪了他一眼。

小秦连忙改口：“对，你们爷俩睡!”说罢，又端起了茶缸。

许苓从曾立标手里接过孩子，笨拙地抱着孩子躺下。曾立标把一件羊皮背心盖到孩子身上。

萍萍睡眼惺忪地喃喃呼唤：“妈妈!”

许苓附在萍萍耳边："叫阿姨!"

萍萍继续叫："妈妈!"

许苓望着孩子，眼角挂上了泪水。她把孩子抱紧了，答应了一声："哎！——"

"妈妈——"

"哎——"

两个人睡着了。

小秦在许苓身边躺下，一只受伤的胳膊搭在了她肩上。廖文抱住了小秦的腰，两人发出了鼾声。

曾立标深情地注视着这几个大大小小的孩子们。

十八

小高地上。

篝火照不到的黑影里，三个人坐在一块油布上。

那个背驳壳枪的干部叫冯朝，他正在滔滔地讲着："……自由行动，爱走走，爱停停，凭什么受那个湖北佬管。再说，"他晃晃粮袋，"粮食集中，给他？叫这个'九头鸟'带走了怎么办？你说是不？侯志平？"

叫侯志平的战士点了点头。

冯朝又掏出块东西递给对面的一个小战士："小朱，犒劳你!"

"什么?"

"牛肉干!"冯朝冷笑一声，"自由自在的，不比喝野菜汤强?"

小朱胆怯地说："那我们怎么办?"

"自由行动！有的是办法!"冯朝把声音压低了，"刚才，我看见有头牦牛，那可是好东西……"

他越说声音越低，听不清了。

小高地另一侧，一簇篝火边，也有三个人在交谈着。

肖国成把一张纸看完，对汪坤说：“小文书，往后每天宿营以后，填一份实力统计。”

汪坤：“是。”

望着汪坤的背影，肖国成向着常炽：“既然你不识字，就不给你看了。”

常炽凄然一笑，没说什么。

“一共七十七个人，外加两个四岁的女孩。”肖国成看着纸头，“党员三十五，少共团员十七。”

常炽：“统计，不大确实。”

肖国成惊诧地说：“什么?”

常炽把话岔开：“不过也想不到，差不多是一个连。”

肖国成：“哎呀，我的天！这个连，单位包括了三个方面军、九个军和军团的番号。”

“好家伙!”常炽高兴地说，“全国三大主力红军已经在这个连会合了。”

肖国成：“就是伤病员多，轻重伤号四十一名，重病号八个。”

“粮食怎么样?”

“情况不好。有粮袋的只有三分之一，还有一头牦牛。刚才只准每人吃一两!”

“不行，还得减!”常炽扳着指头，“第一次过草地用了六天，南下二次过是十一天，这次嘛，我们才走了一半，还得五六天才能走出去。”

两个人都感到了形势严峻，谁也没有说话。

稍停，常炽充满感情地说：“肖连长，我看出来了，你有只有力量的手！无论如何，你得把这些同志带出草地，赶上大队！”他紧抓着肖国成的手，“保存下这支红军不容易！多保住一个人，就多一颗革命的种子啊！”

肖国成也很激动：“我，和你！”

常炽：“我，一个老挑夫。”

肖国成生气地说：“你，你这是为什么嘛！”

“我说统计不确实嘛！”常炽笑笑，“支部书记同志，我是一个反革命，一个等待枪毙的肃反对象！”

肖国成一惊，半天，冒出了一句：“老同志，别开玩笑了！”

“也许别人跟我开了个玩笑，现在，绝不是玩笑。”常炽正色地说，“文件就在押送我的黄苏同志那里。”

肖国成严肃地问：“什么问题？”

“去年一过草地，我反对南下，主张跟党中央北上；到了卓克基，要另立一个党中央，我又反对，不肯举手。”常炽轻松一笑，“说简单点，我把党和红军的团结看作是生命。为这，人家就要我的性命！”

“这……”肖国成摇了摇头，“我弄不明白。”

“对，你还年轻，有些事情你一时也许弄不明白。”常炽深情地说道，“有时候，只有自己的血，才能使人聪明起来；只有自己的血，才能使革命前进！”

“这……我得想想。”肖国成拍拍枪壳，“现在，我只有一个要求，你得像刚才一样，帮助我。”

常炽：“我对你也有一个要求：派个身体好的同志跟着我。”

肖国成：“我抽不出人看押你！”

“不，我只能向你报告：我挑的箱子里有一批珍贵的药品，必须有党的决定才能动用。”常炽掏出那张纸，郑重地交给肖国成，“这是药品的清单。”

肖国成望着纸片，陷入了沉思。

十九

深夜，寒风阵阵。

萍萍被冻醒了，伸手一摸，牛没有了。她哭喊着："妈妈！"

许苓："别闹！"

萍萍揪着许苓的眼皮："叔叔妈妈，老牛跑啦！"

人们醒来了。

肖国成和常炽走过来。

常炽："不要急，看准蹄印，追！"

黑暗的草地里。

冯朝等三个人慌慌张张地走着。

侯志平牵着牦牛走在前头。他小声问冯朝："往哪走？"

冯朝："别管，走出去再说！"

小朱："人家追来啦。"

小高地边上。

追赶的人停住了脚，向黑暗里望着。

肖国成："汪坤，跟我下草地追！"

廖文："我得先把我的牛叫回来！"他将手绕在嘴边"嗬嗬"地叫起来。

草地里，牦牛听到了叫声，突然转身往回跑去。侯志平被拉了个跟头。

冯朝一拉他："快走！"

牦牛从黑暗里钻出来，跃上了高地，来到了廖文身边。

小秦晃着大拇指："小廖，你真神。将来杀牛的时候，多分给你一块肉。"

廖文变了脸："谁敢杀它？"

肖国成还要进草地追，常炽拉住了他。

肖国成愤愤地说："竟然有这样的人！"

二十

拂晓，大雾弥天。

一支部队从雾里钻出来。

走在头里的是肖国成，他背着曾立标。小秦拄着根棍子走着。许苓背着背篓跟在后面。在汪坤、廖文赶着的牦牛后边，常炽依然拉着那张拖架，只是肩上多了支花机关，鼻梁上多了副眼镜，使这个老头看上去更加不伦不类了。

肖国成扭头望着这一切，心情有些激动。他眼前重又浮现了昨天傍晚那混乱的景象：一支竹篇戳着他的肩膀，一个声音响在耳边："把党证拿出来，集合起党员，先保护伤病员！"……"把这些同志带出草地，需要一只铁样的手。"……

他心底的声音在响："常炽，他，会是个反革命？"

他情不自禁地向常炽望去。

常炽早被几个年轻人团团围住了。他正在边走边讲故事：

……天，黑得像锅底。伸出手，也看不见指头。往哪儿走，才能走出这阴森森的大森林呢？……哎，当心！

常炽吃力地把拖架拉过一段烂泥，咳嗽了一阵，又说下去：

这时候，丹柯解开了衣裳，一把撕开了胸膛，掏出了自己的心！

小秦惊叫了一声：“啊，心?!”

对，是心！那颗心哪，在他手里噗噗跳着，闪光，发亮。丹柯把这颗心举在头顶上，给全部落的人照着路，往前走。走啊，走啊，终于走出了墨黑的大森林。

廖文问：“丹柯呢?”

常炽：“他倒在地上，死了。”

听众里传来一阵轻轻的叹息。

许苓问：“这是真的?”

常炽：“一个外国作家写的故事。”

小秦：“这个外国人你见过?”

“见过，听过他讲演。”常炽捋着胡须，回忆道，“他那时候，也有这么一把胡子!”

廖文自己念叨着：“那心哪，闪光，发亮……”他的眼睛像眼前这雾一样，模糊了。

二十一

又是一支小部队从浓雾里钻出来。

走在头里的是伍芝兰。她挽着被她救出来的那个伤员，吃力地走着，忽然仰起头，喊道：“哎——同志们——”

过了一会儿，后边雾里传来了喊声："哎——伍排长——"

伤号："同志嫂，你这个办法不错，保持联络，又给同志添了劲！"

"逼的嘛！"伍芝兰苦笑了一声，"我实在没有什么能给同志们的啦，就剩了这声音……哎——同志们——"

后面传来了呼应。

伍芝兰充满感情地说："有一回，孩子他爹跟我说，人世间最好听的，就是听战士说话、唱歌、叫'同志'。我不信，为这还吵了嘴。我说：我叫你'萍萍她爹'，不好听？……那时候，我不懂啊！哎——同志们——"

伤号："你那孩子她爹在哪个单位？"

"红三十军，当团长。"伍芝兰声音很低，"去年打百丈关，牺牲了。"

伤号扭转了头。

"那天，我带着我那个排掩护医院往后撤……"她陷入了回忆之中，"路上碰上了，我带着孩子和他见了最后一面。这回，他说了：'你的声音真好听，是甜的！'真的，至今萍萍还常问我：声音，怎么是甜的？"

伤号唏嘘地说："同志嫂，你的孩子兴许还在。"

伍芝兰没有说什么。她扶着伤员跨过了一道水沟，放声喊道："哎——同志们——"

那声音，像是甜的，又像是苦的。

二十二

浓雾里，冯朝等三个人在烂泥里挣扎。

冯朝向小朱靠近了些："小朱同志，一大把牛肉干，把你那根木棍换给我，怎么样？"

小朱没吭声。他正用木棍探着路，跳过一道烂泥沟。

冯朝："要不买你的，一块袁大头。"

忽然，侯志平"哎哟"一声栽倒了。

一个个黑影纵身跑了过去。原来是一群黄羊。

冯朝惊慌地说："不好，走到没人的地方来了！"

就在这时隐约传来了人的喊声："哎——同志——"

三个人惊喜地向着喊声奔去。

浓雾在消散，伍芝兰的轮廓清晰地显现出来。

忽然前面出现了一个黑点。

她以迅速的动作抽出驳壳枪，在大腿上一碰，推上了顶膛火。

一群黄羊飞速奔来。

伍芝兰打个点发，羊群不见了。

伤号："不知道打着了没有？"

"两只！"伍芝兰脸上头一次有了笑容，"可以解决一下肚子问题了。"

两只黄羊倒在草丛里。

有人在叫："黄羊又回来了，快打！"

"别打呀！"冯朝等三个人跌跌撞撞地迎面走来。

第四章

二十三

夕阳的余晖洒在草地上，把草毯泥淖照耀得柔和而又美丽，就连跋涉者的剪影也变得峭拔、雄健，充满了活力。

肖国成站在行军队列旁边察看着，不时搀扶一下步履艰难的同志。

他扶着曾立标跨过了一个草墩，小声问道：“怎么样？我再背你走几步？”

曾立标：“不用，能坚持！”

肖国成：“这云南白药就是灵。”

“还有你的脊梁。”曾立标感激地说，“在你背上趴了三天，伤好多了，心也亮堂了。”

肖国成笑笑：“这么说，还是不死的好？！”

“看你，净揭人的短！”曾立标不好意思地笑了，“死，有千种万种，这会儿我得挑一挑，找一种最能给人带来好处的……”

“好！”后面的常炽喊出了声。

“什么？”肖国成靠到了常炽身边。

常炽神情激动地说：“感觉到了没有？几天来，这支队伍里有一种东西在增长。”

肖国成点了点头。

常炽：“人这个东西，就是有点怪，单个看，一个一个，平平常常；起来往一个目标走，就跟进了一个学校，就学到东西，就有了精神……”

“就是学费高了点。”肖国成放低了声音，“今天早上又死了一个……党员，又少了一个同志……”

曾立标注意地听着，脸上浮上了坚毅的神色。

二十四

傍晚。

伍芝兰一手搀着重伤员，一手拉着小朱，跨上了一块小高地。

小朱眼尖，一眼看见了不远处一堆篝火的余烬。他连忙跑过去拨弄着，居然冒起了火苗。

人们陆续来到篝火边上坐下来。

伍芝兰抚着小朱的脸："这么瘦，多大啦？"

"属鼠的，十二啦！"小朱情不自禁地往伍芝兰身边偎偎，"巴中东乡的。"

伍芝兰："这么小，爹妈怎么舍得你当红军？"

小朱："撤出苏区，妈妈走散了，爹牺牲在杂谷垴，我就把爹的军装穿上了。"

小战士的话触动了女排长的心。她抱住了小朱的肩膀，低低地叫了声："孩子！"

"排长，你好，你像个妈妈一样……"小朱把头扎进伍芝兰怀里，呜咽着，"我不好，我是个坏孩子！"

伍芝兰："怎么啦？"

小朱："我不守纪律，跟着人家乱跑，还……"他从伍芝兰怀里挣出来，坐起了身。忽然，他叫起来："对，那天晚上，就是在这里，跟他们偷牛，连小孩子也不顾了……"他大哭起来。

伍芝兰坐起来，给他擦着眼泪："别哭，别哭！"

伤号探过身问小朱："你说什么？小孩子？"

小朱点点头。

伍芝兰也注意起来："多大？"

小朱："天黑，没看清。"

伤号："是男孩还是女孩？"

小朱摇摇头。

伍芝兰失望地叹了口气，紧紧抱住了小朱："好，好，能跟大伙儿在一起，就是好孩子！"她高声地说："来，找水，煮黄羊肉！"

伍芝兰望望篝火四周，问道："还有两个同志呢？"

冯朝和侯志平早就不知哪里去了。

二十五

一条清清的小河，河边几簇灌木丛，简直成了草地的美景。

落日余晖里，队伍正忙着安排宿舍。河边到处是欢快的人群。

许苓抱着萍萍来到河边。

几个男孩子正在河水里嬉戏。小秦站在齐腰深的水里喊着："小许，快来呀！"

许苓转身走开。

她走到下游一丛矮树旁。树后，一个女战士探出头来，呵斥地说："小鬼，走到哪来啦，不快走开看我不拿皮带抽你！"

许苓苦笑一声，又走开了。

萍萍："我要跟小秦叔叔和老牛一块儿洗。"

"他们是男的。"

"跟阿姨洗。"

"她们是女的。"

萍萍怔怔地望着许苓。

她俩终于来到了一个僻静的河湾。许苓帮萍萍脱了衣服，把她浸到水里。

轻风送来一阵悦耳的箫声。还是《苏武牧羊》的调子，但吹得轻快、悠扬，和眼前的情景十分谐和。

离河边较远的一丛树边，临时党支部委员会已开了多时了。

"还是杀了吧！"说话的是李芳，"今天又死了两个同志，饿死的。"

炊事班长老谢倚着树干喘息着，说话有点上气不接下气："杀是要杀的，可能不能再等两天？……"

李芳："这两天吃什么？吃草？"

“对，吃草!”肖国成点点头，“老常的意见，把同志们逼一逼，准备更苦的时候! 我看就这么定了!”

李芳边走边嚷：“这个死老头子，老是‘准备更苦的时候’，哼!”

老谢拉住了肖国成：“有两个人提出要求入党，得讨论一下。”

肖国成：“这样的时候，还顾得上这个?”

老谢正色地说：“正是这样的时候，才能吸收到真正的同志!”

肖国成答应道：“对!”

老谢：“正是这样的时候，更得想到同志的心愿。”

河边。树丛梢头搭着几件洗净的衣服。

萍萍光着屁股在草滩上高兴地奔跑着。

许苓显然已经洗过了澡，穿着内衣，在对着河水出神。

水里映出许苓那洗净的脸庞和花布衬衫，完全是一个秀丽的姑娘。

许苓看着自己的影子，眼前浮起了幻影：风，吹拂着长长的发辫，花衣裳……

忽然传来了萍萍的喊声：“叔叔妈妈——衣裳飞啦!”

果然，晾干的衣服被风吹离了树枝。许苓紧抢紧追，还是有萍萍的一件衣服吹上了天，转眼不见了。

许苓佯怒地拍打萍萍的屁股，两人高兴地滚在草滩上。

二十六

细雨蒙蒙，冷风阵阵。

傍晚，篝火边，许苓正在给萍萍喂饭：“好孩子，再喝一口!”

萍萍摇摇头：“我不爱吃草，我要吃炒面面。”

许苓为难地说：“炒面面没有了，叔叔阿姨都没有了。”

萍萍乱蹬着小腿哭着：“我，我饿……”

曾立标拄根竹竿，一瘸一拐地走过来。他伤口已经好了，但人却消瘦得厉害。他把两个烧熟的鸟蛋递给了萍萍。当许苓正在剥蛋壳时，他从粮袋里掏出一大把炒面，偷偷放进了萍萍的小碗里。

许苓按住了曾立标的手："这，你有伤……"

曾立标掀了掀衣襟，露出腰间捆着鼓鼓的一条粮袋。他狡黠地笑笑，脚步蹒跚地走开了。

拖架旁边，廖文正在忙乱着，抢救黄苏。

黄苏浑身抽搐着，昏迷中却不停叫着："老常，老常——"

常炽和肖国成快步赶来。

常炽抱住了黄苏，呼叫着。

黄苏醒来了。他认出了常炽，紧紧抓住了他的手，叫了声："常炽同志!"

常炽激动地说："我在这儿!"

"常炽同志!"黄苏又叫了一声，"走出了草地，赶上了大队，就要处决你啦!"

"这，我知道!"常炽平静地说，"黄苏同志，把文件交给支部书记吧!"

黄苏摇了摇头："没有，没有什么文件……它，已经跟我一块儿……没有啦!"

常炽流着泪，把手伸进了黄苏怀里，摸出了那个油布包。

黄苏想去抢，已经没有力气了。他断断续续地说："常炽，一个好同志，好同志……"声音渐渐弱下去了。

常炽呆呆地注视着黄苏那年轻的脸，慢慢地拿起了竹箫。

肖国成抚摸着常炽那颤抖的肩膀："常炽同志，晚上，请你列席支部委员会。"

二十七

阴沉的草地。

两天前清澈得可以照人的那条小河，如今却浑浊不堪。

伍芝兰提个竹篼，小朱端个铜盆，在河边走着。

两人把一块块核桃般大的黄羊肉递到一个个同志的手里。

可以看见，这支小队伍又扩大了，有了十多个人了。

伍芝兰把一块肉递给了一个青年战士，交代地说：“吃完了，把枪擦一擦！”

那战士抬了抬眼皮：“擦它干啥？又用不着？”

伍芝兰不悦地说：“军人，哪能不擦枪。这擦枪布嘛……”

“我有。”

“你有？”

“努，那不是？”那人指了指高处，“一会儿我去拿！”

伍芝兰顺着他的手指看去，只见树梢头挂着一件小孩衣服。她仔细看着，觉得一阵眩晕，差点倒下来。

小朱忙问：“怎么啦？”

伍芝兰：“孩子的衣裳，可孩子……”

伤号高兴地说：“我说同志嫂，孩子能到了这里，一定是在自己的同志手上嘛！”

伍芝兰眼睛里充满了希望。她把衣服抱在怀里，低叫了声：“萍萍——”

二十八

一块平坦的草毯上，画出了一个长方形，上边挖出了镰刀斧头图案。

面对着这面别致的党旗，肖国成正高举右拳，领着两个新党员举行入党宣誓仪式。

肖国成："……为共产主义奋斗到底!"

曾立标和另一个战士："为共产主义奋斗到底!"

肖国成放下拳头，转过身来，紧紧握住了两个人的胳膊，深情地说："同志，难哪，你们都看见了，党现在很难哪!"

青年战士："就是因为难，我才要到党里来!"

"我来晚了一步，"曾立标说，"我知道党遇到了难处，不要紧，把困难砸开，分给我一块，我扛上!"

肖国成激动地把两人抱紧，什么也说不出了。

几个年轻的战士，在树丛后边看着这动人的情景。

肖国成匆匆走过来，发现了他们："干吗不去挖野菜去? 不挖，吃什么?"

许苓："连长，真奇怪，野菜少了!"

肖国成："少了，说明更困难了! 更要去找!"

孩子们散开了。

许苓努着嘴在萍萍耳边说了句什么，然后把她往肖国成怀里一塞："连长，抱她一会儿，我得挖野菜去!"转身跑走了。

几个支部委员在谈着什么，肖国成抱着萍萍走过来。

李芳把三张纸片递给肖国成，声音有些颤抖："看，又是四个，连昨天一共五个同志牺牲了，三个是党员!"

肖国成看着三份党证，低声地说："江西吉安，湖南桑植，四川通江……"他突然一挥手，厉声地说，"把牦牛杀掉!"

谁也不再说什么，默默地举起了手。

二十九

细雨中，人们三三两两地在寻找野菜。

汪坤、廖文边挖菜边谈，牦牛慢吞吞跟在后面。

肖国成轻步走过来，把孩子放下，围着牦牛走着，看看，摸摸，走开了。

萍萍走到牦牛身边，从口袋里掏出一小块黄糖，自己咬了一口，把其余的填到牛嘴里。

许苓："萍萍，你干什么。"

萍萍："我不吃，让老牛吃。要杀它啦！"

廖文："瞎说！"

萍萍："胡子叔叔说的。"她学着大人样子，"把牦牛杀掉！"

小鬼们全怔住了。

廖文像疯了一样，拔腿就跑，迎面遇上了常炽。他愤怒地冲上去："不许你们杀牛！"

常炽："好大的火气！"

廖文："你亲口说的，牦牛是党的财产。"他挥着拳头，在常炽胸前擂着，"拉过钩的，不算数！"

常炽也严肃起来："廖文同志，现在需要把它杀掉！"

"同志？谁是你的同志？"廖文怒不可遏，"怪不得黄苏同志骂你是反革命，来呀，揍这个反革命！"

小秦走过来，小声问汪坤："当真？"

汪坤点了点头。

小秦"噗"的一口唾沫吐到了常炽脸上。

"哎，等等！……"汪坤一句话没说完，廖文一弓腰，脑袋撞在常炽肚子上。常炽哎哟一声，仰面倒下了。

小秦骑到常炽身上，挥拳要打，被许苓拉住了："别，别!"她看见了走来的肖国成，忙喊，"连长，快来!"

肖国成喊道："干什么?"

廖文："打这个老反革命！他要杀牦牛!"

肖国成推开小秦，扶起了常炽，一边用袖口擦着常炽嘴边的血，一边说道："杀牛是我的命令！至于常炽同志嘛，"他掀起常炽的衣襟，撕开了一个补丁，拿出了一个油布包，打开来，"这，是他的党证!"

常炽一愣。

孩子们也都愣住了。

肖国成命令走来的曾立标："把牛拉走!"

曾立标捡起牛绳，牵着牛走开。

廖文定定神，"啃啃"叫了两声。

牦牛挣脱了曾立标的手，又跑了回来。

事情完全僵住了。

常炽在肖国成搀扶下站了起来。他向肖国成问道："你手里是什么?"

"党证。不过，人已经没有了。"肖国成扬了扬手里的纸片，"今天，又有四个同志饿死了，三个是党员!"

"走，去看看。"常炽长叹一声，"至于杀牛嘛，"他像是对肖国成说，又像是自言自语，"我知道，这牦牛是廖文同志的心啊!"

廖文眼前一阵昏黑。一霎间，他仿佛看见自己手里托着一颗心：那心赤红透亮，却不知怎的是牛形的。

廖文轻轻摸了摸牦牛，随手把牛绳递给了曾立标，自己却捂着脸哭出了声。

人们静静地看着这一切。

只有萍萍抓着牦牛那长长的鬃毛，贴在自己脸上，把老大一块黄糖填进牛嘴里。

第五章

三十

一堆篝火在慢慢熄灭下去。

篝火四周，人们都蜷曲着身子睡着了，只有两个人在低声谈着话。

常炽望着肖国成："该下决心啦，连长同志！"

肖国成长叹一声："老常啊，我多么想把这些同志都带出去，一个不少地带出草地，带给党。"他扬起巴掌揉了揉眼睛，"想不到难到这个地步……"

常炽："这正是为了都带出去嘛！"

肖国成迟疑地说："谁说要下大雨？要是没雨，也许赶一赶，能过河……"

"一定有大雨！"常炽肯定地说，"今晚，至迟明天晚上！"

肖国成："你倒真像……"

常炽："像什么？"

"像个反革命！"肖国成认真地说道，却又叹了口气，"唉，偏偏又有道理！"

常炽："要是你不下这个决心，倒是要损害革命！"

"你？……"肖国成没有说下去。老炊事班长谢怀福爬了过来。他喘吁地把一个挎包放下，歇了歇气，说道："我们，伤重病重的，商，商量过了，还有点剩牛肉，让，让年轻的同志先走！"

肖国成看了一眼常炽，没有作声。

“我们嘛，有一口气，就往北爬一步!”老谢坚定地说，“人受了伤，心，没有伤，不会给咱红军丢脸的!”

“想到一块儿了!”常炽激动地说，“还要快，要他们抢在曲河涨水以前走过去!”

肖国成：“真的要下大雨?”

常炽小声地说：“给你们看样东西。”

常炽转身撩起衣服。肖国成抓起一块冒火的树枝照着，只见常炽腰背鞭痕累累，腋下有一处伤口流着脓血，不禁“啊”了一声。

“嘘——保密!”常炽苦笑一声，“断了两根肋骨，倒留下了个晴雨表，灵得很!”

传来了脚步声，常炽慌忙放下衣服。

走来的是刚入党的那个战士，他来到火边，把曾立标从背上放下：“侦察过了，现在曲河能过!”

肖国成：“老曾怎么啦?”

“他非要亲自过河试试，回来的时候栽倒了，喝了几口水。”

“去，叫李芳来!”肖国成焦灼地说，“这几天他的伤刚好……”

李芳赶来了，摸摸曾立标的嘴，又俯在胸前听了听，默默地摘下了帽子：“饿死的。”

肖国成惊讶地叫起来：“他有粮啊!”

老谢：“中午走的时候，还把分的一点牛肉给了萍萍。”

肖国成掀开曾立标的衣服，拽下腰间的粮袋，一把撕开。粮袋里全是烂草。

“这，这……”肖国成哭出了声，“他昨天刚入党，才有一天的党龄!”

“一天的党龄!”常炽低声重复了一句，泪水成串地流下来。

肖国成抓住了常炽伸过来的手。接着，一只，又一只，四只手抓在了一起，四双眼默默地互相望着。一个重大的决策在无言中决定了。

三十一

清晨。

十四五个小战士和七八个女战士挤坐在一起，同声唱着《红军主力会合歌》：

万余里长征，经历八省险阻与山河，
铁的意志，血的牺牲，
换得伟大的会合。
为着奠定中国革命巩固的基础，
高举红旗向前进！……

人们个个装束得停停当当，个个神情庄重。

李芳走到一个十七八岁的女战士身边，把绣有红十字的挎包交给她，俯耳嘱咐着。

老谢在小鬼中间爬着，把一块块烧得焦黄的牛皮分给每一个人；趁人不注意，又把一个小包塞进了萍萍的背篓。

肖国成来到常炽身边，低声说："都准备好了！"

"嗯。"常炽把自己那根竹棍递过去，叹了口气，"给孩子撒谎，这可是头一次。"

肖国成："也是最后一次！"

他大步走到队前，严肃地扫视全场："现在，我们处境十分困难，伤病员多，又断粮了，行军速度太慢。为了把一件重要的东西保护好，追上大队后卫，安全地交给党，党的临时支部组织你们这支先遣分队！汪坤同志！”

“有！”汪坤走过来。

肖国成举起竹棍，拔开塞头，把一卷纸拿出来：“看好了，这是一份重要文件！”他把塞子按好，两手捧起，郑重地递到汪坤手里，“汪坤同志，我命令你，带领这支先遣分队，立即出发，走班佑、巴西、俄界，一直向北前进，直到遇上红军部队，把它交给部队最高首长！”

场子里静静的。

“同志们！”肖国成把一挺花机关挂在汪坤的肩头，感情激动地说，“记住，就是剩下一个人也要把这件重要的东西送到！”

“是！”年轻人一齐应道。

肖国成挥挥手：“出发！”

小部队排成一路纵队，踏上了北去的征途。

伴随着青年人的脚步，响起了动情的箫声。《苏武牧羊》的调子又变得凄婉、悲凉了。

三十二

伍芝兰带队前进，可以看出她的小队伍又扩大了些。

突然，小朱叫起来：“伍排长！看！”

伍芝兰随着他的手指看去，只见大约几方丈大的一片翠绿的野菜。地边，插着一块木牌，上写着：

“前边野菜日少，吃饱带足，向北前进！”

伍芝兰高兴地看着落款：

“红一、二、四方面军混成后卫队。1936年8月。”

三十三

先遣小分队正在徒涉曲河。

汪坤严肃地站在岸边指挥着。

小秦扶着许苓跨上河岸，忧心地说："这河，要是一涨水，他们怎么过呀！"

萍萍从背篓里探出头来："变个小鸟儿，飞过去！"

小秦皱皱眉头："可惜，我是十四岁，不是四岁。"

三十四

傍晚。

后卫本队在行进。尽管人们在用着全力，队伍还是走得很慢。

肖国成和那个刚入党的战士抬着一副担架。

担架上，老谢在喘息着。

担架走过常炽身边，几滴雨点飘落下来。

肖国成："常炽同志，算你猜对了！"

常炽："就是不知道他们怎么样了？"

三十五

夜。暴雨中，汪坤带着小分队艰难地前进。

突然，廖文"哎哟"一声摔倒了。

小秦连忙去扶："怎么啦？"

廖文呻吟着："石头，绊了我一个跟头！"

汪坤走过来："什么？石头？"他伸手在泥水里摸着。

一道闪电，看清了，果然是块石头。

汪坤一把抱住了廖文："好小子，这一跤摔得有名堂！"他大声地喊道，"同志们，有石头，离草地边边不远啦。"

三十六

拂晓。

在小分队行进的前方出现了一块高地。

高地上，传来了号声。

汪坤从瞌睡中醒来："小秦，什么号？"

小秦："问我们是哪一部分！"

汪坤："快，快联络！"

小秦苦着脸："小文书，这肚子……"

"哼，敲竹杠？"汪坤拿出核桃般大的一块牛肉，"好，补贴你！"

小秦狼吞虎咽地吃罢，清亮的号声响了。

曲河边上。

后卫本队在宿营。

河里，黄水汹涌奔流。

岸边，常炽在吹箫。还是《苏武牧羊》的曲调。

伍芝兰带队行进。

前边传来了箫声。

伍芝兰手一挥，部队加快了脚步。

三十七

先遣队与设兵站的连队会合在一起。

汪坤正和一个干部模样的人谈话："……魏指导员，收容队的肖连长要我把一件重要的东西交给您！"他拔开竹塞，把文件递过去。

魏指导员打开文件看看，手在微微颤抖。

他就用这颤抖的手捧着文件，放在汪坤的手里："这，是给你们的！"

汪坤诧异地说："什么?"

青年人陆续围了过来。

魏指导员："识字吗？读给同志们听听。"

汪坤展开那张纸，大声读道：

亲爱的同志们，孩子们！当你们看到这封信的时候，你们就知道了：我们请你们交给党的重要的东西，不是别的，正是你们自己！

汪坤停住了。

人们怔住了。

汪坤继续读下去：

我们还在奋斗，前进！只是环境十分恶劣，不知能否如愿。我们要求你们：不要等待，不要停留，一直走到陕北，走到自己的队伍里去。你们走的每一步里，都有着我们的希望！

听我们的话，前进吧！

信读完了，人群里一片寂静。只有晨风掠过草原，把草梢上的露珠摇落下来。

汪坤突然回转身，向着南方，跪在了地上。

孩子们仿佛听到了一道无声的命令，一齐跪在地上。

他们抬起泪眼，遥望南天，大声呼喊着：

“同志们——”

仿佛在回答他们，远处隐约传来了动情的箫声。箫声，蕴含着对理想的忠诚，也带着来自四面八方的红军战士的心愿：他们期待着胜利会师，期望着团结一心，永不分离。

1985年8月

血染的犁

王树声同志是鄂豫皖苏区和红军的创始人之一，是大别山的英雄战士。

——徐向前

莽莽苍苍的大别山，绵亘起伏，从高空俯瞰，宛如一幅气势雄浑的绒绣图。

公路如带，蜿蜒起伏。

一辆蓝色的面包车，缓缓蠕动。

面包车在公路上行驶。

一位年约四十岁的女同志，她叫林群，靠在车座上；她的脸色有些憔悴，然而端庄，可以想见她在年轻的时候是相当漂亮的。

林群的画外音：“因为工作关系，我不止一次来到大别山，接触到这个老苏区的革命斗争历史，我激动不安，常常不能自已，谁能想象到，就在这座建设得愈来愈美丽的大山里，曾经发生过那么多的震撼人心的故事……”

突然，枪声大作，掀天揭地的爆炸声接连而起，铜锣一声紧似一声，以金属的爆裂呼啸，撕人肺腑，人声如潮水一般："啊……啊……"隐约可以听出："打倒土豪劣绅！""打倒红枪会！"

巨大的声浪，顷刻停止。

寂静，鸟声如歌，溪声如诉。

林群将捂住眼睛的双手徐徐放下，目光投向远方，仿佛投向用血与火写成的那段历史……

林群稍稍将身子探前，关切地说："离麻城不远了吗？"

反光镜里映出司机专注的神色："快了，还有六十七公里。"

林群抬手看看表："晚饭前将近一个钟头可以赶到县城。"

她从手提包里取出一本厚厚的打印稿，封面是娟秀的毛笔字：《王树声将军传》，作者——林群。

她随意翻动。

打印稿上很快地迭映出王树声不同时期的片段：

少年时代的王树声，坐在简陋的乡村私塾里，随着同学们一起背诵课本，小木桌上放着一本《论语》。

县城教堂里，王树声站在祷告的同学中间，握紧拳头。洋教士傲慢地训斥他，王树声忍耐不住，举拳将洋教士打翻在地。

《新青年》翻开了，王树声急切贪婪的目光——他已是健壮的青年人了，他兴奋地握紧拳头捶着桌子。

镜头从拳头上拉开，王树声做了个决断的命令手势，手握大刀、长矛的农卫军战士将背上插着纸标的土豪劣绅押送下去。

腰别撇把子枪的王树声，在乘马岗会馆前，带领农民高呼口号。

标语：热烈欢迎红四方面军。

一面旗帜遮住了标语，后面是长长的队伍，中年时期的王树声走在队伍旁边，他身后跟随着一个小司号员。

王树声打着裹腿，穿着一双旧布鞋，坚定有力地迈步。

飞驰的马蹄。

身穿解放军军装的王树声，举着手枪，高呼着口号，策马冲锋。

从刚刚解放的城市的废墟旁，驶出一辆敞篷吉普车，壮年时期的王树声对并排坐在后座的青年军人说话，那人迅速在笔记本上记录下来，等吉普车一停便跳下车，向王树声行了个军礼，转身走去。

吉普车消失在尘土中。

身穿大将军服的王树声，出现在飞机舱门口，他两鬓斑白但精神矍铄，挥手致意，步下舷梯。

王树声穿着普通士兵的军装——军衔制已被取消——教战士瞄准射击。

中央军事科学院的礼堂里，坐满了各军兵种的高级军官，王树声正在给大家做报告。

王树声提着一桶饲料，走进猪圈喂猪。他已经老迈，变得瘦弱，动作很吃力。

墙上的标语：走五七道路。

王树声病危，周总理、李先念、徐向前等中央领导同志在病房探望，杨炬同志扶他坐起，激动地握手。

…………

林群从稿本上抬起目光，陷入沉思。

林群重新翻开稿本，这是折叠起来的一页，开头的空白处一行红色的毛笔字迹：加一章，“婚姻的悲剧”（1927年）。

“婚姻的悲剧”，林群喃喃地自语，现出痛苦的表情。

（闪回）

省出版社编辑部。

编辑：“我们经过研究，同意你的意见，再加一章，题目是不是叫作《婚姻的悲剧》还可以考虑。那么，你能不能把这一章的基本内容先告诉我们，我们，也许，可以在角度上给你提供一点参考性的建议……”

林群为难地微微一笑：“我也了解得不够。几年前开始收集资料的时候，避开了这些内容　现在，我想再下去了解……”

编辑：“那么，杨炬同志，她的意见呢？你征求过没有？”

林群：“增加这一部分内容，是杨炬同志主动提出的。”

编辑：“哦……那，她……”

林群：“在延安，王树声同志同她结婚前曾经谈过这件事。是一次包办婚姻，你知道，1927年，在农村，这是很普遍的。后来，大概是半年以后，胡秀英便被敌人杀害了。杀她的，是王树声的舅舅，一个恶霸地主，红枪会的头目丁济仁。他俩在一起只过了几天就分开了。王树声产生了误解，这使他在很长的时间里都感到痛苦……”

编辑略感意外地说："哦？"

林群："我想明天就下去。"

编辑站起来同她握手。

编辑："希望能抓紧时间，尽早写完，这本书已列入明年出版计划，我们想赶在年底前定稿、付印。"

面包车进入县城。

这是中原地区的一座老县城，然而新的建筑——厂房、带阳台的住宅楼、商店等等，到处可见。

街道两边的杨树已经长起来了，面包车在树荫中穿行。

司机："到县委客室吗？"

林群："不，直接到烈士陵园。"

烈士陵园。

门前的石砌台阶，宽阔漫长，通向山坡高处；耸立在革命博物馆大楼前的纪念碑，像一柄指向云天的利剑，映着夕阳，分外雄伟。

面包车停在台阶下的场地，林群疾步登上台阶。

革命博物馆大楼。

白发苍苍的老馆长热情地上前握手。

老馆长："县委已经通知我们了，我们临时找了一位老人，一起来回忆一下当年的情况。"

他们经过宽敞明亮的陈列室门口，能够看到里面墙壁上挂满了各种图片，标有红箭头的地图，玻璃柜中的生了锈的土铳、长矛；陈列室中央是一尊雕塑：农民自卫军队员在愤怒地敲锣……

小会客室。

满脸皱纹的老农民，抽着旱烟。

老农民：“我和他在一个塆子里。嗯，好多事情，年代久了，记不牢了。你问的他接堂客的事，有印象，是在1927年春上……”

林群揿动收录机的键子，盒式磁带缓缓地转动起来。

一串挂在竹竿上的鞭炮，噼噼啪啪地炸开，淡蓝的烟雾弥漫开来，从远方传来歌声“打倒列强”。

一片男女老少欢腾的笑闹声。

老农民的声音：“毛委员派来的学生军，打退了围攻麻城的土豪劣绅的红枪会，穷苦的农民像过节一样高兴。这时候，王树声结婚了，记得那是三天以后，新娘子从娘家回门……”

王树声家门口。下午。

堵满门口的人群，忽然往后退，让出一条道来，七嘴八舌地叫嚷：“挂到那个白果树上！”“嘿，给虎子，让虎子挂！”“快！快！”

虎子，一个精壮小伙子，从另一个青年的手中夺过一块布，抖开却是一道门帘，蓝底，绣着两朵白玉兰花。

“哟，绣得可真好！”

“这新娘子，手巧哇！”

倚着门框的新娘子胡秀英，羞涩地低下头。

站在她旁边的王树声坦然一笑。

虎子：“大哥，挂吗？”

王树声爽快地说："挂！"

虎子转身跑向白果树。

乡亲们蜂拥而去。

王母满意地说："嗯。这还差不多！不讲这个礼，不讲那个礼，都是封建的一套，那，你就干脆别结婚了！哼！"

王树声："娘，要依我……"

王母："依你，一辈子打光棍！要不是我张罗，你找得到这样好的媳妇吗？"

胡秀英难为情地说："娘……"

白果树下，人群攒动。

虎子爬上好几丈高的树干，动手将门帘系在一根树枝上。

他敏捷地从树上溜下来。

"新郎官摘门帘！""摘门帘喽！"

王树声大声宣布："乡亲们！农友们！摘门帘子，依你们。谁要我当这个新郎官呢？但是，我有一个请求。要闹，今天就闹个痛快！我们山巴佬们七灾八难太多，不是被逼租，就是被抓丁，现在又出了个狗日的红枪会，专门欺负我们穷苦人……"

"是嘛，说得对！"

"红枪会哪个惹得起，刀枪不入！"

"咳，谈这做吗事！快摘门帘喽！"

王树声："一言为定，难得有个热闹日子，大家跟着我闹吧。"

他脱下长袍，扔给虎子，把腰间的布带扎紧，胸前鼓鼓囊囊地塞着什么东西。他伸手掖了掖，然后将鞋一脱，噌噌地爬上树去。

王树声两腿盘着树干，迅速动手摘下门帘，抛给虎子。

乡亲们齐声祝福："新郎官登高啊！"

一位掉了门牙的老头子高声唱道："拜旗树下喜洋洋，恭喜新娘贺新郎，早生贵子后姑娘，贵子点中状元郎！"

王树声继续往上爬，攀上最高的树枝，树枝倾斜过去。

庆贺的人们不解地望着，有几个妇女担心地后退。

胡秀英害怕地抓住王母的手。

王母喊道："树声，快下来！"

王树声在树顶上哈哈大笑："怎么不喊了？快喊！……虎子，奏乐！"

虎子慌忙抓起铜锣，噹噹地敲响了。

几个青年吹起了喇叭。

王树声从怀里掏出一块红布，抖开，系在树枝上。

——一面黄犁头红旗在风中飘扬！

虎子等一群青年人将红白蓝布条做成的"三民主义带"斜挂在身上。

虎子眉开眼笑地敲锣。

吹喇叭的青年，鼓着腮帮子吹着喜庆的调儿。

王树声斜挂着红白蓝的三民主义带，站在桌子上讲话。

"过去，我们对泥菩萨烧香磕头，求神拜佛，可是我们发财了没有呢？没有。天天烧香，天天受穷，这全是骗人的。真正能够救我们出苦海的，不是‘救苦救难’、‘大慈大悲’的观世音，而是中国共产党！我们穷人想有田种，有饭吃，有衣穿，过上好日子，只有跟着共产党，组织起农民自卫军，跟土豪劣绅的红枪会干！”

虎子高声宣布：“现在拜旗！”王树声拉胡秀英同拜，一群年轻人紧跟跪下。

老农民：“那天夜晚，闹得很晚。农民自卫军成立了。年轻人不想睡觉，又跑去偷听新郎新娘的悄悄话。”

王树声房间。

半截红烛，静静地燃烧。

胡秀英：“你真胆大，当着全塆的人，把犁头旗挂得那么高。”

王树声：“哈哈，你害怕?”

胡秀英微微一笑，没有吭声。

王树声在房间里走来走去：“越怕，越出事。你躲着，它偏要找上门。如今，农民自卫军成立了，我们有了武装，还怕它红枪会?让丁济仁来尝尝我们的厉害!”

胡秀英：“丁济仁？他不是你舅舅吗?”

王树声：“他是红枪会的头子，逼死了多少条人命!”

胡秀英害怕地说：“那，你不能劝劝他?”

王树声：“到现在，只有它能劝了。”

胡秀英顺着王树声的目光看去，打了一个哆嗦。

墙角的箱子上，放着一把撇把子枪。

王树声拿起枪，上了一颗子弹，小心地把它放在枕头下面。

胡秀英含泪地说：“你……”

门外黑地里，几个偷听的青年人哧哧地笑。

虎子走过来，严肃地说："喂，你们干什么？走开，回去睡觉！"

他自己却不走，很有兴趣地听起来了。那几个走开的青年又走回来。

胡秀英："原来听说你是教书的，没想到……"

王树声："没想到是个赤匪，是吗，嘿嘿，我呀，不仅教过书，小时候还跟我爹学着背过汤头歌。要不是他死得早，也许我也当了郎中。"

他从墙角的箱子里拿出一厚摞线装书《本草纲目》。

王树声："幸亏我没有行医。我这脾气，就爱开猛药。病重了吗，吃下去就上西天。看来，给红枪会开开药倒还行！哈哈哈……"

胡秀英也禁不住笑了。

王树声把门打开，朝王母的房间，轻轻喊道："娘，还有吃的东西吗？"

王母："还没睡呀。肚子饿啦？剩下一点冷饭，我起来给你热一热……"

胡秀英赶紧走过来："您老睡吧，我来。"

灶里生了火，一闪一闪地映红了胡秀英的脸庞，年轻俊秀。

王树声扎了草把子递给秀英："把火拨大些，就像革命的烈火一样。"

胡秀英："革命？"

王树声："嗯，不懂吧？"

胡秀英："我懂，我家有个弟弟也在外面革命哩。"

王树声："弟弟？他在哪儿？"

胡秀英："嗯，到武昌去了。"

王树声："武昌？"

胡秀英叹了口气："出去快一年了，连个信都没有。"

王树声将烧开的稀饭添了三碗，摆在桌子上。

胡秀英："只添一碗，我不饿。妈也……"

王树声："我喝稀饭，要摊着，吃起来快。没办法，从小的习惯改不了啦！"

王树声的新房里。

王树声脱下布鞋，上床睡了。

胡秀英收拾完毕，坐在床沿上脱鞋，分左右两只轻轻地装进了王树声的两只布鞋里。

胡秀英吹熄了燃烧的红烛。

小会客室。

老农民将已经熄灭的旱烟杆里的烟灰磕出来。

老农民："那天晚上，闹得很晚，有人听房听到半夜鸡叫。可是谁都不晓得，王树声的婚姻里头有文章。他的舅舅丁济仁，大恶霸地主，反动红枪会的头子，插手了他们的婚姻。"

林群："你们这里有句老话，天上只有雷公大，地上只有舅舅大。"

老农民和老馆长都笑了。

老馆长："这个事我清楚。我和王树声不在一个塆子里，相隔有二十多里路。那天晚上，我赶猪到丁府去，我父亲在丁府帮工，当一辈子伙夫。丁府要办喜事……”

柱子（馆长年轻时的模样）和另一个青年农民赶猪进丁府。

丁府的门楼两旁，高悬着喜庆的红纱灯笼。背枪守门的红枪会匪认识柱子，挥手放行。

庭院里，停着两乘大轿。红枪会匪和仆人丫鬟忙出忙进。

灯火辉煌的正厅，传出摸牌、打麻将的喧笑声。

书房门前的场地。柱子和青年农民动手将尖声嚎叫的肥猪捆好，用尖刀刺进猪喉，鲜血喷溅出来。

柱子爹端来瓦缸接猪血。

柱子：“爹。”

柱子爹将一盏马灯挂在厨房门口。

马灯火苗闪动。

一头剥了毛的、开膛剖肚的肥猪倒挂在树上。

柱子爹叮嘱柱子：“路上要小心。明天早点把租子交来。唉，种的丁家老爷的地……”

柱子和青年农民走到庭院，停住了脚。

正厅的门敞开着，丁济仁和他的姨太太站在门外，哈哈大笑。姨太太抱着一个襁褓，抚拍着，娇声娇气地说：“快睡哟，我的乖宝宝，好生睡，啊，舅奶奶跟你喂奶吃。”

丁济仁瞪她一眼：“胡闹！”

姨太太：“老娘要喂一口奶给他吃，还算他有天福哩！别想得美。”

她赌气将襁褓甩在地上。原来，襁褓里包的是一个小枕头。

丁济仁："咳，又要细伢气了！"

一个丫鬟捡起襁褓，送进房里。

姨太太："一个犯上作乱的穷外甥，你看得那样金贵——要我陪？哼……"

丁济仁："你懂什么！树声成婚，是我一手操办的，我要办得热热闹闹，要让四乡八畈都晓得。我不相信他会不收心。"

姨太太："你说说，光是定亲，你就花了多少银子，他感你的情吗？"

丁（压低嗓门）："现在他还不晓得。要不然，他那犟脾气……（转而微笑地）过一阵子，被窝睡热了，迷上了这个漂亮的媳妇，他摆得脱吗？"

站在灯影里的柱子和另一青年，吃惊地相觑。

丁济仁的画外音："这个钱值得花，钱用在外甥的身上，到头来还是姓丁。"

丁金山带着马教头从外面进来。

丁金山不满地瞥了一眼姨太太，转身对丁济仁："爹，原来定的打黄家……"

丁济仁打断他的话："你表哥树声完婚，按照老风俗，我这当舅舅的也要请新嘛！把他们都接过来。"

马教头："红枪会的弟兄们都等着丁爷的一声令下。"

丁济仁："这几天，没有我的命令，一概不准动刀枪。"

马教头大声地说："是！"

柱子的画外音："第二天上午，我们到丁府去交租，半路上，遇到了王树声……"

丁家岗附近。蜿蜒而来的柳林河。清波闪闪，河上是一座石拱桥。离桥头不远，高大的枫树浓阴覆地。知了长鸣，催人欲睡。

老枫树下，七八个挑着小麦去丁府交租的农民，正在歇息。

一顶双人轿，从小路上走上桥头。

交租的农民七嘴八舌地议论。

“丁老爷家的轿子。”

“又接客啰！”

“他娘的，丁老虎一年四季客不断！”

柱子没有插嘴，拿着破草帽扇风，眼睛却留神地望着正在上桥的那顶轿子。

这时，从远处传来喊声：“哎……停停！”

轿夫将轿子落在桥头，向河的上游探望。

一只小舟，顺着河水急速而来。船尾的人猫着腰，挥动双桨。船头站着一个魁伟的大汉，双手叉腰，抬眼远望。

转眼，小船拢了岸，那大汉和摇桨的人（他叫黑娃），一前一后纵步登上桥头。

“王树声！”

“是他！”

在树荫下歇息的人，都屏住，不知桥上要发生什么事。

柱子站起来，手里的草帽停止了扇动。

王树声走到轿子跟前：“娘！”

王母掀开轿帘：“树声，你怎么来了？”

王树声：“听说你要到丁家去，我特地赶来……娘，你不能去。”

王母白了他一眼：“你舅舅家的人，都叫你给得罪光了！这门亲你不要，我要！”

王树声："丁济仁是远近闻名的大土豪劣绅，害死了多少穷人的性命，丁济仁……"

王母："住口，左一个丁济仁，右一个丁济仁，你眼睛里还有没有长辈？"

王树声："……"

王母走下轿来："你舅舅是讲情分的。你造他的反，他也不把你当外人看。"

王树声："娘！我的婚事，他暗中操办，你也瞒着我。"

王母忧虑地说："他……他未必是害你？"

王树声："他现在到处放风，这是他做的圈套！（对轿夫）你们两个回去吧，告诉丁济仁，我们没他这个亲戚！"

轿夫面面相觑。

黑娃挥挥手，大声地："快走吧！"

轿夫欲抬轿，王树声早已抓住抬杆，往桥下一掀，轿子掉进河里。"扑通"一声，激起水花，慢慢沉没了。

王母吃惊地说："树声！唉，你尽干蛮事！"

王母拍着膝头，一跌脚，坐在桥边的石头上，揩起眼泪。

王树声转身赔笑地说："娘，你老人家回去吧……黑娃，我还要赶到顺河集去，你帮忙把老人送回去。"

两个轿夫目瞪口呆，半晌才结结巴巴地说："我们怎么向老爷交差呀！"

王树声粗着嗓门："告诉他，想坐轿子，找我王树声！"

两个轿夫慌忙地走了。

丁府。

姨太太吃惊地说："什么？王树声把轿子掀了？你们给我赔！赔！"

早已吓得魂不附体的轿夫不敢吱声。

稳坐不动的丁济仁冷笑一声：“一顶轿子算什么？嘿嘿，只要能把人接来，十顶轿子也划算……”

姨太太愤然地说：“你的人呢？人家不来，哼！狗猫都讲点情分——还是什么亲戚……”

丁济仁：“胡说。他妈不来，他的媳妇得来。”

姨太太不解地望着他。

丁济仁得意地说：“秀英该到铜锣镇了吧。”

铜锣镇。

一顶轿子在市集的人群中徐徐行进。轿夫大声吆喝着向前蹭挤。

轿子的遮帘掀开着，里面坐着胡秀英。

满面含羞而焦急的胡秀英请求道：“关上帘子吧。”

跟在轿子旁的阿福不耐烦地说：“给你说了，老爷嘱咐过不许关帘子！”

市集上的人们好奇地张望，小声议论。

“谁家的媳妇，哎？”

“丁济仁——丁老虎的！”

“啊，难怪！讲排场啊！”

“听说是王树声的媳妇！”

“王树声的，那个农卫军的王树声？”

“是呀，丁家的外甥嘛……”

“啊，难怪！”

“啊，丁济仁的外甥……”

（以上是画外音）

秀英听着这些议论，脸上显出不安的表情。

一个耳聋的老太婆来不及避开，被撞倒在地。轿子停了下来，阿福走上前狠狠地踢她。

惊惶的秀英连忙下轿阻拦，生气地说："别打她！别打她！"

从围观的人群中挤出几个小伙子，愤怒地说："住手！"

"王八蛋，你还敢欺压老百姓！"

"揍他娘的！"

一个粗壮的小伙子抓住阿福的衣领，当胸打了一拳。

另一个小伙子将他拉到跟前，问："认得老子吗？"

阿福点点头，又摇摇头。

小伙子吼道："老子姓宗，是你丁家的祖宗，叫老子——祖宗！"

阿福不得已，轻轻道："祖宗……"

围观的人群发出笑声。

一个尖下巴的小伙子盯上了秀英，伸手拉她的袖子："嘻嘻，长得真水灵，让祖宗看一看。"

秀英惊恐地捂着脸哭了。

有人说："是王树声的媳妇！"

又有人说："王队长，他，他同丁济仁穿一条裤子！"

阿福乘乱将轿帘放下，令轿夫赶紧抬起轿子溜走。

庭院里，停着一乘轿子。

胡秀英被丫鬟和老婆子簇拥着，难堪地掉过脸去。姨太太两手胭脂往她脸上抹。

姨太太："来来来，早生贵子早享福！嘻嘻……"

她扭头对丁济仁喊道："我说她舅舅哇，树声可真有福气咧，娶了这样漂亮的一个媳妇。"

丁济仁站在正厅的门前，满脸堆笑，极为亲切地说：“秀英啊，快进屋来！”

姨太太卧房。

穿衣镜前，姨太太热心地为秀英试装。

姨太太：“这件好吗？”

这是一件红缎面夹袄。

秀英没好意思往镜子里瞧，道：“嗯。”

姨太太又换上一件绿缎子夹袄：“这件好吗？”

秀英仍没有抬头看镜子，应付道：“嗯。”

姨太太换了一件皮袄：“这件，狐皮的，我从娘家带来还没舍得穿呢！”

秀英朝镜子里瞟了一眼，重新低下头：“嗯。”

姨太太不满意地说：“怎么不说话呀？究竟喜不喜欢，嗯？”

秀英为难地说：“舅舅，舅妈，我有衣服穿……”

姨太太翻白眼：“哟，我这好心没好报。你怕我们图你男人什么啦？”

丁济仁踱到她们身旁，若有所思地望着镜子里的秀英，道：“不想要就算啦。舅舅这里有什么你中意的，尽管开口。”

突然从窗外传来惨叫。

丁金山和马教头正在折磨那个被吊在院中树上的轿夫。

马教头的鞭子每抽一下，轿夫就发出一声惨叫。

秀英不忍心看下去，问：“舅，他们有什么过，往死里打……”

丁济仁：“再不严加管教，都要闹反了，哼，什么，农民自卫军！”

院子里。

丁金山："那顶轿子，不赔给我，我要你的狗命！"

一老一少的两个轿夫喘息着，汗水直流。

丁金山："听见没有？"

马教头将一个烟头从嘴上取下来，递给丁金山；丁将其按在老轿夫的肚脐上，老轿夫惨厉地大叫一声。

秀英哀求道："您放了他们吧。"

丁济仁高声吩咐："传我的话，放了，让他们进屋来。"

悬吊着的红纱灯笼，烛光摇曳，映出纱罩的墨迹：富贵在天。

两个轿夫赤着上身，进门下跪，连声道："谢谢老太爷！……老太爷恩典……"

丁济仁："该谢秀英姑娘，是她为你们求的情。"

两轿夫转而向秀英叩头。

秀英不知所措，忙道："快起来，快起来。"

姨太太扭到床边，一屁股坐下，满脸醋意。

丁济仁："到厨房去每人提两斤肉，猪下水也拿走——回家歇几天再来。"

年轻的轿夫一怔。

老轿夫激动地抽泣起来，用手掌揩着眼角的泪水。

那轿夫又重新叩头："谢谢老爷，谢谢太太，谢谢姑娘！"

秀英微笑的面孔现出惶惑不安。

丁金山脚穿马靴，大步跨进门来，大声道："爹，明天攻打……"

他发觉秀英在场，不满地瞟了一眼，不再往下说了。

丁济仁道："你嫂子，又不是外人，说吧。"

丁金山："明天上午攻打黄家畈，都准备好了。"

丁济仁："好。天不亮就开始，务必不要走漏风声。"

秀英面露焦急地听着。

磨房。戴着眼罩的骡子沿着大磨盘走动，时时停下来，柱子喝着，用一枝树枝赶它，才又走动。

柱子爹往磨眼里添麦子。

白面粉从磨盘往外流。

骡子不走了。柱子狠狠地抽打，骡子暴跳起来；柱子拼命地拽住笼头，好不容易才使它驯服……

骡子依然沿着磨道走动。

秀英急匆匆向磨房走来。

秀英在磨房门口探身道："柱子爹！"

柱子爹披衣出门，秀英焦急低声地向他说着什么。

柱子在磨房里留意听着，但听不清秀英的话，那头骡子又不走了，昂头咴儿咴儿地叫，柱子扬起手里的树枝。

秀英恳求道："您一定劝劝树声，让他躲一躲。"

她转身匆匆离去。柱子爹望着她的背影，掂量着她说的那些话。

柱子爹进到磨房，轻声向柱子嘱咐着。

柱子问道："当真?"

柱子爹："她是树声的媳妇，能不向着树声？你快去一趟。"

柱子爹又低低地叮嘱了两句。

柱子披上衣服，出磨房门，消失在夜色中。

农民自卫军队部。

王树声愤怒地拍桌子，道："谁要她去丁济仁家的？"

坐在桌子对面的柱子被他的怒气镇住了，没有讲话。

王树声厉声地说："说呀，谁要她去的？"

柱子有些莫名其妙，道："我哪儿知道……"

王树声自顾自地发脾气："谁要她去的？"

柱子终于发火了，大声地说："你的老婆，问谁？"

王树声愣住了。

黑娃兴冲冲地撞进门："报告！"

他发觉屋里气氛异常，王树声和柱子都没有吭声。

黑娃走到柱子跟前："怎么啦？"

然后又走到王树声跟前，嘻嘻地笑一下，问："怎么啦？"

王树声突然爆发地说："你给我出去！"

火苗闪闪的油灯盏。

王树声"噗"地吹灭油灯。

黑暗中传来喊声："全体集合！"

王树声走到队伍前面，道："红枪会明天天亮前要袭击黄家畈，马上转移。"

队伍摸黑在小路上行进。

突然响起了枪声，预先埋伏在路旁的红枪会匪徒发起了攻击。

马教头举刀高呼："金刚体，刀枪不入！"

匪徒们嚷成一片："刀枪不入——冲啊！"

农卫军队员奋力拼战。

激战中，有几个农卫军队员倒下了。

王树声举枪射击，喊：“快撤!”

丁府。

碰杯，酒从杯中撒出。

一片喧闹。

马教头醉醺醺狂笑。

丁金山得意地说：“这叫嫂子新婚送情报，王树声有苦说不清，哈哈哈……”

山坡上。

葬礼在进行。

刚挖好的土坑停着几口薄木棺材。死者的家属——老人、孩子、年轻的媳妇——在恸哭。

在农卫军队员中站着王树声，他跟大家一样头上裹了一块白布。

王树声下了简短的命令，开始下葬。

一个披麻戴孝的孩子将土罐摔碎，转身向山坡下跑去。

农卫军队员动手抬棺木。家属们扑在棺木上不走。

一个白发老太婆冲到王树声跟前撕扯他的褂子，喊道：“赔我的儿子，赔!”

几个农卫军队员上前拉走老太婆。

王树声一把撕开自己的褂子，悲痛地喊：“你们打我吧，打吧，我有过，对不起兄弟们!”

丁府。

佛龛前，几炷高香，香烟袅袅。

丁济仁虔诚地从蒲团上起身。

他回到太师椅上，接过水烟袋，吸了起来。若有所思地说："不得已呀，唉。只是，苦了秀英姑娘……"

小树林里。

一堆枯枝，码得半人高了。

秀英树林深处拾柴。她直起腰来，满面汗水。

秀英将柴火捆好，吃力地背起来。

雀子在叫。她凝神听着，脸上露出笑容。

（闪回）

王树声接新娘。

林中的小路，弯曲而又悠长。

穿着草鞋的王树声站在路旁，向来路上眺望，远远地尾随着他的胡秀英，从树林后面走出来，在弯路上出现。她穿着一件鲜艳的红夹袄，在绿色的光影中特别亮眼。

王树声将斜挂在肩上的伞套理了理，扭过身子，继续大步往前走。

拐过一个弯，他远远地站着，等候胡秀英。

树林的尽头，是一条小河，水流有声。王树声踩着几块露出水面的石头，走到小河对岸。

胡秀英来到河边，望着奔流的河水，害怕地站着，不敢过去。

王树声又踩着水里的石头回来，摘下挂在肩上的油纸雨伞，递给胡秀英。胡秀英犹豫地接过伞，疑惑地说，"你……"

王树声蹲下身子："我背你。"

胡秀英慌忙地往后退："不，不要……"

王树声坚持地说："快嘛！"

胡秀英连忙说："我自己走过去。"

王树声："好吧，我看你过。"

胡秀英走到水边，又失掉了勇气。

王树声在她旁边蹲下来："来吧。"

胡秀英惊慌地说："让人家看见，说闲话。"

王树声："怕什么！"

王树声背起胡秀英，探着脚，开始过河。

王树声："怕人家说闲话，可就不怕过不了河。我咧，要过河，就不管人家说什么。"

到了对岸，胡秀英把伞递还给他。

王树声："走了这么远的路，你也不说一句话，躲着我，不高兴？"

胡秀英低声地说："我娘怪你不打花轿进门。"

王树声："不搞那一套。我娘弄了一顶花轿，我给退了。"

胡秀英悄悄叹了口气："人生一世，只有这一回。"

他俩走进竹林，高大的楠竹，浓密的竹叶，遮蔽了天空。一只阳雀在啼叫。

王树声已经和胡秀英并肩而走了。胡秀英始终低着头。

王树声："你叫什么名字？"

胡秀英："英伢子。"

王树声笑了笑："学名呢？"

胡秀英："胡秀英——私塾的老先生给取的。"

王树声："你读过私塾？"

胡秀英："念过几天书。"

王树声："难怪你怕这怕那，你是孔夫子的弟子嘛！"

胡秀英："不是说你也进过洋学堂？"

王树声："嗯，我在武昌读的中学，我喜欢读点新书。"

胡秀英："有人说你脾气躁……"

王树声摸着脑袋，忍不住笑了："是吗，我从小性子急（玩笑地），往后我要对你动拳头，怕不怕。"

胡秀英："我不怕，反正命里注定了我要跟你一辈子。"

王树声感动地望着胡秀英。胡秀英慢慢地抬起目光，真诚地端详着自己的丈夫。

张平的画外音："期望在我们革命的队伍里，不仅有树声，有我，也有你……也有你……也有你……"

王树声抬起挂着泪痕的脸，痛苦地说："秀英，我对不起你呀！"

松林深处，虎子和杏枝默默地流着泪……

山道弯弯，王树声正在疾步下山。

忽然，不远处的草丛里噗的一声，飞出一只野鸡。

王树声迅即拿出撇把子枪，扣动扳机，远方的野鸡应声落地。

王树声提着野鸡，继续赶路。

王母的屋里。

王母揭开锅盖，忙着给锅里打水。

王树声走进厨房："娘，还没吃饭？"

王母沉重地说："秀英病了，你也不回来看看。"

王树声愣了一下："病了？"

王母："两天没吃东西了，真把我急慌了。你还不快去招呼她一会儿？"

王树声不由自主地走到了胡秀英的房门口，正欲推门的手慢慢地缩了回来。他站在门口，沉默良久。

王树声不情愿地转过身来，往厨房走去。

厨房里，王树声正在给泡好了的野鸡拔毛。

王母："你舅舅用轿子接，是我让她去的，不能怨她。"

王树声："她……我不能跟她过!"

王母："不许你胡说!"

王树声："娘!"

王母："如今你翅膀硬了，爱怎么办我不管……秀英跟我过。"

王树声诚恳地说："我跟了革命，要为革命着想。"

王母："跟革命就六亲不认？往后连娘也不要了!"

王树声动情地说："娘！您……儿是那种人吗?!"

堂屋里，王树声收拾了一大堆衣服，床单，有王母的，也有胡秀英的。

水塘边，王树声正在清洗衣服。"邦邦邦"的一捶衣声在山谷里回响。

胡秀英的房间里。

胡秀英背靠床头，面色憔悴。放在床头柜上的一碗鸡蛋汤还在冒着热气。

王母轻声细语地说："你就吃了吧，秀英，人是铁，饭是钢啊!"

秀英摇摇头："娘，就留着给树声吃吧。"

王母无可奈何地说："哎……"

屋外的空场地。王树声正在晾晒衣服、床单。

胡秀英轻轻走到王树声的后面，也拿起一个床单，帮忙抖开晾晒。

王树声猛地抢过床单，用胳膊将她往旁边一推。

胡秀英站在床单的另一边，现出痛楚的表情。

两张白色的床单已晾好，王树声正隔着床单将它抻平。

胡秀英看见被单下面的一双脚，鞋已经划破了，露出了脚指头。

胡秀英从衣襟上抽下针线，蹲下身子，用手去牵鞋的破口。

那只脚猛地缩了回去。

胡秀英："鞋破了，我给你缝几针。"

王树声冷冰冰的声音："不用了。"

胡秀英："要不了一会儿。"

王树声："丁济仁对你说了些什么?"

胡秀英吃惊地说："丁……舅舅……他……"

王树声："你去认这个舅舅吧!"

胡秀英："你……怎么啦!"

王树声："你就去当丁家的人吧!"

胡秀英站起来，难过地抓住绳子，王树声已经走远了。

胡秀英在白床单上露出的一双眼睛，充满了泪水……

王树声走向堎子口粗壮的松树下，等候他的柱子追了过来。

一盏油灯，火苗摇曳。

"我志愿加入中国共产党，服从党的纪律，代表工农利益……"

这是一间不大的土屋，窗户用黑布遮严，墙上挂着一面镰刀斧头的红旗。

虎子举着拳头，严肃地望着站在他跟前的入党宣誓人，听他念完这一句，接着又缓慢有力地说："万一牺牲，不连累别人。"

"万一牺牲，不连累别人。"

虎子伸出双手跟新入党的柱子紧紧相握。

虎子:“柱子,从现在起,你就是党的人了。”

柱子十七八岁的年纪,看上去瘦弱,然而机敏。他激动地握着虎子的手,说不出话来。

虎子:“党员必须严守机密,党里的事情,不能对外人透露,连自己的妻子、父母、儿女,也不能透露。”

虎子从内衣兜里掏出一张白纸条,珍重地交给柱子,压低嗓门向他叮嘱着。

敲门声,轻轻地、有节奏地三下。

王树声闪了进来,虎子闩门时,他已经走上前。

柱子悄悄地打量他。

王树声从衣兜里掏出一张白纸条,出示给柱子;柱子将自己的那张白纸条与之比较,长短宽窄完全一致。

王树声兴奋地拍着他的肩膀:“记清楚了?”

柱子充满信心地说:“记清楚了。”

王树声:“我们的党组织,现在还不能公开,规定凭白纸条认人,马虎不得啊!”

柱子深深地点头,把白纸条揣进了内衣兜里。

王树声低声地嘱咐虎子:“党组织建立的时间不长,发展新党员要过细。特别是丁家岗,在丁济仁的眼皮底下,一动一静都容易暴露。人数不在多,要忠实可靠,要熟悉心性。(停顿一下)里屋有灯吗?”

虎子:“我给你点一盏。”

虎子在一只土泥巴碗里倒入梓油,从床上的旧棉絮中抽出棉花,搓成一条灯捻,点亮了,领着王树声走进里屋。

王树声在桌子上翻开党员秘密名册："这几天，我们在乘马岗乡发展了三名党员……"

虎子把砚台和毛笔放在他面前："大河铺有陶祖尊，张家畈有张细望，林家冲有廖大发……"

王树声拿起毛笔："张细望，就是上次被丁金山霸占了妻子的那个长工汉？"

虎子："正是他……你先写吧，我到外屋看看。"

收录机。磁带缓缓转动。

不过，这已经不是在烈士陵园采访了。林群在县委客室的一个单间房子里。她正在灯下整理录音。

县委客室大院。花圃。

白玉兰树，碗口大的花朵开了。

漫步的林群在白玉兰树下抬眼凝望。

"林同志！"

她蓦然回首。

客室的服务员小芳，笑眯眯地背着手。

"您看！"她从背后拿出一大朵白玉兰花，"我知道，您最喜欢白玉兰花了！"

"这……"

"我们家种的，开得可多啦！嘻嘻嘻……"

林群的房间。

在笑声中，白玉兰花被插进一只口杯。

小芳从外面弄了些水，倒入杯中。

小芳："您这两天不会走吧。"

林群："有什么事吗？"

小芳："我后天晚上结婚。"

林群："那可要吃你的喜糖呢！"

小芳："欢迎您去玩。我奶奶也要来。她呀，就喜欢跟人谈老话。"

林群："老人家多大年纪啦？"

小芳："快七十了，跟王大将在一个塆子。"

林群感兴趣地说："哦？"

小芳："听说，她还知道一些胡秀英的事呢！"

小芳的新房。

收录机播送着现代音乐。

小芳热情地拉着林群，向她依次地介绍新郎和其他客人。他们几乎都是青年人。

林群被安排在一只单人沙发上坐下。

小芳："我奶奶怕吵，过一会儿再来，喏，吃糖。"

林群："你们结婚，还兴挂门帘吗？"

小芳："挂门帘？"

林群："嗯，你们这里的老风俗哇。"

（闪回）

王树声从怀里掏出一块红布，抖开，系在树枝上。

——一面黄犁头红旗在风中飘扬！

虎子敲锣（无声）

两个青年吹起了喇叭（无声）

收录机播送着现代音乐。

新郎新娘端起盘子撒糖。

来宾欢笑……

(闪回)

王树声斜挂着红白蓝三民主义带，站在桌子上讲话。

一支燃烧的红烛。

王树声拿起撇把子枪，推上子弹，小心地把它放在枕头下面。

胡秀英含泪地望着他……

新郎新娘双双鞠躬。

他俩笑着，勉强去咬同一只悬挂着的苹果。

(闪回)

胡秀英被灶火映红的脸庞。

王树声用手扎了草把子递给她。

桌子上摊着的三碗稀饭。

林群的画外音：

“我忘不掉20年代王树声和胡秀英的婚礼，它们不断出现在我的眼前……”

她眼前浮现出门帘上的白玉兰花。

逐渐叠印出一朵鲜艳的红花。

红花佩戴在小芳的胸前。

小芳：“林同志！”

林群从沉思中醒过来：……

小芳耳语："我奶奶来啦，在隔壁。"

林群被带到隔壁房间里，一位白发老太婆热情地招呼她。

小芳："这是我奶奶，好吧，你们慢慢谈。"

她出去，将房门带上。

新房里气氛更加热烈。

一个姑娘尖声喊道："刚才新娘想溜，罚她唱歌，好不好？"

在一片响应声中，小芳为大家唱了一首《白玉兰》。

另一间屋里。

林群已经在记笔记了。

小芳的奶奶："自从王树声打了他舅舅的轿子，退了他舅舅的钱财，两家就撕破了脸皮，抵手的亲戚变成了对头冤家。有一天，丁家派人放火烧了王树声的家……"

一片火海。

哭声，吼声，狗叫声……

一头淌着血的牛，发狂地奔跑。

举着火把的红枪会匪，点燃茅屋，火焰"呼——"地蹿了起来。

红枪会匪用大刀、长枪押着一群又一群男女老少；胡秀英扶着王母也在其间。

人群聚集在白果树下。

丁金山指挥这场洗劫。

他穿着长筒马靴，骑着一匹高大的白马，举着皮鞭，气势汹汹。

“……告诉你们，当赤匪绝没有好下场。武昌的共产党都被抓起来，斩了！人头，挂满了城墙！今天，我丁某人，烧了几间房子，还是便宜了你们!”

“来人哪！给我把那树上的尿片子，弄下来!”

马教头命令一个红枪会匪爬上树，快到树顶时，突然枪响，匪徒惨叫一声，摔落下来。

人群中发生了惊慌地骚动。

丁金山：“赤匪！派人给我搜!”

马教头带领一伙红枪会匪，向塆子后面的山林扑去。

塆子后面的山林里，虎子往撇把子枪里又推进一颗子弹，往后撤去。

马教头吼叫着：“抓住他！抓住他!”

丁金山从白果树下策马跑开十多步，从腰间掏出手枪，连放几枪。

树枝折断了，嘎嘎地垂落下来。

黄犁头红旗像折断的翅膀，不再飘动。

一顶轿子从远处急速而来。停在白果树下，四名全副武装的保镖，恭敬地侍立。

从轿子里走出身穿长袍马褂的丁济仁。

“为什么开枪?”

丁金山跳下马来，扬扬下巴，冷笑一声。

丁济仁看了一眼被打断的树冠。

“没伤着人吧?”

他在临时搬来的太师椅上坐下来：“我一贯主张，不到万不得已，不许开枪。残杀生灵是有罪的！对附近的乡邻更要和睦相处！即使有人参加共产党，落草为寇，只要幡然悔改，我们也不计前嫌，竭诚欢迎嘛！……这个垮子，我知根知底，我的姐姐就在这个垮子。……金山哪，见到你姑了吗？”

人群里一阵骚动。

王母气极，晕了过去。

胡秀英：“娘！”

王母睁开眼，悲愤地说：“我的房子，也，烧了哟！”

丁济仁怒喝：“金山！你好大的胆子，连你姑的房子都烧了！”

丁金山用马鞭指着红枪会匪：“谁烧的！”

老轿夫跪下来：“是我。”

丁金山：“娘卖×的，给我砍了！”

老轿夫大惊失色：“少爷，是你要我……（转向丁济仁）老太爷行行好，我还有家小哇！……”

丁济仁打了金山一耳光，严厉地说：“浑蛋！是你让他烧的？”

丁金山：“他胡说！”

丁济仁：“不许你犯上作乱！”

丁金山：“爹！”

丁济仁：“向你姑赔个不是！”

丁金山梗着脖子，站在原地不动。

丁济仁：“孽种！听见没有？”

丁金山走过去几步，远远地朝着王母：“我有错，对下面管教不严，姑，您别见怪。”

丁济仁：“跪下去说话！”

丁金山闭上眼皮，狠狠心，跪下了。

王母惶惑了，连忙扬了扬手：“起来吧，起来吧。我这两间草屋……也不值得你这样。”

丁金山站起来，转手掏出一只手帕，拍了拍裤子上的灰尘，一腔怒火发泄出来：“来人呀！把他给我办了！”

两名手持大刀的会匪，不由分说地将老轿夫摁倒在地，举刀砍去。喷涌的鲜血溅了一身。

丁济仁：“向你嫂子赔个礼！”

丁金山把头掉过去，不吭声。

丁济仁：“你到底长耳朵没有？”

丁金山不情愿地挪动着脚步，瞅了胡秀英一眼：“小弟失礼，请嫂子原谅！”

丁济仁：“要记住，长哥长嫂当爷娘。往后，你要多加敬重你的嫂子。”

丁金山略有所悟地说：“是。”

丁济仁：“各位乡亲，刚才都看见了，我丁某人是重仁义，讲恩德的。树声是我外甥，纵使一时糊涂，受了共党欺骗，做了错事，也是可以改好的。我这个舅舅对他管教不严，也有责任。但是，不许外人挑事，跟着起哄，把他往绝路上推。什么农民自卫军，区区草寇！豆芽长上了天，也是一盘小菜！诸位乡亲，都要认清这个理！树声断文识字，终究会是明白人。我这个当舅舅的，供他到武汉读中学，又一手承办他的婚姻大事，花银钱，送彩礼，竭尽心血。你们想想，他能真的造我的反吗？（转对丁金山）还不叫弟兄们把烧了的房子修起来？”

会匪们有的抬木料，有的搭梯子，有的钉钉，有的盖茅草。

不一会儿，一座新房子盖起来了。

丁济仁眯缝着眼睛：“秀英，你过来。”

胡秀英拘谨地走到丁济仁的身边。

丁济仁笑眯眯地说：“找点茶水，让他们解个渴。”

胡秀英提来一壶茶水，端着几个茶杯。

胡秀英倒满一杯水，送给丁济仁。

丁济仁接过茶水，亲切地说：“孩子真不错，我的树声有八字，有八字。哈哈哈……”

丁济仁没有喝，将手中的茶水送给王母：“姐姐，请您喝茶。”

王母接过茶水。

胡秀英又倒满了一杯茶水，送到丁济仁的手上。

丁济仁、丁金山扶着王母走进新盖的屋里。

黑狮寨。茂林修竹，古柏参天。

农卫军队员交头接耳，纷纷议论：

“原来王树声和丁济仁是同穿一条裤子的！”

“王树声还领导农卫军，谁知道他安的什么心眼！”

“他娘的，老子不干了！”

农卫队员三三两两地下着山。

柱子跑到虎子跟前拉住：“你们不跟王队长打招呼，就随使下山？”

虎子：“跟他打招呼，等于送羊进虎口！”

虎子等人气冲冲地往山下走去。

农卫军队部里。

王树声凝视着一张木犁，毅然将它扛在肩上，快步出门。

农卫军队员们见状，都惊愕了。

王树声扛着木犁，疾步下山。

柱子急忙挡住王树声：“大哥，你……”

王树声头也不抬地朝前走去。

虎子等人见王树声扛着木犁，都不由自主地放慢了脚步。

王树声一声不吭，扛着木犁从他们身边走过去。

虎子蹲下身子，猛地捶下大腿：“咳！”

胡秀英的房前，房门上挂着结婚时的门帘，粗蓝布上，绣着两朵白玉兰花。

王母挡住王树声：“你……”

王树声：“娘！”

王母压低嗓门：“你……不能……”

房门“呀”的一声打开了。

王树声凝视着木犁。

王母痛苦的表情。

胡秀英惊愕的眼睛。

王树声猛地冲进房门。

王母急切地跑到床前，扬起颤抖的手，朝王树声的脸上打了一个耳光，发疯似的：“你……你不把犁拿走，我……我就死在你跟前！”

王树声呆住了。

胡秀英一把抱住王母，两行热泪夺眶而出：“娘，你不能这样……”

王树声咬了咬牙，趁机将提着的犁放在胡秀英的床上。

门帘的粗蓝布上，绣着两朵白玉兰花。

王树声握着门帘的双手，慢慢地松开了。

门帘内，传出撕肝裂肺的哭喊声：“啊！我的孩子啊，你怎么啦！……”

王树声停下了脚步，朝着王母的房间，跪下了。

王树声坚定有力的步伐。

夜色深沉，月色微明。

王母抚慰着胡秀英：“好孩子，你就是娘的亲女儿。”

胡秀英低头不语，轻声地抽泣着。

王母：“树声这孩子，真不懂事，你要原谅他，啊？”

胡秀英流着眼泪，深情地说：“娘，他真好。”

一盏油灯，火苗跳动。

胡秀英的床上，仍然放着那张木犁。

胡秀英坐在床边，两行热泪静静地流淌。她正在一针一线地纳着鞋底，神情是那样地认真。

“滋啦，滋啦”的抽线声在房间里回响。

小芳的奶奶：“树声跟秀英离婚，他娘大病了一场，以后身体虚了，家里的事情都由媳妇挑起来。得亏秀英贤惠，又能做……”

胡秀英从塘里挑起满满一担水一步步走上石阶；

胡秀英将水倒满水缸，又赶到锅台旁揭开盖子，蒸汽弥漫；

胡秀英用稻草扎了个草把子，塞进灶口。顺手抓起火钳拨火，火焰映红了她的脸庞——她明显地消瘦了；

胡秀英将药罐里的药汁倒进碗里，用匙子舀起一点尝尝，然后，一匙一匙地喂躺在床上的王母；

胡秀英感到肚子疼，不由自主地用手捂着。

王母关心地说："怎么啦？"

胡秀英："没什么，您睡吧。"

王母感动地说："你太劳累了……"

胡秀英："娘……"

她走到小桌旁，拨亮油灯，从包袱里取出两双新布鞋和一双绣着白玉兰花的布袜。

她在油灯下，一针一线地继续绣花……

桂贞（小芳的奶奶，当时才十六七岁）悄悄地走过来："啧，绣得可真好看哪！"

胡秀英："把人吓一跳。"

桂贞珍惜地抚摸着袜底："一针一线的要费多少时间哪！秀英姐，像你这样好良心的媳妇，世上少见啊！"

胡秀英："…………"

桂贞："树声哥也太狠心了。"

胡秀英："不能这样说……他有难处。"

桂贞："他这些时回来过吗？"

胡秀英摇摇头。

桂贞："你找他去！让他看看这鞋、袜子、这绣工……任他是铁心肠也该……”

胡秀英：“别这么讲，当媳妇的该做。”

桂贞：“我说呀，你还是得去一趟，把这送去。”

胡秀英：“…………”

桂贞：“你忍心让他打赤脚？”

胡秀英：“那里净生人，要笑话的。”

桂贞：“那就让他光着脚呗！”

胡秀英：“我这模样，能去吗？”

桂贞：“呀，这样漂亮的媳妇，只怕把人的眼睛照花了。”

胡秀英：“死鬼……我是说，我这巴巴头。”

桂贞：“巴巴头？咦，谁不是这样子呀？”

胡秀英：“现在兴剪头发。”

桂贞瞪大了眼睛：“共产婆？”

胡秀英：“他跟了革命……我，总得随着他……”

桂贞：“好，我来跟你剪！”

油灯的火苗跳动着。

胡秀英端端正正地坐在镜子前，桂贞拿起剪刀给她剪头发。

镜子里，胡秀英用手拢着齐耳的短发。

桂贞拍手笑道：“哈，好一个共产婆！”

胡秀英会心地微笑……

林群停下笔，问：“后来呢？”

小芳的奶奶（桂贞）：“过了两天我便出嫁了，离开了项家塆。往后的事情就不清楚了。那天夜晚的情景，就像在昨天发生的一样……这一晃都几十年啦！”

林群热情地握着老人的手："谢谢您，谢谢！"

客室走廊，电话机响了。

扎小辫的服务员接电话，喊道："林同志，县委办公室电话。"

林群接过电话："喂，是呀。胡副司令员到了吗？哎呀，太好啦。我知道，他就是当年跟随在王树声同志身边的虎子。"

林群同志兴奋地对着话筒说些什么。

她的画外音："县里同志通知我，胡明治同志昨天晚上到达县城，不过他到的时间很晚，车在路上耽误了。将近半夜，他才住进县委客室，今天一清早就去烈士陵园了……"

在画外音中，林群回到房间，匆忙收好笔记本，将小收录机放进提包，走出房间。

林群快步在街上走着。

林群走向烈士陵园，前面是我们已经熟悉的宽阔而漫长的台阶。林群向画面深处的台阶走去。

胡明治同志和他的夫人在几位领导同志的陪同下，步出烈士陵园大门。胡明治伸手向远方指点，回忆当年的情景。他两鬓已经斑白，穿着一身军装，气度豪爽而从容。

林群快步走上台阶。

林群的画外音："这就是胡明治同志了，当年的虎子。我有些犹豫起来，这个时候找他合适吗？不过，我的担心是多余的。"

画外音中，身穿军装的胡明治，听到陪同的同志介绍，匆匆走下台阶，与林群热情握手，他们一同走向停在台阶下的黑色上海牌轿车。

上海牌轿车和一辆乳白色面包车先后驶离烈士陵园。

上海牌轿车内。林群从司机旁边的座位上，回过头，同胡明治讲话。

胡明治诙谐地说："哦，刚才忘了介绍，这就是我的夫人黄杏枝。"

林群短促地"啊"了一声，她感到惊奇，随即又热情地同她握手："我叫林群。"

黄杏枝微笑着点头，她虽已高龄，然而看上去好像不到六十岁。花白的短发梳得整整齐齐，穿一身浅灰色的呢料。

胡明治的会客间，这是在县委客室的二楼。

胡明治仰靠在一张双人沙发上，林群坐在他对面的单人沙发上，中间的茶几上，摆着一盘水果，旁边放着一把水果刀和一些水果皮。茶几上还放着那架收录机。

胡明治："说起王树声，他可真是个了不起的硬汉子。那个时候，他是我们农卫军的队长，为了农卫军的前途，他离开了家，割弃了婚姻。有一件事，使我至今想起来还很寒心……"

在胡明治的声音中，出现以下画面：

地势险要的黑狮寨，树林中闪现出鲜艳的黄犁头红旗。农卫军队部的茅草棚前，平整的场地上，农卫军队员们热火朝天地打造武器。

叮叮当当的凿石声，几个农卫军队员正在打石滚。在一棵苍松下，临时搭成的柴灶上，架着一口大铁锅，锅中桐油翻沸，队员们把削尖的长竹竿涂上猪血，放进油锅里炸，油锅上腾起一股青烟。

队员甲："炸竹竿，可真香。"

队员乙:“妈的,让红枪会开开荤!”

虎子:“丁济仁天天吃山珍海味,想换换口味了。吃我这一矛子保管他长命百岁。”

队员丙:“看,那是谁来了?”

通往山寨的小路,一个妇女艰难地走来。她手携一个蓝布包裹,停下来,向山上张望。

虎子发现了,惊喜地:“嫂子!”

他向山下跑去,一边喊着:“嫂子!嫂子!”

胡秀英坐在一块石头上,这是长约丈余的大青石。她解开蓝布包裹,里边是两双崭新的布鞋和一双袜底。袜底上绣着一对白玉兰花。

虎子拿起布鞋,又捧起袜底:“嫂子,你的手可真巧。”

胡秀英轻轻地叹了一口气:“快两个月了,他没有回过一次家,老人家挂念他,叫我来看看。”

虎子:“你歇一会儿,他下山开会,快回来了。”

胡秀英站起身:“我得赶回去。”

虎子:“过一顿饭的工夫,他就回来了。”

胡秀英:“你告诉他,老人家有我招呼,不要担心。”

虎子点头:“我知道了。”

胡秀英:“这鞋不知他合不合脚,我是比着老鞋画的样子。我想,他整天在山里跑,脚也磨厚了,鞋子做得大样些,要是不合脚,就塞点棉花。棉花我放在鞋里面。”

虎子一边听着她的嘱咐,一边送她沿着小路下山。

赶制长矛的农卫军队员，目送着愈走愈远的胡秀英的背影。

一个中年队员嘻开厚嘴："这么漂亮的婆娘，王队长还不情愿要呢！"

尖下巴的队员："幸亏你堂客丑，不然你哪里舍得离开她的热被窝。"

在众人的哄笑声中，中年队员不服气地说："我堂客也不赖呀！看我上了山，疼我，鸡蛋也不去换油盐了，攒着给我吃！……笑什么！"

尖下巴的队员学着女人的声调："她怎么不上黑狮寨，跟你亲热亲热呀！"

柱子看不惯，朝着哄笑的人群吼道："不要闹了！"

笑闹声消散了。尖下巴的队员咕哝着："又不是当和尚，连开荤的话都不让说……"

黑娃从那块大石头上的包裹里拿起布鞋和袜底："嗬，做得真漂亮！"

农卫军队员们都围过来，啧啧称赞。

特写：袜底上一对白玉兰花。

袜底和布鞋被搁在桌子上。

王树声生气地说："谁让她到这里来的！谁让你自作主张，收下它的！"

这是农卫军简陋的队部，墙上挂着一面黄犁头红旗。虎子站在桌子对面，掉过头不看王树声。

王树声："我早跟你说过，我已经跟她分开过了，叫她不要找我。这下倒好，她跑到黑狮寨来了，你把这些东西给我退回去！"

虎子焦急地说："大哥!"

王树声："现在还能追得上。"

虎子："要去——你自己去!"

王树声："你呀，丁济仁做了圈套，你就往里面钻!"

虎子："丁济仁是丁济仁，嫂子是嫂子。"

王树声："丁济仁暗中操办我的婚事，我不知道，我有错。这只老狐狸，到处放风，说我王树声是他丁家的人，不会真心诚意跟农友办事，想瓦解我们农民自卫军。我们能去钻他的圈套吗?!"

虎子："我就不信这鞋子是什么圈套。"

王树声："我说的是丁济仁！不除掉丁济仁，我们夫妻就不能团圆。"

虎子："你伤嫂子的心了!"

王树声爆发地说："不要说了!"

他稍稍平息了一下自己的感情："你走吧。"

虎子伤心地望望他，向门口走去。

黑娃、柱子、尖下巴队员等站在门口，感动地望着王树声。

王树声有些意外地说："你们……"

尖下巴队员发窘地说："王队长……我，我们……"

大伙转身准备离去。

王树声："黑娃，你把虎子带到二排长那里，关他一天禁闭!"

黑娃不知所措地望着王树声。

虎子回过头狠狠地瞪了一眼，走了出去。

王树声从兜里掏出二个红苕，递给黑娃："他还没吃晚饭，给他带去。"

他又喊回黑娃："不用关禁闭了，让他跟我下山一趟。"

虎子很不情愿地走进来，看着桌子上的布鞋和袜底。

王树声拎着小蓝布包裹，急匆匆地下山。虎子背着鸟铳跟在后面。

半山腰的一片松林。

一条小路，弯弯曲曲，通向密林深处。在浓密的松荫下，光线显得幽暗。

突然，远处传来一声枪响。

汪汪的狗叫。

王树声对虎子打了一个手势，迅速地钻进灌木丛中。

两个端着鸟铳的猎人跟在猎狗后面，走近灌木丛。

王树声和虎子离开灌木丛。

虎子发现地说："田大伯。"

被叫田大伯的老猎人诧异地说："虎子，你在这里？"

虎子："你还在给丁家干活？"

田大伯叹了一口气："是啊，丁家要请客，这次附近好几个红枪会都要来人，说是……"

田大伯疑惑地看了一眼王树声。虎子连忙说："他不是外人，他是我们的队长王树声。"

田大伯的脸色变得阴沉，随即又赔笑："你们忙，你们忙……"

他对那个年轻的猎人使了个眼色，一起向树林深处赶去。

不一会儿，传来猎狗的叫声；鸟铳响了……

虎子伤心地望了望王树声。

王树声若有所思地说："走！"

出了松林，下临一条顺着山脚盘曲伸延的小路，苍郁的古松，挺立在小路拐弯的坳口。远远的一个人影倚靠在大树旁。

虎子指着坳口："你看。"

王树声走近坳口。正想歇脚，胡秀英发现他，羞赧地低下头去。

王树声："你来了。"

胡秀英："……"

王树声："我说过，叫你不要找我了。"

胡秀英抬起眼睛，流露出失望的表情。

王树声把蓝布包裹递给她："把它拿回去。"

胡秀英没有接，一动不动地站在那里。

王树声："我有鞋穿。"

胡秀英："……"

王树声想了一想，把小包裹放在她的脚旁。

胡秀英转过身，背对着王树声，捂着脸抽泣起来。

王树声背过身去。

胡秀英："你要恨我，就打吧，你打我，我心里要好受点。"

王树声："你趁现在还年轻，去改嫁，不要等我了，跟着我只有苦日子过。"

胡秀英："我甘心过苦日子。我想过了，哪怕你出门十年八载，我也不怨你。娘跟着我过，我会把她当作自己的亲娘一样。她在世我侍奉她，她去世了，我给她老人家送终。我只望着你哪一天能够回来……"

王树声："回来……回到家里……（决断地）不……（发怒）我的家被丁济仁拆散了！"

胡秀英吃惊地说："拆散了？不！别这样说，快别这样说！我嫁过来了，我就是王家的，生是王家的人，死是王家的鬼！"

王树声意外地说：“你……（低声）我对不住你，你不该到王家来。”

胡秀英：“娘每天都念叨你。”

王树声轻声地说：“我知道，给老人家说，我这里都好，叫她老人家不要惦记。”

王树声回头看了看站在不远的路边等他的虎子。

王树声：“我该回去了。”

胡秀英：“树声……”

王树声从兜里掏出五块钢洋：“给你。”

他瞥了一眼放在地上的小包袱。

胡秀英不解地望着他。

王树声：“我不能白要你的鞋。”

胡秀英终于明白过来，痛苦地冷笑着：“你是要买……我，我不卖！”

王树声恢复了冷静：“要注意影响。现在，我不能算你男人了。”

胡秀英：“不能算……不能算……不能！哈哈哈……”

她的眼泪不住地滚淌下来。

“你走吧……走吧，我胡秀英没有男人，他死啦！我的孩子，也没有，爹了……”

胡秀英抱着树慢慢跪下去：“我苦命的孩子啊……”

王树声呆住了，半天说不出话来。

“孩子……我的孩子……”

血红的夕阳渐渐地从山峰上沉落下去，山坡上传来低沉的林涛声。

虎子背过身去，抹眼泪。

远远的松林边，伫立着一位穿长衫的青年人，风尘仆仆，显然经过了长途跋涉，他的浓黑的长发在晚风中飘动……

农卫军队部的窗口，透出灯光。王树声推开门，屋子里正坐着那个身穿长衫的青年人，他站了起来："你就是王树声同志吧。"

他热情地伸出手，王树声走到桌边，警惕地打量着他："你是……"

那人从内衣口袋里掏出介绍信，递过去。

王树声读完信，走上前，紧紧地握着他的手："欢迎你，张平同志！"

坐下后，王树声急切地说："武汉的形势怎么样？"

张平："汪精卫叛变之后，我们面临着更加严峻的斗争形势。我们农民运动讲习所……"

客室会议室。

林群询问地说："张平？"

胡明治："嗯。一位十分坚强的同志，抗日战争时牺牲了。关于他，我以后还要谈的。你一时还不会走吧？好，我们慢慢谈。好些事情要一点点地回忆。好在离休了，有时间。（点燃一支烟）明天我们下去。到原来熟悉的地方看看。你去吗？"

林群："正好。我也想实地考察一下。路上还可以听您讲讲。"

胡明治："我还想写回忆录呢。发挥一点余热啊。同你谈，也等于打腹稿嘛！"

黄杏枝走进会议室。

胡明治："洗了澡？"

黄杏枝："洗了，轻松多啦。"

胡明治："在路上跑了几天，都成了泥人了。我也去泡泡，你们谈谈吧。”

黄杏枝：“我能谈些什么呢？”

林群：“听说您也是老革命。”

黄杏枝：“没做什么贡献哪。”

胡明治：“就谈谈我们的恋爱吧。”

黄杏枝：“咳，你呀，七老八十的人啦，还说那些事情。”

胡明治：“人家作家，就愿意听这些，有‘生活气息’嘛。对吧？再说，这些还跟王树声同志有些关系呢。你们谈吧。”

等胡明治出去后，黄杏枝谈了起来。

黄杏枝：“记得那是中秋节的前一天，农卫军忽然打进了我们的塆子，赶走了丁济仁一伙的红枪会。我和我娘都害怕得很，因为……”

鸟铳、汉阳造、土炮及人的喊声混合成战斗的声音。

一面黄犁头红旗，从一团团的硝烟中穿过。

一个农卫军队员举着火把，朝镜头冲过来。

另一个农卫军队员：“虎子，你干什么？快回来！”

虎子点燃一座茅屋的茅草，屋顶开始燃烧。从屋子里冲出母女两人，号哭着。

母：“求求你，不要烧……我们孤儿寡母……”

虎子举着火把，点燃茅屋的另一端。

那位大娘披头散发，发疯似的喊叫：“你烧了我的房子，叫我们到哪里去安身……天哪！”

她转身向水塘冲去。

她的女儿从后面追赶，哭喊着：“娘！娘！”

烧毁的茅屋，焦黑的木椽还在冒烟。

稻场上，队形整齐的农卫军，大家严肃地注视着王树声。

王树声：“这房子是谁烧的?”

队员们不吭声，都看着虎子。

虎子：“我烧的。”

王树声：“站出来!”

虎子走出队列。

王树声：“把枪放下!”

虎子不情愿地把枪交给身后的一名农卫军队员。

王树声：“你说，打仗前我交代的三不烧是什么?”

虎子：“民房不准烧，农具不准烧，粮食不准烧。”

王树声：“你明知故犯，烧毁民房!”

虎子：“这一家是红枪会匪。”

王树声：“谁说红枪会匪的房子可以乱烧?!”

虎子：“他不是一般的红枪会匪。”

王树声：“不是一般的？你还强辩!”

虎子一顿脚，哭起来：“他烧了你们家的房子!”

王树声：“这个账要算在丁济仁的头上，红枪会匪是给他卖命的!”

虎子：“我想不通!”

王树声：“这是纪律。你破坏了农卫军的军纪!”

虎子：“破坏军纪？我，我，我不干了!”

王树声：“虎子!”

虎子转身跑去。

王树声命令：“把他给我抓回来!”

农卫军队员们都站在原地不动。

王树声："黑娃、大发，执行命令！"

黑娃、大发勉强走出队列。

张平和另外几个农卫军队员，押解着几个红枪会匪向稻场走来。

张平穿着一件白布对襟褂子，腰间扎着宽布带，斜插着一支撇把子枪。他拦住了虎子，奇怪地问："怎么啦？虎子！"

黑娃、大发赶上前，扭住虎子，走向稻场。

王树声不等虎子走近队列，就命令："把他给我捆起来！"

队列没有动静，大家面面相觑。

王树声："听见没有？这是命令！"

有人扔出一条绳子，黑娃和大发动手把虎子捆起来。

张平走过来："嗬，把虎子给捆起来了！"

王树声："他违反军纪，烧民房。"

虎子："烧的是红枪会！"

王树声："你还顶?!"

张平："虎子，烧房子是要不得的，违反了我们的军纪嘛！你要好好地反省。"转身对王树声："树声啊，我们是不是这样办……"

张平走到树声跟前，同他低声商量了一阵。

王树声环视全体队员，大声宣布："大家要从虎子的身上吸取教训，当一个农卫军的战士，就得看重革命利益，照农卫军的规矩办！绝不能凭个人感情，任性蛮干！今后再要出这种事，我们就罚重不罚轻！刚才我跟张平同志商量了，为了补救今天的过失，我们大家一齐动手，帮这家把房子盖起来！人家说，要不要得？"

大家齐声回答："要得！"

王树声走到虎子跟前，亲自动手替他解绳子。

王树声："虎子啊，往后可不能蛮干啊！今天盖房子，你要多出力，为我们农卫军争气……”

虎子望着王树声，一把抱住他的肩膀，激动地说：“大哥……”

农卫军队员紧张地抢修房子。

有的农卫军队员扛着木料，抢搭屋架；有的队员砍来茅草，堆在门前的空地上；站在梯子上的农卫军队员正在固定屋架，钉钉子……

水塘边，母女俩惊异地观望。塆子里的人们陆陆续续地走来，聚集在水塘边，悄悄地议论。

盖好的茅屋。王树声和几个农卫军队员从梯子上下来，拍打着身上的草屑和尘土。

虎子一个人还留在屋顶上，铺平最后一束茅草。

王树声向他招了招手：“虎子，铺好了吗？快下来吧。”

虎子答应着，仍不放心，又仔细地看了一遍屋顶。

塆子里的人们热情地围拢过来。一位中年妇女提着一只粗陶罐子，身后跟着一个七八岁的小女孩，捧着一摞碗。她大声地招呼着：“来，喝开水。”

几个小伙子握着农卫军队员的手，孩子们好奇地观看农卫军队员的鸟铳。

大娘由她女儿搀扶着走到王树声的身旁，哽咽着：“有劳你们，我，我给你磕个头。”

大娘要下跪，被王树声一把拉住了。

王树声：“不能这样。”

王树声向虎子招招手，虎子走过来。

王树声：“虎子，快向大娘赔个礼。”

虎子难过地说："大娘，我对不住您。"

大娘慌忙阻止："你没有错。只怪杏枝他爹先烧了你家的屋。"

虎子："烧的是我们王队长的屋。"

大娘转向王树声，异常难过地说："王队长，我们有愧呀！我代她死去的爹，向你们赔罪。"

虎子望着大娘的女儿："你爹……"

大娘的女儿难过地垂下头。

大娘悲愤地说："她爹是被红枪会抓去的，起先给丁济仁当轿夫，后来丁济仁要他烧房子，他不敢不烧，当了冤死鬼。出门不到半年，我就收了他的尸。"

王树声："这都是丁济仁欠下的血债！"

黄杏枝的画外音："打从那天修房子以后，虎子认识了我们孤儿寡母，队伍经过这里，他总要来看一看。次数多了，就熟了，虎子手脚勤快，帮我们打柴挑水……"

——挑着柴捆的虎子，汗涔涔的，在门口停下来，取下冲担。将杂柴码得整整齐齐。

杏枝热情地递给他手巾；

大娘站在门口，感动地望着他。

——虎子挑着一担水，从小路上走来，杏枝在他身旁说着什么，两人都露出笑容。

大娘赶忙揭开水缸盖，虎子将桶里的水灌满水缸。

——坐在灶前的杏枝让座给虎子，虎子往灶里加柴，火焰旺盛。杏枝揭开锅盖，拿出一个蒸熟的红苕，掰一半分给虎子，两人笑着吃起来。不约而同地目光相遇，杏枝不好意思地扭过脸……

黄杏枝的画外音："不久，我也参加了农卫军，要替爹报仇……"

杏枝和虎子一道，向大娘告别，她们的门口挤满了塆子里的人们；送茶水的中年妇女，也夹在人群中，为他俩送行。

大娘撩起衣襟揩眼泪，然后向虎子和杏枝叮嘱着什么。

王树声走到大娘跟前，大娘激动地搂着他的肩膀哭起来。

杏枝、虎子跟着王树声奔向队伍。杏枝回头向母亲招手，大娘和乡亲们也向他们招手。

县委客室。

林群停下笔，聚精会神地听着黄杏枝的讲述。

黄杏枝："不久以后，我娘就被红枪会杀害了。我和虎子跟着王树声和队伍作战。自从娘死了，我们再也没有回来。"

林群感动地点点头。

林群看看手表："哟，时间不早了，马上要吃午饭，您休息一会儿吧。"

黄杏枝："明天在车上谈吧。"

一辆乳白色的面包车在公路上行驶。

从车窗往外看，连绵不断的绿树向后闪去。

林群同胡明治并排坐着，聚精会神地听他讲述。

胡明治："丁金山作恶多端，是丁济仁的左右臂。我们好几次抓他，都落了空，这家伙鬼得很。那年十月的一天，我们得到消息，丁金山带了几名会匪，悄悄到附近的小镇上来了……”

大路上，一辆马车疾驰，扬起滚滚的灰尘。

这是一辆带篷的马车，车篷前面垂挂着一块门帘，一个农卫军队员不断地甩动着长鞭，两匹奔跑的马摇响了挂在颈上的铜铃。车篷里，王树声向队员们布置了作战任务。穿长衫、戴礼帽的张平，将子弹推进撇把子枪内。

马车停在小镇的西头。

王树声头戴草帽，跟着张平跳下马车。虎子随后下车，尾随着他俩。另外几名农卫军队员也跳下车，在马车附近警惕地观望。

这是一个乡村小镇。只有几家小店户，东头路口有一家饭馆，经营小吃。狭窄的小街上，摆满了各种地摊。叫卖声不绝于耳。

饭馆附近，临时搭了一个戏台，台前挤满了看热闹的乡民，台上正在演出东路花鼓戏《双牡丹》。

饭馆门前的凉棚下，正中摆着一个桌子，坐在桌前的丁金山，边喝酒，边看戏，面前摆满了各种菜肴。

凉棚周围，站着好几个背着“汉阳造”的红枪会匪。

张平和王树声挤在人群中。他们彼此交换了一个眼色，观赏地摊。

张平在一个小摊前蹲下来，这里摆满了小孩用的虎头帽、项圈、带铃铛的小手镯等。

张平饶有兴味地拿起了一对小手镯，随手一摇，铃铛发出丁零零的响声。他问明价钱买下了。

张平笑着摇动手镯。

王树声挤到他的身边："先生!"

张平对他笑笑。

王树声轻声地说："买这玩意儿做什么?"

张平："留给我的外甥。"

王树声："外甥?没听你说起过……"

张平高兴地说："以后再告诉你。"

他们挤到戏台附近。

丁金山正在给一个尚未卸装的女旦角斟酒。女旦角惊慌地摆手，指指喉咙。

台上，演出中断，戏班子的人都焦急地朝这边张望。

女旦角起身欲走，丁金山一把搂住她，将满杯酒灌进她的嘴里。

戏班主，一个五十多岁的人，跑过来作揖。

红枪会匪哈哈大笑，走过去，撵走戏班主。

王树声迅速地对张平递了个眼色，大步向凉棚走去。

张平随即摘下礼帽。

虎子会意，向停在西头的马车挥了挥手。

站在马车附近的农卫军队员，跳上马车，从稻草下摸出大刀和鸟铳。

王树声一个箭步冲到丁金山面前，丁金山伸手去抓桌上的短枪，王树声的枪口早已顶着他的胸膛。

丁金山抬头惊恐地说："树……树声大哥……"

王树声："我代表农卫军——"

忽然，两个红枪会匪向王树声扑过来，王树声顺手抓过桌上的短枪，双手连发，两个红枪会匪中弹倒地。

趁混乱之机，丁金山就地一滚；王树声扣动扳机，已经没有子弹了。

——从饭馆的门口伸出一支枪口，对准王树声。枪声响了，张平一枪击毙了饭馆里的会匪。

虎子和其他几个农卫军队员赶到，向红枪会匪展开激战。

红枪会匪退到戏台后面，继续顽抗。

激烈的枪声。

王树声："撤退！"

张平继续射击："我掩护你们！"

王树声接过虎子手中的鸟铳，命令："你们先上车，我马上来！"

从饭馆墙边伸出一支沙枪，向王树声瞄准。张平发觉，举枪射击，但没有子弹了。他一掌推倒王树声："快躲开！"

沙枪响了，一团沙石扑面而来。张平倒地，双手捂住眼睛，鲜血从指缝里流出来。

王树声焦急地说："张平！"

虎子闻声跑过来，端枪射击。

王树声背起张平，飞步跑向马车。

虎子边放枪，边撤退。

马车驶动。

虎子从后面追来，跃步跳上马车。

红枪会匪追了过来。枪声乱作一团。

虎子朝红枪会匪还击，高声喊道："快！快！"

坐在车篷前面的农卫军队员，挥鞭拼命抽打马匹。

马儿发疯似的奔跑。

车篷内，王树声将张平的头部托在自己手臂上，将衬衣撕成的白布条小心翼翼地包住他的眼睛。王树声的手臂上也沾满了血迹。

当天夜晚。农民自卫军的队部。

张平躺在临时搭起的床铺上。

王树声坐在床边，轻声地说："张平同志，我们给你重新包扎一下。"

张平微微地点了点头。

王树声看了一眼站在床前的杏枝和虎子，并对杏枝示意。

杏枝动手解开蒙在张平眼睛上的布条。

张平："都解下来了吗?"

杏枝不安地说："嗯。"

张平："我怎么看不见?"

王树声小声地说："张平同志。"

张平："是夜晚吗?"

杏枝："嗯。"

张平："没有点灯吗?"

王树声紧张地站起来："等一下。"

他走到桌子旁边，端起油灯，拨亮了灯捻。他在床头仔细地看着张平的眼睛。

虎子："看见灯了吗?"

张平："灯？……（颤抖地）我怎么看不见了?"

王树声悲痛地说："张平同志!!"

张平："树声，我瞎了吗?"

王树声把灯举到自己眼前，痛苦万分地摔到地上。油灯发出破碎的响音。

屋里一片黑暗。

翌日早晨。绚丽的彩霞，青翠的竹林。

农卫军队员们聚集在队部门口，为张平送行。两个身强力壮的农民，抬着一张竹制躺椅。仰卧在躺椅上的张平，眼睛上缠着白布条，身上盖着旧棉被。

王树声紧紧地握着他的双手。

王树声：“安心养伤，我们会来看你的。”

张平紧紧地握着王树声的手：“除掉了丁济仁，早点给我捎个信。”

王树声：“知道了。根据县委指示，先把你转移到安全的地方去，随后会有人接你的。已经派人去找医生，尽最大努力抢治你的眼伤。”

张平：“不用了，已经没有希望了，组织上这样关心我，我还没有来得及献出自己的力量。我走后，你的担子更重了，我不能帮你分担了。”

张平从衣兜掏出一个小布包，珍重地塞在王树声手里：“这几块钢洋，是我交的党费。”

王树声将小布包紧紧地攥在手里，说不出话来。

张平：“我走了以后，你再打开……”

杏枝、虎子和农卫军队员们，目送张平被抬下山。

弯弯的山路，张平躺在由两个农民肩抬的睡榻上，愈走愈远。

王树声独自坐在屋前那块丈余长的大石头上，打开小布包，里面是三块钢洋，一副小孩佩戴的小手镯和一封信。他拿起手镯，久久地凝望。

王树声取出那封信，字迹流畅、遒劲。

秀英姐：

我已从武汉回到麻城，参加了农民自卫军。

离家一年多，我的情况，你和母亲都一无所知，我生活得很好，请勿挂念。

（王树声读信的声音，换成张平的声音）

我们这支农民自卫军的队长，就是王树声。我很钦佩他。不久前，我发现他就是我的姐夫。

我没有向他提及此事，担心给斗争带来不便。可是，听说了你们的婚姻情况，我怒，你的生活一定很艰难。

你不要怨树声，应该恨丁济仁。他不但剥削穷人，破坏革命，也破坏了你们的家庭。

革命的高潮不会太远了，丁济仁这个反动红枪会的头子，就要受到惩罚。你应保重，等候胜利。期望在我们革命的队伍里，不仅有树声，有我，也有你。

不打仗时，我有时想，我会不会快当舅舅了？还想到，给我未来的外甥准备一点什么礼物？

告诉你，为了斗争的需要，我已经改名了，我现在叫张平……

在读信的声音中，出现以下画面：

山坳里，小路如线。张平及抬着他的两个农民已显得模糊，终于消失了。

一条山涧，淌着清波。

竹林上，升起了一轮圆月。

圆月倒映在水中，王树声坐在河边的一块石头上。石头后面是一片竹林。王树声被竹林的阴影遮住了。

王树声拿着那对手镯，陷入沉思。（画外音结束）

“张平……”

（闪回）

小镇的集市上。

张平在一个小摊前蹲下来，这里摆满了小孩戴的虎头帽、项圈、带铃铛的小手镯等。

张平饶有兴趣地拿起了一对小手镯，随手一摇，铃铛发出了丁零零的响声。他问明价钱，买下了。

张平一边走，一边笑着摇动手镯。

王树声挤到他的身边：先生！

张平朝他笑笑。

王树声轻声地说：“买这玩意儿做什么？”

张平：“留给我的外甥。”

王树声：“外甥？没听你说起过？”

张平高兴地说：“以后再告诉你。”

王树声一动也不动地坐着，水中的圆月轻轻地颤动。

（闪回）

坳口古松树下。

王树声从兜里掏出五块钢洋：“给你。”

他瞥了一眼放在地上的小包裹。

胡秀英没有接，不解地望着他。

王树声：“我不能白要你的鞋。”

胡秀英终于明白过来，冷笑一声：“你是要买……我，我不卖。”

王树声冷静地说："要注意影响，现在我不能算你的男人了。"

胡秀英的泪水不断地流淌下来。

"你走吧……走吧，我胡秀英没有男人！我的孩子，也没有，爹了……"

胡秀英抱着树慢慢跪下去："我苦命的孩子啊……"

王树声呆住了，半天说不出话来。

"孩子……我的孩子……"

王树声喃喃地说："我的孩子……"

他如梦初醒地睁开双眼，望着手中的小手镯，将它藏在衣兜里。

虎子和杏枝绕过竹林，发现王树声。杏枝示意虎子不要讲话。

他俩悄悄离开河边。

虎子："大哥心里难受……真没想到。张平就是大嫂的亲弟弟。"

杏枝："听说，大嫂已经怀孕了，王队长又不在他的身边。当个女人真不容易呀！"

虎子："大哥肩上的担子很重啊！他比大嫂更难。"

杏枝："男人的心总是硬的，你们不懂得女人的心。"

虎子："我熟悉大哥，他不是你说的那号人。他跟谁好，从不露在面上，比方我……"

杏枝扑哧一笑，忙掩住口。

虎子一本正经地说，"笑什么？"

杏枝："是啊，怪不得你都五花大绑过。"

虎子："那是我有错。"

杏枝："当时我真恨你。"

虎子小声地说："我知道……现在还恨我吗？"

杏枝调皮地说："不告诉你。"

虎子："女人的心真难猜。"

杏枝停住脚，瞟了虎子一眼："你真傻。"她跑下坡，顺着河边跑去。

虎子朝着她的背影："杏枝！"他也跑下了坡，站在河边，向杏枝跑去的方向眺望。

虎子欣喜地说："我真傻！"他从地上拾起一颗石子，扔进小河，河水溅起涟漪，月亮被摇碎了，化为一片光波。

胡明治的画外音："你看，知识分子同志，当时我们的爱情就是这样简单。我和杏枝相爱了。但是，我们都把它埋藏在心里。"

面包车在山区公路上行驶，减慢了速度。

面包车驶进竹林秀丽的塆子——项家塆。

他的画外音在继续：

"在战争的年月里，爱情也带着硝烟味。何况，我们都在王树声同志的身边。我们都有一种说不清楚的感情，就是不愿意在王树声同志面前流露出爱情的欢乐。"

王树声的故居。这是一座最普通的农舍，泥巴墙，杂草顶。

胡明治、林群等在几个老人的陪同下参观。老人比画手势，指指房屋顶，林群在笔记本上记录。

林群的画外音："我们参观了王树声的故居旧址。塆子里的老人介绍，这座普通的草屋，在一两年内，就被丁济仁的反动红枪会烧过六七次……"

画面上出现想象中的大火。

火焰化作漫山的红叶。

胡明治的画外音："如果你秋天到大别山来，那是非常美丽的，到处都是红叶……”

镜头上出现经霜的红叶，它们各具形态，有的满坡满岭，有的两行夹路，也有的一株独秀；或气势恢宏，或逶迤缠绵，或风姿绰约——大别山的红叶啊……

沾着露水的一片红叶，在朝阳映照下，变得透明，仿佛能够看出叶片中流动着殷红的血……

霜叶红遍的黑狮寨。

农民自卫军正在紧张地进行战前的准备。有的在擦枪，有的磨刀，有的在挥舞大刀，练习格斗拼杀。

王树声接过一个农卫军队员的大刀，拼杀起来。农卫军队员围攻上来，被王树声一一击退。

王树声在大伙的要求下，表演舞刀。刀光闪闪，在他上下左右腾挪缠绕。杏枝将一杯水递给黑娃，黑娃朝王树声泼去，水花飞溅。王树声收刀，站定，衣服上没有一点湿痕。

围观的农卫军队员喝彩。

虎子爬到树上，将一只瓶子悬在树枝上。他跳下树来，叫杏枝握住绳子的一端。

虎子指定王树声站在数十步远的地方。王树声掏出手枪，推上子弹，虎子用顶草帽扣在他的头上，将眼睛遮住。

虎子向杏枝挥手示意，杏枝笑着扯动绳子，系在瓶外的小铜钱与瓶相碰，叮当作响。

王树声抬手举枪，迅速向发出响声的地方射击。

就在枪响的瞬间，玻璃瓶粉碎了。

农卫军队员热烈喝彩。

“真是好枪法！”

“这才叫神枪手！”

“单凭听声音……”

“黑夜打枪也要来它个百发百中！”

王树声揭开草帽，笑了，笑得那样舒坦，那样快活。

他随手从地上捡起衣服，穿上了，对大伙说：“大家继续练吧！多练它几手，遇上红枪会，就靠刀讲话！”

黑娃将大刀一横：“哼，逮住了丁济仁，老子就一刀……”

王树声：“对！对罪大恶极分子，要坚持填压，绝不能放过丁济仁！”

王树声从队员的面前走过，好像要把最重要的话送进他们的心底：11月3号，中共鄂东特委在黄安七里坪文昌宫召开了黄麻两县党的活动分子会议，会上传达了省委的指示，讨论制订了黄麻起义计划，准备夺取黄安县城，建立革命政权和革命军队。眼下的斗争是很艰苦的，国民党反动派正在调兵遣将，要镇压我们麻城、黄安两县的革命群众。丁济仁这个大恶霸，狗急跳墙，加紧勾结国民党反动军队，要对我们大屠杀。老子要先端掉他的窝！

农卫军队部。王树声叮嘱虎子：“我赶到黄安县的紫云去搬兵。晚上才能回来，山上的情况你照应一下，要抓紧准备，不要轻举妄动。”

当天夜晚。夜色朦胧，月亮在云层里时隐时现。

丁府。紧闭的铁皮大门悄悄打开，马教头带着全副武装的红枪会匪出发。丁济仁亲自出马，乘坐虎头大轿，夹在会匪中间。

途中，三岔路口。红枪会匪会合了早已等在那里的一支荷枪实弹的正规军。骑在马上的伪团长会意地向撩帘探望的丁济仁点点头。

伪军队伍无声地跟在红枪会后面前进。

王母家所在的塆子。

狗叫声……

伪军悄悄埋伏在塆子附近。

红枪会匪跑步进入了塆子。在马教头的指挥下分散开来。

被惊醒的村民从打开的门缝里窥望，又紧张地将门闩严。

一个年轻的农民悄悄翻墙而逃。

红枪会匪粗暴地捶门。

另一家的门口，红枪会匪用枪托砸门。

吆喝、詈骂声。

村民们被赶出家门。

几个红枪会匪在马教头的带领下，敲王母的家门。

屋内，卧病在床的王母，无力地望着坐在床沿上的胡秀英："把门……给他们……打开。"

胡秀英不安地说："娘……"

王母："别怕。"

胡秀英起身准备开门，门已被砸开了。气势汹汹的红枪会匪蜂拥而入。

满脸杀气的马教头冷笑着："老爷有请。"

胡秀英惊慌地在床前拦住他："她病了，你们不能……"

马教头："病了？"

胡秀英："我娘几天水米未沾，你们……"

马教头："给老爷说去！"

王母吃力地欠身坐起来，胡秀英上前扶住她。

王母瞪了马教头一眼："狗仗人势的东西！"

村民们陆陆续续被押到稻场上来。

远处一阵骚动，两个红枪会匪扭押着一个青年农民（就是前面翻墙而逃的那个农民）走来。

"老爷，这个家伙往黑狮寨跑，被我们抓住了。"

丁济仁："黑狮寨？给我押下去！"

押送王母的会匪上前报告："老爷，她们来了。"

丁济仁仰靠在椅背上："点灯。"

众会匪立即点燃火把、灯笼。

胡秀英搀扶着王母，走近稻场，远远地站住了。

忽然，附近响起一阵枪声，红枪会匪乱吆喝："抓住他！抓住他！……"

押送青年农民的会匪跑来报告："老爷，他跑了！"

丁济仁大骂："笨蛋，无用的东西！快，赶快行动！"

丁济仁对王母："没想到，姐姐这么难请……怎么，病了？（对马教头）端把椅子给她坐！"

马教头示意会匪给王母端过一把椅子。

王母站在原地不动。

丁济仁："不坐？好吧。（高声地）今天当着众人的面，我来接你到我那里去。"

王母小声而坚决地说："我不去。"

丁济仁："最近树声没有回来看看？'打土豪，分田地'，他忙得很哪！”

丁济仁望了望稻场的村民，继续对王母说：“最近共党哄起，赤匪猖獗，除贤良，杀无辜，四乡八畈，不得安宁。我丁某首当其难，我的儿子丁金山，差点被你的儿子王树声杀了！王树声六亲不认，聚众造反，跟我作对，要除掉我而后快，我倒想看看，舅舅他可以不认，你这老娘他认还是不认？”

王母：“今天，你是拿我问罪来了？”

丁济仁：“还有什么东西要收拾吗？”

胡秀英询问地望着王母。

王母对她摇摇头。

丁济仁对马教头示意。

马教头仰着脖子：“动手！”

红枪会匪举着火把，向王母家冲去。

王母指着马教头大骂：“你这个狗杀头的，黑了良心的东西！（转向丁济仁）树声和你作对，你找树声去！欺负我这个妇道人家，讨不到好死。”

丁济仁：“大姐，外甥能大义灭亲，舅舅就不兴大火灭亲？”

会匪纵火烧屋。

王母：“你烧，你烧，你把我这把老骨头也烧了它！”

胡秀英恳求地说：“娘，你歇一下，身子要紧。”

丁济仁对马教头：“把我姐姐的棺材抬出来，留给她！”

马教头带领会匪将一口棺材抬出来，放在稻场边。

王母见状大恸，号哭冲过去，要撞在棺材上，秀英哭着追上前，死死地抱住王母不放。

胡秀英：“娘，娘，你不能这样，不能啊！”

王母扑在棺材上，痛哭："我怎么不死啊……天哪……"

丁济仁掏出白手帕，擦眼泪。他走到王母面前："姐，我不是那个意思，你莫误会了……金山是金山，王树声是王树声！你是我的姐，再糊涂，能不认吗？"

王母痛彻心扉地哭着，晕了过去。

胡秀英惊恐地摇着她："娘，娘！……"

丁济仁对红枪会匪一挥手："走！"

黑狮寨。

农卫军队员排好队列，虎子站在队伍前面："……丁济仁狗急跳墙，带领红枪会烧杀项家塆。要抓走大娘和大嫂。我们不能见死不救……大家检查武器！准备出发！"

黑娃："不等队长回来吗？"

杏枝："虎子，丁济仁会不会……"

虎子不耐烦地说："时间不等人。救人要紧！除了黑娃那个班留下，其余跟我走！"

虎子催促部队跑步前进，杏枝背一支土铳，跑进队列。

虎子："你留下！"

杏枝恳求地说："虎子！"

虎子："服从命令！（厉声地）听见没有？"

虎子一把抓住杏枝的胳膊，将她推向一边。

杏枝："你！……"

虎子跟在队尾，一阵小跑，消失在黑夜中。

农卫军穿过松林。

农卫军在山路上急速前进。

一双双奔跑的脚。

虎子边跑边问那个报信的青年:“他们人多吗?”

青年:“我看不多,只有一堂红枪会。”

胡明治的画外音:“半路上,王树声赶上了我们,传达特委指示,第二天清早要会合黄安农卫军攻打丁府。全歼丁济仁的反动红枪会,为即将到来的黄麻起义扫除障碍……”

农卫军团团包围了丁府……

丁府内正在举行隆重的红枪会祭神仪式。

空场地上放着一张方桌,桌上放着两个木牌和三个香炉。左边的木牌上雕刻着一条白蛇,右边的木牌上雕刻着一只乌龟。三个香炉檀香缭绕。

方桌前跪着两个受伤的会匪。

马教头身着胸绣太极图的黑色长袍,腰束红带,头缠红巾,跪在桌前,焚烧黄表纸,顶礼膜拜。

数百名红枪会匪跪在马教头后面,打躬作揖。

马教头操着浓重的山东口音:“两个逆贼,心怀异端,致使符法失灵,攻山失利。为祭神灵,以振军威,尽忠丁爷,生擒赤匪,立将逆贼处斩!”

两个会匪手持大刀,走近方桌,“咔嚓”一声,跪着的两个会匪滚下了血淋淋的脑袋。

接着,马教头当场表演绝技。他叫另一匪徒用力顶着红须长矛的一端,自己则用脖子顶着铁矛尖,竟将另一匪徒顶得步步后退。

表演完毕,马教头带领众会匪念诵法咒:“四方山,大佛趋,昆仑山,神仙集,弟子拜仙求缠体,神仙赐我金刚体。金刚体,金刚体，能持刀枪能防战，枪炮子弹不入体……”

念完法咒，马教头高声喊道：“喝——符——”

众会匪点燃画满神符的表纸。

众会匪将黄表纸灰放入盛有清水的碗中。

众会匪举着水碗，仰着脖子一饮而尽。

马教头站起来，从桌上抓起一把钢刀，猛然转身，狂呼：“刀枪不入——杀！”

众会匪跃起，举起刀矛，狂呼：“刀枪不入——杀！”

马教头狂喊：“杀——”

正房里，一盏油灯，黑影幢幢。

丁济仁正在向丁金山布置任务，他焦躁地来回踱步。

丁济仁：“一定要请他们连夜赶来解围，不然，我们难以防守，千万千万！”

丁金山：“爹，你放心！”

丁济仁：“万一发现……”

丁金山：“我把老太婆和她媳妇都押上船，就是发现了，谅他们也不敢开枪。”

丁济仁：“嗯，好……”

丁金山：“那我去了。”

丁济仁：“等一下……”

丁金山（不解地）：“爹……”

丁济仁：“把老的留下。”

丁金山：“留下？”

丁济仁：“万一有什么情况，她留在这里也许有用，就把胡秀英带去。”

丁金山："……"

丁济仁："一日夫妻百日恩。……去吧。"

丁金山和两个红枪会匪押着胡秀英走出了小房，胡秀英口里塞着毛巾，双手被反捆着。

他们走进丁济仁的卧室，丁金山动手搬开床头柜，揭开地板，露出地道口。

他们鱼贯地进入地道……

卧室窗外，柱子爹吃惊的脸。

丁府外，到处生起一堆一堆的野火，农卫军队员围火而坐，有的端着枪在黑暗中巡逻。

王树声带着虎子巡逻，他不断地对碰到的农卫军队员叮嘱："马虎不得……不能放走一个敌人……注意河面上的动静……"

山坡下的那条河，隐约在望。

坡上一块大石，王树声和虎子坐下歇息。

王树声关切地问："累吗？"

虎子摇摇头。

虎子望着高墙森严的丁府："不知大娘和大嫂怎么样了？"

王树声默默地从腰里取出那双布鞋，鞋底上绣着一对白玉兰花。

虎子难过地掉过脸。

黑的山坡，一丛杂树曳动着，从隐蔽在树后的洞口里依次钻出一行人。

胡秀英被红枪会匪架着，走向河边。

岸边泊着一只小船，丁金山轻轻地跳了上去，轻声地说：“快!”

缆绳解开了，小船向河心划去，然后顺着水流移动。

胡秀英坐在船头，拼命挣扎……

王树声将鞋子慎重地掖回到腰里，自语地：“等除掉了丁济仁……”

虎子真诚地说：“树声哥，到时候你真要回去过些日子了!”

王树声点点头：“是该回去啦……秀英她……”

他突然停止讲话，警惕地谛听，低声地说：“你听……”

虎子立刻警觉起来。

河面上传来轻微地响动。

虎子：“有人!”

王树声迅速地掏出撇把子枪，喝道：“谁?”

丁金山听到喝问，连忙低声吩咐：“都不要动!”

小船无声地顺着河水飘移。

虎子发现了敌人，指着河面，高声地说：“船!”

农卫军骚动起来，有人向河面放枪。

王树声厉声地说：“把船靠过来!”

船上的红枪会匪惊慌失措。

丁金山听出王树声的声音冷笑：“哦，是王树声，（对红枪会匪）把她的毛巾取下来!”

两个会匪立即将胡秀英口里的毛巾取出来。

丁金山把枪口抵着胡秀英的腰，威胁地说：“告诉他，不要开枪!"

胡秀英紧闭着嘴。

丁金山怒喝:"快说!"

胡秀英挣扎着跑了起来。

枪声响了起来,水花飞溅。

丁金山凶狠地说:"快喊,不然老子打死你!"

一个匪徒连忙对岸上喊:"不要开枪,王树声的女人在船上。"

虎子一怔。

枪声骤然停止。

王树声愤怒而痛苦的脸。

匪徒加快速度划船。

丁金山催促道:"快!快!"

胡秀英高声喊道:"开枪啊!快开枪!树声……"

她猛地纵身一跳,栽进水里……

虎子愤怒地喊道,"大嫂……"

王树声:"秀英……"

喊声在夜空中震响,枪声大作。

一个匪徒中弹身亡。

另一匪徒欲跳水,被丁金山一枪撂倒。

丁金山从另一侧入水,抓住船帮做掩护,向下游划行。

王树声瞄准,等待……

丁金山伸头探望。

王树声扣动扳机。

丁金山头部中弹，抓船帮的手慢慢松开，慢慢沉下去。

空木船独自漂流……

河面渐渐亮了，出现粼粼波光。

一轮月亮从云层里钻出。

王树声独自站在松林里。

他似乎听见了阳雀子啼叫。

胡明治画外音："黎明，我们发起了攻击。"

画面上黄安的农卫军队员，挂着三民主义带，从远处赶来。

包围了丁府的麻城农卫军高呼着，攻打丁府……

王树声率领敢死队搭人梯，翻过院墙；埋伏在墙内的红枪会匪用长矛戳向墙头的农卫军队员。

后面的队员蜂拥而上，纷纷倒下去。黑娃举起大刀，突然被长矛戳进肚子，栽倒下去。

丁府内，丁济仁狂叫："给我顶住。"

敢死队队员终于冲进了丁府，同会匪开展搏斗。

一个会匪慌慌张张地跑向丁济仁："老爷，他们打进来了！"

丁济仁掏出手枪，打死会匪。吼叫："不准后退！"

王树声跃上墙头。高呼："冲啊！"他头一偏，一颗子弹从耳边擦过，他跳进院内，挥刀向一群匪徒砍去。

虎子和数名农卫军队员，扛起丈余长的大石条。

虎子和农卫军队员擂击丁府大门。

铁皮大门松动了。

虎子和农卫军队员们擂开大门，吼叫着冲进丁府。

拿着锄头、冲担、脚鱼叉的农民，潮水般地拥进了丁府。

巨大的声浪，摇撼着这座阴森的大宅。

王树声一刀砍倒了一个匪徒，另外几个匪徒又猛扑上来。

虎子带着农卫军队员冲了过来，会匪不支，纷纷溃退。

潮水般的农卫军拥进丁府……

红枪会匪纷纷丢枪，投降。

农卫军队员押着一对丁府家丁和哭哭啼啼的妖艳女人。

王树声在人群中寻找……

一名红枪会匪想从屋顶上逃走，踩得瓦片乱响。歇斯底里地喊叫："救命哪，救命……"

一声清脆的枪响。

那个红枪会匪突然僵直，捂着胸口，终于倒下去，咕隆隆地从屋顶上滚落下来。

王树声往枪响的方向看去，惊喜地说："张平！"

张平手握撇把子枪，由一个壮实的小伙子背着，向王树声这边赶过来，他一把抓住王树声的手，颤抖地说："树声！"

王树声："张平……"

王树声激动得久久说不出话来，只是使劲地握着手。

王树声："你的眼睛……"

张平："已经没希望了，我不愿白活着，要死就死在战场上！"

虎子穿过院子，朝王树声道："到处都找了，没有找到丁济仁！"

王树声对张平说："我去找丁济仁，不能让他跑掉！等会儿再谈。"虎子发现张平，兴奋地呼喊起来，农卫军队员都纷纷跑过来，围住了他……

王树声穿过院子，忽然一枪射来，打中他的右臂，他迅速闪到侧厅的墙角，艰难地举枪瞄准。

磨房，丁济仁隐蔽不出。

骡子昂头咴儿咴儿地叫，不耐烦地踏动蹄子。

王树声发射一枪，骡子受惊，欲挣脱缰绳。

王树声瞄准再发一枪，将缰绳射断。

骡子暴怒地窜奔。

磨房传出丁济仁的惨叫……

一农卫军队员将磨房门撬开，骡子奔跑而去。

丁济仁躺在地上，已经断了气。

杏枝帮助王树声将伤口包扎起来。

王树声跑步穿过院子。

土树声从走廊上跑过。

王树声找到后院侧房，推开门，激动地呼唤："娘，我来了！"

房间里空荡荡，没有人……

他失望地转过身。

虎子出现在他身边，高兴地说："大哥，你看谁来了!"

王母由杏枝搀扶着向他走来，激动地说："树声！……"

王树声含着热泪，搂住王母："娘!"

虎子和杏枝感动地望着王树声和王母。

尖下巴的农卫军队员跑来："王队长，缴来的枪是不是分给个人？他们都把枪分了。"

虎子："不行。我去看看。"

柱子的爹赶来："我带你们再找找，这里藏的枪还不少……"

虎子和柱子爹等人匆匆离去。

王树声沉痛地说："娘，秀英她……"

王母急切地问："秀英她……"

王树声嘶哑地说："她死了！……"

王母爆发地说："秀英，我苦命的女儿，你回来啊……"

坳口古松树下，王树声含泪地凝望着仰卧在门板上的胡秀英，她已经换上了一件干净的花布褂子，脸上显得平静。

王树声默默地跪下去，将一对小手镯搁在她的胸前。

王树声再也忍不住，把脸埋在手掌里，啜泣起来。

他臂膀抽搐，像一个孩子……

一双手按住他的臂膀。

王树声抬起布满泪水的脸，缓缓站起来，紧紧地抱住张平的臂膀："张平同志，我对不起你，对不起你姐姐……"

张平："树声，别这么说!"

王树声："本来想，除掉了丁济仁，我们夫妻可以团圆，谁知道，她竟被丁济仁害死了……"

张平哽咽起来："死了……"

王树声放开他。张平伸出手，轻声呼唤："姐姐……姐姐……"

他蹲下去，摸到胡秀英的手，紧握着，好似安慰她出门远行："你走吧，放心地去吧，姐姐……"

虎子向天空放了三枪。

一群大雁从高天飞过，哀怨地鸣叫。

默哀的王树声、张平、虎子等人。

古松树旁，一座新坟。

王树声感觉到有人轻轻地扯他的衣袖。杏枝捧着胡秀英生前穿的旧夹袄，揭开来，里子上缝着一块折叠的红布。

红布被珍重地摘取下来，原来是一面带血的黄犁头红旗……

黄犁头红旗在阳光下飘扬。

黄犁头红旗占据了整个画面。

叠映（慢镜头）：

胡秀英迎面跑来，散乱的头发在风中飘动。

胡秀英喊着（无声）……

占据全画面的黄犁头红旗逐渐移开，向远方飘动。

无数面黄犁头红旗向远处飘去。

远处，黄安古城楼。

成千上万的斜挂着赤化带的农卫军队员冲向显现在夜色中的城楼。

在愤怒的呐喊的人群中，我们又看到了王树声、张平、虎子、杏枝……

胡明治的画外音："1927年的11月13日，终于爆发了黄麻起义。那个难忘的夜晚，已经写进了中国革命斗争的史册。我们斗争的每一个胜利，都是用革命先烈的鲜血换来的，在他们的行列中，也有王树声同志的妻子——平凡的农村妇女胡秀英……"

画外音中，一辆乳白色的面包车在公路上行驶。

面包车停在山坳口的松树附近。

胡明治、杏枝和林群走下车，满头花发的杏枝手里拿着一束鲜花。

他们来到古松树下。

胡秀英的坟上已经长满了青草。杏枝将鲜花放在坟上。

他们默默地站在那里。

古老的松柏树巍然挺立，树干上，弹痕累累。翠绿的树冠高耸云天。

一辆蓝色的面包车在公路上行驶。

林群依窗远眺。

画外音："我的采访已经结束了，我踏上了归程，可是我的心却留在老苏区。在那已逝去的年月里。记忆是不会逝去的……"

苍苍莽莽的大别山，如同一幅雄浑的绒绣图。淡淡的云层下面，蜿蜒的公路如带，一辆蓝色的面包车移动着。

1986年7月于麻城